读客

读客三个圈经典文库

经典就读三个圈　导读解读样样全

战争与和平 I

[俄] 列夫·托尔斯泰 著
草婴 译

读客三个圈经典文库

经典就读三个圈　导读解读样样全

江苏凤凰文艺出版社
JIANGSU PHOENIX LITERATURE AND ART PUBLISHING

Война и мир

Лев Николаевич Толстой

娜塔莎·罗斯托夫的首次舞会
列昂尼德·帕斯捷尔纳克（1862—1945，俄罗斯后印象派画家）绘

莫斯科大火，法军正驱散俄罗斯纵火者
列昂尼德·帕斯捷尔纳克绘

罗斯托夫家庭旅行

尼克莱·卡拉奇（1842—1908，俄国军官、画家、作家）绘

娜塔莎·罗斯托夫和负伤的安德烈·保尔康斯基在梅基希（俄罗斯城市）相会
列昂尼德·帕斯捷尔纳克绘

霍拉布伦之战中的图申上尉炮兵连

尼克莱·卡拉奇绘

别祖霍夫家族
罗斯托夫家族
别祖霍夫伯爵
罗斯托夫伯爵
罗斯托夫伯爵夫人
皮埃尔
（别祖霍夫伯爵的私生子）
娜塔莎
（次女）
薇拉
（长女）
宋尼雅
（甥女）
尼古拉
（长子）
彼嘉
（次子）

《战争与和平》四大家族

保尔康斯基家族
库拉金家族
保尔康斯基公爵
华西里公爵
华西里公爵夫人
玛丽雅
（女儿）
安德烈
（儿子）
丽莎
（安德烈妻子）
伊波利特
（长子）
阿纳托里
（次子）
海伦
（女儿）

目　录

第一卷

第一部

1

“哦，公爵，热那亚和卢卡[1]，如今成了波拿巴[2]家的领地了。我可要把话说在前面，您要是不承认我们在打仗，您要是再敢替这个基督的敌人（是的，我认为他是基督的敌人）的种种罪孽和暴行辩护，我就同您绝交，您就不再是我的朋友，也不再像您自称的那样，是我忠实的奴仆。哦，您好，您好！我知道我把您吓坏了，请坐，坐下来谈吧。”[3]

一八〇五年七月，玛丽太后名声很大的女官和心腹安娜·巴夫洛夫娜·舍勒在迎接第一个来赴她晚会的大官华西里公爵时，说了上面这番话。安娜·舍勒咳嗽有好几天了，她自己说是得了流感（流感当时还是个新名词，很少有人使用）。那天早晨，她

---

1 热那亚于1805年并入法国，卢卡于同年改为侯国，受拿破仑管制。——译注（如无特别说明，本书中注释均为译注）

2 拿破仑·波拿巴（1769—1821），法兰西第一帝国和百日王朝皇帝（1804—1814，1815）。1799年发动雾月政变，组成执政府，自任第一执政；1804年称帝，建立法兰西第一帝国；1812年发动对俄战争，失败；1814年欧洲反法联军攻陷巴黎，被放逐于厄尔巴岛；1815年重返巴黎，建立百日王朝；滑铁卢战役失败后，被流放于圣海伦娜岛。1821年病故。

3 原文为法语，以下凡原著为法语的一律排楷体，不再一一加注。

派一个身穿红色号衣的听差分送请柬，请柬上千篇一律地用法语写着这样的话：

> 伯爵（或公爵）！如果您没有其他更好的活动，如果参加一个可怜病妇的晚会不会使您太难堪，那么，今晚七时至十时我将在舍间恭候大驾光临。
>
> 安娜·舍勒

“嚯，您的话真厉害！”进来的华西里公爵对这样迎接他毫不介意，回答女主人说。公爵身着绣花朝服，脚穿长筒袜，低口鞋，胸前佩着几枚星章，扁平的脸上容光焕发。

他讲一口典雅的法语（我们的先辈当年不仅用这样的法语说话，而且用这样的法语思想），用的是在社交界阅历丰富、在朝廷里地位显要的人所特有的那种居高临下的温和语气。他走到安娜·舍勒跟前，低下洒过香水的亮光光的秃头，吻了吻她的手，然后怡然自得地在沙发上坐下来。

“亲爱的朋友，请您先告诉我，您身体好吗？好让我放心。”他说，没有改变声音和语气，但从表面的礼貌和关心中透露出冷漠甚至嘲弄的意味。

“一个人要是心里不痛快，身体怎么好得了？在我们这个时代，凡是有感情的人能过得舒心吗？”安娜·舍勒说，“您今晚就待在我这里，行吗？”

“那么，英国公使的招待会怎么办？今天是礼拜三。我得到那里去露面，”公爵说，“回头小女要来接我，陪我一起去。”

“我还以为今天的招待会取消了呢。说实在的，这一类招待会啦，放焰火啦，越来越叫人腻烦了。”

“要是他们知道您不乐意，早就把招待会取消了。”公爵说，他像一只上足发条的时钟，习惯成自然地说着自己也不想叫人相信的话。

“别挖苦我了。那么，对诺伏西尔采夫的急电究竟作了什么决定？您是无所不知的。”

“怎么对您说呢？”公爵有气无力地冷冷说，“作了什么决定？他们说，既然波拿巴已经破釜沉舟，那我们也只好背水一战了。”

华西里公爵说话总是有气无力，就像演员背诵旧戏的台词。安娜·舍勒正好相反，别看她年纪已有四十岁，说起话来还是生气勃勃，热情洋溢。

她的热心使她获得这样的社会地位。有时，即使心里不愿意，但为了不使认识她的人扫兴，她也会竭力做个热心人。安娜·舍勒经常现出微微的笑容，这同她姿色已衰的相貌并不相称。不过，她好像一个被宠坏的孩子，明知自己有招人喜爱的缺点，却不愿也不能加以克服，甚至认为无须克服。

话题一转到政治，安娜·舍勒就来劲了。

“哼，您别跟我提奥地利了！我可能什么也不懂，但我知道奥地利一向不要战争，现在也不要战争。他们把我们出卖了。只有俄国应该成为欧洲的救星。圣上知道自己担负着崇高的使命，并且将忠贞不渝。是的，我对此深信不疑。仁慈的圣上将担负起世上最伟大的天职，他是那么仁慈那么英明，上帝决不会抛弃他的。圣上一定能完成使命，消灭革命这个恶魔。如今革命恶魔以这个凶手和恶棍为代表，变得越发可怕了。只有我们能为先驱者讨还血债。请问：我们能指望谁呢？……英国人满脑子生意经，不理解，也无法理解亚历山大皇帝[1]的崇高心灵。英国拒绝从马耳

1 亚历山大一世（1777—1825），俄国沙皇，1801—1825年在位。

他撤兵。他们想了解我们行动的用意。他们对诺伏西尔采夫说了些什么？什么也没有说。他们不理解，也无法理解圣上自我牺牲的精神。圣上自己一无所求，一心只想为世界谋福利。可他们答应了什么呢？什么也没有答应。即使他们答应了什么，也不会实行！普鲁士已公然宣称，波拿巴是不可战胜的，整个欧洲都对付不了他……哈登堡[1]的话也好，霍维茨[2]的话也好，我一句也不信。臭名昭著的普鲁士中立无非是个圈套罢了。我只相信上帝，相信我们仁慈的皇帝陛下的崇高使命。他一定能拯救欧洲！……”她突然停住，因为自己太激动而露出自嘲的微笑。

“我想，”华西里公爵笑眯眯地说，“要是派您去代替我们那位可爱的文森盖罗德，您一定会迫使普鲁士国王同意的。您的口才太好了。您给我杯茶，好吗？”

“马上就来。顺便说说，”安娜·舍勒又镇静下来说，“今晚我这儿有两位有趣的人物要来：莫特玛子爵，他通过罗亨家的关系同蒙莫朗西家沾亲，是法国的一个望族。莫特玛子爵是个真正的高等侨民，另一位是莫里奥神父。您认识这位智慧超群的人物吗？皇帝都接见过他了。您知道吗？”

“哦，那太好了！”华西里公爵说。“您倒说说，”他仿佛刚想起一件事，漫不经心地说，其实他今晚来参加晚会，主要就是为了打听这件事，“太后想任命冯克男爵当维也纳使馆一等秘书，这是真的吗？这位男爵好像是个平庸之辈。”华西里公爵想替儿子谋得这个差事，而别人也正在通过太后为冯克男爵争取这个位子。

安娜·舍勒几乎闭上眼睛，表示他也罢，别人也罢，谁都无

1 哈登堡，当时的普鲁士首相。

2 霍维茨，当时的普鲁士外交大臣。

权评论太后的意旨。

“冯克男爵是由太后的妹妹推荐给太后的。”安娜·舍勒不高兴地冷冷说。她一提到太后，脸上顿时现出无比忠诚和崇敬的神情，同时带有几分忧郁。每次谈话，只要一提到她那位最高庇护人，她总是这样的。她说，太后陛下很器重冯克男爵，接着她的脸上又现出忧郁的神色。

华西里公爵神情冷漠地沉默着。安娜·舍勒施展她那宫廷女官所特有的圆滑手腕，一面要刺刺公爵（因为他胆敢批评推荐给太后的人），一面又想安抚他。

“现在来谈谈府上的事吧，”安娜·舍勒说，“说实在的，自从令嫒在社交界露面以来，大家都为她倾倒。她可真是个美人。”

华西里公爵点点头表示敬意和感激。

“我常常想，”安娜·舍勒停了停，继续说，身子凑近公爵，向他露出亲切的微笑，仿佛表示政治性和社交性的谈话告一段落，现在要谈谈心了，“我常常想，人间的幸福有时也真不公平。为什么命运给了您两个这样好的孩子，两个这样可爱的孩子？您的小儿子阿纳托里不算在内，我不喜欢他。”她竖起眉毛，不容反驳地补上一句：“可是您，说实在的，并不赏识他们，所以您不配做他们的父亲。”

安娜·舍勒得意洋洋地微微一笑。

“那有什么办法呢？拉法特[1]会说，我天生没有父爱的骨相。”公爵说。

“别开玩笑了。我要同您谈谈正经的。老实说，我不喜欢您的小儿子。这话只能在你我之间说说（她脸上现出忧郁的神

---

1 拉法特（1741—1801），瑞士作家，著有《相面术》一书。

色），有人在太后陛下面前说到他，也替您惋惜……”

华西里公爵没有回答；安娜·舍勒也没有作声，意味深长地瞧着他，等着答话。华西里公爵皱了皱眉头。

“可我有什么办法呢？”他终于说，“不瞒您说，为了他们的教育，我已尽了做父亲的责任，可到头来两个都是傻子。伊波利特这傻子至少还安分守己，而阿纳托里可是个无法无天的浑小子。他们唯一的区别就在这里。”他说，笑得比平时更做作、更激动，而嘴角深刻的皱纹则显得格外粗俗讨厌。

“像您这样的人何必要有孩子呢？您要是不做父亲，我也就没什么可责怪您的了。”安娜·舍勒说，若有所思地抬起眼睛。

“我是您的忠实奴仆，这话只对您一个人说说，我那两个孩子是我身上的包袱。他们是我的十字架。我是这么看的。有什么办法？……”他沉默了一下，做做手势表示向残酷的命运屈服。

安娜·舍勒沉思起来。

“您从没想到替您那个放荡的儿子阿纳托里娶门亲吗？据说，老姑娘都有替人说媒的癖好。我还没觉得我有这毛病，但我心目中倒是有个姑娘，她一直跟父亲住在一起，很苦恼，她是我们的亲戚，叫玛丽雅·保尔康斯基公爵小姐。”华西里公爵没有回答，但他也像一般老于世故的人那样，头脑灵活，思路敏捷，就点点头表示愿意考虑她的话。

“唉，不瞒您说，阿纳托里这小子一年要花掉我四万卢布呢。”华西里公爵说，显然无力克服内心的苦恼。接着沉默了一下，“照这样下去，再过五年怎么得了？这就是做父亲的福气啊。她有钱吗，您那位公爵小姐？”

“她父亲很有钱，但很吝啬。他住在乡下，叫保尔康斯基公爵，有点名气。还是先帝在世的时候他就退了役，绰号叫‘普鲁士王’。这人很聪明，就是脾气怪，叫人受不了。可怜的公爵小姐日子真不好过。她哥哥是库图佐夫[1]的副官，前不久同丽莎结了婚。他今晚要到我这儿来的。”

“听我说，亲爱的安娜，”华西里公爵突然抓住对方的手，不知怎的把它往下拉，说道，“这事您替我办一下吧，我永远是您最忠实的奴仆（村长给我写信也这样写）。她门第好，又有钱。这些都是我所需要的。”

华西里公爵用他特有的潇洒而亲昵的优美姿势拿起女官的手吻了吻，又拉住她的手摇了摇，接着把身子靠在安乐椅上，眼睛望着别处。

“别忙，”安娜·舍勒边想边说，“我今晚就同丽莎（安德烈·保尔康斯基的夫人）谈一谈。这事也许有希望。为了您府上的事，我要学着干一点老姑娘的行当了。”

1 库图佐夫（1745—1813），俄国著名统帅，苏沃洛夫的学生，在俄土战争（1768—1774，1787—1791）中屡建军功；1805年，俄、奥、英对拿破仑作战，任驻奥地利俄军总司令；1812年抗法战争中任总司令，指挥鲍罗金诺战役和塔鲁丁诺战役，打败拿破仑。

2

安娜·舍勒的客厅里客人源源来到。来的都是彼得堡的名流，他们年龄不同，性格各异，但都来自上流社会。华西里公爵的女儿大美人海伦也来了。她是来接父亲一起去参加公使的招待会的。她身穿舞会礼服，佩着花字奖章[1]。彼得堡最迷人的女人，年轻的安德烈公爵夫人也来了。她是去年冬天结婚的，现在因怀孕不出席重大的交际活动，但小型晚会还是参加的。华西里公爵的儿子伊波利特带着他所介绍的莫特玛一起来了。来赴晚会的还有莫里奥神父和其他许多客人。

“您还没见过吧？”或者“您还不认识我的姑妈吧？”安娜·舍勒对来客们说，郑重其事地把他们领到头上系着高高的花结的小老太婆面前（她是在客人开始到来时，从隔壁屋里悄悄过来的）报了来客的名字，同时把视线从客人身上慢慢移到我的姑妈身上，然后走开。

客人出于礼貌，个个向这位谁也不认识、谁也不感兴趣、谁也不需要的姑妈问好。安娜·舍勒忧郁而严肃地注视着他们的问

1 俄国皇后颁发给成绩优秀的中学女毕业生的奖章。

候，默默地表示赞许。姑妈则千篇一律地询问每个客人的健康，又谈到自己的健康，还谈到太后陛下的健康，并且说，感谢上帝，太后陛下身体现在好些了。凡是来到老太婆面前的人，为了顾全礼貌，都表现得从容不迫，但离开她的时候都如释重负，好像履行了一项沉重的义务，而且一晚上再也不到她跟前去了。

安德烈公爵夫人带来一个做针线活用的丝绒绣金手提包。她的嘴唇上淡淡地长着一抹微黑的毫毛，小小的上唇遮不住牙齿，嘴唇微微张开时看起来很美，而当上下唇抿到一起时就格外可爱。就像一般富有魅力的女人那样，她身上的缺点——上唇稍翘，嘴巴微微张开——反而成为与众不同的美。这位年轻漂亮的未来母亲，身体健康，面色红润，轻松地经历着妊娠期，使谁见了都感到愉快。老头儿也好，苦闷的年轻人也好，只要同她在一起，跟她随便聊聊，都会变得像她一样快乐。谁同她谈过话，看到她说每句话时现出的开朗笑容和不断露出的皓齿，谁就觉得自己今天特别讨人喜欢。每个男人都有这样的感觉。

娇小的公爵夫人臂上挂着针线袋，迈着急促的小步，摇摇摆摆地绕过桌子，快乐地理理衣服，在银茶炊旁的沙发上坐下；那神态仿佛表示，她所做的一切，对她自己和周围的人，都是赏心乐事。

“我把针线活带来了。”她打开手提包，对所有的人说。

“您瞧，安娜，您真会捉弄人，”她对女主人说，“您来信说今晚只是个小型晚会。您瞧，我穿得像什么。”

她说着摊开双臂，让大家看她身上那件滚着花边的雅致灰色连衣裙，胸部下方还束着一条宽缎带。

“您放心好了，丽莎，您总是比谁都漂亮。”安娜·舍勒回答。

“您知道，我丈夫要扔下我了，”她用同样的语气对一位将军说，“他要去送命。您倒说说，为什么要打这场该死的仗。”

她对华西里公爵说，但不等对方回答又转身和他的女儿美人海伦说话。

“这位娇小的公爵夫人真是太可爱了！”华西里公爵悄悄对安娜·舍勒说。

娇小的公爵夫人到后不久，来了一个魁伟肥胖的年轻人，他头发剪得很短，戴眼镜，身穿浅色时髦裤子、棕色燕尾服和高硬领衬衫。这个胖青年是叶卡德琳娜女皇时代[1]著名大臣、此刻在莫斯科病危的别祖霍夫伯爵的私生子。他在国外受了教育，新近回国，还没有在任何地方任过职，今天是第一次踏进社交场。安娜·舍勒向他点头招呼，这是她对客厅里最低级客人的礼节。尽管用的是最低级的礼节，安娜·舍勒一看见皮埃尔进来，脸上就现出惊慌不安的神色，仿佛看见一个不该在这里出现的庞然大物。皮埃尔的确比客厅里其他男人都高大，不过安娜·舍勒看见他感到惊慌不安，那是因为他的眼神与众不同，显得聪明而腼腆，敏锐而朴实。

“您真是个好人，皮埃尔先生，来看望一个可怜的病人。”安娜·舍勒对他说，把他领到姑妈面前，惶恐地向姑妈使了个眼色。皮埃尔嘴里咕噜着什么，眼睛一直在东张西望。他快乐地微微一笑，像对老朋友那样对娇小的公爵夫人点点头，走到姑妈跟前。安娜·舍勒的担心不是没有道理，因为皮埃尔没听完姑妈讲完太后陛下健康的情况，就走开了。安娜·舍勒慌忙用一句话把他拦住。

“您不认识莫里奥神父吗？他是个挺有趣的人……”她说。

“是的，我听说过他那维护永久和平的计划了。这挺有意

1 叶卡德琳娜二世（1729—1796），俄国女皇，1762—1796年在位。原为德国公爵之女，1745年与彼得三世结婚。1762年参与宫廷政变，废彼得三世，取得皇位。

思，但未必办得到……”

“您这么想吗？……”安娜·舍勒没话找话，接着又要去招待别的客人。但皮埃尔又做出失礼的举动来，刚才他没有听完姑妈的话就走开，现在又用话缠住正要走开的女主人。他垂下头，叉开两条粗大的腿，向安娜·舍勒说明为什么神父的计划是空中楼阁。

“这问题我们以后再谈吧。”安娜·舍勒对他笑笑说。

她摆脱这个初出茅庐的青年，又去履行她做主人的职责，留意倾听和观察，随时准备给谈话不起劲的一伙帮点忙。纱厂里的老板给工人们派好工作后，自己在车间里来回巡视，发现什么地方纱锭不转或者声音异常，就连忙去刹车，调整一下，使它恢复正常运转；安娜·舍勒也是这样，她在客厅里走来走去，走到冷场或者话声太闹的一组人那里，插进一句话或者调动一下客人的座位，使谈话机器又不快不慢，正常运转起来。但在这种忙碌中，看得出她还是特别担心皮埃尔。皮埃尔走去听莫特玛周围的谈话也好，离开那里去听神父的说话也好，她总是忧心忡忡地盯着他。对在国外留学归来的皮埃尔来说，今晚安娜·舍勒的晚会是他在俄国参加的第一个晚会。他知道这里聚集着彼得堡所有的知识分子，他像一个孩子走进玩具店那样，感到眼花缭乱。他总是唯恐漏掉任何精辟的言论。他望着这里一个个自命不凡、风度翩翩的人物，一直希望听到高明卓越的言论。最后他走到莫里奥神父跟前。他觉得这里谈得有趣，就站住了，也像一般年轻人喜欢的那样，等候机会发表意见。

3

安娜·舍勒的晚会正处在高潮。纱锭在四面八方均匀地运转着，喧闹声始终没有停息。姑妈旁边坐着一个年纪不轻的女人。她面容憔悴，眼睛红肿，在这个豪华的交际场中显得不太协调。除了她们两人，其余客人分成三组。第一组多半是男人，中心人物是莫里奥神父；第二组是青年，其中包括华西里公爵的女儿美人海伦公爵小姐，以及相貌标致、脸色红润、由于年轻而显得太胖的安德烈公爵夫人。在第三组里，中心人物是莫特玛子爵和安娜·舍勒。

莫特玛子爵是个相貌英俊、风度翩翩的青年，有点自命不凡，但教养良好，对谁都彬彬有礼。安娜·舍勒显然想利用他来款待客人。好像聪明的饭店老板，把一块人们在肮脏的厨房里一看见就不想吃的牛肉当作好菜那样，安娜·舍勒今晚先把子爵然后把神父作为美味款待客人。莫特玛那个小组很快就谈到了当甘公爵[1]的被害。莫特玛子爵说，当甘的死是由于他过分宽宏大量，而拿破仑恨他则另有原因。

---

1 当甘公爵（1772—1804），法国保王党，因被控参与谋杀拿破仑案，于1804年3月21日被处以死刑。

“哦，真的吗？子爵，那您就给我们讲讲吧。”安娜·舍勒说，得意洋洋地感觉到她说“子爵，您就给我们讲讲吧”这句话，有点像路易十五的口气。

莫特玛子爵彬彬有礼地微微一笑，鞠了一躬表示遵命。安娜·舍勒让客人们围着子爵坐好，请大家听他讲。

“子爵认识当甘公爵。”安娜·舍勒对一个客人说。“子爵的口才可了不起。”她对另一个客人说。“一眼就能看出，他这人极有教养。”她对第三个客人说。安娜·舍勒就以这种道地的方式把子爵介绍给客人们，好像介绍一盘配着生菜的热气腾腾的煎牛排。

莫特玛子爵准备开讲，落落大方地微微一笑。

“您到这儿来，亲爱的海伦。”安娜·舍勒对美丽的公爵小姐说。海伦坐在稍远的地方，是另一个小组的中心人物。

海伦公爵小姐脸上挂着微笑站起来。那是一种绝色美人永远不变的笑容，她刚才进来时也带着这样的笑容。她身穿一件绣有常春藤和青苔花样的白舞服，发出轻微的窸窣声。她那雪白的肩膀、油亮的头发和贵重的钻石都光彩夺目。她从给她让路的男人中间穿过去，昂着头不看任何人，但向大家微笑，仿佛慷慨地让每个人欣赏她那优美的身材、丰满的肩膀和时髦的大袒胸和光脊背，让整个舞厅增加光辉，最后她走到安娜·舍勒面前。海伦实在太美了，她不但丝毫不卖弄自己的姿色，相反，仿佛因为自己具有令人销魂的美而感到不好意思。她仿佛想减少自己的魅力，但又办不到。

“好一个美人儿！”凡是看见她的人都这么说。当海伦在莫特玛子爵面前坐下，也向他露出那经常挂在脸上的微笑时，子爵仿佛被什么非凡的景象所惊倒，耸了耸肩，垂下眼睛。

“夫人，在这样的听众面前我怕讲不好了。”莫特玛子爵含笑鞠躬说。

海伦公爵小姐把一条丰满的手臂搭在小桌上，觉得没有必要说什么。她笑眯眯地等待着。在子爵讲话时，她始终挺直身子坐着，时而看看自己轻搭在小桌上的美丽丰满的手臂，时而看看更加美丽的胸脯，理理胸前的钻石项链；她几次整理裙子皱褶。每当听到动人的地方，她就回头望望安娜·舍勒，并且立刻跟着现出同安娜·舍勒一样的表情，接着又静静地露出开朗的微笑。在海伦之后，安德烈公爵夫人也从茶桌那里转移过来。

“等一下，让我把针线包拿来。”她说。“喂，您怎么啦？您在想什么？”她对伊波利特公爵说，“把我的手提包拿来。”

安德烈公爵夫人笑眯眯地同大家打招呼。她一来，大家都给她让座。她坐下后，快乐地理了理衣服。

“现在我坐好了。”她说，要求子爵开讲，自己则动手做针线。

伊波利特公爵把手提包交给她以后，走到她背后，把圈手椅推到她旁边，坐下来。

可爱的伊波利特跟他那美丽的妹妹像得出奇，尽管像得出奇，他却长得很丑。他的相貌虽然像妹妹，但妹妹脸上洋溢着乐观、自信和青春的活力，总是笑容可掬，具有希腊美人的古典美；哥哥呢，正好相反，同样的脸却现出一种痴呆的神气，而且总是显得自命不凡和愤愤不平，身体则又瘦又弱。他的眼睛、鼻子和嘴巴全都挤在一起，显出一种令人讨厌的怪相，而手脚的姿势又总是很不自然。

“您是不是讲鬼故事？”伊波利特说，在公爵夫人旁边坐下，连忙把带柄眼镜举到眼睛上，仿佛没有这眼镜他就无法说话似的。

“完全不是。”讲话的人惊奇地耸耸肩膀。

“因为我最不爱听鬼故事了。”伊波利特公爵说，他的语气使人觉得，他是先随口说出话来，然后才明白说了些什么。

由于他说话过分自信，叫人弄不懂他的话是很聪明呢，还是很愚蠢。他身穿墨绿燕尾服和照他自己说的受惊山林仙女身体颜色的裤子，长筒袜和低口鞋。

莫特玛子爵娓娓动听地讲着当时流行的趣闻，说当甘公爵到巴黎去会乔紫小姐[1]，在那里同也受这位著名女演员青睐的拿破仑相遇。拿破仑一见公爵，他的昏厥症顿时发作，他就落在公爵手里，但公爵并没有乘人之危害他，想不到后来拿破仑却以怨报德，要了他的性命。

故事讲得非常动听，特别是讲到一对情敌突然认出对方时，在座的太太小姐都很激动。

“太妙了！”安娜·舍勒回头望望安德烈公爵夫人，带着询问的神情说。

“太妙了。”安德烈公爵夫人也轻声说，把针插在针线活上，仿佛故事讲得太引人入胜，她听得连手工也做不下去了。

莫特玛子爵很欣赏这种无声的赞美，感激地微微一笑，继续讲下去。但安娜·舍勒一直注意那个使她担心的年轻人，这时发现他同莫里奥神父谈得过分激昂，话声太响，连忙赶到这个危险点去抢救。果然，皮埃尔谈到政治均势问题，神父对这个单纯热情的青年显然很感兴趣，就在他面前大谈自己得意的观点。两人谈得过分兴奋，旁若无人，这使安娜·舍勒感到不安。

“办法是在欧洲维持均势和保护民权，”神父说，“只要有俄罗斯那样以野蛮著称的强国，大公无私地领导以维持欧洲均势为目的的联盟，世界就有救了！”

---

1 乔紫小姐是法国悲剧演员，做过拿破仑的情妇。曾于1808年赴彼得堡演出，轰动一时。

"那么怎样取得这种均势呢？"皮埃尔刚一开口，安娜·舍勒就赶到了。她严厉地白了皮埃尔一眼，问意大利神父能不能适应当地的气候。意大利神父脸上的表情顿时起了变化，装出一副肉麻的殷勤相。显然这是他同女人说话的习惯。

"我有幸被邀参加晚会，你们社交界特别是女士们的聪明才智和文化教养使我倾倒，我还顾不上想到气候呢。"神父说。

安娜·舍勒再也不放松神父和皮埃尔，为了便于监督，就把他们拉到人多的一组里。

这时客厅里又来了一位客人。他就是娇小的公爵夫人的丈夫安德烈·保尔康斯基公爵。安德烈中等身材，是个英俊的青年，相貌清秀而冷峻。他的整个模样，从疲倦呆板的眼神到缓慢均匀的步伐，都同他那位活泼娇小的妻子形成鲜明的对照。显然，客厅里所有的人他不仅都认识，而且十分厌恶，就连看他们一眼，听他们说话，都觉得乏味。在所有使他乏味的人中间，他那个漂亮的妻子似乎最使他感到厌恶。他做了一个使他俊美面孔显得难看的怪相，向她背过身去。他吻了吻安娜·舍勒的手，眯缝起眼睛，向所有在场的人扫视了一下。

"公爵，您要去打仗吗？"安娜·舍勒问。

"库图佐夫将军要我做他的副官……"安德烈公爵说，音调带点法国腔。

"那么尊夫人丽莎怎么办？"

"她住到乡下去。"

"您怎么能使我们失去您那位可爱的太太呢？"

"安德烈，"妻子像对别人说话一样娇滴滴地对丈夫说，"子爵给我们讲了乔紫小姐和拿破仑的趣闻，真是太有意思了！"

安德烈公爵眯缝起眼睛，转过身去。自从他走进客厅，皮埃尔快乐而友好的眼睛就盯住他不放。他走到安德烈跟前，握住他的手。安德烈公爵没有回过头来，却皱起眉头，对拉他手的人表示恼火，但一看见皮埃尔的笑脸，立刻就也现出和蔼而愉快的微笑。

“哦！……连你也到这大千世界来了！”安德烈公爵对皮埃尔说。

“我知道您会来，”皮埃尔回答，“回头我到您那儿吃晚饭，”他低声添上一句，尽量不影响继续讲故事的子爵，“行吗？”

“不，不行。”安德烈公爵笑着说，抓住皮埃尔的手臂，表示这事是用不着问的。安德烈公爵还想说些什么，但这时华西里公爵和女儿起身要走，男客们纷纷起立给他们让路。

“请您原谅，亲爱的子爵，”华西里公爵对法国人说，亲热地抓住他的袖子往下拉，不让他站起来，“公使馆那个倒霉的招待会真使我扫兴，还打断了您的故事。我真舍不得离开您这个迷人的晚会。”华西里公爵最后一句是对安娜·舍勒说的。

他的女儿海伦公爵小姐轻轻提起裙子，从几把椅子当中走过。她那美丽的脸蛋笑得更欢了。她走过皮埃尔身边时，皮埃尔简直用恐惧而兴奋的目光瞧着这位美人。

“长得真美。”安德烈公爵说。

“真美。”皮埃尔说。

华西里公爵走过的时候，抓住皮埃尔的手，同时对安娜·舍勒说：

“您替我开导开导这头熊吧，”他说，“您瞧，他在我家住了一个月，我这还是第一次看见他出来交际呢。一个年轻人没有比接触聪明的女人更重要的事了。”

4

安娜·舍勒微微一笑，答应多照顾皮埃尔。她知道皮埃尔的父亲同华西里公爵是亲戚。坐在姑妈旁边的老太太这时慌忙站起来，在前厅追上华西里公爵。她脸上装出来的兴致消失了。她那张哭肿的和善的脸上只剩下焦虑和恐惧。

“公爵，您说说，我儿子保里斯的事进行得怎样了？”她说。（她的南方口音“保”字说得特别重。）“我在彼得堡不能再待下去了。请您告诉我，我能带给我那可怜的孩子什么消息？”

尽管华西里公爵听这位老太太说话很勉强，甚至露出不耐烦的神气，她还是谄媚地向他赔着笑脸，拉住他的手不让他走。

“只要您向皇上说一句，他就可以调到近卫军去了，这在您算不了什么。”她请求说。

“请您相信，公爵夫人，凡是我能办到的事，我一定尽力，”华西里公爵回答，“但叫我去求皇上有困难；我劝您通过高里岑公爵去找鲁勉采夫。这是最好的办法。”

这位老太太是德鲁别茨基公爵夫人，出身俄国的一个望族，后来家道中落，离开上流社会，失掉了原有的关系。她这次来是为了把她的独生子调进近卫军。为了见华西里公爵，她自动跑来参加安娜·舍勒的晚会。为了这个目的，她听了莫特玛子爵的故事。华西里公爵的话使她吃惊；她那张年轻时曾很漂亮的脸上现出恼怒的神色，但这只是一刹那的事。接着她又微微一笑，更紧地抓住华西里公爵的手。

“您听我说，公爵，”她说，“我从来没求过您什么事，以后也不会求您，我也从没提到过家父待您的情谊。但这一次我求您看在上帝份上帮我儿子一个忙，我永远不会忘记您的恩情，”她匆匆地补充说，“哦，您别生气，您就答应我吧。我求过高里岑，可他拒绝了。您这人向来厚道，这次务请帮个忙。”她说的时候竭力想装出笑容，但眼睛里含着泪水。

“爸爸，我们要迟到了。”海伦公爵小姐站在门口等候，这时从肩上转过她那古典美人的秀美的头，说。

权势在社会上是一种资本，不应随便动用。华西里公爵深谙这个道理。他知道，他要是有求必应，以后自己有事就不能去求别人了，因此难得使用自己的权势。但在德鲁别茨基公爵夫人这事上，经她再次提出要求后，他觉得良心上有点不安。她提醒他一件事：他最初进入官场是靠她父亲提携的。此外，他从她的态度上看出，她属于那种女人，特别是做母亲的女人，她们一旦拿定什么主意，就非实现不可，否则会一直纠缠不放，甚至大吵大闹。最后这个考虑使他的决心动摇了。

“亲爱的德鲁别茨基公爵夫人，”他用惯常的亲昵而干巴巴的语气说，“您要我办的事，我简直无法办到；但为了向您证明，我是多么敬爱您，多么怀念令尊在天之灵，我要去办这件不可能办到的事：把令郎调到近卫军。我答应您了。您该满意了吧？”

“哦，亲爱的公爵，您真是我的恩人！我知道您会这样的。

我知道您的心真好。”

华西里公爵想走了。

“等一下，我还有一句话。等他调到近卫军后……”她迟疑了一下，“您同库图佐夫将军很有交情，您就把保里斯推荐给他当副官吧。那样我就心满意足了，那样我就……”

华西里公爵微微一笑。

“这事我可不能答应。您真不知道，自从库图佐夫当上总司令以后，有多少人包围着他。他亲自对我说过，莫斯科所有的贵妇人都像说好了似的，要把自己的儿子送给他做副官。”

“不，您答应我吧，我的大恩人，不然我不放您走。”

“爸爸，我们要迟到了。”美人海伦又用同样的语气说。

“哦，再见，再见！您看她……”

“那您明天就奏闻皇上吗？”

“一定，但找库图佐夫，我不能答应。”

“不，您答应我，答应我吧，华西里。”德鲁别茨基公爵夫人跟在他后面说，露出少女般撒娇的笑容。这种笑容是她年轻时常有的，但如今同她憔悴的脸可很不相称了。

看来，她已忘记自己的年纪，习惯成自然地使用了女性一切传统的手法。但等华西里公爵一走，她的脸上又恢复虚伪冷淡的神情。她回到原来的小组，莫特玛子爵还在讲故事。她又装出仔细倾听的样子，其实是等待机会脱身，因为她的事已经办完了。

“那么您对米兰加冕礼那出最新的喜剧有什么看法？”安娜·舍勒说，“还有一些新的喜剧：热那亚人民和卢卡人民向拿破仑先生请愿。拿破仑先生高高坐在宝座上，答应了他们的要求。哦，真是太妙了！这事简直叫人发疯。说真的，全世界都失去理智了。”

安德烈公爵直瞅着安娜·舍勒的脸，嘿地一笑。

“‘上帝赐给我王冠，谁来碰我，谁就倒霉。’”他说了拿破仑加冕时说的话，接着又添加说，“据说，他讲这话时可神气了。”他又用意大利语把这话重说了一遍。

“我希望，”安娜·舍勒说，“这是他最后的一招。各国君主再也不能容忍这个天下公敌了。”

“各国君主吗？我没有说俄国皇帝。”莫特玛子爵恭敬而沮丧地说。“哼，各国君主！他们为路易十六，为王后，为伊丽莎白公主尽过什么力没有？什么也没有，”他激动地说，“相信我，他们出卖波旁王朝将受到惩罚。各国君主吗？他们还派使臣去祝贺这个篡位的奸贼呢。”

莫特玛子爵轻蔑地叹了一口气，又换了换坐的姿势。伊波利特公爵手持长柄眼镜对子爵望了好一阵，听到这话，突然向娇小的公爵夫人转过身去，向她要了一根针，在桌上画了个康德家家徽给她看。他一本正经地向她解释这个家徽，仿佛是她求他这样做的。

“康德家家徽就是天蓝色兽嘴组成的一根兽嘴棒。”他说。

公爵夫人笑眯眯地听着。

“要是拿破仑在法国皇位上再坐上一年，”子爵继续说，他的神气表示他比谁都了解这件事，因此不愿听别人的话，一味顺着自己的思路说下去，“局面就会不可收拾。法国社会，我当然是指上流社会，将会被阴谋、暴力、放逐和死刑完全断送掉，到那时……”

他耸耸肩膀，摊开双手。皮埃尔对谈话很感兴趣，也想说些什么，但监视他的安娜·舍勒连忙把他拦住，不让他开口。

“亚历山大皇帝说过，”她一提到皇帝，心情总有点忧郁，“他让法国人挑选自己的政体。我相信，这个国家一旦打倒篡位的奸贼，就会一致拥戴合法的国王。”安娜·舍勒说，竭力讨好法国侨民中的保皇党。

“这很难说，”安德烈公爵说，“子爵先生认为局势已不可收拾，这是完全正确的。但我认为走回头路也有困难。”

“据我所知，”皮埃尔红着脸又插嘴了，“所有贵族几乎都倒向拿破仑一边了。”

“这是拿破仑派说的话，”子爵说，没有抬起眼睛看皮埃尔，“现在很难知道法国的舆论究竟怎样。”

“这是拿破仑说的。”安德烈公爵冷笑说。他显然不喜欢子爵，尽管眼睛没有望着子爵，他的话可是针对子爵的。

“‘我向他们指出光荣之路，他们不愿意走，’”安德烈公爵沉默了一下，又引用拿破仑的话说，“‘我给他们敞开接待室，他们就蜂拥而来。’……我不知道他有什么权利说这种话。”

“没有任何权利，”子爵回答，“自从当甘公爵被害以后，就连最崇拜他的人也不再把他看作英雄了。即使原来有些人把他看作英雄，但在当甘公爵被害以后，天上就多了一位殉道者，地上就少了一个英雄。”

安娜·舍勒和其他人还来不及露出笑容来赞扬这些话，皮埃尔就又突然插嘴。安娜·舍勒虽也预感到他会说出什么不得体的话来，但已拦不住他了。

“处死当甘公爵出于国家的需要，”皮埃尔说，“拿破仑不怕独自对这事承担责任，我认为这正是他伟大之处。”

“哦！我的天！”安娜·舍勒恐怖地低声说。

“怎么，皮埃尔先生，您认为杀人就是伟大吗？”娇小的公爵夫人笑眯眯地说，拉过她的针线活来。

“啊！哦！”几个声音同时说。

“妙极了！”伊波利特用英语说，一只手拍拍膝盖。子爵只耸耸肩膀。

皮埃尔从眼镜上方得意洋洋地望望听众。

“我之所以这样说，”他不顾一切地说下去，“是因为波旁王朝逃避革命，使人民处于无政府状态；只有拿破仑一人懂得革命，并且能战胜革命，因此为了共同的利益他不惜剥夺一个人的生命。”

“您要不要到那边一桌去？”安娜·舍勒说。但皮埃尔没有理她，继续说他的。

“不，”皮埃尔越说越激动。“拿破仑伟大，因为他站得比革命高，他制止了革命中的过火行为，保持了一切好的东西，像民权平等啦，言论出版自由啦，因此他获得了权力。”

“是啊，要是他取得权力后，不是利用它去杀人，而是把权力交给合法的国王，”莫特玛子爵说，“那我就会叫他伟人了。”

“他不能这样做。人民把权力交给他，只是为了要他推翻波旁王朝。因此人民把他看成伟人。革命是伟大的事业。”皮埃尔先生继续说。他这种不顾一切的挑战性插话表明他朝气蓬勃，急于一吐为快。

“革命和弑君是伟大的事业吗？……现在……您好不好到那边一桌去？”安娜·舍勒又说。

“《民约论》[1]。”莫特玛子爵露出温和的微笑说。

“我不是说弑君。我是说思想。”

“对，这是抢劫、屠杀和弑君的思想。”又有一个嘲弄的声

1 法国启蒙思想家卢梭（1712—1778）的名著，一译《社会契约论》，认为国家是“自由”的人民“自由协议”的产物；人们同意把自己的权利转让给国家，国家必须保护一切缔约者的自由、平等、生命和财产，体现全体人民的“公意”；如果这种契约遭到破坏，人民有权取消它，被暴力夺去的自由应用暴力夺回。

音插进来。

“这些当然都是过火行为，但重要的不在这里，重要的是人权，是消除偏见，是公民平等；而这些思想拿破仑是充分维护的。”

“自由，平等，”子爵轻蔑地说，仿佛终于决定要认真指出这个青年的糊涂，“这些动听的字眼早已名誉扫地了。请问：谁不爱自由、平等？我们的救世主早就宣讲过自由、平等了。革命以后，人们是不是过得幸福些呢？正好相反。我们要自由，可是拿破仑却毁灭自由。”

安德烈公爵面带微笑，时而望望皮埃尔，时而望望子爵，时而望望女主人。安娜·舍勒尽管老于社交活动，但听到皮埃尔发言，起初仍不免大吃一惊。她看到皮埃尔虽说了些离经叛道的话，但子爵并没有发火；后来她看到已无法制止他发言，就同子爵联合起来，集中力量攻击滔滔不绝地讲个没完的皮埃尔。

“但是，我亲爱的皮埃尔先生，”安娜·舍勒说，“一个大人物可以不经审判就处死一个公爵，或者说，一个没有罪的人，这样的事您怎么解释呢？”

“我想问一下，”莫特玛子爵说，“先生怎样解释雾月十八日事件[1]？难道这不是个骗局吗？这是个骗局，完全不是一个大人物所应该干的。”

“还有他在非洲杀害俘虏的事呢？”娇小的公爵夫人说，“真是太可怕了！”她耸耸肩膀。

“不论怎么说，他是个暴发户。”伊波利特公爵说。

皮埃尔先生不知道回答谁好，扫视了一下所有的人，微微一

1 1799年11月9日拿破仑在大资产阶级支持下发动的军事政变。发生于法国新历共和8年雾月十八日，故名。政变后成立三人执政府，第一执政官拿破仑掌握军政全权。

笑。他笑起来不像一般人那样似笑非笑。他笑的时候，原来那种严肃而有点忧郁的脸色顿时消失，而现出一种天真、善良，甚至傻乎乎的好像讨饶的神情。

莫特玛子爵虽是初次见到他，但已看出这个雅各宾派[1]并不像他说的话那样可怕。大家都不作声。

“你们叫他一下子同时回答几个人的话，那怎么行呢？”安德烈公爵说，“再说，对政治家的行为应该分清，哪些属于私人行为，哪些属于统帅或者皇帝的行为。我认为应该这样看。”

“是啊，是啊，这个当然。”皮埃尔看到有人替他解围，感到高兴，接口说。

“我们不能不承认，”安德烈公爵继续说，“拿破仑在阿尔科拉桥上的行为[2]，他在雅发医院里同鼠疫病人握手的事，表明他是个伟人，但……但他的其他行为就使人很难替他辩护了。”

安德烈公爵显然是想缓和皮埃尔说话拙直造成的气氛。这时他站起身来准备走，向妻子做了个暗示。

伊波利特公爵忽然站起来，用手势拦住大家，要他们再坐一会儿，嘴里说：

“哦，今天我听到一个很有意思的莫斯科笑话，我要讲给诸位听听。子爵，请您原谅，我要用俄语讲。要不然就没有味道了。”

于是伊波利特公爵用俄语讲起来。他讲俄语有点像一个在俄

1 18世纪法国资产阶级革命时期最大的政治组织，因会址设在巴黎雅各宾修道院而得名。1789年成立，在全国设有支部。起初成分复杂，后成为资产阶级革命民主派的中心，成员称为雅各宾派，领袖有罗伯斯庇尔等。1793年6月推翻吉伦特派，建立雅各宾派专政。1794年热月政变后解散。

2 1796年11月，法军在意大利北方进攻阿尔科拉桥，连续三天，相持不下。第三天决战时，拿破仑手执军旗，亲自带领士兵冲上此桥，加以占领。

国待了一年的法国人。大家都留下来，因为伊波利特公爵那么热情那么坚决地要求大家听他讲故事。

“莫斯科有一位贵夫人，一位太太。她很吝啬。她需要两个随车的跟班。要高个子。这是她的爱好。她有一个使女，个子比男人高。她说……”

伊波利特公爵说到这儿迟疑了一下，显然在苦苦编造。

“她说……是的，她说：‘丫头，穿上号衣，跟我出去拜客。’”

伊波利特公爵说到这里，不等听的人发笑，自己就噗哧一声笑起来，造成了不好的效果。但有不少人微微一笑，包括那个老太太和安娜·舍勒。

“她乘马车出门。突然起了一阵狂风。使女的帽子给吹掉了，长长的头发披散下来……”

说到这里，他再也忍不住，就上气不接下气地哈哈大笑，边笑边说：

“结果弄得人人都知道了……”

笑话就这样结束了。虽然弄不明白，他为什么要讲这件事，为什么一定要用俄语讲，但是安娜·舍勒和别的人还是称赞伊波利特公爵，因为他这样愉快地终止了皮埃尔先生那令人讨厌的胡闹。听完这个笑话，谈话就转为分散的聊天，例如谈谈下次的舞会和上次的舞会，谈谈戏剧演出，以及谁和谁将在何处见面，等等。

5

客人们谢过安娜·舍勒安排了这次迷人的晚会，便纷纷散去。

皮埃尔天生笨头笨脑。他身体肥胖，个儿比普通人高，肩膀宽阔，双手又大又红，他不善于进入交际场所，更不善于离开交际场所，也就是说，不知道告辞时该说些什么使人愉快的话。而且，他还有点心不在焉。他站起来，没拿自己的帽子，却拿了一顶有将军翎子的三角军帽，扯弄着帽缨，直到将军向他要还帽子。不过，他那种心不在焉的模样，不善于进入交际场说些得体话的缺点，却从他那善良、朴实和谦逊的态度中得到弥补。安娜·舍勒向他转过身去，以基督徒的宽厚表示原谅他的不得体言论，说：

“我希望能有机会再见到您，但希望您改变自己的想法，我亲爱的皮埃尔先生。”她说。

安娜·舍勒对他说了这些话，他没有回答，只鞠了一躬，又向大家微微一笑。这笑容没有别的意思，只是说：“想法归想法，但是你们看我这人多么善良，多么出色。”这一点，大家都感觉到了，安娜·舍勒也感觉到了。

安德烈公爵走进前厅，肩膀凑近替他披斗篷的听差，漠不关心地听着妻子同也走到前厅的伊波利特公爵闲聊。伊波利特公爵站在怀孕的漂亮公爵夫人身旁，举起有柄的眼镜直瞅着她。

“进去吧，安娜，您会着凉的，”娇小的公爵夫人向安娜·舍勒告别时说。“就这么说定了。”她轻轻加了一句。

安娜·舍勒已同丽莎谈过要替阿纳托里和安德烈公爵的妹妹做媒的事。

“多多拜托了，亲爱的朋友，”安娜·舍勒也低声说，“您写信给她，同时告诉我，她父亲对这事有什么看法。再见。”她说着走出前厅。

伊波利特公爵走到娇小的公爵夫人跟前，把脸凑近她，悄悄地对她说了一句话。

两个听差——一个是安德烈公爵夫人的，一个是伊波利特公爵的——拿着披肩和斗篷站在旁边，等他们把话说完。尽管听差不懂法语，但脸上的神情仿佛表示懂得他们所说的话，只是不愿表示出来罢了。安德烈公爵夫人照例含笑说话，听的时候笑出声来。

“我很高兴没有去参加公使馆的招待会，”伊波利特公爵说，“无聊……这儿的晚会真有意思，真有意思，是不是？”

“据说，那儿要举行盛大的舞会，”公爵夫人翘起长有毫毛的嘴唇回答，“上流社会所有漂亮的女人都将出席。”

“不是所有的，因为您没有去，就不是所有的。”伊波利特公爵说，快乐地笑着，抓过听差手里的披肩，甚至把听差推开，亲自把它披到安德烈公爵夫人身上。不知是由于笨拙还是故意（谁也弄不清楚），披肩披好后，他还是好半天没有放开手，仿佛搂住这位年轻的女人。

安德烈公爵夫人姿态优美地避开他，脸上还是挂着微笑，转过身去，瞧了丈夫一眼。安德烈公爵闭着眼睛，现出困倦的样子。

“您好了吗？”他眼睛没看妻子，问道。

伊波利特公爵匆匆披上有点绊脚的时髦斗篷，跟着安德烈公爵夫人跑到台阶上。这时听差正在扶公爵夫人上车。

“再见，公爵夫人！”伊波利特公爵大声嚷道，他的舌头也像两脚一样不听使唤。

安德烈公爵夫人提起裙子，坐到昏暗的马车里；她的丈夫理着军刀；伊波利特公爵说是效劳，其实却妨碍了大家的行动。

“对不起，先生。”安德烈公爵干巴巴地用俄语对挡住路的伊波利特公爵说。

“我等你，皮埃尔。”安德烈公爵说，声音还是那样平稳，但语气亲切而温和。

车夫催动马匹，马车轮子辘辘地响起来。伊波利特公爵站在台阶上等子爵（他答应送子爵回家），发出断断续续的笑声。

“哦，我的好朋友，你们那位娇小的公爵夫人真可爱，真可爱，”子爵跟伊波利特一起坐上马车，吻吻自己的手指尖，“完完全全像个法国女人。”

伊波利特噗哧一声笑出来。

“我说啊，您这人样子老实，其实很可怕，”子爵继续说，“我可怜那个不幸的丈夫，那个小军官，他装得像个有权有势的大人物。”

伊波利特又笑起来，边笑边说：

“您说过，俄国女人不如法国女人。要善于对付她们。”

皮埃尔坐车先来到安德烈公爵家。他像在自己家里一样走进书房，立刻习惯地躺在沙发上，从书架上随手取下一本书（恺撒的《笔记》），用臂肘支着身子，翻开书，从中间读起来。

“你刚才怎么这样对待安娜·舍勒小姐？这下子她可要害大病了。”安德烈公爵走进书房，搓搓白皙的小手说。

皮埃尔转过身来，弄得沙发咯吱咯吱响。他抬起兴奋的脸对着安德烈公爵，微微一笑，摆了摆手。

“哦，那个神父真有意思，就是看问题不对头……照我看，永久和平是可能的，但我不知道该怎么说……不过不能靠政治均势……”

安德烈公爵显然对这种空谈不感兴趣。

“老弟，你不论到哪里，总是想到什么就说什么，那样可不行。那么，你到底拿定主意没有？你想当近卫骑兵还是外交官？”沉默了一阵后，安德烈公爵问。

皮埃尔盘起双腿，坐在沙发上。

“不瞒您说，我心里还没有数。这两样我都不喜欢。”

“但你总得拿个主意啊！你父亲等着你呢。”

皮埃尔十岁的时候由一个当家庭教师的神父带到国外，在那里一直待到二十岁。他回到莫斯科后，父亲辞退了那个神父，对儿子说：“现在你到彼得堡去见见世面，选个职业。我什么都同意。喏，这是给华西里公爵的信，这是给你的钱。来信详细告诉我那边的情况，各方面我都可以帮助你。”皮埃尔花了三个月时间选择职业，但始终拿不定主意。安德烈公爵此刻就是和他谈择业问题。皮埃尔擦擦前额。

“他一定是个共济会[1]会员。”皮埃尔说，指的是晚会上见到的那个神父。

“这都是废话，”安德烈公爵又打断他说，“我们还是谈正经事吧。你去过近卫骑兵队吗？……’”

“没有，没有去过。我现在有个想法，我想同您谈谈。这次战争是打拿破仑的。如果是为自由而战，那我是能理解的，我会

1 共济会是一种宗教哲学社团，18世纪创立于英国，后来扩展到欧洲其他国家。俄国共济会成立于18世纪30年代。共济会又称自由泥瓦匠会。

第一个报名参军；可是帮助英国和奥国去反对世界上最伟大的人物……这可不好……”

安德烈公爵听到皮埃尔这种幼稚的话，只耸耸肩膀。他现出一种无法回答这种蠢话的神气；不过，对这种天真的问题除了像安德烈公爵那样回答外，也确实很难回答。

“要是人人都只为自己的信仰打仗，那就不会有战争了。”安德烈公爵说。

“那就太好了。”皮埃尔说。

安德烈公爵冷冷一笑。

“那样也许是不错，但永远办不到……”

“那么，您是为了什么去打仗？”皮埃尔问。

“为了什么？我不知道。我得去。再说，我去……”他停了一下，“我去是因为这里的生活……我不喜欢这种生活！”

6

隔壁房间里传来衣裙的窸窣声。安德烈公爵仿佛醒了过来，浑身打了个哆嗦，脸上的表情像在安娜·舍勒客厅里时一样。皮埃尔从沙发上放下两腿。公爵夫人走了进来。她已换了便装，但装束还是那样雅致明丽。安德烈公爵站起来，彬彬有礼地给她挪过来一把椅子。

“我常常想，为什么……”公爵夫人照例用法语说，立即费力地坐到椅子上，“为什么安娜不出嫁？你们这些先生真傻，竟没有一个人娶她。恕我直说，你们对女人一点也不了解。皮埃尔先生，您这人真喜欢抬杠！”

“我同您丈夫还在抬杠，我不明白他为什么要去打仗。”皮埃尔和公爵夫人说话，毫无拘束，不像一般青年男子和青年妇女说话那样。

公爵夫人浑身打了个哆嗦。皮埃尔的话显然触着了她的痛处。

“哦，这正是我要说的！”公爵夫人说，“我不明白，一点也不明白，为什么男人不打仗就过不了日子？为什么我们做女人的压根儿不希望、压根儿不需要打仗？哦，您来评评看。我总是对他说，他在这里是叔叔的副官，地位显赫。谁都知道，谁都看重他。前些日子我在阿普拉克辛家听一位太太问：‘他就是大名鼎鼎的安德烈公爵吗？’她真的这样说！”公爵夫人笑了。“他不论到哪里都受欢迎。他很可能当上侍从武官。不瞒您说，皇上还亲切地同他谈过话。我同安娜也说过，这事很容易办到。您认为怎么样？”

皮埃尔望了望安德烈公爵，发觉朋友不喜欢听这些话，便什么也没有回答。

“您什么时候动身？”皮埃尔问。

“哦，您别对我提他出门的事，别提了！我不愿意听。”公爵夫人像在客厅里同伊波利特说话那样任性、撒娇，这对家里人显然不合适，但皮埃尔在这里就像个自己人。“今天我想到，你要和所有这些亲朋好友停止来往……还有，你知道吗，安德烈？”公爵夫人意味深长地对丈夫挤挤眼，“哦，我害怕，害怕！”她脊背直打哆嗦，喃喃地说。

丈夫露出惊奇的神色对她瞧瞧，仿佛发现房间里除了他和皮埃尔之外还有别人；但他还是用冷冰冰、干巴巴的语气问：

“你怕什么，丽莎？我不明白。”安德烈公爵说。

“哦，男人都很自私，个个都很自私！天知道他为什么忽发奇想要抛下我，把我孤零零留在乡下。”

“还有我父亲和妹妹呢，你别忘了。”安德烈公爵低声说。

“要是离开了我的朋友们，还不是孤零零一个人……他还叫我不要怕。”

公爵夫人的语气里带有埋怨的成分，上唇噘起，脸上现出松鼠般不愉快的表情。她不再往下说，仿佛在皮埃尔面前谈自己怀孕是不体面的，而这正是她要谈的问题。

“我还是不明白，你怕什么？”安德烈公爵慢吞吞地说，目光没有离开妻子。

公爵夫人脸红了，失望地挥挥手。

“啊，安德烈，你完全变了，完全变了……”

“医生要你早点睡，”安德烈公爵说，“你还是去睡吧。”

公爵夫人什么也没有说，她那有毫毛的稍稍翘起的嘴唇抖动起来；安德烈公爵站起来，耸耸肩膀，在屋里来回踱步。

皮埃尔惊奇而天真地从眼镜上方忽而望望安德烈，忽而望望公爵夫人，动动身子仿佛也想站起来，但又改变了主意。

“皮埃尔先生在这里，这有什么关系，”娇小的公爵夫人忽然说，她那漂亮的脸顿时现出一副哭相，“我早就想对你说了，安德烈，你对我的态度怎么变得这样？我对你做了什么啦？你去参军，你不可怜我。这是为什么呀？”

“丽莎！”安德烈公爵只叫了一声，这一声叫唤里包含着恳求、威胁，尤其是要她明白说这话会后悔的。她却急急忙忙说下去：

“你待我就像待病人或者孩子那样。我什么都看得出来。难道半年前你是这样的吗？”

“丽莎，我请您不要说了。”安德烈公爵说，语气变得更加生硬。

皮埃尔听着他们的谈话，越来越激动，站起来走到公爵夫人面前。他似乎看不得眼泪，一看见眼泪自己也想哭了。

“您放心，公爵夫人。这都是您的想象，因为，我老实对您说，我自己也有过体会……为什么……因为……哦，对不起，外人不应该待在这里……不，您放心……再见……”

安德烈公爵拉住他的手不让他走。

“不要走，等一下，皮埃尔。公爵夫人挺厚道，她不会不让我跟你快乐地消磨一个晚上的。”

“哼，他总是只想到自己。”公爵夫人气得忍不住眼泪，对皮埃尔说。

“丽莎！”安德烈公爵冷冷地说，嗓门提得很高，表示他已忍无可忍。

公爵夫人美丽的脸上那种愤怒的松鼠般表情，突然变成引人怜爱的恐惧神色。她皱起眉头用她那双美丽的眼睛瞅了瞅丈夫，脸上现出畏怯的讨饶表情，好像一只迅速而无力地摆动下垂尾巴的狗。

“天哪！天哪！”公爵夫人说，一手提起裙子，走到丈夫跟前，吻了吻他的前额。

“再见，丽莎！”安德烈公爵站起身来说，像外人那样彬彬有礼地吻吻她的手。

两个朋友保持着沉默。谁也没有开口。皮埃尔瞧瞧安德烈公爵，安德烈公爵用他的小手擦擦前额。

“咱们吃饭去吧。”安德烈公爵叹了口气说，向门口走去。

他们走进布置一新的富丽堂皇的餐厅。餐厅里所有的用具，从餐巾到银器、瓷器和水晶玻璃器皿，都显出新婚家庭所特有的焕然一新的气象。饭吃到一半，安德烈公爵把臂肘搁到桌上，仿佛早就有了心事，此刻突然决定要把它讲出来。他带着皮埃尔从未见过的神经质激动，开始说：

“绝对不要……绝对不要结婚，我的朋友！请你记住我的忠告：除非你认为已做了最大的克制，除非你不再爱你选中的那个女人并且已看清了她的真实面目，否则你绝对不要结婚，要不你就会犯下无法补救的天大错误。等到有一天你老了，完全不中用了，再结婚……要不你就会失去一切美好和高尚的东西。你的全部精力都会耗费在琐碎的小事上。真的，真的，真的！别那么大惊小怪地望着我。你要是对自己的前途还抱有希望，那么一结婚，就什么都完了，你哪儿也去不了，除了客厅以外，而在客厅里你就会变成宫廷侍仆和白痴一类的货色……就是这样！……”

安德烈公爵用力把手一挥。

皮埃尔取下眼镜，他的脸因此变了样，显得更加善良。他惊奇地望着朋友。

“我妻子是个贤惠的女人，”安德烈公爵继续说，“她是个少有的规矩女人，她可以使丈夫不用担心自己的名誉。不过，说句实话，现在要是能让我做个没有妻室的男人，我情愿付出任何代价！这话我只对你一个人说说，也是第一次说，因为我喜欢你。”

安德烈公爵说这话时，一点不像他斜靠在安娜·舍勒家的圈椅里，眯缝着眼睛，从牙缝里挤出法国话的模样。由于兴奋，他那冷冰冰脸上的每块肌肉都在神经质地抽动着；那双生命之火似乎已经熄灭的眼睛这会儿又闪耀出明亮的光芒。看来，他在平时越是没精打采，在激动时就越显得精神焕发。

“你不理解我为什么说这话，”安德烈公爵继续说，“这是我一生的经验之谈。你说到拿破仑和他的事业，”他这么说，其实皮埃尔并没有谈到拿破仑，“你说到拿破仑，但拿破仑干的时候，一步一步走向目标，毫无顾虑，心中没有别的，只有一个目标，最后达到了目标。但要是同女人拴在一起，你就会像个戴着镣铐的囚犯，完全丧失自由。你的一切希望和力量只会使你苦恼，只会使你感到悔恨。客厅、谈天、舞会、虚荣、琐事——这一切就形成无法冲破的魔圈。如今我要去参加战争，去参加空前伟大的战争，可是我什么也不懂，什么也不会。我只会说说空话，”安德烈公爵继续说，“在安娜·舍勒家里大家都听我讲。这批人都很无聊，可我的妻子离开他们就不能过日子。这些女人……你真不知道这些所谓正派女人，或者说所有的女人，是些什么货！我父亲说得对：自私自利、爱慕虚荣、愚昧无知、一文不值——这就是女人的真面目。你在交际场所看到她们，她们装得煞有介事，其实毫无价值，毫无价值！不要结婚，我的好朋友，千万不要结婚。”安德烈公爵结束说。

“我觉得很好笑，”皮埃尔说，“您认为**您自己**是个无用的人，认为您的生活被毁了。其实您前途远大，前途远大。而且您……”

皮埃尔没有说“您这算什么话”，但他的语气就表示，他十分看重朋友，朋友的前途十分远大。

“他怎么能说出这样的话来！”皮埃尔想。皮埃尔认为安德烈公爵是个十全十美的人，因为安德烈公爵完全具备他皮埃尔所缺乏的优点，这种优点用最恰当的话来说就是毅力。安德烈公爵沉着应付各种人的能力，他非凡的记忆力，他渊博的知识（他什么书都读，什么事都知道，对什么问题都有自己的见解），尤其是他工作和学习的本领，一向使皮埃尔钦佩。安德烈缺乏哲理幻想（皮埃尔在这方面很擅长），这点使皮埃尔感到奇怪，但他也不把它看作缺点，而是把它看作长处。

即使在最亲密的朋友之间，奉承和赞扬也是需要的，就像车轮需要润滑油一样。

“*我这人算是完了*。”安德烈公爵说。“我的事有什么可谈的呢？还是谈谈你的事吧。”他停了停说，对这样的自我解嘲微微一笑。这笑容顿时感染了皮埃尔。

“我的事有什么可谈的？”皮埃尔说，咧开嘴露出无忧无虑的快乐微笑，“我算什么？*一个私生子*！”他突然脸红了。他说这话显然是费了很大的劲儿。“*没有身份，没有财产*……其实……”但他没有说“其实”后面的话，“我现在是个自由人，我觉得很好。我就是不知道我应该做什么。我想同您好好商量一下。”

安德烈公爵目光中充满友爱地瞧着他。不过，从他那亲切友好的目光中还是流露出优越感。

“我很看重你，因为你是我们圈子里唯一的活人。你很幸福。你想干什么就可以干什么。一点不成问题。你去哪里都行，但我要奉劝你一句：别去华西里·库拉金公爵家，别过他们那种生活。花天酒地，吃喝玩乐……这对你没有好处。”

“有什么办法，我的朋友，”皮埃尔耸耸肩膀说，“女人哪，女人！”

“我不明白，”安德烈回答，“正派女人是一回事，可是华西里公爵家的女人，女人和酒，我真不明白！”

皮埃尔住在华西里公爵家，跟着他的儿子阿纳托里过放荡生活。为了使阿纳托里改邪归正，家里人正准备让他同安德烈公爵的妹妹结婚。

“说实在的！”皮埃尔说，仿佛突然想到一个好主意，“真的，我早就有这个想法了。过目前这样的生活，我既不能思考什么问题，也不能拿什么主意。整天头痛，又没有钱。今天他邀我去，我不去了。”

“你能向我起誓不去吗？”

“我起誓！”

皮埃尔离开朋友家时已深夜一点多。正好是彼得堡六月的白夜。皮埃尔乘出租马车回家。但离家越近，他越觉得在这个更像黄昏或者黎明的夜晚无法入睡。空荡荡的街道可以望得很远。皮埃尔在路上想到，今晚阿纳托里那儿有例行的赌局，赌局之后照例是一顿狂饮，最后将以皮埃尔所喜欢的那种娱乐收场。

“到阿纳托里那儿去也不错。”皮埃尔想，但立刻想起他已向安德烈公爵起过誓不到他们那里去。

但也像一般意志薄弱的人那样，皮埃尔极想再去过一次他非常熟悉的放荡生活，并且打定主意去。他心里还想到，他发的誓是没有意义的，因为他向安德烈公爵起誓前已向阿纳托里公爵起过誓，要去他家；最后他想，这种誓言都无关紧要，尤其想到明天他说不定死去，或者遇到什么意外，那就根本谈不上誓言不誓言了。皮埃尔常常用这样的想法打消他的决心和意图。于是他就到阿纳托里那儿去了。

他来到阿纳托里所住的近卫骑兵队大楼，登上灯光明亮的台阶，来到二楼，走进一道敞开的门。前厅里没有人，到处都是空酒瓶、斗篷、套鞋，酒气弥漫，还听到里屋的说话声和叫嚷声。

赌局和夜宵已告结束，但客人们还没有散去。皮埃尔脱掉斗篷，走进第一个房间，这里只有剩酒残肴。一个听差以为没有人看见，正在偷喝杯里的剩酒。从第三个屋里传来喧闹、笑声、熟悉的叫声和熊的吼声。有八九个年轻人情绪激动地挤在打开的窗口。有三个人正在戏弄一只小熊，其中一个牵着用链子拴住的熊吓唬人。

"我押斯蒂文思一百卢布！"一个人叫道。

"注意不能用手扶东西！"另一个嚷道。

"我押陶洛霍夫！"第三个人叫道，"阿纳托里，你来分手[1]！"

"喂，把小熊拉走，这里在打赌！"

"要一口气喝光，不然算输！"第四个人叫道。

"雅可夫，拿瓶酒来，雅可夫！"主人阿纳托里喊道，他是个身材修长的美男子，只穿一件薄衬衫，敞着胸，站在人群中间。"等一下，诸位。瞧，皮埃尔来了，"他转身对皮埃尔说，"亲爱的朋友！"

一个身材不高、生有一双明亮蓝眼睛的人在窗口喊道："过来，把我们的手分开！"他的声音在所有喝醉酒的声音中最清

---

1 俄国人打赌要握手，然后由证人把双方的手分开。

醒。这人是谢苗诺夫团的军官陶洛霍夫，嗜赌如命，动不动就与人决斗，同阿纳托里住在一起。皮埃尔笑眯眯地环顾着周围的人。

“我什么也不明白。这是怎么一回事？”他问。

“等一下，他还没有喝醉。拿瓶酒来！”阿纳托里说，从桌上拿起一只杯子，走到皮埃尔面前。

“先喝了再说！”

皮埃尔一大杯一大杯地喝着酒，皱着眉头打量着又聚集在窗口的喝醉的客人，留神听他们谈话。阿纳托里给他倒酒，讲给他听，陶洛霍夫同英国海军军官斯蒂文思打赌，条件是陶洛霍夫要坐在三楼窗口，两脚垂到窗外，一口气喝完一瓶朗姆酒。

“来，把这瓶酒喝光！”阿纳托里说，把最后一杯酒递给皮埃尔，“不然我不放你走！”

“不，我不想喝了。”皮埃尔说，推开阿纳托里的手，走到窗前。

陶洛霍夫拉住英国人的手，清清楚楚地说出打赌的条件，但主要是说给阿纳托里和皮埃尔听的。

陶洛霍夫中等身材，头发鬈曲，生有一双明亮的蓝眼睛，年纪二十五岁左右。他也像所有步兵军官那样没留胡子，嘴全露在外边，嘴的曲线特别好看，是整个脸上最动人的部分。上唇中心像一个尖尖的楔子，有力地垂在结实的下唇上，两边嘴角总是露出两个酒窝，一边一个。这一切综合起来，特别是加上刚毅、傲慢而聪明的眼神，便使人不能不注意这张面孔。陶洛霍夫没有钱，也没有有影响的社会关系。尽管阿纳托里挥金如土，一年花几万卢布，但陶洛霍夫跟他住在一起，却赢得了所有认识他们的人的尊重，人们尊重陶洛霍夫超过尊重阿纳托里，连阿纳托里自己都很看重他。陶洛霍夫赌什么都有一手，而且几乎每赌必赢。他不论喝多少酒都不会醉。阿纳托里也好，陶洛霍夫也好，都是当时彼得堡浪子酒鬼中鼎鼎有名的人物。

一瓶朗姆酒拿来了。两个听差正在拆掉使人无法落座的窗子外框，他们显然被七嘴八舌乱出主意的老爷们弄得心慌意乱，手足无措。

阿纳托里得意洋洋地走到窗口。他想拆掉什么东西。他推开听差，扳扳窗框，可是窗框没有动。他就把玻璃打碎。

“喂，你来，大力士。”他对皮埃尔说。

皮埃尔抓住横木，使劲一扳，就咔嚓一声把栎木窗框扳下来。

“统统扳掉，要不还以为我有什么东西可抓呢。”陶洛霍夫说。

“英国人吹牛……是不是？……好了吗？……”阿纳托里说。

“好了。”皮埃尔望着陶洛霍夫说。陶洛霍夫拿起一瓶朗姆酒，走到窗前，从窗口可以看见晚霞和曙光交融的天空。

陶洛霍夫拿着酒瓶跳上窗台。

“听好！”他站在窗台上，向屋子里的人叫道。大家都不作声。

“我打赌，”陶洛霍夫说着法语，好让英国人懂得，但他的法语说得不太好，“我赌五十金卢布[1]，您想不想赌一百？”他问英国人。

“不，我赌五十。”英国人说。

“好，那就赌五十。我就坐在窗台上，坐在这个地方（他俯下头，指指窗外倾斜的窗沿），不抓任何东西，把这瓶酒一口气喝光……是不是这样？……”

“很好！”英国人说。

阿纳托里向英国人转过身去，抓住他燕尾服的扣子，俯视着

1 当时1个金卢布合10个卢布。

他（英国人是个矮子），用英语把打赌的条件又说了一遍。

“等一下！”陶洛霍夫嚷道，拿酒瓶在窗上敲敲，以吸引大家的注意。“等一下，阿纳托里，听我说！要是别人也能这样做，我愿出一百金卢布。明白吗？”

英国人点点头，但没表示他是不是准备接受这个条件。阿纳托里没有放开英国人，尽管英国人点点头表示他都明白，阿纳托里还是把陶洛霍夫的话译成英语。一个年轻瘦小的近卫骠骑军官，那天晚上输了钱，爬到窗台上，探头向下望了望。

“喔唷！……喔唷！……喔唷！……”他望望窗外的石板人行道，叫道。

“别捣蛋！”陶洛霍夫叫道，把年轻军官从窗台上拉下来。那军官被马刺绊了一下，狼狈地跳回屋里。

陶洛霍夫为了便于拿到酒瓶，把它放在窗台上，然后小心翼翼地爬上窗台。他垂下两腿，双手撑住两边窗框，估量了一下位置，坐稳了，放下双手，稍稍向右接着又向左移动了一下，然后拿起酒瓶。阿纳托里拿来两支蜡烛，把它们插在窗台上，虽然天色已经大亮了。陶洛霍夫穿白衬衫的脊背和鬈曲的头发被烛光从两边照亮。大家都聚集在窗口。英国人站在前面。皮埃尔微笑着，一言不发。在场的一个年纪最大的人，脸上现出恐惧和愤怒的神色，突然蹿出去，想抓住陶洛霍夫的衬衫。

“诸位，这简直是胡闹；他会摔死的。”这个比较理智的人说。

阿纳托里把他拦住。

“别动，你会吓着他，他会摔死的。知道吗？……那时怎么办？……啊？……”

陶洛霍夫转过身来坐坐好，双手又撑住窗框。

“谁要是再靠近我，”陶洛霍夫从抿紧的薄嘴唇缝里慢慢地吐出话来，“我就立刻把他从这里扔下去。哼！……”

他哼了一声，又转过头去，放下手，拿起酒瓶，送到嘴边，仰起头，举起那只空手以保持平衡。一个听差刚动手收拾碎玻璃，这时就弯着腰站在那里，眼睛盯住窗子和陶洛霍夫的脊背。阿纳托里睁大眼睛，挺直身子站着。英国人噘起嘴唇，在一旁瞧着。那个想阻拦他的人跑到屋角，躺到沙发上，脸朝着墙壁。皮埃尔掩住脸，脸上的笑意凝住了，却现出惊恐的神色。大家都不作声。皮埃尔把手从眼镜上放下。陶洛霍夫仍旧那么坐着，只是头更往后仰，仰得后颈上的鬈发都触到衬衫领子上，他那拿酒瓶的手不断哆嗦，费劲地越举越高。酒瓶快空了，瓶底越举越高，他的头也越来越往后仰。“怎么这样久啊？”皮埃尔想。他觉得好像已过了大半个小时。陶洛霍夫的背突然往后倒，他的一只手神经质地拼命哆嗦；这样的哆嗦足以使坐在倾斜窗台上的身体滑下去。他整个身子滑了一下，他的手和头就更紧张地抖动起来。他举起一只手想抓窗框，但又放下了。皮埃尔又闭上眼睛，决心再也不睁开。突然他觉得周围的人都活动起来。他看了一眼，只见陶洛霍夫站在窗台上，脸色苍白而兴奋。

“空了！”

他把酒瓶抛给英国人，英国人利落地把酒瓶接住。陶洛霍夫从窗台上跳下来。他身上散发出浓烈的朗姆酒味。

“太棒了！真是条好汉！哦，这才叫打赌！真他妈的！”四面八方都叫起来。

英国人掏出钱袋数钱。陶洛霍夫皱起眉头不作声。皮埃尔跳上窗台。

“诸位！谁愿意同我打赌？我也来一下，”他忽然叫道。“没有人打赌也行，我也干。给我拿瓶酒来。我也来一下……拿瓶酒来。”

“让他来，让他来！”陶洛霍夫微笑着说。

“你怎么？疯了？谁让你这样干？你站在楼梯上都会头晕的。”几个人异口同声地说。

“我能喝光，给我一瓶朗姆酒！”皮埃尔酒意十足地猛拍桌子嚷道，接着就往窗上爬。

大家抓住他的手臂，但他的力气很大，谁接近他，谁就被他推得远远的。

“不行，这样是拦不住他的，”阿纳托里说，“等一下，让我来哄他。你听我说，我来同你打赌，但要到明天，现在我们到×××那里去。”

“走，”皮埃尔叫道，“走！……把小熊也带去……”

他说着抱住小熊，把它举起来，又抱着小熊在房子里打转。

7

华西里公爵履行了他在安娜·舍勒晚会上向德鲁别茨基公爵夫人许下的诺言，给她的独子保里斯调动工作。华西里公爵把他的事奏闻皇上，保里斯就被破格调到近卫军谢苗诺夫团当一名准尉。不过，要谋取库图佐夫副官的职务，不管德鲁别茨基公爵夫人怎样到处奔走，都没有成功。在安娜·舍勒晚会后不久，德鲁别茨基公爵夫人回到莫斯科有钱的亲戚罗斯托夫家。她寄居在他们家里，她的宝贝儿子保里斯从小就在他们家受教育，在那里住了多年，最近才从军，并被调到近卫军任准尉。近卫军已于八月十日从彼得堡出发，保里斯留在莫斯科置办行装，打算在通往拉齐维洛夫的大道上赶上队伍。

罗斯托夫家母亲和女儿同名，都叫娜塔莎。这天正好是她们俩的命名日。从早晨起，纵列马车载着贺客，络绎不绝地来到厨司街全莫斯科闻名的罗斯托夫伯爵夫人的大公馆。伯爵夫人带着美丽的大女儿在客厅里招待着一批又一批的来客。

伯爵夫人生有东方女人的瘦削脸型，四十五岁光景，生过十二个子女，有点未老先衰。她由于体弱，举动迟钝，说话缓慢，但因此给人一种端庄稳重之感，使人肃然起敬。德鲁别茨基公爵夫人像自家人一样坐在那里，帮她招待客人，陪客人说话。年轻人都坐在后房，觉得不需要出来陪客。罗斯托夫伯爵送往迎来，邀请客人进餐。

“我自己，同时代表两位过命名日的亲人，非常非常感谢您，亲爱的朋友（不分男女，不论地位高低，他一律称人家亲爱的朋友）。您务必来吃饭。您别让我生气，亲爱的朋友。我代表全家恭请您，亲爱的朋友。”罗斯托夫伯爵千篇一律地说着这几句话，刮得光光的快乐胖脸上总是露出同样的表情，并且总是同样紧紧地握住对方的手，同样频频鞠躬。伯爵送走一位客人，立刻回到大厅里，继续招待留下的客人。他挪过一把扶手椅坐下，脸上露出既爱享福又会享福的神气。他潇洒地分开两腿，双手往膝盖上一放，意味深长地摇晃着身子，谈谈天气，问问健康，一会儿说俄语，一会儿说很蹩脚但自以为很不错的法语，然后露出疲劳而又自信尽了礼数的神态，摸摸稀疏的白发，邀请客人入席。有时，他从前厅回来，穿过花房和听差房间，走进摆有八十份餐具的宽敞大理石大厅，望着拿银器和瓷器、摆桌子和铺充缎桌布的仆人，又把贵族出身的总管德米特里叫到跟前，说：

“喂，喂！德米特里，注意了，务必把一切都安排妥当。对了，对了，”他得意地望望摆开的大餐桌说，“摆餐具最重要。对了，对了……”他满意地舒了口气，又回到客厅里。

“玛丽雅·卡拉金娜和小姐到！”伯爵的体格魁梧的跟班走进客厅，声音低沉地报告说。伯爵夫人想了想，嗅了嗅画有丈夫肖像的金鼻烟壶。

“这么多客人真把我累坏了！”伯爵夫人说，“好吧，我就最后再接见一个。她是很讲究礼节的。请她来！”她可怜巴巴地对跟班说。好像在说：“唉，你们要把我累死了！”

一个又高又胖、态度傲慢的太太带着笑盈盈的圆脸女儿，衣裙窸窣响着走进客厅。

“伯爵夫人……我们多久没……这可怜的孩子病了……在拉祖莫夫斯基家舞会上……阿普拉克辛伯爵夫人……我真高兴见到……”只听到妇女们你一言我一语的说话声，还夹杂着衣裙的窸窣声和挪动椅子的声音。这个人的话音刚落，就有人衣裙窸窣响着站起来，展开另一场谈话：“我非常、非常高兴……妈妈的健康……阿普拉克辛伯爵夫人。”接着又是衣裙的窸窣声，有人走到前厅，穿好大衣或披上斗篷，坐上马车走了。有人谈到当时城里的头条新闻：叶卡德琳娜女皇时代的巨富和美男子别祖霍夫伯爵的病，以及他的私生子皮埃尔在安娜·舍勒晚会上的冒失行为。

“我很同情可怜的伯爵，”一个女客说，“他的身体本来就很差，如今又为儿子烦恼，这样可真要他的老命了！”

“怎么回事？”罗斯托夫伯爵夫人问，仿佛她不知道那个女客指的是什么，其实别祖霍夫伯爵苦恼的原因，她少说也听到十来遍了。

“唉，这就是现在的教育啊！”那个女客说，“在国外时，这个青年就无法无天，据说，如今在彼得堡又干出骇人听闻的事，被警察驱逐出境了。”

“您讲讲！”罗斯托夫伯爵夫人说。

“他交上坏朋友，”德鲁别茨基公爵夫人插嘴说，“华西里公爵的儿子，加上他和一个叫陶洛霍夫的，天知道他们一起干了些什么。如今他们都吃苦了。陶洛霍夫被降职当兵，别祖霍夫的儿子皮埃尔被驱逐到莫斯科。阿纳托里的事儿虽然被他父亲华西里公爵给抹过去，但也被驱逐出彼得堡。”

“请问，他们到底干了什么？”罗斯托夫伯爵夫人问。

“简直是一伙强盗，特别是陶洛霍夫，”那女客说，“他是德高望重的淘洛霍夫夫人的儿子，可他干了什么呀？您真不能想象：他们三人不知从哪里弄来一头狗熊，坐马车把它带到女演员家里。警察跑去阻止。他们竟抓住警长，把他和狗熊背对背绑在一起，投到莫依卡河里；狗熊在河里游，背上还驮着警长。”

“哦，亲爱的朋友，警长那副模样一定挺好玩。”罗斯托夫伯爵大声说，笑得简直要死。

“哦，真可怕！但这有什么可笑的，伯爵？”

但太太小姐们也都忍不住笑了。

“好容易才把那个倒霉的警长救上来，”女客继续说，“这就是别祖霍夫伯爵的儿子干的好事！”女客添加说，“还说他很有教养，人也聪明。瞧，这就是在国外受教育的结果。我希望这里不会有人接待他，尽管他很有钱。有人要介绍他跟我认识，我毫不客气地拒绝了，我家里有女儿啊。”

“您怎么知道这个年轻人很有钱？”伯爵夫人问，俯身避开姑娘们，姑娘们立刻装出不在听的样子。“不瞒您说，他的孩子全是私生子。皮埃尔好像……也是个私生子。”

女客挥了挥手。

“我想，他大概有二十来个私生子。”

德鲁别茨基公爵夫人插话了，显然想炫耀她的社会关系，让人知道她熟悉内情。

“就是这么一回事，”她意味深长地轻声说，“别祖霍夫伯爵的名声大家都知道……他有多少孩子，连他自己都数不清，但这个皮埃尔可是他的宠儿。”

“这老头儿去年还挺帅的！”伯爵夫人说，“我没有见过比他更俊的男人了。”

“如今他变得可厉害了，”德鲁别茨基公爵夫人说，“我知道，华西里公爵是公爵夫人娘家那边全部财产的继承人，但做父亲的很宠爱皮埃尔，关心他的教育，还上奏过皇上……因此谁也不知道，要是他死了（他病得很重，随时都有危险，连劳兰医生也从彼得堡赶来了），这一大笔遗产将落到谁手里：是皮埃尔还是华西里公爵。有四万个农奴和几百万财产哪！这事我挺清楚，因为是华西里公爵亲口对我说的。再说，别祖霍夫伯爵还是我的从表舅父呢。他也是保里斯的教父。”德鲁别茨基公爵夫人添加说，装得对这事毫不在意。

“华西里公爵昨天到了莫斯科。听说，他是来视察的。”那个女客说。

“是的，但我只告诉你一个人，”德鲁别茨基公爵夫人说，“这是借口，其实他是听说别祖霍夫伯爵病重，特地来看看的。”

“哦，亲爱的朋友，那个玩笑开得太棒了！”罗斯托夫伯爵说，发现上了年纪的女客不在听他，就转身对小姐们说，“我想，警长那副模样一定很好玩。”

他装出警长怎样挥动双手，又声音低沉而洪亮地笑起来，笑得整个肥胖的身子发抖，就像那些享惯美酒佳肴的阔佬那样。“那么，请到舍间来用晚饭。”他说。

8

接着是一片沉默。伯爵夫人望着女客，愉快地微笑着，但毫不掩饰，要是女客现在起身告辞，她是不会不高兴的。女客的女儿理理身上的衣服，用询问的目光瞧着母亲。这时隔壁屋里忽然传来几个男女向房门跑去、撞倒椅子的声音。接着一个十三四岁的女孩把一件什么东西藏到短纱裙下边，跑进来，在屋子当中站住。显然，她是跑得太快了，无意中冲得这么远。这时门口还出现一个穿红领制服的大学生、一个近卫军军官、一个十五六岁的女孩和一个穿童装的红脸胖男孩。

罗斯托夫伯爵一跃而起，摇摇晃晃地张开两臂拥抱跑进来的女孩。

“哦，她来了！”伯爵笑着叫道，“今天就是庆祝她的命名日！我的小宝贝的命名日！”

“宝贝，什么事都得有个时间。”伯爵夫人装出一副严厉的模样说。“埃利，你总是宠她。”她对丈夫加上一句。

“哦，我的宝贝，我向你祝贺，”女客说，“真是个可爱的孩子！”她又对做母亲的说。

这个小姑娘黑眼睛，大嘴巴，不算漂亮，但很活泼，因为跑得太快挂肩滑下来，露出光肩膀，一头乌黑的鬈发向后梳，两条细小的手臂袒露着，一双瘦小的腿穿着镶花边的长裤，脚上穿着低口鞋。她正处在说孩子已不是孩子、说少女还不是少女的可爱年纪。她从父亲怀抱里挣脱出来，跑到母亲身边，也不理母亲的严厉责备。把她那绯红的脸蛋藏到母亲的花边披肩里，笑了起来。她从裙子底下取出一个布娃娃，一边笑，一边上气不接下气地讲着布娃娃的事。

“您看见吗？……布娃娃……她叫咪咪……您看。”

娜塔莎再也说不下去，她觉得一切都很可笑。她倒在妈妈怀里放声大笑，就连那古板的女客也忍不住笑起来。

“喂，去吧，带着你那个丑八怪去吧！”母亲说，装出生气的样子推开女儿。她对女客说：“这是我的小女儿。”

娜塔莎把脸从母亲花边披肩里露出来，含着笑出来的眼泪，抬头望了望母亲，又把脸藏起来。

那女客无意中看到这种天伦之乐，觉得应该有所表示。

“告诉我，我的宝贝，”她对娜塔莎说，“你这个咪咪是从哪儿来的？是你的女儿，对吗？”

娜塔莎不喜欢女客那种倚老卖老的口气，什么也没有回答，只板着脸对她望望。

这时候，全体小字辈：德鲁别茨基公爵夫人的军官儿子保里斯、罗斯托夫伯爵的长子大学生尼古拉、伯爵的十五岁甥女宋尼雅和伯爵的幼子小彼嘉都在客厅里。他们个个脸上焕发着快乐的青春气息，但显然都在竭力克制，唯恐失礼。他们从后房匆匆跑出来，他们在那里谈的事一定比这里谈的本市传闻、天气好坏和阿普拉克辛伯爵夫人之类的事有趣得多。他们偶尔交换个眼色，勉强忍住笑。

两个青年，一个是军官，一个是大学生，他们从小认识，年纪相同，都很英俊，但彼此并不相像。保里斯是个淡黄头发的高个子青年，相貌端正，五官清秀，神态沉着。尼古拉呢，个儿不高，头发鬈曲，神情开朗。他的上唇上已出现黑黑的茸毛，整个脸庞显得刚毅而热情。尼古拉一走进客厅，脸就红了，他显然不知道说什么才好；保里斯呢，正好相反，立刻定下神来，镇定而风趣地讲着，这个布娃娃咪咪他老早就认识了，当时她还是个鼻子没破的小姑娘，五年来她老得多了，脑壳也裂开了。他说了这些话，瞧了娜塔莎一眼。娜塔莎避开他的目光，瞧了弟弟一眼，只见弟弟眯缝着眼睛，不出声地笑得浑身发抖。娜塔莎再也忍不住，跳起来，一个劲儿地从屋里冲出去。保里斯却没有笑。

"您大概也要走了吧，妈妈？您要马车吗？"保里斯笑着问他的母亲。

"是的，你去，去，叫他们备车。"德鲁别茨基公爵夫人笑着回答。

保里斯悄悄地走出去，去找娜塔莎。胖男孩气冲冲地跑去追他们，仿佛因他的计划被破坏而生气。

9

青年中，除了罗斯托夫伯爵夫人的长女（她比妹妹娜塔莎大四岁，一举一动都像个大姑娘）和做客的小姐，客厅里只剩下尼古拉和宋尼雅两个人。宋尼雅是个娇小玲珑的黑发姑娘，眼神温柔，睫毛很长，一条乌黑的粗辫子在头上盘了两圈，脸上的皮肤，特别是肌肉初丰的瘦瘦手臂和脖子上的皮肤，带点淡黄。她举止稳重，四肢柔软，待人接物机灵而持重，好像一只美丽的小猫，将来准会变成一只迷人的母猫。她显然认为听大家谈话脸上应该带几分微笑，但她那双长睫毛下的眼睛情不自禁地望着即将从军的表兄，目光里流露出少女的无限热情和爱慕，以致她脸上的微笑一刹那也逃不过旁人的眼睛。显然，这只小猫暂时蹲着不动，只是为了更有力地纵身一跳，好同她的*表兄*，也像保里斯同娜塔莎那样，跑到客厅外面去玩。

“唉，*亲爱的朋友*，”老伯爵指指尼古拉对女客说，“您瞧，他的朋友保里斯当上军官，他出于友谊不愿落在他后面，就撇下大学和我这个老头子去从军，*亲爱的朋友*。我已给他在档案馆里谋了个差事，什么都弄好了。唉，难道有这样讲友谊的吗？”伯爵怀疑地说。

“噢，我听说已经宣战了。”女客说。

“早就在说了，”伯爵说，“现在又在说了，不过只是说说罢了。亲爱的朋友，您瞧，这就叫友谊！”他又说了一遍，“他要去当骠骑兵。”

女客不知道说什么好，只是摇摇头。

“根本不是因为友谊，”尼古拉涨红了脸回答，仿佛要反驳对他的可耻诽谤，“根本不是因为友谊，我觉得服兵役是我的天职。”

他回头看了看表妹和做客的小姐，她们都带着赞许的微笑望着他。

“今天保罗格勒骠骑兵团舒伯特上校在我家吃午饭。他来这里休假，准备把他带去。有什么办法呢？”伯爵耸耸肩膀，半开玩笑说，显然这事给他带来不少苦恼。

“我已经对您说过了，爸爸，”尼古拉说，“您要是不愿让我走，那我可以留下。不过我知道我这人除了当兵，什么都做不了。我不是外交家，也不会做官，因为我不会掩饰感情。”尼古拉说话时一直带着漂亮青年喜欢卖弄的神情望着宋尼雅和做客的小姐。

“小猫”两只眼睛盯住他，仿佛随时都准备跳起来和他嬉戏，显示猫的本性。

“噢，噢，好哇！”老伯爵说，“他老是激动……都被拿破仑弄昏了头，念念不忘他怎样从中尉变成皇帝。好吧，愿上帝保佑。”老伯爵添加说，没有注意女客脸上的嘲笑。

大人们谈论起拿破仑来。卡拉金娜的女儿裘丽对尼古拉说：

“您礼拜四没去阿尔哈罗夫家，真可惜。您没去，我觉得怪无聊的。”裘丽妩媚地对他笑着说。

这个年轻人受宠若惊，露出年轻人讨好的笑容，坐得离裘丽更近些，单独同满面春风的裘丽谈话，根本没注意到他这无意的微笑像一把利刀刺进满脸通红、假装微笑的宋尼雅嫉妒的心。在谈话当中，尼古拉瞧了宋尼雅一眼。宋尼雅又爱又恨地瞅了他一眼，勉强忍住眼眶里的泪水，嘴唇上依旧挂着微笑，站起身来走出去。尼古拉的兴致顿时消失。他等谈话一停下，就慌慌张张地出去找宋尼雅。

“这些年轻人的心事一看就知道！”德鲁别茨基公爵夫人指着走出去的尼古拉说。“表兄妹的关系真够麻烦的。”她添上说。

“是啊！”伯爵夫人在年轻人像阳光一般照亮客厅又消失之后说，仿佛回答一个没有人向她提出但经常盘旋在她头脑里的问题，“为了现在能从他们身上得到些欢乐，真不知操过多少心，受过多少罪啊！但就是现在，说句实话，也是担心多，欢乐少。老是叫人担心，老是叫人担心！少男少女到了这年纪，都是最危险的。”

“这就要看教育了。”女客说。

“对，您说得对，”伯爵夫人继续说，“感谢上帝，我至今一直是我孩子们的朋友，他们完全信任我。”伯爵夫人说，她也像一般做父母的那样，错误地认为孩子们没有什么事瞒着他们，“我知道我永远是我女儿的首席顾问，我知道我的尼古拉脾气急躁，但他即使淘气（男孩子不可能不淘气），也不像彼得堡的花花公子那样。”

“是的，都是挺好的孩子，挺好的孩子，”伯爵附和说，他遇到弄不懂的问题总是说挺好，“你们看，他想当骠骑兵！可您有什么办法，亲爱的朋友！

“你们的小女儿真是太可爱啦！”女客说，“火暴性子！”

“是啊，火暴性子，”伯爵说，“像我！她的嗓子可好啦！尽管她是我的女儿，但我还是要说，她会成为歌唱家，又一个莎乐莫妮[1]！我们请了一个意大利人教她。”

1 莎乐莫妮是著名歌剧女演员，1805—1806年曾随德国剧团在莫斯科演出。

“是不是太早了些！据说，这样的年纪学唱歌对嗓子有害。”

“哦，不，早什么！”伯爵说，“我们的母亲不是十二三岁就出嫁了吗？”

“她已经爱上保里斯了！您看，她怎么样？”伯爵夫人望着保里斯的母亲，微笑着说，显然在回答一个一直使她忧虑的问题。“啊，不瞒您说，我把她管得很严，我禁止她……天知道他们背地里会干出什么事来（伯爵夫人是指他们会接吻），但现在她说的每句话我都知道。她晚上总要跑到我屋里来，什么都讲给我听。也许是我宠了她，但说句实话，这样更好些。我管大女儿可要严多了。”

“是的，他们对我的教育就完全不同。”美丽的大女儿薇拉伯爵小姐微笑着说。

一般说，微笑能增添女人的美，但薇拉的微笑并没使她变得好看；相反，她的脸变得不自然，使人看了不舒服。薇拉长得不错，人也不笨，书读得很好，很有教养，嗓子也很好，她说话在理，也很得体；但说来奇怪，所有在场的人，包括女客和罗斯托夫伯爵夫人，回头望了她一眼，仿佛弄不懂她为什么要说这句话，并且觉得讨厌。

“对长男长女一般总是要求严格些。希望他们出人头地嘛！”女客说。

“何必隐瞒呢，亲爱的朋友！伯爵夫人对薇拉要求严格些，”罗斯托夫伯爵说，“哦，那有什么关系！她毕竟是个好姑娘。”他赞赏地对薇拉眨眨眼，又添上一句。

客人们起身告辞，答应以后来吃饭。

“这算什么作风啊！老是坐个没完没了，没完没了！”伯爵夫人送走客人说。

10

娜塔莎走出客厅又向前跑，来到花房。她待在那里，听着客厅里的谈话，等候保里斯出来。她不见他出来，急得直跺脚，正要哭出来，忽然听见一个年轻人不紧不慢的稳健脚步声。她连忙跑到盆花中间躲起来。

保里斯站在房间中央，回头看了看，拍拍制服袖子上的尘土，走到镜子前面，照照自己漂亮的脸。娜塔莎从藏身处屏息往外张望，看他将做什么。保里斯在镜子前面站了一会儿，微微一笑，就向门口走去。娜塔莎想叫他，但又改变了主意。

“让他找吧。”娜塔莎自言自语。保里斯刚出去，宋尼雅就从另一扇门进来。她满脸通红，两眼含泪，恨恨地低声说着什么。娜塔莎刚要向她跑去，又立刻克制住自己，留在那里不动，像隐身人那样往外张望，看会发生什么事。她感到一种新奇的乐趣。宋尼雅喃喃地说着什么，回头望望客厅的门。尼古拉从门里出来了。

“宋尼雅！你怎么啦？怎么能这样？”尼古拉说着跑到她跟前。

“没什么，没什么，别管我！”宋尼雅放声哭起来。

“不，我知道是怎么回事。”

“您知道，那很好，您找她去吧。”

“宋——尼雅！听我说一句！你怎么能想入非非，这样折磨我又折磨自己呢？”尼古拉抓住她的手，说。

宋尼雅没有抽出手，但不哭了。

娜塔莎屏住呼吸，一动不动，一双亮晶晶的眼睛从藏身的地方望出来。“接下去会怎么样呢？”她想。

“宋尼雅！世界上我什么也不要！你就是我的一切，”尼古拉说，“我会让你相信的。”

“我不爱听这种话。”

“好，那我就不说了，请你原谅，宋尼雅！”尼古拉把她拉过来吻了吻。

“啊，多么好哇！”娜塔莎想。宋尼雅和尼古拉从屋里出来，她跟在他们后面，把保里斯叫到跟前。

“保里斯，到这儿来！”她带着神秘而狡猾的神气说，“我有件事要告诉您，过来，过来，”她说着，把他领到她原来藏身的盆花中间。保里斯笑眯眯地跟她走去。

“有件什么事？”保里斯问。

她有点窘，向四下里看了看，看见弃在盆花中间的布娃娃，把它捡起来。

“您来吻吻布娃娃。”娜塔莎说。

保里斯留神而亲切地望望她那兴奋的脸，什么也没有回答。

“您不愿意吗？那么到这儿来，”娜塔莎说着，走到花丛深处，丢下布娃娃。“来，来！”她喃喃地说。她抓住年轻军官的袖口，泛红的脸上现出又惊又喜的神色。

“那么您愿意吻吻我吗？”娜塔莎几乎听不见地低声说，皱起眉头望着他，脸上挂着笑，兴奋得差点儿哭出来。

保里斯脸红了。

“您这人真可笑！”保里斯俯身对她说，脸涨得更红了，但没有做什么，只是等待着。

娜塔莎突然跳到一个大花盆上，站得比他高，双手搂住他，她那瘦小的光手臂钩住他的脖子，一仰头把头发甩到后面，在他的嘴唇上吻了一下。

接着她从盆花中间钻到另一边，垂下头站住。

“娜塔莎，”保里斯说，“您知道我爱您，但是……”

“您爱我吗？”娜塔莎打断他的话，问。

“是的，我爱您，但我们别再像刚才那样……再过四年……到那时我就来向您求婚。”

娜塔莎想了想。

“十三，十四，十五，十六……”她用纤细的手指计算着，“好！那么，一言为定？”

欣慰的微笑使娜塔莎兴奋的脸更加容光焕发了。

“一言为定！”保里斯说。

“永远这样？”女孩子说，“到死不变心？”

娜塔莎挽住他的手臂，喜气洋洋地跟他一起悄悄走进起居室。

11

伯爵夫人接待了那么多客人，感到十分疲劳。她吩咐仆人她不再接见任何人，并命令门房务必把贺客都留下吃饭。伯爵夫人很想跟童年时代的老伙伴德鲁别茨基公爵夫人单独谈谈心。自从德鲁别茨基公爵夫人从彼得堡回来后，她还没有同她好好聊过。德鲁别茨基公爵夫人一脸哭相，但强作欢颜，把椅子挪近伯爵夫人的座位。

“我要跟你推心置腹谈一谈，”德鲁别茨基公爵夫人说，“我们的老朋友剩下不多了！所以我特别珍重你的友情。”

德鲁别茨基公爵夫人望望薇拉，没把话说下去。伯爵夫人握了握朋友的手。

“薇拉，”伯爵夫人对显然不受宠爱的大女儿说，“你怎么这样不懂事？难道你不知道你在这里是多余的吗？到妹妹那里去，或者……”

漂亮的薇拉轻蔑地微微一笑，显然一点也不感到委屈。

“您要是早点说，妈妈，我早就走了。”薇拉说，向自己屋里走去。

她走过起居室，发现两个窗口下对称地坐着两对男女。她停下脚步，轻蔑地微微一笑。宋尼雅坐在尼古拉旁边，尼古拉正在把他初次写的诗抄给她。保里斯和娜塔莎坐在另一个窗下，薇拉一进去，他们就不作声了。宋尼雅和娜塔莎羞愧而幸福地瞅了一下薇拉。

看到这两个正在热恋中的女孩子本会使人高兴和感动，但此情此景显然没有使薇拉心里感到高兴。

“我要求过你们多少次了，别拿我的东西，”薇拉说，“你们自己都有房间。”薇拉从尼古拉手里拿下墨水瓶。

“等一下，等一下！”尼古拉拿笔蘸着墨水说。

“你们干什么都不看时候，”薇拉说，“刚才跑到客厅里，弄得大家都替你们害臊。”

尽管薇拉的话是对的，或者正因为是对的，谁也没有回答她。四个人只是你看看我，我看看你。薇拉拿着墨水瓶留在屋里没走。

“像你们这样的年纪，娜塔莎和保里斯，或者你们两人，能有什么秘密呢？无非是胡闹罢了！”

“啊，薇拉，这关你什么事？”娜塔莎低声反驳。

今天娜塔莎对谁都比平时更亲切、更和气。

“真是胡闹，”薇拉说，“我为你们害臊。你们有什么秘密啊？……”

“各人有各人的秘密。我们也没有干涉你和别尔格的事。”娜塔莎气愤地说。

“对，你们是没有干涉，”薇拉说，“因为我的行为从来没有什么出格的地方。但你同保里斯的事我可要告诉妈妈。”

“娜塔莎待我很好，”保里斯说，“我没有什么可抱怨的。”

“别说了，保里斯，您真是位出色的外交家（**外交家**一词当时在孩子们中间很流行，他们使用这个词别有含义）；简直无聊，”娜塔莎气愤得声音发抖，说，“她干吗老跟我过不去？”

接着她对薇拉说：“这种事你永远也不懂，因为你从来没有爱过人；你没有心肝，你是个让理夫人[1]（这是尼古拉给薇拉起的绰号，含有嘲弄的意味）。你最大的乐趣就是破坏别人的情绪。你要同别尔格调情，就尽管去好了。”娜塔莎一口气说。

“可我决不会当着客人的面去追小伙子……”

“哼，这下子你达到目的了，”尼古拉插嘴说，“说了那么多难听的话，把大家的情绪都破坏了。我们到育儿室去。”

四个人就像一群受惊的鸟，站起来，走了出去。

“是你们对我说了那么多难听的话，我可没向谁说过什么。”薇拉说。

“让理夫人！让理夫人！”门外传来带笑的叫声。

漂亮的薇拉惹得大家生气，她只微微一笑，对人家的话并不生气。她走到镜子前，理理围巾和头发：她照照自己好看的脸，似乎变得更冷静、更沉着了。

客厅里大家还在谈话。

“唉，亲爱的朋友，”伯爵夫人说，“我的生活也不全是一帆风顺的。难道我没有看到，照现在这样过下去，我们也维持不了多久！这都得怪俱乐部和他的好心肠。我们尽管住在乡下，也不得安生。看戏啦，打猎啦，天知道有多少玩意儿。唉，我的事有什么可说的！还是谈谈你那些事是怎么安排的吧。我看到你总觉得惊奇，安娜，像你这样的年纪，一个人坐车，一会儿到莫斯科，一会儿到彼得堡，一会儿找大臣，一会儿见名人，你会对付

1 让理夫人（1746—1830），法国教育家和小说家。小说多反映上流社会的古板礼节。

各种各样的人，我真佩服！哦，这些事你怎么能应付得头头是道的？唉，我可一点儿也不会。”

“啊，我的好姐妹！”德鲁别茨基公爵夫人回答说，“但愿上帝别让你知道，一个寡妇人家，无依无靠，还带着一个宝贝儿子，过日子该有多难哪！什么事都得学，”她有点得意地说，“那场官司使我长了见识。我要见哪个大人物，就写个条子：‘某某公爵夫人求见某某，’接着我就乘车登门拜访，一次不成，两次，三次，四次，直到达到目的。至于人家对我有什么想法，我才不管呢。”

“那么，保里斯的事你托了谁啦？”罗斯托夫伯爵夫人问，“你瞧，你的儿子已当上近卫军官了。可我的尼古拉才当士官生。没有人替他奔走。你这是托了谁啦？”

“托了华西里公爵。他这人心眼好，一口答应了，奏明了皇上。”德鲁别茨基公爵夫人得意洋洋地说，完全忘记她为达到目的而受的屈辱。

“他有没有见老，华西里公爵？”伯爵夫人问，“自从我们在鲁勉采夫家一起演戏以来，我就没见过他。我想他把我给忘了。他追求过我。”伯爵夫人想到这事，笑了。

“还是那个样子，”德鲁别茨基公爵夫人回答，“和蔼可亲，说话风趣。名誉地位并没有使他变样。他对我说：‘我很抱歉，亲爱的公爵夫人，我很少为您效劳，有事您尽管吩咐好了。’哦，他真是个好人，真是个好亲戚。不过，娜塔莎，你知道我很疼爱儿子。为了他的幸福，我什么都干。可是我的境况糟透了，”公爵夫人伤心地压低嗓子说，“糟得不能再糟。那场倒霉的官司使我倾家荡产，可还是毫无结果。不瞒你说，我有时简直身无分文，我不知道拿什么给保里斯置办行装。”她掏出手帕，哭起来，“我需要五百卢布，可是手头只有一张二十五卢布的票子。我现在的处境……我现在唯一的希望就在别祖霍夫伯爵身上。他要是不愿帮助他的教子（是他给保里斯施的洗），不给他一点什么，那么，我这阵子奔走就白费了：我无力替他置办行装。”

伯爵夫人流着眼泪，默默想着心事。

“我常常这样想，也许这样想是罪过的，”公爵夫人说，“我常常想，别祖霍夫伯爵一个人过日子……有这么一大笔财产……他活着有什么意思？他活着很痛苦，可保里斯的生活才开始呢。”

“他准会给保里斯留下点什么的。”伯爵夫人说。

“只有天知道，*亲爱的朋友*！这些达官贵人都很自私。但不管怎样，我还是带保里斯去见见他，向他开诚布公地提出要求。这事关系到我儿子的前途，别人有什么想法，我不在乎。”公爵夫人站起来，“现在两点钟，你们四点钟吃饭，我去一趟还来得及。”

德鲁别茨基公爵夫人像彼得堡能干的女人那样，善于利用时间。她派人把儿子找来，同他一起走到前厅。

“再见，我的好姐妹。”德鲁别茨基公爵夫人对送她到门口的伯爵夫人说。“祝我成功吧！”她背着儿子低声说。

“你们到别祖霍夫伯爵家去吗，*亲爱的朋友*？”罗斯托夫伯爵从饭厅来到前厅，说，“他要是好些了，您就叫皮埃尔到我这儿来吃饭。他到我这儿来过，跟孩子们跳过舞。您务必请他来，亲爱的朋友。啊，让我们瞧瞧，塔拉斯今天怎么表演他的手艺。他说，连奥尔洛夫伯爵[1]家都不会有像我们这样讲究的晚餐呢。”

---

1 莫斯科名流，爱好交友，以举办盛大酒宴、舞会著称。

12

“保里斯，我的宝贝，”当公爵夫人母子俩乘着罗斯托夫伯爵夫人的马车，经过铺干草的街道，驶进别祖霍夫伯爵家的大院时，母亲对儿子说，“保里斯，我的宝贝，”她从旧斗篷里伸出手，小心而亲热地放在儿子的手上，“你对他要亲热些，要殷勤。别祖霍夫伯爵毕竟是你的教父，你的前途全靠他了。你记住，我的宝贝，你要尽量讨他喜欢……”

“我知道，除了受气，不会有别的结果……”儿子冷冷地回答，“但我答应你，照你的话办。”

尽管门房知道大门口停着谁家的马车，他还是打量了一下母子俩（他们不经通报就穿过两行放在壁龛里的雕像，走进门窗宽敞的门廊），别有用意地看看旧斗篷，问他们要见谁，是要见公爵小姐们还是伯爵。知道要见伯爵，他就说老爷今天病势更重，谁也不见。

“我们走吧。”儿子用法语说。

“我的好朋友！”母亲用恳求的语气说，又摸摸儿子的手，仿佛这样可以稳住儿子，或者给他鼓气。

保里斯不作声，也没有脱大衣，只用询问的目光望望母亲。

"老朋友，"公爵夫人柔声细气地对门房说，"我知道别祖霍夫伯爵病得很重……我是专程来看他的……我是他的亲戚……我不打扰他，老朋友……我只要见见华西里公爵。他不是住在这里吗？请你通报一下。"

门房不高兴地拉拉通到楼上的铃铛，转过身去。

"德鲁别茨基公爵夫人要见华西里公爵！"门房对从楼上跑下来、在楼梯转弯处向下探望的穿长筒袜、低口鞋和燕尾服的侍仆大声说。

母亲理理好染色绸连衣裙的皱褶，照了照墙上的威尼斯大镜，这才踏着她那双旧鞋，劲头十足地登上铺地毯的楼梯。

"我的朋友，你答应过我。"她又对儿子说，用手碰碰他表示鼓励。

儿子垂下眼睛，若无其事地跟着她走上去。

他们走进大厅，这里有一道门通华西里公爵的房间。

母子俩走到大厅中央，正要向那个一看见他们就站起来的老仆问路，这时一扇门的青铜把手动了动，华西里公爵身穿丝绒皮袄，照例在家只佩一枚星章，送一个漂亮的黑发男人出来。这人就是彼得堡的名医劳兰。

"这是真的吗？"华西里公爵问。

"公爵，俗话说：'孰能无过'……"劳兰医生用法语腔说着拉丁成语。

"很好，很好……"

华西里公爵发现德鲁别茨基公爵夫人母子俩，就向医生鞠躬送别，带着疑惑的神情默默地走到他们跟前。儿子发现母亲眼神里忽然露出深沉的悲哀，微微一笑。

"唉，公爵，我们是在多么令人伤心的地方见面啊……那么，我们亲爱的病人怎么样了？"她说，仿佛没注意到那盯住她的令人难堪的冷冰冰目光。

华西里公爵疑惑地对她望望，接着又望望保里斯。保里斯恭恭敬敬地鞠了一躬。华西里公爵没有答礼，转身向着德鲁别茨基公爵夫人，对她的问题摇摇头，动动嘴唇，表示病人没有多大希望了。

“真的吗？”德鲁别茨基公爵夫人惊叫道，“哦，这太可怕了！想想都叫人害怕……这是我的儿子，”她指指保里斯添加说，“他要来当面谢谢您。”

保里斯又恭恭敬敬地鞠了一躬。

“请您相信，公爵，做母亲的心永远不会忘记您的恩情。”

“我很高兴能为您效劳，亲爱的公爵夫人。”华西里公爵说，理理衬衫的硬领，在莫斯科这里，他对受他庇护的德鲁别茨基公爵夫人的语气和态度，比在彼得堡安娜·舍勒晚会上神气得多了。

“你要好好干，不要辜负皇上的恩典，”华西里公爵对保里斯严厉地说。“我很高兴……你是来休假的吗？”他冷冰冰、干巴巴地说。

“大人，我在待命就任新职。”保里斯回答，对公爵的严厉态度并不生气，也不愿加入谈话，却显得镇定自若和彬彬有礼。华西里公爵不由得对他瞧了瞧。

“同你母亲住在一起吗？”

“我住在罗斯托夫伯爵夫人家，”保里斯说，又补了一声，“大人。”

“就是那个娶娜塔莎的伊里亚·罗斯托夫家。”德鲁别茨基公爵夫人说。

“知道，知道，”华西里公爵声音平板地说，“我怎么也无法理解，娜塔莎怎么会嫁给这头脏熊。这人又愚蠢又可笑。据说还是个赌棍。”

“不过他为人厚道，公爵。”德鲁别茨基公爵夫人说，动人地微笑着，仿佛知道罗斯托夫伯爵应受这种批评，但她请求同情这个可怜的老人。

“医生他们怎么说？”公爵夫人沉默了一会儿问，哭丧的脸上又露出无比悲痛。

“希望不大。”公爵说。

“我想再次谢谢叔叔对我和保里斯的恩情。这是他的教子。”她说话的语气仿佛表示，华西里公爵知道这种情况准会高兴的。

华西里公爵皱起眉头，沉吟起来。德鲁别茨基公爵夫人明白，他怕她会成为争夺别祖霍夫伯爵遗产的对手，连忙安他的心。

“我对**叔叔**确实是一片真情和忠心，”她说**叔叔**两个字时语气特别坚定和自然，“我知道他为人高尚、直爽，可是他身边只有几位公爵小姐……她们年纪还轻……”她低下头，低声问：“他有没有尽了最后的责任[1]，公爵？这最后的时刻可太宝贵了！情况看来不能再坏了，既然这样，那就得准备后事。公爵，我们妇道人家，”她温柔地微微一笑，“都知道这种事该怎么说。我一定要见见他。不管这对我来说有多难受，我可是个饱经忧患的人。”

华西里公爵显然懂得，要摆脱德鲁别茨基公爵夫人的纠缠是困难的，就像上次在安娜·舍勒晚会上那样。

“同您见面会不会使他感到痛苦，亲爱的德鲁别茨基公爵夫人？”华西里公爵说，“咱们还是等到晚上吧，医生估计可能出现危象。”

---

1 指基督教徒的终敷礼。

“不过，公爵，到了这种时候可不能再等了。您也明白，这事关系到他灵魂的得救……唉，真是太可怕了，一个基督徒的责任……”

里屋的门开了，一位公爵小姐走出来。她是别祖霍夫伯爵的侄女，面容忧郁而冷淡，上身长，下身短，身材很不好看。

华西里公爵向她转过身来。

“哦，他怎么样？”

“还是那样。您能指望什么呢，这么吵吵闹闹……”公爵小姐回头望望德鲁别茨基公爵夫人，像不认识她似的。

“哦，亲爱的，我没有认出是您，”德鲁别茨基公爵夫人脸上挂着幸福的微笑，蹑手蹑脚走到伯爵侄女跟前。“我是来帮您照顾**叔叔**的。我能想象，您多么辛苦。”她转动眼珠表示同情，补充说。

公爵小姐什么也没回答，笑也没笑一笑，转身就走。德鲁别茨基公爵夫人脱下手套，像占领阵地似的在安乐椅上坐下，并请华西里公爵坐在旁边。

“保里斯！”她对儿子说，脸上微微一笑，“我去看看伯爵，看看叔叔，宝贝，你先去看看皮埃尔，别忘了告诉他罗斯托夫家的邀请。他们请他去吃饭。我想他不该去吧？”她对华西里公爵说。

“相反，”华西里公爵很不高兴地说，“您要是能替我把这个年轻人弄走，那我可太高兴了……他待在这里，可是伯爵从来没有问起过他。”

华西里公爵耸耸肩膀。男仆领着年轻人下楼，又登上皮埃尔住的那座房子的楼梯。

13

皮埃尔在彼得堡始终没有选到一个职业，而且确实因酗酒闹事被驱逐到莫斯科。大家在罗斯托夫伯爵家谈到的确有其事。皮埃尔参加了捆绑警察和狗熊的恶作剧。他几天前才到，照例住在他父亲家里。虽然他料到他的事在莫斯科已经传开，父亲身边那几个女人本来待他不好，一定会乘机惹伯爵生气，他还是在到达当天就来到父亲屋里。他走进公爵小姐们日常活动的客厅，向两个正在刺绣和一个正在读书的女人问好。这三个女人中，年纪最大的是那个上身很长、服装整洁、神态严厉的老姑娘，刚才出来看见德鲁别茨基公爵夫人的就是她，此刻她正在读书；两个年轻的脸色红润，容貌秀丽，正在绣花，她们之间的唯一区别就是一个唇上生有一颗黑痣，使她显得格外妩媚。她们看见皮埃尔，就像看见一个死人或者瘟神。大公爵小姐放下书，眼神惊惶地对他望望，没有作声；没有痣的小公爵小姐现出同样的神态；有痣的最小的公爵小姐生性快活爱笑，这时低头对着刺绣架，免得人家看见她想到即将发生一幕好戏而忍不住要笑。她把毛线往刺绣架下引，低下头，仿佛在辨认花样，其实是在掩饰笑容。

“您好，表姐，”皮埃尔说，“您认不出我吗？”

“我太认得出您了，太认得出您了。”

“伯爵身体怎么样？我能见见他吗？”皮埃尔照例笨嘴笨舌地问，但并没有发窘。

“伯爵肉体上和精神上都很痛苦，您是不是还要来增加他精神上的痛苦？”

“我能见见伯爵吗？”皮埃尔又问。

“哼！……如果您要他的命，要他一下子没命，那您就去见他。奥尔加，您去看看，叔叔喝的肉汤炖好没有，快到时候了。”她补了一句，借此向皮埃尔表示，她们都在忙着照顾他父亲，而他却来增加他的痛苦。

奥尔加出去了。皮埃尔站了一会儿，望望表妹们，鞠了一躬，说：

“那么我到自己屋里去。什么时候能见他，请你们通知我。”

他走了。他走后，听见有黑痣的表姐发出又低又脆的笑声。

第二天，华西里公爵来了，住在别祖霍夫伯爵家。他把皮埃尔叫到眼前，对他说：

“老弟，你在这里要是也像在彼得堡那样，那是不会有好结果的。我不瞒你说。伯爵病得很重、很重，你根本用不着去看他。”

从此就再也没有人去打扰皮埃尔，皮埃尔整天独自待在楼上自己的房间里。

保里斯进去的时候，皮埃尔正在房里踱步，偶尔在角落里停一下，对墙壁摆出威吓的姿势，好像在用剑刺穿看不见的敌人，并且严厉地从眼镜上方凝视着，然后又踱起步来，嘴里喃喃地说着什么，耸耸肩膀，摊开双手。

“英国完蛋了，”皮埃尔皱起眉头说，一只手指指什么人，

“庇特出卖民族和民权，应判处……”他想象自己就是拿破仑，并已冒险强渡加来海峡，占领了伦敦。他还没有说出对庇特的判决，就看见一个年轻漂亮、体格匀称的军官走进来。他站住了。皮埃尔出国的时候，保里斯才十四岁，如今他一点也记不得了。虽然如此，他还是敏捷而热情地握住保里斯的手，友好地微微一笑。

“您还记得我吗？”保里斯镇定而愉快地微笑着说，“我跟妈妈来看望伯爵，他好像身体不太好。”

“是啊，他大概病了。总是有人打扰他。”皮埃尔回答，竭力回想这个青年是谁。

保里斯觉得皮埃尔没有认出他，但认为没有必要自我介绍，只是若无其事地盯住他的眼睛。

“罗斯托夫伯爵请您今晚到他家去吃饭。”保里斯在皮埃尔觉得难堪的长时间沉默之后，说。

“啊，罗斯托夫伯爵！”皮埃尔高兴地说，“那么您是他的儿子伊里亚啰？哦，乍一见到您，我没认出来。您还记得我们同若科夫人一起坐车去麻雀山吗……那是好久以前的事了。”

“您弄错了，”保里斯不慌不忙说，带着几分放肆的嘲弄，“我叫保里斯，是德鲁别茨基公爵夫人的儿子。至于罗斯托夫家，父亲叫伊里亚，儿子叫尼古拉。我不认识什么若科夫人。”

皮埃尔挥挥手，摇摇头，仿佛有蚊子或者蜜蜂向他飞来。

“哦，原来是这么回事！我全搞糊涂了。我在莫斯科有那么多亲戚！您是保里斯……对了。好，现在弄清楚了。那么，您对布伦远征有什么看法？只要拿破仑一横渡海峡，英国人就要倒霉了。您说是吗？我想远征很有可能。但愿维尔纳夫[1]不要出纰漏！”

1 维尔纳夫，法国海军上将。

保里斯不读报，不知道布伦远征，维尔纳夫的名字也还是第一次听到。

“我们在莫斯科这里，对请客吃饭和流言蜚语比对政治更感兴趣，”保里斯镇定而嘲弄地说，“这类事我一点也不知道，也不考虑。在莫斯科，大家最感兴趣的是流言蜚语，”他继续说，“现在大家都在谈论您和令尊呢。”

皮埃尔忠厚地微微一笑，仿佛替对方担心，唯恐他说出什么会后悔的话来。但保里斯盯着皮埃尔的眼睛，说得清清楚楚，不动感情。

“在莫斯科，大家无所事事，就知道搬弄是非，”保里斯继续说，“大家关心的是，伯爵将把财产留给谁，但可能他活得比我们大家都长，我也衷心这样希望……”

“是的，这一切都叫人厌恶，叫人厌恶。”皮埃尔接口说。他还在担心，唯恐这位军官说出使他自己尴尬的话来。

“您大概以为，”保里斯说，微微涨红了脸，却没有改变语气和姿势，“您大概以为，大家都想从富翁手里弄到点什么吧。”

“就是这么一回事。”皮埃尔想。

“为了避免误会，我要对您说，您要是把我和我母亲也看作那种人，那就大错特错了。我们很穷，但我至少可以代表我自己说：正因为您父亲有钱，我才不愿同他攀亲戚，我也好，我母亲也好，决不会向他要求什么，也不会从他那里接受什么的。”

皮埃尔好一阵不明白他的话，但等到一明白，就从沙发上跳起来，以他特有的慌张而笨拙的姿态抓住保里斯的手，脸涨得比保里斯更红，又羞又恼地说：

“这算什么话！难道我……谁会往这上头想……我很清楚……”

但保里斯又把他的话打断了：

“我很高兴，把要说的话都说了。这样也许使您不痛快，那就请您原谅。”他不但不等皮埃尔来安慰他，反而安慰起皮埃尔来，“但愿我没有得罪您。我这人就是心直口快……我该怎样回话？您去罗斯托夫家吃饭吗？”

保里斯摆脱了尴尬的处境，却把别人放在这种地位，他感到如释重负，轻松愉快。

“不，您听我说，”皮埃尔平静下来说，“您这人真了不起。您刚才说的话很好，非常好。当然，您不了解我。我们那么久没见面了……当年我们还是孩子……您以为我会……我明白您的意思，完全明白。换了我，就做不到，我没有这样的勇气，不过这样很好。我认识您，感到很高兴。真奇怪，”他沉吟了一下，笑笑，添加说，“您竟把我看成这样的人！嗯，那也没有关系，我们以后会进一步相互了解的。就是这样。”皮埃尔握了握保里斯的手，“不瞒您说，伯爵屋里我一次也没去过。他没叫我去……我觉得他这个人很可怜……可是有什么办法呢？”

“您认为拿破仑的军队能渡过海峡吗？”保里斯含笑问。

皮埃尔看出保里斯想改变话题，就顺着他的意思，分析起布伦远征的利弊得失来。

听差来请保里斯到他母亲那里去。德鲁别茨基公爵夫人要走了。皮埃尔答应到罗斯托夫伯爵家吃饭，因为这样可以进一步和保里斯接近。他紧紧地握了握保里斯的手，亲切地从眼镜上方瞧着他……保里斯走后，皮埃尔又在屋里踱了好半天，不再用剑刺那无形的敌人，却笑眯眯地回想着这个聪明、坚强的可爱青年。

皮埃尔对保里斯说不出有多喜欢，暗自下决心一定要同他做朋友。这种心情在青年时代，特别在孤独的时候，是很容易产生的。

华西里公爵送德鲁别茨基公爵夫人出去。公爵夫人拿手帕捂着眼睛，满脸泪痕。

“真可怕！真可怕！”德鲁别茨基公爵夫人说，“不管得付出多大代价，我也要尽到我的责任。晚上我来守夜。不能这样撂下他不管。现在每分钟都很宝贵。我不明白公爵小姐她们怎么这样磨磨蹭蹭的。也许上帝会帮助我替他做好后事……再见，公爵，愿上帝保佑您……”

“再见，亲爱的朋友。”华西里公爵回答，转身从她身边走开。

“唉，他病得真厉害，”母子俩坐上马车时，母亲对儿子说，“他几乎谁也不认识了。”

“妈妈，我不知道他对皮埃尔究竟抱什么态度？”儿子问。

“遗嘱会说明一切的，我的宝贝；我们的命运也要看遗嘱了……”

“凭什么您认为他会留点什么给我们呢？”

“啊，我的宝贝！他那么有钱，我们却这么穷！”

“哦，妈妈，这理由可不够充足！”

“唉，天哪，天哪！他病得多重啊！”母亲叹息道。

14

德鲁别茨基公爵夫人带着儿子到别祖霍夫伯爵家去后，罗斯托夫伯爵夫人拿手帕蒙住眼睛，独自坐了好一阵，最后她打了打铃。

“您这是怎么啦，小姐，”她怒气冲冲地对来迟几分钟的使女说，“不想干了，还是怎么的？那我可以给您另找地方。”

伯爵夫人为朋友的贫穷苦恼而难过，逢到这种时候，她总是挖苦使女，用“您”和“小姐”称呼她。

“是我的不是，太太。”使女说。

“请伯爵到我这儿来一下。”

伯爵照例带着几分负疚的神气，摇晃着身子走到妻子面前。

“哦，我的伯爵夫人！烧松鸡加调料和马德拉酒真好吃，亲爱的！我尝过了；我花一千卢布把塔拉斯买来可没白花。值得！”

他坐到妻子旁边，潇洒地把臂肘支在膝盖上，搔着花白的头发。

“您有什么吩咐，伯爵夫人？”

“哦，我的朋友，你这里是什么污迹？”伯爵夫人指着背心问。“大概是调料吧，”她含笑添加说，“我说，伯爵，我需要钱。”

她脸上现出愁容。

“啊，伯爵夫人！……”伯爵慌忙掏出皮夹子。

“我需要好多钱，伯爵，我需要五百卢布。”她说着，取出麻纱手帕擦擦丈夫的背心。

“我这就去拿，这就去拿。喂，来人哪！”伯爵叫喊的口气使人感到，凡是被他叫到的人都会应声跑来，“把米嘉给我找来！”

米嘉出身贵族，在伯爵家受的教育，如今是伯爵家的总管。这时他轻手轻脚走进来。

“我说，老弟，”伯爵对恭恭敬敬地进来的青年说，“你给我拿……”他考虑了一下，“对了，拿七百卢布，对了。注意了，别像上次那样拿又破又脏的票子来，要拿好票子，是伯爵夫人要的。”

“是的，米嘉，费心拿点干净票子来。”伯爵夫人感伤地叹着气说。

“老爷，要什么时候送来？”米嘉问。“您知道……不过，您请放心，”他发现伯爵呼吸急促，知道就要发火，添加说，“我忘记了……是不是马上就拿来？”

“对，对，马上拿来。交给伯爵夫人。”

“米嘉真是个好孩子，”等青年走了，伯爵笑眯眯地说，“他没有什么事办不到。我最不爱听人家说‘办不到’。什么都办得到。”

“唉，伯爵，钱哪钱，天下多少烦恼都是由于钱！”伯爵夫人说，“但这笔钱我很需要。”

“您哪，我的伯爵夫人，花钱大方是出了名的。”伯爵说，吻吻妻子的手，又回书房去了。

当德鲁别茨基公爵夫人从别祖霍夫家回来时，伯爵夫人面前的桌上已摆好了钱，全部是新票子，用手帕盖着。德鲁别茨基公爵夫人发觉伯爵夫人有点心神不宁。

“哦，怎么样，我的朋友？”伯爵夫人问。

“唉，他病得真厉害呀！简直认不出来了，可怕，真可怕；我只待了一会儿，一句话也没说……”

“安娜，看上帝份上你别推辞。”伯爵夫人说，从手帕底下拿出钱，脸涨得通红，这在她已不年轻的瘦削而庄重的脸上是难得出现的。

德鲁别茨基公爵夫人立刻明白是怎么一回事，弯下腰，准备立刻拥抱伯爵夫人。

“这是我送给保里斯的治装费……”

德鲁别茨基公爵夫人抱住她，哭了。伯爵夫人也哭了。她们哭，因为她们是好朋友，因为她们心肠都很好，因为她们虽是老朋友，却不得不为金钱这种脏东西操心，还因为她们的青春一去不返……不过，两人都哭得很痛快……

15

罗斯托夫伯爵夫人已带着女儿陪许多客人坐在客厅里。伯爵把男客领到书房，请他们欣赏他收藏的土耳其烟斗。他不时走出来问：“她来了没有？”大家都在等阿赫罗西莫娃。她在交际场中被称为蛟龙。她之所以出名，不是因为财富和地位，而是由于心直口快，毫无顾忌。莫斯科和彼得堡人人知道她，连皇亲国戚也知道她，觉得她这人古怪，暗地里笑她粗野，谈论她的逸事，但同时又人人尊敬她，惧怕她。

书房里烟雾腾腾，大家谈论着宣战诏书和征兵的事。诏书还没有人看到，但大家都知道已颁发了。伯爵坐在美人榻上，旁边是两位客人，他们一边吸烟，一边谈话。伯爵自己不吸烟，不说话，但他时而向这边点点头，时而向那边点点头，兴致勃勃地瞧着吸烟的人，听着两边客人由他挑起的争论。

说话的人中有一个是文官。他满脸皱纹，面带怒容，一张瘦脸刮得精光，虽然上了年纪，却打扮得像个时髦青年。他盘腿坐在美人榻上，像在家里一样随便。他嘴里斜衔着琥珀烟管，眯起眼睛，连吸几口烟。这人是伯爵夫人的堂兄，老单身汉申兴，是莫斯科社交界出名的“毒舌头”。他同人谈话，总摆出一副居高临下的架势。另一个是脸色红润、容光焕发的近卫军军官，他从头到脚，服装整洁，头发梳得精光，可说是无可挑剔，嘴巴正中衔着琥珀烟管，绯红的嘴唇轻轻吸着烟，又从好看的嘴里吐出一圈圈烟来。他是谢苗诺夫团军官别尔格中尉，同保里斯一起到团里入伍的就是他，而娜塔莎嘲弄姐姐薇拉，就说别尔格是姐姐的未婚夫。罗斯托夫伯爵坐在他们中间，用心听他们谈话。除了打波斯顿[1]，伯爵最喜欢的就是听人家说话，特别喜欢挑动两个人争论。

“哦，那么，老弟，尊敬的别尔格先生，”申兴说，故意把粗俗的俄语同典雅的法语夹杂在一起，“您想从政府那里获得进账，从连队里弄到好处吗？”

“不，申兴先生，我只想说明，骑兵的收入远不如步兵。再有，申兴先生，请您设身处地替我想一想……”

别尔格说话一向沉着大方，彬彬有礼。他只谈他自己的事，人家谈别的事时，他总是若无其事地保持沉默。他能够一连沉默几小时，自己不觉得局促，也不会使别人感到不安。但一涉及他个人的事，他就会滔滔不绝地说个没完。

“您设身处地替我想一想，申兴先生：我要是进了骑兵，即使是中尉，四个月的收入也不会超过两百卢布；可现在我收入两百三十卢布。”别尔格得意洋洋地笑着说，望望申兴和伯爵，仿佛深信，他的成功永远是大家最大的心愿。

“再说，申兴先生，我进了近卫军，地位就更引人注目了，”别尔格继续说，“而且近卫军步兵的空额更多些。再有，请您想想，两百三十卢布怎么够我开销？我得存点钱，还要寄点给父亲。”别尔格嘴里吐着烟圈，继续说。

“不错……俗话说：德国人从斧背上都能榨出油来[2]。”申兴

1 一种牌戏。

2 意思是不择手段地弄钱。

说，把琥珀烟管移到另一边嘴角，向伯爵挤挤眼睛。

伯爵哈哈大笑。别的客人看见申兴说话，也走过来听。别尔格对人家的嘲笑和冷漠一概置之不理，继续说他调到近卫军，军阶比军校同学高了一级，讲到连长在战场上很容易战死，而他在连里资格最老，当连长的可能性很大，还讲到他在团里很得人心，他父亲对他也很满意。别尔格谈到这一切时显然很得意，根本没想到别人对此会不感兴趣。不过他讲得那么好听，那么一本正经，年轻人的私心又毫不掩饰，使大家听得入迷。

“啊，老弟，您当步兵也好，当骑兵也好，都会一帆风顺的。这一点我敢保证。”申兴从榻上放下腿，拍拍他的肩膀说。

别尔格高兴地微微一笑。接着，伯爵领着客人们到客厅里去。

宴会即将开始，客人们聚集在一起，不再高谈阔论，只等待着餐前上冷盘。大家认为应该走动走动，说点什么，表示他们并不急于入席。男女主人不时向门口望望，相互交换眼色。客人从他们的目光中竭力猜想他们在等什么人或者什么东西：是哪位姗姗来迟的贵客，还是什么尚未烧好的菜点。

皮埃尔在宴会前赶到，看到客厅中间有一把安乐椅，就笨手笨脚地一屁股坐下来，把大家的路挡住。伯爵夫人想叫他说点什么，但他戴着眼镜天真地东张西望，仿佛在找寻什么人，而对伯爵夫人的问话只回答一两个字，他妨碍别人，自己还没有察觉。大部分客人知道狗熊事件，好奇地望着这个胖大而温和的小伙子，弄不懂这样一个笨头笨脑的老实人怎么会对警察开这样的玩笑。

“您回来没多久吧？”伯爵夫人问他。

“是的，夫人。”皮埃尔回头看看她，答道。

“您还没见到我丈夫吗？”

“没有，夫人。”他无缘无故地微微一笑。

"您最近到过巴黎，是吗？那里一定很有趣。"

"很有趣。"

伯爵夫人同德鲁别茨基公爵夫人交换了个眼色。德鲁别茨基公爵夫人明白要她对付这个青年，就坐到他身边，同他谈起他父亲的事，但他也像对待伯爵夫人那样，只回答一两个字。客人们都在彼此交谈。

"拉祖莫夫斯基一家……这太好了……阿普拉克辛伯爵夫人……"四面八方传来说话声。罗斯托夫伯爵夫人站起来，走进客厅。

"是阿赫罗西莫娃吗？"客厅里传来伯爵夫人的声音。

"是她。"一个女人粗声粗气地回答。接着阿赫罗西莫娃走进客厅。

小姐们都站起来；连太太们，除了上年纪的，也都站起来。阿赫罗西莫娃在门口站住。她身子肥胖，鬈发花白，五十岁年纪。她高高地昂起头，环顾着客人们，从容不迫地理理宽大的衣袖，好像要把它卷起来。阿赫罗西莫娃平时总是说俄语。

"祝贺过命名日的母亲和孩子！"她声音洪亮浑厚，把所有人的声音都压倒了。"你怎么样，老造孽，"她对吻她手的伯爵说，"你在莫斯科闷得慌啦？没有地方打猎吗？不过，老头子，有什么办法呢，这些雏儿都长大了，"她指指姑娘们说，"不管你愿不愿意，总得替她们找个婆家啊。"

"哦，我的哥萨克怎么样？（阿赫罗西莫娃总是叫娜塔莎哥萨克）。"她说，亲切地抚摩着大胆而快乐地吻她手的娜塔莎。"我知道这丫头是个大狐狸精，可我喜欢她。"

阿赫罗西莫娃从大手提包里取出一副梨形琥珀耳环，送给容光焕发、满脸通红的娜塔莎，立刻又转身去招呼皮埃尔。

"喂，喂！亲爱的朋友！过来，"阿赫罗西莫娃故作低声细气说，“过来，亲爱的朋友……”

她气势汹汹地把袖子卷得更高。

皮埃尔走到她面前，从眼镜上方天真地瞧着她。

“过来，过来，亲爱的朋友！在你父亲得势的时候，我总是对他说实话，现在上帝也要我对你这样。”

阿赫罗西莫娃沉默了一下。大家都不作声，等着下文，觉得她只说了个开场白。

“好小子，没话说的！好小子！……父亲病在床上，可你还在胡闹，把警察绑在狗熊背上。真不害臊，好家伙，真不害臊！你还是去打仗的好。”

阿赫罗西莫娃转过身来，一只手伸给伯爵，但见伯爵勉强忍住笑……

“啊，我想该入席了吧？”阿赫罗西莫娃说。

伯爵同阿赫罗西莫娃领先，后面是骠骑兵上校挽着伯爵夫人；上校是个贵客，因为尼古拉将跟着他去入伍。德鲁别茨基公爵夫人由申兴陪同。别尔格让薇拉挽着手臂。裘丽笑吟吟地跟尼古拉一起走到餐桌边。他们后面还有好几对宾客，长长地排满整个大厅，最后是单身孩子和男女家庭教师。侍仆们忙碌起来，椅子发出响声，乐队开始奏乐，宾客纷纷入席。这时伯爵的家庭乐队停止奏乐，但听得一片刀叉声、客人说话声和侍仆悄悄的脚步声。餐桌一端，伯爵夫人坐了主位。右边是阿赫罗西莫娃，左边是德鲁别茨基公爵夫人和其他客人。餐桌另一端，伯爵坐主位，他的左边是骠骑兵上校，右边是申兴和其他男宾。长桌一边坐着年龄较大的青年：薇拉挨着别尔格，皮埃尔挨着保里斯；餐桌另一边是孩子和家庭教师。伯爵不时从水晶玻璃杯、酒瓶和果盘后面望望妻子和她那顶有蓝缎带的高帽，殷勤地给邻座斟酒，也没有忘记给自己斟酒。伯爵夫人没有忘记尽主妇的责任，隔着菠萝深情地望着丈夫。她觉得丈夫白发苍苍，秃顶和脸色显得格外红润。女宾那一端传出均匀的低语声；男宾那一端，但听得说话声越来越响，特别是那个骠骑兵上校，他大吃大喝，脸涨得越来越红，话说得越来越响，而伯爵就请其他客人学他的样。别尔格含情脉脉地笑着对薇拉说，爱情不是尘世的感情而是天上的感情。保里斯向新朋友皮埃尔介绍餐桌上客人的姓名，并不时跟坐在对面的娜塔莎对看一眼。皮埃尔环顾着一张张不熟悉的脸，话说得很少，菜吃得很多。他从两种汤中选了甲鱼汤，从馅饼到松鸡，他没有错过一道菜，也没有漏掉一种酒。侍仆用餐巾裹着酒瓶，悄悄地从邻座客人肩上送过来，嘴里说着："干马德拉酒"，或者"匈牙利酒"，或者"莱茵葡萄酒"。每份餐具旁摆着四个刻有伯爵姓氏的酒杯，皮埃尔拿起最近的一个，津津有味地喝着，神态越来越可爱地望着客人们。娜塔莎坐在他对面，眼睛瞧着保里斯，就像一个十三岁的女孩瞧着刚刚接过第一次吻的心爱的男孩子那样。她这种目光有时对着皮埃尔，而皮埃尔在这个活泼好玩的女孩的目光下不知怎的也很想笑。

尼古拉坐在裘丽旁边，离宋尼雅远远的，同时带着情不自禁的笑容同裘丽说话。宋尼雅妒火中烧，但强作欢笑：她竖起耳朵听着尼古拉和裘丽谈话，脸上一阵白，一阵红。家庭女教师心神不宁地环顾着，仿佛要是有谁想欺负孩子们，她将同谁拼命。德国男教师竭力记住每种菜肴、甜食和酒的名称，好写信到德国，把这一切都告诉家里人。当侍仆拿着裹餐巾的酒瓶忘记给他斟酒时，他大为生气。德国人皱起眉头，竭力表示他并不是想喝这种酒，他生气，只是因为没有人理解，他喝酒不是为了过瘾，而是真心要满足求知欲。

16

餐桌上，男客那一端的谈话越来越热烈了。上校说，宣战诏书已在彼得堡公布，他亲眼看到一份诏书今天已由专使送给了总司令。

“真见鬼，我们为什么要同拿破仑打仗啊？”申兴说，“他已经把奥地利的傲气打掉。现在恐怕要轮到我们遭殃了。”

上校是个体格魁伟、脾气暴躁的日耳曼族人，显然是个爱国的老军人。他听了申兴的话很气愤。

“为什么？阁下，”他用德语腔的俄语说。“皇帝陛下知道为什么。他在诏书里说，看到俄国面临的危险不能无动于衷，事关帝国的安全、帝国的尊严和**同盟**的神圣。”他说，不知怎的特别强调“同盟”两个字，仿佛关键就在于同盟。

于是凭着过目不忘的记忆力，他背诵诏书的引言……“皇帝的愿望和唯一目的是在欧洲建立持久和平，为此决定把部分军队派往国外，重新作出努力，以期达此目的。”

“原因就在这里，阁下。”他教诲式地总结说，喝完一杯酒，望着伯爵，等待他的赞许。

“俗话说得好：‘叶列马，叶列马，与其出门乱闯，不如在家纺纱。’”申兴皱着眉头微笑着说，“这话用在我们身上很合适。连苏沃洛夫[1]都被打得一败涂地，如今苏沃洛夫又在哪里？我向您请教。”他不停地用法语夹俄语的混杂话说。

“我们应该战斗到最后一滴血，”上校拍拍桌子说，“为我们的皇帝陛下而死，这样就无往而不胜了。至于议论要尽——可——能（他说这两个字特别拖长声音），尽——可——能少发。”他说完这话，又转身对伯爵说：“我们老骠骑兵的看法就是这样。那么，年轻人，年轻的骠骑兵，你们有什么意见？”他转身问尼古拉。尼古拉一听见谈战争，就撇下交谈的女伴，睁大眼睛，竖起耳朵听上校说话。

“我完全赞同您的意见，”尼古拉回答，脸涨得通红，断然转动盘子，挪开酒杯，仿佛此刻他正面对重大的危险，“我坚决认为，俄国人不获胜，毋宁死。”他说了这话感到有点不好意思，就像一般人说了太激烈的过头话那样。

“好！您说得太好了！”坐在他旁边的裘丽赞叹说。尼古拉说话的时候，宋尼雅浑身哆嗦，脸红到耳根，红到耳后，红到脖子和肩膀。皮埃尔听着上校的话，赞同地点点头。

“哦，太好了！”皮埃尔说。

“这才像个真正的骠骑兵，年轻人！”上校拍拍桌子，大声说。

“你们在那儿吵什么？”从桌子那一端忽然传来阿赫罗西莫娃低沉的声音。“你拍桌子干什么？”她问骠骑兵上校，“你在对谁发脾气？是不是法国人就在你面前？”

“我说的是实话。”骠骑兵上校笑着说。

---

1 苏沃洛夫（1729—1800），俄国元帅，曾参加俄土战争。1799年任意大利境内对法作战的俄奥军总司令。

“老是谈战争，”伯爵从桌子那一端嚷道，“您可知道，阿赫罗西莫娃，我的儿子要走了，要走了？”

“我有四个儿子都在部队里，可我并不替他们担心。躺在床上也会死，上战场却不一定死，全凭上帝的意旨。”阿赫罗西莫娃低沉的声音毫不费力地从桌子那一端传过来。

“这话有理。”

谈话又集中起来，妇女们在桌子一端，男人们在另一端。

“你就不敢问，”小弟弟彼嘉对娜塔莎说，“你就不敢问！”

“我就要问！”娜塔莎回答。

她的脸忽然涨红，现出快乐而大胆的决心。她欠起身，眼睛盯住坐在对面的皮埃尔，要他注意听，接着对母亲说：

“妈妈！”她那小姑娘的胸音响彻整个餐桌。

“你要什么？”伯爵夫人惊惶地问，但从女儿的脸上看出她在淘气，就严厉地对她摆摆手，摇摇头，制止她的胡闹。

谈话停止了。

“妈妈！我们吃什么甜点心？”娜塔莎更大胆地问。

伯爵夫人想皱眉头，但是皱不起来。阿赫罗西莫娃竖起一个粗手指吓唬她。

“哥萨克！”她威胁说。

多数客人望着年老的一辈，对娜塔莎这种行为不知该怎么办。

“哼，我让你尝尝！”伯爵夫人说。

“妈妈！我们吃什么甜点心？”娜塔莎任性地大胆叫道，相信人家会欣赏她这种行为。

宋尼雅和小胖子彼嘉低下头窃笑。

“你看，我不是问了？”娜塔莎对小弟弟和皮埃尔说。她又瞥了一眼皮埃尔。

“冰淇淋，但不给你吃。”阿赫罗西莫娃说。

娜塔莎知道这事没有什么了不起，因此连阿赫罗西莫娃也不怕。

“阿赫罗西莫娃阿姨！什么冰淇淋？我不喜欢奶油冰淇淋。”

“胡萝卜冰淇淋。”

“不会的，究竟是什么冰淇淋？阿赫罗西莫娃阿姨，什么冰淇淋？”娜塔莎几乎叫起来，“我要知道！”

阿赫罗西莫娃和罗斯托夫伯爵夫人笑起来，客人们也都笑起来。大家不是笑阿赫罗西莫娃的回答，而是笑娜塔莎的大胆和机灵，笑她胆敢这样对阿赫罗西莫娃说话。

娜塔莎直到人家告诉她是菠萝冰淇淋才罢休。上冰淇淋之前先给大家斟了香槟酒。音乐又演奏起来，伯爵吻了吻伯爵夫人。于是客人们纷纷起立向伯爵夫人祝贺，隔着桌子同伯爵和孩子们碰杯，又相互碰杯。侍仆们又忙碌起来，又响起一片推开椅子的声音，客人们按照原来的次序回客厅和伯爵书房，他们的脸都喝得更红了。

17

几张波士顿牌桌摆开来，人也搭配好了。伯爵的客人分散在起居室、图书室和两个客厅里。

伯爵把纸牌作扇形展开，勉强克服饭后小睡的习惯，看见谁都露出笑容。年轻人受伯爵夫人的鼓励，聚集在古钢琴和竖琴旁。裘丽应大家的要求先在竖琴上弹了一支变奏小曲，然后又跟别的姑娘们一起，请富有音乐才能的娜塔莎和尼古拉唱歌。娜塔莎看到大家把她当大人看待，感到很得意，同时又有点腼腆。

“我们唱什么？”她问。

“唱《泉水》吧。”尼古拉回答。

“好，快一点。保里斯，到这里来，”娜塔莎说，“宋尼雅到哪里去了？”

她回头看了看，发现她的朋友不在屋里，就跑去找。

娜塔莎跑到宋尼雅房里，没有找到她的朋友。她又跑到育儿室，也不见宋尼雅。娜塔莎明白了，宋尼雅一定在走廊的大箱子那里。走廊大箱子那里是罗斯托夫家的姑娘排遣忧伤的地方。果然，宋尼雅身穿粉红色轻纱衣裙，伏在箱子上保姆睡的肮脏条纹羽绒褥子上，双手捂住脸，抖动狭小的光肩膀，出声地哭着。娜塔莎的脸这天整天喜气洋洋，这时突然变了：她的眼睛发呆，接着丰满的脖子抖动了一下，嘴角下陷。

“宋尼雅！你怎么啦？……你……你出了什么事啦？呜呜呜！……”

娜塔莎张开大嘴，变得很难看，号啕大哭起来。她像孩子一样不知道为什么哭，只因为宋尼雅在哭，她也哭了。宋尼雅想抬起头来，想回答她。可是办不到，反而把脸埋得更深。娜塔莎坐在羽绒褥子上，搂住朋友，哭个不停。宋尼雅定了定神，坐起来，一面擦眼泪，一面说：

“尼古拉再过一个礼拜就要走了，他的……通知书……下来了……他自己对我说的……是的，我不应该哭……”她把手里的一张纸给娜塔莎看，上面写着尼古拉作的诗，“我不应该哭，可是你不了解……谁也不了解……他心地多好。”

宋尼雅想到他心地那么好，又要哭了。

“你很幸福……我不嫉妒你……我爱你，我也爱保里斯，”宋尼雅稍微定了定神，说，“他这人真可爱……你们是不会遇到阻力的。可尼古拉是我的表哥……必须得到……总主教许可[1]……要不然不行。再说，要是有人对妈妈（宋尼雅把伯爵夫人称作妈妈）说，说我妨碍尼古拉的前程，说我没有心肝，说我忘恩负义，上帝可以作证（她画了十字）……我实在爱她，爱你们大家……只有薇拉一个人……为什么呀？我有什么地方对不起她？我非常感激你们，愿意为你们牺牲一切，可是我没有力量……”

宋尼雅再也说不下去，又捂着脸，把头藏到羽绒褥子里。娜塔莎镇静下来，但从她脸上可以看出，她明白朋友十分悲伤。

“宋尼雅！”娜塔莎忽然说，仿佛猜到表姐伤心的真实原

1 俄国教会风俗，表亲结婚须得总主教许可。

因，“是不是薇拉饭后同你说过什么了？是吗？”

“是的，这些诗是尼古拉自己作的，我还抄了几首别的诗。薇拉在我桌上看见了，说要拿给妈妈看，还说我忘恩负义，说妈妈决不会答应他同我结婚，他将同裘丽结婚。你也看到，他整天跟她在一起……娜塔莎！这是为什么呀？……”

宋尼雅哭得更伤心了。娜塔莎把她扶起来，搂住她，含着眼泪微笑着，安慰她。

“宋尼雅，你别相信她的话，宝贝，别相信她的话。你还记得我们同尼古拉三个饭后在起居室里是怎么说的，你还记得吗？将来的事我们不是说好了吗？我已记不清怎么说的，但记得一切都称心如意，一切都可以办到。申兴舅舅有个弟弟就娶了表妹，我们是远房表亲。保里斯也说这是完全可以的。不瞒你说，我什么都告诉他了。他这人真聪明，真好，”娜塔莎说，“你啊，宋尼雅，不要哭，我的宝贝，我的心肝，宋尼雅。”娜塔莎吻了吻宋尼雅，哭了，“薇拉坏死了，别理她！一切都会好的，她也不会对妈妈说什么。尼古拉自己会说的，他对裘丽根本没有意思。”

娜塔莎吻了吻她的头。宋尼雅稍稍直起身子，这头“小猫”又活泼起来，眼睛闪闪发亮，似乎又准备摇摇尾巴，蹬着柔软的爪子跳起来，灵活地玩弄线团了。

“你这样想吗？真的吗？”宋尼雅一边问，一边迅速地整理着衣裳和头发。

“真的，真的！”娜塔莎回答，同时替朋友理理从盘着的辫子里散出来的一绺粗硬的头发。

两人都哭了。

“那么，我们去唱《泉水》吧。”

“走吧。”

“你看，那个坐在我对面的胖子皮埃尔真可笑！”娜塔莎忽然站住，说，“我真快活啊！”

娜塔莎沿着走廊跑去。

宋尼雅拂去身上的绒毛，把几页诗稿藏到脖子下胸骨突出的怀里，涨红了脸，迈着轻快的步子，跟娜塔莎穿过走廊向起居室跑去。年轻人应客人们的要求，唱了《泉水》四重唱，这首歌大家都很喜欢；然后尼古拉唱了他新学会的一首歌：

月光溶溶的夜晚，
我独自幸福地想象：
世上有这样一个人，
在把你苦苦思量！
她那纤细的手指，
拨动金色的竖琴；
竖琴发出热情的声音，
呼唤你去同她亲近！
再过一两天，天堂就将出现……
可是，你的朋友已活不到那一天！

尼古拉还没唱完最后一句，青年们就已准备到大厅跳舞去了；敞廊里响起乐师们的脚步声和咳嗽声。

皮埃尔坐在客厅里，申兴知道他刚从国外回来，就同他谈政治问题，可是皮埃尔对此不感兴趣。另外有几个客人也加入他们的谈话。娜塔莎走进客厅，音乐正好开始。她径直走到皮埃尔跟前，涨红了脸，笑着说：

“妈妈叫我请您跳舞。”

“我会跳错步子的，”皮埃尔说，“但您要是愿意做我的老师……”

于是他垂下粗手臂，让这个瘦女孩搭住。

当一对对舞伴散开、乐师调音的时候，皮埃尔同他的小舞伴坐下来。娜塔莎心里乐滋滋的，因为她同**大人**跳了舞，**同国外归来的人**跳了舞。她坐在一个显眼的地方，像大人一样同他攀谈。她手里拿着一把扇子，那是一位小姐请她暂时拿着的。她摆出交际场所中妇女的姿态（天知道她是在什么时候什么地方学会的）摇着扇子，让扇子半遮住笑脸，同她的舞伴攀谈。

“她像什么样子，像什么样子？你们瞧，你们瞧！”老伯爵夫人穿过客厅，指着娜塔莎说。

娜塔莎脸一红，笑起来。

“哦，您这是怎么了，妈妈？哦，您干吗这样？这有什么可大惊小怪的？”

第三次苏格兰舞曲奏到一半，罗斯托夫伯爵和阿赫罗西莫娃打牌的客厅里发出椅子的挪动声，大部分贵客和老年人坐久了，都伸伸懒腰，把皮夹和钱包放进口袋，往大厅走去。阿赫罗西莫娃和罗斯托夫伯爵领先，两人脸上都喜气洋洋。伯爵戏谑地装出殷勤的样子，像跳芭蕾舞那样，把一条粗手臂伸给阿赫罗西莫娃。他挺直身子，容光焕发，露出潇洒而调皮的笑容。当大家跳完最后一节苏格兰舞时，他向乐队拍拍手，又对第一小提琴叫道：

“谢苗！你会拉《丹尼洛·古柏》吗？”

这是伯爵心爱的舞曲，他年轻时常常跳。（其实《丹尼洛·古柏》是英格兰舞曲中的一节。）

“你们看爸爸！”娜塔莎对整个大厅叫道（完全忘记她正在同大人跳舞），她笑得鬈发蓬松的头弯到膝盖上，清脆悦耳的笑声响彻整个大厅。

果然，大厅里人人兴高采烈地瞧着快乐的老头儿。他双臂搂着比他高的威严的阿赫罗西莫娃，随着节奏摆动身子，挺起胸膛转动两腿，轻轻地踏着拍子。他的圆脸笑得越来越欢，引得观众都想看看下面将玩出什么花样。《丹尼洛·古柏》快乐而刺激的乐声有点像轻松的民间舞曲，乐声一起，大厅的几扇门都挤满了人，一边是男仆，另一边是笑嘻嘻的女仆，他们都出来看快乐的主人。

“到底是我们家的老爷，像头鹰！”保姆从一扇门口大声叫道。

伯爵舞跳得很好，这一点他自己也知道，但他的舞伴却不会跳，也不想好好跳。她挺直高大的身躯，垂下两条肥胖的手臂（她把手提包交给伯爵夫人了），只有她那张严肃而好看的脸在跳舞。伯爵圆滚滚的身子所表现的一切，阿赫罗西莫娃只表现在笑得越来越欢的脸上和抽动的鼻子上。不过，越跳越兴奋的伯爵是用人们意想不到的灵活旋转和跳跃使观众叹服，而阿赫罗西莫娃则是在旋转和踏拍子时，不管她肥胖的身子和素常的严肃，微微抖动肩膀和弯曲双臂给人留下难忘的印象。舞越跳越兴奋，越跳越热烈。其余的对子已引不起人家的注意，他们也不想引起人家的注意。大家的注意力都集中在伯爵和阿赫罗西莫娃身上。娜塔莎拉拉所有在场的人的袖子和衣服，要他们看她的爸爸，其实他们本来就一直目不转睛地看着他们。伯爵在跳舞间歇时喘着粗气，向乐师们挥手叫嚷，要他们加快节奏。乐队奏得越来越快，越来越快，伯爵转得越来越上劲，一会儿用脚尖，一会儿用脚跟，绕着阿赫罗西莫娃旋转，最后把女伴送到位子前，在娜塔莎领头的雷鸣般掌声和哄笑声中轻盈地向后翘起一条腿，低下流汗的笑脸，用右手画了一个圆圈，跳了最后一步。这对舞伴停下来，喘着粗气，用麻纱手帕擦着汗。

“当年我们就是这样跳的，亲爱的朋友。”伯爵说。

“是啊，跳《丹尼洛·古柏》就该这样！”阿赫罗西莫娃费力地喘着气，卷着袖子说。

18

在罗斯托夫家大厅里，困乏的乐师们已演奏得走了调，大家跳着第六节英格兰舞，疲劳的侍仆和厨师正在准备晚餐。就在这时候，别祖霍夫伯爵第六次中风。医生们宣布已没有康复希望；神父让病人作了无声的忏悔，并让他接受了圣餐，正准备举行终敷礼；家里照例是一片忙乱和不安。棺材商麇集在大门口，避让着驶来的马车，希望揽到伯爵阔绰的葬礼。莫斯科军区总司令不断派副官来探听伯爵的病情，晚上又亲自跑来同叶卡德琳娜朝代的大臣别祖霍夫伯爵告别。

富丽堂皇的会客室里坐满了人。总司令单独同病人待了半小时。当他从病室里出来时，大家都肃然起立。他微微点头答礼，尽快从医生、神父和亲戚们盯住他的目光中走掉。这几天华西里公爵又消瘦，又苍白，陪送总司令出来，几次低声对他说着什么。

华西里公爵送走总司令，独自坐在大厅里，高高地架起腿，臂肘支着膝盖，用手蒙住眼睛。他这样坐了一会儿，然后站起来，惊惶的眼睛朝四下里看了看，便大踏步穿过长廊，到后院大公爵小姐那里去。

会客室里灯光暗淡，人们在惴惴不安地低声交谈。每当有人进出临终病人的房间，房门发出轻微的响声时，大家就停止谈话用充满疑问和期待的目光望着门。

“大限到了，”老神父对旁边那位天真地听他说话的太太说，“大限到了，在劫难逃哇。”

“我想，行终敷礼还不晚吧？”那位太太用教会尊称问神父，对这事似乎毫无主见。

“夫人，圣礼可是大礼啊！”神父回答，摸摸有几缕向后梳的花白头发的秃头。

“这人是谁？是总司令吗？”房间另一头有人问，“多么年轻啊！……”

“六十开外了！哦，听说伯爵已认不得人了，是吗？要行终敷礼吗？”

“我知道有个人行过七次终敷礼。”

二公爵小姐哭肿了眼睛从病人屋里出来，在劳兰医生旁边坐下。劳兰医生臂肘支在桌上，姿态优美地坐在叶卡德琳娜像下。

“天气真好，天气真好，公爵小姐，”医生回答说，“莫斯科简直像乡下一样舒服。”

“是吗？”公爵小姐叹气说，“那么可以给他喝水吗？”

劳兰考虑了一下。

“他吃药了没有？”

“吃了。”

医生看了看怀表。

“拿一杯开水，放一小撮（他用细小的手指表示一小撮有多少）酒石……”

“我从没听说过，”德国医生用德语腔的俄语对副官说，“中风了三次还能活下来。”

“他原来是个精力多么充沛的汉子啊！”副官说。“这一大笔财产将归谁啊？”他低声问。

“总有人愿意继承的。”德国人笑嘻嘻地回答。

这时门咯吱一响，大家回过头去。原来是二公爵小姐照劳兰医生的吩咐配好药水送去给病人。德国医生走到劳兰面前。

“也许还能拖到明天早晨吧？”德国人用拙劣的法语问。

劳兰把嘴一撇，板着脸，举起一个手指在鼻子前面摇摇，表示不可能。

“今天晚上，不会再晚了。”他低声说，因为能确定病情而现出得意的微笑。说完就走了。

这时，华西里公爵推开大公爵小姐的房门。

屋里光线暗淡，只有圣像前点着两盏神灯，弥漫着神香和鲜花的香气。屋里摆满小巧的衣柜、书架和桌子。屏风后面有一张垫羽绒褥子的高床，床上铺着白色床罩。一只小狗叫起来。

“哦，原来是您，表哥！”

她站起来，理理头发。她的头发一向非常光滑，头发和头仿佛用同一种材料做成，上面还涂过油漆。

“什么事，出什么事了？”她问，“可把我吓坏了。”

“没什么，还是那样。卡嘉，我只是来跟你谈一件事，”华西里公爵说，在她让出来的安乐椅上颓然坐下。“你把椅子都坐热了。你坐过来，让我们谈谈。”

“我想没出什么事吧？”公爵小姐说，带着她那一向像化石般的表情坐在华西里公爵对面，准备听他说话。

“我想睡觉，表哥，可就是睡不着。”

“哦，怎么样，亲爱的表妹？”华西里公爵说，抓住公爵小姐的手，习惯成自然地把它往下拉。

“哦，怎么样？”这句话显然意味深长，但彼此都心领神会。

公爵小姐的腰身又细又长，同她的腿很不相称，一双灰色的暴眼睛茫然直视着公爵。她摇摇头，叹了一口气，望望圣像。这种神态又像表示悲哀和虔诚，又像表示疲劳和希望赶快得到休息。华西里公爵认为她是疲劳了。

“你以为我就好过吗？我累得像匹驿马，但不管怎样，我得同你谈一谈，卡嘉，认真谈一谈。”

华西里公爵不再说下去，两颊神经质地抽动，忽左忽右，这使他的脸很不招人喜欢。这种情况在客厅里时可不曾有过。他的眼神也跟平时不一样：忽而蛮横无理，忽而惊恐不安。

公爵小姐用枯瘦的手把小狗抱在膝上，留神地瞧着华西里公爵的眼睛，但可以看出，就是要她沉默到天亮，她也决不会先开口的。

“啊，我亲爱的公爵小姐，我的卡嘉妹妹，”华西里公爵说，内心显然不是没有斗争，“现在这种时候，什么事都得考虑考虑。得考虑考虑未来，考虑考虑你们……我爱你们像爱自己的孩子那样，这一点你一定知道。”

公爵小姐依旧茫然望着他。

“最后也该考虑考虑我的家庭！”华西里公爵怒气冲冲地推开面前的桌子，眼睛没望她，继续说，“你知道，卡嘉，你们马蒙托夫家三姐妹，再加上我的妻子，只有我们才是伯爵的直系继承人。我知道，我知道，谈这种事，考虑这种问题，对你是很痛苦的。但我也不好受，不过，我的朋友，我已是五十出头的人了，什么事情都得有个准备。不瞒你说，我派人去找皮埃尔了，伯爵直指着他的肖像要他来。”

华西里公爵用疑惑的目光望望公爵小姐，弄不懂她是在考虑他的话，还是只是望着他……

“我正为一件事不断祷告上帝，亲爱的表哥，”公爵小姐回答，“求上帝怜悯他，让他高贵的灵魂平静地离开这个……”

“对，应该这样，”华西里公爵不耐烦地继续说，擦擦秃顶，又怒气冲冲地把推开的小桌子拉回来，“但问题……问题在于，你也知道，去年冬天伯爵立了遗嘱，把全部财产留给了皮埃尔，却没有留给直系继承人，没有留给我们。”

“他立过的遗嘱可多啦！”公爵小姐镇静地说，“但他不能把财产留给皮埃尔。皮埃尔是私生子。”

“亲爱的表妹，”华西里公爵把小桌子拉到面前，忽然激动地迅速说，“但要是伯爵写信给皇上，要求立皮埃尔为嗣，那怎么办？你要明白，就伯爵的功劳来说，他的要求会被批准的……”

公爵小姐得意地微微一笑，就像一般自认为比对方更了解内情的人那样。

“我还有话对你说，”华西里公爵抓住她的手继续说，“信已经写好，但还没有寄出，不过这事皇上也已经知道了。问题只在于这封信有没有销毁。要是没有销毁，不久**就什么都完了**，”华西里公爵叹了一口气，借此让她明白**“什么都完了”**是什么意思，“伯爵的文件一旦开封，遗嘱和信就会上达皇上，他的要求准会被首肯。皮埃尔就可以作为后嗣得到全部财产。”

“那么我们的份儿呢？”公爵小姐嘲讽地含笑问，仿佛世界上什么事都可能发生，唯独这件事不可能发生似的。

“不过，亲爱的卡嘉，这事是一清二楚的。到那时他就是唯一的合法继承人，你们就什么也得不到。你应该知道，亲爱的朋友遗嘱和信有没有写过，后来有没有销毁。要是这两样东西因故被遗忘了，那你应该知道在哪里，要把它们找出来，因为……”

“岂有此理！”公爵小姐打断他的话，尖刻地嘲笑着，没有改变她的眼神。“我是个女人；照您看来我们女人都是愚蠢的；但就我所知，私生子是没有继承权的……私生子。”她补充说，仿佛说了法语私生子这个词，就足以证明伯爵的话是毫无根据的。

“你怎么还不明白，卡嘉！你这人这样聪明，怎么会不明白：要是伯爵写过信给皇上，要求承认他的儿子是嫡亲的，那么，皮埃尔就不是皮埃尔，而是别祖霍夫伯爵了。到那时他就可以根据遗嘱继承全部财产。要是不把遗嘱和信销毁，那么，你除了获得贤惠的美德和由此而产生的一切外，就一无所得。这是真的。”

“我知道遗嘱是立过的，但我也知道它是无效的。您似乎把我看作一个十足的傻瓜，亲爱的表哥。”公爵小姐脸上的表情，就像一般女人自以为说了什么俏皮话那样。

“我亲爱的卡嘉公爵小姐！”华西里公爵不耐烦地说，“我来看你，不是为了同你彼此挖苦，而是为了要同一个亲戚，一个真诚善良的亲戚，谈谈有关她切身利益的事。我对你说过十遍了，要是伯爵文件里确实有那封给皇上的信和有利于皮埃尔的遗嘱，那么，你，亲爱的表妹，和两位令妹就不是继承人了。你要是不相信我，那也该相信专家：我刚才同德米特里（他们的家庭法律顾问）谈过了，他也这样说。”

看得出，公爵小姐的思想突然发生了变化：她的薄嘴唇发白（她的眼神没有变），说话的声音像打雷一样，这是她自己也没有想到的。

“这样倒好，”公爵小姐说，“我以前没想到要什么，现在也不想要什么。”

她把小狗从膝盖上推下，理理衣服的皱褶。

“人家为他作了牺牲，他竟这样感谢人家，报答人家！”她说，“好哇！太好了！我什么也不需要，公爵。”

“是啊，但这不仅关系到你一个人，还关系到你的两位妹妹。”华西里公爵回答。

但公爵小姐并没有听他。

“是的，这我早就知道。但如今已经淡忘了。在这个家里，除了卑鄙、欺骗、嫉妒、阴谋，除了忘恩负义，最无耻的忘恩负义，不可能期望还有别的……”

“你知不知道那个遗嘱在哪里？”华西里公爵问，他的脸颊抽动得更厉害了。

“是的，我真傻，我相信人，热爱人，不惜牺牲自己。可是只有卑鄙的小人才一帆风顺。我知道这是谁搞的鬼。”

公爵小姐想站起来，但公爵拉住她的手。公爵小姐的神情似乎对全人类都感到绝望；她恶狠狠地盯着华西里公爵。

“还来得及，我的朋友。你别忘了，卡嘉，他这一切都是在生气、害病的时候做的，过后也就忘了。我们的责任，亲爱的表妹，是纠正他的错误，减轻他临终时的痛苦，不让他做出不公正的事来，不让他临终时想到他伤害了那些……”

“那些为他牺牲一切的人，”公爵小姐接口说，又挣扎着要站起来，但公爵没有放开她，“他从来不会珍惜。不，亲爱的表哥，”她又叹着气说，“我将记住，在这个世界上别想得到报答，在这个世界上没有正义，没有公道。活在这个世界上就得阴险毒辣。”

“好啦，好啦，你镇静点儿。我知道你这人心地善良。”

“不，我心地狠毒。”

“我知道你有良心，”公爵又说，“我重视你的友谊，希望你对我也有同样的看法。你安静点儿，让我们好好谈谈，现在还有时间——也许还有一天，也许还有一小时。有关遗嘱的事把你知道的都告诉我，主要是遗嘱放在哪里，这你应该知道。我们现在就把遗嘱拿去给伯爵看看。他一定把它忘记了，现在他想起来，一定会把它销毁。你明白，我唯一的愿望就是诚心诚意照他的意志办，我到这里来也是为了这个目的。我到这里来，就是要帮助他和帮助你们。”

“现在我全明白了。我知道这是谁搞的鬼。我知道了。”公爵小姐说。

“问题不在这里，亲爱的表妹。”

“这都是您的被保护人，您那个亲爱的德鲁别茨基公爵夫人搞的鬼，她就是给我当丫头使唤我也不要，这个卑鄙无耻的女人。”

“我们不要耽误时间了。”

“啊，您别说了！去年冬天她闯到我们这里来，在伯爵面前说了我们那么多恶毒的坏话，特别是说莎菲的坏话，我简直无法重复，结果害得伯爵生了病，整整两个星期不愿见我们。我知道他就是在那时写了那张可恶的文件，但我想那张纸是一钱不值的。”

“问题就在这里，这事你以前为什么不告诉我？”

“在他枕头底下那个镶花文件夹里。现在我明白了，”公爵小姐说，没有回答他的话，“是的，要是我有罪，有滔天大罪，那只是恨这个贱货，”公爵小姐完全忘乎所以，大声嚷道，“她闯到这里来干什么呀？我要当面对她说个明白，说个明白。总有那么一天的！”

19

会客室和公爵小姐屋里正在进行这些谈话的时候，皮埃尔（他是被找来的）和德鲁别茨基公爵夫人（她认为必须陪他去）一起乘马车来到别祖霍夫伯爵家。车轮轻轻地轧过窗外地上的干草，德鲁别茨基公爵夫人对皮埃尔说了些安慰的话，发现他在马车角落里打盹，就把他唤醒。皮埃尔醒过来，随德鲁别茨基公爵夫人下车，这时他才想到即将见到垂死的父亲。他发现马车不是停在前门，而是停在后门。他走下马车踏脚的时候，有两个小市民打扮的人慌忙从门口躲避到墙边阴暗处。皮埃尔站住，看见房子两边阴暗处还有几个这样的人。但德鲁别茨基公爵夫人也好，听差也好，车夫也好，根本不理会他们，尽管不可能没看见。皮埃尔心里想，看来他们到这里来是有必要的，就跟着公爵夫人走去。德鲁别茨基公爵夫人匆匆沿着昏暗的狭窄后楼梯上去，催促着落在后面的皮埃尔。皮埃尔虽然不明白他为什么非得见伯爵不可，更不明白为什么必须走后楼梯，但从德鲁别茨基公爵夫人的信心和匆忙上看来，这样做是完全必要的。在半楼梯上，有几个仆人提着水桶咯噔咯噔地跑下来，差点儿把他们撞倒。这些仆人身子贴着墙壁，让皮埃尔和德鲁别茨基公爵夫人上去，看到他们一点也不感到惊奇。

“这儿通公爵小姐们的房间吗？”德鲁别茨基公爵夫人问一个仆人。

“是的，”仆人大胆地高声回答，仿佛现在干什么都百无禁忌，“靠左边的门，太太。”

“也许伯爵没有叫我去，”皮埃尔走到楼梯口说，“我还是回自己屋里去吧。”

德鲁别茨基公爵夫人站住，等着和皮埃尔一起走。

“啊，我的朋友，”她像早晨对儿子那样摸摸皮埃尔的手，“不瞒您说，我也不比您好受，但您要像个男子汉。”

“我一定要去吗？”皮埃尔问，从眼镜上方亲切地望着德鲁别茨基公爵夫人。

“啊，我的朋友，把人家对您的一切不公平都忘掉吧，要明白，他是您的父亲……说不定就要去世了，”她说着叹了一口气，“我一向像疼自己儿子那样疼您。您要相信我，皮埃尔。我不会忘记您的利益的。”

皮埃尔什么也不明白，他只清楚地觉得这一切都是理所当然的。他顺从地跟着推门进去的德鲁别茨基公爵夫人。

这道门通向后面的穿堂。公爵小姐的老仆人坐在角落里织袜子。皮埃尔从没到过这里，甚至没想到还有这样的地方。一个使女用盘子托着水瓶从后面走来。德鲁别茨基公爵夫人向她（她叫她好姑娘）询问公爵小姐们的健康，又领着皮埃尔沿石廊往前走。石廊左边的第一道门通公爵小姐们的卧室。托水瓶的使女匆忙中（这时整座房子里一片忙乱）没把门关上。皮埃尔和德鲁别茨基公爵夫人经过那里，不由得往屋里望了一眼，但见大公爵小姐和华西里公爵正凑在一起谈话。华西里公爵一看见有人走过，不耐烦地往椅背上一靠，大公爵小姐跳起来，忘乎所以，使劲把门砰的一声关上。

公爵小姐这个举动和她平时的镇定自若大不相同，华西里公爵的恐惧神色同他平日的傲慢态度也很不相称，以致皮埃尔不由得停住脚步，用询问的目光从眼镜上方望望他的指导人。德鲁别茨基公爵夫人没有现出丝毫惊奇的表情，只微微一笑，叹了一口气，仿佛表示这一切都是她意料中的事。

“拿出男子汉的勇气来，我的朋友，我会保护您的利益的。”她用这话回答他的目光，更快地沿石廊走去。

皮埃尔不明白是怎么一回事，更不明白保护您的利益是什么意思，但他觉得一切都理应如此。他们穿过石廊来到昏暗的大厅，大厅通伯爵的会客室。这是皮埃尔一进大门就熟悉的那种阴森而华丽的房间。但这个房间当中放着一个空澡盆，地毯上都是水。一个男仆和拿香炉的教堂职员踮着脚尖向他们走来，却没理会他们。他们走进皮埃尔所熟悉的会客室，里面有两扇意大利式窗子通向花房，室内有叶卡德琳娜的巨大半身塑像和全身画像。会客室里还是那些人，几乎都坐在原来的位置上，正在交头接耳谈着话。大家都住了口，回头望望从门外进来的眼睛哭肿、脸色苍白的德鲁别茨基公爵夫人和低下头顺从地跟在她后面的又高又胖的皮埃尔。

德鲁别茨基公爵夫人的脸色表示已到了紧要关头。她摆出彼得堡能干女人的架势，拉着皮埃尔，比早晨更大胆地走进屋子。她认为，她带着弥留的人很想见到的人一定会被接见。她迅速地扫了一眼屋里所有的人，发现伯爵的忏悔神父。她没有鞠躬，却突然缩着身子，用急促的碎步走到神父面前，恭恭敬敬地先后接受了两位神父的祝福。

“赞美上帝，您赶到了，”德鲁别茨基公爵夫人对神父说，“我们做亲戚的都很担心。您瞧，这位年轻人就是伯爵的儿子，”她低声添加说，“这种时刻真不好受！”

她说完这话，走到医生跟前。

“亲爱的医生，”她对医生说，“这位年轻人是伯爵的儿子……还有希望吗？”

医生没作声，迅速地抬起眼睛，耸耸肩膀。德鲁别茨基公爵夫人也同样耸耸肩膀，抬起几乎闭着的眼睛，叹了一口气，离开医生向皮埃尔走去。她对皮埃尔说话，语气格外恭敬、温柔和感伤。

“你要相信上帝的仁慈！”她对皮埃尔说，指指沙发要他坐在这里等她，自己则悄悄地向众目睽睽的门口走去。门咯吱响了一声，她就消失在门里了。

皮埃尔决心绝对服从他的指导人，向她指定的沙发走去。等德鲁别茨基公爵夫人一走，他发现屋子里人人的目光都好奇而同情地集中在他身上。他发现大家都在窃窃私语，眼睛盯住他，露出惊惶失措甚至谄媚讨好的神色。大家向他表示的敬意都是空前的：一位正在跟神父谈话的陌生太太从座位上站起来给他让座；一位副官捡起皮埃尔掉下的手套递给他；当他走过的时候，医生们都彬彬有礼地停止说话，闪到一旁给他让路。皮埃尔想换一个座位，免得给那位太太添麻烦，他想自己捡起手套，走过并未挡他路的医生面前；但他忽然觉得这样做不合适，因为今晚他要履行一种大家所期待的可怕仪式，因此接受大家的效劳是应该的。他默默地从副官手里接过手套，坐到那位太太让出的位子上，把一双大手对称地放在膝盖上，摆出像埃及雕像那样天真的姿势。他心里认定，这一切都理应如此，而且为了不出丑，不闹笑话，今晚他不应当随便行动，必须绝对服从指导他的人的意志。

不到两分钟，华西里公爵穿着长袍，胸前挂着三枚星章，昂首阔步地走进来。他从早晨起似乎又瘦了些；当他环顾房间，看见皮埃尔的时候，眼睛睁得比平时更大。他走到皮埃尔面前，握住他的手（以前他从没这样做过），把它往下拉，仿佛要试试这只手长得结实不结实。

“勇敢点，勇敢点，我的朋友。他吩咐要看您，这很好……”华西里公爵说着想走开去。

但皮埃尔觉得有必要问一下：

“病情怎么样……”他犹豫了一下，不知道叫垂危的人伯爵是否妥当，叫他父亲又觉得不好意思。

“半小时前他又发过病了。又发过病了。勇敢点，我的朋友……”

皮埃尔头脑里一片混乱，弄不懂“发病”究竟指什么。他茫然地望望华西里公爵，后来才明白“发病”是指病情危急。华西里公爵一边走一边对劳兰医生说了几句话，然后踮着脚尖走进病房。他不会踮着脚尖走路，整个身子都笨拙地跳动着。大公爵小姐跟在他后面，然后，神父、教堂职员和仆人也走了进去。从门里传出移动东西的声音。最后，德鲁别茨基公爵夫人脸色苍白，带着认真履行职责的姿态跑出来，碰碰皮埃尔的手臂说：

“上帝无限仁慈。终敷礼马上要开始了。来吧。”

皮埃尔进了门，踏着软绵绵的地毯。他发现副官、陌生的太太和仆人都跟着他走进来，仿佛现在进屋已无须取得许可了。

20

皮埃尔熟悉这个由圆柱和拱门隔成两半、墙上挂着波斯壁毯的大房间。圆柱后面那部分房间，放着一张高高的红木床，床上挂着绸幔；房间另一部分有一个嵌神像的大壁龛被照得又红又亮，好像晚祷时的教堂。壁龛里被照亮的神像服饰下有一张伏尔泰式长安乐椅，安乐椅上放着新换过的没有皱纹的洁白枕头。皮埃尔所熟悉的他父亲别祖霍夫伯爵高大的身子躺在安乐椅上，齐腰盖着一条浅绿色被子，他那宽额上的白发有点像狮子的鬣毛，他那漂亮的棕黄色脸上现出高贵的深深皱纹。他就躺在神像下，两只粗大的手被拉出来放在被子上。他的右手手心向下，拇指和食指中间夹着一支蜡烛，由一个老仆人弯着腰在一旁扶住。安乐椅旁站着神职人员，他们身穿庄严的闪亮法衣，披着长发，手拿蜡烛，缓慢而庄重地做着祷告。他们后面站着两个小公爵小姐，她们拿手帕捂住眼睛；前面站着大公爵小姐卡嘉，她脸上露出凶恶而骄横的神色，目不转睛地盯住圣像，仿佛向大家表示，她要是向周围环顾，就控制不住自己的感情。德鲁别茨基公爵夫人脸上带着温顺、悲伤和宽恕的神色，同那位陌生的太太站在门口。华西里公爵站在门的另一边，靠近安乐椅。他把一只雕花天鹅绒椅子转过来背对自己，左手拿着蜡烛搁在椅背上，右手画着十字，每当他把手指举到前额，眼睛就往上翻。他脸上现出安详虔诚的神色，仿佛在说："你们要是不了解这种心情，那就糟了。"

他后面站着副官、医生和男仆；就像在教堂里一样，男女分列两边。大家都默默地画着十字，但听得诵读祷文和低沉的唱赞美诗声。而在间歇时，只有移动脚步声和叹息声。德鲁别茨基公爵夫人露出煞有介事的很内行的神气，穿过房间走到皮埃尔跟前，递给他一支蜡烛。皮埃尔点亮蜡烛，出神地观赏周围的一切，竟用拿蜡烛的手画起十字来。

脸色红润、有一颗黑痣、很爱笑的小公爵小姐莎菲望着皮埃尔。她微微一笑，好一阵拿手帕遮住脸，但望了望皮埃尔，又笑了。她一看见他就要笑，但又忍不住不去看他。为了避开诱惑，她悄悄走到圆柱后面。祈祷做到一半，神父们的声音突然停止；他们彼此悄悄地说着话；扶住伯爵手的老仆人直起腰来，对太太们说了些什么。德鲁别茨基公爵夫人走上前，向病人俯下身去，从背后向劳兰招招手。这位法国医生手里没有拿蜡烛，身靠圆柱站着，现出外国人的恭敬姿态，表示尽管信仰不同，他完全懂得这个仪式的重要性并加以赞许。他迈着年富力强的人的矫健脚步走到病人跟前，用他纤细的白手指从绿色被子上拿起伯爵那只空手，转过身子，一面把脉，一面思索。他们给病人喝了点东西，在他周围忙了一阵，然后又各就各位，继续祈祷。在祈祷的间歇，皮埃尔发现华西里公爵离开椅背，脸上那副神气表示，他知道该怎么办，谁不了解他，谁就倒霉。他没有走到病人跟前，却从他身边经过，走到大公爵小姐跟前，同她一起向挂绸幔的高床走去。华西里公爵和大公爵小姐从床那边走出后门，但没等祈祷结束，又都回到原来的地方。皮埃尔对这事也像对别的事一样漠不关心，只认定今晚在他眼前所发生的一切都是理所当然的。

赞美诗停止了，神父恭恭敬敬地祝贺病人领受了圣餐。病人仍旧一动不动、奄奄一息地躺着。他周围的人纷纷活动起来，但听得一片脚步声和低语声，德鲁别茨基公爵夫人的声音比谁都尖。

皮埃尔听见她说：

“一定得移到床上，留在这里说什么也不行……”

病人被医生、公爵小姐和仆人团团围住，这样皮埃尔就看不见那个披着雪白长发的棕黄色脑袋。在祈祷时，皮埃尔自始至终注视着他。虽然也看到其他的人。皮埃尔从安乐椅周围人们小心翼翼的动作上看出，他们在移动垂危的病人。

“把住我的胳膊，不然他会滑下去，”皮埃尔听见一个仆人恐惧地低声说，“从下边托住……再来一个。”接着人们沉重的喘息声和脚步声更加急促了，仿佛抬着一件他们抬不动的重东西。

抬的人，包括德鲁别茨基公爵夫人，走过皮埃尔面前。皮埃尔从他们的脊背和颈项后面看见被众人抬起的病人高高隆起的胖胸脯、厚实的肩膀和狮子鬣毛般鬈曲的白发。他那异常宽阔的前额和颧骨、俊美好色的嘴和威严冷静的目光，临死都没有改变。三个月前，当别祖霍夫伯爵叫皮埃尔到彼得堡去的时候，他就是这个模样。如今他的头由于抬的人脚步不齐无可奈何地摇摆着，冷漠的目光不知落在什么地方。

大家在高床旁忙了几分钟，仆人们走散了。德鲁别茨基公爵夫人触触皮埃尔的手，对他说了声：“过来！”皮埃尔就跟她一起走到床边。病人被放在床上的姿势很庄严，显然是因为刚举行过圣礼的缘故。他仰天躺着，头高高地搁在枕头上。他的双手对称地放在绿色绸被上，手心向下。皮埃尔走过去，伯爵眼睛望着他，但眼神里的含意却无法捉摸。这眼神或者没有什么含意，只因为眼睛总得往什么地方瞧，或者含意深刻。皮埃尔站住，不知做什么好，就用询问的目光回头望望指导他行动的德鲁别茨基公爵夫人。德鲁别茨基公爵夫人连忙向他使使眼色，她望望病人的手，又用嘴唇向这只手送着飞吻。皮埃尔拼命伸长脖子以免碰到绸被，遵照她的示意吻了吻骨骼宽大的胖手。伯爵的手也好，他脸上的肌肉也好，都纹丝不动。皮埃尔又望望德鲁别茨基公爵夫人，问她现在该怎么办。德鲁别茨基公爵夫人瞧瞧床边的安乐椅。皮埃尔顺从地在椅子上坐下，继续用眼睛询问，他做得对不对。德鲁别茨基公爵夫人点点头表示做得对。皮埃尔又摆出埃及塑像般端庄单纯的姿势，唯恐他那笨重肥胖的身体占据太多的空间，竭力把自己的身体缩小一点。他望望伯爵。伯爵仍望着皮埃尔原来站着的地方。德鲁别茨基公爵夫人的神情表示，她懂得这父子最后一面是多么动人。这样继续了两分钟，但皮埃尔觉得像有一个小时。突然伯爵厚实的脸抽动起来。抽动越来越厉害，好看的嘴歪斜了（这时皮埃尔才明白他父亲快要死了），从歪斜的嘴里发出含糊的沙哑声。德鲁别茨基公爵夫人仔细望着病人的眼睛，竭力猜测他需要什么。她忽而指指皮埃尔，忽而指指饮料，忽而低声叫着华西里公爵的名字，忽而指指被子。病人的眼睛和脸色显得有点不耐烦。他费力地望了望一直站在床头的仆人。

“老爷要翻个身。”仆人低声说，欠身把伯爵沉重的身子翻过去对着墙壁。

皮埃尔站起来帮助仆人。

当伯爵翻身的时候，他的一只手软绵绵地向后落下，他想把它举过来，但是没有力气。不知是伯爵发觉皮埃尔在望他这只没有力气的手，还是他垂死的头脑里掠过别的思想，他望望这只不听使唤的手，望望皮埃尔脸上恐怖的神色，又望望这只手，他的脸上出现了同他的仪态很不相称的一丝苦笑，仿佛在嘲笑自己的软弱无力。皮埃尔一看到这笑容，突然感到胸口抽搐、鼻子发酸，眼睛被泪水迷糊了。病人被转过去面对墙壁。他叹了一口气。

“他睡着了，”德鲁别茨基公爵夫人发现来换班的公爵小姐，说，“咱们走吧。”

皮埃尔走了出去。

21

会客室里，除了华西里公爵和大公爵小姐坐在叶卡德琳娜女皇像下起劲地谈话外，没有别的人。他们一看见皮埃尔和他的指导人，就不再作声。皮埃尔发现公爵小姐把一样东西藏起来，并且听见她低声说：

“我见不得这个女人。”

“卡嘉吩咐把茶摆在小客厅里，”华西里公爵对德鲁别茨基公爵夫人说，“去吧，我可怜的公爵夫人，去喝点茶吧，不然您会支持不住的。”

他对皮埃尔没有说什么，只使劲捏捏他的上臂。皮埃尔和德鲁别茨基公爵夫人到小客厅去了。

“熬夜之后，再没有比喝一杯俄国好茶更能提神的了。”圆形小客厅的桌上摆着茶具和冷餐，劳兰站在桌旁说。他用中国无柄细瓷茶杯啜着茶，克制着兴奋的神情。这天在别祖霍夫伯爵家过夜的人都聚集在桌旁吃茶点，以补充体力。皮埃尔清楚地记得这个有镜子和小桌的圆形小客厅。每逢伯爵家举行舞会，不会跳舞的皮埃尔爱坐在这个有镜子的小客厅里，欣赏着身穿舞服、光肩膀上饰着钻石和珍珠的太太小姐们。她们走过这个灯火辉煌的房间，总要在明亮的镜子前照照，顾盼一番。现在屋子里只点着两支蜡烛，光线暗淡，小桌子上茶具和菜肴狼藉，各种神情忧郁的人深夜坐在那里，低声交谈着。他们的一言一行都表示，谁也没有忘记此刻卧室里正在发生和将要发生的事。皮埃尔虽然也很想吃点东西，但他没有吃。他回头用询问的目光望望他的指导人，看见她又踮着脚尖走进华西里公爵和大公爵小姐坐着的会客室。皮埃尔认为这是完全必要的，于是稍稍迟疑了一下，就跟着她走去。德鲁别茨基公爵夫人站在公爵小姐旁边，两人激动地同时低语着。

“对不起，公爵夫人，请您告诉我，什么是应该做的，什么是不应该做的。”公爵小姐说，显然像她砰地关上房门时一样激动。

“不过，亲爱的公爵小姐，”德鲁别茨基公爵夫人温和而果断地说，拦住通卧室的路，不让公爵小姐过去，“可怜的叔叔此刻正需要休息，您这样不是会使他太痛苦吗？此刻还谈人世的事，可他的灵魂已准备……”

华西里公爵坐在安乐椅上，照例毫无拘束，高高地架起腿。他的双颊剧烈地抽动，向下放松时显得更胖。他装出并不注意这两个女人在谈话的样子。

“我说啊，亲爱的公爵夫人，让卡嘉爱怎么做就怎么做吧。您要知道，伯爵是多么疼爱她啊。”

“我也不知道这个文件里写的是什么，”公爵小姐指指手里的镶花文件夹，对华西里公爵说，“我只知道正式遗嘱在他的办公桌里，这个文件他早就忘了……”

她想绕过德鲁别茨基公爵夫人，但德鲁别茨基公爵夫人一个箭步又拦住她的路。

“我知道，亲爱的善良的公爵小姐，”德鲁别茨基公爵夫人一手抓住文件夹，抓得那么紧，显然不会马上松手，“亲爱的公爵小姐，我求您，我恳求您，可怜可怜他吧。我请求您……”

公爵小姐不作声。只听得双方争夺文件夹的声音。显然，公爵小姐即使说话，也不会说出德鲁别茨基公爵夫人中听的话来。德鲁别茨基公爵夫人紧紧抓住文件夹，虽然如此，她的声音还是像平时一样温柔而甜蜜。

“皮埃尔，过来，我的朋友。公爵，我想，他在家庭会议上不是外人，是不是？”

“您怎么不说话，我的表兄？”公爵小姐忽然大声叫道，弄得客厅里的人听了都大吃一惊。“现在有人在垂危的病人房门口大吵大闹，干涉人家家庭的事，您怎么不说话？阴谋家！”她恶狠狠地低声说，使劲夺着文件夹，但德鲁别茨基公爵夫人上前几步，更使劲抓住文件夹。

“哦！”华西里公爵责备而惊讶地说。他站起来，“真是笑话！您放手。我对您说。”

公爵小姐放下文件夹。

“您也放手！”

德鲁别茨基公爵夫人没有听他的。

“您放手，我对您说。我负全部责任。让我去问问他。我……这样您满意吗？”

“不过，公爵，”德鲁别茨基公爵夫人说，“行过这样隆重的圣礼，先让他安静一会儿吧。现在，皮埃尔，说说您的意见。”她说。皮埃尔走到他们跟前，惊讶地望着公爵小姐凶相毕露、不顾体面的脸和华西里公爵抽动的双颊。

“记住，您要对全部后果负责，”华西里公爵严厉地说，“您知道您这是在干什么吗？”

“你这个贱女人！”公爵小姐大声嚷道，突然向德鲁别茨基公爵夫人扑去，夺取文件夹。

华西里公爵垂下头，摊开双手。

这当儿，皮埃尔注视了好久的那扇一向轻轻地开关的可怕的房门，突然砰的一声打开，撞在墙上，二公爵小姐从里面冲出来，双手一拍。

“你们在干什么！”她不顾一切地说，“他就要死了，你们却把我一个人撇在那里！”

大公爵小姐丢下文件夹。德鲁别茨基公爵夫人连忙弯下腰，捡起这件彼此争夺的东西，跑进卧室。大公爵小姐和华西里公爵清醒过来，跟在她后面跑进去。几分钟后，大公爵小姐脸色苍白，咬着下唇，最先从里面出来。她一看见皮埃尔，脸上现出不可遏止的愤恨。

“好哇，现在您高兴了，”她说，“您的目的达到了。”

她用手帕捂着脸，放声痛哭，从屋子里跑出去。

华西里公爵在公爵小姐之后走出来。他踉跄地走到皮埃尔坐着的长沙发前，一手捂住眼睛，倒在沙发上。皮埃尔发现他脸色发白，下巴颏像发疟疾一样哆嗦着。

“唉，我的朋友！”华西里公爵抓住皮埃尔的臂肘说，声音里带着皮埃尔从没听见过的诚恳和软弱，“我们造过多少孽，骗过多少人，这一切都是为了什么呀？我已经年过半百了，我的朋友……不瞒你说……到头来还不是一死了结，一死了结。死真是可怕。”他哭起来。

德鲁别茨基公爵夫人最后一个出来。她悄悄走到皮埃尔跟前。

“皮埃尔！……”她说。

皮埃尔用询问的目光望着她。她吻了吻年轻人的前额，泪水把他的脸都沾湿了。她停了停。

“他没有了……”

皮埃尔从眼镜上方望着她。

“我们走吧，我陪您去。您哭吧，再没有什么比眼泪更能使人轻松的了。”

德鲁别茨基公爵夫人把他领到黑暗的客厅里。皮埃尔感到很高兴，因为那里没有人会看见他的脸。德鲁别茨基公爵夫人离开他走了。当她回来的时候，他已经头枕着手臂呼呼睡熟了。

第二天早晨，德鲁别茨基公爵夫人对皮埃尔说：

“是的，我的朋友，这是我们大家的一大损失，更不用说您了。不过上帝会保佑您的，您还年轻。我相信，您将成为大笔财产的主人。遗嘱还没有拆封。我很了解您，相信您不会因此冲昏头脑，但您得负起责任，拿出男子汉的气概来。”

皮埃尔没作声。

“以后我可能告诉您，当时我要是不在，天知道会发生什么事。不瞒您说，叔叔前天还答应我照顾保里斯，可是他没来得及办。我希望，我的朋友，您会实现您父亲的遗愿。”

皮埃尔一点也不明白，尴尬地红着脸，默默地望着德鲁别茨基公爵夫人。德鲁别茨基公爵夫人同皮埃尔谈完话，坐车到罗斯托夫家睡觉去了。第二天早晨醒来，她把别祖霍夫伯爵去世的经过详细告诉罗斯托夫家和所有的熟人。她说，伯爵死得体面，就像她所想望的那样；说他的死不仅使人感动，而且让人受到教益；父子的最后一面特别动人，她一想起来就忍不住掉眼泪；她说不出在这可怕的时刻父子俩谁表现得更出色：是在临终时想到一切人和一切事并对儿子说了些感人的话的父亲呢，还是痛不欲生而又竭力掩饰悲哀、以免使垂危的父亲难过的可怜的皮埃尔。“这是很痛苦的，但很有教益；看到老伯爵和他那个好儿子，人的心灵也会变得高尚起来。”她说。对公爵小姐和华西里公爵的行为，她很不赞成，但她也讲了，只是讲的时候非常秘密，声音压得很低。

22

在童山保尔康斯基公爵的庄园里，一家人天天都在盼望小安德烈公爵夫妇的到来。不过，老公爵家严格的生活秩序并没有因此而受到破坏。陆军元帅尼古拉·保尔康斯基公爵，在社交界绰号叫普鲁士王，自从保罗在位时被贬隐居乡间后，一直深居简出，同女儿玛丽雅公爵小姐和她的女伴布莉恩小姐生活在一起。到了新皇登基以后，他虽被准许进京，但还是深居简出，住在乡下。他说，谁要是需要他，可以从莫斯科赶一百五十俄里[1]到童山来找他，而他则一无所需，也无求于人。他常说，人类罪恶的根源只有两种：懒惰与迷信；美德也只有两种：勤劳与智慧。他亲自教育女儿。为了在她身上培养这两大美德，他教她代数和几何，把她的生活安排得没有一点空暇。他自己也一天忙到晚：一会儿写回忆录，一会儿演算高等数学，一会儿在车床上车鼻烟壶，一会儿在花园里劳动，或者监督庄园里不断的建筑工程。勤劳的活动首先需要秩序，因此在他的生活方式中，秩序就达到最严格的程度。他每天准时吃饭，不仅钟点不变，简直一分钟都不

1 1俄里合1.06公里。

差。对周围的人，从女儿到仆人，公爵总是既严厉又苛刻，因此，他虽不残酷，但大家都对他抱着敬畏的态度。要获得这样的敬畏，就是最残酷的人也难以做到。他虽已退休，在政府机关里没有什么权力，但本省的所有长官都认为有责任经常来拜见他，并且像建筑师、花匠或玛丽雅公爵小姐那样，在约定的时间里到高大的接待室等候公爵的接见。当书房高大的门打开，戴着敷粉假发的矮小老人出现时，接待室里的人便都肃然起敬，甚至胆战心惊。公爵的手又瘦又小，花白的眉毛倒挂，当他皱眉时，眉毛就遮蔽了智慧而又显得年轻的明亮眼睛。

小公爵夫妇归来那天早晨，玛丽雅公爵小姐照例在规定时间走进接待室向父亲请早安，并提心吊胆地画着十字，默诵祷文。她每天进来都要求上帝保佑，使她今天的见面平安无事。

一个戴敷粉假发的老仆人坐在接待室里，看见她，轻轻站起来，低声说："请进。"

门里传来车床匀调的声音。公爵小姐怯生生地推了推灵活的房门，在门口站住。老公爵站在车床旁，回头看了一下，继续干他的活。

巨大的书房里摆满各种随时需用的东西。一张放着许多书籍和图纸的大桌子，几个高高的玻璃书橱，橱门上插着钥匙，一张站着写字的高书桌，桌上摆着一本打开的笔记本，还有几样工具，一台车床，周围撒满刨花——这一切表明主人经常有条不紊地从事各种活动。从公爵穿绣银线鞑靼式靴子的小脚的动作上，从他筋脉毕露的瘦手的手劲上，都可以看出老公爵精神矍铄，体力还很健旺。他在车床上又踏了几转，才从踏板上挪开脚，拭了拭凿子，把它放到挂在车床上的皮口袋里，接着走到桌旁，叫女儿过去。他从来不为自己的子女祝福，只伸出今天还没刮过的长着硬胡子茬的脸给女儿亲，严厉而又关注地瞧了她一下，说：

“身体好吗？……好，坐吧！”

他拿起自编的几何学讲义，用脚把椅子钩到身边。

“这些明天教！”他说着，用硬指甲从一节到另一节画了个记号。

公爵小姐低下头看桌上的讲义。

“等一下，你有一封信。”老头儿忽然说，从挂在桌子上面的信插里取出一封女人笔迹的信，扔在桌上。

公爵小姐一见信，脸就红了。她连忙拿起信，低下头看。

“是爱洛绮丝[1]写来的吧？”公爵问，冷笑时露出还很坚固的发黄的牙齿。

“是的，是裘丽写来的。”公爵小姐说，怯生生地望着父亲，怯生生地微笑着。

“再放过两封，到第三封我可要看一看了，”公爵严厉地说，“我怕你们在信里胡说八道。第三封我要看一看。”

“这一封您也可以看，爸爸。”公爵小姐说，脸涨得越发红了，把信递给父亲。

“第三封，我说过，看第三封，”公爵斩钉截铁地大声说，把信推开，接着把臂肘搁在桌上，拉过画有几何图形的讲义。

“喂，小姐，”老头儿说，挨着女儿俯身在讲义上，一只手臂搁在公爵小姐座椅的椅背上。这样，公爵小姐就处在她所熟悉的父亲的烟草味和浓郁的老人气的氛围中。“你看，小姐，这几个三角形都是相等的；请看角a b c……”

公爵小姐恐惧地看看父亲逼近的目光炯炯的眼睛，脸上一阵红，一阵白。她显然一点也不懂。她心里十分害怕，越怕越听不

---

1 法国启蒙思想家卢梭（1712—1778）写有小说《裘丽或者新爱洛绮丝》，内容宣扬个性解放，爱情自由。裘丽是小说的女主人公。公爵爱好讽刺，也不赞成这部小说的思想。他知道信是裘丽写的，就故意把她说成爱洛绮丝。

懂父亲的讲解，尽管他讲解得十分清楚。不知这事得怪教师还是得怪学生，但情况天天相同：公爵小姐眼睛模糊了，什么也看不见，什么也听不进，只觉得严父的瘦脸靠得很近，感觉到他的呼吸和气味。她一心巴望尽快离开书房，到自己房间里自由自在地思考习题。老头儿按捺不住，嘎的一声推开坐着的椅子，接着又把它拉拢。他竭力克制怒火，但几乎每次都发脾气，骂人，有时还扔讲义。

公爵小姐回答错了。

“哼，真笨！”公爵推开讲义，猛地转过身去，大声骂道，但接着站起来，来回走了一阵，双手摸摸公爵小姐的头发，又坐下来。

公爵把椅子挪拢一点，继续讲课。

“不行，公爵小姐，不行，”他看见公爵小姐拿起笔记本要走，就说，“数学可是门大学问，我的小姐。我不希望看到你像我们那些笨姑娘那样。多学学，就来劲了，”他拍拍女儿的脸颊，“头脑就不会糊涂了。”

女儿要走，他做了个手势拦住她，从高桌子上拿下一本未裁开的新书。

“这又是你的爱洛绮丝寄给你的什么《奥秘解答》[1]。一本宗教书。但我不干涉任何人的信仰……我翻了一下。你拿去。好，去吧，去吧！”

他拍拍女儿的肩膀，等她一出去，就亲自关上门。

玛丽雅公爵小姐带着难得消失的忧郁恐惧的表情——这种表情使她病态的丑脸更丑——回到自己房间里，在摆满微型肖像

1 指德国作家艾卡尔豪森（1752—1803）的作品《自然奥秘解答》，1805年译成俄语，在共济会会员中特别流行。

画、堆满书本和笔记的写字台旁坐下来。公爵小姐生活习惯上的杂乱无章同她父亲的有条不紊正好达到同样程度。她放下几何笔记本，迫不及待地拆开信。这封信是公爵小姐从小的好友，也就是那天参加罗斯托夫家命名日的裘丽写来的。

裘丽用法文写道：

> 亲爱的无价的朋友，别离是多么可怕多么痛苦的事啊！我常常想，我的一半生命和幸福都在您身上，尽管我们分隔两地，我们的心却紧紧相连。我恨命运，尽管我过着温饱懒散的生活，却无法克制我们分别以后内心的悲愁。为什么我们不能像去年夏天那样，一起坐在您那大书房的蓝沙发上互诉衷肠？为什么我不能像三个月前那样，从您那温柔娴静、洞察一切的眼神中汲取新的精神力量？啊，我多么喜欢您的眼神，而此刻在给您写信的时候，我仿佛又看到了您的眼神。

玛丽雅公爵小姐读到这里，叹了一口气，回头向右边的穿衣镜望了望。镜子映出她那衰弱难看的身子和瘦削的脸。她的眼睛一向忧郁，这会儿格外颓丧地瞧着镜子里自己的模样。“她这是在恭维我。”公爵小姐想，转过身来继续看信。不过裘丽并不是在恭维朋友，公爵小姐的眼睛生得又大又深邃又明亮，有时射出温暖的光芒，确实很美丽。她的脸虽长得不好看，眼睛却富有魅力。可惜公爵小姐从未看到过自己美丽的眼神，因为她的眼神只有在她没想到自己时最美丽。她也像一般人那样，照镜子的时候脸部绷紧，不自然，显得难看。她继续看信：

在莫斯科，大家谈的无非是战争。我的两个哥哥，一个已经在国外，另一个参加近卫军，正向边境开拔。我们仁慈的皇上离开彼得堡，听说陛下将不惜冒枪林弹雨之险，御驾亲征。全能的上帝恩赐一位天使当我们的君主，但愿他能降服这个破坏欧洲安宁的科西嘉怪物[1]。且不说我的两个哥哥，这场战争还使我失去一个最亲近的朋友，我指的是年轻的尼古拉伯爵。他满腔热情，不甘心碌碌无为，离开大学从军去了。不瞒您说，亲爱的玛丽雅，尽管他年纪轻轻，他这次离家从军使我感到无限悲伤。去年夏天我同你谈到，在我们的时代二十岁的青年往往就暮气沉沉，而他却品德高尚，朝气蓬勃，这是十分罕见的！他为人坦率热情，而且纯洁无瑕，富有诗意，我们的交往虽然短暂，却使我这颗饱尝痛苦的可怜的心感到甜蜜和欢乐。以后我将告诉你我们分别的情景和说过的话。此情此景都历历在目……唉，亲爱的朋友！您是幸福的，因为您没有体验过那种烈火般的欢乐，也没有体验过那种烈火般的痛苦。您是幸福的，因为痛苦通常总比欢乐更强烈。我很清楚，尼古拉伯爵太年轻了，我同他不可能有超越朋友的关系。但这种甜蜜的友谊，这种如此富有诗意而纯洁的关系，正是我心灵所需要的。好了，这事谈得够了。近来轰动全莫斯科的新闻是老别祖霍夫伯爵的去世和他的遗产继承问题。您真不会想到，三位公爵小姐所得无几，华西里公爵一无所得，皮埃尔却继承了全部遗产，并被立为后嗣而获得别祖霍夫伯爵封号，拥有俄国最大的财产。据说，华西

1 指拿破仑。他是科西嘉岛人。

里公爵在这件事上扮演了卑劣的角色，最后狼狈不堪地回彼得堡去了。说实在的，遗嘱之类的事我所知甚少；我只知道，自从我们认识的那个叫皮埃尔的青年成为别祖霍夫伯爵和俄国首富后，我有趣地发现，那些有待字闺女的母亲和姑娘本人对他的语气和态度都忽然变了。顺便说一句，我一向认为这人毫无出息。两年来他们一直兴致勃勃地替我物色对象（其中大部分我不认识），莫斯科的婚事新闻就认定我将成为别祖霍夫伯爵夫人。但您知道，我对此毫无兴趣。谈到婚事，不瞒您说，前不久**我们共同的姨妈**德鲁别茨基公爵夫人极其秘密地告诉我，有人在安排您的婚事。对象不是别人，就是华西里公爵的儿子阿纳托里。他们要替他物色一位有钱的名门闺秀，他父母就选中了您。我不知道您对这事有什么看法，但我觉得有责任事先告诉您。据说，他长得很俊，是个出格的浪子。关于他的情况我就知道这些。

好吧，扯得够多的了。第二张信纸快完了，妈妈派人来找我去阿普拉克辛家吃饭。

我寄给您的那本神秘的书，您可以看看。这本书在我们这里很流行。虽然书里有些地方不是凡人简单的头脑所能理解的，但这是一本出色的书。看这本书能使人心平气和，灵魂高尚。再见了。谨向令尊大人请安，并向布莉恩小姐致意。衷心拥抱您。

裘丽

又及：请把令兄和他可爱的夫人的情况告诉我。

公爵小姐沉吟了一下，若有所思地微微一笑，她的眼睛闪闪发亮，模样完全变了。她忽然站起来，迈着沉重的步子走到桌前。她拿起信纸，迅速地在纸上书写起来。她用法文写了下面的回信：

亲爱的无价的朋友：您十三日的信给我带来极大的快乐。您依旧爱我，我的诗一般美的裘丽。您痛恨别离，但别离显然并没有影响您的精神。您抱怨别离，那么我失去了一切亲近的人又该——要是我敢的话——说些什么呢？唉，我们要是不能从宗教上得到慰藉，人生将是多么悲惨哪！您说到对那个青年的感情，为什么认为我会责备您呢？这方面我只是严以律己。但别人的这种感情我是能理解的。我没有体验过这种感情，即使不能赞成，也不会加以指摘。我只觉得，基督徒对亲人的爱，对敌人的爱，比小伙子美丽的眼睛在您这样诗意盎然的多情少女的心中引起的感情更加可贵，更加快乐，更加美好。

别祖霍夫伯爵去世的消息在您来信以前我们已听到了，家父为此感到很难过。他说，伯爵是我们这个伟大时代倒数第二个代表，接下去该轮到他了，但他要尽量使这事晚些轮到。但愿上帝别让我们遭到这样的不幸！

我不能同意您对皮埃尔的看法，因为我从小就认识他。我认为他有一颗美好的心，而这种品德我认为是最可贵的。他继承遗产一事和华西里公爵在这方面所扮演的角色，我认为对他们两人都是可悲的。哦，亲爱的朋友！我们的救世主说，骆驼穿过针的眼比财主进神的国还容易，这真是至理名言！我可怜华西里公爵，但更可怜皮埃尔。他年纪轻轻接受这样一大笔财产，将要受到多少诱惑啊！要是有人问我，我活在世上最大的愿望是什么，我会回答说，我愿意做个最穷的穷人。亲爱的朋友，万分感谢您给我寄来那本在你们那里十分轰动的书。不过，既然您对我说，书里除了精彩之处还有凡人简单的头脑无法理解的东西，那么，我认为阅读无法理解的东西是多余的，因为不能给人带来任何益处。我一向不能理解有些人的嗜好，他们热衷于阅读神秘的书籍而把自己的思想搞乱。这种书籍只会增加他们的猜疑，激发他们的幻想，培养他们违反基督徒朴实本性的浮夸作风。我们最好还是读读《使徒行传》和《福音书》。我们不要到那些书里去寻找神秘的东西，因为我们的肉体同永生之间还隔着无法穿透的帘幕，我们这些可怜的罪人又怎能理解上帝神圣而庄严的秘密呢？我们还是研究研究教世主指导我们在人间行动的伟大教义吧。让我们努力遵守这些教义，并相信，我们越少胡思乱想，就越能获得上帝的欢心，上帝否定一切不是他所给予的知识；我们越少钻研他不愿让我们知道的东西，他就会越快地用他圣灵的智慧启示我们。

父亲没有同我谈起过婚事，他只说接到华西里公爵的信，等候他来访。至于我的婚姻问题，亲爱的无价的朋友，我可以告诉您，我认为结婚是我们必须服从的神圣规定。假如全能的上帝要我负起做妻子和母亲的责任，无论这对我来说有多么艰难，我也将忠实履行而决不自寻烦恼，去考虑我对上帝赐予我做丈夫的人的感情。

我接到家兄来信，他说将同嫂子一起来童山。这只是一次短暂的欢聚，因为他将撇下我们去参战，而这场战争只有上帝知道我们为什么要卷入，以及怎样卷入。不仅在你们那里，在政治事件和社交活动的中心，而且在这里，在城市居民通常想象为一派田园风光的乡下，也听到了战争的回声，使人感到心情沉重。家父老是说到进军和调动，但我对这些事一窍不通。前天，我照例在村道上散步，看到一个撕裂肝肠的场面。我们这里有一队新兵应征入伍。真不忍看到那些离家出征的人的母亲、妻子和孩子，听到生离死别的人的啼哭！请想一想，人类竟把救世主要我们相亲相爱和互相宽恕的教义忘记了，而把互相残杀当作主要美德。

再见，亲爱的善良的朋友。但愿我们的救主和圣母把您置于他们神圣而万能的庇护之下。

玛丽

“哦，您要寄信吗，公爵小姐？我已寄过信了。我给我可怜的母亲写了信。”布莉恩小姐满脸笑容，声音悦耳地匆匆说。她使玛丽雅公爵小姐心事重重、郁郁寡欢的情绪增添了轻松愉快、无忧无虑的因素。

“公爵小姐，我应该告诉你，”布莉恩小姐压低声音添加说，“公爵把米哈伊尔·伊凡内奇大骂了一顿，”她说的时候喉音特别重，有点自我欣赏，“他情绪很坏，很不高兴，您可得当心……”

“哦，我亲爱的朋友，”玛丽雅公爵小姐回答，“我请求过您永远别提我爹的情绪。我自己不能批评他，也不希望别人批评他。”

公爵小姐看了看钟，发觉练钢琴的时间已过了五分钟，就慌忙向起居室走去。按照规定的作息时间，每天十二点到两点，公爵休息，公爵小姐弹琴。

23

一个白发苍苍的老仆坐在前厅，听着大书房里公爵的鼾声，自己也昏昏欲睡。从房子深处，隔着一道道关着的门，传来丢赛克[1]奏鸣曲，其中难弹的乐句重复了二十来遍。

这时，一辆轿车和一辆篷车来到大门口。安德烈公爵从轿车上下来，把娇小的妻子扶下车，让她走在前面。头发花白的季洪戴着假发，从前厅探出头来，低声报告说老公爵正在睡午觉。又连忙把门关上。季洪知道，即使少爷回家或其他特殊事情都不该破坏作息秩序。这一点，安德烈公爵显然知道得不比季洪差。他看了看表，似乎要核对一下，他离家以来父亲的习惯有没有改变。当他证实没有改变后，就转身对妻子说：

“他还要过二十分钟起来。我们先去看看玛丽雅公爵小姐吧。”

小公爵夫人近来发胖了，但说话时，眼睛依旧喜气洋洋，含笑的生有毫毛的嘴唇依旧快乐动人地翘起来。

“哦，简直是一座皇宫，”她环顾四周，带着人们一般称赞

1 丢赛克（1761—1812），著名钢琴家，作曲家。生于波希米亚扎斯拉夫尔。

舞会主人的神气对丈夫说，“走吧，快点儿，快点儿！……”她继续环顾四周，同时对季洪、丈夫和陪送他们的仆人微笑着。

“这是玛丽雅在练琴吧？我们悄悄走过去，别让她看见我们。”小公爵夫人说。

安德烈公爵带着谦恭而忧郁的神情跟在她后面。

“你老了一点，季洪。”安德烈公爵一面走，一面向吻过他手的老头儿说。

从传出钢琴声的房间边门里，一个漂亮的金发法国女人跑出来。布莉恩小姐显得兴高采烈。

“哦，公爵小姐这下子可高兴了，”布莉恩小姐说，“到底来了！我去告诉她。”

“不，不，请您不要……您是布莉恩小姐吧，您是我小姑的朋友，我早就知道您了，”小公爵夫人说，同法国女人接吻，“她一定没料到我们今天来！”

他们走到起居室门口，不断听到里面传出来重复的乐句。安德烈公爵站住，皱了皱眉，仿佛料到会发生什么不愉快的事。

小公爵夫人走进屋去。乐句弹到一半停下来；传来惊呼声、玛丽雅公爵小姐沉重的脚步声和接吻声。安德烈公爵进去时，只在安德烈公爵结婚时见过一面的公爵小姐和小公爵夫人还拥抱在一起，互相亲吻着在对方身上碰到的任何地方。布莉恩小姐站在她们旁边，双手按着胸口，露出虔诚的笑容，显然是又想哭又想笑，而且哭笑的愿望一样强。安德烈公爵耸耸肩膀，皱了皱眉头，好像一个爱好音乐的人听到弹错了音。两个女人同时松开手，但立刻又像怕错过机会似的，抓住对方的手，吻起手来，然后又互相吻脸；接着又完全出乎安德烈公爵的意料，两个女人都哭起来，哭着哭着又接吻。布莉恩小姐也哭了。安德烈公爵有点不自在，但两个女人都觉得，她们见面，哭是再自然不过的事，不可能有其他方式。

“哦，亲爱的！……哦，玛丽雅！……”两个女人又说又笑。“我梦见过您……”“您没想到我们今天会来吧？……哦，玛丽雅，您瘦了……”“您可胖了……”

“我立刻认出这位是公爵夫人。”布莉恩小姐插嘴说。

“可我压根儿没想到！……”玛丽雅公爵小姐大声说，“哦，安德烈，我还没看到你呢。”

安德烈公爵同妹妹手拉手互相吻了吻，说她依旧是个哭娃娃。玛丽雅公爵小姐向哥哥转过身来，她那双美丽而明亮的眼睛含着泪水，向哥哥射出亲切、温柔而驯顺的目光。

小公爵夫人不停地说着话。她的嘴时而闭一下，那带着毫毛的短上唇稍稍触到鲜红的下唇，接着嘴又张开，绽开闪耀着牙齿和目光的笑容。小公爵夫人讲到他们在救主山上遇到意外，使她怀孕的身子险遭不测。接着她立刻又谈到她把所有的衣服都留在彼得堡，在这里真不知道穿什么好，又说安德烈完全变了，又说吉蒂·奥登卓娃嫁了个老头子，还说有个体面的男人要向玛丽雅公爵小姐求婚，但又说这事以后再谈。玛丽雅公爵小姐仍旧默默地望着哥哥，她那双美丽的眼睛却是含爱带愁。她此刻思绪万千，但同嫂嫂的话毫无关系。嫂嫂谈着上次彼得堡过节的情况，她就同哥哥说话。

“你一定要去打仗吗，安德烈？”玛丽雅公爵小姐叹了口气问。

丽莎也叹了口气。

“而且明天就走。”哥哥回答。

“他本可以升官，可他却把我丢在这里不管，真是天知道……”

玛丽雅公爵小姐没有听完她的话，径自想心事，同时亲切地望望嫂子的肚子。

“真的有了吗？”她问。

小公爵夫人的脸色变了。她叹了一口气。

“是的，真的有了，”她说，“哦！这太可怕了……”

丽莎的嘴唇挂下来。她把脸贴在小姑脸上，突然又哭起来。

“她需要休息一下，”安德烈公爵皱起眉头说，“是吗，丽莎？把她领到你屋里去，我去看爹。爹怎么样，还是那样吗？”

“还是那样，还是那样。我不知道你看了觉得怎么样。”玛丽雅公爵小姐快乐地回答。

“还是老时间到花园里散步？在车床上干活吗？”安德烈公爵问，脸上露出一丝笑意，表示他虽敬爱父亲，但也知道父亲的毛病。

“还是老时间上车床，做数学题，教我几何。”玛丽雅公爵小姐快乐地回答，仿佛上几何课是她生活中的一大乐事。

老公爵起床通常需要二十分钟。过了这段时间，季洪过来叫小公爵去见父亲。老公爵破例改变了一下生活习惯以欢迎儿子：他吩咐在他饭前更衣时就让儿子进屋来。老公爵穿一件乡下长袍，头发上扑了粉，一副老式打扮。安德烈公爵（他的神态不像在交际场上那样傲慢，却像同皮埃尔谈话时那样兴奋）走进父亲房里时，老头子正坐在梳妆室那张宽大的山羊皮安乐椅上，披着梳头罩衫，把头伸给季洪扑粉。

“啊！军人来了！你想去打败拿破仑吗？”老头儿说，由于季洪手里握住他的发辫，他只能在一定范围内摇动扑过粉的头。“你得好好收拾他，不然他就要逼着我们做他的顺民了。你好！”他把自己的脸颊凑给儿子吻。

老头儿在午饭前睡了一会儿，情绪很好（他常说，饭后睡觉赛过银子，饭前睡觉赛过金子）。他从倒挂的浓眉下高兴地斜睨了一下儿子。安德烈公爵上前一步，吻了吻父亲让他吻的地方。他不理父亲所喜欢的话题——嘲笑当代军人，特别是嘲笑拿破仑。

“爹，我来看看您，把怀孕的媳妇也带来了，”安德烈公爵说，兴奋而恭敬地注视着父亲脸上每块肌肉的活动，“您身体好吗？”

“老弟，只有傻子和浪子才会生病。你知道，我从早忙到晚，生活有节制，身体当然健康了。”

“感谢上帝！”儿子含笑说。

“这与上帝不相干。哦，你说说，”他又回到他心爱的话题上，“德国人怎样教你们用新科学，就是用所谓战略，同拿破仑作战的？”

安德烈公爵微微一笑。

“您让我想想，爹，”安德烈说话时的笑容表示，父亲的毛病并不妨碍他对他的敬爱，“我还没安置好呢。”

“胡说，胡说，”老头儿摇摇发辫，看编得结实不结实，接着抓住儿子的手，大声说，“你媳妇的房间已准备好了。玛丽雅公爵小姐会领她去看的，她们会啰唆个没完。这是她们娘儿们的事。她来，我很高兴。你坐下来谈吧。米海逊的军队我是知道的，托尔斯泰的军队我也知道……同时登陆……南方的军队将做什么呢？普鲁士，守中立……这我知道。奥地利怎么样？”他从椅子上站起来，一面说，一面来回踱步，季洪跟在后面一面走，一面把一件件衣服递给他。“瑞典怎么样？他们怎样越过波美拉尼亚[1]？”

安德烈公爵看到父亲一定要他谈，就讲起当前战役的作战计划来，起初有点勉强，但越说越起劲，而且习惯成自然地从俄语

1 波罗的海沿岸的公国（自1170年起）。

改为法语。他说，要使普鲁士放弃中立，必须用九万军队对它施加压力，还说这支军队一部分要在施特拉尔松同瑞典军队会师，又说二十二万奥军要会同十万俄军在意大利和莱茵河流域作战，五万俄军和五万英军要在那不勒斯登陆，总共要有五十万军队从四面八方围攻法军。老公爵对儿子讲的事毫无兴趣，仿佛根本没听，继续边走边穿衣服，有三次突然打断儿子的话。有一次他让儿子停住，大声叫道：

“白的！白的！”

这是说季洪递给他的背心不是他要的那一件。另一次他站住，问：

“她快分娩啦？”接着责怪似的摇摇头说，“不好！说下去，说下去。”

第三次是当安德烈公爵快讲完时，老头子竟用年老走腔的嗓子唱起来：“马伯禄去从军，天知道几时才归来[1]。”

儿子只微微一笑。

“我并没说我赞成这个计划，”儿子说，“我只告诉您有这么一回事。拿破仑已制订好计划，不会比这个差。”

“唔，你并没告诉我什么新东西。”接着老头儿又像说绕口令似的哼着，“天知道几时才归来。你到餐厅去吧。”

1 法国民歌的开头两句。

24

公爵扑过发粉，刮过胡子，在规定时间走进餐厅。在餐厅里，他的儿媳妇、玛丽雅公爵小姐、布莉恩小姐和公爵的建筑师都在等他。由于老公爵的怪癖，建筑师被准许和公爵一家人同桌吃饭，虽然就身份来说，像他这样的小人物是不能享受这种荣幸的。公爵家里平时等级森严，连省里的各级官吏也难得获准跟他同席，可就是对那在角落里用方格手绢擤鼻涕的建筑师米哈伊尔·伊凡内奇另眼相看，并拿他做例子证明人人都是平等的。他屡次教导女儿说，米哈伊尔·伊凡内奇一点也不比你我差。在饭桌上，最喜欢同这位沉默寡言的建筑师闲谈。

餐厅同住宅里其他房间一样极其高大，家属和仆人都站在每把椅子后面，恭候公爵出来。管家臂上搭着餐巾，检查着桌上的餐具，向听差们使眼色，不安地时而看看挂钟，时而望望公爵将要进来的门。安德烈公爵望着一个他以前没见过的大金框，框里装着保尔康斯基公爵家谱，家谱对面挂着一个同样大小的镜框，里面装着戴冕的当权公爵的粗劣画像（显然出自家庭画工之手）。那个公爵一定是留里克的后代，也就是保尔康斯基家族的始祖。安德烈公爵望望家谱，摇摇头，好像看到一张逼真得可笑的画像，忍不住笑了。

“我看他真是一成不变哪！”他对走拢来的玛丽雅公爵小姐说。

玛丽雅公爵小姐惊奇地望望哥哥。她不明白他在笑什么。父亲的一举一动都使她肃然起敬，无可非议。

“人人天生都有弱点，”安德烈公爵继续说，“以他那样的大智大慧，竟委身于这些琐事之中！”

玛丽雅公爵小姐无法理解哥哥竟会说出这样大胆的话来，她正准备反驳，忽然听见书房里传出大家所期待的脚步声：老公爵照例迅速而轻快地走进来，仿佛有意用匆忙的行动来打破严格的家庭秩序。这时，大钟敲了两下，客厅里另一台钟也发出清脆的声音响应。老公爵停住脚步，他那双灵活、明亮而严厉的眼睛从下垂的浓眉下把所有的人扫视了一遍，然后停留在小公爵夫人身上。小公爵夫人这时就像臣子看到皇帝上朝那样诚惶诚恐，老人身边其他人的感觉也是一样。老公爵摸摸小公爵夫人的头，又笨拙地拍拍她的后脑勺。

“你来，我很高兴，很高兴，”他说，又注视了一下她的眼睛，迅速地走到自己的位子上坐下，“坐吧，坐吧！米哈伊尔·伊凡内奇，坐吧！”

老公爵叫儿媳妇坐在自己旁边。仆人替她拉开椅子。

“呵呵！”老头儿望望她圆圆的腰部说，“真性急，不好！”

他不高兴地冷冷笑了笑，就像平时一样，眼睛不笑，只有嘴笑。

“要散步，尽量多散步，尽量多散步。”他说。

小公爵夫人没听见或者不愿听他的话。她没作声，有点局促不安。老公爵问起她的父亲，小公爵夫人才说话，还微微一笑。他又问到一些共同的熟人，小公爵夫人更活泼了，滔滔不绝地说起来，替人家向老公爵问好，又讲了城里的流言蜚语。

“阿普拉克辛伯爵夫人死了丈夫，可怜的人把眼睛都哭坏了。”她越说越兴奋。

她越兴奋，公爵越严厉地望着她。然后，仿佛把她研究透了，对她有了清楚的理解，就转身同建筑师说话。

“哦，米哈伊尔·伊凡内奇，我们的拿破仑要倒霉了。安德烈公爵，”他总是用第三人称称呼儿子，“告诉我，集中了多少兵力来对付他！可我们总是把他看作窝囊废。”

米哈伊尔·伊凡内奇实在不记得，“我们”什么时候说过拿破仑这样的话，但他知道这样可以转到老公爵喜爱的话题上来。他惊奇地瞧瞧小公爵，不知道这样谈下去会有什么结果。

“他是个大策略家！”公爵指着建筑师对儿子说。

谈话又回到了战争、拿破仑、当代将军和官员身上。老公爵似乎不仅相信，当代官员都是些对军事和政治一窍不通的娃娃，拿破仑是个微不足道的法国佬，他能取胜，只因为现在没有波将金和苏沃洛夫那样的人物去同他抗衡。老公爵甚至认为，欧洲没有什么政治纠纷，也没有战争，现在人人都装作在干事业，实际上却在演傀儡戏。安德烈公爵听着父亲对新派人物的嘲笑，逗他说话，感到挺有趣。

“照您说，过去什么都好，”安德烈公爵说，“难道苏沃洛夫没有掉进莫罗[1]的圈套而不能脱身吗？”

“这是谁对你说的？谁对你说的？”老公爵嚷道，“苏沃洛夫！”他把一个盘子扔掉，季洪连忙把它接住。“苏沃洛夫！……你倒想想，安德烈公爵。只有腓得烈和苏沃洛夫两个人物……莫罗

1 莫罗（1763—1813），拿破仑手下名将，后因拿破仑忌才而遭放逐。1799年几次惨败于苏沃洛夫。事实上，落入圈套的不是苏沃洛夫，而是莫罗。

算得了什么！苏沃洛夫要是能放开手脚，莫罗早就当上俘虏了；可是御前军事香肠烧酒参议院[1]掣他的肘。他真倒霉。哼，您到了那里，就会尝到那御前军事香肠烧酒的滋味了！连苏沃洛夫都对付不了他们，库图佐夫又怎么对付得了？！不，朋友，”他说下去，“你和你们那些将军是对付不了拿破仑的；必须利用法国人，让他们自相残杀。他们派德国人巴仑[2]到美国纽约去找法国人莫罗，”他说，指的是今年曾邀请莫罗参加俄军一事，“真是咄咄怪事！！……难道波将金、苏沃洛夫、奥尔洛夫都是德国人吗？不，老弟，如今不是你们发了疯，就是我老糊涂了。但愿上帝保佑你们，我们等着瞧吧。拿破仑居然当上了他们的伟大统帅！哼……”

“我并没说所有的计划都很好，”安德烈公爵说，“我只是不明白，您怎么能这样评论拿破仑。您要怎么取笑都行，但拿破仑毕竟是个伟大的统帅！”

“米哈伊尔·伊凡内奇！”老公爵对建筑师大声说，而建筑师正在吃热菜，希望人家能暂时把他忘记，“我不是对您说过，拿破仑是个伟大的策略家吗？瞧，现在他也这样说。”

“可不是，大人！”建筑师回答。

老公爵又发出一声冷笑。

“拿破仑生来就是个幸运儿。他的军队很出色。而且他首先攻打德国人。只有懒鬼才不打德国人。开天辟地以来，德国人一直挨打。可是德国人不打别人，他们只会自相残杀。拿破仑就是靠他们获得荣誉的。”

于是老公爵开始分析他认为拿破仑在军事上和政治上所犯的种种错误。儿子没有反驳，但看得出，不论人家向他提什么论

1 这是老公爵对奥国军事参议院的蔑称。

2 巴仑是保罗时期的德国总督，曾参与暗杀保罗事件。老公爵说这话带有讽刺意味。

据，他也像老公爵一样固执己见。安德烈公爵听着，克制着不去反驳他，同时不由得不感到惊奇，老人家长期隐居乡下，对近年来欧洲发生的一切军政大事，却了如指掌，而且评论精当。

“你以为我这个老头子不了解当前形势吗？”他结束说，“我可是挺关心的！我晚上睡不着觉。那么，你那个伟大的统帅，他在什么地方显过本领？”

“这可说来话长了。”儿子回答。

“你还是到你的拿破仑那里去吧。布莉恩小姐，这里又有一个你们流氓皇帝的崇拜者！”他用漂亮的法语大声说。

“公爵，您知道，我不是拿破仑派。”布莉恩说。

“天知道几时才归来……”老公爵不自然地哼着，又更不自然地笑了笑，然后离开餐桌。

小公爵夫人在他们争论和吃饭时一直不作声，恐惧地时而望望玛丽雅公爵小姐，时而望望公公。离开餐桌时，她抓住小姑的手，把她拉到另一个屋里。

“你们爹真是个聪明人，”小公爵夫人说，“也许我因此有点怕他。”

“哦，老人家心地真好！”玛丽雅公爵小姐说。

25

安德烈公爵第二天傍晚动身。老公爵没有改变生活秩序，饭后回到书房。小公爵夫人在小姑房里。安德烈公爵身穿旅行装，不戴肩章，同跟班一起在屋里收拾行李。他亲自检查了马车，监督跟班装好行李，然后吩咐套马。房间里只剩下安德烈公爵的随身行李：一只手提箱、一个大银餐具箱、两把土耳其手枪和一柄马刀——父亲从奥恰科夫[1]带回来的礼物。安德烈公爵的随身行李很整齐：崭新，干净，套着呢套子，还用带子仔细捆住。

在动身远行、改变生活的时刻，凡是对自己的行为深思熟虑的人，总是心情严肃。在这种时刻，人们总是回顾过去，展望未来。安德烈公爵现出沉思和温柔的神色。他背着双手，在房间里迅速地走来走去，从这个角落走到那个角落，眼睛望着前方，若有所思地摇摇头。不知他是害怕去打仗呢，还是舍不得离开妻子？也许两者都是，但他显然不愿让人家看出他的心情。他听见门廊里有脚步声，连忙放下手，站到桌旁，装作在捆绑箱子套，脸上又现出平常那种镇定自若而又难以捉摸的表情。原来是玛丽

1 土耳其城市，1788年被俄将苏沃洛夫攻克。

雅公爵小姐的沉重脚步声。

“我听说你已吩咐人套马，”玛丽雅公爵小姐气喘吁吁地说（她显然是跑来的），“可我还想同你单独再谈一谈。天知道咱们这一别几时才能再见。我来，你不生气吧？我的好安德烈，你变得多了。”她补了一句，仿佛说明为什么她要这样说。

她说“我的好安德烈”时，微微一笑。这个严肃的美男子就是从前那个瘦小淘气的孩子，也是她童年的玩伴。想到这一点，她觉得挺好玩。

“丽莎在哪里？”安德烈问，对她的问题只用微笑来回答。

“她累坏了，在我房里沙发上睡着了。哦，安德烈！你太太真是太好了，”玛丽雅公爵小姐说着，在哥哥对面沙发上坐下，“她完全像个孩子，那么快乐，那么可爱。我真喜欢她。”

安德烈公爵没作声，但公爵小姐发觉他脸上现出嘲弄和轻蔑的神气。

“不要计较小的缺点，谁没有缺点哪？安德烈！你别忘了，她是在上流社会长大的。再说，她现在的处境也不太如意。我们应该设身处地替人家想想。谁了解人，谁就能原谅人。你应该想想，她这个可怜的人离开了过惯的生活，现在又要和丈夫分离，孤零零待在乡下，又怀了孩子，这是什么滋味？她一定很痛苦。”

安德烈公爵望着妹妹微笑着，就像我们听知心朋友说话时那样。

“你住在乡下，可你并没觉得乡下的生活很可怕。”安德烈公爵说。

“我又当别论。提我干什么！我不想改变生活，我也想不出怎么改变，因为不知道另一种生活是怎样的。可是你得替她想想，安德烈，她年纪轻轻，过惯社交生活，现在却要她把最好的年华埋葬在乡下，又是孤零零一个人，因为爸爸总是忙，我呢……你也知道，过惯社交生活的女人会觉得我这人枯燥乏味。只有布莉恩小姐……”

“我很不喜欢她，你们那位布莉恩。”安德烈公爵说。

“哦，你别这样说！她这姑娘很善良、很可爱，而且挺可怜。她没有亲人，一个也没有。说实在的，我不需要她，同她也合不来。你知道，我这人一向孤僻，这毛病现在更厉害了。我爱孤独……爸爸很喜欢她。爸爸对她和米哈伊尔·伊凡内奇两人总是很亲切、很和气，因为他是他们的恩人。斯特恩[1]说得好：‘我们爱那些给过我们好处的人，不如爱那些受过我们好处的人。’爸爸从街上领来她这个孤女。她心地很好。爸爸喜欢听她朗诵。她天天晚上读书给他听。她朗诵得很好。”

“哦，说实在的，玛丽雅，爸爸的脾气有时使你难堪，是吗？”安德烈公爵突然问。

玛丽雅公爵小姐听到这问题，吃了一惊，接着又感到害怕。

“使我？……使我？！……使我难堪？！”她说。

“他一向很严厉，我觉得现在他变得越发叫人受不了。”安德烈公爵稍稍指责父亲，显然有意使妹妹为难，或者看看她的反应。

“安德烈，你这人什么都好，就是有点自命不凡，”玛丽雅公爵小姐说，她说话不是根据谈话的逻辑，而是按照自己的思路，“这是一大罪过。我们怎么可以评论父亲呢？就算可以，那么，对爸爸这样的人，除了崇拜还能有什么别的感情呢？同他在一起，我感到十分满足，十分幸福。我衷心希望你们大家都和我一样幸福。”

---

1 斯特恩（1713—1768），英国感伤主义小说家，主要作品有《特利斯拉姆·项狄》和《感伤的旅行》。

哥哥怀疑地摇摇头。

“只有一件事使我难过，安德烈，我对你实说，就是父亲对宗教的看法。我真不懂，像他这样大智大慧的人竟会看不到光天化日般清楚的道理，执迷不悟，只有这件事使我感到难过。不过这方面近来他也有所改进。近来他的冷嘲热讽已不那么尖刻了，最近他还接见了一位修士，同他作了一次长谈。”

“哦，我的朋友，我怕你和修士都白费力气。”安德烈公爵嘲弄而亲切地说。

“啊，我亲爱的哥哥！我只是祈祷上帝，希望他能听到我的祷告。安德烈，”玛丽雅公爵小姐停了停，怯生生地说，“我对你有一个要求。”

“什么要求，我的朋友？”

“是这样的，你先答应我你不会拒绝。这事不会给你添一点麻烦，也不会使你失面子。你就让我放心吧。答应我，我的好安德烈。”玛丽雅公爵小姐说，一只手伸到提包里，握住一样东西，但不拿出来，仿佛这东西就是她所要求的，而在他没有答应之前不能把它拿出来。

她用恳求的目光怯生生地望着哥哥。

“如果这事将给我添很大的麻烦……”安德烈公爵仿佛猜到是怎么一回事，回答说。

“你爱怎么想就怎么想吧！我知道你这人跟爸爸一样。不管你怎么想，这事你就答应我吧。你就答应我吧！这东西还是爸爸的爸爸，我们的祖父，每次上战场都带在身上的……”玛丽雅公爵小姐还是没把手提包里的东西拿出来，“那么，你答应我吗？”

“好吧，究竟什么事？”

“安德烈，我用这圣像替你祝福。你要答应我永远不把它摘下……你答应吗？”

“如果它没有两普特重，不会拖断脖子的话……为了使你满意……”安德烈公爵说，但看到妹妹听了这玩笑脸色阴沉，他感到后悔。“我很乐意，真的很乐意，我的朋友。”他添加说。

“不管你信不信，上帝都会拯救你，保佑你，使你相信他，因为只有在他身上才有真理和平安。”玛丽雅公爵小姐激动得声音打战说，神情庄严地把一个用精致的银链系着的椭圆形黑脸银袍古圣像捧到哥哥面前。

玛丽雅公爵小姐画了十字，吻了吻圣像，把它递给安德烈公爵。

“安德烈，你就为了我……”

她那双大眼睛闪耀着善良而羞怯的光芒。这双眼睛使她清瘦的病容焕发光辉，变得美丽。哥哥伸手去接圣像，但被她拦住了。安德烈会意，就画了个十字，吻了吻圣像。他脸上露出亲切（他被感动了）而又嘲弄的神色。

“谢谢你，我的朋友！”

玛丽雅公爵小姐吻了吻哥哥的前额，又在沙发上坐下。他们都默不作声。

“我对你说过，安德烈，你一向忠厚宽容，现在对丽莎也不要太苛求，”玛丽雅公爵小姐说，“她那么善良，那么可爱，现在的处境又那么痛苦。”

“玛丽雅，我好像没对你说过，我有什么事责备过我妻子，或者对她表示不满。你为什么老对我说这种话？”

玛丽雅公爵小姐脸上泛出红斑，没有作声，仿佛自己犯了什么过错。

“我没对你说什么，但有人对你说过什么了？这使我很难过。”

玛丽雅公爵小姐的前额、颈子和双颊上的红斑显得更红了。她想说些什么，但说不出来。哥哥猜到：小公爵夫人饭后向小姑哭诉过，她预感会是难产，心里害怕，怪命不好，怪公公和丈夫不管她。她哭过以后睡着了。安德烈公爵有点可怜妹妹。

“你听我说，玛丽雅，我没责备**我的妻子**，以前没责备过，今后也永远不会责备她。我待她，也没什么可责备自己的。不论我处境怎样，这种情况都不会改变。但你要是想知道真相……你要是问，我是不是幸福？不。她是不是幸福？也不。怎么会这样？我不知道……”

安德烈公爵说着站起来，走到妹妹面前，低下头，吻了吻她的前额。他那双漂亮的眼睛闪耀出聪明、善良和异样的光芒，但他没有看妹妹，却从她头上望着门外的一片黑暗。

“我们到她那里去吧，该同她告别了。或者你先去把她叫醒，我这就来！”接着安德烈公爵唤听差：“彼得鲁施卡，来搬行李。这个放在座位上，这个放在右边。”

玛丽雅公爵小姐向门口走去。她站住了。

“安德烈，你要是有信心，你就祷告上帝吧，求他赐给你你所缺乏的爱心。上帝会听见你的祷告的。”

“哦，真的吗？”安德烈公爵说，“去吧，玛丽雅，我这就来。”

安德烈公爵在去妹妹房间的途中，在连接两座房子的走廊里遇见了满脸笑容的布莉恩小姐。这天他已第三次在无人的过道里遇见这位带着兴奋而天真的笑容的小姐了。

“*哦！我还以为您在自己屋里呢！*”她说，不知怎的涨红了脸，垂下眼睛。

安德烈公爵严厉地看了她一眼，脸上突然现出愤怒的神色。他没有搭理她，却避开她的眼睛，轻蔑地望望她的前额和头发，弄得法国女人脸涨得更红，一言不发地走了。他走到妹妹房间门口，小公爵夫人已经醒了，她那愉快的声音连续不断地从敞开的门里传出来。她说得很急，仿佛要补偿长久沉默失去的时间。

“哈，您想想，祖波夫老伯爵夫人戴了一头假发，装了一口假牙，好像不肯服老……哈，哈，哈，玛丽雅！”

安德烈公爵听到妻子在别人面前这样议论和嘲笑祖波夫伯爵夫人恐怕已有五六次了。他悄悄走进屋里。小公爵夫人身体微胖，脸色红润，手拿针线活，坐在安乐椅上，滔滔不绝地讲彼得堡的往事和当时的谈话。安德烈公爵走到她跟前，摸摸她的头，问她是否从旅途劳顿中休息过来了。她回答了一声，继续讲她的话。

一辆六驾马车停在大门口。屋外是漆黑的秋夜。车夫连车杠都看不见。几个仆人拿着灯笼在台阶上忙碌着。巨大的邸宅灯火辉煌，高大的窗子亮着灯光。家奴们聚集在前厅，准备给小公爵送行。全家人都站在大厅里，包括米哈伊尔·伊凡内奇、布莉恩小姐、玛丽雅公爵小姐和小公爵夫人。安德烈公爵被召到父亲书房里，老头子想单独同儿子话别。大家都在等他们出来。

安德烈公爵走进书房，老公爵正戴着老花眼镜，穿着白睡袍（他穿着这种衣服，除了儿子，是谁也不接见的），坐在桌旁写字。他回头看了一眼。

“你要走了？”他说着，继续写字。

“来向您辞行。”

“吻这里，”老公爵指指一边脸颊，“谢谢，谢谢！”

“您谢我什么？”

“因为你没有耽搁，没有被娘儿们的裙带绊住。公务至上。谢谢，谢谢！”老公爵继续使劲写字，墨水从沙沙响的笔尖溅开来。“你有什么话要说，尽管说好了。我可以一边写，一边听。”他补充说。

“我媳妇……留下来请您照顾，真是过意不去……”

“说什么废话？你要说什么就说吧。”

“我媳妇临产时，请您派人到莫斯科请个产科医生来……让他照看一下。”

老公爵停下笔，好像不明白儿子的话，目光严厉地盯住他。

“我知道，要是老天爷不帮忙，谁也帮不了忙，”安德烈公爵说，显然有点不知所措，“当然，事故的可能性只是百万分之一。但她和我都有点提心吊胆。有人对她说了些什么，她自己也做过梦，她有点害怕。”

“哼……哼……”老公爵嘟囔着，继续写字，“我会办的。”

他签上名，突然向儿子转过身笑起来。

“事情有点麻烦，是吗？”

“什么事麻烦，爸爸？”

“媳妇！”老公爵简短而意味深长地说。

“我不明白。”安德烈公爵说。

“这是没办法的事，我的朋友，”老公爵说，“女人都是这样的，你不可能离婚。你不用怕，我不会对别人说，可你自己要明白。”

他用骨瘦如柴的小手抓住儿子的手，摇了摇，同时用一双洞察人心的锐利眼睛对直瞧了瞧儿子的脸，又发出冷冷的笑声。

儿子叹了一口气，算是承认父亲了解他。老头儿继续把信折好，封好，敏捷地拿起火漆、封印和纸，又把它们放下。

“有什么办法呢？她长得美！事情我都会办的，你放心好了。”老公爵一面封信，一面断断续续地说。

安德烈不作声：父亲了解他，这使他又高兴又不高兴。老头子站起来，把信交给儿子。

“听我说，”他说，“不用牵挂媳妇：凡是办得到的，我都会办。现在听我说：你把这信交给库图佐夫。我在信里写了，要他派给你一个适当的差事，副官别当得太久，这是没出息的！你对他说，我想念他，喜欢他。以后来信告诉我，他待你怎么样。要是他待你好，你就干。我尼古拉·保尔康斯基的儿子决不看人脸色办事。好，现在你过来。”

老公爵说得很急，话常常只说半句，但儿子听惯了，能懂得他的意思。他把儿子带到写字台前，打开盖子，拉出抽屉，取出一个他用粗犷笔迹写的稿本。

“当然，我会死在你的前头。记住，这是我写的备忘录，我死后你把它交给皇上。这是当铺证券[1]和信：谁写成苏沃洛夫战史，就把这作为奖金发给谁。你把它转送到科学院。这是我的笔记，等我死后，你读一下，对你会有用处的。”

安德烈没对父亲说，他一定还能活很久。他知道，不用说这种话。

“一切都会照您的吩咐办的，爸爸。”安德烈说。

“好，那么再见了！”他把手伸给儿子亲吻，又拥抱了他，“记住，安德烈公爵：你要是被打死，我老头子会觉得伤心……”他突然停住，接着厉声说：“但我要是知道你的行为不像尼古拉·保尔康斯基的儿子，我会感到……羞耻！”他大声说。

“您不必对我说这话，爸爸！”儿子微笑着说。

老头子不作声了。

“我还想求您一件事，”安德烈公爵继续说，“要是我被打死了，要是我有个儿子，您别让他离开，像我昨天对您说的，让他在您身边长大……拜托了。”

1 当铺当时由俄国国家设立，并发行有利息的证券。

“不让他跟你媳妇过吗？”老头儿说着笑起来。

他们默默地面对面站着。老头儿锐利的目光直视着儿子的眼睛。老公爵的下半部脸颤动了一下。

“告别完了……走吧！”老公爵忽然说，“走吧！”他愤怒地大声嚷着，打开书房的门。

“什么事？什么事？”小公爵夫人和公爵小姐看见安德烈和探出身来的身穿白睡袍、戴老花眼镜、不戴假发、愤怒地叫嚷的老头子，连忙问。

安德烈公爵叹了一口气，什么也没回答。

“好了，”他对妻子说。这一声“好了”带有冷嘲的意味，仿佛说：“如今要看您的了。”

“安德烈，你要走了！”小公爵夫人说，她脸色发白，恐惧地望着丈夫。

安德烈公爵拥抱了她。她大叫一声，昏倒在他的肩上。

安德烈公爵小心地移开她靠着的肩膀，看了看她的脸，留神地扶她坐到安乐椅上。

“再见，玛丽雅！”他悄悄地对妹妹说，手拉着手同她接了吻，快步走出屋子。

小公爵夫人躺在安乐椅上，布莉恩小姐揉着她的太阳穴。玛丽雅公爵小姐扶着嫂嫂，她那双哭肿的美丽眼睛一直望着安德烈公爵走出去的门，为他画着十字。书房里一再传来老头子像开枪一样愤怒地擤鼻涕的声音。安德烈公爵一出去，书房门就立刻打开，穿白睡袍的老头子又从门里探出身来。

“走了吗？走了就好！”老公爵生气地望望晕过去的小公爵夫人，带着责备意味摇摇头，砰的一声把门关上。

第二部

1

一八〇五年十月，俄国军队进驻奥地利大公国许多城乡，后面还有部队从俄国源源开来，驻扎在布劳瑙要塞附近，给当地居民添了不少麻烦。库图佐夫总司令的总部就设在这里。

一八〇五年十月十一日，一个刚开到布劳瑙的步兵团在离城半英里处安了营，等候总司令检阅。这个团虽然不在俄国，周围的环境跟俄国也不同（到处是果园、石墙、瓦屋顶、远远的群山），许多非俄罗斯老百姓好奇地打量着俄国士兵，他们却像俄国军队在俄国本土准备接受检阅一样整洁。

在行军最后一站的那天傍晚，团里接到命令，总司令要检阅行军中的部队。团长觉得命令行文不清楚，不知道要不要穿着行军服装接受检阅。但在营长会议上作出决定，全团穿上阅兵服，理由是礼多人不怪，过头总比不足好。于是全团士兵在行军三十俄里后，没有闭一下眼睛，就通夜缝补，洗刷；副官和连长一再清点人数，剔除一些不合格的人。到了早晨，这个团已不是昨天最后一程行军时那样零零落落，而整理成两千人的整齐队伍，人人知道自己的位置，个个懂得自己的职责，他们身上的每个纽扣和每条皮带都整洁光亮。不仅外表整洁，而且，总司令若要检查里面的衣服，那他将看到人人身上穿着同样洁净的衬衣，个个背囊里装着规定的物品，就像士兵们说的那样，“锥子肥皂，一应俱全”。只有一样东西使大家不放心，那就是靴子。半数以上人的靴子都已穿破。但这个缺点不能怪罪团长，因为虽经一再要求，奥国当局没有发给他们靴子，尽管他们已走了一千俄里路。

团长是个上了年纪、须眉斑白的多血质将军，身体结实，胸背厚度超过肩膀宽度。他穿着一套烫得笔挺的崭新军服，厚实的金肩章仿佛不是压低而是加高他那肥胖的肩膀。团长的神气好像在参加一次生平最隆重的仪式。他微微拱着背，在队列前走来走去，每走一步，身子就抖动一下。团长显然很欣赏他的团，为他的团感到得意，而他的全部心血确实也都灌注在部队上。虽然如此，他那抖动的步伐仿佛说明，除了军事之外，他对社交活动和女人同样很感兴趣。

“哦，米哈依洛老弟，”他对一位营长说（营长笑眯眯地走上前来，显然两人都很高兴），“我们忙了一个通宵。但我们这个团看来还不错……是吗？”

营长懂得团长的风趣，笑起来。

“就是在皇家草场[1]上检阅也不会被撵走的。”

“什么？”团长问。

这时，在布有信号兵的进城大路上出现了两个骑马的人。这是副官，后面跟着一名哥萨克。

副官是总司令部派来向团长说明昨天命令里没说清楚的问题的，那就是总司令希望看到他们的团保持行军状态，穿军大衣，背行军囊，事先不作任何准备。

库图佐夫那里，昨晚来了个维也纳御前军事参事，带来奥国

1 皇家草场在彼得堡聂瓦河畔，是沙皇阅兵的地方。

建议，要求库图佐夫尽快同斐迪南大公和马克的军队会师。而库图佐夫则认为这种会师没有好处，除了竭力说明理由外，还想让奥国将军看看俄国军队的狼狈相。他要来检阅这个团就是带着这样的目的，因此部队的情况越糟，总司令就越高兴。副官虽不懂得个中奥妙，但向团长传达了总司令不容违抗的命令，要士兵一律穿军大衣，背行军囊，否则总司令就会不高兴。

团长听了这番话，垂下头，默默地耸耸肩膀，情绪激动地把两手一摊。

“糟透了！”他说，“唉，米哈依洛老弟，我对您说过，保持行军状态，穿军大衣，”他责备营长说，“啊，天哪！”他添上一句，断然向前走去。“各位连长！”他像发号施令似的叫道。“各位司务长！……他驾到了吗？”他问刚来的副官，现出肃然起敬的神情，这显然和他提到的人有关。

“我看，还得一个小时。”

“我们来得及换衣服吗？”

“我不知道，将军……”

团长亲自走到行列前，下令重新穿上军大衣。连长们跑回各连，司务长们也忙碌起来（军大衣都破旧了）。原来整齐肃静的四方形队列顿时骚动起来，分散开，发出喧闹声。士兵跑来跑去，抬起一个肩膀，从头上卸下背包，取出军大衣，高举双臂伸进袖筒里。

半小时以后，一切又恢复原状，只是四方形的队列已经由黑色变成灰色。团长又蹒跚地走到全团人前面，远远地观察着他们。

“这是怎么一回事？这算什么！”团长站住，吆喝道，“三连连长！……”

“三连连长去见将军！连长去见将军！……”队列里不断传出喊叫声，副官也跑去找寻那个迟到的军官。

等热烈的叫声传到目的地，这句话已变成“将军去见第三连”，这时被召唤的连长从连队里走出来。他虽然上了年纪，已不习惯于跑步，但还是跌跌绊绊地向将军那里小步跑去。大尉脸上现出不安的神色，好像小学生被叫起来回答没有温习好的功课。他那红红的脸上（显然由于纵酒）出现了斑点，嘴也紧张地抽动起来。团长从脚到头打量着大尉，看他气喘吁吁地跑过来，逐渐收住脚步。

“您快要给弟兄们穿萨拉方[1]了！这算什么？”团长嚷道，他抬抬下巴指着三连一个身穿颜色与众不同的军大衣的士兵，“您到哪里去了？大家都在恭候总司令驾临，可您却离开岗位，啊？……您让弟兄们穿着婆娘的衣服来检阅，我要教训教训您！……怎么样？……”

连长眼睛盯住长官，拼命把两个手指靠紧帽檐，仿佛现在只有这样才能得救。

“喂，您怎么不吭声？你们那里那个穿匈牙利人衣服的是谁？”团长严厉地挖苦说。

“大人……”

“哼，什么‘大人，大人’的？大人！大人！谁知道‘大人’是什么人。”

“大人，这是陶洛霍夫，是个降为士兵的军官……”大尉低声说。

“他究竟是降为元帅还是降为士兵？要是降为士兵，那就应该和大家穿得一样。”

“大人，是您自己准许他在行军途中这样穿戴的。”

“我准许过？我准许过？哼，你们年轻人总是这样，”团

1 俄国乡下女人穿的无袖长衣。

长稍微冷静了一下，说，“我准许过？有人向你们说点什么，你们就……”团长停了停，“有人向你们说点什么，你们就……什么？”他说着又发火了，“请让士兵穿得像样点……”

团长回头瞧瞧副官，蹒跚地向队伍走去。显然，发火使他满足，因此当他在队伍前面走过时，还想找借口发火。他骂一个军官没有把徽章擦亮，骂另一个军官没有把队伍排齐，然后走到三连前面。

“你是怎——么站的？腿摆在哪里？腿摆在哪里？”团长离穿蓝大衣的陶洛霍夫还有五个人，就恼怒地吆喝道。

陶洛霍夫慢慢地站直弯曲的腿，用明亮而傲慢的目光直视着将军的脸。

“为什么穿蓝大衣？脱下！……司务长！给他换一件……快……”他来不及把话说完。

“将军，我有义务执行命令，但没有义务忍受……”陶洛霍夫连忙说。

“立正不许说话！……不许说话，不许说话！……”

“我没有义务忍受侮辱。”陶洛霍夫响亮地大声说。

将军和士兵的目光相遇了。将军不作声，愤怒地向下拉着绷紧的武装带。

“对不起，请您换一下衣服。”他一边走开去，一边说。

2

“来了！”这时信号兵叫起来。

团长涨红了脸，跑到马旁，双手哆嗦地拉住马镫，翻身上马，摆正姿势，拔出军刀，脸上现出幸福而果断的神气，咧开嘴准备喊口令。全团士兵像梳理羽毛的小鸟，振作精神，接着就肃静了。

“立——正！”团长发出一声惊心动魄的口令。这声音流露出他内心的快乐，但对全团弟兄显得严厉，对即将光临的总司令则表示欢迎。

在宽阔的没有铺砌的林荫道上，一辆高大的蓝色维也纳六驾马车发出弹簧轻微的响声，急急地驰来。马车后面跟着一批骑马的随从和克罗地亚[1]卫兵。库图佐夫同一个奥国将军并排坐在车上。那奥国将军身穿白军服，在穿黑军服的俄国人中间显得有点异样。马车在部队前面停下来。库图佐夫和奥国将军低声交谈着。接着，库图佐夫身子笨重地从马车踏脚上下来，微微一笑，仿佛前面根本不存在屏息凝望着他和团长的两千名士兵。

1 当时奥地利轻骑兵多从克罗地亚（今克罗地亚共和国的一部分）雇用。

团长喊了声口令，全团士兵唰的一声举枪致敬。在一片寂静中可以听见总司令微弱的声音。全团高呼：“祝大——大——大人健康！”接着又鸦雀无声。在一团人尚未安静时，库图佐夫站在原地不动。然后他和白衣将军由随从护送着走过行列。

从团长挺直身子、瞪着眼睛、悄悄走近向总司令敬礼的神态上，从他向前俯着身子、跟在将军们后面、勉强克制身子抖动的姿势上，从他遇到总司令一言一行就凑上前去的动作上都可以看出，他履行下属的职责比履行指挥官的职责更加轻松愉快。由于团长的认真和勤勉，这个团比同时到达布劳瑙的其他团情况要好。掉队和害病的只有二百一十七人。除了靴子以外，其他一切都完好无损。

库图佐夫从队伍前面走过，有时同他在土耳其战争中认识的军官说几句亲切的话，有时同士兵说上几句。他注视着他们的靴子，几次伤心地摇摇头，并示意奥国将军看看这些靴子，脸上的神态仿佛向奥国将军表示，他不责备任何人，但不能不看到这种情况是多么糟。遇到这种时候，团长总是赶到前面，唯恐漏掉总司令谈到他的团的任何一句话。库图佐夫后面走着二十来个随从，他们跟得很紧，即使总司令的话说得很轻，他们也能听见。这些随从彼此交谈着，有时发出笑声。最靠近总司令的是一个面目俊美的副官。他就是安德烈·保尔康斯基公爵。他旁边走着他的同事聂斯维茨基校官。聂斯维茨基身材魁伟，相貌英俊，眼睛有神，脸上挂着笑容。他被旁边那个黑脸膛的骠骑兵军官逗得忍俊不禁。骠骑兵军官板着脸，眼睛呆呆地望着团长的脊背，模仿团长的每个动作。团长每次打战、哈腰，骠骑兵军官也打战、哈腰。聂斯维茨基一面笑，一面捅捅别人，要他们也看看这个滑稽的家伙。

库图佐夫没精打采地在几千双眼睛前慢慢走过。这些眼睛都睁得老大，对长官行着注目礼。他走到三连前面，突然站住。随从们没料到他会停下来，收不住脚步，都往前直冲。

“喂，基莫兴！”总司令认出那个为蓝大衣而挨过骂的红鼻子大尉，叫道。

团长刚才训斥基莫兴时，基莫兴的身子已挺得不能再直。此刻总司令对他说话，他的身子就挺得更直，仿佛总司令再对他看上几眼，他就会支持不住。库图佐夫似乎了解他的心情，不忍使他过分紧张，连忙转过身去。库图佐夫带有伤疤的胖脸上掠过一丝隐约的微笑。

“又一个伊兹梅尔战役[1]的战友，”他说，“是个勇敢的军官！你对他满意吗？”库图佐夫问团长。

团长没察觉骠骑兵军官亦步亦趋地模仿他的举动，浑身打了个哆嗦，上前回答说：

“很满意，大人。”

“我们谁也不是完人，”库图佐夫说，笑着走开去，“他崇拜酒神。”

团长害怕了，不知道这是不是他的过错，不敢吭声。骠骑兵军官这时发现红鼻子、大肚子大尉脸上的表情，就十分逼真地模仿他的神态和姿势，使聂斯维茨基忍不住笑了。库图佐夫转过身去。骠骑兵军官显然能随心所欲地控制表情：在库图佐夫转身的一刹那，他扮了个鬼脸，接着立刻摆出极其严肃、恭敬和天真的神态。

三连是最后一个连。库图佐夫沉吟起来，显然想起了什么事。安德烈公爵从随从中走出来，用法语低声说：

1 伊兹梅尔是乌克兰黑海沿岸城市。16世纪为土耳其要塞。1787—1791年俄土战争中为苏沃洛夫率领的俄军攻占，1812年起归属俄国。

“您吩咐我提醒您这个团里降职的军官陶洛霍夫。”

“陶洛霍夫在哪里？”库图佐夫问。

陶洛霍夫已换上灰色士兵大衣，正迫不及待地等待传唤。这个身材端正、头发淡黄、生有一双明亮蓝眼睛的士兵从队列里走出来。他走到总司令面前，举枪致敬。

“有什么要求吗？”库图佐夫微微皱起眉头，问。

“他就是陶洛霍夫。”安德烈公爵说。

“噢！”库图佐夫说，“我希望这次教训能使你改过自新，你要好好干。皇帝是仁慈的。只要你好好干，我不会忘记你的。”

那双明亮的蓝眼睛大胆地望着总司令，就像望着团长那样。他仿佛要用这种神态撕破把总司令同士兵远远隔开的无形帘幕。

“我只有一个要求，大人，”陶洛霍夫用响亮、坚决而从容的声音说，“请给我一个将功赎罪的机会，证明我对皇上和俄国的忠诚。”

库图佐夫转过身去。他也像刚才离开基莫兴时那样，眼睛里掠过一丝笑意。他转过身去，皱了皱眉，仿佛表示，陶洛霍夫对他所说的一切，陶洛霍夫能对他说的一切，他老早就知道了，这一切都使他厌烦，这些话都是多余的。库图佐夫转身向马车走去。

这个团以连队为单位，向布劳瑙附近指定的宿营地开去。他们希望在这里获得靴子和衣服，在艰苦的行军之后休息一下。

“您不会怪我吧，基莫兴？”团长骑马赶上向宿营地开拔的三连，跑到领队的基莫兴大尉跟前说。在顺利检阅完毕后，团长不禁喜形于色。“为皇上服务……不能不……有时在检阅时冲口而出……我先向您道歉，您知道我这人……他很高兴！”团长说着向连长伸出手去。

“哪儿的话，将军，我怎么敢怪您！”大尉回答，鼻子涨得更红，咧开嘴笑，露出在伊兹梅尔被枪托打掉两颗门牙的缺口。

“您转告陶洛霍夫先生，我不会忘记他的，叫他放心好了。但我还是想问一下，近来他的行为怎样？究竟……”

“他干得很不错，大人……可是他的脾气……”基莫兴说。

“脾气，什么脾气？”团长问。

“一天一个样，大人，”大尉说，“今天他聪明，和善，有教养，明天又变成一头野兽。在波兰，不瞒您说，他差一点打死一个犹太人……”

“对了，对了，”团长说，“还得照顾这个不幸的年轻人。要知道，他的来头不小……所以您……”

“是，大人！”基莫兴说，微微一笑，表示他懂得长官的意思。

“对了，对了。”

团长在队伍里找到陶洛霍夫，勒住马。

“一打仗，你就有肩章了。”他对陶洛霍夫说。

陶洛霍夫回过头来，一言不发，也没改变嘴上嘲笑的神态。

“嗯，这就好了，”团长继续说，“我请弟兄们每人喝一杯伏特加，”他大声添加说，好让士兵们都听见，“我感谢大家！赞美上帝！”他越过三连，向另一个连驰去。

“哦，说真的，他是个好人，可以跟他相处。”基莫兴对旁边一个下级军官说。

“总之，他是红心老K嘛！（团长的绰号叫红心老K）”下级军官笑着说。

检阅后，长官们的快乐心情也感染了士兵们。全连人高高兴兴地前进着。到处都是士兵们的谈话声。

“据说库图佐夫是个独眼龙，是吗？”

“可不是！是个十足的独眼龙。”

“不……老弟，他眼睛比你还尖呢。连靴子和包脚布他都看到了……”

“哦，老兄，当他往我腿上瞧的时候……哦，我想……”

“同他一起来的是个奥地利人，皮肤白得就像刷过石灰，白得就像面粉。我说，简直像枪炮一样擦得干干净净！”

“费迪绍！他有没有说，什么时候开战？你当时不是站得很近吗？都说拿破仑本人就在布劳瑙。”

“拿破仑本人在那里！胡说八道，傻瓜！他什么事不知道！如今普鲁士人造反了。奥国人知道这事，正在镇压他们。等到把他们镇压了，就要同拿破仑开战了。说什么拿破仑在布劳瑙！你一看就是个傻瓜，还是多听听别人的话吧。”

“我们那些军需官真窝囊！瞧，人家五连已拐到村里煮粥了，可我们还没到达宿营地。”

“给我一点面包干，小鬼。”

“你昨天给过我烟草吗？好吧，老兄。喂，拿去，上帝保佑你。”

“能让我们休息一下就好了，要不还得饿着肚子走五六俄里路呢。”

“要是德国人给我们马车坐就好了。坐马车多神气！”

“可这儿，老兄，老百姓都穷得要命。那边好像都是波兰人，都是俄罗斯帝国的天下，可这儿，老兄，全是德国佬。”

“歌手们上前！”大尉喊道。

大约有二十个人从行列中跑到连队前面。领唱的鼓手向歌手们转过脸来，挥动一只手，唱起拖长音的士兵歌曲来，开头是：“天色黎明，旭日东升……”结尾是：“光荣啊，弟兄们，我们在卡敏斯基大人带领下前进……”这首歌原是在土耳其时编的，如今可是在奥地利唱了，因此就把“卡敏斯基大人”改成“库图佐夫大人”。

鼓手是个瘦削而俊俏的汉子，四十上下。他像士兵那样唱完最后一句，挥了挥手，仿佛把什么东西扔在地上，又严厉地瞧了一眼歌手，皱起眉头。然后，确信所有的眼睛都集中在他身上，他两手仿佛把一件宝贝高举到头上，举了几秒钟，又拼命把它一扔：

唉，我的门廊，我的门廊！

“我的新门廊……”二十个声音接着唱起来。那个打响板的士兵，不顾身上背着沉重的武器，敏捷地跳到前面，脸对全连人倒走几步，摇动肩膀，用响板威胁着什么人。士兵们都按歌曲节拍挥动手臂，大踏步前进，脚步自然而然地合上拍子。连队后面传来车轮声、弹簧声和马蹄声。库图佐夫正带着随从回城去。总司令示意让大家便步走。听到士兵们的歌声，看到士兵们的舞蹈和全连精神抖擞地前进的模样，他和随从们个个脸上现出满意的神色。马车经过连队右翼，第二行里有个蓝眼睛士兵很引人注目。那就是陶洛霍夫。他生气勃勃、姿势优美地按节拍行走着，脸上的神态仿佛对骑马和坐车的人没能跟连队一起走表示惋惜。库图佐夫随从中刚才模仿团长的骠骑兵少尉落在马车后面，这时驰到陶洛霍夫跟前。

热尔科夫骠骑兵少尉在彼得堡时一度曾是陶洛霍夫流氓集团的一员。到了国外，热尔科夫发现陶洛霍夫已降级当兵，就认为没有必要去认他。现在，库图佐夫同陶洛霍夫说了话，他又像老朋友那样高兴地招呼陶洛霍夫。

“亲爱的朋友，你怎么样？”热尔科夫在一片歌声中说，使马的步子合着连队的步伐。

“我怎么样？”陶洛霍夫冷冷地回答，“就像你看见的那样。”

雄壮的歌声使热尔科夫轻快的语气和陶洛霍夫冷淡的回答增添一种特别的意味。

“那么，你同长官相处得怎么样？”热尔科夫问。

“不错，都是些好人。你怎么钻到司令部去的？”

“临时调来做随从，值班嘛。”

他们沉默了一下。

“她伸开右手，从衣袖里放出一头雄鹰。”——这歌词不由得使大家心情快乐起来。要是没听到这歌声，他们就会谈些别的话了。

“奥国人吃了败仗，这是真的吗？”陶洛霍夫问。

“鬼知道，有人这么说。”

“我很高兴。”陶洛霍夫简单地回答，在一片歌声中只能这样回答。

“那么，哪天晚上你到我们那儿去打打法拉昂[1]吧！”热尔科夫说。

“你们的钱是不是太多了？”

“来吧。”

“不行，我起过誓了。不复职，就不喝酒，不赌钱。”

“那么，只要一打仗就……”

“到那时再说。”

他们又不作声了。

“你要是有什么需要，就到司令部来，司令部里总有办法……”热尔科夫说。

陶洛霍夫冷笑了一声。

---

1 一种牌戏。

“不用你费心。我需要什么，不会去求人，我自己有办法。”

“没什么，我不过是……”

“哦，我也不过是说说。”

“再见。”

“再见……”

……飞得又高又远，
飞回老家……

热尔科夫刺了一下马，马暴跳起来，原地踏了三四步，不知先迈哪一条腿。它定了定神，就迈开步子，越过连队，合着拍子去追赶马车。

3

检阅完毕后，库图佐夫陪同奥国将军走进办公室，叫来副官，命令他把有关到达部队情况的报告和指挥先头部队的斐迪南大公的信件拿来。安德烈公爵就拿着这些文件走进总司令办公室。库图佐夫和奥国御前军事参事一起坐在桌旁，桌上摊着作战地图。

“噢！……”库图佐夫回头望望安德烈说，好像用这个叫声要副官等一下，自己继续用法语谈话。

“我只想说一句，将军，”库图佐夫带着优美的表情和愉快的音调说，使人不由得仔细倾听他从容不迫说出来的每句话。库图佐夫听自己说话显然也很得意。“我只想说一句，将军，要是事情可以凭我个人的愿望决定的话，那么，弗朗茨陛下的旨意早已实现，我早就跟大公会师了。说实话，要是把最高军事指挥权从我手里移交给比我更有学问更有本领的将军——这样的人在奥国有的是——让我卸下这副重担，我个人是只会感到高兴的。可是形势逼人，我们无可奈何啊，将军。”

库图佐夫微微一笑，脸上的表情仿佛说：“您有充分权利不相信我的话，但相信也罢，不相信也罢，我都无所谓，不过您没有理由对我这样说。全部问题就在这里。”

奥国将军脸上露出不快的神色，但他不得不用同样的语气回答库图佐夫。

“正好相反，”他用埋怨和愤怒的语气说，这语气同他那阿谀奉承的话很不协调，“正好相反，陛下极其重视阁下参与我们共同的战斗；但我们认为，目前的缓慢行动会使光荣的俄军及其总司令丧失他们在历次战争中获得的荣誉。”他用事先准备好的措辞结束说。

库图佐夫鞠了一躬，没有改变笑容。

“可我充分相信，根据斐迪南大公殿下的来示，我相信，像马克将军[1]这样干练的副总司令所指挥的奥军现已获得决定性胜利，不再需要我们的帮助了。”库图佐夫说。

将军皱了皱眉头。虽然还没有奥军失利的正式消息，但有许多情况证实这种传闻，因此库图佐夫说奥军获胜的话，听来就像是一种讽刺。但库图佐夫温和地微笑着，脸上的表情仿佛说，他有理由作这样的假定。的确，他最近收到马克部队来信，向他送来捷报，并报告最有利的战略形势。

“把那封信拿来，”库图佐夫对安德烈公爵说，“请看！”于是库图佐夫嘴角露出微笑，用德语向奥国将军念了斐迪南大公来信中的一段话：

> 我们已集中将近七万兵力，敌人如强渡莱希河，我们就进攻，并把他们击败。既然我们已控制乌尔姆，我们就具有控制多瑙河两岸的优势；敌人如不强渡莱希河，我们就可随时渡过多瑙河，冲破他们的交通线，再

1 马克（1752—1828），奥地利将军，曾在乌尔姆指挥奥军。

从下游班师回防；敌人如妄想全力攻打我们忠实的盟友，那就不让他们的企图得逞。这样，我们就可以安然等待俄皇军队准备就绪，然后两军会师，轻而易举地给敌人以应得的可悲下场。

库图佐夫读完这一段信，长叹一声，然后亲切而留神地望望皇家军事参议。

“但我想，大人，您一定知道‘多往坏处想没有坏处’这个格言吧！”奥国将军说，显然想结束玩笑，言归正传。

他不以为然地回头看了一眼副官。

“对不起，将军！”库图佐夫打断他的话，向安德烈公爵回过头去，“听我说，我的好孩子，你到科兹洛夫斯基那里去把我们侦察员获得的情报都拿来，这两封信是诺斯基茨伯爵寄来的，这封信是斐迪南大公殿下寄来的，还有，”库图佐夫把信件交给安德烈，说，“然后根据这些材料用法文写个简要的备忘录，说明我们获得的有关奥军行动的全部情况。写好后就交给这位大人。”

安德烈公爵点点头，表示他一开始就不仅明白库图佐夫说的话，而且知道他想说而没有说出来的话。他收起文件，向两人鞠了一躬，悄悄地从地毯上走到接待室。

安德烈公爵离开俄国还没多久，但他在这段时间里起了很大变化。从他的表情、举动和步态上几乎已看不出原来那种做作、疲倦和懒散的样子。他无暇考虑他会给别人什么印象，一心忙着一件愉快而有趣的事。他的神色表示他对自己和周围的人都很满意；他的微笑和眼神快乐而迷人。

安德烈公爵在波兰赶上库图佐夫。库图佐夫很亲切地接待他，答应照顾他，在副官中特别器重他，把他带到维也纳，不断委以重任。库图佐夫从维也纳写了封信给他的老同事，也就是安德烈的父亲。

“令郎，”他写道，“能干、坚毅、勤奋，可望成为一名出色的军官。我有如此助手，深感幸运。”

在库图佐夫司令部里，也像在彼得堡社交界那样，安德烈公爵在同事中和军队中享有两种截然相反的名声。有些人，那是少数，认为安德烈公爵比自己优越，也比其他人高明，他的前程远大，因此听从他，钦佩他，模仿他。对这些人，安德烈公爵和蔼可亲，毫无架子。另外有些人，那是多数，不喜欢安德烈公爵，认为他高傲、冷淡、使人反感。但安德烈公爵也能应付这些人，使他们又尊敬他又怕他。

安德烈公爵拿着文件从库图佐夫房里走到接待室，值日副官科兹洛夫斯基正坐在窗口看书。

“哦，公爵，有什么事？”科兹洛夫斯基问。

“奉命写个备忘录，说明为什么我们不能前进。”

“做什么呀？”

安德烈公爵耸耸肩膀。

“马克没有消息吗？”科兹洛夫斯基问。

“没有。”

“他要是真的被打败了，那就应该有消息。”

“应该有消息。”安德烈公爵说着，朝门口走去。但就在这时，一个高个子奥国将军迎着他快步走进接待室，砰的一声关上门。这位将军身穿礼服，头扎黑布，颈上挂着玛丽·泰利撒勋章，显然是新来的。安德烈公爵站住了。

“库图佐夫元帅吗？”新来的奥国将军带着很重的德国腔急急地问，眼睛朝两边看，一起向办公室走去。

“元帅有事。”科兹洛夫斯基说，连忙走到陌生的将军面前，拦住他的去路。“请问将军贵姓？”

陌生的将军轻蔑地从上到下打量了一下身材不高的科兹洛夫斯基，弄不懂他怎么会不认识他。

“元帅有事。”科兹洛夫斯基镇定地又说了一遍。

将军沉下脸，嘴唇抖动起来。他拿出笔记本，用铅笔迅速地写了些什么，撕下一页，交给科兹洛夫斯基。接着快步走到窗前，一屁股在椅子上坐下来，扫视了一下屋里的人，仿佛在问：大家为什么这样望着他？然后，他抬起头，伸长脖子，似乎想说话，但只漫不经心地低声哼了些什么，嘴里发出古怪的声音，接着又停止了。这时办公室的门开了，库图佐夫出现在门口，头扎黑布的将军好像逃避危险，弯着身子，迈开瘦腿快步走到库图佐夫面前。

“我是不幸的马克。”他断断续续地说。

库图佐夫站在房门口，他的脸好一阵毫无表情。然后他的脸上出现了一道道波浪似的皱纹，前额舒展开了。他恭敬地低下头，闭上眼睛，默默地让马克先进去，然后关上门。

有关奥军失利和全军在乌尔姆投降的消息如今得到了证实。半小时后，几个副官分头到各方传达命令，说明至今尚未打过仗的俄军不久将同敌人交手。

安德烈公爵是司令部里少数几个真正关心战争大局的军官之一。他一看见马克，听了他覆没的详细情况，知道这次战役已输掉一半，俄军处境十分困难。他清楚地想象着俄军的前途，以及他在军中应起的作用。他想到高傲自大的奥地利遭到可耻的失败，想到也许一星期后他将看到并参与苏沃洛夫以后俄法两军的第一次对垒，不禁心潮澎湃。他担心拿破仑的天才会胜过俄军的高昂士气，同时他又不愿看到他心目中的英雄丢脸。

安德烈公爵因为想到这些事而心情激动，不能平静。他回到自己屋里给父亲写信——他每天都要写一封信给父亲。他在走廊里遇到同室的聂斯维茨基和爱开玩笑的热尔科夫。他们照例笑容满面。

“什么事这样不高兴？”聂斯维茨基发现安德烈公爵脸色苍白、眼睛发亮，问道。

“没有什么可高兴的。”安德烈回答。

当安德烈公爵同聂斯维茨基和热尔科夫相遇时，从走廊另一端迎面走来库图佐夫司令部里掌管俄军给养的奥国将军施特劳赫和昨天刚到的奥国皇家军事参议。走廊很宽，两个奥国将军可以从容地从三个俄国军官旁边走过去，但热尔科夫用胳膊肘推推聂斯维茨基，上气不接下气地说：

“来了！……来了！……让开，让路！请让路！”

两个将军走过来，他们的神态似乎希望避免麻烦的礼节。爱开玩笑的热尔科夫脸上突然现出无法克制的快乐蠢笑。

“大人，”热尔科夫上前一步，用德语对奥国将军说，“我谨向您祝贺。”

他低下头，像孩子学跳舞那样，忽而并起左脚，忽而并起右脚。

那位皇家军事参议严厉地瞧了他一眼，发现对方一本正经地傻笑着，不禁注意了一下。他眯缝起眼睛，表示正在听。

“我谨向您祝贺，马克将军回来了，安然无恙，只是这里稍微碰伤了一点。”热尔科夫添上说，脸上露出微笑，指指自己的头。

将军皱起眉头，转身走开了。

“天哪，多么幼稚！”他说着，怒气冲冲地走了几步。

聂斯维茨基呵呵笑着搂住安德烈公爵。安德烈脸色更白，愤怒地把他推开，转身对热尔科夫说话。马克的出现、他失败的消息、对俄军前途的估计，使他心里烦躁。这会儿，他就把火气发泄在热尔科夫头上，因为他开了不合时宜的玩笑。

“阁下，您要是想当小丑，”他下巴额微微抖动，尖声说，“我无权阻止您；但我警告您，您要是再敢在我面前装疯卖傻，我就要教您放规矩些。”

聂斯维茨基和热尔科夫看到安德烈发火，大为吃惊，都默默地瞪着他。

“怎么了，我只不过向他祝贺一下罢了。”热尔科夫说。

“我不跟您开玩笑，请您闭嘴！”安德烈嚷道，挽住聂斯维茨基的手臂，离开热尔科夫；热尔科夫不知道回答什么好。

“哦，老弟，你这是怎么了？”聂斯维茨基劝慰他说。

“这是怎么了？”安德烈公爵激动得停下脚步，说，“你该明白，我们是效忠皇上和祖国的军官，因共同胜利而高兴，为共同失败而难过，可不是对主人的事漠不关心的仆人。四万人牺牲了，我们的盟军全军覆没，在这样的时候您还开玩笑，”安德烈公爵用法语说，似乎以此来加强这几句话的语气。“对您朋友那种小人还情有可原，可是对您就不能原谅，不能原谅。只有毛孩子才开那种玩笑。”安德烈公爵发现热尔科夫还听得见他说话，就用带法国腔的俄语补了一句。

他等了一会儿，看这个骑兵少尉有没有回答。但骑兵少尉转身走出了走廊。

4

保罗格勒骠骑兵团驻扎在离布劳瑙两英里的地方。士官生尼古拉服役的骑兵连驻扎在一个叫扎尔采聂克的德国村庄里。骑兵连长杰尼索夫大尉，以华西卡·杰尼索夫闻名全骑兵师，派到了全村最好的住处。士官生尼古拉在波兰赶上骠骑兵团后，就同连长住在一起。

十月八日，就是马克失败的消息使总司令部震惊的那一天，骑兵连的行军生活一切如旧。清晨，尼古拉骑马采办粮草回来，通宵打牌一直输钱的杰尼索夫还没有回营。尼古拉身穿士官生制服，跑到台阶前，踢了踢马，一条腿轻盈地跨过鞍子，在马镫上站了一会儿，仿佛不愿跟马分离。最后跳下来，召唤勤务兵。

“啊，邦达连科，亲爱的朋友，”尼古拉对匆匆赶到马匹旁的勤务兵说，“带去遛一遛，老兄。”他说，带着善良的年轻人得意时招呼人的那种快乐腔调。

“是，老爷。”乌克兰骠骑兵快乐地抖动脑袋回答。

“注意了，带它好好遛一遛！”

另一个骠骑兵也向马匹跑来，但邦达连科已接过缰绳。显然，这位士官生一向不吝惜酒钱，侍候他是有好处的。尼古拉摸摸马颈，又摸摸它的臀部，然后站在台阶上。

“真漂亮！它会成为一匹好马的！”尼古拉自言自语，笑眯眯地按着军刀，跑上台阶，弄得踢马刺丁丁发响。德国房东身穿羊毛衫，头戴尖顶帽，手拿清扫厩肥的耙子，从牛棚里向外张望。他一看见尼古拉就容光焕发，快乐地笑了笑，向他挤挤眼，用德语说：“您早！您早！”他反复说，显然乐于招呼这位年轻人。

“已经在干活啦！”尼古拉说，生气勃勃的脸上始终挂着欢快的微笑。“奥国人万岁！俄国人万岁！亚历山大皇帝万岁！”尼古拉用德国房东常说的话对他反复说。

德国人笑了，从牛棚里走出来，摘下帽子在头上挥了挥，喊道：“全世界万岁！”

尼古拉也像德国人那样在头上挥挥帽子，笑着喊道：“全世界万岁！”尽管打扫牛棚的德国人和带着一排人采办粮草回来的尼古拉都没有什么值得特别高兴的理由，两人却高兴而亲切地对望了一下，点点头表示友好，又笑着分手：德国人回牛棚，尼古拉去杰尼索夫借住的小屋。

“老爷怎么样？”尼古拉问杰尼索夫的勤务兵拉夫鲁施卡。拉夫鲁施卡是全团出名的滑头。

“昨晚出去没回来，准是输了钱，”拉夫鲁施卡回答，“他要是赢了钱，早就回来吹牛了。要是到天亮还不回来，就是输了钱，回来就会大发脾气。我算是摸透了他的脾气。您要咖啡吗？”

“好，来一杯。”

十分钟后，拉夫鲁施卡送来了咖啡。

“他来了！”拉夫鲁施卡说，“这下子可糟了。”

尼古拉望了一下窗口，看见杰尼索夫正走回来。杰尼索夫个儿矮小，脸色红润，眼睛乌亮，黑胡子和黑头发蓬乱。他身披敞开的骠骑兵外套，下穿宽松打褶的马裤，后脑勺上扣着一顶皱巴巴的骠骑兵帽。他闷闷不乐地垂着头，走近台阶。

“拉夫鲁施卡！”杰尼索夫怒气冲冲、口齿不清地大声叫道，“快来帮我脱衣服，蠢货！”

“我这不是在脱吗！”拉夫鲁施卡回答。

“哦！你已经起来了。”杰尼索夫走进屋里，说。

“早就起来了，”尼古拉说，“我已办好草料，还看见过马蒂尔达小姐。”

“真的吗！老弟，昨晚我输得精光，简直像只狗崽子！”杰尼索夫叫道，“真倒霉！真倒霉！……你一走，我就输了。喂，拿茶来！”

杰尼索夫皱起眉头，带着苦笑，露出一排短而结实的牙齿，手指很短的双手乱抓着又硬又密的黑发。

“鬼把我拉到耗子（一个军官的绰号）那里，”杰尼索夫双手擦擦前额和脸，说，“你倒想想，他一张好牌也不给我，一张好牌也不给我。”

杰尼索夫接过递给他的烟管，用拳头握着，又拿它在地板上敲敲，敲得火星乱迸，继续叫道：

“他见小注就让，见大注就吃。见小注就让，见大注就吃。”

杰尼索夫敲得火星飞溅，把烟管敲断，扔到一边。他不作声，突然又用乌黑发亮的眼睛快乐地瞧了一下尼古拉。

“要是有女人就好了。可这儿除了喝酒，什么玩意儿也没有。但愿早一点打仗……”

“喂，是谁？”他听见门外有沉重的靴子声、响亮的马刺声和谨慎的咳嗽声，问。

“是司务长！”拉夫鲁施卡说。

杰尼索夫眉头皱得更紧了。

“糟了，”杰尼索夫说，把一只装有几枚金币的钱包扔给尼古拉，“尼古拉，好兄弟，数一下，还剩多少，数好把钱包藏到枕头底下。”他说着向司务长走去。

尼古拉拿了钱，机械地把新币和旧币分开，动手数钱。

“啊！吉梁宁！你好，我昨天被刮得精光。”杰尼索夫在隔壁屋里说。

“在谁那里？在耗子贝科夫那里吗？……我知道。”另一个人尖声说，接着同连的矮小军官，吉梁宁中尉，走进屋来。

尼古拉把钱包塞到枕头底下，握住向他伸来的潮湿小手。吉梁宁不知为什么在行军前从近卫军里调了来。他在团里表现很好，但大家都不喜欢他，尤其是尼古拉，无法克制也无法掩饰对他说不出的憎恶。

“哦，年轻的骑兵，您觉得我那匹白嘴鸦怎么样？”吉梁宁问。白嘴鸦是吉梁宁卖给尼古拉的一匹小马。

中尉说话时从来不看对方的眼睛；他的脸总是不停地东张西望。

“我看见您今天骑马来了……”

“不错，是匹好马。”尼古拉回答，尽管他用七百卢布买的马连一半价钱都不值。“就是左前腿有点瘸……”他补充说。

“蹄子裂了！这没关系。我来教您，打个掌子上去就行。”

“好的，请您指教！”尼古拉说。

“我来教您，我来教您，这不是什么秘密。可是您会为这匹马感谢我的。”

“那我叫人去把马牵来。”尼古拉说，一心想摆脱吉梁宁，就出去叫人牵马。

在门廊里，杰尼索夫衔着烟管弯腰坐在门槛上，司务长站在他前面，正向他报告着什么。杰尼索夫一看见尼古拉就板起脸，用拇指指指背后吉梁宁坐着的房间，皱了皱眉头，不胜厌恶地打了个哆嗦。

“啊，我不喜欢那家伙！”杰尼索夫说，也不管司务长在场。

尼古拉耸耸肩膀，仿佛说：“我也不喜欢他，可是有什么办法！”尼古拉吩咐勤务兵牵马，又回到吉梁宁那里。

吉梁宁仍像尼古拉离开他时那样懒洋洋地坐着，搓着白净的小手。

“天下竟有这样讨厌的人！”尼古拉走进屋时想。

“那么，您吩咐过人把马牵来吗？”吉梁宁问，站起来，漫不经心地环顾着。

“吩咐过了。”

“那我们自己去吧。我只是来向杰尼索夫问问昨天的命令。您收到命令了，杰尼索夫？”

“还没有。您上哪儿去？”

“我要教教年轻人怎样打马掌。”吉梁宁说。

他们走出大门，进了马厩。中尉教好他怎样打马掌，就回自己屋里去了。

尼古拉回来，看见桌上放着一瓶伏特加和香肠。杰尼索夫坐在桌前沙沙地写字。他抬起头来，闷闷不乐地望望尼古拉的脸。

“我在给她写信。”杰尼索夫说。

他手里拿着笔，双肘搁在桌上，显然因为能把信的内容先告诉尼古拉而感到高兴。

“你要知道，老弟，”杰尼索夫说，“我们没谈恋爱的时候，就等于在睡觉。我们是尘世的女儿……一旦恋爱，我们就成了神，就同创世第一天一样纯洁……又是谁来了？叫他滚蛋。我没有工夫！”杰尼索夫对无所畏惧地走到他旁边的拉夫鲁施卡嚷道。

“谁吗？是您自己吩咐的。司务长要钱来了。”

杰尼索夫皱起眉头，想大声吆喝，但又住口了。

“真糟糕，”他自言自语，“钱包里还剩多少钱？”他问尼古拉。

“七枚新币，三枚旧币。”

“唉，真糟糕！你站着干什么，木头人，快把司务长找来！”杰尼索夫对拉夫鲁施卡嚷道。

“哦，杰尼索夫，你先把我的钱拿去，反正我有钱。”尼古拉红着脸说。

“我不喜欢向朋友借钱，不喜欢。”杰尼索夫说。

“你要是不肯接受我的钱，就是见外。真的，我有钱。”尼古拉重复说。

“不，不。”

杰尼索夫走到床边，往枕头底下取钱包。

“你放到哪里去啦，尼古拉？”

“在下面枕头底下。”

“没有啊。”

杰尼索夫把两个枕头都扔在地上，没有找到钱包。

“真是怪事！”

“等一下，你没有弄丢吧？”尼古拉说，把枕头一个个捡起来抖着。

他拿起被褥抖了抖。还是没有钱包。

“会不会是我忘了？不会的，我心里还想，你总是把它当宝贝似的枕在头底下，”尼古拉说。“我是把钱包放在这儿的。弄到哪儿去了？”他问拉夫鲁施卡。

“我没有进来过。你放在哪里，就一定在哪里。”

“可是没有啊……”

“您总是这样，到处乱扔，记性又不好。您摸摸口袋看。”

“不会，我要是没把它当宝贝，也许会忘，”尼古拉说，“我明明记得放在那里。”

拉夫鲁施卡翻遍床铺，又往床底下、桌子底下看了看，把整个屋子都搜遍，然后在屋子中央站住。杰尼索夫默默地注视着拉夫鲁施卡的一举一动。看到拉夫鲁施卡惊奇地摊开双手，说哪儿也没有，杰尼索夫回头瞧了瞧尼古拉。

“尼古拉，你别耍孩子脾气……”

尼古拉感觉到杰尼索夫射来的目光，抬起眼睛，接着又垂下来。他全身的血原来被压在喉咙底下，这会儿都涌上来，涌到他的脸上和眼睛里。他激动得喘不过气来。

“屋里除了中尉和您，没有别的人。一定在这屋里。”拉夫鲁施卡说。

“哼，你这个死人，好好找找，”杰尼索夫涨红了脸，摆出威胁的姿势冲到勤务兵面前，“一定得把钱包找到，要不我就揍你，个个都得挨揍！”

尼古拉避开杰尼索夫的目光，扣上外衣，佩上军刀，戴上帽子。

“我对你说，一定得把钱包找到！”杰尼索夫摇摇勤务兵的肩膀，把他推到墙上，嚷道。

“杰尼索夫，放开他；我知道是谁拿的。”尼古拉说，没有抬起眼睛，向门口走去。

杰尼索夫站住，想了想，显然明白尼古拉指的是谁，就抓住他的手臂。

“胡说！”杰尼索夫大声叫嚷，叫得脖子上和前额上的青筋都暴起来，“我说你这是疯了，我可不答应。钱包准在这里；我要剥掉这浑蛋的皮，钱包准能找到。”

“我知道是谁拿的。”尼古拉用发颤的声音说，向门口走去。

“我对你说，不许这样做。”杰尼索夫叫道，向士官生扑去，拦住他的去路。

但尼古拉怒气冲天地抽出手臂，恶狠狠地盯住杰尼索夫的眼睛，仿佛杰尼索夫是他不共戴天的仇人。

“你知道你在说些什么吗？”尼古拉声音哆嗦地说，“这屋里除了我没有人来过，所以，要不是……”

尼古拉没有把话说完，就从屋里直奔出去。

“哼，你们都给我去见鬼。”这是尼古拉听见的杰尼索夫最后一句话。

尼古拉走到吉梁宁的住所。

“老爷不在家，他到司令部去了，”吉梁宁的勤务兵对他说。“出什么事了？”吉梁宁的勤务兵看到士官生的阴沉脸色，惊讶地问。

“不，没什么。”

“您来晚了一步。”勤务兵说。

司令部离扎尔采聂克只有三俄里。尼古拉没回家，骑上马到司令部去。司令部所在的村子里有一家小酒店，军官们常去光顾。尼古拉来到这家酒店，看见吉梁宁的马拴在门口。

吉梁宁中尉坐在酒店第二间屋里，面前摆着一盘香肠和一瓶酒。

“啊，年轻人，您也来了。”吉梁宁高高地扬起眉毛，微笑着说。

“是的。”尼古拉说，好容易才说出这句话来，随即在邻桌坐下。

两人都不作声，屋里坐着两个德国人和一名俄国军官。大家都不作声，只听得刀叉碰击盘子的声音和中尉的咀嚼声。吉梁宁吃完早餐，从口袋里摸出双层的钱包，翘起又白又小的手指拉开钱包，掏出一枚金币，扬起眉毛，把钱交给侍者。

“请快一点！”吉梁宁说。

金币是新的。尼古拉站起来，走到吉梁宁面前。

“请让我看看您的钱包。”尼古拉用轻得几乎听不见的声音说。

吉梁宁避开对方的目光，但仍扬着眉毛，把钱包交给尼古拉。

“是的，钱包挺不错……是的……是的……”吉梁宁说，脸色突然发白。“您瞧瞧吧，年轻人！”他添加说。

尼古拉接过钱包瞧了瞧，又瞧了瞧里面的钱，瞧了瞧吉梁宁。中尉习惯成自然地环顾了一下，心情突然变得很快活。

“要是到维也纳，我就会把钱花光，可是在这种鬼地方，有钱也没处花，”吉梁宁说，“好，年轻人，给我吧，我要走了。”

尼古拉不作声。

“您怎么？也来吃饭吗？这里的饭菜挺不错，”吉梁宁继续说，“给我吧。”

吉梁宁伸手去拿钱包。尼古拉松了手。吉梁宁拿过钱包，放进马裤袋里，漫不经心地扬起眉毛，嘴巴微微张开，仿佛在说：“是的，是的，我的钱包放到口袋里。这事很简单，跟谁都不相干。”

“喂，怎么样，年轻人？”吉梁宁叹了口气，从扬起的眉毛下瞧了瞧尼古拉的眼睛，说。突然，一道电光从吉梁宁的眼睛射向尼古拉的眼睛，又从尼古拉的眼睛射回吉梁宁的眼睛，但这样一来一往，只是一刹那的事。

“您过来，”尼古拉抓住吉梁宁的手说，几乎把他拉到窗口。“这是杰尼索夫的钱，被您拿去了……”尼古拉对着吉梁宁的耳朵低声说。

“什么？……什么？……您怎么敢？什么？……”吉梁宁说。

但这话听来像是绝望的诉怨和求饶。尼古拉一听见这声音，心里的疑团就像一块石头似的落下了。他感到轻松，同时很可怜这个站在他面前的人；但事情既然开了头，就得做到底。

“这里有人，天知道人家会怎么想，”吉梁宁喃喃地说，抓起帽子，向一个不大的空屋走去，“得说个明白……”

“这我认得，我可以证明。”尼古拉说。

“我……”

吉梁宁吓得脸色发白，脸上的肌肉都抽搐起来，他的目光仍躲躲闪闪，但是往下望，而不敢看尼古拉的脸。他哽咽起来。

“伯爵！……别把一个年轻人给毁了……喏，这些该死的钱您拿去……”吉梁宁把钱扔在桌上，“我上有老父老母！……”

尼古拉拿了钱，避开吉梁宁的目光，一言不发，走出屋去。他在门口站住，又转回来。

“天哪！”尼古拉含着眼泪说，“您怎么干出这种事来？”

“伯爵。”吉梁宁挨近士官生，说。

“别碰我，”尼古拉退避着说，“您要是缺钱用，就把这钱拿去。”他把钱包扔给他，跑出酒店。

5

当天晚上，骑兵连军官在杰尼索夫住所进行了一场热烈的谈话。

“我对您说，尼古拉，您得向团长道歉。”一个身材高大、头发花白、胡子浓密、阔脸上满是皱纹的骑兵大尉对激动得面红耳赤的尼古拉说。

这位骑兵大尉姓吉尔斯顿，两次因与人决斗而降级当兵，两次都恢复了原职。

“不管谁说我撒谎，我都不答应！”尼古拉嚷道，“他说我撒谎，我说他撒谎。就是这么一回事。他可以派我天天值班，可以拘捕我，但不能强迫我道歉。如果他身为团长，觉得满足我的要求[1]有损他的名誉，那么……”

“等一下，老弟。您听我说，”骑兵大尉镇定地捋捋长胡子，声音低沉地说，“您就当着军官们的面对团长说，是一个军官偷了……”

“当着其他军官的面说这件事，我并没有错。也许不该当着

1 指决斗。

他们的面说，可我不是外交家。我参加骠骑兵，原以为这里不用要手腕，可他竟说我撒谎……因此他得赔偿我的名誉……”

“这一切都很好，谁也不会说您是胆小鬼，问题不在这里。您问问杰尼索夫，一个士官生要团长赔偿名誉，这像话吗？”

杰尼索夫咬咬胡子，板着脸听他们谈话，显然不想加入。对于骑兵大尉提出的问题，他否定地摇摇头。

“您当着军官们的面对团长讲这种丑事，”骑兵大尉继续说，“波格丹内奇（他直呼团长的名字）就制止您。”

“不是制止我，是说我撒谎。”

“是啊，您对他说了些蠢话，您得向他道歉。”

“绝对办不到！”尼古拉嚷道。

“我没想到您会这样，”骑兵大尉板着面孔厉声说，“您不愿道歉，可是老弟，您不仅对不起他，而且对不起全团，对不起我们大家。本来嘛，您应该想一想，同大家商量商量，这事该怎么办，可是您不，您当着军官们的面把事都抖了出来。现在叫团长怎么办？把那个军官送交法庭审判，玷污全团的名誉吗？为了一个无赖而让全团丢脸吗？您认为应该这样做吗？可我们认为不应该这样做。波格丹内奇说您撒谎，他做得对。这事挺不痛快，但是有什么办法呢，老弟，是您自己找的呀！现在大家想了结这件事，可您自尊心太强，不肯道歉，还把事情都抖了出来。叫您值班，您感到委屈；要您向一位正直的老军官道歉，您又不肯！不管波格丹内奇怎么样，他毕竟是个正直勇敢的老上校，可是玷污全团的名誉，您就无所谓！”骑兵大尉的声音开始发抖。“老弟，您来到团里还没几天；您今天在这里，明天就会调到别处去当副官；要是人家说‘保罗格勒团里有贼！’您不在乎，可我们在乎。是不是，杰尼索夫？我们在乎，是吗？”

杰尼索夫一直不作声，身体一动不动，只偶尔用乌黑发亮的眼睛瞧瞧尼古拉。

“您要顾全您的面子，不肯道歉，”骑兵大尉继续说，“可我们这些上了年纪的人都是在团里成长的，说不定将来还会死在团里，我们重视团的名誉。这一层波格丹内奇是知道的。哦，我们可重视了，老弟！您这样不好，不好！不管您是不是生气，我可要说实话。这样不好！”

骑兵大尉站起来，转过脸去不看尼古拉。

“说得对，对极了！”杰尼索夫跳起来嚷道，“怎么样，尼古拉，你说！”

尼古拉脸上一阵红，一阵白，一会儿瞧瞧这个军官，一会儿望望那个军官。

“不，诸位，不……你们别以为……我完全明白，你们可不要把我想成这样……我……对我来说……我重视团的名誉……什么？我要以实际行动来证明，对我来说团旗的名誉……但不论怎么说，确实是我错了！……”尼古拉眼睛里含着泪水，“我错了，完全错了！……哦，你们还要怎么样？……”

“哦，这就对了，伯爵！”骑兵大尉转过身来，用手拍拍尼古拉的肩膀，叫道。

“我对你说嘛，”杰尼索夫叫道，“他是个好小子。”

“这样就好了，伯爵，”骑兵大尉反复说，仿佛因为他认了错，就称呼他的封号，“那您就去道歉一下，阁下，去吧。”

“诸位，我一切都可以照办，谁也听不见我的话，”尼古拉用恳求的语气说，“但我不能道歉，真的，不论怎么说，我不能！我怎么能像孩子那样讨饶呢？”

杰尼索夫笑起来。

“这样对您更糟。波格丹内奇爱记仇，您这样固执会吃苦的。”吉尔斯顿说。

“说真的，我并不固执！我没法向您说明我的心情，没法……”

“那就随您的便。”骑兵大尉说。“那死鬼躲到哪儿去了？”他问杰尼索夫。

“他说他有病，那么明天就开除他。”杰尼索夫说。

“只能说是他有病，不然就无法解释。”骑兵大尉说。

“不管他有病没病，他可别让我碰见，我要毙了他！”杰尼索夫恶狠狠地叫道。

热尔科夫走进屋里。

“你怎么啦？”军官们问热尔科夫。

“要打仗了，诸位。马克率领他的全部军队投降了。”

“胡说！”

“我亲眼看见他了。”

“怎么？你看见马克还活着吗？有手有脚吗？”

“打仗！打仗！他带来这消息，给他一瓶酒喝。你是怎么来到这儿的？”

“为了马克那个鬼东西，又把我派到团里来了。奥国将军控告了我。我向他祝贺马克驾临……你怎么了，尼古拉，怎么像澡堂子里出来一样？”

“哦，老兄，这样的局面我们这里已有两天了。”

团副官走进来，证实了热尔科夫的消息。已下令明天进攻。

“打仗了，诸位！”

“哦，谢天谢地，我们可待腻了。”

6

库图佐夫向维也纳撤退，一路破坏身后的印河（在布劳瑙）和特劳恩河（在林茨）上的桥梁。十月二十三日俄国军队渡过恩斯河。当天中午，俄军辎重、炮兵和各纵队分两路从桥上穿过恩斯城。

这是一个温暖多雨的秋天。小高地上驻扎着守桥的俄国炮兵连，高地前是一片辽阔的旷野，时而被斜雨的纱幕遮住，时而豁露出来，远处景物在阳光下就像涂过油漆一样闪闪发亮。高地下是一个小镇，镇里有红顶的白色小屋、教堂和桥梁，桥两边都是流动的俄军。多瑙河河湾里有许多船只、一个岛屿和带花园的城堡，城堡四周围绕着从恩斯河注入多瑙河的流水。还看到多瑙河松林覆盖、岩石累累的左岸，以及布满绿色树梢和蓝色峡谷的神秘远方。还有修道院的尖塔，高耸在人迹不到的原始松林里。前面的远山上，在恩斯河那一边看得见敌人的侦察骑兵。

在高地上的大炮中间，一个指挥后卫部队的将军带着一名随从，站在那里用望远镜观察地形。稍后一点是聂斯维茨基，他被总司令派到后卫部队，这会儿坐在炮尾上。跟随聂斯维茨基的哥萨克把背囊和酒瓶递给他。聂斯维茨基请军官们吃油炸包子和喝真正的茴香酒。军官们快乐地围着他，有的跪着，有的盘腿坐在潮湿的草地上。

“是的，那个奥国公爵真不傻，在这里修了一座城堡。真是个好地方。诸位，你们怎么不吃啊？”聂斯维茨基说。

“多谢，多谢，公爵，”一个军官回答，能和这样重要的参谋官谈话，觉得挺有面子，“这地方真是太好了。我们经过花园，看见两头鹿。那座房子真漂亮！”

“您瞧，公爵，”另一个军官说，他显得很想再吃一个包子，但有点不好意思，因此装作在观察地形，“您瞧，我们的步兵已经到达那里了。瞧，那边树后面的草地上有三个人在拖什么东西。他们快把那座宫殿抢光了。”他很赞同地说。

“是啊，是啊！”聂斯维茨基说。“不过，我倒希望，”他那好看的嘴津津有味地吃着包子，添上说，“上那儿去一下。”

他指指山上那座带尖塔的修道院，眯缝着眼睛，眼珠发亮。

“那里面一定很妙，诸位！”

军官们笑起来。

“就是吓唬吓唬那些修女也好。据说，那里有年轻的意大利姑娘呢。哦，我情愿少活五年也要去一下！”

“她们一定挺寂寞。”一个更大胆的军官笑着说。

这时，站在前面的随从军官指着什么东西请将军看；将军拿起望远镜看了看。

“对了，对了，”将军放下望远镜，耸耸肩膀，愤怒地说，“敌人要炮击渡口了。他们还在那边磨蹭什么呀？”

河对岸的敌人和他们的炮垒肉眼都可以看见，还看得见炮垒里冒出乳白色的烟。接着，远远地传来炮声。看得见我们的军队正赶着过河。

聂斯维茨基鼓起双颊，站起来，含笑走到将军跟前。

“大人要不要吃点东西？”他问。

“事情坏了，”将军说，没有回答他的问题，“我们的军队动作太慢了。”

“我去一下好不好，大人？”聂斯维茨基问。

“好的，您去一下，”将军说，重复着已经详细发布的命令，“告诉骠骑兵，叫他们按照我的命令最后过桥，并把桥烧掉，再检查一下烧桥的引火材料。”

“很好！”聂斯维茨基回答。

他喊来看马的哥萨克，吩咐他收拾好背囊和酒瓶，自己轻松地把沉重的身子翻上马鞍。

“我真的要找修女去了。”聂斯维茨基对微笑地望着他的军官们说，然后沿着曲曲弯弯的小径往山下驰去。

“喂，大尉，开一炮试试能打多远，”将军对炮兵军官说，“给大家解解闷。”

“炮手各就各位！”军官命令道。炮手们顿时快乐地离开篝火去装炮弹。

“一号，放！”军官喊了一声口令。

一炮手勇敢地跳开去。大炮发出震耳欲聋的金属声，榴弹嘘溜溜地从山下我军头上飞过，但远没有打到敌人那里。一团白烟显示出它落下和爆炸的地方。

士兵和军官听到这声音，都眉飞色舞；大家站起来，眺望着底下我军的行动和前面迫近的敌军的行动，一切都了如指掌。这时，太阳已从乌云后面豁露出来。这悦耳的炮声和灿烂的阳光使人感到雄壮而欢乐。

7

敌人的两颗炮弹飞过桥顶。桥上拥挤不堪。聂斯维茨基公爵下了马，站在桥中央，肥胖的身子紧靠着栏杆。他笑着回顾哥萨克随从，那随从牵着两匹马站在他后面几步的地方。聂斯维茨基公爵刚想往前走，就被士兵们和辎重车挡住，把他挤回栏杆。他无可奈何，只是苦笑。

“老兄，你这人真是！”哥萨克对一个从步兵车马中硬挤过去的辎重兵说，“你这人真是！你懂不懂等一等，没看见将军要过桥吗？”

但辎重兵根本不理什么将军，对挡住他去路的士兵吆喝道：

“喂，老乡们！向左靠，等一下！”

但老乡们肩膀碰着肩膀，刺刀撞着刺刀，密密地挤成一片从桥上走过。聂斯维茨基公爵凭栏俯视，只见恩斯河喧闹的急流在桥桩周围起伏旋转，奔腾前进。他望望桥上，看见士兵、肩章、带布罩的高筒军帽、背囊、刺刀、长枪和军帽下宽额骨、凹脸颊、没精打采的脸和在桥板的烂泥上移动的脚，这一切也像单调的河水那样流动着。有时，在单调的人流里，一个身穿外套、脸型跟士兵不同的军官，像恩斯河波浪上的浪花那样，挤过桥去。

有时，一个步行的骠骑兵、勤务兵或者市民，像河里的一小片木头那样，走过桥去。有时，一辆装得很高的连队的或军官的皮篷大车，像在河上漂流的一段大木头那样，从桥上漂过。

“你瞧，简直像决了堤一样，”哥萨克无可奈何地站住，说，“后面还有好多吗？”

“差不多有一百万！”一个穿破大衣的士兵快乐地挤挤眼说，接着就不见了；后面是一个上了年纪的士兵。

“他们（指敌人）这会儿要是向桥上轰，”一个老兵忧愁地对同伴说，“你就顾不上搔痒了。”

这个老兵也过去了。后面是另一个坐在行李车上的大兵。

“喂，鬼东西，你把包脚布弄到哪儿去了？”一个勤务兵一边说，一边跑，伸手在车子后面摸索着。

这个兵也随着大车过去了。

后面是几个喝过酒的快乐的士兵。

“哈，老朋友，他们抡起枪托对准门牙打……”一个军大衣高高掖起的士兵，挥动着双臂，高兴地说。

“对了，这可是一客好吃的火腿。”另一个士兵呵呵笑着回答。

他们说着走过去了，因此聂斯维茨基没听懂，谁的门牙被打落，这跟火腿又有什么关系。

“哼，看他们慌成这个样子！敌人只打了一发炮，可他们以为都没命了！”一个军士气愤地责备说。

“那家伙在我旁边飞过，大叔，我是说炮弹，”一个大嘴巴的年轻士兵勉强忍住笑，说，“简直把我吓死了。真的，把我吓坏了，活见鬼！”那个兵说，好像在夸耀他的胆怯。

这个兵也过去了。他后面是一辆大车，这辆车同前面过去的大车都不一样。这是一辆双套德式大车，上面装着一个人家的全部家私。一个德国人在前头拉着牲口，车后拴着一头乳房很大的好看的花牛。大车羽绒褥垫上坐着一个手抱婴儿的老妇人和一个双颊绯红的强壮的德国少女。显然，这些人持有特别通行证。士兵们的目光全集中在女人身上。当那辆车慢慢地从旁边经过时，士兵们的谈话都离不开这两个女人。个个脸上浮起色眯眯的微笑。

“你瞧，德国佬也逃难了！”

“把小娘儿们卖给我吧！”另一个士兵怪腔怪调地对那个又气又怕、垂下眼睛、大踏步走着的德国人说。

“哦，瞧她打扮得多迷人！这妖精！”

“你最好住到她们家去，费多托夫！”

“我见得多了，老兄！”

“你们上哪儿去？”一个步兵军官嘴里吃着苹果，也似笑非笑地瞧着那个漂亮的姑娘。

德国人闭上眼睛表示听不懂。

“你要，就给你一个！”军官把一个苹果递给姑娘，说。

姑娘嫣然一笑，接过苹果。聂斯维茨基也像桥上所有的人那样，眼睛盯住这两个女人，直到她们过去。她们过去后，又是同样的士兵，同样的谈话，最后全都站住了。连队辎重车把桥头堵住，这是常有的事，大家只得等待。

“怎么站住了？一点秩序也没有！”士兵们说，“你往哪儿挤？鬼东西！不能等一下吗？要是敌人轰桥，那就糟了。瞧，把军官都挡住了。”停住的人群你看看我，我看看你，从四面八方向桥头挤去。

聂斯维茨基望了望桥下的恩斯河，忽然听见一个从未听到过的声音迅速逼近，有样大东西轰的一声落到水里。

“好家伙，打到哪里去了！”旁边一个士兵回头向发出响声的方向望去，愤愤地说。

“这是他们要咱们加油，赶快过桥。”另一个士兵不安地说。

人群又朝前拥去。聂斯维茨基明白这是炮弹。

“喂，哥萨克，牵马来！”他说，“大家让开！让开！让一条路出来！”

聂斯维茨基好容易才挤到马跟前。他不停地叫嚷，催动了马。士兵们挤在一起给他让路，但他们又挤过来，把他的腿挤痛。这不能怪旁边的人，因为他们被别人挤得更厉害。

“聂斯维茨基！聂斯维茨基！你这个丑八怪！”这时后面传来一个沙哑的声音。

聂斯维茨基回头看了一下，看见杰尼索夫在十五步外的地方。杰尼索夫被移动的步兵隔开，黑发蓬乱，脸色涨红，军帽歪到脑后，肩上威风凛凛地披着斗篷。

“叫这些魔鬼让路！”杰尼索夫嚷道，显然怒气冲天，他的眼白充血，像煤一样乌黑发亮的眼珠不停地转动着，一只跟脸颊一样红的小手挥动着没有出鞘的军刀。

“啊，杰尼索夫！”聂斯维茨基快乐地招呼他，“你这是怎么了？”

“骑兵连过不去！”杰尼索夫嚷道，恶狠狠地露出雪白的牙齿，刺了刺胯下漂亮的黑马贝督因。贝督因被刺刀碰得竖起耳朵，喷着鼻子，衔铁四周溅着白沫，震响铃铛，蹄子嘚嘚地踩着桥板，仿佛只要骑的人允许，就往桥栏外冲去。

“这是怎么啦？简直像一群羊！活像一群羊！滚开……让路！……站住！你这该死的大车！我要宰了你！”杰尼索夫叫着，真的拔出军刀，挥舞起来。

士兵们惊惶失色地挤在一起让路。杰尼索夫就向聂斯维茨基走去。

“你今天怎么没有喝酒啊？”杰尼索夫走到聂斯维茨基跟前时，聂斯维茨基问他。

“连喝酒的工夫都没有！”杰尼索夫回答，“他们把一团人整天拉来拉去。要打就痛痛快快地打。鬼知道是怎么一回事！”

“你今天打扮得好漂亮！”聂斯维茨基瞧瞧杰尼索夫的新斗篷和鞍檐，说。

杰尼索夫微微一笑，从佩囊里掏出一块香喷喷的手绢，送到聂斯维茨基鼻子底下。

“可不是，今天要打仗了！我刮过脸，刷过牙，洒过香水了。”

聂斯维茨基带着随从哥萨克的那副威风凛凛的模样和杰尼索夫手挥大刀、放声叫喊的刚毅神气很有作用，他们冲到桥的另一头，叫步兵停下来。聂斯维茨基在桥头找到要传达命令的上校，完成了任务，就往回跑。

杰尼索夫开了道，站在桥头。他漫不经心地勒住嘶叫着要向别的马冲去的公马，望着迎面奔来的骑兵连。桥板上驰过几匹马，响起了清脆的马蹄声。骑兵连由军官带领，四人一排，在桥上走过，排头已到了桥的那一头。

步兵被拦住了，聚集在桥头附近的泥泞里。他们带着特别嫌恶的冷淡和嘲弄的神气望着从旁边走过的整洁漂亮的骠骑兵。不同兵种相遇往往有这样的情况。

“小伙子们穿得真漂亮！像要去逛波德诺文斯克集市！”

“他们有什么用！只配拉出来摆摆样子！”另一个步兵说。

“步兵，别扬土！”一个骠骑兵挖苦说，故意让身下的马跳跃一下，溅了步兵一身泥。

“要你背着背囊行两次军，准会磨破你的背带，”一个步兵用袖子擦去脸上的泥，说，“那时你就不像人而像一只鸟了！”

“齐金，要是让你骑马，你就神气了。”上等兵对一个被背囊压得弯下腰的瘦兵说。

“拿根棍子夹在裤裆里，你就有马骑了。”骠骑兵还嘴说。

8

其余的步兵匆匆过桥，人多拥挤，就像通过一个漏斗。大车终于都过去了，桥上不再那么拥挤，最后一个营也上了桥。只有杰尼索夫的骠骑兵连留在桥那一边阻击敌人。从对面山上可以望见的敌人，从桥上还看不见，因为从河水流过的谷地往前不到半俄里路有一个高地遮住地平线。前面是一片旷野，我们的几队哥萨克侦察兵在那里活动。突然对面山坡上出现了穿蓝外套的步兵和炮兵。这是法军。哥萨克侦察兵飞快地骑马下山。杰尼索夫骑兵连全体官兵，尽管嘴里说着别的事，眼睛望着别的地方，心里却一直想着那边山上的情况，不时瞧瞧地平线上的黑点，认出那就是敌人的军队。午后天气又放晴了，太阳明亮地照耀着多瑙河和周围苍茫的群山。四外一片寂静，只偶尔从那边山上传来敌军的号角声和呐喊声。在骑兵连和敌军之间，除了零星几个侦察兵，已看不到一个人了。一片三百丈[1]左右的空地把双方军队隔开。敌人停止了射击，而那条把敌对两军分开的严酷、恐怖、不可逾越和难以捉摸的界线却越发清楚了。

1 指俄丈，1俄丈等于2.134米。

“只要越过那条生死界一步，就是不可知的痛苦和死亡。过了那片田野、那棵树、那个阳光照耀下的屋顶是什么地方？那里有什么人？谁也不知道，但谁都想知道。越过这条界线很可怕，但谁都想越过它。你也知道早晚要越过它，并且一定会知道界线那边是什么地方，就像一定会知道死亡那边是什么一样。可现在你身强力壮，生气蓬勃，而周围的人也同样健康、快乐、充满生气。”凡是面临敌军的人，即使不这样想，至少也会有这样的感觉，由于有了这种感觉，当前所发生的一切便给人以特别光明、快乐和强烈的印象。

敌军山头上腾起一团硝烟，接着就有一颗炮弹呼啸着从骠骑兵连头上飞过。聚集在一起的军官散开来，各就各位。骠骑兵竭力把马排齐。骑兵连里鸦雀无声。大家望望前面的敌人，望望连长，等候命令。飞来了一颗又一颗炮弹。敌人显然在向骠骑兵射击，但炮弹带着急促而均匀的啸声从骠骑兵头上飞过，落到他们后面去了。骠骑兵没有回顾，但每次听到炮弹呼啸声，全连队就像听到命令一样，现出又相同又不相同的脸色，屏住呼吸，在马镫上抬抬身子，然后又坐下来。士兵们头也不回，好奇地斜眼打量伙伴脸上的反应。从杰尼索夫到号手，人人嘴角和下巴上都现出内心斗争、愤怒和激动的神色。司务长皱起眉头，扫视着士兵，仿佛要处分他们。士官生米罗诺夫每次听见炮弹飞过都弯下腰。尼古拉骑着他那匹腿有点瘸但不失威严的白嘴鸦站在左翼，好像一个得意的小学生被召到大庭广众前应试，而且自信准能取得好成绩。他神采奕奕地环顾着所有的人，仿佛要大家注意他在炮弹下多么镇定自若。但在他的嘴角上却不由得现出平时所没有的严峻表情。

“谁在那里哈腰鞠躬啊？士官生米罗诺夫！这样不好，您瞧瞧我！”杰尼索夫嚷道，他在一个地方待不住，骑着马在连队前打转。

杰尼索夫脸上黑胡子蓬松，狮子鼻，身材矮小结实，手上汗毛丛生，筋脉毕露，手指短小，手里抓着刀把子，他这副模样同平时一样，特别是晚上喝了两瓶酒以后。这会儿他只是脸色比平时更红，像鸟儿饮水那样仰起须发蓬乱的头，他用短小的腿猛刺骏马贝督因的两侧，身子往后一倒，驰到骑兵连另一翼，哑着嗓子大声叫嚷，要大家检查一下手枪。他跑到吉尔斯顿跟前。吉尔斯顿骑一匹宽大端庄的母马，迎着杰尼索夫跨出一大步。骑兵上尉留着长长的八字胡须，神态像平时一样严肃，只是眼睛比平时更亮。

"怎么样？"吉尔斯顿对杰尼索夫说，"根本打不起来。你看吧，咱们又得后退了。"

"鬼知道他们在干什么！"杰尼索夫嚷道。"啊！尼古拉！"他发现士官生脸上喜气洋洋，叫道，"是啊，这回可被你等到了。"

杰尼索夫赞许地微微一笑，显然很喜欢这个士官生。尼古拉心里暖乎乎的。这当儿，团长在桥上出现了。杰尼索夫向他跑去。

"大人！请下进攻令！我要把他们打个落花流水。"

"这里怎么能进攻，"团长闷闷不乐地说，仿佛被一只苍蝇纠缠得皱起眉头，"您站在这儿干什么？您瞧，两翼都在撤退。把骑兵连带回去！"

骑兵连过了桥，退到射程以外，没有损失一个人。原来展开散兵线的第二骑兵连也过了桥，最后一批哥萨克也从对岸撤回来。

保罗格勒团的两个骑兵连过了桥，先后向山上撤退。波格丹内奇团长骑马赶上杰尼索夫连长，离尼古拉不远慢慢地走着，完全不理他，尽管他们为吉梁宁的事发生冲突以来这还是第一次见面。尼古拉眼睛盯住团长运动员般强壮的脊背、金发覆盖的后脑和红色的脖子，心里明白自己在前线是受他支配的，但此刻觉得对不起他。尼古拉时而觉得波格丹内奇只是假装不注意他，目的是要看看他的勇气，他就挺起胸膛，快乐地东张西望。他时而觉得波格丹内奇故意骑马接近他，向他显示自己的勇气。他时而想，他的对头现在有意派骑兵连去冲锋，以惩罚他尼古拉。他时而想，等进攻结束后，波格丹内奇会走到他面前，宽宏大量地向他这个负了伤的人伸出和解的手。

保罗格勒骠骑兵所熟悉的肩膀高耸的热尔科夫（他离团没多久）骑马跑到团长跟前。热尔科夫从司令部被赶出后，没有在团里待下去，他说他不是在前线做苦工的傻瓜，在司令部不做事，领到的饷银反而更多。于是他就在巴格拉基昂公爵手下当上了传令官。现在他带着后卫司令官的命令来见老上司。

“上校，”热尔科夫神情忧郁而严肃地对尼古拉的对头说，同时顾盼着同事们，“命令停下来，把桥烧掉。”

“命令谁呀？”上校闷闷不乐地问。

“上校，我也不知道**命令谁**，”骑兵少尉严肃地回答，“不过公爵命令我‘你去告诉上校，叫骠骑兵赶快回来烧桥’。”

紧接着热尔科夫之后，有一名随从军官带着同样的命令来见骠骑兵上校。在随从军官之后，肥胖的聂斯维茨基骑一匹哥萨克马驰来。那匹马驮着他跑确实很费力。

“喂，上校，”聂斯维茨基边跑边喊，“我早就对您说过要烧桥，可是不知谁把话传错了；他们在那边都急疯了，弄不懂是怎么一回事。”

上校从容不迫地命令他的团停下来，转身对聂斯维茨基说话。

“您跟我说起过引火材料，”他说，“至于烧桥，您可没对我说过。”

“怎么没说过，老兄，”聂斯维茨基站住说，脱下帽子，用胖手抚摩着汗湿的头发，“引火材料都放好了，怎么会没说到烧桥？”

“我不是您的‘老兄’，校官先生，您并没对我说过要烧桥！我懂得职守，一向严格执行命令。您说烧桥，可是由谁来烧，我确实不知道……”

“哼，老是这样。”聂斯维茨基把手一挥说。“你怎么在这里？”他问热尔科夫。

“也是为了这件事。你浑身湿透了，让我来替你拧干。”

“您说，校官先生……”上校气愤地继续说。

“上校，”随从军官插嘴说，“得快一点，不然敌人要打霰弹了。”

上校默默地望望随从军官，望望胖校官，望望热尔科夫，皱起眉头。

“我要烧桥了。”他神态庄重地说，仿佛表示他虽遇到种种不快，还是要尽到他的责任。

上校用强壮的长腿踢了踢马，好像一切罪过全在马身上。他跑到前面，命令第二连，就是尼古拉在杰尼索夫手下服务的那个连，回到桥上去。

“哼，果然，”尼古拉想，“他想考验考验我！”他的心收紧了，血往脸上直涌。“让他瞧瞧我是不是个胆小鬼！”他想。

骑兵连一张张快乐的脸，又变得像刚才在炮弹下那样严肃了。尼古拉盯着他的对头团长，想从他脸上证实自己的猜测，但团长一眼也没看尼古拉，而像平时在前线那样严肃而端庄。口令发出了。

“快！快！”他旁边有几个声音叫道。

骠骑兵的马刀绊住缰绳，踢马刺丁丁发响。他们急忙下马，自己也不知道要干什么。骠骑兵都画着十字。尼古拉已不再望着团长，他没有工夫。他怕落在骠骑兵后面，怕得心都停止跳动了。他把马交给马夫，一只手发抖，他觉得血在嘟嘟地往心脏里涌。杰尼索夫身子往后仰，嘴里叫着什么，从他旁边驰过。尼古拉只看见从他周围驰过的踢马刺和军刀铿锵发响的骠骑兵，此外什么也没看见。

“担架！”后面有人喊道。

尼古拉想也不想为什么要叫担架。他急急地跑着，只想跑在所有人的前面。但跑到桥头，他没有留意脚下，踩在黏滑的泥泞里，绊了一下，他就双手着地倒下来。别人跑到他前面去了。

“靠两边跑，大尉！”尼古拉听见团长的声音。团长骑马跑在前面，这时脸上露出得意的神色，在离桥不远的地方勒住马。

尼古拉在马裤上擦擦沾泥的双手，回头望望自己的对头，想往前跑，以为跑得越远越好。但波格丹内奇虽然没有注意，也没有认出尼古拉，却喝住了他：

“谁在桥中央乱跑？靠右走！士官生，回来！”波格丹内奇怒气冲冲地嚷道，又回头对跑到桥上逞勇的杰尼索夫说。

“您冒什么险，大尉！还是下马吧！”团长说。

“哦，炮弹是长眼睛的！”杰尼索夫在马鞍上转身回答。

这时，聂斯维茨基、热尔科夫和随从武官一起站在射程之外，一会儿望望聚集在桥边一小撮头戴黄色高筒军帽、身穿镶条墨绿军装和蓝色马裤的人，一会儿望望从远处走来的身穿蓝外套的牵马的人，他们很容易被看作炮队。

“他们会不会烧桥？谁先到那里？是他们先跑到，把桥烧掉，还是法国人冒着霰弹先把他们打死？”每个士兵都不由得提心吊胆地想着这个问题。他们在明亮的夕阳下眺望着桥梁和骠骑兵，眺望着对岸渐渐移动过来的带刺刀和大炮、身穿蓝外套的人。

“啊！骠骑兵要挨揍了！”聂斯维茨基说，“现在他们在霰弹射程之内了。”

“他不该带那么多人去。”随从武官说。

“真的，”聂斯维茨基说，“只要派两名勇敢的小伙子去就行了。”

“哦，大人！”热尔科夫插嘴说，眼睛没离开骠骑兵，但仍带着天真的神气，使人摸不透，他这是说正经话还是开玩笑，“啊，大人！您这是怎么啦！只派两个人去，那谁还会给我们符拉基米尔勋章？像现在这样，他们虽然挨揍，还是可以替骑兵连请赏，他本人也可以获得勋章。我们的波格丹内奇懂得该怎么办。”

“哦，”随从武官说，“这是霰弹炮！”

他指指从炮架上卸下来急急移开的法国大炮。

法军那边，在炮兵中间冒起一团硝烟，然后又是一团，又是一团，而在第一声炮响传到的时候，又冒起了第四团硝烟，两声炮响，一声接着一声，然后是第三声。

“哎哟！”聂斯维茨基好像因为剧痛而抓住随从武官的手臂，“您瞧，有一个倒下去了，倒下去了！”

“好像有两个吧？”

“我要是沙皇，就再也不打仗了。”聂斯维茨基转过身去说。

法军的炮又匆匆装上炮弹。穿蓝外套的步兵向桥上冲去。又冒起了硝烟，但间隔时间不一样，接着霰弹又在桥上爆炸了。不过聂斯维茨基此刻无法看清桥上的情况。桥上升起了浓烟。骠骑兵已把桥烧着，而法国炮兵现在开炮已不是为了拦阻他们，而只是因为炮已拖到，总得轰击一番。

骠骑兵还没回到马夫那里，法军已打了三发霰弹。两发没有打中，霰弹飞得太远了，但最后一发炮弹正好落在骠骑兵中间，把三个人打倒了。

尼古拉一心想着他同波格丹内奇的关系，站在桥上，不知道做什么好。没有人可供他砍杀（他一向认为打仗就是砍杀），也无法帮他们烧桥，因为他不像别的士兵那样随身带着干草。他站在那里向周围观望，突然桥上像撒核桃似的发出一片响声，离他最近的一个骠骑兵哎哟一声倒在桥栏杆上。尼古拉同另外一些人跑到他跟前。又有人叫道："担架！"四个人抓住骠骑兵，把他抬起来。

"哦哦哦！……看在基督份上，放开我！"负伤的人叫起来，但人家还是把他抬起来放到担架上。

尼古拉转过身去，仿佛在找寻什么东西，眺望着远方，眺望着多瑙河的河水，仰望着天空、太阳。天空多么美，多么蓝，多么静，多么远！夕阳多么灿烂，多么壮丽！远方多瑙河的流水迷人地闪闪发亮！而更美丽的是多瑙河后面苍翠的群山、修道院、神秘的峡谷、雾气弥漫的松林……那里一片宁静，幸福……"我什么也不需要，什么也不需要，我只要到那里去，"尼古拉想，"在我心里，在太阳光里，有那么多幸福，可是这里……只有呻吟、苦难、恐惧，以及提心吊胆，一片混乱……哦，他们又在那边叫喊了，大家又在往回跑，我也跟他们一起跑，哦，死神，死神就在我头上，就在我身边……只要一转眼工夫，我就再也看不见太阳，看不见河水，看不见峡谷了……"

这时，太阳藏到乌云后面；尼古拉前面又出现了几副担架。于是对死亡和担架的恐惧、对太阳和生活的眷恋，这一切汇合成一个揪心的痛苦印象。

"上帝啊！天上的父啊，你拯救我，饶恕我，保护我吧！"尼古拉喃喃地说。

骠骑兵们跑到马夫那里，声音变得响亮而镇定，担架从眼前消失了。

"怎么样，老弟，闻到火药味了？……"杰尼索夫的声音在他耳边响着。

“一切都完了，我是个胆小鬼，是的，是个胆小鬼。”尼古拉想。他长叹一声，从马夫手里接过瘸腿的白嘴鸦，骑了上去。

“那是什么？是霰弹吗？”他问杰尼索夫。

“还能是什么呢！”杰尼索夫叫道，“小伙子们干得漂亮！可是干这种活真没劲！冲锋才有意思，把狗娘养的砍个痛快，可现在鬼知道是怎么一回事，人家把我们当靶子打。”

团长、聂斯维茨基、热尔科夫和随从武官等人站在离尼古拉不远的地方，杰尼索夫就向他们走去。

“好像谁也没注意到我。”尼古拉暗自想。的确谁也没注意到他，因为谁都知道这个初次上火线的士官生的心情。

“我看，您的事迹会上报的，”热尔科夫说，“我也可能升为少尉。”

“报告公爵，我把桥烧了。”上校得意洋洋地说。

“要是问到损失呢？”

“微不足道！”上校声音低沉地说，“两名骠骑兵负伤，一名阵亡。”他兴高采烈地说，响亮地说出阵亡两个字，脸上克制不住幸福的微笑。

9

库图佐夫统率的三万五千俄军，遭到拿破仑所指挥的十万法军的追击，所到之处又受到各地居民的敌视。俄军给养不足，对盟军丧失信心，而且被迫在没料到的恶劣条件下作战，不得不沿多瑙河仓皇退却，只有在被敌人追上的地方才停下来，为保卫辎重进行后卫战。在兰巴赫、阿姆希特顿和莫尔克都有战事，尽管俄军的勇敢坚定连敌人也不得不承认，但战斗结果只是加速退却。奥军在乌尔姆城下免于被俘而在布劳瑙和库图佐夫会师，现在也离开了俄军。这样，库图佐夫手下就只剩下一支精疲力竭的军队。保卫维也纳根本谈不上。库图佐夫在维也纳的时候，奥国皇家军事参议曾给他一份考虑周密、按照现代战略拟定的进攻计划，但现在库图佐夫只剩下一个几乎是达不到的奋斗目标，那就是避免像马克在乌尔姆城下那样全军覆没，而同俄国新调来的军队会师。

十月二十八日，库图佐夫率领军队渡过多瑙河到达左岸，同法军主力隔河对峙，这才第一次停下来。三十日，他攻击多瑙河左岸的莫尔吉耶师，把它击溃。在这个战役中俄军第一次缴获战利品：军旗、大炮和两名敌将。在两周节节败退之后，俄军第一次站住脚跟。经过战斗不仅守住阵地，而且打退了法军。虽然俄军衣衫褴褛，筋疲力尽，又因掉队、伤亡、疾病而减员三分之一；虽然留在多瑙河彼岸的伤病员带着库图佐夫的信，要敌人以人道精神对待他们；虽然克雷姆斯的大医院和大住宅都改为野战医院，还是容纳不了全部伤病员；虽然有这些情况，俄军在克雷姆斯站住脚跟并在莫尔吉耶取得胜利这件事，还是大大鼓舞了士气。在全军，在总司令部里，都流传着种种可喜而不可靠的消息，说什么俄军增援部队快到了，奥军打了胜仗，拿破仑惊慌退却。

这次会战，安德烈公爵跟随着后来阵亡的奥国将军施密特。他的坐骑受了伤，他的手臂也被子弹擦伤。总司令为了表示对他特别器重，特派他前往奥国宫廷递送捷报。当时奥国宫廷已离开受法军威胁的维也纳，迁往布尔诺。会战之夜，安德烈公爵兴奋得不觉疲劳（安德烈公爵看上去很文弱，其实他比一般身强力壮的人更能吃苦耐劳），他带着陶霍杜罗夫的报告骑马到克雷姆斯来见库图佐夫。当天夜里安德烈公爵就作为信使被派到布尔诺。被任命为信使，不仅是一种奖励，而且是晋升的重要一步。

夜色昏暗，但繁星满天。昨天会战时下过一场雪，这会儿在白皑皑的积雪中道路显得格外乌黑。安德烈公爵坐在飞驰的驿车里，时而回味昨天的战斗，时而快乐地想象着他去报捷的情景，同时想起总司令和同伴们送别的场面，他的心情就像一个人初步尝到盼望已久的幸福。他一闭上眼，耳朵里就响起枪炮声，而枪炮声又同车轮声以及胜利的印象融成一片。他时而想象，俄军跑了，自己也被打死了；但他立刻清醒过来，高兴地意识到，根本没有那回事，相反，是法军跑了。他又回想打胜仗的前前后后，想到自己在战斗中沉着勇敢，觉得心安理得，就打起盹来……星光闪烁的夜晚过去了，明媚快乐的早晨降临了。积雪在阳光下融化，马匹飞驰，道路两边不断掠过各种树林、田野和村庄。

在一个驿站上，他赶上一队俄国伤兵车。负责运送的俄国军官伸开手脚躺在第一辆马车上，大声叫嚷，用粗话骂着士兵。一队德国长马车在石子路上剧烈地颠簸着，每辆车上坐着六七名脸色苍白、扎着绷带、满身肮脏的伤兵。伤兵中有人在说话（他听到在说俄语），有人在吃面包，伤得最重的不作声，带着病孩般可怜的老实相望着旁边飞驰而过的信使。

安德烈公爵吩咐停车，问一个士兵在哪次战役中负的伤。

“前天在多瑙河上。”士兵回答。安德烈公爵掏出钱包，给了他三枚金币。

“给大家的。”他向走过来的军官说。“弟兄们，祝大家早日康复，”他对士兵们说，“往后还有很多仗要打呢。”

“哦，副官先生，有什么消息吗？”那军官问，显然想攀谈几句。

“消息很好！走吧！”他对马车夫大声说，马车就继续前进。

安德烈公爵到达布尔诺的时候，天色已经黑了。他看见四周高楼大厦林立，商店和住宅里灯火辉煌，街上路灯明亮，漂亮的马车辘辘驶过，以及大都市的一派繁华气象。这种气象对于刚离开军营的人特别富有魅力。安德烈公爵虽然经历了高速驰行和不眠之夜，他到达皇宫时，却觉得精神比昨天更加焕发。他的眼睛像发烧一般明亮，思绪清楚而瞬息万变。他历历在目地回想着战斗的前后经过，心里扼要地向弗朗茨皇帝作着报告。他还生动地猜想着他们可能向他提出什么问题，以及他应该怎样回答。他以为他们会立刻引他去觐见皇帝。但这时一名官员从皇宫大门口跑来迎接他，知道他是信使，就把他带到另一个门口。

“穿过走廊向右；在那里，大人[1]，您可以找到值班的侍从武

1 原文为德语。

官，”官员对他说，“他会领您去见陆军大臣的。”

值班的侍从武官迎接安德烈公爵，要他等一下，然后进去向陆军大臣通报。过了五分钟，侍从武官回来，十分恭敬地鞠了一躬，让安德烈公爵走在前面，陪他穿过走廊，来到陆军大臣的办公室。侍从武官显得特别彬彬有礼，仿佛唯恐俄国副官对他过分亲昵。安德烈公爵向陆军大臣办公室走去，他那高兴的心情顿时低落下来。他觉得受到了怠慢。他这种被怠慢的感觉立刻又变成对一切毫无根据的蔑视。他聪颖过人，立刻想到，他也可以蔑视侍从武官和陆军大臣。他想：“他们闻不到火药味，还以为胜利得来全不费工夫呢！”他轻蔑地眯缝起眼睛；有意慢吞吞地走进陆军大臣的办公室。他看见陆军大臣端坐在一张大桌子前，有两分钟没理会进来的人，他这种蔑视的心情就更增强了。陆军大臣两鬓斑白的秃头埋在两支蜡烛中间，阅读着文件，用铅笔做着记号。他听见开门声和脚步声，但没有抬起头来，直到把文件看完。

“把这拿去发掉。”陆军大臣把公文交给副官说，仍没理睬信使。

安德烈公爵觉得，陆军大臣要么是公务繁忙，对库图佐夫军队的行动最不感兴趣，要么就是有意让俄国信使感觉到这一点。“我倒是完全无所谓的。”安德烈公爵想。陆军大臣把余下的公文理齐，这才抬起头来。他的头显得聪明而很有个性。但在招呼安德烈公爵的一瞬间，陆军大臣聪明而果断的表情一半出于习惯一半出于有意起了变化：他脸上现出愚蠢虚假而对这种虚假又不加掩饰的笑容，这是那些接见川流不息的来访者的人所常有的表情。

“是库图佐夫大元帅派来的吗？”陆军大臣问，“一定有好消息吧？有没有同莫尔吉耶打过仗？打了胜仗？是时候了！”

陆军大臣接过写给他的紧急文书，神情忧郁地阅读起来。

“啊，我的上帝！我的上帝！施密特！”他用德语说，“多么不幸啊！多么不幸啊！”

陆军大臣看完紧急文书，把它放在桌上，对安德烈公爵瞧了一眼，显然在思考什么事。

“唉，多么不幸啊！您说这个战役有决定意义吗？可是没有捉住莫尔吉耶。”陆军大臣想了一下，“您带来了好消息，我很高兴，虽然拿施密特的死换得胜利，代价太大。陛下一定愿意接见您，但今天不行。谢谢您，您去休息一下。明天检阅后朝觐，您再来吧。到时候我会通知您的。”

陆军大臣脸上又现出谈话时消失的蠢笑。

“再见，非常感谢您。皇帝陛下一定愿意接见您。”陆军大臣一再说，然后点点头。

安德烈公爵走出皇宫时，觉得胜利给他带来的全部兴致和幸福如今都落到冷淡的陆军大臣和恭敬的副官的手里。他的全部思绪顿时变了：战斗仿佛已成为遥远的往事。

10

在布尔诺，安德烈公爵住在他的朋友俄国外交官比利平那里。

“哦，亲爱的公爵，再没有比您更受欢迎的客人了，”比利平说着出来迎接安德烈公爵。“弗朗茨，把公爵的行李放到我的卧室里去！”他对领安德烈公爵进来的仆人说。“怎么，您来报捷吗？太好了。可您瞧，我病了。”

安德烈公爵盥洗毕，换了衣服，走进外交官的豪华书房，坐下来吃专为他准备的晚餐。比利平悠闲地坐在壁炉旁。

安德烈公爵离家以来，特别是在行军过程中，一直没有过过从小过惯的清洁舒服的生活。这会儿，在奢华的生活环境中，重新获得了愉快的休息。此外，在受到奥国人冷淡的接待以后，能同一个俄国人说说话，即使不用俄语（他们说法语），他也觉得很愉快。何况这个俄国人也像一般俄国人那样对奥国人深感嫌恶，而在他心里这样的感觉现在特别强烈。

比利平今年三十五六岁，独身，跟安德烈公爵属于同一个阶层。他们在彼得堡就认识，但自从安德烈公爵随同库图佐夫来到维也纳后，他们的关系变得更密切了。安德烈公爵年轻有为，在军界很有前程；比利平同样年轻有为，在外交界的前程更加远大。别看他年纪轻轻，从事外交工作的资历可不浅了，因为他从十六岁起任职，在巴黎、哥本哈根等地待过，现在又在维也纳担任要职。奥国首相和俄国驻维也纳公使都认识他，而且很器重他。他不像多数外交官那样只有表面的优点，只知道遵守外交官纪律，说说法语。他是那种热爱本职工作而又有能力的外交官，虽然平时也有点懒散，但一旦需要，却能伏案工作，通宵不眠。不论什么工作，他都做得十分地道。遇到事情，他关心的不是“为什么要做”，而是“怎样把它做好”。不论什么外交工作，他做起来都同样认真。他起草通告、备忘录或报告，总是巧妙、恰当而漂亮，并且感到其乐无穷。比利平受到重视，不仅因为他擅长起草文件，还因为他在上层待人接物落落大方，谈吐应对彬彬有礼。

比利平爱说话也像爱工作一样，但一定要表现他的修养和风趣。在社交场中，他总是待机说几句俏皮话，而一旦有了机会，就加入谈话。比利平说话总是妙语如珠，别具一格，引人入胜。这些妙语都是比利平头脑里编造出来的，简短而生动，便于社交界凡夫俗子记忆，并从一个客厅搬到另一个客厅。真的，比利平的妙语风靡维也纳客厅，而且据说，往往能影响大局。

他形容消瘦、憔悴、枯黄，脸上皱纹很深，但总是洗得干干净净，好像沐浴后的手指尖一样。脸部皱纹的活动是他的主要表情。一会儿，他额上出现宽阔的皱纹，眉毛高高扬起；一会儿，眉毛低垂，两颊形成粗大的皱纹。他那双不大的凹陷眼睛总是快乐地对直望着人。

“那么，现在给我们讲讲你们的丰功伟绩吧。”比利平说。

安德烈非常谦逊地讲了那个战役和陆军大臣的接待，只字不提自己的功劳。

“我送去捷报，他们对待我，就像人们玩九柱戏时对待狗那样[1]。”他结束说。

比利平嗨地笑了一声，舒展开脸上的皱纹。

“不过，老朋友，”比利平说，远远地察看着自己的指甲，皱起左眼皮，“尽管我对东正教俄国的军队非常尊敬，但我认为你们这次胜利并不太辉煌。”

比利平仍旧说着法语，只有在他要蔑视什么时，才用俄语。

“可不是？你们把全部力量压在可怜的莫尔吉耶和他一师人身上，结果还是被他溜掉了，是不是？还谈得上什么胜利？”

“不过，说句正经的，”安德烈公爵回答说，“无论如何，我们可以毫不夸张地说，这总比乌尔姆的情况好些吧……”

“为什么你们不替我们抓个把元帅来呢？哪怕抓一个也好！”

“因为凡事很难预料，也不可能像检阅那样正规。我刚才对您说了，我们预定早晨七点钟以前包抄敌人后方，结果到傍晚五点还没到达。”

“那么你们为什么早晨七点钟还没赶到呢？你们应该早晨七点钟赶到，”比利平笑眯眯地说，“应该早晨七点钟赶到。”

“为什么你们不通过外交途径说服拿破仑放弃热那亚呢？”安德烈公爵用同样的口气说。

“我知道，”比利平插嘴说，“您坐在壁炉前的沙发上觉得抓个把元帅很容易。不错，是这样的，可是你们为什么不抓呢？您也不必大惊小怪，事实上，不仅陆军大臣，就是至尊的皇帝兼国王弗朗茨陛下对你们的胜利也不会觉得太高兴。就连我这个俄国使馆的倒霉秘书也并不太兴奋呢……”

比利平对直望了望安德烈公爵，突然舒展开额上的皱纹。

---

1 法国成语，意思是很冷淡。

“现在可轮到我来问您‘为什么’了，老朋友！”安德烈说，“我得向您承认，我不明白，也许是外交的奥妙，不是我这简单的头脑所能理解的，但我确实弄不懂：马克全军覆没，斐迪南大公和卡尔大公[1]毫无生气，连犯错误，到头来只有库图佐夫一人真正打了一次胜仗，打破了法军所向无敌的神话，可是陆军大臣连详细情况都不想知道！”

“是这样的，老朋友。您要知道，老朋友，这是为沙皇，为俄罗斯，为信仰欢呼！这一切都挺好，但你们的胜利对我们，我是说对奥国宫廷，又有什么关系呢？您要是给我们带来卡尔大公或者斐迪南大公（这两位大公的地位不相上下）的捷报，哪怕只打败拿破仑一个消防连，情况也就不同了，我们就要鸣炮庆祝。现在你们的捷报就像有意要取笑我们。卡尔大公一事无成，斐迪南大公名誉扫地。你们放弃维也纳，不再保卫它，你们好像在对我们说，我们走运，你们和你们的京城就听天由命吧。你们听凭大家所爱戴的施密特将军饮弹而亡，还要来向我们祝贺胜利！……您得承认，再也想不出比您带来的消息更惹人生气的了。简直是有意捣蛋，有意捣蛋。再说，就算你们取得了辉煌的胜利，就算卡尔大公也取得了胜利，能扭转大局吗？如今维也纳已被法军占领，大势已去了。”

“怎么被占领了？维也纳被占领了？”

“不但被占领了，拿破仑都已到了申勃隆[2]，而且，伯爵，我们亲爱的符尔勃拿伯爵，要到他那里去听命了。”

安德烈旅途劳顿，一路上见闻又不少，在被接见之后，特别是饭后感到头脑昏昏沉沉，不明白他听到的话的意思。

---

1 卡尔大公（1771—1847），奥地利元帅。1793—1809年曾参加对法战争，是拿破仑一世的劲敌。1809年任总司令，五月在阿斯波恩战胜法军，七月在瓦格拉姆被法军击败。

2 奥国皇帝在维也纳的夏宫。

“今天早晨李赫顿费尔斯伯爵来过了，”比利平继续说，“他给我看了一封信，信里详细描写法军在维也纳的检阅。缪拉亲王之流……您瞧，你们的胜利并不怎么使人高兴，您也不会被人家当作救世主的……”

“这我不在乎，真的，完全不在乎！”安德烈公爵说，开始懂得，他那克雷姆斯战斗的消息，跟奥国京城陷落这样的大事比起来，确实无足轻重。“维也纳究竟是怎么被占领的？那座桥，还有那个著名的桥头堡，还有奥古斯滕堡公爵怎样了？我们听说奥古斯滕堡公爵在守卫维也纳。”他说。

“奥古斯滕堡公爵在河这一边，在保卫我们呢。我认为他保卫得很差，但毕竟在保卫。而维也纳在河那一边。不，桥还没被占领，我想它不会被占领，因为那里埋了地雷，并且下了炸桥的命令。要不然，我们早就到波希米亚山里去，而你们的军队也要尝尝腹背受敌的滋味了。”

“但现在还不能说战事已经结束了。”安德烈公爵说。

“我看是已经结束了。这里，头脑简单的大人物都这么想，可是不敢这么说。我在战事开始时就说过，战争不是由你们在杜仑斯坦交锋决定的，或者说，不是由火药决定，而是由制造火药的人决定的，”比利平说，一再重复他的妙语，舒展开额上的皱纹，停顿了一下，“事情要看亚历山大皇帝和普鲁士国王在柏林会谈的结果。要是普鲁士加入联盟，他们就会对奥地利施加压力，仗就会打起来。要不然，事情就只是商量在哪里签订新的康坡·福来奥[1]和约的初步条款了。”

“真是位出色的天才！”安德烈公爵突然握紧小手，往桌上敲了一拳，“这家伙真走运！”

---

1 意大利村庄。1797年在这里签订法奥和约。

"您是说白拿伯吗？"比利平问道，皱起眉头，使人觉得他马上又要说出什么妙语来。"是说白拿伯吗？"他把白字说得特别重，"但我想，他现在在申勃隆为奥国制定法律，那我们就不再称他白拿伯。我当然要改革一番，从此称他波拿巴了。"[1]

"好了，别开玩笑了，"安德烈公爵说，"您真的以为战事结束了吗？"

"我是这样想的。奥国吃了亏，但它不会甘心。它要报复。它之所以吃亏，因为第一，几个省都遭到抢劫（据说正教徒抢劫得很凶[2]），军队溃败，京城沦陷，而这一切都是为了萨丁尼亚陛下那双漂亮的眼睛[3]。因此，老朋友，咱们私下说一句，我凭本能感觉到，我们要受骗了，我凭本能感觉到，他们正在同法国拉拉扯扯，打算缔结和约，秘密缔结和约。"

"这不可能！"安德烈公爵说，"要不真是太卑鄙了。"

"那就等着瞧吧！"比利平说，舒展开额上的皱纹，表示谈话已告结束。

安德烈公爵走进为他预备的房间，穿上洁净的衬衣，躺到羽绒床垫上，枕着又香又暖的枕头，觉得他来报捷的那场战事离他已很远了。现在萦回在他头脑里的是：普鲁士加入联盟，奥地利背叛，波拿巴取得新胜利，弗朗茨皇帝明天上朝、检阅和接见。

他闭上眼睛，但耳边立刻响起炮声、枪声和车轮的辘辘声，火枪手又成单行从山上冲下来，法军又在射击，他觉得心在颤抖，他跟施密特一起骑马走在前头，子弹在他们周围欢快地呼啸，他十倍地体验到生的欢乐，那是他自小从未体验过的。

---

1 这里是文字游戏，指的是拿破仑。

2 正教徒指俄军。

3 萨丁尼亚陛下指拿破仑。在波茨坦会议上，普鲁士坚持向拿破仑下最后通牒，要他赔偿萨丁尼亚，但遭拿破仑拒绝。

他醒了……

“是的，这一切都发生过了！……”他说，像孩子般幸福地微笑着，随即进入年轻人的酣梦中。

11

第二天安德烈公爵醒得很迟。他回顾这几天的事，首先想到今天要去觐见弗朗茨皇帝，又想到陆军大臣、彬彬有礼的奥国御前侍从武官、比利平和昨晚的谈话。为了觐见皇帝，他穿上好久没穿的全套礼服，容光焕发，精神奕奕，一只手扎着绷带，走进比利平的书房。书房里有四位外交使团的官员。安德烈跟使馆秘书伊波利特公爵本来就认识；其他三位比利平替他作了介绍。

聚集在比利平书房里的都是快乐有钱的上流社会青年。他们在维也纳和在这里形成独立的圈子，比利平是他们的领袖。他称他们为咱们自己人。这个圈子几乎全是外交官，他们对战争和政治毫不关心，但对上流社会、某些女人和官样文章却很感兴趣。这些老爷显然愿意把安德烈公爵看作**自己人**——这种荣誉他们是难得给人的。他们出于礼貌，也为了展开话题，先问他一些军队和战斗的情况，接着就东拉西扯地说些笑话，发些不着边际的议论。

"但最妙的是，"有人讲到一个外交官的不幸遭遇，"最妙的是，奥国首相竟公然对他说，他被调往伦敦是升官，并希望他这样看待这件事。你们能想象他当时那副神态吗？……"

"但最恶劣的是，诸位，我要向你们揭发伊波利特：人家倒了霉，可是这个唐璜[1]，这个魔鬼，还要趁火打劫！”

伊波利特公爵躺在一张高背安乐椅上，双腿跷到扶手上，放声笑起来。

“讲下去，讲下去！”他说。

“啊，你这个唐璜！你这条毒蛇！”有几个人说。

“您不知道，安德烈，”比利平对安德烈公爵说，“法军（我差一点说俄军）的罪行加在一起，都抵不上这个人在女人中间造的孽。”

“女人是男人的伴侣嘛！”伊波利特公爵说，用带柄眼镜望望自己跷起的双腿。

比利平和**自己人**瞧着伊波利特的眼睛，都哈哈大笑。安德烈公爵看出，伊波利特是这群人中的小丑，他得承认，以前他为了妻子差点吃他的醋。

“哦，我得让您欣赏欣赏伊波利特，”比利平悄悄地对安德烈说，“他谈起政治来真是妙不可言，您应该看看他那副自命不凡的神气。”

比利平坐到伊波利特旁边，额上现出皱纹，同他谈起政治来。安德烈公爵和别的人围住他们。

“柏林内阁不能就联盟问题发表意见，”伊波利特煞有介事地环顾着所有的人，说，“不能发表意见……就像最近照会中所说的……你们明白……你们明白……除非皇帝陛下改变联盟的性质……”

“等一下，我还没说完……”伊波利特抓住安德烈公爵的手臂，对他说，“我认为干涉比不干涉妥当。最后……我们十一月二十八日的通牒遭到拒绝，不能认为事情就此了结。”

1 这里指好色之徒。

他松开安德烈的手，表示他的话完了。

“德摩斯梯尼[1]，我从你金口里的石子就认出你来了！”比利平说，高兴得把他那头浓密的头发往后一甩。

大家都笑了。伊波利特笑得比谁都响。他笑得上气不接下气，但还是忍不住狂笑，他那张绷紧的脸也因此放松了。

“好吧，诸位，”比利平说，“安德烈不论在我家里还是在布尔诺这里都是我的客人。我要好好招待他，让他好好尝尝这里的各种乐事。我们要是在维也纳，这事好办，可是在这里，在这个讨厌的摩拉维亚山洞[2]里，就困难得多。所以要请大家帮忙。我们应当尽布尔诺地主之谊。你们陪他看戏，我负责社交，您，伊波利特，当然是应该给他介绍女人了。”

“得让他看看阿美丽，嘿，真迷人！”一个**自己人**吻吻手指尖，说。

“总之，得让这位杀气腾腾的大兵多尝尝人情味！”比利平说。

“诸位，你们的盛情我只能心领，现在我得走了。”安德烈看看表，说。

“上哪儿去？”

“去觐见皇帝。”

“哦！哦！哦！”

“那好，再见，安德烈！”“再见，公爵，到我们这儿来吃饭。”几个人说，“我们会照顾您的。”

“您在皇帝面前要多称赞称赞军需供应及时，行军路上安排得好。”比利平把安德烈送到前厅，说。

1 德摩斯梯尼（约前384—前322），古希腊演说家。

2 布尔诺在摩拉维亚。

“我很想称赞几句，但我知道实际情况，所以办不到。”安德烈笑着回答。

“好吧，总之您尽量多说说。他喜欢接见人，但他自己不爱说话，也不会说话。回头您会知道的。”

12

朝觐时，安德烈公爵被指定站在奥国军官中间。弗朗茨皇帝只是凝视着他的脸，长脑袋向他点了点。等朝觐结束后，昨天那个御前侍从武官恭敬地告诉安德烈，说皇帝要单独召见他。弗朗茨皇帝站在房间中央接见他。在谈话前，安德烈公爵看见皇帝似乎有点手足无措，涨红了脸，不知说什么好，他感到有点纳闷。

"请问，战斗是什么时候开始的？"皇帝慌张地问。

安德烈公爵作了回答。接着皇帝又提了些类似的简单问题："库图佐夫身体好吗？他离开克雷姆斯多久了？"等等。皇帝说话的神情仿佛表示，他的唯一目的就是提出一定数量的问题，而这些问题的答案他并不感兴趣。

"战斗是几点钟开始的？"皇帝问。

"我无法向陛下报告，前线战斗在什么时候开始，当时我在杜仑斯坦，那里的军队是傍晚五点多钟开始进攻的。"安德烈说着兴奋起来，以为可以把预先考虑好的见闻如实报告一下。

可是皇帝笑了笑打断他的话。

"有多少英里？"

"从哪里到哪里，陛下？"

“从杜仑斯坦到克雷姆斯？”

“三英里半，陛下。”

“法军放弃左岸了？”

“据侦察兵报告，最后一批法军是夜间乘木筏过河的。”

“克雷姆斯的草料够不够？”

“草料供应不足……”

皇帝打断他的话。

“施密特将军是几点钟阵亡的？”

“大概七点钟。”

“七点钟吗？太惨了！太惨了！”

皇帝说他很感谢他，然后点了点头。安德烈公爵一出来，立刻被文武百官团团围住。他到处都看到亲切友好的眼神，听见亲切友好的话语。昨天那个御前侍从武官责怪他为什么不住在宫里，并且愿意把自己的房子让给他住。陆军大臣过来向他祝贺，因为皇帝授予他三级玛丽·泰利撒勋章。皇后的侍从请他去见皇后陛下。大公夫人也想见见他。他不知道回答谁好，便定了定神。俄国公使搂住他的肩膀，把他拉到窗口，同他交谈起来。

同比利平的预料相反，安德烈带来的消息受到热烈欢迎。皇上下旨举行感恩礼拜。库图佐夫被授予玛丽·泰利撒大十字勋章，全军获得奖赏。安德烈收到各方面邀请，不得不整个上午都去拜会奥国的达官贵人。下午四点多钟，安德烈公爵拜会完毕，回比利平住所，途中考虑着怎样向父亲报告战斗和布尔诺之行的情况。比利平家大门口停着一辆装了半车东西的篷车，比利平的仆人弗朗茨费力地拖着一个皮箱从门里出来。（在回比利平寓所前，安德烈公爵到书店买了几本行军中要读的书，在那里待了一会儿。）

“这是怎么回事？”安德烈问。

"哦，大人！"弗朗茨好容易把皮箱拖上车，用德语回答说，"我们要搬到更远的地方去。那强盗又追上来了。"

"你说什么？什么？"安德烈公爵问。

比利平出来迎接安德烈。他那一向镇静的脸上现出紧张的神色。

"哦，哦，你得承认，这仗实在打得太漂亮了，"比利平说，"我是说泰波桥事件。他们没遇到任何抵抗就过来了。"

安德烈公爵完全摸不着头脑。

"您到哪儿去了？城里马车夫都知道的事，您怎么还不知道？"

"我从大公夫人那里来。我在那里什么也没听到。"

"您没看见到处都在收拾行李吗？"

"没看见……究竟出了什么事？"安德烈公爵焦急地问。

"出了什么事？哼，法军已过了奥古斯滕堡守卫的那座桥，桥没有炸掉，缪拉现在正顺着大路向布尔诺跑来，不是今天就是明天要到这里了。"

"怎么到这里？桥上既然埋了地雷，怎么没有炸掉？"

"这事我正要问您哪。这一点谁也不知道，连拿破仑都不知道。"

安德烈耸耸肩膀。

"既然敌人过了桥，军队也就完了，它会被切断的。"安德烈说。

"问题就在这里，"比利平回答，"您听我说。我刚才对您说过，法军已进入维也纳。他们一帆风顺。第二天，也就是昨天，几位元帅大人：缪拉、兰纳、裴里亚骑马来到桥上（注意：三人都是牛皮大王）。其中一个说：'诸位，你们要知道，泰波桥埋了地雷和排雷装置，前面有可怕的桥头堡，还有一万五千名军人奉命炸桥，不让我们通过。但我们要是拿下这座桥，拿破仑皇帝陛下会高兴的。咱们三个去把这座桥拿下来！’另外两个也说：‘咱们去吧！’他们果然拿下桥，从桥上通过，他们的全部军队就来到多瑙河这一边，向我们，也向你们，向你们的交通线进攻。”

“别开玩笑了！”安德烈公爵忧郁而严肃地说。

这个消息使他又伤心又高兴。他一听说俄国军队处于绝境，就想到他是唯一能替这支军队解围的人，而这个地方也就是能使他一举成名的土伦[1]！他一面听比利平讲，一面心里琢磨着，他回到部队后将在军事会议上提出唯一能挽救军队的计划，然后他将奉命单独执行这项计划。

“别再开玩笑了！”安德烈公爵说。

“我不是开玩笑，”比利平继续说，“没有比这事更真实、更可悲的了。这几位老爷不带随从，骑马来到桥上，挥动白手绢，使人相信已经停战，他们几位元帅是来同奥古斯滕堡公爵谈判的。值班军官就放他们进入桥头堡。他们向他天花乱坠地胡扯一通，说什么战争结束了，弗朗茨皇帝约见拿破仑，他们想见见奥古斯滕堡公爵，等等。值班军官派人去找奥古斯滕堡。这几位老爷拥抱军官，说笑话，坐到大炮上。就在这时，一营法军悄悄来到桥上，把装着引火物的口袋扔到河里，向桥头堡逼近。最后，陆军中将，我们亲爱的奥古斯滕堡公爵来了。‘亲爱的敌人！奥国军队的精英，土耳其战争的英雄！战争结束了，我们可以握手言欢……拿破仑皇帝急于想认识奥古斯滕堡公爵，’总而言之，这帮老爷真是名副其实的骗子手，他们对奥古斯滕堡公爵花言巧语一通，奥古斯滕堡公爵被法国元帅们一见如故的情

1 1793年法国共和党人进攻土伦，拿破仑在这里初露头角，大显身手。

谊所迷惑，又被缪拉的外套和鸵鸟翎毛弄得眼花缭乱，结果只看到他们热情如火而忘记应该向他们开火。”比利平尽管说得有声有色，却没忘记停顿一下，好让大家有时间体味一下他的妙语，“一营法国兵进入桥头堡，堵住炮口，把桥占领了。不过，最妙的是，”他讲得有声有色，十分兴奋，这时他镇定一下，又继续说，“看守这门炮的中士负责发信号炸桥，这会儿正要开炮，但手被兰纳拉住。这个中士显然比他们的将军聪明些，他走到奥古斯滕堡面前说：‘公爵，您受骗了，您瞧，法国人冲过来了！’缪拉看出，要是让那中士再说下去，诡计就要被拆穿。他假装惊讶（真是个十足的骗子手），对奥古斯滕堡说：‘您要是允许下级这样对您说话，那我真看不出举世闻名的奥军纪律在哪里啦！’真是妙极了。奥古斯滕堡公爵觉得有失体面，就下令拘押那个中士。哦，您不能不承认，这泰波桥上的一幕真是太精彩了。这不能算愚蠢，也不能算卑劣……”

“也许是叛变吧。”安德烈公爵说，生动地想象着灰外套、伤兵、硝烟、炮声和等待着他的荣誉。

“也不是。这把朝廷弄得太难堪了。这不是叛变，也不是卑劣，也不是愚蠢；这情况有点像乌尔姆……”比利平沉思起来，搜索着适当的词句。“这有点马克作风。我们都变成马克了。”比利平结束说，觉得自己又说了一句妙语，一句新鲜的妙语，它又会传诵一时。

比利平额上紧蹙着的皱纹迅速地舒展开来，脸上现出高兴的神色。他微微一笑，仔细察看着自己的指甲。

“您上哪儿去？”比利平看见安德烈公爵站起来向自己房间走去，连忙问。

“我走了。”

“上哪儿去？”

"回部队。"

"您不是还要待两天吗？"

"我现在马上就要走了。"

安德烈公爵吩咐手下人准备动身，就回到自己屋里。

"听我说，老朋友，"比利平跟着他走进房间，说，"我替您想了想。您何必走呢？"

为了表示他的意见完全正确，比利平脸上的皱纹完全消失了。

安德烈公爵疑问地对他望望，什么也没回答。

"您何必走呢？我知道，部队处境危险，您觉得有责任赶回去。这一点我懂，老朋友，这是英雄本色。"

"完全不是。"安德烈公爵说。

"既然您是个哲学家，那就该做个彻底的哲学家。您得看看问题的另一个方面。您要明白，您的责任正好是保重自己。这事可以让那些别无用处的人去做……上面没有要您回去，这里也不放您走；所以您可以留下来，跟我们一起到命里注定要去的地方。据说，要我们到奥洛莫乌茨去。奥洛莫乌茨这个城不错。我们可以一起舒舒服服坐我的马车去。"

"别开玩笑了，比利平。"安德烈说。

"我说这话，可是出于对朋友的一片好心。您考虑一下吧！既然可以留在这里，您又何必走呢？您的面前有两种可能性，"比利平左鬓角上的皮肤又皱起来，"一种是不等您回到部队，和约就签订了；另一种是跟库图佐夫一起全军覆没，丢尽面子。"

比利平觉得他的论点是驳不倒的，脸上的皱纹就又消失了。

"这个我不能考虑，"安德烈公爵冷冷地说，心里却想："我要去救我们的部队。"

"老朋友，您真是位英雄！"比利平说。

13

当天晚上，安德烈辞别陆军大臣回去找部队，但不知道部队在哪里，又怕在去克雷姆斯途中被法军俘虏。

在布尔诺，皇亲国戚都在收拾行李，并把笨重的东西先送往奥洛莫乌茨。在埃萨斯多夫附近，安德烈公爵上了大路。俄军正沿这条大路撤退，慌慌张张，一片混乱。路上塞满大车，马车简直无法通行。安德烈公爵又饿又乏，向哥萨克军官要了一匹马和一名哥萨克兵，穿过辎重车，去找总司令和他的行李车。他在路上听说军队处境险恶，而官兵仓皇逃跑的景象证实了这样的消息。

“英国的黄金从天涯海角把俄国军队运来，我们要让他们尝尝同样的命运（指乌尔姆全军覆没）。”安德烈公爵想起拿破仑出征前对军队的命令，这些话使他赞叹这位天才的英雄，同时也伤了他的自尊心，使他渴望取得荣誉。“万一只剩下死路一条怎么办？”他想，“如果这样，那也没有关系！我决不会做得比别人差。”

安德烈公爵轻蔑地望着这没完没了的混乱队伍、行李车、辎重车、大炮，接着又是行李车。各种各样的车辆争先恐后，三四辆并进，阻塞了泥泞的道路。四面八方，前前后后，耳朵里听到的都是车轮的辘辘声，马车、大车和炮车的隆隆声，马蹄的嘚嘚声，马鞭的呼啸声，车夫的吆喝声，以及士兵、勤务兵和军官的咒骂声。道路两旁，到处都是剥去皮的和没有剥皮的死马，损坏的大车，车旁坐着一堆堆散兵游勇，在等待着什么。还有一些掉队的士兵，他们成群结队拥到附近村庄，从那里捉鸡牵羊，拿走干草和装满东西的袋子。在上下坡的地方，人群更密，闹声更加不绝于耳。士兵们陷在没膝的泥泞中，双手推着炮车和大车；鞭子噼啪作响，马蹄打滑，挽索绷断，人们都声嘶力竭地叫着。指挥行军的军官忽前忽后在车辆中间穿来穿去。在一片喧闹声中，他们的声音几乎听不见；从脸上的表情可以看出，他们对制止混乱已经感到绝望。

“哦，这就是我们亲爱的正教军队。”安德烈想起比利平的话来。

安德烈想向他们打听总司令的行踪，就骑马向车队跑去。迎面驰来一辆样子古怪的单马马车，又像大车，又像轻便马车，又像四轮马车，显然是由士兵们胡乱拼凑起来的。一个士兵赶着车，车上挂着皮帘子，里面坐着一个裹着围巾的女人。安德烈公爵骑马过去，正要问那个兵，忽然听见车里的女人发出一声绝望的尖叫。负责辎重队的军官举起鞭子抽打驾车的兵，因为那驾车的兵想抢挡赶过别的车辆，而鞭子正好打在车帘上。女人发出刺耳的尖叫。她一看见安德烈公爵，便从车帘下探出头来，又从羊毛围巾里伸出两只瘦手，不断挥动，嘴里叫道：

“副官！副官先生！……看在上帝份上……帮帮忙吧……叫我们怎么办哪？……我是第七猎骑兵军医家眷……他们不让我们过去，我们落后了，同亲人失散了……”

“我要把你轧成肉酱，快回去！”军官怒气冲天地大声喝道，“快带着你那个臭娘们儿滚回去！”

“副官先生，帮帮忙吧。这是怎么回事啊？”军医太太叫道。

“让这辆车过去。您没看见上面坐着一位太太吗？”安德烈公爵骑马跑到那军官跟前，说。

军官对他瞧了一眼，没有搭理，又转身对那士兵喝道：“我让你往前赶……回去！……”

“我对您说，放他们过去！”安德烈公爵咬咬嘴唇，又说。

“你是什么人？”军官突然酒意十足地对他说。“你算老几？你（他特别刺耳地说你字）是长官吗？这里我是长官，不是你。你回去，要不我把你轧成肉酱。”军官又说了一遍，显然很欣赏这句话。

“这下给小副官厉害瞧了。”后面有人说。

安德烈公爵看出，这个军官怒气冲天，简直忘乎所以。他明白他庇护军医太太，可能成为笑柄，而这是他最害怕的，但本能鼓励他这样做。不等那军官说完话，安德烈公爵气歪了脸，骑马冲到他面前，举起鞭子：

“请——放——她——过——去！”

军官摆摆手，连忙走开了。

“这种混乱的局面都是你们参谋官造成的，”那军官嘀咕说，“您瞧着办吧！”

安德烈公爵没抬起眼睛，匆匆离开那个称他为救命恩人的军医太太，嫌恶地详细回忆着刚才屈辱的一幕，就向据说是总司令所在的村庄跑去。

安德烈公爵跑进乡村，下了马，走到最近一所房子，想悄悄休息一下，吃点东西，好好思考一下刚才所受的屈辱。“这是一群无赖，不是军队。”他一面想，一面走近那所房子，忽然听见一个熟悉的声音在叫他的名字。

安德烈转过身去。从一个小窗子里探出聂斯维茨基英俊的脸。聂斯维茨基鲜红的嘴嚼着东西，招招手叫他进去。

“安德烈，安德烈！你没听见吗？快来呀！”他叫道。

安德烈公爵走进屋里，看见聂斯维茨基和另一个副官在吃东西。他们立刻问安德烈有没有什么消息。安德烈公爵看见他所熟识的脸上都现出惊惶的神色。这种表情在聂斯维茨基一向笑眯眯的脸上特别显眼。

“总司令在哪里？”安德烈问。

“在这里，在那座房子里。”副官回答。

“听说讲和了，投降了，这是真的吗？”聂斯维茨基问。

“我正要问你们哪。我好容易才跑到你们这里，我也一无所知。”

“我们这里啊，老兄，别提了！糟透了！对不起，老兄，我们以前嘲笑马克，如今自己可落得比他还糟的地步。”聂斯维茨基说，“请坐，来吃点东西。”

“现在啊，公爵，行李车找不着，什么也找不着，您的彼得也不知去向。”另一个副官说。

“大本营在哪里？”

“我们要在茨那依姆过夜。”

“我把要用的东西都打了包，驮在两匹马上，”聂斯维茨基说，“他们给我打了两个很好的包，就是爬波希米亚山也不怕了。老兄，情况不妙哇。您怎么啦？身子哆嗦，是不是病了？”聂斯维茨基发现安德烈公爵像触电似的浑身发抖，问道。

“没什么。”安德烈公爵回答。

他忽然想起跟军医太太与辎重军官的冲突。

“总司令在这里做什么？”安德烈公爵问。

“我一点也不知道。”聂斯维茨基说。

“我只知道一点，一切都很糟，很糟，很糟！”安德烈公爵说着向总司令那儿走去。

安德烈公爵经过库图佐夫的马车，经过侍从们疲乏的坐骑和大声谈话的哥萨克，走进门廊。他听说，库图佐夫跟巴格拉基昂公爵和威罗特在屋子里。威罗特是奥国将军，前来接替阵亡的施密特。在门廊里，身材矮小的科兹洛夫斯基蹲在文书前面。文书卷起制服翻袖，趴在一个倒放的桶上，急急地书写文件。科兹洛夫斯基脸色疲倦，他显然也一宿没睡。他瞧了一眼安德烈公爵，没向他点一下头。

“另起一行……写完了吗？”科兹洛夫斯基继续向文书口授，“基辅掷弹兵，波多尔斯基……”

“慢一点，大人！”文书粗暴无礼地回答，望望科兹洛夫斯基。

这时门里传来库图佐夫愤激的声音，它不时被一个陌生的声音打断。从他们说话的语气，从科兹洛夫斯基轻蔑地瞧他一眼的神色，从疲劳的文书的不恭敬态度，从文书和科兹洛夫斯基蹲在总司令身边一个木桶旁的景象，以及从牵马的哥萨克在窗外高声说笑的样子，安德烈公爵看出来，准是出了大事。

安德烈公爵迫不及待地向科兹洛夫斯基提了些问题。

“等一下，公爵，”科兹洛夫斯基说，“在给巴格拉基昂下书面命令呢。”

“要投降吗？”

“根本没有这回事，战斗部署都发出了。”

安德烈公爵向传出说话声的门走去。他正要开门，屋里的说话声停止了。门打开，门口出现了胖脸膛、鹰钩鼻的库图佐夫。安德烈公爵面对库图佐夫站着，但从总司令独眼的眼神上可以看出，他忧心忡忡，正在苦苦思索什么，以致视而不见。他面对面看着自己副官的脸，但没认出他来。

“怎么样，写好了？”库图佐夫问科兹洛夫斯基。

“马上就好，大人。”

巴格拉基昂个儿不高，身材瘦削，样子不老，生有一张刚毅呆板的东方人的脸，跟着总司令出来。

“报告大人。”安德烈公爵大声说，把信递给库图佐夫。

“哦，你从维也纳来吗？好的。等一下，等一下！”

库图佐夫跟巴格拉基昂一起走到台阶上。

“啊，公爵，再见了，”库图佐夫对巴格拉基昂说，“基督保佑你。祝福你去建立丰功伟绩。”

库图佐夫的脸色突然变得温和，眼睛里涌出泪水。他用左手把巴格拉基昂拉过来，戴戒指的右手习惯地给他画了个十字，同时把他的胖脸凑过去，但巴格拉基昂没吻他的脸，却吻了他的脖子。

“基督保佑你！”库图佐夫又说了一遍，然后向马车走去。“跟我来！”他对安德烈说。

“大人，我希望留在这里效劳。请准许我留在巴格拉基昂公爵的部队里。”

“上车，”库图佐夫发现安德烈犹豫不决，说，“好军官我自己也需要，我自己也需要。”

他们上了马车，默默地走了几分钟。

“以后要做的事多着呢！”库图佐夫脸上现出老年人洞察一切的神情，似乎一眼看出了安德烈的内心活动，说。“他的部队明天能有十分之一活着回来，我就要感谢上帝了。”库图佐夫仿佛自言自语地补充说。

安德烈公爵望了一眼库图佐夫，无意中看见一步以外的库图佐夫鬓角上洗得干干净净的疤痕（一颗伊兹梅尔子弹在这里穿过他的头）和那个空眼窝。“是的，他有权这样平静地谈到别人的死亡！”安德烈想。

“所以我要求把我派到那个部队去。”安德烈说。

库图佐夫没有回答。他似乎已经忘了刚才说过的话，坐在车上沉思。过了五分钟，库图佐夫摇摇晃晃地坐在柔软的弹簧车垫上，又向安德烈公爵转过身来。他的脸上已没有一丝激动。他以略带嘲弄的口吻向安德烈公爵打听觐见奥皇的详细经过，又问他宫廷对克雷姆斯战事有什么反应，还问起几个他们都认识的女人。

14

十一月一日，库图佐夫从侦察兵那里获悉，他的军队濒临绝境。侦察兵报告说，法军大量兵力通过维也纳桥，正向库图佐夫和从俄国开来的援兵之间的交通线推进。库图佐夫要是决定留在克雷姆斯，拿破仑的十五万大军就将切断所有交通线，包围他的四万精疲力竭的军队，而他就会落到像马克在乌尔姆那样的下场。库图佐夫要是决定放弃那条连接俄国援兵的交通线，他就得挡住敌人的优势兵力，离开大路，进入陌生的波希米亚山区，失去同布克斯赫弗登会师的希望。库图佐夫要是决定沿大路从克雷姆斯退向奥洛莫乌茨，同俄国来的援兵会师，那他就得冒这样的风险：过维也纳桥的法军抢先到达这条大路，这样，他就要带着辎重同强大三倍的敌人作战，并且两面受敌。

库图佐夫选择了后一种方案。

据侦察兵报告，法军过了维也纳桥，正以急行军向茨那依姆推进。茨那依姆位于库图佐夫撤退的路上，离他还有一百多俄里。库图佐夫要是赶在法军之前到达茨那依姆，那么，军队得救就大有希望；要是让法军抢先到达茨那依姆，那么，他们将蒙受类似乌尔姆那样的奇耻大辱，甚至全军覆没。但要带着全军赶在法军之前到达是不可能的。法军从维也纳到茨那依姆的路，比俄军从克雷姆斯到茨那依姆的路，又近又好走。

接到消息的当天夜里，库图佐夫派巴格拉基昂四千人的前卫沿着山脉的右边从克雷姆斯——茨那依姆大道向维也纳——茨那依姆大道进发。巴格拉基昂必须马不停蹄地行军，到面向维也纳、背对茨那依姆的地方扎营。他若能抢在法军之前赶到，还得竭力阻止他们前进。库图佐夫亲自带着辎重向茨那依姆推进。

巴格拉基昂带着饥饿的赤脚士兵，在暴风雨之夜，沿着没有道路的山地行军四十五俄里，路上丢失三分之一的士兵，比从维也纳来的法军早几小时到达维也纳—茨那依姆大道上的霍拉勃隆。库图佐夫带着辎重还要走一天一夜才能到达茨那依姆。因此，要拯救俄军，巴格拉基昂还得用他那四千又饥又乏的士兵和在霍拉勃隆相遇的法军周旋一个昼夜，而这显然是不可能的。但奇怪的好运使不可能的事成为可能。法军兵不血刃取得维也纳桥，这次骗术的成功使缪拉想用同样方式欺骗库图佐夫。缪拉在茨那依姆路上遇见巴格拉基昂力量薄弱的队伍，还以为这就是库图佐夫的全部军队。为了彻底消灭这支军队，他等待从维也纳开拔出来落在后面的部队，并因此建议休战三天，条件是双方军队停留原地不动。缪拉宣称，和谈已在进行，为了避免无谓的流血，他建议休战。据守前哨的奥国将军诺斯基茨伯爵听信了缪拉信使的话后撤，这样就暴露了巴格拉基昂的部队。另一个信使骑马来到俄军散兵线，也宣布和谈消息，建议俄军休战三天。巴格拉基昂回答说，他无权接受或拒绝休战，就派副官去向库图佐夫请示。

休战是库图佐夫赢得时间的唯一办法，可以让巴格拉基昂困乏的队伍休整一下，并使辎重队继续推进（对法军保守秘密），哪怕向茨那依姆再前进一站也好。休战的建议是挽救军队的唯一意外机会。库图佐夫一接到消息，立刻派侍从武官长文森海罗德到敌营去。文森海罗德不仅去接受休战，还要提出投降条件。同时库图佐夫还派几名副官去催促全军辎重队，要他们尽快沿克雷姆斯—茨那依姆大道前进。巴格拉基昂又饥又乏的队伍为了掩护辎重和全军行动，必须单独面对八倍于它的敌军而屹立不动。

果然不出库图佐夫所料，投降的建议没有任何约束力，却为部分辎重的通过争取了时间，而缪拉的错误很快就会被发觉。当时拿破仑驻在离霍拉勃隆二十五俄里的申勃隆，一接到缪拉的报告以及休战和投降的草案，立刻看出其中有诈，就给缪拉写了下面这封信：

致缪拉亲王，申勃隆，一八〇五年雾月[1]二十五日，上午八时。

我找不到适当词句来表示对你的不满。你只不过负责指挥我的前卫部队，没有我的命令无权决定休战。你使我丧失全部战果。立即撕毁停战协议，向敌人进攻。你告诉他们，签署投降书的将军无权这样做，除了俄国皇帝，谁也没有权力这样做。

不过，俄国皇帝若批准那个协议，我也可以同意；但这只是个诡计。前进，去消灭俄国军队……你们定能夺取他们的辎重和大炮。

俄国皇帝的侍从武官是个骗子……军官如没有得到授权，就什么事也不能做；他也没有这种权力……奥国人在过维也纳桥时上了当，你也上了俄皇侍从武官的当。

拿破仑

1 雾月相当于公历10月20日到11月19日。

拿破仑的副官带着这封措辞严厉的信，策马赶往缪拉那里。拿破仑不信任他的将军们，亲自率领近卫军直奔战场，唯恐放过已落网的猎物。而巴格拉基昂的四千士兵却愉快地升起篝火，把衣服烘干，把身子烤暖，三天来第一次煮了粥。他们中间谁也不知道，也没有想到，即将落到他们头上的灾难。

15

安德烈公爵坚决要求库图佐夫让他下部队，得到了批准。下午三点多钟，他来到格仑特，见到了巴格拉基昂。拿破仑的副官还没到达缪拉那里，所以战斗还没有开始。在巴格拉基昂部队里，大家对全局一无所知，嘴里谈论和平，但不相信有讲和的可能。大家谈论战斗，但也不相信战事已经临近。

巴格拉基昂知道安德烈是个得宠的副官，对他特别优待，并告诉他这一两天内将有战事，给了他充分自由，使他在战斗中可以留在他那里，也可以到后卫部队观察退却的情况，“那事也很重要”。

“不过今天大概不会有战事。”巴格拉基昂说，仿佛宽慰安德烈公爵似的。

“如果他是司令部里普通的公子哥儿，被派到这里来捞取十字勋章，那他留在后卫部队也可以得到。如果他要待在我身边，那就让他……如果是个勇敢的军官，倒是有用的。”巴格拉基昂想。安德烈公爵什么也没回答，只要求让他去巡视阵地，了解军队的部署，以便一旦接到任务，认识道路。值班军官是个美男子，衣着讲究，食指上戴着钻石戒指，喜欢说法语，但说得很糟。他自愿为安德烈公爵带路。

神色忧伤、浑身湿透的军官到处可见。他们仿佛在找寻什么东西，士兵则从村子里拖来门板、板凳和围墙板。

“您瞧，公爵，拿这批人真没办法，”校官指指这些人说，“指挥官把他们惯坏了。您再瞧瞧，”他指指随军商贩的帐篷，“他们都聚集在这儿。今天早晨才把他们撵走，可是一转眼，他们又来了。公爵，我得去吓唬吓唬他们。一会儿就来。”

“好，我们一起去。我也要去向他们买点干酪和面包。”安德烈公爵说，他还没吃过东西呢。

“您怎么不早说，公爵？不然我早就招待您了。”

他们下了马，走进商贩的帐篷。几个军官满面倦容，脸色通红，坐在桌旁吃喝。

“哼，这是怎么回事，诸位！”校官斥责道，他的语气表示这事已说过几次了。“这样擅离职守是不允许的！公爵有过命令，谁也不准这样做。可是瞧您，大尉先生！”他对一个瘦小而肮脏的炮兵军官说。这个炮兵军官没穿靴子（他叫随军商贩拿去烘干），只穿袜子，看见有人进门就站起来，尴尬地傻笑着。

“啊，土申大尉，您怎么不害臊？”校官继续说，“您身为炮兵军官，应该做个榜样，可您没穿靴子。一旦拉警报，没穿靴子就要您好看了。”校官微微一笑。“都给我回到各自的岗位上去，诸位，都回去，都回去。”他用长官的口气补充说。

安德烈公爵望了望土申大尉，不由得微微一笑。土申默默地微笑着，倒换着两只没穿靴子的脚，用他那双聪明善良的大眼睛询问似的一会儿望望安德烈公爵，一会儿望望校官。

“士兵们说，不穿靴子方便些。”土申大尉说，怯生生地微笑着，显然想用玩笑来摆脱尴尬的处境。

但他还没说完，就发觉他的笑话不受欢迎，没起作用。他有点发窘。

“请大家回去！”校官竭力装出严肃的神气说。

安德烈公爵又瞧了一眼矮小的炮兵军官。他身上有一种同军人格格不入的特点，有点滑稽，但非常讨人喜欢。

校官和安德烈公爵上马继续前进。

他们出了村子，不断赶上和遇见各种部队的士兵和军官，看见左边有露出红土的新筑的防御工事。几营士兵不管寒风，只穿一件衬衫，像白蚁似的在工事上挖土。一铲铲红土不断从土堤后面抛出来。他们骑马跑近工事，观察了一下，又跑开了。他们看见几十个士兵在工事里进进出出。他们不得不掩住鼻子，纵马奔驰，尽快离开这臭气熏天的地方。

“这就是兵营生活的乐趣，公爵。”值班军官说。

他们跑到对面山上。从这座山上已看得见法国人了。安德烈公爵停下来观察。

“我们的炮兵连就在那里，”校官指指最高点，说，“就是归那个没穿靴子的怪物指挥的；从那里什么都望得见，我们去吧，公爵。”

“多谢，多谢！现在我一个人去就行了，”安德烈公爵说，想摆脱这个校官，“不麻烦您了。”

校官留在后面。安德烈公爵独自骑马走了。

安德烈公爵越往前走，越接近敌人，军队的秩序就越好，士气就越旺盛。最混乱、士气最低落的是早晨他在茨那依姆附近看到的辎重队，那里离法军只有十俄里。在格仑特，人们也有点惊惶不安。但安德烈公爵越接近法军散兵线，我们的军队也越充满信心。穿军大衣的士兵列队站在那里，司务长和连长点着人数，指指每行最末一个兵的胸部。命令他举起一只手来，分散在场地上的士兵拖着木柴和树枝搭棚子，快乐地说笑着。篝火旁坐着一些兵，有的穿着衣服，有的光着膀子，他们在烘烤衬衣和包脚布，或者在修补靴子和大衣，都围着烧水和煮饭的锅子。一个连队已做好饭，士兵们都垂涎欲滴地望着热气腾腾的锅子，等司务员拿一木碗食物，让坐在棚子前木头上的军官检验。

在另一个特别走运的连里（因为不是所有的连都有伏特加），士兵们围着宽肩的麻脸司务长。那司务长举着酒桶逐个倒满向他伸来的水壶盖。士兵都神态庄重地把水壶盖送到嘴边，一饮而尽，然后舔舔嘴唇，用大衣袖子擦擦嘴，心满意足地离开司务长。人人脸上都很平静，仿佛此刻是在国内什么地方准备扎营，而不是面对敌人准备战斗，而且至少有半数人将倒在战场上。安德烈公爵经过一个猎骑兵团，来到雄赳赳的基辅掷弹兵队伍里，看见他们正忙着日常的活动。他从团长的高大棚子里来到掷弹兵排前，那里躺着一个光着身子的人。两个士兵按住他，另外两个士兵挥动柔软的树枝往他光脊背上抽打。挨打的人尖声狂叫。一个胖少校在队列前面走来走去，不理会他的狂叫，反复说：

"士兵偷东西是耻辱，当兵应该诚实、高尚、勇敢。既然他偷自己弟兄的东西，他就不诚实，就是无赖。再打！再打！"

于是鞭子的抽打声和假装的狂叫声又继续下去。

"再打！再打！"少校说。

一个青年军官脸上带着困惑和痛苦的神色，离开受罚的人，用疑问的目光回头望望过路的副官。

安德烈公爵骑马来到前沿阵地，沿阵地走去。左右两翼，我军散兵线和敌军散兵线相距很远，但在当中，在早晨使者往来的地方，散兵线相距很近，双方士兵可以看见对方的脸，甚至可以彼此交谈。这里，除了散兵线上的士兵，两边还有不少好奇的看热闹的人，他们嘲笑着打量古怪的陌生敌人。

从清早起，虽然下令禁止接近散兵线，长官们还是无法驱散好奇的人们。散兵线上的士兵像展览什么宝贝似的，不再眺望法军，而观察着看热闹的人们，不耐烦地等待着换班。安德烈公爵停下来观察法军。

“你瞧，你瞧！”一个士兵指给同伴看，有个俄国火枪兵跟军官走近散兵线，急促而热情地同一个法国掷弹兵谈话。“瞧他说得多么快！那法国佬都要跟不上他了。你瞧，西多罗夫！”

“等一下，你听。讲得多流利！”西多罗夫回答，大家都认为他法国话说得好。

他们指的那个兵就是陶洛霍夫。安德烈公爵认识他，就停下来听他说些什么。陶洛霍夫是跟他的连长一起从他们团的左翼来到散兵线的。

“啊，说下去，说下去！”连长鼓励他说，弯下身子竭力不漏掉每一句他听不懂的话，“请你再讲讲。他在说什么？”

陶洛霍夫没回答连长。他一个劲儿同法国兵争论着。他们谈的当然是那场战争。法国人把奥国人和俄国人弄混了，说什么俄军投降了，从乌尔姆逃跑了。陶洛霍夫坚持说，俄军不但没有投降，而且揍了法国人一顿。

“我们奉命要在这里把你们赶走，我们一定会把你们赶走的！”陶洛霍夫说。

“当心你们自己和你们的哥萨克，别统统被活捉了！”法国掷弹兵说。

旁观者和旁听的法国人都笑起来。

“我们要打得你们团团转，就像苏沃洛夫时代那样……我们要打得你们团团转！”陶洛霍夫说。

“他在吹什么牛呀？”一个法国人问。

“翻陈年老账，”另一个法国人猜到是在谈过去的战争，说，“我们皇上要给你们的苏沃洛夫之流一点厉害看……”

“拿破仑……”陶洛霍夫刚开口，就被法国人打断了。

“不是拿破仑。是皇上！活见鬼……”法国人怒气冲冲地骂道。

“让你们的皇上见他妈的鬼去吧！”

陶洛霍夫用士兵的粗野俄语骂了一句，然后背起枪走了。

“咱们走吧，伊凡·鲁基奇。”陶洛霍夫对连长说。

“瞧，法国话就是要这样说，”散兵线上的士兵们说，“你也试试，西多罗夫！”

西多罗夫挤挤眼，转身对着法国人，很快地说了些谁也听不懂的话。

“卡里，马拉，塔发，萨斐，缪特，卡斯加。”西多罗夫急急地说，竭力说得抑扬顿挫，有声有色。

“呵，呵，呵！哈，哈，哈，哈！哦，哦！”士兵们发出健康的快乐笑声，不由得传染给了战线对面的法国人，仿佛从此以后大家都应该卸去枪弹，销毁弹药，赶快回家。

但枪弹并没有卸掉，房子和工事里的枪眼仍旧威严地望着前方，卸去前车的大炮仍旧互相瞄准着。

16

安德烈公爵从右翼到左翼走遍全线，登上炮垒。据校官说，从那里可以望见整个战场。他在这里下了马，在四尊卸去前车的大炮中最边上那一尊的旁边站住。一个放哨的炮兵在大炮前来回踱步，看见军官，刚要立正，但安德烈公爵向他示意免礼，他就继续他那均匀而单调的踱步。大炮后面停着前车，再后面是拴马桩和炮兵的营火。左边，离边上那尊炮不远有一座新搭的树枝棚，从那里传来军官们热烈的谈话声。

果然，从炮垒上望得见几乎全部俄军阵地和大部分敌军阵地。炮垒正前方的丘陵顶上是申格拉本村；左边和右边，通过对方营火的烟气，有三处可以望见法国兵，其中大部分在村里和山后。村子左边，在烟雾迷蒙中有个地方好像炮垒，但肉眼看不清楚。我们的右翼驻扎在俯临法军阵地的陡峭高地上。我们的步兵就在那里，右翼边缘看得出是龙骑兵。中央是土申的炮兵连，也就是安德烈公爵视察阵地的地方，这里有一处极为平缓的上下坡，通向把我们和申格拉本隔开的小河。左边，我们的军队深入树林，那里有我们砍柴的步兵升起的营火。法军阵地比我们宽，他们要从两边包围我们，显然易如反掌。我方阵地后面是一个又陡又深的峡谷，炮兵和骑兵很难从那里退却。安德烈公爵掏出笔记本，臂肘支在大炮上，在本子上画了个军队部署草图。他在两处用铅笔做了记号，准备向巴格拉基昂报告。他建议两点：第一，把全部炮兵集中到当中；第二，把骑兵后撤到峡谷那一边。安德烈公爵待在总司令身边，经常留意军队的行动和总的部署，并研究战争历史。他思考着当前这场战斗的前景。他想象着最可能发生的几种情况："要是敌人进攻右翼，"他自言自语，"基辅掷弹兵和波多尔斯克猎骑兵应该在中央援兵到达前坚守阵地。这样，龙骑兵就可以从侧翼袭击，把他们打退。要是他们攻击我们的中央阵地，我们就把炮垒安置在这个高地上，并在炮垒掩护下撤退左翼，成梯队退到峡谷。"他独自考虑着……

他待在大炮旁边，一直听到军官们在棚子里说话，但照例没听清他们说的话。突然棚子里传出一个亲切的声音，他不由得留神细听起来。

"不对，老兄，"安德烈公爵熟识的一个愉快声音说，"我说，要是能知道死后的情况，那我们谁也不会怕死了。就是这样，老兄。"

另一个年轻点的声音打断他的话：

"怕也好，不怕也好，都一样，在劫难逃哇。"

"到头来还是怕！嗨，你们这些人真聪明，"第三个人的声音浑厚，打断了前两人的声音，"你们炮兵真聪明，随身带了各种东西：又是伏特加，又是下酒菜，什么都有。"

声音浑厚的人，听口气是个步兵军官，笑起来。

"到头来还是怕！"第一个熟识的声音继续说，"怕就怕不知道来世怎么样。不论怎么说，灵魂上天……可我们知道，没有什么天，只有大气。"

那个浑厚的声音又打断炮兵的话。

“喂，土申，请我喝点药酒吧！”他说。

“哦，原来是在商贩那里遇到的没穿靴子的大尉。”安德烈公爵想，高兴地听出那个充满哲理的愉快声音。

“要药酒，行，”土申说，“不过要弄明白来世……”他没把话说完。

这时候，空中传来一个呼啸声，越来越近，越来越快，越来越清楚。接着一颗炮弹砰的一声落在棚子附近的地上，以超人的力量爆炸开来。地面受到沉重的轰击，呻吟了一下。

身材矮小的土申顿时从棚子里蹿出来。他嘴里衔着烟斗，聪明善良的脸有点发白，接着跑出来的是那个声音浑厚的雄赳赳的步兵军官。他向自己的连队跑去，一面跑，一面扣衣服。

17

安德烈公爵骑马站在炮垒上，望着那尊刚刚射击过的古炮冒出的硝烟。他的目光扫过辽阔的原野。他只看见木然不动的法军活动起来，他们左边果然也有个炮垒。炮垒上的硝烟还没有散开。有两个法国人，大概是副官，骑马在山上奔驰。敌军一个小纵队向山下移动，大概是去增援散兵线。第一团硝烟还没消散，又出现另一团硝烟，传来了炮声。战斗开始了。安德烈公爵拨转马头，驰回格仑特去找巴格拉基昂公爵。他听见背后的炮声越来越密，越来越响。我们的炮开始还击。山下，在早先信使们驰过的地方传来了枪声。

勒马拉带着拿破仑那封措辞严厉的信刚赶到缪拉那里。缪拉十分惶恐，急于补过，立即把军队调到中央阵地，并包抄俄军两翼，企图在天黑以前，不等皇帝驾临，就消灭面前那支力量薄弱的部队。

“哦，这下子开始了！打起来了！”安德烈公爵想，觉得血往心脏里直涌。“但我的土伦在哪里？怎样才能达到目的？”他想。

他走过一刻钟前还在吃粥喝酒的几个连队，看见处处都在同样迅速地排队和拿枪，人人脸上洋溢着他所感到的兴奋情绪。

“战斗开始了！您瞧！又可怕又有趣！”每个士兵和军官的脸上都这样表示。

他还没到达构筑工事的地方，就在秋天苍茫的暮色中看见几个人骑马跑来。领头的一个身披毡斗篷，头戴羔皮帽，骑一匹白马。这是巴格拉基昂公爵。安德烈公爵停下来等他。巴格拉基昂公爵勒住马，认出是安德烈公爵，向他点点头。安德烈公爵把看到的情况告诉他，他一面听，一面仍旧望着前方。

“战斗开始了！你瞧！”这种神情甚至表现在巴格拉基昂公爵刚毅的褐色脸上，表现在他那半开半闭、仿佛没有睡醒的浑浊眼睛里。安德烈公爵焦虑而又好奇地凝视着他那木然不动的脸，想知道他这时是不是在思想，有没有感觉，他在想些什么，有些什么感觉，“在这个毫无表情的面孔里面究竟有没有东西？”安德烈公爵瞧着他，暗自问。巴格拉基昂公爵低下头，表示同意安德烈公爵的话，嘴里说：“很好！”而脸上的神情仿佛表示，所有发生的事和向他报告的一切，都不出他所料。安德烈公爵骑马跑得上气不接下气，但话还是说得很快。巴格拉基昂公爵带着东方口音，话说得特别慢，仿佛表示不用着急。不过，他还是催动坐骑，向土申的炮垒跑去。安德烈公爵和侍从跟在后面。跟在巴格拉基昂公爵后面的还有：侍从武官，公爵的私人副官热尔科夫，传令官，骑短尾骏马的值日校官，出于好奇心要求上战场的军法官。军法官是个脸圆圆的胖子，带着天真的快乐微笑环顾四周。他身穿粗呢外套，摇摇晃晃地骑着辎重队的马，夹在骠骑兵、哥萨克和副官们中间，显得怪模怪样。

“他要来看看打仗，”热尔科夫指指军法官，对安德烈说，“可是胸口已在作痛。”

“哦，您别说了！”军法官带着天真而又调皮的开朗微笑说，仿佛被热尔科夫嘲笑感到荣幸，故意装得傻头傻脑。

“真好玩，公爵先生。”值日官说。他记得法语**公爵**有一个专门用语，但他记不清楚了。

这时，他们来到土申的炮垒附近，正好有一颗炮弹在他们前面落地。

“落下个什么来啦？”军法官天真地笑着问。

“法国薄饼。”热尔科夫说。

“他们用这东西打人，是吗？”军法官问，“真可怕！”

他乐得心花怒放。他的话音刚落，突然又响起一个可怕的啸声，砰的一声落到一件软东西上——军法官右后方一个哥萨克连人带马摔倒在地上。热尔科夫和值日官伏在马鞍上，拨转马头跑了。军法官在哥萨克前面停下来，好奇地仔细打量着他。哥萨克死了，那匹马还在挣扎。

巴格拉基昂公爵眯起眼睛，回头看了一下，看见发生混乱的原因，又平静地转过身去，仿佛说：“小事一桩，也值得大惊小怪！”他以好骑手的洒脱姿势勒住马，身子略向前俯，把挂住斗篷的佩剑解开。这是一把老式长剑，和现在军官佩带的不同。安德烈公爵想起苏沃洛夫在意大利赠剑给巴格拉基昂的传说，心里感到特别亲切。他们来到安德烈公爵刚才观察战场形势的炮兵连。

“这是谁的连队？”巴格拉基昂公爵问站在弹药箱旁的炮兵。

他问“这是谁的连队”，其实他要问的是：“你们在这里怕不怕？”那炮兵明白了他的意思。

“土申大尉的，大人。”红头发雀斑脸的炮兵立正，快乐地说。

“噢，噢！”巴格拉基昂一边说，一边想着心事。他走过一排前车，向边上一尊炮走去。

他刚走过去，那尊炮就发出一声巨响，震得他和他的随从耳朵发聋，硝烟一下子笼罩住大炮，从硝烟里可以看见炮手们扶住炮，急急地把它推回原位。身高肩宽的一炮手拿着炮刷，宽宽地叉开两腿，跳到轮子旁。二炮手双手哆嗦，把炮弹装进炮口。矮小而略显佝偻的军官土申在炮尾上绊了一下，向前跑去，没注意将军来到，只管用小手遮着眼睛向前眺望。

“再高两分就行了。”土申尖着嗓子叫喊，竭力想摆出雄赳赳的样子，但那模样同他的个子不相称。“二炮手，”他命令道，“狠狠地打，梅德维杰夫！”

巴格拉基昂把他叫过来。土申怯生生地把三个手指举到帽边，不像在行军礼，倒像牧师在祝福，走到将军面前。虽然土申的几尊炮受命射击谷地，他却用烧夷弹轰击前方看得见的申格拉本村，因为大批法军正在村庄前推进。

谁也没命令土申向哪里射击和用什么射击。他同他器重的司务长扎哈尔谦科商量后，断定最好把村庄夷为平地。“好！”巴格拉基昂听了连长的报告说，环视着他面前的战场，仿佛在思考什么。法军右翼最逼近我们的阵地。在基辅团驻扎的高地下方，在小河流过的洼地里传来惊心动魄的步枪对射声。更右一点，在龙骑兵后面，随从军官指给巴格拉基昂公爵看一个正在包抄我们右翼的法军纵队。左边的地平线被近处一片树林遮没。巴格拉基昂公爵命令从中央抽调两营兵力去增援右翼。随从军官大胆对公爵说，若调开这两个营，那几尊炮就失去了掩护。巴格拉基昂公爵向随从军官转过身来，默默地用暗淡的目光向他瞧瞧。安德烈公爵觉得随从军官的意见是对的，确实无可指责。但这时一个副官从据守谷地的团长那里骑马跑来，说大量法军从山下涌来，我们的团溃不成军，正向基辅掷弹兵那里后撤。巴格拉基昂公爵低下头，表示同意和赞许。他骑马一步步向右方走去，派副官传令龙骑兵向法军进攻。但被派去的副官过半小时回来说，龙骑兵团长已经撤退到山谷后面，因为炮火向他猛轰，他徒然牺牲人员，因此下令狙击兵进入树林。

“好！”巴格拉基昂说。

他离开炮垒的时候，左边树林里也响起了炮声。因为左翼太远，巴格拉基昂公爵来不及亲自赶到，他就派热尔科夫去给老将军（他的团在布劳瑙受过库图佐夫的检阅）传达命令，要他尽快撤退到峡谷后面，因为估计右翼不可能长时间挡住敌人的进攻。关于土申和掩护他的那个营却被忘记了。安德烈公爵留神倾听巴格拉基昂公爵同指挥官们的谈话和他所发的命令，但惊奇地发现其实并没有什么指导性的意见，巴格拉基昂公爵只是装模作样，仿佛这一切不论由于必然、偶然或长官们的意志，虽然不是出于他的命令，但是符合他的心意。安德烈公爵发现，凭着巴格拉基昂公爵的巧妙手腕，尽管这些情况出于偶然，同这位长官的意志无关，但他的亲临战场，作用还是很大。指挥官们神色慌张地来到巴格拉基昂公爵面前，但此刻都定了心，士兵和军官愉快地向他致敬，在他面前变得更活跃了，并且炫耀自己的胆量。

18

巴格拉基昂公爵骑马来到我军右翼的制高点，然后往下走，那里传来砰砰的枪声，但硝烟弥漫，什么也看不见。他们越接近谷地，前面的景物越看不清，但越感觉到接近战场。他们开始见到伤员。一个伤兵，没戴帽子，头上直流血，被两个兵架着走。他喉咙里咕噜咕噜直响，嘴里吐着血。看样子，子弹不是打在他的嘴里就是喉咙里。他们还遇见一个伤兵，没带枪，嘴里大声呻吟，挥动一条刚受伤的手臂，血汩汩地从手臂里流到他的军大衣上，但他倔强地独自走着。他脸上的表情是恐惧超过痛苦。他刚刚负伤。他们穿过大路，走下陡坡，看见坡上躺着几个人。他们还遇见一群士兵，其中有几个没负伤。士兵们喘着粗气往山上走，也不管将军在场，继续大声说话，做着手势。前面，透过硝烟可以看见一排排灰色军大衣。军官一看见巴格拉基昂，便追上去喝令那群退却的士兵，要他们回来。巴格拉基昂策马向队伍走去。队伍里时而这里时而那里不断发出枪声，压倒说话声和口令声。空气里弥漫着硝烟。士兵们的脸都被火药熏黑，但很兴奋。他们有的在捅枪筒，有的在药池里加火药，从火药盒里取火药，有的在射击。但他们在向谁射击，看不清楚，因为硝烟没有消散。枪弹悦耳的嗖嗖声和嘘溜声频频传来。“这算是什么？”安德烈公爵跑近那群士兵，想，“这不是散兵线，因为他们挤在一起！不是冲锋，因为他们不在跑；不是方阵，因为他们没有排列整齐。”

身体瘦弱的老团长，脸上挂着愉快的笑容，他那双老眼一半被眼皮遮住，使他显得格外和蔼可亲。他骑马跑到巴格拉基昂公爵面前，像欢迎贵宾那样欢迎他。他向巴格拉基昂公爵报告说，法国骑兵向他们进攻，虽然进攻已被打退，但他们的团伤亡过半。团长想了想他们团所遭遇的事该用什么军事术语，就说进攻被打退了，其实连他自己也弄不清楚，半小时里所遭遇的究竟是进攻被打退了呢，还是他的团被对手的进攻击溃了。他只知道，战斗一开始，炮弹和榴弹向他的团飞来，打死了人，后来有人大叫：“骑兵”，我方就开始射击。我们的士兵至今还在打枪，但不是打已消失的骑兵，而是打谷地里向我们开枪的法国步兵。巴格拉基昂公爵点点头，表示这一切都不出他所料，都是他所希望的。他转身命令副官，叫他把他们刚才遇见的第六猎骑兵的两个营从山上拉下来。这时，安德烈公爵看到巴格拉基昂公爵脸上的变化，感到很惊讶。巴格拉基昂公爵脸上现出快乐专注的决心，好像一个人在大热天跳入水中前跑最后几步时的神态。那种睡意未消的暗淡眼神没有了，那种做作的沉思神色也没有了，只有一双圆睁的刚毅的鹰眼兴奋而傲慢地望着前方，但并没有停留在一点上，虽然他的动作仍旧慢条斯理，从容不迫。

团长转身请求巴格拉基昂公爵回去，因为待在这里太危险。“大人，请您看在上帝份上！”他一面说，一面用目光向随从军官求援，那随从军官正转过身去。“喏，请您看看！”他要他注意周围不断呼啸和尖叫的子弹。他的口气又是恳求又是责备，好像一个木匠对手拿斧头的老爷说：“这活我们干惯了，可您干，手上会磨出泡来的。”他说这话，仿佛子弹不可能打死他自己，而他那半开半闭的眼睛使他的话更有说服力。校官附和团长的规劝，但巴格拉基昂公爵没理会他们，只命令停止射击，改变队形，以便给开来的两个营腾出地方。他说话的时候，风从右向左刮来，好像一只无形的手把遮住谷地的烟幕拉开。于是对面山上移动着的法军就呈现在他们面前。一双双眼睛都不由自主地盯住斜坡上向他们蜿蜒行进的法国纵队。已经看得见士兵毛茸茸的帽子，分辨得出士兵和军官，还可以看见旗杆上招展的军旗。

“走得倒挺神气！”巴格拉基昂的一个随从说。

法军纵队的头已走下谷地。战斗将在这边山坡上发生……

我们团的残部连忙列队向右移动。第六猎骑兵的两个营冲开掉队的士兵，从后面跑来。他们还没来到巴格拉基昂那里，但已可听到他们整齐沉重的脚步声。左翼，离巴格拉基昂最近走着一个体格匀称、圆脸、表情快活而愚蠢的汉子，那就是刚才从棚子里跑出来的连长。这时，他显然什么也不想，只想从长官面前雄赳赳地走过去。

他像受检阅一样得意洋洋，毫不费力地挺直身子，像游泳一般轻快地迈着肌肉发达的两腿。他这种轻快的步伐，同合着他步子走着的士兵们沉重的步伐形成鲜明的对照。他佩着一把出鞘的长剑（一把不像武器的长剑），一会儿看看长官，一会儿望望士兵，灵活地转动强壮的身体，但脚步没有错乱。他竭力想以最威武的姿态从长官面前走过。他自以为做得很好，因此很得意。“一……二……一……”——他每走一步，心里仿佛都在叫着。按着这个拍子，几百名士兵带着各不相同的严肃脸色，背着背囊和步枪，像一堵墙似的行进着。每个人每走一步都在心里数着“一……二……一……”胖少校气喘吁吁，脚步错乱，绕着路旁一丛灌木走着。一个掉队的士兵现出惶恐的神色，上气不接下气地追赶着他的连队。一颗炮弹劈开空气，从巴格拉基昂公爵和随从的头上飞过，合着“一……一”的拍子落在纵队里。“靠拢！”连长神气活现地叫道。士兵们绕过炮弹落下的地方排成弧形走去。侧翼，骑兵连的一个老军士在阵亡的士兵旁边停留了一下，又去追赶自己的队伍。他跳了跳，改正脚步，怒气冲冲地回顾了一下。在一片肃穆的沉默中，在单调而整齐的脚步声中，仿佛又听到“一……二……一……”的叫声。

“好样的，弟兄们！”巴格拉基昂公爵叫道。

“为大——人——效——劳！……”左边，一个脸色阴沉的士兵，一边叫喊，一边双目注视巴格拉基昂，那副神气仿佛在说：“我们自己知道”；另一个士兵没有回顾，好像怕分散注意力，张大嘴叫着走过去。

下了立定和放下背囊的口令。

巴格拉基昂绕过旁边走着的队伍，下了马。他把缰绳交给哥萨克，把脱下的斗篷也递给他，伸了伸腿，戴正头上的帽子。由几名军官带领的法军纵队的头已出现在山下。

“上帝保佑！”巴格拉基昂声音坚决而洪亮地叫道，他转身向前线看了看，微微摆动双手，迈着骑惯马的人的笨拙步伐，沿着高低不平的田野向前走去。安德烈公爵觉得有一种无法克制的力量在引导他前进，他感到很幸福。[1]

法军已经逼近。安德烈公爵走在巴格拉基昂旁边，已能看清法军的背带、红肩章，甚至他们的脸。（他清楚地看见一个年老的法国军官，穿半筒皮靴，迈着八字脚，攀着灌木，困难地爬上山。）巴格拉基昂公爵没发新的命令，一直默默地在队伍前面走

1 这里发生的攻击，梯也尔（法国史学家）说：“俄国人表现得很英勇，这在战争中是少见的，两群步兵坚决地互相迎战，在交锋前各不相让。”而拿破仑在圣赫勒拿岛上说：“几营俄国兵显得英勇无畏。”——作者原注。

着。突然从法军那里传出来接二连三的枪声，从他们散乱的队伍里冒出来一片硝烟，响起了炮声。我方有几个人倒下，其中包括那个生气勃勃地走着的圆脸军官。但就在听到第一枪的时候，巴格拉基昂回头喊道：“冲啊！”

“冲啊！”我军队伍呐喊着。士兵们越过巴格拉基昂公爵，你追我赶，散乱而兴奋地向山下混乱的法军冲去。

19

第六猎骑兵团的进攻掩护了右翼的撤退。在中央，被遗忘的土申炮兵连轰得申格拉本起了火，阻挡了法军的进攻。法军扑灭被风扇旺的大火，给了俄军撤退的时间。中央地段俄军经过峡谷撤退，虽很喧闹，但很顺利，队形也没有打乱。然而由亚速步兵团、波多尔斯克步兵团和保罗格勒骠骑兵团组成的左翼，同时受到兰纳指挥的法军优势兵力的攻击和包围，陷入一片混乱。巴格拉基昂派热尔科夫到指挥左翼的将军那儿，命令将军立刻撤退。

热尔科夫举手敬礼，敏捷地策马前进。但他一离开巴格拉基昂，就浑身瘫软。他难以克服心中的恐惧，不敢到危险地区去。

他来到左翼军队附近，没向前朝子弹横飞的地方跑，却到将军和他的参谋官不可能待的地方去找他们，因此没把命令传达到。

左翼凭资历由曾在布劳瑙受库图佐夫检阅的团长指挥，而陶洛霍夫就在那个团里当兵。极左翼由保罗格勒骠骑兵团长指挥——尼古拉就在那个团里服务——因此发生了误会。两个指挥官各不相让，彼此怄气，当时右翼早已开火，法军已开始进攻，而两个指挥官却忙于谈判，目的是要侮辱对方。他们的两个团，骠骑兵团也好，步兵团也好，对当前的战斗都准备不足。两团的人，从士兵到将军，都没做好战斗准备，若无其事地干着日常工作：骑兵喂马，步兵拾柴。

“既然他的官阶比我高，”德国血统的骠骑兵上校涨红脸，对骑马过来的副官说，“他高兴怎么办就怎么办好啦。我可不能让我的骠骑兵去送死。号手！吹撤退号！”

但是情况紧急。在右边和中央，炮声和枪声混成一片，不绝于耳。兰纳指挥的穿法军外套的射击兵已越过磨坊堤坝，在两个步枪射程的地方列成队形。步兵上校脚步哆嗦地走到马前，上了马，挺直身子，跑到保罗格勒指挥官那里。两个团长见了面，表面上客客气气鞠躬，心里却满怀着怨恨。

“我再说一遍，上校，”将军说，“我不能把一半人马留在树林里。我请求您，我请求您，”他一再说，“占领**阵地**。准备进攻。”

“可我请求您不要干涉别人的事，”上校暴躁地回答，“既然您是骑兵……”

“我不是骑兵，上校，我是俄国将军。您要是不知道这一点……”

“我很清楚，阁下，”上校突然叫起来，策动了马，脸涨得通红，“您最好上前沿阵地去看看，那里的阵地可说毫无用处。我可不愿糟蹋自己的人马来让您开心。”

“您太放肆了，上校。我不是来寻开心的，不许您说这种话。”

将军把上校的邀请看作对他勇气的挑战，挺起胸膛，皱起眉头，跟他一起骑马向前沿阵地跑去，仿佛他们的意见分歧只能在前沿阵地枪林弹雨下得到解决。他们来到前沿，有几颗子弹从他们头上飞过。他们默默地停下来。其实在前沿没什么可看的，因为从他们原来站立的地方也能看清，骑兵在灌木丛和峡谷里无法作战，而法军正在包抄左翼。将军和上校像两只准备相斗的公鸡，恶狠狠而又意味深长地对视着，徒然想在对方身上找寻懦怯的迹象。双方都经受了考验。因为无话可说，而且谁也不愿让对方说他首先离开火线。要不是这时他们后面的树林里突然响起枪声和混杂的呐喊声，他们原会长久停留在那里，相互考验对方的胆量。法军攻击在树林里拾柴的士兵。骠骑兵已无法跟步兵一起撤退。他们已被法军切断了左边的退路。现在不论地形多么不利，他们都得进攻，以打开一条道路。

尼古拉所服务的骑兵连刚上马，就被敌军迎面堵住。又像在恩斯河桥上那样，骑兵连和敌军之间一无所有，他们中间只隔着一条未知与恐惧的可怕界线，好像是一条生与死的界线。人人都感觉到这条界线，但要不要跨过去以及怎样跨过去，这问题却使大家忐忑不安。

上校骑马来到前线，怒气冲冲地回答了军官们提出的问题，但他是个固执己见的人，也发了一道命令。谁也没明确地说什么，但骑兵连却在传说要冲锋。指挥官发出列队的口令，马刀铿锵地出了鞘。但还没有人移动一步，左翼的军队，步兵也好，骠骑兵也好，都感到连长官自己也不知道该怎么办，而长官的迟疑不决也传染给了士兵们。

“赶快行动，赶快行动！”尼古拉想，觉得进攻的时机终于来到，他可以尝到常从骠骑兵伙伴那儿听到的冲锋的欢乐了。

“弟兄们，前进，上帝保佑，”杰尼索夫声音洪亮地喊道，“跑步——走！”

前排马匹的臀部波动起来。白嘴鸦扯动细绳，自动往前走去。

尼古拉从右边看见我方最前面几排骠骑兵，更远一点，有一道黑压压的影子，但看不清楚，他以为那是敌人。枪声听得见，但很遥远。

“快点跑！”传出了口令声。尼古拉感觉到，他的白嘴鸦摆动屁股，大跑起来。

尼古拉料到马会这样飞驰，越来越高兴。他发现前面有一棵孤零零的树，这棵树本来在那条可怕的线的中央。如今他们越过了这条线，不仅不觉得有什么可怕，而且感到越来越高兴。“哼，我要把他们砍个落花流水！”尼古拉紧握着刀柄，想。

“冲——啊——啊！”响起一片呐喊声。

“哼，现在不管谁落到我手里……”尼古拉想，刺了刺白嘴鸦，跑到所有的人前面，一个劲儿往前猛冲。前面已看得见敌人。突然好像有一把大扫帚从骑兵连头上扫过。尼古拉举起马刀准备砍杀，但就在这时，在他前面奔驰的士兵尼基京科撇下了他。尼古拉觉得就像在做梦一样继续飞驰着，而同时又停在原地不动。他认识的骠骑兵邦达尔丘克从后面赶上他，愤怒地对他瞧了瞧。邦达尔丘克的马猛地一闪，从他旁边跑过去。

“这是怎么一回事？我怎么不会动了？我倒下了，我被打死了……”有那么一瞬间尼古拉自问自答。他已单独躺在原野上。他看不见跑动的马匹和骠骑兵的脊背，只看见周围一片一动不动的土地和残留的禾茬。他身下是一摊温暖的血。“哦，我负伤了，马被打死了。”白嘴鸦想用前腿撑起来，但倒下了，把骑马人的一条腿压在下面。血从马头里流出来。马挣扎着，但站不起来。尼古拉想站起来，但也倒下了：他的背囊挂住了鞍子。自己人在哪里，法国人在哪里，他都不知道。周围没有一个人影。

尼古拉抽出脚站起来。“清楚地划分开两军的那条界线在哪里？在哪个方向？”他问自己，但回答不出。“我是不是已遭到了不幸？有这样的事吗？遇到这种情况该怎么办？”他一面站起来，一面问自己，同时觉得他那麻木的左臂上挂着一样多余的东西。他的手臂好像已不属于他自己。他看看自己的手，上面没有血迹。“哦，有人来了，”他看见几个人向他跑来，高兴地想。“他们来救我了！”跑在前面的那个人戴着古怪的高筒帽，穿着蓝色的大衣，脸色黧黑，长着鹰钩鼻。后面还有两个人跑来，接着还有许多人跑来。其中一个说着古怪的话，不像俄语。在后面戴高筒帽的人中间，有一个俄国骠骑兵。他被人捉住两臂，他的马在后面被人牵着。

“这一定是我们的人被俘了……是的，难道我也要被俘吗？这是些什么人？”尼古拉一直想着，简直不相信自己的眼睛。“难道真是法国人吗？”他望着那些渐渐逼近的法国人，尽管刚才他还在向法国人冲锋，要把他们一个个砍死，可这会儿他们那么逼近，使他害怕得简直不相信自己的眼睛。“他们是什么人？他们跑来干什么？难道他们是来找我的吗？他们想干什么？要杀死我吗？要杀死我这个被大家钟爱的人吗？”他想起母亲、家人、朋友对他的疼爱，觉得敌人是不可能杀死他的。“但也许会杀的！”他一动不动地站了十几秒钟，不明白自己的处境。领头的鹰钩鼻法国人跑得那么近，连他脸上的表情都看得清了。这人端着刺刀，屏住呼吸，轻快地向他跑来，他那激动的陌生的相貌使尼古拉害怕。尼古拉抓住手枪没有开，却拿它向法国人掷去，接着就竭尽全力向灌木丛跑去。现在他不像过恩斯河桥时那样怀着疑虑和斗争，却像一只逃避猎狗的兔子。他的整个身心就是为自己年轻而幸福的生命担忧。他像玩追逃游戏那样穿过田埂飞跑，偶然转过他那苍白的年轻善良的脸往回瞧，他的背上不禁掠过一阵阵寒意。“不，还是不要回头看。”他想，但跑近灌木丛又回头望了望。法国人已落在后面。就在他回顾的一刹那，领头的法国人由奔跑改为行走，并且回头向后面的同伴大声叫嚷。尼古拉停住脚步。“不对，”他想，“他们不会杀死我的。”就在这时，他感到左臂十分沉重，仿佛上面挂着一个两普特[1]重的铁锤。他再也跑不动。法国人也站住了，并且向他瞄准。尼古拉眯缝起眼睛，弯下身子。一颗子弹，又是一颗子弹从他旁边嘘溜溜地飞过。他竭尽全力用右手握住左臂，跑进灌木丛里。灌木丛里有几名俄国射手。

1 1普特合16.38公斤。

20

几个步兵团在树林里突然受到袭击，从那里跑出来。几个连队互相混杂，乱成一片，往后退却。一个士兵惊慌失措，喊出了在战争中可怕而毫无意义的话：“我们被切断了！”这喊声和恐惧感顿时传染给了所有的人。

“我们被包围了！被切断了！我们完了！”人们一面跑，一面嚷。

团长一听到射击声和后面的呐喊声，立刻明白他的团遭了殃。他想到，他这个供职多年、从无过错的模范军官，可能被司令部斥为玩忽职守和指挥无方，不禁大惊失色。他忘记了那个桀骜不驯的骑兵上校和自己身为将军的尊严，尤其忘记了当前的危险和自卫的本领。他抓住鞍鞒，刺动坐骑，冒着四周纷纷落下的弹雨，向他的团飞奔而去。他只有一个愿望：弄明白是怎么一回事，要是他犯了什么错误，那就千方百计加以纠正，免得他这个供职二十二年从未受过批评的模范军官被迫承认错误。

团长好不容易穿过法国军队，驰到树林外面的田野里。我们的士兵不听命令，正通过树林，跑下山去。精神状态决定战斗的胜负，而现在已到了决定的时刻：我们的士兵是听从团长的命令呢，还是回头看他一下继续往前跑。不管士兵们一向觉得十分威严的团长怎样声嘶力竭地叫喊，也不管他怎样气得脸色发紫，拼命挥动长剑，士兵们还是一个劲儿地逃跑，互相说着话，向空中开枪，不听他的命令。在决定胜负的精神状态中，恐惧显然占了上风。

将军由于叫喊和硝烟而咳嗽起来，绝望地站住了。战斗似乎已经输定，但就在这时，向我军进攻的法军突然无缘无故往回跑，从林边消失，树林里出现了俄国射手。这是基莫兴的连队。只有这个连队遵守纪律，埋伏在林中沟渠里，这时突然向法军进攻。基莫兴狂叫着向法军扑去，不顾死活地对敌人挥舞长剑。法国人猝不及防，只好丢下武器逃跑，陶洛霍夫在基莫兴旁边跑着，打死一个迎面跑来的法国兵，最先抓住一个投降军官的领子。逃跑的俄军回来了，几个营重新集合在一起。原先把左翼俄军切成两半的法军一下子被击退了。后援部队会合了，逃跑的士兵停下来。团长和埃科诺莫夫少校站在桥旁，让退却的几个连从身边走过。这时有个士兵走到他跟前，抓住他的马镫，几乎靠在他身上。这个兵身穿蓝呢大衣，没挂背囊，也没戴帽子，头上扎着绷带，肩上挎着法军弹药盒。他手里拿着一把军官长剑。这兵脸色苍白，一双蓝眼睛大胆地直视着团长的脸，嘴角含着微笑。团长虽忙于向埃科诺莫夫少校发命令，也不由得注意起这个士兵来。

“大人，这里有两件战利品，”陶洛霍夫指指法国长剑和弹药盒，说。“我俘虏了一个军官。我拦住了一个连。”陶洛霍夫累得气喘吁吁，说话断断续续，“全连都可以做证。请您记住，大人！”

“好，好！”团长回答，继续对埃科诺莫夫少校说话。

但陶洛霍夫没有走开；他解开头上的手绢，拉下来，让团长看头发上的凝血。

“这是被刺刀刺伤的，但我没下火线。请您记住，大人。”

土申的炮兵连被遗忘了，直到战斗结束还听见中央阵地的炮声，巴格拉基昂公爵这时才派值班校官，接着又派安德烈公爵命令炮兵连尽速撤退。掩护土申炮兵连的部队不知根据谁的命令中途撤退了，但炮兵连仍继续开炮，而它之所以没有被法军攻下，只因为敌人不信四门毫无掩护的大炮能那么大胆地进行射击。相反，由于这个炮兵连的猛烈射击，敌人以为中央阵地集中了俄军主力。他们两次进攻这个据点，但两次都被单独留在高地上的四门大炮用霰弹击退。

巴格拉基昂公爵撤退不久，土申就把申格拉本轰得起火。

“看，他们乱成一团了！起火了！看那烟！太棒啦！妙极啦！好大的烟，好大的烟！”炮手们欢腾起来。

门门大炮都自动对准起火的地方射击。每发一炮，士兵们就仿佛互相鼓励似的叫道：“妙极啦！打得好！你看……太棒啦！”火借风势迅速蔓延开来。开到村外的法军纵队这时都回去了。敌人为了报复这次失利，在村庄右边架起十门大炮，向土申的炮兵连射击。

我们的炮兵沉浸在大火引起的天真的快乐和向法军射击成功的兴奋中，没有发现敌军的这个大炮阵地。直到两颗炮弹、接着又是四颗炮弹落在大炮中间，一颗打倒两匹马，另一颗打掉弹药车车夫的一条腿，才发现它。大家的兴奋劲儿并没减退，只是表现的方式变了。拉后备炮车的马匹被换上去，伤员被抬走，四门大炮掉过头来对付敌军大炮阵地的十门炮。土申的助手军官战斗一开始就阵亡了。一小时里，四十名炮手中伤亡十七名，但炮兵们还是那么兴高采烈。他们两次看见法军出现在离他们很近的下方，就用霰弹轰击。

个儿矮小的土申，动作软弱笨拙，要勤务兵“**为此再装一斗烟**”。他从烟斗里敲落火星，跑到前面，用小手搭起凉棚观察法军。

“打，弟兄们！”他说，亲自抓住方向盘转动着。

在一片硝烟中，在每次都震得身子颤动、耳朵发聋的炮轰声中，土申没有放下他的短烟斗。他从这门炮跑到那门炮，时而瞄准，时而数炮弹，时而下令调换死伤的马匹，并用他那微弱尖锐和迟疑不决的声音叫喊着。他的脸色越来越兴奋了。只在有人负伤或被打死的时候，他才皱皱眉头，转过脸去，愤怒地斥责照例迟迟没把伤员和尸体搬走的人。士兵多半是英俊的小伙子（在炮兵连里他们照例总是比他们的长官高两个头，身体宽一倍），他们都像孩子遇到困难似的望着连长，而连长脸上的表情总是一成不变地反映到他们的脸上。

尽管有这种可怕的轰鸣，土申因为要集中精神，紧张行动，丝毫不感到恐惧，也根本没想到他可能被打死或者受重伤。相反，他变得越来越兴奋。他觉得，他发现敌人和打第一炮即使不是昨天，也是好久以前的事，他站着的地面也是他早就熟识的亲切的地方。尽管他记得一切，考虑过各种问题，并且做过一个最优秀的军官处于他的地位所能做的一切，他始终处于狂热或陶醉的状态。

由于周围我方几门炮发出震耳欲聋的声音，由于敌人炮弹的呼啸声和爆炸声，由于炮手们满头大汗、满脸通红、围着大炮忙碌的情景，由于人马血流成河的景象，由于敌军方面不时冒起一团团硝烟（每次冒烟后就有一颗炮弹飞过来，落在地上打中人、炮或者马匹）——由于这种种景象，他的头脑里出现一个光怪陆离的世界，使他陶醉。在他的幻想中，敌人的大炮不是大炮，而是烟斗，有一个看不见的吸烟者正断断续续地喷出一口口烟来。

“看，又冒烟了，”土申低声自言自语，这时从山上飘下一团烟，被风吹成一长条，向左边飘去，“这下子炮弹就要来了，我们把它扔回去。”

“您有什么吩咐，大人？”一个炮兵军士站在他旁边，听见他在嘟囔着什么，问道。

“没什么，一颗榴弹……”他回答。

“来吧，我们的马特维夫娜。”他自言自语。在他的想象中，最靠边那门老式大炮就是马特维夫娜。他觉得聚集在大炮周围的法国人好像一群蚂蚁。在他看来，第二尊炮的一炮手，美男子和酒鬼是位叔叔，土申对他看得最多，欣赏着他的每个动作。山下步枪对射，时起时伏，他觉得好像是什么人的呼吸。他倾听着这时起时落的枪声。

“听，又喘气了，又喘气了。”他自言自语。

他想象自己是个魁梧强壮的汉子，双手能把炮弹掷到法国人那里。

“喂，马特维夫娜，老姑娘，别丢我的脸！”他从大炮旁边走开去说，这时有个陌生的声音在他头上叫道：

“土申大尉！大尉！”

土申惊恐地回头一看。原来就是那个把他从格仑特酒店里赶出来的校官。校官气喘吁吁地对他嚷道：

“您怎么，疯了吗？两次命令您撤退，可您……”

“哦，他们干吗老跟我过不去？……”土申怯生生地望着长官，心里想。

“我……没什么……”他把两个手指举到军帽旁说，“我……”

但上校来不及把话说完。一颗炮弹贴近他飞过，他赶快低下头，趴在马背上。他停顿了一下，刚想说下去，另一颗炮弹又阻止了他。他拨转马头跑开了。

“撤退！全体撤退！”他从远处叫道。

士兵都笑起来。过了一分钟，副官骑马带来同样的命令。

这是安德烈公爵。他来到土申炮兵连阵地，首先看到一匹卸套的断腿马。它在一群套马具的马匹旁嘶鸣着。血从它的腿里像泉水般汩汩流出来。炮车之间躺着几个死人。安德烈公爵跑近他们的时候，炮弹接二连三地从他头上飞过，他觉得脊梁上一阵寒战。但一想到他不该害怕，就又鼓起勇气来。“我不能害怕。”他想，在大炮中间不慌不忙地下了马。他传达了命令，但没离开炮兵连。他决定当场撤下大炮，立即撤离阵地。他跟土申一起在尸体中间走着，在法军猛烈炮火下撤走大炮。

“刚才来了一位长官，一来就溜了，”一个炮兵军士对安德烈公爵说，“他和大人您不一样。”

安德烈公爵没有跟土申说一句话。他们两人都很忙碌，彼此好像没看见。炮兵们把四门炮中两门完好的套上前车，弃下一门被打坏的炮和一门独角兽炮，向山下移动。这时安德烈公爵骑马来到土申跟前。

“嗯，再见了。”安德烈公爵同土申握手，说。

“再见，好朋友！”土申说，“可爱的人！再见，好朋友！”土申不知怎的突然热泪盈眶。

21

风停了，乌云低垂在战场上空，同地平线上的硝烟混成一片。天色黑了，两处大火显得格外明亮。炮声渐渐稀疏了，但后边和右边的步枪声却越来越密、越来越近。土申带着大炮从伤员旁边和中间经过，刚刚出了火线，退到峡谷，就遇到几名长官和副官，其中包括值日校官和两次奉派到土申炮兵连却没有到达的热尔科夫。他们争先恐后地向他传达命令，往何处去，怎样去，并且责备他，批评他。土申没有发布任何命令，也没作声。他怕说话，因为一开口，他自己也不知道为什么，总是想哭，就默默地骑着炮兵连的一匹驽马跟在后面走。虽然有命令把伤员丢下，许多伤员还是勉强跟在军队后面，要求让他们坐炮车走。那个开火前从土申棚子里蹿出来的雄赳赳的步兵军官，腹部中了枪弹，被放到“马特维夫娜”上面。山下一个脸色苍白的骠骑兵士官生，一只手托着另一只手，走到土申跟前，要求搭炮车。

“上尉，看在上帝份上，我胳膊扭伤了，”他怯生生地说，“看在上帝份上，我走不动了。看在上帝份上！”

显然，这个士官生要求搭车已不止一次，但都遭到拒绝。他用一种迟疑的可怜声音要求道：

“看在上帝份上，让我搭搭车吧。”

“让他坐上，让他坐上！”土申说。“老弟，你把大衣给他铺上，”他对他所喜欢的一个士兵说，“那个负伤的军官呢？”

“抬下去了，完蛋了。”有人回答。

“坐吧！坐吧，兄弟，坐吧！安东诺夫，把大衣铺上。”

这个士官生就是尼古拉。他一手托住另一只手，脸色苍白，下巴颏因发烧不断颤动。他们让他坐在“马特维夫娜”也就是刚才载过阵亡军官的那辆炮车上。垫在下面的大衣血迹斑斑，尼古拉的马裤和手臂上也沾满了血。

“怎么，您负伤了，兄弟？”土申走到尼古拉躺着的炮车前，说。

“没什么，有点擦伤。”

“怎么炮车上都是血？”土申问。

“大人，这是那位军官流的血。”一个炮兵回答，用军大衣袖子擦着血，仿佛因为炮车肮脏而感到负疚。

他们在步兵帮助下好容易把大炮拖上山，到根特斯陶夫村停下来。天色黑了，十步之外都看不清士兵的服装，枪声也停了。突然右边不远处又响起呐喊声和炮击声。在黑暗中大炮发出闪光。这是法军最后一次进攻，驻在村子里的士兵在还击。大家又都冲出村庄，但土申的大炮无法移动。炮兵、土申和士官生都面面相觑，在那里听天由命。射击声停止了，从横街里涌出来一批兴奋地说话的士兵。

“你没事吗，彼得罗夫？”一个士兵问。

“老兄，狠狠地给了他们一家伙。他们再也不敢来了。”另一个士兵说。

“什么也看不见。他们打起自己人来了！看不清楚，一片漆黑，老兄。有没有喝的？”

法军最后一次进攻被打退了。在一片漆黑中，土申的两门炮被喧闹的步兵团团围住，向前移动。

在黑暗中，低语声、说话声、马蹄声和车轮声汇成一片，好像一条看不见的昏暗的河在朝一个方向流动。在漆黑的夜里，伤员的呻吟声和说话声比其他喧闹声更清晰。他们的呻吟声充满了这包围军队的黑暗，同夜色融成一片。过了一会儿，移动的人群中发生了骚动。一个骑白马的人带着随从跑来，一边跑，一边嘴里说着什么。

"他说了什么？现在去哪里？停下来不走了吗？他感谢我们，是吗？"四面八方急切地传来各种问题。移动的人群突然挤在一起（前面的人显然站住了），传说有命令叫站住。大家都在泥泞的道路中间停下来。

篝火升起来，说话声听得更清楚了。土申上尉向全连发了命令，派一个兵去为士官生找救护站或军医，然后在路边士兵们生起的篝火旁坐下来。尼古拉也瘸着腿走到篝火旁。他由于疼痛、寒冷和潮湿，像发高烧一样浑身哆嗦。他困得要命，但手臂上的剧痛使他辗转不安，难以入眠。他时而闭上眼睛，时而瞧瞧红得耀眼的篝火，时而望望佝偻着虚弱的身体、盘腿坐在旁边的土申。土申那双善良聪明的大眼睛充满同情和怜悯注视着他。他看到，土申满心想帮助他，但爱莫能助。

四面八方传来过路步兵的脚步声和散坐在周围的人们的说话声。说话声、脚步声、在泥地里行进的马蹄声和远近各处柴火的噼啪声，汇成一片此起彼伏的喧闹。

原来黑暗中那条看不见的河流，如今变得像暴风雨后渐趋平静的昏暗海洋。尼古拉茫然望着和听着他面前和周围所发生的一切。一个步兵走到篝火旁，蹲下来伸手烤火，又转过脸去。

"可以烤烤吗，大人？"他问土申，"我掉队了，大人。我自己也不知道来到哪里了。真倒霉！”

一个脸上扎绷带的步兵连长带着一个士兵走到篝火跟前，请土申吩咐把炮稍微移开一点，好让大车过去。连长之后，又有两个兵跑到篝火旁。他们两人破口大骂，互相扭打，争夺着一只靴子。

“怎么是你捡的！哼，真狡猾！”一个士兵哑着嗓子叫道。

随后来了一个瘦削苍白的士兵，他脖子上扎着一条染血的包脚布，怒气冲冲地问炮兵要水喝。

“难道要我像条狗那样死掉吗？”他说。

土申吩咐给他一点水。后来又跑来一个快乐的士兵，为步兵讨个火。

“给步兵一个火种！祝你们走运，老乡，谢谢你们，我们以后加倍奉还。”他说，拿着一块烧红的木柴隐没在黑暗中。

在这个士兵之后又来了四个士兵。他们用军大衣兜着一样重东西，从篝火旁走过。其中一个绊了一跤。

“哼，真见鬼，把劈柴放在路上。”那个兵嘀咕道。

“人已经死了，还抬着他做什么？”其中一个说。

“去你的！”

他们兜着那个东西在黑暗中消失了。

“怎么？疼吗？”土申低声问尼古拉。

“疼。”

“大人，将军要见您。他在这里农民家里。”一个炮兵走到土申跟前，说。

“我这就去，老弟。”

土申站起来，扣上军大衣，理理衣服，离开篝火……

离炮兵篝火不远，巴格拉基昂公爵坐在为他准备的农舍里吃饭，同聚集在那里的几个指挥官谈话：一个小老头半闭着眼睛，贪馋地啃着一块羊骨头；一个供职二十二年无差错的将军，酒醉饭饱，红光满面；手上戴着有图章的指环的校官热尔科夫惊惶不安地环顾着所有的人；还有安德烈公爵，他脸色苍白，嘴唇紧闭，眼睛像发烧似的闪动着。

屋角靠着一面缴获的法国军旗，军法官带着天真的神气摸摸军旗，困惑地摇摇头，也许他真的对军旗感兴趣，也许因为他饿着肚子看人家吃饭而没有自己的份感到难受。隔壁小屋里关着一个被龙骑兵俘虏的法国上校。几名俄国军官聚集在他周围打量着他。巴格拉基昂公爵向指挥官一一道谢，询问战斗和伤亡的详细情况。在布劳瑙受过检阅的团长向巴格拉基昂公爵报告，说战事一开始，他就从树林里撤退，把砍柴的士兵集合在一起，让法军从旁边经过，然后用两营人拼刺刀，把法军击溃。

“大人，我看见一营已乱了阵脚，我就站在路上想：‘让他们撤走，然后迎头痛击法国人。’我就这样做了。”

团长心里很想这样做，又惋惜没来得及这样做，但他讲得似乎真有其事。是啊，也许真的发生过这样的事吧？在这一场混战中，谁能说得清什么事发生过，什么事没发生过？

“大人，我还应该向您报告，”团长想起陶洛霍夫同库图佐夫的谈话，以及他同这个降职的人的最后一次见面，说，“我亲眼看见降职当兵的陶洛霍夫俘虏了一名法国军官，他表现得特别勇敢。”

“大人，我在这里看见保罗格勒骠骑兵冲锋，”热尔科夫神色慌张地环顾着，插嘴说，其实这天他根本没看见骠骑兵，只听一个步兵军官说到他们。“他们冲破了两个方阵，大人。”

有几个人听了热尔科夫的话微微一笑，照例把它当作笑话，但发现他的话会使我军增光，就现出严肃的神态，虽然许多人都清楚，热尔科夫说的是一派谎言。巴格拉基昂公爵向老上校转过身去。

“诸位，我感谢大家，步兵、骑兵和炮兵作战都很勇敢。中央阵地怎么扔掉了两门大炮？”他问，用眼睛找寻着什么人。（巴格拉基昂公爵没问到左翼的大炮，因为他知道，战事一开始，那里所有的炮都被扔下了。）“我好像是请您去的。”他对值班的校官说。

“有一门炮被打坏了，”值班校官回答，“另外一门，我可不知道，我一直在那里照管，刚刚离开……确实打得很厉害。”值班校官恭敬地补充说。

有人说，土申大尉就在这个村里，已派人去找了。

“您不是到过那里吗？”巴格拉基昂公爵问安德烈公爵说。

“是啊，我们刚好错过。”值班校官对安德烈公爵愉快地微笑着说。

“我没有福气遇见您。”安德烈公爵冷冷地说。

大家都没作声。土申怯生生地从将军们背后挤出来，出现在门口。他看见长官照例有点窘，在狭窄的农舍里绕过将军们，没注意旗杆，绊了一跤。有几个人笑起来。

“一门大炮怎么扔掉的？”巴格拉基昂皱起眉头问。他并不是对大尉，而是对发笑的人皱眉头，在发笑的人当中，笑得最响的是热尔科夫。

此刻当着严厉的长官的面，土申才恐惧地意识到自己活着丢了两门大炮是一种失职和耻辱。他情绪非常激动，因为以前一直没想到这一层。军官们的笑声弄得他更加狼狈。他站在巴格拉基昂面前，下巴颏发抖，好容易说：

“我不知道……大人……当时没有人，大人。”

“您可以向掩护部队要人！”

当时并没有掩护部队，但土申没有说。他怕因此连累别的军官，没有作声，眼睛呆呆地盯着巴格拉基昂的脸，好像一个答错考题的小学生望着主考人。

沉默持续了好一阵。巴格拉基昂公爵显然不愿使人觉得严厉，但又找不出话说；其他的人又不敢插嘴。安德烈公爵皱着眉头望着土申，手指神经质地抖动着。

“大人，”安德烈公爵用尖锐的声音打破了沉默，“您派我去土申大尉的炮兵连。我到了那里，发现丢了三分之二人马，两门大炮也打坏了，根本没有什么掩护部队。”

这时巴格拉基昂公爵和土申都盯着激动而又克制地说话的安德烈。

“大人，您要是允许我发表意见，”安德烈公爵继续说，“那么我想说，我们今天的胜利首先应归功于这个炮兵连的行动和土申大尉跟他连队的勇敢坚定。”安德烈公爵说完，不等人家回答，就离开餐桌。

巴格拉基昂公爵望望土申，显然不愿意表示自己不相信安德烈的尖锐批评，同时又觉得不能完全相信他的话，就向土申点点头，告诉他可以走了。安德烈公爵跟着他走出来。

“哦，谢谢，好人，您救了我。”土申对他说。

安德烈公爵觉得又伤心又痛苦。一切都是那么古怪，出乎他的意料。

“他们是什么人？他们到这里来做什么？他们要什么？这一切什么时候才会了结？”尼古拉望着面前交替出现的人影，想。手臂上的疼痛越来越厉害。他无法克服睡意，眼前出现一个个红圈，那些声音和那些人的脸、孤独感和疼痛交织在一起。这是他们，这些兵，负伤的和没负伤的兵，是他们在挤他，压他，抽他的筋，烧他的断臂和肩膀。为了摆脱这一切，他闭上了眼睛。

尼古拉迷糊了一会儿，在这短暂的昏迷中，他梦见了许多景象：他看见他的母亲和母亲又白又大的手，看见宋尼雅瘦削的肩膀，娜塔莎的眼睛和笑声，还有杰尼索夫和他的声音与小胡子，还有吉梁宁，以及他跟吉梁宁和波格丹内奇的事。这件事和那个尖嗓子的兵原来是一回事。这件事和那个兵那么痛苦、那么执拗地抓住和挤压他的手臂并且向一边拉也是一回事。他想从他们手里挣脱，但他们紧紧抓住他的肩膀，连一秒钟也不放松。要不是他们硬拉他的肩膀，他也不会感到疼痛，可是他无法摆脱他们。

尼古拉睁开眼睛望望天空。黑色的夜幕悬在篝火上空一码的地方。在这条火光中，飘飘悠悠地下着细雪。土申没有回来，军医也没有来。尼古拉孤零零独自一人，只有一个兵光着身子坐在篝火前，烘着他那又瘦又黄的身体。

“谁也不需要我了！”尼古拉想。“没有人帮助我，没有人可怜我。可从前我在家里多么强壮，快乐，招人喜爱。”他叹了一口气，随即又情不自禁地呻吟起来。

“很痛吗？”那个兵在篝火上方抖动衬衫问，接着不等回答，干咳了一声，添加说，“今天一天伤了多少人，真是可怕！”

尼古拉没听那兵说话。他望望在篝火上飞舞的雪花，想起俄罗斯的冬天，想起明亮温暖的家，想起厚厚的皮大衣、飞驰的雪橇、健康的身体，以及家里人对他的爱护和关怀。“我到这里来干什么呀！”尼古拉想。

第二天，法军没有再发动进攻，巴格拉基昂的残部同库图佐夫的军队会师了。

第三部

1

华西里公爵对自己的计划从来不多加考虑，对损人利己的行为考虑得更少。他老于世故，在社交界长袖善舞，惯于从中弄到好处。他总是根据不同环境，根据不同对象，决定不同的计划和打算。尽管他对自己的计划和打算从不深思熟虑，但制订计划却是他生活的全部乐趣。在他的头脑里，计划和打算不是一个两个，而是一打两打，其中有的刚刚形成，有的已经实现，有的已自行消亡。他从不预先考虑好，例如："这人现在得势，我要取得他的信任和交情，并通过他获得一笔特别津贴。"或者："现在皮埃尔有钱了，我要吸引他娶我的女儿，然后向他借我所需要的四万卢布。"华西里公爵一遇见有权有势的人物，本能就会立刻提醒他，这人可能有用，应该同他接近，一有机会他就会不假思索地去奉承他，亲近他，说出要说的话来。

皮埃尔在莫斯科受到他的笼络。华西里公爵替他谋得宫内侍从一职，相当于五等文官。他要皮埃尔陪他去彼得堡，并住到他家里。华西里公爵仿佛不是有心，但满怀信心，竭力要使皮埃尔娶他的女儿。华西里公爵要是事先反复考虑他的计划，患得患失，在和地位不同的各种人交往中，他就不可能那么大方那么亲热了。他善于趋炎附势，还有一种抓住有利时机利用各种人物的罕见本领。

皮埃尔不久前还独自过着无忧无虑的生活，如今突然成了富翁和别祖霍夫伯爵，每天要和各种人打交道，要处理各种事务，一直要到晚上上床才得清静。他要签署文件，出入官府（他不明白那种地方在干什么），要向总管了解各种家务，视察莫斯科郊区庄园，接见许多人。这些人以前根本不把他放在眼里，如今他要是不愿接见他们，他们就会觉得十分委屈。商人、亲戚、熟人等形形色色的人物对这位年轻的继承人都十分和蔼可亲，深信他品德高尚。他不断听到“以您的仁爱胸怀”，或者“凭您的善良心肠”，或者“您是那么纯洁，伯爵……”，或者“要是他能像您那样英明”这一类话，以致他真的相信自己非常仁爱、非常英明，再说，他内心一向认为自己是很仁爱、很英明的。就连过去待他粗暴无礼、抱有敌意的人现在也变得和蔼可亲了。那个腰身很长、头发梳得像布娃娃、脾气很坏的大公爵小姐在办完丧事后来到皮埃尔房里。她垂下眼睛，脸上一阵红一阵白，对他说，她为过去他们之间的误会感到遗憾，现在她知道自己无权要求什么，只请求在她受了这次重大打击后再在这家里逗留几星期，因为她那么热爱这个家，并曾为它作了那么多牺牲。她说这话时忍不住哭起来。皮埃尔被这个像石像一般冷冰冰的公爵小姐的转变所感动，抓住她的手请求原谅，虽然自己也不知道要她原谅什么。公爵小姐从那天起动手替皮埃尔织条纹围巾，完全改变了对他的态度。

“你为她做件好事吧，老弟，她毕竟为已故的伯爵吃了不少苦。”华西里公爵对皮埃尔说，让他在一张对公爵小姐有利的文件上签字。

华西里公爵认定得把这块大骨头（三万卢布支票）扔给可怜

的公爵小姐，免得她说出他曾参与抢夺镶花文件夹的事。皮埃尔签了字，从此公爵小姐就变得越发和蔼可亲了。两个小表妹对他也很亲热，特别是那个脸上有痣、相貌好看的最小的公爵小姐，看见他总是羞答答地微微一笑，弄得他有点尴尬。

皮埃尔觉得人人喜欢他是理所当然的。要是有人不喜欢，那就有悖情理，而他不能不相信周围的人待他是一片诚意。再说，他也没时间去考虑他们有没有诚意。他总是忙忙碌碌，总是陶醉在亲切愉快的气氛中。他觉得自己是某种重大运动的中心，人家对他总是有所期待；某件事他要是不做，就会使许多人痛苦失望；他要是做了，就会使大家高兴。于是他就有求必应，但结果并不美满。

最初，华西里公爵对皮埃尔的行动控制得比谁都严。自从别祖霍夫伯爵去世后，他就没放松过皮埃尔。华西里公爵那副神气仿佛表示，尽管他事务繁忙，疲劳不堪，但出于同情心，不能眼看这个无依无靠的青年听凭命运和骗子们的摆布，因为他毕竟是他老朋友的儿子，而且有这么一大笔财产。别祖霍夫伯爵去世后，华西里公爵留在莫斯科的日子里，他几次把皮埃尔叫到跟前，或者亲自去找他，指点他事情该怎么办。他用疲倦而肯定的语气说话，仿佛还对他说：

“你知道我忙得不可开交；但我要是不管你，于心不安；你要知道，我对你说的是唯一可行的办法。”

“我说，老弟，明天我们非走不可了。”有一天华西里公爵闭上眼睛，抚摸着皮埃尔的臂肘，对他说，那语气仿佛在说一种他们早已商定而不能改变的事。

“我们明天就动身，我在马车里给你留个位子。我很高兴，这里的重要事情都办好了。我早就该走了。我从大臣那里收到一封信。我向他推荐你。你的名字已列入外交使团，你已当上宫内侍从。现在，外交官的路已在你面前展开了。”

虽然华西里公爵说话疲惫而又肯定，长期考虑自己前途的皮埃尔却很想表示异议。但华西里公爵用低沉的温柔语气抢在前头，使他无法插嘴，而且觉得非服从不可。

“不过，老弟，我这样做是为了自己，为了自己的良心，你可不用谢我。天下没有人会因为人家太爱他而诉苦的。再说，你享有自由，即使你明天辞职不干也行。你到了彼得堡就会明白。你早就该把那些可怕的往事给忘了。”华西里公爵叹了一口气。“就是这样，老弟。让我的跟班也搭你的马车走吧。哦，对了，我差点儿忘了，”华西里公爵又添加说，“不瞒您说，老弟，你父亲同我还有点账目未清，所以我收到梁赞田庄的款子就收下了，反正你也不需要钱用。咱们的账好算。”

华西里公爵所谓“梁赞田庄的款子”是指农民缴纳的几千卢布代役租，他早就把这笔钱扣下了。

在彼得堡，也像在莫斯科那样，皮埃尔被热情友好的气氛所包围。他无法推辞华西里公爵为他谋得的职位，或者毋宁说头衔（因为他什么事也不用做），而交际、邀请和社会活动是那么多，以致皮埃尔觉得比在莫斯科更加使他陶醉、忙碌和幸福。这种幸福，永无止境。

皮埃尔原来的单身汉朋友，很多都不在彼得堡。近卫军上了前线，陶洛霍夫降为士兵，阿纳托里在外省军队里，安德烈公爵在国外，因此皮埃尔不能像以前所喜爱的那样消磨夜晚，也无法同他所尊敬的老朋友促膝谈心。他把全部时间都花在宴会、舞会上，主要是在华西里公爵家里，同肥胖的公爵夫人和他们美丽的女儿海伦待在一起。

安娜·舍勒也跟社交场所别的人一样，改变了对皮埃尔的态度。

以前，安娜·舍勒在场，皮埃尔总觉得自己说话没有礼貌，没有分寸，很不得体。他的话没说出口似乎很聪明，一旦说出来就显得很愚蠢。相反，伊波利特最愚蠢的话说出来也显得聪明、讨人喜欢。现在呢，皮埃尔不论说什么都是动听的。即使安娜·舍勒没开口，他也看出她想这么说，只因为对他的谦逊表示尊重，才克制着没有说出来。

从一八〇五年初冬到一八〇六年，皮埃尔经常收到安娜·舍勒惯用的粉红色请帖，请帖上还加了一句：“在我这里你能看到百看不厌的美丽的海伦。”

皮埃尔看到这里，第一次感到在他和海伦之间形成了一种公认的关系。这个想法使他害怕，仿佛给了他一种他无力承担的义务，但同时又使他高兴，因为这是一种有趣的设想。

安娜·舍勒的晚会仍同第一次一样，所不同的只是现在安娜·舍勒用来款待客人的不是莫特玛，而是从柏林来的一位外交官。这位外交官带来亚历山大皇帝到达波茨坦的最新详情，还介绍了两位君主怎样在那里宣誓结成牢不可破的同盟，来保卫正义的事业，反对人类的公敌。安娜·舍勒带着哀伤的神情接待皮埃尔。她这种神情显然是由于这个青年新近丧父，由于别祖霍夫伯爵的去世而引起的（大家都认为必须让皮埃尔明白，他那几乎不认识的父亲的去世应该使他很伤心）。她这种哀伤的神情就像提到至尊的玛丽雅太后时一样。皮埃尔因此感到荣幸。安娜·舍勒以她娴熟的手腕把客人分成几组。华西里公爵和将军们的大组分到了那位外交官。另一个组围着茶桌。皮埃尔想加入第一组，但安娜·舍勒好像一个战地司令官，头脑里有无数高明主意还没来得及实行，因此心情很紧张。她一看见皮埃尔，就用一个手指碰碰他的衣袖说：

“等一下，今晚我有件事要同你谈。”她说着瞟了一眼海伦，对她微微一笑。

“我亲爱的海伦，请你对我那位崇拜你的姑妈发发善心，去陪她十来分钟吧。为了不让你太无聊，我们这里来了一位可爱的伯爵，他是不会拒绝同你做伴的。”

美人向老姑妈走去。安娜·舍勒仍把皮埃尔留在身边，她的神态表示，她还得再叮嘱他一点事。

“她真迷人，是不是？”安娜·舍勒指着轻盈地飘走的绝色美人对皮埃尔说。“真是仪态万方！这样年轻的姑娘就有这样端庄的仪态，真是雍容华贵！这是出于她的心灵！她嫁给谁，谁就有福了！跟她在一起，一个最不擅长交际的丈夫也会在社交界大放异彩。您说是吗？我只想知道您的想法。”安娜·舍勒说到这里才放了皮埃尔。

对安娜·舍勒谈到的海伦仪态端庄的问题，皮埃尔衷心表示同意。要是他曾经想到过海伦，那想到的就是她的美丽，就是她在交际场所很自然地表现出来的文静优雅的风度。

姑妈在她的角落里接待这两个年轻人，但似乎不愿流露她对海伦的崇拜，而宁愿表示她对安娜·舍勒的敬畏。她瞧瞧侄女，仿佛问她该怎样对待他们。安娜·舍勒离开她们的时候，又用手指碰碰皮埃尔的衣袖说：

“我希望您再也不会说在我家里无聊了。”安娜·舍勒瞧了瞧海伦。

海伦傲然一笑，仿佛表示，她不容许有人见了她而不着迷。姑妈咳嗽了几声，咽下一口唾沫，用法语说，她看到海伦很高兴；然后用同样的神态、同样的措辞对皮埃尔也说了一遍。在断断续续的沉闷谈话中，海伦瞧了瞧皮埃尔，并且像对一切人那样，迷人地粲然一笑。皮埃尔已看惯这种微笑，不觉得有什么特殊含义，因此对它毫不在意。姑妈谈到皮埃尔亡父别祖霍夫伯爵酷爱收藏鼻烟壶，并拿出她的一个鼻烟壶给他们看。海伦公爵小姐要求看看鼻烟壶上姑父的画像。

“这大概是维奈斯的作品。”皮埃尔说出著名微型画家的名字，从桌上探身去取鼻烟壶，同时听着另外一桌上的谈话。

他欠起身来，想绕过去，但姑妈从海伦背后把鼻烟壶直接递给他。海伦把身子闪开，含笑回头看了看。她像平时参加晚会那样，穿着当时流行的袒胸露背的晚礼服。她的上半身（皮埃尔一向觉得它像大理石雕成的）离他的眼睛那么近，连他这样的近视眼都能看清她那富有魅力的肩膀和脖子，而离他的嘴唇又是那么近，他只要稍稍低下头，就能碰到她。他感到她肉体的温暖，闻到香水的芬芳，听到她呼吸时胸衣的窸窣声。他看到的不是同她衣服组成一个整体的大理石般的美，他看到和感觉到的是她那只隔着一层衣服的肉体的魅力。一旦发现了这点，他就再不能像原来那样看她，就像我们不能再相信已经揭穿的骗局那样。

“难道您到现在还没注意到我是多么美吗？”海伦仿佛这样说。“您没注意到我是个女人吗？是的，我是个女人，我可以属于任何男人，也可以属于您。”海伦的眼神在这么说。就在这一刹那，皮埃尔觉得海伦不仅可能而且应该做他的妻子。他觉得非如此不可。

就在这一刹那，他确信她会做他的妻子，好像他已同她站在一起举行婚礼。但这事怎样实现，什么时候实现，他却不知道。他甚至不知道这是不是好事（不知怎的，他甚至觉得这是件坏事），但他知道这事一定会成为现实。

皮埃尔垂下眼睛，又抬起来。他仍希望他看到的只是一个陌生的与他无关的美人，就像以前每天看到她的时候那样，但这已经办不到了，好像一个人原来在迷雾中把一棵草看成一棵树，一旦认出这是一棵草，就再也不能把它当作一棵树了。她挨得他太近了。她可以牢牢地控制他。他们之间，除了他自己的意志，已没有任何障碍了。

“好吧，我把你们留在你们的角落里。我看出，你们在那里挺快活。”传来安娜·舍勒的声音。

皮埃尔恐惧地回想他有没有做出什么不体面的行为，涨红了脸，向周围环顾着。他觉得人人都像他一样知道他出了什么事。

过了一会儿，皮埃尔走到大组客人那里，安娜·舍勒对他说：

“听说您在装修您在彼得堡的公馆，是吗？”

这是事实：建筑师说，需要这样做。于是皮埃尔就糊里糊涂地装修起他彼得堡的邸宅来。

“这很好，但您不要从华西里公爵家搬走。有他这样一个朋友是不错的，”安娜·舍勒说到这里，向华西里公爵微微一笑，“这方面的事我懂得一点。是不是？您还这么年轻，需要听听别人的忠告。您别以为我倚老卖老，生我的气。”安娜·舍勒沉默了一会儿，就像一般女人说到自己年纪时默默地等待别人开口那样。“您要是结婚，那可是另一回事了。”接着她一眼同时看了看他们两人。皮埃尔没看海伦，海伦也没看皮埃尔。但她依旧紧挨着他。他嘟囔了一句，脸红了。

皮埃尔回到家里，回想刚才发生的事，久久不能入睡。他出了什么事啦？什么也没有。他只明白一点：他从小就认识的那个女人（以前人家对他说起海伦是个美人，他总是漫不经心地回答：“是的，她长得很美。”），如今可能属于他了。

“但她很愚蠢，我说过她很愚蠢，”皮埃尔想，“她在我身上引起的不是爱情，而是一种丑恶的、卑劣的感情。我听说，她哥哥阿纳托里爱过她，她也爱过他，他们之间有过一段丑闻，因此阿纳托里从家里被打发走了。她的哥哥伊波利特……她父亲华西里公爵……这样不好。”皮埃尔想，但就在他这么考虑的时候（这种考虑还没结束），他又情不自禁地产生另一种想法。他一方面觉得她庸俗浅薄，另一方面又梦想她将成为他的妻子，她会爱他，她会完全改变，而他所想到和听到的有关她的一切可能都是假的。皮埃尔又看到她不是什么华西里公爵的女儿，而只是被灰色衣服所遮盖的一身肉体。“不过，以前我怎么从没有产生过这样的念头？”皮埃尔又对自己说，这不可能，这样的婚姻有点丑恶，不自然，不正当。皮埃尔回想她说过的话和她的眼神，回想人们看见他们两人在一起时的眼神。他想起安娜·舍勒对他说到房子时的话和眼神，想起华西里公爵和别人所做的成千次暗示。他感到心惊胆战，他怕他已不得不做一件显然是不好而又不该做的事。但就在他这么想的时候，他心中又浮现出她那富有女性魅力的形象。

2

一八〇五年十一月，华西里公爵要到四个省视察。他谋得这个差事，就可以顺便看看他那破落的田庄。他把儿子阿纳托里从部队营地找来，带他一起到保尔康斯基公爵家，目的是要让儿子娶这个老财主的女儿。不过在动身去处理这些新事之前，华西里公爵必须先解决皮埃尔的问题。不错，皮埃尔近来整天都待在他家里，并且像一般恋爱中的人那样，一看到海伦就神魂颠倒，手足无措，但还没向她开口求婚。

“这一切都很好，但总得有个结果啊。”一天早晨，华西里公爵闷闷不乐地暗自叹息说，他觉得皮埃尔欠了他那么多情（哦，但愿上帝保佑他），在这件事上也做得不够漂亮。“年纪轻……轻浮……唉，但愿上帝保佑他！”华西里公爵想，自以为很厚道，“总得有个结果啊。后天是海伦的命名日，我要请几个人来。要是他还不懂应该怎么办，那就让我来。对，让我来办。我可是她的父亲啊！”

皮埃尔参加了安娜·舍勒的晚会，激动得通宵失眠，但断定同海伦结婚是不会幸福的，他得避开她。从那天起，一个半月过去了，可是皮埃尔还没离开华西里公爵家。他恐惧地感觉到，在人们的眼里他同她的关系一天比一天密切，他再也无法恢复以前对她的看法，他无法离开她。这很可怕，因为他不得不把自己的命运同她结合在一起。他本来还可能克制自己的感情，但华西里公爵家没有一天没有晚会（以前他很少请客），皮埃尔要是不愿扫大家的兴，不愿使大家失望，就只好参加。华西里公爵难得在家，他只要从皮埃尔身旁走过，就拉拉他的手，漫不经心地把自己刮得精光的皱脸凑过去让他吻，或者说“明天见”，或者说“来吃饭，不然我就看不见你了”，或者说“我是为了你才留下来的”，等等。尽管华西里公爵为了皮埃尔而留下来（他是这么说的），他同皮埃尔却说不上两句话，而皮埃尔却觉得不能使他失望。皮埃尔天天对自己说：“我一定要了解她，弄明白她究竟是个怎样的人。我是以前错了，还是现在错了？是啊，她并不愚蠢，她是个好姑娘！”皮埃尔有时这样自言自语。“她从没做过什么错事，从没说过一句蠢话。她话不多，但说起来总是简单明了。她确实不蠢。她从来没发过窘，现在也很大方。她确实不是个坏女人！”他同她谈论各种问题，说出自己的想法。每次她不是用简短而适当的话回答他，表示她对此不感兴趣，就是只用默默的微笑和眼神来回答，但皮埃尔却觉得她超群脱俗，不同凡响。她这样一笑，一切议论就都显得荒谬，只有她才是对的。

海伦一看见他，总是快乐而信任地对他嫣然一笑。她只对他一人才这样笑，比她平时挂在脸上的微笑含义深长得多。皮埃尔知道，大家都期待他越过界线，说出一句明确的话。他知道他早晚得越过这条界线，但一想到这可怕的一步，他就感到莫名的恐惧。在这一个半月里，他觉得越来越被拉近那个可怕的深渊，他成千次问自己：“这是怎么一回事？我要下定决心！难道我没有决心吗？”

皮埃尔想下决心，但恐怖地感到，他在这件事上缺乏平时具有的决心。有些人只在自以为纯洁无瑕的时候才显得坚强，而皮埃尔就是这种人。那天，他在安娜·舍勒家观看鼻烟壶时被一种欲望所支配，从此他就产生了犯罪感，使他下不了决心。

在海伦命名日，华西里公爵家举行了一次由至亲好友（照公爵夫人的说法）参加的小型宴会。赴宴的亲友都预感到，这天将决定命名人的命运。客人们入席了。华西里公爵夫人当年是个美丽端庄的女人，如今身体发胖，她坐了主位。她的两边坐着贵宾：一位老将军和他的夫人、安娜·舍勒，餐桌末端是年纪轻轻的贵宾，还有家里人，皮埃尔同海伦就并肩坐在那里。华西里公爵没有入席，他围着桌子转，心情愉快，时而在这个客人旁边坐坐，时而在那个客人旁边坐坐。他对每个人都随便说几句愉快的话，唯有对皮埃尔和海伦例外，仿佛根本没注意到他们也在场。华西里公爵在场使大家都很快活。灯烛辉煌，银器和玻璃器闪闪发亮，妇女们打扮得光艳照人，肩章上的金饰和银饰相互辉映。穿红制服的仆人围着桌子奔走忙碌。桌上刀叉和杯盘叮当作响，桌旁有几处在热烈谈话。在餐桌一端，一位年老的宫廷侍从正在向一个上了年纪的男爵夫人表白热烈的爱情，使她不断发出笑声。另一端，有人在讲一个叫玛丽雅·维克多罗夫娜的不幸遭遇。桌子中间，华西里公爵吸引了一批听众。他嘴上挂着诙谐的微笑，给太太们讲最近一次（星期三）枢密会议的情况。会上，新任彼得堡军事总督维亚兹米金诺夫接到并宣读了亚历山大皇帝从军中寄来的著名诏书。皇帝对维亚兹米金诺夫说，他从四面八方接到民众的效忠信，其中彼得堡的声明尤其使他高兴，他以担任这个国家的元首为荣，并竭力做到不负众望。诏书是这样开始的：**“尊敬的维亚兹米金诺夫！据各方消息……”**

“那么，除了尊敬的维亚兹米金诺夫就没有别的了？”一位太太问。

“是的，是的，什么也没有了，”华西里公爵笑着回答。“‘尊敬的维亚兹米金诺夫……据各方消息。据各方消息，尊敬的维亚兹米金诺夫……’可怜的维亚兹米金诺夫怎么也读不下去了，他几次从头读起，但一读到尊敬的……就呜咽……维——亚——兹——米……他就流泪……据各方消息……他就痛哭起来，再也念不下去。他拿出手帕，又念‘尊敬的维亚兹米金诺夫，据各方消息’，眼泪又涌出来……结果只好请别人代念。”

“维亚兹米金诺夫……据各方消息……眼泪又流出来……”有人笑着模仿说。

“您别挖苦了，”安娜·舍勒从桌子另一端伸出一个手指威吓说，“人家维亚兹米金诺夫可是个好人……”

大家都笑得很痛快。餐桌上首的贵宾个个都很快活，很兴奋。只有皮埃尔和海伦并排坐在下座，一直没说话。两人脸上都保持着欢乐的笑容，但这同维亚兹米金诺夫的笑话无关，而是为自己的感情害羞。尽管别人有说有笑，相互打趣，尽管大家津津有味地喝莱茵葡萄酒，吃加调料的菜肴和冰淇淋，目光有意避开这对青年，仿佛对他们漠不关心，但从偶尔投向他们的目光中，不知怎的使人感到，关于维亚兹米金诺夫的笑话也好，笑语声也好，美味的食物也好，这一切都是无关紧要的，大家的注意力其实都集中在他们两人身上。华西里公爵模仿维亚兹米金诺夫的呜咽，眼睛却瞟着女儿。他笑的时候，脸上的表情仿佛在说：“对了，对了，一切顺利，这事今天就可以定局。”安娜·舍勒威吓他不要取笑善良的维亚兹米金诺夫，华西里公爵却在她瞟着皮埃尔的眼神里看出，她在为他得到未来的快婿和女儿的幸福祝贺他。老公爵夫人忧郁地叹息着向旁边的女宾敬酒，同时生气地望了望女儿。她这声叹息仿佛在说：“是啊，老朋友，现在除了喝杯甜酒之外就没有咱们的事了；眼下的时势，年轻人都会毫无顾忌地为自己的幸福谋算。”外交官望着这对恋人幸福的脸，想：“我讲的这一切多么无聊，仿佛我真的对此感兴趣似的。其实只有他们才幸福呢！”

在这群上流社会矫揉造作、琐碎无聊的趣味中，融入了一对漂亮健康的青年男女相互倾慕的真挚感情。这种感情压倒一切，远比那些装腔作势的闲谈高尚。笑话并不可笑，新闻并不有趣，兴致显然是装出来的。不仅老爷太太们，就连桌旁侍候的仆人们也有这样的感觉。他们望着美人海伦和她那容光焕发的脸，望着皮埃尔肥胖红润、幸福而激动的脸，竟忘了自己的职务。就连烛光似乎也只照在这两张幸福的脸上。

皮埃尔觉得他是宴会的中心。这种地位使他又高兴又拘束。他好像在专心从事什么工作，看不清、听不见也不明白任何事。他的心里只偶尔掠过一些零星的思想和现实生活的片段印象。

“那么，一切都完了！”他想。“怎么会弄出这样的局面来？而且这么快！现在我明白了，不是为了她一个人，也不是为了我自己，而是为了大家，这件事无法避免。他们都等待着这件事，都相信它一定会发生，因此我不能，我不能使他们失望。但究竟怎样发生呢？我不知道；但一定会发生，一定会发生！”皮埃尔望着眼前耀眼的光肩膀，想。

不知怎的他忽然害臊起来。他感到害臊，因为他一个人吸引了所有人的注意，他在别人心目中是个幸运儿，他这个其貌不扬的帕里斯[1]竟占有了美人海伦。“不过这种事向来如此，”他安慰自己说，“但话又得说回来，我为此做过什么啦？这事是什么时候开始的？我是跟华西里公爵一起从莫斯科来到这里的。那时还什么事也没有。再说，我为什么不可以住在他家里？后来我

1 希腊神话中的特洛伊王子，因诱走斯巴达王墨涅拉俄斯的王后海伦而引起特洛伊战争。

同她一起打牌，我捡起她的手提包，跟她一起坐车兜风。这一切是什么时候开始的？这一切是什么时候发生的？”皮埃尔俨然以未婚夫身份坐在她旁边，听到、看到和感觉到她就在旁边，闻到她的呼吸，看到她的动作，欣赏着她的美貌。他忽然觉得，这不是她，而是他自己长得异常俊美，因此大家都这样看他。皮埃尔由于大家的赞赏而感到高兴。他挺起胸膛，抬起头，感到十分幸福。他忽然听见有个熟识的声音反复对他说着什么。但他专心致志地沉思着，不知道人家在对他说些什么。

“我问你，你什么时候收到安德烈公爵的信？”华西里公爵第三次问他，“你怎么这样心神不定，老弟。”

华西里公爵微微一笑。皮埃尔看到所有的人都向他和海伦微笑。“你们知道就知道吧，”皮埃尔自言自语，“那又有什么关系？这是事实。”皮埃尔现出温和而天真的微笑。海伦也笑了。

“你究竟什么时候收到他的信的？是从奥洛莫乌茨寄来的吗？”华西里公爵又问了一遍，仿佛要解决争论，他非知道这事不可。

“这种小事值得谈，值得放在心上吗？”皮埃尔想。

“是的，从奥洛莫乌茨寄来的。”他叹了口气回答。

饭后皮埃尔带着女伴跟其他人走进客厅。客人们纷纷走散，有的没跟海伦告辞就走了。有的仿佛不愿妨碍她的正事，只走过来向她告别一下就走，而且不让她送。那位外交官闷闷不乐地走出客厅，没说一句话。他觉得他的外交官身份同皮埃尔的幸福比起来一文不值。老将军当妻子问他的腿怎样时，竟对她大发脾气。他心里想：“哼，傻婆娘，人家海伦即使到五十岁也还是个美人。”

“看来我可以向您祝贺了，”安娜·舍勒对公爵夫人低声说，使劲吻了吻她，“要不是偏头痛，我真愿意留下来呢。”

公爵夫人什么也没回答，她十分妒忌女儿的幸福。

皮埃尔同海伦送走客人，两人在小客厅里又待了好一阵。最近一个半月来，他常常单独同海伦在一起，但从没同她谈情说爱。现在他觉得必须这样做，但又下不了决心跨出这最后一步。他感到不好意思，仿佛他待在海伦旁边是占了别人的位子。“这种幸福不是你配享受的，”皮埃尔心里有个声音这样说，“只有那些跟你气质不同的人才能享受这种幸福。”但总得说些什么，他就开口了。他问她对今天的宴会是不是满意。她照例直爽地回答，今天的命名日她过得非常愉快。

有几个近亲还没走。他们坐在大客厅里。华西里公爵懒洋洋地走到皮埃尔面前。皮埃尔站起来，说时间不早了。华西里公爵带着疑问恶狠狠瞪了他一眼，仿佛他的话说得太奇怪，简直叫人听不进去。但华西里公爵严厉的神气一下子就变了，他抓住皮埃尔的手臂让他坐下，亲切地微微一笑。

“喂，怎么样，小海伦？”他随即对女儿说，用的是父母对宠儿惯用的亲昵语气，不过这种语气华西里公爵是从别人那里学来的。

他又转身对皮埃尔说话。

“尊敬的维亚兹米金诺夫，据各方消息……”华西里公爵解开背心最上面的一颗纽扣，说。

皮埃尔微微一笑，但从他的笑容上可以看出，他明白华西里公爵这时感兴趣的，不是维亚兹米金诺夫的笑话。而华西里公爵也知道，皮埃尔明白这一点。华西里公爵突然嘟囔了一句什么，走出去了。皮埃尔觉得连华西里公爵也有点窘。这个老于世故的人的窘态感动了皮埃尔。皮埃尔回顾了一下海伦。海伦似乎也有点窘，她的眼神仿佛在说：“有什么办法，还不是您自己不好。”

“非得跨出这一步不可了，可是我不能，我不能。”皮埃尔想，于是又谈旁的事，谈维亚兹米金诺夫，问这个笑话的详细情况，因为他没有听清。海伦含笑回答说她也不知道。

华西里公爵走进客厅的时候，公爵夫人正同一位上了年纪的太太谈皮埃尔的事。

“当然，这是出色的一对，老大姐，但幸福……”

“婚姻是天定的。”上了年纪的太太回答。

华西里公爵似乎不想听这两个女人的谈话，走到客厅另一角，在沙发上坐下。他闭上眼睛，像在打瞌睡。他的头往前一冲，随即清醒过来。

“阿林娜，”华西里公爵对妻子说，“去看看他们在干什么。”

公爵夫人走到门口，装出一副若无其事的神气走过去，向客厅瞥了一眼。皮埃尔和海伦仍坐在那里谈话。

“还是那样。”公爵夫人回答丈夫说。

华西里公爵皱起眉头，撇撇嘴，双颊跳动起来，露出不高兴的粗鲁表情。他打起精神站起来，头往后一仰，迈着坚定的步子，从太太们面前走进小客厅。他高兴地快步走到皮埃尔面前。公爵的脸色十分得意，以致皮埃尔一看见他，就惶恐地站起来。

“感谢上帝！”华西里公爵说，“太太全告诉我了！”他一手搂住皮埃尔，一手搂住女儿。“我的孩子海伦！我非常非常高兴。”华西里公爵的声音发抖，“我一向敬爱你的父亲……她会成为你的好妻子的……上帝保佑你们！……”

华西里公爵拥抱女儿，然后又拥抱皮埃尔，用他那老年人的嘴吻皮埃尔。眼泪沾湿了他的双颊。

“公爵夫人，到这儿来。”华西里公爵叫道。

公爵夫人走进来，她也哭了。那位上了年纪的太太也用手帕擦着眼泪。她们吻皮埃尔，皮埃尔反复吻美丽的海伦的手。过了一会儿，又只剩下他们两人了。

“这事只好这样，非这样不可，”皮埃尔想，“因此不必问这是好事还是坏事。也好，因为事情定下来了，用不着再像原来那样举棋不定。”皮埃尔默默地握住未婚妻的手，望着她那起伏不停的美丽胸脯。

“海伦！”皮埃尔大声叫道，没再说下去。

“在这种场合应该说些什么特别的话？”皮埃尔想，但怎么也想不出究竟应该说什么。他瞧了瞧海伦的脸。海伦向他挨紧了一点。她脸上泛出一片红晕。

“啊，把这个拿掉……拿掉……”海伦指指他的眼镜。

皮埃尔摘下眼镜。他的眼睛不仅现出一般人刚摘去眼镜时的怪相，而且带着惊疑的神色。他想弯下腰去吻海伦的手，但海伦敏捷而粗鲁地一仰头，让他的嘴唇贴住自己的嘴唇。海伦脸上那种慌张难看的样子使皮埃尔大为吃惊。

“现在为时已晚，一切都完了；但我是爱她的。”皮埃尔想。

“*我爱你！*”皮埃尔想起在这种场合应该说的话，就说，但说得干巴巴，连他自己都觉得害臊。

一个半月后，皮埃尔结了婚，住进彼得堡装修一新的别祖霍夫伯爵大邸宅里，并且像大家所说的那样，成了个娶上娇妻又得到百万家产的幸运儿。

3

一八〇五年十二月，老保尔康斯基公爵接到华西里公爵来信，说他将带着儿子前来拜访。“我外出视察，为了拜访您，我尊敬的恩人，多走一百里路算不了什么，”华西里公爵写道，“小儿阿纳托里前去参军，将顺道陪送我。他同我一样对您深怀敬意。我希望您能允许他当面向您请安。”

“哦，看来不用带玛丽雅出去交际，未婚的小伙子自动找上门来了。”小公爵夫人听到这消息，脱口而出。

保尔康斯基公爵皱起眉头，一言不发。

接到信两星期后，一天晚上华西里公爵的仆人先期到达，第二天公爵父子俩也来了。

保尔康斯基老头一向瞧不起华西里公爵的人品，近年来华西里公爵在保罗和亚历山大宫廷飞黄腾达，他就更加瞧不起他了。现在，从来信和小公爵夫人的暗示中，他明白是怎么一回事，心里对华西里公爵的蔑视就变成憎恨了。一谈到华西里公爵，他总是嗤之以鼻。华西里公爵到达那天，保尔康斯基公爵特别不高兴，心情特别恶劣。不知是因为华西里公爵的到来使他不高兴呢，还是华西里公爵正巧遇到他不高兴，总之，他情绪很坏。那天早晨，季洪就告诫建筑师别带报告去见公爵。

“您听他怎样走路，”季洪说，提醒建筑师注意他的脚步声，“用脚跟走路，我就知道……”

不过，八点多钟，公爵还是身穿貂皮领丝绒大衣，头戴貂皮帽，照例出来散步。头天晚上下过雪。公爵平时散步的通向暖房的甬道已打扫过，扫过的雪地上看得出扫帚的痕迹。一把铁铲插在路边松软的雪堆上。公爵皱着眉头默默地穿过花房、下房和披屋。

“雪橇过得来吗？”他问陪同他回家的总管。总管彬彬有礼，他的相貌和举动都有点像主人。

“雪很深，老爷。我已叫人把大道扫干净了。”

公爵点点头，走到台阶旁。“感谢上帝，”总管想，“乌云总算过去了！”

“雪橇很难通过，老爷，”总管补充说，“听说，有位大臣要求拜访老爷，是吗？”

公爵向总管转过脸来，皱着眉头盯住他。

“什么？大臣？什么大臣？谁吩咐你的？”保尔康斯基公爵声音尖锐地喝道，“你们不为我的女儿公爵小姐扫清道路，却为一个大臣扫路！我这里没有什么大臣！”

“老爷，我以为……”

“你以为！”公爵叫道，话越说越急，越急越不连贯，“你以为……强盗！浑蛋！……我这就来教你怎样以为，”公爵举起手杖朝总管挥去，总管要不是躲得快，就挨打了。“你以为！……浑蛋！……”公爵急急地嚷道。总管虽然斗胆躲开了手杖，但不免还有点提心吊胆。他走到公爵面前，恭顺地垂下秃头。也许正因为如此，公爵继续嚷道：“浑蛋！……把雪扫回路上去！……”但他没有再举起手杖，就快步走进屋里。

午饭前，公爵小姐和布莉恩小姐知道公爵心情不好，就站在餐厅里等他。布莉恩小姐容光焕发，仿佛在说，“我什么也不知道，我跟往常一样。”玛丽雅公爵小姐吓得脸色煞白，垂下眼睛。玛丽雅公爵小姐感到最痛苦的是，她知道在这种时候应该做得像布莉恩小姐一样，但她办不到。她想：“我要是装得若无其事，他会以为我一点不同情他。我要是也闷闷不乐，他就会说我没精打采（这是常有的事）。”

公爵瞧了一下女儿恐惧的脸色，哼了一声。

“哼……傻丫头！……”公爵喃喃地说。

“那一个没有来！准是她们向她说过什么坏话了。”公爵想到此刻不在餐厅里的小公爵夫人。

“公爵夫人呢？”他问，“藏起来了？……”

“她身子不太舒服，”布莉恩小姐快乐地微笑说，“她不出来。在这种时候，她这样是可以理解的。”

“哼！哼！嘿！嘿！”公爵哼哼着，在桌旁坐下。

他发现盘子不干净，指指上面的污点，把它扔了。季洪一把接住，交给餐厅侍仆。小公爵夫人身体并没不舒服，但她无法克服对公爵的极度恐惧。一听到他心情不好，就吓得不敢出来。

“我是为孩子担忧，”小公爵夫人对布莉恩小姐说，“天知道受惊吓对胎儿会发生什么影响。”

总之，小公爵夫人住在童山，对老公爵经常感到害怕和憎恶，但她没意识到憎恶，因为害怕得太厉害，她就没有感觉到这种憎恶。公爵对她也有点憎恶，但他的轻蔑超过憎恶。小公爵夫人在童山住惯了，特别喜欢布莉恩小姐，整天同她在一起，晚上同她一起睡，常常同她谈起公公，议论他的短长。

“有客人要到我们这儿来，公爵，”布莉恩小姐说，用粉红的手指展开白餐巾，“我听说华西里公爵大人要带儿子来，是吗？”她问道。

“哼，这个大人是个毛孩子……他的差事是我替他谋得的，”公爵气愤地说，“他儿子来干什么，我真不明白，也许公爵夫人和玛丽雅公爵小姐知道；可我不知道他把儿子带来干什么。我不需要他。”公爵望望脸涨得通红的女儿。

“你不舒服吗？还是害怕我们那个蠢货总管所说的大臣？”

“不是的，爸爸。”

尽管布莉恩小姐的话题选得不合适，她还是侃侃而谈。她谈到花房，谈到一朵刚开的花有多美。因此公爵在喝过汤以后情绪有所好转。

饭后公爵去看儿媳妇。小公爵夫人正坐在一张小桌旁同使女玛莎闲谈。她一看见公公就脸色发白。

小公爵夫人的样子完全变了。她不是变得好看，而是变得难看了。她两颊凹陷，嘴唇翘起，眼皮下垂。

“是的，有点不舒服。”公公问她觉得怎样，她这样回答。

“您需要点什么吗？”

“不需要什么，谢谢，爸爸。”

“那么好，好。”

公爵说完走到侍仆室里。总管阿尔巴端奇低着头站在那里。

“把路填上了吗？”

“填上了，老爷；看在上帝份上请您原谅，是我一时糊涂。”

公爵打断他的话，勉强笑了。

“唔，好了，好了。”

公爵伸手让阿尔巴端奇吻了吻，向书房走去。

当天傍晚，华西里公爵到了。车夫和仆人在大路上迎接他，吆喝着把他的雪橇从故意撒上雪的路上拉到厢房近旁。

华西里公爵和阿纳托里被分别安排在两个房间里。

阿纳托里脱了斗篷，双手叉腰坐在桌旁，脸上挂着微笑，那双漂亮的大眼睛漫不经心地凝视着屋角。他玩世不恭，认为生活是一场连续不断的儿戏，是有人特地为他安排的。现在，他把访问凶恶的老头和有钱而难看的女继承人也看成这样的一出戏。照他看来，这事一定会圆满结束，皆大欢喜。“既然她很有钱，为什么不娶她呢？又坏不了事。”阿纳托里想。

他照例用心刮了脸，洒了香水，带着天生和善而傲慢的神气，高昂起漂亮的头，走进父亲房间。两个侍仆正在替华西里公爵穿衣打扮。华西里公爵兴奋地左顾右盼，快乐地向进来的儿子点点头，仿佛说：“对了，我就是要你打扮成这样！”

“哦，说正经的，爸爸，她长得很丑？是吗？”阿纳托里用法语问，仿佛在继续谈论旅途中谈过不止一次的话题。

“得了，别说蠢话！主要是对老公爵要尽量表示尊敬，要显得懂事。”

“他要是骂人，我就走，”阿纳托里说，“我不能受这种老头子的气。呃？”

“记住，这事关系到你的一生。”

这时，下房里不仅知道大臣带着儿子来访的消息，而且还在详细描述两人的相貌。玛丽雅公爵小姐独自坐在房里，怎么也控制不住内心的激动。

“他们为什么要写信来？丽莎为什么要对我说这件事？这明明是不可能的！”玛丽雅公爵小姐照照镜子，自言自语，“我怎样走进客厅？即使他招我喜欢，我现在单独同他在一起也会感到不自在的。”一想到父亲的眼神，她就不寒而栗。

小公爵夫人和布莉恩小姐已从使女玛莎那里得到必要的消息：大臣的儿子是个脸色红润、眉毛乌黑的美男子，他父亲上楼梯都很勉强，而他却像一头鹰，一步三级在他后面跑上楼。小公爵夫人和布莉恩小姐得到这些消息，还在走廊里就热烈地交谈着，走进玛丽雅公爵小姐的房间。

“玛丽雅，他们来了，您知道吗？”小公爵夫人说，摆动着大肚子，在扶手椅上沉重地坐下。

她已不穿平时早晨常穿的那件上装，而穿了一件十分漂亮的连衣裙。她的头发精心梳过，脸上神采飞扬，但仍掩饰不了憔悴苍白的脸色。她穿上这件参加彼得堡社交活动的衣裳，使她难看的容貌更加显眼。布莉恩小姐淡妆素抹，却使她清秀艳丽的容貌更加妩媚动人。

“哦，您还是这副打扮吗？亲爱的公爵小姐！”她说，“客人来了，马上就会来通报。我们就得下楼去，您多少也该打扮一下啊！”

小公爵夫人从椅子上站起来，打铃叫了使女，兴致勃勃地急忙考虑玛丽雅公爵小姐的装束，并且动手替她打扮。玛丽雅公爵小姐因求婚者到来而生气。这事伤了她的自尊心，而尤其使她难堪的是，她的两位同伴都认为势在必行。要是告诉她们，她为自己也为她们感到羞愧，这样就更暴露她内心的气愤。要是拒绝打扮，她们就会更加一味取笑她，同她纠缠个没完。她满脸通红，那双美丽的眼睛暗淡无光，脸上现出红斑以及常常在她脸上出现的那种殉道者的难看表情。她听任布莉恩小姐和丽莎摆布。这两个女人都诚心诚意要把她打扮得漂漂亮亮。她长得那么丑，她们谁也不会把她看作敌手。女人们往往天真而固执地认为服装能使脸变得漂亮，布莉恩小姐和玛莎就动手替她换衣服。

“不行，真的不行，我的朋友，这件衣服不好看，”丽莎老远从侧面望着公爵小姐，说，“你不是有件紫红色衣服吗？对了！这件事可能关系到你一生的命运啊！这件颜色太淡了，不好看，不好看！”

不好看的不是衣服，而是公爵小姐的脸和整个身材，但布莉恩小姐和小公爵夫人没感觉到这一点。她们总以为只要头上扎一条浅蓝色缎带，头发梳得高一点，放下浅蓝色围巾，再配上棕色连衣裙，等等，这样就会使她变得好看。她们忘记了，丑陋的相貌和难看的身材是无法改变的，因此不论她们怎样改变衣服和装饰，这张脸仍然显得可怜而难看。玛丽雅公爵小姐听任她们几次三番给她换装，她的头发被梳得很高（这种发式完全改变了她的相貌，使她显得更难看），再系上浅蓝色围巾，穿上紫红连衣裙。小公爵夫人围着她转了两圈，用小手理理衣褶，拉拉围巾，低下头从这边看看，又从那边望望。

"不，这样不行，"她双手一拍，断然说，"不，玛丽雅，您穿这件衣服实在不合适。我宁愿您穿平常穿的那件灰色连衣裙，看在我面上，您就换一换吧。卡嘉，"她对使女说，"你把公爵小姐那件灰色连衣裙拿来，布莉恩小姐，您等着瞧我怎样安排吧！"小公爵夫人带着一种艺术家的得意微笑说。

但当卡嘉把衣服拿来时，玛丽雅公爵小姐仍呆坐在镜前，瞧着自己的脸。在镜子里可以看到，她的眼睛里含着泪水，她的嘴在颤动，好像要哭出声来。

"哦，亲爱的公爵小姐，"布莉恩小姐说，"您再努力一下吧。"

小公爵夫人从使女手里接过衣服，走到玛丽雅公爵小姐面前。

"好，这回我们一定要打扮得美观大方。"她说。

她的说话声、布莉恩小姐的笑声、卡嘉的笑声，三者汇合一起，像小鸟的鸣啭一般好听。

"算了，不要管我了。"玛丽雅公爵小姐说。

她的声音是那么严肃，那么伤心，小鸟的鸣啭立刻停止了。她们看见她那双好看的大眼睛充满泪水，饱含愁思，明亮而恳求似的望着她们。她们明白，再坚持下去不但无用，甚至是残酷的。

“至少得换一种发式。”小公爵夫人说。“我对您说过，”她带着责备的口气对布莉恩小姐说，“玛丽雅的脸型完全不适合梳这种发式。请您再换个样子。”

“别管我了，我反正都一样。”公爵小姐强忍着眼泪回答。

布莉恩小姐和小公爵夫人心里不得不承认，玛丽雅公爵小姐这样打扮是很丑的，比原来更丑，但已经晚了。她带着她们所熟识的沉思而悲伤的神情望着她们。这种神情并没有使她们害怕玛丽雅公爵小姐（这种神情不会使任何人害怕）。但她们知道，当她脸上现出这种神情时，她总是一声不吭，而她的决心也不会动摇。

“您会换个式样的，是不是？”丽莎说。玛丽雅公爵小姐什么也没有回答，丽莎就走出她的房间。

玛丽雅公爵小姐独自留在房里。她没有照丽莎的请求做，不仅没有改变发式，连镜子都没有再照一照。她颓然垂下眼睛和双手，默默地坐在那里沉思。她想象她有了丈夫，一个具有不可思议的特殊魅力的男人，突然把她带到一个截然不同的幸福世界。她想象她怀抱着自己的孩子，像她昨天在奶妈的女儿那里看到的那样。丈夫站在旁边，温柔地瞧着她和孩子。“哦，不，这不可能，我长得太丑了。”她想。

“请您用茶，公爵马上就出来。”门外传来使女的声音。

玛丽雅公爵小姐清醒过来，对自己的幻想吃了一惊。下楼之前她先走进圣像室，凝视着被神灯照亮的救世主巨像的黑脸。她在胸前叠着双手面对圣像站了几分钟。她心里充满痛苦的疑虑。她能获得爱情的欢乐吗？能获得钟情男子的尘世欢乐吗？在想到婚姻问题时，玛丽雅公爵小姐幻想着家庭幸福，幻想着有自己的孩子，但她最强烈的梦想却是获得尘世的爱。这种感情她越想瞒过别人，甚至瞒过自己，就越强烈。“上帝呀，”她说，“我怎样才能压下心中这种鬼念头呢？怎样才能永远摆脱这种罪恶的念头，无所欲求地奉行你的旨意呢？”玛丽雅公爵小姐刚提出这问题，上帝立刻在她心里回答说：“不要存什么个人的愿望，不要追求什么，不要激动，不要妒忌别人。人类的前途和你的命运不是你应该知道的，你活着，就要准备忍受一切。如果上帝要在婚姻义务上考验你，你要遵奉他的旨意。”玛丽雅公爵小姐带着这种宽慰的念头（但仍希望获得她那被禁锢的尘世的幸福），叹了一口气，画了十字，走下楼去，根本没想到她的服装、发式，也没想到她该怎样走进客厅，说些什么话。这一切同上帝的旨意比起来又算得了什么！我们都知道，没有上帝的旨意，人是连一根头发都掉不下来的。

4

玛丽雅公爵小姐进来的时候，华西里公爵父子俩已在客厅里同小公爵夫人和布莉恩小姐谈话了。她脚跟着地迈着沉重的步子走进来，两位男客和布莉恩小姐欠起身，小公爵夫人指着她向两位男客说："瞧，玛丽雅来了！"玛丽雅公爵小姐看见所有的人，而且看得很仔细。她看见了华西里公爵的脸。华西里公爵一看见公爵小姐就绷紧了脸，但又立刻露出微笑。接着她又看到小公爵夫人的脸。小公爵夫人好奇地观察着客人们的脸，看玛丽雅给了他们什么印象。玛丽雅公爵小姐也看见布莉恩小姐，她头上扎着缎带，脸蛋长得很美，目光熠熠地盯着他；但玛丽雅公爵小姐却无法看见他，她只看见进屋时有一个俊美的庞然大物向她逼近。华西里公爵先走过来，玛丽雅公爵小姐吻了吻俯向她手上的秃头，回答他说她不但没有忘记而且很记得**他**。然后阿纳托里走到她跟前，但她还是没有看见**他**。她只觉得有一只柔软的手紧握着她的手，她微微碰到他那覆盖着搽过油的亚麻色头发的白净前额。她对他望了一眼，他的俊美使她吃了一惊。阿纳托里把右手大拇指伸到制服纽扣下，挺起胸膛，轻轻晃动一条向后伸的腿，微微低下头，快乐地默默瞧着公爵小姐，其实心里根本不在想她。阿纳托里生得并不机灵，也不善于辞令，但具有上流社会所欣赏的那种镇定沉着、满怀信心的风度。一般自信心不强的人，初次同人见面往往想不出话来，但又觉得沉默是不礼貌的，就竭力找话说，结果往往弄巧成拙。但阿纳托里默不作声，只摇摇腿，快乐地察看着公爵小姐的发式。看样子，他能镇静地长久保持沉默。他的神气仿佛表示："要是有人觉得这样沉默很难受，那就请先开口吧，我可不愿意。"此外，阿纳托里在女人面前有一种特殊本领，他能激发她们的好奇、恐惧，甚至爱慕。这种本领就是目空一切的优越感。他的神气仿佛在说："我了解你们，了解你们，但我何必为你们费神呢？你们自己快乐就是了！"他遇到女人时也许并没这样想（多半不会这样想，因为他平常很少动脑筋），但他的神气、他的态度却给人这样的感觉。公爵小姐感觉到这一点，她仿佛要使他明白，她不敢奢望引起他的注意，就向华西里公爵转过身去。大家一起谈得很热闹，这得归功于小公爵夫人的清脆声音和露出雪白牙齿、长着毫毛的嘴唇。她对待华西里公爵，就像那些喜欢夸夸其谈的人，仿佛他们两人早就知道一些鲜为人知的趣闻和往事，其实却根本没有这样的事。现在，小公爵夫人和华西里公爵之间的情况就是这样，华西里公爵毫不犹豫地附和这种语气；小公爵夫人把她几乎不认识的阿纳托里也吸引过来回忆他一无所知的有趣往事。连布莉恩小姐和玛丽雅公爵小姐也高兴地被吸引来参加回忆。

"亲爱的公爵，现在我们可以趁机向您请教了，"小公爵夫人对华西里公爵说，当然用的是法语，"这里可不像安娜·舍勒家的晚会，您在那里常常溜掉。您记得那位可爱的安娜吗？"

"那还用说，但您可别像安娜那样老跟我谈政治！"

"那您喜不喜欢我们这里的茶会？"

"那还用说！"

“您为什么从不到安娜·舍勒家去呢？”小公爵夫人问阿纳托里。“啊！我知道，知道，”她挤挤眼说，“您哥哥伊波利特把你们的事全讲给我听了。哼！”她举起一个手指指指他，“您在巴黎的胡闹我也知道了！”

“那么，伊波利特有没有对你说过？”华西里公爵说。他转身对着儿子，同时抓住小公爵夫人的手臂，仿佛她要逃跑，而他好容易才把她捉住。“他没有告诉你，他伊波利特自己为了公爵夫人害相思病，她怎样把他轰出门吗？”

“哦！她真是女中豪杰，公爵小姐！”华西里公爵对公爵小姐说。

布莉恩小姐一听到巴黎两字，就抓住机会加入大家的回忆。

她冒昧地问阿纳托里离开巴黎有多久，他是否喜欢这个城市。阿纳托里高高兴兴地回答法国女人的问题，笑眯眯地望着她，同她谈她祖国的情况。阿纳托里一看见漂亮的布莉恩，就认定在童山这里也不会寂寞。“长得真不错！”他打量着布莉恩小姐，想，“这位女伴真不错。我希望玛丽雅嫁给我的时候把她一起带来。她长得不错，真不错。”

老公爵在书房里从容不迫地换衣服，皱起眉头，考虑他该怎么办。这两个客人的到来使他生气。“华西里公爵父子同我有什么相干？华西里公爵是个牛皮大王、废料，儿子准也是个宝货。”他暗自嘟囔着。他生气的是，这两个客人的到来又勾起他一桩心事：是不是有一天他得跟玛丽雅公爵小姐分手，让她出嫁。老公爵一向把这问题压在心里，从来不敢正面提出，因为知道他得作出公正的解答，而公正的解答不仅违反他的心愿，而且会破坏他的生活。尽管保尔康斯基公爵似乎并不宝贝玛丽雅公爵小姐，但要是少了她，他的生活将不堪设想。“她为什么要出嫁？”老公爵想，“她出嫁准不会幸福，瞧丽莎嫁了安德烈（现在恐怕很难找到比他更好的丈夫了），难道她对她的命运感到满意吗？有谁会出于爱情娶她呢？她又丑又笨。人家娶她无非是为了地位和财产。不是有人一直不出嫁吗？她们反而过得幸福！”保尔康斯基公爵一面想，一面换衣服，而那个一再被耽搁的问题却要求他立刻作出决定。华西里公爵把儿子带来，显然是来求婚，不是今天就是明天他会要求当面答复的。论门第和地位还可以。“好吧，我不反对，”保尔康斯基公爵自言自语，“但他要配得上她。这一点我们要瞧瞧。”

“这一点我们要瞧瞧，”他出声说，“这一点我们要瞧瞧。”

老公爵照例健步走进客厅，对在座的人迅速地扫了一眼，发现小公爵夫人换了衣服，布莉恩小姐系了头带，玛丽雅公爵小姐梳了难看的发式，布莉恩和阿纳托里满面春风，女儿在大家谈话时被撇在一边。“打扮得像个傻瓜！”老公爵怒气冲冲地瞧了女儿一眼，想，“真不要脸！人家根本不愿理她！”

他走到华西里公爵面前。

“哦，你好！欢迎，欢迎！”

“友谊不怕走千里，”华西里公爵照例迅速、自信而亲昵地说，“这是我家老二，请多多关照。”

保尔康斯基公爵打量了一下阿纳托里。

“好样的，好样的！”他说，“喂，过来吻吻我。”他把自己的脸颊凑过去。

阿纳托里吻了吻老头儿，好奇而镇定地对他瞧瞧，看他会不会像他父亲所说的那样发怪脾气。

保尔康斯基公爵坐到他惯坐的沙发角里，替华西里公爵拉过一把扶手椅，请他坐下，接着就向他打听时局和新闻。他仿佛专心地听着华西里公爵讲话，眼睛却不停地望着玛丽雅公爵小姐。

“这么说，他们已从波茨坦来信了？”他重复着华西里公爵最后一句话，突然站起来走到女儿面前。

“你这是为客人才这样打扮的吗？”老公爵说，“好看，很好看。你在客人面前梳这种新式头，可我要当着客人的面对你说，以后没有我的许可不准改变打扮。”

“这是我的错，爸爸。”小公爵夫人红着脸结结巴巴地说。

“您完全可以自便，”保尔康斯基公爵姑息儿媳妇说，“可她不用丑化自己，她已经够丑的了。”

老公爵又在原位坐下，不再理睬被他弄得眼泪汪汪的女儿。

“我看公爵小姐梳这种发式倒挺合适。”华西里公爵说。

“喂，小公爵，老弟，你叫什么名字？”保尔康斯基问阿纳托里，“过来，咱们谈谈，认识认识。”

“啊，这下子好戏开场了。”阿纳托里想，笑嘻嘻地坐到老公爵旁边。

“哦，老弟，听说你留过学，不像我和你父亲是跟教会职员认的字。告诉我，老弟，你现在是不是在近卫骑兵队服务？”老头儿凑近阿纳托里，凝视着他问。

“不，我调到陆军了。”阿纳托里回答，好容易才忍住笑。

“啊！好事情。这么说，老弟，你愿意为沙皇和祖国服务？现在是战争年月，像你这样的小伙子应该服役，应该服役。那么，你上过前线吗？”

“不，公爵。我们的团已出发了，而我刚刚列入编制。我列入了什么编制，爸爸？”阿纳托里笑着问爸爸。

“太好了，太好了。‘我列入了什么编制？’哈，哈，哈！”保尔康斯基公爵说着笑起来。

阿纳托里笑得更加响亮。保尔康斯基公爵忽然皱起眉头。

“好，你去吧。”他对阿纳托里说。

阿纳托里笑着又走到女人群里。

“你把他送到国外去受了教育，是吗，华西里公爵？”老公爵问华西里公爵。

“我为他尽了我的力。老实对您说，那边的教育比我们这里好得多。”

“是啊，如今一切都变了样，一切都换了新花样。真是个好孩子！好孩子！怎么样，到我屋里去吧。”

保尔康斯基公爵挽住华西里公爵的手臂，领他到书房里。

华西里公爵跟老公爵单独在一起，立刻向他吐露了来意和希望。

“你想到哪儿去了，难道我会不放她，不让她离开我吗？”老公爵怒气冲冲地说，“亏你们想得出！她就是明天走，我也不在乎！我只是向你声明一点，我要好好了解了解我的女婿。你知道我的规矩：什么事都公开！我明天要当着你的面问问女儿：她要是愿意，就让阿纳托里住下来。让他住下来，我要看看。”老公爵哼了一声。“让她出嫁好了，我不在乎！”他用送别儿子时一样尖锐的声音嚷道。

“我坦白对您说，”华西里公爵说，语气就像一个狡猾的人，知道在一个明察秋毫的对手面前要不得花招。“我知道，您有本领一眼把人看透。阿纳托里不是天才，但是个诚实善良的小子，待家里人很亲切。”

“噢，噢，好的，我们等着瞧吧。”

就像长期不接触男性的女人那样，老公爵家的三个女人在阿纳托里来到后都感到她们以前的生活简直不是生活。她们思想、感觉和观察的能力一下子增强了十倍。她们仿佛长期生活在黑暗中，如今突然被一片全新的令人精神振奋的光辉照亮了。

玛丽雅公爵小姐把自己的相貌和发式抛诸脑后。那个可能成为她丈夫的男人英俊开朗的脸吸引了她的全部注意力。她觉得他善良、勇敢、刚毅、心胸开阔，有男子汉气概。她对此深信不疑。她的头脑里接二连三地出现未来家庭生活的种种幻象。她把它们一一驱散，竭力避开。

“我对他是不是太冷淡了？”玛丽雅公爵小姐想，“我竭力克制自己，因为觉得我内心同他已太接近了。但他不知道我对他的想法，也许还以为我讨厌他呢。”

于是玛丽雅公爵小姐竭力想对这位新客人表现得更殷勤亲切，可是她不会。

“可怜的姑娘！她丑得可怕。”阿纳托里暗自想。

布莉恩小姐也因阿纳托里的到来而感到极度兴奋。她有她的想法。这个没有社会地位、没有亲戚朋友、甚至没有祖国的年轻漂亮的姑娘，当然不想一辈子侍候老公爵，给他读书，充任玛丽雅公爵小姐的女伴。布莉恩小姐早就期待着遇到一位俄国公爵，这位公爵一眼就能看出她比那些面貌丑陋、服饰难看、举止笨拙的俄国公爵小姐优越得多，他会爱上她，并把她带走。现在，这位俄国公爵终于来了。布莉恩小姐记得一个故事，那是她从姑母那里听来而由她自己补充完整的。她喜欢反复想这个故事：一个姑娘受人诱骗，她那可怜的母亲忽然出现在她面前，母亲责备她不该没结婚就委身于人。布莉恩小姐常常在想象中向他，一个引诱她的人，讲这个故事，自己常常感动得流泪。现在，这个他，一位真正的俄国公爵，真的出现了。公爵把她带走，然后可怜的母亲来了，最后他同她结了婚。布莉恩小姐头脑里就这样编造着未来生活的故事，但嘴里却同他谈着巴黎。指导布莉恩小姐行动的不是什么计划和打算（她连一分钟也没想过她该做什么），一切办法在她心里早已酝酿成熟。现在阿纳托里一来，她的注意力自然集中在他身上，她竭力想讨他的喜欢。

小公爵夫人好像一匹老战马，一听见号声，就忘记自己已怀了孕，不由自主地想卖弄起风情来。她没有什么不可告人的动机或内心斗争，而只是出于天真轻佻的禀性。

尽管阿纳托里常感到被女人追求得有点腻烦，现在看到自己对这三个女人的影响，他的虚荣心还是得到了满足。此外，他对美丽撩人的布莉恩产生了强烈的兽性的情欲。这种情欲一旦出现，总是势如潮涌，促使他做出最粗野大胆的行动来。

喝过茶后，大家都来到起居室。大家要求公爵小姐弹古钢琴。阿纳托里臂肘支着钢琴，站在布莉恩小姐旁边，眼睛快乐地含笑瞧着玛丽雅公爵小姐。玛丽雅公爵小姐发觉他的目光，感到又难受又兴奋。心爱的奏鸣曲把她带到一个充满诗意的世界，而他的目光又使这个世界的诗意更浓。阿纳托里的目光虽然对着她，却不在注意她，而在注意布莉恩小姐一只小脚的动作——这时他正用自己的脚在钢琴下踢踢布莉恩小姐的脚。布莉恩小姐也瞧着公爵小姐，但在她美丽的眼睛里却出现了玛丽雅公爵小姐觉得陌生的又惊又喜、满怀希望的神情。

“她多么爱我！”玛丽雅公爵小姐想到布莉恩小姐。“我现在多么幸福，同这样的朋友和丈夫在一起将会多么幸福！难道他真的是我的丈夫吗？”她想，不敢看他的脸，但始终感觉到那向自己射来的目光。

晚饭后大家分散时，阿纳托里吻了吻玛丽雅公爵小姐的手。公爵小姐自己也不知道哪儿来的勇气，竟敢对直瞧了瞧那张在她近视眼旁的俊美的脸。接着阿纳托里走过去吻了吻布莉恩小姐的手（这是不合礼仪的，但他却做得若无其事）。布莉恩小姐的脸唰的红了，她惶恐地看了一下公爵小姐。

“礼貌真周到！”公爵小姐想，“难道艾米莉（布莉恩小姐的名字）以为我会吃她的醋而不珍重她对我的一片深情和忠诚吗？”她走到布莉恩小姐面前，使劲吻了吻她。阿纳托里走过去要吻小公爵夫人的手。

“不行，不行！等您爸爸来信告诉我，您是个正派人，我才让您吻我的手。这以前可不行。”小公爵夫人说着举起一个手指，笑眯眯地走出屋子。

5

大家都走散了，那天晚上，除了阿纳托里倒头就睡着外，个个都好久睡不着觉。

“难道这个陌生、漂亮和善良的男人真能成为我的丈夫吗?他主要的特点是善良。”玛丽雅公爵小姐想，心里感到从未有过的恐惧。她怕回过头去看，她觉得屏风后面的暗角里站着一个人。这人是个魔鬼，也就是那个额头白净、眉毛乌黑、嘴唇鲜红的漂亮男人。

玛丽雅公爵小姐打铃唤使女，叫她睡到屋里来。

布莉恩小姐这天晚上在花房里来回走了好久，等着什么人，但毫无结果。她一会儿对谁微笑，一会儿想象可怜的母亲责备她堕落而使她伤心得掉泪。

小公爵夫人埋怨使女床铺得不好，害得她侧卧也不是，俯卧也不是，浑身感到不舒服。她的肚子妨碍她睡觉。今天她感到特别难受，因为阿纳托里的出现使她顿时想起没有怀孕时轻松愉快的时光。她穿着短袄，戴着睡帽，坐在安乐椅上。卡嘉发辫松散，睡眼惺忪，第三次拍打和翻转沉重的羽绒褥子，嘴里嘀咕着。

“我跟你说过，床铺得坑坑洼洼的，”小公爵夫人一再说，

“我倒是很想睡觉，因此不能怪我。”她声音发抖，好像一个要哭的孩子。

老公爵也没有睡。季洪在睡梦中听见他在生气地来回踱步，哼着鼻子。老公爵觉得他为女儿受了侮辱。他感到特别难受，因为不是他受了侮辱，是女儿受了侮辱，而他爱女儿超过爱自己。他对自己说，他要反复考虑这件事，找到合理的解决办法，但是找不到，因此更加恼火。

“第一次遇到个男人，就把父亲忘了，把什么都忘了，摇头摆尾上楼梳妆打扮，弄得简直不像个人样！心甘情愿把父亲抛下！她知道我看得出来。呸……呸……呸……难道我看不出那笨蛋眼睛只望着布莉恩（得把她撵走）？玛丽雅怎么这样没有自尊心，连这点都不懂！即使你没有自尊心，至少也得顾到我的面子啊。得向她指出，这浑蛋心里根本没有她，一个劲地只瞧着布莉恩。她没有自尊心，可我得让她明白……”

老公爵知道，他只要对女儿说她看错人了，阿纳托里只想同布莉恩调情，这样就会激发女儿的自尊心，他不愿同女儿分离的目的也就可以达到，因此他也就安心了。他把季洪唤来，动手脱衣服。

“是鬼把他们带来的！”当季洪把睡衣套到他那年老干瘦、胸上长着灰毛的身体上时，他想，“我可没叫他们来。他们来扰乱我的生活，而我的日子已剩下不多了。”

“真见鬼！”当他的头被睡衣蒙上时，他骂道。

季洪知道老公爵有个习惯，喜欢自言自语，因此看到他那从睡衣下射出来的愤怒而疑惑的目光，并没有改变脸色。

“他们睡了吗？”老公爵问。

季洪也像一切好仆人那样，能敏锐地了解主人的思路。他知道，主人问的是华西里公爵父子俩。

“都睡了，灯也熄了，老爷。”

“没什么，没什么……”公爵急急地说，脚伸进拖鞋，手伸进睡袍，向他睡的长沙发走去。

尽管阿纳托里和布莉恩小姐还没说过一句话，在可怜的母亲没出现之前，他们在偷情这类事上早就心有灵犀一点通，他们有很多话要秘密地谈谈，因此一早就找单独见面的机会。当公爵小姐在规定时间到父亲房里去时，布莉恩小姐正在花房里跟阿纳托里幽会。

玛丽雅公爵小姐那天走到书房门口，心情特别紧张。她觉得，不仅人人知道她的命运今天将要决定，而且知道她正在考虑这件事。这一点她从季洪的脸上看出来，也从华西里公爵跟班的脸上看出来。那跟班提着热水在走廊里遇见玛丽雅公爵小姐，向她深深鞠了一躬。

老公爵这天早晨对女儿特别亲切，特别殷勤。这种表情玛丽雅公爵小姐是很熟识的。每当玛丽雅公爵小姐解不出算术题，老公爵恼恨得干瘦的双手握紧拳头，站起来从她身边走开去，嘴里不断嘀咕着同一句话的时候，他的脸上就会出现这样的表情。

老公爵开门见山，立刻谈到正题，并且对女儿用“您”来称呼。

“人家来向我提亲，”老公爵不自然地微笑着说，“我想您一定看出来了，华西里公爵到这儿来，还带着他的小辈（保尔康斯基公爵不知怎的把阿纳托里叫作小辈）一起来，可不是因为我的眼睛好看。昨天他们来向我提亲。您知道我的规矩，所以我要转告您。”

“爸爸，我该怎样理解您的意思？”公爵小姐说，脸上一阵红，一阵白。

“怎样理解！”父亲怒气冲冲地嚷道，“华西里公爵看中你做他的儿媳妇，替他的小辈来向你求婚。就是这么一回事。哼，怎么理解!？……我就是来问你。”

“我不知道，爸爸，您怎么看……”公爵小姐喃喃地说。

“我？我？关我什么事？您不要管我。又不是我结婚。您怎么看？这就是我想知道的。”

公爵小姐知道父亲不赞成这事，但她同时想到，她的前途现在不解决就永远没有机会解决。她垂下眼睛，避开父亲的目光。她觉得在父亲的注视下她无法思索，照例只能服从，于是就说：

“我只有一个愿望，遵从您的意志，”玛丽雅公爵小姐说，“但如果要我说出自己的愿望……”

她还没把话说完，老公爵就打断她的话。

“太好了！”他叫道，“他娶你还要索取一份陪嫁，就是把布莉恩小姐带走。布莉恩小姐做他的妻子，而你……”

公爵停住话头。他看出这两句话对女儿刺激太大。玛丽雅公爵小姐垂下头，要哭出来。

“好了，好了，我是说笑话，说笑话，”老公爵说，“你记住，公爵小姐，我的原则是：姑娘有择婿的充分权利。我给你这个权利。你记住：你的决定将关系到你一生的幸福，你不用管我。”

“我不知道……爸爸。”

“你不用管我！是他父亲要他这样做的，他可以娶你，也可以娶任何别的女人；但你可以自由选择……你回去考虑考虑，过一小时到我屋里来，当着他的面说：愿意还是不愿意。我知道你要去祷告。好，那就去祷告吧。不过要好好考虑一下。去吧。”

“愿意还是不愿意，愿意还是不愿意，愿意还是不愿意？”当公爵小姐神志恍惚，摇摇晃晃地走出书房的时候，老公爵还在那里嚷嚷着。

她的命运决定了，而且决定得很幸福。但父亲说到布莉恩小姐的话却是个可怕的暗示。不见得会有这样的事，但毕竟很可怕，她不能不考虑这问题。她穿过花房一直向前走，什么也没看见，什么也没听见。突然，布莉恩小姐熟悉的低语声使她吃了一惊。她抬起眼睛，看见两步外的地方阿纳托里搂着法国女人，正对她唱喝低语。阿纳托里回头看了看玛丽雅公爵小姐，俊俏的脸上露出吃惊的神色，但没有立刻放开布莉恩小姐的腰，而布莉恩小姐还没有看见她。

“那是谁呀？来干什么？等一下！”阿纳托里的神态仿佛这么说。玛丽雅公爵小姐默默地望着他们。她弄不懂这是怎么一回事。最后布莉恩小姐叫了一声，跑掉了。阿纳托里嬉皮笑脸地对玛丽雅公爵小姐鞠了一躬，仿佛在引她嘲笑这难以理解的一幕，接着耸耸肩向通往他住处的门走去。

一小时后，季洪来请玛丽雅公爵小姐。他请她到老公爵那里去，还说华西里公爵也在那里。季洪进来的时候，玛丽雅公爵小姐正坐在卧室长沙发上，手里搂着啼哭的布莉恩小姐。玛丽雅公爵小姐轻轻抚摩着她的头发。公爵小姐美丽的眼睛，带着素常平静的光芒，温柔而同情地望着布莉恩小姐美丽的脸蛋。

“唉，公爵小姐，您以后再不会喜欢我了！”布莉恩小姐说。

“为什么？我比过去更爱您了，”玛丽雅公爵小姐说，“我要竭力成全您的幸福。”

“可是您会瞧不起我的：您那么纯洁，您会瞧不起我。您永远不会理解这种感情的冲动。唉，我可怜的母亲……”

“我完全理解，”玛丽雅公爵小姐伤心地微笑说，“您放心好了，我的朋友。我要到父亲那儿去了。”她说着走了出去。

玛丽雅公爵小姐进去的时候，华西里公爵坐在那里，一条腿高高地架在另一条腿上，手里拿着鼻烟壶，脸上露出深受感动的笑容，又仿佛为自己易动感情表示歉意。他连忙捏了一撮鼻烟送进鼻子里。

“哦，我的好姑娘，我的好姑娘，”华西里公爵站起来，握住玛丽雅公爵小姐的双手说。接着叹了口气又说：“我儿子的命运就在您手里。您决定吧，我的好玛丽雅，我亲爱的玛丽雅，我一向把您看作自己的女儿。”

华西里公爵走到一旁。他的眼睛里真的涌出了泪水。

“哼……哼……”保尔康斯基公爵哼哼着。

“公爵代表他的小辈……代表他的儿子向你求婚。你愿不愿意做阿纳托里公爵的妻子？你说：愿意还是不愿意！”老公爵嚷道，“我保留发表自己意见的权利。当然，我的意见只是我的意见，”保尔康斯基公爵又补充了一句，并向华西里公爵转过身去，回答他那恳求的目光。“愿意还是不愿意？”

“爸爸，我的愿望是永远不离开您，永远不同您分开。我不想出嫁。”玛丽雅公爵小姐用她那双美丽的眼睛瞧了瞧华西里公爵和父亲，断然说。

“荒唐，蠢话！荒唐，荒唐，荒唐！”保尔康斯基公爵皱起眉头叫道，拉起女儿的手，并没有吻她，只是把前额俯向她的前额碰了碰，又紧紧地握了握她的手，握得她皱起眉头，叫出声来。

华西里公爵站起来。

“我的好姑娘，不瞒您说，我永远不会忘记这个时刻，但是，最亲爱的姑娘，您就不能给我们留下一线希望，希望有朝一日能打动您那颗忠厚善良的心吗？您说：有可能……来日方长。您就说：有可能。”

“公爵，我说的全是我的心里话。我感谢您给我的荣幸，但我永远不会做令郎的妻子。”

“那么，就这样吧，我的朋友。你来，我很高兴，很高兴。

公爵小姐，回你的房里去吧。”老公爵说。“你来，我很高兴，很高兴！”他搂着华西里公爵反复说。

“我的天职与人不同。”玛丽雅公爵小姐暗自想。“我的天职是以别人的幸福为幸福，以爱和自我牺牲为幸福。不论要我付出多大代价，我都要使可怜的艾米莉幸福。她多么爱他啊。她忏悔得多么沉痛啊。我要尽力促成他们两人的结合。她要是没有钱，我就给她钱。我要求父亲，要求安德烈拿出钱来。只要她能成为他的妻子，我就非常幸福。她孤苦伶仃，来到异国，无依无靠，真是可怜！天哪，她能这样不顾一切，说明她多么爱他。换了我，说不定也会这样做的！……”玛丽雅公爵小姐想。

6

罗斯托夫家好久没有得到尼古拉的消息了。直到仲冬，伯爵才收到儿子的一封亲笔信。伯爵一收到信，慌忙踮着脚尖悄悄跑进书房，关上门，看起信来。德鲁别茨基公爵夫人得知（她知道家里的一切事）有信来，就轻轻走进书房，看见伯爵手里拿着信又是哭又是笑。

德鲁别茨基公爵夫人虽然境况好转，仍住在罗斯托夫家。

“是我们那个好孩子来的吗？”德鲁别茨基公爵夫人忧心忡忡地问，准备不论尼古拉的情况怎样都表示同情。

伯爵哭得更厉害了。

“我的尼古拉……来信……他负伤了……我的宝贝……负伤了……伯爵夫人……他升军官了……感谢上帝……怎么对伯爵夫人说呢？……”

德鲁别茨基公爵夫人在他身旁坐下，用手帕替他擦去眼泪和滴在信上的泪水，也擦去自己的泪水，看了信，安慰了一下伯爵，决定在午餐后晚茶前由她和伯爵夫人谈谈，使她思想有所准备，喝过茶以后，要是上帝保佑，再由她把这消息告诉伯爵夫人。

午餐时，德鲁别茨基公爵夫人一直谈论战事消息，谈论尼古拉。她两次问起他最后一封信是什么时候收到的，虽然这事她早就知道。她说今天很可能有信来。这种暗示每次都使伯爵夫人感到惴惴不安。她时而看看伯爵，时而望望德鲁别茨基公爵夫人。于是德鲁别茨基公爵夫人就以最巧妙的方式把话题转到琐事上去。娜塔莎在全家人中最善于察言观色。他们一开始吃饭，她就竖起耳朵，断定在父亲和德鲁别茨基公爵夫人之间有什么秘密，多半同哥哥有关，而德鲁别茨基公爵夫人正在让伯爵夫人有思想准备。娜塔莎知道她母亲对有关尼古拉的消息特别敏感，因此她胆子虽大，在吃饭时也不敢提任何问题，并且忧心忡忡，吃不下东西。家庭女教师提醒她，她在餐桌旁仍坐立不安。饭后她立刻跟踪德鲁别茨基公爵夫人，在起居室里扑上去抱住她的脖子。

“好姑妈，告诉我，出什么事啦？”

“没有什么，我的宝贝。”

“哦，好姑妈，亲爱的，您非告诉我不可，我知道您有消息。”

德鲁别茨基公爵夫人摇摇头。

“哼，你真是个机灵鬼！”她说。

“尼古拉有信来，是吗？一定是的！”娜塔莎看到德鲁别茨基公爵夫人脸上默认的表情，大声问。

“但看在上帝份上千万注意：你要知道，这事会把你妈吓坏的。”

“好的，好的，那么您讲给我听。您不肯讲吗？那我马上就去告诉妈。”

德鲁别茨基公爵夫人把信的内容扼要地告诉娜塔莎，附带条件是不许她告诉任何人。

“一言为定，”娜塔莎画着十字说，“对谁也不说。”说完她就跑去找宋尼雅。

“尼古拉……负伤了……有信来……”她兴冲冲地说。

“尼古拉！”宋尼雅刚说出名字，就顿时脸色发白。

娜塔莎看到哥哥负伤的消息竟使宋尼雅这样震动，这才感到这消息是多么可悲。

她扑到宋尼雅怀里，搂着宋尼雅哭起来。

“轻伤，已升军官了。现在伤好了，信是他自己写的。”娜塔莎含着眼泪说。

“哼，你们女人家都是哭娃娃，”彼嘉在房间里有力地迈着大步，说，“哥哥真了不起，我很高兴，真高兴。可你们就知道哭！什么也不懂。”

娜塔莎含着眼泪微微一笑。

“你没有看过信吗？”宋尼雅问。

“没有看过，但德鲁别茨基公爵夫人说，一切都过去了，他现在已当上军官……”

“上帝保佑，”宋尼雅画着十字说，“但会不会是她骗你呢？我们去找妈妈。”

彼嘉默默地在房间里踱步。

“我要是尼古拉，我会杀死更多的法国佬。”彼嘉说。“这些家伙坏透了！我要杀得他们尸体堆成山。”彼嘉继续说。

“闭嘴，彼嘉，你这傻瓜！……”

“我一点不傻，只有动不动就哭的人才傻呢。”彼嘉说。

“你记得他吗？”沉默了片刻后，娜塔莎突然问。宋尼雅微微一笑。

“我记不记得尼古拉？”

“不，宋尼雅，你是不是完全记得他，清清楚楚记得他？”娜塔莎有力地做着手势，显然想以此来加强语气。“我也记得尼古拉，清清楚楚地记得，”娜塔莎说，“可是保里斯我不记得，一点也不记得……”

“怎么？你不记得保里斯了？”宋尼雅惊奇地问。

“不是不记得。我知道他是个怎样的人，但不像尼古拉那样记得清楚。尼古拉，我闭起眼睛就想起他来，可是保里斯却想不起来（娜塔莎闭起眼睛），一点也想不起来！”

“哦，娜塔莎！”宋尼雅激动而严肃地瞧着女友说，仿佛娜塔莎不配听她要说的话，仿佛她在向一个不能与之说笑的人说话，“我既然爱上了你哥哥，不论他出了什么事，也不论我出了什么事，我都不会不爱他，我一辈子都爱他。”

娜塔莎惊讶而好奇地瞧着宋尼雅，一言不发。她觉得宋尼雅说的是实话，宋尼雅所说的爱情是存在的，但那种爱情她娜塔莎还没有体验过。她相信这种爱情是有的，但她无法理解。

“你要写信给他吗？”娜塔莎问。

宋尼雅沉思起来。给尼古拉写什么，要不要写信给他？这问题使她为难。现在他已当上军官，负了伤，成了英雄，让他想起她，想起他对她负有什么义务，这样做是否合适。

“我不知道。我想，既然他有信来，那我也该写信去。”宋尼雅红着脸说。

“您写信给他不害臊吗？”

宋尼雅微微一笑。

“不。”

“可是叫我写信给保里斯，我觉得害臊，我不写。”

“有什么可害臊的？”

“我不知道。我觉得不好意思，难为情。”

“可我知道她为什么害臊，”彼嘉说，娜塔莎刚才的话使他生气，“因为她原来爱上戴眼镜的胖子（彼嘉这样称呼皮埃尔），现在又爱上那个歌唱家（彼嘉这样称呼教娜塔莎唱歌的意大利教师），所以她害臊了。”

“彼嘉，你是个傻瓜。”娜塔莎说。

“不会比你傻，小姐。”九岁的彼嘉说，口气好像一个老将军。

伯爵夫人吃饭时对德鲁别茨基公爵夫人的暗示心里就有点数。她回到房里，坐在扶手椅上，眼睛盯住鼻烟壶上儿子的画像，泪水不断涌上眼眶。德鲁别茨基公爵夫人手里拿着信，踮着脚尖走到伯爵夫人房门口站住。

“您别进来，”她对走过来的老伯爵说，“等一下。”说着随手关上门。

伯爵把耳朵贴在锁孔上，用心听里面的动静。

起初他只听见平静的说话声，然后是德鲁别茨基公爵夫人单独说了许多话，然后是一声叫喊，然后是一片肃静，然后是两人同时快乐地说话，然后是脚步声，接着德鲁别茨基公爵夫人给伯爵开了门。德鲁别茨基公爵夫人脸上现出得意的神色，好像一个外科医生做完大手术，让大家进去欣赏他的杰作。

“好了！”德鲁别茨基公爵夫人得意洋洋地指指伯爵夫人对伯爵说。伯爵夫人一只手拿着有画像的鼻烟壶，另一只手拿着信，一会儿吻吻鼻烟壶，一会儿吻吻信。

她一看见伯爵，伸出双臂搂住他的秃头，又从秃头上方看信和画像，并且为了再吻吻鼻烟壶和信，又稍稍把秃头推开。薇拉、娜塔莎、宋尼雅和彼嘉都走进屋来，伯爵夫人开始读信。尼古拉在信里扼要叙述行军和参加两次战斗的情况，说他被提升为军官，最后他吻妈妈和爸爸的手，要求他们为他祝福，他还吻薇拉、娜塔莎和彼嘉。此外，他问候舍林先生和肖斯夫人，问候老保姆；他还要求吻吻亲爱的宋尼雅，还说他仍旧那么爱她，那么想念她。宋尼雅一听见这话，脸上飞起一片红晕，泪水涌上眼眶。她受不了向她射来的目光，往大厅跑去，一边跑，一边旋转，转得衣服像气球一样鼓起来。她满面通红，笑盈盈地往地板上一坐。伯爵夫人哭了。

“您哭什么呀，妈妈？”薇拉说，“读了他的信，您应当高兴，不应当哭。”

这话说得很有道理，但伯爵也好，伯爵夫人也好，娜塔莎也好，大家都用责备的眼光对她瞧了瞧。“她变得像谁啊！”伯爵夫人想。

尼古拉的信被读了几百遍。凡自认为有资格听信的人都到伯爵夫人那里去听，而伯爵夫人手里一直拿着那封信。家庭教师、保姆、总管米嘉和几个熟人都走来，而伯爵夫人读一次信就感到一次快乐，而且每次都从信中发现尼古拉新的美德。想到二十年前儿子在她肚子里微微躁动，后来为了他常常同过分溺爱孩子的伯爵争吵，儿子先是学会说“梨子”，后来学会说“奶奶”，就是这个儿子如今在异国成了勇敢的战士。他在那里没有人帮助，没有人指挥，单枪匹马干着男子汉的事业，想到这些，她总觉得新奇和快乐。古往今来，所有的孩子都是从摇篮里不知不觉长大成为男子汉的。这个普通的道理伯爵夫人却不知道。她的儿子一年年长大，但在她看来这是件不寻常的事，尽管天下亿万人都是这样成长的。正像二十年前她不相信肚子里的那块肉有一天会哭，会吃奶，会说话一样，现在她也不相信信里所说的，这块肉已成为一名勇敢刚强的男子汉，一个模范儿子和优秀军人。

“**文笔**多优美，描写多动人！”伯爵夫人读着信中描写的段落说。“他的心灵多高尚！自己的事只字不提……只字不提！只说什么杰尼索夫，其实他自己一定比谁都勇敢。自己吃的苦也只字不提。心肠多好哇！连我都不认得他了！他总是记得大家！谁也没有忘记。我一向说，他还只有这么大的时候，我就说……”

全家人给尼古拉写信，从草稿到誊清，花了一个多星期。在伯爵夫人监督下，通过伯爵的张罗，准备了新提升军官所需的治装费和生活用品。德鲁别茨基公爵夫人是个能干的女人，她连跟儿子通信都能在军队里托到人情。她可以通过近卫军指挥官康斯坦丁亲王[1]转交书信。罗斯托夫一家人认为“国外俄国近卫军”是个固定的通信处，只要把信送到亲王手里，就没有理由不能转到料想在附近的保罗格勒团，因此决定通过亲王的信使把信和钱送给保里斯，而保里斯一定能转交给尼古拉。信是由老伯爵、伯爵夫人、彼嘉、薇拉、娜塔莎和宋尼雅联合署名的，写好后连同伯爵给儿子的六千卢布治装费和生活用品一起送去。

1 康斯坦丁亲王（1779—1831），是俄皇亚历山大一世的胞弟。

7

十一月十二日，驻扎在奥洛莫乌茨附近的库图佐夫野战军准备次日接受俄国沙皇和奥国皇帝的检阅。刚从俄国调来的近卫军在离奥洛莫乌茨十五俄里的地方宿营，将于次日早晨十时开到奥洛莫乌茨郊外接受检阅。

就在这一天，尼古拉接到保里斯的信，信中告诉他伊兹梅尔团在离奥洛莫乌茨十五俄里的地方宿营，保里斯在那里等他去取信和钱。尼古拉现在特别需要钱，因为军队出征归来，驻扎在奥洛莫乌茨附近，营地充满随军商贩和奥籍犹太人，他们备有各种诱人的商品。保罗格勒团连日不断举行酒宴，庆祝他们出征得奖，并到匈牙利女人卡罗林娜在奥洛莫乌茨新开的有女招待的酒馆吃喝。尼古拉不久前庆祝过自己晋升为骑兵少尉，向杰尼索夫买了一匹叫贝督因的骏马，因此欠了同事和随军商贩一身债。尼古拉接到保里斯的信，和一个同事一起骑马来到奥洛莫乌茨。在那里吃了饭，喝了一瓶酒，然后独自到近卫军营地去找童年的朋友。尼古拉还没来得及购置军官服。他穿着一件带士兵十字章的旧士官生军服、一条被皮带磨损的马裤，佩着一把带穗子的马刀。他骑着一匹顿河马，那是行军途中向一个哥萨克买的。他头上豪气十足地歪戴着一顶压皱的骠骑兵军帽。他跑近伊兹梅尔团营地时想，他那副久经沙场的骠骑兵模样一定会使保里斯和近卫军同事们大吃一惊。

近卫军行军好像游山玩水，一路上炫耀着队伍的整洁和纪律。他们每天的行程不长，背囊由大车运送，奥国当局一路上还给军官们准备精美的伙食。部队出入城镇都有乐队奏乐，并且奉亲王命令，士兵一路正步前进，军官按照规定的位置步行。近卫军都以这种行军方式自豪。在行军过程中，保里斯一直同现已升任连长的别尔格同行同住。别尔格在行军中升任连长。他办事勤奋认真，得到上级信任，经济方面也安排得很得当。保里斯在行军中结识了许多可能对他有用的人，又凭皮埃尔的介绍信认识了安德烈公爵，并希望通过安德烈的关系在总司令部里谋得个位置。白天行军后，别尔格和保里斯在分配给他们的屋子里休息了一下，然后穿得整整齐齐，干干净净，坐在圆桌旁下棋。别尔格双膝夹着一根冒烟的烟管。保里斯一向喜欢整齐，他用又白又细的手指把棋子排成金字塔，等别尔格出棋。他瞧着对手的脸，显然在考虑棋局，因为他不论做什么事都很专心。

"走啊，看您怎样逃掉？"保里斯问。

"让我想想办法。"别尔格回答，摸了摸卒子，又把它放下。

这时门开了。

"哦，他到底来了！"尼古拉叫道。"别尔格也在这里！喂，孩子们，睡觉觉吧！"他学奶妈说话的腔调，对他们大声说。他同保里斯以前常嘲笑奶妈这种别扭的法语。

"哦，老弟！你可变得多了！"保里斯站起来迎接尼古拉，但站起来时没忘记把倒下的棋子扶起来放好。他想拥抱朋友，但尼古拉避开了他。尼古拉怀着青年人喜欢标新立异的心理，不愿按照长辈们装腔作势的姿态，而用独特的方式来表示同朋友重逢的喜悦：他想捏他一把，捅他一下，但决不像一般人那样吻他。保里斯正好相反，镇静而友好地搂抱尼古拉，吻了他三次。

他们差不多有半年没见面了。在这刚踏上人生道路的年纪，他们在对方身上都发现了巨大的变化。这些变化也就是他们刚踏进的社会的最新反映。自从上次见面以来，他们身上都有了许多变化，他们就想尽快让对方看到这些变化。

“啊，你们这些该死的公子哥儿！打扮得干干净净，白白嫩嫩，就像刚参加舞会回来，不像我们这些有罪的大兵。”尼古拉用保里斯觉得新鲜的上低音说，同时用军人的姿态指指自己沾泥的马裤。

德国女房东听见尼古拉的洪亮声音，从门后探出头来。

“哦，她挺漂亮，是吗？”尼古拉挤挤眼说。

“你怎么这样大声叫嚷！你会把她们吓坏的，”保里斯说。“我没想到你今天会来。”他添加说。“我昨天才通过一个熟人——库图佐夫的副官安德烈——寄给你一封信。我没想到他那么快就把信送到你手里……那么，你怎么样？已经上过阵了？”保里斯问。

尼古拉没有回答，只晃了晃挂在军服上的士兵圣乔治十字章，又指指自己扎着绷带的手臂，笑嘻嘻地瞧了瞧别尔格。

“你看！”尼古拉说。

“嚯，真了不起，真了不起！”保里斯笑眯眯地说，“我们这次行军也挺不错。不瞒你说，皇太子常常骑马同我们的团一起走，因此我们得到不少方便和照顾。在波兰为我们举行了出色的酒会、宴会和舞会，我简直无法对你形容。皇太子待我们全体军官很亲切。”

两个朋友互相讲述他们的情况：一个讲骠骑兵的饮酒作乐和战斗生活，另一个讲在达官贵人手下供职的乐趣和好处。

“哦，近卫军！”尼古拉说，“我说，派人去弄点酒来。”

保里斯皱起眉头。

“如果你一定要喝的话。”他说。

保里斯走到床边，从干净的枕头底下掏出钱包，派人去买酒。

“对了，让我把钱和信交给你。”保里斯又说。

尼古拉接过信，把钱扔在沙发上，双臂搁在桌上，开始看信。他看了几行，恶狠狠地瞅了别尔格一眼。尼古拉遇到别尔格的目光，就用信纸遮住脸。

“嚯，给您寄来的钱可不少哇，”别尔格望着沉甸甸压在沙发上的钱包，说，“可是，伯爵，我们就光靠干饷过日子。就拿我来说吧……”

“听我说，别尔格，”尼古拉说，“要是您接到家信，或者遇到一位亲人要向他打听情况，我要是在场，一定立刻走开，免得妨碍你们。听我说，现在请您走开，走开，到哪儿去都行……真见鬼！”尼古拉嚷道，但又马上抓住别尔格的肩膀，亲切地瞧着他的脸，显然想冲淡自己粗暴的口气，添加说：“我说，您不要生气！哦，宝贝，我是把您看作老朋友，才这样直说。”

“哦，对不起，伯爵，我很理解您。”别尔格站起来，用喉音低声说。

“到房东家去吧，他们请您去。”保里斯插嘴说。

别尔格穿上一尘不染的清洁礼服，对着镜子把鬓角梳得像亚历山大皇帝那样往上翘。他发觉尼古拉注意到他的礼服，就愉快地笑着走出屋去。

“唉，我简直是畜生！”尼古拉看着信，嘟囔道。

“怎么会？”

“唉，我简直是头猪！我从来不写信，一写信又把他们吓了一大跳。唉，我简直是头猪！”尼古拉突然涨红脸，反复说。

“好吧，派加夫利洛去买酒！行，我们来喝一点！”尼古拉说。

家信中还附了一封给巴格拉基昂公爵的推荐信。这是老伯爵夫人听从德鲁别茨基公爵夫人的劝告，通过熟人弄来的。她要尼古拉按址送去，好好利用这个关系。

“真无聊！我才不干呢！”尼古拉说着把信扔到桌子底下。

“您怎么把信扔掉？”保里斯问。

“一封推荐信，我要它屁用！”

“怎么说屁用？”保里斯拾起信，看了看收信人的名字，说，“这封信对你很有用。”

“我什么也不需要。我谁的副官也不当。”

“这是为什么呀？”保里斯问。

“这是侍候人的差事！”

“我看你仍旧是个幻想家。”保里斯摇摇头说。

“你仍旧是个外交家。但问题不在这里……那么，你怎么样？”尼古拉问。

“嗯，你不是看到了。到现在为止一切顺利；但说句实话，我倒很愿意当个副官，我不愿留在前线。”

“为什么？”

“因为既然进了军界，就该努力争取个光辉的前程。”

“哦，原来如此！”尼古拉嘴里这样说，心里显然在想别的事。

尼古拉用询问的目光凝视着朋友的眼睛，仿佛在寻求某种问题的答案，但是徒然。

加夫利洛老头拿来了酒。

“现在去把别尔格找来好吗？”保里斯说，“他可以陪你喝，我不行。”

“去把他找来，去把他找来！这个德国佬[1]怎么样？”尼古拉嘲笑着说。

“他是个非常、非常好的正派人。”保里斯说。

尼古拉又凝神瞧了瞧保里斯的眼睛，叹了一口气。别尔格回来了。三个军官对着一瓶酒，谈话就热闹起来了。两个近卫军军官给尼古拉讲他们行军的情况，以及他们在俄国、波兰和国外受到的尊敬。他们还谈到担任指挥官的亲王，说他又仁慈又暴躁。别尔格在谈到与他无关的事时照例不吭声，但一谈到亲王的暴躁行为，他就津津有味地讲道，有一次亲王在加利西亚视察军队，发现他们有犯规行为而大发雷霆，那时他曾和亲王说过话。他笑容可掬地讲道，亲王怎样怒气冲天，骑马跑到他跟前叫道：“阿尔巴尼亚佬！”（亲王发火时，喜欢用这个词骂人）并要传见连长。

“不瞒您说，伯爵，我一点也不害怕，因为我知道我没有错。老实说，伯爵，不是我吹牛，所有的军令我都能背诵，操典也知道得像‘我们在天上的父’[2]一样熟。因此，伯爵，我的连里从来没有发生过一点差错。所以我心里很踏实。我就去见他。”别尔格站起来，当场表演他怎样举手敬礼。说真的，他的神态恭敬得不能再恭敬，自负得不能再自负了。“亲王果然破口大骂，破口大骂，骂得人灵魂出窍，又是‘阿尔巴尼亚佬’，又是‘活见鬼’，又是‘把你流放到西伯利亚去’，”别尔格调皮地笑着说，“我知道我做得对，因此不作声。您说是不是，伯爵？他喊道：‘你怎么啦，是哑巴吗？’我还是不说话。您猜怎么样，伯爵？第二天命令里也没有提这事，遇事冷静就有这样的好处。就是这样，伯爵。”别尔格抽着烟斗，吐着烟圈，说。

1 指别尔格。

2 基督教主祷文的第一句。

“是啊，真有两下子！”尼古拉微笑着说。

保里斯看出尼古拉要取笑别尔格，就巧妙地把话题岔开，他要尼古拉讲讲，他怎样负的伤，在哪里负的伤。尼古拉很高兴，就讲了起来，而且越讲越兴奋。他向他们讲他在申格拉本作战的情况，就像一般参加过战斗的人，信口开河，就像讲从别人那里听来的故事那样，竭力讲得有声有色，但与事实完全不符。尼古拉是个正派的青年，绝不是存心撒谎。他开头想讲实话，但不知不觉说溜了嘴。要是他对他们说实话，那么他们（他们和他自己都听过许多类似的冲锋故事，明白冲锋是怎么一回事，此刻也准备听这种故事）就会或者不相信他，或者，更糟糕，认为他没有遇到一般骑兵冲锋时常遇到的事，还得怪他自己不好。他不能那样平平淡淡地对他们讲，当时大家都纵马狂奔，他从马背上摔下来，手臂脱了臼，并且为了逃避一个法国兵的追击拼命向树林里跑。此外，要把全部真相讲出来，就必须控制自己只讲实话。讲实话是很困难的，青年人难以做到。他们希望听到的是，他当时怎样热血沸腾，把一切置诸脑后，像一阵狂风似的冲进敌阵，左右砍杀，他的马刀怎样开了荤，他怎样砍得筋疲力尽，跌下马来，等等。他就这样对他们讲了许多。

他的故事讲到一半，正讲到“你不能想象，一个人在冲锋的时候会产生多么疯狂的感情”时，保里斯期待中的安德烈公爵走了进来。安德烈公爵一向喜欢庇护青年，并且以别人有求于他为荣。保里斯昨天讨他的喜欢，他对保里斯就很有好感，愿意满足他的要求。安德烈公爵奉命把库图佐夫的公文送到皇太子那里，顺道来看望保里斯，希望能单独见见他。他走进屋来，看见一个骠骑兵正在吹嘘战斗经历（安德烈公爵最不喜欢这种人）。他对保里斯亲切地微微一笑，皱起眉头，眯缝起眼睛，对尼古拉微微点了点头，没精打采地坐到沙发上。他碰上这伙讨厌的人，心里有点不快。尼古拉看出这一点，脸涨得通红。但他不在乎，因为安德烈是个陌生人。尼古拉望了望保里斯，发现他似乎也在为他这个骠骑兵害臊。尽管安德烈公爵态度并不友好，带着嘲讽意味，尽管尼古拉从战斗部队的观点看不起参谋部里的小副官（进来的人看来是个小副官），他不免也有点狼狈，涨红了脸，不再作声。保里斯打听参谋部里有什么消息，有什么不属保密范围的打算？

“大概要继续进军。”安德烈公爵回答，显然不愿在陌生人面前说得更多。

别尔格趁机彬彬有礼地问，连长的粮草津贴现在是不是像传说那样将增加一倍？对这个问题，安德烈公爵含笑回答说，对政府的这种重要决定，他不能随便发表意见。别尔格听罢快乐地笑起来。

“您的事，”安德烈公爵对保里斯说，“我们以后再谈，”接着他打量了一下尼古拉，“检阅以后您来找我，我们一定尽力而为。”

安德烈公爵环顾了一下房间，也不顾尼古拉像孩子那样恼羞成怒，对他说：

“您刚才大概在讲申格拉本的战斗吧？您到过那里吗？”

“我参加了！”尼古拉怒气冲冲地说，仿佛想以此侮辱副官。

安德烈注意到骠骑兵的这种情绪，觉得挺好玩。他略带轻蔑地微微一笑。

“是啊！现在流传着许多有关这场战役的故事。”

“哼，故事！”尼古拉大声说，那双突然变得疯狂的眼睛一会儿瞧瞧保里斯，一会儿望望安德烈，“不错，故事很多，但我们的故事讲的都是在敌人炮火下出生入死的英雄事迹，是有分量的，可不像参谋部里那些无功受奖的公子哥儿的故事。”

“您看，我是不是其中的一个？”安德烈公爵泰然而愉快地笑着说。

这时，在尼古拉心中，愤怒和对这个人镇定沉着的敬意交织在一起。

“这不是说您，”尼古拉说，“我不认识您，老实说，也不想认识您，我说的是一般的参谋部人员。”

“可我要对您说，”安德烈公爵用沉着而威严的声音打断他的话，“您要侮辱我，如果您没有足够的自尊心，我认为这很容易做到。但您得同意，您选择的时间和地点都不合适，最近一两天里，我们都要参加一次更严酷的大决战。此外，我的面貌不幸长得不讨您喜欢，这事同您的老朋友保里斯毫无关系。不过，”安德烈公爵说着站起来，“您知道我的名字，知道在哪里可以找到我，但您不要忘记，”他补充说，“我认为我并没有受到侮辱，您也没有受到侮辱。我年纪比您大，我劝您别把这事放在心上。那么，保里斯，星期五检阅以后我等您。再见！”安德烈公爵向两人鞠了一躬，走了出去。

尼古拉直到安德烈走后，才想到该怎样回敬他。他因为刚才忘记说这话，更加生气。他立刻叫人备马，冷冷地跟保里斯告别，回住处去。明天他要到总司令部去向那个倔强的副官挑战，还是真的把这事搁开？这个问题一路上一直使他烦恼。一会儿，他怒气冲冲地想，他要是看到这矮小、文弱、骄傲的人在他的手枪下惊恐万状，那该多么痛快；一会儿，他惊奇地发现，他很想同这个可恨的副官交个朋友，不管对谁，他都没有过这样强烈的愿望。

8

保里斯同尼古拉见面后第二天，奥国军队和俄国军队举行了阅兵式。接受检阅的包括刚从俄国开来的和随同库图佐夫出征回来的部队。俄国皇帝带着皇太子，奥国皇帝带着大公，一起检阅了八万联军。

一清早，整洁漂亮的军队排列在要塞前的田野上整队。一会儿，千万只脚和千万把刺刀在迎风招展的军旗下行进，按照军官的口令立定，转身，变换队形，绕过穿不同军服的其他步兵队伍；一会儿，穿蓝色、红色、绿色镶边军服的骑兵，骑着黑色、棕色、灰色的马，跟着服装鲜明的军乐队，发出整齐的马蹄声和刀枪声；一会儿，炮兵拉着铿锵发响、铜器擦得闪亮的大炮，散发出点火杆的气味，在步兵和骑兵之间缓缓前进，开到指定的地点。不仅将军们穿着礼服，不论腰身粗大或细瘦都把腰束得紧得不能再紧，脖子被硬领撑得发红，身上挂着绥带和各种勋章；不仅军官们头上擦了发油，身上穿着讲究的军服，就连士兵都个个把脸刮得精光，把武器擦得耀眼。每匹马都刷得像缎子一般溜光闪亮，润湿的鬃毛梳得一根不乱。人人都感觉到这是一次非同寻常的大庆典。每个将军和每个士兵都觉得自己微不足道，只是人海中的一滴水，但同时又感到自己是这人海的组成部分，因而强大有力。

一清早，大家就紧张地忙碌起来，十点钟一切都已准备就绪。队伍在广大的田野上排好队列。全体人马分成三个横队，前面是骑兵，后面是炮兵，最后面是步兵。

每两个横队之间像隔着一条街。组成这支大军的三部分——库图佐夫的战斗部队（保罗格勒骠骑兵团排在前排右翼），刚从俄国开来的作战部队加上近卫军的几个团，还有奥国军队——界线分明，但都站在一个横队里，受统一指挥，保持同一队形。

突然，像一阵风吹过树叶似的传出一片激动的低语："来了！来了！"听得见胆怯的声音。全军在作最后准备，发出一片骚动声。

前面，在奥洛莫乌茨那里出现了一群渐渐临近的人。尽管那天没有刮风，这时却有一阵微风拂过军队，吹动矛缨，吹得军旗拂打旗杆，仿佛军队用这种轻微的活动来欢迎皇帝的驾临。这时只听得一声口令："立正！"然后，就像公鸡报晓一样，四面八方接二连三地喊了起来，接着又是一片肃静。

在这一片肃静中只听见嘚嘚的马蹄声。这是两位皇帝的随从来了。两位皇帝来到侧翼，第一骑兵团的号手就吹起了进行曲。这仿佛不是号手在吹军乐，而是全军看见皇帝驾临，欢声雷动。在这些声音中可以听见亚历山大皇帝年轻的亲切的声音。皇帝向大家问好，于是第一骑兵团就震耳欲聋、欢天喜地地不断高喊"乌拉"，连他们自己都被众多的人数和巨大的威力所震惊。

尼古拉站在库图佐夫军队的前排，也就是皇帝首先来到的地方。尼古拉像队伍里所有的人那样也产生了一种忘我的为国家强大而自豪的感情，并向促成这次盛大阅兵的人热烈致敬。

他觉得只要这个人一开口，这支庞大的队伍（他是其中的一粒沙子）就会赴汤蹈火，就会杀人行凶，就会视死如归，建立丰功伟绩，因此一想到就要听到那句话，就不免浑身哆嗦，心脏停止跳动。

“乌拉！乌拉！乌拉！”四面八方响起一片欢呼声，一个团接一个团奏起进行曲来欢迎皇帝，然后又是高呼“乌拉”，又是奏进行曲，又是高呼“乌拉”。这些声音越来越响，越来越高，汇合成一片震耳欲聋的轰鸣。

在皇帝尚未来到的时候，每个团都保持肃静，好像没有生命的躯体。但等皇帝一走近，这个团就活跃起来，它的呼喊声就跟皇帝已经走过的横队的呼喊声融成一片。在这片震耳欲聋的呼喊声中，在一块块化石般的方阵之间，几百名随从对称地排列着，自由自在地骑马跑过。他们前面是两位皇帝。在这支大军里，人人都克制着热情，把注意力集中在他们两人身上。

年轻英俊的亚历山大皇帝身穿近卫骑兵制服，头戴帽边翘起的三角帽。他那喜气洋洋的脸和洪亮而不高的声音吸引了所有人的注意。

尼古拉站在号手附近，他那双锐利的眼睛老远就认出了皇帝，并看着他渐渐走近。皇帝离他只有二十步了。尼古拉仔细察看皇帝年轻、英俊和喜气洋洋的脸，心里涌起一股空前未有的柔情。他觉得皇帝的每个特征和每个举动都使他入迷。

皇帝在保罗格勒团前站住，用法语对奥国皇帝说着什么，微微一笑。

尼古拉看见这个笑容，不由得也笑了，心里涌起一阵更强的对皇帝的爱戴之情。他想用什么方式表示对皇上的热爱，但知道没有办法，他真想哭。皇帝召见团长，对他说了几句话。

“天哪！要是皇上跟我说话，我会怎么样！”尼古拉想，“我会快活死的。”

皇帝转身对军官们说：

“诸位，我衷心感谢大家。”

尼古拉觉得每一个字都是从天而降的福音。现在他要是能为沙皇牺牲生命，那该是多么幸福哇！

“你们获得了圣乔治军旗，一定要保持这个荣誉。”

“真愿意死，愿意为他而死！”尼古拉想。

皇帝还说了些什么，尼古拉没有听清。士兵们都声嘶力竭地高呼：“乌拉！”

尼古拉在马背上弯下腰，用足力气大叫，只要能表达他对皇上的狂热感情，情愿喊破喉咙。

皇帝在骠骑兵前面站了几秒钟，仿佛有点犹豫不决。

“皇上怎么能犹豫不决呢？”尼古拉想，随后觉得就连这种犹豫不决的神态也是庄严迷人的，因为他觉得皇帝的一举一动都是庄严迷人的。

皇帝犹豫不决的神色只出现了一刹那。皇帝穿着当时流行的尖头靴，用脚碰了碰短尾栗色马的腹部，他那戴白手套的手拉起缰绳。他在一大群杂乱的副官护送下走开去。他越走越远，在每个团前面都停留一下。最后，尼古拉只看见被一群随从簇拥着的皇帝的白翎子。

尼古拉在随从中间发现安德烈无精打采地骑在马上。尼古拉想起昨天同他的争吵，心里浮起一个问题：该不该找他决斗。“当然不应该，”尼古拉想，“在眼下这样的时刻还值得提这种事吗？在这样热爱、狂欢和忘我的时刻，我们的争吵和委屈又算得了什么！？现在我爱一切人，宽恕一切人。”尼古拉想。

皇帝检阅了几乎所有的团以后，军队以分列式从他面前走过。尼古拉骑着新近向杰尼索夫买来的骏马贝督因，走在他的骑兵连后面，也就是显眼地单独从皇帝面前走过。

尼古拉是一名出色的骑手。他还没走到皇帝面前，就刺了两下贝督因，使贝督因急驰起来。贝督因兴奋时总是这样的。贝督因似乎也觉察到皇上的目光，把喷沫的嘴俯到胸脯，伸展尾巴，仿佛脚不着地在空中腾飞，姿势优美地更换腿子向前跑去。

尼古拉向后蜷起腿，收紧肚子，觉得自己仿佛同马合成一体。他皱着眉头，露出杰尼索夫所说的**魔鬼般**幸福的神气，从皇帝面前跑过。

“保罗格勒团，好样的！”皇帝说。

“天哪！要是他现在命令我冲进火海，我该多么幸福哇！”尼古拉想。

检阅完毕后，新来的军官和库图佐夫部下的军官，三五成群地聚在一起，谈论奖赏，谈论奥军和他们的军服，谈论他们的战线，谈论拿破仑，说他眼看就要倒霉，因为爱森军团就要开到，普鲁士也将站在我们一边。

但在人群中谈得最多的是亚历山大皇帝，大家模仿他的每句话，模仿他的每个动作，对他赞叹不已。

人人只有一个愿望：皇帝统率他们尽快向敌人开去。在皇帝亲自指挥下一定攻无不克，战无不胜。在检阅以后，尼古拉和多数军官都有这样的想法。

检阅以后，大家对胜利的信心比打了两次胜仗还要强。

9

检阅后第二天，保里斯穿上最漂亮的军服，接受了同事别尔格的祝福，到奥洛莫乌茨去找安德烈，希望利用他的交情为自己谋个好差事，最好能在要人手下当个副官，因为他觉得这是军队中最诱人的位置。他想："尼古拉一次就从父亲那里收到一万卢布，他当然可以夸口不愿向谁低头哈腰，不愿给人家当差，可我除了自己的脑袋就一无所有，我只好自己努力，不放过任何机会，尽量加以利用。"

那天保里斯在奥洛莫乌茨没有碰到安德烈公爵。奥洛莫乌茨驻有总司令部和外交使团，两位皇帝带着由朝臣和亲信组成的随从也住在那里。那里的气氛更加强了他想挤进上层社会的欲望。

他一个人也不认识。尽管他穿着华丽的近卫军军服，但那些大官都戴着翎子，佩着绥带和勋章，乘着华丽的马车在街上来来去去，他们比他这个近卫军小官地位要高得多，根本不把他放在眼里。他到库图佐夫总司令行营里打听安德烈，所有的副官和勤务兵都对他翻白眼，仿佛向他表示，像他这样往这里跑的军官太多了，使他们感到厌烦。虽然如此，或者说正因为如此，第二天，十五日，饭后他又来到奥洛莫乌茨库图佐夫行营，打听安德烈的行踪。安德烈公爵正好在家，保里斯被领到一个大厅。这里以前大概是个舞厅，现在放着五张床和桌、椅、钢琴等家具。一个身穿波斯式睡袍的副官坐在近门的桌旁写字。另一个副官，脸色红润，身体肥胖，双手枕着头躺在床上，同坐在旁边的军官说笑。他就是聂斯维茨基。第三个副官在钢琴上弹维也纳圆舞曲。第四个靠在钢琴上跟着曲子唱。安德烈不在这里。这些老爷看到保里斯，没有一个改变姿势。写字的副官，也就是保里斯招呼的那一个，不耐烦地转过身来对他说，安德烈在值班，如果要见他，可以从左边门到接待室去。保里斯道了谢，走进接待室。接待室里有十来个军官和将军。

保里斯进去的时候，安德烈公爵轻蔑地眯着眼（露出勉强提起精神的疲劳神态，仿佛表示，要不是我的职责所在，我可连一分钟也不愿同你说话），正在听取一个俄国老将军的报告。那将军身上挂满勋章，踮着脚尖，挺着身子，紫色的脸上现出士兵般阿谀的神态。

“很好，请您等一下！”安德烈公爵用带着法国腔的俄语对将军说（当他要表示轻蔑的时候，就用这种腔调说话）。他一看见保里斯，就不再理会将军，尽管将军跟在他后面，要求他再听听。安德烈公爵愉快地含笑对保里斯点头致意。

保里斯这时终于证实了他先前的推测，就是在军队里，除了军事条令规定的和团里所熟悉的从属关系和纪律之外，还存在着一种更为重要的从属关系。正是这种从属关系使这个身子挺直的紫脸将军恭恭敬敬地站在一旁等候，而上尉安德烈公爵却可以随意同保里斯准尉谈话。保里斯现在更加打定主意，今后办事不必凭军事条令，而要凭这种不成文的从属关系。他现在感觉到，只因为他被介绍给安德烈公爵，他的地位一下子就超过将军。要是在其他场合，要是在前线，一个将军对他这样的近卫军准尉可操有生杀之权。安德烈公爵走到他跟前，握住他的手。

“很抱歉，昨天失迎了。昨天我整天在跟德国人打交道。我跟威罗特检查作战部署去了。德国人一旦认起真来，就没有个底！”

保里斯微微一笑，仿佛安德烈公爵所暗示的事是众所周知的。其实他是第一次听到威罗特这个名字，连“作战部署”这个词也还是第一次听说。

“那么，老弟，您还是想当副官吗？我一直在考虑您的事。”

“是的，我想，”保里斯不知怎的涨红了脸，说，“我想请求总司令，华西里公爵替我写了一封推荐信给他。我想提出要求，因为，”他像道歉似的补充说，“我怕近卫军没有机会上前线。”

“好！好！我们回头再细谈，”安德烈公爵说，“等我先把这位先生的事报告上去，我就来陪您。”

安德烈公爵进去报告紫脸将军的事时，这位将军显然缺乏保里斯刚树立的那种不成文从属关系的观念，眼睛盯住这个妨碍他同副官谈话的放肆准尉，使得保里斯坐立不安起来。他转过身去，等待安德烈公爵从总司令办公室出来。

“听我说，老弟，我考虑过您的事，”当他们走进有钢琴的大厅时，安德烈公爵说，“您不用去找总司令了，他会对您说一大套客气话，会请您到他那里去吃饭（保里斯想：“按照不成文的从属关系来说，这样的态度也不坏。”），但再不会有别的结果，因为我们这些副官和传令官快有一个营了。我们还是这样办吧：我有一个好朋友，叫陶尔戈鲁科夫公爵，现任侍从武官长，是个极好的人。您也许不知道他，但问题是现在库图佐夫和他的参谋官以及我们全体人员都做不了主。现在一切权力都集中在皇上手里。我带您去见陶尔戈鲁科夫，我正有事要找他。我已同他谈起过您。让我们瞧瞧，他能不能把您留在身边，或者为您找个靠近皇上的位置。”

安德烈公爵在引导青年、帮助青年取得社会地位上一向很热情。他自尊心很强，从来不接受别人帮助，但借帮助别人的机会，他靠拢那个给人成功、也吸引他自己的圈子。他很愿意提携保里斯，就带他去见陶尔戈鲁科夫公爵。

当他们走进两国皇帝和随从下榻的奥洛莫乌茨行宫时，天色已经很晚了。

这天正好开过一次军事会议，御前军事参事和两国皇帝都参加了。会上违反库图佐夫和施瓦岑贝格公爵[1]两位老将的意见，决定立刻进攻，同拿破仑进行决战。安德烈公爵带着保里斯到行宫找陶尔戈鲁科夫公爵时，军事会议刚刚结束。少壮派在会上取得了胜利，这使司令部里个个情绪昂扬。主张等待机会、暂缓进攻的稳健派被彻底压倒，他们的理由被进攻必胜的意见驳得体无完肤，以致军事会议上谈到未来的战斗和我方必胜，好像不是未来的事，而是既成事实。全部优势都在我们一方。我军已集结在一处，强大的兵力无疑超过拿破仑。我军受到两位皇帝御驾亲征的鼓舞，个个摩拳擦掌，士气大振。指挥军队的奥国威罗特将军对战略形势了如指掌。现在将要同法军作战的地方，碰巧去年奥军在那里演习过。这里的地形他们也十分熟悉，并且在地图上作过标记。拿破仑的力量显然削弱了，而且毫无准备。

陶尔戈鲁科夫是主攻派里的激进分子。他刚开完军事会议回来，精疲力竭，但心情兴奋，为胜利而自豪。安德烈公爵向他介绍保里斯，但陶尔戈鲁科夫只客气地紧握了一下保里斯的手，对

1 奥地利将军。

他没说一句话，显然还摆脱不掉萦绕在他头脑里的那些思想。他用法语对安德烈公爵说话。

“哦，老弟，我们打了个多漂亮的胜仗啊！但愿未来也能取得这样辉煌的战果。不过，老弟，”陶尔戈鲁科夫兴奋地说，“我应该承认我错怪了奥国人，特别是错怪了威罗特。他们办事真是精确，真是细致，对地形真是熟悉，对各种可能、各种条件、各种细节都估计得分毫不差！是的，老弟，再也想不出比我们现在更有利的条件了。奥军的精细同俄军的勇敢结合起来，就会天下无敌！”

“那么，进攻已最后决定了？”安德烈问。

“告诉您，老弟，我认为拿破仑方寸已乱。今天接到他给皇上的一封信。”陶尔戈鲁科夫意味深长地微微一笑。

“原来如此！他写了些什么？”安德烈问。

“他能写什么呢？如此这般，这般如此，无非是想拖延时间。我老实对您说，他已落到我们的手心里了，真的！但最有意思的是，”陶尔戈鲁科夫忽然和善地笑起来，“就是想不出回信该怎么称呼他。如果不能称‘执政’，自然也不能称皇帝，那就只能称他‘波拿巴将军’了。”

“但不称他皇帝而称他‘波拿巴将军’，这是有差别的。”安德烈说。

“问题就在这里，”陶尔戈鲁科夫笑着插嘴说，“您认识比利平吧，他这人很聪明。比利平建议称他为‘篡位的奸臣和人类的公敌’。”

陶尔戈鲁科夫快活地哈哈大笑。

“没有别的称呼了？”安德烈问。

“不过，比利平还是想出了一个适当的称呼。他这人真是聪明机智……”

“什么称呼？”

“法国政府首脑，法国政府首脑，”陶尔戈鲁科夫公爵严肃而得意地说，“不是挺好吗？”

“好是好，可他会很不高兴的。”安德烈说。

“是啊，他会很不高兴的！我哥哥认识他。他在巴黎不止一次在当今皇帝那里吃过饭。他对我说，他从没见过比他更精明狡猾的外交家了。可说是集法兰西的圆活与意大利的演技于一身！您知道他跟马尔科夫伯爵的逸事吗？只有马尔科夫伯爵一人能对付他。您知道手帕的故事吗？真是妙极了！”

于是健谈的陶尔戈鲁科夫就时而对着保里斯，时而对着安德烈公爵，讲到拿破仑怎样想试试我们的公使马尔科夫，故意把一块手帕丢在他前面。他停住脚步，看着马尔科夫，大概是希望马尔科夫替他效劳。马尔科夫立刻把自己的手帕丢在旁边，然后捡起来，却没捡拿破仑的手帕。

“妙极了，”安德烈说，“您听我说，公爵，我带这个年轻人来，是想求您一件事。您知道……”

但没等安德烈公爵说完，就有一个副官走来，说皇帝召见陶尔戈鲁科夫。

“唉，真遗憾！”陶尔戈鲁科夫说，慌忙站起来，握了握安德烈公爵和保里斯的手，“说实在的，我很愿意为您和为这位可爱的年轻人出力，只要我能办到。”他又握了握保里斯的手，现出和蔼、诚恳和快活的表情，“但您看……改天再说吧！”

保里斯觉得他现在已接近上层，非常兴奋。他意识到，他在这里接触到领导整个庞大运动的发条，他觉得他在团里只是其中一个微不足道的零件。安德烈和保里斯跟着陶尔戈鲁科夫公爵来到走廊里，看见一个文官从皇帝的办公厅里出来，而陶尔戈鲁科夫正往那里走去。这个文官个儿不高，相貌聪明，下巴颏突出，但突出的下巴颏并不损害他的仪表，反而使他的神态显得更加机灵活泼。这个文官像对自己人那样对陶尔戈鲁科夫点了点头，又冷冷地凝视着安德烈公爵，向他迎面走去，显然要安德烈公爵向他鞠躬或者让路。安德烈公爵既不向他鞠躬，也不给他让路，脸上现出愤恨的神色。年轻的文官就转身从走廊旁边走掉了。

“这是什么人？”保里斯问。

“这是一个非常出色、但是我非常讨厌的人。他是外交大臣查多利日斯基公爵。”

“唉，就是这批人，”他们走出行宫时，安德烈情不自禁地叹息说，“就是这批人决定着民族的命运。”

第二天军队开拔了。直到奥斯特里茨战役，保里斯既没有看见安德烈，也没有看见陶尔戈鲁科夫，只好暂时留在伊兹梅尔团里。

10

十一月十六日早晨，杰尼索夫的骑兵连——属巴格拉基昂公爵的部队，尼古拉就在那个连里服务——从营地出发投入战斗，跟着其他纵队走了一俄里光景，在大路上奉命停止前进。尼古拉看见，从他旁边走过的有第一和第二骠骑兵连的哥萨克、步兵营和炮兵，还有带副官的巴格拉基昂将军和陶尔戈鲁科夫将军。尼古拉以前那种临阵前的恐惧，他克服恐惧的内心斗争，他要以骠骑兵方式在这场战斗中立功的梦想，这一切如今都不复存在。他们的骑兵连留作后备队，尼古拉只得无聊地度过这一天。早晨八点多钟，他听见前面传来枪炮声和"乌拉"声，看见人数不多的伤员被运到后方去，最后看见几百名哥萨克押送着一队法国骑兵。看来，战斗已经结束。这次战斗规模不大，但很顺利。回来的士兵和军官畅谈辉煌的胜利，畅谈攻克维绍城，以及俘虏一连法国骑兵的战果。夜间严寒，白天阳光灿烂，赏心悦目的秋色同迅速传布的捷报显得那么和谐，胜利的喜悦反映在尼古拉身旁经过的士兵、军官、将军和副官的脸上。尼古拉特别伤心的是，他经受了一场虚惊，而在这快乐的日子里他却无所作为。

"尼古拉，过来，让我们喝一杯解解闷！"杰尼索夫坐在路边喊道，他的前面放着军用水壶和酒菜。

军官们聚集在杰尼索夫的食品箱周围，边吃边谈。

“瞧，又押来一个！”有个军官指着由两名哥萨克步兵押送的一个法国龙骑兵俘虏，说。

其中一名哥萨克牵着一匹俘获的高大美丽的法国马。

“把那匹马卖给我吧！”杰尼索夫对哥萨克叫道。

“遵命，大人……”

军官们站起来，围住哥萨克和俘虏的法国兵。法国龙骑兵是个年轻的阿尔萨斯人，说法国话带德国腔。他激动得上气不接下气，满脸通红，一听见有人说法语，就马上同军官们说起话来，一会儿同这个说，一会儿同那个说。他说他本来不会被俘，他被俘不是他的错，而是那派他去取马衣的伍长的错，他告诉伍长俄军已在那里了。他每说一句话，总要加上一句：可别糟蹋我的好马啊！说着又抚摩自己的马。他显然不知道他在什么地方。他一会儿为自己的被俘辩解，一会儿像是在长官面前那样，竭力表示自己恪守军纪，忠于职守。他给我们后卫队带来法国军队的活泼气氛，这对我们来说是很新鲜的。

哥萨克以两个金币的价钱卖了那匹马。尼古拉收到家里寄来的钱，现在是军官中最有钱的人，就把那匹马买下来。

“可别糟蹋我的好马啊！”当马移交给尼古拉的时候，阿尔萨斯人和善地对他说。

尼古拉含笑安慰龙骑兵，给了他一些钱。

“走！走！”哥萨克用不正确的法语说，碰碰俘虏的手臂，要他走。

“皇上！皇上！”骠骑兵中突然有人叫道。

人人着忙起来。尼古拉看见后面有几个帽子上饰白帽缨的人骑马跑来，刹那间，人人都各就各位等待着。

尼古拉不记得也不清楚他怎样跑回原位并且上了马。他因没参加战斗而产生的懊丧情绪和处身在老面孔中间的腻味感觉顿时消失了。他不再想到自己，由于接近皇帝，心中感到很幸福。他觉得光是接近皇帝一事就足以补偿今天一天的损失。他兴奋得像一个等待幽会的情人。他不敢回头看，也没有回头看，但如醉如痴地感觉到他临近了。他有这样的感觉，不仅由于一队人马的马蹄声越来越近，还由于皇帝的临近，周围一切变得更光明，更快乐，更有意义，更有节日气氛。尼古拉心目中的太阳越来越近，向四周放射出温和庄严的光辉。他觉得这光辉已照到自己身上，他听见他的声音，亲切、镇静、庄严而又朴素的声音。正像尼古拉所期望的那样，出现了一片肃静，而在这片肃静中响起了皇帝的声音。

"是保罗格勒骠骑兵吗？"皇帝问道。

"是后备队，陛下！"有人回答。在听到"是保罗格勒骠骑兵吗"这样非凡的声音之后，这回答的声音就显得很平凡了。

皇帝走到尼古拉旁边站住。亚历山大的脸比三天前检阅时更英俊了。他的脸焕发着快乐和青春，天真无邪的青春，好像一个十四岁的少年，但仍不失为威严庄重的御容。皇帝回顾骑兵连，他的目光偶尔同尼古拉的目光相遇，但最多只有两秒钟。不管皇帝是否了解尼古拉的心情（尼古拉认为皇帝是洞察一切的），他那双蓝眼睛射出温柔慈祥的光芒，在尼古拉脸上停留了两秒钟。接着皇帝突然扬起眉毛，用左脚猛刺了一下坐骑，向前驰去。

听到前卫传来的枪炮声，年轻的皇帝克制不住亲临战场的欲望，不顾朝臣们的苦谏，十二时离开他所待的第三纵队，向前卫驰去。他还没跑到骠骑兵那里，就有几个副官迎面送来了捷报。

这场战斗只俘虏了法国一个骑兵连，却被想象成一次大败法国人的辉煌胜利。因此皇帝和全军，特别是在战场上硝烟还未消散的时候，都相信法国人已被打败，被迫退却了。皇帝走过去几分钟之后，保罗格勒团奉命前进。在德国小城维绍，尼古拉再次看见了皇帝。在小城广场上，皇帝驾临之前发生过激战，现在还横着几具尸体和几名伤员没有运走。皇帝在文武官员的簇拥下，骑着一匹短尾枣红马——不是检阅时骑的那一匹，——侧着身子，潇洒地拿着一把长柄金眼镜，望着一个趴在地上、头上满是鲜血的士兵。这个伤兵那么肮脏、粗野，使人恶心。尼古拉觉得同他接近是对皇帝的亵渎。尼古拉看见，皇帝拱起的肩膀像发冷似的打了个哆嗦，他的左脚痉挛地刺了刺马。那匹训练有素的马漠然回顾了一下，站在原地不动。一个副官下了马，扶起伤兵，把他放在抬来的担架上。伤兵呻吟起来。

“轻一点，轻一点，难道你不能放得轻一点吗？”皇帝说，他显然感到比这个垂死的兵更痛苦，说完就走开了。

尼古拉看见皇帝泪水盈眶，听见他离开时用法语对查多利日斯基说：

“战争真是可怕，真是可怕！*战争真是可怕！*”

前卫部队驻在维绍前方，从敌军的散兵线上可以望见。这一天，敌军总是稍经射击，就把地方让给我们。皇帝传话对前卫部队表示感激，答应给他们奖赏，加倍发给士兵伏特加。营火噼啪作响，士兵歌声不绝，大家比昨晚更欢快。杰尼索夫当晚庆祝自己提升为少校。尼古拉喝了很多酒，在酒宴将近结束时他提议为皇帝的健康干杯。不是像通常宴会上那样说：“为皇上健康干杯”，而说，“为仁慈、迷人的伟大皇上的健康，为他的身体健康和打败法国人干杯！”

“既然我们以前打仗也不放过法军，”尼古拉说，“像在申格拉本那样，那么，现在皇上亲临前线，我们又该怎样呢？我们都不惜牺牲，甘心为皇上而死。对不对，诸位？也许我说得不对，我喝多了，但我有这样的感觉，你们一定也有这样的感觉。为亚历山大一世的健康干杯！乌拉！”

“乌拉！”军官们热情洋溢地叫道。

年老的骑兵大尉吉尔斯顿兴奋地喊着，他的真诚不亚于二十岁的尼古拉。

军官们把酒喝干，砸碎酒杯，吉尔斯顿又另外斟满几杯酒。他身穿衬衫和马裤，拿着一杯酒走到士兵篝火前，留着两撇长长的花白胡子，敞开的衬衫里露出雪白的胸膛，向上挥了挥手，庄严地站在篝火光中。

“弟兄们，为皇帝陛下的健康，为战胜敌人干杯，乌拉！”他用骠骑兵豪放而老成的上低音喊道。

骠骑兵们围拢来，整齐地高声响应他的建议。

入夜，人们都走散了，杰尼索夫用一只短短的手拍拍他喜爱的尼古拉的肩膀。

“嗨，行军中没有人可以爱，就爱起沙皇来了。”杰尼索夫说。

“杰尼索夫，这事可不能开玩笑，”尼古拉叫道，“这是一种那么崇高美好的感情，那么……”

“我相信，我相信，老弟，我同意，我赞成……”

“不，你不懂！”

尼古拉站起来，在篝火之间徘徊着，幻想着，不是为了救皇帝的性命（这点他连想也不敢想），而是自己死在皇帝面前，这该是多大的幸福！他真的爱上了沙皇，爱上了俄军的荣誉，对未来胜利满怀希望。在奥斯特里茨战役前那些值得纪念的日子里，不只他一人有这样的心情，俄军中十之八九都爱上了沙皇，爱上了俄军的荣誉，但不像他那样狂热。

11

第二天，皇帝停留在维绍，御医威利耶几次应召去探视，在总司令部和附近部队里传布着圣体违和的消息。据侍从们说，皇上那天没有进食，晚上睡得不好。圣体违和的原因是，伤亡人员的悲惨景象强烈地刺激了皇上那颗仁慈善感的心。

十七日黎明，一个举着军使旗的法国军官求见俄皇，从前哨被带到维绍。这个军使名叫萨瓦里。皇帝刚刚入睡，萨瓦里只得等待。中午，萨瓦里被皇帝召见。一小时后，萨瓦里同陶尔戈鲁科夫公爵一起骑马去到法军前哨。

传说，萨瓦里的使命是建议订立和约和亚历山大皇帝同拿破仑会面。皇帝拒绝亲自会面，这使全军感到满意和自豪。而维绍城下的胜利者，陶尔戈鲁科夫公爵，奉命随萨瓦里去同拿破仑谈判，如果对方确有和平愿望的话。

傍晚，陶尔戈鲁科夫回来，直接去见皇帝，在皇帝那里单独留了好久。

十一月十八日和十九日，部队继续向前行军，敌军前哨经过短暂交火就向后撤。从十九日中午起，军队调动频繁，直到第二天，十一月二十日早晨，也就是发生值得纪念的奥斯特里茨会战的那一天。

十九日中午以前，一切活动、兴奋的谈话、奔走忙碌、副官的派遣，都只限于皇帝行辕以内。那天午后，这种活动就扩大到库图佐夫总司令部和各纵队参谋部。傍晚，这种活动又通过副官扩展到全军各部。十九日到二十日夜间，八万联军从宿营地动身，人声嘈杂，浩浩荡荡绵延九俄里，向前推进。

早晨，从皇帝行辕开始的中心运动，好像钟楼上大钟主轮的启动，逐步推动各部分运转。一个轮子缓缓地转动起来，然后是第二个，第三个，所有的轮子、滑轮和齿轮越转越快。于是时钟发出当当的响声，跳出报时的小人，时针缓缓地移动，表示运动的结果。

军事机器同钟表的结构一样，运动一旦开始，就会不可遏止地进行到底，而在没有转动以前，各部分木然不动，也像钟表的各个零件一样，轮子在轴上响着，齿轮彼此咬住，滑轮飞快地呼呼转动，可是旁边的轮子仍然默不作声，一动不动，仿佛要这样沉睡几百年，但到杠杆捉住轮子，它就服服帖帖地发出响声，转动起来，纳入统一的行动，虽然不知道运动的目的和结果是什么。

好像钟表一样，无数轮子和滑轮复杂运动的结果，只是使时针缓慢而均匀地报时，十六万俄国军队和法国军队，带着他们的热情、愿望、悔恨、屈辱、痛苦、骄傲、恐惧和狂欢，进行全部复杂活动的结果，只是形成所谓三皇大战的奥斯特里茨战役的失败，也就是人类历史钟面上时针的缓慢移动。

安德烈公爵那天值班，一直待在总司令身边，寸步不离。

傍晚六点不到，库图佐夫来到皇帝行辕，在那里待了没多久，然后去见御前大臣托尔斯泰伯爵。

安德烈公爵利用这机会到陶尔戈鲁科夫那里打听详细军情。安德烈发觉库图佐夫心情不佳，有什么事使他不高兴，而行辕里的官员对他也不满意。他们说话的语气都显示他们知道别人不知道的秘密，因此安德烈想去找陶尔戈鲁科夫谈谈。

“哦，您好，老弟，”陶尔戈鲁科夫同比利平坐在一起喝茶，说，“明天可以庆祝一番了。您那个老头子怎么样？情绪不好吗？”

“我不能说他情绪不好，但他希望人家听听他的意见。”

“在军事会议上，大家听过他的意见，只要他讲得有道理，大家还是会听他的。但现在正是拿破仑最害怕会战的时候，不能再观望和等待了。”

“是的，您见到他了？”安德烈公爵问，“那么，拿破仑怎么样？他给您的印象怎么样？”

“是的，我见到他了，我相信他最怕会战，”陶尔戈鲁科夫一再重复说，显然很重视他在会见拿破仑后得出的这个总结论，“如果他不怕会战，那他何必会见皇上，进行谈判，尤其是何必后退？后退是完全违反他的战术的。请您相信我，他害怕，害怕大会战，他的末日到了。我敢肯定。”

“那您讲讲，他的模样怎么样？”安德烈公爵又问。

“他身穿灰色礼服，想要我称他‘陛下’，但他感到失望，因为我根本没有称呼他。他就是这样一个人，如此而已。”陶尔戈鲁科夫回答安德烈，含笑回头看看比利平。

“尽管我十分尊敬库图佐夫老人，”陶尔戈鲁科夫继续说，“但现在敌人已经落在我们的掌心里，如果我们观望不前，给他们机会逃走或者上他们的当，那才叫好看呢。是的，我们不能忘记苏沃洛夫和他的信条：不要使自己被动挨打，要主动进攻。我认为，在战争中精力充沛的小将常常比患得患失的老将更能指出正确的道路。”

“那么我们应该从哪里向敌人进攻？我今天到过前哨，但不能判断他们的主力在哪里。”安德烈公爵说。

他想把自己拟定的进攻计划讲给陶尔戈鲁科夫听。

“哦，这完全无关紧要，”陶尔戈鲁科夫马上说，同时站起来，打开桌上的地图，“各种情况都考虑到了：他要是在布尔诺……”

于是陶尔戈鲁科夫匆忙而含糊地讲着威罗特的侧翼包抄计划。

安德烈公爵反对这个计划，并且说明他的计划不比威罗特的计划差，但遗憾的是威罗特的计划已批准了。安德烈公爵刚要说明后者的缺点和前者的优点，陶尔戈鲁科夫公爵却没再听他说下去，也没看地图，只漫不经心地望着他的脸。

“不过，库图佐夫今晚要开一次军事会议，您可以在会上把这些意见讲一讲。”陶尔戈鲁科夫说。

“我一定这么办。”安德烈公爵说着从地图旁走开去。

“诸位，你们操什么心？”直到此刻一直含笑听着他们谈话的比利平，这时显然想开开玩笑了，“不管明天胜败如何，俄军的荣誉是保得住的。除了你们的库图佐夫，各纵队连一个俄国指挥官都没有。现在的指挥官是威姆普芬将军阁下、朗热隆将军、里赫顿斯坦公爵、霍恩洛厄公爵[1]……还有一串波兰名字。”

“闭嘴，毒舌头，”陶尔戈鲁科夫说，“不对，现在已经有两个俄国人了：米洛拉多维奇和陶霍杜罗夫，还可能有第三个，阿拉克切耶夫伯爵，但他神经太脆弱了。”

“我想，这会儿库图佐夫该出来了。”安德烈公爵说。“诸位，祝你们幸福，成功！”他补充说，握了握陶尔戈鲁科夫和比利平的手走出去。

回家的路上，安德烈公爵忍不住问默默地坐在他旁边的库图

1 这些都不是俄国人。

佐夫，他对明天的会战有什么想法。

库图佐夫严厉地望了望他的副官，沉默了一下，回答说：

“我看会战要失败，我把这话告诉了托尔斯泰伯爵，并请他转告皇上。你猜他怎样回答我？‘哦，亲爱的将军！我忙于米饭和肉饼，军事要由您来管’，瞧……他就这样回答我！”

12

晚上九点多钟，威罗特带着他的计划来到库图佐夫行辕。军事会议将在这里举行。各纵队指挥官都被召到总司令部，除了巴格拉基昂公爵拒绝出席外，其余的人都按时到达。

威罗特奉命全权指挥即将到来的会战，他精神兴奋，动作匆忙。库图佐夫勉强主持军事会议，心情不佳，睡意惺忪。两人形成鲜明的对照。威罗特显然自以为是领导这场势在必行的会战的首脑。他好像一匹拉车下山的马，不知道是他在拉车还是车在推他，他只是拼命飞跑，没有时间考虑这场会战的结果。那天晚上，威罗特两次亲自视察敌军前沿阵地，两度向俄皇和奥皇报告情况，并在办公室里用德语口授作战部署。他累得精疲力竭，这会儿来到库图佐夫的住所。

威罗特显然忙得连对总司令都忘了礼貌：他打断总司令的话，说得又快又含糊，既没看对方的脸色，也没回答向他提出的问题。他一身泥浆，样子疲劳可怜，但仍十分自负。

库图佐夫住在奥斯特里茨附近的一座贵族小城堡里。在权充总司令办公室的大客厅里聚集了库图佐夫、威罗特和军事会议成员。大家喝着茶，只等巴格拉基昂公爵一到就开会。七点多钟，巴格拉基昂的传令官带来消息，说公爵不能出席。安德烈公爵进来向总司令报告这事，因为总司令事先准许他列席会议，他就在客厅里留下来。

“巴格拉基昂公爵既然不来，我们可以开会了。”威罗特说，急急地站起来，走到摊着布尔诺地区大地图的桌子旁。

库图佐夫坐在高背安乐椅上，肥胖的脖子从敞开的军服领子里露出来，他那双浮肿的老人的手对称地搁在椅子扶手上，他差不多睡着了。他听见威罗特的声音，勉强睁开他那只独眼。

“对，对，请开吧！要不就晚了。”他说着点点头，接着又垂下头，闭上眼睛。

如果与会的人起初以为库图佐夫是装睡，那么后来宣读计划时他的鼻息声表明，尽管他身为总司令，很想对作战计划表示蔑视，但他克服不了人类无法克制的睡眠的欲望，真的睡着了。威罗特现出分秒必争的紧张神态望了望库图佐夫，确信他已睡着了，就拿起文件，单调地高声宣读未来会战的部署，连标题都没有漏掉。

《攻击柯贝尔尼茨和索科尔尼茨后面敌军阵地的作战部署，一八〇五年十一月二十日。》

这个作战部署很复杂，很难懂。德文全文是这样开始的：

> 由于敌军左翼以树木稠密的山岭为依据，右翼通过柯贝尔尼茨和索科尔尼茨伸展到池塘后面，而我军左翼比敌军右翼占优势，利于进攻敌军右翼，尤其是如我军占领索科尔尼茨和柯贝尔尼茨两村，就能攻击敌军侧翼，并在施拉巴尼茨和丘拉斯森林间的平原上追击敌军，而避开施拉巴尼茨和贝洛维茨间掩护敌军前线的隘路。为此目的须……第一纵队前进……第二纵队前

进……第三纵队前进……

威罗特宣读道。

将军们看来都不太愿意听这种晦涩难懂的作战部署。淡黄头发的高个子布克斯赫弗登将军背靠墙站在那里，眼睛盯住燃烧的蜡烛，似乎没有在听，甚至不想让人觉得他在听。威罗特对面坐着米洛拉多维奇，他脸色红润，留着两撇上翘的小胡子，肩膀耸起，两手雄赳赳地放在膝盖上，臂肘向外，睁着一双明亮的眼睛，盯住威罗特。他始终保持沉默，望着威罗特的脸，直到这位奥国参谋长读完了才不再看他。这时米洛拉多维奇意味深长地望望另外两位将军。但从他那意味深长的目光中看不出他同意还是不同意这个作战部署，对它满意还是不满意。坐在威罗特旁边的是朗热隆伯爵。在宣读作战部署时，他那张法国南方人的脸上一直挂着微妙的笑容，眼睛盯住正在转动一个带肖像的金鼻烟壶的细长手指。在宣读一个长句子时，他停止摆弄鼻烟壶，抬起头来，薄嘴唇角上露出虚假的敬意，打断威罗特，想说些什么。但威罗特没有停止宣读，只怒气冲冲地皱了皱眉头，摆动臂肘，仿佛在说："等一下，等一下把您的想法告诉我，现在请您看好地图，听我讲。"朗热隆带着困惑的神情向上抬起眼睛，回头看了看米洛拉多维奇，仿佛在寻求解释，但一遇见米洛拉多维奇意味深长而莫测高深的目光，就颓丧地垂下眼睛，又摆弄起鼻烟壶来。

"一堂地理课。"朗热隆似乎在自言自语，但声音响得别人都能听见。

普尔杰贝歇夫斯基带着不亢不卑的神气一只手罩住对着威罗特的耳朵，仿佛在全神贯注地听。个儿矮小的陶赫杜罗夫坐在威罗特对面，样子很用心和谦逊，俯身在摊开的地图上，认真研究作战部署和他不熟悉的地形。他几次要求威罗特重复他没有听清的字句和难记的村名。威罗特满足他的要求，陶赫杜罗夫就把这些地名记下来。

作战部署读了一个多小时才结束。这时，朗热隆又放下鼻烟壶，眼睛没看威罗特和别的人，说执行这个作战部署有困难，因为敌军在移动，无法断定他们的阵地究竟在哪里。朗热隆的反驳是有道理的，但反驳的目的显然是要威罗特将军感觉到，他煞有介事地宣读作战部署，好像在给小学生上课，其实他面前坐着的都不是傻子，而是在军事问题上可以教教他的人。

等到威罗特单调的宣读声一停止，库图佐夫就睁开眼睛，好像一个磨坊主在催人欲眠的磨盘声停止时醒过来。他留神听着朗热隆的话，仿佛在说："你们还在说废话！"接着又连忙闭上眼睛，把头垂得更低。

朗热隆竭力用最恶毒的语言伤害威罗特作为战术制定者的自尊心，证明拿破仑会轻易地变被动为主动，因此制定这样的作战部署毫无意义。威罗特始终用轻蔑的微笑来回答，显然他早有思想准备，不论人家怎样反驳，他都一笑置之。

"他要是能进攻我们，今天就进攻了。"威罗特说。

"那么，您以为他没有力量吗？"朗热隆说。

"他最多只有四万人。"威罗特好像一位医生听到巫婆向他指点治疗方法，含笑回答。

"既然这样，他等待我们进攻，岂不是自取灭亡？"朗热隆带着含蓄的嘲笑说，又回头看看旁边的米洛拉多维奇，希望得到他的赞同。

但米洛拉多维奇这时显然并不在考虑两位将军所争论的事。

"不错，"米洛拉多维奇说，"明天在战场上就会见分晓了。"

威罗特又冷笑了一下，仿佛在说，作战部署会遭到俄国将军们的反对，这一点不仅他个人深信不疑，就连两国皇帝也深信不疑，因此他觉得又可笑又奇怪。

“敌人熄了灯火，但从营地里不断发出喧闹声，”威罗特说，“这说明什么？不是后撤（这是我们唯一应该害怕的），就是转移阵地。”他冷笑了一声，“但即使他们占领了丘拉斯阵地，只会使我们省去许多麻烦，我们的全部计划丝毫不用改变。”

“这怎么行？……”安德烈公爵问，他早就在等待机会表示疑虑了。

库图佐夫醒过来，用力咳嗽了一阵，回头看看将军们。

“诸位，明天的也可以说是今天的（因为已经过了半夜）作战部署不可能改变了，”库图佐夫说，“你们都听见了，我们都要恪尽各自的职责。而在交战之前最重要的是……（他停了停）睡一个好觉。”

他做出要起身的样子。将军们都鞠躬告辞，时间已过了半夜，安德烈公爵也走了。

安德烈公爵未能如愿地在军事会议上讲出自己的意见，这次会议使他感到迷惑不解和惊惶不安。究竟谁对，是陶尔戈鲁科夫同威罗特一方，还是反对进攻计划的库图佐夫同朗热隆等人一方，他不知道。“难道库图佐夫不能向皇上面陈他的想法吗？难道就没有别的办法了？难道由于朝廷和某些人的想法就得拿几万人的生命，也包括我的生命，去冒险吗？”他想。

“是的，明天我很可能被打死。”安德烈公爵想。一想到死，一连串最久远和最亲切的往事就突然涌上脑海。他想起最后一次同父亲和妻子的别离；他想起他最初同妻子恋爱的日子；想起她的怀孕，他不禁为她难过，也为自己难过。他怀着感伤而激动的心情走出跟聂斯维茨基合住的房子，在屋前来回踱步。

夜雾很浓，月光神秘地从雾里漏下来。“是的，明天，明天！”他想，“对我来说，到明天也许一切都完了，再不会有什么回忆，不论什么回忆对我都毫无意义。我预感到，明天，很可能就是明天，我就有机会大显身手。”他想象战斗和伤亡的情景，战斗集中在一个点，指挥官们乱成一团。这就是幸福的时刻，就是他期待已久的土伦。他明确地向库图佐夫、向威罗特、向皇帝陈述了自己的想法。大家都认为他的见解正确，却没有人肯实行他的建议。他要了一个团或者一个师，预先讲定不让人家干涉他的指挥。于是他就带领一师人冲向决定胜负的地点，并且单独取得胜利。“要是遇到死亡和痛苦呢？”另一个声音在他心里说。但安德烈公爵不理这问题，继续做他的胜利梦。下次会战的部署由他独自制定。他名义上是库图佐夫的值日官，其实事无大小都由他亲自处理。他单独打赢了下一次的会战。库图佐夫被免职，他被任命……“那么，以后呢？”那另一个声音又说话了，“以后呢，即使你能逃过十次负伤、十次死亡和十次受骗的磨难，那么以后呢？”安德烈公爵自己回答说：“哦，以后吗……我不知道以后将怎样，我不想知道，我也无法知道。但即使我要荣誉，要出名，要得到人家的爱，那也不能算什么错，我就有这样的愿望，就有这样的愿望，我活着就是要达到这个目的。是的，就是为了这个目的！这一点我对谁也不说，可是，天哪！如果我不爱别的，我只爱荣誉，只要得到人家的爱，那又有什么办法！牺牲、负伤、家破人亡，我什么也不怕。尽管我爱许多人——父亲、妹妹、妻子，爱我最亲的亲人，但说来也怪，为了片刻的荣誉，为了战胜敌人，为了获得我根本不认识的人们的爱，我会毫不犹豫地抛下自己的亲人。”安德烈一面听库图佐夫在院子里说话，一面想。从库图佐夫的院子里可以听见在收拾行李的勤务兵的谈话声，还有一个车夫正在戏弄安德烈公爵认识的库图佐夫的老厨子季特，说："季特，是季特吗？"

"嗯！"老头子回答。

"季特，快去打谷[1]！"那个爱开玩笑的车夫说。

"呸，滚你的蛋！"老头子的回答被勤务兵的一片哄笑声所淹没。

"不论怎么说，我就是喜欢打败所有的人，我只珍惜飘浮在我头上迷雾中的神秘力量和荣誉！"安德烈公爵想。

1 俄文"季特"和"打谷"谐音。

13

那天晚上，尼古拉带一排骠骑兵在巴格拉基昂分队前面布置侧防线。骠骑兵一对一对地分散在前沿，他自己骑马沿着侧防线走去，竭力克制难以驱除的睡意。他后面有一大片开阔地带，我军的营火在雾中朦胧地发光，他的前面是雾蒙蒙的夜色。不论尼古拉怎样努力分辨雾霭弥漫的远方，还是什么也看不见：一会儿仿佛有个灰乎乎的东西；一会儿仿佛有个黑黝黝的东西；一会儿在敌人那儿有几点火星；一会儿他觉得这只是他眼睛发花。他闭上眼睛，脑子里一会儿出现皇帝，一会儿出现杰尼索夫，一会儿出现莫斯科的往事。他连忙睁开眼睛，看见他坐骑的头和耳朵，有时看见六步开外骠骑兵的黑影，而远处始终是那片雾蒙蒙的夜色。"怎么不可能呢？"尼古拉想，"很可能皇帝遇见我，他也像对其他军官那样对我说：'你去了解一下那里的情况。'他偶然遇见一个军官，就把他留在身边。这样的事是常有的。要是他把我留在身边，那该多好啊！哦，我一定竭力保卫他，对他绝对忠诚，揭穿一切欺骗他的人！"尼古拉生动地想象他对皇帝的无限热爱和忠诚，设想遇见一个敌人或者德国骗子，他不仅痛快地把他杀死，而且当着皇帝的面打他的嘴巴。突然远处一声呼喊把尼古拉惊醒。他打了个哆嗦，睁开眼睛。

“我这是来到哪儿啦？是的，在侧防线上。口令和回答是‘车杠，奥洛莫乌茨’。我们的骑兵连明天要当后备队了，真没劲……”尼古拉想，“我要请求上火线。这也许是见到皇上的唯一机会。是的，现在快换班了。我再巡逻一次，回去向将军提出要求。”他在马鞍上坐好，催动坐骑又绕着骠骑兵兜了一圈。他觉得天亮了一些。他看见，左边有一片被照亮的缓坡，对面是一个陡直的黑山岗。山岗上有一个白点子，看不清那是被月光照亮的林中空地，还是一片积雪，还是白色的房子。他甚至觉得白点子上有什么东西在动。“那大概是雪，一片白雪。”尼古拉想。

“那天……哦，娜塔莎，妹妹，黑眼睛。娜……塔莎……（我要是告诉她我见到过皇帝，她准会大吃一惊！）娜塔莎……拿大厦……”——“靠右，大人，这里有树。”尼古拉在马上打着瞌睡，听见旁边骠骑兵的声音。尼古拉抬起几乎垂到马鬃上的头，在骠骑兵身旁停下来。他无法遏制孩子般的瞌睡。“哦，我想什么来着？可不能忘记。我该怎样同皇上说话？不，不对，那是明天的事。对了，对了！拿大厦，拿下什么？骠骑兵……胡子兵……那个留胡子的骠骑兵在特维尔大街上跑，就在古里耶夫家对面……古里耶夫老头……哦，杰尼索夫是个好小子！对，这些都无关紧要。重要的是皇上眼下在这里。他怎样望着我，他想说话，可是他不敢……不，是我不敢。这些都无关紧要，主要是别忘记我想到的要紧事，是的。拿大厦，我们要拿下，是的，是的，是的。这很好。”尼古拉的头又垂到马脖子上。他忽然觉得有人在向他开枪。“什么？什么？什么！……杀！什么？……”尼古拉说着醒过来。尼古拉睁开眼睛的一刹那，他听见敌军那边有成千上万人在呐喊。他的马和旁边骠骑兵的马都竖起耳朵听。在发出呐喊声的地方亮起一个火光，熄灭了，接着又是一个，山上法军全线亮起了火光，呐喊声越来越响了。尼古拉听见有人说法国活，但是听不清。声音太杂太响。只听到一片啊啊啊、呃呃呃的声音。

“这是什么声音？你说呢？”尼古拉问旁边的骠骑兵，“那不是敌人发出的声音吗？”

骠骑兵什么也没有回答。

“怎么，难道你没听见？”尼古拉等了好一会儿，没有听见回答，又问。

“谁知道呢，大人。”骠骑兵不高兴地回答。

“就方向来说，应该是敌人，是吗？”尼古拉又说。

“也许是敌人，也许不是，”骠骑兵说，“天黑，看不清。喂，站住！”他吆喝胯下烦躁不安的马。

尼古拉的马也骚动起来，蹄子踩着冻结的地面，竖起耳朵听着声音，望着火光。呐喊声越来越响，越来越响，汇合成一片千军万马的轰鸣。火光沿着法军营地的方向不断蔓延开来。尼古拉已不想睡了。敌军那种得意洋洋的呐喊声刺激了他。“皇上万岁！万岁！”尼古拉现在已清楚地听到喊声了。

“大概不远了，就在小河对面，是吗？”他对身旁的骠骑兵说。

骠骑兵什么也没回答，只叹了一口气，生气地咳嗽了几声。骠骑兵的散兵线那里传来一阵急促的马蹄声，从夜雾中突然出现一个骠骑兵军士的影子，高大得像一头巨象。

“大人，将军们来了！”军士骑马跑到尼古拉跟前，说。

尼古拉继续瞧着火光，听着呐喊声，同时和军士一起去迎接几个沿散兵线骑马跑来的人。其中一个骑着白马，原来是巴格拉基昂公爵。他和陶尔戈鲁科夫公爵带着副官跑出来观察敌军那里的古怪火光和喊声。尼古拉跑到巴格拉基昂跟前，向他作了报告，然后同副官们一起听将军们谈话。

“请您相信我，”陶尔戈鲁科夫公爵对巴格拉基昂说，“这不过是耍花招：敌人撤退了，命令后卫点火呐喊来迷惑我们。”

“不见得，”巴格拉基昂说，“傍晚我还看见他们在那个山岗上，如果他们撤退，那也该离开那里了。军官先生，”巴格拉基昂对尼古拉说，“敌人的侧翼哨兵还在那里吗？”

“傍晚在那里，现在不知道，大人。请您下令，让我带几个骠骑兵去看看。”尼古拉说。

巴格拉基昂停下来，没有回答，竭力想在雾中看清尼古拉的脸。

“好，您去看看。”巴格拉基昂停了停，说。

“是，大人。”

尼古拉刺了刺马，叫来费德青科中士和两名骠骑兵，命令他们跟他走，接着便向传来喊声的山下驰去。他带着三个骠骑兵奔向那先前没有人去过的神秘而危险的雾蒙蒙的远方，感到又恐惧又高兴。巴格拉基昂从山上向他喊话，叫他不要过小河，但尼古拉装作没听见，一个劲儿向前奔去，不断错把灌木当作大树，把沟渠当作人，并且不断发现自己上了当。他奔下山，已看不见我方和敌人的火光，只听见法国人的喊声越来越响，越来越清楚。他在洼地上看见前面好像有一条河，但跑近一看，发现是一条大路。他来到大路旁，勒住马，不能决定沿大路跑，还是穿过大路，从漆黑的田野上山。沿着在雾中比较明亮的大路走比较安全，因为容易看清前面的人。可是他却喊道：“跟我来！”接着就穿过大路向山上驰去，那里傍晚有法军放哨。

“大人，有敌人！”后面一个骠骑兵说。

尼古拉还没来得及看清那在雾中突然出现的黑东西，那里就闪出一道火光，一声枪响，一颗子弹嗖的一声像诉怨似的在雾中高高飞过，接着就消失了。另一枪没有打响，只是闪了一下火光。尼古拉拨转马头，急忙往回跑。随后又陆续传出四声枪响，子弹发出不同的啸声没入雾中。尼古拉勒住像他一样听见枪声而兴奋的马，一步一步走回来。“好，再来几枪，再来几枪！”他心里有一个快乐的声音在叫喊。但枪声没有了。

直到将要走近巴格拉基昂时，尼古拉才放马奔跑，举手敬礼，驰到他跟前。

陶尔戈鲁科夫仍然认为法军已撤退，只是为了蒙骗我们才点火。

“这说明什么呢？”尼古拉跑近时，陶尔戈鲁科夫说，“他们可能在撤退时把哨兵留下。”

“看来他们还没有走光，公爵，”巴格拉基昂说，“等到天亮吧，天一亮就什么都清楚了。”

“山上有哨兵，大人，还是在晚间那个地方。”尼古拉欠身向前，举手敬礼，报告说，克制不住由于奔驰，尤其是由于子弹啸声而引起的欢笑。

“好的，好的，”巴格拉基昂说，“谢谢您，军官先生。”

“大人，”尼古拉说，“我想求您一件事。”

“什么事？”

“我们的骑兵连明天要留作后备队，我求您把我调到第一骑兵连去。”

“你叫什么？”

“尼古拉伯爵。”

“哦，很好！那就留在我这里当传令官吧。”

“你是罗斯托夫伯爵的儿子吗？”陶尔戈鲁科夫问。

但尼古拉没有回答他。

“那我就恭候命令啦，大人。”

“我会下令的。”

“明天很可能派我去给皇上送信，”尼古拉想，“感谢上帝！”

敌军阵地上发出叫声和火光原来是因为，法军在宣读拿破仑命令时，拿破仑正亲自骑马来巡视军营，士兵们一看见皇帝，就点上火把，并且跟在他后面高呼：“皇上万岁！”拿破仑的命令是这样的：

> 士兵们！俄军正在向你们进攻，替乌尔姆奥军复仇。这些部队就是被你们在霍拉勃隆打垮、一直被追击到这里的。我们的阵地坚不可摧，俄军要从右方绕过我们，就会把侧翼暴露在我们面前！士兵们！我将亲自指挥你们的队伍。如果你们能发扬素有的大无畏精神击溃敌军，我就将远离火线，但如果你们对胜利有丝毫怀疑，你们就将看到你们的皇帝亲临火线，面对敌军的第一次进攻，因为对胜利的信心不能有丝毫动摇，特别是在事关法国步兵荣誉和法国民族荣誉的今天。
>
> 不要借口运送伤员而扰乱自己的队伍！人人都要下定决心，打败对我国怀有刻骨仇恨的英国雇佣军。这次胜利将结束我们的远征，我们将回到冬季营地，并在那里同我们的新兵会合。到那时我将缔结一个无愧于我国人民、无愧于你们和我自己的和约。
>
> 拿破仑

14

早晨五点钟，天色还一片漆黑。中路部队、后备队和巴格拉基昂的右翼还没有出发，但在左翼，步兵、骑兵和炮兵纵队已经起床，开始活动，按照计划他们应该首先下坡去攻击法军右翼并把他们驱逐到波希米亚山中。一切多余的东西都被扔到篝火里，篝火的烟把大家的眼睛都刺痛了。天又冷又黑。军官们匆匆地喝着茶，吃着早餐。士兵们嚼着面包干，使劲顿足取暖。他们聚集在篝火周围，把残余的棚子、椅子、轮子、木桶和其他无法带走的东西统统投到火里烧掉。奥军纵队向导在俄军中间走来走去，充当前驱。奥国军官在团长营地附近一出现，全团就行动起来：士兵们离开篝火，把烟斗插进靴筒里，行囊放到车上，拿起枪，排好队。军官们扣上衣服，佩好剑，挂上背囊，一边叫嚷，一边巡视队伍。辎重兵和勤务兵套好马，把行李装上车，捆绑好。副官、营长和团长都骑上马，画了十字，对留在后面的辎重兵发出最后的指示和命令，交代好任务。于是几千只脚就一起发出单调的响声。各纵队向前运动，但不知道往哪里去，并且由于周围的人、烟和越来越浓的雾，看不见他们离开的地方，也看不见他们要去的地方。

在行军中，士兵被他们的团所包围、限制和引导，就像水兵在军舰里一样。不论他们走多远，也不论他们走到什么奇怪、陌生和危险的地方，周围总是那些伙伴、那个队伍、那个司务长、那条军犬和那些长官，就像水兵周围总是甲板、桅樯和缆索一样。士兵平时不太关心他们在什么地方，但一旦交战，不知道为什么，他们的精神世界就会变得严肃紧张，预感到生死攸关的庄严时刻临近，并且产生异常的好奇心。在战斗的日子里，士兵们精神抖擞，他们的注意力就会越出他们所在的团，他们会用心细听，留神察看，急切地打听周围发生的一切。

雾越来越浓，天色虽然亮起来，但十步开外还是看不清。灌木看去好像大树，平地好像峭壁和斜坡。任何地方，十步开外都可能遭遇看不见的敌人。但俄军各纵队一直在浓雾中走着，下山上山，经过花园和围墙，在陌生的地方哪里也没有碰上敌人。相反，士兵们知道，前后左右都有俄军纵队在朝一个方向前进。士兵们个个感到高兴，因为知道有许许多多自己人都在往那个未知的地方走去。

“你瞧，库尔斯克团也过去了。”队伍里有人说。

“好哇，弟兄们，我们的部队来了多少！晚上一看，到处都是火光，望不到边。简直就像莫斯科！”

尽管没有一个纵队指挥官到队伍里来同士兵们谈谈话（就像我们在军事会议上看到的那样，纵队指挥官情绪不佳，对当前的战斗不满，因此只是奉命办事，不关心鼓舞士气），尽管如此，士兵们还是高高兴兴去作战，尤其是向敌人进攻。不过，在浓雾中走了一小时光景，大部分军队不得不停下来。这时队伍里传播着一种混乱不快的感觉。这种感觉是怎样传播开来的，很难断定，但确实在传播着，并且像水往低处流那样，不知不觉却又无法遏止地迅速流开来。如果俄军没和同盟军在一起，这种混乱的感觉也许会传播得慢一点，但现在大家都乐于把混乱的原因归咎于德国人，认为是那些爱吃香肠的家伙造成了危险的混乱。

“怎么停下来了？路堵住了？还是碰上了法军？”

“没有，没听说，要是碰上，会开枪的。”

“先是急急忙忙地催我们出发，现在又莫名其妙地停在野地里，都是该死的德国佬在捣鬼，这些笨蛋！”

“我真想把他们全赶到前线。他们多半都挤在后方。这下子我们只好在这里挨饿了。”

“怎么样，快过去了吗？据说是骑兵把路堵住了。”一个军官说。

“咳，该死的德国佬，连自己的地方都不认得。”另一个军官说。

“你们是哪个师的？”一个副官骑马过来，嚷道。

“十八师。”

“那你们为什么还待在这里？你们早就该到前面去了，这样到晚上也到不了啦。真是愚蠢的命令，他们自己也不知道他们在干什么。”军官说着骑马走了。

接着，一位将军骑马跑来，生气地嚷嚷着，他说的不是俄语。

“他叽里咕噜，啰唆什么，谁也听不懂，”一名士兵模仿着跑开的将军，说，“我真想把他们都毙了，这些浑蛋！”

“命令我们九点以前到达目的地，可我们连一半路都没走到。这叫什么命令！”四面八方都发出类似的牢骚。

军队出发时的高昂士气变成对糊涂命令和德国人的恼怒。

混乱的原因是，奥国骑兵在左翼运动时，最高指挥部发现我军中路离右翼太远，就命令骑兵转移到右侧。几千名骑兵在步兵前面移动，步兵就只好等待。

前面，一个奥军纵队向导同一个俄国将军发生冲突。俄国将军高声叫嚷，要骑兵停下来；奥国军官却说，这不能怪他，要怪最高指挥部。这时军队停下来，感到无聊，情绪低落。一小时后，军队又向前移动，走下山去。山上的雾开始消散，但山下的雾却更浓。前面，在雾中，传出一声枪响，又是一声，开头不均匀，稀稀拉拉：嗒啦嗒……嗒，然后越来越匀，越来越密。于是哥德巴赫河上的战斗开始了。

俄军没想到在河边遭遇敌人，并且在雾中碰上。他们听不到上级长官的勉励，又普遍感到他们行动迟缓，主要是在浓雾中前后左右什么都看不见，又不能及时得到指挥官和副官的命令，就走走停停，没精打采地同敌军对射一阵。而指挥官和副官不熟悉地形，在雾里转来转去找不到自己的部队。第一、第二和第三纵队已经下山，他们就这样开始战斗。库图佐夫所在的第四纵队驻扎在普拉岑高地。

在开始交火的洼地上依旧浓雾弥漫，高地上明朗一点了，但前面的情况还是一点也看不见。敌人的全部人马是像我们估计的那样在十俄里以外，还是就在这片雾海里，九时前谁也不知道。

早晨九点钟。洼地上浓雾像一片茫茫的海洋，但在拿破仑和他的元帅们所在的施拉巴尼茨村郊的高地上，天气完全晴朗了。拿破仑头上是一片明朗的蓝天，巨大的太阳像一个红色大浮筒荡漾在乳白色的雾海上。不仅全部法军，连拿破仑和他的参谋，都不在我们企图占领阵地和开始战役的索科尔尼茨村和施拉巴尼茨村小河和洼地上，而是在离我军很近的这一边，近得拿破仑用肉眼都能分辨我们的骑兵和步兵。拿破仑身穿出征意大利时穿的蓝色军大衣，骑一匹灰色阿拉伯小马，站在元帅们前面。他默默地凝视从雾海里浮出的小山丘——俄军远远地在那上面运动，——谛听着洼地里的射击声。他那当时还很瘦的脸上没有一丝肌肉在抽动，他那双炯炯有神的眼睛一动不动地盯住一个地方。他的预测是正确的。俄军一部分已走到池塘和湖泊那里的洼地上，一部分已扫清他们准备攻击并认为是关键的普拉岑高地。拿破仑通过迷雾看见，在普拉茨村附近的谷地里，俄军纵队刺刀闪闪，一直朝洼地移动，一队又一队地消失在雾海里。根据昨晚得到的情报，根据前哨在夜间听到的车轮声和脚步声，根据俄军各纵队移动的杂乱情况，根据种种迹象，拿破仑清楚地看到，联军以为他远在他们前面，在普拉岑附近运动的纵队是俄军的中心，而这个中心已大为削弱，很难向他进攻。但他还是没有发动战役。

今天是拿破仑大喜的日子——加冕一周年。天亮以前他睡了几个小时，感到神清气爽，精力充沛，心情愉快，仿佛他什么事都能办到，什么都能成功。他骑上马，来到野外。他一动不动地骑在马上，眺望着雾中的高地。他那冷峻的脸上现出自信和得意的神色，好像一个堕入情网的幸福少年。元帅们都站在他后面，不敢分散他的注意力。他时而瞧瞧普拉岑高地，时而望望从雾里浮现出来的太阳。

当太阳完全从雾中豁露出来，把耀眼的金光投向田野和迷雾上时——他仿佛就是在等待这个发动战役的时刻——他从好看的白手上拉下手套，向元帅们做了个手势，命令开火。元帅们带着副官往不同的方向驰去。几分钟后，法军主力迅速地向普拉岑高地移动，而普拉岑高地上的俄军则不断后撤，往左边洼地退去。

15

八点钟，库图佐夫骑马向米洛拉多维奇第四纵队前面的普拉茨跑去。第四纵队是来接替已下山的普尔杰贝歇夫斯基纵队和朗热隆纵队的。库图佐夫向先头团的将士问了好，下了前进的命令，表示他将亲自带领这个纵队。他到了普拉茨村就停下来。安德烈公爵是总司令众多随从中的一个，站在总司令后面。安德烈公爵很兴奋，很激动，但强自镇定，就像一个人面临期待已久的时刻那样。他坚决相信，今天就是他的土伦日，或者阿尔科拉桥[1]日。他不知道这日子将怎样降临，但坚信一定会降临。我军的地形和处境，他同我军中任何人知道得一样清楚。他亲手拟订的战略计划显然无法实行，早已被他抛到脑后。现在安德烈公爵已在执行威罗特的计划，正在估计各种可能发生的偶然事件，重新考虑措施，以便发挥他敏捷的才思和果断的魄力。

从左下方的雾里传来看不见的军队之间相互射击的声音。安德烈公爵认为那里将是战斗的中心，那里将遇到障碍，“我将奉命带一个旅或一个师到那里去，我将手拿军旗冲锋，摧毁一切障

1 阿尔科拉桥在意大利维罗纳希，1796年拿破仑在这里大败奥军。

碍。”

安德烈公爵看到从跟前经过的各营的军旗，心里不能平静。他望着一面军旗想：也许那就是我带领军队前进时举的军旗。

早晨，夜雾在高地上只留下一片白霜，白霜又融化成露水，在谷地里迷雾则弥漫成一个乳白的海洋。左边谷地什么也看不见，从那里传来射击声，我军正往那里进发。高地上是苍苍的晴空，右边悬着一轮红日。前面，远远地在雾海彼岸，可以望见树木葱郁的山冈，敌军大概就在山冈上，那里隐隐约约看得见有些东西。右边，近卫军正走进雾里，传来脚步声和车轮声，偶尔还看到刺刀的闪光；左边，在村子后面，同样的骑兵队渐渐消失在雾里。前前后后都有步兵在行进。总司令站在村口，看队伍从他面前走过。这天早晨库图佐夫显得疲劳而烦躁。从他面前经过的步兵没有命令就停下来，显然前面有什么障碍。

“叫他们务必排成营纵队，绕着村子走，”库图佐夫怒气冲冲地对骑马过来的将军说，“您怎么不明白，仁兄大人，我们向敌人进军，绝不能拉长队伍穿过狭隘的村街。”

“我想等出了村子再排队，大人。”将军回答。

库图佐夫苦笑起来。

“您倒好哇，在敌人眼皮底下整队，真是太好了。”

“敌人还远着呢，大人。按照作战部署……”

“哼，作战部署！”库图佐夫挖苦地嚷道，“这是谁对您说的？……请您执行我的命令。”

“是，大人！”

“老弟，”聂斯维茨基对安德烈公爵咬耳朵，“老头子很不高兴呢。”

一个身穿白军服、头戴绿翎帽的奥国军官骑马跑来，以皇帝的名义问：第四纵队有没有投入战斗？

库图佐夫没有回答，却转过身去。他的目光无意间落在旁边的安德烈公爵身上。库图佐夫一看见安德烈，凶狠尖刻的眼神就立刻变得温和宽容，仿佛承认他的副官在这件事上并没有错。他没有回答奥国副官，却转身对安德烈说：

“你去看看，我的好孩子，第三师过了村子没有。叫他们停下来，等我的命令。”

安德烈公爵刚要走开，库图佐夫又把他拦住。

“你去问问，有没有布置好狙击兵，”库图佐夫补充说。“他们这是在干什么？他们这是在干什么？”他自言自语，还是没有回答那个奥国人。

安德烈公爵策马跑去执行命令。

他赶上前面的几个营，拦住第三师，证实各纵队前面确实没有布置狙击兵。先头团的团长听到总司令命令布置狙击兵，感到很惊奇。团长满以为，他前面还有部队，敌人至少在十俄里以外。事实上，前面除了浓雾弥漫的空斜坡以外，什么也看不见。安德烈公爵传达总司令补漏洞的命令后，骑马飞跑回去。库图佐夫仍在原地，肥胖的身子老态龙钟地坐在马上，闭上眼睛，费力地打着呵欠。军队已停住不动，放下枪站着。

“好，好！”库图佐夫对安德烈公爵说，然后转身对着一个将军。那个将军手里拿着一只表说应该动身了，因为左翼各纵队都已下来。

“来得及的，阁下。”库图佐夫打着呵欠说。“来得及的。”他重复说。

这时候，从库图佐夫后面远远传来各团致敬的声音。这声音顺着俄军纵队绵延的行列迅速地传过来。显然，接受致敬的那个人正迅速地骑马跑来，当库图佐夫背后那个团的士兵呐喊时，他骑马闪到一边，皱起眉头回头看了一下。在通往普拉岑的大路上，仿佛有一连穿各色军服的人骑马跑来。其中两个人并排领先。一个穿黑军服，戴白翎帽，骑一匹短尾枣红马；另一个穿白军服，骑一匹黑马。原来是两国皇帝带着他们的随从跑来，库图佐夫摆出前线老军人的架势高喊“立正”，同时行着举手礼向皇帝驰去。他的整个模样和神态顿时变了。他装出唯命是从的样子，但他那种装腔作势的致敬显然使亚历山大皇帝感到不快。库图佐夫跑到面前，又向皇帝举手敬礼。

这种不快的感觉，就像晴空中的残雾掠过皇帝年轻而快乐的脸，一下子消失了。皇帝病后的脸比安德烈在国外奥洛莫乌茨野外第一次见到时瘦了些；但皇帝那双俊美的灰色眼睛仍具有既庄严又仁慈的魅力，他那两片薄嘴唇仍表现出各种表情，他仍具有善良和天真的年轻人的风姿。

皇帝在奥洛莫乌茨检阅时显得威严些，而今天似乎快乐些，精神些。他急驰了三俄里，脸色发红。他勒住马，舒了一口气，回头瞧瞧随从们同他一样年轻、一样兴奋的脸。查多利日斯基、诺伏西尔采夫、安德烈公爵、斯特罗冈诺夫等人，个个都是衣饰华丽、朝气蓬勃的青年。他们骑着微微流汗的膘肥体壮的骏马，谈笑风生，停在皇帝后面。弗朗茨皇帝年纪很轻，生有一张红红的长脸，挺直身子骑在漂亮的黑马上，忧心忡忡而又从容不迫地环顾着四周。他把一个穿白军装的副官召到跟前，问了他一句话。“大概问他们是几点钟出发的。”安德烈公爵想，打量着他的旧相识，忍不住含笑回想着他那次觐见。两国皇帝的随从中有从近卫军和陆军中挑选出来的俄国和奥国传令官。他们中间有几个调马师，牵着披有绣花马衣的漂亮的备用御马。

这群漂亮的骑马青年把青春、活力和必胜的信心带到库图佐夫沉闷的司令部，好像田野里一股清新的空气吹进气闷的房间。

“您怎么还不动手啊，库图佐夫元帅？”亚历山大皇帝彬彬有礼地瞧了一眼弗朗茨皇帝，匆匆地问库图佐夫。

“我在等待，陛下！”库图佐夫恭恭敬敬地躬身回答。

皇帝微微皱着眉，侧着耳朵，表示他没有听清。

“我在等待，陛下，”库图佐夫又说了一遍（安德烈公爵发现库图佐夫说“等待”两个字时，他的上嘴唇不自然地抽动了一下），“纵队还没有到齐，陛下。”

皇帝听清了，但显然不喜欢这个回答；他耸耸瘦削的肩膀，瞧了瞧站在旁边的诺伏西尔采夫，他的目光表示对库图佐夫不满。

“在女皇检阅场，部队不到齐不能开始检阅，可我们现在不是在检阅场上，库图佐夫元帅。”皇帝说，又瞧了弗朗茨皇帝一眼，仿佛向他表示，对方即使不参与谈话，至少也该听听他说的话；但弗朗茨皇帝仍旧左顾右盼，没有听他。

“我不动手就因为，陛下，”库图佐夫声音洪亮地说，仿佛怕人家听不清，他脸上的肌肉又抽动了一下，“我不动手就因为，陛下，我们不是在阅兵，也不是在女皇检阅场上。”他一字一顿地说。

皇帝的随从顿时交换了一个眼色，脸上显出责怪的神气。“他再老，也不该这样对皇上说话呀。”个个脸上都这样表示。

皇帝凝视着库图佐夫的眼睛，等待他再说些什么。但库图佐夫恭恭敬敬地低下头，似乎也在等待什么。沉默持续了一分钟光景。

“不过，要是陛下下令。”库图佐夫抬起头来说，又恢复原来那种毫无生气的唯命是从的语调。

他催动坐骑，把纵队长米洛拉多维奇唤到跟前，向他下了进攻的命令。

队伍又动起来。诺夫哥罗德团的两个营和阿普雪隆团的一个营从皇帝面前走过。

阿普雪隆团的这个营经过的时候，脸色红润的米洛拉多维奇没穿大衣，军服上挂满勋章，歪戴着大缨帽，纵马飞驰，到皇帝面前突然勒住马，英姿勃勃地敬了个礼。

“上帝保佑你，将军。”皇帝对他说。

“陛下，我们一定尽心竭力，陛下！”米洛拉多维奇快乐地回答，但他那拙劣的法语却引起皇帝随从们的嘲笑。

米洛拉多维奇陡然掉转马头，停在皇帝稍后一点。阿普雪隆团的士兵们受到皇帝亲临战场的鼓舞，雄赳赳气昂昂地从皇帝及其随从的面前走过。

“弟兄们！”米洛拉多维奇用快乐自信的洪亮声音喊道。射击声、期待中的战斗，以及阿普雪隆勇士和苏沃洛夫时代的伙伴经过皇帝面前时的英姿，显然使他兴奋得忘记了皇帝在场。“弟兄们，你们可不是第一次攻打村庄啊！”他叫道。

“甘愿效劳！”士兵们喊道。

御马听到突如其来的叫嚷，惊跳了一下。这匹马在俄国曾多次驮着皇帝检阅，如今在这奥斯特里茨战场又驮着主人，忍受主人左脚恣意的刺踢，听到枪声竖起耳朵，就像在彼得堡检阅场上那样，既不明白这些枪声是怎么一回事，也不理解旁边怎么会出现弗朗茨皇帝的黑马，更不明白主人这天所说、所想和所感觉的一切是什么意思。

皇帝含笑向旁边一个侍从转过身去，指指阿普雪隆勇士们，对他说了一句什么。

16

库图佐夫在副官们簇拥下骑马跟着卡宾枪手缓步前进。

他跟着纵队走了半俄里光景，在岔路口一座孤独的废弃房子（原来大概是家酒店）前停下。两条路都通到山下，两条路上都有军队在行进。

迷雾开始消散，对面两俄里外高地上的敌军隐约可见。左下方射击声越来越清楚了。库图佐夫停下来同一个奥国将军说话。安德烈公爵站在稍后一点，望着他们，想向一个副官借望远镜。

“您瞧，您瞧！”这个副官没望远处的军队，而看前面山下的地方，说，“这是法国人！”

两个将军和副官们互相争夺一架望远镜。个个脸上都变了色，露出恐惧的神情。原以为法军在两俄里以外，没料到他们突然出现在面前。

“这是敌人吗？……不！……是的，您瞧，他……大概……究竟是怎么一回事？”传出几个人的声音。

安德烈公爵用肉眼就看见右下方有一个密集的法军纵队迎着阿普雪隆团冲来，离库图佐夫站着的地方不到五百步。

“好了，关键时刻到了！我的机会来了！”安德烈公爵想，策马向库图佐夫跑去。

“得命令阿普雪隆团停下来，大人！”安德烈公爵叫道。

但就在这一刹那，一片硝烟遮没了一切，附近发出了射击声。离安德烈公爵两步外的地方，有个天真的声音恐惧地叫道：“哦，弟兄们，完蛋了！”这声音好像一个口令，大家听到了撒腿就跑。

越来越多的人群杂乱地跑回五分钟前从皇帝面前经过的地方。不仅很难挡住这股人流，而且不可能不随着他们后退。安德烈竭力跟着库图佐夫。他环顾四周，感到困惑，弄不懂面前发生了什么事。聂斯维茨基涨红了脸，气急败坏地对库图佐夫叫嚷，他要是不立刻走开，准会被俘。库图佐夫站在原地不动，没有搭理他，只掏出一块手帕。他脸上在流血。安德烈公爵挤到他跟前。

“您受伤了？”他问，克制不住下巴颏的颤动。

“伤不在这里，伤在那里！”库图佐夫拿手帕捂住受伤的面颊，指着逃跑的士兵。

“叫他们站住！”库图佐夫叫道，但在这一刹那，他大概明白无法拦住他们，就策马向右边跑去。

又有一大群逃跑的人拥过来，裹着他向后退。

军队那么密集地往回跑，一旦落在人群中间，就很难脱身。有人在喊，“走啊，为什么不动了？”有人转过身来朝天开枪。有人打着库图佐夫所骑的马。库图佐夫好容易才从左边的人流中挣扎出来，带着少了一大半的随从，向附近发出炮声的地方跑去。安德烈公爵摆脱逃跑的人群，竭力跟住库图佐夫，看见硝烟弥漫的山坡上还有一个俄国炮兵连在开炮，法国兵正向他们冲去。较高的地方有一批俄国步兵，他们既没有前去支援炮兵，也没有随着人流后退。一位将军骑马离开步兵向库图佐夫跑来。库图佐夫的随从只剩下四个人。个个脸色发白，面面相觑。

“拦住这些浑蛋！”库图佐夫上气不接下气地指着逃兵对团

长说，但就在这时，像是为了这句话惩罚他，子弹像一群小鸟，呼啸着向部队和库图佐夫的随从飞来。

法国人向炮兵连进攻，一看见库图佐夫，就向他射击。随着这排枪声，团长抱住自己的一条腿；几个士兵倒下去，举旗的准尉放掉军旗，军旗摇晃了一下倒下来，挂在旁边几个士兵的枪上。士兵们不等命令就开起枪来。

“啊——啊！”库图佐夫绝望地呻吟着，向周围环顾了一下。“安德烈，”他喃喃地叫道，因为感到自己年老体弱而声音颤抖。“安德烈，”库图佐夫指指溃乱的一营人和敌军，喃喃地说，“这是怎么一回事？”

但是没等库图佐夫说完这句话，安德烈公爵就感到羞耻和愤怒的眼泪堵住了喉咙，他跳下马，向军旗跑去。

“弟兄们，前进！”他用孩子般尖锐的声音喊道。

“机会来了！”安德烈公爵抓住旗杆，欢欣鼓舞地听着显然向他飞来的子弹的啸声，想。有几个士兵倒下了。

“乌拉！”安德烈公爵叫道，勉强举着沉重的军旗往前跑，深信一营人都会跟着他前进。

果然，他只独自跑了几步。士兵便一个个行动起来，全营人都嘴里喊着“乌拉”向前冲去，追上他。营里一名军士跑过来，接过在安德烈公爵手里重得摇摇晃晃的军旗，但立刻被打死了。安德烈公爵又拾起旗，拖着旗杆跟全营人一起冲锋。他看见前面我们的炮兵，其中一部分在打仗，另一部分弃下大炮迎面跑来。他看见法国步兵夺取拉炮车的马，把大炮掉过头来。安德烈公爵和那个营离大炮已有二十步了。他听见子弹不断在头上呼啸，左右两边都有士兵呻吟着倒下来。但他没有对他们瞧，他只望着前面发生的事，望着炮兵连。他清楚地看见一个红头发的炮兵，歪戴着高筒军帽，在跟一个法国兵争夺炮膛刷，他抓住一头，法国兵抓住另一头。安德烈公爵清楚地看见两个脸上慌张而愤怒的神色，他们显然不明白他们在做什么。

“他们在做什么？”安德烈公爵瞧着他们，想，“红头发炮兵既然没有武器，为什么不跑？法国人为什么不用刺刀捅他？要是法国人想到用刺刀捅他，他就跑不掉了。”

果然，另一个法国兵端着枪跑到那两个搏斗的人跟前。红头发炮兵还不明白即将发生的事，得意洋洋地夺回炮膛刷，其实他的命运眼看就要决定了。但安德烈公爵没看到这事的结局。他仿佛觉得旁边有个士兵抡起一根大棒猛击他的脑袋。他感到有点疼，这疼痛分散了他的注意力，使他看不见正在看的事。

“这是怎么回事？我倒下了？我的腿不中用了？”安德烈想着，仰天倒下来。他睁开眼睛，想看看法国兵和炮兵之间的搏斗怎样结束。他想知道，红头发炮兵有没有被打死，大炮有没有丢失。可是他什么也没看见。他头上什么也没有，只有高高的天空，虽不清澈，但极其高邈，上面缓缓地飘着几片灰云。“多么宁静、多么安详、多么庄严，一点不像我那样奔跑，”安德烈公爵想，“不像我们那样奔跑、叫嚷、搏斗，一点不像法国兵和炮兵那样现出愤怒和恐惧的神色争夺炮膛刷——云片在无边无际的高空中始终从容不迫地飘浮着。我以前怎么没见过这高邈的天空？如今我终于看见它了，我是多么幸福！是啊！除了这无边无际的天空，一切都是空的，一切都是假的。除了天空，什么也没有。什么也没有。但就连天空也不存在，存在的只有宁静，只有安详。赞美上帝！……”

17

巴格拉基昂指挥的右翼到九点钟还没有开始战斗。巴格拉基昂公爵不愿附和陶尔戈鲁科夫开战的要求，又想逃避责任，就建议陶尔戈鲁科夫派人去请示总司令。巴格拉基昂知道，两翼相距差不多有十俄里，就算派去的人不被打死（这是很可能的），就算他能找到总司令（这是很困难的），天黑以前他也赶不回来。

巴格拉基昂用他那双睡意未消的毫无表情的大眼睛环顾他的随从，首先映入他眼帘的，就是尼古拉那张因兴奋和希望而发呆的孩子脸。巴格拉基昂就派尼古拉去。

"要是我在看到总司令之前先看到陛下，那怎么办，大人？"尼古拉举手敬礼，说。

"您就向陛下请示。"陶尔戈鲁科夫连忙抢在巴格拉基昂之前，回答说。

尼古拉交卸了放哨任务，天亮前睡了几个小时，觉得高兴、勇敢、刚强、浑身有劲、对幸福充满信心。总之，心情愉快，认为什么事都轻而易举，什么事都容易办到。

这天早晨，他的一切愿望都实现了：有他参加的大会战开始了；他当上最勇敢的将军手下的传令官。不仅如此，他还奉命去见库图佐夫，也许还能见到皇帝本人。早晨天气晴朗，他骑的又是一匹好马。他感到十分快乐和幸福。接到命令后，他就纵马飞驰，沿散兵线跑去。他先是沿着还没有投入战斗、停留在原地的巴格拉基昂部队的阵地走，然后来到乌瓦罗夫骑兵团的驻地。这里已能看到军队调动和准备战斗的迹象。他经过乌瓦罗夫骑兵团，就清楚地听见前面的炮声和枪声。射击声越来越猛烈。

在早晨的清新空气中，不再像原来那样，先是两三下稀稀落落的步枪声，然后是一两下大炮声，现在从普拉岑前面山坡上传来的枪声里还夹杂着密集的炮声，有时几声炮响简直分不开来，而汇成一片轰隆的巨响。

山坡上的枪烟仿佛在互相追逐，大炮的硝烟袅袅升起，扩散开来，彼此融合。凭着刺刀的闪光，还可以看见移动着的步兵和一行行拖着绿色弹药车的炮兵。

尼古拉在小山上勒住马，想看看前面的情况。但不论他怎样聚精会神，都弄不懂、看不清发生了什么事，只见硝烟中有人在移动，前前后后都有一群群军队在移动，但是为什么移动？是些什么人？到哪里去？却无法了解。这些景象和这些声音不仅没使他沮丧或者胆怯，反而使他增加了力量和决心。

“哦，加油，加油！”尼古拉心里说，又纵马沿着前沿阵地跑去，越来越深入军队交战的地区。

“那里的情形怎样，我不知道，但一切都会顺利的！”尼古拉想。

尼古拉经过一些奥军队伍，发现前面的部队（这是近卫军）已在作战。

“这样更好！我要到近处去看看。”他想。

他几乎沿着前沿阵地奔驰。有几个骑马的人迎面跑来。这是我们的近卫枪骑兵，因队伍溃散，败退回来。尼古拉从他们旁边驰过，无意中发现其中一个在流血，接着他又向前跑去。

“这不关我的事！”尼古拉想。他才跑了几百步，左面就有大批骑黑马穿漂亮白军服的骑兵向他飞驰而来。尼古拉纵马全速奔驰，想给骑兵让路。他本来可以避开他们，要是他们能保持原来的跑法，但他们不断加快速度，其中有些马已在大跑了。尼古拉越来越清楚地听见他们的马蹄声和武器的铿锵声，越来越分明地看出他们的马、他们的身体，甚至他们的脸。这是我们的近卫重骑兵前去迎战法国骑兵。

近卫重骑兵大跑起来，但还是勒着马。尼古拉已看见他们的脸，听见一个骑骏马飞驰的军官喊着口令：“冲啊，冲啊！”尼古拉担心被他们撞倒或者被卷进对法军的冲锋，就沿前线策马飞跑，但还是没能避开他们。

领先的近卫重骑兵是个麻脸的彪形大汉，他看见前面的尼古拉准会同他相撞，愤怒地皱起眉头。要不是尼古拉用鞭子向近卫重骑兵的马眼晃了一下，尼古拉准会从贝督因身上被撞下来（尼古拉在这些大汉和高头大马前面觉得自己是那么渺小和软弱）。这匹高大的黑马贴住耳朵，惊了一下，但麻脸的近卫重骑兵用大马刺猛刺了一下马腹，那马便摆了摆尾巴，伸长脖子，跑得更快了。近卫重骑兵刚从尼古拉身旁驰过，他就听见他们呼喊着“乌拉”。尼古拉回头一看，看见他们前面的人马已同戴红肩章的外国骑兵（大概是法国的）混在一起。别的东西再也看不见了，因为有个地方紧接着就开了炮，硝烟把一切都遮没了。

近卫重骑兵驰过尼古拉身边，在硝烟中消失了。尼古拉犹豫了一下，他跟他们一起跑呢，还是到他应该去的地方去？这是近卫重骑兵一次威名显赫的冲锋，使法国人大吃一惊。尼古拉后来听说，这群骑着千金骏马的好汉（其中有富家子弟、军官和士官生），在冲锋后只剩下十八个人。这消息使他不寒而栗。

“我何必羡慕他们呢？我的机会没有失掉，也许我马上就会看见皇上了！”尼古拉想着，往前驰去。

他跑到近卫步兵旁边，发现炮弹频频从他们头上和身边飞过。这并不是因为他听见炮弹声，而是看见了士兵脸色惊惶不安，军官们露出不自然的严肃表情。

他经过一个近卫步兵团的阵地，听见有人唤他的名字。

“尼古拉！”

“什么？”他回答，没有认出是保里斯。

“哼，我们上过第一线！我们的团打过冲锋了！”保里斯说，露出青年人第一次上火线的幸福微笑。

尼古拉站住。

“哦，原来如此！”尼古拉说，“打得怎么样？”

“把他们打退了！”保里斯兴奋地说，话多起来，“你没想到吧？”

于是保里斯开始讲述近卫军怎样进了阵地，看见前面有军队，以为是奥军。突然从那里飞出炮弹来，才知道他们已到了第一线，不得不立刻投入战斗。尼古拉没有听完保里斯的话，就催动了马。

“你上哪儿去？”保里斯问。

“给陛下送信。”

“喏，他就在这里！”保里斯说。他听错了，以为尼古拉说的是“殿下”，而不是“陛下”。

保里斯给尼古拉指指一百步外戴头盔、穿骑兵服的亲王。亲王耸起肩膀，皱着眉头，正对一个穿白军服、脸色苍白的奥国军官叫嚷着。

“这是亲王，可我要见总司令或者皇上。”尼古拉说，又要催马前进。

"伯爵，伯爵！"别尔格像保里斯一样兴奋，从另一边跑来，"伯爵，我右手负伤了，"他说着伸出他那用手帕包着的流血的手，"但我不下火线。伯爵，我用左手握剑。伯爵，我们别尔格一家个个都是好汉。"

别尔格还在往下说，但尼古拉没听完他的话，就骑马走了。

尼古拉经过近卫军，穿过一片空地。为了避免又落到受近卫重骑兵攻击的第一线，就沿着后备队行列，远远地避开枪炮声最激烈的地方。突然从他前面和我军后面传来很近的枪声。他怎么也没想到这地方会有敌人。

"这是怎么回事？"尼古拉想。"敌人到了我军后方啦？不可能，"尼古拉想，突然为自己也为整个会战的结局感到担忧。"但不论怎样，"他想，"现在已经用不着绕着走了。我要在这里找到总司令。要是全完了，那我的使命也就完了。"

尼古拉越是深入普拉茨村外有各种部队驻扎的空地，他心头的不祥预感就越来越得到证实。

"这是怎么回事？这是怎么回事？他们在向谁射击？谁在射击？"尼古拉遇到混乱地逃跑、挡住他去路的俄奥士兵，一再问。

"鬼才知道他们！全垮啦！全完啦！"逃跑的人群用俄语、德语和捷克语回答，也像他一样不知道出了什么事。

"打德国人！"有人叫道。

"真见他们的鬼，叛徒！"

"这些该死的俄国佬！……"德国人用德语嘀咕道。

几个伤员在路上走过。咒骂、叫嚷、呻吟汇合成一片喧哗。射击声停了。尼古拉后来才知道，这是俄奥两军在相互射击。

"天哪！这究竟是怎么回事？"尼古拉想。"这里，皇上随时都会看见他们……不会的，这只是少数几个坏蛋干的。这就会过去的，没什么了不起，不会出乱子的，"他想，"但愿快一点，快一点离开他们！”

尼古拉头脑里不可能产生失败和逃跑的念头。尽管在他奉命去普拉岑高地找总司令时，在那里看见了法国大炮和军队，他却不能也不愿相信这是事实。

18

尼古拉奉命到普拉茨村附近找寻库图佐夫和皇帝。但不仅库图佐夫和皇帝不在这里，连一个长官也找不到，只剩下一些溃散的兵种。他催着已经累坏的马，想赶快超越这些人群，但他越往前走，人群就越混乱。在他所走的大路上挤满各种马车，各兵种的俄国兵和奥国兵、负伤的和没有负伤的人员。他们在普拉岑高地法国炮兵打来的炮弹哀鸣声中乱成一团，发出一片喧哗。

“皇上在哪里？库图佐夫在哪里？”尼古拉逢人就问，可是谁也没有回答他。

最后他抓住一个士兵的领子，强迫他回答。

“哎！老弟！他们早就跑了！”那士兵回答，不知为什么笑起来，挣脱了尼古拉的手。

尼古拉扔下这个显然喝醉酒的士兵，拦住一个大人物的勤务兵（或马夫），向他打听情况。勤务兵说，大约一小时前，一辆马车把皇上从这条路上飞快地送走了，皇上伤势严重。

“不会的，”尼古拉说，“大概是别的什么人。”

“我亲眼看见的，”勤务兵自信地含笑说，“我当然认得皇上，我在彼得堡不知见过多少次了。他坐在马车上，脸色煞白。

天哪，四匹黑马从我身边隆隆地跑过。那几匹御马和伊里亚我当然认识。老实说，除了皇帝，伊里亚是不肯给别人赶车的。”

尼古拉放开他的马，想往前走。这时，一个负伤的军官从他身旁经过，招呼他。

“你找谁呀？”军官问，“找总司令吗？他被炮弹打死了，就在我们团里，胸部中了炮弹。”

“没有被打死，是负了伤。”另一个军官纠正他说。

“说的是谁？是库图佐夫吗？”尼古拉问。

“不是库图佐夫，他叫什么来着？嗯，反正都一样，活下来的人不多了。喏，你往那儿走，到那个村子里去，长官们都在那里。”军官指指荷斯吉拉迪克村说，说完就走了。

尼古拉一步步走着，不知道他现在去干什么，去找谁。皇帝负伤了，仗打败了。这一点现在不能不信。尼古拉朝着军官向他指出的方向走去，远远地看见塔楼和教堂。他还忙什么呢？就算皇帝和库图佐夫还活着，也没有负伤，他对他们还有什么好说呢？

“走这条路，大人，走那条路您准会被打死，”一个士兵对他叫道，“会把您打死的！”

“哦！你说什么呀！”另一个士兵说，“他要到那里去，走那条路近一点。”

尼古拉考虑了一下，就朝他们说他可能被打死的方向走去。

“现在反正无所谓：既然皇上都负伤了，我这条命又算得了什么？”尼古拉想。他跑进那个从普拉岑逃跑时死人最多的地带。法国人还没占领这地方，而活着的或负伤的俄国人早就离开那里了。在原野上，好像田地上的干草堆，每亩地上横着十到十五个伤亡的人。负伤的人三三两两爬在一起，间或发出不愉快的、尼古拉觉得是做作的叫喊和呻吟。尼古拉催马小跑，免得看见这些受罪的人。他感到害怕。他害怕的不是自己会送命，而是缺乏目睹这些不幸的人所需要的勇气。

法军本已停止射击这块伤亡累累的土地，因为这儿已没有一个活人，但一看到有个副官骑马走过，就对他开了几炮。惊心动魄的炮弹呼啸声和周围的尸体使尼古拉感到恐怖，他不禁自爱自怜起来。他想起母亲最近的一封来信。“她要是看见我现在处在这炮弹横飞的地方，”他想，“她会有什么想法？”

在荷斯吉拉迪克村，从战场上退下来的俄军虽然还有点乱，但秩序已经好多了。法军的炮弹已打不到这地方，射击声离得很远。这里人人都知道仗打败了，并且直言不讳。尼古拉问了许多人，谁都不知道皇帝和库图佐夫在哪里。有人说，皇帝负伤的消息是确凿的。又有人说不是这么回事，皇帝的马车确曾从战场上跑过，但上面坐的是吓得面无人色的御前大臣托尔斯泰伯爵，他原来跟其他人随从皇帝一起上了战场，传说就是这样产生的。一个军官对尼古拉说，他在村后左方看见一位高级指挥官。尼古拉就往那里跑去，但对能找到什么人已不抱希望，只求问心无愧。尼古拉骑马跑了三俄里光景，赶过最后一批俄军，看见掘了壕沟的菜园旁边有两个骑马的人，他们面对壕沟站着。一个帽上插着白缨，尼古拉觉得有点面熟；另一个陌生人骑着一匹枣红马（尼古拉觉得以前见过这匹马）走到壕沟前，刺了刺马，放松缰绳，轻轻地跳过壕沟。只见壕沟边上有些泥土被后蹄踩落下来，他陡然掉转马头，又跳回壕沟这边，恭恭敬敬地向戴白缨帽的骑马人招呼，显然要他也回来。骑马的人（这人尼古拉觉得很面熟，不觉引起他的注意）摇摇头，摆摆手，尼古拉立刻认出这就是他所怜惜和崇拜的皇帝。

“但这不可能是他，他不会独自待在这荒野上。”尼古拉想。这时亚历山大回过头来。尼古拉看见了那深深铭刻在他头脑里的敬爱的容貌。皇帝脸色苍白，双颊下陷，两眼深凹，但他的模样显得更温文尔雅。尼古拉证实皇上负伤的消息不确，他感到幸福。他感到幸福，还因为亲眼看见了皇上。他知道他可以、甚至应该向皇上报告陶尔戈鲁科夫要他报告的事。

但是，正像一个堕入情网的青年，当他梦寐以求的时刻到来，单独同意中人待在一起的时候，他却浑身发抖，呆若木鸡，不敢说出朝思暮想的话。他只是目瞪口呆，全身哆嗦，惊慌失措地环顾四周，寻找帮助，或者拖延时间，乘机逃跑。现在尼古拉就是这样，他获得了他渴望的机会，却不知道怎样接近皇帝，而且想出成千条理由，认为这样做是不合适、不礼貌和不可能的。

"这像什么话！我好像要利用他孤独和沮丧的时机去接近他。在这悲伤的时刻，他看见一个陌生人也许会觉得不快，甚至觉得难受呢。再说，我现在一看见他就心头发慌，嘴巴发干，我还能对他说什么呢？"尼古拉头脑里想到过千言万语要对皇上说，此刻却一句也想不起来。不过，他想到的话多半应该在别的场合说，多半应该在胜利和凯旋的时刻说，主要是在他负伤将死、皇上感谢他的英勇行为时说的。他要在临死前向皇上表示，他以实际行动证明他的一片忠心。

"再说，现在已是下午三点多钟，仗已打败，我怎么还能请皇帝对右翼发布命令呢？是的，我绝对不该到他面前去，不该去打断他的沉思。宁可死一千次，也不愿看到他怒形于色，听到他厉声斥责。"尼古拉打定主意，悲伤而绝望地走开去，不断回顾依旧站在那里犹豫不决的皇帝。

就在尼古拉这样考虑着，伤心地离开皇帝的时候，冯托尔大尉刚好路过这地方，他看见皇帝，就跑过来为他效劳，帮助他走过壕沟。皇帝觉得不舒服，想休息一下，在一棵苹果树下坐下来。冯托尔就站在他旁边。尼古拉怀着羡慕和后悔的心情远远地瞧着冯托尔怎样热烈地对皇帝说了好一阵话，皇帝用手捂住眼睛哭着，同时握着冯托尔的手。

“我本来可以像冯托尔一样！”尼古拉暗自想，勉强忍住怜悯皇帝的眼泪，颓然骑马往前走，不知道他现在该上哪儿去，去做什么。

他觉得他的悲伤是由自己的软弱造成的，就越发沮丧了。

他本来可以……不仅可以，而且应该去见皇帝。这是他向皇帝表忠心的唯一机会。可是他没有加以利用……“我干了什么啦？”尼古拉想。他掉转马头，往刚才看见皇帝的地方跑去，但那里已没有一个人了。只有一些车辆从那里驶过。尼古拉从一个车夫那里打听到，库图佐夫司令部离这里不远，就在车队去的村子里。尼古拉就跟着他们跑去。

他前面走着库图佐夫的马夫，马夫牵着几匹披马衣的马。马夫后面是一辆大车，大车后面走着一个头戴便帽、身穿皮袄的罗圈腿老家奴。

“季特，喂，季特！”马夫叫道。

“什么事？”老头儿漫不经心地答应。

“季特，快去打谷！”

“呸，你这傻瓜！”老头儿怒气冲冲地吐了口唾沫，说。

他们默默地走了一会儿，又一次开了同样的玩笑。

下午四点多钟，会战全线失败了。一百多尊大炮落到法国人手里。

普尔杰贝歇夫斯基和他那个军放下了武器。其他几个纵队损失将近一半人，溃退下来。

朗热隆和陶霍杜罗夫的残部混合在一起，拥挤在奥格斯特村附近的池塘边和堤坝上。

五点钟以后，只有在奥格斯特堤坝那里还听得到猛烈的炮击声，那是普拉岑高地斜坡上法军摆开许多大炮在轰击我们撤退的部队。

陶霍杜罗夫等人在后卫部队中集合了几营兵力，反击追击我军的法国骑兵。天色渐渐黑下来。在狭小的奥格斯特堤坝上，多少年来，头戴尖顶帽的老磨坊主曾悠闲地坐在那里钓鱼，而他的孙儿则卷起衬衫袖子，在网兜里捡着银光闪闪鲜蹦活跳的鱼。在这个堤坝上，多少年来，摩拉维亚人曾戴着皮帽，穿着蓝短褂，平静地赶着装小麦的双驾马车走过，然后又沾了一身面粉，赶着装满白面的大车回来。现在，就在这条狭小的堤坝上，在辎重车和大炮之间，在马蹄下，在车轮中间，麇集着无数被死亡吓得面无人色的人，他们临死前互相拥挤着，从奄奄一息的人身上踏过去，把他们踩死，只是为了再走几步也同样死掉。

每隔十秒钟就有一颗炮弹冲开空气飞来，或者有一颗霰弹在稠密的人群中爆炸，炸死一些人，把血溅到旁边的人身上。陶洛霍夫臂上负了伤，带着他连里的十个士兵（他已是连长了）和团长一起骑着马。全团就剩下他们几个人。他们被人群推挤到堤坝口。这里四面八方都是人，他们被迫停下来，因为前面有一匹马倒在大炮下。人们正在把它拉开。一颗炮弹打死他们后面一些人，另一颗炮弹落在前面，溅了陶洛霍夫一身血。人群拼命向前挤，挤成一团，移动几步，又停下来。

“只要再走一百步，就准能得救；再逗留两分钟，就非死不可。”人人都在这样想。

陶洛霍夫从人群中向堤坝猛冲，推倒两个士兵，跑到池塘光滑的冰面上。

“到这儿来！”陶洛霍夫叫道，在开裂的冰面上跳着，“到这儿来！”他对拖大炮的人喊道，“这里冰厚！……”

冰能承受他，但有点下陷，发出咯咯的破裂声。显然，冰面不但承受不了大炮和人群，就是他一人站在上面也会破裂。大家都瞧着他，挤在堤坝上，不敢踩到冰上去。团长骑马站在堤坝口，举起一只手，张开嘴正要对陶洛霍夫说话。突然有颗炮弹从人群头上低低飞过，大家都弯下腰。那炮弹砰的一声落在潮湿的地方，那个将军随着从马上栽倒在血泊中。没有人看他一眼，更没有人想把他扶起来。

“到冰上去！到冰上去！走！躲开！你没听见吗！走！”在炮弹打中将军后，好多人一起叫起来，而他们自己也不知道为什么叫。

后面一尊大炮被拖到堤坝上，又转到冰面上。堤坝上的士兵纷纷跑到结冰的池塘里。前头的一个士兵踩破了冰面，他的一条腿落进水里。他挣扎着想爬起来，反而陷到齐腰深的地方。旁边几个士兵都畏缩不前，炮车的驭手勒住马，但后面还是传来叫嚷声：“到冰上去！为什么站住？走啊！走啊！”人群里发出一片恐怖的叫声。炮车周围的士兵挥动缰绳，要马掉头前进。几匹马离开了堤坝。原来站着许多步行的人的冰面塌了一大块，冰上大约有四十来个人，有的往前冲，有的往后跑，相互把对方推下水。

炮弹依旧一颗接一颗地呼啸着，啪嗒啪嗒地落到冰上，落到水里，多数落到挤满堤坝、池塘和河岸的人群中。

19

在普拉岑高地，安德烈公爵躺在他手擎旗杆倒下的地方，身上不断流血，嘴里不自觉地发出孩子般可怜的轻微呻吟。

傍晚，他不再呻吟，完全安静下来。他不知道自己昏迷了多久。突然他又清醒过来，觉得头痛欲裂。

“那片天空在哪儿？今天我第一次看到的那片高远的天空在哪儿？”这是他的第一个念头。“这样的痛苦以前我从未尝到过，”他想，“是的，以前我什么也不知道。可是现在我在哪儿？”

他留神细听，听见渐渐逼近的马蹄声和说法语的人声。他睁开眼睛。他头上又是那片高远的天空，上面高高地飘着一片片浮云，浮云中间露出深邃的蓝天。他没有转过头去，只从马蹄声和说话声中听出有人走过来，在他旁边站住，但他没有看见他们。

骑马过来的是拿破仑和伴随他的两名副官。拿破仑巡视战场，发了加强炮击奥格斯特堤坝的最后命令，查看着战场上伤亡的士兵。

“了不起的人民！”拿破仑望着一个阵亡的俄国掷弹兵说。那个兵脸着地，后脑勺发黑，远远伸出一条僵硬的手臂，伏在那里。

“炮弹打光了，陛下！”从轰击奥格斯特村的炮兵队来的一个副官这时走过来报告说。

“下令到后备队里去取。”拿破仑说，走了几步，在仰面躺着、旗杆弃在一边（军旗已被法军作为战利品取去）的安德烈公爵身旁站住。

“死得漂亮！”拿破仑瞧着安德烈说。

安德烈公爵明白，这是在说他，说话的就是拿破仑。他听见这个说话的人被称作陛下。但他听这话，就像听苍蝇在嗡嗡叫一样。他不仅对此不感兴趣，而且不加注意，立刻就把它忘记了。他的头火烧火燎，他觉得他在流血，他看见头上那高邈、永恒的天空。他知道这是拿破仑，他心目中的英雄，但是此刻，同他的心灵和浮云飘飞的苍穹之间所发生的一切比起来，他觉得拿破仑十分渺小，微不足道。此刻不论谁站在他身边，不论说什么，他都不在乎。他高兴的只是有人站在他旁边，他只希望这些人帮助他回生，因为现在他对生命有了新的理解，他觉得生命是如此美好。他竭尽全力想动一动，发出一点声音。他稍稍动了动脚，发出微弱无力的可怜呻吟。

“哦！他还活着，”拿破仑说，“把这个年轻人抬到救护站去！”

拿破仑说完这话，骑马向兰纳元帅驰去。兰纳元帅脱下帽子，含笑走到皇帝面前向他祝贺胜利。

后来的事安德烈公爵就什么也不记得了：他被放上担架抬走，救护站探伤时引起的剧痛使他失去了知觉。直到傍晚他和其他负伤的和被俘的俄国军官被送到医院。这时他才清醒过来。在搬运途中，他精神稍微好一点，能向四周环顾，甚至说话了。

安德烈公爵清醒后听见的第一句话是法国押送官急急地说的：

“得在这里停一下，皇上马上就要打这儿过了，他看见这些被俘的先生一定会高兴的。”

“今天俘虏那么多，俄军几乎全部被俘，他恐怕看够了。”另一个军官说。

“哼，不见得！据说这一个是亚历山大皇帝近卫军的司令官呢。”第一个护送官指指那个负伤的穿近卫骑兵白军服的俄国军官说。

安德烈认出是雷普宁公爵，以前在彼得堡社交界见过他。他旁边站着一个十九岁的小伙子，也是个负伤的近卫骑兵军官。

拿破仑飞驰过来，在旁边勒住马。

“哪一个最大？”拿破仑看见俘虏问。

他们说出上校雷普宁公爵的名字。

“您是亚历山大皇帝近卫骑兵团团长吗？”拿破仑问。

“我带领一个骑兵连。”雷普宁回答。

“你们团光荣地尽了职。”拿破仑说。

“伟大统帅的称赞是军人最好的奖赏。”雷普宁说。

“我愿意给你们这个奖赏，”拿破仑说，“您旁边那个年轻人是谁？”

雷普宁公爵说了苏赫吉仑中尉的名字。

拿破仑对他瞧了瞧，笑着说：

“他同我们打仗还太年轻。”

“年轻对勇敢无碍。”苏赫吉仑断断续续地说。

“回答得好，”拿破仑说，“年轻人，您前程远大！”

安德烈公爵也被抬到法国皇帝面前，以凑足俘虏的人数。他不能不引起拿破仑的注意。拿破仑显然记得在战场上见过他，又像上次那样称他年轻人。

“怎么样，年轻人？”拿破仑对安德烈说，“您觉得怎么样，我的勇士？”

尽管五分钟前安德烈公爵已能对抬他的士兵说几句话，此刻他却直视着拿破仑，一言不发……在这一刹那，他觉得比起他所看见和理解的高邈、公正和仁慈的天空来，拿破仑所关心的一切都是那么微不足道，这个英雄怀着的庸俗虚荣心和胜利的欢乐都是那么渺小，以致他不屑回答他。

失血过多引起的虚弱和痛苦，以及死亡的临近，使安德烈产生一些严肃而壮丽的想法。同这种想法比起来，一切都显得渺小和无聊。安德烈公爵望着拿破仑的眼睛想：伟大其实毫无价值，生命（谁也无法理解它的意义）也毫无价值，而死亡（活人中谁也无法理解它的意义，无法加以解释）更是毫无价值。

法国皇帝没等回答就转过身，一面走，一面对一个军官说：

“叫他们照顾这些先生，把他们抬到我的宿营地，叫我的拉雷医生给他们治伤。再见，雷普宁公爵。”他说完便催动马匹，飞快跑开了。

拿破仑脸上焕发出得意洋洋的神色。

抬送安德烈公爵的法国兵原已把玛丽雅公爵小姐挂在哥哥脖子上的小金圣像取下，这时看见皇帝这样优待俘虏，连忙把圣像还给他。

安德烈公爵没看到谁把东西还给他，只感到细金链吊着的圣像突然又回到军服胸口上。

“要是一切都像玛丽雅公爵小姐所想的那么简单明了，”安德烈公爵看了看妹妹那么热情虔诚地替他挂上的圣像，想，“那就好了。要是能知道今生哪里可以得到帮助，死后将会怎样，那该多好！要是此刻我能说：‘主哇，可怜我吧！’那该多么幸福，多么安心啊！……但这话我能对谁说呢！是向那不明确、不理解、无法称呼，甚至无法用语言表达的力量——伟大的万有或虚无——说呢，还是向玛丽雅公爵小姐缝在这护身符里的神说呢？

除了我所理解的微不足道的一切，和我无法理解但十分重要的伟大事物之外，没有什么东西是可靠的！”

担架抬走了。每一下颠簸都使他感到难以忍受的疼痛；发烧更厉害，他开始昏迷。父亲、妻子、妹妹和未来的儿子、他在交战前夜体验到的柔情、微不足道的拿破仑的矮小身材、尤其是高邈的天空——这一切是他昏迷中胡思乱想的主要内容。

他想起了童山上平静的生活和安宁的家庭幸福。他正在享受这种幸福，突然出现了那个矮小的拿破仑，他带着幸灾乐祸的眼神冷漠地瞧着别人的苦难。于是安德烈公爵又感到疑虑和痛苦，只有天空许给他安慰。黎明时分，种种幻象交织成一片混乱和没有知觉的黑暗。据拿破仑的医生拉雷说，他的结局多半是死亡而不是复原。

“这人神经质，肝火旺，”拉雷说，“好不了啦。”

安德烈公爵就同其他没有希望的重伤员一起，留下来交给当地居民照顾。

读客®

读客三个圈经典文库

经典就读三个圈　导读解读样样全

战争与和平 II

[俄]列夫·托尔斯泰 著
草婴 译

读客三个圈经典文库

经典就读三个圈　导读解读样样全

江苏凤凰文艺出版社
JIANGSU PHOENIX LITERATURE AND ART PUBLISHING

目　录

第二卷

第一部

1

一八〇六年初，尼古拉回家休假。杰尼索夫也要回沃罗涅日老家，尼古拉就请他一起到莫斯科，先去他家住几天。在终点前一站，杰尼索夫遇到一个同事，同他喝了三瓶酒。杰尼索夫挨着尼古拉躺在驿站雪橇上，尽管道路坎坷，直到莫斯科他都没有醒过。尼古拉则越接近莫斯科，心情越急切。

“快到了吗？快到了吗？哦，这些街道、小铺、面包房、街灯、雪橇，真讨厌！”在城门口验过准假证，进入莫斯科后，尼古拉想。

“杰尼索夫，到了！还睡呢！”尼古拉说，前倾着身子，仿佛想用这种姿势来增加雪橇的速度。杰尼索夫没有理他。

“喏，那是十字路口，车夫扎哈尔总是停在这里的。瞧，那不就是扎哈尔吗，还是那匹马！喏，那是卖蜜糖饼干的小铺子。快到了吗？对了！”

“到哪一家？”车夫问。

“哦，就是街头那所大房子，你怎么没看见！那就是我们家的房子，”尼古拉说，“那就是我们家的房子！”

“杰尼索夫！杰尼索夫！我们这就到了。”

杰尼索夫抬起头来，咳嗽几声清清嗓子，却什么也没回答。

“德米特里，”尼古拉转身对驭座上的跟班说，“那不是我们家的灯光吗？”

“是的，少爷，老爷书房里灯还亮着。”

“他们还没睡吧？呃？你说呢？”

“喂，别忘了给我把那件新的短外套拿出来。”尼古拉摸摸初生的胡子，添上说。“喂，快跑！”他对车夫嚷道。“你醒醒，瓦夏。”他对杰尼索夫说，杰尼索夫又垂下头。“喂，快一点，赏你三卢布酒钱，快一点！”当雪橇离他家大门还有三座房子时，尼古拉又叫道。他仿佛觉得马不在走。雪橇终于向右拐往大门口。尼古拉看见熟识的灰泥剥落的飞檐、台阶和人行道柱。他不等雪橇停住就跳下来，跑进门廊。房子里依旧死气沉沉，仿佛根本不理会来了什么人。门廊里一个人也没有。“天哪！是不是都平安无事？”尼古拉想，心头揪紧地站了一会儿，立刻又顺着门廊和熟识的歪斜楼梯跑去。那个曾因没擦干净而惹得伯爵夫人生气的门把手轻轻转动了。前厅里点着一支蜡烛。

米哈依洛老头子睡在一个大柜子上。跟班普罗科菲是个大力士，能抓住后座把马车抬起来，此刻正坐在那里打草鞋。他抬头望望打开的门，他那睡意蒙眬的淡漠神情顿时变得又惊又喜。

“啊，小少爷！小伯爵！”他一认出小东家就大声叫道，“真是没想到！我的宝贝！”普罗科菲兴奋得浑身直打哆嗦，向客厅跑去，大概想去通报，但又改变主意，回过来俯身吻了吻小东家的肩膀。

“都好吗？”尼古拉闪开手臂，问。

“感谢上帝！一切平安！他们刚吃过晚饭！哦，让我瞧瞧您，少爷！”

“全家都平安无事吗？”

“感谢上帝，感谢上帝！”

尼古拉把杰尼索夫完全给忘了，不要别人通报，就自己拉下皮外套，踮着脚尖跑进黑暗的大厅。一切都是老样子：还是那几张牌桌，还是那个带罩的枝形吊灯。但显然有谁看见了他，不等他跑到客厅，就有一个人像一阵风似的从边门冲出来，一把抱住他，在他脸上吻着。接着又有第二个、第三个人从另一扇门里冲出来；又是拥抱，又是接吻，又是叫嚷，又是快乐的眼泪。尼古拉分不清哪个是爸爸，哪个是娜塔莎，哪个是彼嘉。大家都同时叫嚷，说话，吻他。只有母亲不在，这一点他已发觉了。

“哦，真没想到……尼古拉……我的朋友，宝贝！”

“瞧他……我们的宝贝……他可变多了！喂！拿蜡烛来！……倒茶！”

“快来亲亲我！”

“心肝……还有我。”

宋尼雅、娜塔莎、彼嘉、德鲁别茨基公爵夫人、薇拉、老伯爵，一个个拥抱他；男女仆人挤满客厅，一面说话，一面叹息。

彼嘉抱着他的腿，叫道：“还有我呢！”

娜塔莎抱住他的头，吻遍他的脸，闪开身子，抓住他的外套前襟，像山羊似的在原地跳着，发出尖厉的叫声。

周围都是亮晶晶的快乐眼泪，充满爱的眼睛，渴望亲吻的嘴唇。

宋尼雅容光焕发，脸红得像块红布，也抓住尼古拉的手臂，用幸福的目光盯住他的眼睛，期待他的回顾。宋尼雅已满十六岁，出落得楚楚动人，特别在这欣喜若狂的时刻。她目不转睛地瞧着尼古拉，脸上挂着微笑，屏住呼吸。尼古拉感激地瞟了她一眼，但还在等待和找寻什么人。老伯爵夫人还没有出来。一会儿，门口传来了脚步声。脚步非常急促，不可能是他的母亲。

但正是他的母亲。她穿着一件他走后新做的连衣裙。大家都放开他，他向母亲跑去。两人走到一起，伯爵夫人立即倒在儿子怀里放声痛哭。她抬不起头来，把脸贴在他那冷冰冰的外套扣带上。杰尼索夫悄悄地走进屋里，没有引起任何人注意，独自站在那里擦眼泪。

“我叫杰尼索夫，是令郎的朋友。”他向狐疑地望着他的伯爵自我介绍说。

“欢迎，欢迎！我知道，知道！”伯爵同杰尼索夫拥抱，接吻。“尼古拉来信说起过您……喂，娜塔莎，薇拉，这位就是杰尼索夫。”

一张张喜气洋洋的脸都转过来对着黑发蓬乱的杰尼索夫，大家把他团团围住。

“好朋友，杰尼索夫！”娜塔莎高兴得忘乎所以地尖叫，跳到他跟前，抱住他，吻他。大家都为娜塔莎的举动感到尴尬。杰尼索夫也脸红了，但他微微一笑，拿起娜塔莎的手吻了吻。

杰尼索夫被领到为他准备的客房。罗斯托夫一家人都聚集在起居室里，围着尼古拉。

老伯爵夫人坐在他旁边，一直拉住他的手不断地吻着；其余的人聚集在他周围，不肯放过他的每个动作、每句话、每道目光，一双双眼睛热情洋溢，充满了爱，一直盯住他。他的弟弟和姐妹相互争吵着，都要挨着他坐，抢着给他递茶，送手巾，取烟斗。

尼古拉看到大家这么爱他，感到很幸福；但比起刚见面时的那种狂欢，此刻的幸福就显得平淡了。他一直期待着更多更大的幸福。

第二天早晨，两个远道来的人一直睡到九点多钟。

客房外边的屋里杂乱地放着军刀、挎包、皮囊、打开的箱子、肮脏的皮靴。两双擦得干干净净的带马刺的军靴放在墙边。

仆人送来了洗脸盆、刮胡子用的热水和刷干净的衣服。屋子里散发着烟草和男人的气味。

“喂，格里沙，拿烟斗来！”杰尼索夫哑着嗓子叫道，“尼古拉，起来！”

尼古拉揉揉睁不开的眼睛，从热乎乎的枕头上抬起蓬乱的头。

“怎么，晚了吗？”

“晚了，九点多钟了！”娜塔莎的声音回答。隔壁屋里传来浆洗过的衣服的窸窣声、姑娘们的低语和笑声。在微微打开的门缝里掠过缎带、黑发、一张张快乐的脸和一件蓝色的衣衫。原来是娜塔莎、宋尼雅和彼嘉，他们来看看尼古拉和杰尼索夫有没有起床。

“尼古拉，快起来！”门外又传来娜塔莎的声音。

“这就起来！”

这时彼嘉在外屋里看见军刀，一把抓起，就像一般孩子看到从军的哥哥时那样兴奋，也不顾姐姐看到光身男子会发窘，把门打开来。

“这是你的刀吗？”彼嘉叫道。姑娘们连忙躲开。杰尼索夫神情慌乱地把毛茸茸的腿藏到被子下，回头向朋友求援。彼嘉走进屋里，又把门关上。门外传来了笑声。

“尼古拉，穿上睡袍出来。”又是娜塔莎的声音。

“这是你的刀吗？”彼嘉问。“还是您的？”他谄媚地对留黑胡子的杰尼索夫说。

尼古拉慌忙穿好鞋，披上睡袍走出来。娜塔莎穿上一只带马刺的靴子，正在穿第二只。尼古拉出来的时候，宋尼雅正旋转身子，想撒开裙摆行屈膝礼。娜塔莎和宋尼雅穿着一式的崭新浅蓝色连衣裙，容光焕发，双颊绯红，喜气洋洋。宋尼雅跑开了，娜塔莎挽住哥哥的手臂，把他拉到起居室。兄妹俩交谈起来。他们争先恐后地相互询问和回答只有他们俩感兴趣的无数琐事。娜塔莎听到哥哥说的每句话和她自己说的每句话都发笑，并非因为他们说的话可笑，而是因为她心里快乐，忍不住要用笑来表达自己的心情。

“啊，多么好哇！多么精彩！”娜塔莎谈到任何事都这样称赞。尼古拉觉得，在娜塔莎热情的感染下，离家一年半来消失的天真无邪的欢笑又从他心里和脸上洋溢出来。

“不，你听我说，”娜塔莎说，“你现在完全成为男子汉了，是不是？我真高兴，你是我的哥哥。”她摸摸哥哥的小胡子，“我很想知道你们男子汉是怎样的？跟我们一样吗？”

“宋尼雅怎么跑了？”尼古拉问。

“是啊。说来话长啦！你现在怎样称呼宋尼雅呢……称‘你’还是称‘您’？”

“看情况。”尼古拉说。

“你对她还是称‘您’吧，道理我以后告诉你。”

“究竟是为什么？”

“好，我现在就告诉你。你要知道，宋尼雅是我的朋友，很好的朋友，我为她烙了胳膊发过誓。你瞧！”她卷起麻纱衣袖，露出细长白嫩的手臂上的一个红色伤疤。那伤疤接近肩膀，连穿舞衣都能遮住。

“这是我自己烙的，表示我对她的爱。我拿一把铁尺在火里烧红，在上面烫的。”

尼古拉坐在他书房的沙发上，靠着扶手上的软垫，望着娜塔莎那双灵活调皮的眼睛，他的心又回到他的童年世界。这个世界对别人没有意义，对他却很有意义，因为这个世界给了他人生最大的欢乐。至于用铁尺烙手臂表示爱，他认为不无道理，因此不以为怪。

“还有什么呢？”尼古拉又问。

“嗳，我们可要好了，可要好了！烙胳膊不过是好玩，但我们永远是好朋友，她一旦爱上谁，就会爱一辈子。这一点我不能理解。我什么事都忘记得快。”

“那又怎么样？”

“我是说，她是那么爱我，也那么爱你。”娜塔莎突然涨红了脸。“哦，你可记得你动身之前……她说你可以忘记一切……她说：‘我将永远爱他，但他可以自由。’她这人真了不起，真了不起，真高尚！你说是吗？非常高尚，是吗？”娜塔莎说得那么认真，那么激动，可以看出，她现在说的话她以前也曾含着眼泪说过。尼古拉沉思起来。

“我说过的话决不收回，”尼古拉说，“再说，宋尼雅是那么可爱，只有傻瓜才会放弃这样的幸福，是不是？”

“不，不！”娜塔莎叫道，“这事我同她也谈过。我们料到你会这样说。但这样可不行，你要明白，你要是这样说，你就认为自己是受诺言的约束，这样，她说这话就像是故意的。这就表示你同她结婚是勉强的。这就不对头。”

尼古拉看出，这事她们是好好考虑过的。宋尼雅的美昨天就使他吃惊。今天匆匆看到她一眼，尼古拉觉得她更加迷人。宋尼雅是个漂亮的姑娘，今年十六岁，显然热爱着他（这一点他从没怀疑过）。尼古拉想：他怎么能不爱她，不同她结婚呢，但现在还不到时候。现在他还有那么多别的活动和快乐的事！“不错，她们想得很妙，”尼古拉说，“但我要维护我的自由。”

“那很好，”尼古拉说，“这事我们以后再谈。啊，我看到你真高兴！”他补充说。“那么，你怎么样，对保里斯没变心吧？”哥哥问。

“胡扯！”娜塔莎笑着叫道，“我不想他，也不想别的什么人，我才不想呢。”

“原来如此！那么你想什么呢？”

“我吗？”娜塔莎反问，脸上焕发出幸福的微笑，“你看过杜波吗？”

“没有。”

“大名鼎鼎的舞蹈家杜波，你没看到过？那你就不理解了。我要做个像她那样的人。”娜塔莎弯着两臂，提起裙子，像跳舞那样后退几步，转了个身，跳起来两脚相撞，然后踮着脚尖走了几步。“你看我站住了，是吗？就是这样！”娜塔莎嘴里这样说，但脚尖站不稳，“我就是要做个这样的人！我一辈子不嫁人，我要当个舞蹈家。但你谁也别告诉。”

尼古拉乐得哈哈大笑，引得里屋的杰尼索夫都羡慕他。娜塔莎忍不住也跟他一起笑起来。“这样不是很好吗？”娜塔莎反复说。

“很好。那你不愿嫁给保里斯吗？”

娜塔莎的脸唰地红了。

“我谁也不嫁。我见到他，也会这样对他说的。”

“原来如此！”尼古拉说。

“是啊，这些都是废话！”娜塔莎继续胡扯，“那么，你说，杰尼索夫这人好吗？

“是个好人。”

“嗯，再见，快去穿上衣服。那么，他可怕吗，杰尼索夫？”

“为什么可怕？”尼古拉问，“不可怕，瓦夏这人挺可爱。”

“你叫他瓦夏吗？……真怪。那么，他挺好吗？”

“挺好。”

“好，快来喝茶吧。大家一起喝。”

娜塔莎站起来，像舞蹈家那样踮着脚尖走出房间，但脸上浮起只有十五岁的幸福姑娘才有的微笑。尼古拉在客厅里遇见宋尼雅，脸红了，他不知道怎样对待她。昨天他们一见面高兴得接了一次吻，但今天他觉得不能再这样了；他发觉母亲和姐妹们都用疑问的目光瞧着他，看他怎样对待宋尼雅。尼古拉吻了吻宋尼雅的手，并且管她叫“您宋尼雅”。但当他们的目光一接触，透露出来的意思就是相互以“你”称呼，并且亲热地接吻。宋尼雅还用眼神请求他原谅，因为她竟敢通过娜塔莎向他提到他的诺言，并且感谢他对她的爱情。尼古拉也用目光感谢她给他自由，并且表示不论遇到什么情况他决不会变心，因为不可能不爱她。

“真奇怪，”薇拉趁大家沉默的时刻说，“宋尼雅和尼古拉现在相互称‘您’，好像外人一样。”薇拉这话说得对，就像她平时说话一样；但也像她大部分话那样，这话使大家感到尴尬。不仅宋尼雅、尼古拉和娜塔莎有这样的感觉，就连一向害怕宋尼雅的爱情会妨碍儿子择偶的老伯爵夫人，也像姑娘一样脸红了。杰尼索夫出乎尼古拉的意料，穿了一套崭新的军服，搽过发油，洒了香水，风度翩翩地出现在客厅里，就像在战场上一样，而他对待女人又彬彬有礼，好像一名多情的骑士。

2

尼古拉从部队回莫斯科休假，家里人都把他看作好儿子、英雄和百看不厌的尼古拉，亲戚把他看作讨人喜欢的规矩青年，熟识的人把他看作英俊的骠骑兵中尉、跳舞能手和莫斯科的理想快婿。

罗斯托夫家交游广阔，认识莫斯科各界人士。今年老伯爵把所有的地产都抵押出去，手头宽裕，因此尼古拉又买了一匹纯种走马，一身莫斯科还没人穿过的最时髦马装，一双带银马刺、靴头很尖的最时髦马靴，过着优哉游哉的生活。尼古拉回家后，渐渐又适应原来的生活方式，感到心情愉快。他自以为变得老练了。他因《圣经》考试不及格而垂头丧气，替马车夫向加夫里拉借钱，同宋尼雅秘密接吻，这些事回忆起来就像遥远童年的往事。如今他可是个骠骑兵中尉了，他穿着有银饰的骠骑兵披肩，佩着士兵的圣乔治勋章，同德高望重的老骑手们一起训练他的走马。他有一个相识的太太住在林荫道上，晚上常去看她。他在阿尔哈罗夫家舞会上领跳玛祖卡舞，同卡明斯基陆军元帅谈论战事，去英国俱乐部玩乐，把杰尼索夫介绍给他的一个四十岁上校称兄道弟。

尼古拉对皇帝的热情在莫斯科有所减退，因为这个时期他一直没有见到皇帝。不过，他还是常常讲到皇帝，讲到他对皇帝的爱戴，并使人觉得他还没有讲出他对皇帝的全部感情，因为这种感情不是人人都能理解的。当时在莫斯科弥漫着一种崇拜亚历山大皇帝的情绪，大家称他为“天使的化身”，而尼古拉也充满这样的感情。

尼古拉回军队前在莫斯科短暂逗留期间，不仅没亲近宋尼雅，反而同她疏远了。宋尼雅出落得美丽可爱，显然热恋着尼古拉，但尼古拉正处在青春期，觉得要做的事太多，**无暇**同她谈情说爱。而年轻人之所以珍惜自由，因为觉得许多活动都需要它，害怕受束缚。尼古拉在莫斯科逗留期间，一想到宋尼雅，总是对自己说：“哦，这样的姑娘多得很，将来还会遇到很多。我若要谈恋爱，机会有的是，现在可没工夫。”除此以外，他觉得在女人中间厮混有损他男子汉的形象。他出入舞会和女性圈子，装出一副无可奈何的样子。赛马，去英国俱乐部玩乐，同杰尼索夫痛饮，去**那种地方**——那可是另一回事了，那对年轻的骠骑兵来说是很合适的。

三月初，老罗斯托夫伯爵在英国俱乐部忙着安排宴会，为巴格拉基昂公爵接风。

伯爵身穿睡袍在大厅里来回奔走，吩咐俱乐部总管和著名的掌勺厨师费奥克齐斯特为这次宴会采办芦笋、鲜黄瓜、草莓、小牛肉和鱼。伯爵从俱乐部创办日起就是它的成员，并担任俱乐部主任。现在俱乐部委托他筹备宴会为巴格拉基昂接风，因为有本领安排这种豪华宴会的人很少，而肯自己掏钱的人则更少。俱乐部掌勺厨师和总管喜气洋洋地听着伯爵吩咐，因为他们知道，不论替谁安排几千卢布的宴会，都不像替罗斯托夫伯爵安排那么有利可图。

“注意，乌龟汤里要放鸡冠子，鸡冠子，别忘了！”

“冷菜要三道，是吗？”厨师问。

伯爵考虑了一下。

“三道，不能再少了……蛋黄色拉一道。”伯爵弯曲着一个手指说……

“老爷吩咐要大鲟鱼，是吗？”总管问。

“即使人家不肯让价，也得买，有什么办法呢。哦，老天爷，我差点儿给忘了。还得有一道开席菜。哦，老天爷！”伯爵抱住头，“谁去替我弄些鲜花来？米嘉！喂，米嘉！你赶到莫斯科郊区去一次，”他对应声进来的管家说，“你快到莫斯科郊区，吩咐花匠马克西姆叫农奴把暖房里的鲜花用毡子包好运来。叫他们在礼拜五以前送来两百盆鲜花。”

伯爵又作了种种安排，正预备到伯爵夫人那里去休息一下，但想起一些事，立刻又把掌勺厨师和总管叫来吩咐了一番。这时门外传来轻轻的男人脚步声和踢马刺的叮当声，接着脸色红润、留黑色小胡子的伯爵少爷走了进来。他在莫斯科休息得很好，显得容光焕发。

“哦，老弟！可把我忙得头昏脑涨，”老头儿在儿子面前不好意思地微笑着说，“你要是能帮我点忙就好了！喏，我们还要找一批歌手来。乐队我有，但要不要找些吉卜赛人来？你们当兵的弟兄可喜欢听歌呢。”

“真的，爸爸，我看巴格拉基昂公爵准备申格拉本战役还不及你现在忙碌呢！”儿子笑眯眯地说。

老伯爵装出生气的样子。

“哼，你就会说风凉话，你倒来试试！”

老伯爵对掌勺厨师说话，掌勺厨师带着乖巧而恭敬的神气讨好地打量着父子俩。

“你看，如今年轻人都变成什么样子了，费奥克齐斯特？”

老伯爵说，“竟然取笑起我们老头子来了。”

“可不是，老爷，他们只知道吃得好，至于筹备宴会，购办菜肴，他们就不管了。”

“对了，对了！”伯爵叫道，快乐地抓住儿子的双手，“哈，这回我可把你抓住了！你现在就坐上双马橇，到皮埃尔那儿去一下，就说罗斯托夫伯爵问他要些新鲜草莓和菠萝。这些东西哪儿也弄不到。他本人要是不在，你就去找公爵小姐们。再从那里到游乐场——车夫伊巴特卡知道那地方——你去把吉卜赛人伊留沙找来，就是当年在奥尔洛夫伯爵家跳过舞的那一个，记得吗，那个穿白色哥萨克装的，你去把他给我带来。”

“把他那些吉卜赛女人也带来吗？”尼古拉笑着问。

“对，对！……”

这时，德鲁别茨基公爵夫人脸上露出她素有的心事重重和基督徒那种虔诚的神色，悄悄地走进来。尽管德鲁别茨基公爵夫人每天都看见伯爵身穿睡袍，伯爵每次看见她总有点发窘，并请她原谅他衣冠不整，今天也是这样。

“没关系，伯爵，好人儿，”德鲁别茨基公爵夫人温顺地闭上眼睛，说，“皮埃尔那里由我去好了。他回来了，什么东西我们都可以到他的温室里去取。我正要见见他。他给我送来保里斯的一封信。感谢上帝，保里斯终于进司令部了。”

伯爵看见德鲁别茨基公爵夫人自愿替他分忧，感到很高兴，就吩咐仆人给她套一辆小轿车。

“您对皮埃尔说，请他务必来。我把他列入宾客名单了。他会跟妻子一起来吗？”伯爵问。

德鲁别茨基公爵夫人闭上眼睛，脸上现出深切的悲哀……

“唉，我的朋友，他真不幸！”她说，“要是我们听到的传闻确有其事，那真是太可怕了。当初我们为他的幸福高兴，怎么也没想到会出现这样的局面！他有一颗天使般崇高的心灵，这位年轻的伯爵。是啊，我衷心怜悯他，我会竭力安慰他的。”

“究竟出了什么事？”罗斯托夫父子一起问。

德鲁别茨基公爵夫人长叹一声。

“陶洛霍夫，玛丽雅·伊凡诺夫娜的儿子，”她神秘地低声说，“据说，把她的名誉彻底败坏了。皮埃尔救了他，请他住到彼得堡家里，结果……她一来，那无赖就死死盯住她，”德鲁别茨基公爵夫人说，想对皮埃尔表示同情，但从她情不自禁的语气和似笑非笑的神态中却流露出她对无赖（她这样称呼陶洛霍夫）的同情，“据说，皮埃尔伤心透了。”

“不管怎样，您还是叫他到俱乐部来，一切都会过去的。宴会可丰盛了。”

第二天，三月三日，中午一点多钟，英国俱乐部的两百五十名成员和五十位来宾在等待贵宾——奥地利战役的英雄巴格拉基昂公爵——光临宴会。奥斯特里茨战役失利的消息刚传到时，莫斯科有点困惑。当时俄国人听惯捷报，一旦接到失利的消息，有些人根本不相信，有些人则找些异乎寻常的理由来为这突兀的消息解释。英国俱乐部里聚集着所有消息灵通的达官贵人。十二月间消息传来，大家矢口不提战事和最后一次战役，仿佛商量好要对这事保持缄默。一向左右舆论的人，例如拉斯托普庆伯爵、陶尔戈鲁基公爵、华鲁耶夫、马尔科夫伯爵、维亚泽姆斯基公爵，没有在俱乐部里露面，而在他们接近的几个人家里集合。惯于随声附和的莫斯科人（包括罗斯托夫在内）对战事还没有发表明确意见，也没有人带头表态。莫斯科人觉得情况不妙，也很难谈论这些坏消息，因此还不如保持沉默。但过了一阵，左右俱乐部舆论的大亨们就像陪审官走出议事室那样，又出现了，于是大家说话的口气又明确了。他们找到原因来解释闻所未闻和不可思议的俄军的失利。于是真相大白，莫斯科又处处传布着同样的话。失利的原因是：奥国人失信，军粮低劣，波兰人普尔杰贝歇夫斯基和法国人朗热隆背信弃义，库图佐夫无能，以及（悄悄地说）皇帝年轻缺乏经验，信任卑鄙小人。至于俄国军队，大家都认为非常英勇，创造了不少奇迹。士兵、军官和将军，个个都是英雄。而英雄中的英雄就是巴格拉基昂公爵。他以申格拉本战役和奥斯特里茨撤退而闻名。他单独撤退军队，秩序井然，而且奋战一整天，打退了力量强大一倍的敌军。巴格拉基昂被莫斯科人选作英雄，还因为他在莫斯科是个外人，超然于各党派之外。他身上体现了勇敢朴实、大公无私的俄国军人的美德，使人想起苏沃洛夫远征意大利的丰功伟绩。此外，给予巴格拉基昂这样的荣誉，正是贬低库图佐夫的最好办法。

“要是没有巴格拉基昂，那就得造出这样一个人来。”爱说俏皮话的申兴模仿伏尔泰的话说。对库图佐夫大家避而不谈，有人低声骂他，说他是朝廷的风向旗和老色鬼。

莫斯科全市都在复述陶尔戈鲁基公爵的话：“智者千虑，必有一失”，拿过去的胜利来安慰今天的失败。大家还重复拉斯托普庆的话：对法国兵要用高帽子来激励；对德国兵要使他们相信，逃跑比前进更危险；对俄国兵只能加以约束，要他们头脑冷静！四面八方都一再传来我军士兵和军官在奥斯特里茨战役英勇奋战的事迹。有人救了军旗，有人打死五名法国兵，有人单独打响五门炮。有人谈到别尔格，那些不认识他的人说他右手负了伤，左手拿着佩剑冲锋。却没有人谈到安德烈，只有熟识他的人惋惜他死得太早，把怀孕的妻子撇在脾气古怪的父亲那里。

3

三月三日，英国俱乐部的所有厅堂里都人声鼎沸。俱乐部成员和来宾，有的身穿军装和礼服，有的头上扑了发粉，有的穿着俄罗斯长袍，像春天的蜜蜂那样来回游荡，有的坐，有的立，有的围在一起，有的分散开来。听差们头上扑粉，身穿制服，脚穿长筒袜和低口鞋，伫立在每道门口，留神窥察俱乐部成员和客人们的一举一动，以便随时趋前侍候。在场的人多半年高德劭，他们脸庞宽阔，神态自若，手指粗大，动作稳健，说话沉着。这类客人和成员都坐在坐惯的地方，聚集在一定的圈子里。一小部分人是临时来宾，他们多半是青年，其中包括杰尼索夫、尼古拉和陶洛霍夫。陶洛霍夫现在又是谢苗诺夫团的军官了。在青年人的脸上，特别是在青年军人的脸上，总有一种对老年人既尊敬又蔑视的神气，仿佛在说："我们愿意尊重你们，但你们可得记住，未来毕竟是我们的。"

聂斯维茨基也来了，他是俱乐部的老成员。皮埃尔奉妻子之命蓄了长发，摘掉眼镜，穿上时式服装，但神色愁闷，在几个厅里走来走去。他在这里也像在别的地方一样，被崇拜他财富的人所包围，他则照例用满不在乎的神气和心不在焉的态度对待他们。

论年纪，他应该同年轻人待在一起；但论财富和社会地位他属于年高德劭的贵宾，因此他就在两个圈子之间转来转去。几位特别德高望重的老人成了每个圈子的中心，就连素不相识的人也都凑拢来听名人谈话。在拉斯托普庆伯爵、华鲁耶夫和纳雷施金周围形成了几个大圈子。拉斯托普庆讲到俄军怎样被逃跑的奥军冲乱，他们不得不用刺刀开路。

华鲁耶夫信心十足地讲到乌瓦罗夫被彼得堡派来调查莫斯科人对奥斯特里茨战役的看法。

在第三个圈子里，纳雷施金讲到有一次奥国军事委员会开会，苏沃洛夫在会上像公鸡一样大叫，回敬奥国将军们的蠢话。申兴站在这里，也想开玩笑，说库图佐夫连学公鸡叫的本领都没从苏沃洛夫那里学到，但老人们严厉地对他瞧了瞧，使他感到今天即使提到库图佐夫也是不礼貌的。

罗斯托夫伯爵脚穿软靴，紧张地在餐厅与客厅之间来回奔走，一视同仁地招呼不同身份的人（他认识所有的人），偶尔用眼睛找寻他那个英俊的宝贝儿子，快乐地把目光停留在他身上，向他挤挤眼。尼古拉同陶洛霍夫站在窗口，他认识陶洛霍夫不久，却很重视同他的友谊。老伯爵走到他们跟前，跟陶洛霍夫握了握手。

“欢迎光临寒舍，你同我的小子认识了……你们一起，一起英勇作战……啊！华西里·伊格纳基奇……你好，老伙计！”他对走过的一位老人说，但还来不及寒暄，屋子里就骚动起来，一个听差神色慌张地跑进来通报：“贵客驾到！”

铃响了，俱乐部理事们赶上前去；分散在各个厅堂里的客人好像一铲子黑麦，挤在一起，站立在大客厅的门口。

巴格拉基昂出现在前厅门口，没戴帽子，也没佩剑。他遵照俱乐部的规矩，把帽子和剑留在门房。他不像尼古拉在奥斯特里茨战役前夜看到时那样头戴羔皮帽，肩搭短皮鞭，而是穿着一套崭新的紧身军服，佩着不少俄国勋章和外国勋章，左胸上还挂着一枚圣乔治星章。他来赴宴前刚理过发，修过胡子，但这样反而有损他的仪表。他脸上现出喜气洋洋的天真神态，配上他刚毅威武的相貌，显得有点滑稽。跟他同来的别克列沙夫和乌瓦罗夫在门口站住，让他这位主客走在前面。巴格拉基昂迟疑了一下，不肯接受他们的礼让。他在门口停留了一下，最后还是领先走了进来。他拘谨地走在接待室镶木地板上，两手不知往哪儿放。他更习惯在子弹横飞的田野上行走，像他在申格拉本战役走在库尔斯克团之前那样。理事们在门口迎接他，说了些欢迎贵宾的话，但不等他回答，就把他团团围住，领他走进客厅。客厅门口无法通过，因为挤满了俱乐部成员和来宾。他们互相拥挤，从别人的肩膀上观看巴格拉基昂，好像观看稀有动物一样。罗斯托夫伯爵比谁都起劲，笑着说："请让一让，*朋友*，请让一让，让一让！"他挤开人群，把客人带进客厅，让他们坐在中间沙发上。俱乐部的显贵们又把新来的贵宾围住。罗斯托夫伯爵又挤开人群，走出客厅。过了一会儿，他跟另一个理事端着一个大银盘回来。他把银盘献给巴格拉基昂公爵。银盘上放着颂扬这位英雄的诗篇。巴格拉基昂看见银盘，惊惶地回顾了一下，仿佛在求救似的。但所有的眼神都在要求他收下银盘。巴格拉基昂发觉推辞不掉，断然用双手接过盘子，愤怒地像责备一样瞧瞧端着银盘的伯爵。有人殷勤地从巴格拉基昂手里接过盘子（要不然他似乎会把盘子端到晚上，并端着它入席），要他注意上面的诗篇。巴格拉基昂好像在说："好吧，我来念。"接着他就用疲倦的眼睛盯住纸专心阅读。诗的作者接过稿本，朗诵起来。巴格拉基昂公爵低下头听着。

你保卫皇上稳坐江山，
为亚历山大皇朝增光。

你是威严的统帅，仁慈的好人；
你是战场的英雄，国家的栋梁。
就算拿破仑福星高照，
也受巴格拉基昂一顿训教，
从此再不敢欺侮俄罗斯大邦……

但不等他念完，嗓门洪亮的管家就宣布：“请各位入席！”门开了，餐厅里传出波兰舞曲：“胜利的炮声响彻云霄，欢乐吧，勇敢的俄罗斯……”罗斯托夫伯爵愠怒地瞧瞧还在念诗的作者，向巴格拉基昂鞠躬。大家纷纷起立，觉得酒席比诗更重要。巴格拉基昂又领先向餐桌走去。他被安排在主宾位子上，两边坐着别克列沙夫和纳雷施金，因为他们两人都叫亚历山大，跟皇帝同名，以此来表示对他的敬意。三百个人都按官位和权势在餐厅就座，官位越高越靠近主宾，就像水往低处流一样自然。

宴会开始前，罗斯托夫伯爵把他的儿子介绍给公爵。巴格拉基昂认出尼古拉，说了几句不很得体的话，如同那天他说的所有的话一样。巴格拉基昂跟尼古拉说话的时候，罗斯托夫伯爵得意洋洋地环顾所有的人。

尼古拉跟杰尼索夫和新交的陶洛霍夫一起几乎坐在餐桌中央。他们对面坐着皮埃尔和聂斯维茨基公爵。罗斯托夫伯爵同其他几个理事坐在巴格拉基昂对面。他殷勤地招待这位贵宾，就像是莫斯科亲切好客的使者。

罗斯托夫伯爵的心血没有白花。荤素菜肴都精美绝伦，但在宴会结束前他还是不能完全放心。他向餐厅总管挤挤眼，对侍者低声吩咐着什么，兴奋地等待上每道他熟悉的菜。一切都尽善尽美。第二道大鲟鱼上来时，罗斯托夫伯爵高兴得脸都红了。侍者动手开瓶塞，倒香槟。这道给人深刻印象的美味大鱼上过后，罗斯托夫伯爵同其他理事交换个眼色。“要干杯好多次呢，现在该开始了！”他低声说，拿着杯子站起来。大家都不作声，等他说话。

“祝皇上身体健康！”罗斯托夫伯爵大声呼叫，他那双善良的眼睛顿时涌出快乐的泪水。这时乐队又奏起《胜利的炮声响彻云霄》的曲子。全体起立，高呼乌拉！巴格拉基昂也高呼乌拉！声音就像他在申格拉本战场上一样洪亮。在三百人的喊声中听得出尼古拉激动的声音。他差一点哭出来。

“祝皇上身体健康，乌拉！”尼古拉喊道，一口气干了杯，把杯子往地上一摔。许多人都学他的样。欢呼声持续了很久。等到喊声停止，侍者捡起打碎的酒杯。大家重新坐下，因为高声呼喊而露出笑容，接着开始交谈。罗斯托夫伯爵又站起来，瞧了瞧放在盘子旁的条子，提议为最近一次战役的英雄巴格拉基昂公爵的健康干杯。他那双蓝眼睛又泪水盈眶。三百个人又高呼乌拉！代替音乐的是歌手们高唱诗人古图卓夫的颂诗：

俄国人所向披靡，
勇敢保证了胜利。
我们有了巴格拉基昂，
敌人都得向我们投降……

歌手们刚唱完，又是一次一次的干杯，罗斯托夫伯爵越来越激动，摔碎的酒杯越来越多，呼喊声也越来越响。大家为别克列沙夫、纳雷施金、乌瓦罗夫、陶尔戈鲁科夫、阿普拉克辛、华鲁耶夫的健康干杯，为俱乐部经理的健康干杯，为俱乐部全体成员和来宾的健康干杯，最后为宴会主办人罗斯托夫伯爵的健康干杯。听到为自己干杯，伯爵掏出手帕捂着脸哭出声来。

4

皮埃尔坐在陶洛霍夫和尼古拉对面。他照例吃得很多，喝得很多。但熟识他的人看出，今天他大大变了样，他始终没有说话，皱着眉头，眯着眼睛环顾四周，或者瞪着眼睛，现出心不在焉的样子，用手指擦擦鼻梁。他闷闷不乐，仿佛对周围的一切视而不见，听而不闻，一味考虑着一个没解决的苦恼问题。

这个没解决的苦恼问题就是，莫斯科的表姐向他暗示，陶洛霍夫同他的妻子有暧昧关系。再有，今天早晨他收到一封匿名信，信里也像一切匿名信那样使用卑劣的讽刺口吻，说他戴着眼镜还看不清楚，他妻子同陶洛霍夫的关系已尽人皆知，只有他一个人还蒙在鼓里。皮埃尔既不相信表姐的暗示，也不相信匿名信，但他现在怕看坐在对面的陶洛霍夫。每当他的目光同陶洛霍夫漂亮而傲慢的目光相遇时，他心里就感到紧张和慌乱，连忙转过头去。他不由得回忆妻子的往事和她跟陶洛霍夫的关系。他清楚地想到，匿名信里的话说不定确有其事，至少不是没有可能，如果这事指的不是**他的妻子**。皮埃尔不禁回想到，战后陶洛霍夫回到彼得堡后去过他家。陶洛霍夫利用他同皮埃尔的酒肉之交，常来他家。皮埃尔留他住宿，还借钱给他。皮埃尔想起，海伦对陶洛霍夫住在他们家里曾含笑表示不满，陶洛霍夫也曾厚颜无耻地吹捧他妻子的美丽，从那时起到他来莫斯科，陶洛霍夫一直没有离开过他们。

“是的，他长得很漂亮，”皮埃尔想，“我知道他的为人。正因为我为他出过力，接济过他，帮助过他，他侮辱我嘲弄我就觉得格外好玩。如果确有其事，我知道，我明白，这种忘恩负义的行为会使他感到多么过瘾。是的，如果是确有其事，但我不相信，我没有权利相信，我也无法相信。”他想起陶洛霍夫干残酷事时的模样，例如他把警察局长和熊绑在一起抛到河里，或者无缘无故挑人决斗，或者用手枪打死驿马。皮埃尔时常看到陶洛霍夫脸上有这种表情。“是的，他是个亡命之徒，”皮埃尔想，“他杀人不当一回事，他一定觉得人人怕他，因此洋洋自得。他一定认为我也怕他。我确实怕他。”皮埃尔这样想着，心里又感到紧张和慌乱。现在陶洛霍夫、杰尼索夫和尼古拉就坐在皮埃尔对面，他们看来都很快乐。尼古拉兴致勃勃地同两个朋友交谈着：一个是勇猛无畏的骠骑兵，另一个是出名的亡命之徒和浪荡鬼。尼古拉偶尔嘲弄地向皮埃尔望望。在这个宴会上皮埃尔心事重重、魂不守舍的神态和庞大的身躯引人瞩目。尼古拉对皮埃尔侧目而视，第一因为，在他骠骑兵的眼里，皮埃尔只是个普通的有钱人、美人的丈夫，总之是个懦夫；第二因为，皮埃尔心事重重，魂不守舍，没有认出尼古拉来，也没有向他答礼。当大家为皇上的健康干杯时，皮埃尔正想得出神，没有站起来，也没有举杯。

“您怎么啦？”尼古拉眼睛冒火，对他嚷道，“难道您没听见祝皇上身体健康吗？”皮埃尔叹了口气，顺从地站起来，喝干了杯里的酒。等大家都坐下，他又带着和善的微笑对尼古拉说话。

“我没认出您来。”皮埃尔说。但尼古拉顾不上同他招呼，大声喊着乌拉！

“你为什么不睬他？”陶洛霍夫对尼古拉说。

“去他的，他是个傻瓜。”尼古拉说。

“应该巴结漂亮女人的丈夫啊！”杰尼索夫说。

皮埃尔没听见他们在说些什么，但知道他们在说他。他涨红了脸，转过身去。

“好，现在为漂亮女人的健康干杯！”陶洛霍夫说，现出一本正经的样子，但嘴角露出微笑，举杯对着皮埃尔，“为漂亮女人和她们情夫的健康干杯，皮埃尔！”

皮埃尔垂下眼睛，呷了一口杯里的酒，没看陶洛霍夫，也没搭理他。一个仆人分送着古图卓夫的颂诗，把皮埃尔看作贵宾，给了他一张。皮埃尔刚要去拿，但陶洛霍夫探过身来，从他手里抢过诗篇，读了起来，皮埃尔白了陶洛霍夫一眼，垂下眼睛：宴会上这件一直使他心烦的可怕而丑恶的事突然冒将出来，使他失去理智。他把肥胖的身躯探过桌子。

“不许拿！”他嚷道。

聂斯维茨基和右边邻座的人听见皮埃尔的喊声，看见他对谁叫嚷，慌忙劝阻。

“算了，算了，您怎么啦？”他们惊惶地低声说。陶洛霍夫用他那双明亮、快乐和凶恶的眼睛对皮埃尔瞧瞧，露出他那惯常的微笑，仿佛说：“嘿，我就喜欢这样。”

“我不给！”陶洛霍夫清楚地说。

皮埃尔脸色苍白，嘴唇发抖，抢回那张纸。

“你……你这……流氓！……我要同你决斗。”皮埃尔说，推开椅子，从桌子后面站起来，就在这一刹那，他觉得这一天一晚一直折磨着他的妻子不贞的问题，终于明确了。他恨她，从此跟她一刀两断。不管杰尼索夫怎样要求尼古拉别干涉这事，尼古拉还是同意当陶洛霍夫的副手，并且饭后同皮埃尔的副手聂斯维茨基谈判决斗条件。皮埃尔回家了，尼古拉同陶洛霍夫和杰尼索夫在俱乐部里听吉卜赛人和歌手们唱歌，一直坐到入夜。

“那么明天见，索科尔尼基森林见。”陶洛霍夫跟尼古拉在俱乐部门口告别时说。

“你心里平静吗？”尼古拉问。

陶洛霍夫站住。

“嗯，你瞧，我可以用两句话把决斗的秘密告诉你。你去决斗，要是立下遗嘱，给父母留下感伤的信，要是你想到你可能被打死，你就是个傻瓜，十有八九要完蛋；但要是你下定决心尽快把对方打死，那么一切都会顺顺当当，科斯特罗马的猎熊人就是这样对我说的。他说，熊怎么不可怕呀？但只要一看见熊，你就会想，可别让它逃走，心里就不害怕了！我也是这样。明天见，朋友！”

第二天早晨八点钟，皮埃尔同聂斯维茨基一起来到索科尔尼基森林，发现陶洛霍夫、杰尼索夫和尼古拉已在那里了。皮埃尔仿佛在考虑跟当前的事毫无关系的问题。他脸色憔悴发黄，看来他一夜没睡。他精神恍惚地环顾四周，像怕阳光似的眯缝起眼睛。他头脑里只有两件事：一是妻子不贞，在他通宵失眠之后这一点已明确无疑；二是陶洛霍夫无辜，他也没有必要维护一个与他无关的人的名誉。“我要是处在他的地位，说不定也会这样做吧！”皮埃尔想，“甚至一定会这样做。那么，何必决斗，何必杀人呢？不是我打死他，就是他打中我的脑门、臂肘或者膝盖。还是从这里逃走，躲到什么地方去吧。”就在这样想着的时候，他显得格外镇定，使人肃然起敬。他若无其事地问：“准备好了吗？快了吗？”

一切都准备就绪，两把军刀已插在雪地上作界标，手枪已装上子弹。聂斯维茨基走到皮埃尔跟前。

“伯爵，在这生死关头，”聂斯维茨基怯生生地说，“我要是不对您说实话，我就没有尽到我的责任，也辜负您选我当副手的信任和荣誉。我认为没有充分理由这样做，不值得因此流血……您这样做不对，您太急躁了……”

“是啊，非常愚蠢……”皮埃尔说。

“那就让我去替您道歉一下吧。我相信我们的对手会接受您的道歉的，”聂维维茨基说（他也像其他几个参与其事的人那样，也像一切处于这种情况下的人那样，不相信真的要决斗），“您要知道，伯爵，承认错误要比把事情弄到不可收拾的地步体面得多。任何一方都没有丢脸。让我去说……”

“不，还有什么可说的，”皮埃尔说，“反正都一样……那么，准备好了吗？”他添上说。“您只要告诉我，应该走到哪里，往哪里开枪？”他说，尴尬地露出温顺的微笑。他拿起手枪，问聂斯维茨基怎样开枪，因为他手里从来没有拿过枪，而他又不愿承认。“哦，对了，我知道，我只是忘记了。”他说。

“没有什么可道歉的，绝对不道歉！”陶洛霍夫回答杰尼索夫。杰尼索夫也试图调解，同样没有成功，就向规定的地方走去。

决斗地点选在离停雪橇的大路八十步的地方，是松林中一块小空地，地上的积雪这几天刚开始融化。决斗双方站在空地边上，中间相距四十来步。两个副手从他们站着的地方走到相距十步插着聂斯维茨基和杰尼索夫军刀的地方，数着步子，在潮湿的深雪上留下脚印。天还在融雪，又起了迷雾，四十步开外双方都看不清楚。三分钟后一切都准备就绪，但双方还是迟迟没有动手。大家都不作声。

5

“好，开始吧！”陶洛霍夫说。

“行。”皮埃尔说，仍旧那么微笑着。

气氛十分紧张。显然，轻率地开了头的事已无法中止，只能听其自然，直到结束。杰尼索夫首先走到界标那里，宣布：

“既然双方拒绝和解，那么是不是就开始：拿好手枪，听到我叫‘三’就起步。”

“一……二！三！……”杰尼索夫怒气冲冲地叫道，退到一边。决斗双方沿着雪地上踩出来的小径越走越近，在雾中渐渐看清对方。决斗的人走到界标那里，谁要开枪，就可以开枪。陶洛霍夫慢慢地走着，没有举起手枪，他那双明亮的蓝眼睛盯着对方的脸。他的嘴也像平时一样似笑非笑。

皮埃尔一听到“三”，就快步向前走去，离开踩出来的小径，走到洁白的雪地上。他握着手枪，伸出右手，仿佛怕打在自己身上。他把左手放在身后，他原想用左手撑住右手，但知道不能这样做。皮埃尔走了六七步，从小径走到雪地上，回头看看脚下，又迅速地望了一眼陶洛霍夫，按照人家教他的样子，弯起手指扳动枪机。皮埃尔怎么也没料到枪声会那么响，吓得浑身打了个哆嗦，接着为自己的胆怯笑了笑，站住了。硝烟加上迷雾，使他最初一刹那什么也看不见。但他等待的还击并没有打响。只听得陶洛霍夫急促的脚步声，还透过烟雾看见他的身影。陶洛霍夫一手按住左腰，一手握着下垂的手枪。他的脸色煞白。尼古拉跑到他跟前，对他说了些什么。

“不……不！”陶洛霍夫咬着牙说，“不，没有完！”他又向插着军刀的地方踉跄走了几步倒在雪地上。他的左手都是血，他在外衣上擦了擦，又用左手撑着身子。他脸色苍白，眉头皱起，脸颊抽搐着。

“好……”陶洛霍夫开口，但一下子说不出来……“好吧！”他费力地说。皮埃尔勉强忍住呜咽向陶洛霍夫跑去，他想越过两个界标之间的那块地，但陶洛霍夫大声叫道：“回到界线上去！”皮埃尔懂得他的意思，在刀旁站住。他们之间只隔十步路。陶洛霍夫把头俯在雪地上，贪婪地咬着雪，又抬起头来，摆正姿势，收拢腿坐起来，稳定身体的重心。他咽了一口冰凉的雪，吸着冰水；他的嘴唇颤抖着，但还在微笑；他拼着所有的力气，眼睛里冒出凶光。他举起手枪瞄准。

“侧过身子，用手枪掩护自己。”聂斯维茨基对皮埃尔说。

“掩护自己！”连杰尼索夫也忍不住向对方叫道。

皮埃尔露出又抱歉又悔恨的温顺微笑，无可奈何地伸开手脚，挺起宽阔的胸膛站在陶洛霍夫面前，悲伤地望着他。杰尼索夫、尼古拉和聂斯维茨基都眯缝起眼睛。就在这时他们听见了枪声和陶洛霍夫的怒叫声。

“偏了！”陶洛霍夫叫了一声，脸向下颓然倒在雪地上。皮埃尔抱住头，转过身，走到树林里，在雪地上大步走着，嘴里大声嘟囔着。

“真傻……真傻！死……谎话……”皮埃尔皱着眉头一再

说。聂斯维茨基拦住他，把他送回家去。

尼古拉和杰尼索夫把负伤的陶洛霍夫带走。

陶洛霍夫闭着眼睛默默地躺在雪橇上，人家问他，他什么也不回答。但雪橇一进入莫斯科市区，他突然清醒了，困难地抬起头来，抓住坐在旁边的尼古拉的手。陶洛霍夫的脸色完全变了，现出兴奋而亲切的神态，尼古拉感到很惊讶。

“哦，怎么样？你自己觉得怎么样？”尼古拉问。

“很糟！但问题不在这里。我的朋友，”陶洛霍夫断断续续地说，“我们现在在哪里？在莫斯科，这我知道。我倒没什么，可我要了她的命，要了她的命……这事她会受不了，受不了……”

“谁呀？”尼古拉问。

“我母亲。我母亲，我的天使，我敬爱的天使母亲。”陶洛霍夫抓住尼古拉的手哭起来。等他稍微平静点儿，他向尼古拉解释说，他同母亲住在一起，要是母亲看见他快死了，她会受不了的。陶洛霍夫要求尼古拉去看看她，让她有点思想准备。

尼古拉先赶去执行这项委托。他惊奇地发现，陶洛霍夫这个好斗成性的亡命之徒，在莫斯科跟老母亲和驼背的姐姐生活在一起，原来是个孝顺的儿子和弟弟。

6

皮埃尔近来很少同妻子单独见面。在他们彼得堡的家里和莫斯科的家里经常高朋满座。决斗的那天晚上，皮埃尔没有去卧室，而像平时那样留在父亲的大书房里，也就是别祖霍夫伯爵去世的房间里。通宵没睡觉固然非常痛苦，但现在却更加难受。

皮埃尔歪在沙发上想睡个觉，好忘掉所发生的一切，但他办不到。感情、思想和回忆突然像狂风暴雨一样涌上他的心头，他不仅无法入睡，而且无法安坐在沙发上，他只能从沙发上跳起来，在屋里快步走来走去。他忽而回想着新婚不久的她，光着肩膀，眼睛里露出懒洋洋的热情光芒。他忽而看见她旁边出现了陶洛霍夫，他像在宴会上那样现出英俊、蛮横、倔强而嘲弄的神色，然后又是他转身倒在雪地上的那张苍白、抽搐而痛苦的脸。

“出了什么事啦？”皮埃尔问自己，“我杀了**情夫**，杀了妻子的情夫。是的，是这么回事。为了什么？我怎么会做出这样的事来？”他心里有个声音回答：“因为你娶了她。”

“但我究竟错在哪儿呢？”皮埃尔问自己，“错就错在你并不爱她，却娶了她，你欺骗了自己，也欺骗了她。”他历历在目地回忆起那天在华西里公爵家晚饭后他对她说的言不由衷的话：

“我爱你。”一切错误都是由于说了这句话！他想：“我当时就觉得不对头，我没有权利那样说。结果就出了这种事。”他回想到他们的蜜月，脸都红了。他清楚地想起他们婚后有一天，中午十二时光景，他穿着绸睡袍从卧室走进书房，在那里遇见总管，总管恭恭敬敬地向他鞠了一躬，瞧瞧他的脸色，瞧瞧他的睡袍，微微一笑，仿佛对东家的幸福表示合乎身份的庆贺。想到这事，皮埃尔感到又难堪又羞愧。

“有多少次我为她感到自豪，为她高贵的美貌和交际场上的风度而感到自豪，”皮埃尔想，“我以她接待过彼得堡全市名流的豪华住宅自豪，以她自命不凡的仪态和艳丽自豪。其实有什么可以自豪的？！我原以为我不了解她。我常常思考她的性格，总怪自己不了解她，不了解她为什么总是冷若冰霜，没有丝毫激情，其实问题只在于那个可怕的事实：她是个荡妇。这事一说出来，问题就一清二楚了！”

“阿纳托里常来向她借钱，吻她的光肩膀。她不给他钱，但是听任他吻。她父亲开玩笑，想引起她的醋劲，她却冷静地笑着说，她才不会愚蠢得吃醋呢：‘他爱怎么办就怎么办好了。’她这是在说我。有一次我问她有没有怀孕的感觉，她轻蔑地笑着说，她可不是傻瓜，不会要孩子，而且她决不**替我**生孩子。”

然后皮埃尔想起，尽管她出身上层贵族，思想却十分庸俗，语言也很粗鲁。“我可不是傻瓜……你自己去试试……你给我滚！”她说。皮埃尔常常看到，她在男女老少中间都很讨人喜欢，却弄不懂他怎么会不爱她。“我可从来没有爱过她。”皮埃尔自言自语。“我知道她是个荡妇，”他在心里一再说，“但我不敢承认这一点。”

“陶洛霍夫现在坐在雪地上强作欢笑，也许他快死了，但硬充好汉来回答我的忏悔！”

有些人表面上似乎软弱，遇到不幸的事却不愿向人倾诉，宁肯独自默默地忍受痛苦。皮埃尔就是这一类人。

“一切都得怪她不好，都得怪她不好，”皮埃尔自言自语，“但有什么办法呢？为什么我要同她绑在一起？为什么我要对她说‘我爱你’呢？这是谎言，甚至比谎言更坏。是我不好，自作自受……什么？这是名誉扫地，生活中的不幸吗？哼，真无聊。耻辱也罢，荣誉也罢，一切都有原因，不是由我决定的。”

“路易十六被处死，因为**他们**说他无耻，是个罪人，”皮埃尔想，“从他们的观点来看，他们是对的，而那些为他殉难、把他尊为圣人的人也是对的。后来，罗伯斯庇尔被处死，因为他搞独裁。谁是谁非？无法判断。今天你活着，你就活下去；明天说不定就会死，正像一小时前我差点儿死掉那样。一个人的生命同永恒比起来只是一瞬间，何必自寻烦恼？”但就在这些思想似乎使他心里平静下来时，他忽然又想到她，想到自己向她热烈地表示虚假的爱情，他感到血往心脏直涌，不能不站起身来，来回走动，打碎和撕毁任何到手的东西。“我为什么要对她说：‘我爱你’？”他一再自怨自艾。他把这问题重复了十遍，不禁想起了莫里哀的话：“我何苦自寻烦恼？”于是他嘲笑起自己来。

夜间，皮埃尔把侍仆唤来，叫他收拾行李，明天去彼得堡。他无法同她生活在一个屋子里。他无法想象今后怎样跟她说话。他决定明天动身，留给她一封信，向她宣布他要跟她一刀两断。

早晨，仆人端咖啡到书房，看见皮埃尔躺在土耳其沙发上，手里拿着一本打开的书睡着了。

他猛地醒来，惊惶地向四周环顾了好一阵，弄不懂他在什么地方。

“伯爵夫人派我来看看，老爷您是不是在家。”仆人说。

但不等皮埃尔想好答话，伯爵夫人就走了进来。她穿着一件绣银白缎睡袍，没有做过头发（两条粗大的辫子像冠冕一样在她美丽的头上盘了两圈），庄重而镇定地走进屋来，只有她那微微突出的大理石般前额上现出一条愤怒的皱纹。她强作镇静，不当着仆人的面说话。她知道昨天他去决斗，特地来谈这事。她等仆人放好咖啡出去。皮埃尔从眼镜上怯生生地对她瞧了瞧，继续躺在沙发上看书，好像一只被猎犬包围的兔子，竖起耳朵，在敌人面前躺着不动；但他觉得这样无补于事，也不可能继续下去，就又怯生生地瞧了她一眼。她没有坐下，只带着冷笑瞧着他，等仆人出去。

“这又是怎么回事？您干了些什么？我问您！”海伦声色俱厉地说。

“我？……什么？我……”皮埃尔说。

“哼，好一个英雄好汉！您倒说说，决斗是怎么回事？您要证明什么？什么？我问您。”

皮埃尔在沙发上翻了个身，张开嘴，不知道该怎样回答。

“既然您不回答，那就让我来告诉您……”海伦继续说，“人家对您说什么，您就相信什么。您听人家说……”海伦笑了，“*陶洛霍夫是我的情夫*，”她用法语说，毫无顾忌地说出“情夫”这个词，她确实什么都说得出口，“而您就相信了！但您究竟要证明什么？您用这场决斗来证明什么呢？证明您是个傻瓜吗？*您是个傻瓜*，这一点谁都知道。这会造成什么后果？会使我成为全莫斯科的笑柄；人人都会说，您喝得糊里糊涂，无缘无故吃人家醋，挑动他同您决斗，”海伦越说嗓门越高，越说越激动，“而他呀，什么都比您强……”

“哼……哼……”皮埃尔哼哼着，皱起眉头，眼睛不瞧她，身子一动不动。

“您怎么能相信他是我的情夫呢？怎么能？因为我喜欢同他在一起吗？您要是聪明些，有趣些，那我就情愿同您在一起。”

“别跟我说了……我求您。”皮埃尔哑着嗓子低声说。

“我为什么不说！我能说，我敢说，有您这样的丈夫，做妻子的很少不找个把情夫的，可我没有这样做。”她说。皮埃尔想说什么，用她无法理解的古怪眼神瞧了她一眼，又躺下来。这当儿，他感到肉体上非常痛苦：他的胸口发紧，喘不过气来。他知道，他得做些什么来结束这痛苦，但他想做的事实在太可怕了。

“我们还是分手的好。”皮埃尔断断续续地说。

“分手，对不起，那您就得给我一笔财产，”海伦说，“分手，想用这来吓唬人！”

皮埃尔从沙发上跳起来，踉踉跄跄地向她冲去。

“我要杀掉你！”他叫道，猛地抓起桌上的大理石板，抢前一步，向她挥了挥。

海伦的脸色变得很可怕；她尖叫一声，躲开了他。父亲遗传下来的脾气在皮埃尔身上发作了。他忘乎所以，按捺不住怒气。他把大理石板一扔，把它砸个粉碎。他张开双臂向海伦扑去，嘴里叫道：“滚开！”他叫得那么可怕，家里的人都恐怖地听到了他的叫声。要不是海伦逃了出去，天知道皮埃尔会做出什么事来。

一星期后，皮埃尔把他在大俄罗斯[1]的全部产业（也就是他的一大半产业）交给妻子管理，独自到彼得堡去了。

1 指俄罗斯本土。

7

童山得到奥斯特里茨会战和安德烈公爵阵亡的消息，已有两个月了。尽管通过使馆去信查问，多方寻找，他的尸体一直没有找到，俘虏名单里也没有他的名字。尤其使家属不安的是仍存在一线希望：他可能被当地居民从战场上救起，此刻说不定正在陌生人中间渐渐康复，但也可能生命垂危，却无法通知家里人。老公爵第一次从报纸上知道了奥斯特里茨会战失败的消息。报上照例简单而含糊地说，俄军在获得辉煌战果后顺利撤退，而且秩序井然。老公爵从官方的报道中明白，我军已被打败。在他接到奥斯特里茨会战消息一星期后，库图佐夫寄来一信，告诉公爵他儿子的遭遇。

“我亲眼目睹令郎手举军旗，冲在全团之前，英勇倒下，无愧于他的父亲和祖国。我和全军深感遗憾的是，他的存亡至今不明。我和您仍希望令郎尚在人间，因为对方军使提供的阵亡军官名单中没有他的名字。”

晚上老公爵独自在书房的时候收到这封信，他没有把消息告诉任何人。第二天早晨，他照例出去散步，但没有同管家、花匠和建筑师说话。他脸色阴沉，没对人说过一句话。

玛丽雅公爵小姐按规定时间走进公爵书房，公爵正站在车床旁车东西，也照例没向她回顾一下。

“哦！玛丽雅公爵小姐！”他突然不自然地说，扔掉凿子。轮子由于惯性还在转动。玛丽雅公爵小姐很久以后还记得车床的吱吱声，同接着发生的事混在一起。

玛丽雅公爵小姐走到父亲跟前，看见他的脸色，她的心往下沉。她的眼睛模糊了。她看到父亲脸上没有悲哀，没有沮丧，只有愤怒和痉挛，她明白了，她遭到一场空前的大灾难，而且无法挽回，就是说死了一个心爱的人。

“爸爸，安德烈怎么样？”外貌不扬、动作笨拙的公爵小姐说，脸上现出无法形容的悲怆和激动，以致父亲一遇到她的目光，也忍不住抽噎一声转过脸去。

“接到通知了。俘虏名单中没有他，阵亡名单中也没有他。库图佐夫写的信，”老公爵尖声大叫，仿佛要把公爵小姐撵走，“他被打死了！”

公爵小姐没有倒下，也没有晕过去。她一听到这话，苍白的脸顿时变了，那双明亮美丽的眼睛闪耀着光芒，仿佛有一种欢乐，一种与尘世悲欢无关的无上欢乐淹没了她内心的重大悲哀。她忘记了对父亲的畏惧，走到他面前，抓住他的手，把他拉过来，搂住他那青筋毕露的瘦脖子。

“爸爸！”她说，“您别撇下我，让我们一起哭吧。”

“浑蛋！无赖！”老头儿叫道，闪开脸，“他们毁了军队，毁了人！为了什么呀？去，去，去告诉丽莎。”

公爵小姐颓然倒在父亲旁边的椅子上，哭起来。她回想起哥哥跟她和丽莎告别的情景，想到他那温柔而傲慢的神态，又想到他戴上圣像时亲切而嘲弄的模样。“他信不信神哪？他有没有因为自己不信教而忏悔？他是不是到了那个世界？到了永久安宁和幸福的世界？”她想着。

“爸爸，您告诉我，是怎么回事？”她含着眼泪问。

“去吧，去吧！他在战斗中阵亡了，在断送俄国最优秀人物和俄国荣誉的战斗中阵亡了。去吧，玛丽雅公爵小姐。去告诉丽莎。我就来。”

玛丽雅公爵小姐从父亲那里回来时，小公爵夫人正坐在房里做针线活，带着孕妇特有的幸福而安详的神态，瞧瞧玛丽雅公爵小姐。她的眼睛显然不在看玛丽雅公爵小姐而是在看自己，看自己身子里一种逐渐完善的幸福而神秘的东西。

“玛丽雅，”她说，身子离开刺绣架往后仰，“把你的手给我。”她抓住公爵小姐的手按在自己的肚子上。

她眼睛含笑，噘起生有毫毛的嘴唇，一直像孩子般幸福地噘着。

玛丽雅公爵小姐在嫂子面前跪下来，把脸藏到她的衣褶里。

“喏，喏，你听见吗？我觉得很怪。不瞒你说，玛丽雅，我会很爱他的。”丽莎说，幸福的明亮眼睛望着小姑。玛丽雅公爵小姐抬不起头来，她在哭。

“你怎么了，玛丽雅？”

“没什么……我想念……想念安德烈。”玛丽雅公爵小姐说，在嫂子膝盖上擦着眼泪，整个早晨，玛丽雅公爵小姐几次想暗示嫂子，让她思想上有所准备，但每次都是没开口就哭了。小公爵夫人天生粗心大意，不善于观察，她不明白小姑为什么哭，但小姑的眼泪还是使她提心吊胆。她什么也没说，只是不安地环顾着，找寻着什么东西。午饭前，老公爵走到小公爵夫人的房里。小公爵夫人一向怕公公，这会儿他的脸色格外恼怒，他一言不发又走掉了。她望望玛丽雅公爵小姐，然后带着孕妇特有的关注自己身体的神情思索了一下，突然哭起来。

“安德烈有什么消息吗？”她问。

“不，你知道还不可能有消息来，但爸爸有点着急，我也觉得不安。”

“那么没事吧？”

“没事。”玛丽雅公爵小姐说，目光闪闪地紧盯着嫂子。她决定不告诉嫂子，并劝父亲把那可怕的消息隐瞒到她分娩以后，而分娩就是这几天里的事。玛丽雅公爵小姐和老公爵各用各的方式忍受和隐藏他们的悲哀。老公爵已不抱任何希望，断定安德烈公爵已经阵亡。尽管他派了一名官员去奥国找寻儿子的踪迹，他还是在莫斯科定了一座墓碑，准备竖立在花园里，并且逢人就说他的儿子阵亡了。他竭力保持原来的生活方式，没有作任何改变，但还是力不从心：他走得少了，吃得少了，睡得少了，身子一天比一天虚弱。玛丽雅公爵小姐仍抱着希望。她为哥哥祈祷，认为他还活着，并且时刻等待他归来。

8

“亲爱的朋友！”三月十九日早餐后小公爵夫人说，习惯成自然地噘着她那有毫毛的嘴唇。自从接到那个可怕的消息以后，全家人不仅在笑容中，而且在语气中，甚至在步履中都流露出悲哀。现在小公爵夫人虽不知原因，她的笑容却也受到这种情绪的影响，并且增添了全家的悲伤。

“亲爱的朋友！我怕今天的糟餐，”厨子福卡发音不清，总是把早餐说成糟餐，小公爵夫人学着他的样说，“会使我难受。”

“你这是怎么了，我的心肝？你脸色苍白。唉，白得厉害。”玛丽雅公爵小姐惊惶地说，脚步沉重而又缓慢地跑到嫂嫂跟前。

“小姐，要不要去请波格丹诺夫娜来？”一个女仆问。波格丹诺夫娜是县城里的产婆，来童山已有一个多星期了。

“哦，对，”玛丽雅公爵小姐附和说，“也许是时候了。我这就去。不要怕，我的天使！”她吻了吻丽莎想走。

“哦，别走，别走！”小公爵夫人的脸上除了苍白，还因难以忍受的痛苦而现出孩子般的恐惧。

“不，这是胃病……你说，玛丽雅，这是胃病……”小公爵夫人像孩子一般痛苦、任性，甚至有几分做作地哭起来，扭着她的小手。公爵小姐跑出去找波格丹诺夫娜。

“哦，天哪！天哪！”她听见背后的叫声。

这时，产婆带着镇定沉着的神气，搓着又白又胖的小手走进来。

“波格丹诺夫娜！好像动作了。”玛丽雅公爵小姐说，恐惧地睁大眼睛瞧着产婆。

“噢，感谢上帝，公爵小姐，”波格丹诺夫娜并没有加快脚步，说，“你们姑娘家不该知道这种事。”

“那么，莫斯科医生怎么还不来？”公爵小姐问。（遵照丽莎和安德烈公爵的意思，事先已派人去莫斯科请产科医生，此刻正在等候他来。）

“不要紧，公爵小姐，不用慌，”波格丹诺夫娜说，“没有医生也保证没事。”

五分钟后，公爵小姐听见外面在搬什么重东西。她探出头去，看见仆人正把安德烈公爵书房里的皮沙发搬到卧室里。搬沙发的仆人们脸上现出庄严平静的神色。

玛丽雅公爵小姐独自坐在卧室里，倾听房子里的各种声音。有时有人经过，她就打开门，看看走廊里有什么动静。有几个女人走过来又走过去，望望公爵小姐，又转过身去。她不敢问，关上门回到屋里，一会儿坐到安乐椅上，一会儿拿起祈祷书，一会儿跪在神像前。使她苦恼和吃惊的是，祈祷并没有使她的心情平静。突然她的房门轻轻地开了，门口出现了包头巾的老保姆萨维施娜。由于公爵禁止，她几乎从没踏进公爵小姐的房间。

“小姐，我来陪你坐一会儿，”老保姆说，“你瞧，我把安德烈公爵的结婚蜡烛拿来点在圣徒前面，我的天使。”她叹了一口气说。

“哦，妈妈，你来了，我很高兴。”

“上帝是仁慈的，心肝。”保姆在神龛前点上涂金蜡烛，拿着编织的袜子坐到门口。玛丽雅公爵小姐拿起一本书来看。只有听到脚步声和说话声时，公爵小姐才同保姆对视一下。公爵小姐的目光充满恐惧和疑问，保姆的目光显得镇定而沉着。家里人的心情个个都同玛丽雅公爵小姐一样。据说，知道产妇痛苦的人越少，产妇的痛苦也就越少，因此人人都装作不知道；谁也不提这件事，但大家除了遵守公爵家严肃庄重、礼貌周全的家风之外，显然都有点焦虑不安，都很同情小公爵夫人，并且觉得此刻正在发生一件重大而神秘的事。

宽大的女仆室里听不见笑声，侍应室里男仆都默默地坐着，做着准备工作。下房里，农奴们点了火把和蜡烛，也都没有睡觉。老公爵脚跟着地在书房里走来走去，派季洪向波格丹诺夫娜探问情况。

“你就说，公爵派我来问问，情况怎么样？回来告诉我，她怎么说。”

“你去回公爵，分娩开始了。”波格丹诺夫娜意味深长地看了一眼季洪，说。季洪就回去报告。

“很好。”公爵说，随手关上门。季洪听到书房里不再有声音。过了一会儿，季洪走进书房，装作来剪烛花。季洪看见公爵躺在长沙发上，望望他，望望他那烦恼的脸，探探头，默默地走到他跟前，吻了吻他的肩膀，又走了出去，既没有剪烛花，也没有说他来干什么。世界上最庄严神秘的事正在进行着。黄昏过去，黑夜来临。对这件神秘的事的期待和忧虑不仅没有减弱，反而加强了。全家谁也没有睡觉。

这是三月里的一个夜晚，冬天还没有收起余威，愤怒地撒着最后一批狂风暴雪。大家时刻都在等待德国医生从莫斯科赶来，已把备换的马派到大路上，还派了几个人骑马打着灯笼到道路转弯处，以便医生经过坑坑洼洼的地面和融雪的水洼时给他照亮道路。

玛丽雅公爵小姐早就把书放在一边。她默默地坐着，一双亮晶晶的眼睛盯着保姆的皱脸，脸上的每个部位她都熟识，包括那绺从头巾里露出来的花白头发和那个皮肤松弛的下巴。

保姆萨维施娜手里拿着袜子，无意识地低声讲着讲过几百遍的旧事：已故公爵夫人怎样在基什尼奥夫生下玛丽雅公爵小姐，当时助产的不是产婆，而是一个摩尔达维亚农妇。

“上帝仁慈，压根儿用不着什么医生。”保姆说。突然一阵寒风向着已卸去一层槅子的窗户猛烈袭来（遵照公爵的规定，云雀一叫，每个房间就卸掉一层槅子），吹开没有闩牢的窗子，把花缎窗帘吹得鼓起来，灌进来的寒气和雪花把蜡烛都吹灭了。玛丽雅公爵小姐打了个寒噤；保姆放下袜子，走到窗前，探出身去抓吹开的窗子。寒风掀动她的头巾梢儿和露出来的花白头发。

“公爵小姐，好人儿，大路上有人来了！”保姆抓住窗子，没有把它关上，说。“打着灯笼，大概是医生……”

“哦，我的天！赞美上帝！”玛丽雅公爵小姐说，“我得去接他，他不懂俄语。”

玛丽雅公爵小姐披上披肩，跑去迎接来人。她穿过前厅，从窗子里看见门口有一辆马车和许多提灯。她走到楼梯口。栏杆上插着一支蜡烛，被风吹得不断流泪。男仆菲里普手里拿着另一支蜡烛，神色慌张地站在下面楼梯口。再下面，在楼梯转角处，传来渐渐逼近的穿暖靴的脚步声。玛丽雅公爵小姐听到一个熟识的声音。

“感谢上帝！”那个熟识的声音说。“爸爸呢？”

“已经休息了。”管家杰米扬在楼下回答。

随后熟识的声音又说了些什么，杰米扬又作了回答。穿暖靴的脚更快地从楼梯转弯处走来。“这是安德烈！”玛丽雅公爵小姐想，“不，这不可能，太意外了。”就在她这样想着的时候，在仆人手拿蜡烛照亮的楼梯口，出现了安德烈公爵的脸和身子。安德烈公爵身穿皮大衣，领子上撒满了雪。不错，是他，但他脸色苍白、消瘦，神情也变了，显得温柔而激动。他走上楼梯，拥抱妹妹。

“你们没接到我的信吗？”安德烈公爵问，没有得到回答。他不可能得到回答，因为公爵小姐说不出话来。他同产科医生（他在最后一站上遇到他）一起上了楼，又拥抱了一下妹妹。

“真是想不到！”安德烈公爵说，“玛丽雅，亲爱的！”他脱下皮大衣和靴子，向公爵夫人的屋子走去。

9

小公爵夫人头戴白睡帽，靠在枕头上，阵痛刚过去。一绺绺乌黑的头发垂在她发烧出汗的脸颊上；唇上长着黑毫毛的美丽红润的小嘴张开着，脸上挂着快乐的微笑。安德烈公爵走进屋子，站在妻子躺着的沙发跟前。小公爵夫人那双亮晶晶的眼睛露出孩子般恐惧和激动的神色望着他，表情一直没有变。“我爱你们大家，我没有害过谁，为什么要受这样的罪？救救我吧！”她的神态这样说。她看见丈夫，弄不懂他此刻怎么会出现在她面前。安德烈公爵绕过沙发，吻了吻妻子的前额。

“我的心肝！”安德烈公爵第一次这样称呼妻子，“上帝是仁慈的……”

小公爵夫人用疑问的、孩子般责备的神气对他瞧了瞧。

“我等待你来救我，可是不行，你也救不了我！”她的眼神这样表示。他来，她并不感到惊奇；但她不了解他来做什么。他的到来跟她的痛苦不相干，也不能减轻她的痛苦。阵痛又发作了。波格丹诺夫娜劝安德烈公爵离开屋子。

产科医生走进来。安德烈公爵走了出去。他遇见玛丽雅公爵小姐，又走到她跟前。他们低声谈话，但不时停下来。他们期待着，谛听着。

“去吧，我的朋友！”玛丽雅公爵小姐说。安德烈公爵又去看望妻子，在隔壁屋子里坐下等着。一个女人慌慌张张地从她屋里出来，一看见安德烈公爵，窘态毕露。安德烈公爵双手掩脸坐了几分钟。门里传出来绝望的惨叫声。安德烈公爵站起来，走到门口去推门。但门被人顶住了。

“不行，不行！”有人在门里惊惶地叫道。

安德烈公爵在屋里来回踱步。叫声停止了。又过了几秒钟。突然从隔壁屋里传来一声惨叫。那不是她的声音，她不可能那么惨叫，安德烈公爵赶快跑到房门口。叫声停止了，传出来另一个声音，一个婴儿的叫声。

“怎么把一个娃娃带到那里？”安德烈公爵最初一刹那想，“娃娃？什么娃娃？……那边怎么会有娃娃？是不是有个娃娃生下来了？”

当他忽然懂得这叫声表示什么喜讯时，泪水哽住了他的喉咙。他双肘支在窗台上，像孩子一般呜呜哭起来。门开了。医生卷起衬衫袖子，没穿上装，脸色发白，下巴打战，从屋里出来。安德烈公爵招呼医生，但医生不知所措地瞧了他一眼，一言不发，从他身边走过去。一个女人跑出来，一看见安德烈公爵，迟疑不决地在门口站住。安德烈公爵走进妻子屋里。她死了，像五分钟前他看见时那样躺着，她那张孩子般怯弱的美丽小脸上，上唇长着黑毫毛，虽然眼珠停滞不动，脸颊苍白，但表情并没有变。

“我爱你们大家，我没有伤害过谁，你们为什么这样对待我呀？唉，你们为什么这样对待我呀？”她那张没有生气的好看的脸仿佛这样说。在卧室一角，波格丹诺夫娜雪白的双手颤巍巍地抱着一样尖叫的红色小东西。

两小时后，安德烈公爵悄悄走进父亲的书房。老人已知道了一切。他站在门口，门一打开，他一言不发，却用他那双像铁钳一般粗硬的老手搂住儿子的脖子，像孩子般大哭起来。

三天后，家人给小公爵夫人举行葬礼。安德烈公爵走上棺材旁的台阶，和她告别。小公爵夫人躺在棺材里，形容依旧，只是闭上了眼睛。“唉，你们为什么这样对待我呀？”她的脸一直现出这样的表情。安德烈公爵觉得有一样东西在他心里断裂了，他犯了一个无法补救、也无法忘记的罪过。他哭不出来。老公爵也来了，吻了吻她那安详地交叠在胸前的蜡黄小手。她的脸仿佛在对他说：“唉，您为什么这样对待我呀？”老公爵看到这张脸，怒气冲冲地转过身去。

又过了五天，家里人给刚出世的小尼古拉公爵行了洗礼。奶妈用下巴颏压住襁褓，神父用鹅毛在婴儿又红又皱的小手掌和小脚掌上涂了油。

祖父当了教父。他颤颤巍巍抱着婴儿，唯恐把他掉落，绕着凹凸不平的白铁圣水盘走了一圈，然后把他交给他的教母玛丽雅公爵小姐。安德烈公爵提心吊胆地坐在隔壁屋里，唯恐他们把孩子淹死，直到仪式结束。当奶妈把婴儿抱过来时，他高兴地瞧了一眼；保姆告诉他投在圣水盘里的婴儿头发和蜡没有下沉[1]，他满意地点点头。

---

1 俄国风俗：神父施洗时剪下一撮婴儿头发用蜡粘住，投入圣水盘，如浮在水面，表示吉祥。

10

尼古拉参与陶洛霍夫同皮埃尔决斗一事，由于老伯爵的努力，总算暗中了结。尼古拉不仅没有如他所预料的那样受到降职处分，反而被任命为莫斯科总督的副官。因此他不能随同家人下乡，整个夏天都留在莫斯科担任新职。陶洛霍夫身体复原了。在他养伤期间，尼古拉同他的交情更深了。陶洛霍夫住在母亲那里养伤，母亲格外疼他，体贴他。老太太因为尼古拉同儿子要好，也很喜欢尼古拉，常常同他谈儿子的事。

“可不是，伯爵，他的心肠太好，人品太纯洁了！”陶洛霍夫的母亲说。“这个腐化堕落的世界容不了他。谁也不喜欢高尚的品德，看到了还觉得刺眼。嗳，伯爵，您倒说说，皮埃尔这样做对头吗，讲理吗？我的费嘉品德高尚，一向喜欢他，到现在也不说他的坏话。在彼得堡作弄警察局长，拿他开玩笑，还不是他们一起干的？到头来皮埃尔什么事也没有，可我们费嘉一人承担了全部责任！唉，他受了多少罪啊！现在总算官复原职了。他们能不让他官复原职吗？我想，像他这样勇敢的爱国青年是不多的。再说那场决斗，他们那批人有没有良心，讲不讲人情？明明知道他是独子，还要同他决斗，对着他开枪！幸亏上帝保佑我们。可究竟为了什么呀？唉，现在时势谁不要个阴谋诡计？哼，既然他那么爱吃醋，早就该有所表示了，那事都快一年了。好吧，他要决斗，以为费嘉欠了他的钱，就不敢决斗。真卑鄙！真下流！我知道，亲爱的伯爵，您了解费嘉，因为这个缘故我真心喜欢您，我不瞒您。真正了解他的人很少。他的心像天使一般纯洁高尚……”

在养伤期间，陶洛霍夫常常对尼古拉说些意想不到的话。

“人家说我是个坏人，这我知道，”陶洛霍夫说，“就让他们去说吧。除了我所喜欢的人之外，谁也不放在我心里，但我可以为了所喜欢的人把命豁出去。谁要是挡我的道，我就把他们一脚踢开。我有一位心爱的天下最好的妈妈，两三个朋友，包括你在内。至于其他人，我只注意他们对我有益还是有害。事实上几乎所有的人都有害，特别是女人。不瞒你说，老弟，我遇见过高尚、正直、可爱的男人，可是女人，除了出卖自己的贱货——不论伯爵夫人还是厨娘，都一样——我还没遇见过别的女人。我还没找到过一个像天使般纯洁和忠贞的女人。要是能找到这样的女人，我不惜为她献出生命。可是那些！”陶洛霍夫做了一个轻蔑的手势，“不瞒你说，我所以还爱惜生命，因为我还抱有希望，希望有朝一日遇见一位天使，她能使我的灵魂净化，变得高尚，获得新生。不过这一层你是不会理解的。”

“不，我很理解！”尼古拉被这位新朋友所感动，回答说。

一八〇六年秋季，罗斯托夫一家回到了莫斯科。初冬，杰尼索夫也回来了，住在罗斯托夫家。尼古拉在莫斯科度过的这个初冬，是他和全家最快乐幸福的日子。尼古拉把许多年轻人带到父母家里。薇拉是个二十岁的美丽姑娘；宋尼雅是个含苞欲放的十六岁少女；娜塔莎半是少女，半是孩子，有时天真可笑，有时妩媚动人。

这个时期，罗斯托夫家也像那些有几个美丽年轻姑娘的家庭那样，弥漫着谈情说爱的气氛。凡是来到罗斯托夫家的青年，看到这些年轻、多情和无故发笑（大概是为自己的幸福而发笑吧）的少女，看到她们生气勃勃的活动，听到她们充满希望的亲热闲谈，听到她们不连贯的歌声和琴声，就会渴望恋爱，憧憬幸福，就像罗斯托夫家的年轻人那样。

在尼古拉带到家里来的青年中，陶洛霍夫属于最早的一批。家里除了娜塔莎之外，人人都喜欢他。为了陶洛霍夫，娜塔莎差点儿跟哥哥吵嘴。她一口咬定，陶洛霍夫是个坏人，在这场决斗中皮埃尔是对的，陶洛霍夫是错的，她还说他装腔作势，令人讨厌。

“我没有什么要了解的！”娜塔莎任性地叫道，“他这人心地坏，没有感情。我还是喜欢你那个杰尼索夫，尽管他是个酒鬼，可我还是喜欢他，应该说，我了解他。我不知道该怎样对你说，陶洛霍夫很世故，我就是不喜欢这种人。但杰尼索夫……”

“哦，杰尼索夫可是另一回事！”尼古拉回答，他的口气使人觉得同陶洛霍夫相比，杰尼索夫简直算不了什么，“你要明白，陶洛霍夫这人心地很好，他非常孝顺母亲，很有良心！”

“这个我不知道，但同他在一起我感到不舒服。你知道吗，他爱上宋尼雅了。”

“胡说……”

“我有把握，你等着瞧吧。”

娜塔莎的话得到了证实。一向不爱同女性交往的陶洛霍夫开始常来罗斯托夫家。他究竟为谁而来，这问题终于有了答案（虽然没有人公开说过），他是为宋尼雅而来的。宋尼雅虽然从来不敢说出口，可是心里明白，陶洛霍夫一来，她的脸就涨得像红布一样。

陶洛霍夫常在罗斯托夫家吃饭。罗斯托夫家去看戏，他也从不错过。他还常参加舞蹈教师约盖尔家的青年舞会，因为罗斯托夫家的年轻人也常去参加。他对宋尼雅格外殷勤，还含情脉脉地看她，不仅看得她脸红，连老伯爵夫人和娜塔莎发觉他的眼神，也都脸红了。

这个身强力壮、脾气古怪的男人，显然深深地迷上了这位皮肤浅黑、体态优美的姑娘，可她爱的却是另一个人。

尼古拉发现陶洛霍夫和宋尼雅的关系有些变化；但他不能确定这是什么关系。“她们都在谈情说爱。”尼古拉这样想着宋尼雅和娜塔莎，他跟宋尼雅和陶洛霍夫在一起不像以前那样自然，因此他不常待在家里。

一八〇六年秋季起，大家又谈论同拿破仑的战事，而且谈得比去年更起劲。发布了新的命令，千人中不仅要征十名新兵，而且要招九名后备兵。到处都在咒骂拿破仑，莫斯科人谈的无非就是迫在眉睫的战争。在备战问题上，罗斯托夫家最关心的是，尼古拉坚决不肯留在莫斯科，等过了节杰尼索夫假期一满，他们就一起回团。不久即将出征，这一点不仅没有影响他的情绪，反而使他更加兴高采烈。他大部分时间不在家里，而去参加各种宴会、晚会和舞会。

11

圣诞节第三天，尼古拉在家吃饭。近来这在他是难得的。家里隆重地为他饯行，因为尼古拉和杰尼索夫过了主显节[1]即将返团。参加宴会的有二十来人，包括陶洛霍夫和杰尼索夫在内。

在罗斯托夫家，谈情说爱的气氛从来没有这样浓厚过。“抓住幸福的时刻去爱人和被人爱吧！只有爱情最可贵，别的都没有意思。我们只关心这件事。”人们仿佛都在这样说。

尼古拉照例赶坏两对马还来不及跑遍他要去的地方，直到宴会开始才赶回家。他一进门就发觉热烈的恋爱气氛，还发现家里有几个人神态失常。最兴奋的要数宋尼雅、陶洛霍夫和老伯爵夫人，其次是娜塔莎。尼古拉明白饭前宋尼雅和陶洛霍夫之间发生过什么事。他天生敏感，吃饭时对他们格外谨慎体贴。那天，舞蹈教师约盖尔照例为他的男女学生举行舞会。

“尼古拉哥哥，你去约盖尔家吗？你务必要去，”娜塔莎说，“他特别关照要请你去。杰尼索夫也去。”

“既然伯爵小姐命令，我能不去吗？”杰尼索夫说。他在

1 公历1月18或19日。

罗斯托夫家风趣地以娜塔莎的骑士自居，“我还准备跳披巾舞呢。”

“只要来得及！我已答应参加阿尔哈罗夫家的晚会了。”尼古拉说。

“那么你呢？……”尼古拉问陶洛霍夫。但话一出口，他就想到不该这样问。

“嗯，也许……”陶洛霍夫冷淡而愤怒地回答，瞧了宋尼雅一眼，接着又像那天在俱乐部宴会上瞧皮埃尔那样，皱起眉头望了望尼古拉。

“一定发生了什么事。”尼古拉想，由于陶洛霍夫饭后就走，更证实了他的猜测。他把娜塔莎叫过来，问她是怎么回事。

“我在找你呢。”娜塔莎跑到尼古拉跟前说。“我说过，可你不相信，”她得意洋洋地说，“他向宋尼雅求婚了。”

尽管尼古拉近来很少想到宋尼雅，但他听到这话，还是感到若有所失。对没有陪嫁的孤女宋尼雅来说，陶洛霍夫是个合适的、甚至出色的配偶。从老伯爵夫人和世俗的观点看来，没有理由拒绝他。因此，尼古拉一听到这事，就生宋尼雅的气。他准备说：“太好了，她当然应该忘记小时候的诺言，接受他的求婚。”但他还没来得及说出口，就被娜塔莎抢先了。

“你准想不到，竟被她拒绝，一口拒绝！”娜塔莎说。“她说，她爱着另一个人。”娜塔莎停了停，添加说。

“是啊，我的宋尼雅不会有别的做法！”尼古拉想。

“妈妈劝过她多少次，都被她拒绝了。我知道，她这人一旦把话说出口，就不会改变……”

“妈妈劝过她！”尼古拉责备说。

“是的，”娜塔莎说，“听我说，尼古拉，别生气；我知道你不会同她结婚。我说不出为什么，可我知道你不会同她结婚的。”

“嗯，这种事你不懂！”尼古拉说，“可我得同她谈一谈。宋尼雅这姑娘真可爱！”尼古拉含笑添加说。

“她真是个好姑娘！我去给你把她找来。”娜塔莎吻了吻哥哥，跑掉了。

过了一会儿，宋尼雅进来了。她显得惊惶不安，脸有愧色。尼古拉走到她跟前，吻了吻她的手。这是尼古拉回家后他们第一次单独谈话，而且谈的是爱情问题。

“宋尼雅，”尼古拉说话起初有点畏缩，后来越来越大胆，“您要是拒绝他，那很可惜，他可是个合适的好对象，还是个高尚的好人……他是我的朋友……”

宋尼雅打断了他的话。

“我已经拒绝他了。”她慌忙说。

“您如果是为了我而拒绝他的话，那我怕我会……”

宋尼雅又打断他的话。她用恐惧和恳求的目光瞧瞧尼古拉。

“尼古拉，别跟我谈这件事。”宋尼雅说。

“不，我应该说。也许我有点自大，但我还是要说。您如果是为了我而拒绝他的话，那我应该把实话告诉您。我想，我爱您超过爱任何人。”

“这样我就满足了。”宋尼雅哭着说。

“不，尽管我恋爱过不知多少次，今后还会恋爱，但像我对您这样的友谊、信任和爱情再也不会有了。再说，我还年轻。妈妈又不赞成这事。不过，我没有作过什么许诺。我请求您再考虑考虑陶洛霍夫的求婚。”尼古拉好容易才说出朋友的名字来。

“别对我说这样的话。我什么也不要。我爱您，就像爱哥哥一样，我永远爱您，别的我什么也不要。”

“您真是一位天使，我配不上您，但我怕耽误您。”尼古拉又吻吻她的手。

12

“约盖尔举行的舞会是莫斯科最快乐的舞会。”做母亲的看着她们的半大孩子踏着刚学会的舞步，这样说；舞跳得都快倒下来的少男少女这样说；露出降格参加的神气的大姑娘和小伙子也这样说，并感到兴致盎然。这种舞会今年促成了两宗婚事。高尔察科夫家两位漂亮的公爵小姐在那里获得了求婚者，并且结了婚，这就使这种舞会增加了声誉。这种舞会的特点是没有主人，约盖尔谨守舞会规矩，像羽毛一般轻盈地来回飘舞，向来客收取入场券。前来参加舞会的都是些真正爱好跳舞和玩乐的人，就像十三四岁的少女初次穿上长长的舞裙那样兴奋。姑娘们，除了少数几个例外，全都很漂亮，至少看上去很漂亮：个个容光焕发，满面春风，目光闪亮。有时优秀的女学生还跳披巾舞，而其中最秀丽的要数娜塔莎；不过在这次舞会上大家只跳苏格兰舞、英格兰舞和刚刚时兴的玛祖卡舞。约盖尔借皮埃尔家的大厅举行舞会，大家都认为很成功。来了许多漂亮的姑娘，而罗斯托夫家的两位小姐更是其中的佼佼者。那天晚上，娜塔莎和宋尼雅两人都感到特别快乐和幸福。宋尼雅因为陶洛霍夫的求婚、自己的拒绝和同尼古拉的谈心而洋洋得意，在屋里团团打转，不让使女梳好辫子，这会儿更是心花怒放，无法自制。

娜塔莎第一次穿舞裙参加正式舞会，她的快乐心情不下于宋尼雅，甚至比宋尼雅还要幸福。两人都穿白纱衣裙，束粉红缎带。

娜塔莎一进舞场，就陶醉在爱情之中。她不是爱某一个人，而是爱所有的人。她看到谁，就爱上谁。

“哦，真开心！”她一边说，一边向宋尼雅跑去。

尼古拉同杰尼索夫在大厅里走来走去，和颜悦色而又纡尊降贵地环顾着跳舞的人们。

“她真可爱，准能成为一个大美人！”杰尼索夫说。

“谁？”

“娜塔莎伯爵小姐。”杰尼索夫回答。

“她跳得真好，姿势真优美！”他停了停，又说。

“你这是在说谁？”

“说你的妹妹。”杰尼索夫怒气冲冲地大声说。尼古拉冷笑了一声。

“亲爱的伯爵，您是我的高才生之一。您应该跳舞。”矮小的约盖尔走到尼古拉跟前说。“您瞧，这里有多少漂亮的姑娘！”他对杰尼索夫也说了同样的话。杰尼索夫也跟他学过跳舞。

“不，老师，还是让我坐在旁边瞧瞧吧！”杰尼索夫说，“难道您不记得我跟您学舞学得很糟吗？……”

“哦，不！”约盖尔赶快安慰他说，“您只是不用心，其实您很有才能，很有才能。”

乐队又奏起新近流行的玛祖卡舞曲。尼古拉不好意思拒绝约盖尔，就请宋尼雅一起跳。杰尼索夫坐到老太太们旁边，臂肘搁在军刀上，用脚踏着拍子，眼睛看着跳舞的年轻人，兴致勃勃地说着什么，逗得老太太们哈哈大笑。约盖尔最先和他的得意门生娜塔莎跳。约盖尔穿着浅口皮鞋，轻轻移动步子，带着胆怯而认真跳舞的娜塔莎，首先在舞厅里轻盈地飘来飘去。杰尼索夫眼睛盯着她，用军刀打着拍子，他的神气表示，他不跳舞不是因为不会跳，而是因为不愿跳。跳到一半，他叫住从旁边走过的尼古拉。

“根本不是那么一回事！”杰尼索夫说，“难道这能算是波兰的玛祖卡舞吗！但她跳得很漂亮。”

尼古拉知道，杰尼索夫跳玛祖卡舞就是在波兰也有点名气，就跑到娜塔莎跟前。

“你去请杰尼索夫跳吧。他跳得可出色了！漂亮极了！”尼古拉说。

又轮到娜塔莎的时候，她站起来迈着穿蝴蝶结皮鞋的小脚，怯生生地独自穿过舞厅，跑到杰尼索夫坐着的角落。她看到大家都望着她，等她再跳。尼古拉看见杰尼索夫和娜塔莎在笑眯眯地争论，杰尼索夫不肯跳舞，但快乐地微笑着。尼古拉跑过去。

“来吧，杰尼索夫，”娜塔莎说，“我们跳一圈吧。”

“哦，对不起，伯爵小姐。”杰尼索夫说。

“别推辞了，杰尼索夫。”尼古拉说。

“简直就像劝小猫一样。”杰尼索夫开玩笑说。

“哪天我为您唱一个晚上。”娜塔莎说。

“小妖精，真拿她没办法！”杰尼索夫说着解下军刀。他从一排椅子后面走出来，紧握住舞伴的手，微微昂起头，伸出一只脚，等着音乐拍子。只有在马背上和跳玛祖卡舞时，杰尼索夫才不显得个儿矮小。他自以为像骑士一般风度翩翩。他等到拍子，得意而调皮地从侧面瞧了瞧舞伴，突然用一只脚点了点，像皮球一般从地板上跳起来，带着舞伴轻快地兜着圈子飞舞。他用一只脚无声地滑过半个舞厅，仿佛没看见前面的椅子，一直冲过去；接着突然碰响马刺，用脚跟站了一秒钟光景，接着双脚的马刺响亮地碰了碰，迅速地转了个圆圈，左脚往右脚一碰，又绕着圈子飞舞起来。娜塔莎凭直觉知道他要做什么，就不由自主地听他摆布。他忽而用右手使她打转，忽而用左手使她打转，忽而单膝跪下，拉她围着自己转，然后又蹿起来，猛地向前冲，仿佛要一口气穿过所有的房间；接着突然停下，又摆了个新颖美妙的舞姿。当杰尼索夫把舞伴送到位子前，碰响马刺，向她鞠躬时，娜塔莎甚至没向他行屈膝礼。她困惑地盯住他，脸上露出微笑，仿佛不认识他似的。

“这是怎么回事？”娜塔莎问。

尽管约盖尔认为这不是真正的玛祖卡舞，大家对杰尼索夫的舞艺都惊叹不止，不断地邀请他跳。老人们都笑眯眯地谈到波兰，谈到过去的美好时光。杰尼索夫跳玛祖卡舞跳得脸都红了，他用手帕擦着脸，坐到娜塔莎旁边，到舞会结束一直没有离开她。

13

那次舞会以后，尼古拉有两天没在家中遇见陶洛霍夫，到他家去也没找到他。第三天尼古拉接到陶洛霍夫的一张便条。

“由于你知道的原因我不再造访尊府，并即将归队。今晚略备酒菜邀请几位朋友，务请来英国饭店一聚。”尼古拉当晚同家人和杰尼索夫看戏，九点多钟离开剧院，如约去英国饭店。他一到饭店，就被领往陶洛霍夫那晚租用的最好单间。

约莫有二十个人围桌而坐，陶洛霍夫坐在两支蜡烛中间。桌上放着金币和钞票。陶洛霍夫坐庄。自从他向宋尼雅求婚遭到拒绝后，尼古拉还没见到过他，一想到同他见面的情景，心里不免有点忐忑不安。

尼古拉一进门，陶洛霍夫明亮而阴冷的眼睛就看见了他，仿佛早在等待他了。

“久违了，”陶洛霍夫说，“谢谢大驾光临。我马上就把牌发完，伊留施卡要带他的合唱队来。”

“我去找过你了。”尼古拉红着脸说。

陶洛霍夫没有回答他。

“你可以下注。”陶洛霍夫说。

尼古拉这时想起同陶洛霍夫的一次古怪谈话。当时陶洛霍夫说：“只有傻瓜才靠运气赌钱。”

“你是不是怕同我赌钱？”陶洛霍夫说，仿佛猜透了尼古拉的心思，微微一笑。尼古拉从他的笑容中看出他的情绪。这种情绪表现在俱乐部宴会上，表现在最近一段时期里，仿佛陶洛霍夫要用一种古怪的、多半是残酷的行为来排遣无聊的日常生活。

尼古拉觉得不自在。他想用一句俏皮话来回敬陶洛霍夫，但想不出来。不过，不等他想出来，陶洛霍夫就直瞪着他的脸，一字一顿地（使大家都能听到）慢慢对他说：

“你还记得我同你谈过赌钱的话吗……只有傻瓜才想靠运气赌钱。赌钱一定要有信心，让我试试。”

“赌钱是靠运气呢，还是要有信心？”尼古拉想。

“你最好还是别赌！”陶洛霍夫添加说，接着拍响一副新牌又说，“诸位，下注！”

陶洛霍夫把钱向前一推，准备发牌。尼古拉坐在他旁边，开头没有赌。陶洛霍夫对他瞧瞧。

“你怎么不赌？”陶洛霍夫说。说也奇怪，尼古拉感到非抓一张牌不可，就放上一个小赌注，赌了起来。

“我没有钱。”尼古拉说。

“我可以让你记账！”

尼古拉在牌上押上五个卢布，输了，又押上，又输了。陶洛霍夫一连杀了（就是赢了）尼古拉十张牌。

“诸位，”陶洛霍夫发了一会儿牌，说，“请把钱放在牌上，要不我会算错的。”

有个赌客提出，希望能让他记账。

“记账是可以的，但我怕搞乱；请大家把钱放在牌上。”陶洛霍夫回答。“你不用顾虑，我们以后会算清的。”他又对尼古拉说。

赌博继续下去，侍者不停地递送香槟。

尼古拉的牌输光了，他的账上写着八百卢布。他原想在一张牌上写上八百卢布，但侍者递给他一杯香槟，他改变了主意，又照常写上二十卢布。

"慢着！"陶洛霍夫说，眼睛似乎没看尼古拉，"你快捞回本钱了。我输给别人，可是赢了你。你是不是怕我啊？"陶洛霍夫重复说。

尼古拉听他的话。留下八百卢布的账不动，从地上捡起一张破角红桃七放在桌上。事后他记得很清楚：他用粉笔头在红桃七上端端正正地写上八百这个数字；他喝干一杯侍者递给他的暖香槟，听到陶洛霍夫的话笑了笑，盯着陶洛霍夫的手，心情紧张地等着翻出七来。这张红桃七对尼古拉可是关系重大。上星期日罗斯托夫伯爵给了儿子两千卢布。他一向不愿提到经济拮据，但这次还是对儿子说，五月以前只能给他这么多钱，要他节省一点。尼古拉说，这些钱对他绰绰有余，他保证开春以前不会再问父亲要钱。现在这笔钱只剩下一千二百卢布了。因此这张红桃七不仅关系到一千六百卢布的输赢，而且关系到他的保证是否算数的问题，他紧张地瞧着陶洛霍夫的手，想："哦，快让我拿到这张牌！拿到这牌，我就拿起帽子回家去跟杰尼索夫、娜塔莎和宋尼雅一起吃晚饭。从此以后我再也不碰牌了。"这时候，家庭生活的情景：同彼嘉开玩笑，同宋尼雅谈天，同娜塔莎合奏，同父亲打牌，甚至厨司街家中舒服的床，都生动而富有魅力地浮现在他的眼前，仿佛这一切都是一去不复返的无上幸福。他无法想象，由于不幸的意外这张红桃七发到右边而不发到左边[1]，就会使他丧

---

1 开牌后，输家把所押的那张牌放在右边，赢家放在左边。

失全部新的幸福，从而使他掉进空前的灾难深渊。这种情况是不会发生的，但他还是提心吊胆地盯着陶洛霍夫的手。这双宽大、略呈浅红色的手，从衬衫袖子里露出长着汗毛的手腕，放下那副牌，接过递给他的酒杯和烟斗。

“那么你不怕同我赌牌吗？”陶洛霍夫又问。他仿佛要讲一件有趣的事，放下牌，靠在椅背上，不慌不忙地含笑讲起来：

“是啊，诸位，听说莫斯科流传着一个谣言，说我是个骗子手，因此奉劝大家对我留点神。”

“喂，发牌吧！”尼古拉说。

“唉，全是莫斯科的三姑六婆编的！”陶洛霍夫说，笑嘻嘻地去抓牌。

“哎呀！”尼古拉差点叫出声来，举起双手抱住头。他所需要的那张红桃七竟是那副牌的第一张。他输得无力付账了。

“可是你别不顾死活胡来！”陶洛霍夫说，瞟了一眼尼古拉，继续发牌。

14

一个半小时后，多数赌客已不再关心自己的牌了。

大家的注意力都集中在尼古拉一人身上。他欠的已不是一千六百卢布，而是一长串数字，原来他估计欠了一万卢布，但此刻估计已超过一万五千。其实他欠的账已超过两万卢布。陶洛霍夫已不在听人讲话，也不再说故事；他注视着尼古拉双手的一举一动，偶尔溜一眼他欠账的数目。他决定赌下去，直到这笔账达到四万三千卢布。他之所以选定这个数字，因为他和宋尼雅的年龄加起来正好是四十三。尼古拉双手抱着头坐在桌旁，桌上写满粉笔字，酒迹斑斑，纸牌散乱。他的头脑里一直留着一个使他痛苦的印象：那双从衬衫袖子里露出长着汗毛的淡红色大手，他爱这双手，又恨这双手，因为这双手控制了他。

“六百卢布，爱司，折角，九……翻不了本！……要是待在家里多开心！……杰克，加倍……这不可能！……他为什么要跟我来这一手？……”尼古拉想。有时他下一个大注，但陶洛霍夫不接受，另定一个数目。尼古拉依了他。尼古拉忽而像战时在恩斯河桥上那样祷告上帝；忽而幻想从桌下一堆破牌中捡到的第一张牌会拯救他；忽而数着衣服上的绦子，打算孤注一掷，把全部输款都押在同绦子数目相等的牌上；忽而望望其他几个赌客求援；忽而望望陶洛霍夫此刻冷冰冰的脸，竭力想猜透他的心思。

“他明明知道，我这样输下去会有什么结果。可他总不至于想把我逼死吧？他不是我的朋友吗？我可是喜欢他的……但这也不能怪他，他走运，有什么办法？但我也没有错，”尼古拉自言自语，“我又没有做过什么错事。难道我杀过人？侮辱过人？存心害过人吗？我怎么会倒这样大的霉？这是从什么时候开始的？刚才我来到桌子旁还想赢它一百卢布，给妈妈买一个首饰盒过命名日，然后带回家去。我原是多么快乐，多么幸福，多么无忧无虑啊！可当时我没体会到我是多么幸福！这样的幸福生活是什么时候结束的？这种可怕的新局面又是什么时候开始的？怎么会发生这样的变化？我一直这样坐在这儿，坐在这张桌子旁，选牌发牌，一直这样瞧着这双宽大灵活的手。这一切是什么时候发生的？究竟是怎么发生的？我身体好好的，我还是原来的我，一直待在老地方。不，这不可能！不可能出什么事。”

尼古拉脸红耳热，浑身出汗，尽管屋里并不热。他的脸色又可怕又可怜，由于故作镇定而显得越发不自然。

记下的账达到了陶洛霍夫预定的四万三千这个可怕的数字。尼古拉刚折了一张牌的角，表示要捞回或加倍支付刚输去的三千卢布，陶洛霍夫却把一副牌拍了一下，推到一边，拿起粉笔，笔迹粗大而整齐地记下尼古拉欠的账，但把粉笔折断了。

“吃饭了！该吃饭了！哦，吉卜赛人来了！”果然，一群皮肤黝黑的男女从寒冷的户外走进来，操着吉卜赛口音交谈着。尼古拉明白，一切都完了，但他若无其事地说：

“怎么，你不打了？我倒准备了一张好牌。”仿佛他最感兴趣的还是赌博。

“全完了！我完了！”尼古拉想，“如今只剩下一条路，把子弹往脑门上打。”嘴里却兴致勃勃地说：

“喂，再来一张小牌吧。”

“好！”陶洛霍夫算清账回答，“好！二十一个卢布。”他指着四万三千卢布后面的零数二十一说，拿起牌准备发。尼古拉听话地抚平牌角，不写六千，而恭恭敬敬地写了二十一。

“这对我都一样，”尼古拉说，“我只想知道你要吃掉这张十还是让我赢。”

陶洛霍夫一本正经地发牌。哦，尼古拉这时真恨死了这双手指很短、汗毛从衬衫袖口里露出来的淡红色的手，因为这双手控制了他……那张十落到了他手里。

“您欠四万三千卢布，伯爵！”陶洛霍夫说，伸着懒腰从桌旁站起来，“坐了这么久，真累啊。”

“是啊，我也累了。”尼古拉说。

陶洛霍夫仿佛提醒他别开玩笑，拦住他说：

“什么时候可以拿到钱，伯爵？”

尼古拉涨红脸，把陶洛霍夫叫到隔壁屋里。

“我一下子付不出，你收期票吧。”尼古拉说。

“听我说，尼古拉，”陶洛霍夫开朗地微笑着，盯着尼古拉的眼睛，“你一定知道那句成语：‘情场上得意，赌桌上失利。’你的表妹爱上你了。这我知道。”

“唉！我落在这个人手里真是可怕！”尼古拉想。他明白，他输钱这个消息将给父母带来多大的打击。他明白，要是能摆脱这困境该多幸福。他明白，陶洛霍夫明知道怎样可以使他避免这场羞辱和悲伤，却还在像猫玩老鼠那样玩弄他。

“你的表妹……”陶洛霍夫刚开口，尼古拉就抢在他的前头。

“我表妹同这事无关，不用提她！”尼古拉疯狂地吼道。

“那么，什么时候可以拿到钱？”陶洛霍夫问。

“明天。”尼古拉说完，就走出屋子。

15

说一声“明天”并保持体面的语气倒不难，可是独自回到家里，看见妹妹、弟弟、母亲和父亲，坦白自己的过错，并在保证不再要钱后又提出要钱，这是很难堪的。

家里人都还没有睡。罗斯托夫家的年轻人已从剧院回来，吃过晚饭，坐在钢琴周围。尼古拉一走进大厅，就落入一冬都弥漫在他们家的诗意盎然的爱情气氛中。这种气氛在陶洛霍夫求婚和约盖尔的舞会之后更浓了，就像雷雨前的空气那样，而在宋尼雅和娜塔莎身上表现得尤其明显。宋尼雅和娜塔莎穿着浅蓝色连衣裙从剧院回来，显得很美，她们自己也很得意，笑眯眯地站在钢琴旁。薇拉和申兴在客厅里下棋。老伯爵夫人在跟住在她们家的一位贵妇人摆牌阵，等着儿子和丈夫。杰尼索夫眼睛闪亮，头发蓬乱，坐在钢琴旁，一条腿伸到后面，粗短的手指按着琴键，眼珠转动着，用低哑而正确的声音唱着他自己编的诗《仙女》，试图配上音乐。

仙女啊，告诉我：
是什么魔力引我重新拨动琴弦；

你在我心中燃起了烈火，

使我狂欢得手指震颤！

杰尼索夫热情奔放地唱着，他那黑玛瑙般的眼睛瞟着又惊又喜的娜塔莎。

“太美了！妙极了！”娜塔莎叫道。“再来一段！”她说，没有发现尼古拉。

“他们总是这一套。”尼古拉望了望客厅想，他看见了薇拉和母亲跟那个老妇人。

“哦，尼古拉来了！”娜塔莎叫着向他跑去。

“爸爸在家吗？”尼古拉问。

“你来了，我真高兴！”娜塔莎没有回答他，径自说，“我们真快活！杰尼索夫为了我再留一天，你知道吗？”

“没有，爸爸还没有回来。”宋尼雅说。

“尼古拉，你来了，到我这儿来，我的孩子。”客厅里传来伯爵夫人的声音。尼古拉走到母亲跟前，吻了吻她的手，默默地坐在她的桌旁，望着她那双摆牌阵的手。大厅里不断传来笑声和求娜塔莎唱歌的快乐声音。

“嗯，好，好！”杰尼索夫叫道，“您别推辞了，轮到您唱船歌了，我求求您。”

伯爵夫人回头看了一下沉默不语的儿子。

“你怎么了？”母亲问尼古拉。

“哦，没什么，”尼古拉说，仿佛对这个问题已感到厌烦，“爸爸快回来了吗？”

“我想快回来了。”

“他们总是这一套。他们什么也不知道！我到哪儿去好呢？”尼古拉想着，又走到摆着钢琴的大厅里。

宋尼雅坐在钢琴旁，弹着杰尼索夫特别喜爱的船歌的序曲。娜塔莎准备唱歌。杰尼索夫目光如痴似醉地望着她。

尼古拉在屋里来回踱步。

“怎么会想到叫她唱！她能唱什么？又没有什么开心的事。”尼古拉想。

宋尼雅弹了序曲的第一个和音。

“天哪！我是一个不要脸的人，我是一个堕落的人。拿子弹打进脑门，只剩下这一条路了，还唱什么歌，”尼古拉想，“逃走吗？逃到哪儿去？反正都一样，让他们唱好了！”

尼古拉闷闷不乐地继续在屋里来回踱步，瞧瞧杰尼索夫和姑娘们，但避开她们的目光。

“尼古拉，你怎么了？”宋尼雅的目光盯住他，仿佛这样问。宋尼雅立刻看出他出事了。

尼古拉避开她的目光。娜塔莎天生机灵，立刻发现哥哥的情绪有点不对头。她发现了这一点，但她是那么高兴，根本顾不上悲伤、忧愁和责备，她有意欺骗自己（这种情况在青年人是常有的）。“不，我现在太快乐了，不能因为同情别人的苦难而使自己扫兴，”娜塔莎自言自语，“不，大概是我弄错了，他一定也像我一样快乐。”

“喂，宋尼雅！”娜塔莎说，走到客厅中央，她认为在那里唱歌共鸣最好。娜塔莎昂起头，像舞蹈家那样垂下双臂，有力地踮着脚尖走到大厅中央站住。

“瞧，我就是个这样的人！”娜塔莎仿佛这样回答热情地盯住她的杰尼索夫。

“她高兴什么呀！”尼古拉望着妹妹想，“她怎么不觉得无聊，怎么不觉得害臊！”娜塔莎唱出第一个音符，放开喉咙，挺起胸膛，眼睛里现出严肃的神情。这时她什么人也不想，什么事也不想。从她含笑的嘴唇里吐出来的声音，谁也能用同样的时间和音程唱出来，这种声音即使唱一千遍还不会使你感动，但到一千零一遍准会使你震惊和流泪。

娜塔莎今冬第一次开始认真唱歌，很大原因是杰尼索夫很欣赏她的歌喉。她现在唱歌已不像孩子，已不像从前那样幼稚可笑、声嘶力竭，但听过她唱歌的行家说，她唱得还不好。“没有经过训练，但嗓子很好，需要训练一下。”大家都这样说。但大家总是在她的歌声停止好久后才这样说。当她这种未经训练的嗓子用不正确的送气方法歌唱和紧张地转调的时候，就连行家也没说什么，一味欣赏着她的歌喉，并希望再听一次。她的声音带有一种处女的纯洁、对自己力量的未知和未经训练的天鹅绒般的温柔。这些特点同她唱歌艺术的缺点混合在一起，使人觉得若改变这声音，就会把它糟蹋。

“这是怎么回事？”尼古拉听到娜塔莎的声音，睁大眼睛想，“她怎么了？她今天怎么唱得这样好？”突然尼古拉觉得全世界都在聚精会神地等待下一个音符、下一句歌词，整个世界就分成三拍。“唉，我那残酷的爱情[1]一、二、三……一，二，三……一……唉，我那残酷的爱情[2]……一，二，三……一。唉，我们的生活糟透了！”尼古拉想，“灾难，金钱，陶洛霍夫，仇恨，名誉，这一切都毫无意思……只有这歌声才有意思……哦，娜塔莎，你真是个宝贝，真是个好姑娘！……她怎么唱si呢……唱了？感谢上帝！”为了加强这个si，他不知不觉唱起了第二声部的高三度音。“天哪！多么好哇！难道这是我唱的吗？多么幸福哇！”尼古拉想。

1 原文为意大利语。

2 原文为意大利语。

哦，这三度音唱得多么动人，尼古拉心里最好的感情也被触动了。这感情跟世上任何事情无关，凌驾于一切之上。什么输钱，什么陶洛霍夫，什么诺言！……一切都毫无意思！杀人也罢，盗窃也罢，人总是幸福的……

16

尼古拉好久没有像今天这样尝到音乐的乐趣了。但娜塔莎一唱完船歌，现实又浮现在他的面前。他一言不发，走到楼下自己的房间里。过了一刻钟，老伯爵兴高采烈地从俱乐部回来。尼古拉一听见他的车子声，就去迎接他。

“怎么样，玩得好吗？”罗斯托夫伯爵得意洋洋地含笑望着儿子说。尼古拉想说“是”，但说不出口，他差一点哭起来。伯爵点燃烟斗，没有发觉儿子的神态。

“唉，非说不可了！”尼古拉第一次也是最后一次想。突然他用自己也感到讨厌的平静语气对父亲说话，仿佛只是向父亲要一辆马车进城：

“爸爸，我有事跟您商量。我差点儿给忘了。我需要钱。”

“是吗？”父亲说，他的情绪特别好，“我对你说过，弄不到钱了。需要很多吗？”

“很多。”尼古拉红着脸，带着若无其事的傻笑说，为了这傻笑他好久都不能原谅自己。“我输了一点钱，我是说输了很多，简直是非常多，我输了四万三千卢布。”

“什么？输给谁？……你开玩笑！”伯爵大声说，脖子和后颈红得像老人中风一样。

“我答应明天还账。”尼古拉说。

“哦！……”老伯爵双手一摊，颓然倒在沙发上。

“有什么办法！谁没有遇到过这样的事。”儿子若无其事地大胆说，心里却在咒骂自己是无赖，是浑蛋，这辈子再也赎不清自己的罪孽了。他想吻吻父亲的双手，跪下来向他求饶，但却若无其事地粗声粗气说谁都会遇到这样的事。

罗斯托夫伯爵听到儿子的话，垂下眼睛，心慌意乱地找寻着什么。

“是啊，是啊，”他说，“不容易，我怕不容易筹到这笔钱……谁都会遇到！是啊，谁都会遇到……”伯爵瞥了一眼儿子的脸，走出屋子……尼古拉原以为会遭到父亲的拒绝，却怎么也没料到会有这样的结果。

“爸爸！好爸爸！”尼古拉放声哭着在后面叫道，“饶恕我吧！”他抓住父亲的一只手，嘴唇贴上去，大哭起来。

就在父子谈心的时候，母女之间也在进行一场重要的谈话。娜塔莎情绪激动，跑到母亲跟前。

“妈妈！……妈妈！……他向我求……”

“求什么？”

“求，求婚。妈妈！妈妈！”娜塔莎叫道。

伯爵夫人不相信自己的耳朵。杰尼索夫求婚。向谁求婚？向娜塔莎小丫头求婚，可她前不久还在玩布娃娃，现在也还在念书。

“娜塔莎，够了，别胡闹了！”伯爵夫人说，还希望这只是玩笑。

“哼，胡闹！我在对您说正经事，”娜塔莎气愤地说，“我来问您该怎么办，可您说：‘胡闹’……”

伯爵夫人耸耸肩膀。

“要是杰尼索夫先生真的向你求婚，尽管这事挺可笑，那你可以对他说，他是个傻瓜。就是这样。”

“不，他不是傻瓜。”娜塔莎生气地认真说。

“噢，那你准备怎么样？现在你们个个都在谈情说爱。好，既然谈情说爱，那就出嫁吧，”伯爵夫人生气地笑着说，“上帝保佑！”

“不，妈妈，我没有爱上他，我认为我没有爱上他。”

“那就这样去对他说吧。”

“妈妈，您不生气吧？您不要生气，好妈妈，我有什么过错啊？”

“那又怎么样，我的宝贝？你如果愿意，让我去对他说。”伯爵夫人微笑着说。

“不，我自己去，您只要教教我就行了。这在您是不费事的，”娜塔莎看到母亲的微笑，添上说，“可惜您没看见，他是怎么对我说的！我知道，他是不愿意说的，他这是无意中说出来的。”

“嗯，不管怎样还是得拒绝他。”

“不，不要。我真可怜他！他那么可爱。”

“噢，那就接受他的求婚吧。你也到嫁人的时候了。”母亲又好气又好笑地说。

“不，妈妈，我真可怜他。我不知道该怎样对他说。”

“你不用说什么，让我去对他说。”伯爵夫人说，想到有人竟敢把她的小娜塔莎当作大人，不禁有点生气。

“不，绝对不要，我自己去，您就到门外听着好了。”娜塔莎穿过客厅跑到大厅。杰尼索夫双手掩住脸，仍旧坐在钢琴旁的那把椅子上。他听到娜塔莎轻轻的脚步声，跳起来。

“娜塔莎！”杰尼索夫快步走到她面前说，“决定我的命运吧。它在您手里！”

“杰尼索夫，我真替您难过！……不，您真好……但不要……这样……我会永远这样敬爱您的。”

杰尼索夫低头吻她的手，她听见他嘴里发出一种古怪的声音。她吻了吻他那蓬乱的黑色鬈发。这当儿响起了伯爵夫人衣裾的窸窣声。她走到他们面前。

“杰尼索夫先生，我感谢您看得起我们，”伯爵夫人窘困地说，但杰尼索夫听来觉得很严厉，“可是我的女儿还很小，我想您是我儿子的朋友，您应该先同我说。这样您就不至于要我出面来拒绝您了。”

“伯爵夫人……”杰尼索夫垂下眼睛，面带歉意地说。他还想说些什么，但是口吃了。

娜塔莎看见他这副可怜的样子，内心觉得难过，她大声抽噎起来。

“伯爵夫人，我对不起您，”杰尼索夫声音断断续续地往下说，“但请您相信，我是那么崇拜您女儿和您全家，我情愿献出两次生命……”他望望伯爵夫人，发现她板着脸……“那么再见了，伯爵夫人。”他吻了吻她的手说。接着他没看一眼娜塔莎，就断然快步走出屋子。

第二天，尼古拉送别了杰尼索夫。杰尼索夫在莫斯科连一天也不想待下去。莫斯科的朋友们在吉卜赛人那里给杰尼索夫饯行。杰尼索夫不记得他怎样被扶上雪橇，怎样走过最初三个驿站。

杰尼索夫走后，尼古拉在莫斯科又住了两星期，等着老伯爵好不容易给他筹足那笔赌账。他足不出户，大部分时间都待在姑娘们房里。

宋尼雅待他比以前更温柔、更体贴。她似乎要向他表示，他这次输钱有男子汉气概，她因此越发爱他。但尼古拉却认为自己现在配不上她。

尼古拉在姑娘们的纪念册里写诗作曲，最后把四万三千卢布送给陶洛霍夫，取了收据，在十一月底，也没跟任何熟人告别，就动身去追赶他那个已到达波兰的部队。

第二部

1

皮埃尔同妻子摊牌后动身去彼得堡。到了托尔日克驿站，那里没有马匹，但也许是驿站长不肯给。皮埃尔只得等待。他和衣躺在圆桌前的皮沙发上，把两只穿暖靴的大脚搁在桌上，沉思起来。

“箱子要不要搬进来？床要铺吗？要不要沏点茶？”跟班问道。

皮埃尔没有回答，因为什么也没听见，什么也没看见。他在上一站就开始沉思，这时还在思索那个重大的问题，根本没注意周围发生的事。他不仅不关心什么时候到达彼得堡，在这个站上有没有地方休息，而且觉得同他现在所考虑的问题相比，他在这个站上待几小时或者待一辈子都没有差别。

驿站长、驿站长妻子、跟班、卖托尔日克刺绣的农妇一个个进来伺候他。皮埃尔依旧跷起两腿，从眼镜上方瞧着他们，弄不懂他所关心的问题不解决，他们来做什么，他们怎么还能活下去。自从那天他从索科尔尼基决斗回来，度过了第一个痛苦的不眠之夜后，他的头脑里一直萦回着那些问题；现在，在孤寂的旅途中，这些问题就格外强烈地支配着他的心情。他不论想什么，都会回到这些问题上来，而这些问题他既无力解决，又不能不思考。仿佛他头脑里的主要螺丝钉坏了，而他的全部生活就是靠这个螺丝钉维持的。这个螺丝钉既拧不进去，又退不出来，只能在那里打空转，又无法使它停止不转。

驿站长走进来，低首下心地请求他再等那么两小时，两小时后他一定给他弄到驿马。驿站长显然在撒谎，他一心想从旅客身上多弄几个钱。“这是好事还是坏事？”皮埃尔自问。“在我是好事，在别的旅客可是坏事，他却非如此不可，因为他没有钱买食物。他说，他还因此挨了一个军官的打。军官之所以打他，因为急于赶路。我之所以向陶洛霍夫开枪，因为我受了侮辱。而路易十六上断头台，因为他被认为是个罪人，一年后那些处死他的人也因故被杀了。什么是恶？什么是善？什么应该爱，什么应该恨？活着为了什么？我是什么人？什么叫生，什么叫死？是什么力量在支配一切？”他问着自己。但这些问题一个也没有得到解答，只有一个解答既不合逻辑，又同这些问题无关。这个解答就是：“你一死就一了百了。你一死就会明白一切，要么你就别再发问。”但死也是很可怕的。

托尔日克女贩在尖声兜卖货物，特别起劲地兜卖羊皮软底鞋。“我有成百卢布没处花，她却穿着破外套站在那里怯生生地打量着我，”皮埃尔想，“她要钱做什么？难道钱能给她增添丝毫幸福或者灵魂的安宁吗？世界上有什么东西能使她和我减少罪恶、避免死亡？死可以了结一切，而且早晚总要来到，但它比起永恒来只是一刹那的事。”于是他又拧起那个永远拧不紧的螺丝钉，而那个螺丝钉又在原处打空转。

跟班给了他一本裁开一半的苏萨夫人的书信体小说[1]。他读到

1 苏萨夫人（1761—1836），法国作家，此处指她的小说《爱米丽和阿尔封斯》。

一个叫爱米丽·曼斯菲尔的女人的痛苦和保护贞操的努力。“既然她爱上勾引她的人，为什么要抗拒他呢？”皮埃尔想，“上帝是不会把违反他意志的欲望注入她的灵魂的。我原来的妻子就没有抗拒，也许她倒是对的。我们什么也不知道，什么也弄不懂。我们所能知道的就是我们的无知。这也就是人类的最高智慧。”

皮埃尔觉得他自身和周围的一切都是混乱、无聊和可憎的。但在这种憎恶的情绪中，他感到一种刺激性的特殊乐趣。

“我斗胆请求大人给这位先生让一块地方。”驿站长进来说，随身带着一位也因缺乏驿马而耽搁的旅客。这是个老头子，个儿很矮，骨骼粗大，脸色枯黄，满脸皱纹，两条灰白的眉毛倒挂，一双似灰色非灰色的眼睛闪闪发亮。

皮埃尔把腿从桌上放下，站起来，躺到为他准备的床上，偶尔望望新来的旅客。这位旅客形容憔悴，神色忧郁，眼睛不看皮埃尔，在跟班的帮助下费力地脱着衣服。他脱得只剩一件破旧的布面羊皮袄，枯瘦的脚上套了一双暖靴，坐在沙发上。他头发剪得很短，天庭宽阔，脑袋靠在沙发背上。他瞧了一眼皮埃尔。那眼光的严肃、聪明和锐利使皮埃尔吃惊。皮埃尔想同他交谈，但刚要问他旅途的情况，那旅客已闭上眼睛，交叠起那双皱缩的老手——他手上戴着一个大铁戒，铁戒上刻有一个骷髅，一动不动地坐在那里。皮埃尔觉得他不是在休息，就是正在深沉而平静地思考问题。那旅客的跟班也是个脸色枯黄、满脸皱纹的老头儿，没有胡子，看上去不是刮掉的，而是从来没有长过。这个灵活的老跟班打开食物箱，摆好茶具，搬来一个烧开的茶炊。一切准备就绪，那旅客睁开眼睛，凑近桌子，给自己倒了一杯茶，又给没有胡子的老头倒了一杯，递给他。皮埃尔有点不安，觉得非同这位旅客攀谈一下不可。

那跟班交还一只杯底向上的空杯子和一块没有吃完的方糖[1]，问主人还需要什么。

“不要了。你给我一本书。”旅客说。跟班把皮埃尔认为是神学方面的一本书递给他，他就专心阅读起来。皮埃尔对他望望。旅客突然放下书，夹好书签，又闭上眼睛，像原来那样靠在沙发背上坐着。皮埃尔对他望望，还没来得及转过头去，老头儿就睁开眼睛，他那执拗而严厉的目光直盯着皮埃尔的脸。

皮埃尔感到有点窘，想避开他的目光，但老头儿那双炯炯有神的眼睛却不可抗拒地吸引着他。

---

1 杯底向上表示不再要茶；方糖一般不放在茶里，而只在喝茶时咬一点。

2

“要是我没有弄错的话，阁下是别祖霍夫伯爵吧。”那个旅客从容不迫地大声说。皮埃尔露出疑惑的神情从眼镜上方瞧着对方，没有作声。

“久闻大名，阁下，”旅客继续说，“也听说您遭到的不幸。”他特别强调“不幸”两个字，好像在说：“是的，不幸，不管您叫它什么，我知道您在莫斯科所遭遇的确实是不幸。”他接着又说：“阁下，我很为您难过。”

皮埃尔脸红了，慌忙从床上放下腿，向老头儿欠欠身，不自然地露出羞怯的微笑。

“我对您提起这事可不是出于好奇，阁下，而是有更重要的原因。”他停了一下，眼睛一直盯住皮埃尔，身子在沙发上挪了挪，示意皮埃尔坐到他旁边。皮埃尔没兴致同这个老头儿交谈，但不由自主地顺从他，走到他旁边坐下。

“您真不幸，阁下，”他继续说，“您年轻，我老了。我愿尽我的力量帮助您。”

“哦，是吗？”皮埃尔不自然地微笑着说，“我很感谢您……请问您从哪儿来？”这位旅客的脸并不和蔼可亲，甚至显得冷淡和严厉，但尽管如此，他的言语和面容对皮埃尔却有一种不可抗拒的吸引力。

“您要是有什么原因不愿意跟我谈话，”老头儿说，“那您就直说好了。阁下！”他突然像父亲一般慈祥地笑了笑。

“哦，不，完全没有这回事，正好相反，我很高兴跟您认识。”皮埃尔说，再次望了望新相识的手，更近地察看他的戒指。他看见戒指上有一个骷髅——共济会的标志。

“请问，您是共济会会员吗？”皮埃尔问。

“是的，我是共济会会员，”旅客说，越来越执拗地盯着皮埃尔的眼睛，“我以个人的名义和会友们的名义向您伸出兄弟之手。”

“我怕，”皮埃尔含笑说，共济会会员的人格使他感动，但他一向嘲笑共济会的信仰，此刻他就处于这种矛盾心情中，“我怕我远不能理解，怎么说呢，我对世界的看法同您的看法完全相反，我怕我们不能相互理解。”

“您的看法我是知道的，”共济会会员说，“您的看法，您以为是您个人思考的结果，其实是多数人的看法，是骄傲、懒惰和无知造成的。您别见怪，阁下，我要是不知道这一点，我就不同您谈了。您的想法是一种可悲的迷误。”

“同样，我也可以认为您的想法是一种迷误。”皮埃尔微微地笑着说。

“我决不敢说我认识真理。”共济会会员说，他说话语气的坚决越来越使皮埃尔吃惊。“谁也不能单独掌握真理。只有通过无数代人的努力，从亚当到今天，一砖一瓦地累积起来，才能建立起适合上帝居住的圣殿。”共济会会员说，闭上眼睛。

“我应当告诉您，我不信，我不信……上帝。”皮埃尔说，觉得必须讲真话。

共济会会员仔细瞧了瞧皮埃尔，微微一笑，好像百万富翁看见穷人那样。那穷人对富翁说，他连五个卢布都没有，要是有五个卢布他就幸福了。

“是的，您不认识他，阁下，”共济会会员说，“您不能认识他。您不认识他，所以您才不幸。”

“是的，是的，我不幸，”皮埃尔肯定说，“可是我有什么办法呢？”

“您不认识他，阁下，所以您很不幸。您不认识他，可他在这儿，在我心中，在我的话里，他在您身上，甚至在您刚才说的亵渎他的话里。”共济会会员声音严肃而颤抖地说。

他停了一下，喘了口气，竭力想平静下来。

“要是没有他，”共济会会员悄悄地说，“我跟您也不会谈到他了，阁下。我们在谈什么，我们在谈谁啊？您否定了谁？”他突然兴奋而又威严地说。“要是他不存在，那是谁臆想出来的？为什么你认为那么难以理解的上帝是存在的呢？为什么你和全世界的人都认为这个不可思议的上帝，这个全能和永恒的上帝是存在的呢？……”他停住话头，沉默了好一阵。

皮埃尔不能也不愿打破沉默。

“他是存在的，但要理解他却是困难的。”共济会会员又说，眼睛不看皮埃尔而瞪着前方，他那双衰老的手由于内心激动而安静不下来，不停地翻动书页。“如果他是个人，你怀疑他的存在，那我可以把他带来，挽着他的手让你看个清楚。但我这个渺小的凡人怎能让一个瞎子，或者一个不愿看见他、不愿看见和了解自己的污浊和罪恶的人看到他的全能、他的永恒和他的仁慈呢？”他停了停。“你是谁？你是什么人？你自作聪明，自以为是，因此胆敢说出这种亵渎的话来。”他带着忧郁和轻蔑的嘲笑说，“小孩子玩弄精致的钟表零件，因为他不懂钟表的用途，他不相信钟表匠，你其实比这个小孩还要愚蠢，还要不懂事。要理解上帝是困难的。从始祖亚当开始到今天，我们世世代代都在探索这个问题，但这个目标还极其遥远；而由于不理解他，我们只看到我们的弱点和他的伟大……”

皮埃尔双目炯炯地瞧着共济会会员的脸，聚精会神地听着，没打断他的话，也没问什么，而全心相信这位陌生人说的话。不论他是不是相信共济会会员所说的聪明的理论，是不是像孩子那样相信共济会会员的语气、信念和诚恳，相信共济会会员使说话中断的颤抖的声音，或者相信他那双在信念中逐渐变老的炯炯有神的眼睛，或者相信共济会会员全身焕发出来的镇定、刚毅和对自己使命的认识（这同自己的颓丧和绝望对照起来，特别使皮埃尔感到惊讶），总之，皮埃尔真心愿意相信并且确实相信了，同时体验到一种恬静、净化和新生的快乐。

“要理解他不能用理智，而要用生命。”共济会会员说。

“我不明白。”皮埃尔说，恐惧地感觉到心里的怀疑不断上升。他怕对方的论证模糊不清，软弱无力，他怕自己不相信他。“我不明白，”他说，“人类的智慧怎么不能理解您所说的事。”

共济会会员露出长者的温厚笑容。

“最高的智慧和真理好像最纯净的水，我们希望吸取它，”他说，“我能用不清洁的容器装这清洁的水，并且指摘它不清洁吗？只有自身清洁了，我才能使这水保持一定程度的清洁。”

“对，对，说得对！”皮埃尔高兴地说。

“最高的智慧不是建立在单纯的理智上，不是建立在分成物理、历史、化学等尘世科学的知识上。最高的智慧只有一种。最高的智慧只有一种科学——解释世界的创造和人在其中地位的科学。要掌握这门科学，必须清洗和革新自己的心灵，因此，在认识之前必须有信心和自我完善。为了达到这个目的，必须在我们心里注入上帝的光，也就是良心。”

“对，对！”皮埃尔同意说。

“用心灵的眼睛看看你自己，问问你自己：你对自己满意吗？光靠理智，你能领会到什么呢？你是什么人？你年轻，你富有，你聪明，你有教养，阁下。你利用这些优越的条件做了什么呢？你对你自己和你的生活满意吗？”

“不，我恨我的生活。”皮埃尔皱着眉头说。

“既然你恨它，那就改变它，净化自己，根据净化的程度你将逐渐获得智慧。阁下，看看你的生活吧。你是怎么度过的？纵酒狂饮，荒淫无度。你从社会上获得一切，却不给社会任何东西。你获得了财富，但你怎样使用它呢？你为亲人做了什么呢？你想到过你的成千上万的农奴吗？你在物质上和精神上帮助过他们吗？没有。你利用他们的劳动过放荡的生活。嗯，这就是你所做的。你有没有选择过一项造福他人的活动？没有。你饱食终日，无所事事。后来你结了婚，阁下，负责指导一个年轻的女人，可是你做了什么呢？你没有帮助她找到真理的道路，阁下，却把她引入欺骗和不幸的深渊。有人侮辱了你，你就把他打死。你还说你不认识上帝，你恨你的生活。这里没有什么奥妙的东西，阁下！”

共济会会员说了这番话，仿佛有点累，又靠在沙发上，闭上眼睛。皮埃尔望着这张严厉、呆板、苍老、简直没有生气的脸，无声地动了动嘴唇。他想说：自己的生活是卑劣、空虚和放荡的，但他不敢打破沉默。

共济会会员嘶哑地、老态龙钟地咳嗽了一声，唤来了跟班。

“马怎么样了？”他眼睛不看皮埃尔，问。

“替换的马来了，”跟班回答，“您不休息了吗？”

“不，叫他们套车。”

“难道他不把话说完，不答应帮助我，就走掉，把我一个人抛下吗？”皮埃尔想，站起来，垂下头，偶尔望望共济会会员，在屋子里来回踱步。“是的，这问题我没有想过，我过的生活是放荡可耻的，我不喜欢这样的生活，我不愿意这样过，”皮埃尔想，“但这个人知道真理。如果他愿意，他能开导我。”皮埃尔想对共济会会员这样说，但不敢说。这位旅客用老年人熟练的手收拾好东西，扣上羊皮袄。他做完这些事，转身对着皮埃尔，冷淡而客气地说：

“请问您去哪儿，阁下？”

“我吗？……我去彼得堡，”皮埃尔像孩子般吞吞吐吐地回答。“我感谢您。我同意您的一切看法。但您别把我想得那么坏。我完全愿意做个像您所希望那样的人，但我从没得到过人家的帮助……不过，首先得怪我自己不好。请您帮助我，教导我，也许我会……”皮埃尔再也说不下去，他吸了吸鼻子，转过身去。

共济会会员好一阵不作声，显然在考虑什么。

“只有上帝才能帮助人，”他说，“但力所能及的帮助，我们共济会是能向您提供的，阁下。您去彼得堡，把这个交给维拉尔斯基伯爵。（他拿出笔记本，在一页四折的大纸上写了几句话。）让我给您一个忠告。您回到京城，先单独生活一个时期，自我反省反省，不要再过以前那样的生活了。现在我祝您一路平安，阁下！”他看见跟班进来，又说：“祝您成功……”

皮埃尔从驿站长的登记簿上知道，那位旅客叫巴兹杰耶夫。巴兹杰耶夫是诺维科夫[1]时代一位著名的共济会会员和马丁主义[2]

1 诺维科夫（1744—1818），俄国著名启蒙主义者，讽刺作家，新闻记者，出版商，共济会会员，但反对共济会的迷信仪式。1792年被叶卡德琳娜二世监禁，1796年保罗一世时获释。

2 共济会中的一派，因追随马丁尼斯·巴斯卡里斯而得名。

者。他走后好久，皮埃尔一直没有躺下睡觉，也没打听马匹，却在驿站房间里来回踱步，回想着自己荒唐的往事，同时怀着新生的喜悦展望着他认为容易获得的高尚、完美和幸福的未来。他觉得他原来生活荒唐，只因为偶尔忘记了做个善良的人是多么幸福。他心里的疑虑已一扫而光。他坚信人类以互相共济为宗旨的大家庭是能够建立的，而共济会就是这样的组织。

3

皮埃尔到了彼得堡，没告诉任何人他已回来，也没去哪儿，整天阅读不知谁给他送来的凯姆庇斯基[1]的书。皮埃尔读这本书，自始至终体会到一种从未有过的快乐，那就是相信人类能够达到至善的境界，人与人能够像兄弟一般相亲相爱，巴兹杰耶夫曾向他启示过这一点。皮埃尔到彼得堡后一星期，有一天晚上，他在当地社交界有过一面之交的年轻的波兰伯爵维拉尔斯基像陶洛霍夫的副手那样一本正经地走进他的房间，随手关上门，确信屋里除了皮埃尔之外没有别人，就对他说：

“伯爵，我来拜访您，负有一项使命，带有一个建议，”维拉尔斯基说，没有坐下，“本会一位高级人物建议提早接受您入会，并且建议让我当您的保人。我认为执行他的意志是神圣的责任。您愿意由我当保人加入共济会吗？”

皮埃尔以前在舞会上看到他时，他总是面带亲切的笑容，同最出色的妇女在一起。现在他那冷淡而严厉的声音使皮埃尔感到惊讶。

1 凯姆庇斯基（1380—1471），中世纪神秘主义者，著有不少宗教论著。

“是的，我愿意。”皮埃尔说。

维拉尔斯基点了点头。

“还有一个问题，伯爵，”他说，“请您不是作为共济会的未来会员，而是作为一个正直的人坦率地回答我：您放弃了原来的信仰，改信上帝，是吗？”

皮埃尔考虑了一下。

“是的，是的，我信奉上帝。”他说。

“那么……”维拉尔斯基刚开口，就被皮埃尔打断了。

“是的，我信奉上帝。”皮埃尔又说了一遍。

“那么，我们可以走了，”维拉尔斯基说，“您坐我的马车好了。”

一路上维拉尔斯基没再说什么。皮埃尔问他应该做什么，应该怎样回答，维拉尔斯基只说，地位比他高的兄弟要考验他，他只要说实话就行了。

他们走进共济会分会大厦的大门，通过黑暗的楼梯，来到灯烛辉煌的前室，没有仆人帮助，自己脱下外套。他们从前室走到另一个房间。门口出现了一个装束古怪的人。维拉尔斯基迎上前去，用法语对他低声说了些什么，然后走到一个小橱前面，橱里放满各种他从没见过的服装。维拉尔斯基从橱里取出一块手帕，拿它蒙住皮埃尔的眼睛，在后脑勺上打了个结，把他的头发拉得很痛，然后扳过皮埃尔的脸，吻了吻，拉住他的手，把他带到一个地方去。皮埃尔因为头发打在结里觉得很痛，皱起眉头，尴尬地微笑着。他脸上带着苦笑，垂着双臂，移动高大的身躯，怯生生地跟着维拉尔斯基走去。

维拉尔斯基拉着他的手走了十来步站住。

“您要是决心参加我们的组织，不论遇到什么情况，您都要勇敢地忍受。（皮埃尔肯定地点点头。）等您听到门响，您就解开眼睛上的手帕，”维拉尔斯基添加说，“祝您勇敢和成功。”维拉尔斯基握了握皮埃尔的手，走出去了。

剩下皮埃尔一个人，他依旧微笑着。他耸了两次肩膀，举起一只手，仿佛要解下手帕，但又放下。他蒙着眼睛过了五分钟，好像过了一小时。他的双臂发麻，两腿发软，他觉得筋疲力尽。他体会到最错综复杂的感情。他害怕将要发生的事，他更害怕让人家看到他的恐惧。他很想知道他将遇到什么，他会得到什么启示，但最使他高兴的是，他终于走上新生和行善的生活道路，因为自从遇见巴兹杰耶夫以来，他就梦想过这样的生活。

屋里响起猛烈的敲门声。皮埃尔解下手帕，向周围环顾了一下。屋里一片漆黑，只有一件白色的东西，里面点着一盏小灯。皮埃尔走近一看，小灯放在一张黑桌上，桌上还放着一本打开的书。原来是《福音书》，里面点灯的白色东西是一个骷髅，上面有窟窿和牙齿。皮埃尔念了《福音书》的第一句：“太初有道，道与上帝同在。”他绕过桌子，看见一个打开的装满东西的大箱子。原来是一口棺材，里面装着人骨。他看到这些东西，一点也不感到惊讶。他希望过一种崭新的生活，跟过去截然不同的生活；他希望看到异乎寻常的东西，比他所看到的更稀奇古怪的东西。骷髅、棺材、《福音书》——他觉得这些东西都不出他所料，他希望看到更多东西。他环顾四周，竭力想使自己感动。“上帝、死亡、爱情、博爱。”他自言自语，同时模糊而快乐地想象着。这时门开了，有人走进来。

皮埃尔在微弱的灯光下看见进来一个矮小的人。这人显然是从亮处来到暗处，他走到屋里站住；接着小心翼翼地走到桌旁，把他那双戴着皮手套的小手放在桌上。

这个矮小的人系一条白色皮围裙，皮围裙遮住他的胸部和部分大腿；脖子上戴着一串类似项链的东西，项链下面竖起高高的白皱领，衬托出他那从下方照亮的长脸。

“您到这儿来是为了什么？”进来的人听见皮埃尔弄出的沙沙声，转过身来问他，“您不相信真理，看不见光明，您到这儿来是为了什么？您要从我们这儿获得什么？智慧，美德，还是启蒙？”

陌生人打开门进来的时候，皮埃尔产生一种恐惧和崇敬的心情，就像小时候做忏悔那样。他觉得他面对着一个生活环境截然不同而在博爱这点上同他很接近的人。皮埃尔呼吸困难，心跳剧烈，走近导师（共济会中指导请求入会的人称导师）。皮埃尔走近一看，认出导师是个熟人，叫斯莫里央尼诺夫。皮埃尔看到进来的人感到有点不快，因为他只是个普通的兄弟和有德行的传教士。皮埃尔好半天说不出话，导师只得把他的问题重复了一下。

“是的，我……我……我要新生。”皮埃尔好容易才说出口来。

“好，”斯莫里央尼诺夫说，立刻又说下去，“您懂得我们神圣的教会将怎样帮助您达到目的吗？……”导师镇定而迅速地说。

“我……希望……在新生上得到……指导……帮助。”皮埃尔由于激动，由于不惯用俄语谈抽象问题，说话结巴，声音哆嗦。

“您对共济会有什么看法？”

“我认为共济会是人们以行善为宗旨的博爱和平等的组织。”皮埃尔说，因为他的话同这庄严的时刻不相称而感到害臊。“我认为……”

“好的，”导师连忙说，显然对这个回答很满意，“您在宗教中寻求过实现自己宗旨的途径吗？”

“没有，我一直认为宗教是不对的，我没遵循它。”皮埃尔低声说，低得导师都听不清，问他说什么。“我是个无神论者。”皮埃尔回答。

“您在找寻真理，以便在生活中遵循真理；因此您在找寻最高的智慧和美德，是这样吗？”导师顿了顿，说。

“是的，是的。”皮埃尔同意说。

导师咳清喉咙，戴手套的双手叠在胸前，开始说：

“现在我要向您宣布本会的宗旨，”导师说，“您要是认为它符合您的想法，您就参加我们的会，这样对您也有益处。本会的宗旨和任何人不能动摇的基础，就是保存和传给后代一项重要的秘密……从太古甚至从始祖遗传至今的秘密，这秘密可能关系到人类的命运。但这种秘密有这样一种性质，一个人要是不进行长期的自我净化，他就无法认识它，无法利用它，而且不是任何人都能很快掌握它。因此我们还有第二个宗旨，就是凭借以前探索这种秘密的人传授给我们的方法，尽量改造本会会员的心灵，净化和启发大家的智能，使大家能领悟这种秘密。

“第三，通过净化和改造本会会员，我们要以我们会员的虔诚和善良为榜样，竭力改造全人类，并全力对抗统治世界的邪恶。这事请您考虑一下，回头我再来找您。”导师说着出去了。

“对抗统治世界的邪恶……”皮埃尔重复说。他想象着今后在这方面的活动。他想象着那些同他两星期前一样的人，他在心里教诲他们。他想到有罪的不幸的人，他要用言行来帮助他们：他想到压迫人的人，他要从他们手里拯救牺牲者。导致所提出的三个宗旨中，最后一个宗旨——改造人类，皮埃尔觉得特别亲切。导师提出的重要秘密虽引起他的好奇，他却认为并不重要；第二个宗旨，净化和改造自己，他也不感兴趣，因为他这时快乐地感觉到，他已完全清除了以前的罪恶，一心准备行善了。

半小时后，导师回来，向他宣布凡是共济会会员都应培养的相当于所罗门神庙七级台阶的七项美德，就是：一、谦逊，保守教会的秘密，二、服从上级会员，三、品行端正，四、爱人类，

五、勇敢，六、慷慨，七、视死如归。

“**第七项**，您要努力做到，”导师说，“直到您觉得死并非可怕的敌人，而是朋友……它会使您那颗在今生行善的活动中疲乏的心灵获得解脱，使您的心灵得到奖赏和安宁。”

“是的，理应如此，”当导师说完这番话出去后，皮埃尔独自想，“理应如此，但我还很软弱，我还迷恋生活，生活的意义现在我才稍稍懂得。”其余五项美德，皮埃尔掐着手指回想，觉得他已具备。那五项美德就是：**勇敢、慷慨、品行端正、爱人类和服从**。而服从尤其重要。他甚至觉得服从并不是美德，而是幸福。（他现在感到很快乐，因为克服了自己的主观武断，并能服从掌握绝对真理的人。）还有一项美德皮埃尔忘记了，怎么也想不起来。

一会儿，导师第三次回来，问皮埃尔有没有拿定主意，能不能身体力行对他提出的一切要求。

“一切我都愿意照办。”皮埃尔说。

“我还得向您说明，”导师说，“我们的教会宣扬教义不仅用语言，而且用其他方法。对诚心追求智慧和美德的人来说，这些方法也许比语言更有力。这个会堂和您所看见的陈设一定比语言更能启发您的心灵，如果您有诚意的话；接下去在入会仪式中您也许会得到类似的启发。我们的教会仿效古代社会，用象形文字来宣扬教义，”导师说，“象形文字是没有感觉的符号，具有同图像相似的性质。”

皮埃尔很知道象形文字是什么，但他不敢说。他默默地听着导师，从各方面预感到考验马上就要开始。

“如果您主意已定，我要替您行入会仪式了，”导师走近皮埃尔，说，“请把所有贵重的东西都给我，以表示您的慷慨。”

“可是我手头什么也没有。”皮埃尔说，以为要他交出所有的东西。

“就是您随身带着的东西：表、钱、戒指……”

皮埃尔赶快摸出钱包、表，从他肥胖的手指上好不容易摘下结婚戒指。戒指摘下后，共济会会员说：

“请您脱去衣服，以表示服从。”皮埃尔遵照导师的命令脱去燕尾服、背心和左靴。共济会会员拉开皮埃尔左胸上的衬衫，然后弯下腰，把他左裤腿卷到膝盖以上，皮埃尔慌忙想脱下右靴，把右裤腿也卷起来，免得麻烦陌生人，但共济会会员对他说，那可不必，并且给他一只左脚穿的鞋。皮埃尔情不自禁地露出羞怯、疑虑和自嘲的天真微笑，垂下双臂，叉开两腿，站在导师兼会友前面，等待下一道命令。

“最后，请您坦白说出您的主要嗜好，以表示您的诚意。”导师说。

“我的嗜好！我有过许多嗜好。”皮埃尔说。

“我是指那种在修行路上最使您动摇不定的嗜好。”共济会会员说。

皮埃尔停了停，思索着。

“酗酒？贪吃？好逸恶劳？懒惰？暴躁？怨恨？女色？”他在心里列举他的毛病，但不知道哪一种是主要的。

“女色。”皮埃尔说，声音轻得几乎听不见。共济会会员听到这个回答，身子一动不动，好半天没说话。最后他走到皮埃尔面前，拿起桌上的手帕，又蒙住他的眼睛。

“我最后一次对您说：把您的注意力集中在您自己身上，控制您的感情，幸福不要从情欲中寻求，而要从自己心里寻求……幸福的源泉在我们自身，而不在外界……”

皮埃尔已感觉到这种令人神清气爽的幸福源泉，现在他的心里已充满快乐和热情。

4

不多一会儿，到黑暗的圣殿来接皮埃尔的，不是原来的导师，而是保人维拉尔斯基。皮埃尔是从声音里听出来的。维拉尔斯基问他是不是打定主意，皮埃尔回答说：

“是的，是的，我同意。”皮埃尔带着孩子般开朗的笑容，袒着肥胖的胸脯，一只脚穿靴子，一只脚穿便鞋，迈着胆怯而紧张的步子，随着用剑抵住他光胸脯的维拉尔斯基走去。他从屋里被领到走廊，前转后拐，最后来到会堂门口。维拉尔斯基咳嗽一声，回答他的是共济会锤子的敲击声，接着他们前面的门开了。有个男低音向他提了些问题（他的眼睛仍被蒙着）；他是谁？生于何处？生于何时？等等。然后他仍被蒙着眼睛带走，一路上有人用譬喻向他说明他巡行的艰苦、友谊的神圣、世界的永恒创造者和他经受困难和危险所需要的勇气。在巡行过程中，皮埃尔发觉，他有时被称为“求道者”，有时被称为“受难者”，有时被称为“申请者”，同时听到锤子和剑的不同敲击声。他被领到目的地去的时候，发现领导人之间有点混乱和慌张。他听见周围的人在低声争论，有人坚持应该领他从地毯上走。随后，有人抓住他的右手，教他用左手把圆规按在左胸上，并跟着另一个人念忠于共济会会规的誓词。然后，皮埃尔闻出他们灭了蜡烛，点着酒精灯，并对他说他将看到微光。有人解去他眼睛上的手帕，他像做梦一样，在微弱的酒精灯下看见几个和导师一样系围裙的人，站在他前面，手握长剑对住他的胸膛。他们中间有一个身穿血迹斑斑的白衬衫。皮埃尔看到这光景，迎着长剑挺起胸膛，希望这些剑刺进他的胸膛。但接着剑都从他身前撤回去，他们立刻又把他的眼睛蒙上。

“现在你看到一点光了。”有人对他说。然后他们又点亮所有的蜡烛，说他应该充分看到光明，于是他的蒙眼布又被解下，有十几个声音同时说：“尘世荣华如此消逝。”[1]

皮埃尔渐渐清醒过来，环顾所在的房间和房里的人。在一张铺着黑布的长桌周围坐着十二个人，个个穿着他以前见过的那种服装。其中有几个皮埃尔在彼得堡的社交界里见过。首席上坐着一个陌生的年轻人，脖子上挂着一个样子特别的十字架。右边坐着皮埃尔两年前在安娜·舍勒家见过的意大利神父。还有一个达官和一个以前在库拉金家做过家庭教师的瑞士人。个个都神态庄重，默不作声，听那手拿锤子的会长说话。墙上嵌着一个星形的灯；桌子一端铺着一块有各种图案的小毯，另一端摆着一个小祭坛，坛上放着《福音书》和骷髅。桌子周围有七个类似教堂用的大烛台。两个会友把皮埃尔领到祭坛前，要他的双腿摆成直角，命令他趴下，说他要趴在圣殿的大门口。

“他应该先领铲子。”一个会友低声说。

“哦，请别作声！”另一个说。

皮埃尔没有理他，他那双近视眼慌张地环顾四周，心里突然起了疑问：“我在哪里？我在做什么？他们是不是在取笑我？将来

1 原文是拉丁文。

我想到这事会不会感到害臊？”但这种疑虑只持续了一刹那。皮埃尔环顾周围一张张严肃的脸，想起他已经历的一切，明白不能半途而废。他为自己的疑虑感到害怕，竭力恢复原来那种虔诚的感情，趴在圣殿大门口。他的虔诚果然在他身上恢复了，并且比原来更强烈。他在地上趴了一会儿，他们命令他起来，给他系上同别人一样的白围裙，交给他一把铲子和三副手套，然后会长对他说话。会长叫他尽量不要玷污这象征堡垒和纯洁的白围裙；然后要他用这把古怪的铲子清除自己心上的罪恶，宽宏大量地抚慰别人的心。第一副男式手套的用处，会长说皮埃尔不该知道，但应该把它保存起来；至于另一副男式手套，皮埃尔应该在集会时戴上；最后，关于第三副手套，那是一副女式手套，会长说：

“亲爱的兄弟，这副女式手套归您所有。将来把它送给您认为最可敬的女人。把它作为礼物送给与您志同道合的女伴，来证明您心地的纯洁。”会长顿了顿，添加说，“不过，亲爱的兄弟，要注意，别拿这副手套戴在脏手上。”皮埃尔觉得会长说最后一句话时有点窘。不过皮埃尔觉得更窘，他像孩子一般面红耳赤，差点儿掉眼泪。他不安地环顾四周。接着是一片令人难堪的沉默。

这种沉默被一个会友打破了。他把皮埃尔领到毯子前，并根据稿本向他说明毯子上的图案：太阳、月亮、锤子、铅锤、铲子、粗石、方石、柱子、三扇窗子，等等。然后他给皮埃尔指定一个座位，给他看分会会标，告诉他口令，这才让他坐下。会长开始宣读会章。会章很长，皮埃尔由于快乐、激动和羞愧没听清向他宣读的会章。他只听到最后一条，并把它记住了。

“在我们的圣殿里，除了善和恶之外，我们不承认其他差别，”会长说，“警惕不要制造可能破坏平等的任何差别。火速救援任何兄弟，指导迷途的人，扶起跌倒的人，永远不仇恨兄弟。待人亲切有礼。点燃人人心中行善的火种。同人有福共享。永远不让嫉妒玷污这种纯洁的快乐。”

“饶恕你的敌人，不向他报复，只对他行善。这样执行最高会规。你将重新获得你所丧失的古代传下来的尊严。”会长说完，站起来搂抱皮埃尔，并且吻了他。

皮埃尔眼睛里含着喜悦的泪水，环顾四周，不知道该怎样回答周围人们的祝贺和问候。他不再承认原来的相识，而把所有的人一视同仁地看作兄弟，并且渴望同他们一起行动。

会长敲了一下锤子，大家各就各位，有个人读了会员必须谦逊的训诫。

会长提议履行最后一项义务。于是那个被称为“收捐人”的显要会友就绕着兄弟们走了一圈。皮埃尔想把他所有的钱都写在捐册上，但又怕因此显得招摇，就认捐了同别人一样的数目。

会议结束了。皮埃尔回到家里，仿佛经历了几十年的长途旅行归来，他完全变了样，彻底摒弃了原来的生活方式和习惯。

5

入会后的第二天，皮埃尔坐在家里读书，用心研究一个方块图案的含义。方块一边象征上帝，另一边象征精神，第三边象征物质，第四边象征三者的混合物。他有时丢开书和方块，考虑新的生活计划。昨天在共济会会所里有人对他说，决斗的消息已传到皇上那里，他还是离开彼得堡为好。皮埃尔打算去南方庄园照管他的农奴。他正在快乐地考虑这种新的生活，华西里公爵突然走了进来。

“我的朋友，你在莫斯科干了什么？你为什么同我的海伦吵嘴，老弟？你好糊涂！”华西里公爵一边走进来，一边说。“我全知道了。我可以明确地对你说，海伦没有对不起你的地方，就像基督没有对不起犹太人一样。”

皮埃尔想回答，但被华西里公爵拦住。

“你为什么不把我看作朋友，不直接来找我？我什么都知道，什么都明白。”华西里公爵说，“你的行为表明你珍惜名誉，但也许性急了一点，这事我们不谈了。但有一点你要明白，在整个社会甚至在朝廷面前，你把我们父女俩放在什么地位？”华西里公爵压低声音添加说，“她住在莫斯科，你住在这里。

够了，我的朋友！”他把皮埃尔的一只手往下拉，“这纯粹是误会。我想你也一定感觉到了。现在我们来写封信，叫她到这儿来，把事情解释清楚，流言蜚语也就不会有了。要不，老实对你说，你准会痛苦的，我的朋友。”

华西里公爵威严地瞧了皮埃尔一眼。

“我从可靠方面得到消息，皇太后对这事很关心。你要知道，她很垂爱海伦。”

皮埃尔几次想说话，但一方面华西里公爵不让他说，总是急急忙忙把他的话打断；另一方面，皮埃尔想坚决拒绝岳父的建议，但又怕自己改口。再说，他想起了共济会的一条规则：“待人亲切有礼。”他皱起眉头，涨红了脸，站起来又坐下，勉强自己做一生中最困难的事：当面说人家不愿听的话，不管对方是谁。他一向听从华西里公爵自以为是的傲慢语言，现在也觉得无力违抗；不过他觉得他现在要说的话将关系到他一生的前途：是继续走老路呢，还是走共济会会员富有吸引力地给他指出的新生之路。

“哦，我的朋友，”华西里公爵戏谑地说，“你只要说一声‘好’，我就写信给她，我们就宰肥牛犊[1]。”不过，华西里公爵还没说完他的俏皮话，皮埃尔脸上就现出像他父亲那样的狂怒，眼睛不看对方，低声说：

“公爵，我并没请您来，请出去，出去！”皮埃尔跳起来，给华西里公爵打开门。“出去！”他忘乎所以地又说了一遍，看见华西里公爵脸上窘困和恐惧的神色，不禁感到高兴。

“你这是怎么了？你病了？”

“出去！”皮埃尔再次用威胁的语气说。华西里公爵没有听到任何解释，无可奈何地走了。

1 典出《新约全书·路加福音》第十五章：浪子回家，他父亲宰肥牛犊欢迎他。

一星期后，皮埃尔辞别共济会的新朋友，留给他们巨额捐款，动身到自己的庄园去。他新认识的兄弟为他写了给基辅和敖德萨共济会的介绍信，并答应同他通信，指导他今后的活动。

6

皮埃尔跟陶洛霍夫决斗一事私下了结了。尽管当时皇帝对决斗事件处理很严，双方当事人和他们的副手都没有受到惩罚。但皮埃尔夫妇分居，证实决斗事出有因，这事也就成了社会上的话柄。本来皮埃尔只是个私生子，那时大家对他都抱着一种宽容的态度；后来他成为俄罗斯帝国最理想的女婿，受到大家的宠爱和赞扬；结婚以后，闺女们和母亲们对他已无所期待，他在社会上的地位一落千丈，何况他这人不会也不愿讨好社交界。现在大家都把这件事归罪于他一人，说他吃醋成癖，无理取闹，而且像他父亲一样，一旦脾气发作就心狠手辣。皮埃尔走后，海伦回到了彼得堡。她所有的相识不仅待她热情，而且对她的不幸遭遇深表同情。一谈到她的丈夫，海伦脸上就现出庄重的神气。这是出于她的本能，尽管她并不懂得它的作用。这种神气表示，她决不怨天尤人而默默地忍受自己的不幸，因为她认为丈夫是上帝加在她身上的十字架。华西里公爵比较露骨地表示他的意见。一谈到皮埃尔，他总是耸耸肩膀，指指前额说：

“神经有点毛病——我一向这样说。”

“我早就说过，”安娜·舍勒谈到皮埃尔时说，“我当时就说过，我比谁都先说（她总是认为自己第一），这个青年疯疯癫癫，被时代的堕落思想毒害了。那时他刚从国外回来，一天晚上在我家，你们还记得吗，他装得像马拉[1]一样，大家都称赞他，我当时就说过这话。结果怎么样？我当时就不赞成这门婚事，早就料到会发生这种事。”

安娜·舍勒有空依旧在家举行晚会。这样的晚会只有她才有本事举办。参加晚会的，像她自己说的那样，都是真正上流社会的精英，彼得堡知识界的花朵。除了选择社会精英之外，安娜·舍勒的晚会还有一个特色，就是每次她总要把一个有趣的新人物介绍给大家，同时，体现彼得堡保皇派情绪的政治温度在这种晚会上也表现得比哪儿都清楚。

一八〇六年底，拿破仑在耶纳和奥尔施泰特打垮普鲁士军队，普鲁士大部分要塞陷落，俄军开进普鲁士，我们同拿破仑开始了第二次战争。就在这时，安娜·舍勒又在家里举行了一次晚会。真正上流社会的精英包括被丈夫遗弃的迷人而不幸的海伦、莫特玛、刚从维也纳回来的讨人喜欢的伊波利特公爵、两位外交官、老姑妈、一个在客厅里被称为正人君子的青年、一个新受命的女官和她的母亲，还有几个不很著名的人物。

那天晚上，安娜·舍勒介绍给客人们的新人就是保里斯。保里斯在普鲁士军队中任一位要人的副官，刚作为专使从普鲁士军队中回来。

那天晚会上反映出来的政治温度是这样的：不论欧洲各国君主和统帅怎样姑息拿破仑，使**我们**感到苦恼和难堪，我们对拿破仑的看法可不会改变。我们不能不说出我们对这事的想法，在普鲁士国王和其他君主面前也只能这样说：“这样对你们更糟。你这

1 马拉（1743—1793），法国资产阶级革命家，雅各宾派领袖之一。

是自作自受，乔治·当丹。[1]我们只能这样说。”安娜·舍勒家晚会上所反映的政治温度就是这样。当保里斯走进客厅的时候，客人差不多已到齐了，安娜·舍勒所主持的谈话正涉及我国同奥地利的外交关系，以及同奥地利结成同盟的希望。

保里斯身材魁伟，脸色红润，容光焕发，穿一套讲究的副官制服，潇洒地走进客厅。他照例先被领去向姑妈请安，然后来到客人中间。

安娜·舍勒让他吻她那干瘦的手，替他同几个他不认识的人作了介绍，同时低声告诉他每个人的情况。

“伊波利特公爵，可爱的年轻人。克卢格先生，哥本哈根派来的代办，绝顶聪明的人……还有，西多夫先生是位正人君子。”

保里斯在服役期间，靠了安娜·舍勒的关照，也靠了自己的风度和稳重，在部队里已处于极有利的地位。他当上一位极其重要人物的副官，担负着极其重要的使命被派去普鲁士，刚作为专使从那里回来。他已精通他在奥洛莫乌茨所欣赏的不成文法。根据这种不成文法，一个准尉的地位可以大大高于一位将军；根据这种不成文法，在仕途上要取得成功不靠勤奋，不靠功劳，不靠勇气，不靠恒心，而靠善于巴结那些能给予他奖赏的人。他常常为自己平步青云和别人不懂得个中奥妙而感到奇怪。由于这一发现，他的全部生活方式、他跟所有老朋友的关系、他未来的全部计划都完全变了。他并不富裕，但他把仅有的一些钱花在穿着打扮上，务必穿得比别人体面。他宁可牺牲许多享受而决不乘坐寒酸的马车，或者穿着旧军服在彼得堡街上露面。他只结交地位比他高的人，因为他们可能对他有用。他喜欢彼得堡，而瞧

1 引自莫里哀喜剧《乔治·当丹》。

不起莫斯科。回忆在罗斯托夫家的往事和他对娜塔莎的天真爱情是不愉快的，自从参军以来他也没再去过罗斯托夫家。他认为进安娜·舍勒的客厅就是高升的重要台阶。他立刻懂得自己在这里应扮演的角色，就让安娜·舍勒充分利用他。他留神观察每一张脸，并且估计同每个人接近的机会和好处。他坐在给他指定的美人海伦旁边，听着大家的谈话。

“‘维也纳认为拟议中的条约是无法实现的，除非取得一系列辉煌的胜利。他们对我们获得胜利的方法也表示怀疑。’这是维也纳内阁的原话。”丹麦代办说。

“怀疑得有道理！”绝顶聪明的人微妙地笑着说。

“必须把维也纳内阁和奥地利皇帝区别开来，”莫特玛说，“奥地利皇帝绝不会想出这样的事来，只有内阁才会这样说。”

“哦，我亲爱的子爵，”安娜·舍勒插嘴说，“欧洲永远不可能成为我们忠实的盟友。”

接着安娜·舍勒把话题扯到普鲁士国王的勇敢和刚强上，想引保里斯加入谈话。

保里斯留神地听着每个人的话，等待机会发言，同时几次转过头看看身旁的美人海伦。海伦的目光几次笑眯眯地同年轻英俊的副官的目光相遇。

在谈到普鲁士局势时，安娜·舍勒顺理成章地请保里斯讲讲格罗高之行，以及他所看到的普鲁士军队的情况。保里斯不慌不忙，用一口地道的法语讲了许多军队和宫廷的趣闻，但竭力避免表明他的态度。保里斯的讲话好一阵吸引大家的注意。安娜·舍勒觉得客人对她介绍的这位新人物都很满意。海伦听保里斯讲话特别专心。她几次问他这次旅行中的一些细节，仿佛很关心普鲁士军队的状况。保里斯一讲完，海伦就照例笑眯眯地和他说起话来。

“您一定要来看我，”海伦说话的语气表示，这是完全必要的，尽管他不知道为什么，“星期二，八九点钟。您会使我很高兴的。”

保里斯答应满足她的愿望，想同她谈下去，但安娜·舍勒借口姑妈要听他讲讲，把他拉走了。

“您不是认识她丈夫吗？”安娜·舍勒闭上眼睛，伤心地指指海伦，“唉，她真是个不幸的漂亮女人！别在她面前提到他，千万别提。她太痛苦了！”

7

保里斯和安娜·舍勒回到客人那儿时，伊波利特公爵正在主持谈话。他坐在安乐椅上，前冲着身子说："普鲁士国王！"他说完笑了，大家都向他转过身来。"普鲁士国王，是吗？"伊波利特问，又笑起来，又一本正经地在安乐椅上坐好。安娜·舍勒等了一会儿，但伊波利特似乎不准备说下去，安娜·舍勒就讲起不信神的拿破仑怎样在波茨坦偷走腓特烈大帝的宝剑。

"这把腓特烈大帝的宝剑，我……"安娜·舍勒刚开口，伊波利特就打断了她的话：

"普鲁士国王……"大家对他看看，他表示了一下歉意，又不作声。安娜·舍勒皱起眉头。伊波利特的朋友莫特玛语气坚决地问他说：

"普鲁士国王怎么样？"

伊波利特笑起来，但仿佛又因自己发笑而感到不好意思。

"不，没什么，我只想说……"伊波利特想说他在维也纳听到的一个笑话，这笑话他整晚一直想讲，"我只想说，我们为**普鲁士国王**打仗是徒劳无功的。"

保里斯谨慎地微微一笑，这笑容可以被理解为嘲笑，也可以被理解为赞赏，因人而异。大家都笑了。

“您这个笑话不高明，虽然很俏皮，但是不公正，”安娜·舍勒用瘦得打皱的手指指指他说，“我们打仗是为了正义，可不是为了普鲁士国王。哦，伊波利特公爵的嘴真毒！”

谈话一晚上都没有停止过，话题主要环绕政治新闻。晚会将近结束时，大家谈到皇帝的奖赏，气氛特别活跃。

“既然去年N获得过一个绘有皇帝御像的鼻烟壶，”绝顶聪明的人说，“那么S为什么不能获得同样的奖赏呢？”

“对不起，绘有皇帝御像的鼻烟壶是赏赐，而不是嘉奖，”外交官说，“不如说是一种赠品。”

“有过先例的，譬如施瓦岑贝格就得过这种赏赐。”

“这不可能！”另一个人反驳说。

“我可以打赌。绶带可是另一回事了……”

大家站起来要走。这时，整个晚上很少说话的海伦又用亲切而神秘的命令语气要保里斯星期二去她家。

“我有很重要的事。”海伦含笑回顾着安娜·舍勒说。安娜·舍勒就像谈到她的恩主时那样露出忧郁的笑，支持海伦的要求。海伦觉得需要见他，仿佛是由于保里斯谈到普鲁士军队时说的某一句话。她仿佛答应他，等他星期二来时，她将向他说明为什么需要见他。

保里斯星期二晚上来到海伦豪华的客厅，海伦并没有向他说明为什么一定要他来。客厅里还有别的客人，海伦伯爵夫人很少同他说话，直到临别他吻她手的时候，她才古怪地收起笑容，突然低声对他说：

“明天晚上来吃晚饭。您一定要来……一定要来。”

这次在彼得堡期间，保里斯成了海伦伯爵夫人家的密友。

8

战争越来越激烈，战场已接近俄国边境。到处都在咒骂人类公敌拿破仑；乡下在征募民团和新兵，战场上传来各种不同的消息，多半是虚假的，总之是众说纷纭，莫衷一是。

老保尔康斯基公爵、安德烈公爵和玛丽雅公爵小姐的生活，从一八〇五年起有了很大的变化。

一八〇六年老公爵被任命为全俄八个民团总司令之一的要职。老公爵虽然年迈体弱（在他认为儿子已经牺牲的日子里尤其明显），但觉得皇帝的圣旨不能违抗。不过，这个新的职务倒使他重新振作精神，增强了活力。他经常出去巡视他分管的三个省，履行职责一丝不苟，对待下属铁面无情，连最琐碎的事也要亲自过问。玛丽雅公爵小姐已不再跟父亲学数学，只有早晨老公爵在家的时候，她带着奶妈和吃奶的尼古拉公爵（祖父给他取的名字）去书房里看看父亲。小尼古拉公爵同奶妈和保姆萨维施娜住在已故公爵夫人那部分楼房，玛丽雅公爵小姐白天大部分时间待在育儿室，尽心照顾小侄儿，担当起母亲的职责。布莉恩小姐似乎也很喜欢娃娃，玛丽雅公爵小姐就常常慷慨地把照顾**小天使**（她这样叫她的小侄儿）和逗他玩的乐趣让给自己的朋友。

小公爵夫人安葬在童山教堂旁边。她的墓旁有一座小礼拜堂，礼拜堂里有一座从意大利运来的大理石纪念碑，碑上雕刻着个振翅欲飞的天使。天使的上唇微微上翘，似笑非笑。有一次，安德烈公爵和玛丽雅公爵小姐走进礼拜堂，都感到惊奇，觉得这个天使的脸有点像小公爵夫人。但使人更惊奇的是——安德烈公爵没有告诉妹妹——艺术家随意雕成的天使脸容，酷似安德烈公爵在亡妻脸上看到的微微谴责他的表情："唉，你们为什么这样对待我呀？……"

安德烈公爵回家后不久，老公爵就把离童山四十俄里的保古察罗伏大庄园分给他。安德烈公爵就利用保古察罗伏庄园大兴土木，在那里消磨大部分时间，部分是想消除跟童山有关的痛苦回忆，部分是由于不能忍受父亲的脾气，部分则是由于想离群索居。

安德烈公爵在奥斯特里茨战役以后毅然决定不再服役。战争一开始，人人都有服役的义务，他为了逃避现役，就在父亲手下从事征募民团的工作。一八〇五年战役以后，公爵父子仿佛对换了角色。老公爵从工作中得到鼓舞，对当前战争满怀希望；安德烈公爵正好相反，总是只看到坏的一面，没有参加战争，但心里还是感到遗憾。

一八〇七年二月二十六日老公爵巡视全军区。安德烈公爵在父亲出巡时照例留在童山。小尼古拉生病已经四天。送老公爵出门的马车夫从城里回来，给安德烈公爵带来了文件和书信。

侍仆在书房里没有看见安德烈公爵，就到玛丽雅公爵小姐屋里，但他也不在那里。人家告诉侍仆，公爵在育儿室。

"老爷，彼得鲁施卡送文件来了。"一个使女，保姆的下手，对安德烈公爵说。安德烈公爵坐在一张孩子坐的小椅子上，皱着眉头，双手哆嗦着拿瓶里的药水滴在盛有半杯水的杯子里。

"什么事？"他生气地问，不留神手一抖，往杯子里多倒了儿滴药水。杯子里的药水又泼到地板上，他重新要一点水。使女把水给了他。

屋里放着一张童床、两只箱子、两把安乐椅、一张桌子、一套孩子用的小桌椅，安德烈公爵此刻就坐在那张小椅子上。窗上都挂着窗帘，桌上点着一支蜡烛，用一本乐谱遮住，免得烛光射到小床上。

“我的朋友，”玛丽雅公爵小姐站在小床旁，对哥哥说，“还是等一下……过一会儿……”

“哼，对不起，你尽说蠢话，老是等，已经等成什么样子了。”安德烈公爵愤愤地低声说，显然要刺刺妹妹。

“我的朋友，真的，还是不要弄醒他，他睡着了。”公爵小姐恳求说。

安德烈公爵站起来，拿着杯子踮着脚尖走到小床前。

“那么，你说，不要弄醒他吗？”他迟疑地说。

“随你的便，真的……我想……随你的便。”玛丽雅公爵小姐说，显然因为她的意见占上风反而感到胆怯和害臊。她指给他看正在低声唤他的使女。

兄妹两人照顾发烧的孩子，已有两晚没有睡了。这两个昼夜他们不相信家庭医生，派人到城里另请医生，自己一会儿用这种疗法，一会儿用那种疗法给孩子治病。他们由于不眠和忧虑而脸色憔悴，满腹怨气，相互责怪，争论不休。

“彼得鲁施卡从老爷那里带来了文件。”使女低声说。安德烈公爵走了出去。

“哼，什么事！”安德烈公爵怒气冲冲地说，听了父亲传来的口头吩咐，接过父亲的信，回到育儿室。

“怎么样？”安德烈公爵问。

“还是那样，看在上帝份上再等一等。卡尔·伊丹内奇说，睡眠比什么都重要。”玛丽雅公爵小姐低声叹息说。安德烈公爵走到孩子那里，摸摸他的身子。孩子在发烧。

“你和你的卡尔·伊凡内奇都给我滚！”安德烈公爵拿起滴了药水的杯子，又走过去。

“安德烈，别这样！”玛丽雅公爵小姐说。

但安德烈公爵又生气又痛苦地对着她皱起眉头，拿着杯子向婴儿俯下身去。

“可我要给他吃，”安德烈公爵说，“来吧，我请你喂给他吃。”

玛丽雅公爵小姐耸耸肩膀，顺从地拿起杯子，叫保姆来喂药。孩子哑着嗓子啼哭。安德烈公爵皱起眉头，抱住头，走出去，坐到隔壁屋里的沙发上。

信一直握在他手里。他机械地拆开信，读起来。老公爵用他那又大又长的字体，间或用缩写，在蓝信纸上写了下面的信：

“我刚从专差那里接到重大喜讯。如不是谣传，别尼生在埃劳对拿破仑作战获得全胜。彼得堡万众欢腾，慰劳品源源送往前方。尽管别尼生是日耳曼人，我还是要向他祝贺。我不知道科尔切瓦的司令官亨德利科夫在做什么：补充人员和粮食至今未到。你赶到他那里去一下，告诉他，要是在一星期之内不把一切办妥，我要他的脑袋。关于埃劳战役我还接到彼嘉来信，他参加了此次战役，一切都是事实。只要不该干涉的人不出来干涉，就是日耳曼人也能打败拿破仑。据说，他逃跑时极其狼狈。注意，立即赶往科尔切瓦执行任务！”

安德烈公爵叹了一口气，拆开另一封信。这是比利平写来的，他密密麻麻地写了两张信纸。安德烈公爵没有读就把它放在一边，又拿起父亲的信来读，读到最后一句：“立即赶往科尔切瓦执行任务！”

“不，对不起，孩子没好我不去。”安德烈公爵想，走到门口，往育儿室望了一眼。玛丽雅公爵小姐一直站在小床旁，轻轻地摇着孩子。

“哦，他还写了什么不愉快的事？”安德烈公爵回想着父亲的信。“是啊，我们打败拿破仑，偏偏就在我没去服役的时候。是啊，是啊，父亲总是取笑我……嗯，由他去吧……”安德烈公爵开始看比利平的法文信。他看着信，一半没有看懂，看信的目的只是为了摆脱那长久折磨他的一个痛苦思想。

9

比利平现在以外交官身份待在总司令部。他写信虽用法文，还带着法国式的俏皮话和风格，但描写整个战役，却用了纯粹俄国式的勇于自责和自嘲的语气。比利平说，从事外交工作的清规戒律使他很苦恼，幸亏他有安德烈公爵这样可靠的朋友通信，倾吐由目睹军中情景而产生的积愤。这信还是在埃劳战役以前写的，如今已是明日黄花。

“自从我们在奥斯特里茨获得辉煌的胜利以来，不瞒您说，亲爱的公爵，我一直没有离开过总司令部。我确实对战争发生了兴趣，并对我的职务感到很满意；我在这三个月里的见闻，简直令人难以置信。

“让我**从头**说起。您所知道的**人类公敌**向普鲁士人发动进攻。普鲁士人是我们的忠实盟友，他们在三年里只对我们耍了三次花招。我们保护他们。不料**人类公敌**根本不理我们的甜言蜜语，蛮不讲理地向普鲁士人猛攻，不让他们检阅完毕，就把他们打得落花流水，他自己则住进波茨坦宫。

"普鲁士国王写信给拿破仑说：'我很愿意以陛下最满意的方式在我的王宫接待陛下。我已在条件许可范围内做好一切安排。哦，但愿我能达到目的！'普鲁士将军们在法国人面前大献殷勤，法国人一提出条件，他们就放下武器。格罗高城防司令手下有一万士兵，他请示普鲁士国王他应该怎么办。这一切都千真万确。总而言之，我们原希望只用我们的军事姿态吓唬吓唬他们，结果真的被卷入战争，而且是在我们的国境里，主要是**为了普鲁士国王**并同他一起作战。我们万事俱备，只缺一件小东西，就是总司令。大家认为，要不是总司令太年轻，奥斯特里茨的胜利会更辉煌，因此就从八十岁老将军中物色，最后从普罗卓罗夫斯基和卡明斯基两人中挑选了后者。卡明斯基将军仿效苏沃洛夫乘敞篷马车来到我们那里，大家向他高声欢呼，隆重接待。

"四日，第一个专差从彼得堡来到。箱子被送到（库图佐夫）元帅办公室里，因为元帅事必躬亲。我被叫去帮助检信，把写给我们的信都检出来。元帅派给我们这个差事，自己在一旁瞧着，看有没有写给他的信。我们找了半天，一封也没有找到。元帅等得不耐烦，亲自来检信，发现了皇上给T伯爵、B公爵等人的信。他大发雷霆，忘乎所以，拿起皇帝给别人的信一一拆开来看……'哼，他们这样对待我。他们不信任我！哼，命令监视我，好，去你们的！'于是他就下了那道给别尼生伯爵的著名命令。

"'我负伤了，不能骑马，因此不能指挥军队。您吃了败仗，把您的残部带到普尔土斯克，他们没有掩护，没有木柴，没有粮草，因此必须设法补救。既然您昨天已报告布克斯赫弗登伯爵一下要退到我国边境，那么今天您就执行吧。

“他写给皇上的信说：‘臣因长期戎马生活得了鞍伤，完全无法骑马，亦无力指挥如此庞大的军队，因此将指挥权移交给资历比我深的将军布克斯赫弗登伯爵，并把全体参谋部和所属一切移交给他，并向他忠告，假如粮食缺乏，就向普鲁士境内撤退，目前粮食只够一天食用，又据奥斯吉尔曼师长和谢德莫列茨基师长报告，他们的部队已断粮，农民的粮亦已吃光。我自己现在于奥斯特罗仑克医院养伤。谨诚惶诚恐呈上此报告，并启奏陛下：假如军队再露营十五天，到开春将无一健康士兵了。

“‘请皇上恩准我这无力完成伟大而光荣的使命，使国家蒙受耻辱的老人解甲归田吧。我将在这医院里鹄候圣裁，免去我这名义上是司令、实际上是书记的职务。我离开军队不会引起丝毫波动，因为我是个瞎子。俄国像我这样的人何止千万。’

“元帅生皇上的气，结果苦了我们大家，这是理所当然的事！

“这是喜剧的第一幕。以后几幕当然就更有趣。元帅一走，我们面对敌人，仗非打不可了。布克斯赫弗登凭资历出任总司令，但别尼生将军完全不买账，再说他和他的军团面对敌人，很想趁机打一仗。他就动手了。这就是普尔土斯克战役，大家都认为这是一次伟大的胜利，可我并不这样看。您知道，我们文官看待军事胜负有个很坏的习惯。我们认为，在战斗之后撤退的一方是失败者，因此，我们在普尔土斯克战役中是打了败仗。总而言之，在战斗之后我们撤退了，却派专差到彼得堡报捷。别尼生将军没有把全军指挥权让给布克斯赫弗登将军，希望彼得堡方面给他总司令的职位，以酬谢他取得的胜利。在这新旧交接的过渡时期，我们采取了一系列非常古怪而有趣的行动。我们的目的就不再是回避或者攻击敌军，而是回避凭资历可以当我们长官的布克斯赫弗登将军。我们为这个目的竭尽全力，甚至在遇到无法涉水而过的河流时，我们把桥烧掉以阻挡敌人，但我们的敌人目前不是拿破仑，而是布克斯赫弗登。由于我们采取只保全自己的策略，布克斯赫弗登将军差点儿受优势敌军的攻击，他本人也差点儿被俘。布克斯赫弗登追赶我们，我们就跑。他刚渡河来到我们这一边，我们就又回到原来那一边。我们的敌人布克斯赫弗登终于追上我们，向我们进攻。双方进行解释。两位将军都暴跳如雷，这两个总司令差一点决斗。不过，幸亏在这危急关头来了专差，他把普尔土斯克的捷报带到彼得堡，又从彼得堡给我们带来总司令的任命，这样，第一号敌人布克斯赫弗登终于吃了败仗。现在我们可以考虑对付第二号敌人拿破仑了。但没有想到这时在我们面前又出现了第三号敌人——**正教军队**，他们大声疾呼要粮食，要牛肉，要干粮，要干草，要燕麦，什么都要！结果商店空虚，道路阻塞。正教军队大肆抢劫，残酷的程度连上次战役都望尘莫及。有半数军人成群洗劫，烧尽杀光。居民被洗劫一空，医院人满为患，遍地饥荒成灾。暴徒甚至两次攻击司令部，总司令不得不调动一营士兵把他们赶走。在这样的一次抢劫中，暴徒抢走了我的空箱子和睡袍。皇上想授权各师师长就地枪毙暴徒，但我很担心，这样会使一半军队去枪杀另一半军队。”

安德烈公爵起初只是随便看看，但越看越感兴趣（尽管他知道比利平的话不能全信）。他看到这里，把信揉成一团，扔掉了。他生气倒不是因为信的内容，而是因为他不熟悉的那种生活竟使他这样激动。他闭上眼睛，用手擦擦前额，仿佛要驱散信里所写的事对他的吸引力，并细心谛听育儿室里有没有动静。突然，他仿佛听到门外有一种古怪的声音，他生怕在他看信时婴儿出什么事。他踮着脚尖走到育儿室门口，推开门。

他进去的时候，看见保姆神色慌张地把什么东西藏起来，玛丽雅公爵小姐已不在小床旁边。

“我的朋友！”他仿佛听见背后玛丽雅公爵小姐绝望的低语。就像通常在长久失眠和长久激动后那样，他突然感到一阵无名的恐惧：他想大概是孩子死了。他觉得所见所闻的一切都证实了他的恐惧。

“全完了！”他想。他的额上渗出冷汗。他惘然若失地走到小床旁边，相信小床已经空了，保姆已把死婴藏起来。他撩起帐子，他那双惊惶不安的眼睛好久没找到婴儿。他终于看见了婴儿：脸色红润，伸开手脚，横躺在小床上，头滑在枕头下，在睡梦里咂着嘴唇，均匀地呼吸着。

安德烈公爵看见孩子，高兴得像失而复得一般。他俯下身去，照他妹妹教他的那样，用嘴唇试试孩子是不是还在发烧。柔嫩的前额潮腻腻的，他用手摸摸小脑袋，发现连头发都湿了，孩子出了很多汗。他不仅没有死，而且脱离了危险，正在复原。安德烈公爵想把这娇弱的小东西抱起来紧紧搂在怀里，但他不敢这样做。他站在旁边，打量着他的小脑袋和被子底下的小手与小脚。他听见身旁有窸窣声，接着帐子上出现了一个影子。他没有回顾，仍盯着孩子的脸，一直听着他均匀的呼吸。原来影子是玛丽雅公爵小姐。她悄悄走到小床边，掀起帐子，放在身后。安德烈公爵没有回顾，听出是她，向她伸出一只手。玛丽雅公爵小姐握住他的手。

“他出汗了。”安德烈公爵说。

“我就是来告诉你这事的。”

婴儿在睡梦中轻轻地动了动，微微一笑，前额在枕头上擦擦。

安德烈公爵对妹妹望望。在昏暗的帐子里，玛丽雅公爵小姐明亮的眼睛含着幸福的泪水，显得比平时更明亮。玛丽雅公爵小姐向哥哥伸过头去，吻了吻他，无意中稍稍碰了碰帐子。他们相互做着手势，示意别把他惊醒，在昏暗的帐子下又站了一会儿，仿佛不愿离开这个只有他们三人的小天地。安德烈公爵的头发被纱帐弄乱，他首先离开小床。“是的，现在留给我的只有他了。”他叹了口气说。

10

皮埃尔加入共济会后不久，就亲自拟了一份计划，规定他在自己庄园里应该做些什么，然后动身去基辅省。他的大部分农奴都在那里。

皮埃尔到了基辅，把各个庄园的管家都叫到总账房，向他们说明他的意图和愿望。他对他们说，他要立即采取措施，彻底解放农奴，在这以前不能加重他们的劳役，哺乳期妇女不该出工，农奴应得到补助，惩罚限于训诫而不能使用体罚，每个庄园都应设立医院、孤儿院和学校。有几个管家（其中有半文盲）听了心惊肉跳，以为伯爵少爷对他们经营不力和中饱私囊不满；有几个管家先是感到恐惧，后来觉得皮埃尔的特别发音和闻所未闻的新名词挺好玩；第三种管家觉得能听到少爷讲话很高兴；第四种管家，包括总管在内，最聪明，他们听了讲话，懂得怎样对付东家来达到自己的目的。

总管表示很赞赏皮埃尔的意图，但指出，除了这些改革外，庄园经济情况很糟，必须加以整顿。

皮埃尔伯爵虽拥有大量财富，但自从他继承了遗产，据说每年有五十万卢布收入以来，他总觉得远不如以前从已故伯爵那里每年获得一万卢布宽裕。他模模糊糊地知道如下的预算：所有庄园需缴付监护所[1]捐款约八万卢布；维持莫斯科郊区别墅、莫斯科市内住宅和三位公爵小姐的生活费约需三万卢布；养老金支出约一万五千卢布，资助慈善机关大约也需一万五千卢布；海伦伯爵夫人生活费十五万卢布；支付债务利息约七万卢布；近两年兴建教堂支出每年约一万卢布；其他用途约十万卢布，他不知道是怎样用去的，但每年他都得借债。除此以外，总管年年都有信来，报告火灾、歉收，提出要翻建工厂和作坊。因此，皮埃尔需要做的首先就是处理实际事务，而这恰好是他最不擅长和最不感兴趣的。

皮埃尔同总管天天算账。他觉得他的经济情况毫无好转。他觉得，他的活动脱离实际，既抓不住问题，又于事无补。一方面，总管总是把情况说得很坏，对皮埃尔说必须偿还债务，并依靠农奴劳动来从事新的工作，而这一点皮埃尔不能同意；另一方面，皮埃尔要着手解放农奴，而总管则认为需先偿付监护所的欠款，因此不能很快实行这项计划。

总管没有说这事完全办不到，但认为要实行这项计划必须先卖掉科斯特罗马省的树林，卖掉河流下游土地和克里木的庄园。但要办理这些事，照总管说，手续非常麻烦，得取消一些禁令，申请特殊许可，等等，弄得皮埃尔手足无措，只好对他说："好，好，就这么办吧！"

皮埃尔自己办理事务缺乏耐心，因此不喜欢办，但在总管面前不得不装出在办的样子。总管则在伯爵面前装模作样，仿佛那些事对东家极其有利，但给自己带来很多麻烦。

---

1 沙皇皇室出面主办的机关，主要从事抚养孤儿、救济残疾人等活动，部分资金由募捐收集。

在基辅这个大城市里，皮埃尔遇见了一些熟人；不认识的人也纷纷赶来结交他这位回乡的富豪，本省最大的地主，向他亲切致意。皮埃尔在共济会入会时所承认的主要毛病仍很严重，一直不能克服。皮埃尔又是整天、整周、整月忙忙碌碌，出入晚会、宴会、舞会，这些活动使他像在彼得堡一样无暇反省。他没能开始他所想望的新生活，而是像原来一样浑浑噩噩地混日子，不过换了个环境罢了。

在共济会的三大宗旨中，皮埃尔承认他没能做到每个会员必须模范地过道德生活这一条；而在七项美德之中有两项完全没有做到：品行端正和视死如归。他能够聊以自慰的是，他实行另一项宗旨——改造人类，做到另外两项美德——爱人类和慷慨，特别是慷慨。

一八〇七年春，皮埃尔决定回彼得堡。在归途中，他打算巡视所有的庄园，亲自看看他的命令执行得怎样，并了解上帝托他照顾而他也力求施以恩惠的黎民百姓的处境。

总管认为伯爵少爷的企图几乎都是狂想，对自己不利，对他总管不利，对农奴也不利，但他还是作了让步。他始终认为解放农奴是办不到的，于是只在各个庄园里建造学校、医院和孤儿院；在少爷来到时准备欢迎，不讲究排场（他知道皮埃尔不喜欢那一套），而是带着神像、面包和盐，充满宗教的感恩气氛。他知道这种方式能感动伯爵，欺骗伯爵。

南方的春天，乘上维也纳敞篷马车，又稳又快地在幽静的道路上行进，使皮埃尔感到心旷神怡。他以前没有到过那些庄园，那里的风景一处比一处优美；各地农奴都安居乐业，衷心感激赐给他们的恩典。各地农奴的隆重欢迎虽使皮埃尔有点拘束，但他心里很高兴。有一处，农奴向他献上面包和盐以及圣彼得与圣保罗的像，并要求允许他们用自己的钱在教堂里造一个侧祭坛，供奉他的保护神圣彼得和圣保罗[1]以表示对他的感激。在另一处，几个怀抱婴儿的妇女欢迎他，因为他免了她们的繁重劳役。在第三个庄园，神父在孩子们的簇拥下拿着十字架迎接他，由于他的恩典孩子们受到了教育，信仰了宗教。在各个庄园里，皮埃尔亲眼看到根据统一计划正在建造和已经落成的医院、学校和养老院的大楼。这些机构不久即将开办。在各处，皮埃尔听到管家报告农奴的劳役都比以前减少，还听到一些穿蓝布长袍的农奴代表向他说了些动人的感谢话。

皮埃尔不知道，人们向他献上面包和盐并在那里修建圣彼得和圣保罗侧祭坛的地方，是一个贸易村和圣彼得节集市，早就由村里的富农也就是来见他的代表修建好了，而村里十分之九的农民却一贫如洗。他不知道，根据他的命令**哺乳期妇女**不服劳役，但她们在自己的田地上却因此担负起更繁重的劳动。他不知道，那个手拿十字架迎接他的神父强行向农民收取苛捐杂税，强迫农民含泪送子弟去给他当学生，然后又要花很多钱才能把他们赎回来。他不知道，那些大楼都是按照图样由农民建造的，这样就增加了他们的劳役，而所谓减轻劳役只是嘴上说说罢了。他不知道，管家从账簿上指给他看，遵照他的意旨田租减少了三分之一，而劳役却增加了二分之一。因此，巡视庄园使皮埃尔非常高兴，他又恢复了离开彼得堡时的那种慈善心肠。他给他的道兄（他这样称呼会长）写了一封热情洋溢的信。

"做了那么多善事，那么省力，只花了那么少力气，"皮埃尔想，"这些事我们关心得太少了！"

他因人家对他表示感谢而高兴，但同时又感到害臊。他不禁

1 皮埃尔的俄国名字就是彼得。照俄国正教规定，同一日纪念圣彼得和圣保罗，因此他们都是皮埃尔的保护神。

想，他还能为这些淳朴善良的人做些什么。

总管为人既愚蠢又狡猾，深知这位聪明而天真的伯爵的性格，把他当玩具恣意玩弄。他看到他以前做的手脚在皮埃尔身上起的作用，就更坚决地向他证明，解放农奴是办不到的，更是不必要的，因为农奴们本来就过得十分幸福。

皮埃尔在心底里同意总管的意见，觉得很难想象有比他们更幸福的人，而且一旦解放，天知道他们会怎么样，不过皮埃尔还是勉强认为，他所坚持的意见是正确的。总管嘴上答应尽力执行伯爵的意旨，心里明白伯爵永远不会查问，是否采取措施出卖树林和庄园、偿还监护所的欠款，大概也决不会打听，从而知道造好的房子都空关着，农奴也像别家农奴那样继续服劳役，缴纳捐税，也就是交出他们能交出的一切。

11

皮埃尔兴高采烈地从南方旅行归来，实现了一个夙愿：访问两年未见的老朋友安德烈。

皮埃尔在最后一站上打听到，安德烈公爵不在童山而在远处的新庄园，就去那里找他。

保古察罗伏坐落在平原上，风景并不美，四周都是田野和部分伐过的云杉与白桦夹杂的树林。地主的宅院位于村庄尽头，有大路相通，前面有个池塘，塘里灌满水，塘边还没有长草，周围是一片小树林，树林中间有几棵大松树。

地主的宅院里有打谷场、下房、马厩、澡房、厢房和一座尚未完工的半圆形山墙的大邸宅。房子周围是新种的花草树木。围墙和大门都是新修的，十分坚固。棚子里放着两架消防水龙和一个漆成绿色的大水桶。房子周围的路都很直，桥也很坚固，两边还有栏杆。这里处处给人一种整齐清洁、有条不紊的印象。皮埃尔遇见几个仆人，问他们公爵住在哪里，他们指指池塘旁一座新盖的偏屋。安德烈公爵的老家人安东扶皮埃尔下了车，说公爵在家，然后领他走进清洁的前室。

皮埃尔上次在彼得堡看见安德烈生活过得十分阔绰，现在却住着这样一所整洁朴素的小房子，感到很惊讶。他匆匆走进散发着松木香味的没有粉刷过的小厅，想再往前走，可是安东踮着脚尖跑在前头，敲了敲门。

“什么事？”门里传出来不快的尖嗓子。

“有客人。”安东回答。

“请他等一下。”接着传来移动椅子的声音。皮埃尔快步走到门口，同从里面出来的安德烈撞个满怀。安德烈眉头紧皱，样子老了好多。皮埃尔拥抱安德烈，托起眼镜，吻了吻朋友的脸颊，逼近瞧着他。

“哦，真没想到，见到您太高兴了！”安德烈公爵说。皮埃尔没有吭声，他惊奇地盯着朋友的脸。安德烈公爵身上发生的变化使他吃惊。安德烈公爵的话很亲热，嘴唇和脸上也浮着微笑，但眼神却呆滞无光，虽然他也想使自己的眼神露出欢乐的光芒。使皮埃尔感到惊讶和陌生的不是朋友的消瘦、苍白和老气，而是他那呆滞的眼神和额上的皱纹。

就像一般老友久别重逢那样，他们的谈话好久不能集中在一个话题上；他们三言两语交换对一些事的看法，而这些事是需要细谈的。谈话终于渐渐集中在开头涉及的问题上：过去的生活、未来的计划、皮埃尔的旅行和事业、战争，等等。皮埃尔在安德烈公爵眼睛里察觉的凝滞和消沉的神色，如今更鲜明地表现在他听皮埃尔说话时的微笑里，尤其在皮埃尔兴致勃勃地谈到往事和未来的时候，仿佛安德烈公爵想参加而未能参加皮埃尔所谈的事。皮埃尔发觉，在安德烈公爵面前谈论快乐、理想、对幸福和善的希望是不合适的。他羞于说出自己新接受的共济会思想。这种思想通过他最近一次旅行变得格外强烈和鲜明。他竭力自制，唯恐显得幼稚，但同时又忍不住想赶快让朋友看到，他皮埃尔现在跟在彼得堡时已截然不同，大大变好了。

“我无法告诉您，我在这段时期里有多少体会。我连自己都不认得自己了。”

“是啊，从那时起我们有了很多很多变化。”安德烈公爵说。

“嗯，那么您呢？”皮埃尔问，“您有什么计划？”

“计划？”安德烈公爵带着嘲弄的神情把皮埃尔的问题重说了一遍。“我的计划吗？”他重复说，仿佛听到这个词感到惊奇。“你瞧，我在盖房子，打算明年全部搬到这儿来……”

皮埃尔默默地凝视着安德烈见老的脸。

“不，我是问……”皮埃尔刚要说话，就被安德烈公爵打断了：

“哼，我的事有什么可说的……还是讲讲……讲讲你的旅行，讲讲你在你的庄园里做了些什么吧。”

皮埃尔就讲起他在自己庄园里所做的事来，但竭力回避他的改革活动。安德烈公爵几次提示皮埃尔该说些什么，仿佛他早就知道皮埃尔要说的事，他听着不仅不感兴趣，而且为皮埃尔所讲的事害臊。

皮埃尔同朋友在一起感到局促不安，甚至难受。他不作声了。

“不瞒你说，老朋友，”安德烈公爵说，同客人一起显然也觉得拘束和难受，“我只是临时来这里住住，我只是来看看。今天我就要回妹妹那儿去。我要把你介绍给她。你大概认识她吧。”安德烈公爵说，显然在应付一个如今跟他毫无共同之处的客人。“我们吃过饭去。现在你要不要参观一下我的庄园？”他们走了出去，一直散步到吃饭。他们好像两个泛泛之交，随便谈着政治新闻和共同的熟人。安德烈公爵只有在谈到他的新庄园和建筑时才有点生气和兴致，但当他们站在脚手架上，安德烈公爵向皮埃尔谈到未来房子的布局时，谈到一半突然停住了。“不过这没什么意思，我们吃饭去吧。”

吃饭时，话题转到皮埃尔的婚姻问题上。

“我听到这事大吃一惊。”安德烈公爵说。

皮埃尔脸红了，就像每次人家提到这事时那样。他连忙说：

“我以后会把全部经过讲给您听。但不瞒您说，这一切都结束了，永远结束了。”

“永远吗？”安德烈公爵说。“天下可没有永远的事。”

“那么您知道这事是怎样结束的吗？决斗的事听说了吗？”

“听说了，这样的事你都干了。”

“不过，我要感谢上帝，我没把那人打死。”皮埃尔说。

“那是为什么？”安德烈公爵说，“打死一条恶狗可是件好事啊。”

“不，杀人是不好的，不对的……”

“为什么不对呢？”安德烈公爵重复说。“什么对，什么不对，人是无法判断的。人总是弄不清楚，永远弄不清楚，尤其在是非问题上。”

“凡是对别人有害的事都是错的。”皮埃尔说，高兴地发觉自从他来到这里以后，安德烈公爵第一次兴奋起来，开始想说话，说出他怎么会变成现在这个样子的。

“谁告诉过你，什么事是对别人有害的？”安德烈公爵问。

“有害？有害？”皮埃尔说，“我们全都知道，什么事对自己有害。”

“是的，我们知道，但我不能把对自己有害的事加在别人身上。”安德烈公爵越说越兴奋，显然想把自己的新观点告诉皮埃尔。他用法语说下去。“*我知道人生有两大真正的不幸：悔恨和疾病。没有这两种不幸就是幸福。*为自己生活，避免这两种不幸，这就是我现在的全部人生哲学。”

“那么，爱别人和自我牺牲呢？”皮埃尔说。“不，我不能同意您的看法！活着光是不害人，不悔恨，那是不够的。我以前就是这样生活的，我活着为了自己，结果反而毁了自己的生活。现在我才为别人而生活，至少努力为别人而生活（由于谦逊，皮埃尔纠正了自己的话）；现在我才懂得生活的全部幸福。不，我不同意您的看法，您说这话也未必出于真心。”

安德烈公爵默默地瞧着皮埃尔，脸上带着几分嘲弄的微笑。

“过一会儿你就会看见我的妹妹玛丽雅公爵小姐了。您会同她合得来的。”安德烈公爵说。“也许对你自己来说你是对的，”他沉默了一会儿继续说，“但每个人都在按自己的意愿生活：你以前为自己活着，你说你几乎毁了你的生活，直到你开始为别人生活，你才懂得了幸福。可我的经历正好相反。我以前为荣誉而活（什么是荣誉？荣誉就是爱别人，就是愿意为他们做些什么，愿意得到他们的称赞）。我以前就这样为别人而生活，结果不是几乎而是完全毁了自己的生活。直到我只为自己生活，我心里才觉得平静。”

“怎么能只为自己一人而生活呢？”皮埃尔激动地问。“那么，儿子呢，妹妹呢，父亲呢？”

“哦，他们这些人等于是我，不是别人，”安德烈公爵说，“而别人，也就是你同玛丽雅公爵小姐所说的朋友，他们是各种错误和祸害的主要渊源。所谓朋友，就是你要对他们做好事的基辅农奴。”

安德烈公爵用嘲弄和挑逗的目光瞧了瞧皮埃尔。他显然在向皮埃尔挑战。

“您在开玩笑。”皮埃尔越来越兴奋地说。“我想做点好事——虽然做得很少很差，但我想做，而且多少做了一点——这有什么错误和罪过呢？不幸的人们，我们的农奴，同我们一样是人，但他们从小到大直到死，除了知道神像和无意义的祷告之外，对上帝和真理一无所知。要是有人引导他们相信来生、报应、奖赏和归宿，那又有什么罪过呢？要是有人害病濒临死亡而得不到救援——其实在物质上援助他们是轻而易举的——我给他们医生，让他们住院，我收养老人，这又有什么错误和罪过呢？要是农夫、农妇带着孩子白天黑夜不停地干活，我让他们有时间休息，这难道不是切切实实的好事吗？……”皮埃尔急促而口齿不清地说。“我做了这些事，虽然做得不好，做得不多，但多少做了一点。我认为这样做是好的，您不仅不能动摇我的信心，而且我深信您内心并不真正这样想。而主要的是，”皮埃尔继续说，“我知道，确确实实知道，做好事是人生唯一的幸福。”

“哦，要是这样提出问题，那可是另一回事了。”安德烈公爵说，“我盖房子，辟花园，你盖医院。做这些事都可以消磨时光。至于什么事对，什么事好，还是让那些无所不知的人去判断吧，我们可不能判断。你想争论，那就来吧。”他们离开餐桌，坐到代替阳台的门前台阶上。

“好，让我们来争论吧！”安德烈公爵说。“你说到学校，”他弯下一个手指说下去，“教育，等等，你想使他……”他指指一个摘下帽子从他们旁边走过的农夫说，“使他摆脱畜生般的状态，产生精神上的需要。可我认为畜生的幸福是他唯一可以获得的幸福，而你却要剥夺他这种幸福。我羡慕他，你却要使他变成像我这样的人，但又不给他我那样的智慧、感情和财富。再有，你说要减轻他的劳动。可我认为，体力劳动对他就像脑力劳动对我们一样重要，一样是生存的必要条件。这问题你不能不思考。晚上我两三点钟睡觉，但脑子里浮想联翩，我睡不着，在床上翻来覆去，直到天亮还睡不着，因为我在思考，我不能不思考，就像他不能不耕地，不能不割草那样；要不然他就会上酒店或者生病。我不能忍受他那种可怕的体力劳动，干上一星期就会死去。同样，他要是像我这样脱离体力劳动，他就会发胖，也会死去。第三……你还说过什么呀？”

安德烈公爵弯起第三个手指。

“哦，对了。医院，药品。他中风，快要死了，你给他放血，治疗，他成了残废，再挨上十年，拖累大家。让他死去，这要太平得多，省事得多。别的农夫又会生出来，他们这种人多的是。你要是舍不得失去一个劳动力（我是这样看待他的），那又当别论。可你是出于爱而去医治他的。其实他并不需要治疗。何况，说医学能治病，那简直是做梦……医学能杀人，这千真万确！”安德烈公爵愤怒地皱起眉头说，背过身去不看皮埃尔。

安德烈公爵十分清楚地说出他的想法，显然他对这问题已想过多次了。他滔滔不绝地说个不停，好像好久没有说话似的。他的目光越来越有神，可他的结论却越来越悲观。

“哦，这太可怕了，太可怕了！”皮埃尔说。“我只是不明白，一个人有了这样的思想，怎么还能活下去。我也有过这样的心情，那是不久前在莫斯科和旅途之中。当时我灰心丧气，觉得活不下去，我恨一切，首先恨我自己。当时我不吃饭，不洗脸……那您怎么……”

“为什么不洗脸，不洗不卫生。”安德烈公爵说，“相反，应该尽量使自己的生活过得愉快些。我活在世界上，这又不是我的错，因此我要过得好些，不妨碍任何人，过完这一生。”

“那么，您的生活目的是什么呢？有了这样的思想就这么闲坐着。什么也不干吗？”

“生活是不会让人安宁的。我真想什么也不干，可是，一方面承蒙这里的贵族瞧得起我，选我当首席代表。这事好容易才被我推掉了。他们不了解我没有能耐，没有干那种事所必需的好心肠和傻劲儿。再说，我要把这所房子盖好，以便有个地方过上安宁的日子。还有那个民团。”

“您为什么不回军队呢？”

“打过奥斯特里茨那一仗后再回去！”安德烈公爵闷闷不乐地说。“不，多谢你的美意，可我发过誓，再也不进俄国现役部队了，永远不进了。即使拿破仑打到这里斯摩棱斯克，威胁童山，我也不会进俄国军队了。嗯，这话我以前对你说过。”安德烈公爵平静下来，继续说，“再说民团。我父亲是第三军区总司令，我逃避现役的唯一办法就是待在他身边。”

“那么您是在民团里服役啰？”

“是的。”他停了一会儿。

“那您为什么要服役呢？”

“是这样的。我父亲是当代非常杰出的人物。可是他老了，他天性不能算残酷，但太好活动。他惯于大权独揽，这习惯叫人望而生畏。如今皇上又授予他民团总司令的大权。两星期前，我要是晚到两小时，他就会在尤赫诺夫把书记官活活吊死。”安德烈公爵含笑说，“我之所以要服役，是因为除了我谁也无法影响父亲，我多少还能使他少干些以后会感到悔恨的事。”

“哦，原来如此！”

“是的，但不像你所想的那样。”安德烈公爵继续说，“我一点也不怜惜，至今也不怜惜那个偷了民团靴子的该死的书记官；我甚至很高兴看到他被吊死，但我不能不替父亲着想，其实也就是替我自己着想。”

安德烈公爵越说越激动。他竭力向皮埃尔说明，他从来不想对别人做好事，他的眼睛发出狂热的光芒。

“还有，你想解放农奴，”安德烈公爵继续说，“这很好，但这不是为你自己（哦，我想你从来没用鞭子抽过人，也没把人发配到西伯利亚去过吧），更不是为了农奴。要是你揍他们，抽他们，把他们发配到西伯利亚，我想他们不会因此过得更糟。到了西伯利亚，他们还是过他们的畜生般的生活，他们身上的鞭痕会长好，他们又会像原来一样幸福。但那些精神崩溃、内心悔恨，克服悔恨而又随心所欲地处分人因而变得冷酷的地主老爷们，他们倒是需要解脱。喏，我就是可怜他们，我若要解放农奴也是为了他们。你也许没有看到，可我看到了，有些好人因为享有无限权力，就变得越来越暴躁，越来越残酷，他们明明知道这一点，却无法自制，结果就越来越苦恼，越来越苦恼。”

安德烈公爵说这话时十分激动，皮埃尔不由得想到，安德烈这些思想是从他父亲那里继承来的。皮埃尔没有搭理他。

“你瞧，我珍惜的是什么：人类的尊严，良心的平静，心灵的纯洁，而不是他们的脊梁和脑门。他们不论怎样挨打，怎样被剃阴阳头，还是那样的脊梁，那样的脑门。”

“不，一千个不！我永远不能同意您的意见。”皮埃尔说。

12

傍晚，安德烈公爵和皮埃尔乘敞篷马车去童山。安德烈公爵瞧瞧皮埃尔，偶尔说几句话，表示他心情很好。

他指着田野，向皮埃尔讲着他的经济改革。

皮埃尔闷闷不乐，没有作声，只回答一两个字，显然陷入了沉思。

皮埃尔认为安德烈公爵是不幸的，他迷失方向，看不到真理，他皮埃尔应该帮助他，开导他，使他振作起来。但皮埃尔刚考虑他该怎样开头就预感到，安德烈公爵会用一句话，一个理由把他的道理完全驳倒。他怕开口，怕他所心爱的神圣信仰受到嘲弄。

“不，您为什么这样想？”皮埃尔忽然说，垂下头，好像一头要进攻的公牛。“您为什么这样想？您不应该这样想。”

“想？我想什么呀？”安德烈公爵惊讶地问。

“想人生，想人类的使命。您那样可不行。我原来也是这样想的，后来我得救了。您知道是什么救了我吗？是共济会。不，您别笑。共济会不是仪式烦琐的教派，不像我原来想的那样。共济会是人类永恒优点的最好体现。”于是他就向安德烈公爵解释他所了解的共济会。

皮埃尔说，共济会所遵循的是不受国家和教会束缚的基督教义，是平等、友好、博爱的教义。

“只有我们神圣的会才能赋予人生以真正意义，其余一切都是一场梦。”皮埃尔说，“您要明白，我的朋友，除了我们的会之外，一切都充满欺骗和谎言。我同意您的说法，一个像您这样聪明善良的人只求不妨碍别人过完一生，此外就别无他求。但您只要接受我们的基本信仰，加入我们的会，把自己交给我们，让我们来引导您，您就会像我一样觉得自己是那条从天国开端的无形大链条中的一环。”皮埃尔说。

安德烈公爵默默地望着前方，听着皮埃尔说话。有几次他因为马车的辘辘声听不清，就请皮埃尔再说一遍。从安德烈公爵眼神的特殊光芒和他的沉默，皮埃尔看出他的话没有白说，安德烈公爵不会打断他，也不会嘲笑他。

他们来到一条涨水的河边，得摆渡过去。等车马安顿好，他们就上了渡船。

安德烈公爵双臂凭着船栏，默默地望着在夕阳下闪烁的河水。

“那么，您对这事有什么想法？”皮埃尔问。“您为什么不作声？”

“我有什么想法吗？我在听你说。这一切都很好。”安德烈公爵说，“你说：‘加入我们的会，我们会给你指出生活的目的、人类的使命和统治世界的法则。’可我们到底是谁？我们是人。为什么你们什么都知道？为什么只有我一人看不见你们所看到的东西？你们看见地上有善与真的王国，可是我看不见。”

皮埃尔打断了他的话。

“那么您相信来世吗？”他问。

“来世吗？”安德烈公爵反问，但皮埃尔不让他有时间回答，认为他反问就表示否定，何况他知道安德烈公爵原是个无神论者。

“您说您看不见地上有善与真的王国。我原来也看不见；要是把我们的生活看作是一切的终点，那就无法看见这个王国。在这片土地上，就是在这片土地上（皮埃尔指指田野），没有真理，只有欺骗和罪恶；但在宇宙里，在整个宇宙里，却有真理。现在我们是大地的孩子，但从永恒的角度看，我们是整个宇宙的孩子。我现在内心不是感觉到，我是这巨大和谐的整体的一部分吗？我不是感觉到，在芸芸众生中我只是一个环节，一个台阶吗？而上帝（也许您喜欢称作最高权力）就在其中显现。既然我看见，清楚地看见那从植物发展到人类的阶梯，那我有什么理由认为那看不见底的阶梯只到植物为止呢？我有什么理由认为，这阶梯到我这里就中断而不再向前伸展，伸向更高级的生物呢？我觉得我不会消灭，就像世界上没有东西会消灭那样。我过去存在，以后也将永远存在。我觉得除了我以外，我的头上有着神明，世界上存在着真理。”

“不错，这是赫尔德[1]的学说。”安德烈公爵说，“但是，亲爱的朋友，这不能使我信服，使我信服的是生与死。使我信服的是，看到我所爱的一个人，一个跟我同命运的人，我在这人面前感到内疚和悔恨（安德烈公爵声音哆嗦了，他转过身去），突然这人吃苦受难，不再存在了……这是为什么呀？不回答是不行的！可我相信这人是存在的……我信服的就是这一点。”安德烈公爵说。

“对啊，对啊！”皮埃尔说，“我说的不就是这一点吗！”

“不，我只是说，使我相信来世的不是理论，而是现实：你同一个人在生活中携手前进，突然那人**不知去向**，消失得无影无踪，你却停留在深渊边上，往那里张望。我就这样张望过……”

“嗯，那又怎么样！您知道**那里**有什么，那里有**谁**吗？那里

1 赫尔德（1744—1803），德国文艺理论家、哲学家。

就是来世。这个谁就是上帝。”

安德烈公爵没有回答。车马早已运到对岸，重新套好。太阳已一半落到地平线下，晚上结的冰已星星点点地出现在渡口的水洼子里，而皮埃尔和安德烈却依旧站在渡船上谈话。这使跟班、车夫和船夫感到纳闷。

“既然有上帝，有来世，也就有真理，有美德；而人类最大的幸福就是追求这些东西。我们要生活，要爱人，要信仰，”皮埃尔说，“我们不仅仅今天生活在这一小块地面上，我们过去、未来都永远生活在这整个宇宙中（他指指天空）。”安德烈公爵双臂搁在渡船栏杆上，听着皮埃尔讲话，眼睛盯着蓝色河水上夕阳的红艳艳反光。皮埃尔说到这里停住了。周围一片寂静。渡船早已靠岸，只有波浪哗哗地拍击着船底。安德烈公爵觉得波浪的拍击声像在附和皮埃尔的话：“对，这话可以相信。”

安德烈公爵叹了一口气，用天真、温柔而明亮的目光瞧了瞧皮埃尔兴奋得发红、但在他所尊敬的朋友面前感到畏怯的脸。

“是啊，但愿如此！”安德烈公爵说。“现在我们该上岸了。”他说着走下渡船，抬头望望皮埃尔给他指出的天空。自从奥斯特里茨战役以来，他这是第一次看到他躺在战场上看到过的高邈永恒的天空。于是长期沉睡在他心里的美好感情突然苏醒了。当安德烈公爵回到原来的生活环境里时，这种感情消失了，但他知道，尽管这种感情他不会加以发扬，却已在他心里扎了根。同皮埃尔见面是安德烈公爵生活中的新纪元，从那时起他表面上虽然维持老样子，内心却开始了一种崭新的生活。

13

安德烈公爵和皮埃尔到达童山公馆时，天色已经黑了。他们走近大门口，安德烈公爵含笑叫皮埃尔注意后门口的骚动。一个背袋子的佝偻老婆子和一个穿黑衣、留长发的矮小男人，一看见门口来了辆马车，慌忙跑回门里。两个女人随着他们跑出来。四人望望马车，惊惶地从后门台阶回去。

“这是玛丽雅的神亲，”安德烈公爵说，“他们错把我们当作家父了。这是她唯一违抗父亲的一件事：父亲吩咐驱逐这些云游教徒，可她接待他们。”

“什么叫神亲？”皮埃尔问。

安德烈公爵还没有回答，就有仆人出来迎接。安德烈公爵问仆人老公爵在哪里，是不是快回家了。

原来老公爵还在城里，但随时都可能回来。

安德烈公爵把皮埃尔领到自己屋里。在父亲的房子里，这间屋子总是收拾得干干净净，随时准备迎候安德烈公爵的到来。接着安德烈公爵去育儿室。

“我们去看看妹妹，”安德烈公爵回到皮埃尔屋里，说，“我还没见到她。她躲起来了，跟她那些神亲在一起。她这是自作自受，她会发窘的，但你可以看到她那些神亲。这挺有意思，真的。”

“什么叫神亲？”皮埃尔问。

“你马上就会明白的。”

他们一进去，玛丽雅公爵小姐果然很窘，脸上一阵红一阵白。在她舒适的房间里，神龛前点着油灯，沙发上坐着一个身穿修士长袍的长鼻子长头发少年。

旁边扶手椅上坐着一个满脸皱纹的瘦老婆子，她那孩儿般的脸上现出温顺的神气。

“安德烈，你怎么不事先通知我一声？”玛丽雅公爵小姐用略带责备的口气说，站在云游教徒前面，好像母鸡保护小鸡一样。

“见到您很高兴，很高兴。”当皮埃尔吻她手的时候，她对他说。玛丽雅公爵小姐从小就认识皮埃尔。现在，皮埃尔同安德烈的友谊，他同妻子的不幸关系，主要是他那厚道朴实的脸使玛丽雅公爵小姐对他产生了好感。玛丽雅公爵小姐用美丽明亮的眼睛望着他，仿佛在说：“我很喜欢您，但请您不要嘲笑我的神亲。”他们相互问候了一番，坐下来。

“哦，原来小伊凡也在这儿。”安德烈公爵含笑看着少年云游教徒说。

“安德烈！”玛丽雅公爵小姐恳求似的说。

“你知道，这是娘儿们的事。”安德烈对皮埃尔说。

“安德烈，看上帝份上！”玛丽雅公爵小姐重复说。

安德烈公爵对云游教徒的嘲弄和玛丽雅公爵小姐对他们的无效庇护，显然是兄妹之间常有的事。

“不过，我的好朋友，”安德烈公爵对妹妹说，“你应当感谢我才是，因为我向皮埃尔说明了你同这个年轻人的亲密关系。”

“真的吗？”皮埃尔又好奇又认真地说（玛丽雅公爵小姐因此特别感激他），从眼镜上方打量着小伊凡的脸。小伊凡知道大家在说他，目光调皮地瞧着大家。

玛丽雅公爵小姐为**她的神亲**发窘是完全多余的。他们一点也不胆怯。老婆子垂下眼睛，斜睨着进来的人，把茶杯倒过来扣在茶杯碟上，又把咬剩的糖块放在杯子旁，镇静地坐在扶手椅上，希望人家再给她倒茶。小伊凡啜着杯里的茶，用一双女人般调皮的眼睛望着走进来的两个青年。

“你到过哪里，到过基辅？”安德烈公爵问老婆子。

“到过，老爷，”老婆子唠唠叨叨地回答，“就在圣诞节我有幸参与了圣礼。现在从科里亚靖来，老爷。那里显现了伟大的神恩……”

“小伊凡是不是跟你一起去的？”

“是我自个儿去的，施主，”小伊凡竭力压低嗓门说，“我在尤赫诺夫才遇见彼拉盖雅。”

彼拉盖雅打断他的话，显然想讲讲她亲眼目睹的事。

“老爷，在科里亚靖显现了伟大的神恩。”

“怎么，又发现圣骨了？”安德烈公爵问。

“行了，安德烈，”玛丽雅公爵小姐说，“别讲了，彼拉盖雅。”

“你这是什么意思，小姑姑，为什么不能讲？我喜欢他。他为人厚道，是上帝的宠儿，他这位施主给过我十个卢布，我记得。我在基辅的时候，疯修士基留沙对我说的……他是位真正的神亲，冬夏都光着脚走路。他说，你为什么不到该去的地方，你要到科里亚靖去，那里显现了一尊奇妙的神像，至圣的圣母显现了。我听了这话，就告别主的仆人走了……”

大家不作声，只有那老婆子鼻子吸着气，不慌不忙地说着话。

“我到了那里，老爷，他们就对我说，出现了伟大的神恩，至圣的圣母脸上淌着圣油……”

“嗯，好啦，好啦，以后再讲吧。”玛丽雅公爵小姐涨红了脸说。

“让我问问她。”皮埃尔说。“你亲眼看见的吗？”他问。

“当然，老爷，我亲眼看见的。脸上有光辉，就像天上的光一样。圣母脸上淌着油，淌着油……”

“啊，那是骗人的！”皮埃尔留神地听着女教徒，天真地说。

“哦，老爷，你这是什么话！”彼拉盖雅惶恐地说，转身向玛丽雅公爵小姐求援。

“他们这是骗人的。”皮埃尔又说了一遍。

“主耶稣基督！”女教徒画着十字说，“哦，你可别这样说，老爷。有位将军不相信，说：‘教士骗人。’他一说，眼睛就瞎了。他梦见洞窟圣母走来对他说：‘只要你信我，我就治好你的眼睛。’于是他恳求道：‘把我带到她那儿去吧。’我对你说的可是实话，我是亲眼看见的。他们就把他这个瞎子一直带到她面前；他走过去，伏在地上说：‘把我的眼睛治好吧！我愿意把沙皇赐给我的一切都献给你。’我亲眼看见的，老爷，他把一枚星章挂在圣母身上。啊，你瞧，怎么着，他的眼睛又看见了！你这样说是罪过的。上帝会惩罚你的。”她教训皮埃尔说。

“圣母怎么挂勋章啊？”皮埃尔问。

“让圣母当上将军了？”安德烈公爵含笑说。

彼拉盖雅突然脸色发白，双手一拍。

“老爷，老爷，罪过，罪过，你是有儿子的！”她说，脸色突然由白变成鲜红。

“老爷，你这算什么话，上帝饶恕你。”她画了个十字。“主哇，饶恕他吧。圣母娘娘，这是怎么回事？……”她转身对玛丽雅公爵小姐说。她站起身，差点儿哭出来，动手收拾袋子。她显然因为有人说这样的话感到害怕和遗憾。她还感到害臊，因为享受了说这种话的人家的布施；同时她又觉得惋惜，因为不得不放弃这家人家的布施。

“唉，你们为什么要这样？”玛丽雅公爵小姐说。“你们到我这儿来干什么？……”

“得啦，彼拉盖雅，我这是开玩笑。”皮埃尔说。“公爵小姐，我确实不想得罪她，我只是这么说说罢了。你别放在心上，我只是开开玩笑。”皮埃尔说，怯生生地微笑着，想掩饰自己的过错。

彼拉盖雅将信将疑地站住，但皮埃尔脸上现出那么真诚的忏悔，安德烈公爵又那么温顺、那么认真地时而瞧瞧她，时而瞧瞧皮埃尔，她也就渐渐放心了。

14

云游女教徒放心了。她又加入谈话，讲了半天阿姆斐洛希亚神父的事，说他的生活非常圣洁，他的手散发着香气；最近她到基辅巡拜，认识的神父给了她洞窟钥匙，她就带了干粮，在洞窟里跟主的仆人待了两天。“我向一具圣骨祷告，致敬，又走到另一具圣骨前。我睡上一会儿，又走上去吻主的仆人。哦，圣母娘娘，里面那么宁静，那么幸福，真不想回到人世间来了。”

皮埃尔全神贯注地听着。安德烈公爵走了。玛丽雅公爵小姐把神亲留下来喝茶，自己带皮埃尔到客厅去。

“您真善良。”玛丽雅公爵小姐对皮埃尔说。

“唉，我真不想委屈她，我很了解也很珍重她那种感情。”

玛丽雅公爵小姐默默地望望皮埃尔，温柔地微微一笑。

“不瞒您说，我早就认识您，并且像喜欢兄弟一样喜欢您。”玛丽雅公爵小姐说。“您觉得安德烈怎么样？”她匆匆地说，不让他有时间回答她那亲切的话。“他叫我很不放心。他的身体去年冬天好一些，但春天旧伤复发，医生说他得去治疗。我也很为他的精神生活担忧。他的性格不像我们女人，我们女人心里烦恼哭一场就好了。他把什么都闷在心里。今天他又高兴，又活泼，但这都是您的光临给他带来的：他难得这样高兴。要是您能劝他出国就好了！他需要活动，这种平静单调的生活会把他毁了的。别人没注意到，可我看到了。”

九点多钟，仆人们听见老公爵马车的铃铛声，慌忙跑到大门口。安德烈公爵和皮埃尔也走到台阶上。

“这是谁？”老公爵下车看见皮埃尔，问。

“哦！幸会！你来吻我吧。”他一知道陌生的年轻人是谁就说。

老公爵情绪很好，待皮埃尔很亲切。

晚饭前，安德烈公爵回到父亲书房，正遇上老公爵同皮埃尔在热烈争论。皮埃尔认为没有战争的时代一定会到来。老公爵笑着反驳，但并不生气。

“把血管里的血放掉，灌进水去，到那时就不会有战争了。婆娘们的胡言乱语，婆娘们的胡言乱语。”老公爵说，但还是亲切地拍拍皮埃尔的肩膀，走到安德烈公爵坐着的桌旁。安德烈正在翻阅老公爵从城里带来的文件，不愿加入谈话。老公爵走到他面前谈起公事来。

“首席贵族，罗斯托夫伯爵，连半数民团都没有征集到。他来到城里，想请我吃饭，可我给了他一顿好饭……啊，你瞧瞧这个……喂，老弟！”老公爵对儿子说，同时拍拍皮埃尔的肩膀，“你这个朋友挺不错，我喜欢他！他使我打起精神来。有些人话说得漂亮，可我不想听；他尽管胡说八道，却使我老头儿打起精神来。嗯，去吧，去吧，也许吃晚饭我可以陪你们，再同你们争论。你同我那个傻丫头玛丽雅公爵小姐交个朋友吧。”他从门口对皮埃尔大声说。

皮埃尔直到现在来到童山后才体会到安德烈的友谊的魅力。这种魅力与其说表现在他同安德烈公爵的关系上，不如说反映在他同他们一家人的关系上。皮埃尔同严厉古板的老公爵和温顺胆怯的玛丽雅公爵小姐原来虽不相识，却一见如故。他们都喜欢上他了。玛丽雅公爵小姐对待云游教徒的温柔态度使他感动。不仅在她瞧他的时候眼睛闪闪发亮，就连才满周岁的小尼古拉公爵（祖父给他取的名字）也向皮埃尔微笑，并且要他抱。当皮埃尔同老公爵谈话时，米哈伊尔·伊凡内奇和布莉恩小姐都笑眯眯地瞧着他。

老公爵出来同他们一起吃晚饭，显然是来陪皮埃尔的。在皮埃尔来童山做客的两天里，老公爵待他特别亲切，请他以后常来。

皮埃尔走后，全家人聚集在一起评论他，这种情况在一个新客人走后是常有的。大家异口同声说他的好话，这种情况却是难得的。

15

尼古拉假满回团，第一次感到他跟杰尼索夫和全团感情深厚。

他快到团的驻地时，心情就同回到厨司街老家一样。他看见团里敞开军服的第一个骠骑兵，认出红头发的杰明基耶夫，看见枣红马的系马桩。拉夫鲁施卡看见自己的老爷，快乐地大叫“伯爵来了！”头发蓬乱的杰尼索夫从床上跳起来，跑出泥屋来拥抱他，别的军官也纷纷前来迎接。这时候，他的心情就像母亲、父亲和妹妹拥抱他时一样，快乐的泪水哽住了他的喉咙，使他说不出话来。团就同家一样，永远是亲切可爱的啊。

尼古拉向团长报了到，奉命回原来的骑兵连。他值过班，征过粮草，又关心起团里的琐事来。他虽失去了自由，活动局限在一个狭小的圈子里，但觉得定心，有了依靠，并且感到像在家里一样心情舒畅，无忧无虑。这里没有上流社会的混乱，他在那里找不到自己的位置，往往作出错误的选择；这里没有宋尼雅，他用不到考虑该不该向她表明心迹。这里也不用考虑哪里该去，哪里不该去；用什么方式来消磨一天二十四小时。这里没有无数同他不冷不热的人；这里没有他同父亲之间金钱上的糊涂账；没有什么会使他想起同陶洛霍夫赌钱的惨败，在团里一切都是明确而简单的。整个世界分成不相等的两部分：一部分是保罗格勒团，另一部分是其余的世界。而其余的世界同他没有任何关系。在团里，一切都是明确的：谁是中尉，谁是大尉，谁是好人，谁是坏人，主要是谁够得上朋友。随军商贩肯赊账，军饷一年发三次。没有什么需要考虑和选择的，只要不做保罗格勒团视为坏事的事就行。命令下来，只要正确执行，就万事大吉。

尼古拉又恢复了这种明确规定的军队生活，感到愉快和安定，好像一个疲劳的人躺下来休息。这次出征，尼古拉格外喜欢军队的生活，因为在输钱给陶洛霍夫以后（为这件事尽管家里人都安慰他，他却不能原谅自己），他决定洗心革面，好好服役，做一名出色的伙伴和军官。这事在上流社会很难办到，但在部队里却有可能做到。

尼古拉自从输钱以后，决定在五年内向父母还清这笔债。每年家里给他寄一万卢布，他决定今后只拿两千，其余八千留下来还父母的债。

俄国军队几进几退，在普尔土斯克和埃劳会战后，集结在巴滕施泰因附近。大家等候皇帝驾临，展开新的战役。

保罗格勒团属于一八〇五年出征的俄军部队，因在国内补充兵员，没有赶上最初几场战役。这个团没有参加普尔土斯克战役，也没有参加埃劳战役，只在战争后期加入作战部队，并被编入普拉托夫师。

普拉托夫师离开主力军独立作战。保罗格勒团部分人马同敌军交过火，擒获一批俘虏，有一次甚至截夺了乌金诺元帅的车马。四月里，保罗格勒团在一个被彻底摧毁的德国荒村驻扎了几星期，一直没有离开。

正好是解冻天气，道路泥泞，春寒料峭，河冰拆裂，交通阻塞。一连几天断了粮秣，士兵断粮是由于辎重车无法到达，他们分散到荒村野地去找土豆，但连土豆也不易找到。

食物吃完了，居民跑光了，留下来的比乞丐都不如，他们身上什么也没有，就连缺乏同情心的士兵也常常不忍拿他们的东西，反而把仅有的口粮送给他们。

保罗格勒团在战斗中只有两人负伤，但因饥饿和疾病倒损失了近一半人。进医院准死无疑，因此，由于食物恶劣而发热浮肿的士兵宁可值勤，在前线拖着腿走路，也不愿进医院。开春以后，士兵们从地里找到一种刚出土的植物，样子有点像芦笋，不知怎的他们叫它“玛莎甜根”（其实味道很苦），并从地里挖出来吃，尽管命令禁止吃这种有毒的植物。春天里，士兵中间流行一种新的病：手、脚和脸浮肿，医生认为原因就是吃了这种草根。不过，尽管发了禁令，杰尼索夫骑兵连的保罗格勒士兵主要还是靠玛莎甜根充饥，因为每人只发半磅干粮已有一个多星期了，而新运到的土豆又都冻坏，抽了芽。

马匹已有一个多星期靠吃屋顶上的干草过活，都瘦得不像样子，身上还披着结块的冬毛。

尽管如此困难，士兵和军官还是照老样子生活；尽管脸色苍白，面孔浮肿，军服破烂，骠骑兵还是照旧列队点名，挖掘野菜，刷马擦枪，拉下屋顶的干草喂马，坐到大锅旁边吃饭，笑谈恶劣的食物和辘辘的饥肠，最后还是饿着肚子从锅旁站起来。士兵们照旧在空闲时点起篝火，光着身子烤火，抽烟，选择抽芽的烂土豆烘烤，讲述波将金[1]和苏沃洛夫的远征，或者讲讲骗子阿廖沙和神父长工米科拉的故事。

1 波将金（1739—1791），俄国元帅。曾参加1768—1774年俄土战争，在1787—1791年俄土战争中任俄军总司令。

军官照旧三三两两住在屋顶敞开的破屋里。年老的军官照旧搜集干草和土豆，搜集可供士兵充饥的东西；年轻的军官照旧打牌（尽管食物短缺，钱却很多）。有的玩投钉戏和撞柱等更幼稚的游戏。他们很少谈战争形势，一方面因为不知道确切消息，另一方面因为模模糊糊地感觉到大势不妙。

尼古拉仍同杰尼索夫住在一起。休假回来后，他们的友谊更深了。杰尼索夫从没谈到过罗斯托夫家的事，但尼古拉感觉到，这位老骠骑兵同娜塔莎恋爱失败反而增进了他们的友谊。杰尼索夫显然竭力保护尼古拉，使他避免危险，战斗结束后看到他平安归来，格外高兴。有一次尼古拉被派到一个荒村去找食物，发现一个波兰老人和他的怀抱婴孩的女儿。他们衣不蔽体，饥肠辘辘，走不动路，又没有交通工具。尼古拉把他们带回住处，让他们在自己屋里住了几星期，直到老人康复。尼古拉有个同事，一谈到女人就眉飞色舞，挖苦尼古拉，说他最狡猾，不把他救出的漂亮波兰女人介绍给大家。尼古拉把这种玩笑看作侮辱，脸涨得通红，对那军官说了许多难听的话，杰尼索夫好容易才阻止两人的决斗。等那军官走了，杰尼索夫也不知道尼古拉同那波兰女人的关系，责备他脾气暴躁。尼古拉就说：

“随你怎么说我……我可把她看作姐妹，这事太气人了……因为……因为……”

杰尼索夫拍拍尼古拉肩膀，眼睛不看他，像平日心情激动时那样，急急地在屋里走来走去。

“唉，你们罗斯托夫家的人脾气真怪！”杰尼索夫说。尼古拉发现杰尼索夫眼眶里含着泪水。

16

四月里，军队听到皇帝驾临的消息，十分兴奋。尼古拉没能参加皇帝在巴滕施泰因举行的检阅，因为保罗格勒团驻扎在前哨，离巴滕施泰因很远。

保罗格勒团在那里露营。杰尼索夫同尼古拉住在树枝和草泥顶的土窖里，那是士兵们为他们搭建的。土窖按照当时流行的方式搭建：先挖一条宽一米、深一米半、长两米的沟，沟的一头做成台阶，算是进口；沟本身就是房间，那些像连长之类有福气的人还有一块木板搁在沟的另一头算是桌子。沟两边各挖去半米多宽的土，算是床和榻。窖顶较高，中间可以站人；要是凑近桌子，人还可以坐在床上。杰尼索夫过得特别阔气，因为连里士兵都爱戴他，在窖顶正面又给他装了一块板，板上还嵌着一块粘起来的破玻璃。逢到严寒的日子，士兵们还用弯曲的铁皮把篝火里的柴火拿到台阶口（杰尼索夫把那部分土窖叫作会客室）。这样土窖里就非常暖和，到杰尼索夫和尼古拉那里做客的军官们往往只穿一件衬衫。

四月份正轮到尼古拉值勤。他熬了一个通宵，早晨七点多钟回营。他吩咐士兵取火来，换下被淋湿的内衣，作了祷告，喝了热茶，暖了身子，收拾好角落里和桌上的东西。他的脸被风吹得发热。他只穿一件衬衫，仰卧下来，双手垫在脑后，愉快地想着由于这次外出侦察很可能晋升，同时等待着杰尼索夫归来。他很想同杰尼索夫谈谈。

尼古拉突然听见窑后传来杰尼索夫激动的叫嚷，听得出他在发火。尼古拉凑近窗口看他在跟谁发脾气，接着就看见司务长托普青卡。

“我吩咐过你别让他们吃那种根，什么玛莎甜根！”杰尼索夫嚷道。“可我亲眼看见拉扎楚克从田里拖回来这种东西。”

“我吩咐过了，大人，可是他们不听。”司务长回答。

尼古拉又躺到床上，高兴地想：“让他去争吵吧，我已尽了我的本分，现在躺一会儿真舒服啊！”他听到隔墙除了司务长之外，拉夫鲁施卡也在说话。他是杰尼索夫的勤务兵，狡猾而大胆。拉夫鲁施卡说，他出去找食物，看见几车干粮和牛肉。

土窑后面又传来杰尼索夫渐渐远去的叫嚷声：“备马……二排！”

“他们这是准备到哪儿去啊！”尼古拉想。

五分钟后，杰尼索夫走进土窑，没脱靴子就爬到床上，怒气冲冲地点着烟斗，把东西往床上一扔，拿起鞭子，挂上军刀，走出土窑。尼古拉问他到哪儿去，他生气而含糊地回答说有事。

“让上帝和皇帝陛下审判我吧！”杰尼索夫一面走出去，一面说。尼古拉听见土窑后面传来几匹马踩在泥泞地上的声音。尼古拉甚至不想打听杰尼索夫到哪儿去。他在窑角里烤暖身子睡着了，直到傍晚才从土窑里出来。杰尼索夫还没有回来。傍晚天气放晴了。邻近土窑旁有两个军官和一名士官生在玩投钉戏，把萝卜掷在松软的泥地里。尼古拉加入他们的游戏。玩到一半，军官们看见有几辆大车向他们驶来，后面随着十五六个骑瘦马的骠骑兵。这些由骠骑兵押送的大车驶到系马桩旁，一群骠骑兵就把他们围住。

“啊，杰尼索夫一直在发愁呢，”尼古拉说，“瞧，粮食送来了。”

“可不是！”军官们说，“士兵们可高兴了！”

紧跟着那些骠骑兵，杰尼索夫一边同两个陪同的步兵军官谈话，一边骑马跑来。尼古拉迎了上去。

“我警告您，大尉！”一个瘦小的军官说，显然很生气。

“我说过，我不会交出去的。”杰尼索夫回答。

“您得负责，大尉，真是无法无天：拦劫自己人的辎重队！我们的人有两天没东西吃了。”

“可我的人有两个星期没东西吃了！”杰尼索夫回答。

“这是抢劫，您要负责的，老兄！”步兵军官提高嗓门说。

“您为什么找我麻烦？啊？”杰尼索夫忽然大发雷霆，“这事我负责，又不要您负责，您别在这里嚷嚷。趁人家没动手，滚开！”他对那两个军官喝道。

“好哇！”矮小的军官并不示弱，也不走开，大声说，“你们抢劫，那我给你们……”

“快给我滚，趁人家没动手。”杰尼索夫向那军官掉过马头。

“好，好！”那军官以威胁的口吻说，拨转马头，在鞍子上抖动身子跑掉了。

“骑墙狗，十足的骑墙狗！”杰尼索夫在他后面叫道——这是骑兵对骑马步兵最大的侮辱。接着他哈哈大笑，向尼古拉跑去。

“我拦了步兵的辎重，用武力拦的！”杰尼索夫说，“总不能让大家饿死吧？”

这些粮车原是指定给步兵团的，但杰尼索夫从拉夫鲁施卡那里得知这些车辆没有人护送，就带了骠骑兵把它们截下来。这样士兵们就分到大量干粮，他们甚至分了些给别的骑兵连。

第二天，团长把杰尼索夫找去，叉开手指捂着眼睛[1]对他说：“这事我是这样看的：我什么也不知道，也不想过问。但我劝你到参谋部去，找军需处把这事解决一下。要是可能，你就写一张收据，说是收到多少粮食；要不然，他们会把账记在步兵团上，这样事情就麻烦了。”

杰尼索夫从团长那里直接到参谋部去，诚心诚意想照团长的话办。傍晚，他回到土窑，他那副模样尼古拉还从没见过。杰尼索夫说不出话，不断地喘气。尼古拉问他出了什么事，他只含糊地骂娘和恐吓。

尼古拉看到杰尼索夫这种模样大惊失色，劝他脱去衣服，喝点水，同时派人去请医生。

“把我当抢劫犯审判，哼！……再给我点水……让他们审判好了，可是我得好好收拾这些坏蛋，绝不会放过他们……我要报告皇上。给我点冰。”杰尼索夫说。

随团军医走来说，必须放血。从杰尼索夫毛茸茸的手臂里放出一盘子黑血。直到那时他才能把所发生的事全讲出来。

“我到了那里，”杰尼索夫讲道，“我问：‘喂，你们的长官在哪里？’他们给我指了一下，说：‘您等一下。’我说：‘我有公事，我是从三十俄里外来的，没工夫等，快去通报。’好，那个贼头出来了，他也想教训我。他说：‘这是抢劫！’我说：‘拿粮食给弟兄们吃不是抢劫，只有拿粮食填饱自己腰包才是抢劫！’好。他说：‘你去写个收据给军需官，你的案子要上报。’我就去找军需官。我一进去，军需官坐在桌子后面……你道是谁？！哼，你真想不到！……叫我们挨饿的是谁？”杰尼索夫嚷

1 表示睁一眼，闭一眼。

道，用放过血的手朝桌上猛捶一拳，捶得桌子差一点倒下，桌上的杯子都跳起来。“原来是吉梁宁！我说：‘哼，原来是你要饿死我们？！’我就给了他一下又一下嘴巴，打得可准了……我说：‘哼！你这个家伙……’我把他打得死去活来！我心里真痛快，不瞒你说，”杰尼索夫叫道，又喜又怒地露出黑胡子下的白牙齿，“要不是他们把他拉开，我准会要了他的命。”

“你嚷什么呀，安静点！”尼古拉说。“瞧你又流血了，慢着，得重新包扎一下。”

他们给杰尼索夫重新包扎好，让他躺下。第二天早晨醒来，他的心情平静而愉快。

中午，团里一个副官神情严肃而愁闷地走进杰尼索夫和尼古拉合住的土窑，遗憾地给他们看团长给杰尼索夫少校的文件，要调查昨天的事。副官说，这事的后果可能很严重，因为已成立了一个军法委员会，目前对军队抢劫和违纪处理得很严，降级当兵还算是最好的结局。

据受害人报告，杰尼索夫少校在拦截货车后，喝醉了酒，自动去找军需主任，公然叫他贼，动手打他，进行威胁。他被领到外面。他又冲进办公室，殴打两名官员，并把其中一名的胳膊扭得脱臼。

杰尼索夫对尼古拉提出的新问题笑着回答说，当时好像还有一个人，但这一切都是胡说八道，很无聊，他根本不怕审判，要是那些坏蛋胆敢动他，他就回敬他们，叫他们一辈子忘不了。

杰尼索夫毫不在乎地谈到这件事，但尼古拉深知杰尼索夫的为人，看出他内心害怕审判（这一点他不让别人看到），并为这事担忧，因为后果显然不妙。天天都来传票要他出庭。五月一日来了命令，要他把骑兵连移交给副手，并去师部说明在军需处闹事的经过。前一天，普拉托夫带着两个哥萨克团和两个骠骑兵连去侦察敌情。杰尼索夫照例走在散兵线前面炫耀他的勇敢。法国狙击兵的一颗子弹打中他的大腿。要是在别的时候，杰尼索夫轻伤也许不会下火线，但现在他就借此机会不去师部而进了医院。

17

六月间发生弗里德兰战役，但保罗格勒团没有参加。随后宣布停战。尼克拉非常思念他的朋友杰尼索夫。杰尼索夫走后音讯全无。尼古拉担心他的案情和伤势，就利用停战机会请假到医院探望。

医院设在普鲁士一个小镇里。这个小镇曾两次遭俄军和法军蹂躏。时值夏季，田野风光明媚，小镇就显得格外凄凉：房屋和围墙倒塌，街道肮脏，居民褴褛，喝醉酒和患病的士兵到处乱闯。

医院设在一座墙垣破败、窗框和玻璃残缺不全的砖房里。几个扎绷带的士兵，脸色苍白，面孔浮肿，有的坐在院子里晒太阳，有的来回踱步。

尼古拉一进门，就闻到一股腐肉和医院的味道。他在楼梯上遇见一个口衔雪茄的俄国军医。医生后面跟着助医。

“我没法分身，”军医说，“晚上你到玛卡尔·阿历克赛伊维奇那里去，我也要到他那里去。”助医还问了军医什么事。

“哦，你自己做去吧！还不都是一样？”军医看见登上楼梯的尼古拉，说。

“您来干吗，阁下？”军医问，“您来干吗？是不是子弹没要您的命，您就想来弄上伤寒？老兄，这里是传染病房。”

“怎么回事？”尼古拉问。

“伤寒，老兄。不论谁进去都得送命。只有我和马凯耶夫（他指指助医）两人勉强熬过来了。我们这里已死了五六个医生了。新来的人要不了一星期就完蛋，”军医自负地说，“我们请过普鲁士医生，可是盟国的弟兄不喜欢他们。”

尼古拉对他说，他想探望住院的骠骑兵少校杰尼索夫。

“我不知道，我不清楚，老弟。您倒想想，我一个人要管三家医院，四百多个病人！幸亏有几位好心肠的普鲁士太太每月送给我们两斤咖啡和两斤棉线团，要不就完了。”军医笑了。“四百个人哪，老弟，还有新病人源源不断给我送来。有四百个，是吗？”他转身问助医。

助医脸色憔悴。他显然很不耐烦，希望多嘴的军医快点走。

“杰尼索夫少校，”尼古拉又说了一遍，“他是在莫利顿负的伤。”

“好像死了。你说呢，马凯耶夫？”军医若无其事地问助手。

不过，助医并没有证实医生的话。

“他是不是红头发，高个子？”军医问。

尼古拉把杰尼索夫的模样描写了一番。

“有的，有这样一个人，”军医似乎高兴地说，“这个人多半死了，不过让我查一下，我有名单。马凯耶夫，名单在你那里吗？”

“名单在玛卡尔·阿历克赛伊维奇那里。”助医说。“您自己到军官病房去看看，到那里就知道了。”他转身对尼古拉说。

“哦，您最好还是别去，老弟，”军医说，“不然您自己也难免会被留下来的！”但尼古拉告别医生，请助医陪他去。

“说好啦，回头可别怪我。”军医在楼梯下大声说。

尼古拉跟助医来到走廊里。在这黑暗的走廊里，医院的味道那么强烈，尼古拉不得不捂着鼻子停一下，再鼓足勇气走去。右边一扇门开了，一个又瘦又黄的人光着脚，只穿一件衬衣，拄着拐杖，从门里走出来。他身子靠在门框上，眼睛露出光芒，羡慕地瞧着过路人。尼古拉往门里望了一眼，看见病员和伤员躺在地板上，身下铺着干草和军大衣。

“这是什么地方？”尼古拉问。

“这是士兵病房。”助医回答。“有什么办法呢！”他仿佛道歉似的添加说。

“可以进去看看吗？”尼古拉问。

“有什么可看的？”助医说。助医不让他进士兵病房，他就偏要进去看看。尼古拉在走廊里已闻惯的气味，在这里更加浓烈了。这里的臭气有点不同：更加冲鼻，使人感到臭气就是从这里发出来的。

病房呈长方形，阳光从大窗子里透进来，照亮屋里的病员和伤员，只见他们头顶着墙分两排躺着，中间留出一条走道。大多数伤员都已不省人事，对进来的人毫无反应。那些有知觉的都欠起身，或者抬起又瘦又黄的脸，流露出渴望帮助、责备人家和羡慕别人健康的神情，打量着尼古拉。尼古拉走到房间中央，从打开的门里望望隔壁两个房间，看到了同样的情景。他停住脚步，默默地环顾四周。他怎么也没料到会看到这样一幅景象。就在他前面的过道中央，光地板上躺着一个病人，从他剃的童花头上看出是个哥萨克。这个哥萨克伸开粗大的手脚仰卧着。他的脸红得发紫，眼睛翻得只剩眼白，红色的腿上和臂上的血管像绳子一般暴露出来。他用后脑勺撞了撞地板，哑声说着什么，不断重复着一个词。尼古拉用心听，听出他在说：“喝水……水……喝！”尼古拉回头看了一下，看有谁能帮这个病员躺下，并给他喝点水。

“这里谁在照顾病人？”尼古拉问助医。这时从隔壁屋里走来一个值勤的辎重兵，他走到尼古拉面前立正。

“祝大人健康！”辎重兵高声说，眼睛瞪着尼古拉，显然把他当作医院的长官。

“让他躺好，给他点水喝。”尼古拉指指哥萨克兵说。

“是，大人。”辎重兵高高兴兴地说，更加瞪大眼睛，挺直身子，但站在原地不动。

“唉，这里真是毫无办法！”尼古拉垂下眼睛想。他刚要出去，发觉右边有一道尖利的目光盯住他，他回过头去。差不多就在屋角，有个老兵坐在军大衣上，他那枯黄严厉的脸瘦得像骷髅，灰白的大胡子好久没刮，眼睛执拗地盯住尼古拉。老兵旁边的一个人指指尼古拉，对他嘀咕着什么。尼古拉明白，老兵有事求他。他走近去，才看出老兵盘着一条腿，另一条腿从膝盖上方截掉了。在老兵另一边，离他稍远处，一动不动地躺着一个年轻的士兵，他那生着个扁平鼻子的雀斑脸像白蜡一样白，眼睛已经翻白。尼古拉望了望这个兵，脊背上起了一阵寒战。

“这个好像已……”尼古拉对助医说。

“我们已要求过了，大人，”老兵下巴颏哆嗦着说，“早晨就死了。我们也是人哪，又不是狗……”

“我这就去找人，把他搬走，把他搬走，”助医慌忙说，“我们走吗，大人？”

“走吧，走吧！”尼古拉急急地说，垂下眼睛，缩着身子，竭力不出声地从一双双含着责备与羡慕神色的眼睛前面走出房间。

18

助医领着尼古拉穿过走廊，来到军官病房。这个病房一共三间，房门都敞开着。病房里摆着一张张床，负伤的和患病的军官，有的坐在床上，有的躺在床上，有的穿着病员服在屋里来回踱步。尼古拉在这里最先遇见一个断臂的瘦小的人，他头戴睡帽，身穿病员服，口衔烟斗，在第一间病房里踱步。尼古拉打量着他，竭力回想这人在哪儿见到过。

“没想到我们在这种地方又见面了！”瘦小的人说，“我是土申，土申，我在申格拉本让您搭过车，记得吗？您瞧，我也被锯去一截了……”他笑着说，指指衣服的空袖子。“您找杰尼索夫吗？他跟我同一个病房。”土申知道尼古拉要找谁，说，“这里，这里。”土申说着把他带到另一个病房，那里有几个人在哈哈大笑。

“他们怎么还能哈哈大笑，而且在这儿过下去呢？”尼古拉想，一直闻到士兵病房里腐尸的臭气，看到从两边向他射来的羡慕的目光和那个眼睛翻白的年轻士兵的脸。

杰尼索夫还用被子蒙着头睡觉，虽然已近中午十二点了。

“哦，尼古拉！你好！你好！”杰尼索夫叫道，声音同在团里时一样，但尼古拉伤心地发现，除了这种惯常的洒脱和活泼之外，从杰尼索夫的脸部表情和声音腔调里流露出一种过去没有的隐藏的恶劣情绪。

杰尼索夫伤势虽然不重，但负伤以来六个星期还没痊愈。他的脸，也像所有住院的病人那样，显得苍白而浮肿。但使尼古拉吃惊的不是这一点。使他吃惊的是杰尼索夫仿佛不愿见到他，并且对他笑得很不自然。杰尼索夫没有问到团里的情况，也没有打听总的形势。尼古拉谈到这些事，杰尼索夫根本不在听。

尼古拉发现，杰尼索夫听他提到团里的情况，提到医院之外的自由生活，甚至有点不高兴。他仿佛想把以前的生活全部忘记，只关心他同军需官的官司。尼古拉一问到这事，他立刻从枕头下掏出军法委员会的公文和他答复的底稿。他一读文稿，就兴奋起来，特别要尼古拉注意他文稿中给对方的尖刻答辩。病员们发现有个新从外面来的人就把他围住，但一见杰尼索夫读文稿，就渐渐散开了。尼古拉从他们的脸色看出，这故事他们听到过不止一次，已经听厌了。只有邻床的胖枪骑兵坐在床上，皱紧眉头，抽着烟斗，还有断臂的瘦小的土申仍在听，并且不以为然地摇摇头。读到一半，枪骑兵打断了杰尼索夫的话。

"照我看，"枪骑兵对尼古拉说，"应该直接要求皇上开恩。据说现在皇上要颁发很多奖赏，一定会开恩的……"

"要我请求皇上开恩！"杰尼索夫想仍旧理直气壮地说话，但克制不住怒气，"为什么？如果我真的是强盗，我当然会请求开恩，可我是因为揭发强盗而受审的。让他们审判我好了，我谁也不怕；我忠心耿耿报效沙皇报效祖国，我没有偷过东西！他们要把我降级……告诉你，我就这么直率地写信给他们，我就写：'如果我盗窃公物……'"

"您写得很好，没话说的，"土申说，"但问题不在这里，杰尼索夫，"他同时对尼古拉说，"看来只好服从了，可是杰尼索夫不愿服从。军法检察官对您说过，您的事情不妙。”

“哼，不妙就不妙吧！”杰尼索夫说。

“军法检察官替您写了呈文，”土申继续说，“您得签个字，然后请这位先生带去。这位先生（他指指尼古拉）在参谋部里有熟人。这机会再好也没有了。”

“我说过，低声下气的事我不干！”杰尼索夫打断他的话，继续念他的文稿。

尼古拉不敢劝导杰尼索夫，虽然他凭本能感觉到，土申和其他军官所提的办法是最稳妥的，而他要是能帮助杰尼索夫，他将感到高兴。不过，他知道杰尼索夫的犟脾气和火暴性格。

那份措辞尖刻的文稿杰尼索夫念了一个多小时才念完，尼古拉什么也没说。他心里愁闷，同重新聚集拢来的杰尼索夫的病友一起，消磨了这天剩下的时间：他把他所知道的事都讲给他们听，同时听别人讲。整个晚上，杰尼索夫一直闷闷不乐。

尼古拉直到入夜才走，他问杰尼索夫有没有事要他办。

“嗯，你等一下！”杰尼索夫说，回头望望军官们，从枕头底下掏出文稿，走到放有墨水瓶的窗口，坐下来写。

“看来，胳膊扭不过大腿！”杰尼索夫说着离开窗口，交给尼古拉一个大信封。这是军法检察官替杰尼索夫拟的给皇上的呈文，文中没有提军需处的过错，只请求皇上开恩。

“你替我呈上去，看来……”杰尼索夫没有把话说完，只露出无可奈何的苦笑。

19

尼古拉回到团里，向团长报告了杰尼索夫一案的案情，带着杰尼索夫给皇上的呈文到蒂尔西特去。

六月十三日，法国皇帝和俄国皇帝在蒂尔西特会晤。保里斯要求他所侍候的要人让他参加驻跸蒂尔西特的侍从队。

“我想见见那个大人物。”保里斯说，指的是拿破仑。他至今仍像所有的人那样称拿破仑为波拿巴。

“您是指波拿巴吗？”将军笑眯眯地问。

保里斯探询似的瞧瞧将军，立刻看出上司是在同他开玩笑。

“公爵，我是指拿破仑皇帝。”保里斯回答。将军含笑拍拍他的肩膀。

“你前程远大啊！”将军对保里斯说，并把他带去。

两国皇帝在涅曼河见面那天，保里斯是目睹这一事件的少数人中的一个。他看见饰有花体字母徽章的木筏，拿破仑从对岸法国近卫军旁边走过；看见亚历山大皇帝默默地坐在涅曼河岸上一家酒店里等待拿破仑，脸上露出若有所思的神色；看见两个皇帝各自下了小船，拿破仑先跳上木筏，快步前去迎接亚历山大，向他伸出手去，然后两国皇帝走到营帐里。保里斯自从进入最上层社会以来就养成习惯，留心观察周围所发生的一切，并记录下来。在蒂尔西特两国皇帝会晤的时候，他打听拿破仑随从的姓名，察看他们身上的服装，留神倾听重要人物的每一句话。当两国皇帝走进营帐的时候，他看了看表；而当亚历山大走出营帐的时候，他也没有忘记看表。会晤持续了一小时五十三分钟。当晚他把这事同别的事一起记录下来，认为这些事具有历史意义。由于皇帝只带少数随从，那些对宦途浮沉特别重视的人就认为在两国皇帝会晤时能留在蒂尔西特是一件大事。保里斯处身在蒂尔西特，就觉得他的地位从此完全确定下来了。人家不仅认识他，而且看惯了他。他有两次奉命直接侍候皇上，因此皇上也认识他；所有的近臣都不再把他看作新手，要是不见他在场，反而感到奇怪。

保里斯同另一名副官——波兰的齐林斯基伯爵住在一起。齐林斯基是个在巴黎受教育的波兰人，很有钱，非常喜欢法国人。在蒂尔西特逗留期间，几乎天天都有法国近卫军官和总司令部官员到齐林斯基和保里斯那里吃饭喝茶。

六月二十四日晚上，齐林斯基伯爵设宴招待熟识的法国朋友。赴宴的有几个贵宾：拿破仑的一名副官和几名法国近卫军官，还有一个法国名门望族出身的少年，现任拿破仑的侍童。就在那天晚上，尼古拉身穿便服，趁天黑人家认不出他，走进齐林斯基和保里斯的寓所。

尼古拉和他所属的部队都远没有像总司令部和保里斯那样，对待拿破仑和法军发生了化敌为友的急剧变化。部队对拿破仑和法军还是抱着仇恨、轻蔑和恐惧的复杂感情。前不久，尼古拉同普拉托夫师一名哥萨克军官谈话，尼古拉坚持，要是拿破仑被俘，大家可不会把他看作皇帝，而会把他当作罪犯。前不久，尼古拉在路上遇见一名负伤的法国上校，他又怒气冲冲地坚持说，一个合法的皇帝不可能同罪犯拿破仑讲和。因此，尼古拉在保里斯寓所看到法国军官仍穿着他在侧翼散兵线上看到的那种军服，不能不感到惊讶。他一看见从门里探出头来的法国军官，战争和敌对的情绪顿时涌上心头。尼古拉在门槛上站住，用俄语问保里斯是不是住在这里。保里斯听见前室有个陌生的声音，就出来迎接。他一认出是尼古拉，脸上立即现出不快的神色。

“哦，原来是你，看到你很高兴，很高兴！”保里斯还是含笑说，并向他走去。不过，尼古拉已发觉他最初的神态。

“看来，我来得不是时候，”尼古拉说，“我本不想来，可是我有事。”他冷冷地说……

“不，我奇怪的只是你怎么能离开团……我这就来。”保里斯回答叫他的人。

“我知道，我来得不是时候。”尼古拉又说了一遍。

保里斯脸上不快的神色消失了；显然他已考虑了一下，决定该怎么办，就格外镇定地拉住尼古拉的双手，把他领到隔壁屋里。保里斯镇定地瞧着尼古拉，眼睛上仿佛有一层世故的翳，不让人看透他的真实感情。尼古拉有这样的感觉。

“啊，别说了，你会来得不是时候吗？”保里斯说。保里斯把尼古拉领到摆着晚餐的房间，替他同客人们作了介绍，并向他们说明，尼古拉不是文官，而是骠骑兵军官，又是他的老朋友。“这位是齐林斯基伯爵，这位是某某伯爵，这位是某某大尉。”保里斯列举客人的名字。尼古拉皱着眉头瞧着法国人，勉强点头招呼，一言不发。

齐林斯基显然不欢迎这个陌生的俄国人参加他们的集会，对尼古拉什么话也没说。保里斯似乎没注意新来的人所造成的尴尬局面，仍旧像接待他时那样愉快沉着，眼睛仿佛又上了一层翳，但竭力想使谈话活泼起来。一个法国军官以法国人惯有的彬彬有礼的态度问固执不开口的尼古拉，他到蒂尔西特来是不是要见皇上。

“不，我有事要办。”尼古拉简短地回答。

尼古拉一发现保里斯脸上的不满神色，心里就不痛快。他也像一切心情不佳的人那样，觉得人家都用敌意的目光望着他，仿佛他妨碍了大家。他确实妨碍了大家，因为只有他一人没有参加重新展开的谈话。“他坐在这里干吗？”客人们投向他的目光仿佛都在这样问。尼古拉站起来，走到保里斯面前。

“不错，我妨碍了你们，”尼古拉对保里斯低声说，“有件事我要跟你说一下，说完就走。”

“不，不碍事，”保里斯说，“你要是累了，那就到我的房间里去，躺一会儿休息休息。”

“行……”

他们走进保里斯睡觉的小房间。尼古拉没坐下，立刻怒气冲冲地——仿佛保里斯得罪了他——给他讲杰尼索夫的案子，问他肯不肯和能不能通过将军替杰尼索夫向皇上求情，并转递呈文。现在只剩下他们两人，尼古拉第一次感觉到，他瞧着保里斯感到难堪。保里斯架着腿，左手抚弄着右手的细长手指，听着尼古拉，就像将军听下属报告那样，时而往旁边望望，时而透过一层无形的眼翳对直望望尼古拉的眼睛。遇到这种情况，尼古拉觉得尴尬，就垂下眼睛。

“这一类事情我听说过，我知道皇上对这类事是很严厉的。我想最好还是不要惊动皇上。我看，最好还是直接向军长求情……总之，我想……”

“要是你不肯，那就直说吧！”尼古拉几乎嚷起来，没看保里斯的眼睛。

保里斯微微一笑，说：

“正好相反，我一定尽力而为，只是我想……”

这时，门外传来齐林斯基呼唤保里斯的声音。

“嗯，去吧，去吧！”尼古拉说，谢绝了晚餐，独自留在小房间里来回踱步，同时听着隔壁屋里愉快的法语交谈声。

20

尼古拉来到蒂尔西特那天，正好是最不利于替杰尼索夫求情的日子。尼古拉自己不能去找值班将军，因为他身穿便服，而且没有获得上级许可擅自来到蒂尔西特；保里斯呢，即使愿意帮忙，也不能在尼古拉到达的第二天就去办这事。六月二十七日那天，签订了和约的序言。两国皇帝交换勋章：亚历山大接受法国荣誉团勋章，拿破仑接受一级安德烈勋章。当天法国近卫军营设宴招待普烈奥勃拉任斯基营，两国皇帝都将出席宴会。

尼古拉对保里斯很反感，因此，保里斯晚餐后来探望他，他就假装睡着，第二天一早又竭力回避他，独自外出。尼古拉身穿燕尾服，头戴圆礼帽，在市里闲逛，观察法国人和他们的军服，观察街道和两国皇帝的行宫。在广场上，他看见一张张摆好的餐桌，在街上看到悬有俄国国旗和法国国旗的横幅，以及巨大的花体字母A和N[1]。窗户上也有国旗和花体字母。

“保里斯不肯帮我忙，我也不愿求他。这事就这么算了，”尼古拉想，“我们之间的关系全完了，但我不尽力为杰尼索夫奔

1 A表示亚历山大，N表示拿破仑。

走，主要是不把呈文送交皇上，我就不离开这里。送交皇上！他就在这里！”尼古拉想，不觉又走近亚历山大的行宫。

行宫前停着几匹马，随从们聚集在一起，显然是准备护送皇上的。

“随时都有可能见到他，”尼古拉想，“但愿我能把呈文直接交给他，并向他报告一切……难道他们真会因我穿便服而拘捕我吗？不会的！他一定会明辨是非。他什么都知道，什么都明白。有谁能比他更公正更仁慈呢？就算他们因为我待在这里而拘捕我，那又有什么了不起？”尼古拉想，看见一个军官走进行宫。“不是有人进去吗？唉！全是胡思乱想！我要进去，亲自把呈文交给皇上。这对保里斯没有好处，是他把我逼上这一步的。”突然，尼古拉带着自己也没料到的决心，摸了摸口袋里的信，一直向行宫走去。

“不，这次可不能像奥斯特里茨会战后那样错过机会了。”尼古拉想。他随时都希望见到皇上，一想到这事就热血沸腾。“我会匍匐在他脚下，向他求情。他会把我扶起来，听我的话，还会感谢我。”尼古拉幻想皇帝会对他说：“行善固然幸福，而申冤则是最大的幸福。”尼古拉经过许多好奇地打量着他的人，走上行宫台阶。

台阶上有宽大的楼梯直通楼上，右首有一扇门关着。楼梯下有一道门通到底层。

“您找谁？”有人问他。

“有封信呈交皇上，有个请求。”尼古拉颤声说。

“把状子交给值日官，这儿来（有人给他指指底下的门）。但他们不会接受的。”

听到这冷淡的语气，尼古拉为自己的行为担忧。一想到随时都可能见到皇上，他有点飘飘然，同时又觉得可怕，他简直想逃走。可是行宫的一名随从看到他，给他打开值班室的门，他只好走进去。

一个三十来岁的矮胖子，身穿崭新的麻纱衬衫、白长裤，脚蹬骑兵长靴，站在房间中央；一个侍仆正在背后替他扣崭新的漂亮绸背带。这副背带不知怎的特别引起尼古拉的注意。这人正同邻室一个人谈话。

“她身材苗条，白嫩可爱。”这人说。他一见尼古拉就停止说话，皱起眉头。

“您有什么事？告御状吗？”

“什么事啊？”隔壁屋里有人问。

“又是一个告御状的。”系背带的人回答。

“叫他以后来。马上就要出发了。”

“以后来，以后来，明天来，今天太晚了……”

尼古拉转身要走，但系背带的人把他拦住。

“谁派您来的？您是谁？”

“从杰尼索夫少校那儿来。”尼古拉回答。

“您是谁？是军官吗？”

“中尉，尼古拉·罗斯托夫伯爵。”

“好大胆！得逐级上报。您走吧，走吧……”他说着穿上侍仆递给他的军服。

尼古拉又来到门廊里，看见台阶上聚集了许多全副武装的军官和将军，他得从他们面前走过。

尼古拉咒骂自己的鲁莽，一想到随时可能遇见皇上，并当着皇上的面受辱和被捕，不禁心惊胆战。他明白自己行为莽撞，非常悔恨，就垂下眼睛，穿过服饰华丽的随从队伍，走出房子。这时，忽然有个熟悉的声音叫他的名字，同时有一只手把他拦住。

“老弟，您穿着便衣在这里干什么？”一个低沉的声音问他。

原来是位骑兵将军。他当过师长，尼古拉在他手下服务过，在这次战役中特别受到皇帝的宠信。

尼古拉惶恐地为自己辩解，但一看到将军和蔼而风趣的面容，就走到他身旁，激动地讲了全部案情，请将军为杰尼索夫说情。将军听了尼古拉的话，严肃地摇摇头。

“可怜，那位好汉真是可怜。把呈文给我吧……”

尼古拉刚讲完杰尼索夫的案情，把呈文交给他，楼梯上就响起急促的脚步声和马刺的叮当声。将军慌忙撇下他向台阶口走去。御侍们都跑下楼来，向各自的马匹走去。到过奥斯特里茨的马夫埃尼牵来皇帝的坐骑，接着楼梯上就响起轻快的脚步声。尼古拉立刻听出这是谁的脚步声。尼古拉顾不得被认出的危险，同好奇的居民一起走到台阶口。于是在时隔两年之后，他又看见了他所崇敬的御容、那熟识的脸、熟识的目光、熟识的步伐，那庄严和仁慈的化身……于是对皇上崇拜和热爱之情又在尼古拉心里复活了。皇帝身穿普烈奥勃拉任斯基团军服和白色驼鹿皮裤，脚蹬骑兵高筒靴，佩着尼古拉不认识的星章（这是法国荣誉团勋章），臂下夹着帽子，一面戴手套，一面走上台阶。皇帝站住了，环顾四周，目光照亮了周围一切。皇帝对将军们说了几句话。皇帝也认出了尼古拉原来的师长，对他微微一笑，把他叫到跟前。

全体御侍让开一条路。尼古拉看到这位将军对皇上说了好一阵。

皇帝对他说了几句话，然后向马走近一步。一群侍从和尼古拉周围的人群又向皇帝靠拢。皇帝站在马旁，一手抓住鞍子，向骑兵将军大声说话，显然是想让大家都听见。

“我不能那样做，将军，因为法律比我强。”皇帝说，一只脚插进马镫。将军恭恭敬敬地鞠躬，皇帝上了马沿着大街跑去。尼古拉兴奋得忘乎所以，同人群一起跟在皇帝后面奔跑。

21

皇帝骑马来到广场。广场上，右边是普烈奥勃拉任斯基营，左边是戴熊皮帽的法国近卫军营，两营人面对面站在那里。

皇帝跑近两个营的一翼，两营士兵都向他举枪致敬。这时，另一群骑马的人向另一翼跑去。尼古拉认出，为首的是拿破仑。这不可能是别人。拿破仑头戴一顶小帽，肩上挂着安德烈勋章绶带，身穿蓝军服，露出里面的白背心，骑一匹披深红饰金鞍褥的纯种灰色阿拉伯马，奔驰而来。他驰到亚历山大面前，举起帽子。这时，尼古拉凭他骑兵的眼睛看出，拿破仑在马上坐得不稳，姿势也不好看。两个营同时喊着："乌拉！"和"皇帝万岁！"拿破仑对亚历山大说了一句什么。两位皇帝都跳下马，挽起手来。拿破仑脸上现出令人不快的做作微笑。亚历山大亲切地对他说着什么。

尼古拉不管隔开人群的法国宪兵的嘚嘚马蹄声，始终目不转睛地盯着亚历山大皇帝和拿破仑的一举一动。使他意外吃惊的是，亚历山大平等对待拿破仑，而拿破仑也毫不拘束，仿佛同俄国皇帝接近是十分自然的事，他已惯于平等地对待他。

亚历山大和拿破仑带着一大群随从走近普烈奥勃拉任斯基

营右翼，径直向站在那里的人群走去。人群突然那么接近两国皇帝，尼古拉站在人群前排感到特别害怕，唯恐被皇帝认出来。

“陛下，请您允许我把荣誉团勋章授给贵军最勇敢的士兵。”有人声音尖锐、一字一顿地说。

这话是个儿矮小的拿破仑仰视着亚历山大的眼睛说的。亚历山大留神听着他的话，点点头愉快地微微一笑。

“授给那个在这次战争中表现得最勇敢的人。”拿破仑补充说，每个音节都说得很清楚。他泰然自若地望着面前举枪致敬、眼睛却看着自己皇帝的一排排俄国兵。他这种神态使尼古拉感到愤慨。

“陛下，请允许我问问上校的意见。”亚历山大说，然后向营长科兹洛夫斯基公爵快步走了几步。拿破仑乘机脱下白净小手上的手套，把它撕破扔在地上。一个副官慌忙从后面跑过来，捡起手套。

“给谁啊？”亚历山大皇帝用俄语低声问科兹洛夫斯基。

“您命令吧，陛下。”

皇帝不满意地皱起眉头，环顾了一下，说：

“可我们得答复他呀。”

科兹洛夫斯基断然扫了一下士兵的行列，连尼古拉也没有漏掉。

“不会是我吧？”尼古拉想。

“拉扎列夫！”上校皱起眉头发出命令；第一排的排头兵雄赳赳地走到前面。

“往哪儿走？站住！”几个声音对拉扎列夫低声说，拉扎列夫不知该上哪儿去。他站住了，惶恐地斜睨着上校。他像一般被叫到队伍前的士兵那样，脸颊哆嗦了一下。

拿破仑略一回头，往后伸出他那肥胖的小手，仿佛要拿什么东西。拿破仑的随从立刻猜到他要什么，着忙起来，相互低语，传递着一件东西。尼古拉昨天在保里斯处看到过的侍童跑到前面，恭恭敬敬地凑近那只伸出的手，一秒钟也不让它等待，立刻把一个系着红绶带的勋章放在这只手里。拿破仑看也不看，就用两个手指夹住勋章，走到拉扎列夫跟前。拉扎列夫却一个劲儿地盯住自己的皇帝。拿破仑回顾了一下亚历山大皇帝，表示他现在这样做只是为了他的盟友，那只拿勋章的白净小手触到了士兵拉扎列夫的纽扣。拿破仑似乎知道，只要他拿破仑的手碰到这个兵的胸膛，这个兵就会幸福，得奖，并且地位高于任何人。拿破仑只把十字勋章往拉扎列夫的胸口一按，就放下手，转身对亚历山大说话，仿佛他知道勋章会粘在拉扎列夫的胸口。勋章果然粘住了，因为几双殷勤的俄国和法国的手立刻接过勋章，把它挂在拉扎列夫的军服上。拉扎列夫阴郁地瞧了瞧生有一双白手、对他做着什么事的矮小的人，仍旧一动不动地举枪敬礼，又对直望了望亚历山大的眼睛，仿佛在问皇帝：现在他应该继续站着还是走开，或者做别的事？但他没有接到命令，只得这样一直站着不动。

两位皇帝骑上马走了。普烈奥勃拉任斯基营的队列解散了，同法国近卫军混坐在为他们预备的餐桌旁。

拉扎列夫坐在荣誉席上；俄国军官和法国军官拥抱他，同他握手，向他祝贺。军官和民众成群地走过来，只是为了看看拉扎列夫。餐桌周围的广场上充满俄语和法语的说话声和哄笑声。有两个军官脸涨得通红，喜气洋洋地从他旁边走过。

“老兄，酒席真不错，都是银餐具，”一个军官说，“看见拉扎列夫了吗？”

“看见了。”

“据说，明天普烈奥勃拉任斯基营要还请他们。”

“啊，拉扎列夫真走运！终身年金有一千两百法郎呢。”

“瞧，弟兄们，这样的帽子！”一个普烈奥勃拉任斯基营士兵一边戴着毛茸茸的法国帽，一边叫道。

“真不错，太美了！”

“你听到口令了吗？”近卫军军官问另一个军官说。“前天是拿破仑，法兰西，勇敢；昨天是亚历山大，俄罗斯，伟大。今天我们皇上发口令，明天拿破仑发口令。明天我们皇上要授予法国最勇敢的近卫军圣乔治勋章。非送不可！礼尚往来嘛。”

保里斯和他的朋友齐林斯基也来观看普烈奥勃拉任斯基营的宴会。保里斯回家，发现尼古拉站在房子拐角的地方。

“尼古拉！你好！我没见到你。”保里斯说，看见尼古拉脸色闷闷不乐，忍不住问他出了什么事。

“没有什么，没有什么。”尼古拉回答。

“你来吗？”

“来的。”

尼古拉在屋角站了好一阵，远远地望着宴会上的人们。他苦苦思索，却怎么也理不出一个头绪来。他心里起了强烈的疑问。他忽而想起了杰尼索夫，想起他那变形的模样和听天由命的神态，想起住满断胳膊断腿的伤员、到处是垃圾和病人的医院。他清楚地感到，他现在也闻到医院里的尸臭，他环顾了一下，想弄明白臭气是从哪里来的。他忽而想起踌躇满志的拿破仑和他那只白净的小手。如今拿破仑当上皇帝了，亚历山大皇帝也喜欢他，尊敬他。那么，那些丢胳膊缺腿的人和牺牲的人又是为了什么呢？他忽而想起了荣获勋章的拉扎列夫和受罪而又得不到宽恕的杰尼索夫。他发现自己有这样古怪的想法，不禁感到害怕。

普烈奥勃拉任斯基营宴会的香味和他的饥饿把他从沉思中唤醒，他觉得动身以前得先吃点东西。他走到早晨看见的那家饭店。他在饭店里遇到好多人，好多像他一样穿便服的军官，因此他好容易才吃到饭。跟他同一师的两个军官同他坐在一起。他们自然而然地谈到了和约。这两个军官也像大部分军人那样，对弗里德兰战役后缔结的和约不满。大家说，若能再坚持一下，拿破仑就会完蛋，因为他们已经弹尽粮绝了。尼古拉默默地吃着东西，拼命喝酒。他一人喝了两瓶酒。他内心的矛盾一直没有解决，使他十分苦恼。他怕陷入这些思绪中不能自拔。有一个军官说，看见法国人心里就不痛快。尼古拉听了这话勃然大怒，莫名其妙地叫嚷起来，使军官们大吃一惊。

"你们怎么能说三道四！"他突然涨红了脸，嚷道，"你们怎么能批评皇上的行为？我们有什么权利批评？！皇上的目的和行为我们是无法了解的！"

"我又没有说皇上什么话！"一位军官辩解说，他认为尼古拉一定醉了，否则就无法理解他发火的原因。

但尼古拉没有听他的。

"我们又不是外交官，我们只不过是士兵，"尼古拉继续说。"要是命令我们去死，我们就去死。要是我们受惩罚，那就是说罪有应得，我们可无权批评皇上。皇上承认拿破仑是皇帝，跟他订立同盟，就是说应该如此。要是我们对什么事都说三道四，那就没有什么神圣的东西了。这样我们就会说，上帝不存在，什么也不存在了。"尼古拉拍拍桌子，大声叫嚷，听的人都觉得莫名其妙，但那是符合他的思路的。

"我们的事就是尽责任，就是动刀不动脑子！"尼古拉叫道。

"还有喝酒。"一个军官不愿同他争论，说。

"对，还有喝酒！"尼古拉附和说。"喂，再来一瓶！"他又叫了一声。

第三部

1

一八〇八年，亚历山大皇帝去埃尔富特再次会晤拿破仑皇帝。关于这次隆重会晤的盛况，彼得堡上流社会谈得很多。

一八〇九年，世界两巨头（人们这样称呼拿破仑和亚历山大）的关系变得十分亲密，以致拿破仑今年向奥地利一宣战，俄军立刻越过国境，配合原来的敌人拿破仑去攻打原来的盟友奥国皇帝。此外，在最上层的圈子里正在谈论，拿破仑可能同亚历山大的一位姐妹联姻。除了外交问题，俄国社会特别关注的是当时正在进行的全面的内政改革。

不过，一般人所关心的只是健康、疾病、劳动、休息、思想、学术、诗歌、音乐、爱情、友谊、仇恨和欲望。他们依旧过着这样的生活，既不关心政治上对拿破仑亲近还是敌对，也不留意任何改革。

安德烈公爵在乡下蛰居了两年。皮埃尔在自己庄园里不断兴办事业，一项又一项，但都毫无结果。而这些事业，安德烈公爵却轻而易举地一一实现了，而且没向人张扬。

安德烈公爵具有皮埃尔所缺乏的毅力。他凭着这种毅力，毫不费劲地推动了事业的发展。

在他的一个庄园里，有三百名农奴转成自由农民（这是俄国解放农奴的一个先例）；在其他几个庄园，代役租代替了劳役制。在保古察罗伏，他出钱请了一个经过训练的产婆给产妇接生，又出钱请了一位神父教农奴和家奴的子弟读书识字。

安德烈公爵有一半时间陪父亲和幼小的儿子在童山度过；另一半时间则花在“保古察罗伏修道院”里——父亲这样称呼他的村子。尽管安德烈公爵向皮埃尔表示，他对外界的事不感兴趣，其实却密切注视着时局。他经常收到许多图书，而且，从彼得堡政治生活中心来看望他和他父亲的人对国内外时事的了解都远不如他这个蛰居乡间的人。他自己对这一点也感到惊奇。

除了经营庄园和阅读各种书籍，安德烈公爵近来正在分析我军两次战役失利的原因，并草拟修改我军军事条令的意见。

一八〇九年春，安德烈公爵去视察梁赞庄园。这个庄园将归他儿子继承，而他是儿子的法定监护人。

他坐在敞篷马车上，被春天的阳光晒得暖洋洋，放眼欣赏着田野上的嫩草、桦树的新叶和飘浮在蓝天中的朵朵初春的白云。他什么也不想，只是快乐地茫然眺望着两旁的自然美景。

他们经过去年同皮埃尔谈话的那个渡口。马车经过肮脏的乡村、打谷场、田野、积着残雪的桥塊、泥土被冲掉的上坡路、一道道留茬地和一丛丛嫩绿灌木，然后进入中间有道路穿过的桦树林。树林里没有风，简直有点热了。桦树周身长出光泽的嫩叶，一动不动；新生的小草和紫色的野花顶开去年的落叶，从地里钻出来。桦树中间杂生着一棵棵小杉树，常绿的针叶使人想起了不愉快的严冬。马一进树林就打响鼻，周身冒汗。

跟班彼得对车夫说了句什么，车夫点头表示同意。不过，彼得显然还不满足于车夫的同意，又从驭座上转身对老爷说话。

“老爷，多么爽快啊！”彼得恭敬地笑着说。

“什么？”

“爽快，老爷。”

“他在说什么呀？”安德烈公爵想。“大概是在说春天吧，”他向两边望望，想，“是啊，树木都发青了……真快！桦树啦，稠李啦，赤杨啦，都发青了……但栎树还没有看到。哦，那边有一棵栎树。”

路边屹立着一棵栎树。这棵栎树大概比林子里的桦树老十倍，树干粗十倍，树身高一倍。这是一棵巨大的栎树，粗可合抱，长有折断已久的老枝，盖着疤痕累累的树皮。它像一个苍老、愤怒和高傲的怪物，伸出不对称的难看手臂和手指，兀立在笑脸迎人的桦树中间。只有它不受春意的蛊惑，不欢迎春天，不想见阳光。

“春天哪，爱情啦，幸福啦！”老栎树仿佛在这样说，“这种年复一年的无聊骗局，难道你们还不腻味吗？老是这样的骗局，这样的骗局！既没有春天，也没有太阳，也没有幸福。你们瞧，那些受挤的杉树老是这样死气沉沉。再瞧瞧，我伸出残缺不全的手指，背上一根，腰间一根，到处乱伸。我生下来就一直这样站着。我不相信你们的希望，也不相信你们的骗局。”

安德烈公爵穿过树林，几次回顾这棵老栎树，仿佛希望从它身上看到什么。栎树下长出了野花和青草，可它始终木然屹立在它们中间，阴沉、丑陋而顽固。

“是的，这棵栎树是对的，永远是对的，”安德烈公爵想，“让年轻人去受骗上当吧，我们可懂得生活了，我们的生活已经完了！”

这棵栎树在安德烈心中勾起一连串消极、悲怆而又愉快的思想。在整个旅途中，他仿佛重新思考了自己的一生，并又得出安于现状的消极结论，觉得他没有必要再开创什么，只要不作恶，不忧虑，摆脱欲望，享尽天年就行了。

2

安德烈公爵为梁赞庄园托管事要去见县首席贵族。现任县首席贵族是罗斯托夫伯爵。五月中旬，安德烈公爵去访问他。

已是暮春时节。树林已披上绿装；路上尘土飞扬，天气很热，经过水塘时真想下去洗个澡。

安德烈公爵闷闷不乐，一心考虑着他该向首席贵族问些什么。这时，马车驶进奥特拉德诺罗斯托夫家花园的林荫路。他听见右边树丛里有姑娘们快乐的叫声，接着看见一群姑娘从他的马车前面跑过。跑在最前面的是一个黑头发、黑眼睛的姑娘。她长得很苗条，苗条得出奇，身穿一件黄色印花布连衣裙，头上扎着一块白头巾，头巾下露出一绺绺梳理过的头发。这姑娘向马车跑来，嘴里叫着什么，但一认出是个陌生人，就眼睛也不抬，笑着跑回去了。

安德烈公爵不知怎的突然感到不痛快。天气那么美好，太阳那么灿烂，周围一片欢乐，可是这个苗条好看的姑娘却不知道，也不愿知道有他这样一个人存在，而只满足于自己愚蠢而又快乐的生活。“她为什么这样快乐？她在想些什么？她不会想到军事条令，也不会考虑梁赞代役制问题。那么她在想些什么呢？她为什么这样快乐？”安德烈公爵不禁好奇地问着自己。

一八〇九年，罗斯托夫伯爵在奥特拉德诺庄园里过着同以前一样的生活，也就是说，用狩猎、看戏、宴会和音乐来款待全省的贵族。他欢迎安德烈公爵，就像欢迎一切新来的客人那样，并且硬要留他过夜。

罗斯托夫伯爵家里因命名日将临而住满了客人。老一辈男女主人和一批贵宾殷勤地招待安德烈公爵。在这无聊的日子，安德烈几次窥察小辈中莫名其妙地欢笑的娜塔莎，不断问自己："她在想些什么？她为什么这样快乐？"

晚上，安德烈公爵只身留在陌生地方，久久不能入睡。他看书，然后熄掉蜡烛，接着又把它点着。屋子里关上百叶窗，很热。他埋怨那个傻老头（他这样称罗斯托夫伯爵），因为他借口必要的文件还没有从城里送来，硬留他过夜。他也怨自己留了下来。

安德烈公爵爬起来，走到窗前开窗。他一打开百叶窗，月光仿佛早就守候在窗外，一下子倾泻进来。他打开窗户。夜清凉、宁静而明亮。窗外是一排梢头剪过的树，一侧黑魆魆，另一侧则银光闪闪。树下长着潮湿、多汁而茂密的灌木，有些枝叶是银色的。在黑乎乎的树木后面有一个露珠闪亮的屋顶，右边是一棵枝叶扶疏、树干发白的大树，树的上方，在清澈无星的春天的天空中挂着一轮近乎团圆的月亮。安德烈公爵双臂支着窗台，眼睛凝望着天空。

安德烈公爵的房间在当中一层。楼上房间里也住着人，房间里的人也没有睡觉。他听见楼上有女人的说话声。

"再唱一次吧！"楼上传来一个女人的声音，安德烈公爵立刻听出是谁的声音。

"那你到底什么时候睡啊？"另一个声音说。

"我不要睡，我睡不着，叫我有什么办法！那么，最后一次……"

两个女声唱了一段歌曲的结尾。

“哦，多美啊！好，现在该睡觉了，结束了。”

“你睡吧，我可睡不着！”第一个女人的声音在窗口回答。她的身子显然已从窗口探出来，因为听得见她衣服的窸窣声，连她的呼吸声都能听见。万籁俱寂，一切都凝然不动，就像月亮、月光和阴影那样。安德烈公爵一动不动，唯恐让人发觉他无意中听到她们的谈话和歌唱。

“宋尼雅！宋尼雅！”又听见第一个女人的声音。“哦，怎么能睡觉呢！你瞧，多美啊！真是太美啦！你醒醒吧，宋尼雅！”她似乎是含着泪说的，“这样美好的夜晚还从来没有过，从来没有过。”

宋尼雅勉强回答了一声。

“啊，你瞧瞧，多好的月亮！……哦，多美啊！你过来。好姐姐，你过来。喂，你看见了吗？就这样蹲下来，抱住你的膝盖，使劲抱住，紧紧地抱住，这样，你就会飞上天去了。就是这样！”

“小心别跌出去！”

安德烈公爵听见两人的挣扎声和宋尼雅不高兴的声音：

“已经过一点了。”

“哼，你在这里只会碍我的事。好，你走吧，走吧。”

一切又归于沉寂，但安德烈公爵知道她还坐在那里。他时而听见她轻微活动的声音，时而听见叹息声。

“啊，我的天！我的天！这是怎么回事！”她忽然惊叫道。“睡就睡吧！”她说着关上了窗户。

“她根本不在意有我这样一个人！”安德烈公爵倾听她说话时想，不知怎的又希望她提到他，又怕她提到他。“又是她！她像天公故意这样安排！”安德烈公爵想。他的心灵里突然涌起一股同他整个生活不相称的杂乱的青春的思想和希望，他觉得自己的心情说不清，很快就入睡了。

3

第二天早晨，安德烈公爵不等太太小姐们出来，只同老伯爵一人告别，就回家了。

安德烈公爵回家已是六月初。他又来到那座桦树林，那里有一棵使他惊异难忘的疤痕累累的老栎树。马车的铃铛声在树林里响得比一个月前更凝重；树林变得更茂密多荫；散布在树林里的小枞树没有破坏总体的美，协调地吐出毛茸茸的嫩绿针叶。

天气从早到晚一直很热，一场雷雨正在酝酿，但空中只有一小块乌云往路上的尘土和嫩叶上撒下零星的雨点。树林左边被阴影遮住，显得很暗；树林右边湿漉漉的，在阳光下闪闪发亮，被风吹得轻轻摆动。万物欣欣向荣，夜莺的鸣啭此起彼落，时近时远。

“对了，就在这里，在这座树林里，有一棵栎树我觉得挺有意思，可它在哪里呀？”安德烈公爵望着道路左边的一棵树想，没有认出他看到的就是他在寻找的那棵栎树。老栎树完全变了样，展开苍绿多汁的华盖，在夕阳下轻轻摇曳。如今生着节瘤的手指，身上的疤痕，老年的悲哀和疑虑，一切都不见了。从粗糙的百年老树皮里，没有长出枝条，却长出许多鲜嫩的新叶，使人无法相信这样的老树又会披满绿叶。“对了，就是这棵栎树。”

安德烈公爵想，心里突然涌起一股难以名状的春天的喜悦和万象更新的感觉。他一生中所有难忘的时刻顿时浮上脑海。又是奥斯特里茨战场上高邈的天空，又是妻子死后哀怨的脸色，又是渡船上的皮埃尔，又是陶醉在夜色中的姑娘，又是美好的夜晚，又是一轮明月，这一切都突然出现在他眼前。

“对，生命不能在三十一岁上结束，”安德烈公爵突然斩钉截铁地说，“我心里有什么感觉，只有我自己知道是不够的，应该让人人都知道：应该让皮埃尔知道，让那个想飞上天去的姑娘知道，要让人人都了解我，我活着不能只为我自己，也不能让大家都像那个姑娘似的不关心我的存在，我的生命要在大家身上反映出来，要使大家都同我一起生活！”

安德烈公爵旅行归来，决定秋天去彼得堡，并且为这个决定想出种种理由。他有一系列充足理由说明他必须去彼得堡，甚至必须去从军。他现在简直不明白，他怎么会一度怀疑，人应该积极地生活，正像一个月前他不明白，他怎么会想到要离开乡村。他明白，要是他不把生活经验用于实际工作中，不积极参与生活，那么，他的经验就毫无用处。根据原来站不住脚的理论，他在生活上得到教训后，相信他还能有益于人，还能获得幸福和爱情，那是自欺欺人。现在理智告诉他的是一种截然不同的理论。经过这次旅行，安德烈公爵对乡间生活开始感到无聊，对原来的家务不再感兴趣。他常常独自坐在书房里，站起来走到镜子前，久久端详着自己的脸。然后他转过身来，望着丽莎的遗像。丽莎梳着希腊式发髻，从金边镜框里亲切而快乐地瞧着他。她不再向丈夫诉说那些可怕的话，她只是快乐而好奇地瞧着他。安德烈公爵反背双手，在屋子里好久地来回踱步，忽而皱眉，忽而微笑，思索着那些难以用语言表达的像犯罪一般的秘密念头。那些念头关系到皮埃尔、荣誉、窗口的姑娘、老栎树、女性的美和爱情，并且改变了他的整个生活。在这种时候，要是有谁走进他的屋子，他就会变得特别严厉、淡漠、生硬，冷静得叫人受不了。

“亲爱的朋友，”玛丽雅公爵小姐有时走进来说，“今天小尼古拉不能出去散步，天气太冷了。”

“要是暖和的话，”在这种时候，安德烈公爵会特别冷冰冰地对妹妹说，“他只要穿一件衬衫就可以出去了，正因为天冷，才要穿上暖和的衣服，衣服就是为了御寒而发明的。天冷应该多穿衣服，可不能把需要新鲜空气的孩子关在屋里。”他逻辑严谨地说，仿佛因自己不合情理的内心骚动而惩罚别人。在这种时候，玛丽雅公爵小姐就会想，脑力劳动使男人都变得生硬乏味了。

4

一八〇九年八月，安德烈公爵来到彼得堡。这正是年轻的斯佩兰斯基[1]的荣誉达到顶峰，他正在起劲地搞改革活动的时候。就在这年八月，皇帝从马车上跌下来，伤了腿，在彼得高夫待了三个星期，每天只接见斯佩兰斯基一人。当时，斯佩兰斯基正协助皇上拟订两项轰动社会的法令：废除宫内官阶和通过考试录用八等文官和五等文官，同时制定全部国家宪法，以改变现存的从枢密院直到乡政府的俄国司法、行政和财政制度。亚历山大皇帝登位时所抱的自由主义幻想，现在在查多利日斯基、诺伏西尔采夫、柯楚别依和斯特罗冈诺夫等人辅佐下终于实现了。亚历山大戏称他们是社会拯救委员会。

现在，斯佩兰斯基在内政上，阿拉克切耶夫在军事上取代了所有的人。安德烈公爵到彼得堡不久就以宫廷高级侍从身份出入宫廷，参加朝觐。皇上见到他两次，却没有赐给他一句话。安德烈公爵过去一向认为皇帝不喜欢他，不喜欢他的相貌和为人。看

---

1 斯佩兰斯基（1772—1839），俄国伯爵，1808年起成为亚历山大一世的亲信，制订自由主义改革计划，1810年倡议建立国务会议，1812年被流放。

到皇上投向他的冷淡疏远的目光，安德烈公爵加强了这种想法。朝臣们向安德烈公爵解释，皇上对他疏远，是因为他从一八〇五年起就没有再服役。

“我也知道，人人都有自己的爱憎，”安德烈公爵想，“因此我那有关军事条令的意见根本不用呈交皇上，不过事实是最有说服力的。”他向父亲的朋友，上了年纪的元帅提到他的意见书。老元帅约了时间，亲切地接见他，并答应呈报皇上。几天以后，安德烈公爵接到通知，要他去见陆军大臣阿拉克切耶夫伯爵。

那天早晨九点钟，安德烈公爵如约来到阿拉克切耶夫伯爵的接待室。

安德烈公爵不认识阿拉克切耶夫，也从未见过他，不过，根据有关这人的传闻，安德烈公爵对他不抱敬意。

“他是陆军大臣，是皇帝的亲信，他个人的品德不关谁的事；既然他奉命审阅我的意见书，也就只有他有权处理这事。”在阿拉克切耶夫伯爵接待室里，安德烈公爵同许多重要和不重要的人物坐在一起等候接见时想。

安德烈公爵在服役期间多半担任副官，他到过许多要人的接待室，熟悉这种接待室里形形色色的景象。在阿拉克切耶夫伯爵的接待室里可是另一番景象。等待接见的小人物脸上现出羞怯和恭顺的神色；大官们脸上有点窘态，但带有放肆、自嘲和嘲弄接见他们的人的表情。有人若有所思地来回踱步，有人低声谈笑。安德烈公爵听见有人叫阿拉克切耶夫的绰号“权力爷”，有人说：“老头子可要让你知道厉害了。”他指的也是阿拉克切耶夫伯爵。一位重要的将军显然等得不耐烦了，不断把腿叠起又放下，自我嘲弄地微笑着。

但门一打开，人人脸上顿时现出同一表情：恐惧。安德烈公爵请值日官再替自己通报一下，可是值日官轻蔑地对他瞧瞧说，到时候会叫他的。副官把几个人领进大臣办公室，又把几个人送出来。有个军官被带到那道可怕的门里，他那副卑躬屈节和惊恐万状的模样使安德烈公爵吃惊。这个军官被接见的时间很长。突然从门里传出怒吼声，接着军官脸色发白，嘴唇发抖，从屋里出来。他双手抱住头，走出接待室。

随后安德烈公爵被领到门口。值日官低声对他说："往右走，靠窗口。"

安德烈公爵走进一间朴素整洁的办公室，看见桌旁坐着一个四十来岁的人，腰身很长，长长的头上头发剪得很短，脸上皱纹很深，眉头紧蹙，生有一双呆滞的绿褐色眼睛和一个下垂的红鼻子。阿拉克切耶夫向他回过头来，但并没看他。

"您有什么要求？"阿拉克切耶夫问。

"我没有什么……要求，大人。"安德烈公爵低声说。阿拉克切耶夫的眼睛向他转过来。

"请坐，"阿拉克切耶夫说，"安德烈公爵。"

"我没有什么要求，听说皇帝陛下把我的意见书批交大人了……"

"不错，老弟，您的意见书我看过了，"阿拉克切耶夫打断他的话，但只有头上一句话说得比较亲切，接着又不看他的脸，语气也越来越轻蔑和不耐烦。"您提出新的军事条令，是吗？条令很多，老的条令也没有人执行。如今大家都在订条令，订条令可比执行条令省力。"

"我奉陛下圣旨来向大人请示，您打算怎样处理这份意见书？"安德烈公爵恭恭敬敬地说。

"我已经批阅了您的意见书，并转给委员会了。我不赞成。"阿拉克切耶夫说着站起来，从写字台里取出一张纸。"您看！”他把纸递给安德烈公爵。

纸上用铅笔横写着一句话，没有大写字母，没有标点符号，拼法也有错误：

由于模仿法国军法立论不足且无须放弃陆军条令

“意见书交给哪个委员会了？”安德烈公爵问。

“交给军事条令委员会了，我已推荐阁下担任该会委员，但没有薪俸。”

安德烈公爵微微一笑。

“我并不指望。”

“没有薪俸，担任委员。”阿拉克切耶夫重复说。“幸会了。喂！叫一声！还有谁？”他一边向安德烈公爵点头，一边叫道。

5

安德烈公爵一边等候军事条令委员的委任状，一边走访旧相识，特别是可能对他有用的有权人物。他现在待在彼得堡，心情有点像战争前夜。当时好奇心使他烦恼，他一心想跨进那决定千百万人命运的最上层。现在，从老年人的愤懑、局外人的好奇、局内人的审慎、大家的忙碌与焦虑，从他天天听到许多新委员会成立的消息，他知道一八〇九年的彼得堡正在进行一场大规模的内战，它的总司令是一位他不认识但他认为有天才的神秘人物——斯佩兰斯基。那场他只有模糊认识的改革运动和主要发起人斯佩兰斯基引起他极大的关注，以致军事条令问题在他头脑里很快退居次要地位。

安德烈公爵处境非常有利，他受到彼得堡上流社会各界的欢迎。改革派热烈欢迎他，拉拢他，第一，因为他以聪明和博学著称，第二，因为他解放农奴而获得自由主义者的名声。对改革不满的老一辈只把他看作保尔康斯基公爵的儿子，希望在反对改革方面得到他的支持。上流社会的妇女热烈欢迎他，因为他是一个有钱有势的鳏夫，还是个一度谣传本人阵亡和妻子惨死的传奇性人物。此外，原来认识他的人一致认为，五年来他大有进步，变得更加成熟，不像原来那样做作、傲慢和喜欢嘲弄别人，而是随着年龄的增加显得稳重沉着。大家谈论他，对他发生兴趣，希望见到他。

在拜访阿拉克切耶夫伯爵后的第二天傍晚，安德烈公爵在柯楚别依伯爵家做客。他给柯楚别依伯爵讲述会见“权力爷”的经过（柯楚别依这样称呼阿拉克切耶夫，带有嘲讽的口气，就像安德烈公爵在陆军大臣办公室里听到的那样）。

“老弟，”柯楚别依说，“就是办这事您也少不了斯佩兰斯基。他什么事都管。我会对他说的。他答应晚上来……”

“军事条令关斯佩兰斯基什么事？”安德烈公爵问。

柯楚别依微微一笑，摇摇头，仿佛对安德烈的天真感到惊讶。

“前两天我同他谈到过您，”柯楚别依继续说，“谈到您解放农奴的事……”

“哦，公爵，解放农奴就是您吗？”一个叶卡德琳娜时代的遗老轻蔑地瞧了瞧安德烈，问。

“小庄园没有什么收益。”安德烈回答，竭力冲淡自己的行为，免得徒然使老头儿生气。

“您害怕落后。”老头儿望着柯楚别依说。

“我有一件事不明白，”老头儿继续说，“要是把农奴都解放了，谁来耕地呢？立法容易，管理难哪。就像现在这样，我问您，伯爵，要是人人都得经过考试，谁来担任各部门的长官呢？”

“我想，就是那些考试及格的人。”柯楚别依架起腿，环顾四周回答。

“譬如说，我那里有个叫普略尼契尼科夫的，人很出色，像金子一样可贵，可他已有六十多了，难道他也要考试吗？……”

“是的，这有点困难，因为教育还不普及，不过……”柯楚别依伯爵没有说完就站起来。他挽住安德烈公爵的手臂，走去迎接一个进来的高个子男人。那人四十岁光景，秃头，头发淡黄，前额宽大，长长的脸白得出奇。来客身穿藏青燕尾服，脖子上挂着十字勋章，左胸上佩着一枚金星勋章。他就是斯佩兰斯基。安德烈公爵立刻认出了他，不禁感到一阵心悸，正如在生活的重要时刻常常发生的那样。这是出于尊敬、嫉妒，还是期待，他不知道。斯佩兰斯基的样子与众不同，他一下子就能被认出来。安德烈公爵在他所生活的上层社会里从未见过一个人，行动如此迟钝笨拙而态度却这样沉着自信，也没见过一个人，湿润的眼睛半开半闭而目光却如此坚定而温和，也没见过那样莫测高深而又刚强坚毅的笑容；他也没听见过这样尖细、匀调而柔和的声音，尤其没见过如此白嫩的脸和手，这双手宽阔而又异常肥胖和柔软。这样白嫩的脸，安德烈公爵只在长期住医院的士兵身上见过。他就是斯佩兰斯基，俄国国务大臣，皇帝的耳目，皇帝去埃尔富特的随从，他在那里不止一次同拿破仑见面和交谈。

斯佩兰斯基不像一般人来到大庭广众中那样眼光在人们的脸上转来转去，说话也不慌不忙。他说话声音很低，相信人家都会留神听他，而眼睛只看着同他交谈的人。

安德烈公爵特别注意斯佩兰斯基的一言一语和一举一动。他也像一般人，特别是严于品评别人的人那样，遇到陌生人，尤其是遇到斯佩兰斯基那样的名人，总希望看到对方具有完善的品德。

斯佩兰斯基向柯楚别依表示歉意，他不能来得更早些，因为在皇宫里耽搁了。他不说被皇帝耽搁了。安德烈公爵注意到了这种矫揉造作的谦逊。当柯楚别依把安德烈公爵介绍给他时，斯佩兰斯基照例含笑把目光转向安德烈公爵，默默地瞧着他。

“认识您很高兴，我也久仰大名了。”斯佩兰斯基说。

柯楚别依扼要讲了阿拉克切耶夫接见安德烈的情况。斯佩兰斯基更明显地笑了笑。

“军事条令委员会主席马格尼茨基先生是我的好朋友，”斯佩兰斯基说，每个字咬音都很清楚，“您要是愿意，我可以介绍您去见他。”他顿了顿，“我希望您能看到，他这人富有同情心，愿意支持一切合理的事。”

在斯佩兰斯基周围聚集了一圈人。那个说到自己的下属普略尼契尼科夫的老头儿，也向斯佩兰斯基提出一个问题。

安德烈公爵没有加入谈话，只观察着斯佩兰斯基的一举一动。他想，这人不久前还是个默默无闻的神学院学生，如今他那双白白胖胖的手却掌握着俄国的命运。斯佩兰斯基回答老头儿问话时的异常轻蔑冷漠的神态使安德烈吃惊。他仿佛从高不可攀的地方纡尊降贵对老头儿说话。有几句话老头儿说时嗓门过高，斯佩兰斯基对他微微一笑说，他不能妄评皇上想做的事的利弊。

斯佩兰斯基在人群中谈一阵，站起来，走到安德烈公爵跟前，把他带到房间另一端。显然，他认为需要同安德烈谈谈。

“那位老先生拉我参加他们的热烈谈话，弄得我没法同您说话。”斯佩兰斯基略带轻蔑的微笑说，这笑容似乎表示，他同安德烈公爵都懂得，他刚才与之交谈的那些人都是无足轻重的。这使安德烈公爵感到很得意。“我已久仰大名，第一，由于您处理您家农奴的事，您开了个很好的先例，希望今后有更多的人仿效您；第二，因为朝臣品级新法规引起不少议论，可您和另外几位，身为宫廷侍从并不因此感到委屈。”

“是的，”安德烈公爵说，“家父不愿我利用特权。我服役也是从低级职务开始的。”

“令尊是位老前辈，他显然站得比我们高，我们中间就是有人指摘这种为恢复公道所采取的做法。”

“不过，我认为这种指摘也不无道理。”安德烈公爵说，竭力抗衡他已感觉到的斯佩兰斯基的威力。他不愿事事附和他，而要保持不同的意见。安德烈公爵平时说话轻松自如，但此刻同斯佩兰斯基说话却感到费力。他过分注意观察这个名人的为人了。

“也许是出于个人野心。”斯佩兰斯基低声插嘴说。

“多少也是为了国家。”安德烈公爵说。

“那么，您的意思是什么？……”斯佩兰斯基慢慢地垂下眼睛问。

“我是孟德斯鸠的信徒，”安德烈公爵说，“我赞成他的思想：君主政体的基础是荣誉，我认为这是无可争议的。贵族的某些特权，我认为是维持这种感情的手段。”

笑容从斯佩兰斯基白嫩的脸上消失了，他的面貌变得好看得多。大概他对安德烈公爵的思想发生了兴趣。

“要是您从这个观点看问题。”斯佩兰斯基开口说。他讲法语显然有点吃力，讲得比俄语慢，但语气十分镇定。他说，荣誉不能用有损公益的特权来维持，荣誉是防止可耻行为的消极手段，也是鼓励人争取赞扬和奖赏的动力。

他的结论简明扼要。

“维持这种荣誉的制度是一种竞赛的动力，类似拿破仑大帝的荣誉团，对公务不但无害，而且有益，但这不是一种阶级特权或朝廷特权。”

“这问题我不想争论，但不能否认朝廷特权也是为了同样的目的，”安德烈公爵说，“每个朝廷都认为应该享有合乎身份的特权。”

“可您不愿利用特权，公爵，”斯佩兰斯基说，用笑容表示他要客客气气地结束使对方难堪的争论，“您要是能在星期三光临舍间，那我可以先同马格尼茨基谈一谈，再把您也许会感兴趣的事告诉您。此外，我也很高兴再跟您做一次长谈。”斯佩兰斯基闭上眼睛，按照法国礼节鞠了一躬，竭力不让人察觉，悄悄离开客厅。

6

在逗留彼得堡初期，安德烈公爵觉得他在离群索居中所形成的想法，完全被这个城市里的各种琐事所淹没。

晚上回家，他在笔记本里记下四五处必要的访问和约定的会见。生活的机器，紧凑的日程，耗费了他大部分精力。他什么也没做，甚至什么也没想，也没有工夫想，而只是说话，顺利地说出他在乡间思考的事。

他有时也觉得不满意，因为在同一天里在不同的场合重复着同样的话。不过，他成天忙忙碌碌，甚至无暇想到其实他什么事也没有做。

斯佩兰斯基星期三在家里单独接见安德烈，推心置腹地同他谈了好半天。也像第一次在柯楚别依家那样，斯佩兰斯基给安德烈公爵留下深刻的印象。

安德烈公爵认为大多数人都无足轻重，不屑一顾。他很想找到一个心目中的理想人物，因此一旦遇到斯佩兰斯基，就认为斯佩兰斯基正是这种智慧和道德的化身。如果斯佩兰斯基跟安德烈出身同一阶级，教养也跟安德烈一样，那么，安德烈很快就会在他身上发现庸俗软弱的一面，不像个英雄。可是现在，斯佩兰斯基超人的逻辑思维能力却使他肃然起敬，因为安德烈还不太了解他。此外，也许是因为赏识安德烈公爵的才能，也许是因为觉得需要争取他，斯佩兰斯基在安德烈公爵面前竭力卖弄他那公正而冷静的思维能力，并且微妙地奉承安德烈公爵。这种奉承夹杂着一种自负，暗示只有他们两人深知**众人的**愚蠢和自己思想的明智与深刻。

他们星期三晚上长谈时，斯佩兰斯基一再说："**我们**看问题总是摆脱不了根深蒂固的习惯……"或者含笑说："但**我们**要让狼吃饱肚子，也要使羊平安无事……"或者说："这一层**他们**无法理解……"而他的神情仿佛总是在说："我们都明白，**他们**是什么人，我们是什么人。"

这次同斯佩兰斯基的长谈进一步加深了安德烈公爵初见斯佩兰斯基时的感情。他觉得斯佩兰斯基是个头脑冷静、逻辑严谨、智力发达的人，他凭充沛的精力和顽强的意志获得权力，并用这种权力来造福俄国。在安德烈公爵的眼里，斯佩兰斯基就是他希望做的那种人：能理智地解释各种生活现象，承认理性的重要，凡事都能用理性来衡量。斯佩兰斯基的表达简单明了，安德烈公爵不由得事事都同意他。要是安德烈公爵提出反驳和争论，那只是为了表示他有独立的见解，不完全同意斯佩兰斯基的看法。一切都很正确，一切都很合理，只有一样东西使安德烈公爵感到困惑：那就是斯佩兰斯基洞察一切而又不让人窥探自己灵魂的冰冷目光，以及他那双白嫩的手。安德烈公爵不由自主地瞧着他那双手，就像一般人瞧着握有大权的人的手那样。他那洞察一切的目光和白嫩的手不知怎的使安德烈公爵感到不快。还有使安德烈公爵感到不快的是，斯佩兰斯基过分蔑视人，同时总是不择手段地证明自己意见的正确。除了比喻，他还运用各种论证方法，而安德烈公爵觉得他从一种方法转到另一种方法时做得过分大胆。他忽而站在实干家的立场上斥责空想家，忽而站在讽刺家的立场上嘲笑反对派，忽而严格地讲究逻辑，忽而上升到玄学的范畴（最后这种方法他用得特别多）。他把问题提到玄学的高度，给空间、时间和思想下定义，由此得出反证，再回到原来争论的问题上。

总的来说，斯佩兰斯基使安德烈公爵吃惊的思想特点在于他毫不动摇地坚信理性的力量和正确。显然，斯佩兰斯基从来没有产生过安德烈公爵常有的那种想法，就是不能把所想的一切都毫无保留地表达出来；他也从来不产生这样的怀疑："我所想和所相信的一切是不是很荒唐？"而斯佩兰斯基的这种思想特点最使安德烈公爵折服。

在他们认识初期，安德烈公爵十分钦佩他，就像他一度钦佩拿破仑那样。斯佩兰斯基是神父的儿子，庸夫俗子可能因此瞧不起他（有许多人就是这样的），但安德烈公爵却因此格外珍惜他对斯佩兰斯基的感情，而且这种感情不知不觉越来越深。

在安德烈公爵第一次来访的晚上，他们谈到立法委员会，斯佩兰斯基就带着讽刺口吻对安德烈公爵说，立法委员会存在已有一百五十年，花掉了几百万卢布，结果一事无成，罗森坎姆普夫只在比较法的条文上贴上一些标签。

"这就是国家花去几百万卢布的收获！"斯佩兰斯基说，"我们想把新的司法权交给枢密院，可是我们没有法律。因此，公爵，像您这样的人现在不为政府做事是一种罪过。"

安德烈公爵说，做这种事必须学过法律，而他没有学过。

"其实谁也没有学过，您有什么办法呢？这是一个魔圈[1]，必须把它冲破。"

一星期后，安德烈公爵进了军事条令委员会，而且出乎他的

1 原文是拉丁语。

意料，当上了条令编纂委员会的处长。遵照斯佩兰斯基的要求，他负责编纂民法第一部分，并参考《拿破仑法典》和《查斯丁尼法典》起草有关人权条文。

7

大约两年前，一八〇八年，皮埃尔巡视庄园后到彼得堡，不由自主地成了彼得堡共济会的首领。他主办会友聚餐会，主持丧仪，征收新会员，联合各地分会，找寻会章真本。他自费修建会所，尽力补足捐款（多数会员在这方面是吝啬的，不肯按时交款）。共济会在彼得堡所建的贫民院几乎是他一人单独维持的。

但他的生活同以前一样，还是吃喝玩乐，放荡不羁。他喜欢美食，尽管觉得这是堕落可耻的，却无法放弃他所参加的单身汉俱乐部的娱乐。

不过，在这种乌烟瘴气的寻欢作乐中度过一年后，皮埃尔开始觉得，尽管他想站稳共济会的立场，这个立场却在他脚下滑走。同时他觉得，他在共济会的立场上陷得越深，他同它的联系就越是密切。他加入共济会时，觉得自己好像一只脚踩到平滑的沼泽地上。他踩上一只脚，身子立刻往下沉。为了证实所踩的地面是坚实的，他把另一只脚也踩上去，结果就陷得更深，最后不得不在齐膝深的沼泽里行走。

巴兹杰耶夫不在彼得堡（他最近摆脱彼得堡分会事务，在莫斯科深居简出）。分会会员都是皮埃尔的熟人。皮埃尔很难只把他们看作共济会会友，而忘记他们就是他在生活中认识的某某公爵或者某某伊凡·华西里耶维奇，这些人多半是浅薄平庸之辈。他透过共济会的会裙和会徽，看到他们在生活中所追求的还是军服和勋章。他收集捐款，计算着捐款簿上十多个会友捐助的二三十卢布（多半是欠账，而且其中一半人像他一样富有），常常想到共济会入会宣誓时，人人都答应把自己的财产全部献给别人，他心里不禁产生了疑虑，尽管他竭力想摆脱这种疑虑。

皮埃尔把他所认识的会友分成四类。第一类是不积极参加会务活动和世俗事务的人，他们只探索教会的神秘学问，研究上帝三位一体的称号，或者研究硫黄、水银和盐等物质三元素，或者解释所罗门神庙方块和其他图案的含义。这一类会友多半上了年纪，皮埃尔认为巴兹杰耶夫也属于这一类，他尊敬他们，但他同他们旨趣不合，他对共济会的神秘教义不感兴趣。

皮埃尔认为他自己和类似他的人属于第二类。他们探索、彷徨，在共济会中没有找到一条便捷而明确的道路，但一心想找到它。

皮埃尔认为多数会友属第三类。他们在共济会里除了表面形式和仪式外什么也看不到，他们只知严格遵守表面形式而不注意它的内涵和意义。维拉尔斯基以至总会会长都属这一类人。

最后，归入第四类的也有许多会友，特别是新近入会的会友。据皮埃尔观察，他们没有任何信仰，没有任何愿望，他们入会只是为了结交年轻富裕、有权有势的人，而这样的人在会里为数很多。

皮埃尔对他的活动开始感到不满。共济会，至少他在这里看到的共济会，他有时觉得徒具形式。他对共济会本身并不怀疑，但疑心俄国共济会已误入歧途，背离它的宗旨。因此，皮埃尔为了研究共济会的高深教义在年底出国。

一八〇九年夏天，皮埃尔回到彼得堡。俄国共济会会员通过同国外会友通信，知道皮埃尔在国外得到许多高级会友的信任，领悟了不少教义。他在会里的地位提高了，还带回来许多对俄国共济会有益的东西。彼得堡的共济会会员都来看望他、巴结他，都认为他有什么事隐瞒着，正在准备什么行动。

共济会分会定期举行二级大会，皮埃尔将向大会传达最高领导对彼得堡分会会友们的指示。在例行仪式结束后，皮埃尔站起来发言。

“亲爱的弟兄们，”皮埃尔红着脸，手里拿着写好的讲稿，结结巴巴地说，“单是悄悄地遵守我们的教义是不够的，必须有所行动……有所行动。我们在打盹，可我们需要行动，”皮埃尔拿起讲稿来念道，“为了传布纯粹的真理，取得美德的胜利，我们必须扫除人们的偏见，宣传合乎时代精神的准则，负责教育青年，紧密联系社会贤达，大胆而慎重地克服迷信、愚昧和怀疑，把那些忠于我们并具有共同目的的有权有势的人团结起来。

“为此目的，必须使美德压倒罪恶，使正直的人今世也能因他们的德行而获得永久的奖赏。但现在的种种政治制度却妨碍我们达到目的。在这种情况下应该怎么办呢？实行革命，推翻一切，用暴力驱除暴力吗？……不，我们绝不赞成这样做。任何暴力改革都必须反对，因为人们若仍像现在这样是不能驱除罪恶的，因为智慧不需要暴力。

“共济会整个计划的基础应该是，培养坚强、具有美德和共同信心的人。这信心就是随时随地努力克服罪恶和愚蠢，保护才能和美德，从尘世中挽救有价值的人，吸收他们参加我们的会。到那时本会才能轻而易举地束缚住庇护混乱的人们的手脚，使他们在不知不觉中就范。总之，我们要建立一个具有普遍权威的管理体制，它的权力将遍及全世界，但并不损害公民的义务。除了这种管理体制外，其他管理机构可以照常工作，只要不妨碍本会使善战胜恶的伟大目标就行。这个目标也就是基督教本身的宗旨。它教人要聪明善良，并为了自己的利益遵循最优秀最贤明人士的榜样和教诲。

“当万物沉浸在黑暗中的时候，单是宣教就行，因为真理以新形式出现，它就具有特殊的力量，但现在我们需要更有力的手段。人是受感情支配的，现在就需要在道德中找到感情的魅力。情欲无法消灭，应该把它引向高尚的目标，因此必须使人的情欲在道德范围里得到满足。本会将提供必要手段来达到这一目标。

“等到我们的会友在每个国家里有一定数目，每个人再培养两个人，他们又能紧密团结起来，到那时本会就什么都能做到，就可以为人类福利做许多事。”

这篇演说不仅给了会友强烈的印象，而且引起了骚动。多数会友从中听出光明会[1]的危险意图，用极其冷淡的态度来对待皮埃尔的演说，这使他吃惊。会长反驳皮埃尔。皮埃尔就越发起劲地发挥他的思想。争论这样激烈的会好久没有开过了。会友分成两派：一派谴责皮埃尔，说他有光明会观点，另一派则支持他。在这次集会上，皮埃尔第一次惊讶地发现人的思想千差万别，任何真理在两个人看来都不一样。就连那些似乎支持他的人也是按照自己的理解歪曲他的意见。皮埃尔不能容忍这种歪曲，因为他坚决要求把他的思想完整地传达给别人，使别人能正确理解他。

集会结束时，会长不怀好意地讽刺皮埃尔太偏激，还说他争论不是出于敬重美德，而是好斗成性。皮埃尔没有回答他，只简单地问接受不接受他的建议，会长等人对他说不接受，他就不等仪式结束，离开会场回家了。

---

1 1776年德国亚当·威绍普特创立的半政治半宗教组织，主张自然神论和共和政体的秘密社团。

8

皮埃尔非常害怕的忧郁症又发作了。他在会里发表演说后，一连三天在家里躺在沙发上，不接见任何人，也不去任何地方。

这时，他接到妻子来信，要求同他见面，说她很思念他，愿意把她的一生都奉献给他。

妻子在信末通知他，不久将从国外回到彼得堡。

紧跟着这封信，皮埃尔最瞧不起的一个共济会会友闯到他家里，谈到皮埃尔的婚姻关系，以会友资格告诫他对妻子这样苛刻是不对的，说他不肯宽恕悔过的人，是违反共济会基本准则的。

就在这时候，他的岳母华西里公爵夫人派人来找他，要他到她那里去谈一件极重要的事，哪怕只去几分钟也行。皮埃尔看出，有人正在背后策划，硬要把他同妻子捏在一起。当时他心情郁闷，甚至觉得这也没有什么不好。他什么都不在乎，觉得生活中没有什么大不了的事，由于心情忧郁，他既不珍惜自己的自由，也不坚持非惩罚妻子不可。

“没有人对，也没有人错，所以她也没有错。”皮埃尔想。要是他没有立刻表示同意跟妻子重归于好，那只是因为他心情忧郁，无法采取任何行动。要是妻子现在到他这里来，他也不会把她撵走。同他所关心的事比起来，跟妻子住在一起或分居有什么区别呢？

皮埃尔既没给妻子答复，也没给岳母回信，那天入夜时，动身去莫斯科见巴兹杰耶夫。皮埃尔在日记里写了下面的话：

莫斯科，十一月十七日。

刚从恩人那里回来，赶快记下全部体会。巴兹杰耶夫生活贫困，患痛苦的膀胱病已有两年多。从来没听到过他的呻吟或怨言。他从早晨到深夜，除了吃最简单的饭食外，一直在做学问。他亲切地接待我，要我坐在他的床上。我向他作了东方和耶路撒冷骑士的暗号，他用同样的手势回答我，并温和地含笑问我，我在普鲁士和苏格兰分会听到了些什么，有什么收获。我尽量把我所知道的一切告诉他，也向他讲了我向彼得堡分会提的建议，讲了他们对我的恶劣态度，以及我同会友们的决裂。巴兹杰耶夫默默地考虑了好久，然后告诉我他对这些事的看法，使我顿时看清以往的全部经历和未来的全部道路。使我吃惊的是，他问我是否记得本会的三项宗旨：第一，保守和领悟教义；第二，净化和完善自己，以接受教义；第三，通过自我净化来完善人类。这三项宗旨中哪一项是主要的？当然是自我完善和净化。我们只有始终抓住这项宗旨，才能不受环境的影响。同时，这项宗旨要求我们尽最大努力。然而，我们由于骄傲而迷失方向，忽略这项宗旨，妄图领悟由于我们自身不洁而不配接受的教义，或者自身卑鄙龌龊，道德败坏，却妄图完善人类。光明会不是一种纯粹的学说，因为他们热衷于社会活动，并且骄傲自大。巴兹杰耶夫就为此批评我的演说和我的全部活动。我衷心接受他的意见。谈到我的家庭问题，他说："我对您说过，真共济会的主要责任在于自我完善。我们常常以为摆脱生活中的困难，就能更快地达到这一目的；其实相反，先生，只有在尘世的骚乱中我们才能达到以下三项宗旨：第一，自知，因为人只有通过比较才能认识自己；第二，自我完善，只有经过奋斗才能自我完善；第三，达到主要的德行——视死如归。生活的变化无常最能显示它的空虚，增强我们天生对死亡或重生的爱。"这些话格外精辟，因为巴兹杰耶夫尽管肉体上很痛苦，但从不厌倦生活，同时又爱死亡，尽管他内心纯洁高尚，对死亡也没有充分准备。然后恩人又向我解释创世大四方形的意义，并指出三和七的数字是万物的基础。他劝我不要同彼得堡会友断绝来往，在会里只承担次要职务，竭力使会友们克服骄傲，使他们走上自知和自我完善的正确道路。此外，他劝我首先要注意修身，为此目的他给了我这本日记，我将把我的行为都记在里面。

彼得堡，十一月二十三日。

我又和妻子生活在一起了。岳母哭着来见我，说海伦在这里，求我听她说说，她说海伦是无辜的，我遗弃她使她很痛苦，还说了许多别的话。我知道，我一旦看见她，就无法拒绝她的要求。我感到为难，不知道找谁帮助，同谁商量。要是恩人在这里，他准会告诉我该怎么办。我回到自己房里，重读巴兹杰耶夫的信，想起同他的谈话，由此得出结论，我不该拒绝人家的要求，而应该向一切人伸出援助之手，尤其是向一个同我关系密切的人，我应该背十字架。我既然出于美德而宽恕她，那就让我在精神上同她结合吧。我这样决定了，就写信告诉巴兹杰耶夫。我对妻子说，我求她忘记过去的事，我若有什么对不起她的地方，请她宽恕，而她并没有什么需要我宽恕的。我对她说了这话，感到轻松。别让她知道，我重新看见她有多么痛苦。我在大住宅楼上房间里住下来，体验到新生的快乐。

9

最上层社会在宫廷和大舞会中聚集时照例分成几个圈子，它们各有各的特点。其中最大的是法国派，也就是鲁勉采夫伯爵和科兰古大使[1]的拿破仑联盟。海伦和丈夫来到彼得堡后，她就在这个圈子里占有显著的地位。她家里常常聚集着法国使馆人员和许多这派中以学识和礼貌著称的人物。

在轰动一时的三国皇帝会晤时，海伦正好在埃尔富特。她在那里结识了拿破仑派的显要人物，出足了风头。拿破仑本人在剧院里看见她，问她是谁，对她的美貌大为赞赏。她是个美丽华贵的女人，风头很健，这并没使皮埃尔感到奇怪，因为两年来她变得越发妩媚动人了。使他感到惊奇的是，两年来她已获得了“聪明而美丽的迷娘”的称号。赫赫有名的德利涅亲王[2]写给她八页长信。比利平把他的俏皮话留在海伦伯爵夫人面前，说在海伦伯爵夫人的客厅里受接待，就等于拿到了聪明才智的毕业证书。年轻人在参加海伦的晚会前拼命看书，好在她家客厅里卖弄学问。使

1 科兰古（1772—1827），法国将军和外交家，1807年曾任驻俄大使。

2 德利涅亲王（1735—1814），比利时政治家和作家。叶卡德琳娜时代曾在俄国服务。

馆秘书，甚至公使，都向她吐露外交秘密。海伦确实具有一种特殊的力量。皮埃尔知道她很愚蠢，有时带着疑虑和不安的心情参加她的晚会和宴会，听大家谈论政治、诗歌和哲学。在这种晚会上，他的心情好像魔术师，时刻担心他的骗术被人家拆穿。但也许因为主持这种交际活动就是需要愚蠢，也许因为受骗的人在受骗中感到快乐，骗术并没有被拆穿，而海伦作为美丽而聪明的迷娘的名声绝不动摇，她即使说出最庸俗愚蠢的话，大家也会赞美她的每一句话，并在其中寻求连她自己都没想到的深奥意义。

皮埃尔正是这个风头十足的交际花所需要的丈夫。他是个精神恍惚的怪人，具有绅士风度的老爷，他不妨碍任何人，不仅不破坏客厅的高雅格调，而且以自己的平庸笨拙反衬出妻子的文雅大方。两年来，皮埃尔只关心精神生活，轻视其他活动，对妻子圈子里的一切都抱冷漠、超然和宽厚的态度。他这样做并非装腔作势，因此博得众人的敬重。他走进妻子的客厅，好像走进剧院，他认识所有的人，高兴看见任何人，但对谁都很冷淡。有时他参加感兴趣的谈话，完全不顾有没有使馆人员在场，喃喃地说着同当时气氛完全不协调的意见。不过，彼得堡最出色女人的怪丈夫这个名声早已传开，因此谁也不把他的行为当作一回事。

海伦从埃尔富特回来后，在每天光临的年轻人中间，官运亨通的保里斯成了皮埃尔家的常客，海伦称保里斯为“我的侍童”，并且像对待孩子一般对待他。海伦看到保里斯也像看到别人一样微笑，但皮埃尔有时看到她的微笑感到不舒服。保里斯对皮埃尔显得特别严肃和恭敬。他这种彬彬有礼的态度也使皮埃尔不安。三年前，皮埃尔因妻子使他蒙受耻辱而感到十分痛苦，现在他摆脱了这种情绪，因为第一他不是妻子的真正丈夫，第二他不容许自己猜疑。

“不，如今她成了女学究，再不会像以前那样疯疯癫癫了。”皮埃尔自言自语。“女学究从不谈情说爱。”他不知从哪里听来这句话，并且深信不疑。但说来奇怪，只要保里斯待在妻子客厅里（他几乎总在那里），皮埃尔生理上就会受到影响：他仿佛被捆住手脚，无法自由行动。

“我怎么会这样讨厌他？”皮埃尔想，“以前我还挺喜欢他呢。”

从世俗的眼光看来，皮埃尔是个大阔佬，是个著名贵夫人的有点盲目可笑的丈夫，是个无所事事也无害于人的聪明的怪人，是个可爱的好小子。皮埃尔自己呢，这个时期内心一直开展着复杂而痛苦的活动。这种活动对他有许多启发，也使他精神上产生不少疑虑和快乐。

10

皮埃尔继续写日记。下面就是他这个时期里写的日记：

十一月二十四日。

八时起床，读《圣经》，然后去办公（皮埃尔听从恩人的劝告参加一个委员会的工作），回家午餐，独自吃饭。伯爵夫人那里聚集了许多我不喜欢的客人。我饮食节制，饭后替会友们抄写教义。晚上到伯爵夫人那里，讲了某某人的可笑逸事，引得他们大笑，这时我才想到不该讲这事。

上床睡觉时心情快乐而平静。至高无上的主哇，帮助我走你的路：第一，心平气和，不发怒。第二，清心寡欲。第三，摆脱尘世琐事，但不放弃：（一）政府公职；（二）家庭责任；（三）朋友交往；（四）经济事务。

十一月二十七日。

起得很晚。醒后在床上躺了好久，懒得起来。上帝啊，帮助振作起来，让我走你的路吧。读《圣经》，但没有心得。会友乌鲁索夫来，谈到尘世的事。他讲到新的圣旨。我刚要提出批评，但想到了行动准则和恩人的话。他说：一个真正的共济会会员，在国家需要他担任公职时，应该是个勤恳的公务员；在他没有被聘用时，应该是个冷静的旁观者。祸从口出，我的舌头是我的敌人。会友R. B君和O君来访，初步商量吸收一名新会员的事。他们要我任导师。我觉得自己软弱，不配。然后谈到对神庙七柱和七级的解释，解释七学、七德、七恶和圣灵的七惠。会友O君擅长雄辩。晚上举行入会仪式。会所装饰一新，十分壮观。吸收的新会员是保里斯。我介绍他入会，并当了他的导师。我同他一起待在黑暗的神庙里，一直感到一种奇怪的激动。我对他怀着憎恨，但无法克服。因此我更愿意把他从罪恶中拯救出来，带他走上真理之路，但我克服不了对他的嫌恶。我想，他入会的动机只是想接近我们会里的人，并博得大家的好感。他几次问我N和S是不是我们的会友（这问题我不能回答他）。据我观察，他不可能真正尊重我们的会，他太忙，他只满足于世俗的生活，不愿完善自己的心灵。除此以外，我没有理由怀疑他，但我觉得他这人缺乏诚意。当我同他面对面站在黑暗的庙堂里时，我觉得他总在轻蔑地嘲笑我的话，我真想把抵住他光胸膛的长剑直刺进去。我不善于辞令，不能把我的猜疑告诉会友和会长。伟大的造物主，帮助我脱离谎言的迷宫，走上真理之路吧。

这以后的日记里有三页空白，空白之后又写了下面的话：

单独同会友B作了长时间有益的谈话，他劝我同会友A保持友好关系。他的话对我很有启发，虽然我不够资格。亚当纳伊是创世主的名字。爱洛伊姆是万物主宰的名字。第三个名字是说不出的，他的意思是**万有**。同会友B谈话，使我在行善的路上增添了力量、精神和信心。在他面前没有疑虑。我懂得了可怜的社会科学同我们包罗万象的教义之间的差别。人类的科学把一切都分割开来理解，把一切扼杀了来剖析。在共济会的神圣教义里，万有都是统一的，万有是在总体和生活中被认识的。硫黄、水银和盐是物质的三元素，三位一体。硫黄具有油和火的性质；硫黄同盐结合，由于盐的燃性引起一种吸力，因此吸引水银，硫黄抓住水银，一经结合就产生各种物体。水银是一种流动的飞散的神圣元素，也就是基督、圣灵和它。

十二月三日。

醒得很晚，读《圣经》，但没有心得。后到大厅散步，想反省，却想起四年前发生的一件事。决斗后，陶洛霍夫先生同我在莫斯科相遇。他对我说，他祝我心旷神怡，尽管妻子不在身边。我当时没有理他。如今想起这次见面的详情细节，我在心里对他说了最恶毒的话，作了最刻薄的回答。直到发觉自己火冒十丈，才冷静下来，排除这个想法，但为此忏悔得不够。后保里斯来，讲了各种怪事。他一来，我就感到不痛快，说了些不客气的话。他反唇相讥。我火了，对他说了许多不快甚至粗暴的话。他不作声，等我冷静下来已为时太晚。上帝啊，我很不善于和他共处！原因是我的自尊心太强，我自以为比他高尚，结果比他还要坏得多，他并不计较我的粗暴，我却相反，非常瞧不起他。上帝啊，但愿我能在他面前更多地看清自己的卑劣，并使我的所作所为有益于他。饭后睡了一觉，梦中左耳听见有个声音对我说：“你的日子到了。”

我梦见在黑暗中行走，突然被群狗包围，但我毫不畏惧。突然一只不大的狗咬住我的左腿不放。我用双手掐它，我刚把它扯开，一只比它大的狗咬住我的胸口。我让开这只狗，第三只更大的狗又来咬我。我把它举起来，但举得越高，它就变得越大越沉。突然会友A走来，挽住我的手臂，把我领到一座大楼前。要进楼得走过一条狭长的木板。我踩上木板，木板弯了，翻了。我开始爬墙，我的双手好容易才攀着墙。我费了很大的劲才爬上去，我的腿悬在墙的一边，身子挂在另一边。我回头一看，看见会友A站在墙上。他指给我看一条林荫路和一个花园，花园里有一座漂亮的大楼。我醒了。主哇，伟大的造物主哇！帮助我摆脱群狗——我的情欲，尤其是集中所有情欲于一身的最后那只狗，帮助我进入我在梦中见到的那座道德的圣殿吧。

十二月七日。

梦见巴兹杰耶夫坐在我家里，我很高兴见到他，也很愿意款待他。我不断同旁人闲聊，突然想到他不会喜欢我这样做。我想靠拢他，拥抱他。但我一靠拢他，就看见他的脸变了，变得年轻了。他悄悄地、悄悄地对我讲着教义，声音轻得我听不见。后来我们一起走出屋子。这时发生了一件怪事。我们在地上坐着或者躺着。

他对我说着什么。我仿佛想让他了解我的感情。我没听他说话，想象着自己的精神世界和上帝赐给我的恩惠。我热泪盈眶，他注意到了，我很高兴。但他恼怒地瞧了我一眼，跳起来，把话说到一半停住了。我害怕了，问他是不是在说我；但他什么也没回答，露出亲切的样子，接着我们仿佛来到我的卧室，那里放着一张双人床。他躺在床的一边，我仿佛想抚爱他，也躺下来。他仿佛问我："老实告诉我，您的主要嗜好是什么？您自己知道吗？我认为您已经知道了。"这问题使我发窘，我回答说，我的主要嗜好是懒散。他不相信地摇摇头。我越发窘了，回答说，我虽遵从他的劝告跟妻子住在一起，但并没有尽丈夫的义务。他对这话表示不赞成，说不应该使妻子失去温存，要我明白这是我的义务。我回答说我羞于这样做。突然一切都消失了。我醒来了，记起《圣经》里的话："**生命就是人的光。光照在黑暗里，黑暗却不接受光。**"[1]巴兹杰耶夫的脸显得年轻，容光焕发。今天收到恩人的信，信里写到夫妻的义务。

十二月九日。

我做了一个梦，醒来心跳不已。我仿佛在莫斯科家里，在大起居室，巴兹杰耶夫从客厅走来。我仿佛知道他已重生，跑过去迎接他。我仿佛吻了他，吻了他的双手，他却对我说："你没发现我的脸变了？"我对他瞧瞧，继续把他抱在怀里。我仿佛看见他的脸变年轻了，但他头上没有头发，模样完全变了。我对他说："即使偶

1 见《新约全书·约翰福音》第一章第四十五节。

然遇见您，我也会认出您来的。”但我同时想：“我说的是真话吗？”我忽然看见他像死人一样躺在那里；后来他渐渐恢复知觉，跟我一起走进大书房，手里拿着一本用绘图纸订成的大书。我说：“这是我写的。”他点点头。我打开书。书里每一页都有好看的图画。我仿佛知道，这些画表现的是心灵同心灵之间的恋爱故事。我在书页上仿佛看见一个美丽的少女，穿着透明的衣服，有着透明的身子，飞向云端。我仿佛知道，这少女不是别的，而是表现《雅歌》的图画。我看着图画，仿佛觉得我不该看，可我又丢不下这些图画。主哇，救救我吧！上帝啊，如果你要抛弃我，那就照你的旨意办吧。如果这是我自己造成的，你就教教我该怎么办吧。如果你完全抛弃我，我就会在淫乱中灭亡。

11

罗斯托夫一家在乡下住了两年，他们的经济情况并没有好转。

尼古拉虽抱定宗旨，继续在偏僻的团里服务，节衣缩食，减少支出，但奥特拉德诺的生活方式依旧，特别是米嘉不善于理财，弄得债务年年增加。显然，老伯爵认为做官是唯一的出路，于是就去彼得堡谋事，同时，像他说的那样，让姑娘们最后享受一次快乐。

在罗斯托夫家搬到彼得堡后不久，别尔格向薇拉求婚，并且被接受了。

罗斯托夫家在莫斯科虽属于上层（他们自己并不知道这一点，也不考虑他们属于什么阶层），但在彼得堡，他们交游广阔，却没有固定的圈子。在彼得堡，他们是外省人，就连那些在莫斯科受过他们款待的人也瞧不起他们。

罗斯托夫家在彼得堡也像在莫斯科一样好客，他们家的晚宴上总是宾客云集：奥特拉德诺的邻居、无钱的老地主和女儿们、宫中女官彼隆斯卡雅、皮埃尔、在彼得堡做事的县邮政局局长的儿子。在彼得堡，很快变成罗斯托夫家常客的男人有：保里斯、皮埃尔（老伯爵在街上遇见他，把他硬拉到家里）和别尔格。别尔格整天待在罗斯托夫家，像一般年轻的求婚人那样，对伯爵家的大小姐大献殷勤。

别尔格让大家看他那条在奥斯特里茨战役中负伤的右臂，左手拿着完全不需要的长剑，这都不是没有缘故的。他起劲地反复向大家讲这次战役，使大家相信他的行为是英勇高尚的，又讲到他还因奥斯特里茨之战得过两枚奖章。

在芬兰战争[1]中别尔格也立了功。当时他曾捡起打死总司令身旁副官的炮弹弹片，送到长官那里。他也像讲奥斯特里茨战役那样，滔滔不绝地讲着这事，使大家相信他做得对，而且他又因芬兰战役得过两枚勋章。一八〇九年，他作为近卫军大尉，又得过勋章，在彼得堡弄到了一个肥缺。

有些自由主义者听到别尔格的功绩发笑，但也不能不承认他是一个勇敢而勤奋的军官，得到长官器重，是一个前程远大、地位牢固的正派青年。

四年前，别尔格在剧院里遇到一位德裔同事，指给他看薇拉，并用德语对他说："她将做我的妻子。"从那时起他就决定要娶她。眼下在彼得堡，他考虑到罗斯托夫家的地位和自己的地位，认定时间已到，就正式提出求婚。

别尔格的求婚被接受，起初有点勉强，这对他来说是不体面的。乍一看有点怪，一个门第低微的利夫兰[2]贵族的儿子居然向罗斯托夫伯爵小姐求婚；不过，别尔格虽然有点自私，但性格直爽，罗斯托夫家不由得认为这是一件好事，何况别尔格也自信这是一件好事，甚至是一件大好事。再说，罗斯托夫家家道中落，这一点求婚的人不会不知道，而主要原因则是薇拉已有二十四

1 指1808年俄国与瑞典争夺芬兰的战争。

2 17至20世纪初拉脱维亚北部地区和爱沙尼亚南部地区的正式名称。

岁，她在各种交际场合露面，尽管长得漂亮，也很懂事，可是至今没有人上门求婚。这样，别尔格的求婚就被接受了。

“您知道，”别尔格对一个同事说，他把这个同事称为朋友，因为他知道人人都有朋友，“您知道，这一切我都考虑过了，要不是我反复考虑过了，觉得不结婚不行，我真不愿结婚呢。但现在情况不同，我爸爸和妈妈生活有了保障，我替他们安排了奥斯采区的地租收入，我们俩可以靠我的薪俸在彼得堡生活。再加上她的陪嫁，我又会精打细算，我们的日子可以过得很好。我结婚不是为了钱，为了钱而结婚我认为是不高尚的，不过妻子应该有妻子的钱，丈夫应该有丈夫的钱。我有官职，她有社会关系和一点钱。在我们这个时代这是很有用的，你说是不是？主要是她是个值得尊敬的漂亮姑娘，并且爱我……”

别尔格脸红了，微微一笑。

“我爱她，因为她脾气好，又很懂事。她的妹妹，虽是一母所生，可完全不同，脾气不好，也没有那么聪明……就是这样，您知道吗？……脾气不好……但我的未婚妻……以后您请过来……”别尔格继续说，他想说吃饭，但立刻改口说，“喝茶！”他卷起舌头，吐出一个小小的烟圈，表示他对幸福的憧憬。

在别尔格提出求婚，做父母的犹豫了一番以后，家里就出现了在这种时候常有的欢乐气氛，但这种欢乐不是发自内心，而是表面一套。家里人对这件婚事显然感到勉强和内疚。他们内疚的是，过去不太爱薇拉，如今又急于要把她嫁出去。最窘困的要算老伯爵。他大概不会承认，发窘的原因是由于经济拮据。他肯定不知道他还有多少财产，欠了多少债，能给薇拉多少陪嫁。女儿出生的时候，他划给每个女儿三百农奴作陪嫁；但现在一座庄园已出卖，另一座庄园已抵押出去，而且过期这么久，非出卖不可，因此拿庄园作陪嫁已不可能。现款他也没有。

别尔格订婚已有一个多月了，离开婚期只剩一个星期，可是伯爵还没有解决陪嫁的问题，也没有同妻子谈过这事。伯爵忽而想把梁赞庄园给薇拉，忽而想出售一片树林，忽而想用期票借钱。结婚前几天，别尔格一早走进伯爵的书房，脸上挂着愉快的微笑，恭恭敬敬地要求未来的岳父告诉他，薇拉伯爵小姐将得到什么陪嫁。伯爵听到这早就料到的问题很窘，竟脱口而出，把首先想到的说了出来。

“你关心这事，我很高兴，你会满意的，我很高兴……”

伯爵拍拍别尔格的肩膀站起来，不想再谈下去。但别尔格愉快地含笑解释说，要是他不能确切知道给薇拉什么陪嫁，不能预先拿到哪怕部分陪嫁，他就不得不解约了。

“因为，伯爵，您想想，我要是没有相当财产来养活妻子，现在就贸然结婚，那就太说不过去了……”

谈话结果，伯爵想显示他的大方，避免新的要求，说他可以开一张八万卢布的期票。别尔格温和地微微一笑，吻了吻伯爵的肩膀，说他很感激，但他要是拿不到三万现款，就无法安排新的生活。

“至少两万，伯爵。”别尔格补充说，“那么期票只要六万就行了。”

“是，是，好的。”伯爵赶快说，“不过，你别见怪，好朋友，我就给你两万现款，此外，我仍给你一张八万的期票。就是这样，过来吻吻我！”

12

娜塔莎十六岁了。已到了一八〇九年，也就是四年前娜塔莎同保里斯接吻后掐指计算的重逢日子。从那时起，她就没有见过保里斯。在宋尼雅和母亲面前，当她们谈到保里斯的时候，娜塔莎若无其事，仿佛那是很久以前的往事，是童年时代的事，早已被忘记，不值得一提。但在内心深处她感到苦恼，拿不准她对保里斯的许诺只是儿戏，还是一项有约束力的义务。

自从一八〇五年保里斯离开莫斯科参军以来，他就没有见过罗斯托夫家的人。他到过莫斯科几次，也曾经过奥特拉德诺一带，但从没去过罗斯托夫家。

娜塔莎有时想，他大概不愿见她。而长辈谈到他时的感慨语气，证实了娜塔莎的猜测。

“现在时势都不把老朋友放在心上了。”伯爵夫人谈到保里斯时这样说。

近来难得去罗斯托夫家的德鲁别茨基公爵夫人显得特别神气，每次谈到儿子的长处和光辉的前程，总是眉飞色舞，带着自豪的神气。罗斯托夫一家搬到彼得堡后，保里斯就登门拜访。

保里斯去访问他们，心情很激动。对娜塔莎的回忆在保里斯是最富有诗意的。但他决心让娜塔莎和她的父母感觉到，他跟娜塔莎的童年关系对她没有约束，对他也没有约束。由于他同海伦伯爵夫人的亲密关系，他在上流社会的地位很引人瞩目；由于他受到一位要人的信任和庇护，他在官场的地位也很优越。他打算在彼得堡娶一个最有钱的姑娘，而这是很容易办到的。保里斯走进罗斯托夫家客厅，娜塔莎正在自己屋里。娜塔莎一知道保里斯来访，脸涨得通红，露出十分高兴的笑容，简直是跑着进了客厅。

保里斯记得四年前娜塔莎穿着短短的连衣裙，鬈发下露出一双乌黑发亮的眼睛，发出毫无顾忌的天真笑声。如今进来的可是个完全不同的娜塔莎，保里斯感到困惑，脸上现出兴奋惊讶的神情。保里斯这种神情使娜塔莎高兴。

“怎么，还记得你那个淘气的老朋友吗？”伯爵夫人说。保里斯吻了吻娜塔莎的手，说她的变化使他吃惊。

“您长得好漂亮！”

“那还用说！”娜塔莎闪闪发亮的眼睛这样回答。

“那么爸爸老了吗？”娜塔莎问。她坐着，没有加入保里斯同她母亲的谈话，默默地仔细打量着童年时代的恋人。保里斯感觉到她这执拗而亲切的目光的分量，偶尔也望望她。

保里斯的军服、马刺、领带和发式都是最时髦和最讲究的。这一点娜塔莎立刻就注意到了。保里斯稍稍侧着身子坐在伯爵夫人旁边的扶手椅上，右手拉拉左手上清洁无瑕的软皮手套，姿势优美地抿着嘴讲着彼得堡上流社会的赏心乐事，略带嘲讽地谈到莫斯科的往事和熟人。他提到上层贵族，谈到他参加过的公使的舞会，谈到NN和SS的邀请，娜塔莎觉得他这样说不是无意的。

娜塔莎一直默默地坐着，皱着眉头打量他。她的目光越来越使保里斯不安、发窘。保里斯越来越频繁地回顾娜塔莎，说话时断时续。他坐了不到十分钟，起身告辞。娜塔莎那双好奇的、挑逗的、略带嘲弄的眼睛一直盯着他。在他第一次访问后，保里斯对自己说，他觉得娜塔莎依旧那么使他迷恋，但他不该沉湎于这种感情，因为同她这个几乎没有陪嫁的姑娘结婚，就会毁了他的前程，但恢复原来的关系而不同她结婚，那是不高尚的。保里斯决心避免同娜塔莎见面，但尽管作了这样的决定，过了几天他又去访问，从此频频去罗斯托夫家，并整天待在那里。保里斯觉得他应该同娜塔莎谈一次心，对她说明应该忘记过去的事，不论怎样……她都不可能做他的妻子，因为他没有财产，她家里绝不会让她嫁给他的。但他始终没有正式提出，觉得很难开口。他越来越难以自拔。照母亲和宋尼雅的看法，娜塔莎仍旧爱着保里斯。她为他唱他心爱的歌，给他看她的纪念册，要他在里面题字，但没向他提起往事，只让他觉得现在多么美好。保里斯每天恍恍惚惚离开娜塔莎，没有说出想说的话，自己也不知道在做些什么，他为什么来，结局将会怎样。保里斯不再去海伦家，每天收到海伦责备的信，但还是整天待在罗斯托夫家。

13

一天晚上，老伯爵夫人头戴细布睡帽，身穿短袄，没有戴假发，从睡帽下露出一绺鬈发，呼哧呼哧地喘着气，跪在地毯上做晚祷。这时房门“咯吱”一声，娜塔莎赤脚穿着软底鞋，身上穿着短袄，头扎卷发纸，跑了进来。伯爵夫人回头一看，皱起眉头。她刚要做完祷告。“难道这张床将成为我的尸床吗？”她做祈祷的情绪被破坏了。娜塔莎生气蓬勃，脸色通红，看见母亲在祷告，连忙收住脚步蹲下来，不由得伸了伸舌头，责怪自己。娜塔莎看到母亲继续祈祷，踮着脚尖跑到床前，迅速地用一只小脚蹭着另一只小脚脱去软鞋，跳上伯爵夫人所害怕的那张床。这张床很高，铺有羽绒褥子，上面叠放着五个枕头，一个比一个小。娜塔莎跳上床，陷到羽绒褥子里，滚到墙边，钻到被子底下，膝盖弯到下巴颏，踢着脚，几乎不出声地笑着，忽而拿被子蒙住头，忽而望望母亲。伯爵夫人做完祈祷，板着脸走到床前，看见娜塔莎蒙着头，就慈祥地微微一笑。

“喂，喂，喂！”母亲叫道。

“妈妈，跟你谈一件事好吗？”娜塔莎说，“嗯，让我亲亲你的脖子，只亲一下。”娜塔莎抱住母亲的脖子，在她的下巴颊上吻了吻。娜塔莎对待母亲表面上似乎很粗野，其实动作很轻巧。她搂住母亲，总是使母亲既不感到疼痛，也不觉得不舒服。

“谈吧，今天要谈什么呀？”母亲问，身子靠在枕头上，等娜塔莎踢动两腿，在她身上滚过两次，在旁边躺下来，同她合盖一条被子，伸出双手，脸上现出严肃的神色。

每天晚上，趁伯爵还没从俱乐部回家，娜塔莎来到父母亲屋里是母女俩的一大乐事。

“今天谈什么呀？我可要告诉你……”

娜塔莎用手捂住母亲的嘴。

“谈谈保里斯……我知道，”娜塔莎一本正经地说，“我就是为这事来的。您别说，我知道，不，您说吧！”娜塔莎放下手，“您说，妈妈。他这人可爱吗？”

“娜塔莎，你十六岁了，我在你这个年纪已经出嫁。你说保里斯可爱。他很可爱，我像爱儿子一样爱他，可你要怎么样呢？……你在想什么呀？你弄得他神魂颠倒，这我看得出来……”

伯爵夫人说着瞧了瞧女儿。娜塔莎躺在床上，一动不动地望着红木床角上雕刻的狮身人面像，因此伯爵夫人只看到女儿的侧面。女儿脸上异常严肃凝神的表情使伯爵夫人吃惊。

娜塔莎听着，思索着。

“嗯，那又怎么样？”娜塔莎说。

“你把他弄得神魂颠倒，为了什么呢？你要他怎么样？你也知道，你不可能嫁给他。”

“为什么？”娜塔莎没有改变姿势，问。

“因为他年轻，因为他穷，因为他是我们的亲戚……因为你并不爱他。”

“您怎么知道？”

“我知道。这样不好，我的宝贝。”

“但如果我要……”娜塔莎说。

“别说傻话了。”伯爵夫人说。

“但如果我要……”

“娜塔莎，我是对你说正经的……”

娜塔莎不让母亲说完，拉过她的大手吻着手背，然后吻手心，然后又翻过来吻第一个指关节，然后吻指关节之间的地方，接着又吻指关节，口中念念有词：“一月，二月，三月，四月，五月。”

“说呀，妈妈，您怎么不作声啦？说呀！”娜塔莎说，回头看着母亲。母亲温柔地瞧着女儿，在这样的凝视中似乎把要说的话都忘记了。

“这不行，宝贝。不是人人都能理解你们童年的关系的，看见你同他这样接近，会使其他来我家的青年对你产生不好的印象，而主要的是徒然使他痛苦。他也许已找到了合适的有钱对象，可现在他有点疯疯癫癫。”

“疯疯癫癫吗？”娜塔莎反问。

“我可以给你说说我自己的事。我有一个表哥……”

“我知道，基里拉·马特维伊奇，他不已是个老头子了吗？”

“他并非从来就是个老头子。那么好吧，娜塔莎，我要同保里斯谈一次。他不用老是来我们家……”

“如果他高兴，为什么不让他来呢？”

“因为我知道这不会有什么好结果的。”

“您怎么知道？不，妈妈，您别对他说。您不能对他说。那太不像话了！”娜塔莎说话的语气，好像人家要夺走她的财物。“好吧，我不出嫁了，让他来好了，既然他高兴，我也高兴。”

娜塔莎含笑瞧着母亲。

“不结婚，就是这样。”娜塔莎又说了一遍。

“你这是什么意思，我的宝贝？”

“就是这样。嗯，我绝对不出嫁，但就是……这样。”

“这样，这样。”伯爵夫人重复说，突然抖动全身发出老年人的和善笑声。

“行了，别笑了！”娜塔莎叫道，“床都被您笑得摇起来了。您简直像我一样爱笑……别笑了……”娜塔莎抓住伯爵夫人的双手，吻了她小指的关节——六月，接着又在另一只手上吻着七月、八月。“妈妈，他很爱我吗？您看怎么样？人家也这样爱过您吗？他非常可爱，非常非常可爱！但不完全合我的口味：他很单调，像座钟一样……您不明白吗？单调，灰色，浅色……”

“你在胡说什么呀？”伯爵夫人说。

娜塔莎继续说：“难道您不明白吗？尼古拉就懂……皮埃尔——他就是蓝色的，深蓝带红的，他又是四方形的。”[1]

“你也同他调情吗？”伯爵夫人笑着说。

“不，他是共济会会员，我知道。他很正派，深蓝带红，怎么给您解释呢……”

“伯爵夫人哪，”门外传来伯爵的声音，“你睡了吗？”娜塔莎赤脚跳下床，手里拿着鞋，跑回自己屋里。

娜塔莎好久不能入睡。她老是想到，谁也不理解她所理解的一切和她内心的一切。

“宋尼雅呢？”娜塔莎瞧着那只蜷缩着身子睡觉的大尾巴小猫，想。“不，她懂什么呢！她挺规矩。她爱上尼古拉，别的就什么也不想知道了。就连妈妈也不了解。真奇怪，我多么聪

1 娜塔莎迷信通神学说，认为一个人的气质同一定的颜色和形状有关。

明……她多么可爱，”娜塔莎继续用第三人称自言自语，想象着有一个聪明的、非常聪明非常好的男人这样说到她，“她具备一切优点，一切优点，”这个男人继续说，“非常聪明，可爱，而且漂亮，非常漂亮，活泼，游泳、骑马都很出色，还有那副嗓子！可以说，嗓子美极了！”娜塔莎哼了一句她心爱的凯鲁比尼[1]歌剧，扑到床上，想到她立刻就会睡着，高兴得笑起来。她叫杜尼雅莎灭掉蜡烛，但没等杜尼雅莎走出房间，她已进入另一个更幸福的梦境，那里的一切都像现实一样轻松美好，而且比现实更美，因为那是另一个世界。

第二天，伯爵夫人把保里斯找来，同他谈了一番话。从那天起他就不再来罗斯托夫家了。

1 凯鲁比尼（1760—1842），意大利作曲家，主要创作歌剧。

14

一八〇九年十二月三十一日，除夕晚上，叶卡德琳娜时代的一位大官在家里举行迎新舞会。外交使团和皇帝都将光临舞会。

在英吉利滨河街上，这位大官的著名公馆无数彩灯大放光明。在灯火辉煌、铺着红地毯的大门口站着警察和宪兵，还有警察局局长和几十名警官。马车走了一批，又来一批，车上站着穿红号衣的跟班和戴花翎帽的跟班。从马车里下来穿军服、佩勋章和戴绶带的男人；一些身穿绸缎衣裙和银鼠皮大衣的夫人小姐小心翼翼地踏着砰然放下的踏板，急促而无声地从红地毯上走过。

每当门口来了一辆马车，人群里就发出窃窃私语，大家摘下帽子。

“是皇上吗？……不，是大臣……亲王……公使……难道你没看见花翎吗？”人群里有人说，其中一个穿得比别人讲究，似乎认识所有的人，能列举达官贵人的名字。

客人已到了三分之一，可是要参加舞会的罗斯托夫一家人还在忙着打扮呢。

罗斯托夫家为了参加这次舞会讨论过许多次，做了不少准备，也有过许多忧虑，唯恐接不到邀请，衣服来不及做好，不能把一切安排妥当。

同罗斯托夫一起参加舞会的有彼隆斯卡雅。她是伯爵夫人的朋友和亲戚，一个又黄又瘦的前朝女官。住在外省的罗斯托夫一家在彼得堡参加上流社会活动，常得到她的指导。

罗斯托夫家应当在晚上十点钟去道里达花园接这位女官。这时离十点只差五分，可是小姐们还没有打扮好。

娜塔莎生平第一次参加这样盛大的舞会。那天，她早晨八时起床，整天都处于恶性兴奋和忙碌中。从早晨起，她就全力以赴，要她们——她、妈妈和宋尼雅——尽量穿戴得漂亮些。宋尼雅和伯爵夫人都完全信赖她。伯爵夫人应穿紫红丝绒连衣裙，她娜塔莎和宋尼雅要着粉红绸套裙，外加白纱连衣裙，腰带上佩玫瑰花，头发要梳成希腊式。

主要的梳妆活动都已完毕：腿、臂和脖子、耳朵都按照舞会要求精心洗过，喷上香水，搽了香粉；双脚穿上透花长袜和有花结的白缎舞鞋；头发差不多梳好了。宋尼雅即将穿好衣服，伯爵夫人也打扮得差不多；但为大家打扮的娜塔莎自己却落在后面。娜塔莎瘦削的肩膀上还披着梳妆衫，坐在镜子前。宋尼雅已穿好衣服，站在房间中央，拿大头针“吱”的一声别住最后一条缎带，把小小的手指都顶痛了。

“不对，不对，宋尼雅！”娜塔莎回过头去说，双手抓住头发，弄得正在替她梳头的使女都来不及放手，“花结不是这样打的，过来。”宋尼雅蹲下来，娜塔莎替她重新打上花结。

“对不起，小姐，这样可不行。”握着娜塔莎头发的使女说。

“哦，天哪，等一下！这就对了，宋尼雅。”

“你们快好了吗？”传来伯爵夫人的声音，“已经十点钟了。”

“马上就好，马上就好。那么您好了吗，妈妈？”

“只剩下别上帽子了。”

“让我来别，”娜塔莎叫道，“你们不会别！”

“已经十点钟了。”

原来决定十点半到舞会，可是娜塔莎还没有穿好衣服，还要到道里达花园去。

娜塔莎梳好头，穿着露出舞鞋的短裙，披着母亲的梳妆衫，跑到宋尼雅跟前，把她端详了一番，又跑回母亲跟前。娜塔莎把母亲的头转来转去，把帽子别好，匆匆地吻了吻她的白发，又跑到正在把裙子缝短的使女那里。

耽搁的原因是娜塔莎的裙子。她的裙子太长，两个使女正替她把裙子缝短，她们匆匆把线咬断。第三个使女嘴里咬着大头针，从伯爵夫人那里跑到宋尼雅跟前；第四个使女手里高托着轻纱衣服。

“玛弗露莎，快一点，好姑娘！”

“把顶针给我，小姐。”

“快好了吗？”伯爵一边走进来，一边问，“喏，这是香水。彼隆斯卡雅一定等急了。”

“好了，小姐。”使女用两个手指提起缝短的轻纱连衣裙，吹掉和抖掉上面的线头。她的姿势表示手里衣服的轻盈和洁净。

娜塔莎开始穿衣服。

“马上就好，马上就好，别进来，爸爸！”娜塔莎对开门进来的父亲大声说，纱裙还蒙着她的脸。宋尼雅把门关上。过了一分钟，才放伯爵进来。伯爵身着藏青礼服，脚穿长筒袜和软底鞋，身上喷了香水，头上搽过发油。

“爸爸，你真漂亮，太美了！”娜塔莎说，站在房间中央，抚平纱裙的皱褶。

“对不起，小姐，等一下。”使女跪在地上说，拉着衣服的下摆，用舌头把大头针从嘴的这一边顶到那一边。

“你瞧着办吧，”宋尼雅打量着娜塔莎的衣服，失望地叫道，“你瞧着办吧，还是长了！”

娜塔莎退后几步，照着穿衣镜。裙子是长了些。

“真的，小姐，一点也不长。”玛弗露莎跟着小姐在地板上爬来爬去，说。

“嗯，要是太长了，那就把它缝高，一会儿就好。”做事果断的杜尼雅莎说，拿下胸口的针，又跪在地板上缝起来。

这时，伯爵夫人身穿丝绒衣服，头戴高帽，不好意思地悄悄走进来。

“哦！我的美人！”伯爵叫道，“你比谁都漂亮！”他想搂她，但她红着脸躲开，唯恐衣服被弄皱。

“妈妈，帽子再偏一点，”娜塔莎说，“我来替您重新别过。”说着冲过去，弄得替她缝衣服的使女来不及松手，把一块轻纱扯了下来。

“天哪！这是怎么搞的？可不是我的错呀……”

“不要紧，我来收拾，看不出来的。”杜尼雅莎说。

“美人儿，我的皇后！”保姆从门外走进来说，“还有我的宋尼雅，哦，都是美人儿！”

十点一刻大家终于坐上马车走了。但还得先去道里达花园。

彼隆斯卡雅已经收拾好了。尽管她又老又丑，但也像罗斯托夫家人那样作了精心梳妆。虽然不像她们那样忙乱（这种事她已习以为常），但同样把她那又老又丑的身体洗干净，搽上粉，喷上香水，同样洗了耳朵。而当她穿上有花体字母的黄色连衣裙走到客厅时，上了年纪的女仆也像罗斯托夫家的女仆那样，对夫人的装束赞不绝口。彼隆斯卡雅对罗斯托夫一家人的打扮称赞了一番。

罗斯托夫一家人则夸奖彼隆斯卡雅打扮漂亮，格调高雅，小心翼翼地保护好她们的发式和衣服，十一点钟坐上马车去赴舞会。

15

这天早晨娜塔莎一分钟也没有空，一次也没想到将会遇到什么事。

在户外潮湿寒冷的空气里，在拥挤、昏暗和颠簸的马车上，她第一次生动地想象着那灯火辉煌的舞厅：音乐、鲜花、跳舞、皇帝和彼得堡的漂亮青年。她将要看到的一切都是那么美妙，同马车里的寒冷、拥挤和昏暗又那么不协调，她简直不相信会看到那样的景象。直到她经过铺红地毯的入口，走进前厅，脱下皮大衣，同宋尼雅并肩走在母亲前面，从鲜花中间登上灯光明亮的楼梯，她才相信她来到了什么地方。直到这时她才想到在舞会上她该有怎样的仪态，就竭力表现出她认为姑娘在舞会上应有的端庄风度。幸好她觉得眼花缭乱，什么也看不清楚，脉搏每分钟跳一百次，血往心脏直涌。她紧张得几乎要晕过去，但竭力镇定下来，往前走去，不现出可笑的样子。这副模样对她倒是挺合适。前前后后都是客人，都同样穿着舞服，同样低声交谈着。楼梯两旁的镜子映出太太小姐们的倩影，她们穿着雪白、天蓝和粉红的衣裳，裸露的胳膊和脖子上戴着钻石和珍珠首饰。

娜塔莎照照镜子，分不清自己和别人。人群会合成一个光艳照人的行列。在进入第一个大厅时，匀调的说话声、脚步声和问候声几乎把娜塔莎的耳朵震聋；灯光和反光使她越发眼花缭乱。男女主人在门口已站了半小时光景，向进来的客人说着同样的一句话："欢迎，欢迎光临！"他们以同样的方式接待了罗斯托夫一家和彼隆斯卡雅。

两个姑娘都穿着雪白的连衣裙，黑头发上都戴着玫瑰花，都行着屈膝礼，但女主人的目光不觉在瘦小的娜塔莎身上停留得更久。女主人看看她，本来微笑着的脸又对她单独笑了笑。也许是女主人看见她，想起了自己一去不复返的少女的黄金时代和第一次参加舞会的情景。男主人也目送着娜塔莎，问伯爵哪一个是他的女儿。

"真迷人！"他吻吻自己的手指尖，说。

大厅里满是客人，大家都挤在门口，恭候皇上驾临。伯爵夫人站在人群的前排。娜塔莎听到和感觉到有好多人问起她，并且望着她。她明白那些注意她的人都很喜欢她。这情景使她心里稍稍平静了一点。

"有些人跟我们一样，有些人还不如我们。"娜塔莎想。

彼隆斯卡雅向伯爵夫人一一指点在场的头面人物。

"瞧，这是荷兰公使，看见吗，白头发的。"彼隆斯卡雅说，指指一个鬈发如银的小老头。他的身边围着一群女人，他说了句什么话使她们咯咯发笑。

"哦，你瞧，彼得堡的女皇，皮埃尔伯爵夫人。"彼隆斯卡雅指指走进来的海伦说。

"真漂亮！不比纳雷施金娜[1]差；瞧，老老少少都盯住她不放。又漂亮，又聪明。据说，亲王……被她迷得神魂颠倒。至于那两个，虽然不漂亮，却有更多的人围着她们转。"

---

1 俄国宫廷中著名美人，亚历山大一世的情妇。

彼隆斯卡雅指指一个穿过大厅的太太和她那个长得很丑的女儿。

“这是一位百万富翁的女儿，”彼隆斯卡雅说，“那些都是追求她的人。”

“这是皮埃尔伯爵夫人的哥哥阿纳托里，”彼隆斯卡雅说，指指一个英俊的近卫骑兵军官，他正昂首阔步从她们旁边走过，眼睛没看女人，而望着她们头上的什么地方。“真漂亮！您说是吗？据说要给他娶这个有钱的姑娘。你们的表亲保里斯也在拼命巴结她。据说她有几百万陪嫁。……不错，那是法国公使。”伯爵夫人问科兰古是什么人，彼隆斯卡雅这样回答。“您瞧，简直像个皇帝。法国人毕竟可爱，真可爱。社交场里没有比法国人更可爱的了。哦，她来了！可不是，我们的纳雷施金娜还是比谁都美！她穿得多么朴素。真迷人！”

“那个胖子，戴眼镜的，世界闻名的共济会会员，”彼隆斯卡雅指指皮埃尔说，“同妻子站在一起，十足像个小丑！”

皮埃尔摆动肥胖的身子，挤开人群，和蔼可亲地向左右两边随便点着头，仿佛穿过市场里的人群一样。他走过人群，显然在找寻什么人。

娜塔莎高兴地望着被彼隆斯卡雅称为小丑的皮埃尔熟识的脸，知道他在人群里找她们，特别是找她。皮埃尔曾答应她来参加舞会，并给她介绍舞伴。

不过，皮埃尔还没走到她们身边，就在窗口一个个儿不高、穿白军服、皮肤浅黑的美男子面前站住。这男子正跟一个佩勋章和绶带的高个子谈话。娜塔莎立刻认出那个儿不高、穿白军服的青年就是安德烈。她觉得安德烈比以前年轻、快乐、漂亮多了。

“瞧，这里还有一位熟人，安德烈，妈妈，您看见吗？”娜塔莎指着安德烈公爵说，“您记得吗，他在奥特拉德诺我们家宿过一个晚上。”

“哦，你们也认识他吗？”彼隆斯卡雅说。“我可不喜欢他。现在大家都把他捧上天。他简直是得意忘形了！像他爹一样。同斯佩兰斯基也交结上了，一起在制订什么计划。瞧他怎样对待妇女！人家在跟他说话，他却转过身去，”彼隆斯卡雅指指安德烈说，“他要是像对待那些太太那样对待我，我非把他痛骂一顿不可。”

16

突然周围骚动起来，人群叽叽喳喳，拥上去又退回来。奏起了音乐，皇帝从列队的人群中走进来。主人夫妇跟在皇帝后面。皇帝走得很快，向左右两边点头致意，仿佛想尽快摆脱这最初的欢迎仪式。乐队演奏因歌词颂扬皇上而著名的波兰舞曲。歌词的开头是："亚历山大，伊丽莎白，我们齐心赞颂。"皇帝走进客厅，人群向门口拥去；有几个人神情紧张，匆匆来回奔走。人群看见皇帝来到客厅，并同女主人谈话，又从门口退去。一个年轻人神色慌张地向妇女们奔来，要求她们让开。有几个妇女显然忘记上流社会的礼节，向前挤去，把衣服也挤坏了。男子们走到妇女面前，组成波兰舞的对子。

大家都让开。皇帝含笑挽着女主人的手臂，不合节拍地从客厅里走出来。他们后面是男主人和纳雷施金娜，再后面是公使们、大臣们、将军们。彼隆斯卡雅不停地报着他们的名字。大多数妇女都有舞伴，准备跳波兰舞。娜塔莎发觉，她跟母亲和宋尼雅被挤到墙边，也没有人邀请她们跳波兰舞。娜塔莎垂下两条细细的手臂站在那里，她那稍稍隆起的胸部均匀地起伏着。她抑制住呼吸，恐惧的明亮眼睛望着前方，准备迎接巨大的欢乐和巨大的悲哀。皇帝也罢，彼隆斯卡雅列举的大人物也罢，娜塔莎都不感兴趣。她头脑里只想着一件事："难道没有一个人来邀请我？难道我不能参加第一轮跳舞？难道这些男人都没有注意到我？现在他们好像都没有看见我；即使看见了，那副神气也仿佛在说：啊，那不是我所要的舞伴，不用看她！不，这样可不行！"娜塔莎想，"他们应该知道，我多么想跳舞，我跳得多么出色，他们同我跳舞将会多么快乐。"

波兰舞曲演奏了好久。音乐好像勾起了娜塔莎伤心的回忆。她真想哭。彼隆斯卡雅离开了她们。伯爵在大厅的另一端；伯爵夫人、宋尼雅和她在这陌生的人群里，就像在树林里一样，谁也没注意她们，谁也不需要她们。安德烈公爵带着一位太太从她们旁边走过，显然没有认出她们。美男子阿纳托里含笑同身边一位太太说话，对娜塔莎望了一眼，就像望墙壁一般。保里斯两次从她们身边走过，每次都转过脸去。别尔格夫妇没有跳舞，走到她们面前。

自家人在舞会上谈话，娜塔莎觉得丢脸，仿佛一家人除了舞会就没有别的地方好去交谈了。薇拉对娜塔莎谈起自己的绿色连衣裙，娜塔莎既没有听她，也没有看她。

皇帝终于在他最后一个舞伴（他同三个妇女跳过舞）旁边站住，音乐也停止了。一个副官焦虑地跑到罗斯托夫家人跟前，请她们再让开一点，虽然她们已靠墙站着。乐队奏起清楚、细腻、节奏动人的华尔兹。皇帝微笑着向大厅里扫视了一下。过了一分钟，还没有人起舞。主持舞会的副官走到皮埃尔伯爵夫人面前，请她跳舞。海伦含笑伸出手搭在副官肩上，但眼睛并没有看他。副官是个跳舞老手，紧搂着舞伴，从容不迫而步子均匀地绕着圈子跳滑步，跳到大厅边上就抓住她的左手，把她的身子转过来。由于音乐节奏越来越快，只听得副官迅速而灵活的脚步均匀地碰响马刺。同时每到第三拍旋转的时候，他舞伴的丝绒连衣裙就飘起来，闪闪发亮。娜塔莎瞧着他们简直想哭，因为没有人请她跳第一轮华尔兹。

安德烈公爵身穿骑兵上校的白军服，脚上穿着长筒袜和软底鞋，高高兴兴地站在圆圈前排，离罗斯托夫家人不远。费尔果夫男爵正同他谈着明天即将举行的第一次国务会议。安德烈公爵接近斯佩兰斯基，又参加了法规委员会的工作，能提供明天会议的可靠消息，而目前正传播着有关这次会议的种种流言。不过，安德烈公爵并没有听费尔果夫说话，他时而望望皇帝，时而望望准备跳舞而还没有出场的男人。

安德烈公爵望望在皇帝面前畏怯的男人和渴望被邀请的女人。

皮埃尔走到安德烈公爵跟前，抓住他的手臂。

“您一向喜欢跳舞。我所保护的娜塔莎小姐在这里，您请她跳吧。”皮埃尔说。

“在哪里？”安德烈问。“对不起，”他对男爵说，“这事我们以后再谈吧，舞会上应该跳舞。”安德烈照皮埃尔指点的方向走去。娜塔莎那张沮丧的脸映入他的眼帘。安德烈公爵认出了她，猜到她的心情，明白她这是初次出来交际，又想起那个月夜她跟宋尼雅在窗口的谈话，就笑盈盈地走到她面前。

“让我来向您介绍我的女儿。”伯爵夫人红着脸说。

“我很荣幸已经认识伯爵小姐了，如果伯爵小姐还记得我的话。”安德烈公爵说，彬彬有礼地鞠着躬，正好和彼隆斯卡雅说他傲慢无礼的话相反。安德烈公爵还没说邀请，就伸手去搂她的腰。他请她跳华尔兹。娜塔莎那张善于变化的沮丧的脸顿时容光焕发，现出幸福、感激和天真的微笑。

“我早就在等着你了。”这个惊喜交集的小姑娘仿佛用含泪的笑容这么说，同时把一只手放在安德烈公爵的肩上。他们是进场的第二对。安德烈公爵在那个时候是个跳舞好手。娜塔莎跳得也很出色。她那双小脚穿着缎子舞鞋，轻盈灵巧地跳着，脸上则闪耀着幸福的光彩。她那裸露的脖子和手臂很瘦小，同海伦的肩膀相比要难看得多。她肩膀瘦削，胸部尚未充分发育，双臂很细；而海伦的身子则仿佛被几百双眼睛爱抚得光滑闪亮，可娜塔莎还是初次袒胸露臂，看上去还是个小女孩，要不是人家说服她非这样穿戴不可，她会非常害臊的。

安德烈公爵喜欢跳舞，许多人找他谈政治和理论，他想尽快摆脱这种谈话，同时尽快离开那些在皇帝面前战战兢兢的人，就去跳舞。他选中娜塔莎，因为皮埃尔让他去找她，因为她是他所看到的最可爱的女人。不过，他一搂住她那苗条灵活的细腰，她离他那么近地摆动着身子，那么近地对他嫣然一笑，她的魅力顿时把他迷住了。当他喘过气，放掉她站住，望着对对舞侣时，他觉得自己充满活力，年轻多了。

17

在安德烈公爵之后，保里斯走到娜塔莎跟前请她跳舞。接着那个主持舞会、擅长跳舞的副官走过来，还有几个青年也走过来。娜塔莎把多余的舞伴介绍给宋尼雅，自己满脸绯红，兴高采烈地跳了一个晚上。她根本没注意，也没看到舞会上那些引人注意的事。她没注意到，皇帝同法国公使谈了很久，又对一位太太特别恩宠，也没注意某某亲王做了什么，说了什么，海伦怎样出足风头，受到某某的青睐；她甚至没有看到皇帝。后来舞会的气氛变得更加热烈，她这才发觉皇帝已经走了。晚餐前，安德烈公爵又跟娜塔莎跳愉快的科季里昂舞。他提起他们在奥特拉德诺林荫路上的初次会面，她在月夜睡不着觉，他无意中听见了她的话。娜塔莎脸红起来，竭力替自己辩白，仿佛安德烈公爵无意中听到她表达感情是不体面的。

安德烈公爵也像一般老于社交的人那样，喜欢同没有染上社交习气的女人交谈。娜塔莎乐天、胆怯，样样觉得新奇，法语讲得不正确，她正好是这样的女性。安德烈公爵待她特别温柔，同她说话格外谨慎。他坐在她旁边，同她谈些无关紧要的事，欣赏着她那眼睛和笑容里的快乐光芒。她的笑容同所谈的事无关，而是她内心喜悦的反映。当有人来邀请娜塔莎，她含笑站起来在大厅里跳舞时，安德烈公爵特别欣赏她那羞答答的娇态。娜塔莎跳完第一轮科季里昂舞，气喘吁吁地回到自己的位子上。这时又有一个男子来请她跳舞。她累了，还在喘气，很想推辞，但立刻又快乐地把手搭到舞伴肩上，并对安德烈公爵回眸一笑。

“我真想休息一下，同您坐一会儿，我累了；但您看到，人家来邀请我，我很高兴，很幸福，我爱大家。这一层我们两个都了解。”娜塔莎的笑容还表示了许多别的意思。当舞伴放下她时，她迅速地穿过场子，去请两位女士跳下一节舞。

“她要是先去找她的表姐，再去找别的女士，她将成为我的妻子。”安德烈公爵望着她，自己也没有想到，就这样自言自语。娜塔莎是先走到表姐跟前。

“人有时会产生多么荒唐的念头！”安德烈公爵想。“不过可以肯定，这个姑娘那么可爱，那么出色，她只要在这里跳上一个月舞，就一定会嫁人……这里难得有这样的好姑娘。”当娜塔莎理理腰带上的玫瑰花，在他旁边坐下时，他想。

在科季里昂舞快结束时，老伯爵身穿藏青礼服，走到跳舞的人群里。他邀请安德烈公爵到他们家去玩，又问女儿是不是快乐。娜塔莎没有回答，只嗔怪似的微微一笑，仿佛说：“这种话怎么可以问呢？”

“我从来没有这样开心过！”娜塔莎说。安德烈公爵看见，她那瘦小的手臂迅速地举起来要拥抱父亲，但立刻又放下。娜塔莎确实有生以来没有这样高兴过。她达到了幸福的顶峰。在这样的时刻，一个人只知道善良和美好，不相信人间有邪恶、不幸和悲哀。

在这个舞会上，皮埃尔第一次因妻子在上流社会的地位而感到屈辱。他闷闷不乐，神不守舍。他的额上横刻着一条很深的皱纹。他戴着眼镜，站在窗口发呆，一个人也没有看见。

娜塔莎去吃饭，从皮埃尔身边走过。

皮埃尔恼怒的神色使她吃惊。娜塔莎在他面前站住。她想安慰他，把自己过剩的幸福分给他。

“真开心，伯爵！”娜塔莎说，“是不是？”

皮埃尔漫不经心地微微一笑，显然不明白她对他说的话。

“是的，我很高兴。”皮埃尔说。

“他们怎么会有不称心的事呢，”娜塔莎想，“特别是像皮埃尔这样的好人？”在娜塔莎的眼里，舞会上的人个个都同样善良、可爱、出色、相亲相爱，谁也不可能欺负谁，所以个个都应该高兴。

18

第二天，安德烈公爵想起昨天的舞会，但没有想多久：“是的，舞会很精彩。还有……是的，娜塔莎很可爱。她身上散发着一种清新的气息，跟那些彼得堡女人不同。”关于昨天的舞会他就想到这一些。他喝过茶，坐下来工作。

但由于过分疲劳或者睡眠不足，工作效果不佳。安德烈公爵什么事也做不成，就像平时那样对自己很不满。他听到有人来访，感到高兴。

来客是毕茨基。这人参加了各种委员会，出入彼得堡各种交际场所，热烈拥护新思想和斯佩兰斯基，在彼得堡热心传播消息，像选择时髦服装一样追求时髦思潮，因此也就成了各种思潮的热心支持者。他一摘下帽子，就忧心忡忡地奔进安德烈公爵的房间，立刻说起话来。他刚获悉今晨由皇帝主持的国务会议的详情，就兴奋地谈起这件事。皇帝的演说非常精彩。只有立宪君主才能发表这样的演说。“皇帝坦率地说，国务会议和参政院都是国家**机构**；他说，政府行使职权不应独断独行，而应根据**坚定的原则**办事。皇帝说，财政应该改革，收支应该公开。”毕茨基说时强调其中某几个字，意味深长地睁大眼睛。

“是啊，今天的会议是一个新纪元，历史上最伟大的新纪元。”毕茨基结束说。

安德烈公爵原来迫不及待地等待国务会议的召开，认为这次会关系重大。如今听了开会的情况，他觉得这会不仅没使他感动，而且毫无意义。他听着毕茨基的热情介绍，暗自好笑。他心里只是想：“皇帝高兴在国务会议上说些什么，这跟我和毕茨基有什么相干？难道这一切能使我的生活更幸福，更完美吗？”

这个简单的想法顿时破坏了安德烈公爵对改革的兴趣。这天晚上他要到斯佩兰斯基家参加**“朋友们”**（这是主人的说法）的聚餐。在这个他所崇拜的人家里吃饭，原来对他很有吸引力，尤其因为他还没见过斯佩兰斯基的家庭生活，可如今他却不想去了。

不过到了约定时间，安德烈公爵还是走进斯佩兰斯基在道里达花园的私邸。在异常清洁（像修道院一样清洁）的镶木地板餐厅里，稍稍迟到的安德烈公爵发现斯佩兰斯基的朋友们五点钟都已到齐了。除了斯佩兰斯基的小女儿（像父亲一样长脸）和她的家庭女教师，没有一个女人。客人有席尔维、马格尼茨基和斯托雷平。安德烈公爵在前厅就听见高声说话和大声哄笑——笑声像舞台上演戏一样。有人清楚地发出哈哈哈的笑声，听上去有点像斯佩兰斯基。安德烈公爵从没听见斯佩兰斯基笑过，因此这位政府要人的尖细响亮笑声使他惊讶。

安德烈公爵走进餐厅。所有的人都站在两窗之间一张放冷菜的小桌旁。斯佩兰斯基身穿灰色礼服，佩着勋章，仍旧穿戴着在著名的国务会议上穿戴的白背心和白领带，满面春风地站在桌旁。客人们都围着他。马格尼茨基正在给斯佩兰斯基讲一件趣闻，斯佩兰斯基没有听完就笑了。安德烈公爵进去时，马格尼茨基的话又被笑声所淹没。斯托雷平一面低沉地笑着，一面吃着干酪面包。席尔维低声嘿嘿笑着。斯佩兰斯基则发出尖细响亮的笑声。

斯佩兰斯基笑个不停，向安德烈公爵伸出又白又嫩的手。

“您来，我很高兴，公爵！”斯佩兰斯基说。“等一会儿……”他对马格尼茨基说，打断他的话。“今天我们讲定了，高高兴兴吃顿饭，不谈公事。”他又转身对着马格尼茨基，又笑起来。

安德烈公爵又惊奇又失望地听着笑声，望着发笑的斯佩兰斯基。他觉得这不是斯佩兰斯基，而是另一个人。以前斯佩兰斯基显得那么神秘迷人，现在却突然变得平淡无奇。

吃饭时谈话没有一刻停止，形形色色的笑话讲个没完。马格尼茨基还没有讲完，另一个人就争着要讲更可笑的事。大部分笑话都涉及官场或者某个官员。这些官场中的人物看来实在无聊，因此对他们只能采取善意嘲笑的态度。斯佩兰斯基讲到，今天早晨国务会议上有人问一位耳聋的大官有什么意见，他说他就是这个意见。席尔维讲了审查一个案子的经过，其中有关人员的荒唐简直惊人。斯托雷平结结巴巴地加入谈话，起劲地谈到旧制度下的舞弊情况，似乎要使谈话变得严肃些。马格尼茨基取笑斯托雷平的激动。席尔维插了一个笑话，谈话又变得轻松愉快了。

斯佩兰斯基显然喜欢在公余休息一下，跟朋友一起松快松快。客人们知道他的愿望，就竭力使他开心，同时自己也开心开心。但安德烈公爵觉得这种闲谈很无聊，很乏味。斯佩兰斯基的尖嗓子使他受不了，他那不停的做作的笑声使他反感。安德烈公爵没有笑，但又怕使大家扫兴。其实谁也没注意他的情绪，大家似乎都很高兴。

安德烈公爵几次想加入谈话，但他的话每次都像软木塞那样从水里浮起来。他实在无法跟他们一起说笑。

他们说的话没有什么不好或者不得体，而且都很俏皮，也可能很好笑，但他们不仅说不出真正有趣的话，而且可能根本不知道。

饭后，斯佩兰斯基的女儿和家庭教师站起来。斯佩兰斯基用他白净的手抚摩抚摩女儿，又吻了吻她。安德烈公爵觉得他这个动作也很不自然。

男子照英国规矩留下来喝葡萄酒。谈到拿破仑在西班牙的行动时，大家都表示赞同，只有安德烈公爵反对他们的意见。斯佩兰斯基微微一笑，显然想改变不愉快的话题，他讲了一个与此完全无关的趣闻。大家沉默了一会儿。

斯佩兰斯基在桌旁坐了一会儿，塞上没喝完酒的酒瓶，说："如今好酒不胫而走。"接着他把酒瓶交给仆人，站起身来。大家都站起来，热烈地交谈着，向客厅走去。斯佩兰斯基收到信使送来的两封信。他拿着信到书房里去。他一走，大家就不那么活跃，客人开始平静地低声交谈。

"好，现在朗诵！"斯佩兰斯基从书房里走出来说。"他有惊人的才能！"斯佩兰斯基对安德烈公爵说。马格尼茨基立刻站起来摆好姿势，用法语朗诵他描写彼得堡几位名人的诙谐诗，几次被掌声打断。安德烈公爵等朗诵结束，走到斯佩兰斯基面前向他告辞。

"您这么早到哪里去？"斯佩兰斯基问。

"我答应去参加一个晚会……"

他们没再说什么。安德烈公爵就近看着这双镜子般不让看透的眼睛，自己觉得好笑，他怎么能对斯佩兰斯基和同他有关的活动抱什么希望呢，他又怎么能重视斯佩兰斯基所干的事呢。安德烈公爵离开斯佩兰斯基家后，他的耳朵里还好久地响着那种没有生气的笑声。

安德烈公爵回到家里，想到自己四个月来在彼得堡的生活，一件件事都历历在目。他回想自己的奔走、求告，以及他拟定的军事条令的遭遇。这个条令已被接受审阅，但没有得到任何批示，因为另一个很糟糕的条令已送呈皇上；他想起军事条令委员会（别尔格也是这个委员会的成员）的会议；他想走，在这些会议上大家不厌其烦地讨论会议的形式和程序，却故意回避问题的实质。他想起他拟定条令的工作，他多么认真地把《罗马法典》和《法国法典》译成俄语，想到这些不禁感到惭愧。然后他生动地想到了保古察罗伏、自己在乡下的事务、他的梁赞之行。他想起他的农奴和德龙村长，他愿意给他们人身自由。现在他觉得奇怪，他怎么能把那么多时间花在这种毫无意义的事情上。

19

第二天，安德烈公爵去几家他还没有拜访过的人家，其中包括最近在舞会上恢复旧交的罗斯托夫家。除了礼节性访问外，安德烈公爵还想在罗斯托夫家见见那个给他留下愉快印象的与众不同的活泼姑娘。

娜塔莎是第一批出来迎接他的人。她穿一件家常穿的蓝色连衣裙，安德烈公爵觉得她比穿舞服还要好看。娜塔莎和一家人像接待老朋友那样接待安德烈公爵，随便而亲切。安德烈公爵以前严厉评判过他们一家，现在才发觉他们都是淳朴善良的好人。老伯爵的殷勤好客和诚恳厚道在彼得堡尤其感人，安德烈公爵推辞不过，只好留下来吃饭。“是的，他们都是些善良可爱的人，”安德烈公爵想，“他们一点不懂得娜塔莎身上的可贵之处，但在他们家里这个迷人的姑娘就显得格外生气蓬勃，富有诗意！”

安德烈公爵觉得，娜塔莎身上有一个他完全陌生的世界，那里充满他没有领略过的快乐。这个世界，在奥特拉德诺的林荫路上和月夜的窗口就使他着迷了。如今这个世界已不再使他迷惑，也不再使他觉得陌生，因为他已进入这个世界，并在其中找到了新的快乐。

饭后，娜塔莎应安德烈公爵的要求，走到钢琴前唱歌。安德烈公爵站在窗前，一面同太太小姐们谈话，一面听娜塔莎唱歌。听到一半，安德烈公爵停下话头，突然觉得喉咙哽塞，眼泪涌了上来，这可是从来不曾有过的。他望望正在唱歌的娜塔莎，心里产生了一种新鲜的幸福感。他感到幸福，同时又感到悲伤。他实在没有理由哭，但他想哭。哭什么？哭过去的爱情？哭小公爵夫人？哭他的悲观绝望？……哭未来的希望？又是，又不是。主要是哭他心里突然体验到的尖锐矛盾：一边是无比高尚伟大的理想，一边是浅薄的肉体的迷恋，他就是这样，她也是这样。在她唱歌的时候，这种矛盾使他又痛苦又快乐。

娜塔莎一唱完，就走到他面前，问他是不是喜欢她的歌喉？她问了这句话以后觉得难为情，因为她明白不应该这样问。他瞧着她微微一笑，说他喜欢她唱歌，就像喜欢她做别的事一样。

安德烈公爵很晚才离开罗斯托夫家。他照平时的习惯就寝，但很快发现他不能入睡。他一会儿点着蜡烛，坐在床上，一会儿起来，一会儿又躺下，但一点也不因失眠而苦恼。他心情舒畅极了，好像一个人从窒闷的屋子来到空气清新的户外。他根本没有想到他已爱上了娜塔莎；他没有想她，但她的影子老是出现在他的脑海里，因此他觉得眼前展现了一片新的生活。"既然生活，充满种种欢乐的生活，展现在我的面前，我为什么还要害怕，为什么还要在闭塞的小圈子里忙忙碌碌？"他自言自语，好久以来第一次考虑未来的幸福生活。他暗自决定，他得关心儿子的教育，请个家庭教师，把儿子交托给他；然后退役，到英国、瑞士和意大利去看看。"趁我还年富力强，我要享受自由，"他自言自语，"皮埃尔说得对，人要幸福，必须相信能获得幸福。现在我相信他的话是对的。'任凭死人埋葬他们的死人'[1]，我们活着一天，就要生活，而且要生活得幸福。"

1 《新约全书·马太福音》第八章第二十二节。

20

一天早晨，别尔格上校身穿崭新的军服，头发搽油，鬓角梳得像亚历山大皇帝一样，来看皮埃尔。皮埃尔交游广阔，认识莫斯科和彼得堡的各种人，也认识别尔格。

“我刚才去见过尊夫人伯爵夫人，不幸她没有答应我的要求，我希望在您伯爵这里能走运一点。”别尔格微笑着说。

“上校，有何见教？我可以为您效劳。”

“伯爵，现在我的新居已布置好了，”别尔格说，显然相信这消息不会使人不高兴，“因此想为我和我妻子的朋友举行一次小小的晚会。”他笑得更欢了，“我想邀请伯爵夫人和您光临舍间喝茶……吃饭。”

只有海伦伯爵夫人认为同别尔格之流来往有失身份，才会无情地拒绝这样的邀请。别尔格坦率地说明，为什么他希望在家里举行一次美好的小型集会，为什么他将感到高兴，为什么他舍不得把钱花在赌钱等坏事上，但同好朋友相聚却舍得花钱。他说得那么恳切，使皮埃尔无法推辞，只好答应。

“伯爵，恕我斗胆请求，希望不要迟到；希望能在八点差十分光临。我们要凑个牌局，我们的将军也将光临。他待我很好。

我们一起吃顿饭，伯爵。务必请您赏脸。”

皮埃尔那天打破迟到的习惯。到达别尔格家不是八点差十分，而是八点差一刻。

别尔格做好一切准备工作，恭候客人光临。

在陈设着半身塑像、油画和新家具的清洁明亮的书房里，别尔格同妻子坐在一起。别尔格身穿直领新制服，坐在妻子旁边，向她解释为什么要结交地位比自己高的人，因为只有这种结交才有乐趣。

“你可以仿效他们，可以向他们请教。你看我就是从最低级逐步提升的（别尔格计算他的经历不是用年份，而是用官位）。我那些同事还一事无成，可我快补上团长的缺了，我有幸做你的丈夫（他站起来吻吻薇拉的手，顺便拉平地毯上一个卷起的角）。我靠什么获得这一切？主要是会选择朋友。当然，还得品行端正，做事认真……”

别尔格怀着胜过妇道人家的优越感微微一笑，他认为他那可爱的妻子毕竟是个妇道人家，不可能懂得男人的长处，不知道什么叫男子汉大丈夫[1]，就不再说什么。薇拉也怀着她的优越感微微一笑，认为自己超过丈夫，丈夫虽然和蔼可亲，但毕竟也像一切男人那样对生活的理解是错误的。别尔格拿自己的妻子来衡量，认为女人都是软弱和愚蠢的。薇拉从自己的丈夫推论，认为男人都自以为聪明，其实什么也不懂，而且自命不凡，自私自利。

别尔格站起来，小心翼翼地拥抱一下妻子，以免弄皱他花大钱买来的花边披肩，对准她的嘴唇吻了吻。

“只有一件事得注意，我们千万不能早生孩子。”别尔格循着自己的思路说。

“是的，”薇拉回答，“我一点不希望早生孩子。我们活着

1 原文是德语。

就是应当为社会。”

“尤苏波夫公爵夫人的一条同这一条一模一样。”别尔格指指披肩，幸福而和蔼地微笑着说。

这时仆人进来通报，皮埃尔伯爵到。夫妻俩得意地交换了个眼色，各人都把他的到来看作莫大的光荣。

“这就是善于结交名流的结果，”别尔格想，“这就是善于处世的结果！”

“我招待客人的时候，你别来打搅我，”薇拉说，“因为我知道怎样招待每个客人，跟什么人说什么话。”

别尔格也微微一笑。

“不行，男人有时只能谈谈男人的事。”别尔格说。

皮埃尔在崭新的客厅里受到接待。在这个客厅里，要坐个人就得破坏对称、洁净和秩序，因此，别尔格为了贵宾只得打破扶手椅和沙发的对称位置，但他还有点犹豫不决，只好让客人自己选择座位。这种心理是不难理解的。皮埃尔自己拉开一张椅子来坐，破坏了对称。别尔格和薇拉的晚会就这样开始。他们互相打岔，争先恐后地招待这位贵客。

薇拉暗自决定，同皮埃尔应该谈有关法国使馆的事，话就这样开了头。别尔格则认为应该谈男人的事，就打断妻子的话，谈到对奥战争问题，接着又从一般的谈话转到他对有人要他参加远征奥国的想法，并说明他为什么没有接受这种建议。谈话虽然很不连贯，薇拉也因男人插话而生气，夫妇俩还是感到很满意，尽管只有一位客人，晚会还是开得很好，而且同一切晚会一样，又有谈话，又有茶点，又点蜡烛。

过了一会儿，别尔格的老同事保里斯来了。保里斯对待别尔格和薇拉带点纡尊降贵的傲慢态度。保里斯之后来了一位贵夫人和一位上校，然后是那位将军，然后是罗斯托夫一家。至此，这次晚会就同别的晚会毫无二致了。别尔格和薇拉看到客厅里的光景，听到不连贯的谈话声、衣服的窸窣声和点头招呼声，忍不住露出快乐的笑容。一切都同人家一样，特别是老将军，称赞了一番房子，拍拍别尔格的肩膀，俨然以长辈身份安排牌桌的座位。将军坐在罗斯托夫伯爵旁边，把他看作仅次于自己的贵宾。老年人同老年人坐在一起，青年人同青年人坐在一起，女主人坐在茶桌旁，茶桌上的银篮子里放着饼干，也像潘宁家的晚会那样。总之，一切都同别人家的晚会一样。

21

皮埃尔是位贵宾，应该跟罗斯托夫伯爵、将军和上校一起打牌。皮埃尔坐下来打牌，正巧面对着娜塔莎。娜塔莎在那天舞会后的变化使皮埃尔大为吃惊。娜塔莎默不作声。她不但没有那天舞会上漂亮，而且，要不是她的神态那么温和恬静，就简直是很难看了。

“她怎么了？”皮埃尔瞧了娜塔莎一眼，想。娜塔莎同姐姐一起坐在茶桌前，正懒洋洋地回答着身旁保里斯的什么话，眼睛也没望着他。皮埃尔出了一副“同花”，吃掉五张牌，使搭档感到很满意。他在收吃掉的牌时，听见寒暄声和脚步声，又瞧了娜塔莎一眼。

“她这是怎么了？”皮埃尔越发惊讶地问着自己。

安德烈公爵深情地站在她面前，对她说着什么。她仰起头望着他，脸涨得通红，竭力控制急促的呼吸。于是原来熄灭的内心的火焰又在她身上放射出光芒。她的整个模样变了。她又从一个难看的姑娘变得像舞会上一样漂亮。

安德烈公爵走到皮埃尔面前。皮埃尔也看到了朋友重新焕发出青春的面容。

打牌的时候皮埃尔几次更换座位，时而背对娜塔莎，时而面向娜塔莎，在打六圈牌的过程中，他一直注视着她和安德烈公爵。

“他们之间的关系有了重大变化。”皮埃尔想，一种又高兴又苦涩的心情使他坐立不安，他甚至忘记了打牌。

打完六圈牌，将军站起来，说不能这样打下去了。皮埃尔就此脱身。娜塔莎在一旁跟宋尼雅和保里斯说话。薇拉带着微妙的笑容同安德烈公爵说话。皮埃尔走到朋友跟前，问他们是不是在说秘密话，接着就在他们旁边坐下。薇拉发现安德烈公爵对娜塔莎殷勤备至，就认为在晚会上，在真正的晚会上，应该巧妙地暗示感情。她等安德烈公爵独自一人的时候，就同他谈感情问题，并谈到她的妹妹。她觉得，对安德烈公爵这样聪明的客人必须使点外交手腕。

皮埃尔走到他们跟前，他发现薇拉正谈得津津有味，而安德烈公爵却有点发窘。这在他是很少有的。

“您认为怎么样？”薇拉调皮地微笑着说，“公爵，您这人很有眼力，一眼就能把人看透。您觉得娜塔莎怎么样？在爱情上能始终如一吗？也能像其他女人（薇拉指她自己）那样，一旦爱上一个人，就永远对他忠贞不渝吗？我认为这才是真正的爱情。您认为怎么样，公爵？”

“我对令妹了解得还太少，”安德烈公爵回答时带着嘲笑，想以此来掩饰自己的窘态，“还不能回答这样微妙的问题。再有，我发现，女人越不招人喜欢，对爱情越忠贞不渝。”安德烈公爵补充说，瞧了瞧走过来的皮埃尔。

“不错，公爵，这话有道理。现在这个时代，”薇拉继续说（她提到现在这个时代，因为凡是智力不发达的人总喜欢提到时代，认为他们懂得并且重视时代的特点，而且人的本性是随时代而改变的），“在现在这个时代，做姑娘的太自由了，被追求的乐趣往往压倒她真正的感情。应该承认，娜塔莎在这方面是很容易冲动的。”薇拉又提到娜塔莎，使安德烈公爵又不愉快地皱起眉头。他想站起来，但薇拉带着更微妙的笑容继续说下去。

“我想没有谁比她有更多的人追求了，”薇拉说，“但她至今没有真正喜欢过什么人。不瞒您说，伯爵，”薇拉对皮埃尔说，“就连我们亲爱的保里斯表哥也在内……他呀，我们自己说说，可掉进温柔乡里啰……”她说，用了一句当时流行的对爱情的说法。

安德烈公爵皱起眉头，不作声。

“您跟保里斯不是朋友吗？”薇拉问他说。

“是的，我认识他……”

“他有没有同您谈起过他小时候对娜塔莎的爱情？”

“他们小时候有过爱情吗？”安德烈公爵突然涨红了脸问。

“是的。您知道，表兄妹之间最容易产生爱情。表亲是一种危险的关系。对不对？”

“哦，那是毫无疑问的！”安德烈公爵说，突然不自然地活跃起来，同皮埃尔开玩笑说，他得当心莫斯科两位五十岁的表姐，说到一半站起来，挽着皮埃尔的手臂，把他拉走了。

“怎么啦？”皮埃尔惊奇地看着朋友异样的兴奋和他站起来时投向娜塔莎的目光，问。

“我要……我要同你谈谈，”安德烈公爵说，“你知道我们的女式手套（他指的是共济会新会员送给心爱女人的手套）。我……算了，我以后再跟你谈……”安德烈公爵眼睛里露出异样的光芒，慌慌张张地走到娜塔莎跟前，坐在她旁边。皮埃尔看到，安德烈公爵在问她什么，她涨红了脸回答。

这时别尔格走到皮埃尔跟前，硬要他参加将军和上校关于西班牙问题的争论。

别尔格很得意，很高兴。脸上一直挂着快乐的笑容。晚会开得很成功，同他所看到的晚会完全相同。一切都相同：太太小姐们的悄声细语、打牌、打牌时将军的大嗓门、茶炊、饼干，但还缺少他在别人晚会上常看到而他很想模仿的一项节目，那就是男人们大声争论什么有趣的重大问题。将军刚开始这样谈话，别尔格就连忙把皮埃尔拉过去。

22

第二天，安德烈公爵应罗斯托夫伯爵的邀请到他们家午餐，在他们家消磨了一整天。

家里人人知道安德烈公爵是为谁而来的，这一点他也不加掩饰，整天同娜塔莎待在一起。不仅娜塔莎惊喜交集地感到即将发生一件重大的事情，全家人都有这样的预感，忐忑不安地等着它发生。当安德烈公爵同娜塔莎谈话时，伯爵夫人目光忧虑而严肃地望着他；而当安德烈公爵回头看她时，她就怯生生地假装谈些无关紧要的事。宋尼雅既怕离开娜塔莎，又怕同他们在一起妨碍他们。当娜塔莎单独同安德烈在一起时，她会因恐惧的期待而脸色发白。安德烈公爵的畏葸使她惊讶。娜塔莎觉得他要对她说些什么，却下不了决心。

傍晚，等安德烈公爵走了，伯爵夫人走到娜塔莎跟前，悄悄地说：

"怎么样？"

"妈妈！看在上帝份上，现在什么也别问。我没法跟您说。"娜塔莎说。

虽然如此，这天晚上，娜塔莎又兴奋、又恐惧，瞪着一双眼睛在母亲床上躺了好久。她忽而对母亲说，他怎样称赞她；忽而说，他说他要出国去；忽而说，他问他们今年去哪里过夏；忽而说，他向她问起保里斯。

“这样的事，这样的事……我从来没有遇到过！”娜塔莎说，“可是我跟他一起感到害怕，跟他一起总是感到害怕，这是什么道理？这一切都是真的吗？妈妈，您睡着了吗？”

“没有，心肝，我也感到害怕呢！”母亲回答，“你去睡吧！

“我反正睡不着。睡觉多无聊！妈妈，好妈妈，这样的事我从来没有遇到过！”娜塔莎说，对自己产生的感情又惊讶又害怕，“这样的事想得到吗！……”

娜塔莎觉得，她在奥特拉德诺初次看见安德烈公爵时就爱上他了。她当时看中的人（她坚决这样相信）现在又同她相会了，而且他对她也不是没有意思。这种意外的奇异的幸福使她害怕。她想：“他居然会趁我们在彼得堡的时候赶来。我们居然会在那次舞会上相遇。这都是命。显然，这都是命里注定的。当时我看到他，就觉得不一样。”

“他还对你说了些什么？他给你题了什么诗？你念念……”母亲忧心忡忡地说，问到安德烈公爵在娜塔莎纪念册里留下的诗。

“妈妈，当填房是不是丢人？”

“别说了，娜塔莎。祷告上帝吧！婚姻是上天注定的。”

“妈妈，好妈妈，我多么爱您，多么高兴啊！”娜塔莎流着快乐而激动的眼泪，一边叫着，一边拥抱母亲。

就在这时候，安德烈公爵坐在皮埃尔旁边，讲着他对娜塔莎的爱情和娶她的决心。

这天晚上，海伦伯爵夫人家里举行了一次盛大的晚会，参加的有法国公使，有亲王，还有许多显赫的男女宾客。亲王不久前成了伯爵夫人家的常客。皮埃尔在楼下厅堂里来回踱步，他那神不守舍、闷闷不乐的神色使客人们都感到惊讶。

皮埃尔从舞会那天起觉得自己将患忧郁症，拼命设法防止发病。在亲王同他妻子接近后，皮埃尔突然被任命为宫廷高级侍从。从那时起，他在社交场中就感到心情沉重，没脸见人，常常产生万事皆空的想法。同时，他发现受他监护的娜塔莎和安德烈公爵之间的感情，并拿自己的处境同他们的处境相比，情绪越发低沉了。他竭力避免想到自己的妻子、娜塔莎和安德烈公爵。他又觉得，同永恒比起来一切都微不足道。他又产生了疑问："何必呢？"于是他就迫使自己日夜为共济会工作，以驱逐心里的恶魔。皮埃尔将近十二点钟从伯爵夫人屋里出来，来到楼上烟雾弥漫的矮房间里，身穿破旧的睡袍，坐在桌旁抄写苏格兰共济会的真本。这时有人走进他的房间。原来是安德烈公爵。

"哦，原来是您！"皮埃尔露出不高兴的神色，心不在焉地说。

"您看，我在工作。"他说，指指记录簿，就像遭到不幸的人为了逃避生活苦恼而工作那样。

安德烈公爵容光焕发，喜气洋洋地站在皮埃尔面前，没注意对方忧郁的神色，自得其乐地对他微微一笑。

"哦，老朋友，"安德烈公爵说，"我昨天就想对你说了，今天特地来找你。我从来没有尝过这种味道，我在恋爱啦，老朋友。"

皮埃尔突然长叹一声，沉重的身子跌落在安德烈旁边的沙发上。

"爱上了娜塔莎，是不是？"皮埃尔问。

"对，对，还能爱上谁呢？我连自己也不敢相信，可是这种感情控制了我。昨天我苦恼极了，难受极了，但我不愿拿世界上任何东西来换取这种苦恼。以前我没有好好生活过，现在才有了真正的生活，但我不能没有她。不过，她会爱我吗？……我比她大得多……你怎么不说话？……”

“我？我？我对您说什么了？”皮埃尔突然说，站起来在屋里来回踱步，“我一向认为……这姑娘是个宝贝，是个……是个少有的好姑娘……亲爱的朋友，我求您，不要三心二意，不要举棋不定，同她结婚吧，结婚，结婚……我相信天下没有比您更幸福的人了。”

“那么她怎么样？”

“她爱您。”

“别瞎说……”安德烈公爵说，含笑望着皮埃尔的眼睛。

“她爱您，我知道！”皮埃尔怒气冲冲地嚷道。

“不，你听我说，”安德烈公爵抓住皮埃尔的手臂说，“你知道我现在的心情吗？我真想把心里话对谁说说。”

“好，好，说吧，我很乐意听！”皮埃尔说，他的脸色真的变了，皱纹消失了。他高兴地听着安德烈公爵的话。安德烈公爵似乎真的变了个样。他的愁闷、他对人生万念俱灰的情绪到哪里去了？皮埃尔是他唯一能倾诉衷肠的人，他就把心里话都对他说出来。一会儿，他大胆而爽快地制订着未来生活的长期计划，说他可不能因为父亲的怪癖而牺牲自己的幸福，他一定要使父亲同意这件婚事并且爱娜塔莎，即使父亲不同意，他也要这样做；一会儿，他为自己有这种古怪、陌生而强烈的感情而觉得惊讶。

“以前要是有谁对我说我会这样心醉神迷，我是不会相信的，”安德烈公爵说，“这种感情和从前的完全不一样。整个世界对我来说是分为两半的：一半有她在，那里就有幸福、希望和光明；另一半没有她，那里只有苦闷和黑暗……”

“苦闷和黑暗，”皮埃尔说，“是的，是的，这我能理解。”

“我不能不爱光明，这不是我的过错。我现在很幸福。你能理解我吗？我知道你也为我高兴。”

“是的，是的！”皮埃尔承认道，目光温柔而忧郁地瞧着朋友。他把安德烈公爵的命运想象得越光明，就把自己的命运看得越暗淡。

23

结婚必须征得父亲同意，因此安德烈公爵第二天就到父亲那里去。

老头子听了儿子的禀告，外表平静，心里气愤。他弄不懂，既然他的人生已快结束，怎么还有人想来改变他的生活，给他的生活增加新的内容。“只要让我过完余生，以后你们要怎样就怎样好了。”老头子自言自语。不过，这次同儿子谈话，他还是运用在紧要关头惯用的外交手腕。他心平气和地分析了整个问题：

第一，论门第、财富和声望，这门婚事并不理想。第二，安德烈公爵已不是小青年，身体虚弱（老头子特别强调这一点），而她却很年轻。第三，有一个儿子，把他交给一个小姑娘抚养很可怜。第四，父亲最后嘲弄地望着儿子说：“我请求你把婚期推迟一年，你到国外去把身体养养好，如你所希望的那样替尼古拉公爵找一位德国教师，以后要是爱情、情欲、固执——随便你说什么都行——无法克服，那就结婚吧。这是我的结论，注意，结论……”老公爵说这话的语气表示，什么也不能改变他的决定。

安德烈公爵明白，老头子希望他的感情或他未婚妻的感情经受不住一年时间的考验，或者老公爵自己会在这一年里死去。于是安德烈公爵决定遵从父亲的意志：先订婚，一年后举行婚礼。

安德烈公爵最后一晚去罗斯托夫家后，过了三星期回到彼得堡。

娜塔莎那次同母亲谈话后的第二天，整天都等着安德烈，可是安德烈没有来。第二天第三天还是没有来，皮埃尔也没有来。娜塔莎不知道安德烈公爵去父亲那儿，因此弄不懂他为什么没有来。

就这样过了三星期。娜塔莎哪儿也不愿去，没精打采，像影子一般从这个房间荡到那个房间，晚上偷偷关起门哭泣，也没去母亲屋里。她老是涨红脸发脾气。她以为人人都知道她的失望心情，都在笑她，可怜她。她本来已经很苦恼，而自尊心又增加了她的痛苦。

有一天，她来到伯爵夫人那里，想对她说些什么，却突然哭起来。她好像一个不知为什么受罚的孩子，委屈得直流泪。

伯爵夫人安慰娜塔莎，娜塔莎先是留心听着母亲的话，接着突然打断她说：

“别说了，妈妈，我不想，我也不愿想！他来来又不来了，不来了……”

娜塔莎声音发抖，差一点哭出来，但强作镇定，继续说下去：

“我根本不想嫁人。而且我怕他。我现在完全平静了，完全平静了……”

在这次谈话后第二天，娜塔莎穿上那件她特别爱穿的旧衣裳，一早就恢复她舞会以后放弃的生活方式。她喝过茶，走到她特别喜爱的共鸣很好的大厅里，开始练习唱歌。练习完第一课，她站在大厅中央，重唱她特别喜爱的一个乐句。歌声荡漾，充满整个空荡荡的大厅，又渐渐消失。她高兴地谛听，觉得音调意外优美。她心情豁然开朗。“这事有什么值得多想的？现在这样不是也很好吗？”娜塔莎对自己说，在大厅里来回踱步，不是像平常那样在镶木地板上走路，而是每一步都先脚跟后脚尖着地（她穿着一双心爱的新鞋），并且像欣赏自己歌喉那样快乐地欣赏着均匀的脚跟落地声和脚尖擦地声。她走过镜子，照了一照。“哦，这就是我！”她一看见自己的影子，脸上的表情仿佛这么说，“嗯，很好看，我谁也不需要。”

男仆想来收拾大厅，但娜塔莎不让他进来，拴上门，继续踱步。这天早晨，她又恢复了原来的心情：自我欣赏，自我陶醉。“娜塔莎这姑娘真可爱！”她像一个男的第三者那样评论自己，“她年轻，好看，嗓子甜，不妨碍任何人，大家也别去打扰她。”但即使人家不打扰她，她也无法平静。这一点她立刻感觉到了。

前厅的门开了，有人问：“在家吗？”还听得见脚步声。娜塔莎照着镜子，但看不见自己。她听见前厅里有声音。当她看清自己的时候，她的脸色煞白。原来是**他**。尽管隔着门声音很轻，她还是断定是他。

娜塔莎脸色苍白，惊惶地跑进客厅。

“妈妈，安德烈来了！”她说，“妈妈，这太可怕了，这真叫人受不了！我真受不了！我不要……受罪！叫我怎么办？……”

伯爵夫人还没有回答她，安德烈公爵已经神态严肃而紧张地走进客厅。他一看见娜塔莎，立刻容光焕发。他吻了吻伯爵夫人的手，又吻了吻娜塔莎的手，在旁边沙发上坐下……

“您好久没光临了……”伯爵夫人开口说，但安德烈公爵打断她的话，匆匆回答了她的问题，显然想赶快说出他要说的话。

“这一阵子我没有到你们这儿来，因为到我父亲那里去了：我同他谈了一件很重要的事。我昨晚才回来。”安德烈公爵瞧了一眼娜塔莎，说。“我要跟您谈一谈，伯爵夫人。”他停了停，添加说。

伯爵夫人深深地叹了口气，垂下眼睛。

“您说，我听着。”她说。

娜塔莎知道她应该回避，但她无法这样做：有什么东西把她的喉咙哽住了。她顾不得礼貌，睁大一双眼睛望着安德烈公爵。

“现在吗？马上就说！……不，这不可能！”娜塔莎想。

安德烈公爵又瞧了她一眼。这目光使她相信，她没有弄错。是的，她的命运马上就要决定了。

“你出去一下，娜塔莎，我会叫你的。”伯爵夫人低声说。

娜塔莎用惶恐和恳求的眼神望了望安德烈公爵，望了望母亲，走了出去。

“伯爵夫人，我是来向您女儿求婚的。”安德烈公爵说。

伯爵夫人的脸唰的红了，但她什么也没有说。

“您来求婚……”伯爵夫人庄重地说。安德烈公爵默默地瞧着她的眼睛。“您来求婚……”她有点发窘，“我们很高兴……我接受您的求婚，我很高兴。我的丈夫也……我希望……但这事要由她本人决定……”

“只要你们答应了，我会对她说的……你们答应吗？”安德烈公爵说。

“答应。”伯爵夫人说，伸出一只手给他，而当他俯身吻她的手的时候，她带着又陌生又亲切的矛盾心情把嘴唇贴在他的额上。她愿意像爱儿子那样爱他，但又觉得他是个外人，而且对她来说是个可怕的人。“我相信我丈夫也会同意的，”伯爵夫人说，“可是令尊……”

“我已把我的计划告诉了家父，他答应了，但得遵守一个条件，就是一年之内不能举行婚礼。这一点我也想告诉您。”安德烈公爵说。

“不错，娜塔莎还很年轻，但一年太久了！”

“这是没有办法的。”安德烈公爵叹一口气说。

“我去把她给您叫来。”伯爵夫人说着从屋里走出去。

“主哇，可怜我们吧！”她一面找寻女儿，一面反复说。宋尼雅说，娜塔莎在卧室里。娜塔莎坐在床上，脸色苍白，眼睛发干，望着圣像，迅速地画着十字，嘴里念念有词。她一看见母亲就跳起来，向她扑去。

“怎么样？妈妈？……怎么样？”

“去吧，到他那里去！他向你求婚了，”伯爵夫人说，娜塔莎觉得母亲的语气很冷淡……“去吧……去吧！”母亲在女儿后面用悲伤而责怪的语气说，长叹了一声。

娜塔莎不记得她怎样走进客厅。她走进去，看见他，就站住了。“难道这个外人现在变成我的**一切**了？”她问自己，又马上回答：“是的，一切，对我来说现在他比世界上什么都宝贵。”安德烈公爵垂下眼睛，走到她面前。

“自从我第一次看到您，我就爱上您了。我能对这事抱希望吗？”

他对她瞧了一眼，她脸上严肃而热情的神色使他吃惊。她的脸色表示：“何必问呢？何必怀疑不可能不知道的事？既然言语表达不了你的感情，那又何必说呢？”

她走近他，站住。他拉起她的手，吻了吻。

“您爱我吗？”

“是的，是的！”娜塔莎仿佛懊丧地说，深深地叹了一口气，又叹了一口气，呼吸急促，哭出声来。

“怎么？您这是怎么啦？”

“哦，我太幸福了！”她回答，含着眼泪微微一笑，凑近他，想了一秒钟，仿佛自问可不可以，然后吻了吻他。

安德烈公爵拉住她的一只手，瞧着她的眼睛，在自己心里找不到原来那种对她的爱。他心里突然起了变化：原来对她那富有诗意而神秘的爱情没有了，却产生了对她女性幼稚的弱点的怜悯、面对着她的忠贞和信任的恐惧和一种同她生死与共的又沉重又快乐的责任感。他现在的感情虽不像以前那样明朗和充满诗意，却更加严肃和强烈。

“妈有没有对您说过一年之内不能举行婚礼？”安德烈公爵仍凝视着她的眼睛问。

“难道真是我，我这个被大家唤作小姑娘的人，”娜塔莎想，“难道我今后就要成为这个陌生、聪明、可爱，甚至受我父亲尊敬的人的妻子吗？难道这是真的吗？难道从今以后我真的不能把生活当儿戏了吗？现在我已经长大了，就得对自己的一言一行负责吗？哦，他问我什么啦？”

“没有。”她回答，但没有听懂他所问的话。

“原谅我，”安德烈公爵说，“您那么年轻，可我在生活上已饱经沧桑了。我替您担心。您还不了解您自己。”

娜塔莎聚精会神地听着，竭力想听懂他的话，可是没听懂。

“我要再过一年才能得到幸福，这对我来说当然很痛苦，”安德烈公爵继续说，“但在这段时间里您可以再考虑考虑。我请您一年之后再给我幸福，但您还是自由的，我们的订婚对外不公开。要是您觉得您不爱我，或者爱上了……”安德烈公爵强作欢笑说。

“您说这话干什么？”娜塔莎打断他说。“您要知道，自从您第一次来到奥特拉德诺那天起，我就爱上您了。”娜塔莎说，充分相信她说的是实话。

“再过一年您会更了解自己的……”

“整整一年！”娜塔莎忽然说，直到现在才了解婚期要推迟一年。“为什么要一年？为什么要一年？”安德烈公爵向她解释延期的原因，可是娜塔莎不听他。

“非这样不可吗？”她问。安德烈公爵什么也没有回答，但他的脸色表示，这个决定不能改变。

“这太可怕了！不行，这太可怕了，这太可怕了！”娜塔莎突然说，又哭起来。“再等一年我会等死的。这不行，这太可怕了。”她瞧了瞧未婚夫的脸，瞧见了同情和困惑的神色。

“不，不，我什么都办得到！”她突然止住眼泪说，“我太幸福了！”

父亲和母亲走进屋里，为这对未来的夫妇祝福。

从那天起，安德烈公爵就以娜塔莎未婚夫的身份经常出入罗斯托夫家。

24

安德烈同娜塔莎没有举行订婚礼，对外也没有宣布。这一点是安德烈公爵坚持的。他说，结婚推迟的原因在于他，他应该承担全部责任。他说，他将永远信守诺言，但他不愿约束娜塔莎，情愿让她享受充分的自由。如果半年以后她觉得不爱他了，她有权解约。当然，做父母的也好，娜塔莎也好，都不愿听这种话，但他还是坚持这一条。安德烈公爵天天上罗斯托夫家，但不以娜塔莎的未婚夫自居，对她说话用您，只吻吻她的手。自从求婚那天起，安德烈公爵同娜塔莎建立了与前不同的单纯而亲密的关系。他们仿佛刚刚才认识。他们都喜欢回忆，当他们还毫无关系时，彼此怎样看待对方；现在两人都觉得自己完全不同了：那时候大家客客气气，现在可真诚自然了。起初罗斯托夫一家人对待安德烈公爵有点拘束；他仿佛是从另一个世界来的人，娜塔莎费了不少工夫才使家里人看惯他，并且自豪地说，他这人只是表面上特别，其实跟大家一样，她不怕他，谁也不用怕他。几天以后，家里人对他习惯了，不再感到拘束，他在场也照样做自己的事，而他也加入他们家的活动。他跟伯爵谈庄园经营，跟伯爵夫人和娜塔莎谈服装，跟宋尼雅谈纪念册和刺绣。有时罗斯托夫家人自己（或者当着安德烈公爵的面）谈到一系列预兆，无不感到奇怪，例如安德烈公爵来到奥特拉德诺，他们一家来到彼得堡，娜塔莎同安德烈公爵的相似之处（这一点安德烈公爵第一次来访时保姆就发觉了），一八〇五年的安德烈同尼古拉之间的冲突，以及家里人发现的其他许多征兆。

在罗斯托夫家里，当未婚夫妇在场的时候，总会出现一片富有诗意的宁静和沉默。大家坐在一起常常默默无言。有时，其他人走了，未婚夫妇留下来，但两人依旧相对无言。他们难得谈到未来的生活。这事安德烈公爵怕谈，也不好意思谈。娜塔莎经常猜到安德烈的心思，分享他的感情，对这个问题也是如此。有一次，娜塔莎问起他儿子的事。安德烈公爵脸红了（近来他常常脸红，娜塔莎却特别喜欢他这副模样），说他的儿子将来不跟他们一起住。

"为什么？"娜塔莎惊讶地问。

"我不能把他从他爷爷那里带走，再说……"

"我会十分喜欢他的呀！"娜塔莎立刻猜到他的心思，说，"但我知道您怕听闲话，怕人家责怪我们。"

老伯爵有时走到安德烈公爵面前，吻他，征求他对彼嘉受教育和尼古拉供职的意见。老伯爵夫人看着他们，老是叹气。宋尼雅总是怕她妨碍他们，竭力找借口让他俩单独在一起，其实他们并不希望这样。当安德烈公爵说话的时候（他很会说话），娜塔莎总是很得意地听着他。当她说话的时候，她又害怕又高兴地注意到，他怎样聚精会神地审视着她。她疑惑不解地问自己："他在我身上找寻什么？他的目光在搜索什么？要是他在我身上找不到他需要的东西，那又会怎么样？"有时她处于她所特有的欣喜若狂的状态，她就特别爱听和爱看安德烈公爵怎样发笑。安德烈公爵难得笑，但笑起来总是笑个痛快。每次这样笑过后，娜塔莎就觉得自己同他更亲近了。要不是娜塔莎想到别离的时刻越来越近，心里感到害怕，她会觉得十分幸福的。

安德烈公爵在离开彼得堡前夜把皮埃尔带了来。自从那次舞会后皮埃尔还没到过罗斯托夫家。皮埃尔显得心神不宁，手足无措。他同母亲说话。娜塔莎跟宋尼雅坐在棋桌旁，邀请安德烈公爵过去和她们下棋。安德烈公爵走到她们面前。

“您是不是早就认识皮埃尔了？”安德烈公爵问，“您喜欢他吗？”

“喜欢，他是个好人，但很可笑。”

娜塔莎谈到皮埃尔照例总是讲他魂不守舍的趣事，有些趣事其实是想当然的。

“不瞒您说，我把我们的秘密告诉他了，”安德烈公爵说。“我从小就认识他，他有一颗金子般的心。我请求您，娜塔莎，”他忽然严肃地说，“我要走了。天知道会发生什么事。您也许不再爱……哦，我知道，我不该说这样的话。我只想说一点，不论您遇到什么事，万一我不在……”

“会遇到什么事？……”

“不论有什么苦恼，”安德烈公爵继续说，“我请求您，莎菲小姐，不论遇到什么事，就找他一人商量，请他帮助。他这人魂不守舍，十分可笑，但有一颗金子般的心。”

做父母的也好，宋尼雅也好，安德烈公爵本人也好，都无法预料，同未婚夫别离对娜塔莎会产生什么后果。那天，娜塔莎脸色泛红，神情激动，眼睛发干，在家里走来走去，做些琐事，好像不知道有什么事在等待她。当安德烈公爵向她告别，最后一次吻她手的时候，她也没有哭。

“您别走！”娜塔莎说，她的声音促使他考虑，是不是真的该留下来，而且好久以后还记得这声音。他走后她也没有哭，她一连几天坐在自己屋里，没有哭，但对什么事都不感兴趣，只不过有时叹息说：“唉，他为什么要走！”

不过，安德烈公爵走了两星期以后，她又出乎周围人们的意料，精神上的病态消失了，她又恢复了从前的样子，只是精神面貌起了变化，就像孩子久病以后面貌发生变化一样。

25

在儿子走后一年里，保尔康斯基公爵的身体和脾气都坏多了。他变得越来越暴躁，而他的无名火多半都出在玛丽雅公爵小姐身上。他仿佛专挑她的痛处，残酷地在精神上折磨她。玛丽雅公爵小姐有两大癖好，也就是两大乐趣：一是她的侄儿尼古拉，一是宗教信仰。这两者恰恰成了老公爵喜欢攻击和嘲笑的目标。不论谈什么，他总要扯到老处女的迷信或者对孩子的溺爱上。“你要把他（尼古拉）培养成你那样的老姑娘，那不行，安德烈公爵需要的是儿子，可不是姑娘。”老公爵说。或者，当着玛丽雅公爵小姐的面问布莉恩小姐，她是不是喜欢我们的神父和圣像，并且开玩笑……

老公爵不断挖苦玛丽雅公爵小姐，但女儿却不以为意地原谅他。难道父亲会跟她过不去？既然父亲爱她，难道会待她不公正？再说，什么叫公正？公爵小姐从没考虑过“公正”这个崇高的词儿。人间所有复杂的信条，在她看来都可以归纳成简单明白的一条：爱和自我牺牲。这个信条是他——怀着爱心为了人类而受难的上帝——教给我们的。别人公正不公正，这对她有什么相干？她自己必须受苦受难，必须爱人，而她就这样做了。

冬天，安德烈公爵来到童山，又快乐，又温和，又亲切，玛丽雅公爵小姐好久没有看到他这样高兴了。玛丽雅公爵小姐感觉到一定有什么喜事，但他对她却绝口不提他的恋爱。临行前，安德烈公爵同父亲作了一次长谈。玛丽雅公爵小姐发现，他动身前父子两人彼此都很不满意。

安德烈公爵走后不久，玛丽雅公爵小姐写信给她彼得堡的朋友裘丽。玛丽雅公爵小姐也像所有爱幻想的姑娘那样，幻想裘丽能同她哥哥结婚。最近，裘丽则因为她的哥哥在土耳其阵亡而服丧在家。

悲伤看来是我们共同的命运，亲爱的多情的朋友裘丽！

你们的损失是那么惨痛，我只能认为这是上帝的特殊恩惠，他爱你和你那位高尚的母亲，因此想考验你们。唉，我的朋友，宗教，唯有宗教，才能安慰我们，而且还能把我们从绝望中拯救出来。唯有宗教才能向我们解释人类没有它的帮助就无法理解的事：为什么要把善良、高尚、在生活中能找到幸福、既不害人又能为别人带来幸福的人召回上帝那里去，而把那些邪恶、无用、有害或者对人对己都是一种负担的人留在世界上。我第一次看到的一个人的死，也就是我永远不会忘记的我亲爱的嫂嫂的死，给我留下了这样的印象。您问命运，为什么您那位杰出的哥哥非死不可？同样，我也要问，为什么我们的天使丽莎要离开人间？她非但没有做过任何害人的事，而且心里除了善良就没有别的念头。这究竟是怎么一回事，我的朋友？从那时起，五个年头过去了。我以我贫乏的智力开始懂得，她为什么要死，她这种死只是造物主无穷恩典的一种表现，造物主的行为我们虽然多半不能理解，但都表现出他对所造物的无限仁爱。我常常想，也许是因为她像天使一般纯洁，她无力担负做母亲的全部责任。她作为一个年轻的妻子是完美无缺的，但作为母亲就不能做到这样。如今她不仅给我们，特别是给安德烈公爵，留下最纯洁的哀悼和回忆，她还会在天国获得一个崇高的位置，那是我不敢奢望的。不过，不说对她本人，她那可怕的早逝对我和哥哥都发生了最良好的影响，虽然这是一件很令人悲伤的事。在我们刚失去她的时候，我不可能有这样的想法，当时我对这种想法会十分反感，但现在这一切都豁然明朗了。我写这些给您，我的朋友，只是为了要您相信《福音书》的真理（那是我生活的准则）：若是上帝不许，连一根头发也不会从我们头上掉下。[1]而上帝的旨意完全是出于对我们的无限慈爱，因此，我们所遭遇的一切都是为了我们的幸福。您问，我们今年是不是去莫斯科过冬？虽然很想看见您，但我想我们不会也不愿去莫斯科。您也许会觉得奇怪，我们不愿去的原因在于拿破仑。事实是，家父身体明显衰弱了，他听不得不同意见，脾气暴躁。而脾气暴躁，不瞒您说，是由于政治问题。他不能容忍这样的情况：拿破仑同欧洲各国君主平起平坐，尤其是同伟大的叶卡德琳娜女皇的孙子平起平坐！您也知道，我对政治一向漠不关心，但从家父的话和他同米哈伊尔·伊凡内奇的谈话中知道世界大势，特别是拿破仑获得的声望。全世界似乎只有童山不承认拿

1 见《新约全书·马太福音》第十章第二十九、三十节。

破仑是伟人。更不承认他是法国皇帝。拿破仑做皇帝，这事家父不能容忍。我觉得，家父主要是因为政治观点不同，并且对谁都会毫无顾忌地直率说出自己意见，从而同人发生冲突，因此不提去莫斯科的事。他在治疗方面取得的成效，将因不可避免地争论拿破仑问题而丧失。不过，对这事很快就会作出决定。我们家里的生活除了哥哥安德烈不在，一切如旧。我曾写信告诉您，他近来有了很大的变化。自从丧偶以来，他的精神直到今年才得以恢复。他又变得像我小时候所知道的那样：善良，亲切，具有一颗无与伦比的金子般的心。我发觉，他明白他的生活并没有结束。但精神虽然有所好转，身体却衰弱多了。他比以前更瘦，更神经质了。我为他担心。医生早就叫他出国疗养，如今他走了，我感到欣慰。我希望这次易地疗养能使他恢复健康。您来信说，在彼得堡大家都说他是一个最聪明、最能干和最有教养的青年人。这一点我从未怀疑过——请原谅我这种做家属的自尊心。他对这里的每个人，从农奴到贵族，所做的好事是数不胜数的。他来到彼得堡，只接受他应得的声誉。我不懂，谣言怎么会从彼得堡传到莫斯科，例如您来信写到哥哥同娜塔莎订婚的事，这种流言更是无稽之谈。我不认为哥哥会再结婚，尤其是同娜塔莎结婚。理由是，第一，我知道，尽管他难得提到亡妻，但悼亡的哀痛深埋在他的心里，使他无法考虑续弦和给我们的小天使找个后母的事。第二，因为就我所知，那个姑娘绝不是安德烈公爵喜欢的那种女人。我不认为安德烈公爵会选择她做妻子。坦白说，我也不希望他这样。我写得太啰唆了，信纸已写满两张，就此停笔。再见，我亲爱的朋友，愿神圣而万能的上帝保佑您。我亲爱的朋友布莉恩小姐吻您。

玛丽

26

仲夏，玛丽雅公爵小姐突然接到安德烈公爵从瑞士寄来的信，他给她一个意外的消息。安德烈公爵宣布他同娜塔莎订了婚。全信洋溢着对未婚妻的热爱和对妹妹的情谊与信任。他写道，他从没这样恋爱过，直到现在他才懂得了生活，认识了生活。他请妹妹原谅，上次回童山没向她提到这个决定，虽然同父亲谈过此事。他之所以没说，是因为怕玛丽雅公爵小姐会要求父亲同意此事，这样一来不仅达不到目的，反而会惹父亲生气，父亲就会对她发火。况且——他在信中说——当时这事还没像现在这样最后决定。“当时父亲对我规定一年的期限，现在已过去六个月——一半时间，而我的决心比原来更坚定了。要不是医生留我在这里温泉治疗，我早就回国了，但现在我的归期还得再推迟三个月。你了解我，也了解我同父亲的关系。我对他没有任何要求。我一向自立，今后也永远自立，既然他同我们相处的日子可能不会很久，因此，若违反他的意志，惹他生气，那就会毁了我的一半幸福。我现在也写一封信给他，请你挑个合适的时间把信交给他，同时告诉我他对这事的看法，他能不能同意把婚期缩短三个月。”

经过长久的犹豫、疑虑和祈祷，玛丽雅公爵小姐才把信交给父亲，第二天，老公爵平心静气地对她说：

“写信给你哥哥，叫他等我死了再说……不会久了，他很快就可以自由了……”

公爵小姐想表示不同意见，但父亲不让她说话，嗓门越来越大。

“结婚吧，结婚吧，宝贝……挑了门好亲家！……人聪明吗？有钱吗？小尼古拉要有个好后娘了。你写信告诉他，就是明天结婚也行。小尼古拉将有个后娘，那我要同布莉恩结婚了！……哈，哈，哈，他没有后娘也不行啊！只有一点，我家里再不需要婆娘了；让他结婚吧，自己单独过去吧。你是不是也想搬到他那里去住？”他问玛丽雅公爵小姐，“上帝保佑！去尝尝挨冻的滋味，去尝尝……挨冻的滋味！”

这次发火以后，公爵再没谈到这件事。不过，父亲对儿子没有出息的怒气却在对女儿的态度上表现出来。除了他原来的嘲笑话题外，如今又增加了新的话题：关于小尼古拉的后娘和他对布莉恩小姐的爱情。

“为什么我不能同她结婚呢？”老公爵对女儿说，“她会成为一位出色的公爵夫人的！”

近来，玛丽雅公爵小姐惊讶地发现，父亲同法国女人真的越来越接近了。玛丽雅公爵小姐写信给安德烈公爵，父亲怎样看待他的信，同时安慰哥哥，父亲会回心转意的。

小尼古拉和他的教育，安德烈和宗教，这些都是玛丽雅公爵小姐的安慰和欢乐。但除此以外，既然人人都有自己的希望，玛丽雅公爵小姐内心深处也有她隐秘的梦想和希望，而这也就是她生活中的主要安慰。给予她从中得到宽慰的梦想和希望的是神亲——背着公爵来访的苦行修士和云游教徒。玛丽雅公爵小姐活得越久，她的生活经验越丰富，对生活观察得越深刻，她就越觉得在茫茫尘世追求享乐和幸福的人目光短浅。他们操劳，受苦，奋斗，互相伤害，想获得那种空虚、罪恶和不可能获得的幸福。“安德烈公爵爱妻子，妻子死了，这还不够，他要拿自己的幸福同另一个女人结合起来。父亲不赞成，因为指望安德烈找个更富裕、更有名望的配偶。他们奋斗，受苦，糟蹋自己的灵魂，自己永生的灵魂，为了获得一刹那的幸福。这一点不仅我们自己知道，上帝的儿子基督来到世上也告诉我们，人生只是过眼云烟，只是一场考验，可是我们却抓住它不放，想从中找到幸福。这道理怎么没有人懂？”玛丽雅公爵小姐想，“除了这些背着袋子受人轻视的神亲外，就没有别的人了。他们从后门来到我家。怕被公爵看见，倒不是要逃避他的侮辱，而是为了免得他造孽。他们抛弃家庭、故乡和尘世的幸福，不留恋任何事物，身穿麻布衣服，隐姓埋名，云游四方，不伤害任何人，一视同仁地为大家祈祷，既为驱逐他们的人祈祷，也为庇护他们的人祈祷：没有比这更崇高的真理，也没有比这更高尚的生活了！”

有一个叫费多霞的云游教徒，五十岁年纪，是个矮小、文静的麻脸女人，她戴着铁链赤脚云游了三十多年。玛丽雅公爵小姐特别喜欢她。有一天，在只点着一盏神灯的黑暗屋子里，费多霞讲着自己的身世。玛丽雅公爵小姐突然断定，只有费多霞找到了正确的人生道路，她决定自己也出去云游。费多霞就寝后，玛丽雅公爵小姐考虑了好久，最后决定去云游，不管人家多么难以理解。她把她的打算只告诉她的忏悔神父阿金斐，神父赞成她的计划。玛丽雅公爵小姐借口送礼物给云游教徒，准备了云游的全部行装：麻衣、树皮鞋、粗布衣和黑头巾。玛丽雅公爵小姐常常走到放行装的抽斗柜前，犹疑不定是不是到了实行计划的时候。

在听云游教徒们讲故事的时候，她常常被她们千篇一律而含义深刻的朴素语言所感动，以致几次都想抛弃一切，离家出走。她想象自己同费多霞一起，穿着粗布衣服，拿着棍子，背着袋子，在尘土飞扬的道路上从一地云游到一地，没有嫉妒，没有尘世的爱，没有欲望，从一些信徒到另一些信徒那里，最后云游到没有忧愁和悲伤，只有永久快乐和幸福的地方。

“我到一处就做祷告；我还没有习惯，还没有爱上这地方又要走了。我要走到两腿发软，倒下来死去，最后到达没有忧愁和悲伤、永远安息的地方！”玛丽雅公爵小姐想。

但后来看见父亲和小尼古拉，她的决心动摇了。她偷偷地流泪，觉得自己是个罪人：爱父亲和爱侄子超过爱上帝。

第四部

1

《圣经》故事说，闲逸是人类始祖堕落前享福的标准。堕落后，人身上仍有好逸恶劳的习性，人类一直受到诅咒，那倒不是因为我们要汗流满面去获得食物，而是因为根据我们的道德准则，我们不能游手好闲而心安理得。我们内心有个声音说：好逸恶劳就是犯罪。如果人游手好闲而又觉得自己有益和尽责，那他就获得了一种原始的幸福。一大批人享受着由职务规定而无可非议的闲逸，那就是军队。这种闲逸现在是、今后也将是担任军职的主要吸引力。

尼古拉在一八〇七年后继续在保罗格勒团服役，并接替杰尼索夫担任骑兵连长，他就充分享受着这种幸福。

尼古拉变成一个举止粗野而心地善良的小伙子。莫斯科的朋友会觉得他不够文雅，但他受到同僚、下属和上级的尊敬，自己对这样的生活也心满意足。今年，一八〇九年，他经常收到母亲来信诉苦，说家境每况愈下，现在他该回家来照顾年老的双亲了。

尼古拉读着这些信，心里害怕，唯恐他们要把他从远离生活琐事的安乐乡里拉出来。他觉得早晚要回到生活的旋涡里，整顿家业，同管家算账、吵架，对付阴谋，处理关系，应酬交际，确定同宋尼雅的爱情关系和实行对她的许诺。这些事都非常复杂，很难处理。他回信给母亲总是冷冰冰的一套：“亲爱的妈妈”，结尾是“您的孝顺的儿子”，却不提他什么时候回家。一八一〇年他接到家信，知道娜塔莎已跟安德烈订婚，婚礼将在一年后举行，因为老公爵不同意他们更早结婚。这封信使尼古拉感到伤心和气愤。第一，他舍不得失去娜塔莎，因为在家里他最喜欢娜塔莎；第二，他以骠骑兵的脾气感到遗憾，因为当时他不在场，要不然他会向安德烈表示，同他结亲根本不是什么高攀，他要是真的爱娜塔莎，那就无须征得生性乖僻的父亲的同意。尼古拉迟疑了一下，要不要请假在娜塔莎婚前去看看她，但想到不久就要举行军事演习，又想到宋尼雅的问题和家里的混乱，他又把归期推迟了。但当年春天，他收到母亲背着伯爵写的一封信，决定回家一次。母亲在信里说，如果尼古拉不回家，不来管理家产，全部庄园都将被拍卖，大家只好去要饭了。伯爵太软弱，太厚道，太信任管家，经常受骗，因此景况越来越糟。“看在上帝份上，我求求你，要是你不愿使我和全家遭殃，就立刻回来。”伯爵夫人写道。

这封信感动了尼古拉。他凭常情考虑，觉得**应该**回家。

现在非回去不可，即使不退伍，也得请假。为什么非回去不可，他不知道；他午饭后小睡了一会儿，吩咐把他那匹好久未骑的刁悍的灰马“战神”备好鞍。等到回来，灰马汗水淋漓，他对拉夫鲁施卡（杰尼索夫留给他的勤务兵）和傍晚回来的同僚说，他要请假回家。尽管他很难想象他走以前司令部会因上次演习而提升他任骑兵大尉或授予安娜勋章（这事他特别关心），尽管他也很难想象他走以前不把三匹黑鬃黄马卖给波兰的高鲁霍夫斯基伯爵（他已跟他讲过价钱，答应以两千卢布卖给他），还有，他也很难想象没有他参加的骠骑兵为波兰普莎兹杰茨卡小姐举行的舞会能获得成功（那舞会是存心同枪骑兵为波兰保尔若卓夫斯卡小姐举行的舞会一比高下），尽管如此，他知道他必须离开这快乐美好的天地，到那混乱多事的地方去。一星期后，他请准了假。他的骠骑兵同僚，不限于本团的，还有旅里的，每人出十五卢布份金为尼古拉饯行。请来两个乐队奏乐，两个合唱团唱歌。尼古拉同巴索夫少校跳了俄罗斯顿足舞。酒意十足的军官们把尼古拉又是摇，又是抱，又是抛。三连的士兵又拿他摇了一次，嘴里喊着“乌拉”，大家这才把尼古拉放上雪橇，一直把他送到第一个驿站。

在旅途的前半程，就是从克列缅楚格到基辅，尼古拉想的照例还是连里的事；但走了一半路程后，他就忘记了那三匹黑鬃黄马、司务长和保尔若卓夫斯卡小姐，不安地自问，到了奥特拉德诺，他将碰上怎样的局面。他离家越近就越想家，仿佛人的情绪也服从引力和距离成反比的定律。到了最后一站，离奥特拉德诺已不远，他给了车夫三卢布酒钱，便像孩子一般，上气不接下气地跑上家门前的台阶。

在重逢的狂欢之后，尼古拉发觉实际情况和他的估计有出入（早知一切如旧，何必急着赶回来！）因而有点失望，不久他又适应了熟识的家庭环境。父母还是原来的样子，只是老了一点。他们有些烦躁和不睦，那是以前所没有的。尼古拉很快知道，这都是由于家境不好。宋尼雅快满二十岁了。她没有长得更美，更迷人，但就这样也够可爱了。尼古拉回来以后，她全身洋溢着幸福和爱情。这个姑娘忠贞不渝的爱情使尼古拉高兴。彼嘉和娜塔莎尤其使尼古拉惊讶。彼嘉已有十三岁，长得高大、漂亮、聪明和调皮，他的嗓音变了。尼古拉瞧着娜塔莎，好一阵感到惊讶，忍不住笑了。

“完全变了！”尼古拉说。

“怎么，变丑了？”

“正好相反，神气十足。要做公爵夫人了。”尼古拉低声对她说。

“对，对，对！”娜塔莎快乐地回答。

娜塔莎对他说了她跟安德烈公爵的恋爱经过，他怎样来到奥特拉德诺，还给尼古拉看他最近的来信。

“那么，你高兴吗？”娜塔莎问，“我现在很平静，很幸福。”

“我很高兴，”尼古拉回答，“他是个很出色的人物。那么，你很爱他吗？”

“怎么对你说呢？”娜塔莎回答，“我以前爱过保里斯，爱过教师，爱过杰尼索夫，可这一次完全不一样。我主意已定，心情平静。我知道没有比他更好的人了。现在我觉得心里很平静，很踏实。同以前完全不一样……”

尼古拉向娜塔莎表示，他不赞成把婚期推迟一年，但娜塔莎猛烈驳斥哥哥，说非这样不可，违反他父亲的意志嫁过去是不好的，她自己也愿意推迟。

“你一点也不懂，一点也不懂。”娜塔莎说。尼古拉不作声，同意了她的想法。

哥哥瞧着她，常常感到奇怪。她一点不像离开未婚夫的热恋中的姑娘。她完全像原来那样宁静、大方、乐天。这使尼古拉感到惊讶。甚至使他对娜塔莎同安德烈订婚这件事感到怀疑。他不相信娜塔莎的终身大事已成定局，尤其因为他没看到她同安德烈公爵在一起时的情景。他总感到这门亲事有点问题。

“为什么要推迟？为什么没举行订婚礼？”尼古拉想。有一次他跟母亲谈到妹妹，使他感到惊奇和满足的是，母亲内心深处对这门婚事有时也有点怀疑。

“这是他写来的，”她说，怀着做母亲的对女儿未来婚姻幸福的妒意，给儿子看安德烈公爵的信。“他说，最早十二月份回来。究竟是什么事把他耽搁了？多半是病！身体很弱。你可别告诉娜塔莎。你别以为她很高兴，现在正是她做姑娘的最后日子。我知道，每次接到他的来信时她的情绪怎么样。不过，上帝保佑，一切都会圆满解决的，”母亲每次都这样结束，“他是个出色的男子。”

2

尼古拉刚回家的时候心情沉重，闷闷不乐。使他烦恼的是，他必须处理棘手的经济问题，而母亲就是为此把他叫回来的。为了尽快卸下这副重担，他回家后第三天，就怒气冲冲，也不回答娜塔莎问他到哪里去的问题，皱着眉头去厢房找管家米金卡，向他要**全部账目**。米金卡惊惶地走来。但什么叫**全部账目**，尼古拉比米金卡知道得更少。他同米金卡谈话和算账没有持续多久。村长、农民代表和乡绅都在厢房前室里等他，又害怕又高兴地听着伯爵少爷先是嗓门越来越大的吆喝和叫嚷，然后是接连不断的咒骂和恐吓。

“强盗！忘恩负义的畜生！我要宰了你这狗崽子……我可不像爸爸那样……你偷……浑蛋！”

然后这些人同样又高兴又害怕地看见伯爵少爷满面通红，眼睛充血，抓住米金卡的领子，一面灵活地用脚踢，用膝盖撞他的屁股，一面大声叫嚷：“滚！再别在这里露面，恶棍！”

米金卡一口气冲下六级台阶，冲进花坛（这个花坛是奥特拉德诺犯罪的人的著名避难所。米金卡从城里喝醉酒回来，常常躲到这个花坛里，而奥特拉德诺的村民为了躲避米金卡，也知道这个藏身处）。

米金卡的妻子和小姨子们惊惶失色地从屋里探出头来。屋里有一把干净的茶炊正在沸腾，还有一张铺着好的棉被的高床。

伯爵少爷气喘吁吁，不理她们，迈着坚决的步子走回正屋。

伯爵夫人立刻从使女嘴里知道厢房里发生的事，一方面感到放心，认为今后家境一定会好转，一方面又觉得不安，唯恐儿子被这样的重担压垮。她几次踮着脚尖走到儿子房门口。听他一袋接一袋地吸烟。

第二天，老公爵把儿子叫到一边，小心翼翼地微笑着对他说：

“你听我说，宝贝，你可不用发火！米金卡全告诉我了。”

“我知道了，”尼古拉想，“在这个鬼地方什么事也弄不明白。”

“你生气了，因为他没有把七百卢布入账。其实他转到下一页了，你没有往下看。”

“爸爸，他是个坏蛋，小偷，这我知道。再说，这事已经过去了。要是您不乐意，那我就什么也不和他谈了。”

“不，宝贝。”伯爵感到惭愧。他觉得没有管好妻子的庄园，对不起孩子们，但不知道该怎样补救。“是这样，我请你来管管家里的事。我老了，我……”

“不，爸爸，要是我使您不高兴，那就请您原谅。管理产业我不如您。”

“哼，什么农民呀，钱财呀，移入下页呀，统统去他妈的！”尼古拉想。“怎样下注，这我早就知道，但什么移入下页我可一窍不通。”他自言自语，从此以后就不再过问家事。只有一次，伯爵夫人把儿子叫到面前，说她有一张德鲁别茨基公爵夫人开的两千卢布期票，问尼古拉该怎样处理。

“原来是这么回事，”尼古拉回答，“您是对我说过这事让我决定。我不喜欢德鲁别茨基公爵夫人，也不喜欢保里斯，但他们待我们不错，又很穷。那就这么办吧！”尼古拉说着把期票撕得粉碎。他这个行为使老伯爵夫人高兴得直流泪。从此以后，尼古拉伯爵少爷不再过问任何家事，只热衷于一件他感到新鲜的玩意——带着猎犬打猎，而老伯爵的打猎配备可是很有气派的。

3

已是初寒时节，早晨的寒气冻结了渗透秋雨的地面。在被牲口踩倒的黄褐色秋播作物、浅黄色春播作物的茬子和一道道红色荞麦的衬托下，冬小麦一片翠绿，显得格外诱人。高地和树林，在八月底还是黑色冬麦地和留茬地中间的绿洲，如今已成了翠绿冬麦地里金黄和鲜红的岛屿。灰野兔的毛已换了一半，小狐狸已出窝，狼崽长得比狗还大。这是最好的打猎季节。热衷打猎的年轻猎人尼古拉的狗不仅已掉了膘，而且跑得爪子受伤，因此猎人们商量后决定让狗休息三天，到九月十六日出发，从杜勃拉伏开始，因为那里有一个未受惊动的狼窝。

九月十四日的天气是这样的：

猎人们整天都待在家里。天气寒冷刺骨，但傍晚阴云密布，开始解冻。九月十五日早晨，尼古拉少爷穿着睡袍往窗外望了一眼，发现那是再好不过的打猎天气：天空仿佛融化了向地面下沉，也没有风。空中只有烟尘和蒙蒙细雾在悄悄下降。花园秃枝上悬挂着晶莹的水珠，滴在刚刚凋落的树叶上。菜园里的土地像罂粟一样乌黑发亮，在不远处就同潮湿的雾气融成一片。尼古拉走到泥泞的台阶上；这儿弥漫着枯叶味和狗臊气。黑斑、宽臀的灵缇[1]米尔卡生着一双突出的乌黑大眼睛，一看见主人，站起来，又伸开后腿，像兔子一样伏下来，然后一跃而起，去舔主人的鼻子和胡子。另一条灵从花园小径上看见主人，就拱起背冲到台阶上，然后翘起尾巴，在主人腿上磨蹭着。

“哦——呵！”这时传来一声深沉的低音和尖锐混合着次中音的猎人特有的呐喊。接着，专门管狗的猎人丹尼洛从转角处走来。他满脸皱纹，花白的头发照乌克兰人的样子剪成童花头，手里绕着一条长鞭子，脸上现出只有猎人才有的慓悍不羁和蔑视一切的神气。他在东家面前摘下契尔克斯帽，轻蔑地对东家瞧了瞧。他这种傲慢的态度并没使东家生气：尼古拉知道这个目空一切的丹尼洛毕竟是他的家奴和猎手。

“丹尼洛！”尼古拉说，怯生生地感觉到，看到这样好的打猎天气、这样好的狗和猎人，他立刻就产生了一种不可克制的打猎欲望，好像一个热恋中的人见到情人，立刻就把原先的打算忘记得一干二净。

“您有什么吩咐，老爷？”丹尼洛以喝狗喝得嘶哑的像大辅祭般低沉的声音问，两只乌黑发亮的眼睛同时从眉毛底下望着默不作声的东家。“怎么，您等不及了？”这双眼睛仿佛在这样说。

“好天气，是吗？打一围，跑一下，好吗？”尼古拉搔搔米尔卡的耳朵，说。

丹尼洛没有回答，眨眨眼。

“天蒙蒙亮我就派乌瓦尔卡去探听动静了，”丹尼洛停了停，又用低音说，“他说，母狼已带着小狼搬到奥特拉德诺禁伐林里，它们在那里嚎叫呢。”奥特拉德诺禁伐林离家两俄里，是

1 当时打猎用的狗有两种：一种是灵缇，嗅觉特别灵敏，但跑得并不很快，专门找寻猎物；另一种是狼狗，嗅觉不如灵缇灵敏，但跑得极快，善于追捕猎物。

个不大的容易围猎的地方。

“我们一定得去，是不是？”尼古拉说，“你把乌瓦尔卡带到我这里来。”

“遵命，老爷！”

“那就先别喂狗了。”

“是，老爷。”

五分钟后，丹尼洛和乌瓦尔卡来到尼古拉的大书房里。尽管丹尼洛个儿不高，他站在屋子里，还是像一匹马或者一头熊站在住屋的家具中间。丹尼洛自己也感觉到这一点，他照例总是站在门口，说话尽量压低嗓门，身体一动不动，免得破坏老爷们的安宁，并且赶快把所有的话说完，好早点脱身，到广阔的野外去。

尼古拉问完话，懂得丹尼洛的意思是狗都不错（其实丹尼洛自己也想去打猎），就吩咐备马。但丹尼洛刚要走，娜塔莎就快步走进来。她还没有梳洗，没有换好衣服，身上只披着保姆的大披巾。彼嘉同她一起跑进来。

“你去打猎吗？”娜塔莎说，“我知道你要去的！宋尼雅说你们不去。今天天气这么好，我知道不会不去。”

“去的，”尼古拉不乐意地回答，因为今天他想好好打一次狼，不愿带娜塔莎和彼嘉同去，“要去的，但我们只打狼，你不会感兴趣的。”

“你知道，我最爱打狼了，”娜塔莎说，“你吩咐备马，自己想去，可是什么也不告诉我们，太不像话。”

“俄国人天不怕地不怕，我们要去！”彼嘉叫道。

“你可不能去，妈妈说过，你不能去。”尼古拉对娜塔莎说。

“不，我要去，一定要去！”娜塔莎断然说。“丹尼洛，叫他们给我们备马，让米哈依洛把我的狗带去。”她对猎人说。

丹尼洛觉得他待在屋里不合适，挺别扭，而且同小姐打交道更难堪。他垂下眼睛，连忙走出去，仿佛这不干他的事，生怕无意中得罪小姐。

4

老伯爵拥有一支配备完善的打猎队，如今他已把这队人马交给儿子管理。这天，九月十五日，他兴致特别好，要亲自参加打猎。

一小时后，整个猎队聚集在大门口台阶前。尼古拉神情冷峻，表示此刻顾不到琐事，从娜塔莎和彼嘉身边走过，而娜塔莎和彼嘉正要告诉他什么事。尼古拉检查了猎队各部分，派一小群猎狗和猎人去打前站，自己骑上枣红顿河马，对他那群狗打了个呼哨，经过打谷场来到野外，向奥特拉德诺禁伐林驰去。老伯爵那匹白鬃白尾的枣红骟马维夫梁卡由伯爵的马夫牵着，老伯爵自己先乘轻便马车到野兽必经的地方守候。

狼狗共有五十四条，由六个猎犬手带领。管灵缇的，除了主人外，共有八个，他们带领四十多条灵缇，再加上老爷自己带的狗，出猎的共有一百三十条狗，还有二十名骑马的猎人。猎队浩浩荡荡向田野进发。

每条狗都认识自己的主人，知道自己的名字。每个猎人都明确自己的任务、地点和行动。他们一出庄园围墙就不再说话，不再作声，不快不慢地沿着道路和田野向奥特拉德诺禁伐林驰去。

马在田野上奔驰好像走在厚地毯上，只有在穿过道路踩到水洼时才发出哗啦哗啦的声音。雾蒙蒙的天空还在悄悄地向地面下沉；空中宁静，温暖，没有一点风。偶尔响起猎人的口哨声、马的喷鼻声、鞭子的呼啸声或者掉队的狗的尖叫声。

他们跑了一俄里光景，看见五个骑马的人带着狗从雾里迎面走来。领头的是个精神矍铄、仪表堂堂、留花白大胡子的老人。

“您好，大叔！”当老人走到面前时，尼古拉招呼道。

“干得漂亮！……我早就知道了，”大叔（他是住在罗斯托夫家附近的一个不富裕的远亲）说，“我早就知道，你在家坐不住了，你也去，很好。干得漂亮！（这是大叔爱说的口头禅。）快去占领树林，我的格利奇克说，伊拉金家正在科尔尼基扎队，他们会从你鼻子底下把一窝小狼抢走的。干得漂亮！”

“我正要去那里。我们合在一起怎么样？”尼古拉问，“合在一起……”

他们把狼狗合在一起。大叔同尼古拉并肩骑马前进。娜塔莎裹着大披巾，露出活泼的脸蛋和闪亮的眼睛，骑马跟住他们。彼嘉、猎人米哈伊拉和保姆派来照顾她的驯马师，都在后面护送她。彼嘉不知为什么事发笑，不住地鞭打着马，拉着缰绳。娜塔莎老练地骑在阿拉伯黑马上，毫不费劲地勒住马。

大叔不以为然地回头望望彼嘉和娜塔莎。他不喜欢把儿戏同打猎大事混为一谈。

“您好，大叔，我们也来了。”彼嘉嚷道。

“您好，您好，当心别踩着狗。”大叔严厉地说。

“尼古拉，特鲁尼拉可真是条好狗！它认得我呢！”娜塔莎说到她的爱狗。

“首先，特鲁尼拉不是狗，而是一条猎犬。”尼古拉想，严厉地白了妹妹一眼，竭力让她明白此刻他们之间得保持一定距离。娜塔莎领会他的意思。

“大叔，您别以为我们会妨碍什么人，”娜塔莎说，“我们待在一旁，不会乱动的。”

“这很好，伯爵小姐，”大叔说，“当心别从马上摔下来，因为你没有地方好扶。干得漂亮！”

离奥特拉德诺禁伐林只有一百码，猎犬手已到达那里了。尼古拉同大叔商量好从哪里放狗，让娜塔莎待在一个绝对不会有野兽出没的地方，然后从谷地绕到围猎场。

“喂，好侄儿，你要拦住那头老狼，”大叔说，“当心别让它溜掉。”

“行！”尼古拉回答。“卡拉伊，来！”他喊道，用这喊声来回答大叔的话。卡拉伊是一条难看的长毛老公狗，以单独猎获一头老狼而出名。大家各就各位。

老伯爵知道儿子的打猎劲头，连忙赶来，唯恐晚到。他脸色红润，双颊抖动，兴高采烈，不等猎犬手到来，就亲自赶着两匹黑马，驰过冬麦地，来到给他指定的狩猎地。他拉了拉皮外套，挂上猎刀和号角，然后跨上像他一样毛发灰白的、光滑肥壮、安静温和的维夫梁卡。马车被打发回去了。罗斯托夫伯爵对打猎虽然并不太热衷，但熟悉打猎的规矩。他骑马走进指定的矮树丛边，理好缰绳，在马鞍上坐稳，觉得一切都准备停当，便向四周环顾了一下，微微一笑。

伯爵旁边站着他的跟班契克马尔。契克马尔是个老骑手，但身子已不很灵活。他牵着三条凶猛的但像主人和马一样肥胖的猎狼狗。两条灵敏的老狗卧在地上，没有上皮带。在百步开外的空地上站着伯爵的马夫米吉卡。他是一个勇敢的骑手和热心的猎人。伯爵按照古老的习惯，打猎前喝了一银杯加香料的白兰地，吃了些点心，又喝了半瓶他喜爱的波尔多红葡萄酒。

罗斯托夫伯爵喝了酒，又骑过马，红光满面；他的眼睛有点潮润，格外明亮。他裹紧皮外套坐在马鞍上，模样活像个将被带出去散步的孩子。

契克马尔身材瘦削，双颊凹陷。他把事情都安排妥帖，望望东家。他同东家相处三十年，两人很合得来。他看出东家此刻情绪很好，正要同他愉快地聊聊。这时又有一个人小心翼翼地从树林里出来（他显然受过训练），站在伯爵后面。这是一个白胡子老头儿，身穿女式长衣，头戴高帽。他是小丑[1]娜斯塔霞。

“喂，娜斯塔霞！”伯爵挤挤眼，低声说，“你要是把野兽吓跑，丹尼洛可饶不了你。”

“我也……嘴上有毛。”娜斯塔霞说。

“嘘——嘘！”伯爵发出嘘声，转身对契克马尔说话。

“你看见娜塔莎伯爵小姐吗？”他问契克马尔，“她在哪里？”

“她同彼嘉少爷一起在沙罗夫草地附近，”契克马尔笑着回答，“别看她是位小姐，打猎可有劲了。”

“契克马尔，你看她骑马感到惊奇……是吗？”伯爵说，“简直比得上男子汉呢！”

“怎么不叫人惊奇？那么大胆，那么灵活！”

“那么尼古拉少爷在哪里？在梁多夫高地，是吗？”伯爵低声问。

“是的，老爷。他知道该在哪里守候。他骑马的本领可高明啦，我同丹尼洛常感到惊奇。”契克马尔说，知道怎样讨好东家。

“他骑马的本领不错，是吗？那么，他骑在马上的姿势怎么样？”

1 俄国贵族地主家常养有小丑，他们多穿女人服装，用女人名字。

“简直跟画出来的一样！前不久他从扎瓦尔津草地里赶出一只狐狸。他越过一个又一个障碍，真是骏马值千金，骑手无价宝啊！是的，这样的好小子哪儿找去！”

“哪儿找去……”伯爵重复说，显然还没听够契克马尔的奉承话。“哪儿找去！”他说着，翻起外套下摆，掏出鼻烟壶。

“前不久他从教堂里出来，身上挂满勋章，米哈伊尔·西多雷奇就……”契克马尔的话还没说完，就听见寂静的野地里传来两三条猎犬追逐野兽的吠声，以及其他猎犬的响应声。他低下头留神倾听，默默地对主人打了个警告的手势。“发现狼窝……”契克马尔轻轻地说，“往梁多夫高地一直跑去了。”

伯爵忘记收去脸上的笑容，望着前面的林间小径，手里拿着鼻烟壶，但没有闻。在狗吠声以后，传来丹尼洛追狼的低沉号角声。一大群狼狗同前面三条狗会合，发出特别的吠声，表示它们正在追逐狼。猎犬手不再唤狗，发出嘘溜溜的声音，而在所有的声音中丹尼洛忽而低沉忽而尖厉的声音听来格外清晰。丹尼洛的声音似乎响彻树林，还远远地越过树林，传到田野上。

伯爵和他的马夫默默地听了几秒钟，确信狼狗已分成两群：一群狗多，叫得特别起劲，往远处跑去；另一群沿着树林跑，经过伯爵身边，那里不断响起丹尼洛的嘘溜溜声。这两群狗一会儿合拢，一会儿分开，但都跑远了。契克马尔松了一口气，弯下腰去整理一条被小狗弄乱的长皮带。伯爵也松了一口气，看见手里的鼻烟壶，打开来，取了一撮烟。

“回来！”契克马尔对冲出树林的一条公狗喝道。伯爵吓了一跳，把手里的鼻烟壶都丢掉了。娜斯塔霞连忙下马把它捡起来。

伯爵和契克马尔望着他。突然，追逐的声音一下子逼近——这种情况是常有的——仿佛狂吠的群犬和嘘溜溜打口哨的丹尼洛就在面前。

伯爵回顾一下，看见右边的米吉卡睁大眼睛望着他，并举起帽子向他指指前面的另一方。

“当心！”米吉卡大声叫道，从他的语气里听出他早就要说这话了。他放出狗，往伯爵这边驰来。

伯爵和契克马尔骑马跑出树林，看见他们左边有一头狼。这狼稍稍摆动身子，悄悄地蹿到他们刚才停留的树林边缘。暴怒的狼狗尖声嚎叫，冲出狗群，从马脚旁直扑那头狼。

狼停下来，对着群犬，像喉头发炎似的笨拙地转过前额宽大的脑袋，然后稍稍摆动身子，跳了两跳，摇摇尾巴没入树林里。就在这时，从对面树林里慌张地蹿出来一条、两条、三条狼狗，发出哭一般的吠声。于是整群狗就经过田野，向狼消失的地方冲去。在狼狗后面，榛树丛分开来，出现了丹尼洛那匹出汗变黑的栗色马。丹尼洛缩拢身子伏在它的长长的马背上，没有戴帽子，白发蓬乱，脸色红润，满面流汗。

“嘘溜溜溜，嘘溜溜溜！……”丹尼洛叫道。他一看见伯爵，眼睛里闪出凶光。

“哼！……”他举起长鞭子指着伯爵叫道。

“把狼放走了！……好一个猎人！”丹尼洛仿佛不屑于同惊慌失措的伯爵多费口舌，对伯爵憋着一肚子气，鞭打两侧冒汗的栗色骟马，随着狼狗飞跑。伯爵好像一个受处分的小学生，站在那里东张西望，竭力用笑脸博取契克马尔对他处境的同情。但契克马尔已不在那里，他正绕过树林追狼去了。猎人们从两边堵截，但那狼已进入灌木丛，再没有一个猎人能截住它。

5

尼古拉这时留在自己的位置上等狼。从群狗时近时远的追逐声，从他所熟悉的那些狗的吠叫声，从猎犬手时近时远的高声呼喊，他知道树林里所发生的一切。他知道树林里有小狼和老狼；他知道狼狗分成两群，它们在什么地方追狼，哪里出了什么岔子。他时刻等待着狼跑到他这边来。他作了种种估计，狼将从哪里跑来，他该怎样追捕它。希望和失望在他心里交替出现。他几次祷告上帝，要狼跑到他这里来；他祷告时热烈而羞愧，就像一些因小事而激动的人做祷告那样。“啊，求你成全我吧，这在你是毫不费力的！”尼古拉对上帝说，“我知道你是伟大的，为了这样的小事求你真是罪过，但千万求你教那头老狼到我这儿来，让卡拉伊当着守在那里的大叔的面狠命咬住老狼的喉咙吧！”尼古拉紧张不安地望着那在白杨树丛上耸起两棵枝叶稀疏的栎树的树林边缘，望着边沿被水冲塌的峡谷，望着露在右边灌木丛上的大叔的帽子，在这半小时里望了上千次。

“是的，我不会有这样的好运的，”尼古拉想，“虽然这没什么了不起！但我不会有这样的好运！打牌也好，打仗也好，我总是不走运。”奥斯特里茨战役和陶洛霍夫都鲜明地在他头脑里交替掠过，“只要这辈子能猎到一头老狼，我就心满意足了！”尼古拉一面想，一面睁大眼睛左顾右盼，又侧着耳朵倾听狼狗追捕的轻微声音。他又往右边望了望，看见有个东西穿过空旷的田野向他跑来。“不，这不可能！”尼古拉想，深深地喘了一口气，就像一个人实现了多年的夙愿。最大的好运出现了，但又是那么简单，没有热烈的喧闹，没有夺目的光辉，没有盛大的庆典。尼古拉不相信自己的眼睛，怀疑持续了一秒钟以上。狼一直往前跑，费力地跳过路上的坎坷。这是一头老狼，背脊灰白，大肚子呈粉红色。老狼不慌不忙地跑着，满以为没有人看见它。尼古拉屏住呼吸，回头望望群犬。群犬或站或卧，没有看见那头狼，不了解眼前的情况。老狗卡拉伊回过头来，龇着黄牙咬着自己的后腿，怒气冲冲地捉着狗蚤。

“嘘溜溜溜！”尼古拉噘嘴唇低声叫道。群犬抖动铁链，竖起耳朵，跳起来。卡拉伊搔完痒也站起来，竖起耳朵，轻轻地摇动狗毛纠成一团的尾巴。

“放？还是不放！”尼古拉看见狼离开树林向他跑过来，自言自语。狼的嘴脸突然变了，它看见从没见过的盯住它的人类的眼睛，浑身打了个哆嗦，稍稍向尼古拉转过头来，站住。“后退还是前进？哦，豁出去了，前进！”狼仿佛在自言自语，接着就不再左右顾盼，迈着轻松自如而又果断坚决的步子向前走去。

“嘘溜溜！”尼古拉声音异样地叫道。他那匹骏马箭也似的冲下山去，跳过几道水洼去截拦那狼。那几条狼狗跑得更快，跑到尼古拉的马前面去。尼古拉听不见自己的喊声，没感觉到自己在飞驰，没有看见群犬，也没有看见他脚下的地方。他只紧盯着那头狼。狼加快速度，顺着山谷奔跑。离那头狼最近的是花斑宽臀的狼狗米尔卡，它越来越接近那头野兽。越来越近，越来越近……眼看就要赶上狼。狼斜眼望了望米尔卡，但米尔卡不像平时那样进攻，而突然竖起尾巴，伸直前腿抵住地面。

“嘘溜溜溜！”尼古拉叫着。

红毛狼狗刘比姆从米尔卡后面蹿出来向狼猛扑，咬住狼的后腿，但立刻又恐惧地跳到一旁。狼身子一蹲，龇了龇牙，又站起来向前跑去。一大群狼狗离它只有一码，不即不离地跟着它跑。

“不好，被它跑掉了！不，这不行！”尼古拉想，同时继续哑着嗓子叫嚷。

“卡拉伊！嘘溜溜！”尼古拉一面叫，一面用眼睛找寻着老公狗——他唯一的希望。卡拉伊拼着全身力气，伸长身子，盯着那狼，好容易跑到一边去拦截那狼。但狼跑得快，狗跑得慢，卡拉伊显然估计错了。尼古拉看到前面树林离它已经不远，狼到了那里准会跑掉。但这当儿他看见有一群狗和一个猎人迎面跑来。还有希望。尼古拉不认识的一条红褐色瘦长小公狗飞也似的冲到狼前面，几乎把它撞倒。但那狼意外迅速地跳起来，龇牙咧嘴，向小公狗扑去。小公狗浑身是血，一侧被咬伤，尖声惨叫着，一头撞在地上。

“卡拉伊！老朋友！”尼古拉哭了。

老公狗后腿上的毛卷成一团团，它利用狼受阻的机会拦住狼的去路，离狼只有五步路。狼仿佛发觉危险，瞟了瞟卡拉伊，更加夹紧尾巴，飞快地逃跑。但这当儿，尼古拉只看见卡拉伊又采取行动了：它猛地扑到狼身上，同狼一起滚到前面的水沟里。

尼古拉看见几条狗在水沟里同狼搏斗，狼在狗下面露出灰毛，伸长后腿，贴紧耳朵，嘴脸恐惧，不断喘气（卡拉伊咬住他的喉咙）。尼古拉看到这情景，觉得这是他有生以来最幸福的时刻。他抓住鞍韂，准备下马打狼，突然看见那狼从群狗中伸出头来，两只前脚已搭着水沟的边缘。狼咬了咬牙（卡拉伊已松开了它），后腿一蹬跳出水沟，又夹紧尾巴，摆脱群狗，向前逃跑。

卡拉伊耸起毛，多半是负伤了，好容易才爬出水沟。

“天哪！这是怎么搞的？”尼古拉失望地叫道。

大叔的一个猎人从另一边去拦截狼，他的几条狗又把那野兽拦住。狼又被包围了。

尼古拉和他的马夫、大叔和他的猎人把狼团团围住，嘘着，叫着。狼一蹲下来，他们就准备下马；狼一抖动身子向树林逃窜，大家就又前进。

追捕刚开始，丹尼洛听见嘘声就冲出树林。他看见卡拉伊咬住狼，就勒住马，以为事情就此结束。但丹尼洛看见猎人们并没有下马，狼抖了抖身子又继续逃跑，他就策动枣红马，不直接去追狼，却像卡拉伊那样去拦截那野兽。亏得走这个方向，当大叔的群犬第二次把狼拦住时，丹尼洛恰好赶到狼跟前。

丹尼洛默默地骑马跑来，左手拿着出鞘的短刀，用鞭子像打谷一样打着枣红马的两肋。

在枣红马没有气喘吁吁地从身旁跑过以前，尼古拉没看到，也没听见丹尼洛，也没听见丹尼洛的下马声，没看见丹尼洛已趴在群犬中间的狼背上，竭力想揪住狼的耳朵。这下子，猎人也好，狗也好，狼也好，显然都明白，事情结束了。狼恐惧地贴紧耳朵，挣扎着想站起来，但群狗把它团团围住。丹尼洛抬起身子，向前跨了一步，把全身重量压在狼身上，同时抓住狼的耳朵。尼古拉刚要动手刺狼，丹尼洛却低声说：“别刺，我们把它的嘴捆住。”他改变姿势，一只脚踩住狼的脖子。他们把一根棍子横塞在狼嘴里，用皮带像上勒子一样把它绑住，再捆住它的四脚。丹尼洛把狼从这边到那边来回滚了两滚。

猎人们面露快乐而疲劳的神色把这头活的老狼驮在马背上。那马浑身哆嗦，打着响鼻。后面跟着的群狗向狼狂吠。就这样把狼运到了大家集合的地方。狼狗捕获了两只小狼，灵缇捕获了三只。猎人们带着猎物聚拢来，各自讲着打猎的经过。大家都围拢来看老狼，但见那狼垂下脑门宽阔的头，嘴里塞着棍子，一双玻璃球似的大眼睛瞪着包围它的狗群和人群。有人碰碰它，它就挣动被捆的腿，凶恶而茫然地望着大家。

罗斯托夫伯爵也骑马走过来，碰碰那狼。

“哦，好大的一头狼！”他说。“真大，是吗？”他问站在旁边的丹尼洛。

“很大，老爷。”丹尼洛慌忙摘下帽子回答。

伯爵想起被他放走的狼和刚才同丹尼洛的冲突。

“不过，老弟，你脾气很大。”伯爵说，丹尼洛什么话也没说，只是神态羞愧，像孩子般驯顺而愉快地笑了一笑。

6

老伯爵先回家。娜塔莎和彼嘉留下来打猎，答应随后就回去。时间还早，打猎继续进行。中午时分，他们把猎狗放到小树茂盛的深谷里。尼古拉站在一片禾茬地里，从这儿可以望见他家所有的猎人。

尼古拉前面是一片冬麦田，他家一个猎人站在榛树丛后面的洼地里。狼狗一放出去，尼古拉就听见伏尔顿熟悉的吠声；别的狗都响应它，追逐声时起时落。一会儿，树林里传来追捕狐狸的声音，全群狗合在一起，离开尼古拉，沿沟沿冲向冬麦田。

尼古拉看见戴红帽子的猎犬手沿着山谷边奔驰，甚至看见狗群，他时刻指望狐狸会从冬麦田那里出现。

站在洼地里的猎人开始行动，放出群狗。尼古拉看见一只模样古怪的矮脚红毛狐狸，拖着一条大尾巴，从冬麦田里匆匆跑过。群犬追上去，眼看接近了，狐狸在群犬中间兜来兜去，越兜越快，不断摇着毛茸茸的大尾巴。突然一条白狗冲上去，接着是一条黑狗，于是发生了一场混战。群犬微微抖动身子，头聚在一处，屁股向外分开，围成一个星形。两个猎人向群犬驰来：一个头戴红帽；另一个身穿绿袍，是个陌生人。

“这是怎么回事啊？”尼古拉想，“这个猎人是从哪里来的？他又不是大叔的人。”

猎人们夺过狐狸，没有把它绑在鞍子上，站了好一阵。他们旁边停着几匹带嚼子、背高鞍的马，狗都躺在地上休息。猎人们摆着手，在处理那只狐狸。从那里传来号角声，那是约定的打架的信号。

“伊拉金的猎人同我们的人干起来了。”尼古拉的马夫说。

尼古拉派马夫去把娜塔莎和彼嘉叫来，自己一步步骑马来到猎犬手收集狼狗的地方。有几个猎人骑马往打架的地方跑去。

尼古拉下了马，同跑来的娜塔莎和彼嘉站在狼狗旁边，看事情怎样了结。一个打架的猎人鞍上驮着狐狸，从林边驰来，走到少东家面前。他老远就摘下帽子，竭力想彬彬有礼地说话，但他脸色苍白，气喘吁吁，满脸怒容。他的一只眼睛青肿，但他自己大概还不知道。

“你们那儿怎么了？”尼古拉问。

“岂有此理，从我们的狗嘴里抢狐狸！是我那条灰母狗逮着的。去评评理看！他要抢狐狸！我就拿狐狸给了他一下子。你要吗？就在鞍子上挂着。你要尝尝这个吗？”猎人指指短刀说，仿佛他还在跟对方吵嘴。

尼古拉不理那猎人，叫娜塔莎和彼嘉等等他，自己往冤家伊拉金的猎队所在地驰去。

胜利的猎人骑马跑到猎人们中间，被同情他而又好奇心重的人们团团围住。他讲起了他的功绩。

事情是这样的：伊拉金同罗斯托夫家发生纠纷，正在打官司，现在他又在一向属于罗斯托夫家的地方打猎，故意叫他的猎人闯入那地方，纵容他们夺取别人家的狗逮住的猎物。

尼古拉从来没见过伊拉金，但他这人容易感情用事，听说这地主很不讲理，就十分气愤，把他看作最凶恶的仇人。此刻尼古拉怒气冲冲地要跑到他面前，手里紧握鞭子，准备对冤家不惜采取最断然的危险手段。

尼古拉刚绕过树林一角，就看见一个戴海龙皮帽的胖地主骑着一匹黑马向他跑来，后面跟着两名马夫。

尼古拉发现伊拉金不仅不是敌人，而且是个相貌堂堂、彬彬有礼的地主。他特别愿意同尼古拉伯爵结交。伊拉金跑到尼古拉面前，掀了掀皮帽，说他对刚才的事深感遗憾，他一定要处分那从别人猎狗嘴里夺取猎物的猎人。他要求同伯爵交朋友，并邀请伯爵到他那里去打猎。

娜塔莎唯恐哥哥做出什么出格的事来，焦急地跟在他后面。她一看见两个冤家友好地相互鞠躬，就驰到他们跟前。伊拉金一看见娜塔莎，就把海龙皮帽举得更高，愉快地笑着说，他久闻伯爵小姐相貌出众又爱打猎，活像狄安娜[1]。

伊拉金为了补偿他的猎人的过错，恳切请求尼古拉到一俄里外他的山麓打猎，他说那里有大量兔子。尼古拉同意了，于是打猎人马增加了一倍，向前行进。

到伊拉金的山地必须穿过田野。猎人们排好队，老爷们走在一起。大叔、尼古拉、伊拉金都偷偷窥察对方的狗，竭力不让人发觉，同时不安地在这群狗中找寻可以同自己的狗匹敌的对手。

伊拉金的狗群中有一条红斑纯种小母狗，身子瘦长，肌肉强健，嘴脸狭长，黑眼睛突出。这条狗长相很美，使尼古拉赞叹不已。他听说过伊拉金的狗跑得快，现在发现这条好看的小母狗正是他的米尔卡的敌手。

伊拉金一本正经地谈到今年的收成，谈到一半，尼古拉指指

1 希腊神话里的月神和狩猎女神。

这条红斑小母狗。

“您这条母狗真不错！”尼古拉漫不经心地说，“跑得快吗？”

“这条母狗吗？是的，是条好狗，会捉野兽，”伊拉金平心静气地讲着那条去年用三户家奴换来的红斑狗叶尔莎。“那么，伯爵，你们家的收成也不怎么样，是吗？”他继续刚才的谈话。伊拉金想到礼尚往来，对年轻伯爵的恭维应该还礼，就看了看背部特宽的米尔卡，说：

“您那条黑斑狼狗长得漂亮，真不错！”

“是啊，还可以，跑得快，”尼古拉嘴里回答，心里却想，“要是现在田野里有一只大兔子，你就会知道它的厉害了！”接着他转身对马夫说，谁要是能找到一只兔子，我就赏他一个卢布。

“我不明白，”伊拉金继续说，“有些猎人妒忌人家打的野兽，妒忌人家的狗。拿我自己来说，伯爵，我喜欢骑马走走，就像现在这样同好朋友一起……真是再愉快也没有了（他又对娜塔莎掀了掀海龙皮帽）；至于打到多少野兽，我可不在乎！”

“可不是。”

“我也不会因为别人的狗逮到野兽可我的狗没有逮到而不高兴，我只要欣赏欣赏追捕的场面就够了，您说呢，伯爵？然后我再来判断……”

“去……逮住它！”这时传出一个猎犬手的吆喝声。他站在禾茬地里的土堆上，举起鞭子，又拖长声音叫了一次：“去……逮住它！”（这呼声和举鞭表示他已看到前面有一只兔子。）

“大概已找到一只了，”伊拉金漫不经心地说，“那么我们去追吧，伯爵！”

“对，得去……一起去好吗？”尼古拉回答，打量着叶尔莎和大叔那条红毛狗鲁加伊，觉得这两条狗是他的狗的对手，但还没有比赛过。

“它们会不会把我的米尔卡打得一败涂地？”尼古拉想，同大叔和伊拉金并肩去追兔子。

“兔子大吗？”伊拉金问发现兔子的猎人，不无激动地回头对叶尔莎吹着口哨……

“您怎么样，米哈伊尔大叔？”伊拉金转身招呼大叔。大叔皱着眉头骑在马上。

“我有什么办法！你们的狗——干得漂亮！——价值千金。你们可以拿你们的狗比赛一下，让我瞧瞧！”

“鲁加伊！喂，喂！”大叔叫道。“好鲁加伊！”大叔添加说。他这种亲热的唤声表示他很喜欢这只红毛狗，对它抱着很大的希望。娜塔莎看到这两个老人和哥哥心里很激动，她自己也激动起来。

那个猎人举起鞭子站在土堆上，地主老爷们缓缓向他走去。群犬在地平线上走着，离开了兔子。猎人们，不是老爷们，也走开了。大家都不慌不忙地走着。

“它往哪儿跑了？”尼古拉向发现兔子的猎人走了一百步光景，问道。但没等猎人回答，那兔子发觉大难临头，藏身不住，就蹿出来，一群上了套的狼狗吠着追下山去；没有上套的灵缇也跟着狼狗去追逐兔子。管狼狗的猎人大叫：“站住！”要狼狗停下；管灵缇的人吆喝：“去……逮住它！”大家都在田野上奔驰。镇定自若的伊拉金、尼古拉、娜塔莎和大叔都飞驰着，自己也不知道到哪儿去，眼睛里只盯着狗和兔子，唯恐漏掉一刹那追捕的景象。那只兔子很大，跑得很快。兔子跳起来，没有立刻跑，却竖起耳朵，听着四面八方的喊声和蹄声。它不慌不忙地跳了十来下，让狗追上来，然后选择方向，感觉到大难临头，竖起耳朵，拔脚飞跑。兔子伏在禾茬地上，前面是一片泥泞的冬麦地。发现兔子的猎人的两条狗离得最近，最先看见兔子，追了上去；但跑不多远，伊拉金那条红斑叶尔莎就飞快地赶过那两条狗，离兔子只有一条狗的距离，就向兔子尾巴猛扑过去，满以为准能把兔子逮住，像陀螺似的打了个滚。兔子拱起背，更加没命地逃跑。这时，宽臀的黑斑米尔卡从后面冲过来，迅速地追上了兔子。

“米尔卡，好样的！”响起尼古拉得意扬扬的叫声。米尔卡眼看就要追上兔子，但它扑了个空。兔子蹲下来。漂亮的叶尔莎又追上来，快要扑到兔子的尾巴，但仿佛在估量距离，这一次不要扑空，一定要抓住兔子的后腿。

“叶尔莎！好姑娘！”伊拉金发出异乎寻常的哭一般的叫声。叶尔莎不理主人的恳求。就在叶尔莎眼看着要逮住兔子的一刹那，兔子跳跃了一下，就往冬麦地和禾茬地交界的小路上跑去。叶尔莎和米尔卡像一对并驾齐驱的拉车马，一起追赶兔子。兔子在小路上跑得很轻快，两条狗不容易逼近它。

“鲁加伊！好鲁加伊！干得漂亮！”这时响起了另一个人的声音。大叔那条红毛驼背的公狗鲁加伊拉长身子，追上前面两条狗，超过它们，奋不顾身地直扑那只兔子，把它从阡陌上撞下冬麦地，在泥泞的冬麦地上更猛地扑了一次，四脚直陷到膝盖，只见它背上沾满泥，同兔子一同在地上打滚。一群狗把它们团团围住。不多一会儿，人都聚集到狗群周围。只有大叔一人得意扬扬地跳下马，割下兔爪子。他抖动兔子，放掉血，眼睛骨碌碌地环顾着，手足无措，不知道该同谁说话，该说些什么。“干得漂亮……这才是一条狗……把千金好狗都打败了——干得漂亮！”大叔自言自语，喘着气，恶狠狠地环顾着，仿佛在骂什么人，仿佛个个都是他的对头，个个都得罪了他，直到现在方才申了冤。“哼，你们那些千金好狗——干得漂亮！”

“鲁加伊，给你兔爪子，”大叔说着，把割下的沾泥兔爪子扔给它。“只有你配享用，干得漂亮！”

“可把它累坏了，它单独赶了三趟。”尼古拉说，也不听人家说话，也不管是不是有人在听他。

“但怎么能这样拦劫呢！”伊拉金的马夫说。

“它只要一失脚，哪条看门狗都能逮住它。”这时伊拉金也激动地说，他跑得脸上通红，上气不接下气。就在这同一时刻，娜塔莎屏住呼吸，快乐和兴奋得尖声直叫，叫得大家耳朵里嗡嗡响。她这声尖叫表达了别的猎人大声说话所表达的情绪。这声尖叫非常古怪，要是换在别的时候，她自己也会感到害臊，别人也会感到惊讶的。大叔亲自把兔子系在鞍子皮带上，又干净利落地把它搭在马背上，仿佛表示他不屑同谁说话，跨上栗色马跑了。其余的人个个垂头丧气，满肚子委屈，上马起程，过了好一会儿才装出若无其事的样子。他们又久久望着红毛鲁加伊，鲁加伊一身是泥，拱起背，铁链子叮当作响，现出胜利者泰然自若的神气，紧跟着大叔的马小跑。

“是啊，平时我同大家一样，可是一旦追起野兽来，哼，你可得留点神！”尼古拉觉得这狗的神气仿佛在这样说。

过了好一会儿，大叔骑马跑到尼古拉跟前，同他说话。在这事以后大叔居然还跟他说话，尼古拉觉得挺有面子。

7

傍晚，伊拉金告别了尼古拉。尼古拉发现离家很远，就接受大叔的邀请，让猎队留在米海洛夫卡村大叔家过夜。

“你们要是到我家去，干得漂亮！”大叔说，“那就再好也没有了；再说天气潮湿，先去歇一会儿，然后让伯爵小姐坐马车回去。”大叔的建议被接受了，派了一名猎人到奥特拉德诺去要马车；尼古拉、娜塔莎和彼嘉就到大叔家去。

大大小小五个男仆跑到前门台阶上来迎接少爷。几十个女仆，老老少少，从后面台阶上探头探脑张望猎人们。娜塔莎——一个女人，一位贵族小姐——骑马来到，引起大叔的家奴们极大的惊奇，许多人肆无忌惮地走到她面前，盯住她的眼睛，当面对她品头论足，仿佛她不是个人，而是样怪物，根本听不懂他们对她的品评。

“阿林卡，你看，她侧着身子骑在马上，她骑在马上，裙子飘来飘去……你看，她那只小号角！”

“老天爷，她还有刀呢！”

“瞧，她准是个鞑靼女人！”

“你怎么不会栽下来啊？”一个最大胆的女仆直率地问娜塔莎。

大叔在草木茂盛的小木屋前下了马，环顾了一下家人们，威严地喝令闲人走开，去准备接待打猎的客人。

仆人都散开了。大叔扶娜塔莎下马，搀着她走上摇摇晃晃的木板台阶。房子没有粉刷过，墙用圆木叠成，不太干净，看得出主人并不太要求整洁，但也不是杂乱无章。过道屋里散发出新鲜苹果的香味，墙上挂着狼皮和狐狸皮。

大叔请客人穿过前室，走进摆着一张折叠桌子和几把红椅子的小厅，然后进入摆着一张桦木圆桌和沙发的客厅，然后走进起居室，那里有一张破沙发，铺着旧地毯，挂着苏沃洛夫画像、主人父母的画像和主人自己穿军服的画像。起居室里闻得到浓烈的烟草味和狗腥气。

大叔请客人们在起居室里随便落座，自己走了出去。鲁加伊背上的泥还没擦去，走进起居室，躺到沙发上，用舌头和牙齿清理自己的身子。起居室通走廊，走廊里摆着一座帘子破裂的旧屏风。屏风后面有女人的笑声和低语声。娜塔莎、尼古拉和彼嘉脱了外套，坐到沙发上。彼嘉把头靠在臂肘上，立刻睡着了；娜塔莎和尼古拉坐着不作声。他们的脸发热，肚子很饿，可情绪很好。他们相互对视了一下（既然打猎已结束，到了屋子里，尼古拉觉得无须在妹妹面前摆男子汉的威风）；娜塔莎向哥哥眨了眨眼，兄妹两人都忍不住哈哈大笑，虽然还没想出发笑的原因。

过了一会儿，大叔身穿背后打褶的立领短褂和蓝裤，脚蹬小皮靴，走进来。娜塔莎在奥特拉德诺看见大叔这身打扮感到很奇怪很可笑，现在却觉得挺合适，一点也不比穿大礼服和燕尾服差。大叔也很高兴；他一点也不因兄妹俩的发笑而生气（他根本没想到他们是在笑他的生活方式），而且也跟他们一起无缘无故地笑起来。

“哦，年纪这样轻的伯爵小姐……干得漂亮……我还从来没见过！”他说，把一支长杆烟管递给尼古拉，自己熟练地用三个手指夹住一根截短的烟管。

“骑了整整一天马，像男人一样，满不在乎！”

大叔进来后不久门又开了，从声音判断，是个赤脚女孩开的。随后进来一个四十岁上下的胖女人。她脸色红润，姿色不错，双层下巴，嘴唇丰满鲜红，双手端着一个大托盘。她的眼神和一举一动都显得殷勤好客和彬彬有礼，脸上带着甜甜的笑容，恭恭敬敬地向客人鞠躬。尽管这位女管家胖得挺胸凸肚，头高高昂起，走起路来却很轻快。她走到餐桌前，放下托盘，用她那双又白又胖的手把酒瓶、小菜和点心一样样摆在桌上。她做完这些事，走开去，笑眯眯站在门口。“我就是这里的管家！现在你该了解大叔了吧？”她的神态仿佛这样对尼古拉说。怎么会不了解呢：不仅尼古拉了解，就连娜塔莎也了解，为什么当管家阿尼西雅进来的时候，大叔皱起眉头，略略噘起嘴唇，露出心满意足的微笑。托盘端来的东西有草药酒、果子酒、腌蘑菇、乳清黑麦饼、蜂房蜜、蜜酒、苹果、生核桃、炒核桃和蜜核桃。然后阿尼西雅送来蜜饯和糖渍果子、火腿和刚刚油炸好的子鸡。

这一切都是阿尼西雅精心收集和制作的。一切都散发着香气，具有阿尼西雅的特殊风味。一切都显得新鲜、清洁、白净，洋溢着愉快的微笑。

“您尝尝这个，伯爵小姐。”阿尼西雅说，给娜塔莎递这递那。娜塔莎吃着每一样东西，觉得这样的乳清饼，这样的果酱，这样的蜜核桃，这样的炸子鸡，她这辈子从没吃过，也没见过。阿尼西雅出去了。尼古拉同大叔喝着樱桃酒，谈着过去和今后的猎事，谈着鲁加伊和伊拉金的猎狗。娜塔莎睁着亮晶晶的眼睛，挺直身子坐在沙发上听他们谈话。她几次想弄醒彼嘉，叫他吃点东西，但彼嘉嘴里喃喃作声，没有醒来。娜塔莎在这新鲜的环境里感到十分快活，唯恐马车太早来接她回家。在谈话偶尔中断时，大叔也像一般初次在家里接待客人的人那样，对客人们的无声问题回答说：

“是啊，我们就是这样过完一生……人一死，就一了百了，何必作孽呢！”

大叔说这话时神态庄重，简直可以说很美。尼古拉不由得想起父亲和邻居讲过大叔的种种好话。大叔是个全区闻名的品德高尚、大公无私的怪人。人家请他调解家庭纠纷，担任遗嘱执行人，信任地告诉他种种秘密，选他担任法官和其他官职，但他总是坚决拒绝公职，春秋两季骑着他那匹栗色骟马在野外奔驰，冬天坐在家里，夏天则在他那草木茂盛的花园里歇息。

“大叔，您为什么不去做官？”

“做过，后来不干了。我不行，干得漂亮——干那一行我一窍不通。那是你们干的事，我的脑筋不行。至于打猎嘛，那可是另一回事了，干得漂亮！喂，把门打开！”大叔叫道，“干吗关上门！”门在走廊底，通向狩猎室，也就是猎人的住房。这时响起一双光脚板匆匆走路的啪哒声，接着一只看不见的手打开狩猎室的门。走廊里传来巴拉来卡[1]的声音，听得出是一个老手在弹。娜塔莎早就听到琴声，此刻她走到走廊里，想听得清楚些。

“这是我的车夫米吉卡在弹琴……我给他买了一把很好的巴拉来卡，我喜欢听。”大叔说。大叔规定，他每次打猎回来，米吉卡都要在狩猎室里弹巴拉来卡。大叔爱听这种音乐。

“好听！真的，很好听！”尼古拉略带轻蔑的口气说，仿佛不好意思承认他很喜欢这音乐。

“什么好听？”娜塔莎发觉哥哥说话的语气，责备地说，“不

1 俄国式三弦琴。

是好听，简直是妙极了！”她觉得大叔的蘑菇、蜂蜜和果子酒是天下最好吃的东西，现在她又觉得这琴声是人间最美妙的音乐。

“再来一个，请再来一个！”巴拉来卡琴声一停，娜塔莎就对着门叫道。米吉卡调了调琴弦，弹起芭勒娘舞曲，时而弹出一连串滑音，时而突然刹住。大叔侧着头，略带笑容，坐着听。那旋律重复了百把次。琴手调了几次弦，旋律不断响起，听众怎么也听不厌，总想一遍一遍地听下去。阿尼西雅走进来，把她那胖大的身子靠在门框上。

“您请听，伯爵小姐。”阿尼西雅含笑对娜塔莎说，她笑起来极像大叔。“他是我们这里的好琴手。”阿尼西雅说。

“喂，这一段弹得不对，”大叔突然做了个有力的手势说，“这里是一连串颤音——干得漂亮——一连串颤音。”

“您也会弹吗？”娜塔莎问。大叔没有回答，只微微一笑。

“阿尼西雅，你瞧瞧，吉他的弦好吗？好久没碰了，干得漂亮！丢了。”

阿尼西雅立刻迈着轻快的步子去执行主人的吩咐，把吉他拿来。

大叔对谁也没看一眼，吹去琴上的灰尘，用瘦骨嶙峋的手指敲了敲琴面，调了调琴弦，在扶手椅上坐好。他拉开左肘，握住琴颈稍高的地方，摆出表演的姿势，向阿尼西雅挤挤眼，不弹芭勒娘舞曲，而弹出一个清脆响亮的和音，接着就用极慢的节奏镇定而果断地弹起名曲《大街上》来。这支曲子的旋律，伴着阿尼西雅全身焕发出来的庄重的欢乐，在尼古拉和娜塔莎心坎里荡漾开来。阿尼西雅脸都红了，用头巾遮着脸，笑着走出去。大叔继续干净利落、热烈有力地弹着琴，同时多情地望着阿尼西雅刚才站着的地方。从他单边的灰白胡子下露出一丝笑意，特别当曲子弹得越来越急促，越来越热烈，有时戛然中止的时候，他笑得更欢了。

“太妙啦，太妙啦，大叔！再来一个，再来一个！”大叔一弹完，娜塔莎就叫起来。她跳起来，搂住大叔，吻了吻他。“尼古拉，尼古拉！”她一边喊，一边回头望望哥哥，仿佛在问：“这究竟是怎么一回事？”

尼古拉也很喜欢听大叔弹琴。大叔把这支曲子又弹了一遍。阿尼西雅笑盈盈的脸又出现在门口，她后面还有几个人的脸。

喂，姑娘，别着急，
打冰凉的泉水一起去！

大叔弹到这里，手指灵活地压住琴弦，让曲子戛然中止，耸了耸肩膀。

“啊，啊，好人儿，大叔！”娜塔莎恳求道，仿佛她的生命全在于此。大叔站起来，仿佛他身上有两个人：一个一本正经地笑着那个快乐的人，而那个快乐的人则天真而认真地准备起舞。

“喂，侄女儿！”大叔右手中止和音，然后向娜塔莎挥了挥。

娜塔莎拉下身上的披巾。跑到大叔面前，双手叉腰，耸耸肩站住。

这位由法籍家庭女教师培养出来的伯爵小姐，是在何时何地吸收了法国披巾舞所缺乏的俄国风味和俄国气派的？而这正是大叔期待于娜塔莎的那种学不来教不会的俄罗斯风味和气派。娜塔莎刚一站稳，就得意扬扬，自命不凡，调皮而快乐地微微一笑。这时尼古拉和所有在场的人最初担心她跳得不好的忧虑顿时消失殆尽，大家都兴致勃勃地欣赏着她。

娜塔莎跳舞的动作非常准确，丝毫不差，逗得阿尼西雅边递给她一条跳舞用的手巾，边笑得流出眼泪。她一直望着这位苗条、文雅、穿着绸缎丝绒衣裳、颇有教养的伯爵小姐，觉得她完全成了另一个人，钦佩她竟能领会她阿尼西雅、她的父母和姑妈，以及凡是俄国人身上所具有的俄罗斯风味。

“哦，伯爵小姐，干得漂亮！”大叔跳完舞，快乐地笑着说。“哦，我的好侄女！一定得给你找个好丈夫，干得漂亮！”

“已经找到了。”尼古拉笑着说。

“噢？”大叔用疑问的眼光瞧着娜塔莎，惊奇地说。娜塔莎得意扬扬地含笑点点头。

“还是个好样的！”娜塔莎说。但她刚说了这话，心里就又浮起一串新的思想和情绪。“尼古拉说：‘已经找到了。’他的笑容是什么意思？他对这件事高兴还是不高兴？他似乎认为我的安德烈不赞成我们这样做，安德烈不会理解我们的欢乐。不，他什么都能理解。眼下他在哪里？”娜塔莎想，她的脸顿时变得严肃了。但这只持续了一秒钟。“别想，别去想他。”娜塔莎自言自语，笑眯眯地又坐到大叔旁边，要求他再弹一支曲子。

大叔又弹了一支歌曲和一支华尔兹舞曲；然后停了停，清了清喉咙，唱起他心爱的猎歌来：

黄昏落新雪，
洁白惹人爱……

大叔唱歌像老百姓一样，天真地认为一支歌的意义全在于词，有了词就有曲，离开词的曲是没有的，曲子只是为了表达音节。因此，大叔的曲子就像鸟儿唱歌一样，非常自然动听。娜塔莎听大叔唱歌听得入迷。她决定不再学竖琴，而只弹吉他。她向大叔要了吉他，立刻就摸到这支歌的和弦。

九点多钟，一辆敞篷马车、一辆轻便马车和三个骑马的仆人来接娜塔莎和彼嘉。来人说，伯爵和伯爵夫人不知他们在哪里，非常焦急。

彼嘉睡得像死人一样被抬到敞篷马车里；娜塔莎和尼古拉坐上轻便马车。大叔把娜塔莎裹得严严实实，格外亲切地同她话别。他徒步送他们到桥边。桥上难以通行，得涉过浅滩绕过去，他就吩咐猎人们打着马灯领路。

“再见了，亲爱的侄女！”大叔叫道，声音已不是娜塔莎原来熟识的声音，而是唱《黄昏落新雪》的声音。

他们经过的村庄亮起点点灯火，散发出好闻的烟味。

“大叔这人真有意思！”当他们来到大路上时，娜塔莎说。

“可不是！”尼古拉说，“你不冷吗？”

“不，我很好，很好。我真高兴！”娜塔莎简直有点困惑地说。他们沉默了很久。

夜又黑又潮。马匹看不见，只听得它们在泥地里啪哒啪哒地跑着。

这颗天真善感的心，如饥似渴地捕捉和吸收着生活中的各种印象，此刻有什么感受呢？她心里装得下这么多印象吗？不过她很幸福。快到家的时候，她突然哼起来：“黄昏落新雪。”她一路上捕捉着的旋律终于捕捉到了。

“捕捉到了？”尼古拉问。

“尼古拉，你在想什么？”娜塔莎问。他们喜欢这样相互询问。

“我吗？”尼古拉回想着说，“告诉你，我刚才想，鲁加伊那条红毛狗很像大叔，如果它是人的话，它准会把大叔留在身边，即使不是为了他的骑马本领，也会因他的好脾气把他留下。大叔这人真好！你说是吗？那么你在想什么？”

“我吗？等一下，等一下。对了，我起初想，我们是在乘马车回家，其实天这么黑，谁知道我们在往哪儿跑，也许我们会突然发现我们不是跑到奥特拉德诺，而是到了一个仙境。后来我想……不，就是这些了。”

“我知道你准是在想他。”尼古拉笑着说，娜塔莎从声音上听出他在笑。

“没有！”娜塔莎回答，其实她真的在想安德烈公爵，想他一定会喜欢大叔的。“我还在想，一路上都在想：阿尼西雅做得真好，真漂亮……”娜塔莎说。接着尼古拉听见她那清脆的无缘无故的幸福笑声。

“说实在的，”娜塔莎突然说，“我知道，我再也不会像现在这样幸福这样平静了。”

“尽是想入非非，胡说八道！”尼古拉说，心里却在想：“我的娜塔莎真是可爱！我再没有像她这样好的朋友了，今后也不会有。她为什么要出嫁？我真希望一直同她一起坐车游玩呢！”

“啊，尼古拉这人真可爱！”娜塔莎想。

“哦，客厅里还亮着灯呢！”娜塔莎说，指着黑暗潮湿、像天鹅绒一般的夜色中家里灯火通明的窗子。

8

罗斯托夫伯爵辞去了首席贵族的职务，因为担任这个职务开销太大。不过他的境况仍没有改善。娜塔莎和尼古拉常常听到父母亲偷偷商量，打算卖掉罗斯托夫家豪华的祖宅和莫斯科郊外的庄园。不担任首席贵族就不需要招待那么多客人，奥特拉德诺的生活比以前清静些，但这座巨大的住宅和厢房还是住满亲友，每天还有二十多人吃饭。这些人都长期住在罗斯托夫家，几乎同家人一样；有些是非住在伯爵家不可的人。例如乐师迪姆莱夫妇、舞蹈师约盖尔一家、长住在家里的老小姐别洛娃，还有其他许多人，像彼嘉的几位教师，女儿们原来的女教师，以及那些觉得住在伯爵家比住在自己家里舒服合算的人。门口虽不像原来那样车水马龙，但生活方式依然如故，要不然伯爵和伯爵夫人就无法想象怎样过日子。尼古拉保留着扩大了的打猎队伍，依旧养着五十匹马和十五名车夫；逢到命名日依旧互赠厚礼，举行盛大宴会，邀请全县头面人物参加；伯爵依旧大方地打惠斯特和波斯顿，把纸牌摊开，让人家都能看到，每天让邻居赢去几百卢布，而邻居也就把同罗斯托夫伯爵打牌看作是最好的财源。

在家庭经济方面，伯爵好像一头落在网里的野兽，他竭力逃避这样的现实：他落在网里，越陷越深，觉得既无法撕破缠住他的网，也不能耐心地解开网口。伯爵夫人十分慈爱，她感觉到，她的孩子将受穷，但不是伯爵的过错，伯爵看到自己和孩子破产也很痛苦（虽然竭力掩饰），但他无可奈何，因此伯爵夫人不得不设法摆脱困境。她出于妇道人家的想法，认为唯一的办法是让尼古拉娶个富家的姑娘。她觉得这是最后的希望，如果尼古拉拒绝母亲给他找的对象，他们的家境就永远无法改善。这个对象就是裘丽，裘丽的父母品德高尚，罗斯托夫家在裘丽小时候就认识她。如今由于裘丽的最小一个兄弟去世，她就成了有钱的待嫁姑娘。

罗斯托夫伯爵夫人直接写信到莫斯科给裘丽的母亲卡拉金娜，替儿子向她女儿求婚，并得到了满意的答复。卡拉金娜回答说她本人是同意的，但这事得由她女儿做主。卡拉金娜邀请尼古拉去莫斯科。

伯爵夫人几次含泪对儿子说，她的两个女儿都已有了主，她现在唯一的心愿是看到儿子成亲。她说，了却这桩心事，她就死也瞑目了。接着又说，她已看中一个出色的姑娘，问儿子对这事有什么想法。

后来几次谈话，她又竭力称赞裘丽，并劝尼古拉休假到莫斯科去玩玩。尼古拉猜到母亲的用意，有一次要母亲说出真相。母亲对他说，现在改善家境的全部希望就寄托在他同裘丽的婚事上。

“那么，要是我爱上一个没有财产的姑娘，难道您，妈妈，就要我为了财产而牺牲爱情和名誉吗？”尼古拉问母亲，不懂得他这问题多么伤母亲的心，却一心只想表现自己的清高。

“不，你不了解我，”母亲说，不知怎样替自己辩护，“尼古拉，你不了解我。我希望你幸福。”她添加说，觉得自己说的不是实话，心慌意乱。她哭起来。

“妈妈，您不要哭，您只要告诉我您希望这样做就行了。

您要知道，为了让您放心，我愿意献出一切，愿意献出自己的一生！”尼古拉说，“我可以为您牺牲一切，甚至牺牲自己的爱情。”

但伯爵夫人不愿这样提问题：她不愿叫儿子作出牺牲，宁愿为儿子牺牲自己。

“不，你不了解我，我们不谈了。”伯爵夫人擦擦眼泪说。

“是的，也许我真的爱上了一个穷姑娘，”尼古拉自言自语，“我真的要为财产而牺牲爱情和名誉吗？我真弄不懂，妈妈怎能对我说出这样的话来。因为宋尼雅穷，我就不能爱她，不能报答她的一片痴情吗？我跟她一起一定比跟木偶般的裘丽一起幸福。我不能勉强改变我的感情。既然我爱宋尼雅，那么，我的感情就重于一切，高于一切。”

尼古拉没有去莫斯科，伯爵夫人也没再同他谈结婚问题。她伤心地、有时愤怒地看到，儿子同没有陪嫁的宋尼雅越来越亲近，越来越亲近。伯爵夫人常常发牢骚，找宋尼雅的碴儿，常常无缘无故训斥她，生硬地对她说：“您哪，我的宝贝！”但伯爵夫人因此又感到内疚。最使心地善良的伯爵夫人生气的是，这个可怜的黑眼睛侄女是那么温柔善良，对她的恩人是那么衷心感激，对尼古拉又爱得那么真挚，富有自我牺牲精神，简直对她无可指摘。

尼古拉在家里度完假期。安德烈公爵寄来第四封信，是从罗马发出的。他在信里写道，要不是他的伤口在温暖的气候中突然裂开，他被迫把归期推延到明年年初，他早就在归国途中了。娜塔莎依旧那么钟情于她的未婚夫，在爱情上依旧感到心安理得，依旧觉得生活中充满欢乐；但在未婚夫走后第四个月末尾，她开始感到愁闷，但又无法摆脱。她可怜自己，白白虚度年华，而这正是她最能爱人和被人爱的大好年华。

罗斯托夫家里弥漫着一片愁云。

9

圣诞节到了。除了盛大的午前祈祷，除了邻居和家奴庄重而乏味的祝贺，除了人人身上的新衣服，就没有什么特别的节日活动了，但在零下二十摄氏度宁静无风的严寒日子，白天阳光耀眼，夜里繁星满天，大家却觉得这个不寻常的节日需要庆祝一下。

节日第三天下午，一家人分散在各自的房间里。这是最无聊的时刻。尼古拉上午拜访了几家邻居，此刻在起居室里睡着了，老伯爵在书房里休息。在客厅里，宋尼雅坐在圆桌旁描绣花的图样，伯爵夫人在摆牌阵，小丑娜斯塔霞哭丧着脸同两个老婆子坐在窗边。娜塔莎进来走到宋尼雅跟前，看看她在做什么，然后走到母亲面前，一言不发地站住了。

“你怎么像游魂似的到处游荡啊？”母亲对她说，“你要什么呀？”

“我要**他**……现在就要**他**。”娜塔莎说，眼睛发亮，脸上没有笑容。伯爵夫人抬起头来，留神地瞧瞧女儿。

“别看我，妈妈，别看我，我要哭了。”

“坐下，陪我坐一会儿。”伯爵夫人说。

“妈妈，我要**他**。我凭什么要这样受苦啊，妈妈？……”

娜塔莎说不下去，眼泪夺眶而出，为了不让人家看见她的眼泪，她连忙转过身去，走出客厅。她走到起居室，站了一会儿，想了想，又走进女仆室。在女仆室里，一个老女仆正在数落一个冒着寒冷从家奴屋里急急跑回来的小使女。

“玩得也够了，”老女仆说，“干什么都得有个时候。”

“让她去吧，康德拉基耶夫娜，”娜塔莎说，“去吧，玛弗露莎，去吧。”

娜塔莎放走玛弗露莎，穿过大厅来到前厅。一个老侍仆和两个年轻侍仆正在那儿打牌。他们看见小姐进来，就放下牌站起来。“我该叫他们做些什么呢？”娜塔莎想。

“对了，尼基塔，请你去一下……”娜塔莎嘴里这样说，心里却想：“叫我派他到哪儿去呢？”接着说：“对了，你到下房去捉一只公鸡来；还有你，米沙，去拿点燕麦。”[1]

“只要一点儿燕麦吗？”米沙高高兴兴地问。

“快去，快去！”老仆人催他说。

“费多尔，你去给我拿支粉笔来。”

娜塔莎经过餐室，吩咐仆人烧茶炊，虽然这不是喝茶的时候。

管餐室的福卡是全家脾气最坏的人，娜塔莎喜欢在他身上试试自己的权力。福卡不信娜塔莎的话，就走上去问个究竟。

“啊呀，我的好小姐啊！”福卡做作地对娜塔莎皱着眉头说。

家里没有人像娜塔莎这样会支使人，会派给仆人这么多活。她看见仆人不支使就不甘心。她仿佛要看看，仆人中是不是有人生她的气或者对她不满，其实仆人最愿意听从娜塔莎的吩咐。“我该怎么办？我去哪儿好？”娜塔莎一面慢吞吞地沿着走廊走去，一面想。

1 按当时风俗，圣诞节让公鸡啄食麦子可以预卜吉凶。

“娜斯塔霞，我会生个什么呢？”娜塔莎问身穿女式短袄迎面走来的小丑。

“你会生跳蚤、蜻蜓、蝈蝈。”小丑回答。

“天哪，天哪，老是那一套！唉，叫我去哪儿？我该怎么办？”娜塔莎橐橐地踩响楼梯走上楼，去到住在顶层的约盖尔家。约盖尔屋里坐着两位女教师，桌上放着几盘葡萄干、核桃和杏仁。两位女教师正在谈论住在哪里省钱：莫斯科还是敖德萨。娜塔莎坐下来听她们谈话，神情严肃，若有所思，听了一会儿又站起来。

“马达加斯加岛。”娜塔莎说。“马——达——加——斯——加。”她清楚地一字一顿说。肖斯小姐问她说什么，她没有回答，就走出屋去。

她的弟弟彼嘉也在楼上，正同一个专门伺候他的仆人做晚上放的焰火。

“彼嘉！小彼嘉！”娜塔莎叫道，“背我下楼。”彼嘉跑到她面前，把背转过来。她趴在他背上，双手搂住他的脖子。彼嘉就一纵一纵地把娜塔莎背下去。“不，不要了……马达加斯加岛。”娜塔莎说着从他背上下来，自己走下楼去。

娜塔莎仿佛在巡视她的王国，试试她的权力，相信大家都很听她的话，但她还是感到无聊。她走进大厅，拿起吉他，坐到柜子后面黑暗的角落里，拨动低音弦，弹出她同安德烈公爵一起在彼得堡听歌剧时记住的一个乐句。在别人听来，她在吉他上弹出来的曲子没有什么意思，但这曲子却勾起她一系列的回忆。她坐在柜子后面，眼睛盯着从餐室门缝里漏进来的一道阳光，听着自己的琴声，沉浸在回忆中。

宋尼雅手里拿着一个杯子，穿过大厅，走进餐室。娜塔莎瞧了瞧她，瞧了瞧餐室门上的那条缝，她隐约记得有一次门缝里也有阳光漏进来，那时宋尼雅也曾拿着杯子走过。“不错，完全一模一样。”娜塔莎想。

“宋尼雅，这是什么曲子？”娜塔莎拨着粗弦，叫道。

“哦，你在这儿！”宋尼雅吓了一跳说，走过去听。“我不知道。是不是《暴风雨》？”宋尼雅怯生生地说，唯恐说错。

“噢，有一次她也是这样吓了一跳，胆怯地笑了笑，”娜塔莎想，“也是这样……她好像缺少点什么。”

“不，这是《挑水人》[1]中的合唱曲，听见吗？”娜塔莎唱了这个合唱曲，好让宋尼雅明白。

“你这是上哪儿去？”娜塔莎问。

“去换一杯水。花样马上就要描好了。”

“你总是忙忙碌碌，可我做不到，”娜塔莎说，“尼古拉在哪里？”

“大概在睡觉。”

“宋尼雅，你去把他叫醒，”娜塔莎说，“就说我叫他来唱歌。”娜塔莎又坐了一会儿，想着那往事意味着什么。她解答不了这问题，但一点也不感到惋惜，又回想着当时的情景：她跟他在一起，他含情脉脉地瞧着她。

“唉，但愿他快点回来。我真怕他再也不回来了！主要是我一天比一天老了，问题就在这里！我再也不会像现在这样。说不定他今天就会回来，马上就回来。说不定他昨天就来了，可我忘记了。”娜塔莎站起来，放下吉他，走进客厅。家里人，男教师，女教师和客人，都已坐在桌旁喝茶。仆人站在桌子周围，安德烈公爵不在，生活还是老样子。

“哦，她来了，”罗斯托夫伯爵一看见娜塔莎进来，说，

1 凯鲁比尼的歌剧，作于1804年。

“来吧，坐到我这儿来。”但娜塔莎站在母亲旁边，环顾四周，仿佛在找什么。

“妈妈！”娜塔莎说，“把他给我，给我，妈妈，快点儿！”她又忍不住要失声痛哭。

娜塔莎坐到桌旁，听着长辈和尼古拉的谈话——尼古拉也来喝茶了。“天哪，天哪，又是那几张脸，又是那样的谈话，又是爸爸对着茶杯吹气！”娜塔莎想，惶恐地感到她讨厌家里的人，因为他们总是那个样子。

喝完茶，尼古拉、宋尼雅和娜塔莎走到起居室，坐到他们喜爱的位置上，他们总爱到那里谈心。

10

“你有没有感到过，”娜塔莎同哥哥一起坐在起居室里，对哥哥说，“你有没有感到过，好景不常，前途茫茫？不是无聊，而是凄凉，你有没有这样的心情？”

“那还用说！”尼古拉说。“有时我看到一切都很好，人人快活，可我对什么都感到腻烦，人人都该死。有一次团里开游艺会，那里奏着乐，我没有参加……我忽然觉得无聊……”

“是啊，这我知道，我知道！”娜塔莎接口说，“我小时候也有过这样的事。你记得吗，有一次我为了李子的事受罚，你们都在跳舞，可我坐在教室里哭。我哭得那么伤心，一辈子都不会忘记。我很伤心，我为大家难过，为自己难过，为所有的人难过。主要是我没有错，你记得吗？”

“我记得，”尼古拉说，“我记得，后来我去看你，我想安慰你，可是，不瞒你说，我感到不好意思。我们都非常可笑。当时我有一个木偶，我想送给你。你记得吗？”

“你还记得吗？”娜塔莎若有所思地含笑说，“好久好久以前，我们都还很小，叔叔叫我们到书房里去，那还是在老房子，天黑了。我们来到书房，忽然发现那里站着……”

“一个黑人，”尼古拉快乐地笑着接口说，“怎么不记得。直到现在我还没有弄清楚，这是一个真的黑人，还是我们在梦里见到，还是听人家讲的。”

“他的脸灰不溜秋，牙齿雪白，记得吗，站在那里瞧着我们……”

“您记得吗，宋尼雅？”尼古拉问宋尼雅。

“是的，是的，我也记得一点。”宋尼雅怯生生地回答。

“我问过爸爸妈妈有没有黑人，”娜塔莎说，“他们说根本没有什么黑人。你还说你记得！”

“当然记得，直到现在我还记得他的牙齿。”

“真奇怪，好像做梦一样。我喜欢这样。”

“那你记得吗，我们在大厅里滚鸡蛋玩，忽然来了两个老婆子，在地毯上打滚。有没有这回事？你记得吗，多有意思……”

“是的。你可记得爸爸穿着蓝外套站在台阶上开枪吗？”他们笑眯眯、乐呵呵地回忆着一件件往事，那不是老年人不胜感慨的回忆，而是青年人富有诗意的回忆，回忆那梦与现实交织在一起的往事。他们低声笑着，感到说不出的高兴。

宋尼雅照例不插话，尽管他们回忆的都是共同的事。

宋尼雅对往事不像他们记得那么多，她的回忆也不像他们那样富有诗意。她只是竭力学他们的样，分享他们的快乐。

只有当他们回忆到宋尼雅初来的情景时，宋尼雅才插嘴。宋尼雅讲到她当时很怕尼古拉，因为他穿着一件有带子的上衣，保姆对她说，他们要把她也用带子缝起来。

“我记得，他们对我说你是在大白菜底下出生的，”娜塔莎说，“我记得，我当时不敢不信，但知道这是胡说，我感到很不舒服。”

正在谈话时，起居室后门开了，一个使女探进头来。

“小姐，公鸡捉来了。”使女低声说。

“不要了，波丽雅，叫他们拿走吧。”娜塔莎说。

他们在起居室谈话的时候，迪姆莱进来，走到放在屋角的竖琴旁。他取下琴套，竖琴发出一阵叮当声。

“迪姆莱先生，请您弹一首我喜欢的费尔德[1]的夜曲吧！”伯爵夫人的声音从客厅里传来。

迪姆莱弹了一个和音，对娜塔莎、尼古拉和宋尼雅说：

“你们这些年轻人真安静！”

“嗯，我们在谈哲学呢！”娜塔莎说。她回顾了一下，接着谈下去。现在他们在谈做梦。

迪姆莱开始弹琴。娜塔莎踮着脚尖悄悄走到桌旁，把蜡烛拿出去，又悄悄回到原位来。屋子里很暗，特别是他们坐着的沙发上，只有满月的银辉透过大玻璃窗泻在地板上。

“说实在的，我在想。”娜塔莎低声说，挨近尼古拉和宋尼雅。这时迪姆莱已弹完一曲，但仍坐在那里，轻轻拨弄琴弦，显然无法决定是住手呢，还是再弹点别的。“我们这样回忆，回忆，一直回忆下去，会不会把我出生前的事都回忆出来。”

“这是轮回转生，”宋尼雅说，她一向很用功，学过的东西都记得，“埃及人相信，我们的灵魂原来附在畜生身上，将来还要回到畜生身上去。”

“不，我不相信我们是畜生投胎的，”娜塔莎依旧低声说，尽管音乐已停止，“我敢肯定我们原来在什么地方做过天使，也来过这里，因此什么都记得……”

“我可以参加吗？”迪姆莱说，悄悄走过来坐在他们旁边。

“如果我们原来是天使，那怎么会下凡来？”尼古拉说，

1 约翰·费尔德（1782—1857），作曲家，生于爱尔兰都柏林，1804年起定居俄国。

“不，这不可能！”

“不是下凡，谁对你说下凡？……我怎么知道我原来是什么，”娜塔莎蛮有把握地反驳，“灵魂是不朽的……因此，既然我是永生的，那我以前就生活过，今后也将永远活下去。”

“话是这么说，但我们很难想象永恒。”迪姆莱说，他带着温顺而轻蔑的微笑走到年轻人跟前，但也像他们那样严肃地低声说话。

“永恒有什么难以想象的？”娜塔莎说，“今天存在，明天存在，永远存在，昨天有过，前天有过……”

“娜塔莎！现在轮到你了。你给我唱支歌，”传来伯爵夫人的声音，“你们怎么像阴谋家那样坐在那里说悄悄话？”

“妈妈！我一点不想唱。”娜塔莎说着站起来。

他们，就连上了年纪的迪姆莱在内，个个不愿中断谈话，离开起居室。娜塔莎站起来，尼古拉在钢琴前坐下。娜塔莎照例站到大厅中央，选了个共鸣最好的位置，唱起她母亲心爱的歌来。

她虽说不想唱，但她好久以来、以后又有好久都没有像这天晚上唱得那么好。罗斯托夫伯爵在书房里同米嘉谈话，一听见娜塔莎唱歌，就像一个贪玩的小学生，急于想上完课，胡乱吩咐管家几句，就默不作声了。米嘉默默地听着，脸上挂着笑容，站在伯爵面前。尼古拉目不转睛地望着妹妹，跟她同步呼吸着。宋尼雅一边听一边想，她同娜塔莎之间存在多大的差别啊，她要是能有几分她表妹那样的魅力就好了。老伯爵夫人坐在那里，脸上露出又幸福又感伤的微笑，眼里含着泪水，不时摇摇头。她想到娜塔莎，想到自己的青春，想到在娜塔莎和安德烈公爵临近的婚事中潜存着一种不自然的可怕因素。

迪姆莱坐到伯爵夫人跟前，闭目静听。

“啊，伯爵夫人，”迪姆莱终于说，“这是欧洲水平的才华，她没有什么可学的了，唱得那么委婉、温柔、有力……”

“唉，我真为她担心，真为她担心！”伯爵夫人说，忘记在跟谁说话。她那颗母亲的心告诉她，娜塔莎身上有什么东西太多，她将因此而遭到不幸。娜塔莎还没唱完，十四岁的彼嘉就兴奋地跑来报告，化装队来了。

娜塔莎顿时停下歌唱。

“傻瓜！”娜塔莎对弟弟吆喝道，跑到椅子前跌坐下来，放声大哭，哭了好久都止不住。“没什么，妈妈，真的，没什么，是彼嘉把我吓了一跳。”娜塔莎说着，竭力想扮出笑容，但泪水流个不停，把她的喉咙都哽住了。

家奴们化装成狗熊、土耳其人、饭店老板、贵夫人，有的可怕，有的可笑，他们把寒气和喜气一起带进屋里。他们起初都怯生生地挤在前厅，然后互相躲在背后，涌进大厅。开头有点畏畏缩缩，后来越来越快活、越和谐地一齐唱歌、跳舞，合唱，做圣诞游戏。伯爵夫人认出了几个人，笑了一会儿，走到客厅里。罗斯托夫伯爵笑容满面坐在大厅里，称赞着玩耍的人，年轻人不知溜到哪儿去了。

半小时后，大厅里，在其他化装的人们中间又出现了一个穿箍骨裙的老夫人，这是尼古拉扮的。土耳其女人是彼嘉扮的。小丑是迪姆莱扮的。骠骑兵是娜塔莎扮的。画了粗眉浓须的契尔克斯人是宋尼雅扮的。

他们获得了没有化装过的人们的惊讶、辨认和赞美后，觉得他们既已化装得那么漂亮，应该到别处去让人瞧瞧。

尼古拉要带大家坐他的三驾雪橇沿着大路兜风，就提议带十名化装家奴到大叔家去。

“不行，你们何必去打扰老头子！”伯爵夫人说，“他那里连个转身的地方都没有。要去还是去梅留科夫家。”

梅留科夫夫人是个寡妇，有好几个子女，还有男女家庭教师。她家离罗斯托夫家只有四俄里路。

“嘿，好主意，亲爱的，”老伯爵兴致勃勃地附和说，“我要马上化装一下，跟你们一起去。我要去逗逗帕歇塔。”

但伯爵夫人不让伯爵去，因为这几天他老闹腿疼。

最后决定罗斯托夫伯爵不去，如果肖斯小姐去的话，小姐们可以跟她一起去梅留科夫家。宋尼雅一向胆怯怕羞，这次却比谁都坚决要求肖斯小姐陪他们去。

宋尼雅打扮得最出色。她画的眉毛和胡子对她都特别合适。大家都说她很漂亮。她的心情也异常兴奋。她内心仿佛听到一个声音：她的命运今天就要决定，否则就将永远失去机会。她穿着男人的服装，好像换了个人。肖斯小姐答应陪他们去。半小时后，四辆三驾雪橇大小铃铛发出响声，滑木在冰冻的雪地上叫啸着来到台阶前。

娜塔莎第一个表现出圣诞节的欢乐气氛。这种欢乐气氛从一个人传到另一个人身上，越来越强烈。大家来到寒风凛冽的户外，交谈着，呼喊着，笑着，叫着，分坐到雪橇上，这时的欢乐达到了顶点。

两辆三驾雪橇是普通雪橇，第三辆雪橇是老伯爵专用的，由奥尔洛夫养马场的一匹大走马驾辕，第四辆是尼古拉专用的，驾辕的是一匹长毛矮个黑马。尼古拉身穿老太婆服装，外套骠骑兵束腰外套，手握缰绳站在雪橇中间。

夜色明亮，看得见月光照在马饰和马眼上的反光。马惊惶地环顾着在昏暗的廊檐下喧闹的乘客。

娜塔莎、宋尼雅、肖斯小姐和两个使女坐尼古拉的雪橇。乘老伯爵雪橇的有迪姆莱夫妇和彼嘉；化装的家奴分乘其余两辆雪橇。

“扎哈尔，你领头！”尼古拉对父亲的车夫嚷道，准备在路上追过他。

老伯爵的三驾雪橇上坐着迪姆莱夫妇和部分化装的人，领先出发。雪橇滑木仿佛在雪地上冻住，吱嘎吱嘎地作响，铃铛也发出低沉的声音。两匹拉边套的马紧贴着辕木，马蹄一步一陷，把白糖般坚实发亮的雪翻起来。

尼古拉随着第一辆雪橇出发；其余两辆雪橇也发出吱吱咯咯的响声，跟在后面。他们先是在狭窄的小路上小跑。他们经过花园，光秃秃的树枝影子常常横截道路，遮住明亮的月光，但一出围墙，那沐浴在月光下的雪原就发出蓝幽幽的反光，像钻石一般闪闪发亮，展开在他们面前。领头的雪橇遇到坑洼颠簸了一下，后面的雪橇也跟着颠簸了一下。四辆雪橇拉开距离，一辆接一辆奔驰，打破了冻结的寂静。

“兔子的脚印，好多好多脚印！”娜塔莎的声音在冻结的空气里响着。

“好亮，*尼古拉*！”宋尼雅的声音说。尼古拉回头望望宋尼雅，弯下身子，更近地察看她的脸。一张须眉乌黑、娇嫩可爱的脸，围着貂皮衣领，忽近忽远地出现在月光下。

“宋尼雅还是那个样子。”尼古拉想。他更近地仔细看了看她，微微一笑。

“您怎么啦，*尼古拉*？”

“没什么。”尼古拉说，又向马匹转过身去。

马走上被滑木轧平、在月光下蹄印累累的大路，自动绷紧缰绳，加快速度。左边那匹边马低下头，跳跳蹦蹦地拉紧挽索。辕马晃动身子，竖起耳朵，仿佛在问：“开始呢？还是再等等？”扎哈尔的三匹黑马拉着雪橇在前面走得很远，远远地传来重浊的铃铛声，但雪橇在白色的雪地上还是清晰可见。从他的雪橇上传来化过装的人们的叫声、笑声和说话声。

“加油！宝贝！”尼古拉叫道，一手拉拉缰绳，一手挥动鞭子。只有从迎面吹来的越来越大的风，从边马越拉越紧的挽索和加速的步子上可以察觉，雪橇跑得很快。尼古拉回头看了一下。另外几辆雪橇上的车夫叫着、喊着，挥动鞭子，催促辕马，也都跟了上来。辕马在轭下顽强地晃动身子，不仅没有减速，而且准备在必要时再加一把劲。

尼古拉追上第一辆雪橇。他们下了山，驶到沿河穿过草地的大路。

“我们到什么地方啦？”尼古拉想，“该是科索伊草地吧。不，不是，这是个陌生的地方，我从未来过。这不是科索伊草地，不是焦姆金山，天知道这是什么地方！这是一个新奇的地方。哼，不去管它是什么地方啦！”尼古拉喝了喝马，想超过第一辆雪橇。

扎哈尔勒住马，转过他那眉毛上都积满霜的脸。

尼古拉纵马快跑。扎哈尔伸出两手，吧嗒一下嘴巴，也纵马快跑。

“喂，少爷，当心！”扎哈尔说。两辆雪橇并排跑得更快，马奔腾得更有劲。尼古拉赶到前头去了，扎哈尔依旧伸出双臂，举起一只拉缰绳的手。

“不对，少爷！”扎哈尔对尼古拉叫道。尼古拉赶动三匹马，越过了扎哈尔。马蹄把干燥的雪粉扬到乘客脸上，铃铛发出急促的响声，奔腾的马蹄和被越过的雪橇的影子交织在一起。四面八方传来滑木的啸声和女人的尖叫声。

尼古拉又勒住马，向四周环顾了一下。周围依旧是那片月色溶溶、银光闪闪的神奇原野。

“扎哈尔叫我向左转，可是为什么要向左？”尼古拉想。“难道我们是去梅留科夫家吗？难道这就是梅留科夫的庄园吗？

天知道我们到哪里去，天知道我们会怎么样，可现在这里很新奇很有趣。”尼古拉回头看了看雪橇。

“你瞧，他的胡子和睫毛都白了。”一个画着细细的胡子和眉毛、化装得奇怪好看的乘客说。

“这个人大概是娜塔莎，”尼古拉想，“而这一个是肖斯小姐；也许不对，至于那个留胡子的契尔克斯人我认不出来，可是我爱她。”

“你们不冷吗？”尼古拉问。他们没有回答，但都笑了。迪姆莱从后面的雪橇上好像喊了一句可笑的话，但听不清他喊什么。

“对，对！”有人笑着回答。

不过，这是一座神奇的树林，林中有交错的阴影和钻石般的闪光，有一排排大理石台阶，有仙境的银色屋顶，还有野兽的尖叫。“如果这真是梅留科夫庄园，那就更奇怪了。我们不知道往哪儿跑，结果却来到了梅留科夫家。”尼古拉想。

果然是梅留科夫庄园。男女仆人都手持蜡烛，喜气扬扬地跑到台阶上。

“这是些什么人？”有人在台阶上问。

“伯爵家的化装队，从马匹上看得出来。”有几个人回答。

11

梅留科夫夫人是个身体肥胖、精力充沛的女人。她戴着眼镜，穿着宽大的睡袍，坐在客厅里。她的几个女儿围在她身旁，她竭力不让她们感到无聊。她们悄悄滴着蜡烛油，然后看它形成的样子。这时，前厅里传出来客的脚步声和说话声。

骠骑兵、太太小姐、巫婆、小丑和狗熊在前厅清了清嗓子，擦去脸上的霜花，走进大厅。大厅里正在忙着点蜡烛。扮小丑的迪姆莱和扮贵夫人的尼古拉带头跳舞。化过装的人在吵吵嚷嚷的孩子们的包围下，蒙着脸，用假嗓子说话，纷纷向女主人鞠躬，排列在屋子里。

“哦，真是认不出来了！原来是娜塔莎！你们瞧，她像谁啊！不错，她像一个人。迪姆莱先生打扮得太好了！我简直认不出来。瞧他舞跳得多好！哦，老天爷，这里还有个契尔克斯人。真的，宋尼雅扮得真像。这又是谁啊？哦，真有意思！喂，尼基塔，凡尼亚，把桌子搬开。我们刚才还感到很冷清呢！”

“哈——哈——哈！……骠骑兵，骠骑兵！活像个男孩子！看那两条腿！……我看了就忍不住要笑……”有几个人这样说。

娜塔莎是梅留科夫家小一辈的好朋友，她跟他们一起溜进后房，又从那里向仆人要软木塞、各种长袍和男人的衣服。这些东西都由姑娘们伸出光手臂，通过半开的门从仆人手里接过去。十分钟后，梅留科夫家全体年轻人都参加了化装队。

梅留科夫夫人吩咐打扫客房，款待来宾和他们的仆人。她没有摘下眼镜，忍住笑，在化装的人们中间走来走去，就近打量他们的脸，却一个也认不出来。她不仅认不出罗斯托夫家的人和迪姆莱，就连自己的女儿也认不出来，也认不出她们身上她丈夫的睡袍和军装。

“这是谁家的人哪？”梅留科夫夫人打量着装扮成喀山鞑靼人的女儿，问家庭女教师。“好像是罗斯托夫家的人。喂，骠骑兵先生，您在哪个团服役？”她问娜塔莎。“给土耳其人吃点水果软糕，”她对餐厅侍仆说，“他们的规矩并不禁止吃水果软糕。”

梅留科夫夫人有时瞧着跳舞的人们古怪可笑的舞步——他们自以为化过装就绝不会被人认出，因此毫不害臊——用手绢捂着脸，她那肥胖的身子由于克制不住老年人和善的笑而不断哆嗦。

“这是我的小萨沙，我的小萨沙！”她说。

跳过俄罗斯舞和轮舞后，梅留科夫夫人叫全体仆人和主人拉成一个大圆圈，叫人拿来一个指环、一条绳子和一个卢布，大家一起做游戏。

一小时后，大家的衣服都弄皱了。画出来的胡子、眉毛在出汗的兴奋的脸上化开了。梅留科夫夫人开始认出化过装的人，赞叹他们的服装，说小姐们穿着特别合适，并且感谢大家使她这样开心。客人们被请进客厅用晚饭，仆人们在大厅里受到款待。

“哦，在浴室里占卜，那太可怕了！”住在梅留科夫家的一个老姑娘在吃饭时说。

“为什么呀？”梅留科夫的长女问。

“您还是别去，得有勇气……”

“我去！”宋尼雅说。

“您讲讲，那位小姐遇到什么了？”梅留科夫的二女儿说。

“是这样的，有一位小姐，”老姑娘说，“带了一只公鸡，两副餐具，照规矩坐下。她坐了一会儿，忽然听见……铃铛响，来了一辆雪橇；再一听，有人来了。进来的完全像个人的模样，军官打扮，一进来就坐在餐桌旁，同她一起吃饭。”

“啊！啊！……”娜塔莎吓得睁大眼睛叫起来。

“那么，他有没有说话？”

“对了，他完全是个人，一切正常，他就对她说好话，同她本来应该谈到鸡叫；可是她害怕了；她一害怕，就用双手捂住脸。他就抱住她。幸亏这时有几个使女跑进来……”

“啊，为什么要吓唬她们！”梅留科夫夫人说。

“妈妈，您自己不是也占过卜吗……”一个女儿说。

“那么，在仓库里怎么占卜呢？”宋尼雅问。

“现在就可以到仓库里去试试，你就会听到声音。要是听到敲锤子，打门，这是凶兆；要是听到装粮食，这是吉兆；可有时候……”

“妈妈，您讲讲，您在仓库里遇见什么了？”

梅留科夫夫人微微一笑。

“遇见什么，我已经忘了……”她说，“你们谁也不愿意去吗？”

“不，我愿意去，梅留科夫夫人，您让我去吧，我去！”宋尼雅说。

“嗯，你要是不怕，那就去吧。”

“肖斯小姐，我可以去吗？”宋尼雅问。

不论他们是玩指环，玩绳子，或者玩卢布，或者像现在这样谈话，尼古拉都寸步不离地跟住宋尼雅，并且对她刮目相看。尼古拉觉得，凭着这软木胡子，他今晚才第一次认识她。今天晚上，宋尼雅确实又快乐，又活跃，又漂亮，那是尼古拉从未见过的。

"瞧她多么漂亮，我真傻！"尼古拉想，瞧着她那闪闪发亮的眼睛和那双颊上有两个酒窝的快乐笑脸。这样的笑脸他以前从未见过。

"我什么也不怕，"宋尼雅说，"现在就可以去吗？"她站起来。他们告诉宋尼雅仓库在哪里，她应该怎样默默地站在那里听，然后把皮外套递给她。她把皮外套披在头上，瞧了尼古拉一眼。

"这姑娘多可爱！"尼古拉想，"我以前在想些什么呀！"

宋尼雅穿过走廊向仓库走去。尼古拉说他觉得热，连忙走到门前台阶上。屋里人多确实很热。

户外依旧是一片凝滞的严寒，依旧是那个月亮，只是更亮了。月光映在雪地上十分耀眼，雪地上反射出点点银光，使人不想仰望天空，而真正的星星反而暗淡无光。天上黑暗而寂寞，地上却充满欢乐。

"我真傻，真傻！我这是在等什么呀？"尼古拉想着，跑下台阶，绕过屋角，沿着通后门的小径走去。他知道宋尼雅要经过那里。半路上有一堆高高的木柴，上面积着雪，投下了阴影；在柴堆后面和旁边，有几棵老菩提树的秃枝在雪地上和小径上投下纵横交错的阴影。小径通到仓库。仓库的圆木墙和积雪的屋顶好像用宝石雕成，在月光下闪闪发亮。花园里有一棵树发出咯咯的冻裂声，接着又是万籁俱寂。胸膛里呼吸的似乎不是空气，而是一种永恒的青春和欢乐。

女仆室的台阶上响起了脚步声，在积雪的最后一级台阶上声音格外清脆。一个老女仆的声音说：

"一直走，沿着这条路一直走，小姐，千万别回头！"

“我不怕！”这是宋尼雅的声音。于是宋尼雅那双穿薄皮鞋的脚发出飒飒的响声，沿着小径向尼古拉走来。

宋尼雅裹着皮外套走着。她看见尼古拉时，离他只有两步。她觉得他也不是她原来认识而且有点畏惧的尼古拉。尼古拉穿着女人衣裳，头发蓬乱，带着宋尼雅从未见过的幸福微笑。宋尼雅飞快地跑到他面前。

“完全换了个样，但确实就是她。”尼古拉瞧着她那被月光照亮的脸，想。他把手伸进蒙住她头的皮外套里，搂住她，搂得紧紧的，吻了吻胡子上发出软木焦味的嘴唇。宋尼雅在他嘴唇正中吻了吻，伸出两只小手托住他的双颊。

“宋尼雅！……”“尼古拉！……”他们只相互呼唤了一下。他们一起跑到仓库，回来时又各走原来的门廊。

12

从梅留科夫夫人那里回家时，一向善于观察的娜塔莎把座位作了一番调整，请肖斯小姐跟她和迪姆莱坐一辆雪橇，让宋尼雅跟尼古拉和使女们坐另一辆雪橇。

尼古拉归家途中不再争先恐后，而是缓缓地驾驶着雪橇。在迷人的月光下，他不断凝视着宋尼雅。他在这变幻不定的月光中，通过描画的须眉辨认原来的宋尼雅和现在的宋尼雅，并决定从此同她永不分离。他仔细端详，认出了和原来一样又不一样的宋尼雅，回味那混合着软木焦味的吻。他深深吸了一大口凛冽的寒气，望望后退的地面和月光明亮的天空，觉得自己又置身仙境之中。

"宋尼雅，你好吗？"尼古拉不时问。

"好！"宋尼雅回答，"你呢？"

途中尼古拉让车夫驾马，自己跑到娜塔莎的雪橇里，站在跨杠上。

"娜塔莎，"尼古拉用法语低声对她说，"不瞒你说，宋尼雅的事我已下了决心。"

"你对她说了？"娜塔莎突然神采飞扬地问。

“哦，娜塔莎，你描了胡子眉毛，看起来真怪！你高兴吗？”

“我真高兴，真高兴！我生过你的气。你原来待她不好，但这话我没对你说过。她这人心地真好，尼古拉，我真高兴！我这人有时叫人讨厌，但宋尼雅不快活，我一个人幸福，也说不过去，”娜塔莎继续说，“现在我太高兴了，好，你快到她那里去吧。”

“不，等一下，哦，你打扮得真滑稽！”尼古拉说，一直盯住妹妹，在妹妹身上也发现一种非常温柔迷人的新东西，“娜塔莎，真是不可思议。是吗？”

“是的，”娜塔莎回答，“你做得很对。”

“如果我以前看到她像现在这样，”尼古拉想，“我早就会问她该怎么办，不论她吩咐什么，我一定照办，这样情况就会好多了。”

“这么说，你很高兴，我做对啦？”

“啊，这太好了！前不久我同妈妈为这事争论过。妈妈说，她在笼络你，怎么能这样说呢！我同妈妈几乎吵起来。我绝不允许人家说她坏话，把她想得很坏，因为她身上只有优点，没有缺点。”

“真有这样好吗？”尼古拉说，再次察看妹妹脸上的表情，看她说的是不是实话。他跳下雪橇，皮靴咯吱咯吱发响，跑回自己的雪橇。依旧是那个留胡子的契尔克斯人，戴着貂皮帽坐在那里，脸上挂着幸福的微笑，一双亮晶晶的眼睛望着前方。这个契尔克斯人就是宋尼雅，而这个宋尼雅很可能成为他幸福的爱妻。

小姐们到家后，告诉母亲他们在梅留科夫夫人家怎样消磨夜晚，然后回到各自的房间。她们脱了衣服，但没有擦去假胡子，坐了好一阵，谈着各自的幸福。她们谈到她们将来婚后的生活，她们的丈夫将多么体贴，她们将多么幸福。在娜塔莎的桌上，杜尼雅莎傍晚就放了两面镜子。

“只是这一切什么时候才能实现哪？我担心永远不会……要是能实现就好了！”娜塔莎说着，走到镜子前面。

“坐下，娜塔莎，也许你能看见他。”宋尼雅说。娜塔莎点亮蜡烛坐下来。

“我看见一个留小胡子的人。”娜塔莎照见自己的脸说。

“不要笑，小姐。”杜尼雅莎说。

娜塔莎借着宋尼雅和使女的帮助摆正镜子，脸上现出煞有介事的神气，不再说话。她坐了好久，看着两面镜子中的一排蜡烛，期待（根据她听到的说法）她会在模糊不清的烛光中看见一口棺材，看见他安德烈公爵。但不论她怎样有意要把一个小斑点当作一个人或者一口棺材，她还是什么也没看见。她频频眨眼，离开了镜子。

“为什么别人能看见，我却什么也看不见？”娜塔莎说。“嗯，宋尼雅，你坐下；现在你一定要看看，替我看看……今晚我心里很害怕！”

宋尼雅坐到镜子前，摆好姿势，开始观看。

“啊，宋尼雅小姐一定能看见，”杜尼雅莎低声说，“可您老笑。”

宋尼雅听见这话，还听见娜塔莎低声说：

“我知道她能看见，她去年就看见过。”

一连三分钟大家都不作声。“她一定能……”娜塔莎悄悄说，但没有说完……宋尼雅突然推开镜子，用手捂住眼睛。

“啊呀，娜塔莎！”宋尼雅说。

“看见了？看见了？看见什么了？”娜塔莎嚷道。

“我不是说过了？”杜尼雅莎扶着镜子说。

宋尼雅其实什么也没看见。她眨眨眼，正要站起来，就听见娜塔莎说："她一定能……"宋尼雅既不想欺骗杜尼雅莎，也不想欺骗娜塔莎，但坐着很难受。她自己也不知道，当她用手捂住眼睛的时候，竟会叫出声来。

"你看见他了？"娜塔莎拉住宋尼雅的手问。

"是的。等一下……我……看见他了。"宋尼雅不由自主地说，还不知道娜塔莎说的他指谁，是指尼古拉呢，还是指安德烈。

"我干吗不说看见了？既然别人都看见了！谁能知道我是真看见还是没看见？"宋尼雅头脑里闪过这样的念头。

"是的，我看见他了。"宋尼雅说。

"他怎么样？怎么样？站着还是躺着？"

"哦，我看见了……起初什么也没看见，后来忽然看见他躺在那儿。"

"安德烈躺在那儿？他病了？"娜塔莎惊惧的目光盯住朋友问。

"不，正好相反，正好相反，脸上喜气洋洋。他向我转过脸来。"宋尼雅说这话的时候，仿佛真的看见了他。

"后来呢，宋尼雅？"

"后来我看不清，一种又蓝又红的东西……"

"宋尼雅！他什么时候回来？我什么时候才能看见他！天哪！我真为他担心，也为我自己担心，我觉得一切都很可怕……"娜塔莎说。她躺在床上，在蜡烛熄灭后仍睁着一双眼睛，一动不动地躺了好久，望着从结冰的窗子里透进来的冷冷的月光。

13

圣诞节过后不久，尼古拉向母亲宣布他爱宋尼雅，并且决心同她结婚。伯爵夫人早就注意到宋尼雅同尼古拉的关系，预料到他会开口，这会儿默默地听完儿子的话，然后对他说，他同谁结婚都可以，但她也好，他父亲也好，是决不会为这样的婚姻祝福的。尼古拉第一次感到母亲对他不满意，尽管她很疼他，也不会迁就他。她态度冷淡，眼睛不看儿子，派人去请丈夫来。伯爵来了，伯爵夫人本想当着尼古拉的面简单而冷淡地把这事告诉他，但她克制不住，生气得哭起来，就走出屋去。老伯爵有气无力地规劝尼古拉，要他放弃这种打算。尼古拉回答说，他不能违背诺言。父亲叹了一口气，显然有点心慌意乱，就没再说下去，走去找伯爵夫人了。每次同儿子发生冲突，伯爵总因家业衰败觉得对不起儿子，因此他不能因儿子不愿娶有钱的姑娘，选中没有陪嫁的宋尼雅而生他的气。遇到这种情况，他总是不胜感慨地想，要不是家道中落，对尼古拉来说没有比宋尼雅更好的妻子了；而家道中落的责任全在他和管家米嘉身上，而且他挥霍成性，无法改变习惯。

父母不再同儿子谈这事；但几天后，伯爵夫人把宋尼雅叫到跟前，并且以出乎她自己和宋尼雅意外的尖刻语言责备甥女引诱她儿子和忘恩负义。宋尼雅垂下眼睛，默默地听着伯爵夫人的挖苦，不明白要她怎么样。宋尼雅为了报答恩人，准备牺牲一切。自我牺牲是她崇奉的思想，但这一次她不知道该为谁牺牲，牺牲什么。她不能不爱伯爵夫人和罗斯托夫全家，但她也不能不爱尼古拉，并且知道她爱他也是他的幸福。宋尼雅很伤心，一句话也没有回答。尼古拉觉得再也无法忍受这样的局面，就去向母亲表明态度。他一会儿要求母亲原谅他和宋尼雅，同意让他们结婚，一会儿又威胁母亲说，要是宋尼雅再受到折磨，他就立刻同她秘密结婚。

伯爵夫人以儿子从没见过的冷淡态度回答他说，他已经成年，安德烈公爵不经父亲同意就要结婚，他也可以这样做，但她永远不会承认这个**阴谋家**是她的儿媳妇。

尼古拉听到**阴谋家**三个字就按捺不住，提高嗓门对母亲说，他从没想到她会逼他出卖自己的感情，如果是这样的话，他最后一次声明……但他还没有说出那句关系重大的话——母亲从他的脸色上看出，她所害怕的这句话可能永远留给他们母子一个痛苦的回忆。他没来得及说出这句话，因为在门外偷听的娜塔莎这时脸色苍白而严肃地闯了进来。

“尼古拉，你胡说，闭嘴，闭嘴！我对你说，闭嘴！……”娜塔莎大声叫嚷，想压倒他的声音。

“妈妈，好妈妈，这完全不是因为……我的好妈妈，可怜的妈妈。”娜塔莎对母亲说。母亲觉得他们已到了决裂的边缘，恐怖地望着儿子，但出于固执和好胜不肯让步。

“尼古拉，我回头对你说，你先出去……您听我说，好妈妈！”娜塔莎对母亲说。

娜塔莎的话毫无意义，但取得了预期的效果。

伯爵夫人把脸埋在女儿胸前，伤心地抽泣着；尼古拉站起来，抱着头走出屋去。

娜塔莎调解的结果是，母亲答应不再让宋尼雅受委屈，尼古拉则答应不背着父母做任何事。

尼古拉打定主意把团里的事安排好，就退伍回来同宋尼雅结婚。他因同父母不睦，心情闷闷不乐，但仍在同宋尼雅热恋中。一月初，他回团里去了。

尼古拉一走，罗斯托夫家里显得越发凄凉。伯爵夫人因心绪不佳而病了。

宋尼雅同尼古拉别离，感到伤心，而伯爵夫人的敌对态度更使她难过。伯爵因家庭经济拮据，非采取断然措施不可，心里更是烦恼。他只得出卖莫斯科的住宅和莫斯科郊区的庄园，因此需要去莫斯科一趟。但由于伯爵夫人健康欠佳，不得不一再推迟行期。

娜塔莎同未婚夫分别，开头不觉得什么，甚至还感到轻松愉快，现在却变得越来越烦躁，越来越痛苦。她想到这样的大好时光本可以同他共叙儿女之情，如今却白白浪费掉，心里感到格外难受。安德烈的来信常常使她生气。她日夜思念他，他却过着充实的生活，不断看到有趣的新地方和新人物。想到这一点，她感到委屈。他的信写得越有趣，她越生气。她写信给他，不但没有感到宽慰，反而觉得这是一种乏味的无可奈何的义务。她不善于写信，因为她无法在信里表达她惯于用声音、微笑和眼神来表达的感情的千分之一。她写给他的信千篇一律，枯燥乏味，她自己也觉得没有意思，而伯爵夫人还得在信稿上替她改正拼写的错误。

伯爵夫人的健康仍不见好转，而莫斯科的行期已不能再拖。要替娜塔莎准备嫁妆，要出卖房子，再说，要在莫斯科等待安德烈公爵，因为老保尔康斯基公爵今冬就住在莫斯科，而娜塔莎则坚信安德烈已回到莫斯科了。

一月底，伯爵把伯爵夫人留在乡下，自己带着宋尼雅和娜塔莎到莫斯科去了。

第五部

1

安德烈公爵同娜塔莎订婚后，皮埃尔突然觉得他不能再像以前那样生活了。尽管他坚信恩师向他启示的真理，尽管他开头曾热衷于修身养性，在安德烈公爵同娜塔莎订婚和巴兹杰耶夫去世（这两个消息皮埃尔几乎是同时听到的）后，原来那种生活对他的魅力顿时消失了。生活对他只剩下一个空架子：他的住宅，他那正受一位要人宠爱的风头十足的妻子，他同整个彼得堡上流社会的交往，以及一套徒具形式的乏味公务。皮埃尔突然感到这种生活异常无聊。他不再记日记，躲避共济会会友，重新出入俱乐部，又纵酒狂饮，又同单身汉朋友来往。他过着如此荒唐的生活，以致海伦伯爵夫人认为非对他进行严厉批评不可。皮埃尔觉得她的批评不无道理，为了不影响妻子的名声，他动身去莫斯科。

到了莫斯科，皮埃尔一走进他的巨大住宅，就看见那几个愈益憔悴的公爵小姐和大批仆人。驱车进城时，他看见神像金光闪闪、烛光辉煌灿烂的伊维尔教堂，看见克里姆林宫前广场上洁白无瑕的新雪、马车夫和西夫采夫·符拉日克[1]的棚户，看见那些一

1 莫斯科的贫民窟。

无所求安度余年的老头儿，看见老太婆、莫斯科的贵夫人、莫斯科的舞会和英国俱乐部，他就觉得回到了家里，回到了平静的栖身之地。他在莫斯科感到安静温暖、舒服肮脏，就像穿上一件旧睡袍。

莫斯科上流社会，不论男女老少，都虚席以待，像欢迎久盼的贵宾那样欢迎皮埃尔。在莫斯科上流社会看来，皮埃尔是个极其善良可爱、聪明乐天而又大方的怪人，是个疏懒而热情的老式俄国贵族。他的钱袋总是空的，因为他对谁都慷慨解囊。

捧场演出、劣等绘画、雕塑、慈善团体、吉卜赛人、学校、募捐聚餐、纵酒狂饮、共济会、教会、书籍，不论什么事，不论什么人，都不会遭到他的拒绝。要不是有两个向他借过很多钱的朋友监护他，他早就把财产散光了。在俱乐部里，从来没有一次宴会和晚会少得了他。只要两瓶马尔果酒落肚，往沙发老位子上一躺，他就被团团围住，许多人同他谈话，争论，嬉笑。不论哪里有争吵，只要他和蔼地一笑，说一句得体的笑话，就会太平无事。如果没有他参加，共济会的聚餐就枯燥乏味，兴趣索然。

在单身汉晚餐结束后，他露出和蔼可亲的微笑，答应快乐的伙伴们的要求，同他们一起去什么地方。于是年轻人就发出一片兴高采烈的欢呼声。在舞会上，要是少了一个舞伴，他就参加跳舞。年轻的太太小姐喜欢他，因为他不追求哪一个，对谁都客客气气，特别是晚餐以后。“他挺可爱，但他没有性别。”他们都这样说他。

莫斯科有几百个安度着余生的退休高级宫廷侍从，皮埃尔就是其中的一个。

七年前，当他刚从国外回来时，要是有谁向他说，他无须探索，无须思考，他的道路早已确定，不论怎样挣扎都无法改变处境，他会大吃一惊的。他无法相信这样的话。他不是一心一意想在俄罗斯实行共和，有时也想做拿破仑，做哲学家，做策略家和征服拿破仑的人吗？他不是认为能够并热烈希望改造堕落的人类，同时使自己修身养性成为完人吗？他不是创办了学校和医院，解放过农奴吗？

可是现实又怎样呢？他是一个戴绿帽子的有钱的丈夫，退休的宫廷高级侍从，喜欢吃吃喝喝。他敞开衣服小骂政府，他是莫斯科英国俱乐部的成员，是莫斯科上流社会招人喜欢的红人。他成了七年前他非常蔑视的退休的莫斯科高级宫延侍从，想到这一点他好久不能甘心。

有时他安慰自己说，这种生活是暂时的，但另一种思想立刻又使他吃惊：多少人进入这种生活和这个俱乐部时齿发俱全，而退出时已齿发全落了。

得意的时候，皮埃尔觉得他跟他以前所蔑视的庸俗愚蠢、自得其乐的退休宫廷侍从完全不同，他对自己说："我到现在还不自满，我始终想为人类做点事。"失意的时候，他想："也许我的同事们都像我一样奋斗过，在生活上探索过新路，并且像我一样被环境、社会、本性、人类无法抗拒的自然力逼到现在这样的境地。"他在莫斯科住了一些时候后，不再蔑视而是敬爱、同情跟自己命运相同的同事们，就像他同情自己那样。

皮埃尔不再像以前那样有失望、忧郁和厌世的时刻；原先剧烈发作过的病被驱入内心，一刻也没离开过他。"为了什么？何必呢？世界究竟是怎么回事？"他每天好几次困惑地问自己，不由自主地思索人生的意义。不过他凭经验知道这些问题是得不到解答的，就连忙加以摆脱，看起书来，或者赶到俱乐部，或者到阿波隆那里去闲聊社会新闻。

"海伦除了自己的身体，从来对什么都漠不关心。她是天下最愚蠢的女人，"皮埃尔想，"大家却把她看作绝顶聪明和优雅，拜倒在她的脚下。拿破仑在他还是一位伟人时，大家都蔑视他，但在他成为可怜的小丑后，弗朗茨皇帝竟把女儿送给他做外室。西班牙人通过天主教僧侣感谢上帝让他们在六月十四日打败法国人；而法国人也通过天主教僧侣感谢上帝让他们在六月十四日打败西班牙人。我的共济会会友滴血宣誓，愿为别人牺牲一切，却不肯出一个卢布救济穷人。他们钩心斗角，挑动阿斯特列亚派反对灵粮派[1]，并竭力争取一张真正的苏格兰地毯[2]和一份共济会真经——这种真经的意义连写的人都不懂，而且谁也不需要。我们都宣扬恕罪和爱人的基督教义，并为此在莫斯科建造了许许多多教堂，可是昨天就用鞭刑处死了一名逃兵，而就是那个宣扬恕罪和爱人教义的神父让那个士兵临刑前吻了十字架。”皮埃尔这样想。这种到处泛滥的虚伪，尽管他已司空见惯，但每次还是像什么新鲜事那样使他感到震惊。“我了解那种虚伪和混乱，但我怎能把我所了解的一切告诉大家呢？我试着这样做，发现他们内心也像我一样明白，只是竭力装作没有看见罢了。看来只能这样！可是我该怎么办？”皮埃尔想。他具有许多人特别是俄罗斯人所具有的可悲能力：看到并相信善和真是存在的，但同时对生活中的邪恶和虚伪又看得太清楚，因此无法认真地参与生活。在他看来，任何活动都和邪恶与欺骗联系在一起。不论他要做个怎样的人，不论他从事什么活动，邪恶和虚伪总是与他为敌，堵塞他的一切道路。然而他总得活下去，总得做点事情。这些无法解决的人生问题使他太痛苦，因此他一有机会就寻欢作乐，以便忘记这些问题。他出入交际场所，纵酒狂饮，收购图画，大兴土木，而更多的是读书。

1 阿斯特列亚派和灵粮派是彼得堡的两个共济会支会。

2 每个共济会支会都有一张带象征符号的毯子。

他读书，拿到什么读什么，回到家里，仆人还在替他脱衣服，他已拿起书来读，读着读着就睡着了，而睡醒了就到客厅和俱乐部闲聊，从闲聊到喝酒找女人，然后又是闲聊、读书和喝酒。酒越来越成为他生理上的需要和精神上的需要。尽管医生劝告他，像他这样肥胖的人喝酒是危险的，他还是喝得很多。只是昏昏沉沉把几杯酒灌进大嘴里，身体里感到暖融融，对谁都很亲切，对任何问题都稀里糊涂，满不在乎——只有这时他才感到浑身舒服。只有两瓶酒落肚后，他才蒙眬地感觉到，以前认为错综复杂的生活问题并不像他所想的那么可怕。而在他聊天时，听人谈话时，午饭后和晚饭后读书时，总是头脑昏昏沉沉，看到问题的麻烦。但一有了几分酒意，他就自我安慰说："这不要紧。我会解决的，一定会解决的，但现在没有工夫，这事以后我会考虑的！"但这个以后永远不会到来。

早晨，没吃过东西，皮埃尔又觉得那些老问题很棘手，很伤脑筋。他连忙拿起一本书来读，要是有谁来找他，他就格外高兴。

有时皮埃尔想起人家说的话：在战争中，士兵待在炮火下的壕沟里，他们要是闲着没事，总是竭力找点事做做，这样比较容易忍受危险。皮埃尔觉得，在生活中，人人都像士兵一样在竭力逃避烦恼：有的靠虚荣心，有的靠打牌，有的靠制定法律，有的靠女人，有的靠玩物，有的靠骑马，有的靠政治，有的靠打猎，有的靠酗酒，有的靠公务。"没有什么大人物小人物，大家都一样；都在千方百计逃避生活的烦恼！只要逃避现实，不看到这可怕的现实就好了。"

2

初冬，保尔康斯基公爵带了女儿来到莫斯科。由于他的经历，由于他的聪明睿智和独立见解，特别是由于当时人们对亚历山大一世政府热情的衰退，以及反法爱国情绪的高涨，公爵立刻成为莫斯科人特别崇敬的人物和莫斯科反政府派的核心。

这一年公爵老多了，身上出现了明显的老相，常常突然打瞌睡，容易忘记近事，喜欢回忆往事，成了莫斯科反对派领袖后常表现出幼稚的虚荣心。虽然如此，当老头儿穿着皮袄戴着假发出来喝茶时，特别是在晚上，只要一受人怂恿，就东拉西扯地谈起往事，颠三倒四地尖刻批评现状，这时他仍使全体宾客肃然起敬。这座古老的住宅和巨大的壁镜、古色古香的家具、戴假发的仆人、属于上世纪人物的严峻而聪明的老公爵、他那温顺的女儿和漂亮的法国女人（她们都很崇拜他）——这一切都给予客人庄严而愉快的印象。但客人们没有想到，除了他们看见的这两小时以外，每天还有二十二小时，在这二十二小时里这一家还有隐秘的家庭生活。

近来在莫斯科，这种家庭生活使玛丽雅公爵小姐感到很痛苦。她在童山时同神亲交谈，领略着孤独的清静，但这种最大的欢乐在莫斯科却被剥夺了。在莫斯科她享受不到都市生活的任何好处和乐趣。她不参加社交活动；大家知道父亲不让她单独出门，他自己则因健康欠佳不能外出，因此也就没有人邀请她赴宴和出席晚会。玛丽雅公爵小姐已完全摒弃结婚的念头。她看到凡是有可能成为她未婚夫的年轻人来访，公爵接待和送走他们时，总是态度冷淡，怒形于色。玛丽雅公爵小姐没有朋友。她这次来莫斯科，两个最亲密的朋友都使她失望：一个是布莉恩小姐，玛丽雅公爵小姐本来对她就不能推心置腹，如今更加讨厌她，并因某种原因疏远她；另一个是裘丽，她住在莫斯科，玛丽雅公爵小姐同她连续通过五年信，如今重逢，裘丽却对她很冷淡。

裘丽在兄弟去世后，成了莫斯科最有钱的待嫁姑娘，正在尽情享受着交际的乐趣。她被年轻人团团围住，她还以为他们都是忽然发现了她的长处。裘丽已是个年纪不轻的上层小姐，她觉得现在已是她出嫁的最后机会，她的命运现在不决定，就永远无法决定了。每到星期四，玛丽雅公爵小姐就会带着感伤的微笑想到现在她已没有人可以通信，因为裘丽就在这里，每星期都同她见面，而且见面也不能给她任何乐趣。玛丽雅公爵小姐好像一个流亡的侨民老头，多年来一直在一个贵妇人那里消磨黄昏，却不肯娶她，因为娶了她，他就没有地方消磨黄昏了。她感到遗憾的是裘丽就在这里，她没有人可以通信。玛丽雅公爵小姐在莫斯科没有人可以谈心，没有人可以分忧，而近来苦恼的事却增添了不少。安德烈公爵归来和结婚的日期近了，他托妹妹向父亲疏通不仅没有成功，而且毫无希望，因为一提到娜塔莎伯爵小姐，心情本来不佳的老公爵就会大发脾气。近来玛丽雅公爵小姐新增的烦恼是给六岁的侄儿上课。在对待小尼古拉的态度上，她恐惧地发现，她的脾气像父亲一样暴躁。多少次她警告自己，给侄儿上课不要发脾气，但每次她手执教鞭坐下来教法语字母，希望尽快把自己的知识都灌输给孩子，可是孩子已经在担心姑姑马上会发脾气，他只要稍不用心，姑姑就会浑身发抖，焦急，发火，提高嗓门，有时扭他的胳膊，罚他站壁角。罚他站壁角后，她就会因自己的暴躁的坏脾气而痛哭；而小尼古拉就会随着她一起哭，擅自离开壁角，走到她面前，把她的湿手从她脸上拉开，并且安慰她。但最使公爵小姐伤心的是父亲的脾气，他总是对她发火，近来简直达到残酷的地步。要是他强迫她通夜跪拜，要是他打她，迫使她打柴汲水，她绝不会觉得痛苦；可是这位好心的暴君——最残酷的莫过于他出于爱心而折磨自己，折磨女儿——不仅会侮辱她损害她，而且会向她证明，她总是处处不对，事事有错。近来他身上出现了一个新的怪现象，最使玛丽雅公爵小姐痛苦，那就是他同布莉恩小姐越来越亲近。公爵接到儿子结婚计划的消息后，立刻产生一个好玩的念头：要是安德烈结婚，他自己就同布莉恩结婚。这个念头显然使他高兴。近来他对布莉恩小姐表现得格外亲热，玛丽雅小姐觉得只是为了使她难堪，并通过对布莉恩的亲热来表示对女儿的不满。

有一次在莫斯科，老公爵当着玛丽雅公爵小姐的面（她认为父亲是故意当着她的面这样做的）吻了吻布莉恩小姐的手，并且把她拉过来亲热地搂住她。玛丽雅公爵小姐脸涨得通红，跑出屋去。几分钟后，布莉恩小姐走进玛丽雅公爵小姐屋里，满面春风，用她那好听的声音兴高采烈地讲着什么。玛丽雅公爵小姐慌忙擦去眼泪，毅然走到布莉恩面前，忘乎所以地对法国女人怒吼起来：

“哼，利用人家的弱点，真卑鄙，无耻，没有良心……”玛丽雅公爵小姐说不下去了。“你给我滚出去！”她叫着，放声痛哭起来。

第二天，公爵对女儿没说过一句话，但玛丽雅公爵小姐发现，吃午饭时公爵吩咐给布莉恩小姐第一个上菜。午饭结束，仆人照例先给公爵小姐送咖啡，公爵突然大发雷霆，拿手杖向费里普扔去，并立即命令把他送去当兵……

“都不听话……我说过两次了！都不听话！她是我们这一家的第一号人物，她是我最好的朋友！”公爵嚷道。“你要是胆敢，”他第一次这样气势汹汹地对玛丽雅公爵小姐叫嚷，“再像昨天那样在她面前……忘乎所以，我就要让你明白谁是这里的当家人。滚出去！我不愿再看见你；快去向她赔不是！”

玛丽雅公爵小姐向布莉恩小姐和父亲赔了礼，为了自己，也为了托她求情的仆人费里普。

在这样的时刻，玛丽雅公爵小姐心里就会产生一种类似自我牺牲的自豪感。在这样的时刻，这位受她批评的父亲竟会在她面前找寻就在手边的眼镜，一转眼就忘记刚才发生的事，或者衰弱的两腿失脚踏空，又回顾一下，看有没有人看到他的衰弱，或者，更糟糕的是，吃饭时要是没有客人使他兴奋，他会突然打起盹来，把餐巾落掉，摇摇晃晃的脑袋垂到盘子上。“他老了，身子虚弱了，可我竟敢批评他！”在这样的时刻，玛丽雅公爵小姐常常生自己的气。

3

一八一一年，莫斯科有一位红极一时的法国医生。他体格魁伟，相貌俊美，像一般法国人那样和蔼可亲。在莫斯科大家都认为他医道高明。那人叫梅蒂维埃。他出入上流社会，大家不是把他看作一个医生，而是看作一位地位平等的人。

保尔康斯基公爵一向嘲笑医药，但近来由于布莉恩小姐的劝告，准许这个医生来看她，而且同他渐渐搞熟了。梅蒂维埃每星期都来看公爵一两次。

在圣尼古拉节[1]，也就是公爵的命名日，全莫斯科的人几乎都上门祝贺，但公爵吩咐不见客；只邀请少数几个人吃饭，名单已交给玛丽雅公爵小姐。

梅蒂维埃一早前来祝贺。他作为医生公然打破规矩（他对玛丽雅公爵小姐这样说），直闯公爵的书房。不巧老公爵在这命名日早晨情绪特别恶劣。他一早晨吃力地在屋里走来走去，找每个人的碴儿，装作听不懂人家对他说的话，人家也没听懂他的话。玛丽雅公爵小姐明白，他这种满腹牢骚的恶劣心情往往会以大发

1 这里指12月6日的冬尼古拉节。

雷霆告终。这天早晨，她仿佛在实弹步枪前走动，时刻有中弹的危险。医生没来以前，早晨过得还算太平无事。玛丽雅公爵小姐让医生进去后，拿了一本书坐在大厅门旁，这样她就能听见书房里发生的一切。

起初，玛丽雅公爵小姐只听见梅蒂维埃的声音，接着听到父亲的声音；后来两个声音同时说话，门打开来，门口出现了黑发蓬乱、身材漂亮、脸色惊惶的梅蒂维埃，还有头戴睡帽、身穿睡袍、面孔气得变形、眼睛下垂的公爵。

"你不明白吗？"公爵嚷道。"我可明白！法国间谍！拿破仑的走狗，间谍，对你说，从我家滚出去！"他砰的一声关上门。

梅蒂维埃耸耸肩膀，走到闻声从隔壁屋里跑来的布莉恩小姐跟前。

"公爵身体不太好，黄疸，高血压。不要紧，我明天再来。"梅蒂维埃说，一只手指放在唇上，匆匆地走了。

门里传出穿便鞋的脚步声和叫喊声："间谍，叛徒，到处是叛徒！在自己家里都没有一分钟安宁！"

梅蒂维埃走后，老公爵叫来女儿，把全部怒火都发在她头上。怪她不该把间谍放进来。既然他叫她开过名单，并且不放名单以外的人进来，为什么还要把这个无赖放进来！她是罪魁祸首。公爵说，跟她在一起没有一分钟安宁，死也不得安宁。

"不行，大小姐，我们非分开不可，非分开不可，您明白吗，明白吗？我再也受不了啦！"公爵说着走出屋去。接着仿佛怕她想不开，他又折回来，竭力装得心平气和地补充说："别以为我这是气头上对您说这话。我很平静，这事我仔细想过了，就这么办，我们分开，您去给自己找个安身的地方！"但他不能自制，怀着那种出于爱心的狂怒——显然他自己很痛苦，——挥动双拳，对她嚷道：

“但愿有哪个傻瓜把她娶走！”公爵砰的一声关上门，派人去叫布莉恩小姐，这才在书房里安静下来。

下午两点钟，选定的六位客人来赴宴了。这六位客人是声名显赫的拉斯托普庆伯爵、罗普兴公爵和他的侄子、公爵的老战友查特洛夫将军，还有两个年轻人——皮埃尔和保里斯。他们都在客厅里等他。

保里斯最近来莫斯科休假，希望谒见保尔康斯基公爵。他善于奉承拍马，因而公爵破例在家中接待这个单身青年。

公爵家不是上流社会的“交际场所”。这是一个在市里并不太出名的小圈子，但在这里受到接待却比任何地方都更有面子。这一点保里斯是上星期才知道的。当时拉斯托普庆当着他的面对总司令说，他不能应邀在圣尼古拉节赴总司令的宴会，因为：

“这一天我照例要去向保尔康斯基公爵的老骨头致敬。”

“哦，对了，对了！”总司令回答，“他怎么样？”

饭前，这几个人聚集在摆着旧式家具的高大的旧式客厅里，有点像庄严的法庭开庭。大家都不作声，即使说话声音也压得很低。保尔康斯基公爵走进来，神情严肃，一言不发。玛丽雅公爵小姐似乎比平时更文静羞怯。客人只勉强同她敷衍几句，因为看到她对他们的谈话不感兴趣。只有拉斯托普庆一人在引导谈话，他时而讲讲本市新闻，时而透露政界消息。

罗普兴和老将军偶尔参加谈话。保尔康斯基公爵听着，好像最高法官在听取汇报，只偶尔哼哼几声或插一两句话，表示他知道此事。大家谈话的语气表明，谁也不赞成政界的现状。他们所讲的事都反映局势每况愈下；但不论讲什么或批评什么，一旦涉及皇帝陛下，说话的人就自动住口，或者被人岔开。

晚饭后，话题转到最近的政治新闻，谈到拿破仑夺取奥登堡大公领地，俄国递交欧洲各国反对拿破仑的照会。

“拿破仑对待欧洲，就像海盗对待他劫得的海船那样，”拉斯托普庆重复他说过多次的话，说，“各国君主的姑息和昏庸简直叫人吃惊。现在轮到教皇了。拿破仑肆无忌惮地想推翻天主教教皇，但大家还是一声不吭。只有我们的皇上对掠夺奥登堡大公领地提出了抗议。就连……”拉斯托普庆公爵没再说下去，觉得已接近批评的禁区。

“有人提议用别的土地来交换奥登堡大公领地，”保尔康斯基公爵说，“他们这样把大公调来调去，就像我把农奴从童山转移到保古察罗伏和梁赞庄园那样。”

“奥登堡大公忍受这场灾难，镇定沉着，令人惊叹！”保里斯恭恭敬敬地插嘴说。他说这话，因为他从彼得堡来这里已有幸谒见过大公了。保尔康斯基公爵对他瞧了瞧，仿佛想说什么，但又改了主意，觉得他太年轻了。

“我读过对奥登堡事件的抗议，这份照会措辞之糟简直使我吃惊。”拉斯托普庆伯爵漫不经心地说，表示他对此事非常熟悉。

皮埃尔带着天真的惊讶望了望拉斯托普庆，弄不懂照会措辞不当怎么会使他这样烦躁不安。

“伯爵，只要照会内容确有分量，措辞如何有什么关系？”皮埃尔说。

“老弟，既然拥有五十万军队，文章应该是很好做的。”拉斯托普庆伯爵说。皮埃尔明白了，为什么照会措辞不当使拉斯托普庆伯爵这样不满。

“看来，摇笔杆子的人才辈出，”老公爵说，“彼得堡大家都在舞文弄墨，不仅写写照会，还起草新法律。我的安德烈在那里为俄国写了一大本法典。如今人人都在耍笔杆子！”老公爵不自然地笑起来。

谈话停了一会儿，老将军干咳几声来引人注意。

“诸位有没有听到最近彼得堡检阅时发生的一件事？新任法国公使出了丑！”

“什么？对了，我听说了，他在陛下面前说了些不成体统的话。”

“陛下请他看看掷弹兵师和分列式，”将军继续说，“可是公使毫不在意，还说什么我们在法国没人注意这类琐事。陛下当时一言不发。据说，后来再检阅时，陛下就再没理过他。”

大家都不作声，因为这事涉及皇帝陛下，不能妄加评论。

“真是胆大妄为！”公爵说，“你们知道梅蒂维埃吗？我今天把他从家里赶了出去。他来过我这里。尽管我吩咐过别放任何人进来，可他们还是放他进来了。”公爵怒气冲冲地瞟了一眼女儿，说。他讲了他同法国医生谈话的经过，以及他肯定梅蒂维埃是间谍的理由。尽管理由很不充分，也不明显，却没有人反驳他。

烤菜之后，上了香槟。客人们纷纷起立向老公爵祝贺。玛丽雅公爵小姐也走到他跟前。

老公爵用恶狠狠的目光冷冷地瞧了瞧女儿，伸出刮光的皱面颊给她吻。他的脸部表情告诉她，他没有忘记早晨的谈话，他的决定仍然有效，只因客人在场他现在不向她提这事罢了。

大家走到客厅喝咖啡，老人们坐在一起。

保尔康斯基公爵更加兴奋了，讲了他对当前战争的看法。

公爵说，只要我们想同日耳曼人结盟，干预欧洲事务（蒂尔西特和约[1]已把我们牵连进去了），我们同拿破仑作战就要倒霉。我们既不应为奥地利作战，也不应对奥地利作战。我们的整个政策应当放在东方，至于对付拿破仑，只要陈兵边境，实行强硬政

1 蒂尔西特和约，1807年拿破仑同亚历山大一世签订的和约，俄国同意建立华沙大公国和参加大陆封锁。

策，这样他就绝不敢像一八〇七年那样进犯俄国边境了。

“公爵，我们怎么好同法国人打仗呢！”拉斯托普庆伯爵说，“难道我们能讨伐我们的老师和上帝吗？看看我们的青年，看看我们的太太小姐吧！法国人就是我们的上帝，巴黎就是我们的天堂。”

拉斯托普庆伯爵提高嗓门，显然要人人都能听见。

“服装是法国的，思想是法国的，感情是法国的！您掐着梅蒂维埃的脖子把他赶出去，因为他是法国人，是无赖，可我们的太太小姐却拜倒在他的脚下。昨天我参加了一个晚会，那里五个女人中有三个是天主教徒，她们获得教皇特许在礼拜天绣花。可她们，恕我无礼，几乎赤身裸体坐在那里，好像澡堂的广告。唉，你看到我们那些年轻人，公爵，真想把彼得大帝的大棒从博物馆里拿出来，照俄国方式把他们满脑袋的糊涂思想打掉！”

大家都不作声。老公爵含笑望着拉斯托普庆，赞许地晃晃脑袋。

“好吧，再见，阁下，多多保重！”拉斯托普庆说，以他特有的敏捷站起来，把手伸给公爵。

“再见，老伙计，金玉良言，百听不厌！”老公爵说，拉住他的手，把面颊伸给他吻。其余的人也随着拉斯托普庆站起来。

4

玛丽雅公爵小姐坐在客厅里听老人们议论，却一点也不懂他们的话。她只是想着，客人们是不是都已看出父亲对她的敌视态度。她甚至没注意到吃饭时保里斯对她特别殷勤。保里斯来他们家这已是第三次了。

玛丽雅公爵小姐心不在焉，带着询问的神情望着皮埃尔。皮埃尔手里拿着帽子，脸上挂着笑容，在公爵走后最后一个走到她跟前。客厅里只剩下他们两人。

“可以再坐一会儿吗？”皮埃尔说，他那肥胖的身子落在玛丽雅公爵小姐旁边的安乐椅上。

“哦，当然！”玛丽雅公爵小姐说，但她的目光却在问：“您没看出什么吗？”

皮埃尔饭后心旷神怡。他眼睛瞧着前面，悄悄地笑着。

“公爵小姐，您早就认识那个青年吗？”皮埃尔问。

“哪一个？”

“保里斯。”

“不，没多久……”

“那么您喜欢他吗？”

“哦，他是个讨人喜欢的青年……您问这个干吗？”玛丽雅公爵小姐说，继续想着早晨同父亲的谈话。

“因为我注意到，年轻人常从彼得堡请假来莫斯科，目的就是要娶个有钱的姑娘。”

“您注意到这一点了？”玛丽雅公爵小姐问。

“是的，”皮埃尔含笑继续说，“这个年轻人就是这样：哪里有有钱的姑娘，他就往哪里钻。我可把他看透了。他现在不能决定向谁进攻：向您还是向裘丽小姐。他对她非常殷勤。”

“他常到她家去吗？”

“去，常去。您知道新的求爱方法吗？”皮埃尔愉快地含笑说，显然带有不含恶意的嘲弄。他常常在日记里责备自己这种行为。

“不，不知道。”玛丽雅公爵小姐说。

“如今要讨莫斯科姑娘的欢心，必须带几分伤感。他在裘丽小姐面前显得十分伤感。”皮埃尔说。

“真的吗？”玛丽雅公爵小姐说，眼睛望着皮埃尔善良的脸，心里依旧想着自己的苦恼。她想：“我要是把自己的心情告诉什么人，我会觉得好过些的。皮埃尔这人那么善良，那么高尚。我真愿意把一切都告诉他。这样我会觉得好过些。他会替我出主意的！”

“您愿意嫁给他吗？”皮埃尔问。

“唉，伯爵！有时候我简直愿意嫁给随便什么人，”玛丽雅公爵小姐突然脱口而出，话里带着哭声，“唉，你爱着一位亲人，可是又觉得……”她的声音发抖了，“除了使他烦恼不能为他做什么，而这样的局面又无法改变，那真叫人痛苦啊！只剩下一条路：走，可是叫我到哪儿去呢？”

“您怎么啦，出什么事啦，公爵小姐？”

但公爵小姐没有说完，就哭起来。

“我不知道我今天怎么了。您别在意，把我说过的话都忘掉吧。”

皮埃尔的愉快心情顿时无影无踪。他关切地问公爵小姐，求她把事情全讲出来，把她的苦恼告诉他；但公爵小姐只是反复求他忘记她所说的话，她记不清她说了什么，说她并没有什么苦恼，除了他知道的那件事：安德烈公爵的婚事可能引起父子的争吵。

“罗斯托夫家有什么消息吗？”公爵小姐问，想改变话题，“我听说他们就要来了。我也天天在等安德烈回来，我倒希望他们在这里见面。”

“那他现在怎样看待这事？”皮埃尔问，指的是老公爵。玛丽雅公爵小姐摇摇头。

“可是有什么办法？一年的期限只剩下几个月了。这事很难办。我愿在最初的时刻帮哥哥一点忙。我希望他们快点来。我希望我能同她合得来……您认识他们好久了，”玛丽雅公爵小姐说，“请您老老实实告诉我，她是个怎样的姑娘？您觉得她怎么样？请您务必讲实话，因为安德烈违反父亲的意志，这样做太冒险了，所以我想知道……”

一种模模糊糊的本能告诉皮埃尔，这些解释和**讲实话**的反复要求，说明玛丽雅公爵小姐对未来的嫂嫂没有好感，她希望皮埃尔不赞成安德烈公爵的选择；但皮埃尔的回答与其说是他的想法，不如说是他的感觉。

“我不知道该怎样回答您的问题，”皮埃尔说这话时脸红了，自己也不知道为什么，“我实在不知道她是个怎样的姑娘，我一点也不会分析她这个人。她很有魅力。怎么会，我不知道。关于她我只能说这些。”玛丽雅公爵小姐叹了一口气，脸上的神情表示：“果然不出我所料，也是我所害怕的。”

“她聪明吗？”玛丽雅公爵小姐问。皮埃尔想了一下。

“我想不，”皮埃尔说，“但也可以说聪明。她天生不算聪明……可她就是很有魅力，没有别的。”玛丽雅公爵小姐又不以为然地摇摇头……

“唉，我真愿意喜欢她！您要是比我先见到她，就把这话告诉她。”

“我听说他们这几天就要到了。”皮埃尔说。

玛丽雅公爵小姐把她的打算告诉皮埃尔：等罗斯托夫家的人一到，她就去接近未来的嫂嫂，并竭力使老公爵看惯她。

5

保里斯想娶一个有钱的姑娘，在彼得堡没有如愿，他就怀着这个目的来到莫斯科。到了莫斯科，保里斯决不定在裘丽和玛丽雅公爵小姐这两个最有钱的姑娘之间挑选哪一个。在他看来，玛丽雅公爵小姐虽然长得不美，却比裘丽有吸引力，但不知怎的，他觉得追求玛丽雅公爵小姐有点别扭。上次在老公爵的命名日同她见面，他几次试图同她谈谈心，她却回答得驴唇不对马嘴，显然不在听他说话。

裘丽正好相反，爽爽快快地接受他的殷勤，虽然用的是她独特的方式。

裘丽今年二十七岁。两个哥哥去世后，她就变得很富有。她长得实在难看，但自以为不仅依旧很美，而且比以前更加迷人。她产生这种谬误是由于：第一，她成了一位富有的待嫁姑娘；第二，她年纪越大，对男人就越少危险，男人对她也越少顾忌，他们可以享受她的晚餐、晚会和热闹的交际活动而不用承担任何责任。十年前，男人不敢每天晚上到一个有十七岁姑娘的人家去，唯恐败坏她的名誉，也使自己脱不了干系，可现在却大胆地天天上她家去，他们不把她看作一个待嫁的姑娘，而看作一个没有性别的朋友。

那年冬天，裘丽家成了莫斯科最愉快、最好客的人家。除了正式宴会和晚会，裘丽家天天都是高朋满座，主要是男客。他们午夜十二点才吃饭，一直坐到凌晨两三点钟。裘丽从不错过一次跳舞会、游艺会和戏剧演出。她的打扮总是最时髦的。虽然如此，裘丽看破红尘，她逢人便说，她既不相信友谊，也不相信爱情，甚至不相信人生的欢乐，只盼在天国得到安息。她的神态好像一个绝望的姑娘，不是失恋，就是在爱情上受到残酷的欺骗。其实根本没有发生过这类事，可大家却把她看成那样的姑娘，连她自己都认为她的一生已饱经沧桑。这是一种忧郁症，但并不妨碍她寻欢作乐，也不影响年轻人在她那里消磨时光。每个来客都顺应女主人的忧郁心情，然后跟她一起闲聊，跳舞，做智力游戏和参加当时在裘丽家时兴的打油诗比赛。只有少数几个年轻人，包括保里斯在内，比较理解裘丽的忧郁心情。裘丽常同这几个年轻人个别长谈，谈论尘世的空虚，人生的无常。她给他们看纪念册，里面满是感伤的图画、格言和诗句。

裘丽对保里斯特别亲切，为他过早看破红尘而叹息，她自己虽也饱尝生活的辛酸，却竭力给予他友好的安慰，并给他看她的纪念册。保里斯也在她的纪念册里画了两棵树，题了一行字："乡间的树啊，你们枝叶扶疏，在我身上撒下黑暗和忧郁。"

保里斯在另一处画了一座坟墓，下面写道：

死是解脱，死是安息，
唉，摆脱痛苦，别无他途。

裘丽称赞他写得很精彩。

"忧郁的笑容含有无比的魅力！"她给保里斯逐字背诵书里

的这句话。

“这是黑暗中的一线光，悲哀和失望间的一道沟，表示心灵能获得抚慰。”

保里斯给她写诗作答：

> 你那多愁善感的心灵好比毒酒，
> 但没有你，我就没有幸福。
> 啊，温柔的忧郁，快来抚慰我！
> 快来抚慰我凄凉的孤独，
> 请在我滚滚的泪水中，
> 掺入一点神秘的甜蜜！

裘丽为保里斯在竖琴上弹出最悲怆的夜曲。保里斯则给她朗诵《可怜的丽莎》[1]，多次感动得泣不成声。裘丽和保里斯在大庭广众中见面，两人对视，仿佛在偌大冷漠的人间，只有他们两个才相互理解。

德鲁别茨基公爵夫人常来裘丽家。她在同裘丽母亲打牌时，摸到裘丽陪嫁的底细（奔萨省两处庄园和下城一座树林）。德鲁别茨基公爵夫人怀着听天由命的心情，看待儿子同富有的裘丽之间借以联系的淡淡的哀愁。

“你总是那么迷人，那么忧郁，我可爱的裘丽。”德鲁别茨基公爵夫人对做女儿的说。

“保里斯说，他在您府上心灵才得到安宁。他遇到过那么多不顺心的事，可人又是那么多愁善感。”德鲁别茨基公爵夫人对

1 俄国作家卡拉姆辛（1766—1826）的中篇小说，写一个农村少女被贵族遗弃而自杀的故事。

做母亲的说。

“唉，我的孩子，近来我那么喜欢裘丽，简直没法对你形容！”德鲁别茨基公爵夫人对儿子说。“可谁能不喜欢她呢？她是个天使！唉，保里斯，保里斯！”她停了停，又说，“我真可怜她的妈妈。今天她给我看了奔萨省来的账单和信件（她们在那里有一座大庄园）。她真可怜，什么事都得亲自处理，大家都欺骗她！”

保里斯听着母亲的话，微微地笑了笑。她不怀恶意地嘲笑母亲天真的狡猾，但用心听着，有时向她仔细打听奔萨省和下城庄园的情况。

裘丽早就在等待她那位忧郁的崇拜者来向她求婚，并准备接受；可是保里斯对她、对她急于想出嫁的心情和装腔作势的模样很反感，又害怕从此剥夺自己真正的爱情，因此举棋不定。保里斯的假期快满了。他每天整天待在裘丽家，一想到这事，他就对自己说，明天去求婚吧。但在裘丽面前，保里斯望望她那几乎总是涂脂抹粉的脸颊和下巴，望望她那湿润的眼睛和面部表情（她那忧郁的表情随时准备一下子变成结婚幸福的狂欢），他无法说出那句命运攸关的话来，尽管他早就把自己想象为奔萨省和下城庄园的主人，并且把那里的收入作好了安排。裘丽看到保里斯迟疑不决，有时想到会不会是他不喜欢她，但女性的自我陶醉宽了她的心，她对自己说，那是由于他不好意思求爱罢了。不过，她的忧郁开始变为烦躁，而在保里斯动身前不久她采取了断然措施。就在保里斯假期快满的时候，阿纳托里来到了莫斯科，自然也出现在裘丽的客厅里。于是裘丽突然不再忧郁，变得很快乐，对阿纳托里大献殷勤。

“我的孩子，”德鲁别茨基公爵夫人对儿子说，“我从可靠方面得到消息，华西里公爵派儿子来莫斯科，是要他同裘丽结婚。我那么喜欢裘丽，真替她惋惜。你看怎么样，好孩子？”德鲁别茨基公爵夫人说。

保里斯想到他为裘丽忍受难堪的忧郁，白白浪费了一个月时间，又眼看他已作了安排的奔萨省庄园收入落到别人手里，特别是落到蠢货阿纳托里手里，他仿佛受了愚弄，感到非常委屈。他打定主意到裘丽家求婚。裘丽现出一副无忧无虑的神态迎接他，若无其事地说她昨天在舞会上很快乐，还问他什么时候动身。尽管保里斯跑来想表白爱情，因此存心显得温柔些，但一开口就气呼呼地说女人朝三暮四，感情善变，她们的心情完全受求爱的人支配。裘丽生气了，说他说的是事实，但女人需要丰富多彩的生活，总是老一套，谁都会厌倦的。

“因此我倒要奉劝您……”保里斯想刺她一下，刚开口要说，但就在这一刹那，他心里产生了一个不愉快的念头：他可能一无所获地离开莫斯科，白白浪费力气，而这样的情况他可从来没有遇到过。他话说到一半立即停住，垂下眼睛，免得看到裘丽怒气冲冲、犹豫不决的脸色，接着改口说：“我到这儿来，绝不是要跟您吵嘴。恰恰相反……”保里斯瞟了她一眼，看该不该说下去。她的怒气顿时消失，立即向他投去惶惑不安的恳求目光。“将来我可以设法同她少见面，”保里斯想，“事情既然开了头，就得干到底！”保里斯脸涨得通红，抬起眼睛瞧着她说：“我对您的感情，您当然知道！”再也不用说什么了：裘丽脸上焕发出得意洋洋的胜利神色；但她还是逼着保里斯说出在这种场合应该说的话，说他爱她，他从来没有像爱她那样爱过别的女人。她知道凭奔萨省的庄园和下城的树林，她有权这样要求。她果然得到了她所要求的东西。

未婚夫妇不再谈撒下黑暗和忧郁的树木，却共同研究如何布置彼得堡华丽的住宅。他们走亲访友，积极准备举行盛大的婚礼。

6

一月底，罗斯托夫伯爵带着娜塔莎和宋尼雅来到莫斯科。伯爵夫人身体仍未复原，不能出门，他们又不能等她康复，因为安德烈公爵随时都可能到达莫斯科，此外还得置办嫁妆，出售莫斯科郊区庄园，并抓住老公爵在莫斯科的机会，向他引见未来的儿媳妇。罗斯托夫的莫斯科住宅没有生火，他们也不准备久留，伯爵夫人又没来，因此罗斯托夫伯爵决定到莫斯科暂时住在阿赫罗西莫娃家，她早就邀请过伯爵了。

一天深夜，罗斯托夫家的四辆雪橇开进旧马厩街的阿赫罗西莫娃家。阿赫罗西莫娃独自住在这里。她的女儿已出嫁，几个儿子都在官府供职。

阿赫罗西莫娃身子还是那么硬朗，说话还是那么爽直、高亢和果断，她的整个为人就像在责备别人性格软弱、迷恋情欲，因为她自己完全没有这些弱点。清早起来，她就身穿短袄，料理家务，然后乘车出门，逢到节日去做礼拜，做好礼拜去监狱和囚牢，办她从不对任何人讲的事[1]；平时她打扮整齐，每天在家里接

1 指对囚犯做慈善事业。

见各阶层的来访者；然后吃午饭，陪她吃丰盛可口的午饭的总有三四个来客；饭后打纸牌；晚上她叫人读报纸和新书给她听，自己编织毛衣。她很少出门，如果出去，也只是拜访市里最显要的人物。

当罗斯托夫一家人到达，前厅发出咯咯的开门声，客人和他们的仆人带着一股寒气进来时，她还没有睡觉。阿赫罗西莫娃眼镜滑到鼻子上，仰起头，站在大厅门口，板着脸望着来客。要不是她仔细吩咐仆人安顿好客人和他们的行李，人家还以为她在对来客生气，马上就要把他们赶走。

“伯爵的行李吗？搬到这儿来。”她指指皮箱说，也不跟谁打招呼。“小姐们的，放到左边。喂，你们在那儿讨什么好！”她呵斥使女们说。“快去烧茶炊！哦，你长胖了，长得好看了，”她拽着脸冻得通红的娜塔莎的风帽说。“嚯，外面好冷！快把衣服脱了，”她对想吻她手的伯爵大声说，“你一定冻坏了。茶里要加朗姆酒！宋尼雅，你好。”她对宋尼雅说，用法语问候表示既亲热，又带点蔑视。

等大家脱去外套，梳洗完毕去喝茶，阿赫罗西莫娃逐个吻了来客。

“你们来了，住到我家，我打心底里高兴。”阿赫罗西莫娃说。“你们早该来了，”她说，意味深长地看了娜塔莎一眼……“老头儿在这里，天天盼望儿子归来。你一定，一定要同他见见。好，这事以后再说。”她添加说，回顾了一下宋尼雅，表示不愿当着她的面谈这事。“现在听我说，”她对伯爵说，“明天你要干什么？要请哪些人来？请申兴来？”她弯下一个手指，“好哭的德鲁别茨基公爵夫人，两个啦。她同儿子都在这儿。她要给儿子成亲了！还有皮埃尔，对不对？他同他妻子也在这里。皮埃尔躲着她，可她赶了来。星期三他在我这里吃过饭。至于她们，”她指指小姐们，“明天我带她们去伊维尔教堂，然后再去奥倍尔·舍尔玛[1]那里。你们大概都要做新装吧？不能拿我做标准，现在流行的袖子是这样的吧！前几天，伊林娜小公爵夫人来我这儿，我一看，简直吓死人，两条手臂好像套着两个水桶。如今是一天一个花样。你有什么事要办？”她严厉地问伯爵。

“事情都凑在一起了，”伯爵回答，“要给姑娘们买衣服，要出卖莫斯科郊区庄园和房子，还得同买主商量。再要抽空到马林斯科耶去一天，您要是方便，我想把两个姑娘留给您照顾一下。”

“行，行，在我这里保管没问题。我这里就像监护所一样稳当。我会把她们带到该去的地方，对她们该骂则骂，该疼则疼。”阿赫罗西莫娃说，用大手摸摸她的宠儿兼教女娜塔莎的脸颊。

第二天早晨，阿赫罗西莫娃把两个姑娘带到伊维尔教堂和女裁缝奥倍尔·舍尔玛那里。奥倍尔·舍尔玛很怕阿赫罗西莫娃，卖衣服给她总是折本，但求快些把她打发走。阿赫罗西莫娃几乎订购了全部嫁妆。回到家里，她把所有的人都赶出屋去，只留下娜塔莎，叫这个宠儿坐在她旁边。

“好，现在我们来谈谈。祝贺你有了婆家。你钓到一个好女婿！我为你高兴；他这样大我就认识他了（她把手伸得离地一码高）。”娜塔莎高兴得脸都红了。“我喜欢他，喜欢他全家。现在你听我说。你可是知道，公爵老头儿不想让儿子结婚。老头儿脾气坏极了！当然，安德烈公爵也不是小孩子，不靠老头子也能过，不过违反父亲的意志进门也不好。要太太平平、欢欢喜喜才好。你是个聪明的孩子，知道该怎么办。你要和气，要乖巧。这样就好办了。”

---

1 一家女裁缝铺的店名，同“大骗子”一词谐音。

娜塔莎不作声。阿赫罗西莫娃还以为她是害臊，其实她是不愿别人干预她同安德烈公爵的恋爱。她觉得他们的事不同于尘世俗事，没有人能理解他们。她只爱、只了解安德烈公爵一个人，安德烈公爵也爱她，不久他就会来接她。别的她什么也不要。

"不瞒你说，我早就认识他了，我也喜欢玛丽雅，你将来的小姑。'小姑大姑，好比老虎。'可你那个小姑心地好，连苍蝇都不会伤害一个。她要求同你见见面。你明天就跟父亲去见她，你对她要亲热些，因为你比她小。以后等你那个人回来，你已跟他妹妹和父亲都认识了，他们也喜欢你了。对不对？这样是不是更好些？"

"更好些。"娜塔莎勉强回答。

7

第二天，罗斯托夫伯爵听从阿赫罗西莫娃的劝告，带娜塔莎去见保尔康斯基公爵。伯爵这次去访问心情不佳，他有点害怕。他记得上次两人见面正好是征集民团的时候，伯爵设宴招待，但因民团没有足额而受到公爵的严厉训斥。这事伯爵至今记忆犹新。今天娜塔莎穿了最漂亮的衣服，心情十分愉快。她想："他们不可能不喜欢我，大家一向喜欢我。我真愿意为他们做事，真愿意喜欢他，因为他是他的父亲，也愿意喜欢她，因为她是他的妹妹，他们没有理由不喜欢我！"

他们坐车来到伏兹德维任克街一座阴暗古老的住宅，走进门厅。

"哦，上帝保佑！"伯爵半开玩笑半认真地说，但娜塔莎看到父亲走进前厅有点紧张，怯生生地低声问公爵和公爵小姐是否在家。客人一到，仆人中间起了一阵慌乱。一个仆人进去通报，在大厅里被另一个仆人拦住。他们低声说了些什么。一个使女跑进大厅，也匆匆地说了句什么，提到公爵小姐。最后，一个老仆怒气冲冲地跑出来，对罗斯托夫家人说，公爵不见客，但公爵小姐请他们进去。第一个出来迎接客人的是布莉恩小姐。她彬彬有礼地接待罗斯托夫伯爵父女俩，把他们领到公爵小姐屋里。玛丽雅公爵小姐迈着沉重的步子跑出来迎接客人，神态紧张，脸上泛起红斑。她想显得自然大方，但是装不像。玛丽雅公爵小姐第一眼就不喜欢娜塔莎。她觉得娜塔莎过分打扮，举止轻浮，虚荣心很重。玛丽雅公爵小姐自己也没有意识到，在她没看见未来的嫂嫂之前，因为羡慕她的美丽、年轻和幸福，又妒忌哥哥对她的爱，对她早就没有好感。除了这种无法克服的反感之外，玛丽雅公爵小姐此刻格外激动，因为一通报罗斯托夫家人来访，公爵就大发雷霆，说他不愿见他们，如果玛丽雅公爵小姐愿意，她可以接见他们，但不要让他们来见他。玛丽雅公爵小姐决定接见他们，但又提心吊胆，生怕公爵做出什么乖戾的事来，因为罗斯托夫家的人一到，他就十分激动。

“哦，亲爱的公爵小姐，我把我的百灵鸟给您带来了，”罗斯托夫伯爵讨好说，不安地环顾着，唯恐老公爵突然走进来，“你们认识了，我很高兴。可惜公爵贵体一直欠佳。”他又说了几句客套话，站起来。

“您要是同意，公爵小姐，我把我的娜塔莎留在您这儿一刻钟，我到安娜·谢苗诺夫娜那儿去一下，就在狗市场，只有两步路。然后我来接她。”

罗斯托夫伯爵想出这个花招，只是为了让未来的姑嫂有一个畅谈的机会（他后来这样告诉女儿），更为了避免同他所害怕的公爵见面。他没有这样对女儿说，但娜塔莎明白父亲的恐惧和不安，因此感到委屈。她为父亲脸红，更为自己脸红而生自己的气。她大胆而挑战似的瞅了瞅公爵小姐，表示她什么人也不怕。公爵小姐对罗斯托夫伯爵说，她很高兴，请他在安娜·谢苗诺夫娜家里多坐一会儿。罗斯托夫伯爵就走了。

玛丽雅公爵小姐想同娜塔莎单独在一起谈谈，可是布莉恩小姐却不顾公爵小姐的眼色，留在屋里不走，滔滔不绝地大谈其莫斯科的娱乐和戏剧。娜塔莎因为在前厅受到怠慢，父亲惊慌失措，公爵小姐格外开恩接待她的不自然腔调，感到委屈。她觉得一切都不是滋味。她不喜欢玛丽雅公爵小姐，觉得她长得丑，又装模作样，古板乏味。娜塔莎突然感到浑身不舒服，说话漫不经心，这就使玛丽雅公爵小姐更加疏远她。经过五分钟装模作样的不愉快谈话，她们听见穿便鞋的脚步声迅速逼近。玛丽雅公爵小姐脸上现出恐惧的神色。房门打开了，公爵头戴白睡帽，身穿白睡袍，走了进来。

“哦，小姐，”保尔康斯基公爵说，“小姐，伯爵小姐……娜塔莎伯爵小姐，要是我没弄错的话……请您原谅，原谅……我不知道，小姐。上帝在上，我不知道您光临，就穿着这样的衣服来看我女儿，请您原谅……上帝在上，我不知道。”他那么不自然、那么不高兴地一再说，把“上帝”两字说得特别响，以致玛丽雅公爵小姐呆呆地站在那儿，垂下眼睛，既不敢看父亲，也不敢看娜塔莎。娜塔莎站起来行了个屈膝礼，也不知道她应该怎么办。只有布莉恩小姐一人得意洋洋地微笑着。

“请您原谅！请您原谅！上帝在上，我不知道。”老头儿嘟囔着说。他从头到脚把娜塔莎打量了一番，走出去了。老公爵走后，布莉恩小姐第一个恢复平静，谈起老公爵的病情。娜塔莎和玛丽雅公爵小姐默默地对视着，没有说出她们想说的话，因此相互间更加反感。

等伯爵一回来，娜塔莎就不顾礼貌，表示高兴，并且急着要走。这会儿她简直憎恨这个冷淡乏味的老公爵小姐，因为同她待了半小时，她却只字不提安德烈公爵，这使娜塔莎感到难堪。“我总不能当着这个法国女人的面先谈到他啊。”娜塔莎想。玛丽雅公爵小姐也为这事感到苦恼。她知道她应当对娜塔莎说说话，但她不能这样做，因为布莉恩小姐妨碍她，还因为她自己也不知为什么难以开口谈到他们的婚事。等伯爵一走出屋子，玛丽雅公爵小姐快步走到娜塔莎面前，握住她的双手，深深地叹了口气说："等一下，我要……"娜塔莎自己也不知为什么，嘲弄地望着玛丽雅公爵小姐。

"亲爱的娜塔莎，"玛丽雅公爵小姐说，"您瞧，我哥哥找到了幸福，我很高兴……"她停住了，觉得自己说的不是真话。娜塔莎注意到这一点，并懂得原因。

"公爵小姐，我想现在谈这事不太方便。"娜塔莎说，表面上装得很高傲冷淡，喉咙里却被泪水哽住了。

"我说了什么啦！我干了什么啦！"娜塔莎一走出屋子，就想。

那天大家吃饭等了娜塔莎好久。她坐在自己屋里，像孩子似的大哭，擤着鼻涕，不断抽噎。宋尼雅站在旁边，吻着她的头发。

"娜塔莎，你哭什么呀？"宋尼雅说。"他们跟你有什么相干？一切都会过去的，娜塔莎。"

"不，你不知道这事多么气人……仿佛我……"

"别说了，娜塔莎，你又没有错，何苦这样？吻吻我吧。"宋尼雅说。

娜塔莎抬起头来，吻了吻朋友的嘴唇，把泪痕斑斑的脸贴在朋友身上。

"我说不上来，我不知道。谁也没有错，"娜塔莎说，"全得怪我。但这一切叫人太难受了。唉，他怎么还不来！……"

娜塔莎红着眼睛去吃饭。阿赫罗西莫娃知道保尔康斯基公爵怎样接待了罗斯托夫一家，但装作没注意娜塔莎伤心的脸色，在饭桌上一直跟伯爵和别的客人大声说笑。

8

那天晚上，阿赫罗西莫娃订了包厢票，罗斯托夫一家都去看歌剧。

娜塔莎本来不想去，但票子主要是为她订的，她不愿辜负阿赫罗西莫娃的一片盛情。娜塔莎打扮好到大厅等父亲。她照了照大镜子，看见自己长得美，长得很美，心里就越发伤心，但这种伤心带有甜味，充满爱情。

“天哪！假如他在这里，我就不会畏畏缩缩，傻头傻脑了，我一定会面目一新，大大方方地搂住他，偎依着他，让他用他那双好奇地探究的眼睛瞧着我——他常常用这样的眼睛瞧我——然后我会使他像以前那样发笑，而他那双眼睛——啊，我现在就看到他那双眼睛了！”娜塔莎想，“他父亲和他妹妹跟我有什么相干，我只爱他，爱他一个人，爱他的脸，爱他的眼睛，爱他的笑容，爱他那又刚毅又天真的笑容……不，最好别去想他，别想，把他忘掉，暂时把他忘掉。哦，我再也受不了这种等待了，我要哭了！”娜塔莎离开镜子，竭力不让自己哭出声来。“宋尼雅爱尼古拉怎么能那样沉着，那样冷静，并且那么耐心地长期等待！”娜塔莎望着也打扮得漂漂亮亮、手拿扇子走进来的宋尼雅，想。“是啊，她完全是另一种人，我可办不到！”

娜塔莎这时热情洋溢，不能满足于单是爱人和被人爱。她现在需要，此刻需要拥抱心爱的人，说出心里翻腾着的情话，并且听他也对她情话绵绵。她乘上马车，坐在父亲旁边，若有所思地望着从结冰的窗子里透进来的路灯光，觉得更加情思翻腾，无限惆怅，简直忘了同谁坐在一起，要往哪里去。罗斯托夫家的马车加入车辆的行列，车轮缓慢地轧在雪地上，发出吱嘎声，驶到剧院门口。娜塔莎和宋尼雅连忙提着衣裙跳下马车；伯爵由跟班扶下车。三人就夹在男女观众和卖节目单的人中间，走到通包厢的走廊。从虚掩的门里传出来音乐声。

“娜塔莎，你的头发。”宋尼雅低声说。领票员慌忙彬彬有礼地抢先走到太太小姐们前面，打开包厢门。音乐声更响了，门里是一排排灯火辉煌的包厢，包厢里坐着袒胸露臂的太太小姐；池座里制服耀眼，人声嘈杂。一位贵妇人走进隔壁包厢，用女性的嫉妒目光瞅了娜塔莎一眼。幕还没有升起，乐队正在奏序曲。娜塔莎理理衣服，同宋尼雅一起走进去坐下，环顾着对面灯光雪亮的包厢。几百双眼睛注视着她的光手臂和脖子。她心中突然涌起一种久未体验的又舒服又不舒服的感觉，由此又产生了一连串回忆、愿望和激动。

两个漂亮的姑娘，娜塔莎和宋尼雅，加上久未在莫斯科露面的罗斯托夫伯爵，吸引了大家的注意。此外，大家也约略知道娜塔莎同安德烈公爵订了婚，知道从那时起罗斯托夫一家就住在乡下。他们好奇地瞧着俄国一位出色人物的未婚妻。

大家都说，娜塔莎在乡下出落得更加漂亮了，而今晚由于兴奋显得格外美丽。她那生气蓬勃和青春洋溢的美，加上那副漠视一切的神态，使人赞叹不已。她那双乌溜溜的眼睛望着人群，但并不找寻什么人，她那露到臂肘以上的细细手臂搁在丝绒栏杆上，她的手随着序曲的拍子一张一合，把节目单也揉皱了。

“你看，那是阿列尼娜，”宋尼雅说，“好像同她母亲在一起。”

“老天爷！米哈伊尔·基里雷奇更胖了！”老伯爵说。

“瞧！我们的德鲁别茨基公爵夫人头上那顶高帽子！”

“卡拉金家的人，裘丽和保里斯同他们在一起。一看就知道是一对未婚夫妇。”

“保里斯求过婚了！我是今天才听说的。”申兴走进罗斯托夫家的包厢说。

娜塔莎循着父亲的视线望去，看见裘丽。裘丽又红又胖的脖子（娜塔莎知道上面扑过粉）上挂着一串珍珠项链，喜气洋洋地坐在母亲旁边。她们后面露出保里斯头发梳得精光的漂亮脑袋。保里斯面带笑容，一只耳朵凑近裘丽的嘴。保里斯皱着眉头望着罗斯托夫一家人，含笑对未婚妻说着什么。

“他们在谈我们，在谈我和他呢！”娜塔莎想。“他准是在劝慰未婚妻对我的嫉妒。他们这是自寻烦恼！我才不管他们的事呢。”

后面坐着德鲁别茨基公爵夫人。她头戴一顶绿色高帽，脸上现出听天由命和怡然自得的神气。他们的包厢里弥漫着一对未婚夫妇的亲热气氛，那是娜塔莎所熟悉和喜爱的。她转过身去。突然想起早晨访问时所受的屈辱。

“他凭什么不愿认我这个儿媳妇？唉，还是别去想他，等他来了再说！”娜塔莎想，环顾着池座里熟识的和不熟识的脸。陶洛霍夫站在池座前排正中。他身穿波斯服，浓密的鬈发向后倒梳，背靠乐池栏杆。他站在剧院最显眼的地方，知道自己吸引着全场观众的注意，神态自若，就像在自己家里一样。他的周围都是莫斯科的漂亮小伙子，而他则是他们中的佼佼者。

罗斯托夫伯爵捅了捅满脸通红的宋尼雅，指给她看原先的崇拜者。

“你认出来了？”伯爵问宋尼雅。“他这是从哪里冒出来的呀？”伯爵转身问申兴，“他不是好久没露面了吗？”

“好久没露面了。”申兴回答。“他到过高加索，又从那里走了。据说，他在波斯邦君手下当大臣，在那里杀死了王储。哼，如今莫斯科的太太小姐们简直都为他发疯了！波斯人陶洛霍夫，这称呼就够迷人了。现在我们这里三句话离不开陶洛霍夫：凭他的名字起誓，把他看作一客山珍海味，”申兴说，“陶洛霍夫和阿纳托里把我们的太太小姐们都弄得神魂颠倒了。”

隔壁包厢来了一个高个子美人。她头上盘着一条大辫子，露出丰满的雪白肩膀和脖子，戴着两串大珍珠，厚实的绸衣窸窣作响，好半天才在座位上坐好。

娜塔莎不由得注视着她的脖子、肩膀、珍珠和发式，欣赏着她的肩膀和珍珠项链的美。当娜塔莎再次注视她的时候，这位太太回过头来，眼睛同罗斯托夫伯爵相遇，她向他点点头，嫣然一笑。原来她就是皮埃尔的妻子海伦。交游广阔的罗斯托夫伯爵探过身去同她交谈。

“您来了好久了，伯爵夫人？”罗斯托夫伯爵说。“我一定登门拜访，一定去吻吻您的手。我嘛，是来办事的，我把两个姑娘都带来了。听说谢苗诺娃[1]的演技盖世无双。皮埃尔伯爵从来没忘记过我们。他在这里吗？”

“是的，他要去拜访您的。”海伦说，仔细看了看娜塔莎。

罗斯托夫伯爵又回到自己的位子上。

“她长得很美，是吗？”伯爵低声问娜塔莎。

1 谢苗诺娃（1787—1876），俄国戏剧演员和歌剧演员。

“美极啦！”娜塔莎说。“谁都会被她迷住的！”

这时响起了序曲的最后和声，乐队指挥用指挥棒敲了敲，几个迟到的男人走进池座，幕升起来。

幕一升起，包厢和池座里就鸦雀无声。所有的男人，不论年老年少，不论穿军装还是礼服，所有的女人，裸露的身子上戴着宝石首饰，个个怀着强烈的好奇心，全神贯注在舞台上。娜塔莎也开始看戏。

9

舞台上铺着平滑的地板，两边是彩色纸板做的树木，后面是一大块张在木板上的麻布。舞台中央坐着几个围红腰带、穿白裙子的姑娘。一个很胖的姑娘，身穿白色绸连衣裙，单独坐在一张矮凳上，凳子后面贴着一块绿色硬纸板。姑娘们都在唱歌。等她们唱完歌，白衣姑娘走到提词人小室那里。于是一个粗腿上穿着紧身绸裤的男人拿着一顶插有羽毛的帽子和一把短剑走到她面前，摊开两手，唱起来。

穿紧身裤的男人先单独唱了一段，然后白衣姑娘唱。两人唱完后响起了音乐，乐队开始奏乐，男人用手指抚摩着白衣姑娘的手，显然在等待拍子与她合唱。他们合唱了一曲，全体观众都鼓掌叫好；舞台上那对扮情人的男女现出笑容，摊开双手，向观众鞠躬。

娜塔莎长期在乡下生活，现在又心情不佳，她觉得剧院里的一切都显得粗野而古怪。她无法留意剧情的发展，连音乐也听不进去。她只看见彩色纸板的布景和身着奇装异服的男女，他们在雪亮的灯光下活动、说话和唱歌。她知道做戏就得这样做，但又觉得这一切太虚伪做作，不自然，使她时而替演员害臊，时而又觉得好笑。她环顾周围观众的脸，想在他们脸上找到同样嘲弄和困惑的神情，但一张张脸都注视着舞台上的表演，现出娜塔莎认为是虚伪的赞赏的神色。“大概非如此不可！”娜塔莎想。她时而望望池座里一个个头发梳得精光的脑袋，时而看看包厢里袒胸露臂的女人，尤其是邻厢的海伦。海伦几乎脱光身上的衣服，脸上现出宁静的微笑，眼睛盯着舞台。娜塔莎沐浴在照亮全场的辉煌灯光和由于观众散发出热气而变得温暖的空气中，渐渐进入她久未体验的陶醉状态。她弄不明白这是怎么一回事，她在哪里，她眼前在发生一些什么事情。她看着，想着，头脑里掠过一些不连贯的奇怪念头。她突然想跳到包厢边上去唱那个女演员唱的咏叹调，又想用扇子碰碰坐在附近的小老头，又想凑近海伦去呵呵她的痒。

当舞台上一片肃静，等待咏叹调开始的时候，罗斯托夫家包厢附近的一扇门响了一下，一个迟到男人的脚步声从池座地毯上传来。“哦，他来了，阿纳托里！”申兴低声说。海伦笑眯眯地向进来的人转过身去。娜塔莎顺着海伦的目光望去，看见一个非常俊美的副官傲慢而又恭敬地向他们的包厢走来。这就是她早在彼得堡舞会上见过并引起过她注意的阿纳托里。阿纳托里现在穿着一套带肩章和肩饰的副官制服。他迈着克制而又矫健的步伐，要不是他长得俊美，要不是他脸上现出和蔼、满足和快乐的神色，这样的步伐就会使人觉得很可笑。尽管舞台上正在表演，他却怡然自得地高昂起他那香喷喷的好看的头，从容不迫地微微碰响马刺和佩剑，沿着过道地毯走来。他瞧了娜塔莎一眼，走到妹妹跟前，把戴着手套的手放在她的包厢边上，向她点点头，然后俯下身指着娜塔莎问着什么。

“真迷人！”阿纳托里说，显然是在说娜塔莎，但这句话娜塔莎与其说是听见的，不如说是从他嘴唇的动作上看出来的。接着他走到第一排，坐在陶洛霍夫旁边，用臂肘亲热而随便地碰碰陶洛霍夫，当时有几个人正在讨好他。阿纳托里快乐地向他挤挤眼，微微一笑，一只脚搁在乐池边上。

“兄妹俩真像！”罗斯托夫伯爵说，“两个都挺漂亮。”

申兴低声告诉伯爵阿纳托里在莫斯科的一件风流韵事，娜塔莎用心听着，只因为他刚才说她迷人。

第一幕完了，池座里的观众纷纷起立，乱哄哄地走进走出。

保里斯走到罗斯托夫家的包厢，若无其事地接受他们的祝贺，扬起眉毛，带着漫不经心的微笑，向娜塔莎和宋尼雅转达未婚妻要她们参加婚礼的邀请，然后走出去。娜塔莎愉快而带着媚笑同保里斯谈话，向她一度钟情过的人祝贺。娜塔莎自己陶醉在爱情中，觉得一切都是简单而自然的。

裸露着身子的海伦坐在娜塔莎旁边，对所有的人露出同样的笑容。娜塔莎对保里斯也同样微微一笑。

海伦的包厢里挤满了人，靠池座的那边则挤着一些最显赫、最聪明的男人，这些男人仿佛都在争先恐后向别人表示，他们同她是认识的。

幕间休息时，阿纳托里同陶洛霍夫一直站在乐池前，眼睛望着罗斯托夫家的包厢。娜塔莎知道他们正在谈论她，感到很得意。她甚至转过身来，好让阿纳托里看见她自认为最美的侧面。第二幕开始前，皮埃尔来到池座里。罗斯托夫家的人来莫斯科后还没见到过他。皮埃尔满脸愁容，比娜塔莎最后一次看到时更胖了。他走到前排，没注意任何人。阿纳托里走到皮埃尔跟前，望着和指着罗斯托夫家的包厢，同他说着话。皮埃尔一看见娜塔莎，立即高兴起来，连忙穿过一排排座位向他们的包厢走去。他走到他们面前，臂肘支着包厢边沿，笑眯眯地同娜塔莎谈了好一阵。娜塔莎同皮埃尔谈话时，听见海伦包厢里有个男人的声音，不知怎的她立刻听出那是阿纳托里。娜塔莎回过头去，正好和他的目光相遇。阿纳托里用心醉神迷的目光含笑直望着她的眼睛，他离她这样近，她又这样热情地瞧着他，并且相信他喜欢她，但她和他还不认识，这真是太别扭了。

第二幕的布景是许多墓碑，天幕上有个洞表示月亮，脚灯去了灯罩。小号和低音提琴奏出低沉的调子，左右两边走出许多披黑斗篷的人。他们挥动双臂，拿着类似短剑的东西；接着又跑出来几个人，动手拉那个原来穿白衣、现在穿蓝衣的姑娘。他们不是一下子把她拖走，而是同她一起唱了好久，然后把她拖走。随后后台发出三下金属的敲击声，大家都跪下来唱祈祷词。这些表演几次被观众的喝彩声打断。

在演出这一幕时，娜塔莎不时往池座张望，每次都看见阿纳托里一只手臂搭在椅背上，眼睛直盯着她。娜塔莎看到他这样对她着迷，觉得很高兴，根本没想到这有什么不对。

第二幕结束时，海伦伯爵夫人站起来，转过身子（她的胸部完全裸露出来）对着罗斯托夫家的包厢，用戴手套的一个手指招呼老伯爵过去，也不理会走到她包厢里的人，脸上挂着亲切的微笑同伯爵说话。

“请您给我介绍一下您那两位可爱的女儿，”海伦说，“全城都在称赞她们，可我还不认识她们呢！”

娜塔莎站起来向艳丽夺目的伯爵夫人行了个屈膝礼。娜塔莎听到这位绝色美人的赞美，高兴得脸都红了。

“我现在也想做个莫斯科人了，”海伦说，“您好意思把这样的珍珠埋没在乡下吗？”

海伦伯爵夫人果然名不虚传，是个富有魅力的女人。她说话不假思索，脱口而出，特别善于阿谀奉承。

“不，亲爱的伯爵，请您让我来陪陪您那两位女儿。我在这儿待不久，你们也待不久，可我会想办法使她们高兴的。我在彼得堡就多次听到过你们的事，很想跟你们认识，”她带着她那始终不变的迷人笑容对娜塔莎说。“我从我的侍童保里斯那里听说过您的情况。您知道吗，保里斯就要结婚了。我也从我丈夫的朋友安德烈公爵那里听说过您的情况。”海伦说到安德烈公爵时加重语气，暗示她知道他同娜塔莎的关系。为了更好地认识她们，她要求罗斯托夫家一位小姐同她一起看其余几幕。于是娜塔莎就坐到她旁边。

第三幕舞台上出现一座皇宫，里面点着许多蜡烛，挂着许多画，上面画着一群留胡子的武士。舞台前面站着两个人，大概是皇帝和皇后。皇帝挥动右臂，胆怯而难听地唱了两句，然后坐到大红宝座上。原先穿白衣、后来换蓝衣的姑娘，此刻只穿一件衬衣，披头散发站在宝座旁边。她悲伤地对皇后唱着什么，但皇帝严厉地对她摆摆手。这时舞台两边走出一大批赤脚的男女，他们一同跳起舞来。然后，提琴发出尖细而快乐的声音。其中一个姑娘，光着两条粗腿和细臂，单独走到幕后，整整腰带，又走到舞台中央，开始跳跃，一只脚碰着另一只脚。池座里的观众一起鼓掌喝彩。然后一个男人站在台角。洋琴和小号奏得更响了，这个赤脚男人跳得很高，并脚碰脚。这人就是迪波尔，他凭这一招每年挣六万卢布。池座、包厢和楼座里的观众都拼命鼓掌喝彩。迪波尔站住，笑容满面地向四方鞠躬。然后又是另一批赤脚男女跳舞，然后又是一个皇帝按着乐声呐喊，于是全体又合唱起来。但突然间，狂风大作，乐队发出半音音阶和降低的七度音，大家都跑了，又把其中的一个拉到幕后，幕落下来，观众中又发出震耳欲聋的喧哗声和噼啪声，个个情绪激动地叫着：

“迪波尔！迪波尔！迪波尔！”

娜塔莎已不觉得奇怪。她带着快乐的微笑，得意洋洋地环顾四周。

“迪波尔真迷人，是不是？”海伦对娜塔莎说。

“噢，是啊！”娜塔莎回答。

10

幕间休息时，海伦包厢里吹进来一股冷气，门开了，阿纳托里躬着身子，竭力不碰着任何人，走进来。

“让我来向您介绍我的哥哥。”海伦说，眼睛不安地从娜塔莎身上移到阿纳托里身上。娜塔莎回过她那好看的小脑袋，从光肩膀上向美男子微微一笑。阿纳托里，近看和远看都一样漂亮，在她旁边坐下来说，在纳雷施金家的舞会上有幸见到她，从此就没有忘记，并且从那时起一直渴望能再见到她。阿纳托里跟女人在一起，要比跟男人在一起聪明得多，自然得多。他说话大胆而随便，娜塔莎感到奇怪的是，这个引起那么多议论的人一点也不可怕，相反，他的微笑非常天真活泼，和蔼可亲。

阿纳托里问她对表演有何印象，还告诉她，上次演出，谢苗诺娃在台上摔了一跤。

“我说，伯爵小姐，”阿纳托里突然像对老朋友那样对她说，“我们这里要举行一次化装游艺会，您应该来参加，一定很有趣。大家聚集在阿尔哈罗夫家。请您一定来，好吗？”

阿纳托里说这话时，笑盈盈的眼睛一直盯住娜塔莎的脸、脖子和光手臂。娜塔莎无疑知道他在欣赏她。这使她高兴，但不知怎的，由于他在旁边她感到局促不安，脸上发热。当她没看着他的时候，她发觉他在看她的肩膀。她不由得截住他的视线，觉得还是让他看她的眼睛好。她望着他的眼睛，却恐惧地感到，她同他在一起时竟没有她同其他男人在一起时所产生的那种羞怯感。她自己也不知道是怎么回事，五分钟后就觉得她同这个人非常接近。当她转过身去时，她怕他会从后面抓住她的光手臂，吻她的脖子。他们谈着极其普通的事，她却觉得他们之间已亲密无间，她跟男人从没这样接近过。娜塔莎回顾海伦和父亲，仿佛问他们这是怎么一回事，但海伦正忙于同一位将军谈话，对她的目光没有反应，而父亲的目光除了像他一向说的："你开心，我也高兴"之外，没有别的含意。

阿纳托里用他那双暴眼睛平静而执拗地盯住她看，在这难堪的沉默时刻，娜塔莎为了打破沉默，问他喜不喜欢莫斯科。娜塔莎问过后，脸红了。她总觉得她同他说话是不体面的。阿纳托里微微一笑，仿佛在鼓励她说话。

"起初我不怎么喜欢，你要知道，一个城市怎样才能引人喜爱呢？那就是要有漂亮的女人，您说是不是？但现在我很喜欢莫斯科。"阿纳托里说，意味深长地瞧着她。"您来参加游艺会吗，伯爵小姐？请您一定来！"他说，伸手去碰她的花束，接着又压低声音说，"您将是最漂亮的小姐。您来吧，亲爱的伯爵小姐，把这朵花留给我做保证吧。"

娜塔莎像他自己一样，不明白他说的是什么，但觉得他那些难以理解的话含有不规矩的意图。她不知道说什么才好，就转过身去，仿佛没有听到他的话。但她一转身，便觉得他就在后面，离她很近。

"他现在怎么啦？不好意思啦？生气啦？要不要弥补一下？"娜塔莎问自己。她忍不住回顾一下。她对直望了望他的眼睛。他的亲切、自信与和蔼的微笑把她征服了。她也微微一笑，也像他一样望住他的眼睛微笑。她又恐怖地感觉到，他与她之间没有任何障碍。

幕又升起来。阿纳托里走出包厢，轻松愉快，神态自若。娜塔莎回到父亲包厢，她已完全顺应当前的环境。她觉得此刻发生的一切都很自然，而过去的一切，如她的未婚夫、玛丽雅公爵小姐和乡村生活，她却一次也没有想到，好像这一切都是很久很久以前的往事。

第四幕有一个小鬼，一面唱歌，一面挥动一只手，直到他脚下的木板被抽掉、他跌下去为止。娜塔莎在第四幕中只看见这个场面。她内心激动而苦恼，因为她的眼睛离不开阿纳托里。当他们从剧院出来时，阿纳托里走到他们跟前，喊来他们的马车，扶着他们上车。他扶娜塔莎上车时，握住她手腕以上的手臂。娜塔莎脸红耳赤，兴奋地回头看了他一眼。他也眼睛发亮，温柔地含笑望着她。

回家以后，娜塔莎才清楚地意识到刚才发生的事。她忽然想起安德烈公爵，不觉大惊失色。当大家从剧院回来坐下喝茶时，她当着大家的面哇地叫了一声，脸涨得通红，跑出屋去。“天哪！我完了！”她自言自语。“我怎么能堕落到这种地步？”她双手捂住涨红的脸，坐了好久，竭力想弄明白是怎么一回事，可是弄不明白，她也无法理解自己的感情。她觉得一切都混混沌沌，十分可怕。那里，在灯火辉煌的大剧场里，身穿钉光片上衣的迪波尔赤脚在潮湿的地板上跳来跳去，还有姑娘们，还有老人们，还有袒胸露臂、安详而骄傲地微笑着的海伦，他们一齐喝彩叫好，那里，在海伦身边这一切都是明白自然的；可是现在她单身独处，却觉得一切都难以理解。“这是怎么一回事？我看到他怎么会感到恐惧？我怎么会感到内疚？”她想。

娜塔莎的心事她只有夜间在床上才能向老伯爵夫人一个人倾吐。她知道，宋尼雅看事情严肃而简单，听到这种事不是完全不理解，就是大惊小怪。因此娜塔莎决定自己的苦恼自己解决。

“我同安德烈公爵的爱情是不是被糟蹋了？”娜塔莎问自己，又带着宽慰的微笑自己回答：“我真傻，问这个干什么？我出了什么事？什么也没有。我没有做过什么事，也没有招惹过什么人。谁也不会知道今天的事，我也不会再见到他了。所以，明明白白，什么事也没发生过，没有什么可忏悔的，安德烈公爵仍可以爱我**这样的人**。但我是个**怎样的人**呢？哦，天哪，天哪！为什么他不在这里！”娜塔莎平静了一刹那，立刻又有一种本能对她说，虽然这一切都是真的，虽然什么事也没有发生过，但她原先对安德烈公爵的纯洁爱情却完了。她又在心里回忆了一遍同阿纳托里的全部谈话，又看见那个俊美而大胆的人握住她手臂时的脸容、手势和温柔的微笑。

11

阿纳托里住在莫斯科。父亲把他从彼得堡打发到这里，因为他在那里每年要花掉两万多卢布，另外父亲还要替他还掉同样数目的债。

父亲对儿子说，他最后一次替他还掉一半债务，但有个条件，他要到莫斯科就任总司令的副官——这个差事是他替他谋得的，并要他在莫斯科结一门好亲。他还指点儿子去追求玛丽雅公爵小姐和裘丽。

阿纳托里一口答应，来到莫斯科，住在皮埃尔家里。皮埃尔起初不大乐意接待阿纳托里，但后来习惯了，有时还同他一起饮酒作乐，并用借款的名义送钱给他。

申兴说得不错，阿纳托里一到莫斯科，就引得莫斯科的太太小姐们神魂颠倒，尤其因为他不把她们放在眼里，情愿找吉卜赛女人和法国女演员，而跟她们的头牌演员乔紫小姐关系尤其密切。他从不错过陶洛霍夫家和莫斯科其他花花公子的酒会，通宵达旦狂饮，比谁都喝得多。凡是上流社会的晚会和舞会，他都要参加。传说他同几个莫斯科贵夫人闹过风流韵事；他在舞会上常同女人调情。但他从不追求姑娘，特别是那些丑陋的富家姑娘，主要原因是他两年前已结过婚。这事除了少数几个密友，没有人知道，两年前，当阿纳托里那个团驻在波兰时，一个并不富裕的波兰地主强使阿纳托里娶了他的女儿。

阿纳托里很快就抛弃了妻子，但他答应给岳父一笔钱，作为他冒充单身汉的条件。

阿纳托里对自己的处境永远心满意足，对己对人都毫无怨言。他凭本能深信，他非这样生活不可，而且平生从未做过坏事。至于他的行为对别人有什么影响，或者有什么后果，他从不考虑。他相信，鸭子生来只能在水里游，而他生来每年就要用三万卢布，并在上流社会占据要位。这一点他深信不疑，别人也深信不疑，因此既不拒绝让他在上流社会里占据要位，也不拒绝借钱给他。他逢人借钱，而且总是有借无还。

他不是赌徒，至少他从来不想赢钱，甚至情愿输钱。他不崇尚虚荣。不管人家对他有什么看法，他都无所谓。人家更不能指责他贪图功名。他有几次因自毁前程而使父亲生气，他嘲笑一切荣誉地位。他并不吝啬，对谁都有求必应。他的唯一嗜好是寻欢作乐，玩女人，他认为这种嗜好并没有什么不高尚。至于满足自己的嗜好会给别人什么影响，他从不考虑，因此满心以为自己是个无可非议的人，真心瞧不起一切恶棍和坏人，并且心安理得地高高昂起头。

这些花天酒地的浪子，这些男抹大拉[1]，他们也像女抹大拉一样，自以为无罪，并希望获得赦免。"'她许多的罪都赦免了，因为她的爱多'[2]；他的许多罪都赦免了，因为他的欢乐多。"

陶洛霍夫在经过流放和波斯冒险后，这年又回到莫斯科，过

1 抹大拉是个从良的妓女，事见《新约全书·路加福音》第七和第八章。

2 见《新约全书·路加福音》第七章第四十七节。

着吃喝嫖赌的奢侈生活，同彼得堡的老同事阿纳托里打得火热，利用他来达到自己的目的。

阿纳托里真心喜欢陶洛霍夫，因为他聪明大胆。陶洛霍夫则利用阿纳托里的名誉、地位和关系，以勾引富家子弟来赌钱。他在利用阿纳托里，却不让对方察觉，而且感到高高兴兴。除了这种利用外，陶洛霍夫觉得控制别人本身就是一种乐趣，一种习惯和一种需要。

娜塔莎给了阿纳托里强烈的印象。看戏回来后，在吃晚饭的时候，他以行家的口气在陶洛霍夫面前品评她的手臂、肩膀、双腿和头发如何可爱，并表示决心要追求她。至于追求的结果怎样，阿纳托里并不考虑，他也无法知道，就像他无法知道他的任何行动的结果那样。

“她是很漂亮，但老兄，我们可不配。”陶洛霍夫对他说。

“我叫妹妹请她来吃饭，”阿纳托里说，“好不好？”

“你最好等她结婚以后……”

“你知道，”阿纳托里说，“我喜欢姑娘，她一下子就会晕头转向的。”

“你在姑娘身上已吃过亏了，”陶洛霍夫知道阿纳托里的婚事，说，“你要当心！”

“噢，总不会连吃两次亏的！你说呢？”阿纳托里傻笑着说。

12

看戏后的第二天，罗斯托夫家人没有出门，也没有人来访。阿赫罗西莫娃背着娜塔莎，同她父亲谈着什么事。娜塔莎猜想他们在谈老公爵，打着什么主意。这使她感到屈辱不安。她时刻都在等待安德烈公爵，两次派仆人到伏兹德维任克街去打听他的消息。他没有回来。现在她的心情比刚来莫斯科时更沉重。除了烦躁和思念，如今又增加了同玛丽雅公爵小姐和老公爵见面的不愉快回忆，并且感到一种莫名的恐惧和不安。她总觉得，不是他永远不会回来，就是在他回来前她会出事。她不能像以前那样平静而长久地独自思念他。她只要一想到他，就会同时想到老公爵和玛丽雅公爵小姐，想到上次的看戏和阿纳托里。她又想到了那个问题：她有没有过错？她对安德烈公爵的忠贞有没有被破坏？于是她又情不自禁地细细回忆这个能在她心中唤起莫名其妙的可怕感情的人，他的每一句话，每一个手势和脸部表情的每一微细变化。家里人觉得娜塔莎比平时更活跃，其实她的内心远不如以前平静和快乐。

星期日早晨，阿赫罗西莫娃请客人到本教区圣母升天堂做礼拜。

“我不喜欢那些时髦的教堂，”阿赫罗西莫娃说，显然以她的自由思想自豪，“上帝只有一个。我们的牧师很不错，礼拜做得很好，很庄严，助祭也不错。唱诗班举行音乐会，还谈得上什么神圣？简直是胡闹，我可不喜欢！”

阿赫罗西莫娃喜欢礼拜天，并且知道怎样度过。每星期六她的整幢房子都要大扫除；礼拜天她和仆人都不工作，都穿上过节服装去做礼拜。东家的午餐添几样菜；佣人也有伏特加喝，有烤鹅和小猪吃。不过，整个家里节日气氛却在阿赫罗西莫娃脸上表现得最明显，这天她的脸色总是显得十分庄严。

做完礼拜，喝过咖啡后，客厅里的家具去了布套，仆人向阿赫罗西莫娃报告马车准备好了。阿赫罗西莫娃神态庄重，披上拜客用的漂亮披巾，站起来说她要去拜访保尔康斯基公爵，同他谈谈娜塔莎的事。

阿赫罗西莫娃走后，舍尔玛裁缝铺的一个女裁缝来找罗斯托夫家的人。娜塔莎关上房间通客厅的门，试新装，感到很满意。她刚穿上一件还没有缝袖子的上衣，转过头来看镜子里的后背是不是合身，忽然听见父亲在客厅里同一个女人谈得很起劲。娜塔莎听到这声音不觉脸红起来。这是海伦的声音。娜塔莎还没来得及脱下试穿的新装，门就开了，海伦身穿深紫色高领丝绒连衣裙，脸上挂着和蔼亲切的微笑，走了进来。

“哦，我的迷人精。”海伦对满面通红的娜塔莎说。“真迷人！不，这不像话，我亲爱的伯爵，”海伦对跟着进来的罗斯托夫伯爵说，“住在莫斯科，怎么能哪儿也不去呢？不，我不会放过你们！今晚乔紫小姐要在我那儿朗诵诗，另外还有些人要来。您要是不把您那两位比乔紫小姐更好看的美人带去，我就跟您绝交。我丈夫不在，他到特维尔去了，要不我会叫他来接你们的。你们务必要来，务必要来，九点以前就来。”海伦向恭敬地向她行屈膝礼的熟识的女裁缝点点头，姿势优美地理了理丝绒连衣裙的皱褶，在镜子旁的安乐椅上坐下。她不断快活地说这说那，对娜塔莎的美丽赞不绝口。她察看娜塔莎的衣服，称赞着，同时卖弄自己身上那件从巴黎定来的金纱连衣裙，并劝娜塔莎也去做一件。

“不过，您穿什么都合适，我的迷人精。”海伦说。

娜塔莎脸上一直挂着得意的笑容。这位她原先以为高不可攀、如今竟是如此和蔼可亲的伯爵夫人的称赞使她容光焕发，心花怒放。娜塔莎心里高兴。她觉得自己简直爱上了这位又美丽又和善的女人。海伦也真心喜欢娜塔莎，并愿意使她快乐。阿纳托里求她给他和娜塔莎牵线，她就是为此来找罗斯托夫父女的。海伦想到给哥哥和娜塔莎牵线，觉得挺好玩。

尽管她以前恨过娜塔莎，因为在彼得堡时娜塔莎夺去了他的保里斯，但她现在不再想到这事，并且按照她的想法真心实意地希望娜塔莎好。临走前，她把她的被保护人叫到一旁。

“昨天哥哥在我家吃饭，简直把我笑死了，他什么也不吃，为您而不断叹气，我的迷人精。他爱您爱得发疯了，真正爱得发疯了。”

娜塔莎听到这话，顿时脸红耳赤。

“嘿，脸红了，脸红了，我的迷人精！”海伦说，“您一定要来。就算您爱上了什么人，我的迷人精，这也不能成为您闭门不出的理由。就算您已订过婚，我相信您的未婚夫也情愿让您出去交际，而不愿让您闷死在家里。”

“这么说，她知道我订过婚了。这么说，她同丈夫，同皮埃尔，同那个规规矩矩的皮埃尔谈过这事，取笑过这事了。这么说，这事没什么关系。”在海伦的影响下，她觉得这事并不可怕，甚至十分自然，毫不足怪。“像她这样和蔼可亲的贵夫人，连她都这样疼我，我为什么不去开心开心呢？”娜塔莎想，惊奇地睁大眼睛望着海伦。

阿赫罗西莫娃中饭前回来了。她神情严肃，一言不发，显然在老公爵家打了败仗。刚才那场冲突太激烈了，她无法平心静气地把经过讲出来。伯爵问她怎么样，她只回答说，一切顺利，详细情况明天再谈。阿赫罗西莫娃知道海伦来访，并邀请娜塔莎参加晚会，就说：“我不喜欢同海伦交往，也不劝你们和她来往。但既然你已答应了，那就去吧，去散散心。”她对娜塔莎说。

13

罗斯托夫伯爵把两个姑娘领到海伦伯爵夫人那里。参加晚会的人很多，但娜塔莎几乎一个也不认识。罗斯托夫伯爵发现大部分男女都以行为不检闻名，心里很不高兴。乔紫小姐站在客厅一角，被一群青年包围着。有几个法国人，其中包括梅蒂维埃。梅蒂维埃自从海伦来莫斯科后就成了她家的常客。罗斯托夫伯爵决定不打牌，不离开女儿，等乔紫的表演一结束就告辞。

阿纳托里站在门口，显然是在等罗斯托夫一家人。他同伯爵打过招呼，立即走到娜塔莎面前，然后跟住她。娜塔莎一看见他，就像在剧院里那样，因为他喜欢她而虚荣心得到满足，又因为他们之间不存在道德藩篱而感到恐惧。

海伦高高兴兴地接待娜塔莎，对她的美丽和打扮当众赞美了一番。她们来后不多一会儿，乔紫小姐就出去换装。客厅里安排好椅子，大家纷纷就座。阿纳托里给娜塔莎移过一把椅子，自己想坐在她旁边，但伯爵眼睛盯住娜塔莎，先在她旁边坐下。阿纳托里只得坐在后面。

乔紫小姐露出两条带肉窝的胖手臂，一边肩膀上披着一条红披巾，走到椅子中间留给她表演的地方，装腔作势地站在那里。

人群中传出兴奋的低语声。

乔紫小姐严肃而忧郁地瞧了瞧听众，用法语朗诵一首诗，诗里提到母亲对儿子罪恶的爱情。她时而提高嗓门，时而得意地抬头低语，时而停顿，转动眼珠，发出嘶哑的声音。

“好极了，太美啦，太妙啦！”四面八方传出一片喝彩声。娜塔莎瞧着胖胖的乔紫，但什么也没听清，什么也没看见，也不明白眼前发生的是怎么一回事。她只觉得自己远离原来的世界，而陷入一个荒谬怪诞的世界，那里无法知道什么是好，什么是坏，什么是合理，什么是胡闹。她后面坐着阿纳托里，她觉得他离她很近，恐惧地期待着将要发生什么事。

第一段独白结束，大家都站起来，围住乔紫小姐，向她喝彩。

“她真美！”娜塔莎对父亲说。她父亲跟别的客人一起站起来，穿过人群，向女演员走去。

“我不那么认为，因为我看见了您。”阿纳托里跟在娜塔莎后面，说。他说这话，只有她一人能听见。“您真迷人……自从我看见您，我就不断地……”

“来呀，来呀，娜塔莎！”伯爵回过头来找女儿，“她真美！”

娜塔莎什么也没说，走到父亲跟前，用询问的目光惊讶地瞧着他。

乔紫小姐朗诵完几节诗走了。海伦伯爵夫人请客人们到大厅去。

伯爵想告辞，但海伦要求他不要破坏她的即兴舞会。罗斯托夫伯爵父女留了下来。阿纳托里请娜塔莎跳华尔兹。在跳舞的时候，他紧搂住她的腰和手，对她说，她真迷人，他爱她。在跳苏格兰舞时，娜塔莎又同阿纳托里一起跳。当他们两人单独在一起时，阿纳托里对她一言不发，只是盯着她。跳华尔兹时他对她说话，娜塔莎怀疑她是不是在做梦。跳完第一节，阿纳托里又捏了捏她的手。娜塔莎抬起惶恐的眼睛对他瞧瞧，但在他那亲切的眼神和微笑中含有那么自信的柔情，使她望着他说不出想说的话。她垂下眼睛。

“您别对我说这种话，我订过婚，我爱着另一个人。”娜塔莎慌忙说……她瞧了他一眼。阿纳托里听了她的话，既不感到难为情，也不烦恼。

“您别对我说这种话。我有什么办法呢？”阿纳托里说，“我说我爱您爱得快疯了，快疯了。您这么迷人，难道能怪我吗？……该咱们跳了。”

娜塔莎又兴奋又激动，惶惑地圆睁着一双眼睛环顾四周，显得比平时更快活。她几乎一点也不记得这天晚上发生的事。她们跳了苏格兰舞和“老祖父舞”，父亲叫娜塔莎回去，娜塔莎要求再玩一会儿。不论走到哪里，不论同谁说话，她都觉得他的目光盯住她。后来，娜塔莎记得她要求父亲让她到更衣室去整理衣服，海伦跟在她后面，笑着对她说她哥哥爱上她了。后来，在小起居室里她又同阿纳托夫相遇。海伦溜走了，只剩下他们两人。阿纳托里拉住她的手，含情脉脉地说：

“我不能去找您，难道从此再也见不到您了？我爱您爱得快疯了。难道再也见不到了？……”阿纳托里拦住她的路，把脸凑近她的脸。

他那双又大又亮的男性眼睛离她的眼睛那么近，使她除了这双眼睛什么也看不见。

“娜塔莎?！”阿纳托里询问似的低声说，同时她那双手被握得发痛，“娜塔莎?！”

“我什么也不明白，我没有什么可说的。”她的眼神这样说。

火热的嘴唇压到她的嘴唇上，在这一刹那，她觉得她又自由了。屋子里又响起海伦的脚步声和衣服的窸窣声。娜塔莎回顾了一下海伦，涨红了脸，浑身哆嗦，用惶恐和疑惑的目光望了望他，向门口走去。

“我有一句话，只有一句话，看在上帝份上听我说！”阿纳托里说。

娜塔莎站住。她很想听他说出这句话，向她说明白所发生的事，而她也愿意回答他。

“娜塔莎，一句话，只有一句话！”他反复说，显然不知道说什么好。他一直说到海伦走到他们跟前。

海伦跟娜塔莎一起又回到客厅里。罗斯托夫父女没有留下吃晚饭就走了。

娜塔莎回到家里，通宵没有合眼。一个无法解决的问题使她苦恼：她究竟爱谁，爱阿纳托里还是爱安德烈公爵？她爱安德烈公爵，她记得她爱得那么深。但她也爱阿纳托里，这是没有疑问的。“要不，怎么会发生这样的事？”娜塔莎想。“既然后来分别的时候，我用笑容报答他的笑容，既然我能让他这样做，这就说明我对他一见倾心。这就说明他这人善良、高尚、英俊，叫人不能不爱他。我爱他同时又爱另外一个，我该怎么办？”娜塔莎自言自语，对这些可怕的问题找不到答案。

14

早晨过得忙忙碌碌。大家纷纷起身，活动，谈话，女裁缝又来了，阿赫罗西莫娃又出现了，又招呼大家进早餐。娜塔莎眼睛睁得圆圆的，仿佛要拦截每一道向她射来的目光，惴惴不安地环顾所有的人，竭力装得若无其事。

早餐后，阿赫罗西莫娃（这是她一天中最愉快的时刻）坐到她的扶手椅上，把娜塔莎和老伯爵叫来。

“哦，我的朋友，我已把事情通盘考虑过了，我要奉劝你们，”阿赫罗西莫娃说，“昨天，不瞒你们说，我去看过保尔康斯基公爵。是的，我同他谈了谈……他竟大声嚷嚷。可这吓不倒我！我一五一十都对他说了！”

“那他怎么说？”伯爵问。

“他吗？疯了……不要听。唉，有什么可说的，我们把可怜的姑娘折磨坏了，”阿赫罗西莫娃说，“我劝你们，办完事就回家，回奥特拉德诺……在那里等……”

“哦，不！”娜塔莎叫起来。

“不行，得去！”阿赫罗西莫娃说，“到那里去等。未婚夫一来，这里免不了要发生一场争吵，还不如先让他同老头子面对面谈谈，然后再到你们那里去。”

罗斯托夫伯爵立刻领会她的意思，赞成这个意见。如果老公爵态度好转，那就到莫斯科或者童山见他；要不然，就只好违反他的心意在奥特拉德诺举行婚礼。

“说得完全对！”罗斯托夫伯爵说，“我悔不该去见他，还把娜塔莎带了去。”

“不，有什么可后悔的？既然来了，就不能不尽礼。至于他不愿意，那是他的事，”阿赫罗西莫娃说，在手提包里找着什么，“嫁妆已准备好了，你们还等什么呢？还有什么东西没准备好，我会派人给你们送去的。尽管我很舍不得你们，但你们还是走了好。”阿赫罗西莫娃在手提包中找到她所找的东西，把它交给娜塔莎。这是玛丽雅公爵小姐写来的一封信。“她给你写了信。她多痛苦哇，可怜的姑娘！她担心你以为她不喜欢你呢。”

“她就是不喜欢我嘛！”娜塔莎说。

“别说蠢话了！”阿赫罗西莫娃吆喝道。

“我谁也不相信了，我知道她不喜欢我。”娜塔莎拿了信，大胆地说。她的脸色显得冷淡、愤怒和果断，阿赫罗西莫娃更仔细地对她瞧瞧，并且皱起眉头。

“你呀，大小姐，可不能这样回答我，”阿赫罗西莫娃说，“我说的全是实话。你给她写封回信。”

娜塔莎没有答话，回到自己屋里去读玛丽雅公爵小姐的信。

玛丽雅公爵小姐在信里说，她为她们之间发生的误会感到难过。玛丽雅公爵小姐请她相信，不论她父亲的情绪怎样，她都不会不爱她，因为她是哥哥的意中人，而为了哥哥的幸福她是不惜牺牲一切的。

“不过，”玛丽雅公爵小姐写道，“您别以为家父对您没有好感。他老了，又有病，要原谅他，但他心地善良，宽宏大量，他一定会疼爱使他儿子幸福的人。”玛丽雅公爵小姐要求娜塔莎另约时间再次见面。

娜塔莎看完信，坐到写字台前写回信。“亲爱的公爵小姐，”娜塔莎不假思索地开了头，就停住了。发生了昨天那件事以后，她还能写什么呢？“是的，那一切都有过，但现在完全不同了，”娜塔莎面对开了头的信，坐在那里想。“应该回绝他吗？真的应该回绝他吗？这太可怕了！……”为了摆脱这些可怕的念头，她去找宋尼雅，同她一起挑选刺绣的花样。

午饭后，娜塔莎回到自己屋里，又拿起玛丽雅公爵小姐的信。“难道真的一切都完了？”她想，“这一切来得那么快，难道真的把原来的一切都毁掉了？”她热烈地回想起她对安德烈公爵的爱情，同时又觉得她爱阿纳托里。她生动地想象着自己怎样成为安德烈公爵夫人，反复想象着同他一起生活的幸福，同时又回味着昨天会见阿纳托里时的细节，兴奋得浑身发热。

“为什么不能两全其美呢？”有时她头脑发昏，这样想，“只有那样我才能完全幸福，可现在我得挑选，两者缺少一个我都不会幸福。但要把发生的事告诉安德烈公爵，或者瞒着他，我都办不到。不过对那个人来说，并没有什么损失。我凭安德烈公爵的爱情生活了那么久，难道我能放弃这个幸福吗？”

“小姐，”一个使女神色诡秘地走进屋里，低声说，“有个人叫我交给您。”使女给她一封信。“但看在基督份上，小姐……”使女还在往下说，但娜塔莎不假思索地拆开信，看阿纳托里写来的情书，但一句也没看懂，她只知道这信是他写来的，是她所爱的那个人写来的。“是的，我爱他，要不怎么会有这样的事呢？要不我手里怎么会有他写来的情书呢？”

娜塔莎双手发抖，拿着陶洛霍夫替阿纳托里代笔的热烈的情书。她看着信，觉得信里有着她自己全部感情的回声。

“从昨晚起我的命运就决定了：要么得到您的爱情，要么死。我没有别的出路。”信是这样开头的。然后他在信里说，他知道她的父母不肯把她嫁给他，其中有不可告人的原因，他只能向她一人透露，但要是她爱他的话，她只要说一个是字，就没有什么人间的力量能破坏他们的幸福了。爱情能战胜一切。他会把她偷偷地带到天涯海角。

“是的，是的，我爱他！”娜塔莎想，把信读了二十来遍，从他的一字一句里寻找特别深奥的含义。

那天晚上，阿赫罗西莫娃要去阿尔哈罗夫家，建议两个姑娘陪她一起去。娜塔莎推说头痛留在家里。

15

宋尼雅入夜回家，走进娜塔莎屋里，惊奇地发现娜塔莎和衣睡在长沙发上。旁边桌上放着拆开的阿纳托里的信。宋尼雅拿起信来看。

宋尼雅一面看信，一面凝视着睡梦中的娜塔莎，想从她脸上看出读信后的反应，但是看不出。她的脸色平静、温柔、幸福。宋尼雅抓住胸口，免得透不过气来，脸色苍白，惊惶和激动得浑身哆嗦，坐在安乐椅上直流泪。

“我怎么一点也没看出来？这事怎么会弄到如此地步？难道她真的不爱安德烈公爵了？她怎么能让阿纳托里这样干？他是个骗子和坏蛋，这是明摆着的。假如尼古拉，可爱的高尚的尼古拉知道这事，他会怎么样？她前天、昨天、今天脸色这样兴奋、决断、古怪，原来是这个缘故，”宋尼雅想，“但她不可能爱他！她大概不知道是谁写来的，就把信拆开了。她大概生气了。她不可能做出这样的事来！”

宋尼雅擦去眼泪，走到娜塔莎跟前，又注视着她的脸。

“娜塔莎！”她叫了一声，声音轻得几乎听不见。

娜塔莎醒了，看见宋尼雅。

“啊，你回来了？”

娜塔莎好梦初醒，又有力又温柔地搂住朋友。但娜塔莎一发现宋尼雅的惶惑不安，脸上顿时也现出困惑和疑虑的神色。

“宋尼雅，你看过信了？”娜塔莎问。

“看了。”宋尼雅轻声回答。

娜塔莎兴奋地微微一笑。

“不，宋尼雅，我再也受不了啦！”娜塔莎说，“我再也不能瞒着你了。你知道，我们彼此相爱！……宋尼雅，好人儿，是他写信来……宋尼雅……”

宋尼雅仿佛不相信自己的耳朵，睁大眼睛看着娜塔莎。

“那么安德烈公爵怎么办？”宋尼雅问。

“唉，宋尼雅，唉，你真不知道我是多么幸福！”娜塔莎说，“你不知道什么叫爱情……”

“不过，娜塔莎，难道**那一切**都完了？”

娜塔莎睁大眼睛看着宋尼雅，仿佛听不懂她的问题。

“这么说来，你要同安德烈公爵断绝关系了？”宋尼雅问。

“唉，你什么也不明白，你别说蠢话，你听我说！”娜塔莎突然烦恼地说。

“不，这事我不能相信，”宋尼雅重复说，“我不明白。你爱一个人爱了整整一年，忽然……你看见他才三次。娜塔莎，我不相信，你在开玩笑。只要三天你就会把什么都忘了，就是这样……”

“三天！”娜塔莎说，“我觉得我已爱了他一百年。我觉得在他以前我从来没爱过什么人，从来没像爱他那样爱过什么人。这事你无法理解，宋尼雅，等一等，坐到这儿来。”娜塔莎搂着她，吻她。“我听人家说，这样的事是常有的，你一定也听说了，但直到现在我才体会到这样的爱情。这同以前的不一样。

我一看见他，就觉得他是我的主人，我是他的奴隶，我不能不爱他。是的，我是奴隶！他吩咐我做什么，我就做什么。这一点你不能理解。叫我有什么办法呢？我有什么办法呢，宋尼雅？”娜塔莎又惊又喜地说。

“但你想想你干了些什么，”宋尼雅说，“这事我不能不管。这些秘密通信……你怎么能让他这样放肆？”宋尼雅竭力掩饰着恐惧和厌恶的情绪说。

“我对你说了，”娜塔莎回答，“我身不由己，你怎么不明白，我爱他！”

“这样的事我不能容许，我要讲的！”宋尼雅大声说，眼泪夺眶而出。

“你怎么了，看在上帝份上……你要是讲出去，你就是我的仇人，”娜塔莎说，“你要我倒霉，你要我们分开……”

一看见娜塔莎恐惧的神色，宋尼雅为朋友流下羞愧和怜悯的泪水。

“那么你们之间究竟发生了什么事？”宋尼雅问，“他对你说了些什么？他为什么不来我们家？”

娜塔莎没有回答。

“看在上帝份上，宋尼雅，你对谁也别说，别折磨我，”娜塔莎要求道，“你要记住，这类事谁都不应该干涉。我已经告诉你了……”

“但为什么要这样保密？他究竟为什么不来我们家？”宋尼雅问，“他为什么不直接向你求婚？安德烈公爵不是给了你充分的自由吗？我不信真有这样的事。娜塔莎，你想想，会有什么不可告人的原因呢？”

娜塔莎惊讶地望着宋尼雅。显然，她这是第一次听到这样的问题，她不知道该怎样回答。

“什么原因，我不知道。但总有原因！”

宋尼雅叹了一口气，不信任地摇摇头。

“要是有原因的话……”宋尼雅开始说。但娜塔莎看出她的怀疑，恐惧地打断她。

“宋尼雅，你不能怀疑他，不能，不能，你明白吗？”娜塔莎叫道。

“他爱你吗？”

“他爱我吗？”娜塔莎看到朋友的迟钝，露出遗憾的微笑。“你不是看过他的信，见到他的人吗？”

“但如果他不是个正派人呢？”

“**他**……不正派？你不了解！”娜塔莎说。

“如果他是个正派人，就应该宣布他的意图，或者不再同你见面。你要是不愿意这样做，我就写信给他，我还要告诉爸爸。”宋尼雅坚决地说。

“可我没有他活不下去！”娜塔莎叫道。

“娜塔莎，我不理解你。你在说什么呀！你想想父亲，想想尼古拉吧。”

“除了他，我谁也不要，谁也不爱。你怎么敢说他这人不正派？难道你不知道我爱他吗？”娜塔莎嚷道。“宋尼雅，你走，我不愿同你吵嘴，你走吧，看在上帝份上走吧，你没看见我多么痛苦！”娜塔莎勉强忍住怒气，绝望地说。宋尼雅哭出声来，跑出屋子。

娜塔莎走到桌前，不假思索地写了封回信给玛丽雅公爵小姐，那是她整整一个早晨都没能写成的。她在信里简短地告诉玛丽雅公爵小姐，她们之间的一切误会都消除了，她接受了安德烈公爵出国前宽宏大量地给予她的自由，请公爵小姐忘掉一切，如果她有什么地方得罪公爵小姐，请她原谅，但她不能做安德烈公爵的妻子。现在，娜塔莎觉得一切都是那么简单明了，容易解决。

罗斯托夫一家预定星期五回乡，星期三伯爵带一个买主到莫斯科郊区去看他的庄园。

伯爵动身那天，宋尼雅和娜塔莎应邀参加库拉金家的盛大宴会。阿赫罗西莫娃带她们去。在宴会上娜塔莎又遇见了阿纳托里。宋尼雅发现，娜塔莎跟他谈话，不愿被人家听见，而且在宴会上一直比平时兴奋。她们回家后，娜塔莎首先向宋尼雅作了她期待中的解释。

“你啊，宋尼雅，说了他种种坏话，”娜塔莎轻声细语地说，就像孩子希望别人称赞时那样，“今天我同他说明白了。”

“什么，说了什么，他说了什么？娜塔莎，你不生我的气，我很高兴。把一切都告诉我，把全部真相都告诉我。他究竟说了什么？”

娜塔莎沉吟了一下。

“唉，宋尼雅，你要是像我一样了解他就好了！他说……他问我答应过安德烈公爵什么。他听说我可以回绝安德烈公爵，很高兴。”

宋尼雅愁闷地叹了一口气。

“但你并没有回绝安德烈公爵，是吗？”

“也许我已回绝了！也许我同安德烈公爵已一刀两断了。你为什么把我想得这么坏？”

“我什么也没想，我只是不明白……”

“等一下，宋尼雅，你什么都会明白。你会明白他是个怎样的人的。你别把我往坏处想，也别把他往坏处想。”

“我从没把谁往坏处想：我爱一切人，我同情一切人。可是我有什么办法呢？”

宋尼雅并不因娜塔莎语气婉转而让步。娜塔莎的脸色越温柔讨好，宋尼雅的神情就越严肃认真。

“娜塔莎，”宋尼雅说，“你要我不同你说话，我就不说，现在是你自己开的头。娜塔莎，我不信任他。为什么要这样偷偷摸摸？”

“又来了，又来了！”娜塔莎打断她的话。

“娜塔莎，我为你担心。”

“你担什么心？”

“我担心你会毁了自己。”宋尼雅坚决地说，说出这样的话连她自己都感到吃惊。

娜塔莎的脸上又显出怒容。

“我要毁掉自己，毁掉自己，毁得越快越好。这不关你的事。遭殃的是我，不是你。别来管我，别来管我。我恨你。”

“娜塔莎！”宋尼雅恐惧地叫道。

“我恨你，恨你！你永远是我的仇人！”

娜塔莎跑出屋去。

娜塔莎不再同宋尼雅说话，而且老躲着她。她一直带着兴奋、惊讶和负罪的神情在房子里走来走去，一会儿抓抓这个，一会儿弄弄那个，又随手放下。

宋尼雅觉得不是滋味，但还是目不转睛地盯住朋友。

在伯爵预定回家前一天，宋尼雅发现娜塔莎一早晨都坐在客厅窗口，仿佛在等待什么。娜塔莎向一个过路军人打手势，宋尼雅还以为那个人就是阿纳托里。

宋尼雅更留神地观察朋友，发现娜塔莎吃饭时和晚上神色古怪，很不自然。她回答问题牛头不对马嘴，说话有头无尾，对谁都发笑。

喝过茶以后，宋尼雅看见一个使女怯生生地在门口等娜塔莎。宋尼雅放她过去，在门口偷听，知道又是转交信件。

宋尼雅恍然大悟，娜塔莎今晚有个可怕的计划。宋尼雅敲敲门，娜塔莎不让她进去。

“她要跟他私奔！”宋尼雅想。“她什么都做得出。今天她的脸色特别可怜和坚决。她同舅舅告别时哭了。”宋尼雅回想起来。“不错，她要跟他私奔，可是我该怎么办？”宋尼雅想，同时想起那些表明娜塔莎有可怕意图的迹象。“伯爵不在。叫我怎么办？写信给阿纳托里要他说清楚吗？但谁能命令他回答呢？听安德烈公爵的话，遇到不幸的事写信给皮埃尔吗？……说不定她真的已回绝安德烈公爵了（她昨天给玛丽雅公爵小姐去信了）。舅舅又不在！”

告诉很信任娜塔莎的阿赫罗西莫娃，宋尼雅又感到害怕。

“不管怎样，”宋尼雅站在阴暗的走廊里想，“现在应该报答我对他们一家的恩情和对尼古拉的爱了，否则就没有机会。不，我即使三天三夜不睡觉也不离开这走廊，我一定要拦住她，不让这个家庭出丑。”

16

阿纳托里最近住到陶洛霍夫家。诱拐娜塔莎的计划几天前已由陶洛霍夫考虑停当。宋尼雅在门外偷听后决定保护娜塔莎的那天，正是实现这个计划的日子。娜塔莎答应晚上十点钟从后门出去和阿纳托里接头。阿纳托里将让她坐上预先准备好的三驾马车，把她带到离莫斯科六十俄里处的卡明加村，那里将由一位免职的牧师给他们举行婚礼。在卡明加村还准备好换乘的马匹，把他们送上华沙大道，然后换乘驿车逃到国外。

阿纳托里有护照，有驿马使用证，还有从他妹妹那里要来的一万卢布，又通过陶洛霍夫借到一万卢布。

两个证婚人坐在前室喝茶。其中一个是退职的小官吏赫伏斯提科夫，常帮陶洛霍夫安排赌局；另一个是善良、软弱、对阿纳托里忠心耿耿的退伍骠骑兵马卡林。

陶洛霍夫的大书房从天花板起四壁挂满波斯壁毯、熊皮和武器。陶洛霍夫穿着旅行装和高筒靴，坐在盖子打开的写字台前，写字台上放着账册和钞票。阿纳托里敞开制服，从证婚人坐着的房间出来，穿过书房走到他的法国跟班和其他仆人收拾行李的后房。陶洛霍夫数着钞票，记着账。

“我说，得给赫伏斯提科夫两千。”陶洛霍夫说。

“好，那就给吧。”阿纳托里说。

“至于马卡林，他肯为你赴汤蹈火，一无所求。好了，账算好了，”陶洛霍夫说着，给他看账单，“对不对？”

“对，当然对！”阿纳托里说，显然没在听陶洛霍夫说话，脸上一直挂着笑容，眼睛瞪着前方。

陶洛霍夫砰地关上写字台盖，带着嘲弄的微笑向阿纳托里转过身来。

“我看，这事你还是放弃吧，现在还来得及！”陶洛霍夫说。

“傻瓜！”阿纳托里说，“别再说蠢话了。你真不知道……鬼知道这是怎么搞的！”

“真的，放弃算了！”陶洛霍夫说，“我跟你说正经的。你这个主意难道是闹着玩的吗？”

“哼，又来惹我生气了？去你的！什么？……”阿纳托里皱着眉头说，“现在哪有工夫跟你开这种愚蠢的玩笑。”他说着走出屋去。

陶洛霍夫看见阿纳托里出去，轻蔑而宽厚地微笑着。

“你等一下，”他在阿纳托里后面说，“我不是开玩笑，我是说正经的，回来，快回来。”

阿纳托里又回到屋里，尽量留神望着陶洛霍夫，不由自主地听从他的话。

“你听我说，我最后一次对你说。我跟你开什么玩笑？难道我跟你闹过别扭？是谁给你安排这一切的？是谁给你找牧师？是谁给你弄到护照？是谁给你筹了钱？还不都是我。”

“那就谢谢你啦。你以为我会忘恩负义吗？”阿纳托里叹了一口气，拥抱陶洛霍夫。

“我帮了你忙，但我仍要警告你：这事很危险，要是冷静想一想，这事做得很蠢。嗯，你把她带走，很好。可他们会就此罢休吗？他们一发现你结过婚，你就得吃官司……”

“哼！胡说八道，胡说八道！”阿纳托里又皱起眉头说。“我不是跟你解释过了。呃？”阿纳托里也像一般头脑简单的人那样特别固执。向陶洛霍夫重复他说过一百遍的道理。“我不是已经对你说过，我拿定主意了：这次婚姻如果是无效的，”他弯曲一个手指，“那我就不用负责；如果是有效的，那也没关系：到了国外谁也不会知道这件事，你说是不是？你别再说了，别再说了，别再说了！”

“真的，还是算了吧！你何苦自寻烦恼……”

“滚你的蛋！”阿纳托里说，双手抓着头发，走出屋子，但立刻又回来，盘腿坐在陶洛霍夫前面的安乐椅上。“鬼知道这是怎么回事！呃？你摸摸，跳得多厉害！”他拉起陶洛霍夫的一只手，把它放在自己胸口上。“啊！多美的腿，老兄，多迷人的眼神！简直是女神！！呃？”

陶洛霍夫冷冷地笑着，他那双蛮横好看的眼睛炯炯发亮，显然想再拿他开开玩笑。

“那么，等到钱用光了怎么办？”

“怎么办？呃？”阿纳托里重复朋友的话说，想到前途确实有点惘然。“怎么办？我不知道……哼，还说那些废话干什么！”他看看表。“是时候了！”

阿纳托里走到后房。

“喂，快好了吗？你们还磨蹭什么！”他对仆人吆喝道。

陶洛霍夫收拾起钱，吩咐仆人把上路前吃的酒菜拿来，自己就到马卡林和赫伏斯提科夫屋里去了。

阿纳托里在书房里支着臂肘躺在沙发上，若有所思地微笑着，嘴里念念有词。

“来吃点东西。来喝一杯！”陶洛霍夫从另一间屋里喊道。

“我不要！”阿纳托里回答，仍旧微笑着。

“来吧，巴拉加来了。”

阿纳托里站起来，走到餐室。巴拉加是有名的三驾马车车夫，伺候陶洛霍夫和阿纳托里已有六年。当阿纳托里的团驻在特维尔的时候，他不止一次拉着阿纳托里傍晚从特维尔出发，天亮就赶到莫斯科，第二天晚上再把他拉回来。他不止一次载着陶洛霍夫逃脱人家的追捕，不止一次载着他们、吉卜赛人和骚娘儿们（巴拉加的说法）在城里兜风，他为了他们多次在莫斯科街上撞倒行人和别的车夫，每次都是老爷们（他这样称呼他们）救了他。他为他们赶死了不止一匹马。他不止一次挨他们的打，不止一次被他们用他爱喝的香槟酒和马德拉酒灌醉，他知道他们每个人的各种恶作剧，为了这种恶作剧，换了一般人早被流放到西伯利亚去了。他们常常叫巴拉加参加吉卜赛人的酒宴和舞蹈，他们经他的手花掉的钱何止一千卢布。他伺候他们，每年要玩命二十来次，他伺候他们，赶坏的马匹价值超过他们付给他的钱。但他喜欢他们，喜欢这种每小时十八俄里的狂奔，喜欢撞翻马车，冲倒行人，在莫斯科街上飞驰。他喜欢听背后老爷喝醉酒的狂叫：“快一点！快一点！”虽然已经快得不能再快了；他喜欢朝吓得半死躲开马车的乡下人脖子上甩一鞭子。他常常想：“这才是真正的老爷！”

阿纳托里和陶洛霍夫也喜欢巴拉加，因为他赶车的技术好，他同他们的爱好相同。巴拉加跟别人讨价还价，斤斤计较，赶两小时车要二十五卢布；别人乘车，他总是派他的下手赶，难得亲自出马。但遇到“自己的老爷”坐车，他总是亲自驾驭，而且不讲价钱。每过几个月，他从跟班那里知道老爷们手里有钱，就滴酒不沾，一早走到他们面前，深深一鞠躬，求他们救济。两位老爷总是让他坐下。

“您就搭救我一次吧，老爷，大人，”巴拉加说，“我连一匹马也没有了，我要去赶集，您能借我多少就借多少。”

阿纳托里和陶洛霍夫手头宽裕的时候，往往给他一两千卢布。

巴拉加是个二十七岁的农民，矮个子，黄头发，红脸膛，塌鼻子，脖子又红又粗，一双小眼睛炯炯有神，留着一小撮山羊胡子。他身穿羊皮袄，外面套着一件绸里蓝色薄长袍。

巴拉加向门对面的圣像画了十字，走到陶洛霍夫跟前，伸出一只不大的黑手。

“陶洛霍夫老爷！”他鞠着躬叫道。

“你好，老弟。他就在这里。”

“你好，大人！”巴拉加对走进来的阿纳托里说，也向他伸出手。

“你听我说，巴拉加，”阿纳托里说，双手放在他的肩上，“你喜欢我不喜欢？呃？现在你为我跑一趟……你套了什么马？呃？”

“就照您派去的人吩咐的，用您的千里马。”巴拉加说。

“好，你听我说，巴拉加！就是把三匹马都赶死，也要在三小时内赶到。懂吗？”

“要是把马都赶死了，那我们还怎么走！”巴拉加挤挤眼睛说。

“当心我打烂你的嘴脸，你敢开玩笑！”阿纳托里突然睁大眼睛，嚷道。

“怎么开玩笑？”车夫笑着说，“为了自己的老爷我几时心疼过马？马能跑多快，就让它跑多快。”

“好！”阿纳托里说，“坐吧。”

“对了，坐吧！”陶洛霍夫说。

“我站一会儿好了，陶洛霍夫老爷。”

“坐吧，别废话，喝吧！”阿纳托里说，给他倒了一大杯马德拉酒。车夫一看到酒，眼睛就发亮了。他出于礼貌推让了一番，然后一饮而尽，再拿出藏在帽子里的红绸手绢擦擦嘴。

“什么时候出发啊，老爷？”

“这个……”阿纳托里看了看表，“这就走。注意了，巴拉加。你说，来得及吗？”

“只要出门吉利，怎么会来不及？”巴拉加说，“上次把您送到特维尔，只用了七个钟头。您该记得吧，老爷。”

“你知道吗，有一年圣诞节我从特维尔出发。”阿纳托里回忆往事，含笑对马卡林说。马卡林睁大眼睛讨好地望着阿纳托里。“你真不会相信，马卡林，我们跑得像飞一样，简直叫人喘不过气来。我们遇到一个车队，就超过了两辆大车。是吗？”

“那几匹马可了不起！”巴拉加继续说，“我当时把两匹拉边套的小马和栗色辕马套在一起，”他对陶洛霍夫说，“你也许不相信，老爷，那些马一口气跑了六十俄里。我勒都勒不住，两只手都冻僵了，麻了。我把缰绳扔了。我说，老爷，您自己来驾吧，我就倒在雪橇里。根本用不着赶，不到达目的地是勒不住的。那些鬼东西三个小时就赶到了。只有左边那匹马断了气。”

17

阿纳托里从屋子里出去。几分钟后，他穿了一件皮袍，系着银腰带，头上歪戴一顶同他俊美的脸很相称的貂皮帽，回到屋里来。他照了照镜子，又以同样的姿势站在陶洛霍夫面前，拿起一杯酒来。

“喂，陶洛霍夫，再见，谢谢你的帮忙！”阿纳托里说。“喂，伙伴们，朋友们……”他想了一下……“我青年时代的朋友们，再见。”他对马卡林等人说。

尽管大家都同他一起走，阿纳托里却想对同伴们说些庄严感人的话。他挺起胸膛，摆动一条腿，慢吞吞地大声说：

“大家举起杯来；巴拉加，你也举起杯来。来吧，我青年时代的伙伴们，朋友们，我们在一起，玩也玩过了，喝也喝过了，乐也乐过了。是吗？我们今天分手，什么时候能再见？我要出国去了。我们一起开心过，再见，朋友们。祝大家健康！乌拉！……”阿纳托里说，把酒一饮而尽，把杯子往地上一摔。

“祝你健康！”巴拉加说，也喝干了酒，用手绢擦擦嘴。马卡林含泪拥抱阿纳托里。

“唉，公爵，我真舍不得和你分手！”马卡林说。

“走了，走了！”阿纳托里叫道。

巴拉加刚要走出屋去。

“不，等一下，”阿纳托里说，“关上门，坐一下。就是这样。”大家关上门，都坐下。[1]

“好，现在可以走了，朋友们！”阿纳托里说着站起来。

跟班约瑟夫把挎包和军刀交给阿纳托里。大家走到前厅。

“皮外套在哪里？”陶洛霍夫说。“喂，伊格纳施卡！你到玛特廖娜那里去一下，问她要皮外套，貂皮外套。我听人家说过怎样拐逃姑娘，”陶洛霍夫挤挤眼，说，“她准是穿着便服从家里半死不活地逃出来，你只要一耽搁，她就会眼泪鼻涕地叫爹喊妈，眼看着就会冻僵，就会闹着要回去，你就得用皮外套把她裹起来，抱上雪橇。”

跟班拿来一件狐皮女斗篷。

“笨蛋，我对你说要貂皮的。喂，玛特廖娜，要貂皮的！”陶洛霍夫大声叫嚷，叫得隔开几个屋子都能听到。

一个美丽瘦削、面容苍白的吉卜赛女人，生着一双乌黑发亮的眼睛和一头黑里带灰的鬈发，披着红围巾，臂上搭着一件貂皮外套跑出来。

“没关系，我不会舍不得，你拿去吧。”吉卜赛女人说，看到老爷有点害怕，但又舍不得貂皮外套。

陶洛霍夫没有搭理她，拿起皮外套披在玛特廖娜身上，把她裹起来。

“就是这样。”陶洛霍夫说。“然后这样，”他说着把皮外套领子翻起来，只露出她的一小块脸。“然后再这样，看见吗？”他把阿纳托里的头推到外套领口，从那里可以看见玛特廖

1 俄国风俗，出门前坐一会儿，预祝一路平安。

娜光艳照人的笑容。

“嗯，再见了，玛特廖娜，”阿纳托里吻着她说。“唉，我在这里的快活日子结束了！替我向斯焦施卡问好。嗯，再见了！再见了，玛特廖娜，你祝我走运吧。”

“哦，公爵，但愿上帝赐您鸿福！”玛特廖娜带着吉卜赛人口音对阿纳托里说。

门口台阶旁停着两辆三驾雪橇，两名年轻的车夫勒住马。巴拉加坐在前面一辆雪橇上，高举双臂，不慌不忙地理着缰绳。阿纳托里和陶洛霍夫都坐他的雪橇。马卡林、赫伏斯提科夫和跟班坐另一辆雪橇。

“好了吗？”巴拉加问。

“走啦！”巴拉加嚷道，把缰绳绕在手上，雪橇就沿着尼基塔林荫大道往下奔驰。

“驾！让开，喂！……驾！”只听得巴拉加和驭座上小伙子的吆喝声。在阿尔巴特广场，雪橇撞了一辆马车，发出一阵咔嚓声，有人叫了起来，但雪橇又沿着阿尔巴特街奔驰。

巴拉加在波德诺文斯基街跑了两段路，勒住马，然后又回到老马厩街十字路口停下。

小伙子从驭座上跳下来抓住缰绳，阿纳托里和陶洛霍夫下了车，沿着人行道走去。陶洛霍夫走近一家大门，吹了声口哨。有一声口哨回答他，接着跑出来一个使女。

“到院子里来吧，要不会被人看见的，她马上出来。”使女说。

陶洛霍夫留在大门口。阿纳托里跟着使女走进院子，绕过墙角，跑上台阶。

阿赫罗西莫娃的高大跟班加夫里洛迎接了阿纳托里。

“请到夫人那里去一下。”跟班拦住去路，低声说。

“什么夫人？你是谁？”阿纳托里上气不接下气地问。

“请进，我是奉命来领路的。”

“阿纳托里！回来！”陶洛霍夫叫道。“变卦了！快回来！”

陶洛霍夫在门口同门房发生了冲突，因为阿纳托里进门后门房想把门锁上。陶洛霍夫用尽力气把门房推开，抓住跑出来的阿纳托里的手臂，把他拉到门外，然后一起向雪橇跑去。

18

阿赫罗西莫娃在走廊里遇见泪痕满面的宋尼雅，叫她把事情说出来。阿赫罗西莫娃抢过娜塔莎的条子，看了一遍，拿着条子去找娜塔莎。

“贱货，不要脸的东西！”她骂娜塔莎道，“我什么话也不要听！”她推开用惊讶而干燥的眼睛瞧着她的娜塔莎，把她锁在房里，吩咐门房今晚要是有人来，就让他们进来，但别放他们出去，并吩咐跟班把他们带进来，自己则坐在客厅里等候拐骗犯。

加夫里洛进来报告说，来的人都逃走了。阿赫罗西莫娃皱着眉头站起来，倒背着双手在屋里踱了好半天，考虑她该怎么办。深夜十二点光景，她摸着口袋里的钥匙，向娜塔莎房里走去。宋尼雅坐在走廊里痛哭。

“阿赫罗西莫娃夫人，看在上帝份上让我进去看看她！”宋尼雅请求说。阿赫罗西莫娃没有理她，打开门径自走进去。“真下流，真可恶……在我家里，贱货……只是她父亲太可怜！”阿赫罗西莫娃想，竭力按捺自己的怒气。“不管有多大困难，我要大家闭上嘴，瞒过伯爵。”阿赫罗西莫娃大踏步走进娜塔莎的房间。娜塔莎双手捂着脸，一动不动地躺在沙发上。阿赫罗西莫娃刚才离开时她就是这样躺着的。

“好哇，太好啦！”阿赫罗西莫娃说。“在我家里约情人幽会！不用装腔，你听着，我在跟你说话。”阿赫罗西莫娃推推她的手。“我在跟你说话，你听着，你这贱货把脸都丢尽了。我本来要你好看，但我可怜你父亲。我不愿让他知道。”娜塔莎没有改变姿势，但全身因剧烈抽噎而不断起伏，阿赫罗西莫娃回顾了一下宋尼雅，在沙发上挨着娜塔莎坐下。

“算他走运，从我手里逃走了，但我找得到他，”阿赫罗西莫娃粗声粗气地说，“我对你说的话你听见没有？”她用一只大手托住娜塔莎的脸，把它转过来。阿赫罗西莫娃和宋尼雅看见娜塔莎的脸都大吃一惊。她眼睛发亮，没有泪水，嘴唇紧闭，双颊凹陷。

“别管我……我没什么……我要死了……”娜塔莎说，拼命挣脱阿赫罗西莫娃的手，仍像原来那样躺着。

“娜塔莎！……”阿赫罗西莫娃说，“我是要你好。你躺着，就这样躺着，我不来动你。你听着……你做了多大的错事，我不来说你，你自己明白。可是你父亲明天回来，叫我怎么向他交代？呃？”

娜塔莎又哭得浑身颤动。

“嗯，他会知道的，还有你的哥哥，还有你的未婚夫！”

“我没有未婚夫，我已经回绝了。”娜塔莎叫道。

“那也一样，”阿赫罗西莫娃继续说，“嗯，要是他们知道了，他们肯罢休吗？他，你父亲，我了解他，他会约他决斗的，这样好吗？呃？”

“哦，别来管我，你们干吗样样都要管！干吗？干吗？谁要你们管？”娜塔莎从沙发上支起身，恶狠狠地瞧着阿赫罗西莫娃喊道。

“你到底想干什么呀？”阿赫罗西莫娃叫道，又发起火来。“什么，谁把你关起来了？谁拦着不让他到我们家来？为什么他们要把你像吉卜赛女人那样带走？……就算他把你拐走了，你以为就找不到他了？……你父亲，还有你哥哥，还有你的未婚夫就找不到他了？他是无赖，是流氓，就是这么回事！”

“他比你们哪个人都好！”娜塔莎抬起身大声叫道，“要不是你们干涉……唉，天哪，这是怎么回事，这是怎么回事！宋尼雅，这是为什么呀？走开！……”娜塔莎哭得那么伤心，只有发觉咎由自取的人才会这样痛哭。阿赫罗西莫娃又要说什么，但娜塔莎又叫起来：“走开，走开，你们都恨我，瞧不起我！”她又扑倒在沙发上。

阿赫罗西莫娃又数落了娜塔莎一顿，教她把这一切瞒着伯爵，并要她明白，只要她娜塔莎决心忘记一切，不让任何人察觉，那就不会有人知道这件事。娜塔莎没有回答。她不再大声痛哭，但身子像发冷似的哆嗦着。阿赫罗西莫娃替她垫上枕头，盖了两条被子，亲自给她拿来菩提花茶，但娜塔莎没有理她。

“嗯，让她睡吧！”阿赫罗西莫娃说，走出屋子，以为她睡着了。其实娜塔莎并没有睡着，她脸色苍白，睁大眼睛直勾勾地望着前方。娜塔莎通夜没有合眼，也没有哭，也没有跟几次起来看她的宋尼雅说话。

第二天早餐前，罗斯托夫伯爵如约从莫斯科郊外庄园回来。他很快活，因为已同买主成交，如今再没有事让他在莫斯科耽搁，不让他回去同伯爵夫人团聚了。阿赫罗西莫娃迎接他，立刻告诉他娜塔莎昨天很不舒服，已派人去请医生，但今天好多了。娜塔莎一早晨没有走出房门。她紧闭干裂的嘴唇，睁着一双呆滞干燥的眼睛坐在窗口，不安地望着街上的行人，慌张地回顾走进屋里来的人。她显然在等他的消息，等他自己上门或者给她送信来。

伯爵上来看她，她听见男人的脚步声不安地回过头来，她脸上又现出原来那种冷漠甚至愤恨的神色。她甚至没有起来迎接父亲。

“你怎么了，我的小天使，病了吗？”伯爵问。

娜塔莎沉默了一会儿。

“是的，我病了。”她回答说。

伯爵不安地问她为什么脸色这样难看，未婚夫有没有出什么事。娜塔莎回答他什么事也没有，请他不要担心。阿赫罗西莫娃证实娜塔莎的话，家里平安无事。伯爵从女儿的装病和烦躁中，从宋尼雅和阿赫罗西莫娃的尴尬脸色上清楚地看出，他不在的时候一定出了什么事；但他不敢想象爱女做出什么丢脸的事，再说他十分贪恋愉快的平静，就不再追问，竭力使自己相信没有发生过什么事，只是由于女儿生病而推迟回乡，使他感到有点不快。

19

自从妻子来到莫斯科那天起，皮埃尔就准备出门，以避免同她待在一起。罗斯托夫一家来莫斯科后不久，娜塔莎给他的印象使他急于去了却一个心愿。他到特维尔巴兹杰耶夫的寡妇那里去，后者答应把亡夫的一批文件交给他。

皮埃尔回到莫斯科，接到阿赫罗西莫娃的来信，请他去商谈一件有关安德烈公爵和未婚妻的要事。皮埃尔避免同娜塔莎见面。他觉得他对她的感情太强烈了，超过一个已婚男子对朋友未婚妻应有的感情。可命运总是偏偏把他同她纠缠在一起。

“出什么事了？他们的事同我有什么相干？”皮埃尔一边想，一边穿衣服准备到阿赫罗西莫娃家去。“但愿安德烈公爵快一点来和她结婚！”皮埃尔在去阿赫罗西莫娃家的路上想。

在特维尔林荫大道上有人呼唤他。

“皮埃尔，回来好久了？”一个熟悉的声音喊他。皮埃尔抬起头。一辆由两匹灰马拉的豪华雪橇，上面坐着阿纳托里和他的忠实伙伴马卡林，急驰而过，溅起了一片雪泥。阿纳托里微微低下头，脸埋在海龙皮领子里，以花花公子军官惯有的姿势笔挺地坐在雪橇上。他脸色红润，精神焕发，歪戴着白翎皮帽，露出撒满雪花的擦过油的鬈发。

“是啊，真是个聪明人！”皮埃尔想，“只图眼前快活，总是无忧无虑，心安理得。我要是能像他那样，什么代价都愿意出！”皮埃尔羡慕地想。

在阿赫罗西莫娃的前厅里，仆人帮皮埃尔脱下外套，告诉他，女主人请他到卧室去。

皮埃尔打开通大厅的门，看见娜塔莎坐在窗口，面容憔悴，怒气冲冲。她回头看了他一眼，皱起眉头，现出冷若冰霜的样子走出屋去。

“出什么事了？”皮埃尔一走进阿赫罗西莫娃的屋里就问。

“好事！”阿赫罗西莫娃回答。“我活了五十八岁，这样丢脸的事还没见过。”在皮埃尔保证不把事情说出去之后，阿赫罗西莫娃就告诉他娜塔莎怎样背着父母回绝了未婚夫，罪魁祸首是阿纳托里，皮埃尔的妻子在阿纳托里和娜塔莎当中牵线，娜塔莎想趁父亲不在跟他私奔，然后秘密结婚。

皮埃尔耸起肩膀，张大嘴巴，听着阿赫罗西莫娃的话，简直不相信自己的耳朵。安德烈公爵的未婚妻，原先那么可爱的娜塔莎，竟要抛弃安德烈公爵，看中已婚的（皮埃尔知道他已结过婚）傻瓜阿纳托里，甚至疯疯癫癫，情愿跟他私奔！这事皮埃尔简直无法理解，也无法想象。

他从小认识的娜塔莎的可爱印象，同她现在这种卑贱、愚蠢和狠心的行为，在他心里怎么也无法联系在一起。他想到他的妻子。“她们都是一路货。”皮埃尔自言自语，想到同坏女人结合，并不是他一人独有的厄运。但他为安德烈公爵难过，为他的自尊心受到伤害难过。他越痛惜自己的朋友，就越是蔑视甚至憎恨刚才冷若冰霜地从他旁边走过的娜塔莎。他不知道，娜塔莎的心里充满绝望、羞耻和屈辱，她脸上现出凛然不可侵犯的神气不能怪她。

“怎么，结婚！”皮埃尔听到阿赫罗西莫娃的话说，“他不能结婚，他结过婚了。”

“那就更恶劣了，”阿赫罗西莫娃说，“好小子！真是个浑蛋！可她还在等他，等了两天了。至少要把这事告诉她，叫她别等了。”

阿赫罗西莫娃从皮埃尔那里知道了阿纳托里结婚的详情，把阿纳托里痛骂了一顿，以泄心头之恨，然后告诉皮埃尔找他来的原因。她唯恐罗斯托夫伯爵或者安德烈公爵（他随时可能来到）知道这件她想瞒过他们的事，会同阿纳托里决斗，因此她要皮埃尔以她的名义叫他的内弟离开莫斯科，不许他再让她看见。皮埃尔直到现在才懂得老伯爵、尼古拉和安德烈公爵的处境危险，答应照她的意思去办。阿赫罗西莫娃又简明扼要地说了一遍她的要求，就放皮埃尔到客厅去。

“注意，伯爵什么都不知道。你要装作什么都不知道的样子。”阿赫罗西莫娃说。“我去对她说不要再等了！你要是愿意，就留下来吃饭。”阿赫罗西莫娃对皮埃尔大声说。

皮埃尔遇见老伯爵。老伯爵心烦意乱。这天早晨，娜塔莎告诉他，她已回绝了安德烈公爵。

“麻烦，麻烦，老弟，”老伯爵对皮埃尔说，“做娘的没有来，对付这些丫头可真麻烦；我真后悔到这里来。我对您无话不谈。您听说了，她没同谁商量就把未婚夫回掉了。老实说，这门亲事我从来就不很称心。就算他是个好人，但违反父亲的意思总不会幸福，再说，娜塔莎也不愁没有人来求婚。但这事毕竟已有好多日子，而她走这一步又没有得到父母的同意！如今她又病了，天知道是怎么搞的！真糟糕，皮埃尔伯爵，做娘的没有来，女儿真难对付……”皮埃尔看到伯爵心情很坏，就竭力把话岔开，但伯爵又回到这件使他苦恼的事上来。

宋尼雅神色慌张地走进客厅。

“娜塔莎不太舒服；她在自己屋里，希望见到您。阿赫罗西莫娃在她屋里，也请您去。”

“对了，您是安德烈公爵的好朋友，她大概有话要您转达，”伯爵说，“哦，天哪，天哪！原来什么都是好好的！”伯爵抓着两鬓稀疏的白发，走了出去。

阿赫罗西莫娃告诉娜塔莎，说阿纳托里是结过婚的。娜塔莎不信，要皮埃尔当面作证。宋尼雅带皮埃尔穿过走廊到娜塔莎屋里去时，把这事告诉了他。

娜塔莎脸色苍白而严厉，坐在阿赫罗西莫娃旁边，看见皮埃尔进来，就用热辣辣亮闪闪的询问目光迎接他。她没笑一笑，也没向他点头，只是一个劲儿地望着他，她的目光只是问：他是阿纳托里的朋友，还是像别人一样是他的仇人？皮埃尔本身对她来说仿佛是不存在的。

“他什么都知道，”阿赫罗西莫娃指着皮埃尔对娜塔莎说，“让他告诉你，我说的是不是事实。”

娜塔莎时而望望阿赫罗西莫娃，时而望望皮埃尔，好像一头被追逐的中弹野兽望着猎狗和猎人。

“娜塔莎小姐！”皮埃尔开口说。他垂下眼睛，觉得又是可怜她，又是厌恶他不得不做的这件事，“是不是事实，这对你倒没有什么关系，因为……”

“那么说他结过婚，这不是真的吧？”

“不，这是真的。”

“他结过婚，早就结过婚吗？”娜塔莎问，“你能起誓吗？”

皮埃尔对她起了誓。

“他还在这里吗？”娜塔莎急急地问。

“是的，我刚才看见他。”

她显然无法再说什么，只做做手势要大家走开。

20

皮埃尔没有留下来吃饭，立刻离开屋子走了。他乘车到城里四处找寻阿纳托里，一想到他，血就涌上心来，呼吸就感到困难。他不在滑雪场，不在吉卜赛人那里，也不在康莫奈诺那儿。皮埃尔去俱乐部。俱乐部里一切如旧：会员们三五成群坐在一起吃饭，他们招呼皮埃尔，谈论着社会新闻。一个茶房向他请安，他知道他的熟人和习惯，告诉他已在雅座里给他留了个位子，米哈伊尔·扎哈雷奇公爵到图书馆去了，巴维尔·基摩费伊奇还没有来。皮埃尔的一个熟人在谈论天气时问他有没有听到阿纳托里诱拐娜塔莎的事，城里流传着这消息是否属实？皮埃尔笑着回答说，这纯属谣言，因为他刚从罗斯托夫家来。他向人打听阿纳托里，一个说他还没有来，另一个说他今天要来吃饭。皮埃尔看着这些不知道他心事的冷漠的人，感到奇怪。他在几个厅里转来转去，直到客人都上满了，却不见阿纳托里，他没有吃饭就回家了。

皮埃尔所找寻的阿纳托里，那天在陶洛霍夫家吃饭，同他商量怎样补救这件失败的事。他觉得必须同娜塔莎见一次面，傍晚他到妹妹家，同她商量怎样安排这样一次会面。皮埃尔跑遍莫斯科没有找到他，回到家里，听差向他报告说阿纳托里公爵在伯爵夫人那里。伯爵夫人的客厅里正高朋满座。

皮埃尔回来后还没见到过妻子。他走进客厅也没和她打招呼（此刻他比任何时候都更恨她），一看见阿纳托里就向他走去。

“哦，皮埃尔！”伯爵夫人走到丈夫面前说，“你不知道我们的阿纳托里现在的处境……”她说到一半就停住了，因为看见丈夫垂下头，眼睛发亮，步伐坚决，现出疯狂和粗野的可怕神态，就像那次同陶洛霍夫决斗后一样。

“你走到哪里，哪里就出现伤风败俗的罪恶。”皮埃尔对妻子说。“阿纳托里，来，我有话同你说。”他用法语说。

阿纳托里回头看了妹妹一眼，乖乖地站起来，准备跟皮埃尔走。

皮埃尔抓住他的手臂，把他拉过来，走出屋子。

“你要是胆敢在我的客厅里……”海伦喃喃地说，但皮埃尔没有理她，走了出去。

阿纳托里像平时一样雄赳赳地跟在皮埃尔后面，但脸上现出不安的神色。

皮埃尔走进书房，关上门，眼睛不看阿纳托里，对他说。

“你答应娜塔莎伯爵小姐，要和她结婚吗？你想把她拐走吗？”

“老兄，”阿纳托里用法语回答（他一直都说法语），“你用这样的语气审问我，我认为没有义务回答。”

皮埃尔的脸本来已很苍白，这下子气得变了样。他用一只大手抓住阿纳托里的制服领子，使劲把他摇来晃去，直到阿纳托里脸上现出恐惧的神色。

“我说，我要同你谈谈……”皮埃尔重复说。

“什么，真是胡闹。呃？”阿纳托里说，摸摸连呢子一起撕下的领口纽子。

“你这无赖，坏蛋，我恨不得用这东西砸烂你的脑袋！”皮埃尔说，说得很不自然，因为他说的是法语。他拿起沉重的吸墨器，举起来威胁，随即又放回原处。

“你答应要同她结婚吗？”

“我，我，我没有想过，我从来没有答应过，因为……”

皮埃尔打断他的话。

“你有她的信吗？你有信吗？”皮埃尔走近阿纳托里，又问。

阿纳托里瞧了他一眼，立刻伸手到口袋里，掏出皮夹子。

皮埃尔接过递给他的信，推开一张挡路的桌子，一屁股坐到沙发上。

“我不会把你怎么样的，不用怕。”皮埃尔说，回答阿纳托里恐惧的神态。“第一，把信给我，”皮埃尔仿佛背书一样说。“第二，”他停了停继续说，又站起来在屋子里踱步，“你明天必须离开莫斯科。”

“但我怎么能……”

“第三，”皮埃尔没理他，继续说，“你同伯爵小姐的事，永远不许再提一个字。这一点，我知道我无法禁止你，但你要是有一点良心的话……”皮埃尔默默地在屋里踱了几次。阿纳托里坐在桌旁，皱紧眉头，咬着嘴唇。

“总之，你必须明白，除了你的快乐之外，还要顾到别人的幸福和安宁，你为了自己寻欢作乐，不惜毁掉人家的一生。拿我老婆那样的女人取乐，这你有权利，她们知道你想从她们身上得到什么。她们会用堕落的经验对付你；但答应同一位姑娘结婚……欺骗她，诱拐她……你怎么不明白，这就同殴打老人或者孩子一样卑鄙！……”

皮埃尔没再说下去，看了看阿纳托里，他的目光已不是愤怒，而是含有询问的神色。

“这个我不明白。呃？”阿纳托里说，看到皮埃尔忍住怒气，胆子大起来。“这个我不知道，也不想知道，”他说，眼睛不看皮埃尔，下额微微打战，“但您对我使用卑鄙这一类字眼，我作为一个体面人，可不答应。”

皮埃尔惊讶地对他望望，不明白他想干什么。

“尽管这只是我们两人单独谈话，”阿纳托里继续说，“可我不能……”

“那么，你要我赔礼道歉吗？”皮埃尔嘲笑说。

“至少您得收回您的话。呃？如果您要我照您的意思去办。呃？”

“收回，我收回，”皮埃尔说，“我请你原谅。”皮埃尔看了看扯下的纽扣。“要是你需要路费……”阿纳托里微微一笑。

在妻子脸上经常看到的那种无耻的媚笑，又使皮埃尔按捺不住怒气。

“哦，你们这伙没有心肝的下流坯！”皮埃尔说着走出屋去。

第二天，阿纳托里就到彼得堡去了。

21

皮埃尔乘车去阿赫罗西莫娃家，告诉她已照她的意思把阿纳托里撵出莫斯科。一家人都惊惶不安。娜塔莎病得很厉害。阿赫罗西莫娃偷偷告诉他，那天晚上娜塔莎得知阿纳托里结过婚，就吃了偷偷弄到的砒霜。她吞了一点，害怕极了，就弄醒宋尼雅，告诉她干了什么。及时对她采取了解毒的措施，现在她已脱离危险，但身体十分虚弱，不能把她送回乡下。于是就派人去接伯爵夫人来莫斯科。皮埃尔看见了惊慌失措的伯爵和泪流满面的宋尼雅，但没有看见娜塔莎。

那天，皮埃尔在俱乐部吃饭，听见人家到处在谈论诱拐娜塔莎的事，他就竭力辟谣，说只是他的内兄向娜塔莎求婚而遭到拒绝，别的什么事也没有。皮埃尔认为他有责任隐瞒真相，保住娜塔莎的名誉。

皮埃尔提心吊胆地等待安德烈公爵归来，天天都到老公爵那里去打听消息。

老公爵从布莉恩小姐那里听到市里流行的传闻，又看了娜塔莎给玛丽雅公爵小姐要求解除婚约的信。他似乎比原来高兴，盼望儿子早日归来。

阿纳托里走了几天以后，皮埃尔接到安德烈公爵来信，通知他已回家，并请皮埃尔去看看他。

安德烈公爵一到莫斯科，立刻从父亲手里拿到娜塔莎写给玛丽雅公爵小姐要求解除婚约的信（这信是布莉恩小姐从玛丽雅公爵小姐那里偷出来交给老公爵的），又从父亲口里听到娜塔莎私奔未遂的事和一些添油加醋的话。

安德烈公爵头天晚上到家，皮埃尔第二天一早就去看他。皮埃尔原以为安德烈公爵的情绪一定同娜塔莎一样，因此，当他走进客厅，听见安德烈公爵在书房里高声谈论彼得堡的一个阴谋时，不禁大为惊讶。老公爵和另一个人的声音偶尔打断他的话。玛丽雅公爵小姐出来迎接皮埃尔。她叹了一口气，以目示意安德烈公爵在隔壁屋里，显然很同情他的不幸。不过皮埃尔从玛丽雅公爵小姐的脸上看出，她对所发生的事是高兴的，看到哥哥对婚变的态度也是高兴的。

“他说，他早就料到这事了，”玛丽雅公爵小姐说，“我知道，他自尊心太强，不会轻易流露感情，但他听到这事的反应比我预料的好，好得多。看来，这是理所当然的……”

“难道这事就真的全完了？”皮埃尔问。

玛丽雅公爵小姐惊讶地对他看看。她甚至不明白他怎么会提出这样的问题。皮埃尔走进书房。安德烈公爵的模样已有很大变化，身体显然已养好，但两眉之间新添了一道皱纹。他身穿便服，站在父亲和密歇尔斯基公爵面前，使劲打着手势，争论得很热烈。

他们正在谈论斯佩兰斯基。关于他突然被流放和被诬叛国的消息刚传到莫斯科。

“一个月前，有些人吹捧他（斯佩兰斯基），有些人根本不理解他的意图，如今却纷纷批判他，指责他，”安德烈公爵说，

“批判一个失宠的人，把别人的错误都算到他头上，这很容易；但我认为，如果说本朝有什么业绩，那就应归功于他，都是他一个人的功劳……”安德烈公爵看见皮埃尔，马上停住话头。他的脸抽动了一下，立刻现出愤慨的神色。“子孙后代会对他作出公正评价的。”他说完这话，立刻转身招呼皮埃尔。

“哦，你怎么样？又胖啦？”安德烈公爵热情招呼他，额上新添的皱纹显得更深了。“是的，我很好。”他回答皮埃尔的话，嗨地一笑。皮埃尔明白，他的冷笑表示：“我很健康，但我的健康谁也不需要。”安德烈公爵对皮埃尔说了几句话，谈到过了波兰边境道路很糟，谈到他在瑞士遇见几个认识皮埃尔的人，还谈到他从国外请来德萨尔先生做他儿子的家庭教师。接着他又激动地参加两位老人关于斯佩兰斯基的谈话。

“如果有叛国行为和私通拿破仑的证据，那早就向全国公布了！”安德烈公爵愤激地匆匆说，“我个人一向不喜欢斯佩兰斯基，但我喜欢公道。”皮埃尔看出，他这位朋友现在需要激烈地争论同他不相干的事，只是为了压制内心的痛苦。

密歇尔斯基公爵一走，安德烈公爵就挽住皮埃尔的手臂，请他到他住的房间去。房间里放着一张铺好的床、几个打开的手提包和衣箱。安德烈公爵走到一个箱子前，取出一个匣子。他从匣子里拿出一个纸包。这件事他做得很快，一声不响。他站起来，清清嗓子，脸色阴郁，嘴唇紧闭。

“我给你添麻烦，请你原谅……”皮埃尔明白安德烈公爵要谈娜塔莎的事，他的阔脸上现出怜悯和同情的神色。皮埃尔这种神情使安德烈公爵恼火，他就坚决、响亮而不快地说下去：“我接到娜塔莎伯爵小姐的退婚信，还听到你内兄向她求婚之类的消息。这是真的吗？”

“又是真的，又不是真的。”皮埃尔开始说，但被安德烈公爵拦住。

“这是她的信，”安德烈公爵说，“还有她的画像。”他从桌上拿起一包东西递给皮埃尔。

“把这交给伯爵小姐……要是你看见她。”

“她病得很厉害。”皮埃尔说。

“那么，她还在此地吗？”安德烈公爵问。“阿纳托里公爵呢？”他急急地添上一句。

“阿纳托里早就走了。娜塔莎病得半死……”

“她病成这样，我真难过！”安德烈公爵说。他冷酷无情地一笑，像他父亲一样。

“这么说，阿纳托里先生没有赏脸向娜塔莎伯爵小姐求婚啰？”安德烈说，他的鼻子哼了几声。

“他不能结婚，因为他已结过婚了。”皮埃尔说。

安德烈公爵不愉快地笑起来，那神态还是很像他父亲。

“那么他，您的内兄，现在在哪里，我可以问吗？”安德烈公爵问。

“他去彼得堡了……不过我不知道。”皮埃尔说。

“哦，这没关系，”安德烈公爵说，“你转告娜塔莎伯爵小姐，她过去是、现在也是完全自由的，我祝她万事如意。”

皮埃尔拿了那包信。安德烈公爵似乎想到，他是不是还应该说点什么，或者等皮埃尔说点什么，就瞪着一双眼睛望着皮埃尔。

“我说，您记得我们在彼得堡的争论吗？”皮埃尔问，“争论那个……”

“记得，”安德烈公爵连忙回答，“我说过应该宽恕堕落的女人，但我没说过我能宽恕。我不能。”

“但这事能相提并论吗？……”皮埃尔说。安德烈公爵打断他的话，尖声叫道：

“要我重新向她求婚，做个宽宏大量的人吗？……不错，这样做很高尚，但我不会模仿这样的君子。你若愿意同我做朋友，从此就别向我提到她……别提这件事。嗯，再见了。那么你肯转交吗？……”

皮埃尔走出屋子，去看老公爵和玛丽雅公爵小姐。

老头儿似乎比往常兴奋。玛丽雅公爵小姐同平时一样，但皮埃尔看出，她除了同情哥哥之外，还因哥哥解除婚约而高兴。皮埃尔看着他们，明白了，他们对罗斯托夫一家极其蔑视和愤恨，在他们面前甚至不能提到那个扔下安德烈公爵而去爱别人的女人的名字。

吃饭时，大家谈到战争，战争显然临近了。安德烈公爵不停地说话，一会儿跟父亲争论，一会儿跟瑞士教师德萨尔争论，显得比平时活跃，而活跃的原因皮埃尔是十分清楚的。

22

当天晚上，皮埃尔去罗斯托夫家执行他的使命。娜塔莎还在床上，伯爵在俱乐部，皮埃尔把信交给宋尼雅，就去看望阿赫罗西莫娃。阿赫罗西莫娃很想知道，安德烈公爵听到这个消息有什么反应。十分钟后，宋尼雅来到阿赫罗西莫娃屋里。

“娜塔莎一定要见见皮埃尔伯爵。”宋尼雅说。

“那怎么行，把他带到她那里去吗？你们那里还没有收拾好呢。”阿赫罗西莫娃说。

“不，她已穿好衣服，到客厅去了。”宋尼雅说。

阿赫罗西莫娃只是耸耸肩膀。

“伯爵夫人什么时候到啊，她可叫我等苦了。你注意，什么话也别对她说，”阿赫罗西莫娃对皮埃尔说，“骂她，又不忍心，她真可怜，真可怜！”

娜塔莎站在客厅中央，脸色憔悴、苍白、严峻，一点没有皮埃尔所预料的羞愧神态。皮埃尔进门的时候，她有点慌张，显然犹豫不决，不知该迎上去，还是等他走过来。

皮埃尔急急地走到她跟前。他以为她一定会像往常那样向他伸出手来，但她走到他面前就停住脚步，重重地喘着气，没精打采地垂下双臂，就像走到大厅中央表演唱歌那样，但脸上的表情同唱歌完全不同。

“皮埃尔伯爵，”娜塔莎迅速地说，“安德烈公爵原是您的朋友，现在他还是您的朋友，”她更正说（她觉得现在一切都同以前截然不同），“他当时对我说过，有事可以找您……”

皮埃尔默默地望着她，呼哧呼哧地喘着气。本来他心里一直在责备她，轻视她，但此刻那么可怜她，再也不忍心责备她。

“他现在在这里，请您对他说……请他饶……饶恕我。”娜塔莎没再说下去，呼吸更加急促，但没有哭。

“好……我对他说，”皮埃尔说，“但是……”他不知道说什么才好。

娜塔莎显然怕皮埃尔会有什么想法。

“不，我知道一切都完了，”她慌忙说，“再也不可能挽回了。我这样伤害了他，我感到很难过。您只要对他说，我求他饶恕，饶恕，饶恕我的一切……”她全身哆嗦，在椅子上坐下来。

皮埃尔心里充满一种从未有过的怜悯。

“我会告诉他的，我会再次告诉他的，”皮埃尔说，“不过……我想知道一点……”

“知道什么？”娜塔莎的目光问。

“我想知道，您是否爱过……”皮埃尔不知道怎样称呼阿纳托里，一想到他脸就红，“您是否爱过那个坏人？”

“您别叫他坏人，”娜塔莎说，“但我不知道，什么也不知道……”她又哭了。

皮埃尔心里越发充满了怜悯、柔情和疼爱。他感到他的眼镜下流着泪水，他希望没有人看见。

“不要谈了，我的朋友。”皮埃尔说。

他这种温柔、诚恳、亲切的声音忽然使娜塔莎感到惊讶。

“我们不谈了，我的朋友，我会把一切都告诉他的，但我求您一件事：请您把我看作您的朋友，您要是需要帮助、劝告或者谈谈心，您可以想到我。当然不是现在，而是等您心里平静下来，”他拉起她的手吻了吻，“我将感到幸福，要是我能……”皮埃尔心慌意乱了。

“您别这样说，我不配！”娜塔莎大声说，转身要走，但皮埃尔拉住她的手。他知道他还有话要对她说。但他一旦说出来，自己也感到吃惊。

“别这么说，别这么说，您来日方长！”皮埃尔对她说。

“我？不！我一切都完了！”娜塔莎又羞愧又自卑地说。

“一切都完了？”皮埃尔重复她的话说，“我如果不是像现在这样，我如果是世界上最漂亮、最聪明、最出色的男人，而且是自由的，我立刻就会跪下向您求婚的。”

娜塔莎许多天来第一次流出了感激和热情的眼泪。她瞧了瞧皮埃尔，走出屋子。

皮埃尔跟在她后面快步走到前厅，勉强忍住哽住喉咙的热情和幸福的泪水，把皮外套往身上一披，坐上雪橇。

“您现在去哪儿？”车夫问。

“去哪儿？”皮埃尔问自己，“现在还能去哪儿？难道去俱乐部或者去做客？”同他所体验的热情和爱情相比，同娜塔莎含着眼泪温柔而感激地对他的最后一瞥相比，人人都显得可怜而庸俗。

“回家。”皮埃尔说，尽管天气冷到零下十摄氏度，他却敞开熊皮外套，挺起宽阔的胸膛，快乐地呼吸着。

天气严寒而晴朗。在昏暗肮脏的街道上空，在黑黢黢的屋顶之上是一片幽暗的星空。皮埃尔仰望天空，才不再觉得，同他心灵的高度相比，尘世的一切是多么卑下。雪橇到了阿尔巴特广场，皮埃尔眼前展开一片广漠幽冥的星空。几乎就在圣洁林荫大道上空的中央，那颗巨大明亮的一八一二年彗星，被众星烘托着，它离地面最近，它的白光和上翘的长尾巴显得与众不同。据说，这颗彗星预示着种种灾难和世界末日。但这颗拖着长尾巴的明星并没有在皮埃尔心里引起丝毫恐惧的感觉。相反，皮埃尔快乐地含泪望着这颗明亮的星星。彗星仿佛以极快的速度沿着抛物线飞过广漠无垠的天空，突然像一支利箭射向地球，在夜空中所选定的地点停住，倔强地翘起尾巴，在闪闪发光的星星中放射着白光。皮埃尔觉得，这颗彗星同他迎接新生活的欢欣鼓舞的心情十分谐调。

读客

读客三个圈经典文库

经典就读三个圈　导读解读样样全

战争与和平 III

[俄] 列夫 · 托尔斯泰 著
草婴 译

读客三个圈经典文库

经典就读三个圈　导读解读样样全

江苏凤凰文艺出版社
JIANGSU PHOENIX LITERATURE AND ART PUBLISHING

目　录

第三卷

第一部

1

西欧军队从一八一一年年底起开始加强装备和集中。一八一二年这支几百万人的大军（包括辎重队和供养人员）浩浩荡荡自西向东往俄国边境移动；俄国军队从一八一一年起同样向边境集结。六月十二日，西欧军队越过俄国边界。于是战争爆发了，也就是发生了违反人类理智和人类本性的事。几百万人犯下了全世界法庭在多少世纪里都记录不完的罪恶：暴行、欺骗、背叛、盗窃、伪造文件、印制伪钞、抢劫、纵火和杀人，但干这些事的人却并不认为这是犯罪。

这个非常事件是由什么引起的？它的起因是什么？史学家们天真地断定，这事的起因是奥登堡大公的受辱、大陆体制的破坏[1]、拿破仑的野心、亚历山大的强硬、外交官们的错误，等等。

因此，只要梅特涅、鲁勉采夫或塔列兰[2]在朝觐和晚会的间隙用心写一篇巧妙的通牒，或者拿破仑给亚历山大写信表示："仁兄

1 1806年拿破仑对英国实行经济封锁，迫使欧洲许多国家采取同样行动，以保持法国在贸易中的优势，但欧洲许多国家，包括俄国在内，常违反这个体制。拿破仑借口俄国不遵守这个体制，在1812年进攻俄国。

2 塔列兰（1754—1838），法国外交大臣。

陛下，我同意把公国归还奥登堡大公”，战争就不会发生了。

当时人们这样看待此事是可以理解的。拿破仑认为战争是由英国的阴谋引起的（他在圣海伦娜岛上这样说过），这也可以理解。英国国会议员认为战争的起因是拿破仑的野心；奥登堡大公认为战争的起因是对他施加的暴行；商人们认为战争的起因是使欧洲破产的大陆体制；老兵和将军们认为主要原因是要利用他们打仗；当时正统派认为必须恢复良好准则；当时外交官们认为，一切都是由于一八〇九年俄奥联盟没有很好瞒过拿破仑，第一七八号备忘录措辞不当所造成的。这一切都是可以理解的。当时人们提出无穷无尽的诸如此类的原因，因为他们持有无穷无尽的不同观点，这也是可以理解的。但我们后代人全面观察既成事实，探究它简单而可怕的含义，这些原因就显得不够充分了。我们无法理解，几百万基督徒互相残杀，互相迫害，是因为拿破仑野心勃勃，亚历山大态度强硬，英国政策狡猾，奥登堡大公受了屈辱。我们无法理解，这些情况同互相残杀和暴行究竟有什么联系；为什么由于大公受辱，成千上万的人就得从欧洲那一边前来屠杀和扫荡斯摩棱斯克省和莫斯科省的居民，而他们自己也被人杀害。

我们这些后代人不是历史学家，不迷恋于研究事件的过程，因此能用清醒的头脑按常理来观察事物，我们看到不计其数的原因。越是深入探究，我们发现的原因也就越多。每一个个别原因或一系列原因，就其本身来说，都是同样正确无误的；但由于它们本身的微不足道，同事件的宏大规模相比就显得荒诞不经；而且，如果没有同时发生的其他原因，它们也就不能起作用，从这点上说，它们同样是荒诞不经的。我们认为，一个法国军士愿意服第二期兵役，就像拿破仑不肯把军队撤回维斯瓦河对岸，不肯归还奥登堡公国那样，都是发生战争的原因，因为，如果那个军士不愿服兵役，第二个、第三个和第一千个军士和士兵都不肯服兵役，拿破仑军队的人数就会大大减少，战争也就不会发生。

如果拿破仑不因为要求他撤到维斯瓦河对岸而恼怒，不命令军队进攻，战争也就不会发生。如果所有的军士都不愿服第二期兵役，战争也就不会发生。如果英国不玩弄阴谋，没有奥登堡大公这个人物，如果亚历山大不感到屈辱，如果没有俄国专制政府，没有法国革命以及随后的专政和帝制，没有引起法国革命的种种事件，等等，战争也就不会发生。这些原因只要少了一个，就什么也不会发生。应该说，所有这些原因，亿万个原因，凑合在一起，才造成了这个事件。由此可见，这个事件没有什么特别重大的原因，事件之所以发生，只是因为非发生不可。几百万人丧失人性和理智，由西向东去屠杀同类，就像几世纪前由东向西去屠杀同类一样。

拿破仑和亚历山大的一句话似乎决定事件的发生与否，其实他们的行为就像凭抽签或应征而入伍的士兵那样，都是不由自主的。情况不能不是这样，因为要使拿破仑和亚历山大的意志（事件仿佛就是由这些人决定的）得以实现，必须具备无数凑合在一起的条件，缺少一个，事件就不会发生。这几百万人，这些射击和运送粮草和枪炮的士兵，他们具有实力，但他们必须愿意执行个别软弱无能的人的意志，并受无数错综复杂原因的驱使，事件才会发生。

对历史上非理性的现象（就是我们无法懂得其理性的现象），我们还是不得不用宿命论来解释。我们越是要理性地解释这些历史现象，就越觉得它们缺乏理性，难以理解。

人人都为自己而生活，利用自己的自由来达到个人目的，并且全身心感觉到，他现在可以做某件事或者不可以做某件事；但一旦他做了那件事，那件事就无法挽回，就属于历史事件，它在历史上的意义就不是偶然的，而是预先注定的。

每个人的生活都有两个方面：一是个人生活，个人生活越是无所追求，他的生活就越自由；一是自然的群体生活，他在这方面必须遵守既定的法则。

一个人为自己而活着是自觉的，但被利用来达到某种历史的、全人类的目的却是不自觉的。做过的事无法挽回，这件事同千百万别人的事合在一起，就具有历史意义。一个人的社会地位越高，他联系的人越多，他对别人的权力就越大，他的每一行动就越明显地表现为注定的，必然的。

“帝王的心掌握在上帝手里。”

帝王是历史的奴仆。

历史就是人类不自觉的群体生活，它利用帝王分分秒秒的生活来达到自己的目的。

现在，一八一二年，拿破仑比任何时候更能决定本国人民流不流血（正像亚历山大在给他的最后一封信里所写的那样），他也比任何时候更加服从必然规律，被迫为共同事业、为历史完成应该完成的事，但他却以为他的行动可以随心所欲。

西方人到东方去互相杀戮。根据综合规律凑合起来、导致这场运动、导致这场战争的千百个细小的原因，其中有：对违反大陆体制的指摘；奥登堡大公的受辱；军队向普鲁士推进，照拿破仑的看法，只是为了用武力取得和平；法国皇帝符合民意的好战的本性和习惯；对大规模备战的迷恋；备战的费用；为了抵偿这笔费用而必须取得利益；在德累斯顿接受令人陶醉的荣誉[1]；当代

1 1812年5月初，俄法战争爆发前不久，拿破仑在德累斯顿会见他的新盟友奥国皇帝和普鲁士王，并举行一系列盛大的宴会和庆典，接受各方面的阿谀奉承。

人认为出于和平诚意而其实只是损害双方自尊心的外交谈判，以及符合所发生事件的千百万个其他原因。

苹果熟了就落下来，但它为什么落下来？是因为地心吸力，是因为果柄干枯，还是因为苹果被太阳晒熟，果实变重了，因为风吹动它，还是因为站在树下的孩子想吃它？

这都不是原因。这一切只是由于发生重大的有机的自发事件所需条件的偶合。植物学家发现苹果落下是纤维质腐烂等原因造成的。站在树下的孩子说，苹果落下是因为他想吃并为此作了祷告。他们的说法同样都是又对又不对。有人说，拿破仑到莫斯科是因为他想去那里，他的灭亡是因为亚历山大要他灭亡；另外有人说，一座被挖空的大山塌陷是因为最后一个工人挖了最后一镐土。这两种说法同样都是又对又不对。历史事件中的所谓大人物，其实只是给事件命名的标签罢了。他们同事件本身的关系极小，就像标签一样。

他们的每一行动，他们自以为是由他们的意志决定的，其实从历史的角度来看并不是可以随心所欲的，而是同历史的全部进程相关联，由永恒的力量注定的。

2

拿破仑在德累斯顿逗留了三星期，一直被亲王、公爵、国王，甚至一个皇帝所包围。五月二十九日，他离开德累斯顿。临行前，他对得宠的亲王、国王和皇帝安抚有加，对他所不满的国王和亲王予以训斥，把他的（其实是他从别的国王那里抢来的）珍珠、钻石送给奥籍皇后玛丽·路易丝。史学家说，他还亲热地拥抱了玛丽·路易丝，给她留下难以忍受的离别的悲痛。玛丽·路易丝以拿破仑夫人自居，其实拿破仑在巴黎另有妻室。尽管外交家们坚信和平是可以维护的，并为此而孜孜不倦地工作；尽管拿破仑皇帝给亚历山大皇帝的亲笔信中称他为仁兄陛下，并诚恳地说他不希望发生战争，他将永远敬爱他——拿破仑还是深入部队，在每一站发布命令，要部队加速东进。他坐了一辆六驾旅行马车，在侍童、副官和卫兵的簇拥下，沿着通波森、托恩、但泽和柯尼斯堡的大道前进。他每到一个城市，人们都情绪热烈而又提心吊胆地迎接他。

部队自西向东推进。拿破仑每到一站，都有替换的六匹马等着他。六月十日，他赶上部队，在维尔科维斯森林一个波兰伯爵的庄园里过了一夜，那地方是特地为他准备的。

第二天，拿破仑追上部队，乘四轮马车来到涅曼河边。他换上波兰军服，来到岸边视察。

拿破仑看见河对岸的哥萨克和辽阔的草原，那里有着圣城莫斯科，好像马其顿王亚历山大所征服的西徐亚王国的京城。他出人意料，违反战略和外交原则，下令继续前进，第二天他的军队就开始横渡涅曼河。

六月十二日清晨，拿破仑走出当天搭在涅曼河左岸陡坡上的营帐，用望远镜观察他的军队怎样从维尔科维斯森林拥出来，通过涅曼河上的三座浮桥。军队知道皇帝在场，都用眼睛寻找他。他们看到一个身穿外套、头戴礼帽的人离开随从，站在营帐前的山坡上，便纷纷把帽子往上抛，同时高呼："皇上万岁！"接着他们就川流不息地从隐蔽的大森林里拥出来，通过三座浮桥登上对岸。

"这下子行了！哦！只要他亲自出马，事情就好办了。真的……瞧他……皇上万岁！瞧，那里就是亚细亚草原……但那是个令人讨厌的国家。再见，波舍。我将把莫斯科最好的宫殿留给你。再见，祝你走运。你看见皇上了？万岁！我要是做上印度总督，纪拉德，我就封你做克什米尔大臣……万岁！那不是皇上！看见了吗？我见过他两次，就像现在看见你这样近。小个子的军人……我看见他给一个老兵戴十字章……皇上万岁！"响起身份不同、性格各异的老人和青年的声音。人人脸上现出同样的表情：为期待已久的进军欢天喜地，对那个站在山上穿灰外套的人表示无限忠诚。

六月十三日，人们给拿破仑牵来一匹身量不高的纯种阿拉伯马。拿破仑骑上马，向涅曼河上一座桥飞驰。一阵阵热烈的欢呼声使他震耳欲聋，而他之所以忍受着，只因为不能禁止大家向他表示爱戴。不过，这种不绝于耳的欢呼声使他心烦意乱，分散他的注意力，不能好好思考自从他来到军队后一直盘绕在心里的军事问题。他驰过摇晃的浮桥来到对岸，向左急转弯，朝科夫诺的方向飞跑，近卫猎骑兵兴高采烈地跑在前面给他开路。他跑到宽阔的维利亚河边，在岸上波兰枪骑兵团营地旁边停下来。

“万岁！”波兰人也大声欢呼，他们争先恐后地看他，乱了队形。拿破仑望了望这条河，下了马，在岸边一段圆木上坐下。他默默地打了个手势，随从递给他一支望远镜，他把望远镜搁在一名跑到他跟前的快乐的侍童背上，向对岸眺望。然后他聚精会神地察看摊在木头上的地图。他没有抬起头，说了句什么，于是他的两名副官就向波兰枪骑兵驰去。

“什么？他说什么？”当一名副官跑近波兰枪骑兵时，队伍里有人问。

拿破仑下令找一处浅滩过河。一个容貌清秀的波兰枪骑兵老上校，脸涨得通红，激动得语无伦次，问副官可不可以让他不找浅滩，带着他的枪骑兵泅水过河。他像一个要求骑马而唯恐遭到拒绝的孩子，要求允许他当着皇帝的面游过河去。副官说，皇帝对这种过分的热情大概不会有意见。

副官话音一落，留小胡子的老军官就容光焕发，两眼发亮，举起指挥刀，喊了一声“万岁”，命令枪骑兵跟他一起过河。他刺了刺马，向河边驰去。他恶狠狠地刺了一下迟疑不前的马，马就扑通一声跳进水里，向急流深处游去。几百名枪骑兵跟着他跳进河里。河中心和急流处又冷又危险。枪骑兵相互纠缠，掉下马来，有些马淹死了，有些人也淹死了，其余的人有的骑在马上，有的抓住马鬃，努力游过河去。他们努力向对岸游去，尽管半俄里外就有浅滩，但他们以当着那人的面泅渡和淹死为荣，尽管那人坐在木头上，对他们连看都没有看一眼。副官回来后，找了个适当的机会，请皇帝注意波兰人对他表示的忠心。这时，这位身穿灰外套的小个子站起来，把贝蒂埃叫到身边，同他一起在岸上来回踱步，向他发命令，偶尔不高兴地望望分散他注意力的在河里淹死的枪骑兵。

他相信，不论他来到什么地方，从非洲到莫斯科草原，都能使人们如痴如醉，这种信念在他已不新鲜了。他吩咐把马牵来，然后上马回营。

尽管派了船只去抢救，仍有四十来人在河里淹死。多数人都挣扎着游回原来的岸上。上校和几个人游过了河，好容易才爬上对岸。他们一上岸，身上湿透的衣服还淌着水，就高呼“万岁”。他们欢天喜地地望着拿破仑站过的地方，感到非常幸福。

那天晚上，拿破仑下了两道命令：一道要尽快把印制好的俄国伪钞运来，以便拿到俄国使用；另一道是枪毙一个撒克逊人，因为从他身上搜出一封写有法军部署情报的信件。除了这两道命令之外，他又下了一道命令：把那个自愿跳到河里的波兰上校列入拿破仑自任团长的荣誉团。

上帝要谁灭亡，就先让谁丧失理智！[1]

1 原文是拉丁文。

3

俄国皇帝在维尔诺住了一个多月，不是检阅军队，就是观看演习。尽管大家都认为要爆发战争，而皇帝也为此特地从彼得堡驾临，但对战争却毫无准备，没有一个总的作战计划。计划虽提出几种，但不能决定采用哪一种。这种举棋不定的局面，在皇帝亲临大本营一个月后就显得更加突出。三路军马各有各的总司令，但没有一位最高统帅指挥全军，皇帝本人也没有接受这个名义。

皇帝在维尔诺待得越久，大家对战争就越厌倦，备战工作也做得越少。皇帝左右的人一心只想让皇帝过得轻松愉快，把当前的战争置诸脑后。

六月间，在波兰贵族、廷臣和皇帝出面举行多次舞会和宴会之后，一名波兰侍从武官想以侍从武官的名义为俄国皇帝举行一次宴会和舞会。这个建议被大家高兴地采纳了。俄国皇帝表示首肯。侍从武官们认捐了这笔款子。一位最得皇帝欢心的女人被邀请担任舞会女主人。维尔诺省地主别尼生伯爵提供郊区别墅举行这一盛会。最后决定六月十三日在别尼生伯爵扎克莱特别墅举行宴会、舞会、赛船和焰火会。

就在拿破仑下令横渡涅曼河、他的先头部队击退哥萨克越过俄国边境的那一天，亚历山大在别尼生别墅里参加侍从武官们为他举行的舞会。

这是一次快乐的豪华晚会。行家们说，这么多美人聚集在一起真是少见。海伦伯爵夫人也同其他俄国贵妇一起，随同皇帝从彼得堡来到维尔诺。在这次舞会上，她那俄国式的丰满身段使瘦小的波兰贵妇们黯然失色。她很引人注目，连皇帝都同她跳了一次舞。

保里斯把妻子留在莫斯科，以单身汉身份参加了这次舞会。他虽不是侍从武官，但也捐了一大笔钱给舞会。保里斯现在已有钱有势，不再求人庇护，而可以跟同辈中的显贵平起平坐。

直到深夜十二点钟，大家还在跳舞。海伦没有找到合适的舞伴，就自动邀请保里斯跳玛祖卡舞。他们是第三对。保里斯一面瞧着海伦从深色绣金薄纱连衣裙里露出来的光彩夺目的光肩膀，一面同她谈论一些老相识，同时情不自禁地一直悄悄盯住舞厅里的皇帝。皇帝没有跳舞，他不断拦住这一对或那一对舞侣，说几句只有他会说的亲切的话。

玛祖卡舞开始时，保里斯看见皇帝的亲信之一，侍从武官巴拉歇夫违反宫廷礼仪，走到正在跟一位波兰贵夫人说话的皇帝跟前。皇帝跟贵夫人说完话，用询问的目光瞧了他一眼，显然明白巴拉歇夫这样做必有重要原因，就对贵夫人微微点点头，转身招呼巴拉歇夫。巴拉歇夫一开口，皇帝脸上就现出惊讶的神色。他挽住巴拉歇夫的手臂，同他一起穿过大厅，两边的人自然而然地让出一条两三码宽的路来。当皇帝同巴拉歇夫一起走过时，保里斯发现阿拉克切耶夫神色激动。阿拉克切耶夫皱起眉头瞧着皇帝，酒糟鼻子呼哧着，他从人群中出来，似乎在等皇帝同他说话。保里斯知道，阿拉克切耶夫嫉妒巴拉歇夫，对一件重要消息不经过他而直接奏闻皇上，感到很不痛快。

但皇帝跟巴拉歇夫却没有注意阿拉克切耶夫，径自走到灯火辉煌的花园。阿拉克切耶夫按住长剑，愤愤地向周围打量着，跟在他们后面走了二十来步。

保里斯继续跳玛祖卡舞，心里却一直琢磨着，巴拉歇夫带来了什么消息，怎样才能比别人早知道这个消息。

在跳舞过程中需要挑选两个舞伴，保里斯对海伦低声说，他想挑选已去露台的波托茨卡雅伯爵夫人，说着就在镶木地板上滑过去，然后走到花园里。他发现皇帝同巴拉歇夫在露台上，立刻站住。皇帝同巴拉歇夫向门口走来。保里斯仿佛来不及退避，慌了手脚，只得恭恭敬敬地把身子贴在门框上，低下头。

皇帝仿佛受到了侮辱，激动地说：

“对俄国不宣而战。只要俄国国土上还有一名武装的敌人，我决不讲和。”保里斯觉得皇帝说这话很痛快，对自己表达思想的方式很得意，但因他的话被保里斯听到，有点不高兴。

“要严格保密！”皇帝皱着眉头补充说。保里斯懂得这话是说给他听的，就闭上眼睛，微微低下头。皇帝回到大厅，在舞会上又待了半小时光景。

保里斯第一个知道法军渡过涅曼河，因此他可以向某些要人炫耀他消息灵通，知道许多别人不知道的事。这样也就可以抬高他在这些人心目中的地位。

法军渡过涅曼河的消息，在徒然等待战争爆发一个月之后传来，而且又是在舞会上，这就特别使人感到意外。皇帝最初听到这个消息感到愤怒和屈辱，就说出那句充分表达他情绪、他自己也很喜欢而日后成为名言的话。皇帝回到大本营，凌晨两点钟召见秘书希施科夫，叫他给军队写一道命令，又给陆军元帅萨尔蒂科夫下了一道圣旨，坚持要在命令里写上“只要俄国国土上还有一名武装的法军，我决不讲和”这句话。

第二天，皇帝给拿破仑写了下面的信：

仁兄陛下！昨天得悉您的军队不顾我仍真诚信守对陛下的义务而越过俄国国境。我刚才接到彼得堡洛里斯东伯爵[1]送来的照会，告知这次入侵是因为，自从库拉金公爵[2]申请护照时开始，陛下就认为同我处于敌对状态。巴萨诺公爵[3]据以拒发护照的理由，绝不能使我相信，我的大使的行为能成为进攻的借口。事实上，正如大使本人所声明的，他并非奉我的命令提出此项申请；我得悉此事，立即对他表示不满，并要他照旧供职。陛下如果不愿因此种误会而导致两国臣民流血，并同意把您的军队撤出俄国领土，我对所发生的一切决不计较，我们两国仍可和睦相处。如其不然，我将被迫反击并非由我方挑起的进攻。陛下，您现在仍有可能使人类避免一场新的战争浩劫。

亚历山大（签名）

1 洛里斯东伯爵（1768—1828），法国政治家、军事家和外交家，自1811年起任驻彼得堡大使。

2 库拉金公爵（1752—1818），俄国驻巴黎大使，1812年5月要求法国军队撤出普鲁士谈判失败，就申请发还他和全体俄国驻法使馆人员护照归国。

3 巴萨诺公爵（1763—1839），1811—1812年任拿破仑的外交大臣。

4

六月十四日凌晨二时，俄国皇帝召见巴拉歇夫，向他宣读致拿破仑的信，然后命令他将此信亲自递交法国皇帝。俄国皇帝在派遣巴拉歇夫时，又说了一遍只要俄国国土上还有一名武装的敌人他就不讲和的话，并命令他务必把这话转达给拿破仑。俄国皇帝没有把这句话写在信里，因为他深谋远虑，认为在最后一次争取和解的时刻把这句话写在信里是不妥当的，但他命令巴拉歇夫务必把这话面告拿破仑。

六月十四日，巴拉歇夫在一名号手和两名哥萨克护送下，黎明时分到达涅曼河畔的雷康泰村法军前哨。他被法国骑哨拦住。

一个身穿红军服、头戴皮帽的法国骠骑兵士官，喝令骑马过来的巴拉歇夫站住。巴拉歇夫没有立刻停下，继续缓步前进。

那个士官皱起眉头，破口大骂，用马的胸部拦住巴拉歇夫，一手握住马刀，粗暴地向俄国将军吆喝，问他是不是聋子，怎么没听见人家在对他说话。巴拉歇夫报了姓名身份。士官就派士兵去报告军官。

士官不再理会巴拉歇夫，径自跟同伴谈团里的事，对俄国将军连看也不看一眼。

巴拉歇夫地位显赫，接近最高当局，一向受人尊敬，三小时前还同皇帝谈过话，此刻在俄国领土上看见人家这样敌视他，对他这样蛮横无理，不禁大为惊讶。

太阳刚从乌云后面升起，空气清新，饱含露水。牲口从村子里被赶到大路上。云雀大声鸣啭，一只只从田野里腾飞起来，好像一个个水泡从水里冒起。

巴拉歇夫环顾四周，等待军官从村里出来。几名俄国哥萨克、号手和法国骠骑兵偶尔默默地对视一下。

一位法国骠骑兵上校大概刚起床不久，骑着一匹灰色骏马，在两名骠骑兵的护送下从村里出来。军官、士兵和他们的马都精神饱满，服饰整齐。

这是战争初期，军容还很整洁，就像平时检阅一样，只是外表上看起来更加威武，精神上也带有战争初期常有的昂奋。

法国上校勉强忍住呵欠，彬彬有礼，显然知道巴拉歇夫负有重要使命。他陪巴拉歇夫经过法国兵的散兵线，并对巴拉歇夫说，他要求谒见皇帝的愿望大概很快就能实现，因为据他所知，皇帝的行宫离此不远。

他们骑马穿过雷康泰村，经过法国骠骑兵系马处，从岗哨和士兵旁边走过。士兵们向上校致敬，好奇地打量着俄国军服。法国上校和巴拉歇夫来到村庄的另一头。上校说，师长在两公里之外，他将接待巴拉歇夫，并陪他到他要去的地方。

太阳高高升起，欢乐地照耀着碧绿的田野。

他们刚经过一家酒店上山，就看见一群人骑马从山下迎面跑来。领头的是一个高个子。他头戴花翎帽，乌黑的鬈发垂到肩上，身披红斗篷，两条长腿按照法国人骑马的姿势向前伸出。他骑着一匹乌骓马，马具在阳光下熠熠放光。这人迎着巴拉歇夫跑，他的花翎、宝石和金饰在六月的阳光下飘动，闪闪发亮。

巴拉歇夫离开这位戴有手镯、翎毛、项链和金饰，脸上现出得意洋洋的戏剧性表情的骑士只有两马远，法国上校尤尔纳就彬彬有礼地低声说：“那不勒斯王。”果然他就是缪拉[1]，如今被称为那不勒斯王。虽然谁也不明白他怎么成了那不勒斯王，但既然人家这样称呼他，他也就以此自居，并且摆出一副更加威严庄重的神气。他满心相信他真是那不勒斯王，在离开那个城市前夜，他同夫人在城里街上散步，有几个意大利人向他欢呼：“国王万岁！”[2]他带着苦笑对夫人说：“可怜的人们，他们不知道我明天就要离开他们！”

不过，尽管他坚信他是那不勒斯王，并对他将抛下的臣民的悲伤表示同情，最近，在他奉命复职后，尤其是在但泽见到拿破仑（当时身为至尊的内兄对他说：“我立你为王，是要你照我的方式治国而不是照你的方式治国。”）后，他就驾轻就熟，高兴地工作起来。他好像一匹精壮而并不肥胖的马，感到自己套上车，穿上华丽的马衣，得意洋洋地在波兰的大道上奔驰，但连他自己也不知道往哪里去，去干什么。

他看见俄国将军，就摆出国王的架子，神气活现地昂起他那鬈发垂肩的头，用询问的目光望了望法国上校。上校恭恭敬敬地向国王陛下转达了巴拉歇夫的重要使命，但说不清他的名字。

“德—波尔—玛歇夫！”那不勒斯王说，断然帮助上校克服发音上的困难。“幸会，幸会，将军！”他摆出一副恩德无量的神气添加说。国王一开口急促而大声地说话，便顿时失去国王的威风，不知不觉用他固有的和蔼可亲的语气说话。他把一只手放在巴拉歇夫坐骑的颈子上。

“哦，将军，看来是要打仗了。”他说，仿佛无法判断局势

1 缪拉（1767—1815），酒店老板的儿子，1808年被任命为那不勒斯王。他的妻子是拿破仑的妹妹卡罗林娜。

2 原文是意大利文。

而感到遗憾。

“陛下，”巴拉歇夫回答，“我国皇帝不愿打仗，陛下是知道的。”巴拉歇夫说。左一个“陛下”，右一个“陛下”，这对没有听惯这一称呼的人来说，就觉得有点做作。

缪拉听德—波尔—玛歇夫说话，脸上现出一种傻乎乎的得意神色。但是，国王有国王的责任：他觉得身为国王和盟友，应该同亚历山大的使者谈谈国家大事。他跳下马，挽着巴拉歇夫离开恭候他的侍从几步来回走着，竭力谈得煞有介事。他提到，拿破仑皇帝因为俄国要他从普鲁士撤兵很生气，尤其是因为这事张扬开来，有损法国的尊严。巴拉歇夫说，这个要求并不损害谁，因为……这时缪拉打断他的话说：

“这样说来，您认为祸首不是亚历山大皇帝啰？”他突然露出和蔼的傻笑说。

巴拉歇夫解释，为什么他认为战争是拿破仑发动的。

“哦，我亲爱的将军，”缪拉又打断他的话，“我衷心希望两国皇帝能自己解决争端，也希望这场我不愿看到的战争尽早结束。”他说话的语气好像一个仆人，尽管主人之间发生争吵，他还是希望他们做仆人的仍是好朋友。接着他就问到亲王，问到亲王的健康，并回忆和他一起在那不勒斯度过的快乐日子。然后，缪拉仿佛突然想到自己的国王身份，威严地挺直身子，摆出加冕时的姿态，挥动右臂说：“我不再耽搁您了，将军；祝您顺利完成使命。”他摆动绣花红斗篷和花翎，身上的宝石闪闪发亮，向恭候他的侍从走去。

巴拉歇夫继续前进，听了缪拉的话满以为很快就能谒见拿破仑本人。但他并没能很快见到拿破仑，达武[1]军的哨兵在下一站又拦住他，找来一位军长副官，把他带到村里去见达武元帅。

1 达武（1770—1823），法国元帅，曾参加拿破仑的历次战争，指挥一个步兵军。

5

拿破仑手下的达武，就像亚历山大手下的阿拉克切耶夫，不过他不像阿拉克切耶夫那样胆小，但像阿拉克切耶夫那样卖力和残忍，而且靠残忍来向皇上表示忠诚。

政府机关中需要这种人，就像自然界需要狼一样。尽管这种人的存在和接近政府首脑不是好事，但他们总是存在，总是能保持他们的地位。唯有这种需要才能解释，为什么残忍得竟会亲手扯下掷弹兵的胡子、神经衰弱得无法经受危险、缺乏教养、出身庶民的阿拉克切耶夫能在骑士般高尚而又性格温和的亚历山大手下保持那么大的权力。

达武元帅坐在农家棚屋的一只小木桶上，巴拉歇夫看见他正在查账。副官站在他旁边。达武元帅本可以找到较好的住处，但他故意找个最阴暗的生活环境，以适应他那阴暗的心情。这种人总是忙个不停。“你看，我在肮脏的棚屋里坐在木桶上工作，哪里谈得到什么享受！”他脸上的表情这么说。这种人的主要乐趣就在于，别人轻松愉快，他们却忙个不停。巴拉歇夫被领进屋去，达武就有机会享受这种乐趣了。这位俄国将军进来时，他干得更来劲。接着他从眼镜上方看了一下巴拉歇夫由于天气晴朗又同缪拉谈过话而容光焕发的脸，没有起立，甚至没有动一下身子，而是把眉头皱得更紧，恶毒地冷冷一笑。

达武发现巴拉歇夫对这样的接待露出不满的神色，就抬起头来，冷冷地问他有什么事。

巴拉歇夫认为达武这样接待他，可能是因为不知道他是亚历山大皇帝的侍从武官，并且是代表皇帝来见拿破仑的，连忙说出他的身份和使命。不料达武听了他的话，变得更加傲慢无礼。

“你的公文呢？”他说，“交给我，我来呈交皇上。”

巴拉歇夫说，他奉命把公文面交皇帝。

“你们皇帝的命令只能在你们的军队里执行。在这里，”达武说，“叫你怎么办，你就得怎么办。”

达武仿佛要让俄国将军更感觉到他是处在暴力之下，就派副官去把值日官找来。

巴拉歇夫取出放皇帝信件的文件袋，把它放在桌子上（所谓桌子是一块搁在两个桶上的门板，门板上还留有扯开的铰链）。达武拿起文件，读封套上的字。

“您尊敬不尊敬我，悉听尊便，”巴拉歇夫说，“但我要提请您注意，我的身份是皇帝陛下的侍从武官……”

达武默默地对他瞧了一眼，巴拉歇夫脸上的激动和窘态显然使他高兴。

“你会得到适当的招待。”达武说，把信放进口袋，走出棚屋。

过了一会儿，元帅的副官德·卡斯特先生走来，把巴拉歇夫领到替他准备好的住处。

当天，巴拉歇夫就在那间棚屋的门板上同元帅一起进餐。

第二天，达武一早就要出门，临行前他把巴拉歇夫请来，威风凛凛地对他说，请他留在这里，如接到命令，就带着行李一起出发，除了德·卡斯特先生之外，不得同任何人说话。

在过了四天孤独、寂寞和屈辱的生活后（由于不久前他还处身于显贵人物中间，这种感觉就特别强烈），巴拉歇夫被带到如今被法军占领的维尔诺，走的正好是他四天前出来的那个城门。

第二天，皇帝的侍从蒂雷纳先生来找巴拉歇夫先生，向他转告拿破仑皇帝愿意接见他。

巴拉歇夫被领去的那座房子，四天以前，门口还站着普烈奥勃拉任斯基团的哨兵，而现在这里却站着两个身穿胸前敞开的蓝军服、头戴皮帽的法国掷弹兵，一队警卫骠骑兵和枪骑兵，还有几个服饰漂亮的副官、侍童和将军，他们都在门口围着拿破仑的坐骑和他的警卫骑兵路斯坦，等待拿破仑出来。拿破仑就在几天前亚历山大派遣巴拉歇夫的维尔诺房子里接见他。

6

巴拉歇夫虽见惯宫廷的豪华，但拿破仑皇帝的穷奢极侈还是使他吃惊。

蒂雷纳伯爵把他领到一个巨大的接待室，那里已有许多将军、宫廷侍从和波兰贵族在等候接见，其中有不少人巴拉歇夫在俄国宫廷里见过。迪罗克说，拿破仑皇帝将在骑马散步前接见他。

几分钟后，值班侍从走进大接待室，彬彬有礼地向巴拉歇夫鞠了一躬，请他跟他去。

巴拉歇夫走进小接待室，那里有一道门通书房，几天前俄国皇帝就是在这间书房里派他出使的。巴拉歇夫站着等了一两分钟。门里传来急促的脚步声。两扇房门迅速地打开，开门的侍从彬彬有礼地站住，室内鸦雀无声。接着书房里传来另一个人稳健而有力的脚步声，原来是拿破仑。他刚梳洗完毕，准备骑马出去。他身穿蓝军服，敞开前襟，露出遮住他大肚子的白背心，下身穿一条裹紧短胖大腿的驼鹿皮裤，脚蹬高筒皮靴。他的短头发显然刚梳过，有一绺垂到宽阔的前额当中。他那从军服黑领子里露出来的白胖脖子很显眼，他身上散发出香水味。他那下巴突出的年轻的胖脸上，显出皇帝接待使臣时的庄严而仁慈的神情。

拿破仑走出来，每走一步身子就抖动一下，头稍稍往后一仰。他那矮胖的身材、宽阔的肩膀、突出的肚子和胸部赋予他一种保养得很好的四十岁男子庄重威严的神态。此外还看得出，他这天情绪极好。

巴拉歇夫恭恭敬敬地向拿破仑鞠躬，拿破仑向他点头答谢。他走到巴拉歇夫面前，立刻开口说话，仿佛珍惜每分钟时间，不屑于思考措辞，而自信他说的话总是正确得体的。

“您好，将军！”拿破仑说，“您带来的亚历山大皇帝的信我已收到，见到您很高兴。”他用他那双大眼睛瞧了瞧巴拉歇夫的脸，立刻就向远处望去。

显然，他对巴拉歇夫个人毫无兴趣。他感兴趣的只有**他自己**心里想的事。他身外的一切都无关紧要，因为全世界一切都是受他意志支配的。

“我不要打仗，过去不要，现在也不要，”他说。“我是被迫进行战争的。就是**现在**（他强调现在两个字），我也愿意听听您的解释。”接着他扼要地说明他对俄国政府不满的原因。

从法国皇帝温和而友好的语气判断，巴拉歇夫坚信他希望和平，愿意谈判。

拿破仑说完，用询问的目光看了看俄国使臣。这时巴拉歇夫就说出早已准备好的话：“陛下！我国皇帝——”但法国皇帝直视的目光使他发窘。“您发慌了，不要紧张。”拿破仑仿佛这么说，含笑看着巴拉歇夫的军服和长剑。巴拉歇夫定了定神，又说下去。他说，亚历山大皇帝认为库拉金申请护照一事不能构成开战的充分理由，库拉金这样做是自作主张，没有取得亚历山大皇帝的同意，亚历山大皇帝不希望战争，这事同英国也没有任何关系。

“**还说**没有。”拿破仑插嘴说，仿佛担心控制不住自己的感情，皱起眉头，微微点了点头，示意巴拉歇夫说下去。

巴拉歇夫把奉命要说的话都说了，又说亚历山大皇帝希望和平，同意进行谈判，但要有一个条件……巴拉歇夫迟疑了一下。他想起亚历山大皇帝的那句话，那句话虽没有写进信里，但命令务必把它写进给萨尔蒂科夫的诏书里，并命令巴拉歇夫当面转告拿破仑。巴拉歇夫记得那句话："只要俄国领土上还有一名武装的敌人，我决不讲和"，但有一种复杂的感情阻止他这样做。他想说这句话，但是说不出口。他迟疑了一下，说："条件是法国军队必须撤到涅曼河西岸。"

拿破仑发现巴拉歇夫说最后一句话时的窘态，拿破仑的脸抽搐了一下，左腿肚也有节奏地颤动起来。他站在原地不动，话说得越来越快，声音越来越高。巴拉歇夫听拿破仑说话，几次垂下眼睛，不由得注意到拿破仑左腿的颤动，他说话的声音越高，左腿的颤动也越厉害。

"我希望和平并不亚于亚历山大皇帝，"拿破仑说。"十八个月来我不是一直在努力争取和平吗？十八个月来我一直等待着解释。为了谈判，我还能做什么呢？"他皱着眉头说，他那白胖的小手使劲做着疑问的手势。

"把您的军队撤到涅曼河西岸，陛下。"巴拉歇夫说。

"撤到涅曼河西岸？"拿破仑反问了一句，"那么，现在就要我撤到涅曼河西岸，只要撤到涅曼河西岸就行了？"拿破仑对直瞧了巴拉歇夫一眼，重复说。

巴拉歇夫恭恭敬敬地低下头。

四个月前俄国人还要法军撤离波美拉尼亚，现在却只要求撤到涅曼河西岸就行。拿破仑猛地转过身去，在房间里踱起步来。

"您说，要我撤到涅曼河西岸才能进行谈判，但两个月前，为了这个目的你们却要我撤退到奥德河和维斯瓦河西岸。这么说，你们还是愿意谈判了。"

拿破仑默默地从一个屋角走到另一个屋角，又在巴拉歇夫面前站住。他的脸严厉得像石头一般，他的左腿颤动得更快。拿破仑感觉到左腿的这种颤动。“我的左腿颤动，这是一种伟大的预兆。”他后来这样说。

“退出奥德河和维斯瓦河之类的建议只能向巴登大公提出，可不能向我提出，”拿破仑突然忘乎所以地嚷起来，“你们即使把彼得堡和莫斯科给我，我也不能接受这样的条件。您说这场战争是我挑起的吗？那么，是谁先到军队里去的？是亚历山大皇帝，而不是我。你们向我提出谈判是在什么时候？是在我花掉了几百万，你们同英国结成联盟，你们的处境不妙的时候，你们向我提出谈判！你们为什么要同英国结盟？英国给了你们什么？”他说得很急，显然已不是要说明和谈的好处，讨论和谈的可能性，而只是要证明自己的正确和强大，证明亚历山大的错误和无理。

他的开场白显然要表明形势对他有利，但虽然如此，他还是愿意举行谈判。他一开口就滔滔不绝，越说越不能控制自己。

他说话的整个用意无非是要抬高自己，侮辱亚历山大，不过他开始接见时并不想这样做。

“听说，你们已跟土耳其人讲和了，是吗？”

巴拉歇夫肯定地点了点头。

“讲和了……”巴拉歇夫回答。但拿破仑不让他说下去。显然他要独自一人说话。于是他就像个骄纵惯了的人那样，按捺不住暴躁的脾气，滔滔不绝地讲下去。

“我知道你们没有得到摩尔达维亚和瓦拉几亚，就同土耳其讲和了。我本可以把这些省份送给贵国皇帝，就像我送给他芬兰那样。是的，我原来答应把摩尔达维亚和瓦拉几亚送给亚历山大皇帝，可现在他得不到这两个美丽的省份了。他本可以把这两省并入他的帝国版图，把俄罗斯从波的尼亚湾扩展到多瑙河口。即使是卡德琳娜大帝也只能做到这样，”拿破仑越说越激动，在屋子里不停地来回踱步，向巴拉歇夫说着几乎就是他在蒂尔西特对亚历山大说过的话，“凭我的友谊他本可以得到这一切……哦，一个多么强盛的王朝，一个多么强盛的王朝！”他重复了几遍，站住，从口袋里掏出金鼻烟壶，猛吸起来。

“哦，亚历山大皇帝本可以建立一个多么强盛的王朝！”

拿破仑表示惋惜地望了巴拉歇夫一眼。巴拉歇夫刚要说话，又被他打断。

“他没能凭我的友谊得到什么，他还能指望得到什么呢？……”拿破仑困惑地耸耸肩膀说。“不，他把我的敌人当作亲信，那是些什么人呢？他重用的是斯坦因[1]、阿姆斐尔德[2]、文森海罗德、别尼生之流。斯坦因是被祖国驱逐出来的叛徒；阿姆斐尔德是个淫棍和阴谋家；文森海罗德是法国的流亡分子；别尼生多少像个军人，但也是个窝囊废，他在一八〇七年毫无作为，只能给亚历山大皇帝留下痛苦的回忆……他们要是有用，也可以用他们，”拿破仑继续说，他的话赶不上他不断涌现出来证明他正确和强大（他觉得正确和强大是一回事）的思想，“可是他们一点也不中用：既不会打仗，又不会治国。据说，巴克莱[3]比他们所有的人都能干；不过，从他最初的行动来判断，我不同意这种说法。他们在干些什么？这些朝臣都在干些什么？普法尔[4]订计划，

1 斯坦因（1757—1831），1807—1808年曾任普鲁士首相，进行资产阶级改革。1808年因支持军事改革，重建普鲁士军队，拿破仑以“鼓动叛乱”罪迫其去职，并通令缉捕。初避居奥地利，后去俄国，任沙皇顾问（1812—1815）。

2 阿姆斐尔德（1757—1814），瑞典将军和政治家。1810年离开瑞典，取得俄国国籍，任亚历山大一世的顾问。

3 巴克莱（1761—1818），苏格兰籍俄国将军。多次参加战争，1810—1813年任俄国陆军大臣。

4 普法尔（1757—1826），普鲁士将军和军事理论家，后在俄军服役，1812年奉亚历山大一世命制订第一个反抗拿破仑的计划。

阿姆斐尔德不同意，别尼生审查，而巴克莱奉命执行，却拿不定主意，时间就这样拖掉。只有巴格拉基昂是个军人。他很愚蠢，但有经验，有眼光，有决断……你们年轻的皇帝在这群废物中间能起什么作用呢？他们败坏他的名誉，把一切责任都推到他身上。皇帝除非是个统帅，否则就不该留在军队里。”拿破仑说这话显然是直接向亚历山大挑战。他知道亚历山大是多么想当统帅啊。

“仗才打了一个星期，你们连维尔诺都守不住。你们的军队被切成两半，被驱逐出波兰几个省。你们的军队怨声载道……”

“正好相反，陛下，”巴拉歇夫说，听着那像连珠炮一般的话，实在来不及把它记住，“我军士气高昂……”

“我全知道，”拿破仑打断他的话说，“我全知道，我清清楚楚知道你们有多少军队，就像知道我自己的军队一样。你们的军队不足二十万，我的军队可要多三倍。老实说，”拿破仑说，忘记他这种老实话毫无意义，“老实说，我在维斯瓦河这一边就有五十三万人马。土耳其人帮不了你们的忙，他们肯同你们讲和，就证明他们是一堆废料。瑞典人命里注定要受疯子国王的统治。他们的国王原是个疯子，他们把他废掉了，换上另一个——贝尔纳多特[1]，贝尔纳多特一掌权又疯了，因为只有疯子才会和俄国结盟。”拿破仑恶毒地笑了笑，又把鼻烟壶拿到鼻子前。

巴拉歇夫想反驳拿破仑的每句话，他几次要说话，但都被拿破仑打断。谈到瑞典人的疯狂问题，巴拉歇夫想说，俄国支持瑞典，瑞典就像一个孤岛那样平安无事，但拿破仑怒吼一声，把他的声音压下去。拿破仑怒不可遏，他需要说话，说个不停，目的只是要表明他是对的。巴拉歇夫感到很难受：他作为一名使臣，

1 贝尔纳多特（1763—1844），出身平民，1810年被选为瑞典王位继承人。曾任攻击拿破仑的北路军总司令，1812年和俄国缔结同盟。

觉得不反驳就有失身份，但作为一个人，他面对拿破仑的无名火，精神上感到压抑。他知道拿破仑此刻所说的话都毫无意义，等他冷静下来一定会感到羞耻。巴拉歇夫站在那里，垂下眼睛望着拿破仑不断晃动的胖腿，竭力避开他的目光。

“你们那些盟国算得了什么？”拿破仑说，“我也有盟国，那就是波兰人。他们有八万人，打起仗来像狮子一样勇猛。以后他们的人数将达到二十万。”

大概是由于他显然说了谎，而巴拉歇夫仍带着听天由命的神气默默地站在他面前，他就更加恼怒。他猛地转过身，正对着巴拉歇夫的脸，迅速而有力地挥动他那双白胖的手，大叫大嚷起来：

“老实对你说，你们要是挑动普鲁士来反对我，我就把它从欧洲地图上抹掉。”他气得脸色发白，面孔扭曲，一只小手使劲拍打另一只。“哼，我要把你们赶过德维纳河，赶过第聂伯河，恢复遏制你们的屏障[1]，那屏障是欧洲盲目无知听任你们破坏的。哼，这就是你们的命运，这就是你们疏远我的报应！”他说，接着耸动他的胖肩膀，默默地在屋子里来回踱步。他把鼻烟壶放到背心口袋里，又几次掏出来嗅，在巴拉歇夫面前站住。他沉默了一下，嘲弄地直视着巴拉歇夫的眼睛，又低声说：“你们的皇帝本可以建立一个多么强盛的王朝！”

巴拉歇夫觉得必须进行反驳，就说，从俄国方面看，情况并不那么糟糕。拿破仑不作声，继续嘲弄地瞧着他，显然不在听他说话。巴拉歇夫说，俄国对战争很乐观。拿破仑宽宏大量地点点头，仿佛说：“我知道，你有责任这样说，但这话连你自己也不相信，我把你说服了。”

巴拉歇夫的话一说完，拿破仑又掏出鼻烟壶嗅了嗅，在地板

1 指波兰。

上跺了两下脚叫人来。门开了，一个侍从恭恭敬敬地弯腰递给他帽子和手套，另一个递给他手帕。拿破仑看也不看他们，径自对巴拉歇夫说话。

“请替我转告亚历山大皇帝，”他拿起帽子说，“我对他依旧很忠诚：我十分了解他，并且很看重他的高尚品德。我不多耽搁你了，将军，你很快就可以拿到我给贵国皇帝的回信。”拿破仑快步向门口走去。接待室里的人都跑过去，跟着他走下楼梯。

7

拿破仑对他说了那么多话，发了那么大脾气，最后又冷冷地对他说："我不再耽搁你了，将军，你很快就可以拿到我给贵国皇帝的回信。"这以后，巴拉歇夫确信拿破仑不仅不愿再见他，而且竭力回避他这个受辱的使臣，主要是因为他目击了拿破仑的失态和发怒。但使巴拉歇夫大为惊讶的是，他从迪罗克那里接到当天赴法国皇帝宴会的邀请。

同席的有贝西埃[1]、科兰古和贝蒂埃。

拿破仑见到巴拉歇夫，态度和蔼可亲。他不仅没因早晨发怒而羞怯和内疚，反而竭力给巴拉歇夫鼓气。拿破仑显然早已形成一种观念，认为他拿破仑是不会犯错误的，他永远正确，这并非因为他做的事合乎是非标准，而是因为这事是他做的。

皇帝骑马巡视维尔诺后情绪很好。那里的市民热烈地欢迎他，给他送行。沿街的窗子里都挂出花毯、旗子和拿破仑姓名的花体字母，波兰女人也纷纷向他挥动手帕。

宴会上，拿破仑让巴拉歇夫坐在自己身边，不仅待他很亲

1 贝西埃（1768—1813），法国元帅，拿破仑的亲信。

切，而且简直把他当作自己的朝臣，还认为他巴拉歇夫应该支持他的计划，并且为他的成功而高兴。谈话中间，拿破仑提到莫斯科，向巴拉歇夫打听俄国京城的情况。他不仅像一个旅游者，对将要访问的新地方很感兴趣，而且满心相信，巴拉歇夫这个俄国人一定会为他想了解俄国的情况而感到荣幸。

“莫斯科有多少居民？有多少住宅？莫斯科是不是真的被称为圣城莫斯科？莫斯科有多少教堂？”他问。

巴拉歇夫回答有两百多座教堂，拿破仑就说：

“要那么多教堂干什么？”

“俄国人笃信上帝。”巴拉歇夫回答。

“不过，修道院多，教堂多，总是一个民族落后的表现。”拿破仑说，回头望望科兰古，希望他赞赏这个见解。

巴拉歇夫彬彬有礼地表示，法国皇帝的意见他不能同意。

“每个国家有每个国家的风俗习惯。”他说。

“不过，欧洲没有这样的情况。”拿破仑说。

“恕我直说，陛下，”巴拉歇夫说，“除了俄罗斯，还有西班牙，那里也有许多教堂和修道院。”

巴拉歇夫的这个回答，暗示法国人不久前在西班牙吃了败仗，后来在亚历山大宫廷里他因此受到赞扬，但此刻在拿破仑的餐桌上没有受到赞赏，也没有引起注意。

从元帅们困惑不解的神色上可以看出，他们根本没有听出巴拉歇夫这话的讽刺意味。“即使是俏皮话，我们也听不懂，也许根本没有什么俏皮的味道。”元帅们的脸色仿佛这样表示。巴拉歇夫的回答没有引起注意，拿破仑根本不予理会，却天真地问巴拉歇夫，由此直到莫斯科一路上要经过哪些城市。巴拉歇夫吃饭时始终保持着警惕，他回答道：“俗话说，条条道路通罗马，我们也可以说，条条道路通莫斯科，通莫斯科的道路很多，其中有一条就是查理十二世所选择的经过**波尔塔瓦**的路[1]。”巴拉歇夫作了这个巧妙的回答，自己得意得脸都红了。但没等他把“波尔塔瓦”这个名词说完，科兰古就谈到从彼得堡到莫斯科的路怎样难走，同时回忆起他在彼得堡的生活。

宴会后大家到拿破仑书房里喝咖啡，四天前这里还是亚历山大皇帝的书房。拿破仑坐下来，摸弄着塞夫勒[2]的著名瓷咖啡杯，又请巴拉歇夫坐在他旁边的椅子上。

一个人吃饱饭，比其他事更能使人心满意足，他会把一切人都看作朋友，拿破仑此刻正怀着这样的心情。他觉得周围都是崇拜他的人。他相信巴拉歇夫吃了他的饭，也成了他的朋友和崇拜者。拿破仑带着愉快而略含嘲讽的笑容同他说话。

“听说，亚历山大皇帝也在这个屋子里住过。这挺有意思，是不是，将军？”拿破仑这样说，显然深信这话会使对方高兴，因为这一点证明他拿破仑比亚历山大高明。

巴拉歇夫无言以对，只默默地低下头。

“是的，四天前，文森海罗德和斯坦因就在这个屋子里开过会，”拿破仑仍带着自负的嘲笑继续说。“我弄不懂，亚历山大皇帝为什么要把我所有的敌人都弄到他身边。这一点我……我不能理解。难道他没想到我也可以这么干吗？”他问巴拉歇夫，显然，提到这事，他早晨的怒火又燃烧起来。

“让他知道我会怎么办，”拿破仑说，站起来，推开他的咖啡杯。“我要把他在维滕贝格、巴登和魏玛[3]的亲戚统统从德国赶走……对，统统赶走。让他为他们在俄国准备避难所吧！”

巴拉歇夫低下头，现出苦恼的神态：他想告辞，但又无法不

1 1709年瑞典国王查理十二世入侵俄国，彼得大帝在波尔塔瓦大败瑞典军队。

2 塞夫勒是巴黎附近的城市，法国的瓷器生产中心。

3 都是德国的城市。

听下去。拿破仑没发觉他的神态。他对巴拉歇夫说话不像对一个敌国的使臣，而像对一个现在已对他十分忠心并乐于看到故主受辱的人。

“亚历山大皇帝何必统率军队呢？何必呢？打仗是我的职业，他的本行是治国而不是指挥军队。他何必亲自担当这样的责任呢？”

拿破仑又拿起鼻烟壶，默默地在屋子里来回踱了几次，突然走到巴拉歇夫跟前，脸上露出微笑，十分自信、敏捷而随便地做着一件不仅重要而且会使巴拉歇夫感到愉快的事。他举起手来，嘴唇上挂着笑意，抓住这位四十岁俄国将军的耳朵，轻轻地拉了一下。

“在法国宫廷里，被皇帝拉耳朵是莫大的光荣和恩宠。”

“喂，你怎么不说话，亚历山大皇帝的崇拜者和朝臣？”拿破仑说，仿佛在他面前不做他拿破仑的崇拜者和朝臣，而做别人的崇拜者和朝臣，这是可笑的。

“给将军准备好马没有？”他添加说，微微低下头回答巴拉歇夫的鞠躬。

“把我的马给他，他要**走远路**……”

巴拉歇夫带回拿破仑给亚历山大的最后一封信。他向皇帝报告了谈话的详细经过。于是战争就爆发了。

8

安德烈公爵在莫斯科同皮埃尔会晤后，动身去彼得堡。他对家里人说是去办事，其实是去找阿纳托里公爵。他觉得他必须同他见面。他到了彼得堡，才知道阿纳托里已不在彼得堡。皮埃尔事先曾告诉内兄，安德烈公爵在找他。阿纳托里一接到陆军大臣的委任状，就到摩尔达维亚部队去了。这时安德烈公爵在彼得堡遇见一向待他很好的老上司库图佐夫将军。库图佐夫要安德烈公爵同他一起去摩尔达维亚部队，因为老将军刚被任命为那里的总司令[1]。安德烈公爵接到去总司令部供职的任命后就动身赴土耳其。

安德烈公爵觉得写信给阿纳托里提出决斗不合适，他认为找不到新的理由而提出决斗，会损害娜塔莎伯爵小姐的名誉，因此他想同阿纳托里见面，以便找寻新的决斗借口。但安德烈公爵在土耳其也没有遇见阿纳托里，因为他来到土耳其部队后，阿纳托里又回俄国了。安德烈公爵在新的国家，在新的生活环境里，日子过得比较轻松。未婚妻对他变心，他越想掩饰这件事，内心越感到痛苦。他原来觉得很幸福的生活环境，现在反而使他痛苦；

1 1811年3月7日库图佐夫被任命为多瑙河军总司令，司令部设在土耳其鲁舒克城堡区。

他以前所珍惜的自由和独立，现在使他觉得难以忍受。他在奥斯特里茨战场上仰望天空时产生的那些思想，后来他喜欢同皮埃尔一起探讨，在保古察罗伕，以后在瑞士和罗马时又常常填补他孤寂的心灵，如今他甚至害怕想起这些展示无限光明前景的思想。如今他感兴趣的只是眼前的实际问题，这些问题与往事无关。他越关心眼前的问题，以往的事就离得越远。以前那个高悬在他头上的无限高远的苍穹，突然变成低压在他身上的拱顶，那里的一切都清清楚楚，但毫无永恒神秘之感。

在他所想到的活动中，服军役是最简单、最熟悉的事。担任库图佐夫总司令部值班军官一职后，他干得非常卖力，他的热情和认真使库图佐夫惊讶。安德烈公爵在土耳其没有找到阿纳托里，觉得没有必要再回俄罗斯找他，但他也知道，不论过了多少时间，尽管他很瞧不起他，并且有许多理由证明犯不着降低身份去同他冲突，他知道，一旦遇见阿纳托里，他就无法不向他挑战，就像一个饥饿的人不能不扑向食物一样。耻辱未雪，冤仇未报，这种意识潜藏在安德烈公爵心里，使他在土耳其以忙碌工作、追求功名掩饰起来的表面镇静难以保持。

一八一二年，同拿破仑开战的消息传到了布加勒斯特（库图佐夫在那里已待了两个月，日夜同一个瓦拉几亚女人在一起），安德烈公爵要求库图佐夫把他调到西路军。库图佐夫对安德烈的勤勉很反感，仿佛这样就是责备他库图佐夫懒散，因此很乐意放他走，就给他一项任务到巴克莱那儿去。

安德烈公爵前往五月间驻在德里萨军营的部队以前，顺路去离斯摩棱斯克大道三俄里的童山。最近三年来，安德烈公爵的生活发生很大变化，他思考得很多，感受得很多，见过很多世面（他走遍西方和东方）。如今来到童山，却发现这里一切如旧，没有任何变化，大家还是那样生活，不禁感到惊讶。他乘车走进童山的林荫道，穿过石头大门，好像进入一座中了魔法而沉睡的古堡。这座邸宅还是那样庄严，还是那样清洁，还是那样安静，还是那些家具，还是那些墙壁，还是那些声音，还是那种气味，还是那几张怯生生的脸，只是见老些。玛丽雅公爵小姐依旧是个胆怯、丑陋的老姑娘，永远生活在恐惧和苦恼中，毫无意义、毫无欢乐地虚度着青春年华。布莉恩还是一个春风得意、卖弄风情的姑娘，快乐地享受着生命的每一瞬间，并且满怀最美好的希望。安德烈公爵觉得，她只是变得更加自负。安德烈公爵从瑞士带来的家庭教师德萨尔，身穿俄国式礼服，同仆人们说着生硬的俄语，但还是那样智力有限，教养有素，品德高尚，思想迂腐。老公爵身体上的变化只是嘴角少了一颗牙；精神上还是同原来一样，只是脾气更坏，对外界发生的事更加不信任。只有小尼古拉一人长高了，模样变了。他脸色红润，长出一头深色鬈发，在高兴和发笑的时候翘起好看的小嘴的上唇，酷似已故的小公爵夫人。在这个中了魔法的沉睡的古堡里，只有他一人不服从那一成不变的法则。不过，自从安德烈公爵走后，虽然家里表面上一切如旧，其实人与人之间的关系已经起了变化。家庭成员分成敌对的两派，现在只是当着他的面才聚在一起，为了他才改变平时的生活方式。老公爵、布莉恩小姐和建筑师属于一派；玛丽雅公爵小姐、德萨尔、小尼古拉和保姆、奶妈属于另一派。

安德烈公爵在童山期间，全家人一起吃饭，但大家都有点不自在。安德烈公爵觉得他是客人，大家为他打破惯例，他在场，大家感到拘束。第一天吃饭的时候，安德烈公爵就有这种感觉，他没作声。老公爵看出他有点不自然，也板着脸一言不发，吃完饭就回到自己屋里。晚上，安德烈公爵到老公爵那里去，竭力想使他提起精神，就同他谈小卡敏斯基伯爵的远征，但老公爵突然同他谈起玛丽雅公爵小姐来，责备她迷信，说她不喜欢布莉恩小姐。他说，只有布莉恩小姐一人对他忠心耿耿。

老公爵说，他要是有病，那都得怪玛丽雅公爵小姐；说她故意折磨他，惹他生气；说小尼古拉公爵被她的溺爱和愚蠢的话教坏了。老公爵明明知道自己折磨女儿，使她很痛苦，但他认为，他不能不折磨她，她这是罪有应得。“安德烈公爵看到这一切，他为什么不同我谈谈他的妹妹？”老公爵想。“他会不会把我看作坏蛋或者老糊涂，觉得我疏远女儿而亲近法国女人？他不了解，因此得向他解释解释，让他听一听。”于是他就解释，为什么他不能忍受女儿的乖戾性格。

“您要是问我，”安德烈公爵眼睛不看父亲说（这是他有生以来第一次责备父亲），“我不愿意说；但您要是一定要我说，那我可以把我对这件事的意见坦率告诉您。要是您同玛丽雅之间有点误会和隔阂的话，那我决不会怪她。我知道她非常爱您，尊敬您。您要是问我，”安德烈公爵继续说，情绪激动起来，近来他总是很容易激动，“那我只能说：要是有误会的话，原因就在于那个卑贱的女人，她不配做我妹妹的伴侣。”

老头儿起初目不转睛地瞧着儿子，咧着嘴不自然地微笑着，露出安德烈公爵看不惯的牙齿中的新豁口。

“什么伴侣啊，宝贝？呃？这事你们已经谈过了！是吗？”

“爸爸，我本不愿当裁判，”安德烈公爵语气生硬地挖苦说，“是您逼我说，我只好说出来，我始终认为，玛丽雅公爵小姐没有错，错的是……错的是那个法国女人……”

“哦，你作出判决了！……判我的罪了！……”老头儿低声说，安德烈公爵觉得他的语气有点不自然，但接着老头儿突然跳起来嚷道：“滚，你给我滚！再也别让我看见你！……”

安德烈公爵想立刻离家。但玛丽雅公爵小姐求他再住一天。这一天安德烈公爵没有和父亲见面。老公爵没有走出房门，除了布莉恩小姐和季洪，不让任何人进去，但几次打听儿子有没有走。第二天临行前，安德烈公爵走进儿子的房间。他让身体健康、鬈发像母亲的孩子坐在膝盖上。安德烈公爵给他讲蓝胡子的故事，但没有讲完就沉思起来。他抱着膝盖上漂亮的儿子，脑子里想的却不是他。他自忖有没有因为激怒父亲而悔恨，有没有因为离开父亲而难过（他生平第一次同父亲吵嘴），但发现并没有这样的感情。更糟糕的是，他让儿子坐在膝盖上，爱抚他，很想唤起平时对儿子的柔情，可是唤不起来。

"喂，你讲下去呀！"儿子说。安德烈公爵没有回答，却把儿子从膝盖上放下，走出屋去。

安德烈公爵只要放下日常事务，特别是回到他原来幸福地生活过的环境里，感伤的情绪就会强烈地涌上心头，他连忙抛下这些回忆，找点事做。

"你一定要走吗，安德烈？"妹妹问他说。

"感谢上帝，我可以走了，"安德烈公爵说，"可惜你走不了。"

"你干吗这样说！"玛丽雅公爵小姐说，"现在你要去参加这场可怕的战争，他又这样老了，你干吗要说这种话！布莉恩小姐说，他几次问起你呢……"她说到这里，嘴唇抖动，眼泪夺眶而出。安德烈公爵转过身去，在屋里来回踱步。

"哦，老天爷！老天爷！"他说。"真没想到，鸡毛蒜皮的小事和微不足道的小人都会给人带来不幸！"他怒气冲冲地说，使玛丽雅公爵小姐大吃一惊。

她明白，他说微不足道的小人，不仅是指造成他不快的布莉恩小姐，还指毁了他幸福的那个人。

"安德烈，我有一件事求你，"她摸摸他的臂肘，眼睛里泪光闪闪地瞧着他，说，"我了解你（玛丽雅公爵小姐垂下眼睛）。你别以为痛苦是人造成的。人是上帝的工具。”她越过安德烈公爵的头顶，仰望什么地方，就像她习惯地仰望圣像那样。“痛苦是上帝降下的，不是人造成的。人是上帝的工具，人没有罪。你要是觉得有人得罪了你，别放在心上，要宽恕他。我们没有权利惩罚人。你会懂得宽恕的幸福的。”

“如果我是女人，我一定会这样作，玛丽雅。那是女人的美德。但男人不该也不能忘记和宽恕。”他说，尽管这时他并没想到阿纳托里，但心里突然升起一股难以压抑的怒火。他想：“如果玛丽雅公爵小姐都劝我宽恕，这就是说我早就该惩罚他了。”于是他不再理会玛丽雅公爵小姐，开始想象他向阿纳托里（他现在在部队里）报仇雪恨的痛快时刻。

玛丽雅公爵小姐要求哥哥多留一天，她说，安德烈要是不同父亲和好就离开，父亲会很伤心的。但安德烈公爵回答说，他不久又要从军队回来，他一定会给父亲写信，他现在在家里留得越久，他们的关系只会越坏。

“再见，安德烈！要记住，灾难来自上帝，人是永远无罪的！”这是他告别时妹妹对他说的最后一句话。

“唉，事情也只能这样！”安德烈公爵乘车离开童山老家的林荫道时想，“她这个无辜的可怜人，只好吃糊涂老头子的苦了。老头子明明知道自己不对，还是改不了脾气。我的孩子渐渐长大，他也享受着生的欢乐，将来他也会像任何人一样，不是被骗就是骗人。我现在去参军，可是为了什么？我自己也不知道。我真想碰上那个卑鄙的家伙，他就是杀死我，嘲笑我，我也不在乎！”

安德烈公爵的生活条件没有变，不过以前它们是和谐一致的，如今却支离破碎了。只剩下一些毫无意义的孤立现象，一个个出现在他的头脑里。

9

六月底，安德烈公爵来到军队总司令部。皇帝亲临的第一军驻扎在德里萨河畔设防的野营里；第二军正在撤退，企图与第一军会师，据说第一军和第二军被人数众多的法军切断了。大家对俄军总的军事形势感到不满，但谁也没有想到俄国各省会遭到侵犯，谁也没有估计到战争会越过波兰西部各省。

安德烈公爵在德里萨河畔找到他奉命去供职的巴克莱部队。由于野营附近没有一个大村庄或小镇，人数众多的将军和随军廷臣就被安顿在两岸方圆十俄里内最好的房子里。巴克莱的驻地离皇帝行宫只有四俄里。巴克莱冷淡地接待安德烈公爵，带着德国腔对他说，他将奏明皇上后给他委派职务，请他暂时留在他的司令部里。安德烈公爵要找阿纳托里，但他不在这里，他到彼得堡去了。这消息倒使安德烈公爵高兴。正在发生的大战吸引了安德烈公爵的注意力，他能暂时摆脱由想起阿纳托里而产生的烦恼，感到高兴。开头四天，安德烈公爵还没有接到任务，他骑马巡视整个营地，凭自己的知识，再同了解情况的人谈话，竭力掌握这座设防营地的情况。但这个营地究竟是否有利，安德烈公爵还不能判断。他凭自己的军事经验确信，在战争中深思熟虑的作战计划毫无用处（这是他在奥斯特里茨战役中看到的），关键在于如何应付敌人的突然行动，怎样作战和由谁指挥作战。为了弄清这个问题，安德烈公爵利用自己的地位和关系，深入了解军队的指挥情况、参加指挥的人员和派别，最后对战局得出以下的概念。

皇帝还在维尔诺时，部队就分成三个军：第一军由巴克莱指挥，第二军由巴格拉基昂指挥，第三军由托尔马索夫指挥。皇帝留在第一军，但不用总司令名义。命令里没有说皇帝将指挥军队，只说皇帝将随军亲征。再有，不设御前总参谋部，而只设皇帝行辕本部。皇帝手下有行辕长官伏尔康斯基公爵，许多将军、侍从武官、外交官和一大批外国人，但没有参谋部。此外，随驾而无专职的有：前任陆军大臣阿拉克切耶夫、别尼生大将、皇太子康斯坦丁·巴夫洛维奇亲王、一等文官鲁勉采夫伯爵、前普鲁士大臣斯坦因、瑞典将军阿姆斐尔德、作战计划主要起草人普法尔、萨丁移民侍从武官长保卢奇、伏尔佐根[1]等许多人。这些人在部队里虽然没有军职，但凭地位很有影响。军长，甚至总司令听到别尼生、亲王、阿拉克切耶夫或者伏尔康斯基公爵的查询或者建议，往往不知道他们用的是什么身份，他们的命令或意见是他们自己的，还是代表皇帝，也不知道该不该执行。但这只不过是表面现象，皇帝带着这些人亲临部队的意义，从廷臣观点来看是十分明白的（在皇帝面前大家都是廷臣）。那意义便是：皇帝名义上不是总司令，但事实上统率各军，他的左右都是他的幕僚。阿拉克切耶夫忠实维持治安，是皇帝的随身侍卫；别尼生是维尔诺省的地主，表面上尽地主之谊接待皇帝，其实是个出色的军事顾问，而且随时可以顶替巴克莱。亲王待在军中，因为他喜欢随军同行。前任普鲁士大臣斯坦因待在这里，因为他是个好顾问，

1 伏尔佐根（1774—1845），普鲁士将军，1807年起在俄军服务。

亚历山大皇帝很看重他的才能。阿姆斐尔德是拿破仑的死敌，一个十分自负的将军，对亚历山大一向有影响。保卢奇待在军中，因为他说话大胆而果断。侍从武官们来到这里，因为他们总是跟着皇帝，形影不离。普法尔在这里，因为他拟订了反对拿破仑的计划，并使亚历山大相信这一计划是正确的，现在他统管全部军事。普法尔身边还有伏尔佐根，伏尔佐根比普法尔自己更能明白地表达普法尔的思想，而普法尔是个高傲自大、目空一切的空头理论家。

除了上述俄国人和外国人（特别是外国人，他们身处异国，非常大胆，每天敢于提出惊人的新主意），还有许多次要人物，他们来到军中，因为他们的上司都在这里。

这个杰出、高傲、忙碌的庞大集体，思想分歧，意见各异，安德烈公爵从中看出，有以下几种明显的派别。

第一派是普法尔和他的信徒，他们是军事理论家，认为军事是一门科学，具有不变的规律，例如迂回战、包围战，等等。普法尔和他的信徒主张根据空头军事理论把军队撤退到腹地，凡是违反这个理论的都是野蛮无知或别有用心。属于这一派的有德国亲王、伏尔佐根、文森海罗德等人，他们多半是德国人。

第二派同第一派对立。有一种极端，照例必有另一种极端。这一派在维尔诺就主张打破任何作战计划，进攻波兰。这派除了主张大胆行动外，还是民族主义的代表，因此在争论中格外偏激。这派都是俄国人，如巴格拉基昂，初露头角的叶尔莫洛夫[1]等人。当时流传着有关叶尔莫洛夫的一则笑话，说他要求皇上施恩，封他为德国人。这派人说，他们缅怀苏沃洛夫，反对空想，反对只在地图上插针，主张行动，打击敌人，御敌于俄国国门之

1 叶尔莫洛夫（1777—1861），俄国将领，1812年卫国战争中任第一军参谋长，战后曾任高加索军军长和格鲁吉亚驻军总司令等职。

外，不要挫伤士气。

第三派是前两派的折中派，最得皇帝的信任。这一派多半不是军人，阿拉克切耶夫也属于这一派。他们也像那些庸夫俗子，没有信念，却装出有信念的样子。他们说，同白拿伯（他们又称拿破仑为白拿伯了）那样的天才作战，需要深思熟虑的计划和渊博的科学知识，这方面普法尔是个天才，但同时不能不承认理论家往往有片面性，因此不能完全相信他们，也要听听普法尔的反对派的意见，听听有实际作战经验的人的意见，他们就选择中间路线。这派人主张按普法尔计划坚守德里萨营地，但改变其他各军的行动。尽管这种行动不能达到任何目的，这派人还是认为这样最好。

第四派的最重要代表是皇太子，他忘不了他在奥斯特里茨战役的狼狈处境，他当时头戴钢盔，身穿骑兵制服，像检阅一样走在近卫军前面，想漂漂亮亮地打垮法军，却不料一下子就落到第一线，好容易才在一片混乱中逃生。这派人发表意见过分坦率。他们害怕拿破仑，看到他的强大和自己的软弱，而且直言不讳。他们说："除了悲伤、羞辱和灭亡，不会有任何结果！瞧，我们放弃了维尔诺，放弃了维切布斯克，我们还得放弃德里萨。唯一聪明的办法就是趁我们还未被逐出彼得堡，赶快讲和！"

这种意见在军队上层很流行，在彼得堡也有人支持，一等文官鲁勉采夫出于其他政治原因也主张讲和。

第五派是巴克莱的信徒，他们崇拜他，觉得他不是个普通人，而是陆军大臣和总司令。他们说："不管怎么样（他们开头总是这样说），他毕竟是个诚实能干的人。再没有比他更好的人了。应该让他掌握实权，因为没有统一指挥，战争就不能胜利。让他统一指挥，他就会像在芬兰那样大显神威[1]。我们的军队组

1 1809年巴克莱统率军队在芬兰作战大捷。

织严密，强大有力，并撤退到德里萨没有遭到任何损失，应该完全归功于巴克莱。现在要是用别尼生代替巴克莱，那就会全部完蛋，因为别尼生在一八〇七年就已表明庸碌无能。”

第六派是别尼生派，他们的说法相反，认为没有人比别尼生更能干，更有经验，不论怎么样，到头来还得请教他。这一派人认为，我军撤退到德里萨是奇耻大辱，是一系列错误的结果。他们说：“错误犯得越多越好，至少好让大家更快明白，这样下去不行。我们需要的不是巴克莱，而是像别尼生这样的人。别尼生在一八〇七年就已大显身手，拿破仑本人都对他作了公正的评价。我们只愿意让别尼生这样的人掌权。”

第七派是一批将军和侍从武官，他们总是待在皇帝身边，特别是历朝年轻的皇帝身边，而在亚历山大皇帝身边人数特别多。他们对他赤胆忠心，不仅仅因为他是皇帝，而且因为他是一个人，就像尼古拉·罗斯托夫一八〇五年崇拜他那样。他们从他身上不仅看到各种美德，而且看到人类的优秀品质。这派人对皇帝辞去军权虽表示钦佩，但又认为他过分谦虚，坚决要求他们所崇拜的皇帝不要太自谦，应该公开宣布他是全军统帅，并组织御前总司令部，必要时可向有经验的理论家和实践家咨询，亲自统率军队，这样就能大大鼓舞士气。

第八派人数最多，他们同其他各派人数的比例是九十九比一。他们既不主张和平，也不赞成战争，不赞成进攻，也不赞成在德里萨河畔或其他地方设防。他们不支持巴克莱，不支持皇帝，不支持普法尔，不支持别尼生。他们只有一个愿望，一个重大的愿望：尽量为自己谋利益，争享受。他们利用皇帝行辕里错综复杂的阴谋活动浑水摸鱼，拼命捞取在平时想象不到的好处。有人不愿丧失既得利益，今天同意普法尔，明天赞成他的对手，后天又声称对这事没有任何意见，以逃避责任和讨好皇上。有人为了捞到好处，博得皇上青睐，大声鼓吹皇帝前一天暗示过的事，在会议桌上捶胸顿足，声嘶力竭，提出要同反对的人决斗，以此表示为了公共利益，不惜牺牲自己。还有人利用两次会议休会、反对派不在场的时机，干脆要求获得一次津贴，知道这时人家不会拒绝他。第四种人总是有意向皇帝显示他在埋头苦干。第五种人为了达到与皇帝共同进餐的夙愿，拼命证明某种意见正确或错误，并举出多少有说服力的论据。

这一派人猎取卢布、勋章和官爵，他们但看皇帝的颜色行事，皇帝的风向标指向哪里，他们就一窝蜂拥向哪里，弄得皇帝更难改变方针。在动荡不定的局势中，在令人胆战心惊的危机下，在阴谋、虚荣和各种观点情绪冲突的旋风中，加上民族不同，这第八派是只关心个人利益的人数最多的一派，他们把大局搅得一片混乱。不论发生什么问题，这群雄蜂在前一个问题上还没嗡嗡完，就又转向新的问题，用它们的嗡嗡声来压倒和淹没人们真诚的争议。

安德烈公爵来到军队以后，从八派中形成了第九派，他们开始大声发言。这派人都上了年纪，通情达理，老成干练，富有政治经验。他们不支持对立意见中的任何一方，冷眼旁观司令部里的一举一动，并且考虑怎样从这种犹豫不决、模棱两可、混乱软弱的局面中脱身出来。

这派人认为，这种糟糕的局面主要是由于皇帝带着他的军事人员来到军队里；军队里沾染了优柔寡断的风气，这种风气在朝廷里还可以，在军队里却是有害的；皇帝应该治理国家而不应该指挥军队；摆脱这种局面的唯一办法是皇帝和他的随从撤离军队；为了保护皇帝个人的安全，五万人马就不能参加作战；一个能力最差、但不受限制的总司令也比一个能力最强、但受皇帝牵制的总司令强。

就在安德烈公爵在德里萨闲住的时候，这派的一名重要代表国务秘书希施科夫上书皇帝，巴拉歇夫和阿拉克切耶夫也在上面签名表示同意。希施科夫利用皇帝恩准议论国家大事的特权，在奏章里借口皇帝应在京城鼓舞民众斗志，恭请皇帝离开军队。

由皇帝唤起民众保卫祖国，这个建议被皇帝接纳了。于是皇帝留守莫斯科激励民众斗志，就成了俄国胜利的主要原因。

10

这封信还没有呈交皇上，巴克莱在吃饭时通知安德烈公爵，皇帝要召见他，向他垂询土耳其情况，安德烈公爵须在晚上六时到别尼生司令部报到。

这一天，皇帝行宫风闻拿破仑将有侵犯俄军的新行动，不过后来证明这个消息不确实。这天早晨，米肖上校[1]陪同皇帝骑马巡视德里萨防御工事，他向皇帝证明，这个由普法尔设计建造的工事是战术的杰作，能置拿破仑于死地。其实这个工事毫无用处，只能成为俄军的坟墓。

安德烈公爵来到别尼生将军司令部，司令部设在德里萨河畔一座不大的地主宅邸里。别尼生和皇帝都不在。皇帝的侍从武官契尔内歇夫接见安德烈公爵，告诉他皇帝带着别尼生将军和保卢奇侯爵今天再次视察德里萨工事，他们对这一工事的用处开始发生怀疑。

契尔内歇夫在第一个房间里，坐在窗口看法国小说。这个房间原来大概是个大厅，现在里面还有一架管风琴，琴上堆着一

1 米肖上校（1771—1841），军事工程师，原籍撒丁，1805年参加俄军。

些毯子，屋角放着别尼生的副官的行军床。副官也在这里。他大概被酒宴或事务弄得筋疲力尽，坐在铺盖卷上打盹。这里有两道门：一道直通原来的客厅，另一道通向右边的书房。从第一道门里传来德语夹法语的说话声。在客厅里，遵照皇帝的旨意正在举行非军事会议（皇帝喜欢使用含义不清的名词），只有几个人参加。皇帝很想知道他们对当前困难局势的意见。这不是一次军事会议，而只是特邀几个人为皇帝解释几个问题。应邀参加这个非正式会议的有：瑞典将军阿姆斐尔德、侍从武官长伏尔佐根、文森海罗德（拿破仑称他是流亡的法国臣民）、米肖、托里、完全不是军人的斯坦因伯爵，还有普法尔本人。安德烈公爵听人说，普法尔是整个事情的核心。普法尔在安德烈公爵到后不久才来，他走进客厅，停下来同契尔内歇夫谈话，因此安德烈公爵有机会仔细打量他。

普法尔穿一套缝工很差的俄国将军服，乍一看，安德烈公爵觉得很面熟，其实从未谋面。他身上集合着安德烈公爵在一八〇五年见过的威罗特、马克和施密特等许多德国军事理论家的特征，不过他比其他人更典型。像他这样集所有德国人特征于一身的德国理论家，安德烈公爵还没见过。

普法尔身材不高，很瘦，但骨骼粗大，体格强壮，臀部宽阔，肩胛突出。他满脸皱纹，眼窝深陷。他两鬓的头发匆匆梳过，后面有几绺翘起。他走进屋里，左顾右盼，惊惶不安，仿佛对屋里的一切感到害怕。他姿势笨拙地按住佩剑，用德语问契尔内歇夫皇帝在哪里。他似乎想尽快穿过屋子，结束鞠躬问候的客套，坐到地图前工作，这样他才会觉得轻松自如。他听契尔内歇夫说，皇帝去察看他普法尔根据自己的理论设计的工事，匆匆地点点头，露出嘲弄的微笑。他像一般自信的德国人那样低沉而果断地嘟囔着："愚蠢……事情糟了……坏事了。"[1]安德烈公爵没听清楚他的话，但契尔内歇夫把安德烈公爵介绍给普法尔，并说安德烈刚从土耳其回来，那里的战争顺利结束了。普法尔对安德烈公爵看了一眼，或者说得更恰当些，对他扫了一眼，笑着说："对对，看来那一仗的战术是正确的。"[2]接着带着轻蔑的微笑走进那个有人说话的房间。

普法尔显然容易发怒，现在有人竟敢背着他去视察他的营地并妄加评论，就格外生气。安德烈公爵凭他在奥斯特里茨的回忆和这次短暂的见面，就看清了这位将军的为人。普法尔是个无可救药的顽固自大狂，这样的人只有德国才有。他们之所以极度自信，是因为相信一种抽象观念，也就是科学，他们自以为掌握了绝对真理。法国人之所以自信，是因为他们认为他们的智力和肉体，不论对男人还是对女人，都具有魅力。英国人之所以自信，是因为他们是世界上组织最完善的国家的公民，英国人永远知道他们应该做什么，而且所做的一切绝对正确。意大利人之所以自信，是因为他们情绪激动，容易忘乎所以，旁若无人。俄国人之所以自信，是因为他们一无所知，也没有求知欲，因为他们根本不相信人能知道什么。德国人的自信最糟糕，最顽固，最可憎，因为他们自以为懂得真理，懂得科学，其实这种科学是他们臆造的，但他们却认为是绝对真理。普法尔就是其中一个。他有他的理论，那就是从腓特烈大帝军事史中得出来的迂回战术。他认为，他在近代军事史中所见到的一切都是荒谬、野蛮、混乱的冲突。在这种冲突中双方都犯了许多错误，这样的战争不能称为战争，因为它们不符合理论，不能成为学术研究的对象。

1 原文是德语。

2 原文是德语。

一八〇六年，普法尔是那次在耶纳和奥尔施泰特结束的战役的计划制订者之一，但他从战争的结局中看到他的理论完美无缺。相反，他认为失败的唯一原因就是没有照他的军事理论去做。他以他特有的幸灾乐祸的口吻说："我早就说过事情要全部完蛋的。"[1]普法尔也是一个空头理论家，他们迷信自己的理论，甚至忘记理论应该用在实践上。他偏爱理论，厌恶一切实践，对实践不屑一顾。他甚至为失败而高兴，因为实践没有理论指导而失败，足以证明他的理论是正确的。

他同安德烈公爵和契尔内歇夫谈了几句当前的战争，脸上的神情表示，他早就知道事情要弄糟，甚至对此并不感到难过。他脑后翘起的头发和匆匆梳过的两鬓都有力地证明这一点。

他走到另一个房间，那里立刻传来他那低沉而愤慨的声音。

1 原文是德语。

11

安德烈公爵的目光还没把普法尔送走，别尼生伯爵就匆匆走进屋来。他向安德烈公爵点点头，边向副官作指示，边走进书房。皇帝随后到达。别尼生慌忙赶到前面，准备迎接皇帝。契尔内歇夫和安德烈公爵走到门口台阶上。皇帝满面倦容，下了马。保卢奇侯爵对皇帝说着什么。皇帝向左侧着头，听保卢奇情绪激动地说话，现出不很乐意的神情。皇帝向前挪动一步，显然不愿再听他说下去，但这个脸色通红、神情激动的意大利人却不顾礼节，跟在皇帝后面说个不停。

“至于那个建议构筑德里萨阵地的人，”保卢奇说，这时皇帝走上台阶，发现安德烈公爵，就凝视着这个陌生人。“陛下，对于那个建议构筑德里萨阵地的人，”保卢奇仿佛已按捺不住，不顾一切地继续说，“对于他，照我看只有两个去处：不是进疯人院，就是上绞刑架。”皇帝没有听完，也许根本不在听人说话。他认出了安德烈公爵，就和颜悦色地对他说：“见到你很高兴，你到他们开会的地方去等我吧。”

皇帝走进书房。伏尔康斯基公爵和斯坦因男爵跟着他走进去，随手把门关上。安德烈公爵利用皇帝的许可，同他在土耳其认识的保卢奇一起走进客厅。客厅里正在开会。

伏尔康斯基公爵担任类似皇帝参谋长的职务。他拿着几张地图从书房出来，走进客厅，把地图摊在桌上，提出几个问题，想听听与会者的意见。情况是这样的：夜里得到消息（后来证明不确），说法军正在迂回进攻德里萨阵地。

第一个发言的是阿姆斐尔德将军。他提出，为了摆脱当前的困境，在彼得堡和莫斯科大道旁另筑一个新阵地，这阵地的用处他没有说明（只是为了表示他也有他的想法），他认为军队应该集结在那里等待敌人。阿姆斐尔德显然早就制订了这个方案，他现在说出来，与其说是解答提出的问题（其实他的方案并未解答问题），不如说是乘机把它说出来。这是无数建议之一，提出来的人振振有词，其实他们根本不懂战争的特点。有人反对他的意见，有人赞成他的意见。年轻的托里上校反对得最激烈，他一面争论，一面从军服口袋里掏出写满字的笔记本，要求让他念念里面的内容。托里从大量记录中提出一个同阿姆斐尔德和普法尔完全不同的作战方案。保卢奇反对托里，提出一个进攻计划。他认为只有这样才能摆脱走投无路的陷阱（他把德里萨阵地称为陷阱）。在这些争论中，普法尔和他的翻译伏尔佐根（他是普法尔同朝廷联络的桥梁）一直默不作声。普法尔只是鼻子里轻蔑地哼哼着，背过身去，表示他根本不屑反驳他现在听到的这种谬论。当主持会议的伏尔康斯基公爵请他发表意见时，他只说："何必问我？阿姆斐尔德将军已提出一个暴露后方的好阵地。或者，这位意大利先生提出的进攻，很好嘛！[1]或者撤退。也很好[2]。何必问我呢？诸位对情况都知道得比我清楚。"

1 原文是德语。

2 原文是德语。

但伏尔康斯基皱着眉头，说他是代表皇帝征求意见的，普法尔就站起来，突然来了劲，开口说：“事情全弄糟了，全搞乱了，大家都比我高明，可现在又来问我该怎么补救。没有什么可补救的。一定要严格遵守我定下的原则，”他用骨瘦如柴的手指敲敲桌子说，“困难在哪里？胡说，幼稚！”[1]他走到地图前，用干瘦的手指戳戳地图，迅速地说，任何意外情况都不会改变德里萨阵地的作用，一切都预见到了，敌人要是真的前来包抄，注定会全军覆没。

保卢奇不懂德语，就用法语向他提问。伏尔佐根走来帮助法语说得不好的首长，为他翻译，好容易才跟上普法尔讲话的速度。普法尔急急地证明，不但已经发生的一切，就是可能发生的一切，都不出他所料，如果说现在出现了困难，那只是因为没有严格执行他的计划。他一直露出嘲弄的微笑，反复作着证明，最后轻蔑地停止论证，好像数学家不再用各种方法证明一个早已证实的命题。伏尔佐根继续用法语替他说明他的意思，偶尔问普法尔：“对不对，阁下？”普法尔好像一个在战斗中杀红了眼的人，竟打起自己人来，怒气冲冲地对伏尔佐根嚷道：“哼，还解释什么？”[2]保卢奇和米肖一起用法语攻击伏尔佐根。阿姆斐尔德用德语对普法尔说话。托里用俄语向伏尔康斯基公爵解释。安德烈公爵默默地听着，观察着。

在所有这些人中，安德烈公爵最同情的是愤怒、固执、自信得可笑的普法尔。在场的人中间，显然只有他一个人没有什么个人要求，对谁也不抱仇恨。他只有一个希望：执行根据他多年研究的心得所制订的计划。他这人有点可笑，他的讽刺使人不快，但他对理想的无限忠诚却博得大家的尊敬。此外，在所有的发言

1 原文是德语。

2 原文是德语。

中，除了普法尔，有一个共同的特点，这在一八〇五年军事会议上是没有的，就是对拿破仑的天才都极为恐惧。这种情绪虽被掩饰着，但还是从每个人的发言中流露出来。大家认为拿破仑无所不能，对他防不胜防，彼此用这个可怕的名字批驳对方的建议。只有普法尔一人认为拿破仑是个野蛮人，就像他认为凡是反对他的理论的人都是野蛮人那样。不过，普法尔除了引起安德烈公爵的敬重外，还引起他的怜悯。从廷臣们对他说话的语气，从保卢奇胆敢在皇帝面前说他坏话这件事，主要是从普法尔本人的绝望神情中可以看出，别人知道，他自己也感觉到，他的垮台已迫在眉睫。尽管他这人十分自信，且有德国式嘲讽唠叨的癖性，他那两鬓梳得光光、后面头发翘起的模样却是可怜的。他表面上显得愤怒和轻蔑，其实内心感到绝望，因为他想通过大规模实验向全世界证明他的理论的正确性，而这样的机会现在已经丧失了。

讨论继续了很久。他们讨论得越久，争吵也越激烈，甚至大声叫嚷和进行人身攻击，这样也就更难得出共同的结论。安德烈公爵听着这席使用多种语言的谈话，听着他们的建议、计划、辩驳和叫嚷，感到不胜惊讶。他在军事活动中常想，军事科学是没有的，因此也不可能有所谓军事天才。现在他认为这是一种明摆着的事实。“战争的条件和环境不明，作战者的力量也不明，哪里谈得上什么军事理论和军事科学？谁也不知道，也无法知道，明天敌我双方情况将会怎样；谁也无法知道这个部队和那个部队有多大力量。有时，只要没有胆小鬼在前面叫喊‘我们被切断了’，就会胜利。如果有一个勇敢的小伙子在前面高呼‘乌拉’，一支五千人的队伍就抵得上三万人，就像在申格拉本那样。有时五万人遇到八千人也会逃跑，就像在奥斯特里茨那样。许多事情往往由无数条件决定，而这些条件的作用往往发生于谁也不知道的特定时刻，战争也是这样，因此怎么谈得上军事科学呢？阿姆斐尔德说，我军被切断了；保卢奇却说，我们使法军受到夹攻；米肖说，德里萨阵地没有用，因为后面有一条河；普法尔则说，它的威力就在于此。托里提出一个计划，阿姆斐尔德提出另一个计划。这些方案都有利有弊，任何方案只有通过实践才能证明它的好处。大家凭什么谈论军事天才呢？难道一个人能及时下令运送干粮、指挥部队向左向右，他就是天才吗？这只是因为有些军人获得荣誉和权力，就有一批趋炎附势的小人拜倒在权力面前，硬把天才加到权力上面，称他们为天才。相反，我所知道的最好的将军都是些蠢货或懒虫。巴格拉基昂是位最好的将军，连拿破仑都承认这一点。拿破仑本人何尝不是这样！我记得他在奥斯特里茨战场上那种得意忘形的蠢相。一个好统帅不仅不需要天才和特殊品质，而且不需要人类的美德：仁爱、诗意、热情和探索哲理的精神。他只要庸俗浅薄，坚信他的所作所为都很重要（要不他就没有足够的耐心），只有这样，他才能成为一个勇敢的统帅。上帝保佑，做人可不能爱惜谁，同情谁，也不要考虑是非。自古以来对权势人物早就炮制了一套天才论，因为权力就在他们手里。其实战争的成败不取决于他们，而取决于那个在队伍中高喊‘完蛋了’或者‘乌拉’的人。只有在这种队伍里服务，你才能满怀‘自己有用’的信心！”安德烈公爵听着大家的议论，心里这样想。直到所有的人都走散了，保卢奇唤他，他才醒悟过来。

第二天检阅时，皇帝问安德烈公爵希望去哪里服务，安德烈公爵没要求留在皇帝身边，却要求下部队。这样他就丧失了在朝廷供职的机会。

12

尼古拉在开战前收到父母来信。他们在信里简短地告诉他娜塔莎生病、她同安德烈公爵解除婚约的消息（他们说是娜塔莎要求解约），又要他退伍回家。尼古拉接到信后不准备请假或退伍，只回信给双亲说，娜塔莎生病和同未婚夫解约使他很难过，他一定努力满足他们的愿望。他另外写了一封信给宋尼雅。

“我心爱的朋友，”他写道，“除了荣誉，没有任何东西能阻止我还乡。但现在，在开战之前，我要是只顾个人幸福，不顾对祖国的责任，抛弃对祖国的爱，那就不仅在同事们眼里，而且在我自己眼里，也是不光彩的。不过这是我们最后一次的别离了。相信我，战争一结束，只要我还活着，你也还爱我，我将抛弃一切，飞到你身边，永远把你紧紧拥抱在我火热的怀里。”

真的，只是因为战争爆发，尼古拉不能如约回家同宋尼雅结婚。奥特拉德诺的秋天和打猎、冬天和圣诞节以及同宋尼雅的爱情，在他面前展开一幅快乐而宁静的庄园生活的图画。这种生活他以前没有体会过，现在却很使他神往。“可爱的妻子、孩子、一群好狼狗、十来条勇猛的灵缇、农事、邻居、贵族选举！”他想。但现在战争爆发，就得留在团里。既然非如此不可，尼古拉生性又很随和，他就满足于团里的生活，并能在这种生活中找到乐趣。

尼古拉假满回团，受到同事们的热烈欢迎。他奉命去补充军马，从小俄罗斯[1]买来一批好马。他感到高兴，也受到上级的嘉奖。出差期间他被提升为骑兵大尉。他所属的团实行战时编制，扩大名额，他又奉命指挥原来的骑兵连。

战争开始了，他所属的团向波兰推进，团里发了双饷，来了新的军官、新的士兵和新的马匹。尤其重要的是，战争发生后，团里弥漫着一种斗志昂扬的快乐气氛。尼古拉知道自己在团里的有利地位，完全醉心于军队生活的乐趣，虽然明知他早晚得退伍回家。

由于国家、政治和战术上的种种原因，部队撤离维尔诺。每撤退一步，司令部里就互相倾轧，议论纷纭，情绪波动。对保罗格勒团的骠骑兵来说，夏季撤退是最好的时间，而给养充足更使这次撤退变得轻松愉快。沮丧、焦虑和阴谋只发生在司令部里；一般官兵并不问到哪里去，去做什么。撤退时，如果有人感到依依不舍，那只是因为要离开住惯的营房，离开漂亮的波兰姑娘。如果有人觉得情况不妙，那他也会竭力显得像个好军人，强作欢颜，撇开当前的局势，而只顾个人眼前的活动。起初他们驻在维尔诺附近，结识波兰地主，等待和接受皇帝和高级将领的检阅，日子过得挺舒畅。后来奉命撤到斯文强尼，销毁所有不能带走的军粮。斯文强尼留在骠骑兵们的记忆里，只因为那是一个**醉营**（驻扎在这里的军队都这样称呼它），还因为他们受到许多控告，说他们利用征粮的命令抢劫波兰地主的马匹、马车和地毯。尼古拉记得斯文强尼，因为他们进入这个小镇的当天他就撤换了司务长，他也无法控制偷来五桶陈年啤酒的连里的酒鬼。他们从斯文强尼节节后退，直到德里萨，又从德里萨后撤，现在已快撤

1 指乌克兰。

到俄国边境了。

七月十三日，保罗格勒团被迫第一次打了一场大仗。

战斗前夜，七月十二日夜里下了一场暴风雨，雷电交加，大雨滂沱。一八一二年夏天，这样的暴风雨是常见的。

保罗格勒团的两个连露宿在已经抽穗但被牛马践踏得不成样子的黑麦田里。天下着倾盆大雨，尼古拉和他所宠爱的青年军官伊林坐在临时搭成的棚子里。他们团里一个留络腮胡子的军官从司令部回来，拐到尼古拉的棚子里躲雨。

“伯爵，我从司令部来。您可听到拉耶夫斯基立了大功吗？”军官把他在司令部里听来的萨尔坦战役的详细经过讲了一遍。

尼古拉缩紧淌着雨水的脖子，吸着烟斗，漫不经心地听着，偶尔望望蜷缩在他身旁的青年军官伊林。这个十六岁的少年军官入团没多久，他现在和尼古拉的关系，就像七年前尼古拉和杰尼索夫的关系。伊林一举一动都模仿尼古拉，并且像女人那样爱他。

留两撇胡子的军官叫兹德尔任斯基，他讲得有声有色，说萨尔坦水坝是俄国的塞尔莫皮莱山口[1]，拉耶夫斯基将军的功绩千古不朽。兹德尔任斯基讲到，拉耶夫斯基冒着可怕的炮火带着两个儿子在坝上冲锋。尼古拉听着这个故事，不仅不欣赏兹德尔任斯基的热情，还露出羞于听取这故事的样子，尽管他无意加以反驳。在奥斯特里茨和一八〇七年战役后，尼古拉凭亲身经验知道，这种军事功绩往往是吹牛，他自己也吹过牛；其次，他凭丰富的经验知道，战场上发生的一切完全不像我们想象和讲述的那样。因此他不喜欢兹德尔任斯基的故事，也不喜欢兹德尔任斯基这个人。兹德尔任斯基满脸胡子，老是把头凑近听的人，此刻更把尼古拉挤到低矮的棚子边上。尼古拉默默地瞧着他，心里想：

---

1 在希腊北部，公元前480年少数斯巴达人在此抵御人数众多的波斯入侵军，最后全体壮烈牺牲。

“第一，在那个被攻击的水坝上一定十分混乱，即使拉耶夫斯基带着他的儿子上去，除了旁边的十来个人，对谁也起不了什么作用，其余的人根本看不见拉耶夫斯基跟谁和怎样在坝上走。但就是那些看见这一幕的人也不会十分感动，因为在生命攸关的时刻，谁还顾得上拉耶夫斯基的骨肉之情？再说，他们是不是拿下萨尔坦水坝，并不像塞尔莫皮莱山口战斗那样关系到祖国的存亡。那么，何必作这样的牺牲呢？又何必把儿子带到战场上去呢？别说我的弟弟彼嘉，就是伊林这个善良的外人，我也要努力把他保护好。”尼古拉听着兹德尔任斯基说话，继续想。但他没有说出自己的想法：因为在这类事上他也有了经验。他知道这类故事可以为我军增光，因此得装出对它毫不怀疑的样子。他就这样做了。

“我可受不了啦，”伊林说，发现尼古拉不喜欢听兹德尔任斯基说话，“袜子、衬衫全湿透了，身上都是水。我去找个地方避雨。雨好像小一点了。”伊林走出去，兹德尔任斯基也跟着走了。

五分钟后，伊林啪嗒啪嗒踩着泥浆跑回棚子。

“乌拉！尼古拉，快走。找到了！这儿两百步外有一家小酒店，我们的人都在那里。我们至少可以把衣服烤烤干。玛丽雅也在那里。”

玛丽雅是团里军医的妻子，是个年轻漂亮的德国女人，军医是在波兰同她结婚的。军医也许是因为没有财产，也许是因为新婚不愿离开年轻的妻子，就带着她随团东奔西走，军医的醋劲也常常成为骠骑兵军官的笑料。

尼古拉披上雨衣，叫拉夫鲁施卡带上行李跟在后面，自己同伊林一起走出棚子。他们时而在泥泞里溜滑着，时而在小雨中行走。黑暗的天空不时被远方的闪电划破。

“尼古拉，你在哪里？”

“在这里。好亮的闪电！”尼古拉同伊林交谈着。

13

酒店门口停着医生的篷车，店里有五六个军官。玛丽雅是个胖胖的头发淡黄的德国女人，身穿短袄，头戴睡帽，坐在前面角落的一张宽凳上。她的军医丈夫睡在她后面。尼古拉和伊林在一片欢笑声中走进屋子。

“哟！你们这里好快活！”尼古拉笑着说。

“你们怎么错过了好机会？”

“好家伙！瞧这一对落汤鸡！可别把我们的客厅弄湿了。”

“别把玛丽雅的衣服弄脏了。”有人接着说。

为了避开玛丽雅，尼古拉和伊林急忙找地方换湿衣服。他们走到隔板后面去换衣服，但发现那个小间已挤满人，一只空箱子上点着蜡烛，有三个军官坐在那里打牌，他们怎么也不肯把地方让出来。玛丽雅借给他们一条裙子当帘子，尼古拉和伊林就在拉夫鲁施卡的帮助下换上干衣服。

他们在破炉子里生了火，把找到的一块木板搁在两个马鞍上，铺上马衣，又弄来小茶炊、食品箱和半瓶朗姆酒。他们请玛丽雅做主人，大家围着她坐下。有人给她一块干净的手帕，让她擦擦好看的小手；有人把上衣铺在她的小脚下免得她的脚受潮；

有人拿雨衣挂在窗上挡风；有人拂走她丈夫脸上的苍蝇，免得苍蝇弄醒他。

“不用管他，”玛丽雅羞涩而快乐地微笑着说，“他一夜没睡，就这样也睡得很好。”

“不行，玛丽雅，”一个军官回答，“得服侍好医生。也许有朝一日我得截去一条腿或者一条胳膊，他会手下留情的。”

杯子只有三只；水又那么脏，看不清茶的浓淡，而茶炊只能烧六杯水，但这样格外有趣；大家可以按级别高低轮流从玛丽雅短短的指甲不太干净的胖手里接过茶杯。那天晚上，军官们似乎个个都爱上了玛丽雅。就连那几个在隔板后打牌的军官，不久也都丢下牌，来到茶炊旁，投身到向玛丽雅献殷勤的欢乐气氛中。玛丽雅看到周围这些相貌漂亮、彬彬有礼的青年，满面春风，虽然竭力掩饰快乐的心情，看见她丈夫在睡梦中身子一动，就现出惊恐的神色。

匙子只有一把，糖却很多，搅不过来，因此决定由玛丽雅轮流给大家搅。尼古拉接过杯子，加了点朗姆酒，请玛丽雅替他搅和。

“您还没有加糖吧？”她说，一直微笑着，仿佛不论她说什么，也不论别人说什么，都很可笑，而且别有用意。

“我不要糖，我只要您用您的小手搅一下就行。”

玛丽雅一口答应，便到处找匙子，因为匙子不知被谁拿去了。

“您就用手指搅吧，玛丽雅，”尼古拉说，“这样更有味。”

“太烫了！”玛丽雅说，兴奋得脸都红了。

伊林拿来一桶水，滴了几滴朗姆酒进去，走到玛丽雅跟前，请她用手指搅一搅。

“这是我的杯子，”他说，“您只要把手指伸进去一下，我就把它喝光。”

等到茶炊里的茶都喝光，尼古拉拿出一副纸牌，要求跟玛丽雅一起打“国王”。大家拈阄决定谁同玛丽雅搭档。尼古拉提出输赢的条件：谁做国王，谁可以吻玛丽雅的手；谁做坏蛋，谁就在医生醒来后给他烧茶炊。

“那么，要是玛丽雅做国王呢？”伊林问。

“她本来就是女王！她的命令就是法律。”

他们刚开始打牌，医生头发蓬乱的头突然从玛丽雅身后抬起来。他早就醒了，留神听着他们的谈话，觉得他们所说的话和所做的事都没有什么快乐、可笑和好玩的地方。他神色忧郁愁闷。他没同军官们打招呼，搔搔头皮，要求挡路的人让他出去。他一出去，军官们就放声大笑，玛丽雅满脸通红，眼睛里涌出泪水，因此军官们觉得她越发迷人。医生从院子里回来，对妻子（玛丽雅已收起快乐的笑容，怯生生地瞧着医生，等候他的判决）说，雨停了，得睡到篷车里去，要不车上的东西会被偷光的。

“好，我派一个勤务兵去……派两个勤务兵去！”尼古拉说，“算了吧，医生。”

“我自己去站岗！”伊林说。

“不，诸位，你们睡够了，可我有两个晚上没合眼。”医生说，闷闷不乐地在妻子旁边坐下，等待牌局结束。

军官们看见医生板着脸，斜睨着妻子，更乐了。好多人忍不住笑出声来，慌忙找些冠冕堂皇的借口来掩饰。等医生领着妻子出去，同她一起在马车上安顿下来，军官们就盖上湿外套，在酒店里睡下。但他们都久久没有入睡，时而彼此交谈几句，回想医生的惊惶和他妻子的快乐，时而跑到台阶上，报告马车里的动静。尼古拉几次蒙上头想睡，但又被谁的话逗乐，大家又谈起话来，又无缘无故发出一片快乐而天真的笑声。

14

夜里两点多钟还没有人入睡。这时司务长带来进驻奥斯特罗夫诺镇的命令。

军官们又都有说有笑地收拾行李，又用茶炊烧着肮脏的水。但尼古拉不等茶烧好，就到骑兵连去。天已破晓，雨也停了，云在消散。天气又潮又冷，特别是穿着潮湿的衣服更觉得不舒服。尼古拉和伊林走出酒店，在朦胧的曙光中两人瞧了瞧医生那辆马车潮湿发亮的皮篷，看见医生的脚从车篷里伸出来，车子中央的坐垫上露出医生太太的睡帽，还听见她的呼噜声。

“是的，她挺可爱！”尼古拉对同他一起出来的伊林说。

“这女人真是迷人！”伊林用十六岁少年特有的严肃神情回答。

半小时后，骑兵连已在大路上排好队。响起一声口令：“上马！”士兵们纷纷画了十字骑上马。尼古拉骑马跑到前面，喊了一声“开步走”，骠骑兵就四人一排，随着步兵和炮兵，沿着两边种着桦树的大路前进。马蹄在泥泞的路上发出溅拍声，马刀铿锵作响，士兵悄声低语。

一片片青紫色的碎云被曙光映得发红，在风中飞驰。天色越来越亮了。村道上的蔓草还沾着昨夜的雨水，湿漉漉的；垂下的桦树枝也沾满雨水，迎风摇曳，不时洒下晶莹的水滴。士兵们的脸越来越清楚了。尼古拉同紧跟着他的伊林一起，在桦树夹道的路旁策马前进。

尼古拉在前线不骑军马，却由着性子骑一匹哥萨克马。他爱好骑马，又是个识马的行家，前不久得到一匹高大的顿河白鬃白尾的枣红骏马。他骑着这匹马，没有人能赶上他。骑着这样一匹好马奔驰，尼古拉觉得是一大乐趣。他想到马，想到早晨，想到医生的妻子，但一次也没想到眼前的危险。

尼古拉以前打仗总感到恐惧，现在却丝毫也不觉得害怕。他不害怕，并非已习惯于战斗（对危险是无法习惯的），而是学会在危险关头控制自己的情绪。他养成习惯，在参加战斗时什么都可以想，就是不去想他最关心的事，也就是面临的危险。初入伍时，不论他怎样责备自己胆怯，怎样鼓励自己，都不能做到这一点；但几年下来，他已能适应战斗生活。此刻他同伊林并排在桦树中间骑马行走。有时顺手从枝条上摘下几片叶子，有时踢踢马肚子，有时头也不回就把吸完的烟斗递给后面的骠骑兵，神态那么悠闲，仿佛是在骑马兜风。伊林滔滔不绝地说个没完，尼古拉望望他那紧张的脸色，很可怜他。他是个过来人，懂得这位少尉面临恐怖和死亡的痛苦，知道只有时间才能治好他的病。

太阳刚从乌云后面升到明净的空中，风就停了，仿佛风也不敢破坏这暴风雨后夏天早晨的美景；空中还在滴水，但已是垂直地落下，周围万籁无声。太阳完全露出地平线，接着又隐没在一长条乌云后面。几分钟后，太阳又冲破乌云，更明亮地出现在乌云上面。万物光辉灿烂，明亮夺目。这时前方炮声隆隆，仿佛在响应这片光明。

尼古拉还来不及推测炮声的远近，奥斯吉尔曼–托尔斯泰伯爵的副官已从维切布斯克驰来，带来急驰前进的命令。

骑兵连绕过步兵和也在赶路的炮兵驰下山坡，穿过一座荒芜的村庄，又登上一个山坡。马开始出汗，人也热得涨红了脸。

“立定！看齐！”前面传来营长的口令。

“向左转，开步走！”又传来口令声。

骠骑兵沿着步兵行列走到阵地左翼，停在第一线的枪骑兵后面。右边是我方密集的步兵纵队——他们是后备队；在他们上方的山上，在澄澈天空的衬托下，安置在地平线上的我方大炮被早晨的阳光照得清清楚楚。前面谷地的前方是敌人的纵队和大炮。谷地里，我们的散兵线已在交锋，斗志昂扬地同敌人对射着。

尼古拉听到这种好久没听到的射击声，好像听到欢乐的音乐，也兴奋起来。哒哒哒——哒哒！射击声时而一起打响，时而一声接着一声。接着又沉默下来，然后又像有人踩着摔炮，噼啪作响。

骠骑兵原地不动地站了个把小时。炮击开始。奥斯吉尔曼-托尔斯泰伯爵带着随从跑到骑兵连后面停下，同团长谈了几句话，又向山上的炮位驰去。

奥斯吉尔曼-托尔斯泰一走，枪骑兵就听到一声口令：

“成纵队，准备冲锋！”

他们前面的步兵分成两排，让骑兵过去。枪骑兵出动了，枪上的飘带不断飘荡，向出现在山下左方的法国骑兵冲去。

枪骑兵一下山，骠骑兵就奉命上山掩护炮兵。骠骑兵刚开到枪骑兵的阵地上，没有打中目标的子弹就远远地从前方呼啸着飞来。

尼古拉好久没听到这种声音，变得比原来更快乐、更兴奋。他挺直身子，观察展开在山下的战场，一心注意着枪骑兵的行动。枪骑兵向法国龙骑兵冲去，硝烟中发生一场混战。五分钟后，枪骑兵后退了，不是退回原地，而是退到左边。在穿橘黄军服、骑枣红马的枪骑兵中间和他们的后面出现了一大群穿蓝军服、骑灰色马的法国龙骑兵。

15

尼古拉凭他锐利的猎人眼睛，首先看见穿蓝军服的法国龙骑兵在追击我们的枪骑兵。溃乱的枪骑兵越来越往后退，法国龙骑兵在他们后面追击，他们离我方阵地越来越近。已经可以看见山下这些很小的人在冲突，相互追逐，挥动双臂和马刀。

尼古拉像看猎犬追捕野兽那样，看着眼前发生的事。他凭本能感觉到，要是现在率领骠骑兵下去攻击法国龙骑兵，法国龙骑兵是抵挡不住的；要攻击现在就得攻击，不然就错过时机了。他环顾四周。骑兵大尉站在他旁边，眼睛也一直盯住山下的骑兵。

“安德烈·谢瓦斯基扬内奇，”尼古拉说，“我说，我们准能把他们……”

“这一招倒是不错，”骑兵大尉说，“一定……”

尼古拉没听完他的话就刺了刺马，跑到骑兵连前头。没等他发命令，全连就都感觉到，并且跟着他催动马匹。尼古拉自己也不知道为什么要这样做。他像打猎一样，不假思索就行动起来。他看见龙骑兵离得很近，队形混乱，拼命奔驰；他知道他们是挡不住的，他知道机不可失，不能错过。子弹在他周围嗖嗖呼啸，马一个劲儿往前冲，他简直勒不住它。他催动马匹，发了口令，但就在这一刹那，他听见身后一片马蹄声，展开队形的骑兵连向山下的龙骑兵冲去。他们一下山，马就由溜蹄改成大跑，而且越接近枪骑兵和法国龙骑兵就跑得越快。这时龙骑兵已近在咫尺。前面的龙骑兵一看见骠骑兵就转身往后退，后面的也纷纷停下来。尼古拉怀着打猎时堵狼的心情，放他的顿河马飞跑，去堵截溃乱的法国龙骑兵。一个枪骑兵站住了，一个步兵怕被马踩着，趴在地上，一匹无人骑的马混在骠骑兵中间。法国龙骑兵几乎全都往回跑。尼古拉挑了一个骑灰马的龙骑兵，向他冲去。他在路上碰到一丛灌木，他的骏马驮着他越过灌木丛。尼古拉还没在鞍子上坐好，就看见他立刻能赶上他所选定的那个敌军。这个法国人，从服装上看得出是个军官，伏在灰马上，挥动马刀飞驰。一转眼，尼古拉坐骑的胸部撞着法国军官的马屁股，几乎把它撞倒。就在这一刹那，尼古拉自己也不知道是怎么一回事，举起马刀向法国人砍去。

就在这样砍去的一刹那，尼古拉的勇气顿时消失了。军官从马上跌下来，与其说是由于臂肘上方受了轻伤，不如说是由于马的冲撞和恐惧。尼古拉勒住马，用眼睛找寻敌军，想看清他打败的是个什么人。法国龙骑兵军官一只脚卡在马镫里，另一只在地上跳着。他恐惧地眯着眼睛，仿佛等待随时再挨一刀，皱起眉头，惊惶地自下而上打量着尼古拉。他的脸年轻、苍白、溅满了泥，头发淡黄，下巴上有一个酒窝，眼睛浅蓝。整个模样一点不像战场上的敌人，而像家里的自己人。尼古拉还没决定怎么办，那军官就叫道："我投降！"他慌张地想从马镫里抽出脚，浅蓝的眼睛恐惧地盯住尼古拉。几个骠骑兵赶上来，帮他抽出脚，把他放到马鞍上。周围的骠骑兵都在对付龙骑兵：一个龙骑兵负伤了，满脸是血，但还不肯放弃他的马；另一个抱住骠骑兵，坐在他的马屁股上；第三个正由骠骑兵扶上马。法国步兵在前面边跑边开枪。骠骑兵连忙带着俘虏往后跑。尼古拉跟着别人往回跑，感到一阵揪心的痛苦。他俘虏了这个军官并砍了他一刀，心里有一种说不出的复杂感情。

奥斯吉尔曼-托尔斯泰伯爵迎接回来的骠骑兵，召见尼古拉，向他表示感谢，说他将把他的英勇行为禀奏皇上，并替他申请圣乔治勋章。当奥斯吉尔曼-托尔斯泰伯爵召见尼古拉时，尼古拉想起他没等命令就向法军冲锋，现在长官召他去，一定是为他擅自行动而要处罚他。因此奥斯吉尔曼-托尔斯泰的赞扬和答应予以奖赏本应使尼古拉受宠若惊；但精神上难言的负疚还是使他觉得难受。“究竟什么事使我痛苦啊？”他从将军那儿出来时问自己。“是为伊林吗？不是，他安然无恙，是我做了什么丢脸的事吗？不是。都不是！”使他痛苦的是一种悔恨的感觉。“对了，对了，就是为了那个下巴上有酒窝的法国军官。我记得很清楚，我举起刀来，又放下了。”

尼古拉看见被押走的俘虏，他骑马赶上去，想看看那个下巴上有个酒窝的法国人。那法国人穿一身古怪的军服，骑在骠骑兵的驮马上，惊慌地向周围打量着。他臂上的刀伤算不了什么。他向尼古拉勉强装出笑容，向他挥手致意。尼古拉还是感到不痛快，似乎有点内疚。

这天一整天和第二天，朋友们和同事们发现尼古拉闷闷不乐，若有所思，神情严肃，但并不是生气。他勉强喝了点酒，一个人躲起来想心事。

尼古拉一直思索着使他意外获得圣乔治勋章和勇士名声的光辉战功，可是有一件事他怎么也无法理解。“看来他们比我们更害怕！”他想，“难道英雄气概就是这么一回事？难道我这样做是为了祖国？那个长有酒窝和蓝眼睛的人究竟犯了什么罪？他是多么害怕啊！他以为我要杀他。我为什么要杀他呢？我的手在发抖。可我却要得圣乔治勋章。我不理解，完全不理解！”

尼古拉反复思考着这些问题，怎么也得不到明确的解答，但就在这时，他在部队里又福星高照。在奥斯特罗夫诺战役之后，他又被提升为骠骑兵营长，而在需要勇敢的军官时，他又获得了新的任务。

16

罗斯托夫伯爵夫人接到娜塔莎生病的消息，尽管自己尚未康复，身子还很虚弱，就带了彼嘉和全家来到莫斯科。罗斯托夫一家就从阿赫罗西莫娃家搬到自己家里，在莫斯科定居下来。

娜塔莎病得很厉害，因而她的病因、她的行为和她同未婚夫解除婚约等事都显得不那么重要了。这对她本人和对她的父母都是件好事。她病得十分厉害，不吃，不睡，不断咳嗽，眼看着在瘦下去。医生暗示她的父母，她的病情已很危险。这样大家也就不去考虑，发生这些事她该负多少责任。大家一心只想着怎样治好她的病。医生们来看病，有时来会诊，用法语、德语、拉丁语说了许多话，相互指摘，凭各人的医术开出各种各样的药方。但他们谁也没有想到一个简单的道理，就是他们无法知道娜塔莎的病，因为一个活人所生的病本来就是无法知道的，因为各人有各人的特点，各人有各人特殊的、新奇的、复杂的、医典上所没有的病，那不是肺病、肝病、皮肤病、心脏病、神经病等等，而是这些器官的综合征。这种简单的道理医生想都没有想到（就像巫师不会想到他的巫术不灵一样），因为治病是他们的终身职业，他们以此为生，并把最好的年华花在这上面。但医生不懂这个道理，主要因为他们断定自己是有用的，他们对罗斯托夫一家人的确有用。他们之所以有用，并非因为他们强迫病人吞服许多有害的东西（这种害处不容易察觉，因为用量很小），而是因为他们能满足病人和爱她的那些人精神上的需要。这也是永远会有江湖郎中、巫婆、顺势疗法和对抗疗法的缘故。一个人生病的时候总是希望减轻痛苦，得到同情，别人有所行动。这些江湖郎中、巫婆等就能满足人类这种原始的需求，就像孩子要求人家抚摩一下碰痛的地方一样。孩子摔伤了，立刻投身到母亲或保姆的怀抱，要她们亲亲他，摸摸他痛的地方。她们亲了他，摸了他，他就觉得好过些。孩子不相信最强大聪明的人会没有办法减轻他的痛苦。于是，减轻痛苦的希望，以及母亲在抚摩肿处和亲他时所表示的同情，使孩子得到了安慰。医生对娜塔莎是有用的，因为他们亲她的肿处，摸她的疼痛，并使她相信，只要派车夫到阿尔巴特街药房，用一卢布七十戈比买一盒包装漂亮的药粉和药丸，病人不多不少每隔两小时吞服一次，就会药到病除，恢复健康。

如果不是遵照医生嘱咐，按时给娜塔莎服药、饮食、吃鸡肉饼，并安排其他一系列生活细节（这些也是一家人的工作和安慰），那么，宋尼雅、伯爵和伯爵夫人还有什么事可做呢？他们怎能坐视娜塔莎虚弱下去，消瘦下去，而不采取措施呢？他们认为这些措施越严格，越复杂，心里越感到安慰。伯爵如果不为娜塔莎的病花掉几千卢布，而且为了使她康复不惜再花掉几千卢布；如果女儿的病没有好转，他还得再花几千卢布把她送到国外，请名医会诊，如果他不能详细讲讲，梅蒂维埃和费勒怎样不懂医道，而弗里茨如何高明，摩德罗夫更有本领确诊，眼看爱女害病他又将怎样过呢？伯爵夫人如果有时不同害病的娜塔莎吵吵嘴，责备她没有完全遵照医嘱，她还有什么事可做呢？

“你要是不听医生的话，不按时服药，你就永远别想好起来！”她忘记了忧虑，恼恨地说，“你可能变肺炎，这可不是闹着玩的。”肺炎这个词大家都不懂，因此她能说出这个词，就感到很得意。

宋尼雅愉快地意识到，开头三夜她没有脱过衣服，严格遵照医生的嘱咐办事，直到现在还常常熬夜，为的是按时从金盒子里取出有点毒性的丸药给娜塔莎服用。如果不这样，宋尼雅又能做什么呢？

就是娜塔莎本人，嘴里虽说没有一种药能治好她的病，这一切都是胡闹，但她还是高兴看到，大家为她作出那么多牺牲，她必须按时服药。她不遵从医生嘱咐，不相信医生治疗，不珍惜自己的生命，并因此感到得意。

医生每天来给她按脉，看舌苔，不理会她那沮丧的脸色，跟她说说笑笑。不过，当医生走到另一个屋里，伯爵夫人慌忙跟着他进去时，他就换上严肃的神色，若有所思地摇摇头说，危险是有的，但他希望最后一种药能见效，不过得等等看，还说她的病多半是精神上的……

于是伯爵夫人竭力悄悄地把一枚金币塞到医生手里，并且每次总是宽慰地回到病人那里。

娜塔莎的病症是吃得少，睡得少，有点咳嗽，没有精神。医生们说，病人离不开医药，因此得把她留在空气恶浊的城市里。这样，罗斯托夫一家一八一二年夏天就没有到乡下去。

娜塔莎虽然吞服了许多药丸、药水和药粉（肖斯小姐爱好收集小瓶和小盒），虽然离开了过惯的乡村生活，但青春还是起了作用：娜塔莎的悲伤被日常生活所冲淡，渐渐过去，不再那样折磨她的心灵，她的身体也逐渐康复了。

17

娜塔莎平静了些，但还是不快活。她不仅回避各种娱乐：跳舞、骑马、音乐会和看戏，而且每次笑的时候总是含着眼泪。她不能唱歌。她只要一笑，或者独自唱歌，泪水就会把她哽住。那是忏悔的泪，回忆一去不复返的纯洁时期的泪；恼恨的泪，恼恨她白白糟蹋了本来可以很幸福的青春生活。她觉得欢笑与唱歌是对她悲哀的亵渎。她根本无心卖弄风情，甚至不需要在这方面克制自己。她觉得并且公然说，现在所有的男人都像小丑娜斯塔霞。内心的戒律不许她有任何欢乐。再说，这个对生活满怀希望的少女，她的纯洁的兴致现在也完全丧失了。她回忆得最多也最使她伤心的是逝去的秋天、打猎、“大叔”以及同尼古拉一起在奥特拉德诺度过的圣诞节。只要能再过上一天这样的生活，要她付出什么代价都行！但那样的日子一去不复返了。她当时就预感到，那种自由自在、无忧无虑的生活再也不会来了。这种预感如今已得到证实。可是人总得活下去。

她想到，她并不像她以前所认为的那么好，而是很坏，是世界上最坏的人。这种想法反而使她感到轻松。但光是这样还不够。她知道这一点，同时自问：“以后怎么办？”以后什么也没有。生活没有丝毫欢乐，日子就这样一天天过去。娜塔莎显然尽力不去连累别人，不去妨碍别人，她毫无所求。她避开家里人，只有同弟弟彼嘉在一起时才感到轻松。她不喜欢同别人交往，只喜欢同彼嘉待在一起；同他在一起，她有时会笑出声来。她几乎足不出户，在来客中间她只喜欢皮埃尔一个。没有人比皮埃尔待她更体贴、细心，而又严肃。娜塔莎不知不觉中感觉到这种体贴，因此同他在一起觉得很愉快。但她并不感谢他的体贴，她觉得他这样做并没有花什么力气。皮埃尔待人好是出于本性，他的厚道并不是为了讨好人。娜塔莎有时发现皮埃尔在她面前有点局促不安，特别是当他想做点什么好事使她高兴，或者唯恐说话不当心引起她痛苦回忆的时候。她看出这一点，认为这是因为他善良腼腆，而且对任何人都一视同仁。有一次，在娜塔莎非常激动的时刻，皮埃尔脱口而出，说要是他没有结过婚，他就会跪下来向她求婚。这以后，皮埃尔就再也没向娜塔莎吐露过自己的感情。娜塔莎显然觉得，当时他安慰她，就像大人安慰啼哭的孩子一样。这倒不是因为皮埃尔结过婚，而是因为娜塔莎觉得她同皮埃尔之间有一重不可逾越的道德樊篱，这在她同阿纳托里之间是没有的。她从没想到，她同皮埃尔的关系会引起她对他的爱情，或者他对她的爱情（这更不可能），他们之间甚至不可能发生亲切、自觉、诗意盎然的异性友谊。这种友谊的例子，她是见到过的。

在圣彼得节[1]末，罗斯托夫家在奥特拉德诺的女邻居别洛娃来莫斯科朝拜这里的圣徒。她建议娜塔莎斋戒，娜塔莎高兴地接受了这个意见。娜塔莎不顾医生禁止她清早出门，坚持要斋戒祈祷，而且不像罗斯托夫家通常那样在家里做三次祷告，而是像别洛娃那样斋戒一周，不放过教堂里所有的晨祷、午祷和晚祷。

1 俄国旧历6月29日前两周，正是拿破仑越过俄国边界后17天。

伯爵夫人看到娜塔莎这样虔诚很高兴；医疗没有见效，她心里就希望能通过祈祷治好女儿的病，虽然她惴惴不安地瞒着医生，但答应了娜塔莎的要求，并把她托付给别洛娃。别洛娃半夜三时就来叫娜塔莎，但往往发现她已醒了。娜塔莎怕睡过晨祷。她匆匆梳洗完毕，随便穿上最坏的衣服，披上旧斗篷，身子冷得发抖，来到曙光熹微中空荡荡的大街。娜塔莎听从别洛娃的劝导，不去本教区教堂而到另一个教堂祈祷。据别洛娃说，那里的一位司祭生活严肃，品德高尚。教堂里的人一向很少，娜塔莎同别洛娃总是站在左边唱诗班后面的圣母像前。娜塔莎在这不寻常的早晨，眼望着被烛光和从窗口透进来的晨光照亮的圣母的黑脸，仔细听着祷词，面对至高无上的造物主，心里充满了一种谦卑感。当她理解祷词的时候，她那带有个人色彩的感情就同祷词融为一体。当她不理解祷词的时候，她更高兴地想，希望理解的愿望是值得骄傲的，要理解一切不可能，只要信仰和皈依上帝就行了，因为此时此刻上帝支配着她的心灵。她画十字，鞠躬，而当她不理解的时候，她只为自己的卑劣感到惶恐，请求上帝宽恕她的一切，并且可怜她。她最醉心的是忏悔祷告。清晨回家的路上，娜塔莎只遇见去上工的泥瓦匠和清道夫，家里个个都在睡觉，娜塔莎觉得她身上产生了一种能够改过自新的新鲜感情，觉得她能过一种纯洁幸福的新生活。

在过这种生活的一个星期里，她的这种感情与日俱增。领圣餐，或者照别洛娃的说法是“和上帝交通”，娜塔莎认为是一种莫大的幸福，而她恐怕活不到那个幸福的礼拜日。

但这幸福的一天终于来到，娜塔莎在这个难忘的礼拜日身穿白纱衣服，领过圣餐回来，几个月来第一次感到心情舒畅，不因眼前的生活感到压抑。

医生那天来替娜塔莎治病，吩咐继续服用两星期前给她开的药粉。

“一定要继续服药，早晚各一次，”他说，对自己的成功显然很得意。“只是请准时服药。伯爵夫人，您放心好了，”医生俏皮地说，敏捷地一把接过金币，“她很快又会唱歌，又会欢蹦乱跳了。上次那药对她非常非常有效。她气色好极了。”

伯爵夫人瞧瞧自己的指甲，吐了口唾沫[1]，满面春风地回到客厅。

1 俄国人习惯，唾指甲以求吉利。

18

七月初，莫斯科传布着越来越使人不安的战争消息：皇帝发表了告民众书，他已离开军队，回到莫斯科。但是直到七月十一日还没有接到宣言和《告民众书》，因此到处流传着有关此事和俄国局势的大大夸张的流言。据说，皇帝离开是因为军队处境危急。据说，斯摩棱斯克失守，拿破仑有百万大军，只有奇迹才能拯救俄国。

七月十一日，星期六，宣言发表了，但还没印好。皮埃尔来到罗斯托夫家，答应第二天星期日来吃饭，并从拉斯托普庆伯爵那儿把宣言和《告民众书》带来。

这个星期日，罗斯托夫一家照例到拉祖莫夫斯基家教堂做礼拜。这是一个炎热的七月天，罗斯托夫一家在教堂前下车已经十点钟了。空气十分闷热，小贩尖声叫卖，人群穿着色彩鲜艳的夏装，行道树的叶子积满灰尘，军乐声悠扬，一营穿白裤子的士兵前去换班，大路上车声辘辘，阳光灼热刺眼。在城里晴热的日子，这一切更使人感到暑热的困倦，对现状的满意和不满。在拉祖莫夫斯基家的教堂里，聚集了莫斯科的名门显贵和罗斯托夫家的老相识（许多豪富人家通常都到乡下过夏，今年却都留在莫斯科，好像今年要发生什么事）。娜塔莎挨着母亲，跟着一个为她们开路的穿号衣的跟班走过去，听见一个年轻人用说得太响的耳语说到她：

“这是罗斯托夫家的小姐，就是那个……”

“她瘦多了，可还是那么漂亮！”

她听见，好像有人提到阿纳托里和安德烈的名字。事实上她常常有这样的感觉。她总是觉得，凡是看见她的人都在想着她的事。娜塔莎身穿镶黑色花边的雪青绸连衣裙，若无其事地在人群中走着。她表面上越是装得平静和庄重，内心越是痛苦和羞愧。她自知长得美，但现在这已不像过去那样使她高兴了。相反，这使她痛苦，特别是在城里度过炎夏的时候。“又是星期日，又过了一个礼拜，”她想起上个星期日她在这里，自言自语，“还是那种没有意义的生活，还是那个愉快的生活环境。我漂亮，我年轻，我知道我以前不好，但现在好了。这我知道，可是最好的年华就这样虚度了，对谁也没有好处。”她站在母亲身旁，同近处几个熟人打招呼。她像平时一样打量妇女们的衣着，批评旁边一个女人的仪态，批评她画十字不合规矩。接着她又懊丧地想到人家批评她，她现在也批评人家。突然她听到祈祷的声音，不禁为自己的卑鄙吃惊，惶恐地觉得原来的纯洁又丧失了。

一个仪表堂堂的斯文小老头虔诚而庄严地念着祷文，安抚着做礼拜的人的心灵。圣障的中门关上了，帘子缓缓拉拢，从里面传出轻微的神秘低语声。娜塔莎心口涌起她自己也弄不懂的泪水，一种又快乐又烦恼的情绪使她激动。

“教教我，我该怎么办，怎样才能从此改过自新呢……”娜塔莎想。

助祭走上讲经台，叉开大拇指，从法衣下理理长发，在胸前画了十字，声音洪亮而庄严地念着祷词：

"我们大家向主祷告。"

娜塔莎想："我们大家，不分等级，没有仇恨，凭博爱联合起来的人们，向主祷告。"

"为了天赐的和平与灵魂的得救！"助祭念道。

"为了天使和我们头上的全体神明！"娜塔莎祷告道。

当他们为军人祷告时，娜塔莎想到了哥哥和杰尼索夫。当他们为在海上和陆地漂泊的游子祷告时，她想到了安德烈公爵，她为他祝福，她对他做了错事，现在求上帝饶恕她。当他们为爱我们的人祷告时，她为家人祷告，为父亲、母亲和宋尼雅祷告，第一次感觉到她是多么爱他们，可是她对不起他们。当他们为仇恨我们的人祷告时，她想出几个仇敌，为他们祷告。她把债主和凡是同她父亲打交道的人都当作仇人。一想到仇人，她总是记起害得她好苦的阿纳托里。虽然他并不恨她，她还是把他当作仇人，为他祷告。只有祷告的时候，她才能平静而清楚地想起安德烈公爵和阿纳托里。她对他们的感情，比起她对上帝的敬畏之情来，真是微不足道。当他们为皇室和正教院祷告时，她特别虔诚地鞠躬和画十字。她对自己说，虽然她不懂正教院，也不能对它发生怀疑，但她还是敬爱正教院，并为它祷告。

助祭祷告完毕，在胸前圣带上画了十字，说：

"把我们自己、把我们整个生命交给我主基督。"

"把我们自己交给上帝！"娜塔莎在心里复述着。"上帝啊，我把自己交给你安排。我一无所求，一无所需；你教导我该怎么办，该怎样运用自己的意志吧！你收留我，收留我吧！"娜塔莎虔诚而急切地在心里说，没有画十字，垂下两条细小的手臂，仿佛在等待无形的力量来把她带走，使她摆脱悔恨、欲望、责备、希望和罪恶。

伯爵夫人在祷告时几次回顾女儿虔诚的脸色和闪亮的眼睛，

祈求上帝保佑她。

突然在礼拜中途，助祭违反娜塔莎所熟悉的程序，拿出来一条板凳（就是他在圣灵降临节跪在上面祷告的那条板凳），把它放在圣障的中门前。司祭头戴紫绒法冠走出来，理理头发，费力地跪下。人人都跟着他跪下，并且莫名其妙地面面相觑。这是刚从主教院送来的祷文，从敌人侵略下拯救俄国的祷文。

“万能的上帝，我们的救主！”司祭用清楚、平稳与温和的声音开始念祷文，只有斯拉夫教士才能用这样的声音祈祷，使俄国人的心完全被感动，“万能的上帝，我们的救主！现在求你施恩给你的百姓，仁慈地垂听我们的祈祷，可怜我们，饶恕我们。敌人在蹂躏你的土地，妄想把世界变成废墟，与我们为敌；这些不法之徒纠集在一起，毁坏你的财富，破坏你的圣城耶路撒冷，毁灭你所爱的俄罗斯：他们玷污你的圣堂，拆掉祭坛，亵渎你的圣物。主啊，这些歹徒将横行到几时？他们将逞凶到几时？

“主啊！请你垂听我们的祷告：增强我们至尊至圣的亚历山大皇帝的力量；请顾念他的公正和温顺，按其善行给予奖赏，保全你所宠爱的以色列。保佑其智谋、创举和事业；用你万能的手加强其王国，使其克敌制胜，犹如你使摩西战胜亚玛力，基甸战胜米甸，大卫战胜歌利亚[1]。请保佑其军队，把铜弓赐予以你的名义武装起来的人，帮助他们战斗。请你拿起刀枪和盾助战，使那些加害于我们的恶人遭到诅咒和羞辱，让他们面对忠勇的战士就像风中的尘土，让你强大有力的天使羞辱他们，驱逐他们；使他们不知不觉自投罗网，耍弄阴谋，自食其果；让他们跪倒在你仆人的脚下，随我们的大军任意践踏。主啊！你能拯救强者和弱者，你是上帝，人是不能违抗你的。

1 典出《旧约全书》。

“我们在天上的父！你永远慷慨仁慈，不要抛弃我们，不要厌恶我们的卑贱，你宽宏大量，仁爱为怀，饶恕我们的错误和罪孽吧。你使我们的心灵纯洁，唤起我们公正的精神，增强我们对你的信心，坚定我们的希望，唤起我们真诚的互爱，使我们万众一心保卫你赐给我们世代相传的土地，不准恶徒统治你所降福的人民！

“我们的主耶稣！我们信仰主，我们信托主，不要让我们对你所希望的仁慈破灭吧。请你显现奇迹，让那些仇恨我们和仇恨正教的人蒙受耻辱和灭亡；让天下万邦知道你是我们的主，我们是你的子民。主啊，求你立刻赐予我们仁慈，使我们得救，使你的仁慈温暖仆人们的心，打倒我们的敌人，让他们在你忠实仆人的脚下毁灭。你是信徒们的保护者、救主和胜利，一切荣耀归于你，归于圣父、圣子、圣灵，世世代代，直到永远。阿门！”

娜塔莎现在敞开心灵，这祷告就使她特别感动。她一字不漏地听着祷文中所说的摩西战胜亚玛力、基甸战胜米甸、大卫战胜歌利亚，以及耶路撒冷遭到破坏等事，并且满腔热情地向上帝祷告，但她并不清楚她在向上帝祈求什么。她全心全意参加祷告，祈求伸张正义，增强信心和希望，用爱来鼓舞人心。但她不能祈求将敌人踩在脚下，因为几分钟前她还希望有更多的敌人让她爱，为他们祷告。但她也不能怀疑此刻诵读的祷文的正确性。她想到人们因罪孽而受罚，尤其是她自己因罪孽而受罚，心里感到惶恐和敬畏，她求上帝饶恕所有的罪人，也饶恕她，并赐给大家平安和幸福。她觉得上帝听到了她的祷告。

19

皮埃尔自从离开罗斯托夫家，回忆着娜塔莎感激的目光，仰望高悬在空中的星那天起，他觉得他面前打开了一个新的天地，他不再想到那个一直使他苦恼的问题：浮生若梦，空虚无聊。“为什么？为了什么目的？”以前不论做什么事，他都会想到这个可怕的问题。如今他不再想到这个问题，倒不是他想到别的问题，而是因为他面前总是出现她的形象。不论是听到或参与无聊的谈话，还是读到或知道人们卑劣愚蠢的行为，他已不像以前那样感到惊讶；他不再问自己，既然一切都是过眼云烟，人们何必忙忙碌碌。如今他只记得最后一次看到她时她的那副模样，一想到她，他的一切疑虑都消失了。这倒不是因为她解答了他常想到的那些问题，而是因为一想到她，他精神上立刻来到一个光明的世界，那里没有是或非，只有使人眷恋的美和爱。不论他面前出现什么尘世的丑恶，他总是对自己说：

“就让人盗窃国家和皇帝的财富，国家和皇帝反而赐给他荣誉吧。对了，她昨天向我微微一笑，还邀请我到她家去，我爱她。这事谁也不会知道。”他想。

皮埃尔仍旧出入交际场所，仍旧经常酗酒，过着懒散放荡的生活，因为除了在罗斯托夫家消磨几小时外，他还得打发其余的时间。于是在莫斯科养成的习惯和结交的朋友又强烈吸引他去过那种生活。但近来，从战地不断传来愈益使人焦虑的消息，娜塔莎的健康逐渐恢复，她不再引起他的怜悯。在这种时候，他心里就会产生一种莫名其妙的烦躁情绪。他觉得，他现在的处境不会持续很久，灾难即将临头，势必改变他的全部生活，他焦急地在各方面找寻大难临头的预兆。共济会一位会友向皮埃尔介绍圣约翰《启示录》中一段与拿破仑有关的预言。

《启示录》第十三章第十八节说："在这里有智慧。凡有聪明的，可以算计兽的数目；因为这是人的数目，他的数目是六百六十六。"

同一章第五节说："又赐给他说夸大亵渎话的口；又有权柄赐给他，可以任意而行四十二个月。"

法文字母表，按照希伯来文的数字表现方式，前九个字母表示个位，其余字母表示十位：

a	b	c	d	e	f	g	h	i	j	k	l	m	n
1	2	3	4	5	6	7	8	9	10	20	30	40	50
o	p	q	r	s	t	u	v	w	x	y	z		
60	70	80	90	100	110	120	130	140	150	160			

按照这个字母表，把组成"拿破仑皇帝"几个字的字母折成数目，总和是六百六十六，因此拿破仑就是《启示录》中所预言的那只野兽。再有，法文"四十二"几个字母折成数目，也就是给那只有"说夸大亵渎话的口"的野兽规定的期限，所得的总和也是六百六十六；由此可以得出结论，拿破仑掌权的期限是一八一二年，因为这一年法国皇帝的年纪是四十二岁。这个预言

使皮埃尔很震惊，他常常问自己，究竟是什么将结束这野兽（拿破仑）的权力？他竭力用数目代替字母的方法来寻求答案。皮埃尔写了“亚历山大皇帝”和“俄罗斯民族”。然后他折算了这几个字母所代表的数字，但数目的总和不是比六百六十六大得多，就是小得多。有一次在计算时他写了自己的名字“皮埃尔·别祖霍夫伯爵”，但数目的总和同六百六十六也相差很多。他又改变拼法，用Z代替S，加一个de，再加上冠词，但仍得不到他所希望的结果。后来他又想到，如果他所研究的问题的答案在他的名字里，那么他的名字前应当加上国籍。他写了“俄国别祖霍夫”，折算下来的数目是六百七十一。只多了五，五也就是e，也就是“皇帝”一词的冠词中所省略的e。只要去掉e（虽然不合语法），皮埃尔就获得了他所求的答案，也就是“俄国别祖霍夫”，等于六百六十六。这个发现使他兴奋。他同《启示录》里所预言的重大事件有什么联系，他不知道，但他毫不怀疑存在着这种联系。他对娜塔莎的爱情、基督的敌人、拿破仑入侵、彗星、六百六十六、拿破仑皇帝和俄国别祖霍夫——这一切都应该酝酿成熟，把他从着了魔的莫斯科习气的小魔圈里解放出来，使他建立伟大的功勋，获得巨大的幸福。

在做祷告的那个星期日前夜，皮埃尔答应从老相识拉斯托普庆伯爵那里给罗斯托夫家带去《告民众书》和最新战事消息。那天早晨，皮埃尔去访问拉斯托普庆伯爵，在他那里遇见一位刚从部队来的信使。这位信使是莫斯科舞会的常客，皮埃尔认识他。

“看在上帝份儿上，您能不能帮帮我忙？”信使说，“我有满满一口袋家信呢。”

在这些信中有一封尼古拉给父亲的信。皮埃尔拿了那封信。此外，拉斯托普庆伯爵还给了皮埃尔刚印好的《告莫斯科民众书》、最新几项军事命令和他自己签发的公告。皮埃尔看了军事命令，在一份伤亡和受奖人员名单中发现尼古拉·罗斯托夫的名字。尼古拉由于在奥斯特罗夫诺战斗中表现英勇而获得四级圣乔治勋章。皮埃尔在同一命令里还看到，安德烈公爵被任命为轻骑兵团团长。皮埃尔不愿向罗斯托夫家人提到安德烈公爵，但他急于要把儿子得奖的喜讯告诉罗斯托夫一家，使他们高兴。于是他就派人把那个命令和信送到罗斯托夫家，却把《告民众书》、公告和其他命令留下来，以便吃饭时亲自带去。

同拉斯托普庆伯爵的谈话、拉斯托普庆焦躁不安的语气、同若无其事地谈到战事失利的信使的见面、莫斯科发现间谍的流言、有关拿破仑预定在秋季之前攻入俄国新旧两个京城的传单、有关皇帝明天将到达莫斯科的谈话——这一切又使皮埃尔激动，并充满期待的心情。自从彗星出现，特别是开战以来，皮埃尔就一直有这样的心情。

皮埃尔早就想进入军队服务，他早就有这样的愿望，但有两件事妨碍他这样做：第一，他加入了共济会，并立誓宣传永久和平，消灭战争；第二，他看到许许多多莫斯科人穿着军装宣传爱国主义，不知怎的，他感到羞于这样做。他没有进入军队的主要原因，就是他有一个朦胧的观念：他俄国别祖霍夫符合六百六十六那个**野兽**的数目，命定要参加限制这头野兽权力的伟大事业，因此他不能做别的事，只能等待必然的事发生。

20

那天也像每个星期日那样，有几个至亲好友在罗斯托夫家吃饭。

皮埃尔来得早些，想单独同罗斯托夫家人见面。

近一年来，皮埃尔胖了许多，要不是他身材高大，四肢发达，体格强壮，行动敏捷，他就会显得畸形了。

他气喘吁吁，喃喃地说着什么，走上楼去。车夫也没问要不要等候。他知道伯爵到罗斯托夫家不到十一点是不会回去的。罗斯托夫家的仆人高兴地跑上来替他脱外套，从他手里接过手杖和帽子。皮埃尔按照俱乐部习惯总是把手杖和帽子留在前厅。

他在罗斯托夫家看见的第一个人就是娜塔莎。他在前厅脱外套，还没看见她，就听见她的声音。娜塔莎正在大厅里练习视唱。他知道娜塔莎得病后还没有唱过歌，因此她的歌声使他又惊又喜。他悄悄地推开门，看见娜塔莎穿着祷告时穿的雪青色连衣裙，在屋里边走边唱。皮埃尔开门进去，她正背对着他，但她突然转过身，看见他那惊讶的胖脸，她的脸唰的红了，她快步向他走来。

“我想再唱唱。”娜塔莎说，“多少找点事做。”她添加说，仿佛在替自己辩解。

“太好了！”

“您来，我真高兴！我今天真快乐！”她说，又现出皮埃尔好久没在她身上看见的活泼模样。“告诉您，尼古拉获得了圣乔治勋章。我真为他骄傲。”

“可不是，命令就是我派人送来的。好了，我不打搅您了。”他说着要往客厅走。

娜塔莎拦住他。

“伯爵，怎么，我唱得不好吗？”她涨红了脸说，但没有垂下眼睛，用询问的目光瞧着皮埃尔。

“不……为什么这样说？正好相反……但您为什么这样问？”

“我自己也不知道，”娜塔莎紧接着回答，“但我不愿做您不喜欢做的事。我完全信任您。您不知道您对我是多么重要，您为我做了那么多事！……”她急急地说，没注意皮埃尔听到这话脸红了。“我看见命令里有他的名字，就是安德烈公爵（她迅速地低声说），他在俄国，又到军队里去了，您看怎么样？”她说得很急，显然想尽快说出，唯恐没有勇气说出来，“他会原谅我吗？他不会恨我吗？您以为怎么样？您以为怎么样？”

“我想……”皮埃尔说，“他没有什么要原谅您的……我要是处在他的地位……”皮埃尔立刻联想到，那天他曾安慰她说，如果他不是现在这样的人，而是世界上最好的人，而且没有结过婚，他就会跪下来向她求婚。于是他心里又充满怜悯、柔情和爱怜，那些话又来到他嘴边，但她不让他说出来。

“是的，您，”她说，十分兴奋地说出您字来，“您可是另一回事了。我不知道有谁比您更善良、更厚道、更好，这样的人是不可能有的。当时要是没有您，现在要是没有您，真不知道我会怎么样，因为……”泪水突然从她的眼眶里涌出来；她转过身去，拿乐谱遮住眼睛唱起来，又在大厅里来回踱步。

这时，彼嘉从客厅里跑出来。

彼嘉如今已是个相貌俊美、脸色红润的十五岁少年，嘴唇又厚又红，模样像娜塔莎。他在准备考大学，但最近他跟同学奥勃仑斯基秘密决定去当骠骑兵。

彼嘉冲到他的同名人[1]面前，同他商量这事。

他要皮埃尔打听一下，军队里会不会收他当骠骑兵。

皮埃尔在客厅里踱步，没听彼嘉说话。

彼嘉拉拉他的手臂，要他听自己说话。

“我的事怎么样了，皮埃尔？看在上帝的份上！您是我唯一的希望。”彼嘉说。

“哦，你的事。要当骠骑兵吗？我去说，我去说。我今天就去说。”

“啊，好朋友，怎么样，宣言弄到了？”老公爵问。“伯爵夫人在拉祖莫夫斯基家做礼拜，听见了新的祷文。她说祷文好极了。”

“弄到了，”皮埃尔回答，“皇上明天就到……要举行一次非常贵族会议，据说壮丁将千名抽十。是的，我恭喜您。”

“是啊，是啊，赞美上帝。那么，军队有什么消息吗？”

“我们又后退了。据说，已退到了斯摩棱斯克。”皮埃尔回答。

“天哪！天哪！”伯爵说，“那么宣言在哪里？”

“《告民众书》吗？哦，有的。”皮埃尔伸手往口袋里摸文件，但是没有摸到。他一面继续往口袋里掏，一面吻走进来的伯

1 皮埃尔就是彼得的法文叫法，而彼嘉是彼得的小名，所以他们是同名人。

爵夫人的手，同时不安地环顾着，显然在等娜塔莎。这时娜塔莎已不在唱歌，但也没有来到客厅。

“哦，我不知道把它放到哪儿去了。”他说。

“嗨，他总是丢三落四的。”伯爵夫人说。

娜塔莎脸色温和而兴奋，走进来坐下，默默地瞧着皮埃尔。她一进屋，皮埃尔阴沉的脸顿时容光焕发，他继续找寻文件，朝她看了几眼。

“哦，真的，我要回去一下，我把它忘在家里了……”

“噢，那您吃饭要迟到了。”

“唉，车夫也走掉了。”

但宋尼雅走到前厅去找文件，她在皮埃尔的帽子里找到了。原来皮埃尔小心地把文件藏在帽褶里。皮埃尔想念文件。

“不，吃过饭再念。”老伯爵说，显然指望从文件里得到很大的乐趣。

吃饭时，大家喝香槟酒，祝新近获得圣乔治勋章的英雄健康。这时，申兴讲起城里的新闻来：年老的格鲁吉亚公爵夫人害病，梅蒂维埃在莫斯科失踪，有个德国人被押到拉斯托普庆伯爵那里，说他是间谍（这是拉斯托普庆伯爵自己说的），但拉斯托普庆伯爵又下令把他放了，说他不是间谍，只是个普通的德国糟老头子。

“在抓人了，在抓人了，”伯爵说，“我对伯爵夫人说过，少讲法国话。现在不是时候。”

“你们听说了没有？”申兴说，“高里岑公爵请了位俄国教师学俄语，在街上讲法国话可危险了。”

“那么，皮埃尔伯爵，要是征民兵，您是不是也得上马？”老伯爵问皮埃尔。

皮埃尔吃饭时一直默不作声，想着心事。他望望老伯爵，仿佛没听懂他的话。

“是啊，是啊，我要去打仗，”他说，“不！我算得上什么军人，不过，一切都很奇怪，都很奇怪。我自己也弄不懂是怎么一回事。我不知道，我对军事毫无兴趣，但现在这种时势谁也不能替自己担保。”

饭后，伯爵舒舒服服地在安乐椅上坐下来，神态庄严地要宋尼雅宣读文件，因为宋尼雅朗诵得好是出名的。

“我们的古都莫斯科！

“敌人用庞大军队入侵俄国。他们正在蹂躏我们亲爱的祖国。”宋尼雅用她的尖细嗓子认真地读着。伯爵闭上眼睛，听到有些地方不时叹息。

娜塔莎挺直身子坐在那里，试探似的时而望望父亲，时而望望皮埃尔。

皮埃尔感到她射来的目光，竭力不向她回过头去。伯爵夫人听到《告民众书》中每句庄严的话，总是不以为然地摇摇头。她从这些字句里只听出，威胁她儿子的危险不会很快过去。申兴嘴上挂着嘲弄的微笑，显然准备一有机会就笑出声来：嘲笑宋尼雅的朗诵，嘲笑伯爵说的话，如果没有其他借口，就嘲笑这个文件。

宋尼雅念到威胁俄国的危险，皇上对莫斯科的期望，特别是对莫斯科贵族的期望，她的声音发抖了，这主要是因为大家都听得那么全神贯注。她念完了最后一段话：

“我们立即到京城和我国其他各地民众中间去，以便同民团协商和加以指挥，因为民团现在正阻击敌人进犯，并在他们已到之处予以打击。敌人妄图给我们以毁灭性打击，就让这样的打击落到他们自己头上！从奴役中获得解放的欧洲将颂扬俄罗斯的英名！”

“说得对！”老伯爵叫道，睁开湿润的眼睛，几次停止打鼾，仿佛有人把一瓶香醋放在他的鼻子下，“只要皇上一声令下，我们愿意牺牲一切，毫不吝惜。”

申兴还没来得及说出准备好嘲弄伯爵爱国心的话，娜塔莎突然跳起来，跑到父亲跟前。

“我们的爸爸真好哇！”娜塔莎吻着父亲说。她又不自觉地瞟了皮埃尔一眼。这种妩媚和活泼的神态又在她身上恢复了。

“好一个爱国女英雄！”申兴说。

“根本不是什么爱国女英雄，只是……”娜塔莎生气地回答，“您觉得什么都好笑，可这绝不是什么玩笑……”

“什么玩笑！”伯爵重复说，“只要他说一声，我们就全体出动……我们可不是德国佬……”

“你们有没有注意到，”皮埃尔说，“上面说‘同民团协商’。”

“不管上面说了什么……”

这时，一直不受人注意的彼嘉走到父亲面前，面红耳赤，用忽高忽低的变嗓说：

“哦，爸爸，现在我要对您明说，对妈妈也要明说，不论怎样，你们要让我去参军，因为我不能……就是这样……”

伯爵夫人吃了一惊，眼睛往上一翻，双手一拍，怒气冲冲地对丈夫说：

“这下子谈出事情来了！”

不过伯爵这时已恢复了平静。

“好！好！”他说，“又来一个军人！别再胡闹了，得好好读书。”

“这不是胡闹，爸爸。奥勃仑斯基年纪比我还小，他也要去，主要是我现在什么书也读不进，现在……”彼嘉停了一下，脸红得冒汗，还是说下去，“现在祖国处在危急之中。”

“够了，够了，尽说傻话……”

“您自己不是说愿意牺牲一切吗？”

“彼嘉，我对你说，闭嘴！”伯爵嚷道，回头望望，只见伯爵夫人脸色发白，直勾勾地盯着小儿子。

“我对您说，现在皮埃尔伯爵也要对您说……”

“我对您说：荒唐，乳臭未干，也想参军！哼，哼，我对你说！”伯爵说着拿起文件，大概想到书房里午睡前再看看，走出屋子。

“皮埃尔伯爵，我们去抽口烟吧……”

皮埃尔犹豫不决，心神不定。娜塔莎那双生气勃勃、异常明亮的眼睛热情地盯住他，使他心慌意乱。

“不，我想回家……”

“怎么回家？您不是要在我们这儿待到晚上吗……您近来难得来了。我那个丫头……”伯爵指指娜塔莎，和蔼地说，“只有您来，她才高兴……”

“是的，我忘记了……我一定得回家……我有事……”皮埃尔匆匆地说。

“那么再见了。”伯爵说着，走出屋子。

“您为什么要走？您为什么不高兴？为什么？……”娜塔莎问皮埃尔，挑战似的望着他的眼睛。

“因为我爱你！”他想说，但他没有说，只垂下眼睛，脸红得几乎流泪。

“因为我还是少来为好……因为……不，我是有事。”

“为什么？不，您说。”娜塔莎坚决地说，又突然停住。

他们两个心慌意乱地对视着。他想笑，但笑不出；他的笑容显得痛苦。他默默地吻了吻她的手，走了。

皮埃尔暗自决定再也不去罗斯托夫家。

21

彼嘉参军遭到父母断然拒绝后，走到自己屋里，锁上门，伤心地哭了一场。他喝茶时闷闷不乐，眼睛红肿，但大家都装作没有看见。

第二天，皇帝驾临莫斯科。罗斯托夫家几个仆人要求去一睹皇帝的御容。这天早晨，彼嘉打扮了很久，像大人一样梳头，拉直领子。他对着镜子皱紧眉头，做做手势，耸耸肩膀，最后对谁也没说一声，戴上帽子，尽量不引人注意，从后门跑出去。彼嘉决定直接到皇帝所在的地方，坦率地对宫廷侍从说，他罗斯托夫伯爵年纪虽小，却愿意为国效劳，年幼不能妨碍他效忠皇上，他准备……彼嘉动身以前准备对宫廷侍从说许多动听的话。

彼嘉认为，正因为他是个孩子（他想大家都会为他的年幼而感到惊讶），他能见到皇上，但同时他整整领子，梳好头发，走起路来从容不迫，竭力把自己装得像个大人。但他越往前走，他的注意力越被拥向克里姆林宫的人群所吸引，就越忘记走路要像成年人那样稳重而缓慢。他走近克里姆林宫，已在担心被人挤倒，就雄赳赳地撑开双肘。但到了三一门，不管他态度多么坚决，人群并不知道他是抱着满腔爱国热情去克里姆林宫的，竟把他挤到墙边，使他不得不停下脚步，让隆隆的车队从拱门下经过。彼嘉旁边站着一个农妇、一名跟班、两个商人和一名退伍兵。彼嘉在门口站了一会儿，没等车辆走完，就想抢先往前走，拼命用臂肘开路，但站在他旁边的农妇首当其冲，就愤怒地大叫大嚷起来：

“挤什么，小少爷，你看，大家都站着不动。你挤什么呀！”

“大家都在挤。”跟班说，也用臂肘开路，把彼嘉挤到发臭的大门角落里。

彼嘉擦擦冒汗的脸，拉起他那像大人一样笔挺的汗湿的硬领。

彼嘉觉得他的外表很不体面，唯恐宫廷侍从看见他的模样不让他见皇帝。但周围太挤，他无法把自己修饰一番，也无法换个地方。路过的将军中有一个是罗斯托夫家的熟人。彼嘉想请他帮忙，但又觉得这样有失男子汉的体面。等所有的车辆都过去，人群就挟着彼嘉拥向挤满人的广场。不仅广场上，就连斜坡上和屋顶上也都是人。彼嘉来到广场上，就听见克里姆林宫的钟声和欢乐的人语声。

广场上一度比较空旷，但突然大家摘下帽子向一个方向冲去。彼嘉被挤得喘不过气，人人都在呼喊：“乌拉！乌拉！乌拉！”彼嘉踮起脚尖，他被人推推挤挤，除了周围的人群，什么也看不见。

人人脸上都现出虔敬和狂欢的神色。站在彼嘉旁边的一个女商贩放声大哭，泪水淌个不停。

“父亲，天使，老爷！”她用一只手指擦着眼泪，说。

“乌拉！”人们从四面八方高声呼喊。

人群在一个地方站了一会儿，然后又向前冲去。

彼嘉不顾一切，咬咬牙，像野兽一样转动眼睛，用臂肘开路往前冲，嘴里叫着“乌拉”，仿佛这时要把自己和所有的人统统杀死，而在他旁边是一张张同样的野兽般的脸，嘴里同样高呼着“乌拉”。

“哦，原来皇帝是这样的！”彼嘉想，“不行，我不能直接向他请愿，这太冒失了！”虽然如此，他还是拼命向前挤；从前面人群的背后他望见一块空地，上面铺着一长条红地毯；但这时人群向后退（前面的警察正在推开太靠近卫队行列的人群；皇帝正从皇宫走向圣母升天大教堂），彼嘉的肋骨上给猛撞了一下，又被挤得那么厉害，刹那间他眼睛发黑，失去了知觉。他醒过来的时候，一个教士模样的人，身穿蓝色旧法衣，一绺花白的头发往后梳，大概是个助祭，一手搂住彼嘉的腰，一手挡住拥挤的人群。

“把少爷挤坏了！”助祭说，“这算什么呀！……轻一点……把少爷挤坏了，挤坏了！”

皇帝走进圣母升天大教堂。人群又疏松开来。助祭把脸色苍白、呼吸急促的彼嘉扶到炮王[1]那里。有几个人怜惜彼嘉，突然人群向他拥来。他的周围又是一片拥挤。站在他旁边的几个人照顾他，替他解开军服纽扣，把他放在炮台上，并责备挤他的人。

“这样会把人挤死的。真不像话！简直要人家的命！你瞧，可怜的人，脸色白得像白布！”几个人说。

彼嘉很快就清醒过来，他的脸上又有了血色，疼痛也消失了。他用这暂时不愉快的代价，在炮台上获得了一个位置，他希望看到从这里回去的皇帝。彼嘉已不再想到请愿，只求看到皇帝的御容，这样他就觉得很幸福了！

圣母升天大教堂里在做礼拜，庆祝皇帝驾临和同土耳其人缔

1 1586年铸的一尊巨炮，重40吨，炮身长5.34米，口径890毫米，保存在莫斯科克里姆林宫。

结和约，人群散开了；小贩在叫卖克瓦斯、蜜糖饼和彼嘉特别喜欢的罂粟糖饼；人们在随便交谈。一个女商贩给大家看她那条撕破的披巾，说这是她花了大价钱买来的；另一个女商贩说，如今丝绸都涨价了。那个救彼嘉的助祭在跟一个官员谈话，说今天是某某司祭同主教一起主持礼拜。助祭几次说“会同”[1]，彼嘉不懂这个词的意思。两个青年小市民正在同一些吃核桃的农奴姑娘调笑。这些谈话，特别是同农奴姑娘们的调笑，对彼嘉这样年纪的男孩本是很有吸引力的，现在却引不起他的兴致；他高高地坐在炮台上，想到皇帝和他对皇帝的爱戴，一直很激动。他在受挤时感到的疼痛和恐惧，再加上后来的狂喜，使他觉得这个时刻意义特别重大。

突然从河滨传来隆隆的礼炮声（庆祝同土耳其人讲和），人群迅速地涌向河滨去看放炮。彼嘉也想往那里跑，但保护他的助祭不放他去。炮声继续响着，这时从圣母升天大教堂里跑出一些军官、将军和宫廷侍从，接着又走出一些人，人们又摘下帽子，那些跑去看放炮的人又跑回来。最后从圣母升天大教堂里走出四个穿军服、佩绶带的男人。“乌拉！乌拉！”人群又欢呼起来。

“哪一个？哪一个？”彼嘉哭泣着问周围的人，但没有人回答他。彼嘉认定四个人中的一个，但他泪眼模糊，看不清那人是谁，就把全部热情倾注在他身上，其实他并不是皇帝。他高声狂叫“乌拉”，并打定主意，不管付出多大代价，明天他一定要去参军。

人群跟着皇帝跑，一直把他送到皇宫，这才散去。天色已经晚了，彼嘉还没吃过东西，身上大汗淋漓，但他不回家，同逐渐减少、但为数还相当多的人站在皇宫前，在皇帝进餐时，向皇宫

1 在正教中，指由几个司祭共同主持礼拜。

的窗子张望，等待着什么，非常羡慕那些走上台阶去和皇帝共进午餐的达官显贵，也羡慕那些在窗口闪动、伺候皇帝进餐的御前侍从。

在皇帝进餐时，华鲁耶夫望了望窗外说：

“民众还是希望见见陛下。”

进餐毕，皇帝站起身来，一面吃最后一块饼干，一面走到阳台上。彼嘉随着人群向阳台奔去。

“天使，父亲！乌拉，皇爷！……”民众叫喊着，有几个女人和心肠软的男子，包括彼嘉在内，幸福得哭起来。皇帝手里一块相当大的饼干碎了，落到阳台栏杆上，又从栏杆落到地上。那个站得最近、穿紧身短袄的车夫向这块碎饼干奔去，把它抓在手里。有几个人向车夫扑去。皇帝看到这景象，吩咐拿一盘饼干来，接着他就在阳台上撒饼干。彼嘉两眼充血，被挤坏的危险使他格外紧张，但他还是向饼干扑去。他不知道为什么，但觉得一定要得到皇帝亲手赐给的饼干。他奔过去，撞倒一个抢饼干的老婆子。老婆子倒在地上（她抢饼干，没有抢到），但并不认输。彼嘉用膝盖推开她的手，一把抓住饼干，仿佛怕落后似的，慌忙叫起“乌拉”来，但声音已经嘶哑。

皇帝走了，大部分人也逐渐散去。

“我说还要再等一等，果然等着了。”四面八方传来快乐的人声。

彼嘉虽然感到很幸福，但他还是觉得扫兴，因为现在得回家去，并且知道这一天的欢乐已经结束。彼嘉离开克里姆林宫不是回家，而是去找他的朋友奥勃仑斯基。奥勃仑斯基才十五岁，但也想参军。彼嘉回到家里，斩钉截铁地宣布，要是不让他去，他就逃跑。第二天，罗斯托夫伯爵虽然还没完全答应，但自己出去打听，能不能给彼嘉谋一个危险较小的职务。

22

第三天，十五日早晨，斯洛博达宫前停着无数辆马车。

皇宫里几个大厅都挤满人。第一个厅里是穿制服的贵族。第二个厅里是穿蓝长衣、留大胡子、佩奖章的商人。贵族议会厅里，人声喧闹，活动频繁。在皇帝御像下的大桌子旁，高背椅上坐着最显要的贵族，但大多数贵族都在大厅里来回走动。

这些贵族，皮埃尔天天在俱乐部里或他们家里见到，此刻都穿着制服，有的穿着叶卡德琳娜朝的制服，有的穿着保罗朝的制服，有的穿着亚历山大朝的新制服，有的穿着普通的贵族制服。这些五花八门的制服使得这些互相熟识的老老少少增添了一种怪诞的色彩。特别引人注目的是老头子，他们一个个都老眼昏花，牙齿脱落，头顶光秃，脸色黄肿，皮肤打皱，憔悴消瘦。他们多半坐在原地不动，沉默寡言，如果走动或说话，也是去找年纪较轻的人。这些人的脸，也像彼嘉在广场上见到的那样，表情十分矛盾：一方面在等待什么庄严重大的事情，另一方面在关心日常的生活：打波斯顿牌，厨子彼得鲁施卡烧的菜，齐娜伊达的健康，等等。

皮埃尔穿着窄小不适的贵族制服，一早来到宫里。他心情激动：即将举行一次非常会议，不仅贵族参加，连商人也参加，是一次三级会议，这事勾起他一连串早已搁置一旁但深藏心里的思想：关于《民约论》和法国革命的思想。他在《告民众书》中看到皇帝将到京城来同民众协商，更加强了他这个观点。他认为在这方面他期待已久的重大事件正在逼近，他走来走去，观察动静，倾听谈话，但哪里也听不到他所关心的那种思想。

皇帝《告民众书》宣读过了，引起一片欢腾，然后大家一边谈论，一边散去。皮埃尔听到他们在谈论，皇帝驾临时首席贵族应站在什么地方，什么时候为皇帝举行舞会，他们应当按县分组还是按省分组，等等；但当他们一谈到战争和召开贵族会议的目的时，谈话就变得犹豫不决，闪烁其词。多数人都情愿听而不愿发表意见。

一个相貌英俊、体格魁伟的中年男子，身穿退伍海军服，在一个厅里发表议论。他的四周围了一群人。皮埃尔走到他旁边听他说话。罗斯托夫伯爵身穿叶卡德琳娜朝长军服，带着愉快的笑容，在人群中走来走去。这里所有的人他都认识。这会儿他走到他们中间，照例和颜悦色地听着，不住地点头表示赞成。退伍海军讲话很大胆，这从听众脸上的表情可以看出，也可从以下的情况看出：皮埃尔认识的那些胆小安分的人不以为然地走开去或者表示反对。皮埃尔挤进人群，留神细听，确信讲话的人是个自由主义者，但他的自由主义同皮埃尔的思想截然不同。海军军官的声音是洪亮的男中音，像唱歌一般好听，喉音很重，就像吩咐跟班那样：“喂，拿茶来，拿烟斗来！”听得出他惯于发号施令，指使人家。

“斯摩棱斯克人建议皇上办民团，那又怎么样？难道我们要服从斯摩棱斯克人吗？莫斯科省的高尚贵族如认为必要，我们可以采取其他方式向皇上效忠。难道我们忘记一八〇七年办民团的事？只让吃教会饭的人和小偷强盗发财……”

罗斯托夫伯爵甜滋滋地微笑着，赞同地点点头。

“请问，我们的民团对国家有什么用？什么用也没有！只能糟蹋我们的庄稼。还是征兵好……不然回来时兵不像兵，庄稼汉不像庄稼汉，只能成为浪荡鬼。贵族并不爱惜生命，我们人人可以出动招募更多的新兵，只要圣上一声令下，我们就可以为他赴汤蹈火。”演讲的人兴奋地补充说。

罗斯托夫伯爵高兴得直咽口水，他推推皮埃尔，但皮埃尔也想说话。他挺身而出，觉得十分兴奋，但不知道兴奋什么，也不知道要说什么。他刚要开口，站在演讲人旁边的一个参议员抢在皮埃尔前面。这个参议员牙齿已全部脱落，生就一副聪明相，怒容满面。他显然善于辩论，能抓住问题，说话声音很低，但很清楚。

“我认为，阁下，”参议员用没有牙齿的嘴喃喃地说，“我们奉召来到这里，并不是来讨论目前征兵还是组织民团对国家更有利。我们奉召来到这里，是为了响应圣上的号召。至于征兵和组织民团哪一样好，还是让最高当局去裁决……”

皮埃尔突然发觉有机会抒发他的满腔热情。在当前这场贵族争论中，这个参议员竟提出这种迂腐而狭隘的观点，他要狠狠地加以批驳。皮埃尔走上前去，打断他的话。他自己也不知道要说些什么，但说得很起劲，有时用文绉绉的俄语，有时还夹杂着法语。

“对不起，阁下，”皮埃尔开始说（他早已知道这位参议员，但认为此时此地对他要打官腔），“虽然我不同意先生……”皮埃尔迟疑了一下，他想说我尊敬的对手，“这位我还无缘认识的先生，但我认为，贵族阶级奉召来到这里，除了表示同感和高兴外，还应该讨论我们的救国大计。我认为，”他兴奋地说，“如果圣上看到我们只是向他贡献农奴的农奴主……我们自己只能充当炮灰，而听不到我们的意见，他一定会不高兴的。”

许多人看到参议员的轻蔑笑容和皮埃尔的自由化言论，纷纷离开这个圈子，只有罗斯托夫伯爵对皮埃尔的话很满意。他对海军军官、参议员和听到的任何言论都一样满意。

“我认为，在讨论这些问题之前，”皮埃尔继续说，“我们应该请求圣上，恭恭敬敬地请求圣上告诉我们，我们有多少军队，军队的情况怎样，然后……”

但皮埃尔还没把话说完，就突然受到三方面的攻击，攻击得最凶的是他的老相识、待他很好的波斯顿牌友阿普拉克辛。阿普拉克辛身穿制服，不知是由于他身穿制服还是别的原因，皮埃尔觉得他完全变了样。阿普拉克辛脸上突然现出老年人的凶相，对皮埃尔嚷道：

“第一，我要告诉您，我们无权向圣上提问题；第二，即使俄国贵族有这样的权利，圣上也不能回答我们。军队根据敌人的行动而行动，人数有增有减……”

这时另一个人的声音打断了阿普拉克辛的话。此人中等身材，四十岁光景，皮埃尔以前在吉卜赛人那里见过他，知道他是个蹩脚的牌手。他也因为换上制服变了样，他向皮埃尔走近一步，说：

“现在可不是发议论的时候，现在需要行动：战火烧到了俄国。我们的敌人侵犯俄国，要糟蹋我们的祖坟，抢走我们的妻子儿女，”这个贵族捶着胸脯说，“我们都要奋起，人人都要勇往直前，大家为了沙皇爷！”他转动充血的眼睛，大声嚷嚷。人群中有几个人表示赞许。“为了保卫信仰、皇位和祖国，我们俄国人不惜流血牺牲。既然我们是祖国的子孙，就不该光说空话。我们要让欧洲看看，俄国人怎样保卫俄国！”他嚷道。

皮埃尔想反驳，但说不出一句话，他觉得，不论他说什么话，表达什么思想，总不及那个兴奋的贵族的话动听。

罗斯托夫伯爵站在人群后面点头表示赞成，有几个人在每句话结束时都大胆地向发言者转过身来，说：

“对了，对了！就是这样！”

皮埃尔想说，他并非不肯捐献金钱、农奴和牺牲自己，但他要知道情况，以便出力，但他张口结舌，说不出话来。许多人同时说话，同时叫嚷，罗斯托夫伯爵来不及一一点头表示同意。人群聚拢来，散开去，又聚拢来，然后叽叽喳喳地向大厅里一张大桌子走去。皮埃尔不仅没有机会把话说完，而且他一开口，人家就粗暴地把他打断，推开，纷纷避开他，就像对待共同的敌人那样。这样的情况所以发生，并不是大家对他的发言有意见（大家听了许多发言，他的话早已被忘了），而是为了鼓动人们的情绪，需要一个具体的爱的对象和一个具体的恨的对象。皮埃尔就成了后一种对象。许多人在那个慷慨激昂的贵族之后发言，他们说的都是一个调子。许多人说得很动听，有独到的见解。

《俄国信使报》发行人格林卡[1]（他被认出来，人群里就发出一片“作家，作家”的呼声）说，地狱应该用地狱来反击，他曾看见一个孩子在打雷闪电时还在微笑，但我们不能像那个孩子那样。

“是啊，是啊，现在雷声隆隆！”后排有人附和说。

人群走到大桌子旁边，那里坐着一些身穿制服、胸佩绶带、白发苍苍和头顶光秃的七十来岁的老贵族。这些老头儿在家里同小丑逗乐或在俱乐部里打波斯顿牌时，皮埃尔都曾见过。人群走到桌旁，不停地喧闹。发言的人一个接一个说，有时两人同时说。后面拥来的人把他们挤到椅子高背那里。站在后面的人发现发言的人漏了什么，就马上补充。另外有些人，在这种热烈拥挤

1 格林卡（1776—1864），俄国作家，于1808—1824年间主办《俄国信使报》。

的情况下拼命搜索枯肠，想说些别人没说过的话。皮埃尔认识的那几个上了年纪的达官贵人坐在那里，左顾右盼，大部分人显然感到很热。皮埃尔也很激动，那种不惜牺牲一切的情绪（多半表现在大家的声音和面部表情上，而不是表现在言辞里）也感染了他。他并没有放弃自己的想法，但觉得自己有点疏漏，很想说明一下。

“我只是说，要是知道国家需要什么，我们就能作出更恰当的奉献。”他说，竭力想压倒别人的声音。

旁边一个小老头回头看了他一下，但立刻被桌子另一端的叫声吸引过去。

“是啊，莫斯科要放弃了！莫斯科将成为赎罪的牺牲品！”有人叫道。

“他是人类公敌！”另一个人嚷道，“让我说……诸位，你们要把我挤坏了！……”

23

这时候，拉斯托普庆伯爵身穿将军服，肩挂绶带，下巴突出，眼睛机灵，冲开麇集的贵族，快步走进来。

“皇帝陛下马上驾到，”拉斯托普庆说，“我刚从那里来。我认为就我们目前的处境不必多发议论。皇上开恩把我们和商人召集拢来。”他指指商人聚集的大厅说，“他们会捐献几百万卢布，而我们的责任就是提供民团，不惜牺牲……这一点我们至少能办到！”

坐在桌旁的达官显贵开始讨论。会开得非常平静。老头儿们异口同声地说着：“同意”“我也是这个意思”等等。经过刚才的一片喧闹，他们的声音听来简直有点沉闷。

书记奉命记下莫斯科贵族的决议：莫斯科贵族同斯摩棱斯克贵族一样，每千名农奴中抽十名壮丁，并负责全副装备。贵族老爷们协商完毕，如释重负，站起身来，推开椅子，在厅里来回走动，活动活动腿脚，同时随便挽住一个人闲聊。

“皇上！皇上！”各个大厅里传出一片喊声，人群都向门口拥去。

皇帝穿过夹道欢迎的贵族，沿着宽阔的通道走进大厅。人人脸上都现出恭敬、惶恐和好奇的神色。皮埃尔站得较远，听不清皇帝说的话。他只听出，皇帝谈到国家处境危险，他对莫斯科贵族寄予厚望。随后有人向皇帝报告刚通过的贵族决议。

“诸位！”皇帝用颤抖的声音说。人群骚动了一下，又安静下来。于是皮埃尔听清皇帝富有人情味的悦耳声音。皇帝说：“我从不怀疑俄国贵族的忠心。但今天你们的忠心超过我的预料。我以祖国的名义感谢你们。诸位，让我们行动起来，时间最宝贵……”

皇帝的话说完了。人群在他周围拥挤着，四面八方传出狂热的欢呼声。

“是的，最宝贵……皇上金口玉言。”罗斯托夫伯爵边哭边说，他站在后面什么也听不清，就想当然地来理解他的话。

皇帝从贵族大厅走到商人大厅。他在那里待了十分钟光景。皮埃尔和其余的人看见皇帝从商人大厅里走出来，眼睛里含着感动的泪水。后来他们才知道，皇帝一开始向商人讲话，就热泪盈眶，他声音哆嗦地把话讲完。皮埃尔看见皇帝，他正由两个商人护送着走出来。一个是皮埃尔认识的胖胖的酒类专卖商，另一个是消瘦憔悴、胡子狭长的商会会长。两人都在哭泣。瘦子两眼饱含泪水，胖子则哭得像个孩子，嘴里反复说：

“陛下，请接受我们的生命和财产吧！”

皮埃尔当时唯一的愿望是想表示，他什么都不在乎，一切都可以牺牲。他觉得他那番有立宪倾向的演说是错误的，他想找机会加以纠正。皮埃尔得知马蒙诺夫伯爵负责提供一个团，他就立刻向拉斯托普庆伯爵宣布，他愿出一千个人，并负责提供他们的给养。

罗斯托夫老伯爵回家，把经过情况讲给妻子听，忍不住流出眼泪，当场答应彼嘉的参军要求，并亲自替他去报名。

第二天皇帝走了。所有被召集来的贵族都脱下制服，又各自在家里和俱乐部里消磨时光。他们唉声叹气，但还是吩咐管家征集民团上报，并对自己的行为感到惊奇。

第二部

1

拿破仑之所以发动对俄战争，是因为他不能不去德累斯顿，不能不被荣耀冲昏头脑，不能不穿上波兰军服，不能不受六月早晨的鼓舞而野心勃勃，不能不先在库拉金面前、后在巴拉歇夫面前大发雷霆。

亚历山大之所以拒绝一切谈判，是因为他觉得受了侮辱。巴克莱·德·托里之所以力求用最高明的方法指挥军队，是因为他要恪尽职守，并博取伟大统帅的名声。尼古拉之所以跃马向法军冲锋，是因为他无法克制在旷野上疾驰的欲望。同样，无数参战的人也都各凭自己的性格、习惯、条件和目的而行动。他们又恐惧，又虚荣，又快乐，又愤怒，他们议论纷纷，自以为了解他们的行为，而且是在为自己行动，其实他们全是一些身不由己的历史工具，做着他们自己并不明白而我们却是了解的事。这就是一切实际活动家的必然命运；他们官做得越大，就越不自由。

现在，一八一二年的活动家早已退出历史舞台，他们的个人作用早已完全消失，所留下的只有历史的结果了。

不过，假定说拿破仑统率下的欧洲人**不得不**深入俄国腹地，并在那里灭亡，那么，参加这一战争的人互相冲突、残杀而毫无结果，这种行动我们倒是能理解的。

这些追求个人目的的人注定要造成重大后果。这样的后果拿破仑没有料到，亚历山大也没有料到，参加战争的其他人更没有料到。

现在大家都明白一八一二年法军溃败的原因。谁也不会争论，拿破仑法军之所以溃败，一方面是由于他们深入俄国腹地时间太晚，又没有做好过冬准备；另一方面是由于法军焚烧俄国城市，引起俄国人民同仇敌忾，因而决定了战争的性质。但是，一支由最优秀的统帅所指挥的世界上最精锐的八十万大军大败于一支由经验不足的统帅所指挥的人数只及一半而又缺乏作战经验的俄军之手，只是由于这个原因，这在当时谁也没有预见到，而现在却是十分清楚了。当时不仅**没有一个人预见到，俄国方面**还始终竭力制止唯一能拯救俄国的办法，**法国方面**虽有拿破仑的作战经验和所谓“天才”，却千方百计要在夏末推进到莫斯科，也就是一心一意自取灭亡。

在有关一八一二年战争的历史著作中，法国作者很爱说，拿破仑当时就感觉到拉长战线的危险，他寻求决战，他的元帅们也曾劝他在斯摩棱斯克停止进攻。他们还提出其他论据，证明当时已看到战争的危险。俄国作者则更爱说，战争一开始就有引诱拿破仑深入俄国腹地的苦战计划，有人说这计划的制订者是普法尔，有人说是一名法国人，有人说是托里，有人说是亚历山大皇帝本人，并提到一些暗示这种作战方法的笔记、方案和书信。不过，所有这些暗示，不论是法国方面的还是俄国方面的，现在重提都只因为事实证明它们是正确的。如果没有发生那些事，那么这些暗示也早就被人遗忘，就像当时流行而现在被否定的成千上万彼此矛盾的暗示和推测一样。任何事件的结局总有许多推测，不管事件结局如何，总有人说：“我早就说过会有这样的结果。”

但他们完全忘记，在无数推测中还有许多截然相反的意见。

说拿破仑早就意识到拉长战线的危险，说俄国人早就想诱敌深入，这显然都是史学家的牵强附会，他们把这种推测强加到拿破仑和他的元帅们头上，又把那种作战计划强加到俄国将领头上。事实完全驳倒了这种推测。在整个战争期间，俄国方面不仅从无引诱法军深入俄国腹地的企图，而且从法军一侵犯俄国起就竭力阻止他们前进，拿破仑不仅从来没有害怕过拉长战线，而且把自己每推进一步都看作胜利，也不像以往作战那样要求速战速决，而是缓慢地进行战斗。

战争一开始，我们的军队就被切断，而我们追求的唯一目标就是使他们会合起来。如果我们存心后退和诱敌深入，那么，军队会师就没有好处。皇帝御驾亲征是为了鼓舞士气，保卫每一寸俄国土地，可不是为了后退。根据普法尔计划建设规模巨大的德里萨阵地，也不是打算继续后退。军队每后退一步，皇帝都要责怪总司令。皇帝不仅不能设想火烧莫斯科城，甚至不能设想让敌人占领斯摩棱斯克。我军会合了，皇帝气愤的是没有在城外打一次大仗就让斯摩棱斯克沦陷和焚毁掉。

这是皇帝的想法，而俄国将领和俄国民众一想到我军后撤到腹地就更加气愤。

拿破仑切断俄军，深入俄国腹地，放过几次会战的机会。八月间，拿破仑在斯摩棱斯克一心考虑着怎样继续前进，虽然我们现在明白，正是法军的继续前进导致了它的灭亡。

事实很清楚，拿破仑并未预见到向莫斯科进军的危险，亚历山大和俄国将领也没想到要引诱拿破仑深入，他们所考虑的正好是相反的事。使拿破仑深入俄国腹地，不是由于谁制订了这种计划（谁也没想到有这种可能），而是参战人员钩心斗角、争权夺利的结果。他们根本没有想到该怎么办，没有想到拯救俄国的唯一办法是什么。一切都出乎人们的意料。战争一开始军队就被切断。我们竭力把军队集中起来，目的虽然是要作战和阻止敌人前进，但在努力集结军队时，又要避免同强大的敌人作战，我们就不得不呈锐角形撤退，而把法军引到斯摩棱斯克。不过，我们呈锐角形撤退，不仅由于法国人在我们两支军队之间移动，这个夹角变得越来越尖锐；我们退得更远，还因为巴克莱·德·托里是个不孚众望的德国人，也为巴格拉基昂所忌恨（巴格拉基昂将受他指挥），巴格拉基昂正在指挥第二军，竭力想推迟同巴克莱·德·托里的会师，以避免受他指挥。巴格拉基昂迟迟不去会师（虽然会师是所有将领的主要目标），因为他觉得这样行军将使他的军队遭到危险，对他比较有利的是向左和向南撤退，骚扰敌人的侧翼和后方，并在乌克兰补充他的部队。他有这样的想法，看来是因为他不愿听命于他所憎恨而官阶比他低的德国人巴克莱·德·托里。

皇帝御驾亲征原想鼓舞士气，但他的在场和不懂得如何决策，再加上大量顾问和计划，反而破坏了第一军的战斗力，使军队不得不后退。

俄军原定驻守在德里萨阵地，但一味想当总司令的保卢奇竭力影响亚历山大。于是普法尔的整个计划被取消了，指挥大权落到巴克莱·德·托里手里。但巴克莱·德·托里不孚众望，他的权力受到限制。

军队四分五裂，没有统一指挥，巴克莱·德·托里不得人心；但由于这种混乱、分裂和德国人总司令不得人心，一方面产生了犹豫不决和避免会战的情况（如果军队团结一致，不是由巴克莱·德·托里指挥，一场会战是无法避免的）；另一方面人们对德国人越来越愤恨，爱国热情则越来越高涨。

最后，皇帝离开了军队，唯一合适的借口是：他必须去鼓舞新旧两个京城民众的热情，以发动全民战争。这样，皇帝驾临莫斯科就使俄军的力量增强了两倍。

皇帝离开军队是为了不妨碍总司令的统一指挥，以采取更加果断的措施；不料军队的领导更加混乱和削弱。别尼生、亲王和一群侍从武官留在军队里，目的是要监视总司令的行动，鼓舞他的斗志，但巴克莱·德·托里在这些**皇帝耳目**的监视下觉得自己更不自由，在制定重大行动上更加小心翼翼，竭力避免会战。

巴克莱·德·托里主张谨慎行事。皇太子暗示这是一种不忠行为，要求发动大会战。刘波米尔斯基、勃拉尼茨基、伏洛茨基之流大肆鼓噪，于是巴克莱·德·托里就以给皇上递送奏章为借口，把这些波兰侍从武官打发到彼得堡，然后同别尼生和亲王进行一场公开的斗争。

最后，不管巴格拉基昂怎样不乐意，俄军还是在斯摩棱斯克会师了。

巴格拉基昂乘车来到巴克莱·德·托里的行辕。巴克莱·德·托里佩上武装带出来迎接，向官阶比他高的巴格拉基昂报告。巴格拉基昂虽然官阶更高，但为了表示豁达大度就服从巴克莱·德·托里；但服从归服从，他同巴克莱的意见却更加分歧。巴格拉基昂奉皇帝之命，有事可直接奏闻皇上。他就写信给阿拉克切耶夫："遵奉圣上御旨，但我实在无法跟**大臣**（巴克莱）共事。看在上帝的份上，派我到别处去吧，即使去指挥一个团也行，我再也无法在这里待下去。总司令部里德国人充斥，使俄国人无法立足，一筹莫展。我想竭诚为圣上和祖国效劳，但结果表明我是在为巴克莱服务。说实话，我不愿意。"

勃拉尼茨基、文森海罗德之流更搅坏两位总司令之间的关系，结果就更难统一。俄军在斯摩棱斯克城下准备向法军发动进攻。一位将军奉命视察阵地。这位将军仇恨巴克莱，去找一个任军长的朋友，在他那里坐了一天，然后回到巴克莱那里，对他并未亲眼目睹的战场横加指摘，多方挑剔。

俄军将领正在就未来战场进行争论和策划军事行动，俄军正在找寻行踪不明的法军。这时，法军已遇上聂维罗夫斯基师，兵临斯摩棱斯克城下。

为了保全交通线，必须在斯摩棱斯克展开一场意外的会战。会战发生了，双方都伤亡数千人。

违反皇帝和全民的意愿，斯摩棱斯克失守了。但居民受总督的欺骗，焚毁了斯摩棱斯克城。这些遭难的居民念念不忘自己的损失，对敌人怀着冲天怒火到莫斯科去，给俄国其他城市居民做出榜样。拿破仑继续前进，我们节节败退，从而造成了战胜拿破仑的条件。

2

保尔康斯基公爵在儿子走后第二天，把玛丽雅公爵小姐唤到跟前。

“喂，怎么样，现在你满意了吧？”他对女儿说，“你使我同儿子吵了一架！你满意了吧？你就希望这样！你满意了吧？……这使我痛心，痛心。我老了，身体虚弱了，你就希望这样。好，你高兴吧，高兴吧……”

这以后，玛丽雅公爵小姐有一星期没见到父亲。他病了，没有出书房一步。

使玛丽雅公爵小姐感到惊讶的是，老公爵患病期间也不让布莉恩小姐进去。只有季洪一人侍候他。

一星期后，老公爵走出书房，恢复了原来的生活方式，格外起劲地建造房屋和管理花园，完全断绝了同布莉恩小姐的关系。他的模样和对玛丽雅公爵小姐说话的冷淡语气仿佛表示：“哼，你瞧，你无中生有，向安德烈公爵捏造我同这个法国女人的关系，弄得我同儿子争吵；你瞧，我不需要你，也不需要法国女人。”

玛丽雅公爵小姐每天把半天时间花在小尼古拉身上，督促他复习功课，亲自给他上俄语课和音乐课，并和德萨尔谈天；另外半天坐在屋里看书，或者同老保姆和有时从后门进来的神亲一起度过。

对战争的想法，玛丽雅公爵小姐也同一般女人一样。她为战场上的哥哥提心吊胆，不能理解使人们互相屠杀的残酷行为。她不理解这场战争的意义，觉得它同历次战争没有什么区别。她不理解这场战争的意义，尽管经常同她谈话的德萨尔十分关心战争的进展，竭力把他的想法讲给她听，也不管来看她的神亲都怯生生地告诉她基督敌人入侵的消息，也不管如今成为保里斯公爵夫人的裘丽继续同她通信，从莫斯科给她写来爱国热情洋溢的信。

“我用俄语给您写信，我亲爱的朋友，”裘丽写道，“因为我恨一切法国人，同样也恨法语，我听不得人家说法语……我们在莫斯科怀着满腔热忱爱戴我们的皇帝。

“我可怜的丈夫在犹太佬的客栈里忍饥受苦，但我所得到的消息却使我更加振奋。

“拉耶夫斯基的英雄事迹您一定听到了。他搂着两个儿子说：‘我要跟敌人同归于尽，但决不动摇！’不错，虽然敌人比我们强一倍，但我们决不动摇。我们尽量合理安排时间，打仗毕竟是打仗。阿林娜公爵小姐和莎菲整天同我在一起，我们这些守活寡的可怜女人坐着拆裹伤纱布，谈得很愉快，就可惜您，我的朋友，不在这里……”

玛丽雅公爵小姐不理解这场战争，主要因为老公爵从来不谈战争，不承认现在有战争，吃饭时德萨尔一谈到战争，老公爵就取笑他。老公爵的语气是那么平静和自信，玛丽雅公爵小姐对他深信不疑。

整个七月老公爵都非常活跃，简直可以说是生气勃勃。他又新辟了一座花园，新盖了一座下房。有一件事使玛丽雅公爵小姐不安，那就是老公爵睡得很少，也不再在书房里睡，每天更换过夜的地方。他有时吩咐仆人把行军床搭在游廊里，有时睡在客厅沙发或高背安乐椅上，穿着衣服打瞌睡，同时叫童仆彼得鲁施卡给他念书，而不叫布莉恩小姐，有时他在餐厅过夜。

八月一日家里收到安德烈公爵的第二封信。在安德烈公爵离家不久寄来的第一封信里，他恭顺地请求父亲宽恕他的顶撞，并请求父亲对他像以前一样慈爱。老公爵写了一封亲切的回信给他，从此就疏远了法国女人。安德烈公爵的第二封信是在法军占领维切布斯克后在城郊写的，信里简单叙述战役的经过，并在纸上画了一张草图，又写了对未来战局的推测。安德烈公爵在这封信里向父亲指出童山离战场不远，是军队必经之地，劝父亲迁居莫斯科。

当天吃饭时，德萨尔谈到他听说法军已占领维切布斯克，这时老公爵就想起了安德烈公爵的来信。

“我今天收到安德烈公爵的信，”他对玛丽雅公爵小姐说，“你没看过吗？”

“没有，爸爸。”公爵小姐惶恐地回答。她不可能看到信，她甚至不知道有信来。

“他信里写到当前的战争。”老公爵习惯成自然地带着嘲弄的微笑说，他谈到这次战争时总是带着这样的微笑。

“一定挺有意思，”德萨尔说，“公爵能知道……”

“哦，这挺有意思！”布莉恩小姐说。

“您去给我拿来，”老公爵对布莉恩小姐说，“您知道吗，在小桌子上，吸墨器底下。”

布莉恩小姐快乐地跳起来。

“不，不要您去，”老公爵皱起眉头嚷道，“你去拿，米哈伊尔·伊凡内奇。”

米哈伊尔·伊凡内奇站起来，往书房走去。但他刚走，老公爵就不安地环顾了一下，扔下餐巾，自己走去。

“他们什么都不会，总是弄错。”

他一走开，玛丽雅公爵小姐、德萨尔、布莉恩小姐，甚至小尼古拉都默默地交换了一下眼色。老公爵在米哈伊尔·伊凡内奇的陪同下，拿着信和建筑蓝图匆匆回来。他把信和蓝图放在手边，不让人在吃饭时读。

饭后，他向客厅走去，把信交给玛丽雅公爵小姐，然后摊开新的建筑蓝图，眼睛盯住那图，吩咐玛丽雅公爵小姐读信。玛丽雅公爵小姐一面读信，一面用询问的目光瞟了一下父亲。

老公爵望着蓝图，显然在聚精会神地思考。

“您看怎么样，公爵？”德萨尔大着胆子问。

“我！我！……”老公爵说，仿佛不愉快地被人唤醒，眼睛没有离开蓝图。

“战场很可能移到我们这里来……”

“哈——哈——哈！战场！”老公爵说，“我一向说，现在还是这样说，战场在波兰，敌人决不可能越过涅曼河。”

老公爵说到涅曼河，其实敌人已到了第聂伯河，引得德萨尔惊奇地对他望望，不过玛丽雅公爵小姐忘记了涅曼河的地理位置，还以为她父亲没有说错。

“等到一融雪，他们准会淹死在波兰的沼泽里。他们就是不懂得这个道理，”老公爵说，显然想到了一八〇七年的战争，仿佛那是不久以前的事，“别尼生要是早一点进入普鲁士，情况就不同了……”

“不过，公爵，”德萨尔怯生生地说，“信里说到了维切布斯克……”

“哦，信里写到，是的……”公爵不满意地说，“是的……是的……”他的脸色突然变得阴郁了。他停了一会儿，“是的，他写了，法国人被击败了，在什么河上呀？”

德萨尔垂下眼睛。

“安德烈公爵没写到这事。”他低声说。

“难道他没写吗？噢，那也不是我想出来的。”

大家沉默了好一阵。

“是的……是的……喂，米哈伊尔·伊凡内奇，”老公爵忽然抬起头，指指蓝图说，“你说说，你打算怎样修改这张图……”

米哈伊尔·伊凡内奇走到蓝图前。老公爵同他谈了谈新建筑的设计图，怒气冲冲地瞧了瞧玛丽雅公爵小姐和德萨尔，回自己屋里去了。

玛丽雅公爵小姐看见德萨尔凝视她父亲的困惑而惊讶的眼神，发现他一言不发，又因父亲把儿子的信忘记在客厅桌子上而感到吃惊；不过她不仅不敢问德萨尔他困惑和沉默的原因，而且害怕想到这件事。

晚上，米哈伊尔·伊凡内奇奉公爵之命来向玛丽雅公爵小姐索取安德烈公爵的信。玛丽雅公爵小姐把信交给他。她虽然很不高兴，但还是大着胆子问米哈伊尔·伊凡内奇她父亲在做什么。

“他总是忙得很！”米哈伊尔·伊凡内奇带着恭敬和嘲弄的微笑说，这笑容使玛丽雅公爵小姐脸色发白。“他对新造房子很不放心。他读了一会儿书，但现在他……”米哈伊尔·伊凡内奇压低声音说，“大概在写字台上写遗嘱。”近来老公爵爱做一件事，就是写准备死后留下的文稿，他把这文稿称为遗嘱。

“他要派阿尔巴端奇到斯摩棱斯克去吗？”玛丽雅公爵小姐问。

“可不是，他已等了好久了。”

3

米哈伊尔·伊凡内奇拿着信回到书房，老公爵戴着眼镜和遮阳，坐在打开的写字台旁，台上放着一盏有灯罩的灯，他伸出一只手远远地拿着文稿，有点洋洋自得地读着（他把它称为“意见书”，并要在他死后呈交皇上）。

米哈伊尔·伊凡内奇进去时，老公爵眼睛里含着泪水，回忆着他写这篇文稿时的情景。他从米哈伊尔·伊凡内奇手里接过信放进口袋，摆开文稿，召唤等了好久的阿尔巴端奇进去。

老公爵在一张纸上开列了要在斯摩棱斯克办的事，就在门口站着的阿尔巴端奇的身旁来回踱步，交代着一项项该办的事。

“第一，信纸，八刀，听见吗，这样大小的，要有金边……一定要照样子；封蜡，火漆，照米哈伊尔·伊凡内奇的单子买。”

他在屋里来回踱步，看了看他记的条子。

“然后把关于证书的信当面交给省长。”

然后是新房子用的门闩，一定要公爵亲自选定的那一种。然后要一只存放遗嘱用的讲究木匣。

老公爵向阿尔巴端奇交办事务，花了两个多小时还不放他走。他坐下来，考虑着，闭上眼睛，打起瞌睡来。阿尔巴端奇轻轻动了一下。

“好，去吧，去吧。如果还有事，我会叫你的。”

阿尔巴端奇走了。公爵重新走到写字台旁，看了看，摸摸文稿，又把它锁起来，坐到桌前给省长写信。

他封好信站起来，时间已很晚了。他想睡觉，但他知道他睡不着，一到床上头脑里就会涌起种种讨厌的念头。他把季洪唤来，同他走过几个房间，告诉他今晚把床铺在哪里。他一边走，一边打量着每个角落。

他觉得没有一个地方好，而平时书房里睡惯的沙发尤其不好。他觉得这张沙发可怕，大概是因为躺在上面最容易胡思乱想。没有一个地方好，但起居室里钢琴后面那个角落还可以，因为他还从未在那里睡过。

季洪同一个男仆搬来一张床，搭在那里。

“不是这样，不是这样！”公爵叫道，亲自把床推得离角落半尺远，然后又拉近一点。

“好，总算都解决了，现在我要休息了。”公爵想，让季洪给自己脱衣服。

公爵恼恨地皱着眉头，因为脱上衣和裤子很费劲。他脱下衣裤，沉重地坐到床上，轻蔑地望着自己枯黄的两腿，仿佛在沉思。其实他不在沉思，而是因为要把两腿抬到床上很吃力，因此在抬腿前停了一下。“唉，真吃力！唉，但愿快一点，快一点结束这种苦事，您就放了我吧！”他想。他咬紧嘴唇，费了九牛二虎之力才躺下，但他刚躺下，身下的床突然均匀地前后波动起来，仿佛沉重地喘着气，晃动着。几乎天天晚上都是这样。他睁开刚闭上的眼睛。

“不得安宁，该死的！”他怒气冲冲地对谁嚷道，“是的，是的，还有一件重要的事，一件非常重要的事，我留到床上考虑吧。是门闩吗？不是，门闩我已说过了。不是，是客厅里用的东西。玛丽雅公爵小姐胡扯。德萨尔这个傻瓜说了什么。口袋里有样什么东西，想不起来了。”

“季洪！吃饭的时候大家谈到什么？”

“谈到安德烈公爵……”

“别说了，别说了！”老公爵一只手拍了拍桌子，“对！我知道，安德烈公爵的信。玛丽雅公爵小姐念了。德萨尔说到了维切布斯克。现在我要念一念。”

他吩咐季洪把口袋里的信拿出来，把放有柠檬水和螺形烛的茶几推到床前，然后戴上眼镜，开始读信。直到现在，在夜晚的寂静中，在绿灯罩的微弱烛光下，他读着信，才第一次看懂信里的意思。

“法军已在维切布斯克，再过四天他们可能抵达斯摩棱斯克，说不定他们已到了那里。”

“季洪！”季洪跳起来。他接着大声说，“去，没事，没事！”

他把信放到烛台下，闭上眼睛。他想起了多瑙河、晴朗的中午、芦苇、俄国军营，想起了他自己，当时他还是一个年轻的将军，脸上没有一丝皱纹，朝气蓬勃，心情愉快，脸色红润，走进波将金[1]华丽的行辕，一种对宠臣的强烈嫉妒心此刻又像当时那样使他激动。他还想起同波将金初次见面时说过的话。他也想起那个脸色发黄的矮胖女人——皇太后，她的笑容，她第一次赐见他时的笑脸和说过的话。他还想起了她躺在灵柩台上的遗容，以及

1 波将金（1739—1791），俄国元帅，拥立叶卡德琳娜二世称帝，参加过1768—1774年俄土战争，1789—1791年俄土战争时任俄军总司令。

为了吻她的手而同苏保夫发生的冲突。

“唉，但愿快一点，快一点回到那个时代，但愿现在的局面赶快结束，好让我安宁！”

4

保尔康斯基公爵的童山庄园坐落在斯摩棱斯克以东六十俄里，离莫斯科大道三俄里。

老公爵吩咐阿尔巴端奇办事的那个晚上，德萨尔求见玛丽雅公爵小姐，告诉她公爵身体欠安，却没采取任何措施来保障自己的安全，而从安德烈公爵来信中可以看出，留在童山是不安全的。因此，劝她写一封信，由阿尔巴端奇送交斯摩棱斯克省长，请他告诉她当前的局势以及童山处境的危险程度。德萨尔替玛丽雅公爵小姐写了给省长的信，由她签上名，交给阿尔巴端奇，命他送交省长，万一遇到危险，就尽快回来。

阿尔巴端奇接受了各项吩咐，头戴公爵赠送的白绒帽，像公爵一样拿着一根手杖，在家人护送下，坐上一辆由三匹黑鬃黄褐骏马拉的皮篷马车。

马车上的大铃裹了起来，小铃里面也塞了纸。老公爵不许任何人在童山乘有铃铛的马车，但阿尔巴端奇走远路喜欢车上有铃铛。阿尔巴端奇的侍仆、秘书、账房、厨娘和下手、两个老婆子、侍童、车夫和其他家奴都来给他送行。

女儿把印花布羽绒垫子放在他的背后和座位上。他的老嫂子偷偷塞给他一包东西，车夫把他扶上车。

“唉，唉，这些婆娘真啰唆，婆婆妈妈的！”阿尔巴端奇像公爵一样一面喘气，一面急急地说，坐上马车。他向秘书交代了最近要做的工作，不再模仿公爵，从秃头上摘下帽子，画了三个十字。

“万一有什么事……阿尔巴端奇，您立刻回来，看在基督的份上，您可怜可怜我们吧！”妻子请求他道，她指的是战争和敌人的危险。

“这些婆娘真啰唆，婆婆妈妈的！”阿尔巴端奇喃喃地说，吩咐上路。他环顾着四周的田野，望着发黄的黑麦、稠密的绿燕麦和刚开始复耕的黑土地。阿尔巴端奇一路上欣赏着今年春麦的好长势，眺望着一条条黑麦地（有一部分已开镰收割），考虑着播种和收割，同时思索着公爵交办的事情。

在路上喂过两次马，阿尔巴端奇在八月四日傍晚来到城里。

阿尔巴端奇在路上不断遇到和赶上辎重车与军队。快到斯摩棱斯克时，他听到远方的枪声，但这些声音并没使他感到惊慌。最使他惊讶的是，当接近斯摩棱斯克时，他看见士兵们正在一片长势极好的燕麦地刈割，显然是拿去作饲料，地里还扎着营帐。这景象使阿尔巴端奇吃惊，但他很快也就把它忘记，一心只想着自己的事。

三十多年来，阿尔巴端奇活着就是为了服从公爵的意志，从不敢越雷池一步。凡是同公爵命令无关的事，阿尔巴端奇不仅不感兴趣，而且认为与他无关。

阿尔巴端奇于八月四日傍晚来到斯摩棱斯克，投宿第聂伯河畔加青纳郊区费拉邦托夫旅店。三十年来他惯于在那里住宿。十二年前，费拉邦托夫托阿尔巴端奇的福，买下了公爵的一小片树林，开始做买卖，如今在省城里已有了一所房子、一家旅店和一家面粉铺。费拉邦托夫是个身体肥胖、肤色黝黑、脸色红润的农民，四十岁上下，嘴唇很厚，鼻子上长着一个大瘤子，皱起的黑眉毛上也生着瘤子，还挺着一个大肚子。

费拉邦托夫身穿印花布衬衫，上面套着一件背心，站在临街的铺子前。他一看见阿尔巴端奇，就向他走来。

“欢迎，欢迎，阿尔巴端奇先生。人家都出城去，你却进城来了。”店主人说。

“出城去，这是为什么？”阿尔巴端奇问。

“我说嘛，人真傻。老是害怕法国人。”

“娘儿们的见识，娘儿们的见识！”阿尔巴端奇说。

“我也这么想，阿尔巴端奇先生。我说，有命令不让敌人进来，看来是有这么回事。可是农民要收三个卢布的车费，哼，没良心，他们不是基督徒，身上不戴十字架！”

阿尔巴端奇漫不经心地听着。他要了茶炊和喂马的草料，喝过茶，躺下睡觉。

旅店外的街上通宵有军队开过。第二天，阿尔巴端奇穿上出客穿的坎肩出去办事。早晨阳光灿烂，八点钟已相当热了。阿尔巴端奇想：这可是一个收割庄稼的好天气。城外一早就传来枪声。

从八时起，枪声之外又加上炮声。街上人很多，都匆匆赶着路，兵也很多，但也像平时一样，街上车水马龙，铺子门前站着商人，教堂里做着礼拜。阿尔巴端奇去了铺子、官厅、邮局，去了省长家。在官厅、铺子和邮局里，大家都谈到军队，谈到敌人已在攻城；大家都相互询问该怎么办，并竭力相互安慰。

在省长家门前，阿尔巴端奇看见许多人、许多哥萨克和省长的旅行马车。阿尔巴端奇在台阶上遇见两个贵族，其中一个他认识。他认识的那个贵族当过警察局局长，正在怒气冲冲地说话。

“哼，这又不是开玩笑！”他说，“一个人好办。一人遭殃一人当，可是一家十三口，还有全部家产……如今弄得我倾家荡产，这种长官是怎么当的？……哼，真该把那些强盗统统吊死……”

“够了，别说了！”另一个说。

“我不在乎，让他听见好了！嗐，我们又不是狗！”前任警察局局长说，他一回头，看见了阿尔巴端奇。

“啊，阿尔巴端奇，你来干什么？”

“奉老爷之命来看省长先生，”阿尔巴端奇回答，傲然昂起头，一只手插进怀里——他提到公爵时总是这样……“他派我来打听局势。”他说。

“哼，你去打听吧！”一个地主嚷道，“弄得连车子都没有一辆，什么也没有！……喏，听见吗？”他说，指指传来枪炮声的方向。

“弄得大家都完蛋……强盗！”那地主又说，走下台阶。

阿尔巴端奇摇摇头，走上楼去，接待室里坐着商人、妇女和官吏，他们都默默地对视着。办公室门开了，大家站起来，向前移动。门里跑出来一名官员，他同商人说了几句话，叫一个脖子上挂十字架的胖官员进去，又回到门里，显然是躲避向他投来的目光和问题，阿尔巴端奇身子向前挪了挪，等那官员第二次出来时，就一手插进扣着的外衣胸口，招呼官员，同时交给他两封信。

“陆军元帅保尔康斯基公爵致阿舒男爵大人信。”他郑重其事地说，那官员连忙向他转过身去，接了他的信。几分钟后省长接见阿尔巴端奇，匆匆地对他说：

“你回禀公爵和公爵小姐，我什么也不知道，我照上级命令办事，你瞧……”

他给了阿尔巴端奇一个文件。

“不过，既然公爵身体欠安，我奉劝他们去莫斯科。我现在也要走了。你回禀……”但省长还没有把话说完，一个满身灰尘、满脸出汗的军官跑进门来，用法语对他说话。省长脸上现出恐惧的神色。

“你走吧！”他对阿尔巴端奇点点头说，然后向那个军官询问着什么。当阿尔巴端奇从省长办公室出来的时候，一道道贪婪、惊惶和怯弱的目光向他投来。阿尔巴端奇情不自禁地听着越来越近、越来越响的枪炮声，连忙赶回旅店。省长交给阿尔巴端奇的文件这样写着：

> 我向您保证，斯摩棱斯克市绝无危险，以后也不会受到任何威胁。我从这方面，巴格拉基昂公爵从另一方面正向斯摩棱斯克城下会合，会师将在二十二日实行，两军将协力保卫贵省乡亲，直到击退祖国的敌人，或者直到最后一名勇士壮烈牺牲。由此可知，您有充分权利安慰斯摩棱斯克居民，因为受这两支英勇军队保护的居民可以相信他们必胜。（巴克莱·德·托里致斯摩棱斯克省长阿舒男爵训令。一八一二年。）

市民惊慌地在街上来回奔走。

满载着家用杂物、椅子和柜子的大车不断从居民家里出来，在街上穿行。费拉邦托夫邻居家门前停着几辆马车，女人们告别时边哭边说话。一条看门狗叫着，在套上车的马匹周围转来转去。

阿尔巴端奇比平时更快地走进院子，一直走到停马和车的板棚下。车夫正在睡觉，阿尔巴端奇把他唤醒，吩咐他套车，然后走进门厅。从店主的正房里传来孩子的啼哭声、女人伤心的哭声和费拉邦托夫嘶哑的叫嚷声。阿尔巴端奇一进去，厨娘就像一只受惊的母鸡那样在门厅里慌乱起来。

“他把女东家打得死去活来！……又是打，又是拖！……”

“为了什么事？”阿尔巴端奇问。

“她要求逃难。妇道人家嘛！她说，你带我走，别让我和孩子遭殃；她说，人家都走了，我们怎么办？他就动手打她。又是打，又是拖！”

阿尔巴端奇听了这话，点点头，不愿再听下去，就走到对面店主正房的门口。他买的东西都放在那屋里。

“你这恶棍，凶手！”这时一个脸色苍白的瘦女人手抱婴儿，头巾扯落，从房里冲出来，跑下通院子的台阶。费拉邦托夫追了出来。他一看见阿尔巴端奇就拉拉背心，捋捋头发，打了个呵欠，跟着阿尔巴端奇走进正房。

“你要走了？”费拉邦托夫问。

阿尔巴端奇没有回答，也没有回顾主人，径自整理行李，又问该付主人多少钱。

“那好算！怎么，你见到省长了？”费拉邦托夫问，“有什么决定吗？”

阿尔巴端奇说，省长没有明确说什么。

“干我们这一行，怎么能搬走呢？”费拉邦托夫说，“到多罗戈布日一车得付七卢布。我说，他们不是基督徒，身上没有十字架！”

“谢里凡诺夫星期四走了运，面粉卖给军队九卢布一袋。那么，您喝茶吗？”他补充说。当车夫们套车的时候，阿尔巴端奇同费拉邦托夫喝足了茶，谈着粮价，谈着收成和收获的好天气。

“这会儿静下来了，”费拉邦托夫喝了三杯茶，站起来说，“看来我军得手了。命令说不让敌人过来。这是说我们有力量……前天他们说，普拉托夫把敌人赶到马利纳河里，一天里就淹死一万八千人。”

阿尔巴端奇收拾好买来的东西，交给走进来的车夫，同店主结了账。于是，一辆马车驶出大门，传来车轮、马蹄和铃铛声。

这时已近傍晚。街道一半是阴影，一半被阳光照得很亮，阿尔巴端奇向窗外看了看，往门口走去。突然听到远处有呼啸声和爆炸声，紧接着传来隆隆的炮声，震得玻璃窗琅琅作响。

阿尔巴端奇走到街上，有两个人向桥那边跑去。四面八方响起了炮弹的呼啸声、落地声和榴弹的爆炸声。但这些声音被城外的炮击声压得几乎听不见，居民们对此都不大注意。拿破仑在四点多钟下令炮击城市，动用了一百三十尊大炮。居民起初不明白这种炮击是怎么一回事。

榴弹和炮弹的落地声起初只引起人们的好奇。费拉邦托夫的妻子一直在棚子里啼哭，这时住了口，抱着孩子走到大门口，默默地打量着行人，听着炮声。

厨娘和一个店员也走到大门口。大家都充满好奇，兴致勃勃地竭力想看清头上飞过的炮弹。街角上有几个人走过来，兴奋地谈着话。

“真厉害！”一个说，“把屋顶和天花板都炸得粉碎。”

“就像猪拱地一样，”另一个说，“嘿，真了不起，真带劲！”他笑着说，“你亏得跳开了，要不它会把你报销的。”

人群转向这几个人。他们停住脚步，讲到有一颗炮弹就落在他们旁边的屋子里。这时，炮弹不断从他们头上飞过，实心弹发出重浊的响声，榴弹则发出尖锐的啸声；但没有一颗落在附近，都飞过去了。阿尔巴端奇坐上马车。旅店主人站在大门口。

“有什么可看的！”他对厨娘嚷道。厨娘穿着红裙子，卷起衣袖，摆动两条光胳膊，走到角落里听他们说话。

“嚯，真是怪事！”她说，但一听见主人的声音，就放下掖在腰上的裙子，回去了。

又是一声呼啸，但这次很近，好像一只飞鸟落下来，街心火光一闪，砰地响了一声，街上随即冒起浓烟。

“浑蛋，你们这是干什么呀？”主人叫着，向厨娘跑去。

就在这一瞬间，从四面八方传来妇女的号哭声，一个孩子也吓得哭起来，人群脸色苍白，默默地站在厨娘周围。人群中哭得最响的就是厨娘：

“喔——唷——唷！好人哪！我的好人哪！别让我死哟！我的好人哪！……”

五分钟后，街上一个人也没有了。厨娘大腿上被榴弹片炸伤，被抬到厨房里。阿尔巴端奇、他的车夫、费拉邦托夫的妻子、孩子和看门人都坐在地窖里，留心听着。大炮的隆隆声、炮弹的呼啸声和厨娘压倒一切的号叫声一刻也没有停止。女主人一会儿抖抖孩子，哄哄他，一会儿伤心地低声问走到地窖里来的人有没有看到她那留在街上的丈夫。一个店员走到地窖里告诉她，店主和别人一起到大教堂去了，那里正在升斯摩棱斯克创造奇迹的圣像。

黄昏时分，炮声静止了。阿尔巴端奇走出地窖，站在门口。明亮的晚空硝烟弥漫。在这片硝烟中，一钩新月高悬空中，发出奇异的光芒。在惊心动魄的炮声停止后，城里一片沉寂，只有脚步声、呻吟声、远方的叫声和大火的爆裂声打破了寂静。厨娘停止了呻吟。大火从两边吐出团团黑烟，扩散开来。士兵穿着不同的军服，在街上不是排成队列，而像蚁穴被毁的蚂蚁那样东西乱跑。阿尔巴端奇看见有几个兵闯进费拉邦托夫的院子。阿尔巴端奇走到大门口。有一团兵互相拥挤着，慌慌张张地向后跑，把街道也堵住了。

“本城要放弃了，快走，快走！”一个军官看见他，这样说。接着他就对士兵们嚷道，“我让你们进人家屋里去！”

阿尔巴端奇回到屋里，叫来车夫，吩咐他动身。紧跟着阿尔巴端奇和车夫，费拉邦托夫一家老少也出来了。一直默不作声的婆娘们一看见硝烟和在暮色中出现的大火，顿时号哭起来。街上其他角落也传出哭声，仿佛在彼此呼应。阿尔巴端奇和车夫在棚子里双手哆嗦地理着缠结的缰绳和挽具。

阿尔巴端奇乘车走出大门，看见费拉邦托夫的店门大开，有十来个士兵大声说着话，把面粉和葵花子装进袋子和背囊里。这当儿，费拉邦托夫正好从街上回来，走进他的铺子。他一看见士兵，正要叫嚷，突然住了嘴，双手抓住头发，又哭又笑起来。

“全都拿去吧，弟兄们！不要留给魔鬼！”他叫着，亲自搬了几个口袋，扔到街上。有几个兵害怕，跑了出来；有几个继续装口袋。费拉邦托夫看见阿尔巴端奇，招呼他。

“完了！俄国完了！”他嚷道，“阿尔巴端奇！完了！让我自己来放火。完了……”费拉邦托夫跑到院子里。

街上士兵川流不息，把整条街都堵住，阿尔巴端奇的马车无法过去，只得等待。费拉邦托夫的妻子带着孩子也坐在车上，等街上恢复交通。

入夜，空中群星灿烂，一钩新月放射着光明，偶尔被硝烟遮住。第聂伯河边的斜坡上，阿尔巴端奇和店主妻子的车子夹在士兵和其他车辆中间缓缓行进，这时被迫停下来。在离停着许多大车的十字路口不远的巷子里，一座住房和几家铺子在燃烧。大火快灭了。火焰一会儿熄灭，消失在浓烟中，一会儿迸发出来，清楚地照亮聚集在巷子里的人们的脸。大火前晃动着人影，火焰的噼啪声中夹杂着说话声和叫嚷声。阿尔巴端奇跳下马车，看到他的车还不能马上通过，就拐到巷子里看大火。士兵们不停地在火场前后奔走。阿尔巴端奇看见两个兵和一个穿粗呢军大衣的人把一根着火的梁木拖到对街的院子里，另一些士兵抱着一捆捆干草。

阿尔巴端奇向一群站在熊熊燃烧的高大仓库前面的人走去。仓库墙壁全部着火，后墙倒了，屋顶塌了，柱子在燃烧。人群显然在等整座房子倒下来。阿尔巴端奇也在等它倒下来。

“阿尔巴端奇！”突然有个熟识的声音在喊他。

“大少爷，大人！”阿尔巴端奇回答，立刻听出是小公爵的声音。

安德烈公爵身披斗篷，骑着一匹黑马，站在人群后面，望着阿尔巴端奇。

“你怎么在这里？”安德烈公爵问。

“大……大人，”阿尔巴端奇说着哭起来，“大……大人……我们是不是完了？大少爷……”

“你怎么在这里？”安德烈公爵又问了一遍。

这时，火焰蹿起来，让阿尔巴端奇看清了少爷苍白憔悴的脸。阿尔巴端奇告诉安德烈公爵他怎么被派到这地方，现在要离开又多么困难。

“那么，大少爷，我们是不是完了？”他又问。

安德烈公爵没回答他，掏出笔记本，抬起膝盖，用铅笔在撕下的一页纸上写起来。他写信给妹妹：

“斯摩棱斯克即将放弃，童山一周后将沦入敌手。你们立即去莫斯科。何时动身，派专人送信至乌斯维亚日。速复。”

他写好条子交给阿尔巴端奇，同时当面向他交代怎样帮助老公爵、公爵小姐、儿子和教师动身，怎样立即同他联系，回信送到哪里。他还没交代完毕，就有一个参谋官带着随从向他跑来。

“您是上校吗？”参谋官大声问，带着安德烈公爵熟识的德国腔。“有人当着您的面烧房子，可您还站着不动！这算什么呀？您要负责！”别尔格嚷道，他现在是第一军步兵左路副参谋长。他自以为这个职位很重要，很体面。

安德烈公爵对他望望，没理他，继续对阿尔巴端奇说：

“你就这样对他们说，我将等到十号，如果十号还得不到全家离开的消息，那我只好抛下一切，亲自到童山跑一趟。”

“公爵，我所以这样说，”别尔格认出是安德烈公爵，说，“因为我得执行命令，我总是严格执行……请您不要见怪。”别尔格辩解说。

大火发出一阵噼啪声。火暂时熄了，一团团黑烟从屋顶下冒出来。火中又发出一阵惊心动魄的断裂声，接着有个庞然大物塌下来。

“哎——哟——哟！”人群随着仓库塌顶的声音叫道，仓库里烧着的粮食发出面饼的香气。火焰升起来，照亮了周围人群惊喜交集的脸色。

穿粗呢军大衣的人举起一只手，嚷道：

“好哇！烧起来了！弟兄们，好哇！……”

“这是主人自己烧的！”几个人异口同声地说。

“好吧，好吧，”安德烈公爵对阿尔巴端奇说，“把我说的话全告诉他们。”他对默默地站在旁边的别尔格没说一个字，策马向巷子里跑去。

5

军队继续从斯摩棱斯克后撤。敌人紧追不舍。八月十日，安德烈公爵所指挥的团沿大道行军，经过通童山的支路。天气炎热干燥已有三个多星期。每天都是白云飘飘，偶尔遮住太阳；但傍晚又万里无云，太阳沉入红褐色的雾中。只有夜间的重露使地面变得凉快些。尚未收割的庄稼枯焦，落粒。沼泽也晒干了。牲口在晒焦的草地上找不到饲料，饿得直叫。只有在夜间和露水未干的树林里才有点凉意。但在大道上，在军队行进的大道上，即使在夜间和树林里也不凉快。路面上沙土厚达几寸，几乎没有露水的痕迹。天蒙蒙亮就开始行军。辎重车和炮车的轮毂在沙土里无声地滚动，步兵则在过了一夜也没冷却的深及脚踝的沙土里行走。一部分滚热的沙土被脚和车轮蹂压着；另一部分升腾起来，像云雾一般高悬在军队上空，钻进行人和牲畜的眼睛、头发、耳朵、鼻孔，尤其是肺里。太阳升得越高，尘雾也升得越高；透过这火热的尘雾，肉眼也能直视那没有被云朵遮住的像红色大球的太阳。没有风，人们在这一丝不动的热空气中喘息。他们用手帕包着鼻子和嘴。一到村庄，大家就往水井奔去。他们争先恐后地喝水，直到把水井喝得见底。

安德烈公爵指挥着一个团。管理一团人，关心他们的福利，接受命令和发布命令，把他的全部精力都用在这上面。斯摩棱斯克的大火和放弃城市对安德烈公爵来说是划时代的大事。对敌人的新仇旧恨使他忘了个人的悲哀。他全心全意领导他的团，关心士兵和军官，待他们体贴入微。在团里，大家叫他**我们的公爵**，爱戴他，并以他为自豪。不过他待人温和善良，只限于对团里的人，限于对基莫兴等人，限于对那些不了解他往事的不同阶层的陌生人；只要一接触到旧参谋部里的人员，他又立刻浑身是刺，变得凶狠和尖刻了。凡是使他回忆起往事的一切，他都尽量回避，因此在同原来圈子的关系上，他只求大公无私，忠实**尽责**。

的确，在安德烈公爵看来，一切都是令人沮丧的，尤其是在八月六日放弃斯摩棱斯克以后（他认为那地方可以防守，也应当防守），也就是他那有病的父亲被迫逃往莫斯科，放弃了他苦心经营的祖传的心爱庄园童山，听任敌人去蹂躏。不过虽然如此，亏得有了这个团，安德烈公爵才得以摆脱其他问题，而把思想集中在他的团里。八月十日，他的团所在的纵队到达童山附近。两天前安德烈公爵接到消息，说他的父亲、儿子和妹妹都到莫斯科去了。安德烈公爵在童山虽然没有什么事要办，但是他生性喜欢怀旧，就决定回童山一次。

安德烈公爵吩咐备马，然后离开行军的部队，骑马到父亲的庄园去，那是他出生和度过童年的地方。经过池塘时，他发现那里原来总有几十个村妇在谈话，捣衣，洗涤，现在则连一个人影也没有，一块断裂的跳板一半浸在水里，斜浮在池塘里。安德烈公爵骑马来到看门人的小屋前。入口处一个人也没有，里面的门敞开着。花园甬道上杂草丛生，牛马在英国公园里游荡。安德烈公爵来到花园暖房前，看到玻璃破碎，盆花有些倾倒了，有些干枯了。他喊花匠塔拉斯。没有人答应。他绕过暖房来到花圃，但见雕花的围栏全被破坏，李树连枝被折断了。安德烈公爵小时候常在门口见到的一个老农，坐在一把绿色长椅上打树皮鞋。

他是个聋子，没听见安德烈公爵骑马跑来。他坐在老公爵爱坐的长椅上，旁边一株断裂的玉兰枯枝上挂着一条条树皮。

安德烈公爵骑马来到屋前。老花园里的几株菩提树被砍倒了，一匹花马带着驹子在屋前玫瑰花丛里踱来踱去。房子的板窗都关着。楼下有一个窗子敞开。一个仆人的孩子一看见安德烈公爵就跑进屋里去。

阿尔巴端奇把家眷送走，独自留在童山。此刻他正坐在屋里读《圣徒传》。他一知道安德烈公爵来了，没摘下眼镜，边扣衣服，边走出屋子，慌忙奔到公爵面前，一句话没说就哭起来，吻着安德烈公爵的膝盖。

接着他对自己的软弱感到恼恨，镇定下来，向公爵禀报家里的情况。家里贵重物品都已运往保古察罗伏，近一百石粮食也被运走；干草和春麦（据阿尔巴端奇说，今年长势非常好）还没成熟就被军队割下运走了。农民们破产了，有些也去了保古察罗伏，只有少数留着没走。

安德烈公爵没听完他的话，就问父亲和妹妹是什么时候走的。他当然是指去莫斯科。阿尔巴端奇还以为是问他们什么时候去保古察罗伏，就回答说七号走的，接着又絮絮叨叨地说着庄园里的事，并请求指示。

“能不能让军队打收条拿走燕麦，我们还有六百石呢？”阿尔巴端奇问。

“叫我怎么回答他呢？”安德烈公爵想，他望着老头儿在阳光下发亮的秃顶，并从他脸上的表情看出，他自己也知道问这种事是不合时宜的，但他之所以这样问，只是为了排遣自己的忧伤。

“好，让他们拿去吧。”安德烈公爵说。

“大人您也许看到花园里乱七八糟的光景，”阿尔巴端奇说，“那是无法避免的：有三个团在这里过夜，多半是龙骑兵。我记下了他们指挥官的官阶和名字，以后好控告他们。”

“那么，你自己准备怎么办？要是敌人占领这地方，你还留在这里吗？”安德烈公爵问他。

阿尔巴端奇向安德烈公爵转过脸来，对他望了望，接着突然庄严地举起一只手。

“上帝会庇护我的，一切听从上帝的旨意！”他说。

一群农民和家奴穿过草地，摘下帽子，向安德烈公爵走来。

“那么，再见了！”安德烈公爵说，向阿尔巴端奇俯下身去，“你自己走吧，凡是能带的东西都带走。叫农奴们到梁赞庄园或者莫斯科郊区庄园去。”阿尔巴端奇抱着小东家的一条腿哭起来。安德烈公爵小心地把他推开，刺了刺马沿林荫道飞驰而去。

在花圃里，那老头儿依旧茫然地坐着，就像苍蝇叮住喜爱的尸体那样，敲着打树皮鞋的楦头。两个女孩子用裙子兜着从暖房里采下来的李子，从那里跑来，正好遇上安德烈公爵。年纪大些的女孩子一看见小东家，脸上现出惊惶的神色，拉住妹妹的手，同她一起藏到桦树后面，也来不及捡起落下的李子。

安德烈公爵慌忙避开她们，唯恐让她们发觉他看到她们。他很可怜这个受惊的好看的女孩子。他不敢看她，但又忍不住想看看她。他望着这两个女孩子，想到世界上还有一些和他截然不同的人，他们也有他们的生活乐趣，他的心里不禁涌起一股从未有过的快乐暖流。这两个女孩子显然一心想带走和吃掉这些青李子而不被人抓住。安德烈公爵和她们一样，也希望她们的冒险成功。他忍不住又看了她们一眼。这两个女孩子认为她们已没有危险，就从躲藏的地方跳出来，用她们的尖嗓子叽里喳啦地说着话，快乐地提着裙子，跃动她们晒黑的小小的光脚，飞快地在草地上奔跑。

安德烈公爵走出军队所走的尘土飞扬的大道，觉得头脑爽快些。但离童山不远他又回到大道，赶上他那团在池塘边歇息的人马。这是中午一点多钟。太阳好像尘土中的一个红球，透过黑制服热辣辣地烤着他们的脊背。尘土依旧纹丝不动地高悬在停下休息的人声嘈杂的军队上空。空中没有风。安德烈公爵骑马从坝上走过，闻到池塘里淤泥的气息，感到一阵凉意。他真想跳进水里，不管这水有多脏。他回顾了一下池塘，从池塘上传来阵阵叫声和笑声。这个浑浊的绿色小池塘，水面涨高了一尺，淹没了水坝，因为塘里挤满了身体白净，手臂、脸庞和脖子呈红棕色的士兵，他们划动手脚戏水，这些赤裸裸的白净的人体又笑又叫，在这肮脏的水塘里扑腾着，好像网兜里的鲫鱼。他们的扑腾反映出一种欢乐的情绪，但也因此显得格外悲惨。

安德烈公爵认识的三连一个浅色头发的年轻士兵，小腿上系着一条皮带，画了个十字，后退几步准备跳水，接着扑通一声跳进水里。另外一个是黑发蓬乱的士官，站在齐腰深的水里，扭动肌肉发达的身体，快乐地哼哼着，用一双晒得黧黑的手捧水淋头。他们互相泼水，呼喊，尖叫。

在岸上，在坝上，在池塘里，到处都是白净的强壮的肌肉。红鼻子军官基莫兴在坝上擦着身体，一看见公爵有点害臊，但还是大着胆子对他说话。

“真舒服，大人，您下来试试吗？”他说。

“太脏了！”安德烈公爵皱起眉头回答。

“我们马上来给您出清。”基莫兴还没穿衣服，就跑去赶池塘里的人。

“公爵要洗澡了。”

“哪一个公爵？我们的公爵吗？”有几个人问，大家都慌忙往岸上爬，安德烈公爵好容易才把他们叫住。他想他还是到棚子里去冲凉的好。

“肉，一堆肉，充当炮灰的肉！”他瞧着自己赤裸的身子，想。他浑身哆嗦，这与其说是由于冷，不如说是看到这么多肉体在脏水里扑腾而产生的莫名其妙的憎恶和恐惧。

八月七日，巴格拉基昂公爵在斯摩棱斯克大道上的米海洛夫卡驻地写了下面的信：

阿拉克切耶夫伯爵大人：

（他写信给阿拉克切耶夫，但知道皇上会看到他的信，因此尽力字斟句酌。）

> 我想，斯摩棱斯克市弃守一事大臣定已向您作了报告。此事令人痛心，悲伤，全军也为轻易放弃如此要地而深感失望。我曾亲自恳求他，最后还写过信，但被他坚决拒绝。我以我的名誉向您起誓，拿破仑本已陷入空前困境，他很可能损失一半人马但还是攻不下斯摩棱斯克。我们的部队打得空前出色，现在仍打得很英勇。我曾用一万五千人坚守达三十五个小时以上，但他连十四小时也不愿坚持。这是我军的耻辱、污点；至于他本人，我认为没有权利活在世上。如果他报告说损失惨重，这是不真实的；也许有四千人，但不会更多，可能还不到四千。就算损失一万吧，那也没有办法，战争嘛！但敌人的伤亡难以计数……
>
> 他再坚持两天又费得了什么？至少他们会自动退却，因为人马无水可饮。他曾向我保证不后退，但忽然

送来指令，说他夜间撤退。因此无法作战，不久我们将把敌人引到莫斯科……

传说您在考虑讲和。讲和，上帝保佑！在作出种种牺牲，疯狂地撤退后讲和，这样您就会使全体俄国人起来反对您，我们穿军服者亦将无地自容。即使如此，只要俄国还有人活着，还能打，就要打下去……

只能由一人指挥，而不能由两个人指挥。您那位大臣也许是位好大臣，但当将军不行，简直是无能，而现在整个国家的命运却交在他手里……我实在气疯了，请恕我无礼。显而易见，那个主张缔结和约并把军队交给大臣指挥的人，他不爱戴皇上，他要使我们全体灭亡。因此我向阁下直言：只好动用民团。因为大臣正用最巧妙的方式把客人领到首都，全军对侍从武官伏尔佐根先生深表怀疑。大家认为，与其说他是我们的人，不如说他是拿破仑的人，而他总是事事为那位大臣出点子。我待他不仅客客气气，而且像军士那样服从他，虽然我的地位比他高。这是令人痛心的，但我爱戴恩主和皇上，只好服从他。我惋惜的只是皇上把这样出色的军队交给这种人。试想，我军因退却劳累和负伤住院的超过一万五千人，但要是进攻，就不会发生这样的事。看在上帝的分上，告诉我，我们的俄罗斯母亲看到我们这样惊慌失措，看到我们把勤劳善良的祖国交给匪徒，使每个臣民含恨受辱，她又会怎么说？我们为什么胆怯？我们害怕什么人？大臣优柔寡断，胆怯糊涂，行动迟缓，具有各种缺点，我可不能负责。全军都在失声痛哭，痛哭他……

6

生活现象可以分成无数类，有些以内容取胜，有些以形式取胜。彼得堡的生活，特别是贵族的沙龙生活，就是以形式取胜，它同乡村的、市镇的、外省的，甚至莫斯科的生活截然相反。这里的生活是不变的。

从一八〇五年起，我们同拿破仑时而讲和，时而争吵，我们制定宪法，又废除宪法，可是安娜·舍勒的沙龙和海伦的沙龙依然如故，前者七年如一日，后者五年如一日。在安娜·舍勒的沙龙里，大家困惑地谈到拿破仑的胜利，并且从他的胜利和欧洲各国君主对他的姑息中，看出一个恶毒的阴谋，阴谋的唯一目的就是使以安娜·舍勒为代表的宫廷社会不快和烦恼。鲁勉采夫常常光临海伦的沙龙，并把她看作绝顶聪明的女人。在海伦的沙龙里，一八一二年同一八〇八年一样，大家狂热地谈到“那个伟大的民族”和“那个伟大的人物”，对俄国和法国分裂感到惋惜，并且认为应该通过讲和来结束这样的局面。

最后，自从皇帝从军队回来后，这两个敌对的沙龙之间发生了一些风波，彼此相互攻击，但各自的倾向不变。在安娜·舍勒的圈子里，来的法国人只有顽固不化的保皇派，这些人表达了一种爱国思想，主张不上法国剧院看戏，认为供养一个法国剧团的费用相当于维持一个军。他们密切关注战局，散布最有利于我军的传闻。在海伦的圈子里，也就是鲁勉采夫的亲法派圈子里，他们批驳那些说敌人和战争残酷的言论，大谈拿破仑的各种媾和意图。他们还反对某些人急于把皇家学校和女子学校搬到喀山去的建议，尽管这些学校是受太后庇护的。总之，在海伦的沙龙里，整个战争只是一种虚有其名的示威，不久双方就会言归于好。现在待在彼得堡并成为海伦家常客（凡是聪明人都应该成为海伦家的座上客）的比利平说，决定问题的不是火药，而是发明火药的人。他这个意见流传得很广。在这个圈子里，人们谨慎而尖刻地嘲笑莫斯科人的狂热，而有关这种狂热的消息是同皇帝回到彼得堡同时传出的。

在安娜·舍勒的圈子里情况正好相反，他们受这种狂热的感染，并且像普鲁塔克[1]谈论古代圣贤那样谈论着。华西里公爵依旧担负着重要使命，成为这两个圈子的联系人。他常去“我敬爱的朋友”安娜·舍勒家里，也常去我女儿的外交沙龙，不停地奔走于两个阵营之间。有时他糊涂了，把应该在海伦家说的话拿到安娜·舍勒家去说，或者正好相反。

皇帝回来后不久，华西里公爵在安娜·舍勒沙龙里谈论战事时，严厉谴责巴克莱·德·托里，但又说不出让谁当总司令好。一位客人，一位被称作品德高尚的人，讲到他今天看见新任彼得堡民团司令库图佐夫在税务局主持新兵登记时，谨慎地推测，说库图佐夫倒是个合适的人选。

安娜·舍勒苦涩地微微一笑说，库图佐夫除了惹皇上生气

1 普鲁塔克（约46—约120），古希腊传记作家，著有《希腊罗马名人传》《道德论集》等。

外，没有一点用处。

“我在贵族会议上再三说，”华西里公爵打断她的话说，“可是大家不听我的话。我说，选他当民团司令，皇上是不会喜欢的。他们不听我的话。”

“完全是一种逆反心理，”他继续说，“反对谁呢？我们就是喜欢盲目模仿莫斯科人的愚蠢狂热。”华西里公爵说，他一时糊涂，忘记了在海伦家要嘲笑莫斯科人的狂热，而在安娜·舍勒家应加以赞扬。不过他立刻纠正了自己的错误。“叫俄国年纪最大的将军库图佐夫伯爵主持征兵工作，这合适吗？他会白辛苦一场的！怎么能叫一个不能骑马、开会打盹、脾气坏透的人当总司令呢！他在布加勒斯特表现得太出色了！且不说他作为将军的才能，我们怎能在这样的时刻任用一个老朽的瞎子？一个真正的瞎子！任用一个瞎眼将军真是太滑稽了！他什么也看不见。好像在捉迷藏……他什么也看不见！”

没有人反驳他。

这番话在七月二十四日是完全正确的。但到七月二十九日库图佐夫获得了公爵封号。封他为公爵可能意味着要摆脱他，因此华西里公爵的意见仍旧是正确的，虽然他现在并不急于说出来。而八月八日，萨尔蒂科夫、阿拉克切耶夫、维亚兹米金诺夫、罗普兴和柯楚别依等大元帅组成的委员会开会讨论战局，认为军事失利是由于指挥不统一，尽管几位委员都知道皇帝不喜欢库图佐夫，经简短磋商，还是建议任命库图佐夫为总司令。当天库图佐夫就被任命为总司令，全权统率全军，管辖各军区。

八月九日，华西里公爵又在安娜·舍勒家遇见那位品德高尚的人。这位品德高尚的人竭力巴结安娜·舍勒，希望谋得皇家女子学校督学一职。华西里公爵现出胜利者的姿态，得意洋洋地走进屋里。

“嗨，你们知道一条重大新闻吗？库图佐夫当上总司令了。一切分歧都消除了。我真高兴！真高兴！”华西里公爵说。“哦，我们总算找到合适的人选了！”他说，意味深长而又郑重其事地扫了在场的人一眼。品德高尚的人虽然很想弄到督学一职，但还是忍不住向华西里公爵说出他原先的意见。（这样做对安娜·舍勒客厅里的华西里公爵是失礼的，对高兴听到这一消息的安娜·舍勒也是失礼的，但他还是忍不住。）

“但不是有人说他是个瞎子吗，公爵？”他说，引用华西里公爵说过的话。

“哼，胡说，他看得很清楚，真的！”华西里公爵干咳几声，声音低沉地迅速说。他总是用这种方式来摆脱困境。“哼，胡说，他看得很清楚！”他重复说。“我感到很高兴，因为皇帝赐给他统率全军、管辖各军区的大权，从来没有一个总司令有过这样大的权力。他是第二个君主。”他得意洋洋地含笑结束说。

“但愿如此！但愿如此！”安娜·舍勒说，品德高尚的人在宫廷圈子里还是个新手，很想巴结安娜·舍勒，就替她原来的意见辩护说：

“据说，皇帝把这个权力交给库图佐夫有点勉强。据说，当人家对他说‘皇上和祖国赏给您这个荣誉’时，他的脸红得就像一个听人读《约康德》[1]的姑娘那样。”

“也许这话不是完全出于本意吧。”安娜·舍勒说。

“哦，不，不！”华西里公爵热烈地辩护说。如今他再不能把库图佐夫放在任何人之下了。照华西里公爵看来，库图佐夫不仅本身是个好人，而且大家都崇拜他。“不，这不可能，因为皇上早就很赏识他了。”他说。

1 法国诗人拉·封丹的一篇寓言诗，被认为内容不正派。

“但愿库图佐夫能掌握实权，”安娜·舍勒说，“不许任何人跟他捣乱。”

华西里公爵立刻明白，这任何人指的是谁。他低声说：

“我确切知道，库图佐夫提出一个绝对条件，就是不要皇太子留在军队里。你们知道他是怎样对皇上说的吗？”于是华西里公爵就把据说是库图佐夫对皇上说的话重复了一遍，“‘要是他做得不好，我不能惩罚他；要是他做得好，我又不能奖赏他。’哦，库图佐夫公爵真是个绝顶聪明的人，多么有胆识。哦，我早就认识他了。”

“据说，”缺乏宫廷经验的品德高尚的人说，“公爵还提出一个绝对条件，叫皇上不要到军队里去。”

他这话刚出口，华西里公爵和安娜·舍勒就立刻背过身去，不高兴地交换了个眼色，为他的天真无知叹了一口气。

7

彼得堡发生这些情况时，法军已越过斯摩棱斯克，步步进逼莫斯科。拿破仑的史学家梯也尔，也像拿破仑的其他史学家一样，竭力为他的英雄辩解，说拿破仑是不得已被吸引到莫斯科城下的。他是正确的，就像一切凭个人的意志来解释历史事件的史学家那样；他是正确的，就像俄国史学家一样，他们认为拿破仑是被俄国统帅用计谋引到莫斯科的。这里，除了前事为后事做准备的追溯律之外，还有错综复杂的交互律在起作用。一个好棋手输了棋，就满以为他输棋是由于走错了一着，他就在开局中寻找错误，但没注意到一局棋从头到底都错，没有一着走对。他发现错误，只是由于他注意到对方利用了这错误。战争在一定时间发生，而且不是由一个人的意志去支配无数没有生命的机器，而是由各方面专横的决断所引起的无数冲突造成的。由此可见，战争比下棋不知要复杂多少倍！

在占领斯摩棱斯克后，拿破仑先要在维亚兹马、然后在察廖夫—扎伊米歇寻找夺取多罗戈布日的战机；但由于情况错综复杂，俄军在到达莫斯科一百二十俄里的鲍罗金诺之前无法应战。拿破仑便下令从维亚兹马直接向莫斯科进军。

莫斯科是这个大帝国的亚洲部分的首都，是亚历山大臣民的圣城，莫斯科有无数中国宝塔式教堂！这个莫斯科使拿破仑浮想联翩。从维亚兹马到察廖夫—扎伊米歇的行军中，拿破仑骑着他那匹淡黄色截尾溜蹄马，由近卫军、卫兵、侍童和副官护送着。参谋长蒂埃落在后面，审问一个被骑兵捉到的俄国俘虏。他带着译员雷劳思·蒂特维尔飞驰到拿破仑跟前，笑嘻嘻地勒住马。

“嗯，什么事？”拿破仑问。

“普拉托夫部下一名哥萨克说，普拉托夫军正在与大部队会合，库图佐夫已被任命为总司令。这人很聪明，但好饶舌！”

拿破仑微微一笑，吩咐给这名哥萨克兵一匹马，把他带来。拿破仑要亲自和他谈谈。几个副官应命骑马跑去。一小时后，原来伺候杰尼索夫、后来让给尼古拉的农奴拉夫鲁施卡，身穿勤务兵制服，骑着一匹法国骑兵的马，脸上露出狡猾、高兴和喝醉的神色，跑到拿破仑跟前。拿破仑命令他在旁边并排走，开始向他问话：

“你是哥萨克吗？”

“是，大人，是哥萨克。”

史学家梯也尔在描写这段插曲时说：

“这名哥萨克不知道同他谈话的是什么人，因为拿破仑十分朴素，这个东方头脑怎么也不会想到皇帝就在他身边，便异常亲昵地谈着当前的战局。”

拉夫鲁施卡前一天确实喝醉了，弄得主人没有饭吃，他挨了一顿鞭子，奉命到乡下弄鸡，他又趁火打劫，结果被法军俘虏。拉夫鲁施卡是个粗野无礼的跟班，见过世面，认为干狡猾卑劣的勾当是他们的分内事，为了主人什么都干得出来，并且善于摸透主人的缺点，特点是虚荣和猥琐。

拉夫鲁施卡一落到拿破仑手里，顿时就认出他来。他一点也不慌张，只想千方百计讨好新主子。

他很明白这就是拿破仑本人，并且觉得在拿破仑面前并不比在尼古拉面前或手拿树条的司务长面前更可怕，因为司务长也好，拿破仑也好，都不能使他再失去什么。

他信口说出勤务兵之间流传的消息，其中有许多是真实的。但当拿破仑问他，俄国人是不是认为他们能战胜拿破仑时，拉夫鲁施卡眯缝起眼睛，沉思起来。

他看出这是一个微妙的诡计，就像他这类人看到处处都是诡计那样，皱起眉头，沉默了一下。

“我看哪，如果开火，”他若有所思地说，“如果很快开火，那就对头。嗯，如果三天以后，过了期限，那么，我看，战事就会拖下去。”

雷劳恩·蒂特维尔含笑翻译给拿破仑听：“如果三天之内发生会战，那么，法国人就会胜利；如果过了三天，那么，结果怎样，就只有天知道了。”拿破仑听了没笑，虽然他心情极好，他命令译员把这句话再说一遍。

拉夫鲁施卡看出这一点，为了使拿破仑高兴，就假装不知道他是什么人。

“我知道你们有个拿破仑，他打败了天下，可是要对付我们，那就是另一回事了……”他说，自己也不知道怎么会冒出最后那句充满爱国热情的大话来。译员翻译这段话，把最后这一句吃掉了。拿破仑微微一笑。“年轻的哥萨克逗得伟大的交谈者忍俊不禁。”梯也尔这样写道。

拿破仑默默地走了几步，对贝蒂埃说，他想试试这个顿河孩子，看他一知道同他交谈的人就是皇帝，就是在金字塔上写下常胜不败英名的皇帝，他会有什么反应。

译员照办了。

拉夫鲁施卡懂得这样做是要使他发窘，拿破仑以为他一定会大吃一惊。为了讨好新主子，拉夫鲁施卡立刻装成吓得目瞪口呆，并且现出他在挨打时惯有的表情。梯也尔这样描写这一幕：

> 拿破仑的译员话音一落，那哥萨克就呆若木鸡，再也说不出一句话，他继续前进，眼睛盯住这位威名越过草原的征服者。他顿时闭上爱饶舌的嘴，现出一副天真无邪的狂喜。拿破仑赐给这个哥萨克自由，让他像鸟儿一样飞回田野。

拿破仑继续骑马前进，幻想着他梦寐以求的莫斯科，而那只放回田野的鸟儿则向前哨飞驰，预先编造一些荒诞不经的故事，以便回去向自己人吹嘘。至于真实的经历他却不想说，因为他认为不值得说。他骑马向哥萨克跑去，打听他那属于普拉托夫部队的团在哪里。傍晚他找到了主人尼古拉·罗斯托夫。尼古拉·罗斯托夫驻在杨科伏，刚上马要同伊林一起到郊外兜风。他让拉夫鲁施卡换一匹马，带他一起去。

8

玛丽雅公爵小姐并没有像安德烈公爵所设想的那样到莫斯科去以避开危险。

阿尔巴端奇从斯摩棱斯克回来后，老公爵仿佛如梦初醒。他下令召集民团，把他们武装起来，并给总司令写信，表明他决定死守童山。至于总司令是否准备保卫童山，是否听任俄国一位老将被俘或被杀，请总司令裁夺。同时老公爵向家人宣布，他要留在童山。

不过，老公爵一面自己留在童山，一面却吩咐把公爵小姐、德萨尔和小公爵送到保古察罗伕，再从那里去莫斯科。玛丽雅公爵小姐看到父亲不再像原来那样冷漠颓丧，而变得兴奋狂热，通宵失眠，她感到害怕，觉得不能把他单独留下，生平第一次违抗了他的意愿。她不肯离开童山，老公爵勃然大怒，把她痛骂了一顿。他又重复过去诬蔑她的话。他竭力怪罪于她，说她折磨他，挑拨他同儿子的关系，无耻地猜疑他，她活着就是要毁掉他的生活。他把她赶出书房，还对她说，她不走，他也不在乎。他说他不愿知道有她这个人存在，并警告不要让他看到她。尽管玛丽雅公爵小姐很担忧，他并没有强迫她走，而只是命令她不要让他看到。这一点使玛丽雅公爵小姐觉得宽慰。这证明，她留在家里不走，他心里还是高兴的。

小尼古拉走后第二天，老公爵一早就穿戴全套军装去见总司令。马车已停在门前。玛丽雅公爵小姐看见他身穿军装，挂上所有的勋章，从房子里出来，到花园里检阅武装农奴和家奴。玛丽雅公爵小姐坐在窗口，倾听着从花园里传来的他的声音。突然有几个人神色慌张地从花园林荫道跑来。

玛丽雅公爵小姐跑到台阶上，穿过花径，跑上林荫道。迎面走来一大群民团和家奴，其中几个人拖着一个穿军服、佩勋章的小老头。玛丽雅公爵小姐跑到他跟前，在菩提树枝叶中漏下的星星点点的阳光下，她看不清他脸上有什么变化。她只看出一点，原先严厉果断的神色不见了，只剩下怯弱温顺的表情，老公爵一看见女儿，翕动软弱的嘴唇，嘴里发出沙哑的声音。听不懂他要什么。他被抬起来，抬到书房，放在他近来很怕睡的沙发上。

当夜请来了医生，替他放了血，医生宣布公爵中了风，右半身瘫痪。

留在童山越来越危险了，公爵中风后第二天就被送到保古察罗伏。医生跟他们同行。

他们来到保古察罗伏，德萨尔已带了小公爵去莫斯科。

老公爵中风后在安德烈公爵新盖的保古察罗伏住宅里躺了三星期，情况没有什么变化，既不见好，也不见坏。他神志不清，像一具变形的尸体那样躺着。他抽动眉毛和嘴唇，不停地嘟囔着，无法知道他神志是否清楚。但有一点可以肯定：他很痛苦，有话要说。但究竟要说什么，谁也无法了解；是一个神经错乱的病人发脾气，还是对国家大事或家庭琐事有话要说？

医生说，这种烦躁没有什么特殊原因，完全是一种病态；但玛丽雅公爵小姐认为他有话要对她说。她在场总是使他更加烦躁，这就肯定了她的推测。显然，他在肉体上和精神上都很痛苦。

康复的希望已没有了，又不能把他带走。万一死在路上怎么办？“还不如完了的好，一了百了！”玛丽雅公爵小姐有时这样想。她日日夜夜守护着他，几乎不睡觉，说来可怕，她常常注意他，不是希望看到好转的征象，而是**愿意**看到他接近末日的征候。

这种心情不论公爵小姐觉得多么别扭，在她身上却是存在的。玛丽雅公爵小姐觉得尤其可怕的是，自从父亲得病以来（甚至还要早些，每逢同他待在一起就期待出什么事），长期潜伏在心中和被忘却的个人心愿和希望在她身上觉醒了。多少年没有进入她头脑的念头——再也不怕父亲而自由自在地生活，甚至享受爱情自由和家庭幸福——像魔鬼的诱惑一样在她脑子里作祟。不论她怎样想排除这些念头，她还是不断想到，**那事**以后她该怎样安排生活。这是魔鬼的诱惑，玛丽雅公爵小姐是知道的。她知道，唯一的武器是祈祷。于是她就祈祷。她作出祈祷的姿势，眼睛望着圣像，嘴里念着祷文，可是她祈祷不下去。她觉得她现在处于另一个世界，那里既有操劳，又有自由，完全不同于她以前被禁锢的只有祈祷是唯一安慰的精神世界。她无法祈祷，欲哭无泪，完全掉进尘世生活的烦恼中。

留在保古察罗伏有危险。四面八方传来法军逼近的消息，在离保古察罗伏十五俄里的村庄里，法国兵抢劫了一座地主庄园。

医生坚持非把公爵搬得远一些不可；首席贵族派一名官员来看望玛丽雅公爵小姐，劝她赶快离开保古察罗伏。县警察局局长来到保古察罗伏，提出同样的主张。他说法军离那里只有四十俄里，他们到处散发传单，公爵小姐要是到十五日还不带父亲离开这里，后果他就不能负责。

公爵小姐决定十五日动身。她准备行装，向仆人发指示，忙了一整天。十四日晚上，她照例在公爵卧室隔壁屋里和衣而卧。

她醒了好几次，听见他的呻吟和呓语，床的咯吱声，以及帮他翻身的季洪和医生的脚步声。她几次走到门口倾听，觉得他今晚的呻吟比平时响，翻身的次数也比平时多。她睡不着，几次三番走到门边，想进去又不敢进去。虽然他没有说，但玛丽雅公爵小姐看出，任何为他担忧的表示都使他不快。她发现，每次她情不自禁地盯住他，他就会厌恶地避开她的目光。她知道，她在深夜进去，一定会惹他生气。

但她从没这样可怜过他，从没这样怕失去他。她回忆同他相处的日子，从他的一言一行中都发现他对她的慈爱。在这样的回忆中，魔鬼偶尔仍会闯入她的心里，使她想到他死后的情景，她将怎样安排她自由自在的新生活。但她厌恶地驱除这种念头。天快亮的时候，他安静了，她也睡着了。

她很晚才醒来。她刚苏醒时心地纯净，意识到父亲病中她最关心的是什么。她醒来后倾听门里的动静，一听见他的呻吟，她就叹息着自语说，还是那个样子。

“究竟会怎么样？我到底要什么？我要他死！”她痛恨自己，叫道。

她穿好衣服，梳洗完毕，念了祷文，走到台阶上。台阶旁停着几辆还没套马的车，仆人们正在往车上装东西。

早晨温暖而阴暗。玛丽雅公爵小姐站在台阶上，为自己心灵的卑劣感到震惊，在走进父亲屋里之前竭力理顺自己的思路。

医生下了楼，走到她面前。

“他今天好些了，”医生说。“我找过您了。他说的话多少可以听懂一点，神志清楚些了。您去吧。他在叫您……”

玛丽雅公爵小姐一听到这话，心怦怦直跳。她脸色发白，身子靠在门上免得倒下。她心里充满可怕的罪恶念头，去见他，同他说话，看到他的眼神，她觉得这是又惊又喜又难受的事。

“走吧！”医生说。

玛丽雅公爵小姐走进父亲房里，来到他的床前。老公爵高高地仰卧在床上，他那瘦骨嶙峋、青筋毕露、满是疙瘩的双手放在被子上，左眼直瞪，右眼斜视，眉毛和嘴唇一动不动。他整个身体瘦小得可怕，使人觉得很可怜。他的脸干瘪，脱水，脸盘缩小了。玛丽雅公爵小姐走过去，吻了吻他的手。他用左手握住她的手，显然等她好久了。他拉拉女儿的手，眉毛和嘴唇生气地抽动起来。

玛丽雅公爵小姐恐惧地瞧着他，竭力猜测他要她做什么。她换了个姿势，凑近一点，使他的左眼能看见她的脸，他安静了下来，一连几秒钟直盯着她。接着他的嘴唇和舌头动起来，发出声音。他现出恳求的神色，胆怯地瞧着她，说起话来，显然怕她听不懂他的话。

玛丽雅公爵小姐聚精会神地望着他。他费力地转动舌头，那样子很可笑，玛丽雅公爵小姐垂下眼睛，好容易才压住涌上喉咙的呜咽。他说了句什么，重复了好几次。玛丽雅公爵小姐听不懂，但她竭力猜想他在说什么，并重复这些话，问他是不是这个意思。

“亲……过……过……”他一再重复着。

大家怎么也无法听懂这些话。医生以为他猜着了，就学着他的声音问：“公爵小姐害怕，是吗？”他摇摇头，又发出同样的声音……

“心里，心里难过？”玛丽雅公爵小姐猜着了，这样问。他发出一种含糊的声音表示同意，拉住她的手，把它按在自己胸口上不同的地方，仿佛在找寻一个最适当的位置。

“我一直在想！一直在……想你！”他说得比原来清楚多了，他也相信人家懂得他的意思。玛丽雅公爵小姐把头贴在他手上，竭力掩饰自己的呜咽和眼泪。

他一只手摸摸她的头发。

“我通宵一直在叫你……”他说。

“我要是知道……”她含着眼泪说，“我不敢进来。”

他握住她的手。

“你没有睡吗？”

“没有，我没有睡。”玛丽雅公爵小姐摇摇头，说。她情不自禁地模仿父亲，竭力用手势来表达意思，仿佛她的舌头已不听使唤。

“心肝……”或者“亲爱的……”玛丽雅公爵小姐听不清楚，但从他的眼神中可以看出，他说了一句从没说过的亲切温柔的话。“你为什么不来？”

“可我还希望……希望他死呢！”玛丽雅公爵小姐想。他沉默了一会儿。

“谢谢你……女儿……亲爱的……谢谢你的一切……原谅我……谢谢……原谅我！……谢谢！”说着泪水夺眶而出。“叫安德烈来。”他突然说，说时脸上现出一种天真、胆怯和疑虑的神态。他似乎自己也知道，他的要求是没有道理的。至少玛丽雅公爵小姐有这样的感觉。

“我接到他的信了。”玛丽雅公爵小姐回答。

他又惊奇又胆怯地对她望望。

“他在哪里呀？”

“他在部队里，爸爸，在斯摩棱斯克。”

他闭上眼睛，沉默了好一阵；然后，点点头，仿佛解答自己的疑虑，也表示现在他懂得了一切，也记起了一切，接着睁开眼睛。

“是啊，”他清楚地低声说，“俄国完了！他们把它给毁了！”他又呜咽起来，泪水又夺眶而出。玛丽雅公爵小姐瞧着他的脸，再也忍不住，也哭了起来。

他又闭上眼睛。他的呜咽停止了。他指指眼睛，季洪懂得他的意思，替他擦去眼泪。

然后他睁开眼睛，又说了些什么，可是好一阵谁也不懂，最后季洪一人明白了，把他的意思转达出来。玛丽雅公爵小姐按照他刚才说话时的心情来猜测。她时而以为他说的是俄国，时而以为是安德烈公爵，时而以为是她，是孙儿，是他自己的死，因此她怎么也猜不透他的意思。

“穿上你那件白色连衣裙，我喜欢那件衣服。”他说。

玛丽雅公爵小姐听懂这话，哭得更响了。医生挽住她的手臂，把她拉到露台上，要她镇静，准备动身的事。玛丽雅公爵小姐出去后，老公爵又谈到儿子，谈到战争，谈到皇帝，愤慨地扬起眉毛，提高嘶哑的嗓子，接着他又一次中风，也是最后一次中风。

玛丽雅公爵小姐待在露台上。天气放晴了，阳光灿烂，气温升高。她什么也不懂，什么也不想，什么感觉也没有，只有对父亲的热爱，她觉得她从没这样爱过父亲。她跑到花园里，一面哭，一面沿着安德烈公爵手植的菩提树林荫路，往池塘跑去。

“是的……**我**……**我**……**我**……我希望他死。是的，我希望他快点死……我要安宁……可我会怎么样呢？他没有了，我还要安宁做什么！”玛丽雅公爵小姐自言自语，在花园里急急地跑着，双手按住胸口大哭。她在花园里兜了一圈，又回到房子前，看见布莉恩小姐（她留在保古察罗伏，不愿走）和一个陌生男人向她迎面走来。这是县首席贵族，亲自来找公爵小姐，向她说明必须尽快离开这地方。玛丽雅公爵小姐听着，没有立刻听懂他的意思；她把他领到屋里，请他用早点，陪他坐下。然后，她向首席贵族道歉，走到老公爵门前。医生神色慌张地走出来，说不能进去。

“您走吧，公爵小姐，走吧，走吧！”

玛丽雅公爵小姐又走到花园里，坐在山下池塘边谁也看不见的草坡上。她不知道她在那里待了多久。一个女人在小径上跑过的脚步声把她惊醒。她站起来，看见她的使女杜尼雅莎跑来找她。杜尼雅莎一看见公爵小姐，仿佛吓了一跳，收住脚步。

“快来，公爵小姐……公爵……”杜尼雅莎断断续续地说。

“就来，就来！”公爵小姐急急地说，不让杜尼雅莎把话说完，竭力不去看她，向屋里跑去。

“公爵小姐，上帝的意旨实现了，您要做好一切准备。”首席贵族在门口遇见她，说。

“让我进去。这不是真的！”玛丽雅公爵小姐恶狠狠地嚷道。医生想拦住她，她推开医生，向门口跑去。“这些人神色惊慌，他们为什么要拦住我？我谁也不需要！他们在这里干什么呀？”她一面想，一面推开门。一道强烈的阳光射进这个阴暗的屋子，她见了大吃一惊。屋子里有几个女人和保姆。她们都从床边给她让开一条路。他仍旧那样躺在床上，但他那沉静脸上的严厉表情吓得玛丽雅公爵小姐在门口站住。

“不，他没有死，这不可能！”玛丽雅公爵小姐自言自语，走到他面前，克服内心的恐惧，把嘴唇压在他的脸颊上。但她立刻又离开他。她对他的柔情顿时消失了，只剩下她对当前景象的恐惧。“没有了，他没有了！他没有了，但在他待过的地方有一种陌生的敌对的东西，有一个令人毛骨悚然、难以理解的谜……”玛丽雅公爵小姐双手掩住脸，倒在扶住她的医生的怀里。

妇女们当着季洪和医生的面，洗了公爵的遗体，用手巾扎住他的头，以免他张开的嘴变硬，另外用一条手巾绑住他叉开的腿。然后，他们给他穿上挂满勋章的军服，把干缩的遗体放在桌上。天知道有谁做过这种事，但一切都做得有条有理。入夜棺材四角点起了蜡烛，棺材里铺上一块布，地上撒了刺柏枝，死人干缩的脑袋下放了一张印刷的祷文。助祭坐在角落里诵读诗篇。

在客厅里，外人和家人围着棺材，有首席贵族、村长和农妇，他们全都惊惶地瞪着眼睛，画着十字，鞠着躬，吻着公爵冰凉僵硬的手。这情景好像一群马围着一匹死马，它们惊跳着，拥挤着，喷着鼻子。

9

在安德烈公爵没来以前，保古察罗伏是个外出地主的庄园。保古察罗伏农民和童山农民在气质上完全不同。两者的语言、服装和风俗也不一样。保古察罗伏农民被称为草原农民。他们常来童山帮助收获、挖塘、开沟，老公爵欣赏他们干活勤劳，但不喜欢他们生性粗野。

安德烈公爵移居保古察罗伏以后，实行一些新措施：盖医院，办学校，减轻役租，但这并没使他们的性情变得温和些，反而加强了被老公爵称为粗野的习性。他们经常传布莫名其妙的流言：时而说要把他们都编入哥萨克，时而说要他们改信新教，时而说皇上发出新诏书，时而说保罗皇帝在一七九七年就宣誓让农奴自由，但被地主老爷扣下了，时而说彼得三世将在七年内复位[1]，到那时大家都可以自由自在，不会受任何束缚。关于战争和拿破仑、拿破仑入侵等传闻，在他们头脑里同基督的仇敌、世界末日和绝对自由等观念统统混在一起。

1 彼得三世（1728—1762）在位期间，1762年俄国发生宫廷政变，由他妻子叶卡德琳娜二世即位，当时传说彼得三世因试图解放农奴而被贵族推翻。

保古察罗伏四周都是官府直辖的村庄和实行代役租的地主村庄。居住在这一带的地主很少，家奴和识字的农奴也很少。俄国农民生活具有一种神秘的潜流。这种潜流在这一带的农民身上比其他地方更明显，更强烈。这种潜流的原因和意义，现代人是难以理解的。其现象之一是二十年前当地农民向温暖的江河流域大迁移。几百个农民，包括保古察罗伏的农民，突然卖掉牲口，扶老携幼向东南方移动。就像鸟儿飞向海洋那样，他们带着老婆孩子走向谁也没去过的东南方。他们成群结队到那里去，有的单独赎了身，有的逃跑，他们骑马或者步行，走向温暖的江河流域。许多人因此受到惩罚，被流放西伯利亚，许多人在路上冻死饿死，许多人回到原地，于是运动自行消亡，就像它无缘无故地掀起一样。但是这种潜流在他们中间不停地流动，并且不断积聚新的力量，以便有朝一日同样奇怪、强烈而又自然地再度出现。现在，在一八一二年，凡是接近农民的人都会发觉，这种潜流来势汹汹，一触即发。

阿尔巴端奇在老公爵去世前不久来到保古察罗伏，发现农民情绪动荡不安。这里跟童山一带（半径六十俄里）不同，童山农民撤离家乡，听任哥萨克糟蹋他们的村庄，而在这草原地区，保古察罗伏农民据说同法国人有勾结，他们接受法国人散发的传单，留在本地不走。他从心腹家奴那里听到，在村社里很有势力的农民卡尔普日前赶公家运输车，他带回的消息说，哥萨克洗劫居民逃亡的村庄，但法国人却秋毫无犯。阿尔巴端奇知道，昨天另一个农民从维斯洛乌霍沃（法军已进驻）带来一张法国将军的公告，宣布他们不会侵犯居民，只要他们留下不走，从他们那里拿走的东西都将作价赔偿。这个农民拿出一百卢布钞票（他不知道那是伪钞），说是预付给他的干草款，来证明这件事。

最后，也是最重要的一点，阿尔巴端奇知道，就在他吩咐村长派车把公爵小姐送离保古察罗伏的那天，早晨举行过一次村民大会，大家决定不走，留在村里等待。可是时间紧迫。首席贵族在八月十五日公爵去世那天，坚决要求玛丽雅公爵小姐当天离开，因为情况紧急。他说，十六日以后，不论什么事他概不负责。他在公爵去世那天傍晚走了，答应第二天来参加葬礼。但第二天他没能去，因为他得知法军向前突进，他只顾得上从家里带走家眷和金银财宝。

三十年来，保古察罗伏由村长德龙治理。老公爵生前叫他德龙努施卡。

德龙是一个体格强壮、个性刚毅的农民，成年后蓄起大胡子，直到六七十岁都是这样，没有一根白头发，不掉一颗牙，六十岁还腰骨笔挺，精力充沛，就像三十岁一样。

德龙也曾参加向温暖的江河流域大迁移，以后就当上保古察罗伏的村长和庄园管理员，二十三年来他担任此职可以说是无懈可击。农民们怕他胜过怕主人。老爷们，包括老公爵、年轻公爵和总管，都很尊敬他，戏称他为家务大臣。在任职期间，德龙没喝醉过一次，没生过一回病；夜里不睡觉也罢，干重活也罢，他都不觉得疲劳；他不识字，却从没忘记过一笔账，没忘记过出售许多车面粉的重量，也没忘记过保古察罗伏任何一块田里的一捆庄稼。

阿尔巴端奇离开被蹂躏的童山，在公爵落葬那天唤来的德龙就是这样一个人。阿尔巴端奇吩咐德龙给公爵小姐的车准备十二匹马，另外准备十八辆大车从保古察罗伏运送财物。虽然这里的农民都是缴代役租的，照阿尔巴端奇看不会有什么困难，因为保古察罗伏有两百三十个农户，他们都很殷实。但德龙村长听了他的命令却垂下眼睛，一声不吭。阿尔巴端奇提出几个他认识的农民，叫他去向他们要车。

德龙回答说，这些农民的马都拉车去了。阿尔巴端奇提出另外几个农民，但德龙说他们也没有马，有些替公家拉车去了，有些马不中用，有些马因缺乏饲料饿死了。照德龙说，不仅运送行李没有马，连拉轿车的马都没有。

阿尔巴端奇凝神瞧着德龙，皱起眉头。德龙是个模范村长，同样，阿尔巴端奇管理公爵庄园二十年，也不是无功之臣，是个模范总管。凭感觉他能看透他属下农民的要求和本能，因此是个出色的总管。他看了一眼德龙，立刻明白德龙的回答不是出于他个人的意思，而是表达了他所管理的保古察罗伏全体农民的情绪。但同时他知道，德龙发了财，农民恨他，他一定摇摆于地主和农民之间。阿尔巴端奇从德龙的目光中看出这种摇摆，因此皱起眉头向德龙走了一步。

“你啊，德龙努施卡，听好！”他说，“你少给我说这些废话。安德烈公爵大人亲自吩咐我，要全村的人都离开，不能留给敌人，再说皇上也有圣旨。留下不走就是背叛皇上。听见了吗？”

“听见了。”德龙回答，没抬起眼睛。

阿尔巴端奇对这个回答不满意。

“唉，德龙，这样不行！”阿尔巴端奇摇摇头说。

“您有权，您做主！”德龙伤心地说。

“喂，德龙，住口！”阿尔巴端奇又说，从怀里抽出手，庄重地指指德龙脚下的地板。“我把你看透了，把你这人里里外外都看透了。”他说，注视着德龙脚下的地板。

德龙窘了，偷偷瞧了一眼阿尔巴端奇，又垂下眼睛。

“别说废话了，你叫老百姓准备去莫斯科，明天早晨给公爵小姐备好车，你自己不用去参加聚会。听见了吗？”

德龙突然跪下来。

“阿尔巴端奇老爷，您撤了我的职吧！把我这里的钥匙拿去，看在基督的份上，把我撤职吧！”

“住口！”阿尔巴端奇严厉地说。“我把你这人里里外外都看透了。”他重复说，知道他自己善于养蜂，懂得什么时候播种燕麦，二十年来善于讨取老公爵的欢心，早就享有巫师的称号，因为只有巫师才能里里外外看透人。

德龙站起来想说什么，但阿尔巴端奇不让他说：

“你们这是安的什么心？呃？……你们在想什么呀？呃？”

“我能拿老百姓怎么办？”德龙说，“他们全疯了。我对他们也说过……”

“对对，我说的就是这件事。”阿尔巴端奇说。“他们在灌老酒吗？”他简短地问。

“他们全疯了，阿尔巴端奇老爷，他们又弄来一桶酒。”

“你听我说。我去找警察局局长，你去说服老百姓，叫他们别这样，把车子准备好。”

“是，老爷。”德龙回答。

阿尔巴端奇不再坚持。他长期管理农民，知道要使他们服从，主要是不能让他们有丝毫可以不服从的想法。阿尔巴端奇听到德龙说：“是，老爷。”他就满足了，虽然他怀疑，甚至确信，没有军队帮助是弄不到车辆的。

果然，到傍晚还没有车辆。村民又在酒店旁集会，会上决定把马匹赶到树林里，不出大车。阿尔巴端奇没把这事告诉公爵小姐，吩咐仆人把他的行李从童山来的车上卸下，把这几匹马套到公爵小姐的车上，自己去找长官。

10

父亲落葬后，玛丽雅公爵小姐闭门谢客。使女走到门口说，阿尔巴端奇来请示动身的事。（这是在阿尔巴端奇跟德龙谈话前的事。）玛丽雅公爵小姐从躺着的沙发上欠起身，隔着门说她哪儿也不去，谁也别来打扰她。

玛丽雅公爵小姐卧室的窗户朝西。她面壁躺在沙发上，摸弄着皮靠枕上的扣子，眼睛只看见这个靠枕，思想模模糊糊地集中在一点上；死是无法挽回的，在她父亲患病期间她第一次表现出心灵的卑劣。她想祷告，但又不敢祷告，不敢怀着这样的心情祷告上帝。她这样躺了好半天。

太阳已移到房子另一边，斜阳从敞开的窗子照进来，照到玛丽雅公爵小姐望着的皮靠枕上。她的思路突然中断。她茫然起身，抚平头发，站起来走到窗前，不由得深深地吸着黄昏的清新空气。

“是啊，现在你可以尽情欣赏黄昏的美景了！他已经不在了，谁也不会来妨碍你了！”她自言自语，颓然坐在椅子上，头伏在窗槛上。

有人从花园里柔声唤她的名字，接着在她头上吻了吻。她抬头一看，原来是布莉恩小姐。她穿着黑衣服，戴着丧章。她悄悄走到玛丽雅公爵小姐跟前，叹了口气，吻了吻她，立刻哭起来。玛丽雅公爵小姐回头望了她一眼。玛丽雅公爵小姐想起同她的几次冲突，想起对她的猜疑；又想起他最后怎样改变了对布莉恩小姐的态度，甚至不屑见她，因此玛丽雅公爵小姐觉得她心里对她的责怪是很不应该的。“唉，我盼望他死，我……我有什么资格责怪人呢！”她想。

玛丽雅公爵小姐生动地想象着布莉恩小姐的处境。近来她同他们一家人疏远了，但她还得寄人篱下，依靠他们生活。玛丽雅公爵小姐开始可怜她，并带着温和询问的目光瞧着她，向她伸出手去。布莉恩小姐立刻哭起来，吻着玛丽雅公爵小姐的手，说她很悲伤，并愿意同她分担悲哀。她说，她唯一的安慰是公爵小姐准许她同她分忧。她说，面对这深重的哀伤，过去的一切误会都应该消除，她对谁都问心无愧，他在那个世界也会看到她的爱心和感激。公爵小姐听着，不懂她的意思，只偶尔对她望望，听着她说话的声音。

“您的处境格外困难，亲爱的公爵小姐，”布莉恩小姐停了停，说，“我了解，您这人一向不为自己考虑，但我爱您，我们非如此不可……阿尔巴端奇来过您这儿吗？他和您谈过动身的事吗？”她问。

玛丽雅公爵小姐没有回答。她不明白谁要动身，要去哪儿。“难道现在还能计划什么，考虑什么吗？还不是都一样？”她心里想，没有回答。

“您要知道，亲爱的玛丽，”布莉恩小姐说，“您要知道，我们处境危险，我们被法军包围了；现在出去很危险。我们要是出去，准会当俘虏，天知道……”

玛丽雅公爵小姐对朋友望望，不明白她在说些什么。

“唉，但愿有谁知道，我现在什么都不在乎，”玛丽雅公爵小姐说，“当然，我说什么也不愿离开**他**……阿尔巴端奇对我说到动身……您跟他说说，我毫无办法，我什么也不想……”

“我同他说过了，他希望我们明天就走，但我想现在还是留在这里的好。”布莉恩小姐说，“因为您一定也同意，亲爱的玛丽，路上落在士兵或暴动农民手里是很可怕的。”布莉恩小姐从手提包里取出一张不是印在普通俄国纸上的拉摩将军的文告，叫居民不要离家出走，法国当局会给他们应有的保护。她把文告递给公爵小姐。

“我想，最好去找找那位将军，”布莉恩小姐说，“我相信您会得到应有的尊敬的。”

玛丽雅公爵小姐读了文告，她的脸因为无泪的哭泣而抽动着。

“您这是从谁那里弄到的？”她问。

“大概有人看到我的名字，知道我是个法国人。”布莉恩小姐红着脸说。

玛丽雅公爵小姐手拿文告从窗口站起来，脸色苍白地走出屋子，走进安德烈公爵的书房。

“杜尼雅莎，你把阿尔巴端奇、德龙努施卡或者别的人叫来。”玛丽雅公爵小姐说。“告诉布莉恩小姐，叫她不要到我这里来。”她听见布莉恩小姐的声音，加了一句。“快去！快去！”玛丽雅公爵小姐说，想到自己可能落在法国人手里，感到不寒而栗。

“如果安德烈公爵知道我落到法国人手里，那还了得！如果保尔康斯基公爵的女儿竟要求拉摩将军的庇护，乞求他的恩惠，那像什么话！”这个想法使她浑身哆嗦，脸红耳赤，心里升起空前的仇恨和自尊。她生动地想象着，她的处境将会多么困难，特别是多么屈辱。“他们法国人要住到这房子里来，拉摩将军将使用安德烈公爵的书房，他将翻阅他的书信和文件作为消遣。布莉恩小姐将在保古察罗伏隆重接待她。他们会给我一个小房间算作恩典；士兵们会破坏父亲的新坟，拆下坟上的十字架和星章；他们将向我讲述他们怎样战胜俄军，还将装作同情我的不幸……”玛丽雅公爵小姐想。她没有按照自己的思路想问题，觉得应该按照父亲和哥哥的思想来考虑。就她个人来说，一切都无所谓，留在哪里都可以，不论发生什么事都不在乎；但她觉得她还要代表亡父和安德烈公爵。她不由得用他们的思想来考虑问题，用他们的感情来感受一切。她觉得，他们想说什么，她就应该说什么；他们想做什么，她就应该做什么。她走进安德烈公爵的书房，竭力领会他的思想，考虑自己的处境。

她原以为随着父亲的去世，生活的要求也消失了。如今这种要求竟突然空前强烈地出现在她面前，并且控制了她的心灵。

她情绪激动，满脸通红，在屋子里来回踱步，一会儿要召来阿尔巴端奇，一会儿要召来米哈伊尔·伊凡内奇，一会儿要召来季洪，一会儿要召来德龙。杜尼雅莎、保姆和几个使女都说不出布莉恩小姐的话有几分是对的。阿尔巴端奇不在家里，他到警察局去了。建筑师米哈伊尔·伊凡内奇被玛丽雅公爵小姐召来，他睡眼惺忪，什么话也说不出。他十五年来对待老公爵总是笑眯眯地表示同意，自己从不发表意见。现在他也用这种方式来回答玛丽雅公爵小姐的问题，使人完全不得要领。奉召而来的老侍仆季洪脸容消瘦憔悴，现出难以消除的悲伤神色。玛丽雅公爵小姐不论问他什么，他总是回答：“是，公爵小姐。”他看着她，忍不住要哭。

最后村长德龙走进来，对玛丽雅公爵小姐深深地鞠躬，站在门口。

玛丽雅公爵小姐在屋里踱步，走到他面前站住。

“德龙努施卡，”玛丽雅公爵小姐说，她把德龙看作可靠的朋友，而德龙每年到维亚兹马去赶集，总是笑眯眯地给她带来特制的姜饼，“德龙努施卡，自从家门遭到不幸以来，”她开始说，但说不下去。

“一切都是上帝的安排！”德龙叹息说。他们沉默了一下。

“德龙努施卡，阿尔巴端奇出去了，我没有人可以商量。他们说我不能走，你看怎么样？”

“为什么不可以走，公爵小姐，你可以走。”德龙说。

“他们对我说，路上有敌人，很危险。好朋友，我什么也不能做，什么也不明白，我身边没有一个人。我不是今晚就是明早一定要走。”德龙不作声。他低着头抬眼看了看玛丽雅公爵小姐。

“没有马，”他说，“我对阿尔巴端奇先生也说过了。”

“马怎么会没有？”公爵小姐问。

“这都是上帝的惩罚，”德龙说，“有些马被军队拉走，有些马倒毙，瞧这年头，别说马，就连人都快饿死了！老百姓三天没吃东西。什么也没有，彻底破产了。”

玛丽雅公爵小姐留神听着他的话。

“农民都破产了，他们没有粮食吃？”她问。

“大家都要饿死了，”德龙说，“谁还顾得上车子……”

“那你为什么不早说，德龙努施卡？难道不能帮帮他们吗？我一定尽力去办……”玛丽雅公爵小姐觉得奇怪，在这样悲伤的时刻，哪里还分什么穷人和富人，富人怎能不帮助穷人？她仿佛听说过，地主家都有储备粮，专门救济农民。她知道，哥哥和父亲都不会拒绝救济农民；她向农民发放粮食，别的不怕，只怕说错话。她忙于此事，自然就能忘记自己的悲伤，她感到高兴。她向德龙详细了解农民的困境，以及保古察罗伏存粮的情况。

“我们不是还有粮食吗，我哥哥名下的？”她问。

“老爷的粮食原封未动，”德龙自豪地说，“我们公爵没吩咐卖掉。”

“把粮食发放给农民，他们要多少就给多少。我代表哥哥答应你发放。”玛丽雅公爵小姐说。

德龙什么也没回答，只深深地叹了一口气。

“你把这粮食发放给他们，只要够发就行。全部发光，我代表哥哥命令你，你对他们说：我们的东西就是他们的东西。我们什么都舍得给他们。你就这样对他们说。”

公爵小姐说话的时候，德龙一直盯着她。

“你把我撤职吧，公爵小姐，看在上帝的份上，你把我的钥匙都拿去，”他说，“我伺候老爷都伺候了二十三年，没有做过一件错事。你把我撤职吧，看在上帝份上。”

玛丽雅公爵小姐不明白他要求她什么，为什么要求撤他的职。她回答他说，他的一片忠心她从不怀疑，为了他和为了农民们，她什么事情都愿意做。

11

一小时后，杜尼雅莎向公爵小姐通报德龙来到，全体农民奉公爵小姐之命聚集在谷仓前，希望同女东家对话。

“我可从没叫过他们呀，”玛丽雅公爵小姐说，“我只叫德龙努施卡发粮食给他们。”

“看在上帝的份上，公爵小姐，您叫人把他们赶走，您自己别去。全是骗局！”杜尼雅莎说，“等阿尔巴端奇一来，我们就走……您不要……”

“什么骗局？”公爵小姐惊奇地问。

“我确实知道，看在上帝的份上，您就听我的话吧。不信您可以问问保姆。听说他们不肯遵照您的命令离开村子。”

“你这话不对头。我可从没命令他们走……”玛丽雅公爵小姐说，“你叫德龙努施卡来。”

德龙奉命走来，证实了杜尼雅莎的话：农民是奉公爵小姐之命来的。

“我可从没叫过他们呀，”公爵小姐说，“你一定把我的话传错了。我只要你发粮食给他们。”

德龙没有回答，只叹了一口气。

“只要您下命令，他们就会走的。”他说。

“不，不，我去见见他们。”玛丽雅公爵小姐说。

她不顾杜尼雅莎和保姆的劝阻，走到台阶上。德龙、杜尼雅莎、保姆和米哈伊尔·伊凡内奇跟着她出去。

“他们大概以为我给他们粮食是要他们留下来不走，我自己走掉，撇下他们让法国人摆布，”玛丽雅公爵小姐想，“我要向他们保证在莫斯科乡下按月发给他们口粮，供给住房。我相信，要是安德烈处在我的地位，他一定会做得更多。”她一面想，一面在暮色中向聚集在谷仓旁牧场上的人群走去。

人们挪动身子，挤在一起，匆匆摘下帽子。玛丽雅公爵小姐垂下眼睛，双腿被裙摆绊着，走到他们面前。那么多双老人和青年的眼睛盯着她，那么多张不同的脸出现在她眼前，使玛丽雅公爵小姐连一张脸也看不清。她觉得需要立刻同他们说话，但不知从何说起。不过，她一想到她现在是代表父亲和哥哥办事，就增添了力量。她大着胆子说起来。

“你们来了，我很高兴，”玛丽雅公爵小姐说，没有抬起眼睛，只觉得心怦怦直跳。“德龙努施卡告诉我，战争弄得你们都破产了。这是我们共同的灾难，我要不惜一切帮助你们。我要走了，因为这里很危险，敌人接近了……因为……我愿意把一切都送给你们，我的朋友们，我请你们把我们所有的粮食都拿走，这样你们就不会挨饿了。要是有人对你们说，我给你们粮食是要你们留下不走，其实没有那回事。相反，我请你们带上全部家产到我们莫斯科庄园去，我会负责你们的生活，你们不会有困难。我会给你们房子住，给你们粮食的。”公爵小姐停了停。人群里只听到一片叹息声。

“我这样做，不只是我个人的意思，”公爵小姐继续说。“我这样做，是代表先父、代表哥哥和他的儿子，先父原是你们的好东家。”

她又停下来。没有人打破沉默。

“我们的灾难是共同的，让我们来共同分担吧。我的一切都是你们的。”她望着面前的人群说。

一双双眼睛带着同样的表情望着她，但她无法理解，这是好奇、忠诚、感激，还是恐惧和怀疑。但每个人脸上的表情都是一样的。

“您的恩典我们非常感激，但我们不能拿老爷的粮。”后面有人说。

“这是为什么呀？”公爵小姐问。

没有人回答。玛丽雅公爵小姐向人群扫了一眼，发现她所接触到的眼睛一双双都垂下来。

“你们到底为什么不要？”她又问。没有一个人回答。

沉默使玛丽雅公爵小姐难堪，她竭力想捉住随便哪个人的目光。

“你们为什么不说话？”公爵小姐问面前一个拄着手杖的老人。“如果你觉得还需要什么，你就说。我都可以办到。”她捉住他的目光说。但他仿佛生气了，垂下了头，喃喃地说：

“有什么同意不同意的，我们不需要粮食。”

“什么，要我们抛下一切？不，我们不同意……我们说什么也不同意。我们舍不得你，但我们不同意。你自己去吧，一个人去吧……”人群从四面八方发出叫嚷。人人脸上现出同样的表情，但这表情已不是好奇和感激，而是愤怒和决心。

“你们准是没理解我的意思，”玛丽雅公爵小姐苦笑着说，“你们为什么不想走？我答应给你们住，给你们吃。你们留在这里不走，会被敌人糟蹋的……”

但她的声音被人群的声音压倒了。

“我们不同意，让他们来破坏好了！我们不要你的粮食，我们不同意！”

玛丽雅公爵小姐又竭力捕捉随便哪个人的目光，但没有一个人的目光对着她。显然大家都避开她的目光。她感到奇怪和困惑。

“瞧她说得多好听，要我们去给她当奴隶！毁了家，去当奴隶。可不是！她说：‘我给你们粮食！’”人群里发出一片嘈杂声。

玛丽雅公爵小姐垂下头，走出人群回家。她再一次吩咐德龙明天备好马动身，接着走到自己屋里，独自沉思起来。

12

那天晚上，玛丽雅公爵小姐久久地坐在卧室打开的窗前，听着从村里传来的农民的说话声，但心里并不在想他们。她觉得，她怎么也无法理解他们。她只想到她的悲痛。由于操心当前的事，她把悲痛暂时忘记了。现在她又可以回忆，哭泣，祷告了。太阳落山后，风停了。夜晚宁静而凉爽。子夜将临，人声沉寂，公鸡啼叫，一轮满月从菩提树后冉冉上升，凉爽的重雾从地上腾起，村庄和邸宅里一片宁静。

不久前消逝的景象——父亲的病和弥留时刻，又一幕幕浮现在她眼前。此刻她带着苦涩的快感回忆着当时的情景，只恐惧地回避他临死的一幕。她觉得，即使在这宁静而神秘的子夜，她也无法想到这一幕。这些景象那么清楚那么细致地呈现在她眼前，使她时而觉得那是现实，时而觉得那是往事，时而又觉得那是未来。

她又清楚地回忆他中风时的情景：他被人从童山花园里架回来，他翻动僵硬的舌头，皱起白眉毛，焦虑而怯生生地望着她。

“他当时就想对我说临终那天说的话，”她想，“他一直就想说这些话。”她历历在目地回想他发病前夜在童山的情景，那天晚上她预感到要出事，就违反他的意愿留下来陪他。她通宵没有合眼，夜里踮着脚尖下楼，来到他睡觉的花房门口，倾听他的声音。父亲在同季洪说话，声音疲乏而痛苦。他显然很想说话。“他为什么不叫我？为什么不让我代替季洪待在他那里？”玛丽雅公爵小姐当时这样想，现在还是这样想。“如今他再不能对谁说他的心里话了。他原可以向我而不是向季洪说出他的心里话，我也能理解他，可是这样的时刻一去不复返了。当时我为什么不走进屋里去呢？”她想。“也许他那天就会对我说出临终的话。当时他同季洪谈话，两次问起我。他想见我，可我却站在门外。他同季洪谈话感到又伤心又吃力，因为季洪不理解他。我记得，他同季洪谈到丽莎，仿佛她还活着，他忘记她已经死了。季洪提醒他，她已经去世，他就大骂季洪‘傻瓜’！他当时确实很难受。我从门外听见他躺在床上呻吟，高声呼喊‘我的上帝’，我当时为什么不进去？我进去，他会对我怎么样？我会损失什么？他要是当时说出这话，也许心里会好过些。”于是玛丽雅公爵小姐出声念着他临终的亲切呼叫。“心——肝！”玛丽雅公爵小姐像他那样叫道，流着抚慰她心灵的泪水。现在她看见了他的脸。她看见的不是自从她有记忆以来一向远远地看见的那张脸，一张虚弱的、怯生生的脸，而是他临终那天她俯下身去想听清他的话，第一次在近处看见的那张皱纹密布的脸。

“心肝！”她又重复他的呼叫。

“他这样叫时在想些什么？现在他又在想些什么？”她忽然产生这样的问题，在回答这问题时，她看见他躺在棺材里脸上扎着白巾的神色。当时她吻他的手，觉得这不是他，而是一个神秘可憎的东西，她感到毛骨悚然。此刻她又充满了这种恐惧。她想想别的事，她想祷告，可是都办不到。她睁大眼睛望着月光和阴影，随时都准备看到他那张死人的脸，并且觉得那笼罩屋内外的一片寂静使她魂不附体。

“杜尼雅莎！”她低声唤道。“杜尼雅莎！”她粗野地狂叫，冲破寂静，向下房跑去，正好遇见迎面跑来的保姆和使女们。

13

八月十七日，尼古拉和伊林带着刚被法国人释放回来的拉夫鲁施卡和一名传令骠骑兵，离开杨科伏（离保古察罗伏十五俄里）出来溜溜，试试伊林新买的马，并打听一下村里有没有干草。

最后三天，保古察罗伏处于两支军队的中间地带，俄军后卫和法军前卫都很容易来到这地方。尼古拉是个精明的骑兵连长，想抢在法军来到之前取得保古察罗伏的存粮。

尼古拉和伊林心情欢畅。保古察罗伏有个公爵的庄园，他们希望在那里找到大批家奴和漂亮姑娘。一路上，他们时而要拉夫鲁施卡讲拿破仑的事取乐，时而互相追逐，试着伊林的马。

尼古拉不知道，也没有想到，这个村庄就是他妹妹的未婚夫安德烈·保尔康斯基的庄园。

尼古拉同伊林在抵达保古察罗伏之前最后一次纵马赛跑，尼古拉超过伊林，首先来到保古察罗伏街上。

“你领先了。”伊林涨红了脸说。

“是的，一直领先，草地上领先，这里也领先。”尼古拉回答，一手抚摩着大汗淋漓的顿河马。

“可我骑的是法国马，大人，”拉夫鲁施卡在后面说，把他那匹拉车的驽马唤作法国马，“我本来可以赶上你们，但我不愿冒犯你们。”

他们慢步骑向谷仓，谷仓前站着一大群农民。

有些农民摘下帽子，有些没有脱帽，望着来人。两个上了年纪的高个子农民，满脸皱纹，胡子稀疏，含笑从酒店里出来，身子摇摇晃晃，嘴里唱着不入调的曲子，走到军官面前。

“好汉们！”尼古拉笑着说，“这里有干草吗？”

“瞧他们都是一个模样……”伊林说。

“好个快……乐……的……”农民们高高兴兴地笑着唱道。

一个农民从人群里出来，走到尼古拉跟前。

“你们是什么人？”他问。

“法国人。”伊林笑着回答，“瞧，他就是拿破仑。”他指着拉夫鲁施卡说。

“这么说，你们是俄国人喽？”农民又问。

“你们的人很多吗？”另一个小个子农民走到他们面前，问。

“很多，很多！”尼古拉回答，“那么，你们聚在这里干什么？过节吗？”

“老头儿们在开会，商量村社的事。”那个农民一面回答，一面走开去。

这时，在通向主人住宅的大路上出现了两个女人和一个戴白帽的男人，他们向军官们走来。

“穿红衣裳的那个是我的，谁也不许碰！”伊林看见快步向他走来的杜尼雅莎，说。

“是我们大家的！”拉夫鲁施卡向伊林挤挤眼，说。

“哦，我的美人，你要什么呀？”伊林笑嘻嘻地说。

“公爵小姐吩咐我问一下，你们是哪个团的，姓什么？”

“这位是尼古拉·罗斯托夫伯爵，骑兵连长，我是您忠实的仆人。”

“好个……宝贝……啊！”那个喝醉酒的农民唱着，笑逐颜开地望着同姑娘说话的伊林。阿尔巴端奇老远就摘下帽子，在杜尼雅莎之后走到尼古拉面前。

“斗胆打扰大人，”他一手插在怀里，对年轻军官露出又恭敬又轻蔑的神气说。“我的女主人，本月十五日去世的上将保尔康斯基公爵的女儿，因为这些人蛮横无理，遇到麻烦，”他指指那些农民说。“劳驾您……能不能请您……”阿尔巴端奇苦笑着说，“再向前走几步，因为当着他们的面不便……”阿尔巴端奇指指两个像马蝇叮住马那样紧跟着他的农民。

“啊！……阿尔巴端奇……什么？阿尔巴端奇老爷！……太好了！看在基督的份上饶了我们吧。太好了！什么？……”农民们快乐地向他笑着说。尼古拉望望喝醉酒的老人们，微微一笑。

“也许这使老爷您感到高兴吧？”阿尔巴端奇神态庄重地说，用那只没有插在怀里的手指着老人们。

“不，这里没有什么可高兴的。”尼古拉说着走开去。“是怎么回事？”他问。

“斗胆报告大人，这里的老粗不让女主人离开庄园，还威胁要把马解下来，这样，虽然行李一早就装好了，可是公爵小姐走不了。”

“竟会有这样的事！”尼古拉大声说。

“我向大人您报告的都是事实。”阿尔巴端奇又说。

尼古拉跳下马，把马交给传令兵，同阿尔巴端奇一起向住宅走去，一路上向他打听详细情况。真的，公爵小姐昨天提出要给农民发放粮食，她同德龙和集会的农民谈话，结果把事情弄糟，德龙最后交出钥匙，同农民站在一起，不再服从阿尔巴端奇的命令。而当公爵小姐一早吩咐套车准备动身时，大批农民走到谷仓前，又派人来说，他们不放公爵小姐离开村庄，还说什么有命令不准撤退，并动手把马解下。阿尔巴端奇走到他们面前，再三劝说，可是农民们回答他说（说得最多的是卡尔普，德龙根本没有露面），不能让公爵小姐走，有过命令的；还说让公爵小姐留下，他们依旧会侍候她，事事服从她。

当尼古拉和伊林在大路上奔驰的时候，玛丽雅公爵小姐不听阿尔巴端奇、保姆和使女们的劝阻，吩咐套车，准备动身；但车夫们一看见这几个奔驰而来的骑士，还以为他们是法国人，纷纷逃命，房子里则响起一片女人的哭声。

“老天爷！亲爹啊！一定是上帝派你来的！”当尼古拉穿过前厅时，大家情绪激动地说。

玛丽雅公爵小姐茫然若失，一筹莫展，坐在客厅里，这时尼古拉被带到她面前。她不知道他是什么人，来干什么，她将遇到什么事。她一看见他那张俄国脸，并从他进来的最初印象和开头几句话，她就认出他是他们那个阶级的人。她用她那深沉而明亮的眼睛瞧了他一眼，便激动得结结巴巴、哆哆嗦嗦地说起话来。尼古拉立刻觉得这是一次富有浪漫色彩的奇遇。“一个孤苦伶仃、悲痛欲绝的姑娘单独遭到造反的大老粗们的作弄！而奇怪的命运又把我送到这里！”尼古拉听着她的话，瞧着她的脸，想。“她的相貌、神态多么温柔，多么高尚！”他听着她那怯生生的讲述，想。

她谈到这一切都发生在她父亲落葬后的第二天，她的声音发抖了。她转过脸去，又仿佛怕尼古拉以为她这样说是要取得他的同情，用询问的目光瞅了他一眼。尼古拉眼睛里含着泪水。玛丽雅公爵小姐注意到这一点，她那明亮的眼睛感激地望了他一眼。她的目光充满魅力，使人忘记她难看的相貌。

“公爵小姐，我偶然路过此地，能为您效劳，真是太荣幸了！”尼古拉说着站起来，“您动身吧，我向您保证，要是您允许我护送您，那么谁也不敢来找您麻烦！”他恭恭敬敬地向她鞠了一躬，就像人们向皇家妇女鞠躬那样，然后向门口走去。

尼古拉说话的谦恭语气仿佛表示，虽然他觉得认识她很高兴，但他不愿利用她的不幸来接近她。

玛丽雅公爵小姐懂得这一点，也很欣赏他的风度。

“我非常非常感激您，”公爵小姐用法语对他说，“但我希望这一切纯属误会，这里谁也没有错。”公爵小姐突然哭起来。“请您别见怪！”她说。

尼古拉皱起眉头，又低低地鞠了一躬，走出客厅。

14

“喂，怎么样，可爱吗？啊，老兄，穿红衣裳的那个真美，她叫杜尼雅莎……”但伊林瞧了尼古拉一眼，没再说下去。他看出他这位英雄长官想的完全是另一回事。

尼古拉愤愤地看了看伊林，没有理他，快步向村子走去。

“那些强盗，我要教训教训他们，好好收拾他们！”他自言自语。

阿尔巴端奇撒腿赶去，但没有跑步，好容易才赶上尼古拉。

“大人，您决定怎么办？”阿尔巴端奇追上尼古拉，问。

尼古拉站住，握紧双拳，突然威严地走到阿尔巴端奇面前。

“决定？什么决定？老家伙！”尼古拉对他吆喝道，“你怎么站在一边瞧？呃？农民起来造反，你就管不了？你自己就是个叛徒。我认识你们，我要剥掉你们的皮……”他仿佛不愿徒然发泄怒气，就抛下阿尔巴端奇急急向前走去。阿尔巴端奇忍住一肚子委屈，快步跟上尼古拉，继续向他说出自己的意见。他说，农民都很顽固，目前没有军队，镇压他们是不合适的，最好先去把军队找来。

“我会给他们军队的……我要**镇压**他们！”尼古拉忘乎所

以，带着兽性的狂怒气急败坏地说。他没考虑做什么，断然向人群冲去。尼古拉越接近人群，阿尔巴端奇越觉得他这种轻率的举动可能产生良好的效果。农民们瞧着尼古拉敏捷而稳健的步伐和果断而阴沉的脸也有这种感觉。

当骠骑兵进入村庄、尼古拉向公爵小姐走去时，人群里就发生了混乱和争吵。有些农民说，来的是俄国人，可能责怪他们阻止公爵小姐动身。德龙就有这种想法，但他一说出来，就遭到卡尔普和其他农民的攻击。

“你吃村社的饭吃了多少年？”卡尔普对他吆喝道，“你反正无所谓！你可以把钱罐子挖出来带走；我们家破人亡，同你都不相干，是吗？”

“有过命令，要维持秩序，谁也不许离家，什么也不准带走。就是这样！”另一个叫道。

“轮到你儿子当兵，你就会舍不得了，”一个小老头突然攻击德龙，急急地说，“结果就把我的凡卡剃了头[1]。唉，我们只有死路一条！”

“对，对，只有死路一条！”

“我从来不反对公社。”德龙说。

“哼，不反对公社，你自己的肚子已经填饱了！……”

两个高个子农民说了自己的意见。当尼古拉在伊林、拉夫鲁施卡和阿尔巴端奇陪同下走向人群时，卡尔普把手指插在腰带里，含笑走到前面。德龙则向后退。人群聚得更拢了。

“喂！你们这里谁是村长？”尼古拉大声问，快步走到人群面前。

“村长吗？您有什么事？……”卡尔普问。

1 当时新兵入伍都要剃头。

但不等他把话说完，帽子就从他的头上飞下来，他的脑袋被沉重的拳头打歪了。

“把帽子摘下来，你们这些叛徒！”尼古拉怒气冲天地嚷道。“村长在哪里？”他狂暴地问。

“他叫村长，村长……德龙，叫您哪！”几个人急促而驯顺地说，一顶顶帽子都从头上摘下来。

“我们不敢造反，我们遵守秩序。”卡尔普说，同时后面有几个人也突然说：

“老人们说得对，你们的长官太多了……”

“你还顶嘴？……造反！……强盗！叛徒！”尼古拉抓住卡尔普的领子，忘乎所以地破口大骂。“把他捆起来，捆起来！”他嚷道，虽然除了拉夫鲁施卡和阿尔巴端奇之外，没有人能捆他。

不过，拉夫鲁施卡还是跑到卡尔普跟前，从后面抓住他的双臂。

“要把我们的部队从山那边叫来吗？”拉夫鲁施卡嚷道。

阿尔巴端奇脸向农民，叫两个人来捆卡尔普。这两个农民顺从地走出来，解下皮带。

“村长在哪里？”尼古拉大声问。

德龙脸色发白，皱着眉头，从人群中走出来。

“你是村长吗？把他捆起来，拉夫鲁施卡！”尼古拉叫道，相信这个命令也不会遇到阻力。果然有两个农民动手来捆德龙，而德龙毫不反抗，也解下腰带递给他们。

“喂，你们全体听我说！”尼古拉对农民们说，“马上都给我回去，不要让我听到你们的声音。”

“行，我们又没做过什么损人的事。我们只是一时糊涂，胡闹了一场……我说过，这样不行！”传出几个人相互责怪的声音。

“我不是早对你们说过啦？”阿尔巴端奇说，又行使起他的权力来，“这样不好，弟兄们！”

“都怪我们糊涂，阿尔巴端奇老爷。”几个人回答。人群立刻散开，各自回村。

两个被捆的农民被带到主人家去。两个喝醉酒的农民跟在后面。

“嗨，让我瞧瞧你！”其中一个对卡尔普说。

“怎么可以这样对老爷说话？你在想什么？”

“傻瓜！”另一个帮腔说，“真是个傻瓜！”

两小时后，几辆大车停在保古察罗伏庄园的院子里。农民们起劲地把主人的行李搬出来放到车上。玛丽雅公爵小姐开恩，德龙从锁着的大箱子里被放出来，此刻站在院子里指挥农民。

“你不要这样乱放，”一个圆脸的大汉笑着说，从使女手里接过一只首饰匣。“这可是很值钱的。你怎么可以把它乱扔，用绳子会把它捆坏的。这样可不行。什么都得小心谨慎，照规矩办事。要用蒲席包起来，再用草盖上，这样就稳当了。对啦！”

“啊，都是书，都是书！”另一个农民搬着安德烈公爵的书橱，说，“你别碰！好重啊，弟兄们，书可是真重！”

“是啊，写书可不是闹着玩的！”圆脸大汉指指上面的几本辞典，意味深长地挤挤眼说。

尼古拉不愿勉强同玛丽雅公爵小姐认识，没去找她，却留在村里等她出来。等到公爵小姐的车子从家里出来，尼古拉骑上马，一直送她到保古察罗伏十二俄里外我军控制的大路上。在杨科伏旅店门口，他彬彬有礼地同她告别，第一次吻了吻她的手。

“说哪儿的话！”他红着脸回答公爵小姐对救命之恩（她把他的行为说成是救命）的感谢，“哪个警官都会这样做的。要是我们同农民打仗，就不会让他们长驱直入了，”他羞涩地说，竭力改变话题。“有机会认识您，真是太荣幸了。再见，公爵小姐，祝您平安幸福，希望下次在更愉快的场合同您见面。要是您不愿使我脸红，请别再说感谢的话。”

不过公爵小姐即使不用语言向他道谢，也用感激和温柔的表情向他表示了谢意。说她不必向他道谢，她无法同意。相反，她敢肯定，要是没有他，她一定会死在暴徒和法军手里；而**他**，为了搭救她，显然冒了极大的危险；她还肯定，他是一个心灵高尚的人，能理解她的不幸处境。他那双诚实善良的眼睛在她哭诉她的悲哀时也泪水盈眶。此情此景一直留在她的头脑里。

玛丽雅公爵小姐同他道别后，独自坐在车上，突然觉得泪水盈眶，心里冒出一个古怪的问题：她是不是爱他？

在去莫斯科的路上，虽然公爵小姐的境遇并不愉快，同车的杜尼雅莎却几次发现，公爵小姐把头伸到车窗外，不知为什么又快乐又感伤地微笑着。

“嗨，就算我爱上他，那又有什么呢？”玛丽雅公爵小姐想。

虽然她羞于向自己承认，她第一次爱上了一个男人，而那个男人也许永远不会爱她，但她可以自慰的是，这件事谁也不会知道，她也永远不会告诉任何人，她这辈子第一次也是最后一次爱上一个男人。她这样做也不算什么过错。

有时她想起他的目光、他的同情、他的语言，她觉得幸福不是没有希望的。这种时候，杜尼雅莎就发现她望着车窗外，脸上现出笑容。

“他早不来晚不来，偏偏这个时候到保古察罗伏来！”玛丽雅公爵小姐想。“他妹妹又偏偏要同安德烈公爵解除婚约[1]！”玛

1 按俄国风俗，一个女人不可以嫁给嫂嫂或姐夫的兄弟。如果娜塔莎同安德烈结婚，玛丽雅就不能同尼古拉结婚。

丽雅公爵小姐认为这一切都是天意。

玛丽雅公爵小姐给尼古拉留下很美好的印象。他一想到她，心里就感到快乐。同事们知道他在保古察罗伏的奇遇都取笑他，说他去找草料，却找到俄国最富有的姑娘，他听了很生气。他之所以生气，就因为同家有巨产、温柔可爱的玛丽雅公爵小姐结婚的念头常常情不自禁地在他的头脑里浮现。就尼古拉的条件来说，他不可能娶到比玛丽雅公爵小姐更理想的妻子：同她结婚可以使他的母亲得到幸福，使他的父亲重整家业，而且尼古拉觉得，可以使玛丽雅公爵小姐幸福。

那么，宋尼雅怎么办？不是有过山盟海誓吗？也因为这个缘故，人家拿玛丽雅公爵小姐取笑他，他就生气。

15

库图佐夫接受指挥全军的大权后，想起安德烈公爵，就把他召到总司令部。

安德烈公爵来到察廖夫–扎伊米歇那天，正逢库图佐夫第一次阅兵。村里司祭家门口停着总司令的马车，安德烈公爵就在那里停下来。他坐在大门口长凳上等候总座——如今大家都这样称呼库图佐夫。村外田野上，不时传来军乐声和向新任总司令欢呼的“乌拉”声。大门外，离安德烈公爵十步的地方，两个勤务兵、一名信使和一个管家，趁总司令不在，在那里晒太阳闲聊。一个皮肤浅黑、留着络腮胡子的矮个子骠骑兵中校骑马来到门前，看了安德烈公爵一眼，问：总座是不是住在这里，他快回来了吗？

安德烈公爵说，他不属总座司令部，也是外来的。骠骑兵中校问一个服饰漂亮的勤务兵。那勤务兵现出凡是总司令勤务兵同军官说话时惯有的特别轻蔑的神气说：

“什么，总座吗？大概快回来了。您有什么事？”

骠骑兵中校听到勤务兵那种腔调，冷笑一声，下了马，把马交给传令兵，走到安德烈公爵面前，向他微微鞠了一躬。安德烈公爵在凳上挪挪身子让座，骠骑兵中校在他旁边坐下。

“您也在等总司令吗？”骠骑兵中校问。“据说，他平易近人，感谢上帝。不像香肠店老板[1]那样难对付。难怪叶尔莫洛夫要求加入德国籍了。看来，现在俄国人可以说话了。要不，鬼知道他们在搞什么名堂。老是撤退，撤退。您参过战吗？”他问。

“我不仅有幸参加过撤退，”安德烈公爵回答，“而且在撤退中失去了一切宝贵的东西，别说庄园和住宅……连父亲都因忧国忧民而死了。我是斯摩棱斯克人。”

“哦？……您是安德烈公爵吧？幸会，我是杰尼索夫中校，但人家都知道我叫华西卡。”杰尼索夫说，握着安德烈公爵的手，特别亲切地瞧着安德烈公爵的脸。“是的，我听说了。”他同情地说。停了一停，他又说下去，“这是一场野蛮的战争。一切都很好，可就是苦了那些代人受过的人。您是不是安德烈公爵？”他摇摇头。“幸会，公爵，真是幸会！”他又带着苦笑补充说，握着安德烈公爵的手。

安德烈公爵听娜塔莎讲过，知道杰尼索夫是第一个向她求婚的人。这段又甜蜜又苦涩的回忆好久没有出现，一直埋藏在他的心底，现在又重新浮起。近来他经历过那么多重大事件，例如斯摩棱斯克的弃守、他的童山之行、前不久父亲的死讯，以致好久没想到那些往事，即使想到也不像以前那样激动。对杰尼索夫来说，安德烈公爵的名字在他心中勾起一系列的回忆，那是一种诗意盎然的遥远的往事。那天饭后，娜塔莎唱完歌，他竟情不自禁地向这位十五岁的少女求婚。他想起当时的情景和对娜塔莎的爱情，微微一笑，接着立刻转到他现在专心致志的事情上。这是他撤退时在前哨拟订的作战计划。他向巴克莱·德·托里提出过这个计划，现在他又想呈报库图佐夫。这个计划的根据是，法军

1 指德国人。

战线拉得太长，我们不应该去堵截他们，而应该攻击他们的交通线，或者双管齐下。他向安德烈公爵说明他的计划。

“他们不可能守住整条交通线。这是不可能的，我负责去把他们切断；只要给我五百个人，我就能把他们切断，我有把握！有一个办法，就是打游击战。”

杰尼索夫站起来，做着手势，向安德烈公爵说明他的计划。在他说明时，从检阅处传来的军队叫喊声越来越不和谐，越来越分散，同军乐声和歌声混成一片。村庄里响起了马蹄声和吆喝声。

“他来了！”站在门口的哥萨克叫道，“骑马来了！”

安德烈公爵和杰尼索夫向大门口走去，那里站着一队兵（仪仗队）。他们看见库图佐夫骑着一匹不高的枣红马从街上走来。后面跟着一大批随从的将军。巴克莱几乎和他并行；一大群军官跟着他们跑，周围发出一片“乌拉”声。

几名副官领先跑进院子。库图佐夫不耐烦地催促在他沉重身躯下小跑的马，频频点头，举手到他那顶有红箍而无帽檐的白色近卫重骑兵帽边敬礼。他跑近向他致敬的多数佩有勋章的掷弹兵仪仗队，以长官的坚定目光向他们注视了一分钟光景，然后转向身边的将军和军官。他脸上突然现出难以捉摸的神色，困惑地耸耸肩。

“有这样出色的战士还一退再退！”他说。“嗯，再见，将军！”他添加说，催动马匹从安德烈公爵和杰尼索夫身边经过向大门走去。

“乌拉！乌拉！乌拉！”他后面发出一片欢呼声。

自从安德烈公爵上次见到他以来，库图佐夫皮肤松弛，身体臃肿，显得更胖了。但安德烈公爵所熟悉的白眼珠、伤疤、脸上和身上的疲劳神态依然如故。库图佐夫身穿陆军礼服，肩上挂着用细皮条编成的鞭子，头戴白色近卫重骑兵帽。他坐在他那匹骏马上，身子笨重地左右摇晃着。

“嘘……嘘……嘘。”库图佐夫骑马走进院子，轻轻地吹着口哨。在紧张的仪式之后，他脸上现出轻松的神气，似乎想休息一下。他从马镫里抽出左脚，整个身子侧过来，费力得皱着眉头，好容易才把脚抬到马鞍上，臂肘支着膝盖，哼哧了一声，落在准备扶他的哥萨克和副官们怀里。

他定了定神，眯起眼睛环顾了一下，瞧了瞧安德烈公爵，显然没有认出他来，蹒跚地向台阶走去。

“嘘……嘘……嘘。”他吹着口哨，又回头瞧了瞧安德烈公爵。就像一般老年人常有的那样，安德烈公爵的相貌经过几秒钟之后才使库图佐夫想起他来。

“哦，你好，公爵，你好，好孩子，来吧……”库图佐夫疲倦地说，向周围打量着，费力地走上在他脚下吱嘎作响的台阶。他解开纽扣，在台阶旁的长凳上坐下。

“哎，你父亲怎么了？”

“昨天刚接到他去世的消息。”安德烈公爵简短地说。

库图佐夫睁大眼睛惊奇地对安德烈公爵望望，然后摘下帽子，画了个十字：“愿他早日进入天国！愿上帝的旨意降临我们每个人的身上！”他长叹一声，不再作声。“我敬爱他，衷心为你难过。”他拥抱安德烈公爵，把他搂到他那肥胖的胸膛上，好一阵没放手。当库图佐夫放开他时，他看见老人的厚嘴唇在颤动，眼睛里噙满泪水。他叹了一口气，双手撑着凳子站起来。

“来，跟我来，我们去谈谈。”他说。但这时在长官面前和敌人面前同样毫无顾忌的杰尼索夫，不顾台阶上怒气冲冲的副官们的低声阻挡，大胆地碰响马刺，走上台阶。库图佐夫双手撑着凳子，不以为然地瞧着杰尼索夫。杰尼索夫自报姓名，说是有国家大事向总座报告。库图佐夫眼睛疲劳无神，望望杰尼索夫，现出不耐烦的神气，双手放在肚子上，反问道：“国家大事吗？什么事？说吧！”杰尼索夫像小姑娘似的涨红脸（这个嗜酒成癖、满脸胡子的人，脸红，使人觉得挺别扭），大胆地讲着他那个在斯摩棱斯克和维亚兹马之间切断敌人交通线的计划。杰尼索夫在这个地区住过，熟悉那一带地形。他的计划无疑是好的，而从他说话满怀信心这一点来看尤其明显。库图佐夫望着自己的脚，偶尔回头望望隔壁农舍，仿佛那里会出什么麻烦。杰尼索夫说话的时候，从库图佐夫望着的农舍里果然走出一个夹公文包的将军。

“什么？”杰尼索夫讲的时候，库图佐夫插嘴问，“已经准备好了吗？”

“好了，总座！”将军说。库图佐夫摇摇头，仿佛表示：“一个人怎么来得及干那么多事。”接着继续听杰尼索夫报告。

“我以俄国军官的名誉保证，”杰尼索夫说，“我能切断拿破仑的交通线。”

“你同军需官基里尔·杰尼索夫是什么关系？”库图佐夫打断他问。

“是家叔，总座。”

“哦！我们是老朋友，”库图佐夫快乐地说。“好，好，好孩子，你就留在司令部里吧，我们明天再谈。”他向杰尼索夫点点头，转身去接柯诺夫尼岑递给他的文件。

“总座是不是先进屋去一下，”值班将军不满意地说，“要审阅计划，签发几个文件。”这时从门里走出一个副官，说屋里一切都准备就绪。但库图佐夫显然想先办完公事再进屋。他皱了皱眉头……

“不，好孩子，你叫他们把小桌子搬到这里来，我在这里看文件。”库图佐夫说。“你别走。”他转身对安德烈公爵说。安德烈公爵留在台阶上，听值班将军报告。

将军报告的时候，安德烈公爵听见门里有女人的低语声和女人绸衣的窸窣声。他朝那边望了几眼，看见门后有个漂亮的女人，身穿粉红衣裳，头戴紫色丝巾，身体丰满，脸色红润，手里端着一个盘子，显然在等总司令进去。库图佐夫的副官向安德烈公爵咬了个耳朵，说这是女房东司祭太太，她要向总座敬献面包和盐以示欢迎。她丈夫在教堂里用十字架欢迎过总座，她则在家里欢迎……“她很漂亮。”副官含笑补充说。库图佐夫听见这话，回头看了看。库图佐夫听着值班将军的报告（主要批评察廖夫-扎伊米歇阵地），就像听杰尼索夫报告那样，也像七年前听奥斯特里茨军事会议上辩论那样。他之所以听着，显然因为他生着两只耳朵，尽管其中一只耳朵里塞有一小段船索[1]，但还是不能不听；不过显而易见，值班将军的报告不仅一点也没使他惊讶，而且完全引不起他的注意，这一切他早就知道，他之所以听着，只因为不能不听，就像不能不听教堂的祈祷那样。杰尼索夫的话是有道理的，是明智的。而值班将军的话则更有道理，更加明智。但库图佐夫显然轻视知识和智慧，他知道决定问题的不是知识和智慧而是其他东西。安德烈公爵留神观察总司令的脸，发现他脸上只有厌烦的表情，而且总司令很想知道门里的女人在叽叽喳喳地说些什么，但他又不能不遵守礼节。库图佐夫显然轻视才智，轻视知识，轻视杰尼索夫的爱国热情，但他不是凭才智、感情和知识加以轻视（因为他并不想卖弄这些长处），而是凭别的东西轻视他们。他轻视它们是因为他年老资深，经验丰富。库图佐夫在听报告时只就俄军抢劫事发了一个指令。值班将军报告完毕，递上一件公文。那是部队长官应一个地主要求赔偿割青麦的报告，要求总座签字。

1 按俄国旧俗，这是治牙痛的一个方法。

库图佐夫听完这个报告，咂咂嘴，摇摇头。

“扔到炉子里去……烧掉！我对你明白说，好孩子，把这种公文统统烧掉。割庄稼，烧木柴，由他们去吧。我不下命令，也不准这样做，但我也不能赔偿。只能这么办。劈柴难免有碎片[1]。”他又看了看公文。“哦，德国人做事真认真！”他摇摇头，说。

1 俄谚：意思是做大事不能顾细节。

16

“啊，总算办完了！”库图佐夫签好最后一件公文，费力地站起来，伸直又白又胖的脖子，神情愉快地向门口走去。

司祭太太飞红了脸，抓起她准备了好久而不能及时送来的盘子。她低低地鞠着躬，把盘子献给库图佐夫。

库图佐夫眯起眼睛，微微一笑，一手托起她的下巴说：

“哦，真美啊！谢谢你，好太太！”

他从裤袋里掏出几枚金币，放在她的盘子里。

“那么，你日子过得怎样？”库图佐夫说，向给他准备的房间走去。司祭太太粉红的脸蛋笑出两个酒窝，她跟着他走进屋里。副官走到台阶上，请安德烈公爵去吃饭。半小时后，又有人来召安德烈公爵见库图佐夫。库图佐夫依旧穿着那件军服，解开纽扣，躺在安乐椅上。他手里拿着一本法文书，看见安德烈公爵进来，就把一柄小刀夹在书里，合拢书。安德烈公爵看到封面，知道是让理夫人的《天鹅骑士》[1]。

“坐吧，坐在这里，我们谈谈。”库图佐夫说，“我很

1 让理夫人（1746—1830），法国女作家，主要写教诲小说，在贵族家庭流传很广。

伤心，很伤心。但你记住，孩子，我也是你的父亲，第二个父亲……”

安德烈公爵向库图佐夫讲了父亲临终的情形，也讲了他路过童山的见闻。

“都弄成什么样子……弄成什么样子了！”库图佐夫突然激动地说，显然，安德烈公爵的一席话使他清楚地看到俄国的处境。“给我时间，给我时间！”他怒容满面地补充说，显然不愿再谈使他激动的话题。他接着说：“我找你来，是要把你留在身边。”

“谢谢总座，”安德烈公爵回答。“但我怕我不适宜留在参谋部里。”他含笑说。库图佐夫发现他的笑容，疑问地对他望望。“主要是，”安德烈公爵添加说，“我在团里已经习惯了，我喜欢团里的军官，他们也喜欢我。我舍不得离开团。我辞谢留在您身边的光荣，那是因为……”

库图佐夫的胖脸上现出聪明善良而又微微嘲弄的神色。他打断安德烈公爵的话说：

“很可惜，我本想把你留下，但你说得对，说得对。我们这里并不缺人。谋士有的是，可是人才没有。要是谋士们都像你这样留在部队里，部队也不会像现在这样了。我记得你在奥斯特里茨……记得，记得，记得你当时高举军旗。”库图佐夫说，他提到这件事，安德烈公爵高兴得脸都红了。库图佐夫拉过他的手，伸过面颊让他吻，他又看见老人的眼睛里滚动着泪水。虽然安德烈公爵知道库图佐夫容易流泪，现在待他又特别亲切，同情他丧父的悲伤，但他一听到奥斯特里茨，还是感到快乐和得意。

“上帝保佑你走你的路。我知道你走的是一条光荣的路！”他停了停。“我在布加勒斯特为你担心，当时不得不派人去找你。”接着库图佐夫换了话题，谈到土耳其战争和缔结和约的事。“是啊，我听到很多责备，一会儿为了战争，一会儿为了和平……而且都很及时。善于等待就能及时等到。那里的谋士也不比这里少……”他说着又谈到谋士，显然念念不忘这个问题。“唉，谋士，谋士！”他说，“要是都听谋士的话，我们就不会在土耳其签订和约，也不能结束战争。欲速则不达。卡敏斯基要是不死，他一定也会遭殃。他用三万人猛攻要塞。攻下要塞不难，要打胜仗可就难了。打胜仗不需要冲锋和猛攻，而需要**耐心和时间**。卡敏斯基派兵进攻鲁舒克，可我用**耐心和时间**攻下的要塞比卡敏斯基多，并且逼得土耳其人吃马肉。”他摇摇头。“我还要叫法国人吃马肉！我说到做到！”库图佐夫情绪激动，拍拍胸脯说，“我要叫他们吃马肉！”他的眼睛里又含着泪水。

“那么，我们要不要应战呢？”安德烈公爵问。

“要应战，如果大家都这样希望，那是无可奈何的……但你要知道，好孩子，没有比**耐心和时间**更厉害的武器了。有了**耐心和时间**，什么事都能办到，可是谋士们听不进去，糟就糟在这里。有人要打，有人不要打。怎么办呢？”他问，显然在等待回答。“你说该怎么办？”他又问，眼睛里闪出深邃和智慧的光芒。“我告诉你该怎么办。好孩子，犹豫不决的时候，先看一看，我现在就是这么办。”他字斟句酌地说。

“那么，再见了，好朋友！我衷心同情你的不幸。对你来说，我不是总座，不是公爵，不是总司令，我是你的父亲。你有什么事，尽管来找我。再见了，好孩子。”库图佐夫又拥抱安德烈，亲了亲他。安德烈公爵还没走出门，库图佐夫就放心地舒了一口气，又拿起没有读完的让理夫人的小说《天鹅骑士》来。

安德烈公爵同库图佐夫会面后回到团里，他对大局和受委托指挥大局的人感到放心。怎么会有这样的心情，他自己也说不出来。安德烈公爵越清楚地看到这位老人没有私心，仿佛缺乏归纳事件、作出结论的智慧，只有易动感情的习惯，以及善于静观事态发展的能力，他就越感到放心，越相信一切都会安排妥当。“他没有什么个人的东西。他不作任何计划，不采取任何措施，”安德烈公爵想，“但他听取各种意见，记住各种事情，把一切都安排妥当，不阻碍任何好事，也不放过任何坏事。他懂得有一种东西比他的意志更强大更重要，那就是事态的必然规律。他善于看到事态的发展，善于理解它们的意义，因此不干预这些事，并能放弃个人意志，改变初衷。大家信任他，主要因为他是个俄国人，尽管他读让理夫人的法国小说，说法国成语，而当他说‘都弄成什么样子了’时，声音发抖；说‘我要叫他们吃马肉’时，他呜咽。”

库图佐夫出任总司令，虽违反朝廷意志，却获得人民的普遍拥护。就是出于这种模模糊糊的感情。

17

自从皇帝离开后，莫斯科一切恢复正常。城里生活如旧，使人很难想起一度高涨的爱国热情，很难相信俄国真的处境危险，还有英国俱乐部成员也是愿意奉献一切的祖国好儿子。唯一使人想起皇帝驾临莫斯科时爱国热情高涨一事的，是号召有人出人、有钱出钱，而这一号召立刻得到响应，成为非实行不可的法令。

随着敌人的逼近，莫斯科人看待自己的处境不仅没有变得严肃些，相反变得更轻率了。人们眼见大祸临头时往往是这样的。每逢大祸临头，人的心里总会响起两个同等强烈的声音：一个声音非常理智地说，人应该考虑自己处境的危险和避免危险的方法；另一个声音更加理智地说，要预见一切和逃避大势是非人力所能及的，因此面临危险时还是别去想它，否则太痛苦，还是多想想快乐的事为好。单身独处，人往往听从第一种声音；众人群处，人往往听从第二种声音。现在的莫斯科居民就是这样。在莫斯科，人们好久没有像今年这样欢乐了。

拉斯托普庆的传单上画着一家酒店、一个酒店掌柜和莫斯科小市民卡尔普施卡，**他加入民团，在酒店里多喝了几杯，听说拿破仑要进攻莫斯科，不禁大发雷霆，把法国人都臭骂一顿，走出**

酒店，在鹰徽下向集合的民众说话。这份传单像华西里·普希金[1]的打油诗一样被人们传阅和议论着。

俱乐部的角房里聚集了许多人，都在读这些传单。有些人很欣赏卡尔普施卡这样取笑法国人，他说：**法国人要被大白菜撑破肚子，要被麦片粥撑死，要被菜汤噎死，说他们都是矮子，一个婆娘能用草叉挑起他们三个**。有些人不赞成这种腔调，说这种话太粗鲁、太愚蠢。据说，拉斯托普庆不仅把法国人，甚至把所有的外国人都赶出莫斯科，其中有拿破仑的间谍和奸细；但说这种话的目的，主要是借此复述拉斯托普庆驱逐他们时说的俏皮话。外国人被装船送到下城，拉斯托普庆当时用法语对他们说：“*你们要老老实实坐在这条船上，别让它成为你们去阴间的摆渡船。*”据说，政府衙门都已撤出莫斯科，申兴就借此开玩笑说，单为这件事莫斯科就该感谢拿破仑。据说，马蒙诺夫为他的团花费了八十万卢布，皮埃尔花在民团上的钱更多，但最精彩的是他将穿上军装，骑上马，走在民团前面，而且免费让人观赏。

“您总是不饶人。”裘丽说，同时用她那戴满戒指的纤细手指撕着裹伤用的绒布。

裘丽第二天就要离开莫斯科，此刻正在举行告别晚会。

“*皮埃尔这人是挺可笑，可他是那么善良和气。何必这样挖苦他呢？*”

“罚款！”一个穿民团军服的青年说。他被裘丽称为“*我的骑士*”，并将陪她去下城。

裘丽的圈子，也像莫斯科许多社交团体那样，规定只许说俄语，谁要是违反规定说了法语，就要罚款给捐献委员会。

---

1 华西里·普希金（1770—1830），俄国诗人，大诗人亚历山大·普希金的伯父，著有讽刺诗和寓言。

"说话法国腔也要罚款，"客厅里有位俄国作家说，"俄语不说'乐于'这个词。"

"您总是不饶人，"裘丽不理作家的话，继续对民团军官说。"我说挖苦是我的不是，我认罚，但为了享受说实话的快乐，我情愿再受罚；不过避免法国腔我可办不到。"她对作家说。"我既没有钱，也没有时间，可以像高里岑公爵那样请个教师来教俄语。哦，他来了，"裘丽说。"说到……不，不！"她对民团军官说，"您别尽挑岔子。真是说到太阳，太阳光就到，"她亲切地对皮埃尔笑着说。"我们刚说到您哪，"裘丽用社交场中女人特有的说谎本领说，"我们说，您的团一定比马蒙诺夫的团还要好。"

"哦，别提我的团了！"皮埃尔回答，吻吻女主人的手，在她旁边坐下，"它弄得我烦死了！"

"您一定要亲自指挥这个团吧？"裘丽调皮地同民团军官交换了一个嘲弄的眼色，说。

民团军官当着皮埃尔的面不再那么挖苦人了，他对裘丽的笑容感到迷惑不解。虽然皮埃尔心地善良而又魂不守舍，但他的高尚人品使人不敢当面嘲弄他。

"不，"皮埃尔望着自己胖大的身子，含笑回答，"我很容易成为法国人的目标，而且我怕爬不上马……"

在谈话时，裘丽家人谈到了罗斯托夫家。

"据说，他们的事情很糟，"裘丽说，"伯爵本人真是糊涂。拉祖莫夫斯基家要买他的房子和莫斯科郊区的庄园，可是这事一直拖着。他要价太高。"

"不，这笔买卖最近就可以成交，"有人说，"虽然现在莫斯科人置办产业简直就像发疯。"

"为什么？"裘丽问，"难道您认为莫斯科的形势确实很危险吗？”

“那您为什么要走？”

“我吗？问得真怪。我走，因为……因为大家都走，再说我又不是贞德，也不是亚马孙人[1]。”

“喂，再给我一些碎布。”

“他要是会经营，早就把债都还清了！”民团军官又谈到罗斯托夫伯爵。

“老头儿人挺好，可就是太不中用。他们为什么要在这里待这么久呀？他们早就要回乡下去了。娜塔莎现在身体康复了吗？”裘丽弦外有音地微笑着问皮埃尔。

“他们在等小儿子，”皮埃尔说，“他参加了奥勃仑斯基的哥萨克团，去了白采尔科维。团是在那里成立的。如今他被调到我的团里，他们天天都在等他回来。伯爵早就想回乡下去，可是儿子不回来，伯爵夫人说什么也不肯离开莫斯科。”

“前几天我在阿尔哈罗夫家见到他们。娜塔莎又显得很漂亮很快活了。她唱了一首抒情歌曲。有些人多么容易把事情忘记啊！”

“忘记什么啦？”皮埃尔不高兴地问。裘丽微微一笑。

“我说，伯爵，像您这样的骑士只有在苏萨夫人[2]的小说里才找得到。”

“什么骑士？您这是什么意思？”皮埃尔红着脸问。

“哦，得了吧，亲爱的伯爵，这事整个莫斯科都知道。说实话，您真使我感到惊讶。”

“罚款！罚款！”民团军官叫道。

---

1 据古希腊神话，黑海沿岸英勇好战的女部落叫亚马孙人。

2 苏萨夫人（1761—1836），法国女作家，她的小说十九世纪初一度在俄国很流行。

“行啦！这样叫人无法说话了，真泄气！”

“整个莫斯科，这是什么意思？”皮埃尔怒气冲冲地插嘴问。

“得了吧，伯爵。您自己明白！”

“我什么也不明白。”皮埃尔说。

“我知道您同娜塔莎好，因此……可我一向同薇拉更好。那个可爱的薇拉！”

“不，夫人，”皮埃尔不高兴地继续说，“我根本就没有想到当娜塔莎小姐的骑士，我快一个月没去他们家了。但我不明白这样冷酷……”

“真所谓欲盖弥彰。”裘丽含笑说，同时挥动绒布。为了不再让对方反驳，她立刻改变话题。“哦，我今天听到一个消息：可怜的玛丽雅公爵小姐昨天到了莫斯科。您知道吗？她父亲去世了。”

“真的吗？她在哪里？我很想见见她。”皮埃尔说。

“我昨天晚上同她在一起。不是今天就是明天早晨，她要带侄儿去莫斯科郊区的庄园。”

“她怎么样？”皮埃尔问。

“还好，但很伤心。您知道是谁救了她吗？简直是一个浪漫故事。是尼古拉·罗斯托夫。她被包围了，有人要杀她，她的仆人都被打伤了。他冲进去，把她救了出来……”

“又是一个浪漫故事，”民团军官说，“这次全民逃难，就是要使所有的老姑娘都嫁人。卡蒂奇是一个，玛丽雅公爵小姐又是一个。”

“不瞒您说，我真的认为她有点儿爱上那青年了。”

“罚款！罚款！罚款！”

“这句话俄语该怎么说？……”

18

皮埃尔回到家里，接到拉斯托普庆当天签署的两张公告。

第一张公告说，拉斯托普庆伯爵禁止人们离开莫斯科的传闻纯属谣言，正好相反，拉斯托普庆伯爵对贵族妇女和商人妻子离开莫斯科感到高兴。“镇定沉着可以减少流言蜚语，”公告里说，“但我敢用生命担保，那个匪首绝对进不了莫斯科。”这句话第一次清楚地向皮埃尔表示，法国人将进入莫斯科。第二张公告说，我们的总司令部设在维亚兹马，维特根施泰因伯爵打败了法国人，但因莫斯科许多居民愿意武装起来，军器库已为他们准备了武器：刀、手枪、步枪，居民可以廉价买到这些武器。传单的语气已不像以前他在奇吉林谈话时那样俏皮。皮埃尔仔细研究这两张公告。他全心等待着但又感到恐惧的暴风雨的乌云显然已经临近了。

“参军服役呢，还是再等等？”皮埃尔上百次地问自己。他从桌上拿起一副牌，摆起牌阵来。

“要是这副牌能通过，”皮埃尔洗过牌，把牌拿在手里，眼睛望着上方自言自语，“要是能通过，那就表示……表示什么？……”他还没来得及解答，就听见大公爵小姐在门外问可不可以进来。

“那就表示我应该参军。”皮埃尔自己回答。“进来，进来！”他回答公爵小姐说。

现在只有长腰身、板着脸的大公爵小姐仍住在皮埃尔家里；两个小公爵小姐都已出嫁。

“对不起，表弟，我来找您，”她用责备的语气激动地说，“我说，我们总得拿个主意啊！老是这样算什么？人家都离开莫斯科了。老百姓在闹事。我们留在这里干什么？”

“正好相反，表姐，我觉得平安无事。”皮埃尔用惯常的戏谑口吻说。他是公爵小姐的恩人，但这样的身份常使他感到不快。

“哼，平安无事……好一个平安无事！今天华尔华拉告诉我，我们的军队立了功。这确实是他们的光荣。老百姓都造反了，谁的话也不听，连我的使女都蛮不讲理。照这样下去，眼看他们都要动手打我们了。现在不能上街。主要是法国人不是今天就是明天就会到来，我们还等什么呀！我有一件事求您，表弟，”公爵小姐说，“您派人把我送到彼得堡去，尽管我这人微不足道，我可不能在拿破仑统治下过日子啊。”

“别说了，表姐，您这是从哪儿来的消息？正好相反……”

“我不会向您的拿破仑投降的。别人高兴怎么样就怎么样……您要是不肯帮忙……”

“哦，我会办的，我这就吩咐他们办。”

公爵小姐显然因为找不到发火的对象而恼怒。她嘴里嘀咕着，在椅子上坐下来。

“但您得到的消息不可靠，”皮埃尔说，“城里太太平平，没有一点危险。喏，我刚才读了……”皮埃尔把公告递给公爵小姐看。“拉斯托普庆伯爵用生命担保，决不让敌人进莫斯科。”

“哼，您那个伯爵老爷！”公爵小姐怒气冲冲地说，“他是个伪君子，是个恶棍，是他挑动老百姓起来闹事的。还不是他那些愚蠢的公告上写到，不论谁都要被揪住头发送去坐牢？您瞧，多么愚蠢！他说，谁要是能抓住他，荣誉就属于谁。您瞧，多么肉麻！华尔华拉说，她因为说法语差点儿被老百姓打死……”

“我看哪……您这人什么事都往心里去。”皮埃尔说，动手摆牌阵。

尽管通关通过了，皮埃尔还是没去参军而仍留在居民撤走的莫斯科，依旧那么又激动，又迟疑，又恐惧，又欢喜地等待着什么可怕的事。

第二天傍晚，公爵小姐走了。皮埃尔的总管来向他报告，要是不卖掉一处庄园，就筹不出装备一个团的费用。总管明确对皮埃尔说，筹建这样一个团会使他倾家荡产的。皮埃尔听着总管的话，好容易才忍住笑。

“嗯，卖吧！”他说，“有什么办法呢？我总不能打退堂鼓啊！”局势越恶劣，尤其是他的家境越糟，他就越高兴，他所等待的灾难也越近。在城里，皮埃尔几乎已没有一个熟人。裘丽走了，玛丽雅公爵小姐也走了。皮埃尔的熟人中只有罗斯托夫一家没有走，但皮埃尔也没去看望他们。

那天，皮埃尔为了散散心，到伏隆卓伏村去观看雷比赫为消灭敌人而制造的大气球[1]，这个试验性大气球将在明天升空。这个气球还没有完工，但皮埃尔知道是奉皇帝圣旨制造的。皇帝曾为这个气球给拉斯托普庆伯爵写了这样一封信：

1 当拿破仑大军逼近斯摩棱斯克时，荷兰人斯密特（又名弗朗茨·雷比赫）向莫斯科总司令建议制造一个装有炮弹的大气球，得到俄国皇帝支持，这一建议被接受后，就在离莫斯科六俄里处试制，但未成功。

雷比赫一旦完工，立刻组织一队聪明可靠的人做他气球的乘客，并派专使通知库图佐夫将军。此事我已告诉过他。

请叮嘱雷比赫千万注意他首次降落的地点，以免失误落入敌手。他的行动必须配合总司令的行动。

皮埃尔从伏隆卓伏村乘车回家，路过鲍洛托广场，看见宣谕台[1]前围着一群人，就下了车。原来是一个被控犯间谍罪的法国厨子正在受鞭刑。鞭刑刚结束，行刑兵正把一个穿绿上衣和蓝袜子、留棕色络腮胡子、不断惨叫的胖子从行刑凳上解下来。另一个消瘦苍白的罪犯站在旁边。从脸型上看，两个都是法国人。皮埃尔脸色也像那个瘦法国人一样又恐惧又痛苦，他往人群里挤去。

“什么事？他是什么人？为了什么？”皮埃尔问。但人群——官吏、小市民、商人、农民、身披斗篷和身穿皮大衣的女人——都全神贯注地凝视着宣谕台上发生的事，谁也没有理他。那胖子爬起来，皱着眉头，耸耸肩膀，显然想装得很坚强，不看周围的人群，动手穿上衣服；但他的嘴唇突然颤动起来，他哭了，同时又生自己的气，就像一般多血质的人那样。人群大声谈着话，皮埃尔觉得他们这是借此克制怜悯之情。

“他是一位公爵家的厨子……”

“行，先生，让法国佬尝尝俄国酱油的味儿……涩嘴的呀！”一个站在皮埃尔旁边、满脸皱纹的小官员看见法国人哭起来，说。小官员环顾了一下，显然等着人家欣赏他的俏皮话。有些人笑起来，有些人仍恐惧地望着正在脱另一个人衣服的行刑手。

皮埃尔沉重地喘着气，皱起眉头，慌忙转过身，向马车走

1 当时是莫斯科宣读圣谕和行刑的地方，离红场不远。

去，一边走，一边不断地咕哝着，直到跳上马车。半路上，他几次沉重地抖动身子，高声叫嚷，车夫忍不住问他：

“您吩咐什么？”

“你这是上哪儿去啊？”皮埃尔怒斥向鲁比扬卡街赶去的车夫。

“您吩咐过要去总司令家。”车夫回答。

“傻瓜！畜生！”皮埃尔骂车夫——这在他是很难得的。“我说回家。快一点儿，笨蛋……我今天就得走！”皮埃尔自言自语。

皮埃尔看到受刑的法国人和宣谕台周围的人群，打定主意不再留在莫斯科，当天就去参军。他认为，这事他已对车夫说过，或者车夫自己应该知道。

皮埃尔回到家里，就吩咐叶夫斯塔斐耶维奇，他那个无所不知、无所不能、闻名全莫斯科的车夫头，说他今夜就去莫扎依斯克参军，先把他的坐骑送到那里。这一切当天是办不成的，照叶夫斯塔斐耶维奇看来，皮埃尔得把行期推迟一天，这样才来得及把替换的马先送走。

二十四日，雨后初晴，皮埃尔午饭后离开莫斯科。当夜在彼尔胡施科伏换马的时候，皮埃尔知道那天晚上打了一场大仗。据说，在这里，彼尔胡施科伏，地面都被大炮轰得震动了。皮埃尔问哪一方打胜了，没有人能回答（这是二十四日舍瓦尔季诺村之战）。第二天破晓，皮埃尔来到莫扎依斯克。

莫扎依斯克的房子都住了军队。在马夫和车夫迎接皮埃尔的旅店里也没有空房间，全住了军官。

在莫扎依斯克和莫扎依斯克外围，到处有军队驻扎和路过。到处都是哥萨克、步兵、骑兵、大车、弹药车和大炮。皮埃尔匆匆往前赶路，他离开莫斯科越远，越深入军队的海洋，就越感到焦躁不安，越觉得心里有一种从未有过的欢乐。这有点像他在斯洛博达宫期待皇帝驾临时的心情，他觉得他必须有所作为，有所奉献。如今他快乐地意识到，人类的一切幸福：生活享受、财富，甚至生命本身，比起那个东西来，都是微不足道的……至于那个东西究竟是什么，皮埃尔弄不清楚，也说不出。他乐于牺牲一切，究竟是为了谁，为了什么。他对为之牺牲的东西并不感兴趣，但牺牲本身在他却是一件新鲜的乐事。

19

二十四日，舍瓦尔季诺多面堡附近发生战斗；二十五日，双方都没有开火；二十六日，发生了鲍罗金诺战役。

舍瓦尔季诺战役和鲍罗金诺战役为什么发生，一方怎样挑起，另一方又怎样应战？鲍罗金诺战役怎么会发生的？这次战役对法国人和对俄国人都毫无好处。它的直接后果，对俄国人来说，就是更接近莫斯科的毁灭（这是我们最害怕的事），而对法国人来说，就是更接近全军覆没（这是他们最害怕的事）。这个后果当时是一清二楚的，但拿破仑还是发动了那次战役，库图佐夫也应了战。

如果两位统帅当时都头脑冷静的话，拿破仑就该明白，大军深入两千俄里，冒着牺牲四分之一军力的危险，他必然走向灭亡；库图佐夫同样应该明白，他悍然应战，也冒着牺牲四分之一军力的危险，他定会失掉莫斯科。对库图佐夫来说，这事像数字一样清楚，好像下跳棋，我比对方少一个子，我就不能拼，否则准输无疑，因此不应该拼。

如果对方有十六个子，而我只有十四个，那我只比他弱八分之一；但我要是拼掉十三个子，对方就比我强三倍。

在鲍罗金诺战役以前，我们的力量同法国人力量的对比大约是五比六，战役以后，就变成一比二了。换句话说，战役前是十万对十二万，而战役以后，则是五万对十万。然而，精明老练的库图佐夫却应了战。拿破仑呢，这个被称为天才的统帅，发动了战役，损失四分之一的军队，并把战线拉得更长。有人说，他占领莫斯科就像占领维也纳那样，可以结束战事，其实有许多证据正好相反。拿破仑的御用史学家说，他从斯摩棱斯克出发，就想停止前进，他懂得拉长战线的危险，占领莫斯科并不能结束战争，因为从斯摩棱斯克起他就看到遗弃给他的俄国城市的情景，他一再表示愿意谈判，但没有得到任何答复。

库图佐夫和拿破仑，在鲍罗金诺，一个挑战，一个应战，都出于无奈，都毫无意义。后来的史学家面对既成的事实，却还要狡猾地证明统帅的天才和预见，其实统帅只是历史的工具，是身不由己的奴隶。

古人留给我们一些典型的英雄史诗，在那里，英雄人物成了历史的中心。这类历史对现代人并没有意义，但我们还不能习惯这样的观点。

至于鲍罗金诺战役和这之前的舍瓦尔季诺战役是怎样发生的，对这个问题也存在着尽人皆知的十分荒谬的观点。史学家都是这样描写的：

俄军在撤离斯摩棱斯克后一直在找寻最有利于大会战的阵地，结果找到了鲍罗金诺。

俄军在莫斯科到斯摩棱斯克大道左侧，与大道几乎呈直角，从鲍罗金诺到乌基察，也就是会战的地方，事先设了防。

在这一阵地前面，为了观察敌人，在舍瓦尔季诺土岗上建立了设防的哨所。二十四日，拿破仑攻击哨所，加以占领；二十六日，他就向驻在鲍罗金诺战场上的全部俄军发动了进攻。

史书上都这样说，而这是完全错误的。凡是愿意弄清事实真相的人都很容易明白这一点。

俄军没有找寻更好的阵地，相反，他们在撤退时放弃过许多比鲍罗金诺好的阵地。他们没有在其中任何一处停留，因为库图佐夫不肯接受不是他自己选择的阵地，因为民众要求会战的愿望表现得还不够强烈，因为米洛拉多维奇还没有率民团赶到，还有其他数不清的原因。事实是，以前的几处阵地都比鲍罗金诺阵地（会战的地方）强，鲍罗金诺阵地不仅不强，而且比大头针在俄罗斯帝国地图上任意钉下的随便哪一个地方都差。

俄军不仅没有在左边与大路呈直角的鲍罗金诺阵地（也就是会战的地方）设防，而且在一八一二年八月二十五日以前从未想到战事会在这里发生。证据是，第一，二十五日前这里不仅没有工事，而且二十五日开始构筑的工事到二十六日还没有完成；第二，舍瓦尔季诺多面堡的情况也可以做证，因为舍瓦尔季诺多面堡设在会战点之前，那就毫无意义。为什么要把这个多面堡筑得比其他几个点更坚固呢？为什么要竭尽全力，牺牲六千人，把它一直守卫到二十四日深夜呢？侦察敌情，只要一个哥萨克侦察班就足够了。第三，会战的地点是没有预料到的，舍瓦尔季诺多面堡不是那个阵地的前哨。再有，巴克莱·德·托里和巴格拉基昂在二十五日以前还坚信，舍瓦尔季诺多面堡是阵地的左翼，而库图佐夫自己在战后仓促写成的报告中，也把舍瓦尔季诺多面堡称作阵地的左翼。好久以后，在从容不迫地编写鲍罗金诺会战的报告时（大概是要为一贯正确的总司令所犯的错误辩解），竟捏造出荒诞离奇的说法：舍瓦尔季诺多面堡是前哨（其实只是左翼的一个设防点），我们是在事先选定的设防阵地上应战的，其实会战是在完全没料到的几乎不设防的地方发生的。

实际情况显然是这样的：阵地选在柯洛察河畔，这条河穿过大路不是呈直角，而是呈锐角，因此左翼在舍瓦尔季诺，右翼在新村附近，中心在鲍罗金诺，在柯洛察河与伏依纳河汇合的地方。凡是观察鲍罗金诺战场，忘记这次会战是怎样进行的人都会认为，选择这个在柯洛察河掩护下的阵地，目的是要阻止敌军沿斯摩棱斯克大道向莫斯科推进。

二十四日，拿破仑骑马来到瓦卢耶瓦，但没有看见（历史上这么说）从乌基察到鲍罗金诺的俄军阵地（他不可能看见这个阵地，因为它是不存在的），也没有看见俄军的前哨，但在追赶俄军后卫时，在舍瓦尔季诺多面堡碰上了俄军左翼，并且出乎俄国人的意料，命他的军队渡过柯洛察河。俄军来不及进入大会战，左翼撤出他们打算固守的阵地，转移到一个计划外的没有设防的新阵地。拿破仑来到柯洛察河左岸，大道左边，他把未来的大会战从右边移到左边（从俄军方面看），并把会战地点安排在乌基察、谢苗诺夫斯科耶和鲍罗金诺之间（这地方作为双方对阵处并不比俄国任何其他地方有利）。二十六日的大会战就发生在这里。

如果拿破仑没在二十四日晚上骑马去柯洛察河畔，并下令立即攻击多面堡，而在第二天早晨开始进攻，那么，谁也不会怀疑舍瓦尔季诺多面堡会成为我们阵线的左翼，会战就会照我们预期的那样进行。这样，我们准能更顽强地守卫舍瓦尔季诺多面堡，保护左翼；我们就能从中央和右翼攻击拿破仑，而二十四日的大会战就会在设防的预期阵地上展开。但由于敌军进攻我们的左翼，就发生在我们后卫撤退后的晚上，也就是紧接着格里德涅瓦会战之后；同时由于俄军指挥官不愿或来不及在二十四日晚上投入会战，鲍罗金诺会战初期与主要关节在二十四日就输了，这显然也导致二十六日大会战的失败。

舍瓦尔季诺多面堡失守后，二十五日早晨，我们发现左翼没有防线，不得不收回左翼，随便找个地方临时设了防。

不过，八月二十六日，俄国军队不仅只有未完成的薄弱工事作掩护，而且，俄国指挥官不肯承认既成事实（左翼阵地失守，未来战场整个自右向左移动），仍维持他们从新村到乌基察的长条形阵地，结果不得不把自己的军队及时自右向左移动，这样就使形势更加不利。因此，在全部战斗中，俄军只能用相当于敌军一半的兵力来对付向我们左翼进攻的法军（波尼亚托夫斯基对乌基察的进攻，以及乌瓦罗夫对法军右翼的攻击，都是同会战无关的单独军事行动）。

因此，鲍罗金诺战役绝不是像史学家所描写的那样（他们竭力掩饰俄军指挥官的错误，结果就损害俄国军队和人民的荣誉）。鲍罗金诺战役并非以俄军稍弱的兵力，在经过选择的设防阵地上进行的。鲍罗金诺战役是在舍瓦尔季诺多面堡失守后，俄军以只有法军一半的人力，在几乎不曾设防、没有掩护的阵地上进行的，也就是说，在这样的条件下，不仅连续作战十小时并使战斗不分胜负是不可思议的，就连坚持三小时战斗而不全军覆没和溃逃也是不可思议的。

20

二十五日早晨，皮埃尔离开莫扎依斯克。他在陡峭崎岖的山坡上下了车，徒步前进。那条山路通往城里，路的右边有一座大教堂，教堂里钟声当当，正在做礼拜。有一个骑兵团在他后面下山，团的歌咏队走在前面。一队大车迎面赶上山来，车上载着昨天在战斗中挂彩的伤员。赶车的农民吆喝和鞭打着他们的马，不断从这边跑到那边。每辆大车上躺着和坐着三四名伤员。大车在陡峭的石头山路上颠簸着。伤兵包着破布，脸色苍白，嘴唇紧闭，眉头紧蹙，双手抓住横木，在车上摇晃着，互相碰撞着。几乎每个伤兵都怀着天真的好奇心，望着皮埃尔的白色礼帽和绿色礼服。

皮埃尔的车夫怒气冲冲地对着伤兵大车吆喝，要他们靠边走。骑兵团唱着歌直冲着皮埃尔的轻便马车下山，把道路堵住了。皮埃尔被挤到山路边上停下。阳光被山坡挡住，还没照到道路深处，这里又阴冷又潮湿；但皮埃尔的头上却是灿烂的八月骄阳，空中荡漾着教堂的快乐钟声。有一辆伤兵车紧靠着皮埃尔停在路边。穿树皮鞋的车夫上气不接下气地跑到自己那辆车旁，把一块石头垫在没有轮胎的后轮下，动手整理马的皮带。

一个负伤的老兵吊着一条手臂跟在车子后面，用他那只完好的手抓住车子，回头向皮埃尔瞅了一眼。

“喂，老乡，是不是要把我们撂在这里？还是送到莫斯科去？”他问。

皮埃尔正在沉思，没听见问话。他时而望望迎着伤兵车走来的骑兵团，时而瞧瞧身边的大车，车上坐着两个伤兵，躺着一个伤兵，仿佛能从他们身上找到他所关心的问题的答案。坐在大车上的一个兵大概脸颊上受了伤，整个脑袋都用破布包扎着，一边腮帮肿得有小孩的头那么大。他的嘴和鼻子歪在一边。这个兵望着教堂，画了个十字。另一个是半大孩子的新兵，头发淡黄，皮肤白净，白嫩的脸上没有一点血色，带着呆滞的微笑望着皮埃尔。第三个伤兵趴在车上，因此看不见他的脸。骑兵团的歌手正走过这辆伤兵车。

“唉，顽强的汉子……不见了……”

“住在异国他乡……”他们唱着士兵的歌曲。空中荡漾着当当的钟声，仿佛在用另一种欢乐响应他们。灼热的阳光倾泻在山坡顶上，也增加了欢乐的气氛。但在停着伤兵车的山坡底下，在皮埃尔附近喘气的马匹旁边，却是又潮湿，又阴暗，又悲惨。

脸颊肿起的士兵怒气冲冲地望着骑兵歌手。

“哼，公子哥儿！”他责骂道。

“如今不仅有士兵，还有农民！农民也被赶上战场了，”站在车旁的士兵苦笑着对皮埃尔说，“如今大家都一样……他们动员全民。一句话，为了莫斯科，他们要拼到底。”尽管那兵口齿不清，皮埃尔还是明白他的意思，就赞同地点点头。

道路通了，皮埃尔下了山，继续乘车前进。

皮埃尔一边走，一边望着道路两边，找寻着熟人，但到处只看见各兵种的陌生军人，他们都惊讶地瞧着他的白色礼帽和绿色礼服。

他走了四俄里光景，终于遇见一个熟人，就高兴地招呼他。这熟人是一位高级军医。那军医坐着一辆篷车向皮埃尔迎面驶来，他旁边还有一个青年医生。他一认出皮埃尔，就吩咐坐在驭座上的哥萨克停下来。

“伯爵！大人怎么来到这里？”军医问。

“啊，想来瞧瞧……”

“对，对，是有点什么可瞧的……”

皮埃尔下了车，站住，跟军医攀谈起来，对他说自己想参加作战。

医官劝他直接去找总司令。

“唉，在会战的时候天知道您该待在哪里，谁也不知道，”军医和青年同行对看了一眼，说。“总司令毕竟知道您，他会亲切地接待您的。我看，老兄，就这么办吧。”军医说。

军医显得疲劳而焦急。

“您这样想吗……我还想问您一下，阵地到底在哪里？”皮埃尔问。

“阵地吗？”军医说，“这可不是我分内的事。您到塔塔利诺瓦去，那里有许多人在挖战壕。您爬上那个土岗就看得见了。”

“从那儿看得见吗？……您要是……”

但军医打断他的话，转身向马车走去。

“我真想陪您去，真的，可是（军医在喉咙口比画了一下，表示忙得不可开交）我现在要到军长那儿去。我们的情况怎么样？……您知道，伯爵，明天会战就要开始：十万大军估计至少有两万负伤，可是我们的担架、病床、医生、护士连六千人都不够用。大车倒是有一万辆，但还需要别的东西，只能对付着办啦。”

这几万名老老少少、身强力壮的人此刻正好奇地打量着他的帽子，他们中间有两万人注定要负伤或者阵亡——这个古怪的念头不禁使皮埃尔感到震惊。

“他们说不定明天就会死去，除了死，他们何必再考虑别的事呢？”由于一种古怪的联想，他生动地想象着莫扎依斯克的山坡、载着伤员的大车、教堂的钟声、太阳的斜晖和骑兵的歌声。

“骑兵去战斗，路上遇见伤员，可是他们根本没想到他们自己的前途，只向伤员挤挤眼走过去。他们中间有两万人注定要死，可是他们却对我的帽子发生兴趣！真怪！”皮埃尔想着，继续往塔塔利诺瓦前进。

路左边有一所地主的邸宅，旁边停着许多马车、辎重车，站着几个勤务兵和哨兵。总司令的行辕就设在这里。不过，皮埃尔来的时候总司令正好不在，司令部里几乎一个人也没有。大家都到教堂做礼拜去了。皮埃尔就向果尔基走去。

皮埃尔上了山，来到一条不大的村街上，第一次看见身穿白衬衫、帽上有十字架的民团农民。他们兴高采烈，大声说笑，在路右边野草丛生的大土岗上干活，个个满头大汗。

有人用铁铲挖土，有人用手推车沿跳板运泥，有人站在那里什么事也不干。

两个军官站在土岗上指挥他们干活。皮埃尔看见那些农民对他们的新职显然很感兴趣，他又想起莫扎依斯克的伤兵，这时他突然明白了那个兵说的话：他们**动员全民**。这些在战场干活的大胡子农民、他们脚上笨重古怪的靴子、热汗淋漓的脖子、有些人解开衬衫斜领露出的晒黑的锁骨，这些景象使皮埃尔比所见所闻更强烈地感受到此时此刻的庄严和重要。

21

皮埃尔从马车上下来，经过干活的农民旁边，爬上土岗。军医告诉他，从那里可以看见战场。

这时大约上午十一点。太阳高悬在皮埃尔的左后方，通过纯净清洁的空气，照亮浮现在他面前像露天圆剧场那样的全景。

斯摩棱斯克大道，穿过前面五百步外有白色教堂的村庄（这就是鲍罗金诺），蜿蜒在这圆剧场的左上方，把它分割开来。这条大道经过村外的一座桥，穿过山坡，不断向上伸展，直到六俄里外瓦卢耶瓦村（现在拿破仑就驻扎在这里）。过了瓦卢耶瓦村，大道就没入地平线那边叶子发黄的树林里。在这座白桦和云杉林里，大道右边，柯洛察修道院遥远的十字架和钟楼在阳光下熠熠发亮。在苍茫的远方，在树林和大道右边和左边，可以看到一堆堆冒烟的篝火，以及模糊不清的敌我双方的军队。右边，在柯洛察河和莫斯科河流域多半是丘陵和峡谷。在远处峡谷间，远远地可以看见别祖波伏村和扎哈林诺村。左边地势比较平坦，都是庄稼地，还看得见正在焚烧冒烟的谢苗诺夫村。

皮埃尔看到两边的一切都朦朦胧胧，因此原野左右的景色没有给他明确的印象。那里没有他希望看到的战场，只有田野、草地、军队、树林、篝火的烟、村庄、丘陵和小河。不论皮埃尔怎样用心观察，他都不能在这个有生命的地方找到阵地，甚至不能分清我军和敌军。

“得问问了解情况的人。”他想着，问一个军官，那个军官正好奇地打量着他那不像军人的胖大身体。

“请问，”皮埃尔对军官说，“前面的村子叫什么？”

“布尔季诺，是不是？”那军官问同伴说。

“鲍罗金诺。”同伴纠正他说。

军官看到有机会说话，显然很高兴，就向皮埃尔走近一步。

“那里是我们的人吗？”皮埃尔问。

“对，但再过去就是法国人了，”军官回答，“喏，他们在那里，看得见。”

“哪里？哪里？”皮埃尔问。

“肉眼看得见。喏，您瞧，您瞧！”军官指指河对岸左边的浓烟，脸上现出严肃庄重的神色。这种神色皮埃尔在许多人脸上都见到过。

“哦，那是法国人！那么那边呢？……”皮埃尔指指左边的土岗，那一带有军队。

“这是我们的军队。”

“哦，我们的军队！那么那边呢？……”皮埃尔指指远处另一个土岗，岗上有一棵大树，旁边峡谷里有个村庄也在冒烟，还有一样黑魆魆的东西。

“那又是**他们**，”军官说，（这是舍瓦尔季诺多面堡。）“昨天还是我们的，今天可是他们的了。”

“那么我们的阵地呢？”

“阵地？”军官得意洋洋地说，“这事我可以明确告诉您，因为我们的工事差不多都是我造的。您瞧，我们的中心鲍罗金诺就在这地方。”他指指前面有白教堂的村庄，“那是柯洛察河的渡口。那里，您瞧，那堆着一行行干草的地方，那里有一座桥。那是我们的中心。我们的右翼就在那里，”他向右指指峡谷远处，“那是莫斯科河，我们在那里造了三座坚固的多面堡。左翼……”军官说到这里停住了。“老实说，这事很难给您讲清楚……昨天我们的左翼在那里，在舍瓦尔季诺，您看，那里有一棵栎树；可现在我们撤回左翼，您瞧，看见那边的树和浓烟吗？那是谢苗诺夫村，就在那个地方。”他指指拉耶夫斯基土岗。“这里未必会发生战斗。**他们**把军队调到这里来，这是诡计；**他们**多半要从莫斯科河右边绕过去。嗯，不论在什么地方打，明天肯定要损失好多人！”军官说。

一个上了年纪的军士在军官说话时走到他旁边，默默地等他把话说完，但这时他对军官的话显然很不满，就插嘴说：

“该去取土筐了。”他严厉地说。

军官仿佛有点窘，仿佛省悟到，他可以想到明天会损失许多人，但不能说出来。

“嗯，那就再派三连去吧！”军官赶紧说。

“那么，您是谁，是不是军医？”

“不，我是路过的。”皮埃尔回答。皮埃尔说着下山去，又从民兵旁边走过。

“哼，该死的！”军官跟在他后面，捂着鼻子从干活的人旁边跑过。

“瞧，他们来了！……抬着圣母娘娘来了……你瞧……马上就到……”传出了嘈杂的人声。军官、士兵和民兵都沿着大路跑去。

一队神职人员从鲍罗金诺走上山来。在尘土飞扬的大路上，步兵光着头，倒背着枪，整齐地领头走着。步兵后面响起教堂唱诗班的歌声。

士兵和民兵光着头赶过皮埃尔，前去迎接。

“把圣母娘娘抬来了！把保护神抬来了！……伊维尔圣母！……”

“是斯摩棱斯克圣母。”另一个人纠正说。

民兵，不论村子里的，还是在炮兵连干活的，都丢下铲子，跑去迎接教堂的行列。在尘土飞扬的大路上，在一营步兵后面，走着几个穿法衣的司祭、一个戴方帽的小老头，还有一批教会执事和唱诗班。他们后面，士兵和军官一起抬着一座有金饰的黑脸圣母像。这是从斯摩棱斯克撤出一直随军迁移的圣母像。圣母像的前后左右都是摘下帽子的军人，有的走，有的跑，有的跪拜在地。

圣母像搬到山上放下来。用麻布抬圣像的人换了班，诵经士重新点上神香，做起礼拜。炎热的太阳从头顶上直射下来；凉爽的微风吹拂着不戴帽子的头和圣像上的飘带；唱诗班在广阔的天空下传出低低的歌声。一大群不戴帽的军官、士兵和民兵团团围住圣像。当官的站在司祭和诵经士后面的空地上。一个脖子上挂圣乔治勋章的秃头将军站在神父背后，没有画十字（显然是德国人），耐心地等待祈祷结束。他认为需要听完祈祷，因为听祈祷能激发俄国人民的爱国热情。另一个将军雄赳赳地站在那里，在胸前画着十字，东张西望着。皮埃尔站在农民群中，在这批官员中间看到了几个熟人；但他没有看他们，他的注意力完全被凝视着圣母像的士兵和民兵的庄严神态吸引住了。诵经士们念了二十遍祷文，精疲力竭，没精打采地唱着：“圣母啊，拯救你的奴仆脱离苦难吧！”司祭和助祭就接着唱道：“我们向你求救，你是一座坚不可摧的壁垒，庇护众人。”人人脸上又都现出庄严时刻降临的神色，这种神色今天早晨他在莫扎依斯克山下遇见的许多人脸上都看见过。一个个脑袋更快地垂下，头发抖动得更频繁，叹息声不断发出来，十字架撞击着胸脯。

围着圣母像的人群突然分开，挤到皮埃尔身上。有个人向圣母像走来，从大家给他让路的速度上可以看出，他是个重要人物。

这是库图佐夫，他骑马去视察阵地。他在回塔塔利诺瓦的路上，走近做礼拜的人群。皮埃尔从他与众不同的身材上立刻认出是库图佐夫。

库图佐夫胖大的身上穿着长礼服，背有点驼，一头白发，浮肿的脸上露出一只有眼白的瞎眼，身子摇摇晃晃，一瘸一拐地走进人群，在司祭后面站住。他习惯成自然地画了个十字，一只手触到地面，费力地叹了一口气，垂下他那白发苍苍的脑袋。库图佐夫后面是别尼生和随从。虽然总司令驾到吸引了高级军官们的注意，民兵和士兵却没有看他，继续做祈祷。

等祈祷完毕，库图佐夫走到神像前，费力地跪下来，在地上叩头；由于肥胖和衰弱，他好半天爬不起来。他那白发苍苍的脑袋累得直打哆嗦。最后他站起来，像孩子般天真地噘起嘴唇吻着神像，又一手触到地面。将军们都照他那样做了一遍，然后是军官们，然后是士兵和民兵，他们你推我挤，气喘吁吁，脸色激动，趴在地上。

22

皮埃尔在拥挤的人群中踉踉跄跄地走着，不断向四下里环顾。

“伯爵，皮埃尔伯爵！您怎么会在这里？”有人对他说。皮埃尔环顾了一下。

保里斯拍拍弄脏的膝盖（他大概也在圣母像前跪拜过），笑眯眯地走到皮埃尔跟前。保里斯服饰讲究，显出雄赳赳的军人气派。他身穿长外套，像库图佐夫那样把鞭子搭在肩上。

库图佐夫这时已来到村里。他来到附近一所房子的阴影下，坐在哥萨克给他飞快端来的长凳上，另一个哥萨克在他前面铺了一张地毯。一大群衣着华丽的随从围住总司令。

神像在人群的簇拥下向前移动。皮埃尔站在离库图佐夫三十步的地方，跟保里斯说话。

皮埃尔说了他想参加战斗和观察阵地。

“那就这样吧，”保里斯说，“我代表全营招待您。您随别尼生伯爵一起去，什么都看得清楚。我是他的侍从。让我去向他报告。您要是想观察阵地，可以跟我们一起走，我们现在去左翼。然后我们回来，请您赏光在我这里过夜，我们来安排个牌局。您不是认识陶洛霍夫吗？他就住在这里。”他指指果尔基村里第三座房子。

“但我想看看右翼，据说右翼兵力很强，”皮埃尔说，“我很想看看莫斯科河和整个阵地。”

“哦，这您以后会看到的，主要是看左翼……”

“好，好。那么，安德烈公爵的团在哪里，您不能给我指点指点吗？”皮埃尔问。

“安德烈公爵吗？我们要经过那里，我可以带您到他那里去。”

“左翼究竟怎么样？”皮埃尔问。

“不瞒您说，我对您私下说说，我们的左翼天知道是怎么一回事，”保里斯神秘地压低声音说，“这绝不是别尼生伯爵的本意。他主张在那个土岗上设防，根本不主张……可是，”保里斯耸耸肩膀，“总座根本不同意，也许是别人硬说服他的。要知道……”保里斯没把话说完，因为库图佐夫的副官凯萨罗夫这时走到皮埃尔跟前。“哦！凯萨罗夫将军，”保里斯落落大方地招呼凯萨罗夫，“您瞧，我正向伯爵说明我们的阵地。总司令对法国人的心思摸得真透！”

“您是说左翼吗？”凯萨罗夫问。

“对，对，一点不错。我们的左翼如今非常非常强。”

尽管库图佐夫裁去了司令部里所有的冗员，保里斯在人事调动后仍留在司令部里。保里斯被安置在别尼生伯爵身边。别尼生伯爵也像保里斯跟随过的一切人那样，认为这个青年公爵是无价之宝。

在最高统帅部里存在着泾渭分明的两派：一派是库图佐夫派，一派是总参谋长别尼生派。保里斯属于后一派，可是谁也不会像他那样既卑躬屈节地向库图佐夫表示敬意，又使人觉得这老头子不中用，全部事务都是别尼生一人在主持。如今到了会战关键时刻，这件事应该导致库图佐夫垮台，把大权交给别尼生，如果库图佐夫赢了，也要使人觉得一切都是别尼生的功劳。不论怎样，明天一仗后就会嘉奖许多人，提拔一批新人，因此保里斯今天一天都处于兴奋状态。

在凯萨罗夫之后，其他熟人也纷纷走到皮埃尔跟前。皮埃尔来不及回答大家向他提出的有关莫斯科情况的问题，也来不及听取人家的讲述。人人脸上都露出兴奋和惊惶的神色。不过皮埃尔觉得，一部分人激动只是因为考虑到个人的成败得失，另一部分人激动则不是由于个人问题，而是关心众人的生死存亡。库图佐夫发现了皮埃尔和聚集在他周围的人群。

"叫他到我这里来。"库图佐夫说。副官传达了总司令的意思，皮埃尔向长凳走去。但有个普通民兵赶在他之前走到库图佐夫跟前。这是陶洛霍夫。

"这家伙怎么会在这里？"皮埃尔问。

"他是个骗子手，无孔不入！"有人回答皮埃尔，"您知道，他降了职，现在又要往上蹿了。他提出过一些作战方案，夜里爬到敌人的哨兵线……是条好汉……"

皮埃尔摘下帽子，恭恭敬敬地向库图佐夫鞠了一躬。

"我知道，要是我向总座禀报，您会把我赶走，或者说，您已经知道我所禀报的事了，不过，即使是这样我也不在乎……"陶洛霍夫说。

"噢，噢！"

"但要是我说得对，我就能为祖国做出贡献，我随时准备为国捐躯。"

"噢……噢……"

"要是总座需要一名不怕牺牲的人，请别忘记我……也许总座用得着我。"

“噢……噢……”库图佐夫重复说，用他那只笑得眯起来的独眼瞧着皮埃尔。

这时，保里斯使出他那宫廷侍臣的灵活劲儿，故意同皮埃尔并排走近总司令，同时落落大方地低声对皮埃尔说话，仿佛在继续已开头的谈话：

“民兵，他们都穿上干净的白衬衫，准备为国牺牲。多么英勇啊，伯爵！”

保里斯对皮埃尔说这话，显然是要让总司令听见。他知道库图佐夫会注意这话。果然，总司令对他说：

“你说民兵什么？”他问保里斯。

“总座，他们都穿上白衬衫，明天准备牺牲。”

“啊！……真是天下无双的好百姓！”库图佐夫说，闭上眼睛，摇摇头。“天下无双的好百姓！”他叹息着又说。

“您想闻闻火药味吗？”他对皮埃尔说，“是的，这味儿好闻得很哪。我有幸崇拜尊夫人。她好吗？我住的地方可以供您使用。”库图佐夫像一般老年人那样，心不在焉地环顾四周，仿佛忘记他要说什么话，做什么事。

接着，显然想起了什么，招招手叫副官凯萨罗夫的弟弟安德烈[1]过去。

“马林[2]那几句诗……那几句诗……怎么说？关于盖拉科夫[3]他写过：‘你去军校当教员……’你背背，你背背。”库图佐夫说，显然想笑出来。凯萨罗夫念诗……库图佐夫笑眯眯地按诗的音节点着点。

等皮埃尔离开库图佐夫，陶洛霍夫向他挤挤眼，拉住他的手。

---

1 安德烈·凯萨罗夫（1782—1813），政论家、作家、语文学家。

2 马林，亚历山大一世的宫廷诗人，善作打油诗。

3 盖拉科夫，史学家，写过许多平庸的诗篇，曾在军官学校任教。

“在这里见到您，真是幸会，伯爵，”他旁若无人地大声说，声音特别坚决而庄重，“天知道明天我们中间谁能活下来，我很高兴现在有机会对您说，我对我们之间发生过的误会感到遗憾，我希望您对我不再存什么芥蒂。我求您原谅。”

皮埃尔含笑望着陶洛霍夫，不知道对他说什么才好。陶洛霍夫眼泪夺眶而出，拥抱了皮埃尔，吻了吻他。

保里斯向他的将军说了几句话。别尼生伯爵便招呼皮埃尔，请他一起视察防线。

“这事您会感兴趣的！”他说。

“是的，这事很有意思！”皮埃尔说。

半小时后，库图佐夫去塔塔利诺瓦。别尼生带着随从和皮埃尔去巡视防线。

23

别尼生从果尔基沿着大路来到一座桥边。那桥就是刚才军官从土岗上指给皮埃尔看，认为那是左翼中心的，在桥边的岸上摆着一排排散发着香气的新割下的草秸。他们过桥来到鲍罗金诺村，从那里向左拐，从大量军队和大炮旁边走过，来到民兵正在挖土的高岗上。这是个多面堡，还没有名字，后来被称为拉耶夫斯基多面堡或者土岗炮台。

皮埃尔没有特别注意这个多面堡。他不知道，这地方对他来说将比鲍罗金诺战场的其他地方更值得纪念。然后他们骑马经过峡谷，来到谢苗诺夫村。士兵们正在村里拆走农舍和仓房的最后一批木料。然后他们下山，上山，经过像被冰雹打过的黑麦地，又走过炮兵新铺的路，来到一座正在修筑的尖顶堡。

别尼生在尖顶堡前停住，遥望昨天还是我们的舍瓦尔季诺多面堡，那里有几个骑马的人。军官们说，那不是拿破仑就是缪拉。大家都聚精会神地瞧着这一伙骑马的人。皮埃尔也往那里眺望，竭力想看出骑马的人中哪一个是拿破仑。最后，骑马的人跑下土岗不见了。

别尼生对走到他跟前的一位将军说话，说明我军的全部阵势。皮埃尔听着别尼生的话，竭力想理解当前这场战役的关键，可是他失望地感到，他无能为力。他一点儿也不理解。别尼生住了口，注意到在旁边听着的皮埃尔，突然对他说：

“我想您大概不感兴趣吧？”

“不，正好相反，我很感兴趣。”皮埃尔说了违心话。

他们从尖顶堡下来，靠左沿着稠密的矮桦树林间的道路前进。他们来到树林中央，前面路上跳出来一只棕毛白脚兔。这兔子被大队人马的马蹄声吓得半死，慌慌张张地在他们前面跳了好一阵，引起大家的注意和笑声，直到有几个人向它吆喝，它才窜到路旁，消失在树丛里。他们在树林里跑了两俄里光景，来到一块空地上。负责守卫左翼的杜契科夫军的部队就驻在那里。

在左翼边上，别尼生情绪激动地说了许多话，并且发了皮埃尔认为很重要的军事命令。杜契科夫军队的前面有一个无人据守的高地。别尼生大声批评这个错误，他说不控制高地而在高地下驻军是精神错乱。有几个将军也发表同样的意见。其中一个带着军人的急躁脾气说，这是让他们听任敌人屠杀。别尼生自作主张，下令把军队调到高地上。

左翼的这一命令使皮埃尔更加怀疑自己对军事的理解力。他听着别尼生和将军们批评山下军队的阵形，完全懂得他们的意思，也赞成他们的意见；但正因为这个缘故，他不能理解那个把他们部署在山下的人怎么会犯这样明显而严重的错误。

皮埃尔不知道，这些军队并非像别尼生设想的那样用来守卫防线，而是隐蔽在那里打埋伏，也就是为了出其不意地袭击逼近的敌军。别尼生不知道这一点，他没有报告总司令，就自作主张把军队往前调动了。

24

二十五日黄昏天气晴朗，安德烈公爵支着臂肘斜躺在克尼亚兹科伏村一所破仓房里。这个村在他那个团的营地边缘。通过破墙的裂口，他望着墙旁一排下部树枝被砍去的三十年桦树，望着摊着一束束燕麦的田地，以及有一堆堆篝火冒烟的矮树丛——士兵在那里做饭。

现在安德烈公爵虽然觉得他的生活圈子很小，精神痛苦，不为人理解，他却像七年前在奥斯特里茨会战前夜那样感到又兴奋又激动。

明天会战的命令已发出，他也已接到。此刻他没有什么事要做。但一些最简单、最清楚、因而也是最可怕的思想却使他不安。他知道，明天的会战将是他参加过的最可怕的战斗。他生平第一次具体、明确、单纯而恐惧地想到他可能死去，他不考虑这事同别人有什么关系，只想到同他个人的关系，对他灵魂的影响。从这一思想高度出发，以前使他苦恼、焦虑的一切都被一道冰冷的白光照得雪亮，没有阴影，没有前景，没有轮廓的差别。他觉得生活就像一具幻灯，在人工光的照耀下，他长久地透过玻璃进行观察。如今，没有那片玻璃，在光天化日之下，他看到了那些画得很差的图片。“对，对，这些都是使我激动、使我心醉、使我痛苦的幻象！”他自言自语，在头脑里翻阅着生活幻灯的主要图片，现在他是在冰冷的白光——死的白光照耀下观察这些图片的。“瞧，这些画得很差的图片，一度曾显得那么美丽和神秘。荣誉、社会地位、对女人的爱情、祖国——这些图片我以前认为多么重要，具有多么深远的意义啊！可是这一切，在那个为我而来临的早晨的冰冷白光照耀下，又显得多么简单、苍白和粗糙！”他一生遭遇的三大不幸使他特别难过：他对一个姑娘的爱情、父亲的去世和占领了俄国半壁江山的法军入侵。“爱情！……我觉得充满神秘魅力的那个姑娘，我原来多么爱她呀！我有过同她共享爱情和幸福的充满诗意的计划。唉，我真是个天真的孩子！”他愤恨地出声说，“可不是！我相信理想的爱情，以为我离家一年她会对我忠贞不渝！就像寓言里温柔的小鸽子，她会相思得憔悴。这一切其实要简单得多……这一切真是太简单太可憎了！”

“父亲在童山大兴土木，以为那是他的地方，他的土地，他的空气，他的农奴，可是拿破仑一来，眼里根本没有他这个人，把他像路上的一块木片那样扫掉，他的童山和全部生活就被摧毁了。玛丽雅公爵小姐说，这是上天的考验。他人都没有了，还考验他做什么？他死了！再也不会复活了！那么这是考验谁呢？祖国啊，莫斯科毁灭啦！明天我将被打死，甚至不是被法国人打死，而是被自己人打死，就像昨天一个兵在我耳旁放了一枪。于是法国人一来，就抓住我的双脚和头随便扔进坑里，免得我在他们鼻子底下发臭。将来还会出现新的生活秩序，别人也会适应那种生活，可是我不会知道，那时我已不在人间。”

他望着一排在阳光下枝叶黄绿掺杂、树皮发白的桦树。“死，明天我将被打死，我这个人将不再存在……一切如旧，就是没有我这个人。”他生动地想象着那个没有他的世界。这些明暗交错的白桦，这些变幻莫测的白云，这些炊烟——他觉得周围的一切都变了样，变得阴森可怕和咄咄逼人。一阵寒气掠过他的脊背。他连忙起身，走出仓房，到室外散步。

仓房后面传来一片说话声。

“谁呀？”安德烈公爵大声问。

红鼻子的基莫兴大尉，原来做过陶洛霍夫的连长，现在因为缺乏军官升任营长，怯生生地走进仓房。一名副官和团里的军需官跟着他进来。

安德烈公爵慌忙站起来，听军官们向他汇报，他又给了他们几项指示，准备让他们走，这时仓房后面传来一个熟悉的低语声。

“见鬼！”有个人在什么东西上绊了一下，说。

安德烈公爵从仓房里向外一望，看见皮埃尔向他走来，他在地上一根木棒上绊了一下，差点儿跌跤。安德烈公爵通常不愿看见自己圈子里的人，特别不愿看见皮埃尔，因为他使他想起上次去莫斯科的痛苦时刻。

“哦，是你！”他说，“什么风把你吹来的？真是没想到。”

安德烈公爵说这话的时候，他的眼神和整个脸色表现出来的是敌意多于冷淡。这一点皮埃尔立刻看出来。他走近仓房时情绪很好，但一看见安德烈公爵的脸色，立刻感到局促不安。

“我来……就是……您知道……我来……我感到兴趣……”皮埃尔说，这天他不知几次莫名其妙地说着“兴趣”这两个字，“我想看看打仗。”

“噢，噢，那么共济会弟兄对战争有什么看法？怎样防止战争？”安德烈公爵嘲弄地说。“莫斯科怎么样？我家里的人怎么样？他们到底有没有去莫斯科？”他一本正经地问。

“去了。裘丽告诉我的。我去看过他们，但没有遇到。他们到莫斯科乡下去了。”

25

军官们要告辞，但安德烈公爵仿佛不愿同他的朋友单独在一起，就请军官们也坐下来喝茶。勤务兵给他们端来凳子和茶。军官们惊奇地望着皮埃尔的胖大身体，听他讲莫斯科的情况，以及他观察过的我军阵地。安德烈公爵没有作声，他的脸色很不高兴，结果皮埃尔便更多地对和蔼的基莫兴营长说话。

“那么你明白军队的整个部署吗？”安德烈公爵打断他的话问。

“嗯，你这话是什么意思？”皮埃尔说，“我不是军人，不能说完全明白，但还是知道总的部署。”

“这么说，你就比谁都知道得多！”安德烈公爵说。

“哦！”皮埃尔从眼镜上方打量着安德烈公爵，困惑地说。“那么，你对任用库图佐夫有什么意见？”他问。

“他被任用，我很高兴。我就知道这些。”安德烈公爵说。

“那么，你倒说说，你对巴克莱·德·托里有什么看法？在莫斯科，天知道人家在说他什么。你看他怎么样？”

“你问问他们吧。”安德烈公爵指指军官们说。

皮埃尔带着宽厚的疑问性微笑对基莫兴望望，大家也都不由自主地对他望望。

“自从总座受命以来，先生，我们又重见光明了。”基莫兴说，不时怯生生地望望自己的团长。

“怎么会这样呢？”皮埃尔问。

“嗯，就拿木柴和草料来说吧。我们撤离斯文强尼的时候，不敢碰一碰树枝或者干草，或者别的什么。既然我们要撤退，那就会落到**他们**手里，您说是不是，长官？”他对安德烈公爵说，“可就是不敢拿。我们团里有两个人为这种事吃官司。可是总座一来，事情就简单了。重见光明了……”

“那么，为什么要禁止呢？”

基莫兴尴尬地环顾着，不知该怎样回答这个问题。皮埃尔也向安德烈公爵提出这问题。

“为了不糟蹋我们留给敌人的地区，”安德烈公爵恶毒地嘲弄说，“不容许抢劫地方，不让军队养成趁火打劫的习惯，这是很重要的。在斯摩棱斯克，他的判断也很正确：法国人能包抄我们，他们的力量比我们强。但他不能理解，”安德烈公爵突然低声叫起来，“但他不能理解，我们这是第一次为保卫俄国土地而战，部队里士气高昂，那是我从未见过的，我们一连两天抗击法军，这一胜利使我们的力量增强十倍。他下令撤退，我们的努力和损失都白费了。他没有出卖他的祖国的念头，他尽力想把事情办得更好，他考虑得很周到；但因此他不合适。他之所以不合适，就因为他像一切德国人那样考虑事情太仔细、太周到了。怎么对你说呢……好吧，譬如说你父亲有个德国跟班，他是个出色的跟班，他能满足你的一切要求，让他干活是不错的；但要是你的父亲病危，你就得把那跟班辞掉，自己笨手笨脚地照顾父亲，即使笨手笨脚，自己人照顾也比干练的外人强。巴克莱的情况就是这样。当俄罗斯强大的时候，是可以让外人做事的，他原是个出色的大臣，但一旦情况紧急，就需要自己人，需要亲人。可你们俱乐部里有人把他看作叛徒！诬蔑他是叛徒，将来只会因错误的指摘而感到羞愧，而把叛徒说成英雄或天才，那就更不合理了。他是个诚实而很刻板的德国人……”

“但有人说他是个精明的统帅。”皮埃尔说。

“我不明白什么叫‘精明的统帅’。”安德烈公爵嘲笑说。

“精明的统帅，”皮埃尔说，“嗯，就是能预见各种意外事故……嗯，能看透敌人的心思。”

“这是不可能的！”安德烈公爵说，仿佛那是一个早就解决的问题。

皮埃尔惊讶地对他望望。

“不过，据说打仗好比下棋。”皮埃尔说。

“对，”安德烈公爵说，“只有一个小差别，就是下棋每走一步都可以随意考虑，不受时间限制，还有一个差别，马总比卒子强，两个卒子总比一个卒子强，但在战争中，一个营有时比一个师强，而有时却还不如一个连。两军力量的对比是谁也无法知道的。老实说，要是参谋部的部署能决定战局，那我也愿意留在那里从事部署了，可我现在却有幸在这里服役，在团里同这几位先生在一起。我认为，真正决定明天战役的是我们，而不是他们……胜利从来不靠阵地，不靠武器，甚至不靠人数，尤其不靠阵地。”

“那么究竟靠什么呢？”

“靠感情，靠我心里的感情，靠他心里的感情，”他指指基莫兴，“靠每个士兵心里的感情。”

安德烈公爵瞧了基莫兴一眼，基莫兴惊疑地望着他的指挥官。安德烈公爵一反沉默寡言的常态，这时变得十分兴奋。他显然克制不住突然涌上心头的思绪。

“谁下定决心要打胜仗，谁就能打胜仗。我们在奥斯特里茨怎么会打败仗的？我们的损失几乎同法国人相等，但我们过早断言我们要打败仗，结果真的打了败仗。我们当时之所以那样说，是因为我们没有必要在那里打仗，我们想尽快离开战场。‘打败了，那就只好跑！’于是我们就跑了。要是到傍晚我们都没说这样的话，天知道会发生什么情况。明天我们可不会说这样的话了。你说，我们的阵地左翼弱，右翼太长。这是胡说，根本不是那么回事。明天我们将面临怎样的局面呢？亿万种五花八门的偶然事件将在刹那间由对方或我方逃跑或不逃跑、杀死这个或杀死那个来决定。而目前所做的一切只是开玩笑。问题在于，同你一起巡视阵地的人不仅于事无补，而且于事有碍。他们只关心自己细小的利益。”

“在这样的时刻吗？”皮埃尔不以为然地说。

“**在这样的时刻**，”安德烈公爵重复说，“他们认为这只是暗算对手、多得一枚十字勋章和绶带的机会。可我认为明天就是：十万俄军同十万法军交手，也就是二十万人马大搏斗，谁打得狠，谁不怕牺牲，谁就会取胜。你愿意听的话，我可以告诉你，不论发生什么事情，不论上面怎样糊涂，明天我们一定会打胜仗。明天不论发生什么事，我们必胜！”

“大人，这话是真的，千真万确！”基莫兴说，“如今谁都不怕死！说实在的，我营的士兵都不喝酒了，他们说现在不是喝酒的时候。”

大家都不作声。军官们纷纷起身。安德烈公爵同他们一起走出仓房，向副官作了最后一些指示。军官们一离开，皮埃尔走到安德烈公爵跟前，正要跟他说话，忽然听见离仓房不远的大路上传来三匹马的马蹄声。安德烈公爵往那个方向望了一眼，认出伏尔佐根和克劳塞维茨[1]，后面跟着一名哥萨克。他们骑马走来，继续谈着话。皮埃尔和安德烈无意中听到了下面的谈话：

“战争要转移到空旷的地方。这种观点我不敢恭维。”[2]一个人说。

“是啊，既然战争的目的是要削弱敌人，那就不能考虑个人的牺牲。”[3]另一个人说。

“对！”[4]第一个人附和说。

“转移到空旷的地方，”[5]当他们走过时，安德烈公爵愤恨地重复他们的话说。“到空旷的地方[6]，那里，在童山上有我的父亲、儿子和妹妹。说这话的人反正都一样。是啊，我对你说过，这些德国老爷明天打不了胜仗，他们只会尽量坏事，因为在他们德国式的头脑里只有不值一个空蛋壳的空头理论，他们的心里没有明天所需要的东西，可是基莫兴却有。他们把整个欧洲都奉送给**他**[7]，又跑来教训我们，真是好教师！”他又尖声嚷道。

“那么，你以为明天的仗能打赢吗？”皮埃尔问。

“能，能！”安德烈公爵漫不经心地说，“我要是有权，有一件事我是不会做的，我不会收俘虏。为什么收俘虏？这是骑士精神。法国人毁了我的家，现在又要来摧毁莫斯科，他们一直在侮辱我。他们是我的敌人，照我看来，他们都是罪人。基莫兴也这样看，全军都这样看。应该把他们杀死。他们既然是我的敌

---

1 克劳塞维茨（1780—1831），普鲁士将军，军事理论家；1812年曾在俄军服务，1814年回普军，次年参加滑铁卢战役；重要著作有《战争论》。

2 原文是德文。

3 原文是德文。

4 原文是德文。

5 原文是德文。

6 原文是德文。

7 指拿破仑。

人，就不可能是我的朋友，不管他们在蒂尔西特说了什么话。”

“对，对！”皮埃尔说，双目炯炯地瞧着安德烈公爵，“我完完全全同意你的意见！”

在莫扎依斯克山上发生、今天一直使皮埃尔烦恼的那个问题，现在完全明确和彻底解决了。现在他懂得了这场战争和当前战役的全部意义和重要性。他今天一天看到的一切，他匆匆看到的人们脸上庄严肃穆的神情，都显示出新的含义。他看见人人身上都有爱国的潜热（物理学名词），这种潜热使他懂得为什么所有这些人都能若无其事地准备为国捐躯。

“不收留俘虏，”安德烈公爵继续说，“不收留俘虏，单是这件事就会改变整个战争，使它不那么残酷。要不我们是拿战争当儿戏，讲宽宏大量，恻隐之心，这是很糟糕的。讲宽宏大量，恻隐之心，这有点像贵族小姐看见宰牛犊就会感到头晕恶心，她心肠太好，看不得血，但吃起加调料的小牛肉来却津津有味。有人向我们大谈战争规矩、骑士精神、停战谈判，怜悯不幸者，等等。这都是谬论。我在一八〇五年看到过骑士精神、停战谈判：我们受骗，我们也骗人。他们抢劫别人的住宅，发行伪钞，尤其是杀害我的孩子、我的父亲，还说什么战争规矩、对敌人要宽宏大量。不收留俘虏，只要杀人和自己去牺牲！谁要是经历过我所受的那些痛苦，谁就能理解……”

安德烈公爵原以为，敌人会不会像占领斯摩棱斯克那样占领莫斯科在他是无所谓的，但这时喉咙里突然起了一阵痉挛，他说不下去。他默默地来回走了几趟，他的眼睛里闪耀着狂热的光芒，嘴唇抖动着。他又说下去：

“要是战争中不讲宽宏大量，那么，我们只有像现在这样值得牺牲的时候才打仗。在这种情况下，要是巴维尔·伊凡内奇欺负了米哈伊尔·伊凡内奇，就不会发生战争。要是打仗，那就得像现在这样打。那时，军队的斗志也就不同了。那时，拿破仑所率领的威斯特法利亚人和黑森人就不会跟着他入侵俄国，我们也不会莫名其妙地到奥地利和普鲁士去打仗了。战争不是请客吃饭，而是生活中最可恶的事。必须懂得这一点，不要拿战争当儿戏。必须严肃认真地对待这一可怕的行动。关键在于抛弃一切谎话，战争就是战争，不是儿戏。要不战争就会成为游手好闲和轻举妄动的人的消遣……军人是最光荣的。可是战争是什么呢？打胜仗需要什么条件？军人需有什么样的素质？战争的目的是杀人，战争的手段是间谍、叛变、策反、居民破产、抢劫和盗窃居民来维持军队的给养；欺诈被称为足智多谋；军人的习性就是没有自由，只有纪律，以及懒散、无知、残酷、淫乱、酗酒。尽管如此，军人还是受到普遍尊敬的最高阶层。所有的皇帝，除了中国皇帝，都穿军装；谁杀人最多，谁就获奖最多……两军相遇，就像明天将要发生的那样，互相残杀，杀伤几万人，然后举行感恩礼拜，感谢杀了那么多人（人数还要增加），宣布胜利，并且认为杀人越多，功劳越大。上帝怎样从天上看待他们的行为啊！”安德烈公爵尖声叫道。“唉，老朋友，近来我感到生活很痛苦。我知道我懂得太多了。人不可以吃分别善恶树上的果子[1]……好吧，反正时间不多了！”他补充说。“不过你要睡了，我也该睡了，你到果尔基去吧！”安德烈公爵突然说。

“哦，不！”皮埃尔回答，用恐惧而同情的眼神瞧着安德烈公爵。

“去吧，去吧，战斗以前得好好睡一觉！”安德烈公爵重复说。他匆匆走到皮埃尔面前，拥抱他，亲吻他。“再见，你去吧！”他叫道，“我们能不能再见面啊……”他连忙转过身去，

1 典出《旧约全书·创世记》第二章第八节至第十七节。

走进仓房。

天色已经黑了，皮埃尔辨不出安德烈公爵脸上的表情是愤恨还是感伤。

皮埃尔默默地站了一会儿，考虑着跟他进去还是自己回家。“不，他不要我去，”皮埃尔暗自断定，“我知道这是我们最后一次见面了。”他长叹一声，骑马回果尔基去。

安德烈公爵回到仓房，躺在地毯上，但是睡不着。

他闭上眼睛。一个个形象交替出现在他的面前。他在一个形象上快乐地停留了好久。他历历在目地想起彼得堡的一个黄昏。娜塔莎生气蓬勃、神情兴奋地讲给他听，去年夏天她去采蘑菇，怎样在大树林里迷了路。她颠三倒四地描述着树林深处的景色、她的感受、同她遇见的养蜂人的谈话，同时一再说：“不，我不会讲，我讲得不好；不，您不会明白的。”虽然安德烈公爵一再安慰她说他明白。事实上他的确明白她要说的一切。娜塔莎对自己的话感到不满，她觉得她没能把那天感受到的诗意洋溢的感情表达出来。“那老头儿真是可爱，树林里那么阴暗……他心地真善良……不，我不会讲。”她涨红了脸，激动地说。此刻安德烈公爵快乐地微微一笑，就像当时瞧着她的时候那样。“我了解她，”安德烈公爵想，“不仅了解，而且喜欢她的精神魅力、她的诚恳、她的坦率、她那同肉体结合在一起的心灵……我爱这心灵，爱得那么强烈，爱得那么快乐……”他突然想到他的爱情是怎样结束的。“**他**原来根本不需要这个。**他**根本没看到、也不理解这个。他只看到她是个漂亮**鲜艳的**姑娘，他不屑把他的命运同她结合在一起。那么我呢？他至今还活着，还活得高高兴兴。”

安德烈公爵仿佛被人烫了一下，霍地跳起来，又在仓房前来回踱步。

26

八月二十五日，鲍罗金诺会战前夜，法国皇宫总督波塞先生和法布维埃上校来到拿破仑在瓦卢耶瓦的行营。前者来自巴黎，后者来自马德里。

波塞先生换上朝服，命人把他带给皇帝的礼物箱抬着走在前面，走进拿破仑行营的前室，一面同包围着他的拿破仑副官交谈，一面打开箱子。

法布维埃没有走进行营，站在门口同认识的将军们谈话。

拿破仑皇帝还没有从卧室出来，正要结束他的梳妆打扮。他哼哼着，清清喉咙，时而转过厚实的脊背，时而挺起毛茸茸的胖胸脯，让近侍用刷子洗刷。另一个近侍用手指按住香水瓶，在皇帝保养得很好的身上洒香水，他那副神气则表示，只有他一人知道应该洒多少香水，洒在什么地方。拿破仑的短头发湿漉漉的，纠结在前额上。他的脸虽然又黄又肿，却露出得意的神色。“再刷，使劲点儿……”他耸耸肩膀，清清喉咙，不断对替他擦背的近侍说。一个副官走进卧室，向皇帝报告昨天战斗中抓了多少俘虏，报告完毕就站在门口，等着允许他出去。拿破仑皱起眉头，对副官瞟了一眼。

“没有俘虏，”他重复副官的话说。“他们迫使我们把他们打死。这样对俄军更糟。喂，再刷，使劲点儿！”他说，拱起背，把肥胖的肩膀凑上去。

“好！让波塞进来，法布维埃也进来！”他点点头对副官说。

“遵命，陛下！”副官说着，走出行营。

两名近侍连忙替陛下穿好衣服。拿破仑穿上近卫军蓝军服，步履坚定而迅速地走进接待室。

波塞手忙脚乱地把从皇后那儿带来的礼物摆在近门的两把椅子上。但皇帝穿好衣服很快就出来，使他来不及把礼品都陈列好。

拿破仑立刻发现他们在做的事情，知道他们还没有布置好。他不想扫波塞的兴，就假装没有看见波塞先生，把法布维埃叫到跟前。拿破仑皱起眉头，默默地听法布维埃报告，他在欧洲另一端萨拉曼卡[1]作战的军队如何勇敢和忠诚，他们竭力不辜负皇上的信托，唯恐皇上不高兴。拿破仑在法布维埃讲话时嘲讽地说，他不在那里，也不可能有别的结果。

“这局面我应该在莫斯科加以补救。”拿破仑说，“再见！”他添加说，把波塞唤来。波塞这时已把礼品摆在椅子上，上面还盖上一块布。

波塞按照只有波旁王朝老臣才懂得的礼节，深深地鞠了一躬，走过去，呈上一封信。

拿破仑高兴地同他说话，扯扯他的耳朵。

“你赶到了，我很高兴。那么，巴黎方面说些什么？”他说，原来严厉的表情变得十分和蔼可亲了。

“陛下，全巴黎都在想念您。”波塞得体地回答。尽管拿破仑知道波塞应该说类似的话，尽管在他头脑清醒的时候知道这是假

1 西班牙中西部城市，1818年7月22日法军在这里打败仗。

话，他还是喜欢从波塞嘴里听到这样的话。他又摸摸他的耳朵。

“让您走这么远的路，我很过意不去！”他说。

“陛下，我早就料到会在莫斯科城门口见到您。”波塞说。

拿破仑微微一笑，心不在焉地抬起头，向右边看了一眼。副官拿着金鼻烟壶，步履轻盈地走过来，把金鼻烟壶递给他。拿破仑接过金鼻烟壶。

“是的，您运气好，”他把打开的鼻烟壶举到鼻子前，说，“您爱好旅游，再过三天您就能看到莫斯科了。您一定没想到会看见那个亚洲部分的首都吧。您将有一次愉快的旅行。”

波塞鞠了一躬，感谢皇帝关心他对旅游的嗜好，虽然他自己直到此刻才知道有这种嗜好。

“哦！这是什么？”拿破仑发现朝臣们都望着用布盖住的东西，说。波塞以朝臣的灵活姿态，不背过身去，侧着身子后退两步，立刻扯去那块布，说：

“皇后娘娘送给陛下的礼物。”

这是一幅由席拉尔画的色彩鲜艳的男孩肖像。这个男孩是拿破仑同奥国公主所生，不知怎的被称为罗马王[1]。

这是一个相貌俊美的鬈发男孩，眼神有点像《西斯廷圣母》[2]中基督的眼神，他正在玩木棒接球游戏。球代表地球，另一只手里的棒代表帝王权杖。

画家画罗马王用棒捅地球究竟想表示什么，虽然没有说明，但他的寓意，不论对巴黎所有看到这幅画的人，还是对拿破仑，都是不言而喻的，而且拿破仑特别喜欢它。

“罗马王，”他姿势优美地指指画像说，“好极了！”他凭

1 弗朗苏瓦·席拉尔（1770—1837），肖像画家，接近法国宫廷。曾为拿破仑儿子约瑟夫·弗朗苏瓦·沙尔里（1811—1832）画像，后者出生后即获得罗马王称号。

2 拉斐尔（1483—1520）的名画，作于1515—1519年。

着意大利人善于改变脸部表情的天赋，走近画像，装出温柔的沉思神态。他觉得他此刻的言行将写入历史。他认为，此刻他能做的最好的事，就是凭着他的伟大，他的儿子可以玩弄整个地球，但他要显示最淳朴的父爱，以衬托他的伟大。他的眼睛模糊了，他向前挪了挪，回头看看椅子（椅子跟到他后面），他在画像前坐下。他做了一个手势，大家都踮着脚尖走出去，让他单独陶醉在自己的伟大中。

他坐了一会儿，自己也不知道为什么，摸摸粗糙的画，站起来，又唤来波塞和值日官。他下令把画像拿到营帐外，以便行营外的老近卫军也有一睹罗马王风采的福气，因为罗马王就是他们所崇拜的皇帝的太子和继承人。

不出他所料，在他恩赐波塞先生一起进早餐的时候，行营前传出跑来看画的老近卫军官兵的热烈喝彩声。

“皇帝万岁！罗马王万岁！”腾起了一片欢呼声。

早餐后，拿破仑当着波塞的面口授他给军队的命令。

“简明有力！”拿破仑一口气读完他那不加修改的公告，自己夸奖说。公告如下：

> 战士们！你们等待已久的会战开始了。胜利全靠你们。我们需要胜利，胜利会向我们提供一切：舒适的住房和不久后的凯旋回国。像你们在奥斯特里茨、弗里德兰、维切布斯克和斯摩棱斯克那样英勇战斗吧！让遥远的后代自豪地记起你们今天的奇迹。让你们个个都被人提到：他参加过伟大的莫斯科战役！

“莫斯科战役！”拿破仑又说了一遍，接着邀请爱好旅游的波塞一起骑马出游。他出了行营，向备好鞍的马走去。

“陛下皇恩浩荡！”波塞回答皇帝的邀请说。其实他很想睡觉，而且害怕骑马。

但拿破仑对这位旅游爱好者点点头，波塞只得上马。拿破仑走出行营，近卫军面对皇太子画像的欢呼声更热烈了。拿破仑皱起眉头。

“拿掉它吧！”拿破仑又洒脱又威严地指指画像说，“参观战场他为时还早。”

波塞闭上眼睛，低下头，深深地叹了口气，表示他很理解和欣赏皇帝的话。

27

史学家说，八月二十五日一整天拿破仑都在骑马观察地形，考虑元帅们送呈的作战方案，并亲自向将军们发布命令。

俄军原来沿柯洛察河设置的防线被冲破了，部分战线，也就是俄军的左翼，由于二十四日舍瓦尔季诺多面堡失守，被迫后撤。这部分战线没有设防，也没有河流掩护，前面是一大片开阔地。不论军人还是非军人，谁都十分清楚，法军一定会攻击这部分战线。作出这个判断不需要深思熟虑，不劳皇帝和他的元帅们到处奔走，更不需要所谓天才——人们爱加在拿破仑身上的赞词。但后来的史学家，当时拿破仑周围的人，以及拿破仑本人，却有不同的看法。

拿破仑巡视战场，深思熟虑地观察地形，独自点头表示赞成或者怀疑，但并没有把他的思路告诉将军们，只是以命令的形式向他们发布最后决定。听了达武（所谓埃克米尔亲王）包抄俄军左翼的建议后，拿破仑只说不必这样做，但没有说明原因。对孔朋（他负责攻击尖顶堡）提出的带他的一个师人马穿过树林的建议，拿破仑表示同意，虽然奈伊（所谓埃尔欣根公爵）大胆指出走树林有危险，可能使全师陷于混乱。

观察过舍瓦尔季诺多面堡前的地形之后，拿破仑默默考虑了一会儿，指定了安置在天亮前攻打俄军工事的两个炮台的地点，以及旁边安排野战炮的地方。

下了这些命令和其他命令后，他回到行营，又口授了会战的部署。

这个部署使后来的法国史学家赞叹不已，也使其他国家的史学家深为钦佩，全文如下：

夜间在埃克米尔亲王据守的平原上设置两座新炮台，天亮时向对面的两个敌军炮兵阵地开火。

同时，第一军炮兵司令贝内蒂将军统率孔朋师的三十门炮，以及德赛和弗里安两师的全部榴弹炮向前推进，开火猛轰敌军的炮兵阵地，参加炮击的包括：

近卫军炮兵的炮二十四门，

孔朋师的炮三十门，

弗里安和德赛两师的炮八门，

总计用炮六十二门。

第三军炮兵司令富歇将军统率第三军和第八军的全部榴弹炮，共计十六门，安置在攻打敌军左翼工事的炮垒两侧，总计用炮四十门。

索尔比埃将军应时刻准备，一接到命令立刻出动近卫军全部榴弹炮，攻打敌方任何一个工事。

在炮击过程中，波尼亚托夫斯基公爵向村庄和树林进军，包抄敌军阵地。

孔朋将军通过树林占领第一个工事。

如此开战后将根据敌人行动发布命令。

一听到右翼炮声，左翼立即开始炮击。莫朗师和副王[1]师狙击兵一见右翼开始进攻，立即猛烈开火。

副王占领村庄[2]后，要从三座桥上过河，协同受他指挥的莫朗师和席拉尔师进攻多面堡，与其他部队会合。

这些行动要顺序进行，尽量保留预备部队。

一八一二年九月六日，于莫扎依斯克御营

这个部署写得极其含糊不清（只要不迷信拿破仑的天才），内容包括四点，也就是四项命令。这四项命令没有一项能实现，事实上也没有实现。

第一项命令是：**在拿破仑选定的地点，各炮台连同贝内蒂和富歇的炮，共计一百零二门，开火轰击俄军尖顶堡和多面堡。**这是办不到的，因为从拿破仑指定的地点，炮弹打不到俄军工事。这一百零二门炮都将打空炮，除非最近的指挥官违反拿破仑的命令，擅自把炮向前移动。

第二项命令是：**波尼亚托夫斯基向林中村庄推进，包抄俄军左翼。**这也是办不到的，也没有办到，因为波尼亚托夫斯基向林中村庄推进，他会在那里遇到杜契科夫拦住他的去路，他也就不可能包抄俄军阵地，事实上也没有包抄。

第三项命令是：**孔朋将军向树林推进，占领第一个工事。**孔朋师没有占领第一个工事，而是被击退了，因为该师出树林时被迫在霰弹下整理队列，这是拿破仑所没有料到的。

第四项命令是：**副王要占领村庄（鲍罗金诺），经由三座桥过河，协同莫朗师和弗里安师**（但没有指出他们该在何时何地推进）在同一高地推进，后两个师在他统率下进攻多面堡，并同其

1 副王指缪拉，当时缪拉已被封为那不勒斯王。

2 指鲍罗金诺。

他部队会合。

就常理而论（与其说是根据这句莫名其妙的话，不如说是通过副王执行所奉命令的意图来看），他应该经过鲍罗金诺从左边向多面堡推进，而莫朗师和弗里安师则应同时从前线推进。

这一项，也像其他命令一样，没有执行，也不可能执行。通过鲍罗金诺后，副王在柯洛察河边被击退，无法前进；莫朗师和弗里安师没有攻克多面堡，而被击退了；多面堡是在战斗结束时被骑兵占领的（这事拿破仑大概没有预料到，事后也没有听说）。由此可见，部署的命令没有一项被实现，也不可能被实现。不过，在这一部署中曾说，在开战后将根据敌军行动发布新的命令，因此可能有人认为，拿破仑将在战斗中作出必要的部署；事实上并没有这样做，也不可能这样做，因为在会战过程中，拿破仑离战场很远，他无法知道会战的实际情况（这一点后来得到证实），因此他的命令没有一项在战斗中被执行。

28

许多史学家说，法军没有在鲍罗金诺战役中取胜，因为拿破仑伤风了，要是他没有伤风，那么他在战斗前和战斗中发布的命令一定会更加天才横溢，俄国就会灭亡，世界面貌就会改观。有些史学家认为，俄国的建立是靠一个人——彼得大帝——的意志，而法国由共和变为帝国、法军开进俄国，也是靠一个人——拿破仑——的意志，他们认为俄国之所以能成为强国，是因为八月二十六日拿破仑得了重伤风。这些史学家作出这样的论断是必然的。

如果鲍罗金诺一战的发生与否是由拿破仑的意志决定的，如果发布这项或那项命令也是由他的意志决定的，那么，是影响他意志的伤风拯救了俄国，而那个在八月二十四日忘记把防水靴拿给拿破仑的近侍则是俄国的救星。按照这种逻辑，这样的论断无疑是正确的，就像伏尔泰开玩笑所说的（他自己也不知道对什么而发），巴托罗缪的屠杀[1]是查理九世发胃病所致。然而，有人不信俄国的形成是靠彼得大帝一人的意志，法兰西帝国的形成和对俄国开战是靠拿破仑一人的意志，他们认为这种论断不仅荒谬绝

1 指1572年8月23日夜间巴黎新教徒所遭受的大屠杀。

伦，而且违反人类实际生活。至于历史事件的原因问题，他们另有解释，那就是人间万事都是由上帝注定，也取决于参与其事的所有人的意志，而拿破仑对这些事件的影响只是表面的、虚假的。

假设巴托罗缪之夜的屠杀并非出于发布命令的查理九世的意志（尽管命令是他发的），他只是发布了命令而已，这种假设看来是荒谬的；同样，假设鲍罗金诺八万人的屠杀不是出于拿破仑的意志（尽管他发了开战和指挥战斗的命令），他只是发布了命令而已，这种假设看来也是荒谬的，虽然如此，但是作为人的自尊心告诉我们，我们每一个人即使不比伟大的拿破仑更伟大，也决不比他渺小，而历史的研究则充分证实了这一点。

在鲍罗金诺会战中，拿破仑没有向谁开过枪，也没有打死过一个人。这一切都是士兵做的，因此杀人的不是他。

在鲍罗金诺会战中，法国兵杀俄国兵不是由于拿破仑的命令，而是出于他们自己的愿望。全体军人：法国人、意大利人、德国人、波兰人，由于长年征战，全都衣衫褴褛，又饥又乏，一看见有军队挡住他们去莫斯科的道路，觉得“酒瓶既已打开，就得一饮而尽”。现在要是拿破仑禁止他们同俄国人打仗，他们就会先把他打死，然后再同俄国人打，因为他们非打不可。

他们听到拿破仑在命令中提到，后代将会记得他们参加过莫斯科战役，以此来安慰他们所遭受的伤亡，他们就大声呼喊“皇帝万岁”，就像他们看见画上拿棒捅地球的男孩时高呼“皇帝万岁”一样，也像他们不论听到什么就高呼“皇帝万岁”一样。他们除了喊着“皇帝万岁”前去打仗，以便用莫斯科征服者的身份去获得食物和休息，就再也没有事可做了。因此，他们残杀同类并非由于拿破仑的命令。

指挥整个会战的也不是拿破仑，因为他的部署完全没有被执行，而且在战斗过程中他也完全不知道前面的情况。因此，这些人互相残杀，并不是遵照拿破仑的意志，而是根据几十万参加共同战斗的人的意志。**只有**拿破仑**一个人认为**，一切都是由他的意志决定的。因此拿破仑有没有得伤风，并不比一个辎重兵有没有得伤风更有历史意义。

有些作者说，由于拿破仑得了伤风，他的部署和命令就不像他以前的部署和命令那样好，这完全是胡扯，因此拿破仑八月二十六日的伤风就更无关紧要了。

前面抄录的作战部署一点也不比以前打胜仗的部署差，甚至更好些。战斗中所臆想的命令也不比以前的差，而是同以前的一样好。这些部署和命令之所以显得比以前的差，只因为鲍罗金诺战役是拿破仑第一次没有取胜的战役。所有最出色的、经过深思熟虑的部署和命令，如果执行的结果没有取得战斗胜利，军事专家就会煞有介事地加以批评，认为这些部署和命令很糟。所有最糟糕的部署和命令，如果执行的结果打了胜仗，态度严肃的作者就会连篇累牍地指出它们的优点而大加赞扬。

威罗特在奥斯特里茨战役中的部署就是这类作品的典范，但还是有人批评它，不过只是批评它过于烦琐。

拿破仑在鲍罗金诺战役中执行政权代表的任务，就同他在其他战役中一样出色，甚至更出色。他没有做过任何有害于战斗的事；他听取最合理的意见；他没有糊涂，没有自相矛盾，没有惊惶失措，没有逃离战场，却发挥他丰富的作战经验和才能，镇定自若地扮演了他貌似统帅的角色。

29

拿破仑第二次仔细视察战线回来，说：

“棋子摆好，明天要开局了。”

他吩咐给他斟混合香酒，又把波塞召来。他同波塞谈巴黎，谈他想在皇后宫中作些变动，他对宫中微小细节的记忆使皇宫总监感到惊讶。

他关心琐碎小事，嘲笑波塞的旅游癖，随便闲谈，好像一个经验丰富、信心十足的外科名医卷起袖子，穿上大褂，而病人却被绑在手术台上：“这事一清二楚，我有把握。该什么时候动手，我就什么时候动手，而且一定干得比谁都好。现在我可以说说笑话，我越说笑话，越镇静，你们越可以放心，对我的天才会越钦佩。”

喝完第二杯混合香酒后拿破仑去休息，因为明天还有一件大事要做。

他十分关心面临的大事，睡不着觉。尽管夜晚的潮气加重了他的伤风，他还是在夜里三点钟大声擤着鼻涕，走到行营的大房间。他问俄军有没有撤退。有人回答他说，敌人的火光仍在原地。他得意地点点头。

值班副官走进行营。

“喂，拉普，你看今天我们能打胜仗吗？”拿破仑问。

“毫无疑问，陛下！”拉普回答。

拿破仑对他望了望。

“陛下还记得您在斯摩棱斯克对我说过的话吗？”拉普说，“酒瓶既已打开，就得一饮而尽。”

拿破仑皱起眉头，把头靠在手上，默默地坐了好一阵。

“可怜的军队！斯摩棱斯克一战减员不少。命运真像个女人，朝三暮四，拉普。我一向这么说，现在可体会到了。那么，拉普，近卫军……近卫军还好吗？”他问。

“还好，陛下！”拉普回答。

拿破仑拿起一片药放进嘴里，看了看表。他不想睡觉，但离天亮还早，又不能再发发命令来消磨时间，因为命令都已发出，现在正在执行。

“给近卫军发了干粮和大米没有？”拿破仑严厉地问。

“发了，陛下。”

“大米呢？”

拉普回答说，他已传达了皇帝赐发大米的命令，但拿破仑不高兴地摇摇头，仿佛不相信他的命令已被执行。侍从拿着混合香酒进来。拿破仑吩咐给拉普也斟一杯，自己默默地喝酒。

“我没有味觉，也没有嗅觉，”他闻闻酒杯说，“这伤风真讨厌。他们谈论医药，可是他们连伤风都治不好，还谈什么医药？科维扎尔[1]给了我这些药片，可是毫无用处。它们能治什么病？什么病也不能治。我们的身体是一架生命的机器。用它来维持生命。别去干扰生命，让生命自己保护自己，拿药品去干

1 科维扎尔（1775—1821），法国名医，曾任拿破仑御医。

扰它，不如让它自力更生。我们的身体好像钟表，它能走一定时间；钟表匠打不开这表，他们只会瞎摸，随意摆弄。我们的身体是一架生命的机器。就是这么一回事。”拿破仑爱好下定义，此刻他又出其不意地下了一个新定义。“拉普，您知道什么叫军事艺术吗？”他问。“就是在一定时间里战胜敌人的艺术。就是这么一回事。”

拉普什么也没有回答。

“明天我们要同库图佐夫交手了！”拿破仑说。“我们要瞧瞧！您记得吗，他在布劳瑙指挥军队，三星期没有视察过一次工事？我们要瞧瞧！”

他看了看表。才四点钟。他不想睡，混合香酒喝光了，还是无事可做。他站起来，来回踱步，穿上暖和的外套，戴上帽子，走出行营。夜又黑又潮，水珠从空中落下。近处，法国近卫军的营火朦胧燃烧；远处，俄国前线的营火在烟雾中闪闪发亮。周围一片寂静，只听见向阵地调动的法军的沙沙声和脚步声。

拿破仑在行营前走来走去，望望营火，听听脚步声，从一个站岗的戴皮帽高个子卫兵旁边走过。那卫兵一看见皇帝，身子挺直得像一根黑柱子。拿破仑在他面前站住。

“你哪年入伍？”他对士兵说话总是装腔作势，用的是军人又亲切又粗鲁的口吻。那卫兵回答了他。

“噢，也是个老兵了！你们团领到大米没有？”

“领到了，陛下。”

拿破仑点点头，走开了。

五点半，拿破仑骑马向舍瓦尔季诺村跑去。

天蒙蒙亮，天空渐渐明朗，只有东方浮着一片乌云。被遗弃的营火在熹微的晨光中熄灭。

右边传出一下深沉的炮声，在万籁俱寂中渐渐消失。过了几分钟，响起第二下、第三下炮声，把空气都震动了，第四下、第五下又在右方近处庄严地响起来。

第一批炮声还没有消失，后面的炮又打响，接二连三，汇成一片。

拿破仑带着随从跑近舍瓦尔季诺多面堡，下了马。战斗开始了。

30

皮埃尔从安德烈公爵那里回到果尔基，吩咐马夫备好马，一早叫醒他，接着就在保里斯留给他的隔板后面角落里睡着了。

皮埃尔第二天早晨醒来，屋里已没有人。小窗子的玻璃琅琅作响，马夫站在旁边摇他。

“老爷！老爷！老爷！”马夫不断地摇他的肩膀，反复叫道，眼睛不看他，显然已不指望能弄醒他。

“什么事？开始了？时候到了？”皮埃尔醒来，问。

“您听听炮声，”当马夫的退伍兵说，“老爷们都走了，总司令也早过去了。”

皮埃尔连忙穿好衣服，跑到台阶上。户外晴朗，空气清新，露珠遍地，一片生机勃勃的景象。太阳刚从乌云后面露出来，一半仍被乌云遮断的阳光，从街对面房子的屋顶上照到沾满露珠的土路上、房屋的墙上、窗上和拴在屋外的皮埃尔的马上。炮声在户外听得格外清楚。一个副官带着哥萨克骑马从街上跑过。

“该走了，伯爵，该走了！”副官嚷道。

皮埃尔吩咐马夫牵马跟在他后面，沿街走向昨天他观察战场的土岗。土岗上有一群军人，可以听到参谋人员在那里用法语谈话，还可以看见库图佐夫头戴红箍白帽，白发苍苍，后脑勺缩在肩膀里。库图佐夫用单筒望远镜望着前面的大路。

皮埃尔拾级走上土岗，向前眺望了一下，一派美丽的景色使他陶醉。这就是他昨天从土岗上欣赏过的广阔画面，如今这地方已布满军队，弥漫着大炮的硝烟，明亮的太阳从皮埃尔左后方冉冉升起，斜射的阳光透过早晨明净的空气，向大地投下金黄和玫瑰红的光线以及长长的阴影。远方的树林仿佛用黄绿宝石雕成，黑魆魆的树梢错落有致地呈现在地平线上。在树林中间，瓦卢耶瓦后面，蜿蜒着斯摩棱斯克大道，大道上都是军队。近处是金黄的田野和树丛。前后左右到处都是军队。这一切都生气勃勃，庄严雄伟，出人意料。但最使皮埃尔惊讶的却是战场本身、鲍罗金诺村和柯洛察河两岸的洼地。

在柯洛察河上，在鲍罗金诺村和村庄两边，特别是左边，在伏依纳河从沼泽的两岸流入柯洛察河的地方，弥漫着一片迷雾。迷雾渐渐扩散，融化，在灿烂的阳光中，把万物渲染得五彩缤纷，光怪陆离。大炮的硝烟同迷雾混合在一起，在这片烟雾中到处都闪耀着早晨的阳光：时而在河面上，时而在露珠上，时而在河两岸和鲍罗金诺军队的刺刀上。在薄雾中可以看见一座白色的教堂、鲍罗金诺农舍的屋顶、一群群士兵，以及绿色的弹药箱和大炮。这一切都在移动，或者像在移动，因为烟雾在这个空间里不停地飘浮荡漾。就像鲍罗金诺附近洼地上笼罩着迷雾那样，在村庄外面，在高空，特别是在全线的左边，在树林里，在田野上，在洼地上，在高地上，不断地升起硝烟，有时一团，有时几团，有时稀落，有时密集。硝烟膨胀，扩散，缭绕，融合，布满了整个空间。

说来奇怪，这些硝烟和炮声竟形成一道迷人的景观。

“噗——噗！”突然出现了一团浓烟，颜色由紫变灰，由灰变乳白，一秒钟后发出了“嘭——嘭！”的响声。

皮埃尔回头看看原是一个圆球的第一团硝烟，发现那里已出现好几团硝烟，正向一边飘去，接着又是“噗……噗噗……”出现了三四团硝烟，然后又隔开一定时间传来悦耳、清晰和准确的“嘭——嘭——嘭”声。这些硝烟时而飘动，时而停留，树林、田野和闪亮的刺刀仿佛就在它们旁边奔跑。左边田野和树丛上不断出现一团团大的硝烟，接着发出庄严的响声；近处洼地和树林上冒出一个个小的步枪硝烟，它们还没有形成球，但接着也发出低低的响声。“嗒啦——嗒啦——嗒啦”，传来步枪的响声，虽然频繁，但比起炮声来则显得杂乱而微弱。

皮埃尔想到那有硝烟、刺刀闪光、大炮、活动和响声的地方去。他回头看看库图佐夫和他的随从，以便拿自己对他的印象和别人对他的印象作一番比较。大家都像他一样眺望着战场，而且怀着同他一样的感情。现在人人脸上都洋溢着爱国的潜热，这种情绪皮埃尔昨天就注意到，但是领悟却是在他同安德烈公爵谈话之后。

“去吧，去吧，好人，基督与你同在！”库图佐夫对站在他旁边的将军说，眼睛没离开战场。

这个将军听到命令走下山去，从皮埃尔身边走过。

“去渡口！”将军严厉地冷冷回答一个参谋官。

“我也去，我也去。”皮埃尔想，便跟着将军走去。

将军骑上哥萨克给他牵来的马。皮埃尔走到牵着几匹马的马夫跟前。皮埃尔问哪一匹最驯顺，然后骑上给他指定的那匹马。他抓住马鬃，脚尖朝外，脚跟夹住马肚子。他感到眼镜在滑下去，但又不能放掉马鬃和缰绳。他跟着将军奔驰起来，引得从土岗上观望他的参谋官都笑了起来。

31

皮埃尔追随的那位将军下了山，陡然向左拐。皮埃尔看不见他，就冲进前面步兵的队伍。他忽左忽右想从他们中间穿过去，但到处都是神色紧张的士兵，他们正忙着一项看不见但显然很重要的事。大家都用愤慨而疑问的目光望着这个头戴白帽的胖子，不知他为什么要骑马冲撞他们。

“怎么骑马跑到队伍中来了！”有人对他喝道。另一个拿枪托推开他的马。皮埃尔伏在鞍鞒上，勉强控制着受惊的马，跑到士兵们前面空旷的地方。

他前面有一座桥，桥边另有一些士兵在射击。皮埃尔走到他们跟前。他不知不觉来到横跨柯洛察河的桥旁。这座桥在果尔基和鲍罗金诺之间，法军在占领鲍罗金诺后首先向它进攻。皮埃尔看见前面有一座桥，桥两头和草地上，在他昨天看见的一捆捆干草里，士兵们在硝烟里干着什么；但尽管这里射击声不断，他却怎么也没有想到这里就是战场。他没有听见枪弹在四方呼啸，炮弹从头上飞过，没有看见河对面的敌人，好久没有看见人员伤亡，尽管有许多人在离他不远处倒下来。他一直脸带笑容，向四周环顾。

“你这家伙怎么在前线骑马？”又有人对他吆喝道。

“向右走，向右走！”有人对他嚷道。

皮埃尔向右走，无意中遇到他认识的拉耶夫斯基将军的一个副官。这个副官怒气冲冲地对皮埃尔瞪了一眼，显然也要向他吆喝，但一认出是他，就向他点点头。

“您怎么到这里来了？”他说着，向前跑去。

皮埃尔觉得自己来得不是地方，又无事可做，还怕妨碍人家，就跟着副官跑去。

“这里是怎么一回事？我可以跟您一起走吗？”他问。

“等一下，等一下！”副官回答，他跑到一个站在草地上的胖上校跟前，向他传达了什么，然后同皮埃尔说话。

“您怎么到这儿来了，伯爵？”他笑眯眯地对皮埃尔说，“您还是那么好奇吗？”

“是的，是的！”皮埃尔说。但副官拨转马头，继续向前跑去。

“感谢上帝，这里还好，”副官说，“但左翼巴格拉基昂那里打得可厉害了。”

“真的吗？”皮埃尔问，“这是在哪里呀？”

“您跟我到小山上去，那里看得清楚。我们的炮兵阵地还支持得住。”副官说，“您去吗？”

“好，我跟您去。”皮埃尔说，环顾周围，找寻着自己的马夫。直到这时皮埃尔才看见伤员，有的蹒跚地步行，有的躺在担架上。就在他昨天骑马经过、上面摆着一捆捆芳香干草的草地上，僵卧着一个士兵，不自然地歪着头，军帽掉在一边。“为什么不把这个兵抬走？”皮埃尔想问，但一看见副官也在朝着那边望，神色严厉，就不作声了。

皮埃尔没有找到他的马夫，就跟着副官沿洼地向拉耶夫斯基所在的土岗跑去。皮埃尔的马跟不上副官，有节奏地颠簸着。

“您大概骑不惯吧，伯爵？”副官问。

“不，没什么，但马颠得厉害。”皮埃尔困惑不解地说。

“哦！……它负伤了，”副官说，“伤在右前腿，膝盖以上的地方。大概被子弹打中了。恭喜您，伯爵，受了火的洗礼。”

他们经过炮兵后面硝烟弥漫的第六军，走进一座小树林。炮兵已移到前面，正开着炮，发出震耳欲聋的响声。树林里清凉、幽静，一片秋意。皮埃尔和副官下了马，向山上走去。

“将军在这里吗？”副官走近土岗问。

“刚才还在这里，现在到那边去了。”有人向右边指指，回答。

副官回头看了皮埃尔一眼，仿佛不知道现在该拿他怎么办。

“您不用费心，”皮埃尔说，“我到土岗上去，行吗？”

“去吧，去吧，那里可以看到一切，也不那么危险。回头我来接您。”

皮埃尔向炮台走去，副官继续往前走。从此他们再没见面。好久以后皮埃尔才知道，副官当天就有一条手臂被打断了。

皮埃尔上去的那个土岗是个著名的地方（后来俄国人叫它土岗炮台或者拉耶夫斯基炮台，法国人则叫它大多面堡，致命的多面堡，中央多面堡），在它周围死了几万人，它被法国人看作整个阵地存亡的关键。

这个多面堡利用土岗修成，三面挖了壕沟。壕沟里摆着十门大炮，炮口从土墙孔里伸出来。

土岗两边还排列着一门门大炮，也在不断地射击。大炮后面站着步兵。皮埃尔走上土岗，怎么也没有想到，这个挖有几条壕沟、上面有几门炮在射击的地方，竟是那次会战中最重要的地方。

相反，皮埃尔还以为在战斗中这是一个无足轻重的地方，因此安然站在上面。

皮埃尔走上土岗，坐在围绕炮位的壕沟的一端，情不自禁地露出快乐的笑容，瞧着周围发生的一切。他偶尔站起来，仍旧带着那样的笑容，在炮位上踱来踱去，竭力不妨碍装炮弹、开炮、拿着弹药袋和炮弹从他旁边跑过的士兵。这个炮位上的炮接二连三地发射，隆隆的炮声震耳欲聋，整个地区硝烟弥漫。

这里同掩体里步兵心惊肉跳的感觉相反，在这个炮位上，有一小群人同其他壕沟隔离，都忙于干活，这里有一种人人平等、亲如一家的活泼气氛。

皮埃尔那副头戴白帽的非军人样子起初使他们感到惊讶和不满。从他旁边经过的士兵惊奇甚至恐惧地瞟着他的身子。一个麻脸、长腿的高个子炮兵校官，仿佛要看看边上那门炮的射击情况，走到皮埃尔面前，好奇地对他瞧瞧。

一个圆脸的年轻军官，还是个半大孩子，显然刚从中等武备学校毕业出来，非常卖力地指挥着两门交托给他的大炮，一本正经地对皮埃尔说：

“先生，请您让开一点，待在这里不行。”

士兵们瞧着皮埃尔，不以为然地摇摇头。但后来他们相信，这个头戴白帽的人没做什么坏事，而是安静地坐在土堤上，或者带着羞涩的微笑恭敬地避让士兵们，若无其事地在炮位上走来走去，就像在林荫道上散步一样。这时，对他不信任的敌对情绪就转变为戏谑和蔼的同情，就像对待随军的狗、鸡和羊一样。如今士兵们已把皮埃尔当作自己人，还给他起了绰号。他们叫他“我们的老爷”，亲切地取笑他。

一颗炮弹在离皮埃尔两步远的地方爆炸。他拂去溅在身上的泥，笑眯眯地环顾着。

“老爷，您怎么不怕呀，真是的！”一个红脸宽肩的士兵露出雪白的大板牙，对皮埃尔说。

“难道你怕吗？”皮埃尔问。

“哪能不怕？”那兵回答。“炮弹是不留情的。砰的一声，肠子出膛。不能不怕呀！”他笑着说。

有几个兵笑嘻嘻地站在皮埃尔旁边。他们仿佛没有想到他说话也像大家一样，这一发现使他们都乐了。

“这是我们大兵干的活。可是您老爷也来，真是奇怪，老爷真行！”

“各就各位！”年轻的军官对聚集在皮埃尔周围的士兵喝道。这位年轻的军官显然是初次执行职务，因此对士兵和上级都很认真。

整个战场上隆隆的炮声和嘘嘘的枪声越来越激烈了，特别是在巴格拉基昂多面堡左边，但皮埃尔所在的地方，由于硝烟弥漫，什么也看不见。再说，皮埃尔的全部注意力都集中在炮位里亲如一家而同外界隔离的官兵身上。起初，战场的景象和声音在他身上引起一种情不自禁的兴奋，在看到单独躺在草地上的士兵后，他的心情就起了变化。此刻他坐在壕沟的斜坡上，观察着周围的一张张脸。

还不到十点钟，已经有二十来个人从炮位上被抬走；两门炮被打坏，落在炮位上的炮弹越来越多，子弹嘘嘘地在远处呼啸。但炮位里的人都若无其事，四处是一片欢乐的笑语声。

“好炮弹！”一个兵对嗖嗖飞来的榴弹叫道。“不要飞到这里来！飞到步兵那里去！”另一个兵发现榴弹从头上飞过，落在掩护部队里，哈哈笑着说。

“怎么，是相好吗？”另一个兵看到炮弹飞过时有个人蹲下来，嘲笑说。

几个兵聚集在土垒旁，张望前面发生的事。

“他们撤了散兵线，瞧，往回走了。”他们指指土垒外面，说。

“管自己的事，”一个老军士对他们喝道，“他们往回走，说明那边有事。”老军士抓住一个兵的肩膀，用膝盖撞撞他。阵地上发出了一片哄笑声。

“拉到五号炮那里去！”有人从一边喊道。

“大家一齐来，像拉纤一样，齐心协力。”拉炮的士兵快乐地叫道。

“哦，差点儿把我们老爷的帽子打掉了。”爱开玩笑的红脸兵露出牙齿嘲笑皮埃尔。“哼，丑娘儿们！”一颗炮弹打在炮轮和人腿上，他责骂道。

“哈，你们这些狐狸！”另一个兵取笑弯着身子到炮位来抬伤员的民兵说。

“这饭不好吃吧？哼，你们这些乌鸦，害怕了！”他们对站在断腿伤员面前迟疑不决的民兵嚷道。

“哎哟，哎哟，这家伙！”他们模仿民兵说，“他们可不喜欢了。”

皮埃尔发现，炮弹越落越多，伤亡越来越大，但大家的情绪却越来越高。

就像暴风雨临近那样，人人脸上越来越频繁、越来越明亮地焕发着潜藏的怒火，仿佛在对抗当前发生的事态。

皮埃尔不再看前面的战场，不再关心那边发生的事，他专心望着那越烧越旺的火，觉得心里也燃烧着同样的火。

十点钟，炮位前灌木丛中和卡明加河岸上的步兵撤退了。从炮位上可以看见，他们用枪抬着伤员往回跑。一个将军带着随从走上土岗，对上校说了几句话，怒气冲冲地瞧了瞧皮埃尔，命令站在炮位后的掩护步兵卧倒以减少伤亡，自己又走下土岗。接着在步兵队伍里，在炮位右方，传出鼓声和口令声，从炮位上看得见步兵在向前推进。

皮埃尔从土垒后面朝外望。有一个人特别引起他的注意。这是一个青年军官，他脸色苍白，拖着佩剑，一面倒退，一面不安地环顾着。

步兵的队伍在硝烟里消失了，只听见他们拖长的叫声和密集的枪声。几分钟后，就有一批批伤员和抬担架的人从那里走过来。落在炮位上的炮弹越来越多了。有几个倒下的人没有被抬走。大炮周围的士兵更忙碌了。谁也不再注意皮埃尔。他有两次因为挡路而受到怒喝。上士皱着眉头，迈着大步，急急地在几门大炮之间跑来跑去。那个青年军官脸涨得更红，更卖力地指挥着士兵。士兵们传递炮弹，转动身体，装上炮弹，干得更紧张、更漂亮了。他们像在弹簧上似的来回跳动。

暴风雨逼近了，人人脸上都泛出皮埃尔看到的心灵的火焰。他站在一个年长的军官旁边。一个年轻的军官手举到帽边，向年长的军官跑来。

“报告，上校先生，炮弹只剩下八发了，还继续放吗？”他问。

“霰弹！”年长的军官望着土垒外喊道，没有回答他的问题。

突然出了一件事：年轻的军官大叫一声在地上坐下来，就像一只中弹的飞鸟。在皮埃尔的眼里，一切都变得古怪、模糊和阴暗了。

炮弹接二连三地呼啸着，有的打中土垒，有的打中士兵，有的打中大炮。皮埃尔以前没有留心这声音，现在只听见这种声音。在炮位右边，皮埃尔觉得喊着“乌拉”的士兵不是在往前跑，而是在往后退。

一颗炮弹打在皮埃尔站着的土垒一边，泥土纷纷撒落下来，他眼前掠过一个大黑球，立刻撞在什么东西上。正向炮位走的民兵纷纷往后退。

“老是打霰弹！”军官叫道。

年轻的军官跑到年长的军官面前，怯生生地低声说，炮弹没有了，那模样就像管家报告主人他要的酒没有了。

“混账东西，怎么搞的！”年长的军官嚷道，一面转身对着皮埃尔。年长的军官涨红脸，满头大汗，皱紧眉头，眼睛发亮。“到后备队去，搬弹药箱！”他嚷道，愤怒地扫了皮埃尔一眼，转身对着他的士兵。

“我去！”皮埃尔说。军官没有理他，大步向另一边走去。

“不要放……等一下！”他喊道。

奉命去搬弹药的兵撞在皮埃尔身上。

“哦，老爷，这里不是你待的地方。”他说着往下跑。皮埃尔跟着那个兵跑过，绕过青年军官坐着的地方。

炮弹接二连三地从他头上飞过，落在他的前面，后面，旁边。皮埃尔往下跑。“我这是往哪儿跑啊？”他突然省悟过来，已经接近绿色的弹药箱。他停下脚步，决不定应该前进还是后退。突然，一股惊人的力量把他往后推倒在地。就在这一刹那，一个巨大的火光把他照亮，也就在这一刹那，他听到了震耳欲聋的轰隆声、爆裂声和呼啸声。

皮埃尔清醒过来，用双手支撑着坐在地上。他旁边那只弹药箱不见了，只有几块燃烧过的绿色木板和布片散落在烧焦的草地上；一匹马拖着断车辕跑开去，另一匹马也像皮埃尔一样倒在地上，发出长长的刺耳的叫声。

32

皮埃尔吓得魂不附体，霍地跳起来，跑回炮台，仿佛那是逃避一切恐怖的唯一场所。

皮埃尔走进堑壕，发现炮台里已听不见炮声，但有人在那里做着什么。这是些什么人，皮埃尔还没明白过来。他看见一个老上校背对他趴在土垒上，仿佛在往下察看什么东西；他看到一个面熟的士兵，嘴里喊着“弟兄们”，竭力要挣脱捉住他手臂的人往前冲；他还看见一些奇怪的事。

但他还没有想到，那个上校已被打死，那个喊着“弟兄们！”的兵已成了俘虏，另一个兵背上挨了一刺刀。他刚跑进堑壕，就有一个穿蓝制服、面黄肌瘦、满头大汗的人，嘴里喊着什么，拿着长剑向他冲来。皮埃尔同他撞了个满怀，本能地进行自卫，一手抓住这人的肩膀，一手掐住他的喉咙。原来这是个法国军官。法国军官丢下长剑，抓住皮埃尔的领子。

一连几秒钟他们两人恐惧地瞧着对方陌生的脸，两人都弄不懂他们在做什么，应该做什么。“是我被俘虏了，还是他被我俘虏了？”他们都这样想。不过，法国军官显然更多地以为自己被俘了，因为皮埃尔由于不由自主的恐惧，他那只有力的手越来越紧地掐着对方的喉咙。法国人想说什么，但突然有颗炮弹惊心动魄地从他们头上低低飞过，法国军官猛地低下头，以致皮埃尔觉得他的脑袋仿佛被打掉了。

皮埃尔也低下头，垂下双手。他们不再想是谁俘虏了谁，法国人跑回炮台，皮埃尔则跑下山去，在死伤者的身上磕绊着，觉得他们在抓他的脚。但没等他跑下山，就遇见一大群迎面跑来的俄国兵。他们磕磕绊绊，大声叫喊，欢天喜地地向炮台跑来。（叶尔莫洛夫[1]把这次冲锋记在自己的功劳簿上，宣称全靠他的勇敢和运气才取得这一功绩，而且把他口袋里所有的圣乔治十字章都扔在土岗上，奖赏给最先到达的士兵。）

占领炮台的法国人逃跑了。我们的军队口喊“乌拉”追赶法军，追到离炮台很远的地方，因此难以阻止他们。

俘虏从炮台上被带下来。其中包括一个负伤的法国将军。法国将军被军官们围住了。一群群伤员，有的皮埃尔认识，有的皮埃尔不认识，有法国人，有俄国人，脸上都现出痛苦的神色，从炮台上有的走下来，有的爬下来，有的被担架抬下来。皮埃尔又走上他度过一个多小时的土岗，原来把他当作一家人接待的那些人，如今一个也找不到了。许多死人是他不认识的。但有几个他认了出来。年轻的军官仍旧弯着身子，坐在土垒旁的血泊中。红脸的士兵还在抽搐，却没有被抬走。

皮埃尔往山下跑去。

“哦，现在他们该住手了！现在他们该对他们的行为感到害怕了！”皮埃尔想，漫无目的地跟着一群从战场上抬下担架的人走去。

1 叶尔莫洛夫（1777—1861），俄国步兵上将（1818），曾参加1805—1807年俄法战争，1812年任第一集团军参谋长。著有《笔记》。

但被硝烟遮住的太阳还高悬在天空，在前方，特别是谢苗诺夫村左边，硝烟中双方正在激战，枪炮声不但没有减弱，而且激烈到极点，就像一个人在垂死挣扎和呼喊。

33

鲍罗金诺会战的主要战斗发生在鲍罗金诺和巴格拉基昂多面堡之间一千俄丈[1]的地区。在这个地区以外，一边有乌瓦罗夫俄国骑兵的佯攻，另一边，在乌基察后边，有波尼亚托夫斯基同杜契科夫进行的接触，但这同中心战场的战斗比起来只是两场小小的单独战斗。在鲍罗金诺和尖顶堡之间的田野上，在树林旁边，这天的主要战斗发生在两边都看得见的旷地上，而且用的是最简单朴素的方式。

双方各用几百门炮互相轰击，展开战斗。

后来，整个战场硝烟弥漫，在硝烟中，德赛和孔朋的两个师就从右边（从法军方面看）向尖顶堡移动，而副王的部队则从左边向鲍罗金诺进攻。

这些尖顶堡离拿破仑所在的舍瓦尔季诺多面堡只有一俄里，但离鲍罗金诺有两俄里以上，因此拿破仑看不到那里发生的事，再加上硝烟混和着迷雾，把整个地区都遮蔽了。德赛师的士兵直到走下尖顶堡前的峡谷才能被人看见。他们一到峡谷，尖顶堡上

1 等于2134米。

枪炮的硝烟十分浓密，遮蔽了峡谷那边的整个山坡。硝烟中有时掠过一些黑魆魆的影子，大概是人，有时则掠过刺刀的闪光。但他们是在行动还是站在那里，是法国人还是俄国人，从舍瓦尔季诺多面堡都看不清。

太阳灿烂地升起，阳光斜射在拿破仑脸上，拿破仑手搭凉棚眺望尖顶堡。尖顶堡前硝烟扩散开来，一会儿好像是硝烟在动，一会儿好像是军队在动。有时在枪炮的射击声间歇中可以听见人的呐喊，但不能判断他们在那里做什么。

拿破仑站在土岗上，用单筒望远镜瞭望着。他从望远镜的小筒里看见烟和人，有时是自己人，有时是俄国人；但当他再用肉眼看时，他不知道刚才看见的东西在哪里。

他走下土岗，在土岗前来回踱步。

不仅从下面他站立的地方，不仅从他的将军们现在站立的土岗上，而且从尖顶堡上也看不清这里所发生的事。在尖顶堡上，俄国兵，法国兵，阵亡的，负伤的，活着的，受惊的，发疯的，轮流出现，混成一片。一连几小时，在这个地方，在连续不断的枪炮声中，时而出现俄国兵，时而出现法国兵，时而出现步兵，时而出现骑兵；他们出现，倒下，射击，搏斗，呐喊，后退，不知该拿对方怎么办。

拿破仑派出的副官和他那些元帅的传令官骑马跑来向他报告军情，但所有这些报告都是靠不住的，因为在激战中无法说清当时的情况，因为许多副官根本没有跑到战斗现场，而只是转告从别人口里听来的消息，还因为副官们跑了两三俄里来到拿破仑那里，情况已发生了变化，他们带来的消息已过时了。例如一个副官从副王那里骑马跑来，报告鲍罗金诺已被占领，柯洛察河上的桥已落到法军手里。副官问拿破仑要不要命令军队过桥？拿破仑下令军队在对岸列队待命，其实不仅在拿破仑发这道命令的时候，甚至在副官刚离开鲍罗金诺的时候，也就是在皮埃尔于会战开始时参加的那场搏斗中，桥已被俄军夺回，并且被烧掉了。

副官吓得面无人色，从尖顶堡骑马跑来向拿破仑报告说，他们的进攻已被打退，孔朋负伤，达武阵亡，然而就在副官得知法军被打退的时候，尖顶堡已被另一部分法军占领，达武并没有死，只是受了点轻伤。拿破仑就凭这些极不可靠的报告发布命令。这些命令不是在发出之前已被执行，就是根本无法执行，因此也就没有被执行。

离战场较近的元帅们和将军们，像拿破仑一样，也没有直接参加战斗，只偶尔来到步枪射程之内，不请示拿破仑，擅自作出部署，命令从哪里往哪里射击，骑兵往哪里跑，步兵往哪里冲。但就连他们的命令也像拿破仑的命令一样，难得被执行，而且执行得很差。发生的情况多半同他们的命令相反。奉命前进的士兵，一遇到霰弹就往回跑；奉命坚守阵地的士兵，突然发现前面有俄国人，有时向后跑，有时往前冲，而骑兵没有等到命令就去追击逃跑的俄国人。这样，两个骑兵团跑过谢苗诺夫峡谷，刚要上山，就拨转马头全速往回跑。步兵也这样行动，有时他们完全违反命令，任意乱跑。大炮何时移动，向何处移动，步兵何时出动射击，骑兵何时追逐俄国步兵，一切命令都是由就近的部队长官擅自作出的，不仅不请示拿破仑，甚至不请示奈伊、达武和缪拉。他们并不害怕不执行命令或擅自发布命令，因为在战斗中关系最重大的是人的生命，有时觉得往后跑安全，有时觉得往前跑安全，而处身在战斗中心的人就根据自己的心情行动。其实这种前进或后退并不能减轻或改变部队的情况。他们相互追逐和冲突不会造成什么损害，而造成损害、死亡和残废的，却是他们在旷野上奔跑时遇到的子弹和炮弹。这些人一离开炮弹和子弹横飞的旷野，站在后面的指挥官立刻把他们整编，整顿他们的纪律，并依靠纪律把他们赶回火线，而到了火线，他们在死的恐惧下又丧失纪律，凭着一时的冲动东奔西跑。

34

拿破仑手下的将军达武、奈伊和缪拉离这里的火线很近，有时甚至骑马进入火线，一次次把大量整齐的队伍调到这里。但与历次战役相反，他们没有获得预期的敌人逃跑的消息，而整齐的队伍从那里回来，总是惊惶失色，溃不成军。他们重新整编，但人数却越来越少。中午，缪拉派副官向拿破仑求援。

拿破仑坐在土岗下喝混合香酒，这时缪拉的副官骑马跑来，信心十足地说，只要陛下再拨一个师，俄军准会被打垮。

“增援？”拿破仑严厉地说，望着披一头长长的黑色鬈发（像缪拉一样）的俊美青年副官，仿佛不明白他的话。“增援！”拿破仑想，“他们手里有一半军队，用来对付没有设防的软弱的俄军侧翼，还要增援做什么！”

“告诉那不勒斯王，”拿破仑严厉地说，“现在还不到中午，我还看不清楚棋盘。去吧……”

蓄长发的俊美青年副官一直举着手敬礼，长叹一声，又跑回厮杀的地方。

拿破仑站起身，唤来科兰古和贝蒂埃，同他们谈与战争无关的事。

在拿破仑感兴趣的谈话中途，贝蒂埃从眼角看到一个带随从的将军骑一匹满身是汗的马向土岗跑来。原来是裴里亚。他跳下马，快步向皇帝走来，大胆地高声要求增援。他发誓说，皇上要是再派一个师，俄军就将灭亡。

拿破仑耸耸肩膀，什么也没有回答，继续踱步。裴里亚兴奋地同围住他的随从将军们大声说话。

“你这火暴性子，裴里亚，”拿破仑走到跑来的将军跟前说，“火气大，容易犯错误。你先回去看看，然后再来找我。”

不等裴里亚的影子消失，从战场另一边又有一个使者骑马跑来。

“哼，又有什么事？”拿破仑说，显然被一再的打扰激怒了。

“陛下，公爵……”副官刚开口说。

“要求增援吗？”拿破仑生气地做着手势说。副官肯定地点点头，开始报告；但皇帝转过身去，走了两步又站住，回过来叫贝蒂埃。“得派后备队了。”他轻轻地摊开双手说。“您看派谁去？”他对贝蒂埃说。后来他在谈到贝蒂埃时说：“我把小鹅训练成鹰了。”

“陛下，派克拉帕雷德师去怎么样？”贝蒂埃回答说，他把所有的师、团和营都记得一清二楚。

拿破仑赞同地点点头。

副官骑马向克拉帕雷德师跑去。过了几分钟，驻扎在土岗后面的年轻近卫军开走了。拿破仑默默地望着那个方向。

“不！”他突然对贝蒂埃说。“我不能派克拉帕雷德师去。派弗里安师去吧！”他说。

虽然派弗里安师代替克拉帕雷德师没有任何好处，而且现在留下克拉帕雷德而派遣弗里安显然会耽误时间，圣旨还是被严格执行了。拿破仑没有看到，他现在对待军队就像一个乱投药石的庸医，尽管他很懂得这种医生的作用，并加以谴责。

弗里安师也像其他部队一样，隐没在战场的硝烟中。四面八方不断有副官跑来，大家好像商量好一样，说的都是同一件事。大家都要求增援，大家都说俄军坚守阵地，发出疯狂的炮火，使法军迅速瓦解。

拿破仑坐在折椅上沉思。

爱好旅行的波塞先生从早晨起一直饿着肚子，这时走到皇帝面前，斗胆恭请陛下进膳。

“我想现在就可以向陛下祝贺胜利了。”他说。

拿破仑默默地摇摇头。波塞先生以为皇帝摇头是指胜利而不是指进膳，就又俏皮又恭敬地说，可以吃饭的时候，就是天塌下来也要吃。

“走开……”拿破仑突然恼怒地说，转过身去。波塞先生脸上浮起歉疚、悔恨和欣喜交错的怡然微笑，悄悄地溜到别的将军那儿去了。

拿破仑此刻心情沉重，好像一个一向走运的赌徒，随便下注总是赢钱，可是他突然考虑起赌运来，这才发现，他越精心研究赌局，越觉得必输无疑。

军队还是那些军队，将军还是那些将军，准备还是那样的准备，部署还是那样的部署，公告依旧那样简短有力，他还是原来的他，这一层他是知道的。他也知道他现在比以前更有经验，更加精明，甚至知道敌人还是同奥斯特里茨和弗里德兰战役时一样，可是他那震撼天地的巨臂却像中了魔法，变得软弱无力了。

炮兵集中到一点，后备队突破敌人阵线，铁骑进行攻击，所有这些以前必胜的方法都已用上，可是不仅没有取得胜利，而且四面八方都送来同样的消息：将军们伤亡，要求增援，俄军无法击退，法军溃败。

从前，他只要发布两三道命令，说两三句话，元帅和副官就会满面春风地赶来祝贺，报告俘获大批俘虏、成捆敌方军旗和鹰旗、大炮、辎重车，缪拉只要求让骑兵去收集辎重车。在洛迪、马仑戈、阿尔科尔、耶纳、奥斯特里茨、瓦格拉姆[1]等地，情况都是这样。如今他的军队仿佛出了怪事。

虽然传来占领尖顶堡的消息，拿破仑知道目前的形势同他以往的历次战役不同，完全不同。他知道，他周围有战斗经验的人，此刻的感受同他一样。个个都愁眉不展，彼此避开目光。只有波塞一人不能理解当前形势的严重性。拿破仑凭他长期作战的经验十分清楚，攻方连续八小时作战，经过一切努力仍不能取胜，这意味着什么。他知道，这几乎是败局已定，现在，在这生死关头，只要有一点小小的差错，他和他的军队就会全军覆没。

他回顾这次古怪的对俄战争，他没有打过一次胜仗，两个月来没有俘获过一面军旗、一门大炮、一个军团。他看到周围人们忧心忡忡的神色，听着俄军坚守阵地的报告，他心中充满了一种类似噩梦的恐怖，他的头脑里浮现出各种可能使他毁灭的不幸事故。俄军可能攻击他的左翼，可能突破他的中央，一颗流弹就可能把他打死。这一切都有可能。以前作战时，他只考虑各种胜利的可能，可现在却有无数不幸的事故摆在他面前，他在等着它们的出现。是的，这好像噩梦，一个人梦见暴徒向他袭击，他在梦中挥动手臂，使劲向暴徒打去，以为准能把暴徒打倒，可是发觉自己的手臂软弱无力，像抹布一样耷拉下来。于是这个束手无策的人恐怖地感到末日来临。

俄军攻打法军左翼的消息在拿破仑心里引起这种恐惧。他垂下头，臂肘支着膝盖，默默地坐在土岗前的折椅上。贝蒂埃走到

1 这些是拿破仑取得几次重要胜利的地方。

他面前，建议他视察战线，以弄明战局。

“什么？您在说什么？”拿破仑问，“好，把我的马牵来。”

他骑上马，向谢苗诺夫村跑去。

拿破仑骑马经过的阵地上，硝烟慢慢扩散，人和马匹，有的单独，有的成堆，躺在血泊中。在这样一小块地方死了那么多人，这种可怕的景象拿破仑没有见过，他的将军也都没有见过。隆隆的炮声连续响了十小时，震得人耳朵嗡嗡作响，也使这景象增添一种特殊的意味，就像活动画片配上了音乐。拿破仑骑马登上谢苗诺夫村高地，透过硝烟看见一列列穿陌生军服的人。这是俄国兵。

俄军密集的队伍集结在谢苗诺夫村和土岗后面，他们的炮不停地轰鸣，他们的战线上硝烟弥漫。战斗已经结束。只有持续不断的屠杀，这对俄国人和法国人都没有好处。拿破仑勒住马，又陷入一度被贝蒂埃打断的沉思中。他不能制止当前的事，这事被认为是受他领导和由他决定的，而由于失败，他第一次觉得这件事是多余的、可怕的。

一个将军骑马走到拿破仑面前，大胆提议调老近卫军参战。奈伊和贝蒂埃站在拿破仑身边，交换了一下眼色，对这个将军的无聊建议轻蔑地冷笑了一下。

拿破仑垂下头，沉默了好一阵。

“我不能在离家几千里外的地方毁掉我的近卫军。”他说完拨转马头往舍瓦尔季诺走去。

35

库图佐夫仍在皮埃尔早晨看见他的那个地方，垂下白发苍苍的头，放松笨重的身体，坐在铺毯子的长凳上。他没有发布任何命令，只是对别人的建议表示赞成或者不赞成。

“好，好，就这么办吧！”他回答他们的建议说。“行，行，去吧，好孩子，去瞧瞧！”他时而对这个时而对那个说；或者说：“不，不用，还是等一等！”他听取给他送来的报告，下属请求指示，他就作指示，但他在听取报告时似乎并不关心人家说的意思，却注意人家的脸部表情和说话腔调。他凭多年的作战经验和老人的真知灼见懂得，领导几十万人进行生死搏斗不是一个人所能胜任的；他知道，决定胜负的不是总司令的命令，不是军队所处的地理位置，不是大炮的数量和杀人的数目，而是一种叫作士气的不可捉摸的力量。他留意这种力量，并竭力加以引导。

库图佐夫整个脸部表情是凝神、镇定而又紧张，他勉强忍受着衰老身体的疲劳。

上午十一时他接到消息，被法国人占领的尖顶堡又被夺回来，但巴格拉基昂公爵负伤了。库图佐夫长叹一声，摇摇头。

“去巴格拉基昂公爵那儿，详细了解情况。”他对一个副官说。接着就对站在他后面的符腾堡亲王说：

“能不能请殿下指挥第一军？”

亲王走后不久，可能还没到达谢苗诺夫村，亲王的副官就回来对总司令说，亲王要求增加军队。

库图佐夫皱了皱眉，下令陶赫杜罗夫去指挥第一军，他又请亲王回来，说在这重要时刻他不能没有亲王。当缪拉被俘的消息传来时，参谋官们向库图佐夫祝贺，他微微笑了笑。

“等一下，诸位！”他说，“仗打胜了，但俘虏缪拉并没什么了不起。最好还是慢一点高兴。”不过，他还是派了一个副官向全军通报这消息。

谢尔比宁从左翼送来法军占领尖顶堡和谢苗诺夫村的消息，库图佐夫从战场上的声音和谢尔比宁的脸色上看出，消息是不好的，就站起来，像是要伸伸腿，挽住谢尔比宁的手臂，把他领到一边。

“你去一下，老弟，”他对叶尔莫洛夫说，“去瞧瞧能不能做些什么。”

库图佐夫在果尔基，在俄军阵地的中心。拿破仑对我方左翼的几次进攻都被打退了。在中央，法军没有从鲍罗金诺前进一步。乌瓦罗夫的骑兵迫使法军从左翼逃跑。

三点钟不到，法军的进攻停止了。库图佐夫看到，从前线回来的人和站在周围的人个个脸色极度紧张。库图佐夫对超过期望的胜利感到满意。但老人的体力不支。他的头几次低低垂下，像要跌倒似的。他打起瞌睡来。侍从给他送来了午餐。

侍从武官伏尔佐根在午餐时来到库图佐夫跟前。他就是走过安德烈公爵旁边时说战斗应该移到旷野[1]的人，也是巴格拉基昂所

1 原文是德语。

憎恨的人。伏尔佐根从巴克莱·德·托里那里跑来，报告左翼的情况。精明能干的巴克莱·德·托里看到伤兵成批后撤，后卫混乱，断定打了败仗，就派亲信来向总司令报告。

库图佐夫费力地嚼着炸鸡，眯细眼睛愉快地瞧了一下伏尔佐根。

伏尔佐根漫不经心地伸伸腿，嘴唇上略带嘲笑，走到库图佐夫跟前，举手碰了碰帽檐。

伏尔佐根装出满不在乎的样子，目的是要表示他是个受过高等教育的军人，让俄国人去把这老废物当作神明吧，他可是知道在同谁打交道。“老先生（德国人私下都这样称呼库图佐夫）倒过得挺自在！”[1]伏尔佐根想。他狠狠地瞧了一眼库图佐夫面前的几道菜，就照巴克莱的吩咐，加上自己的见闻和理解向老先生报告左翼的情况。

“我方阵地所有据点都落到敌人手里，由于没有军队，无法把他们击退；士兵逃跑，无法阻止。”伏尔佐根报告说。

库图佐夫停止咀嚼，惊奇地盯着伏尔佐根，仿佛听不懂他说的话。伏尔佐根发现老先生[2]的激动，含笑说：

“我不能对总座隐瞒我亲眼目睹的事……军队分崩瓦解……”

“您看见了？您看见了？……”库图佐夫皱紧眉头嚷道，很快地站起来，向伏尔佐根走去，“您怎么……您怎么敢！……”他双手颤抖，做出威胁的姿势，上气不接下气，嚷道，“您怎么敢跟我说这种话，阁下。您什么也不知道。您替我转告巴克莱将军，他的情报是不确实的，战斗的真实情况我总司令比他清楚。”

---

1 原文是德语。

2 原文是德语。

伏尔佐根想争辩，但库图佐夫打断他的话。

“敌人左翼被打退，右翼被打败。阁下您要是看不清，那就别说您不知道的事。请您回到巴克莱将军那里，告诉他，我决定明天向敌人进攻。”库图佐夫严厉地说。大家都不作声，只听见老将军在呼哧呼哧地喘气。“敌人各方面都被打退，为此我感谢上帝和我们勇敢的军队。敌人被打败了，明天我们就要把他们赶出神圣的俄国土地！”库图佐夫画着十字说，接着流出眼泪，抽噎了一下。伏尔佐根耸耸肩，撇撇嘴，默默地走开去，对老先生的刚愎自用[1]感到惊讶。

“哦，他来了，我的英雄。”库图佐夫对一位走上土岗的魁伟英俊的黑头发将军说。原来是拉耶夫斯基，他在鲍罗金诺战场的主要据点上待了一整天。

拉耶夫斯基报告说，部队坚守阵地，法军不敢再进犯了。

库图佐夫听了他的话，用法语说：

“那么，您不像别人那样认为我们应该撤退吗？”

“正好相反，总座，在胜负未定的时候，总是强者胜。”拉耶夫斯基回答，“我认为……”

“凯萨罗夫！”库图佐夫叫他的副官，“坐下，写明天的命令。你呢，”他对另一个副官说，“去前线宣布，明天我们进攻。”

库图佐夫正在同拉耶夫斯基谈话，同时口授命令，伏尔佐根从巴克莱那里回来，报告说，巴克莱·德·托里将军希望得到总司令命令的书面命令。

库图佐夫眼睛没看伏尔佐根，吩咐写出书面命令。前任总司令千方百计想弄到这份书面命令以推卸责任。

1 原文是德语。

全军的情绪，也就是所谓士气，照库图佐夫的话来说，就是战争的主要神经，靠的是一种神秘的联系。库图佐夫颁发的明天作战的命令，就是通过这种联系同时传遍全军队的每个角落。

库图佐夫的话，他的命令，传到这种联系的最后一环时已经走了样。传到各个角落的命令甚至同库图佐夫的原话毫无共同之处；但是他说的意思却已传遍各处，因为库图佐夫说这话不是出于狡猾的考虑，而是出于真挚的感情。这种感情潜藏在总司令心里，也潜藏在每个俄国人心里。

听说明天就要向敌人进攻，又从军队上级证实了他们愿意相信的事，身体疲劳、情绪动摇的官兵们又都得到了安慰和鼓励。

36

安德烈公爵的团是后备队。这些后备队部署在谢苗诺夫后面，经受着猛烈炮火的攻击，直到一点多钟还没有参加战斗。将近两点钟，这个团已损失两百多人，向前推进到谢苗诺夫村和土岗炮台之间被践踏的燕麦田里。这一天，这里已死了几千人，而在两点之前，敌人的几百门大炮又集中火力向这里猛轰。

这个团没有离开这地方，也没有放过一枪，却又损失了三分之一人员。从前方，特别是从右方，大炮在浓重不散的硝烟中隆隆轰鸣；从前面弥漫整个地区的神秘烟云中不断飞出急促的嗞嗞响的炮弹和速度较慢的呼啸着的榴弹。有时，整整一刻钟，所有的炮弹和榴弹都从他们头上飞过，仿佛让他们休息一下；但有时在一分钟里就要失去几个人，打死的人不断被拖开，负伤的人不断被抬走。

炮击连续不断，对那些还没有被打死的人来说，生存的机会越来越少。团分为几个营纵队，纵队之间的距离是三百步，虽然如此，大家的心情却是相同的。团里人人都默不作声，愁眉不展。队伍中难得有说话声，只要一听到炮弹落地和叫“担架”声，谈话就立刻停止，大部分时间团里的人都奉命坐在地上。有人摘下帽子，舒展开皱褶，又折起来；有人用手掌搓碎干土，拿来擦刺刀；有人揉揉皮带，拉拉佩刀带的带扣；有人小心地解开包脚布，重新包上，再穿上靴子；有人用田里的草土盖棚子；有人用麦草编小篮子。大家仿佛都一心一意干着活。有人负伤，有人阵亡，有时担架抬过，有时我军后退，有时透过硝烟看到大批敌人，但对这一切谁也不加注意。但当我们的炮兵、骑兵前进时，当看到我们的步兵调动时，就从四面八方发出一片赞许声。但最引人注意的却是一些同战斗毫无关系的事，仿佛这些精神上疲惫不堪的人在生活琐事上获得了休息。一个炮兵连从团的前面走过。一匹拉边套的马在炮兵弹药车的挽索上绊了一下。“哦，那匹拉边套的马！……把腿伸出来！它会跌倒的……唉，他们没有看见！……”全团各排异口同声地嚷道。一会儿，一条棕色小狗竖起尾巴不知从哪里跳出来，吸引了大家的注意。小狗慌张地从队列前面跑过，突然附近落下一颗炮弹，小狗就夹紧尾巴奔到一边。全团爆发出一片笑声和叫声。不过，这一类消遣只延续几分钟，而那些人没有东西吃，没有事做，处在死亡的恐惧中，已经八个多小时。他们苍白和忧郁的脸变得更苍白更忧郁了。

安德烈公爵跟全团所有的人一样，脸色苍白，神情忧郁，低着头，背着手，在燕麦田旁的草地上两条田界之间来回踱步。他没有事要做，也没有命令要发。一切都自动进行着。打死的人从前线被拖开，负伤的人被抬走，队伍并拢来。士兵要是跑开，立刻又赶回来。起初安德烈公爵认为，鼓舞士气，以身作则，这是自己的责任，但后来明白，他不需要也不可能教诲他们。他也像每个士兵一样，全部心力就是避不思考处境的危险。他拖着双脚，飒飒地踩着青草，在草地上走着，察看着落在靴子上的尘土；有时他迈着大步，竭力踩着割草人留在草地上的足迹；有时数着脚步，计算着从这边田界到那边田界要来回走几次才是一俄里，有时他采下田界下的苦艾花，拿起来在手心里搓搓，闻闻那种刺鼻的苦涩香气。昨天的思想已影踪全无。他什么也不想。他用疲倦的耳朵倾听着同样的声音，辨别着炮弹的呼啸声和爆炸声，观察着一营士兵的脸色，等待着。“嘿，又来了……又打到我们这里来了！”他倾听着从硝烟中逼近的啸声，想。“一个，两个！又是一个！打中了……”他站住，看看队伍。“不，飞过去了。哦，这个被打中了。”他又踱起步来，竭力迈着大步，想用十六步走到那边田界。

一阵啸声，紧接着是一声爆炸。离他五步远的地方，一颗炮弹溅起干土，消失了。他的脊背上不由得起了一阵寒战。他又望望队伍。大概打中了好多人；一大批人聚集在二营那里。

“副官先生，”他喊道，“叫他们别挤在一起。”

副官执行了命令，向安德烈公爵走来。营长骑马从另一边走来。

“当心！”响起一个士兵惊慌失措的声音。紧接着就有一颗榴弹像一只飞鸟带着啸声突然落在地上，离安德烈公爵只有两步，就在营长的坐骑旁边。那马不管可不可以表示恐惧，首先打了一个响鼻，竖起前蹄，差点儿把营长抛下来，接着往一边跑去。马的恐惧传给了人。

“卧倒！”伏在地上的副官叫道。安德烈公爵站着犹豫不决。在耕地和草地边上一丛苦艾旁边，在安德烈公爵和卧倒的副官之间，榴弹冒着烟，像陀螺似的旋转着。

“难道这就是死吗？”安德烈公爵想，用从未有过的羡慕目光望着青草、苦艾和旋转的黑球冒出的一缕浓烟。“我不能死，我不想死，我爱生活，我爱这草、这土地、这空气……”他想，同时想起大家都在望着他。

“可耻，军官先生！”他对副官说。“多么……”他没有把话说完。就在这一刹那，发出一声爆炸，弹片像打碎的窗玻璃似的飞溅开来，传来一股令人窒息的火药味。安德烈公爵踉跄了一下，举起一只手，扑倒在地上。

几个军官跑到他跟前。鲜血从他的右腹部流出来，染红了一大片草地。

抬担架的民兵应召来到军官的后面。安德烈公爵伏在地上，脸贴着青草，困难地喘着气。

“喂，还站着干什么，过来！”

几个农民走上来，抓住他的肩膀和腿，但他痛苦地呻吟着。农民们交换了一下眼色，又把他放下。

“当心，抬起来，总归要把他抬走！”有人喝道。他们又把他抬起来，放到担架上。

“哦，天哪！天哪！这是怎么一回事？……肚子！这下子可完了！天哪！”军官中有几个说。“弹片从我耳朵根的头发旁嗖地一下飞过。”副官说。农民们抬起担架，连忙沿着他们踏出的小路向救护站跑去。

“合上步子……喂！……庄稼汉！”一个军官喝道，抓住那些步子错乱的抬担架的农民的肩膀。

“合上步子，喂，赫维多尔，赫维多尔！”领头的农民说。

“对了，好神气！”后面那个合上步子，快乐地说。

“是大人？呃？是公爵？”基莫兴跑过来，望望担架，用发颤的声音说。

安德烈公爵的头深埋在担架里。他睁开眼睛，望望说话的人，又合上眼皮。

民兵把安德烈公爵抬到树林里，那里停着辎重车，设立了救护站。救护站由三座卷起帐篷边的帐篷组成，搭在桦树林边上。桦树林里停着辎重车和马匹。马从车下燕麦口袋里吃着燕麦，麻雀飞来啄食落下的麦粒。乌鸦闻到血腥味，迫不及待地在桦树林上飞来飞去，嘎嘎啼叫。帐篷周围，在两俄亩[1]大小的地方，浑身血迹的人们穿着各种服装，有的卧，有的坐，有的站在那里。伤员周围站着一堆堆抬担架的民兵，他们神色沮丧而又关切。维持秩序的军官们想把他们从这里赶走，但是没有用。他们不理军官们，靠着担架站在那里，凝视眼前发生的事，仿佛想理解这难以理解的景象。帐篷里时而传出愤怒的号叫，时而传出悲惨的呻吟。助医偶尔跑出来取水，指明把哪些伤员抬进去。伤员在帐篷外等待着，他们呼喊着，呻吟着，哭泣着，叫嚷着，咒骂着，还讨酒喝。有些在说胡话。民兵们跨过没有包扎的伤员，把团长安德烈公爵抬到帐篷旁边，等待命令。安德烈公爵睁开眼睛，好半天弄不懂周围是怎么一回事。他记起了草地、苦艾、耕地、旋转的黑球和他对生活的热爱。离他两步的地方站着一个高大俊美的黑发士官，头上裹着绷带，手里拄着一根树枝。他的头和腿都被子弹打伤。他大声说话，引起大家的注意。一群伤员和抬担架的人围着他，出神地听他讲。

“我们往那里一冲，他们就把什么都扔下跑掉，我们把王爷都抓到了！”一个士兵闪亮热情的黑眼睛，环顾周围，大声说，“要是当时后备队赶到，他们就全完蛋了，我老实对你说……”

安德烈公爵像周围的人一样，目光炯炯地看着他，心里感到一种安慰。“如今还不都一样，”他想，“那里会怎么样？这里又有什么呢？为什么我那么舍不得放弃生命？生命里有些东西我过去不理解，现在还是不理解。”

---

1 1俄亩等于1.09公顷。

37

一个医生系着血迹斑斑的围裙，一双不大的手沾满鲜血，一只手的拇指和小指夹着雪茄（免得弄脏），走出帐篷。这个医生昂起头，没看伤员，而往两边张望。显然，他想稍微休息一下。他把头向左右两边转了一阵，叹了一口气，垂下眼睛。

“好，马上就来。”助医指指安德烈公爵，医生回答，并吩咐把他抬到帐篷里。

等待治疗的伤员发出一阵怨言。

安德烈公爵被抬进去，放在一张刚由助医洗干净的桌上。安德烈公爵看不清帐篷里的景象。四面八方传出的悲惨呻吟，大腿、腹部和背上的剧痛分散了他的注意。他所看见的周围的一切汇成一个总的印象：赤裸裸、血淋淋的人体充塞低矮的帐篷，就像几星期前，在炎热的八月的一天，这样的人体填满斯摩棱斯克大道旁肮脏的池塘。是的，就是那些人体，就是那些炮灰，当时就使他感到恐怖，仿佛预告着今天这样的局面。

帐篷里有三张桌子。两张已有人，安德烈公爵被放在第三张桌上。好一阵没有人理他，他不由自主地看到了另外两张桌上发生的事。旁边一张桌上坐着一个鞑靼人，从扔在旁边的军服上看，大概是个哥萨克。有四个士兵把他捉住。医生戴着眼镜，在他褐色的肌肉发达的背上割着什么。

“喔唷唷，喔唷唷，喔唷唷！……”鞑靼人像杀猪一样号叫。他突然抬起高颧骨、狮子鼻的黑脸，龇着雪白的牙齿，挣扎、抽搐、拖长声音尖叫。另一张桌子围满了人，上面仰天躺着一个胖大的人，他的头向后仰着（安德烈公爵觉得他的鬈发、鬈发的颜色和头形十分熟识）。几个助医压在他的胸上，把他按住。一条又白又胖的大腿不停地抽搐，颤动。这个人痉挛地号陶大哭，喘不过气来。两个医生在他的另一条发红的大腿上做着什么。其中一个医生脸色苍白，身子哆嗦。戴眼镜的医生处理好鞑靼人，在他身上盖了一件军大衣，擦擦手，走到安德烈公爵身旁。

他瞧了瞧安德烈公爵的脸，连忙转过身去。

“把衣服脱了！站着干什么？”他生气地对助医们喝道。

当助医匆匆卷起袖子，解开他的纽扣，脱去他的衣服时，安德烈公爵想起了遥远的童年。医生对伤口俯下身子，摸了摸，深深地叹了一口气。然后他向谁做了个手势。腹部一阵剧痛使安德烈公爵失去知觉。他醒来时，大腿的碎骨已被取出，破碎的肌肉已被割去，伤口已包扎好了。有人在他脸上喷了水。安德烈公爵一睁开眼睛，医生就弯下腰，默默地吻了吻他的嘴唇，匆匆走了。

在经历了这番痛苦以后，安德烈公爵体验到好久没有体验到的幸福。他想起一生中最幸福的美好时光，特别是那遥远的童年，当时他被脱去衣服放到小床上，保姆在他旁边哼着催眠曲，他把头埋在枕头里，领略着生的幸福。此情此景在他的头脑里仿佛不是往事，而是现实。

医生们在一个伤员旁边忙碌着，安德烈公爵觉得那个伤员的头形很熟。他们把他扶起来，竭力安慰他。

“让我瞧瞧……哦，哦，哦！哦，哦，哦！”他断断续续呜咽着，因恐惧而不住呻吟。安德烈公爵听到这呻吟，直想哭。是因为他没有获得荣誉就死呢，还是因为他舍不得离开人世；是因为对那一去不返的童年的回忆，还是因为他在受苦、别人也在受苦，还是因为那人在他面前呻吟得那么伤心，总之，他直想流泪——那是天真、善良而近乎快乐的泪。

他们给那个伤员看他那条截下的依旧穿着靴子带着血的断腿。

“哦！哦哦哦！”他像女人似的痛哭起来。医生站在伤员前面，挡住他的脸，这时走开了。

“天哪！这是怎么一回事？他怎么在这里？”安德烈公爵自言自语。

他认出这个刚被截去腿、痛哭失声、极其虚弱的不幸的人是阿纳托里。他们扶着阿纳托里，给他一杯水，但他肿起的嘴唇颤抖着，碰不到杯边。阿纳托里悲伤地呜咽着。“对，就是他；对，这个人同我有过什么密切而痛苦的关系。”安德烈公爵想，还没弄清眼前的事。“这个人同我的童年、同我的生活有过什么关系？”他自问，但是得不到解答。突然，安德烈公爵想起了纯洁可爱的童年世界。他想起了娜塔莎，就像一八一〇年第一次在舞会上看到她那样；细细的脖子，小小的手，又惊又喜、经常处于兴奋状态的脸。他对她的眷恋和柔情在他心里空前强烈地觉醒了。现在，他终于想起这个眼睛浮肿、泪水盈眶的人，想起了他同他的关系。安德烈公爵想起了一切，感到幸福，心里充满了对这个人的怜悯和友爱。

安德烈公爵再也忍不住，他为别人、为自己、为别人和自己的迷误流出了同情和爱的泪水。

“同情、博爱、恋爱、对恨我们的人的爱、对敌人的爱，对了，这就是上帝在世界上宣扬的爱，就是玛丽雅教给我的爱，可是我一直不理解；对了，就是因为这个缘故我爱惜生命。要是我还能活下去，这就是我心中剩下的唯一的感情。但现在已经晚了，这一点我知道！”

38

战场上尸横遍野、伤员累累的惨状，自己头脑里沉重的感觉，二十名熟识将军伤亡的消息，以及自己原来强有力的手臂变得软弱无力的意识，这一切对拿破仑起了意料不到的作用。拿破仑一向爱看伤亡的景象，以为这可以考验自己的意志。这天战场上的可怕景象却压倒了他的精神力量，他自以为具有这种力量，因而高人一等。他匆匆骑马离开战场，回到舍瓦尔季诺土岗。他脸色枯黄、浮肿、阴郁，眼睛模糊，鼻子发红，声音嘶哑，坐在折椅上，情不自禁地听着炮轰，没有抬起眼睛。他怀着病态的忧郁指望结束这场由他挑起而无法制止的战争。人类感情刹那间胜过了他长期追求的生活幻象。他亲身体验到他在战场上看到的苦难和死亡。他头脑沉重，精神压抑，想到他也可能遭到这样的痛苦和死亡。在这一刹那，他既不要莫斯科，也不再要胜利和荣誉。他还需要什么荣誉呢？他现在唯一的希望就是休息、安静和自由。不过，当他来到谢苗诺夫高地时，炮兵指挥官要求他再调几个炮兵连到高地，以加强火力对付聚集在克尼亚兹科伏的俄军。他同意了，并命令向他报告这些炮兵连发挥了什么作用。

副官骑马跑来说，奉皇帝圣旨，调来两百门炮轰击俄军，但俄军仍坚守阵地。

“我们向他们开排炮，但他们仍没有动。”副官说。

“他们还嫌不够！……”拿破仑哑着嗓子说。

“陛下，您是说？……”副官没有听清楚，问道。

“他们还嫌不够，”拿破仑皱起眉头，声嘶力竭地说，“那就再给他们一些。”

他想做的事，没有他的命令就在做了。他之所以发布命令，是因为他以为大家在等他的命令。他又回到原来妄自尊大的幻想世界，又驯服地扮演他那命定的残忍、悲伤、痛苦的灭绝人性的角色，好像一匹马拉着磨盘转，还自以为是在替自己干活。

这个人应负的责任比谁都多。他的理智和良心不仅在这一天、这一小时变得暗淡无光，直到生命的末日，他永远无法理解真、善、美，无法理解自己倒行逆施、灭绝人性的行为的意义。他不能放弃自己受半个世界歌功颂德的行为，因此他也就不得不放弃真和善，放弃一切合乎人性的东西。

不仅这一天，他骑马巡视尸横遍野、伤员成堆的战场，他知道这是由他的意志造成的。他瞧着这些伤亡的官兵，计算着几个俄国人抵一个法国人。他自欺欺人，认为一个法国人要抵五个俄国人，并因此而陶醉。不仅这一天，他写信到巴黎，说战场十分壮观，因为上面横着五万具尸体。但后来在圣海仑娜岛上，在与世隔离的宁静中，他说他要利用空暇来叙述他做过的伟大事业，他写道：

> 对俄战争是当代最得人心的战争：这是一场明智和有益的战争，是保障人类平静和安全的战争，这场战争完全是爱好和平的，保守的。
>
> 这场战争是为了实现伟大目的，结束意外事件，开创太平局面。新的天地、新的工作就可以开展，大家就

能丰衣足食，幸福安康。新的欧洲秩序就能确立，只要加以组织就行。

只要这些重大问题得到解决，到处都安定下来，那么，我也就有自己的**国会**和自己的**神圣同盟**。这些思想他们是从我这里盗用的。在这次各国伟大君主的聚会上，我们可以像一家人那样讨论我们的利益，并像账房向东家交账那样向人民交账。

这样，欧洲很快就能成为一个统一的民族，不论谁到哪里旅行，都会觉得像在共同的祖国。

我愿宣布，所有的河流都对一切人开放，海洋是公有的，庞大的常备军要缩编成为各国君王的近卫军，等等。

我要是回到法国，回到我那伟大、强盛、壮丽、太平、光荣的国，我将宣布它的国界永不变更，未来的任何战争都是**防御性的**，一切扩张都是反民族的，我要率领我的儿子一起管理帝国，我的**独裁**要宣告结束，宪政将要开始……

巴黎将成为世界的京都，法国人将为各国人民所羡慕！……

然后，我将在皇后帮助下，在我儿子受皇室教育时期，利用闲暇和晚年，像一对乡村夫妇那样，悠闲地巡视全国各地，接受诉状，平反冤狱，在各处兴建大厦，造福民众。

他命定要担任各国人民刽子手的可悲角色，却自欺欺人地说，他行动的目的是为各国人民谋福利，他能支配千百万人的命运，并能依靠权力造福于民！

他接着叙述对俄战争道：

在跨过维斯拉河的四十万人中，有一半是奥地利人、普鲁士人、撒克逊人、波兰人、巴伐利亚人、符腾堡人、梅克伦堡人、西班牙人、意大利人和那不勒斯人。严格地说，皇军有三分之一是荷兰人、比利时人、莱茵河两岸居民、皮埃蒙特人、瑞士人、日内瓦人、托斯卡纳人、罗马人、三十二师[1]、不来梅人、汉堡人等，其中说法语的至多十四万人。

远征俄国其实使法国损失不到五万人；俄军自维尔诺退至莫斯科，在各次会战中损失四倍于法军；莫斯科大火使俄国损失十万人，都是死于树林中的寒冷和饥饿；最后，俄军从莫斯科反攻到奥德河也因天气严寒而损失惨重；俄军在抵达维尔诺时只有五万人，而到卡利什时已不足一万八千人。

他认为，对俄战争是凭他的意志发动的，但可怕的结局并未使他胆战心惊。他勇敢地承担这事的全部责任，而他那丧失理智的头脑还在替自己辩解，说什么几十万阵亡的人中，法国人少于黑森人和巴伐利亚人。

1 达武元帅属下的师，大部分是从汉堡和不来梅地区征集来的。

39

几万具尸体穿着各种军服，以各种姿势躺在属于达维多夫家和官府农奴的田野和草地上。几百年来，鲍罗金诺、果尔基、舍瓦尔季诺和谢苗诺夫村的农民在这片田地上收割庄稼，放牧牲口。在急救站周围一俄亩的地方，青草和泥土都浸透了鲜血。各兵种负伤的和没有负伤的士兵，脸色惊慌不安，有的退向莫扎依斯克，有的退向瓦卢耶瓦。另有一些士兵，又饥又乏，由长官带领前进。还有一些士兵留在阵地上继续射击。

整个田野，原来在早晨的阳光照耀下刺刀闪闪，硝烟弥漫，是那么壮丽，如今却是一片愁云惨雾，散发出酸涩的硝烟和血腥味。乌云密布，雨稀稀拉拉地落在死者和伤者的身上，落在惊惶困乏、疑虑重重的人们身上，仿佛说："够了，够了，人们。停止吧……清醒清醒吧。你们这是在干什么呀？"

双方忍饥挨饿、精疲力竭的士兵都开始怀疑，是否应该继续互相残杀。人人脸上都现出犹豫，个个心里都产生这样的问题："为了什么，为了谁，我必须杀人和被杀？你们要杀就杀吧，你们高兴怎么干就怎么干吧，我可不干了！"傍晚，这种思想在人人心里都成熟了。他们随时都会对他们的行为感到恐怖，都会抛下一切而撒腿逃跑。

虽然在会战将近结束时，人们已感觉到他们的行为十分可怕，虽然他们乐意罢手，但是，一种神秘的力量继续引导着他们。于是，这些汗流浃背的炮兵，虽只剩下三分之一人员，却仍在硝烟和鲜血中磕磕绊绊，气喘吁吁，搬运弹药，装上炮弹，瞄准，点火；炮弹仍旧那么迅速而残酷地飞来飞去，炸碎人的身体，不是出于人们的意志，而是出于统治人类和世界的上帝的意志，要把那可怕的事继续干下去。

凡是看到俄军后方混乱局面的人都会说，法国人只要稍微再加把劲，俄军就会毁灭；凡是看到法军后方混乱局面的人都会说，俄国人只要稍微再加把劲，法军就会毁灭。但法国人没有那么办，俄国人也没有那么办，于是战火就慢慢地熄灭下去。

俄国人没有那样努力，因为不是他们向法国人进攻。会战开始时，他们只是坚守通往莫斯科的大道，拦截法国人，会战结束后，他们仍守在那里，同开始时一样。但即使俄军的目的是要打退法军，他们也无法作出这最后的努力，因为俄国部队全都被击溃，没有剩下一支完整的队伍，俄军虽坚守阵地，但已损失一半人马。

法国人呢，他们记得十五年来他们所取得的胜利，相信拿破仑常胜不败，知道他们已占领了一部分战场，他们只损失了四分之一人马，他们还有两万完整无损的近卫军，他们是很容易加那么一把劲的。法军攻击俄军，目的是要把他们赶出阵地。他们应该努力，因为只要俄军像以前那样挡住去莫斯科的道路，法国人的目的就没有达到，他们的全部努力和损失都是白费。但法国人没有作出这种努力。有些史学家说，拿破仑只要动用他那完整的老近卫军，这一仗就会打赢。说拿破仑要是出动老近卫军将会有什么结果，就如同说，春天要是能变成秋天将会有什么结果一样。这是不可能的。拿破仑没有出动老近卫军，并非他不想这样做，而是做不到。法军所有的将军、军官、士兵都知道，这是办不到的，因为低落的士气不允许这样做。

不仅拿破仑一个人有类似做噩梦的感觉，觉得他那强健有力的手臂变得软弱无力，而且法国全体将军、参战和未参战的士兵，在经历过历次战斗（只要付出十分之一的力量就能迫使敌人逃跑）之后，面临当前的敌人也有类似的感觉，因为这敌人损失了半数人马，在战斗末尾仍像战斗开始时那样屹立不动。而作为进攻一方的法军，士气已经消磨殆尽。俄军在鲍罗金诺的胜利，不决定于夺获多少杆布片（军旗），部队坚守过和坚守着多少阵地，而决定于士气，也就是他们的精神力量超过敌人，并使敌人意识到自己无能为力。法国侵略者好像一头狂怒的野兽，在逃跑中得了致命伤，它感觉到自己的末日来临，却不能停下来，就像力量削弱一半的俄军不能退让一样。法军在受了打击之后仍能拖到莫斯科，但到了莫斯科，即使俄国人不作新的努力，它也会因在鲍罗金诺受了致命伤，流血不止而灭亡。鲍罗金诺会战的直接后果是拿破仑无缘无故从莫斯科逃跑，沿着斯摩棱斯克故道退却；是五十万侵略军的覆灭和拿破仑法国的崩溃。在鲍罗金诺，法国第一次受到士气超过它的敌人的沉重打击。

第三部

1

运动的绝对连续性是人类智慧所无法理解的。人类只有从运动中任意撷取一些片断加以观察，才能理解这种运动的规律。不过，把连续的运动分割成不连续的片断，这是造成人类大部分错误的原因。

有一个众所周知的古代诡辩术：阿喀琉斯[1]永远追不上前面的乌龟，虽然阿喀琉斯比乌龟走得快十倍。因为当阿喀琉斯走完他同乌龟之间的距离时，乌龟又走了这距离的十分之一；阿喀琉斯走完这十分之一的距离时，乌龟又走了百分之一的距离，以此类推，永无止境。这个问题古人无法解决，并因此产生阿喀琉斯永远追不上乌龟的荒唐答案。这是把运动任意分割成不连续的片断造成的，但阿喀琉斯和乌龟的运动却是连续不断的。

采用越来越小的运动单位，我们只能接近而不能获得问题的答案。只有承认无穷小和由此而产生的十分之一的级数，并取得这一几何级数的总和，我们才能获得问题的答案。数学的一个新分支已能处理无穷小的问题，在其他更复杂的运动问题上，现在

1 希腊神话中的英雄。

也已能解决过去所无法解决的问题。

这个古人所不知道的数学新分支，在研究运动问题时，承认无穷小的存在，也就是恢复运动的主要条件（绝对连续性），因而纠正了人类研究运动的个别片断而不研究运动连续性所犯的不可避免的错误。

探索历史运动规律，情况完全相同。

人类的运动，是人类无数意志积累的结果，是连续不断的。

掌握这个运动的规律是历史学的目的。但为了掌握人类意志总和的不断运动的规律，人的智慧就拿意志的不连续的片断来加以研究。历史学的第一种研究方法是，撷取一系列意志的连续性事件孤立地加以研究，其实任何事件都不可能有一个开端，因为一件事总是连续地从另一件事产生的。第二种方法是把一个人（皇帝、统帅）的个人行为看作众人意志的总和，其实众人的总和从不表现在一个历史人物的行动中。

历史学在本身的发展中不断拿越来越小的片断进行研究，想以此接近真理。但不论历史学研究的片断多小，我们认为，承认与其他事情无关的孤立片断，承认任何现象的开端，承认众人的意志可以表现在一个历史人物的行动中，都是完全错误的。

任何历史结论，不需评论界费一点力气，就会被彻底推翻，化为乌有，就因为评论界总是拿或大或小的孤立片断来进行研究；评论界总是有权这样做，因为历史片断总是任意选取的。

只有承认无穷小的单位——历史的微分（就是人的个人倾向）而进行观察，并掌握求积分的方法，我们才有希望认识历史的规律。

十九世纪最初十五年，欧洲发生了几百万人的非常的运动。人们放弃自己惯常的活动，从欧洲这一边跑到那一边，到处抢劫，互相残杀，欢庆胜利，灰心丧气，整个生活在几年里发生变化，出现了剧烈的运动，起初不断发展，后来逐步衰落。人的智慧问：这个运动的原因是什么？它是按照什么规律进行的？

史学家回答这个问题，向我们介绍巴黎一座大厦里几十个人的言行，并把这些言行称作“革命”；然后介绍拿破仑和他的拥护者与反对者的详细经历，叙述他们中一部分人对另一部分人的影响，并且说这就是发生运动的原因，这就是运动的规律。

但人的智慧不仅不相信这种解释，而且直率地说，这种解释方法是错误的，因为按照这种解释，极其微小的现象可能被当作极其重大事件的原因。人们意志的总和造就了革命和拿破仑，也是这些意志的总和容忍了他们，又把他们消灭。

“但每次征服都有征服者；每次国家发生革命都有伟大人物。”历史这样说。人的智慧回答说：不错，每当出现征服者的时候就有战争，但这并不证明，征服者就是战争的原因，也不证明从一个人的个人行为中可以找到战争规律。我每次看表，时针指到“十”，我就听见附近教堂钟声当当，但我不能因此得出结论说，每当指针指到“十”，教堂响起钟声，时针的位置就是打钟的原因。

每次我看见火车头开动，就听见汽笛声，看见阀门打开，车轮转动；但我不能因此得出结论说，汽笛鸣响和车轮转动是火车头开动的原因。

农民说，暮春刮寒风，是因为栎树抽芽。的确，每年栎树抽芽的时候，总要刮寒冷的春风。虽然，我不知道栎树抽芽时刮寒风的原因，但我不能同意农民认定栎树抽芽是刮寒风的原因的说法，因为风力不受抽芽的影响。我只看见生活现象中某些条件的偶合，并且知道，不论怎样长久仔细观察表的指针、机车阀门和车轮以及栎树的抽芽，我都不能知道出现钟声、机车开动和刮春风的原因。为了这个缘故，我应该彻底改变我的观点，研究蒸汽运动、钟鸣和刮风的规律。对历史也应该这样做。这方面的尝试已经有人做过了。

要研究历史规律，我们应该完全改变观察的对象，抛开帝王将相，而着眼研究支配群众的同类无穷小的因素。没有人说得出，这样研究历史规律，人们能取得多大成就；但显而易见，只有用这种方法，才有可能发现历史规律，而人的智慧在这方面所做的，还不及史学家描述帝王将相事迹和评论他们行为的百万分之一呢。

2

欧洲十二个民族入侵俄国。俄国军队和俄国人民避免冲突，退到斯摩棱斯克，又从斯摩棱斯克退到鲍罗金诺。法国军队不断加速冲向莫斯科，冲向运动的目标。这种冲力越接近目标就越大，就像物体坠落，越接近地面速度越大一样。背后是几千俄里饥饿敌对的国土，前面离目标还有几十俄里。这一点拿破仑军队的每个士兵都感觉到，而侵略就凭着一股冲力向前推进。

俄军越往后退，仇恨敌人的怒火就烧得越旺；在后退的过程中队伍越加集中，力量越加增强。在鲍罗金诺周围双方发生了冲突。双方军队都没有溃败，但俄国军队在冲突后不得不立刻后退，就像一个球，碰到另一个冲力更大的球，不得不后退一样；那个猛冲的侵略的球，虽然在冲突时失去全部力量，还是要滚一段路。

俄军后退一百二十俄里，退离莫斯科，法军到达莫斯科，在那里停下来。此后五个星期没有打过一仗，法军停住不动。他们仿佛一头负了致命伤、流血不止的野兽，舔着自己的伤口，五个星期一直留在莫斯科，什么事也没做，突然无缘无故往回跑。他们直奔卡卢加大道（在获得胜利之后，因为马洛雅罗斯拉韦茨城下的战场又落到他们手里），没有打过一场大仗，就更快地逃回斯摩棱斯克，过了斯摩棱斯克到维尔诺，又到别列津纳河，一直后退。

八月二十六日晚上，库图佐夫和全体俄军相信，鲍罗金诺一仗打胜了。库图佐夫就这样呈报皇上。库图佐夫下令准备新的战斗，以击溃敌人。他这样做，并非要欺骗什么人，而是因为他知道，敌人被打败了，而这一点，每个参与战斗的人都是知道的。

但就在当天晚上和第二天，传出损失空前惨重、俄军伤亡一半的消息，因此要进行新的会战人力显得不足。

情报尚未收集，伤员没有运走，弹药没有补充，阵亡人数没有统计，补缺的新指挥员没有任命，士兵没有吃饱睡足，无法进行新的战斗。

然而，就在会战后的第二天早晨，法军凭着同距离成反比的冲力向俄军推进。第二天库图佐夫想进攻，全体俄军也想进攻，但要进攻光靠愿望是不够的，还要有进攻的可能，而进攻的可能却没有。俄军被迫后退一天的行程，接着第二天又被迫后退一程，第三天又被迫后退一程，最后，到了九月一日，军队接近莫斯科，虽然士气有了提高，但形势却迫使俄军退过莫斯科。然后俄军又退了最后一程，把莫斯科放弃给敌人。

有些人惯于认为，统帅们制订战争和战役计划，就像我们一样，坐在书房里，面对地图，考虑着应该怎样部署作战计划。这些人常常会问：为什么库图佐夫在撤退时不这样做不那样做？为什么他不在到达菲里之前占据阵地？为什么他不立刻退到卡卢加大道，放弃莫斯科？等等。惯于这样思考问题的人，忘记或者不知道任何一个总司令行动时无法避免的条件。我们可以悠闲地坐在书房里，根据双方一定数量的军队，在某一地方，从地图上研究一场战役，并假定从某一时间开始行动。然而统帅的行动根本不是那么一回事。总司令从来不会出现于事件的**开端**，而我们看事往往只看它的**开端**。总司令总是处身在一系列变动着的事件中间，因此他从来不可能考虑当前事件的全部意义。每件事都是不知不觉、一瞬间又一瞬间地逐渐形成的，在事件连续不断形成的每一瞬间，总司令都处在错综复杂的竞争、阴谋、忧虑、依赖、权力、方案、意见、威胁、欺骗之中，必须经常回答向他提出的无数相互矛盾的问题。

军事专家十分严肃地对我们说，库图佐夫在到达菲里之前，早就应该把军队调到卡卢加大道，甚至有人曾向他提过这个方案。但摆在总司令面前的，特别是在困难的时刻，往往不是一个方案，而是几十个方案。这种根据战略和战术制订的方案往往是相互矛盾的。而总司令的任务只是从中选出一个方案来。但就连这一点他也办不到。事情和时间不等人。譬如说，有人建议他在二十八日越过卡卢加大道，但这时有个副官从米洛拉多维奇那里骑马跑来向他请示，立刻同法国人交战还是撤退。他必须立刻发出命令。而撤退的命令就使我们不能拐到卡卢加大道上去。副官走后，军需官来请示，食品往哪儿送；医院院长来请示，伤员往哪儿运；信使从莫斯科送来诏书，不许放弃莫斯科；总司令的对手（这样的人不止一个，而是好几个）暗中陷害他，向他提出同转向卡卢加大道相反的新方案，总司令自己筋疲力尽，需要睡眠和饮食；一个功勋卓著而没有获奖的将军前来叫屈；居民要求保护；一个奉命去察看地形的军官，带回来的报告同前一个奉派的军官的报告正好相反；一名探子、一个俘虏和一位奉命侦察的将军的敌情报告各个不同。一些惯于不了解或忘记一位总司令采取行动所必要的条件的人，例如向我们介绍菲里两军的形势，并认为总司令可以在九月一日自由决定放弃还是保卫莫斯科的问题。事实上当时俄军离莫斯科还有五俄里，不可能产生这样的问题。

那么，这个问题是什么时候决定的呢？是在德里萨城下，在斯摩棱斯克城下，尤其明显是二十四日在舍瓦尔季诺，二十六日在鲍罗金诺，在从鲍罗金诺向菲里撤退的每一天、每一小时、每一分钟里作出决定的。

3

俄军从鲍罗金诺撤退，驻扎在菲里。叶尔莫洛夫奉命视察阵地后，回到陆军元帅那里。

“在这个阵地上作战是不可能的。”他说。库图佐夫惊奇地对他瞧瞧，要他再说一遍。等他说完，库图佐夫向他伸出手去。

“把手伸出来，”库图佐夫说，翻过他的手，摸摸他的脉搏说，“你有病，老弟。你想想，你说的是什么话。”

库图佐夫在离陶罗戈米洛夫门六俄里的波克朗山下了车，坐在路边凳子上。一大批将军围着他。拉斯托普庆伯爵从莫斯科来，也和他们待在一起。这些显要人物三五成群，各自谈论着阵地的利弊、军队的状况、提出的计划、莫斯科的局势和一般的军事问题。大家都觉得这是一次军事会议，虽然他们不是奉命来开会的，也没有人说这是开会。大家谈的都是公事。即使有人谈到或问到个人私事，也总是悄悄说几句，很快又回到公事上来。没有人说笑话，没有人发笑，就连笑容都看不到。大家显然都想保持严肃庄重的神色。每一群人谈话时都竭力想离总司令近一些（他的凳子成了几群人的中心），并且说得使他能听见。总司令听着，有时请他们把话重复一遍，但他自己并不参加谈话，也不发表意见。他听了一群人的谈话，往往现出失望的神情（仿佛他们所说的，绝不是他希望听到的），并且转过身去。有人谈到选定的阵地，他们所批评的与其说是阵地，不如说是选定阵地的人的智力。有人说，错误早就犯了，仗应该前天打的。有人讲到萨拉曼卡战役，那是刚来不久的穿西班牙军服的法国人克罗萨尔介绍的。（这个法国人同一个在俄军服役的德国亲王研究了萨拉戈萨的被围[1]后，认为可以用同样方式保卫莫斯科。）拉斯托普庆伯爵在第四群里说，他同莫斯科民兵准备在京城城墙下为国捐躯，但他仍因当时不了解情况而感到遗憾，要是他早知道情况，局面就会不同了……第五群人炫耀他们深奥的战略思想，谈到军队应该选择的方向。第六群人谈的完全是废话。库图佐夫的脸色变得越发焦虑和悲伤了。从所有这些谈话中库图佐夫明白一件事：保卫莫斯科是**绝对不可能**的，要是有个疯狂的总司令发出作战命令，那就会出现一片混乱，而仗还是打不起来。仗之所以打不起来，是因为高级指挥官不仅认为无法守住阵地，而且他们所讨论的只是阵地必然弃守后的局面。既然司令官们认为无法守住阵地，他们又怎能带领军队上战场呢？下级军官，甚至包括士兵（他们也在议论），也认为阵地无法守住，他们既然认为必败无疑，当然也就无法作战。如果说别尼生仍坚持守住这个阵地，别人也还在进行讨论，那么，这问题本身并没有什么意义，只是争论和阴谋的借口罢了。这一层库图佐夫是明白的。

别尼生选择了阵地，表现出热烈的俄罗斯爱国感情，坚持保卫莫斯科。库图佐夫听到他的话，不能不皱眉头。库图佐夫对别尼生的用心了如指掌：如果保卫失败，就把责任推到库图佐夫

---

1 萨拉戈萨是西班牙城市，1808—1809年两度被法军围困，1809年2月经过两个月英勇抵抗后沦陷。

身上，因为他不战而退，一直退到麻雀山；如果胜利，那就归功于自己；如果他的建议遭到拒绝，那就可以推卸放弃莫斯科的罪责。但现在老人家并不关心这个阴谋。他关心的是一个可怕的问题。而那个问题的答案他没有从任何人的嘴里听到过。现在他关心的问题只是：“难道真是我让拿破仑来到莫斯科的吗？我什么时候这样做的？这是什么时候决定的？是昨天我命令普拉托夫撤退时，还是前天晚上我打了瞌睡，吩咐别尼生下的命令？还是更早一些？……但这件可怕的事是在什么时候，什么时候决定的？莫斯科不得不放弃。军队不得不撤退。那样的命令非下不可。”他觉得发这样可怕的命令，等于交出军队的指挥权。不仅如此，他爱好权力，惯于当权（他在土耳其普罗卓罗夫斯基公爵手下任过职，普罗卓罗夫斯基公爵得到的荣誉使他愤愤不平），他自信他命里注定要做俄国的救星，因此违反皇帝圣旨，遵从民意，当选为总司令。他相信，只有他一个人能在如此困难的条件下统率全军，全世界只有他一个人敢于对抗常胜不败的拿破仑。他想到他不得不发的命令，不禁毛骨悚然。但他必须作出决定，必须制止周围过于自由的谈话。

他把几位高级将领召到跟前。

“不论我的头脑是好是坏，我可不能再依靠谁了。”他说着从凳子上站起来，骑马到菲里去，那里停着他的马车。

4

下午二时，在农民萨伏斯季扬诺夫家较好的宽敞的正房里举行军事会议。一家老少只好都挤在后房。只有萨伏斯季扬诺夫的六岁小孙女玛拉莎留在正房的炕上。总司令喜欢她，喝茶时还给了她一块糖。玛拉莎又胆怯又高兴地从炕上瞧着将军们的脸、军服和十字勋章。这些将军一个接着一个走进屋里，分坐在圣像下的宽大凳子上。“爷爷”（玛拉莎心里这样称呼库图佐夫）自己单独坐在炕后的黑暗角落里。他身子深陷在折椅里，不断清着喉咙，拉着军服领子，领子没有扣上，但仍卡着他的脖子。进来的人一个个走到总司令面前。总司令同有些人握手，向有些人点头。副官凯萨罗夫想拉开库图佐夫对面的窗帘，但库图佐夫生气地对他摆摆手。凯萨罗夫明白，总司令不愿让人家看见他的脸。

农家的杉木桌上摆着地图、作战计划、铅笔和纸，四周聚集了那么多人，勤务兵只得又搬进一条长凳放在桌旁。叶尔莫洛夫、凯萨罗夫和托里就坐在这张长凳上。在圣像下的首席上坐着巴克莱·德·托里，他前额很高，秃头，脸色苍白，满脸病容，脖子上挂着圣乔治勋章。他发烧已有两天，此刻浑身发冷酸痛。他旁边坐着乌瓦罗夫。乌瓦罗夫迅速地做着手势，向巴克莱低声

（人人说话都是这样）报告着什么。矮小圆脸的陶霍杜罗夫扬起眉毛，双臂交叠在肚子上，留神地听着。另一边坐着奥斯吉尔曼-托尔斯泰伯爵。他一手托着宽阔的大脑袋，眼睛炯炯有神，仿佛在想心事。拉耶夫斯基现出不耐烦的神情，习惯成自然地卷着两鬓上的黑发，时而瞧瞧库图佐夫，时而望望房门。柯诺夫尼岑刚毅、俊美而和善的脸上浮起亲切而调皮的微笑。他遇见玛拉莎的目光，向她挤挤眼，引得女孩忍不住笑了。

大家都在等待别尼生。他借口重新视察阵地，其实在吃他那顿美味的午餐。大家在等他，从四点等到六点。在这段时间，大家没有讨论，只有低声闲谈着。

直到别尼生走进屋里，库图佐夫才从角落里出来，坐到桌子旁边，但没有让烛光照到脸上。

别尼生在会议一开始就问："不战而放弃俄国神圣的古都呢，还是保卫它？"大家沉默了好一阵。个个脸色阴沉。在一片肃静中只听见库图佐夫愤怒的喘息和干咳声。一双双眼睛都望着他。玛拉莎也望着"爷爷"。她最靠近他，看见他皱着眉头，好像要哭的样子。但这个局面没有持续多久。

"**俄国神圣的古都**！"库图佐夫突然说，愤怒地重复别尼生的话，借此引起大家注意他的虚伪腔调。"对不起，阁下，这话对俄国人可毫无意义。"库图佐夫笨重的身子向前倾。"这样的问题不该提出，这样的问题毫无意义。我请各位来讨论的是军事问题，具体地说：拯救俄国要靠军队。是冒损失军队和莫斯科的危险而应战呢，还是不战而放弃莫斯科？我想知道你们对这个问题的高见。"他往椅子背上一靠。

讨论开始了。别尼生还不肯认输。他同意巴克莱等人认为不可能在菲里城下进行保卫战的意见，但他充满俄国式爱国感情和对莫斯科的热爱，提出夜间把军队从右翼调到左翼，第二天进攻法军右翼。意见分歧，对他的建议有的赞成，有的反对。叶尔莫洛夫、陶霍杜罗夫和拉耶夫斯基赞成别尼生的意见。这几位将军不知是出于保卫京城的自我牺牲精神呢，还是出于其他考虑，但他们仿佛不懂，这次会议不可能改变事态的发展，莫斯科实际上已经放弃了。其余几位将军懂得这一点，放下莫斯科问题，谈论军队撤退时应取的方向。玛拉莎目不转睛地望着眼前的事，对这次会议有她的想法。她觉得事情就在于“爷爷”同“长袍”两人之间的争论（她管别尼生叫长袍）。她看到他们谈话时相互发脾气，她在心里偏袒“爷爷”。在谈话中间，她发现“爷爷”调皮地向别尼生瞟了一眼，接着她高兴地看到，“爷爷”对“长袍”说了些什么，说得“长袍”哑口无言。别尼生突然脸红起来，怒气冲冲地在屋里走来走去。使别尼生激动的原因是，库图佐夫不慌不忙低声分析了别尼生的建议（夜间把军队从右翼调到左翼以攻击法军右翼）的利弊。

“诸位！”库图佐夫说，“我不能赞成伯爵的计划。在敌人鼻子底下调动军队总是危险的，军事历史可以证明这一点。例如……”库图佐夫似乎在思索，找寻例子，他那明亮天真的目光瞧着别尼生。“哦，就拿弗里德兰战役[1]来说吧，我想，伯爵一定记得很清楚……不很顺利，就因为我们在离战场太近的地方重新部署军队……”

接着是暂时的沉默，但大家都觉得沉默了很久。

讨论又恢复了，但常常中断，因为大家觉得没有更多的话要说。

在一次间歇时，库图佐夫长叹一声，仿佛有话要说。大家都向他转过头去。

1 1807年在东普鲁士的弗里德兰，别尼生指挥的俄普联军被拿破仑打得大败。

“诸位，看来我得为打碎的瓦罐付出代价了！”他说。接着他缓缓地站起来，走到桌子旁边。“诸位，你们的意见我听到了。有几位可能不赞成我的意见。但我，”他停了停，“凭皇上和祖国授予我的权力，我命令撤退。”

接着将军们庄严而沉默地散去了，就像丧礼结束那样。

有几个将军低声向总司令说了些什么，语调同在会上说话时完全不一样。

玛拉莎从高板床上小心地爬下来，光脚板踩着上炕的台阶，在将军们的腿脚之间磕绊着，溜出门去。家里人早就在等她吃晚饭了。

库图佐夫把将军们打发走了，双肘搁在桌上，坐了好一阵，一直想着那个可怕的问题：“放弃莫斯科究竟是什么时候决定的？这问题究竟是什么时候定下的？谁应负这个责任？”

“这事我没有想到，”他对深夜进来的副官施耐德说，“这事我没有想到！这事我没有想到！”

“您该休息了，大人！”施耐德说。

“不行！他们将像土耳其人那样吃马肉！”库图佐夫没有理他，却大声吆喝，用浮肿的拳头敲着桌子，“他们也要吃马肉，只要……”

5

当时，比不战而退更重大的事是放弃和焚毁莫斯科，而拉斯托普庆被认为是领导这件事的人。不过，拉斯托普庆的行动与库图佐夫完全不同。

放弃和焚毁莫斯科是不可避免的，就像在鲍罗金诺战役后不战而退出莫斯科一样。

每一个俄国人，不是根据推理而是根据深藏在我们和父辈心中的感情，都能料到这一点。

从斯摩棱斯克起，在俄国所有的城市和乡村里，没有拉斯托普庆伯爵的参与和他的传单，都发生过同莫斯科一样的事。人民若无其事地等待着敌人，不闹事，不骚动，不把什么人撕碎，却镇定地等待着自己的命运，自信能在最困难的时刻有力量做自己应该做的事。等到敌人一迫近，有钱人留下财产走了；穷人则留在城里，焚毁遗留下来的东西。

俄国人心里一直觉得非如此不可。莫斯科将沦陷，一八一二年莫斯科公众心里都有这种预感。早在七月和八月初离开莫斯科的人，就料到会发生这种情况。有些人带上能带走的东西，留下房屋和一半财产，凭着潜藏在心里的爱国热情行动。这种爱国热情不靠豪言壮语，不靠为拯救祖国而献出自己的孩子等不自然行为，而是自然地悄悄表现出来，因而总能产生最有力的效果。

有人对他们说：“逃避危险是可耻的，只有懦夫才逃离莫斯科。”拉斯托普庆在传单里告诫他们，离开莫斯科是可耻的。他们羞于被人称为懦夫，羞于出走，但他们还是走了，知道非走不可。他们为什么要走？并不是拉斯托普庆用拿破仑在占领区的恐怖行为把他们吓跑的。首先出走的是有钱的、受过教育的人，他们十分清楚，维也纳和柏林在拿破仑占领时期没有遭到破坏，居民同迷人的法国人过得很愉快，而当时的俄国人特别是俄国上层妇女非常喜欢这些迷人的法国人。

他们离开京城，因为对俄国人来说，在法国人统治下的莫斯科生活无好坏可言。在法国人统治下根本无法生活，没有比这更糟的了。早在鲍罗金诺战役之前，俄国人就走了，而在鲍罗金诺战役之后走得更快，他们不理会保卫城市的号召，也不理会莫斯科卫戍司令要抬着伊维尔教堂的圣母像作战的宣言，以及要放气球来消灭法国人的打算，也不理会拉斯托普庆公告里的一派胡言乱语。他们知道打仗是军队的事，如果军队不能打仗，那么，带着太太、小姐和家奴是不可能到三山区去打拿破仑的，他们非走不可，虽然很舍不得丢下财产。他们离开莫斯科，根本没想到这座被居民所放弃和焚毁（一座用木头筑成的城市不免要被烧成焦土）的广大富裕的京城的意义。他们离开莫斯科，人人都是为了自己，但也正由于他们走了，才完成俄国人民流芳百世的庄严事业。那个贵夫人模糊地意识到她不做拿破仑的奴隶，又唯恐被拉斯托普庆伯爵下令留下，早在六月间就带着她的黑奴和小丑，从莫斯科逃难到萨拉托夫乡下。她这一行动倒确实是参与了拯救俄国的伟大事业。拉斯托普庆伯爵呢，他时而辱骂离开莫斯科的人，时而撤走政府机关，时而把毫无用处的旧武器发给喝醉酒的乌合之众，时而抬出圣像游行，时而禁止奥古斯丁神父搬走圣骨和圣像，时而夺取莫斯科所有的私人马车，时而派一百三十六辆马车搬运雷比赫所造的气球，时而暗示他要烧掉莫斯科，时而说他怎么烧掉自己的房子，时而给法国人写声明，严词谴责他们焚毁孤儿院，时而把焚毁莫斯科的功劳归于自己，时而又推卸责任，时而命令民众把间谍都逮捕起来交给他，时而因此责备民众，时而把所有的法国侨民赶出莫斯科，时而扣留莫斯科全体法国侨民的中心人物奥倍尔-舍尔玛太太，又无缘无故逮捕和放逐德高望重的邮政总监克留恰列夫，时而在三山区召集民众打击法国人，时而为了摆脱民众，叫他们去枪杀一个人，自己则从后门溜掉，时而说他要与莫斯科共存亡，时而在纪念册里写法语诗，歌颂自己参与其事的功绩[1]——他这个人根本不懂所发生的事件的意义，只想一鸣惊人，做出一点爱国的英雄行为来，像孩子一般玩弄放弃和焚毁莫斯科这一无可避免的伟大事件，竭力用他的小手时而鼓励时而阻挡把他卷走的民众的洪流。

1 原诗如下：我生为鞑靼人，
我愿做罗马人，
法国人叫我野蛮人，
俄国人叫我乔治·丹东。

6

海伦随着宫廷从维尔诺回到彼得堡，发现自己陷入困境。

在彼得堡，她受到一位政府要员的特殊庇护。在维尔诺，她曾同一位年轻的外国亲王过往密切。海伦回到彼得堡，亲王和这位政府要员都在彼得堡，两人都表示对她享有特殊权利。这样，海伦就遇到一个她生活中的新课题：同两人都保持亲密关系而又不得罪任何一个。

对别的女人来说是困难甚至办不到的事，却从没使海伦感到为难，难怪她被称为最聪明的女人。如果她隐瞒自己的行为，玩弄手段来摆脱困境，承认自己有罪，反而会坏事；但海伦确是个无所不能的了不起人物，她确信自己永远正确，而别人都罪责难逃。

当年轻的外国亲王第一次责备她时，她傲然昂起美丽的头，侧身对着他，口气强硬地说：

“嗐，男人就是自私自利，冷酷无情！我对他们根本不抱什么希望。一个女人为你们不惜牺牲自己，吃尽苦头，得到的就是这样的报答。殿下，您有什么权利来过问我的爱情和友谊？这个人对我来说比父亲还亲。”

亲王想说什么，但被海伦打断了。

“不错，他对我的感情也许是超出父亲的感情，但我不能因此请他吃闭门羹。我不是男人，不会忘恩负义。殿下，您要明白，关于我的内心感情，我只向上帝和自己的良心坦白。”她说完，把一只手放在她那高高隆起的美丽胸脯上，抬头仰望着天空。

“看在上帝的份上，您听我说。”

“您同我结婚，我将做您的奴隶。”

“但这是办不到的。”

“您不肯屈尊娶我，您……”海伦哭着说。

亲王开始安慰她。海伦边哭边说（仿佛情不自禁），什么也不能阻止她结婚，这种例子是有的（当时这种事例还很少，但她举出拿破仑和其他几个要人），她从来不是自己丈夫的妻子，她是个牺牲品。

“但是法律、宗教……”亲王说，已经软下来了。

“法律、宗教……要是它们不能处理这类事，那还有什么用！”海伦说。

亲王感到惊讶，这样简单的道理他却没有想到。于是他去请教同他关系密切的耶稣会会友。

几天后，海伦在她的石岛别墅举行了一次迷人的宴会。有人给她介绍了一位上了年纪、白发如霜、眼睛乌亮、风度翩翩的耶稣会教士若贝尔先生。在花园里灯光和音乐声中，他同海伦长谈对上帝、对基督、对圣心的爱，谈着唯一的真天主教在今世和来世给人的安慰。海伦受了感动，她的眼睛和若贝尔先生的眼睛里都含着泪水，说话声音发抖。舞伴来请海伦跳舞，把她同她未来的良心导师的谈话打断了；但第二天黄昏若贝尔先生又单独来看海伦，从此以后就常常来到她家。

有一天，他把伯爵夫人带到天主教堂。海伦被领到祭坛前跪下。这位上了年纪而风度翩翩的法国人把手放在她的头上。她后来说，她当时觉得仿佛有一阵清风吹进她的心灵。人家向她解释，这就是神恩。

后来，一位穿法衣的神父被领到她那里，他听了她的忏悔，赦免了她的罪孽。第二天给她送来一盒圣餐，供她在家里领取。过了几天，海伦高兴地知道她已加入真正的天主教，教皇最近将批准她入教，并发给她证书。

现在，她周围所发生的各种事、她自己所遇到的各种事、那么多聪明的男人以那么愉快巧妙的方式所表达的对她的关怀、她自身像鸽子一般的纯洁（最近她一直穿白衣服，系白缎带）——这一切都使她十分得意；尽管十分得意，她却一分钟也没忘记自己的目的。在要弄诡计上，愚人往往胜过聪明人，海伦懂得，费那么多口舌，忙那么多事情，目的主要是使她皈依天主教，从她身上为耶稣会弄点钱（已有人向她作过暗示），但海伦在出钱以前坚持要替她办好摆脱丈夫的必要手续。她认为，任何宗教的宗旨就是既满足人类的欲望，又遵守一定的仪式。她怀着这个目的，一次在同忏悔神父谈话时坚决要他回答：她的婚姻关系对她有多大约束力。

他们坐在客厅窗口。天色已暗下来。窗外飘进来阵阵花香。海伦穿着一件肩头和胸部透明的白色连衣裙。保养得很好的神父，胖胖的脸刮得很光洁，嘴巴刚毅可爱，一双白净的手合放在膝上。他坐得靠海伦很近，嘴唇上挂着一丝笑意，偶尔带着欣赏她的美丽的眼神望望她的脸，对他们谈论的问题发表他的意见。海伦不安地微笑着，瞧着他的鬈发、刮得光光的浅黑的胖脸颊，随时都准备听他谈新的话题。不过，神父虽然很欣赏对方的美丽和亲切，还是很注意干自己这一行的技巧。

“良心导师”的推论是这样的：“您不了解您的行为的意义，您宣誓对男人遵守妇道，可是那男人不相信结婚的宗教意义而结了婚，犯了亵渎神明罪。这婚姻就缺乏应有的对双方的约束力。虽然如此，您的誓言却约束了您。您违背了誓言。您犯了什么罪呢？是可赦的罪还是死罪？是可赦的罪；因为您犯罪没有恶意。您现在要是为了有孩子而再婚，您的罪是可以赦免的。但问题又分两方面：第……"

"但我想，"海伦听得不耐烦，突然带着迷人的微笑说，"既然我已入了真正的宗教，我就不能再受虚伪的宗教的约束。"

"良心导师"没想到这问题像哥伦布竖鸡蛋[1]那样简单而大为惊讶。他很称赞他这个女学生的机智，但他不能放弃自己好容易建立的论证。

"让我们来探讨探讨这个问题，伯爵夫人！"他笑眯眯地说，开始反驳教女的道理。

1 哥伦布发现美洲，有人认为很容易。哥伦布请他把一个鸡蛋竖起来。那人竖了很久竖不起来。哥伦布把鸡蛋一头敲碎，鸡蛋就竖起来了。哥伦布说："别人做的事都是容易的。"

7

海伦明白，这事从宗教观点来看很简单，很好办，她的导师们感到为难，就因为他们担心世俗势力对这事会有什么看法。

因此海伦决定在社会舆论方面做些工作。她挑起那个上了年纪的政府要员的妒意，像对第一个追求者那样说（也就是提出要求），要得到她的唯一办法就是娶她。这个上了年纪的要员听到她要离开丈夫再嫁的建议，也像年轻的外国亲王一样吃惊，但海伦却认为这事像姑娘出嫁一样简单自然，她那不可动摇的信心也就影响了他。如果海伦身上有丝毫迟疑、羞愧或掩饰的迹象，她的事情无疑会失败；但这样的迹象不仅没有，而且相反，她还坦率天真、若无其事地告诉她的好朋友（这样的朋友几乎遍布全彼得堡），亲王和要员都向她求婚，她两人都爱，不愿让任何一个忍受痛苦。

彼得堡立刻闹得满城风雨，不是说海伦要同丈夫离婚（如果传布这样的消息，许多人都会起来反对这种非法的意图），而是可怜而又可爱的海伦犹豫不决，她该嫁给两人中的哪一个。问题已不在于有多大可能，而是找哪一个配偶更有利，以及皇室怎样看待这件事。确实有一些顽固分子，他们不能理解这样的问题，认为这事亵渎婚姻的神圣；但这种人不多，他们也保持沉默，多数人只关心海伦的幸福，考虑她选择哪一个更有利。至于丈夫活着再嫁是好是坏，这问题谁也不谈，因为“比你我聪明的人”显然已解决了这个问题，而怀疑这事是否正确，就有暴露自己愚昧无知和不识时务的危险。

只有阿赫罗西莫娃那年夏天来彼得堡探望儿子，敢于公然表示与众不同的意见。阿赫罗西莫娃在舞会上遇见海伦，在客厅中央把她拦住，在一片沉默中粗声粗气地对她说：

“丈夫还活着，您又要嫁人了。也许您以为这是什么新花样吧？被人家抢先了，姑奶奶。早就有人想到了。在窑子里都是……这样做的。”阿赫罗西莫娃说着这话，做出习惯性的威胁姿势，卷起袖子，恶狠狠地环顾着，走出客厅。

在彼得堡，大家虽然都怕阿赫罗西莫娃，但把她看作一名丑角，因此只注意她说话中的粗鲁字眼，彼此低声转述，说这是她语言的精华。

华西里公爵近来特别健忘，常常把同一件事反复说上无数遍。他看见女儿，每次都对她说：

“海伦，我有话对你说，”他把女儿领到一边，往下拉拉她的手，说，“我听到一些有关……你知道。哦，我的宝贝孩子，不瞒你说，我做父亲的感到真高兴，因为你……你受了那么多苦……但是，我的宝贝……你就照你的心愿去做吧。这就是我的全部意见。”接着他克制着始终如一的激动，用脸贴了贴女儿的脸，走开了。

比利平不失为一个绝顶聪明的人，又是海伦的一位无私的朋友（在出色的贵妇人身边总有这种永远不可能变为情人的男朋友）。有一次他在知己朋友的小圈子中对海伦讲了他对这事的看法。

“听我说，比利平（海伦对比利平这样的朋友总是直呼其姓），”她用戴戒指的手摸摸他的衣袖，“你就像对自己的妹妹那样告诉我：我该怎么办？两人中选哪一个？”

比利平皱起眉头，嘴唇上挂着微笑，考虑了一下。

“您的问题我并不感到意外，”他说，“我作为您的忠实朋友，反复考虑过您的事。听我说：您要是嫁给亲王，”他弯曲一个手指，“您就永远不可能嫁给另一个，再说，朝廷也会不满意。（要知道这里还牵涉到一个亲属问题。）您要是嫁给老伯爵，您就会使他的晚年幸福。将来……亲王再娶您这位显贵的遗孀，也就不会有失他的身份了。”比利平额上的皱纹舒展开来。

“我忠实的朋友！”海伦满面春风地说，又摸摸比利平的衣袖。“可是你要知道，我两个都爱呀，我不愿让任何一个痛苦。为了他们两人的幸福我愿意贡献我的生命！”她说。

比利平耸耸肩膀，表示对这样的苦恼他也无能为力。

“真是一代尤物！问题提得毫不含糊。她要同时做三个人的妻子。”比利平想。

“那么您倒说说，您丈夫对这事怎么看法？”他声誉卓著，敢于提出这样直率的问题，“他会同意吗？”

“哦！他太爱我了！”海伦说，她似乎觉得皮埃尔也是爱她的，“为了我他什么都肯做。”

比利平展开眉头，表示要说俏皮话了。

“甚至于离婚！”他说。

海伦笑起来。

在敢于怀疑拟议中的婚事是否合法的人中有海伦的母亲，华西里公爵夫人。她经常妒忌女儿，如今妒忌的对象又是她公爵夫人的一位知己，她更无法罢休。她请教一位俄国神父，丈夫还在，能不能离婚和再婚。神父告诉她这是不可能的。更使她高兴的是，神父让她看《福音书》里的经文，经文明确指出（神父这样认为）丈夫还在不能再婚。

公爵夫人拿这种无可辩驳的论据作武器，一早乘车到女儿那里，想同她单独谈一谈。

海伦听了母亲的反对意见，温顺而嘲弄地微微一笑。

“经书里说：谁娶离婚女子……”老伯爵夫人说。

“啊，妈妈，您别胡说。您什么也不懂。处在我的地位我有责任。”海伦说，从俄语改用法语，她总觉得用俄语说不清楚。

“可是我的孩子……”

“哦，妈妈，您怎么不明白，圣父有权赦免……”

这时候，住在海伦家的一个陪伴她的太太进来通报说，殿下在客厅里求见。

“不，您对他说，我不愿见他，他不守信，我正生他的气呢。”

“伯爵夫人，一切罪孽都可以赦免。”一个长脸长鼻子、头发浅黄的青年走进来说。

公爵夫人恭恭敬敬地站起来，行了个屈膝礼。进来的青年没有理她。公爵夫人向女儿点点头，悄悄地走了出去。

“不错，她说得对，”公爵夫人想，她的全部信念都因殿下的出现而丧失。“她说得对；可是我们年轻的时候怎么不知道这种简单的道理呢？这道理是多么简单！”公爵夫人坐上马车，想。

八月初，海伦的事完全决定了，她给丈夫（她认为他很爱她）写了一封信，通知他她打算嫁给某某人，而且她信奉唯一真正的宗教，她请求他履行必要的离婚手续，这些手续送信人会告诉他的。

“因此我祷告上帝，让您，我的朋友，得到神圣而强大的庇护。您的朋友海伦。”

这封信送到皮埃尔家时，皮埃尔正在鲍罗金诺战场上。

8

鲍罗金诺战役将近结束的时候，皮埃尔第二次从拉耶夫斯基炮台下来，同一群士兵一起沿山谷向克尼亚兹科伏走去。他走到急救站，看见血，听见叫嚷和呻吟，就混在士兵中间，急急忙忙向前走。

皮埃尔现在一心希望的是，赶快摆脱这一天里所得到的可怕印象，回到惯常的生活环境里，在自己卧室的床上安安稳稳地睡一觉。他觉得只有在惯常的生活环境里，才能理解他自己和他所见闻的一切。可是这种惯常的生活环境哪里也找不到。

虽然炮弹和子弹不在他所走的大道上呼啸，但是周围的景象依旧同战场一样。依旧是一张张痛苦、疲惫、有时又冷漠得可怕的脸，依旧是一片鲜血，依旧是士兵的军大衣，依旧是隆隆的炮声（炮声虽然遥远，但依旧惊心动魄）。此外还有沉闷的空气和飞扬的灰沙。

皮埃尔在莫扎依斯克大道上走了三俄里光景，在路边坐下来。

暮色苍茫，炮声沉寂。皮埃尔枕着臂肘躺了好久，望着黑暗中从他身旁经过的黑影。他一直觉得炮弹仿佛带着可怕的啸声向他飞来；他浑身哆嗦，坐了起来。他不记得他在这里待了多久。

半夜里，三个士兵拖来一些树枝，在他旁边坐下，动手生火。

那三个兵瞟了皮埃尔一眼，生起火，上面放了一个锅子，把面包干掰碎放在锅里，再加上一点荤油。油腻的食物香同烟气混合在一起。皮埃尔坐起来，叹了一口气，三个兵一面吃，一面谈话，没理睬皮埃尔。

“你是干什么的？”有个兵突然问皮埃尔，显然是用这问题表示（也正是皮埃尔所想的）：“你要是想吃，我们可以给你，但你得说说，你是不是一个规矩人。”

“我吗？我吗？……”皮埃尔说，觉得必须把自己的身份说得低些，以便接近士兵，“我是个民团军官，但我的队伍不在这里，我来打仗，把他们丢了。”

“瞧你这个人！”一个兵说。

另一个兵摇摇头。

“你要是想吃，就吃点面糊吧！”第一个兵说，把一只木匙子舔干净，递给他。

皮埃尔在火堆旁坐下，吃起锅子里的面糊来。他觉得这是他平生吃过的最好吃的东西。他向锅子弯下腰，贪婪地一大勺一大勺吃着，他的脸被火光照亮，几个兵默默地瞧着他。

“你要去哪儿？你说！”其中一个兵问。

“我要去莫扎依斯克。”

“那么，你是老爷吗？”

“是的。”

“你叫什么？”

“皮埃尔伯爵。”

“哦，皮埃尔伯爵，走吧，我们领你去。”

在一片漆黑中，士兵们陪着皮埃尔向莫扎依斯克走去。

当他们走到莫扎依斯克，开始攀登陡峭的城里小山时，公鸡已开始报晓。皮埃尔跟士兵们一起走，完全忘记他的旅店就在山脚下，他已走过头了。要不是他在半山上遇见他的马夫（马夫在城里到处找他，此刻正回旅店去），他还记不起这事来。他心神恍惚到这个地步。马夫是从白帽子上认出皮埃尔来的。

“大人，”马夫说，“我们已经绝望了。您怎么自己走路？您这是上哪儿去！”

“噢，是的！”皮埃尔说。

士兵们站住。

“怎么，找到自己人了？”一个兵问。

“那么再见！皮埃尔伯爵，是吗？再见，皮埃尔伯爵！”另外两个声音说。

“再见！”皮埃尔说，同马夫一起向旅店走去。

“得给他们一点什么！”皮埃尔摸着衣服口袋想。“不，不用了！”另一个声音在他心里说。

旅店客满，所有的客房都住了人。皮埃尔就走进院子，蒙头睡在自己的马车里。

9

皮埃尔的头一靠上枕头就呼呼入睡，但突然像醒着时一般清楚地听见隆隆的炮声、呻吟声、叫嚷声，闻到血腥气和火药味。他魂飞魄散，感到死的恐怖。他惊惶地睁开眼睛，从军大衣上抬起头来。院子里一片寂静。只有一个勤务兵在大门口同店主人谈着话，啪嗒啪嗒地踩着泥地。在皮埃尔头上阴暗的屋檐下，有几只鸽子看到他坐起来，吓得拍动翅膀。整个院子里充满浓郁的旅店味，也就是干草、马粪和焦油的气味。皮埃尔觉得这时旅店里充满和平与温馨的气氛。在两边黑暗的屋檐中间，可以望见星光灿烂的天空。

“感谢上帝，再不会有这样的事了！”皮埃尔想着，又蒙住头。“哦，情况真可怕，但胆小是可耻的！瞧他们……他们始终坚强，镇定……”他想。皮埃尔心目中的他们就是士兵，就是那些待在炮位上，给他东西吃并且向圣像祷告的士兵。**他们**——这些他以前不认识的古怪的人，同其他所有的人截然不同。

“要做一个兵，做一个兵就行！”皮埃尔迷迷糊糊地想，“全心全意参加这种集体生活，体会他们的感情。但怎样摆脱身上多余的可怕负担呢？我一度可以这样做。我可以离开我的父亲。我同陶洛霍夫决斗后本来还可以被送去当兵。”皮埃尔想起在俱乐部晚餐时向陶洛霍夫提出决斗的情景，又想起托尔日克的恩师。接着他又想起共济会庄严的聚餐。这次聚餐是在英国俱乐部举行的。桌子一端坐着他所熟识的一位贵人。原来就是他！就是恩师。“他不是已经死了？”皮埃尔想。“是的，死了，可我不知道他复活了。他死了，我很难过；他复活了，我真高兴！”餐桌一边坐着阿纳托里、陶洛霍夫、聂斯维茨基、杰尼索夫等人（皮埃尔在梦中也把这些人归为一类，就像他把他们归为一类那样）。阿纳托里、陶洛霍夫等人大声叫嚷，唱歌；但在他们的叫嚷声中还听得见恩师滔滔不绝的说话声，他的话寓意深刻，而且像战场上的炮声一样连续不断，使人感到欣慰。皮埃尔听不懂恩师的话，但他知道（他在梦中的思维同样很清楚），恩师谈到善，谈到他也可以成为他们那样的人。他们神色朴素、善良、刚毅，从四面八方围着恩师。但他们虽然善良，却不看皮埃尔，他们不认识他。皮埃尔想引起他们注意，他想说话。他想站起来，但就在这时他的腿觉得冷，原来腿露在外面。

他感到羞愧，用一条手臂盖住腿。军大衣真的从他腿上滑下去了。刹那间，皮埃尔拉上军大衣，睁开眼睛，又看见那屋檐、柱子、院子，但这一切现在都显得灰蓝发亮，并且覆盖着露珠和霜花。

“天亮了，”皮埃尔想，“但我不要天亮。我要听完和理解恩师的话。”他又蒙上大衣，可是共济会的聚餐没有了，恩师也没有了。只有用语言明确表达出来的思想，那些思想是人家告诉他，或者由他自己想出来的。

后来，皮埃尔想起那些由当天印象引起的思想，还以为是谁对他说的。他觉得，在清醒的时候他决不会这样想，这样表达自己的思想。

“战争使人类最难服从上帝的法则，”他内心有个声音说。“纯朴就是服从上帝，而人是离不开上帝的。**他们**是纯朴的。**他们**不说，只做。开口是银，闭口是金。人一怕死，就一无所有。人不怕死，就拥有一切。如果没有痛苦，人就不知道自己的局限性，就不能认识自己。最困难的是，”皮埃尔继续做梦，“在自己心里综合一切事物的意义。综合一切事物吗？”皮埃尔自言自语。“不，不是综合。不能综合思想，只能把所有这些思想**套在一起**，就该这么办！对，**要套在一起，套在一起**！”皮埃尔内心快乐地说，觉得就是这话，也只有这话能表达他要表达的意思，并解决使他苦恼的问题。

“是的，要套车了，该套车了。”

“得套车了，该套车了，大人！大人，得套车了，该套车了……”有个声音反复说。

这是马夫的声音，他在催皮埃尔起身。太阳直射在皮埃尔的脸上。他望了一眼肮脏的旅店，院子中央有几个兵在给他们的瘦马饮水，有几辆大车被赶出大门。皮埃尔嫌恶地转过脸去，闭上眼睛，又躺回车上。“不，我不要这些，不要看见这些，理解这些，我要理解梦中得到的启示。只要再一秒钟，我就能理解一切了。我该怎么办？套在一起，但怎样把一切套在一起？”皮埃尔恐惧地感到，他在梦中所看见和所思考的一切都破灭了。

马夫、车夫和旅店主人告诉皮埃尔，有个军官跑来通知，说法国人正在向莫扎依斯克推进，我们的军队正在撤退。

皮埃尔起身，吩咐车夫套上车赶上，他自己则步行穿过城区。

军队在转移，留下近一万名伤员。这些伤员有的在院子里，有的在房子里，有的挤在街上。街上，从运送伤员的大车旁边传出叫声、骂声和拳击声。皮埃尔请一位认识的负伤将军坐他的马车，一起到莫斯科。皮埃尔在路上听到了自己内弟和安德烈公爵的死讯。

10

八月三十日，皮埃尔回到莫斯科。他在城门附近被拉斯托普庆伯爵的副官撞见。

“我们到处找您，”副官说，“伯爵一定要见您。他有很重要的事，要您立刻到他那里去。”

皮埃尔没有回家，叫了一辆马车，去见卫戍司令。

拉斯托普庆伯爵早晨刚从索科尔尼基市郊别墅回城。伯爵公馆的前厅和接待室里挤满了官员，有的是奉命来的，有的是来请示的。华西里奇科夫和普拉托夫已见过伯爵，向他解释保卫莫斯科是不可能的，莫斯科将被放弃。这消息虽然还瞒着居民，但是文武百官都知道莫斯科将落入敌手。官员们为了推卸责任，都来向卫戍司令请示，他们管辖的部门该怎么办。

皮埃尔走进接待室，军队里来的信使正从拉斯托普庆伯爵屋里出来。

信使对向他提出的各种问题绝望地摆摆手，穿过大厅。

皮埃尔在接待室里等待接见，眼神疲劳地环顾着室内形形色色、老老少少的文武百官。这些官员都显得闷闷不乐，焦虑不安。皮埃尔走近一群官员，其中一个是他认识的。他们同皮埃尔打了招呼，然后继续他们的谈话。

“先把他们赶走，再放他们回来，那倒不要紧，但现在对这种局面我们说什么也不能负责。”

“可是他这样写着。”另一个指指手里一张印刷品，说。

“那可是另一回事了。对老百姓这可是必要的。”第一个官员说。

“这是什么？”皮埃尔问。

“喏，新的公告。”

皮埃尔拿过公告，读了起来：

总司令大人为了同向他开来的部队会师，已穿过莫扎依斯克，驻扎在坚固的阵地，敌人不会向他突然进攻。这里已给他运去四十八门大炮和弹药。总司令大人说，他将保卫莫斯科直到流尽最后一滴血，甚至准备巷战。弟兄们，大家不要因政府机关关闭而忧虑，我们还要维持秩序，我们的法庭将审理歹徒！必要时，我将召集城乡青年。我将在一两天内发出号召，但现在还无此必要，我暂且保持沉默。用斧子也好，用长矛也好，但最好用三齿大叉：法国佬不比一束黑麦重。明天饭后，我要抬伊维尔教堂的圣母到叶卡德琳娜医院去看望伤员。我们将在那里洒圣水，使他们早日康复。我现在身体健康。我一只眼睛患过病，但现在已双目明亮。

“可我听军人说，”皮埃尔说，“城里说什么也不能打仗，阵地……”

“是啊，我们也这么说。”第一个官员说。

“‘我一只眼睛患过病，但现在已双目明亮。’这话什么意思？”皮埃尔问。

“伯爵得过麦粒肿，”副官微笑着说，“我对他说，老百姓问他是怎么回事，他很不安。还有，伯爵，”副官突然含笑对皮埃尔说，“我们听说，您家庭有纠纷？您太太伯爵夫人仿佛……”

“我什么也没听说，”皮埃尔若无其事地说，“那您听见什么了？”

“没有，您知道，人们常常凭空瞎说。我也只是道听途说罢了。”

“那么您听见什么了？”

“听说，”副官还是那么笑嘻嘻地说，“您太太伯爵夫人准备出国。多半是胡说八道……”

“可能。”皮埃尔说，心不在焉地环顾周围。“这位是谁？”他指着一个穿干净的蓝色呢外衣、留雪白大胡子和长眉毛、脸色红润的小老头说。

“这位吗？他是个商人，酒店老板，魏列夏金。关于告示的事您也许听说了吧？”

“哦，原来就是魏列夏金！”皮埃尔说，打量着老商人镇定的脸，想在上面看出叛徒的表情。

“那事不是他干的。告示是他儿子写的，”副官说，“那小伙子在吃官司，估计他要吃苦了。”

一个戴星章的小老头和一个挂十字勋章的德国人走到说话的人们跟前。

“说实在的，”副官讲道，“这是一个错综复杂的案件。当时，两个月前出现了这张告示。有人把它送给拉斯托普庆伯爵。他下令调查。加夫里洛·伊凡内奇进行搜查，这张告示已经过六十三双手了。他查问一个人：‘你从谁那里弄来的？’回答说：

‘从某人那里。’他再去找那个人：‘你从谁那里弄来的？’一直查问到魏列夏金……一个没有文化的商人，一个做买卖的宝贝！”副官含笑说。“人家问他：‘你这是从谁那里弄来的？’我们知道他是从谁那里弄来的。他是从邮政局局长那里弄来的。不过，他们之间大概有个默契。他说：‘不是从谁那里弄来的，是我自己写的。’他们威胁他，盘问他，他咬定是他自己写的。他们就这样去报告拉斯托普庆伯爵。伯爵下令把他传来。‘你这告示从哪里来的？’——‘自己写的。’嗐，伯爵的性子您是知道的！”副官得意洋洋地笑着说，“他大发雷霆，您想想：这样蛮不讲理，信口开河！……”

“噢，伯爵是要他指出克留恰列夫，我知道！”皮埃尔说。

“绝对不是！”副官害怕地说，“克留恰列夫没有这事就有罪了，所以他被放逐了。但问题是伯爵大发雷霆。伯爵说：‘你自己怎么会写？’他拿起桌上的《汉堡日报》又说：‘你瞧。这不是你写的，是你翻译的，而且翻译得很糟，因为你这笨蛋连法语都不懂。’您想那家伙怎么回答？他说：‘不，我什么报纸也没看，是我自己写的。’伯爵说：‘要是这样，那你就是叛徒，我要把你交给法庭，你会被吊死，说，是从哪里弄来的？’他说：‘我什么也没看，是我自己写的。’案子就这样搁下来。伯爵又把他的父亲传来。他还是坚持他的说法。他被送交法庭，大概被判服苦役。现在父亲来为他求情。但他是个坏小子！哼，他是商人的儿子，花花公子，生活放荡，他在哪里听了演讲，就以为可以无法无天了。瞧，就是这样一个浑小子！他父亲在石桥旁开了一家酒店，酒店里挂着一幅一手握权杖、一手拿金球的大圣像；他把这圣像带回家去有好几天，天知道干了些什么！他找到了一个下流画匠……”

11

这个新鲜的故事讲到一半，皮埃尔被召去见卫戍司令。

皮埃尔走进拉斯托普庆伯爵的办公室。皮埃尔进去时，拉斯托普庆正皱着眉头，用手擦着前额和眼睛。一个矮个子正在说着什么，皮埃尔一进去，他就住了口，走出去。

“哦，您好，伟大的战士！”那人一走，拉斯托普庆就说。“我们听到您的光荣事迹了！但问题不在这里。老弟，这里没有外人，您是不是共济会会员？”拉斯托普庆伯爵声色俱厉地说，仿佛这里出了什么岔子，但他存心宽大处理。皮埃尔不作声。“老弟，我消息灵通。我也知道共济会不止一种，我希望您不属于那种借口拯救人类而要灭亡俄国的那一种。”

“是的，我是共济会会员。”皮埃尔回答。

“您看，老弟。我想您不会不知道，斯佩兰斯基和马格尼茨基两位先生已被送往该去的地方，对克留恰列夫先生也同样办理，对其他借口建设所罗门神庙而竭力毁坏祖国神庙的人也同样办理。您会明白这样做是有理由的，本地邮政局局长如果不是个坏人，我也不会放逐他了。最近我知道您借马车让他离城，还替他保管文件。我喜欢您。不愿让您遭殃。再说，您只有我一半年纪，我作为父辈劝您同这类人断绝来往，尽快离开这里。”

“那么，伯爵，克留恰列夫究竟犯了什么罪？”皮埃尔问。

“这是我的事，您不用管！”拉斯托普庆嚷道。

“如果他被控散发拿破仑的传单，那也还没有证据。”皮埃尔说，眼睛没看拉斯托普庆，“而魏列夏金……”

“就是那么回事，”拉斯托普庆忽然皱起眉头，打断皮埃尔的话，更加大声地嚷道。“魏列夏金是个叛徒和奸细，他将受到应得的惩罚！”拉斯托普庆气愤地说，好像一个受到侮辱的人。“不过我找您来不是要讨论我的事，而是要给您劝告或者命令，如果您愿意的话。我要求您断绝同克留恰列夫先生那类人来往，并离开此地。我要消除一切糊涂思想。”他大概发觉在对无辜的皮埃尔吆喝，就亲切地拉住他的手，添加说，“我们是大难临头，我没有工夫跟来找我的人讲礼节。我的头脑有时发晕。那么，老弟，您自己打算怎么办？”

“没什么。”皮埃尔回答，一直没抬起眼睛，也没改变沉思默想的神情。

拉斯托普庆皱起眉头。

“这是我的忠告，老弟。赶快离开，这就是我要对您说的话。善于听话的人有福了！再见，老弟。喂，还有，”他从门里对皮埃尔大声说，“据说，尊夫人落到耶稣会神父的手里，这是真的吗？”

皮埃尔什么也没回答，他皱起眉头，怒气冲冲地离开拉斯托普庆的办公室。这副神气是他从来没有过的。

皮埃尔回到家里，天色已经入暮。那天晚上有七八个人来见他：委员会秘书、他营里的上校、总管、管家和各种有求于他的人。他们都有事来见皮埃尔，要他解决问题。皮埃尔什么也不明白，对这些事毫无兴趣，回答各种问题，也只是要赶快摆脱这些人。最后剩下他一个人，他才拆开妻子的信来读。

“他们——士兵们在炮位上，安德烈公爵阵亡了……老头儿……单纯就是归顺上帝。得受苦……意义是……套车……妻子要嫁人……得忘记……理解……”他走到床边，和衣倒在床上，立刻睡着了。

第二天早晨，他醒来后，管家进来报告说，拉斯托普庆伯爵特派一位警官来打听皮埃尔伯爵有没有走，或者是不是正要动身。

十来个不同身份的人有事在客厅里等着皮埃尔。皮埃尔慌忙穿上衣服，不去客厅，却从后台阶走出大门。

自从那时起，直到莫斯科完全被毁，家里人虽然到处找寻，但是再没有看到皮埃尔，也不知道他的下落。

12

罗斯托夫一家直到敌人进入莫斯科的九月一日之前都留在城里。

自从彼嘉加入奥勃仑斯基哥萨克团，到编队的白采尔科维去后，伯爵夫人一直提心吊胆。他两个儿子都上了前线，两人都脱离她的庇护，他们中间的一个，也可能两个，随时都会被打死，就像她熟人的三个儿子一起牺牲那样——这样的念头今夏第一次活生生地浮上她的脑海。她试图把尼古拉叫回身边，想亲自去找彼嘉，在彼得堡替他谋个差使，但两者都办不到。彼嘉不可能回来，除非随团一起来，或者调到另一个现役团里。尼古拉随军去了什么地方，最后一封信写到同玛丽雅公爵小姐会面的详情，这以后就音讯全无。伯爵夫人晚上睡不着觉，一睡着就梦见两个儿子都被打死。经过多次商量和谈话，伯爵终于想出安慰伯爵夫人的办法。他把彼嘉从奥勃仑斯基团调到在莫斯科城下编队的别祖霍夫团。虽然彼嘉还留在军队里服役，但经过这一调动，伯爵夫人放心了，她至少有一个儿子可以留在身边，她可以设法使彼嘉不再离开她，再也不到可能发生战事的地方去。当尼古拉一人处于危险中时，伯爵夫人觉得她爱长子超过其他孩子，她甚至后悔放尼古拉去从军。不过，当她的幼子，功课不好、在家里老是损坏东西、人人讨厌的小淘气彼嘉，那个塌鼻子、红脸颊、生有一双快乐的黑眼睛、脸上刚出现毫毛的彼嘉也跻身于残忍可怕的大男人中间，参加战斗并从中找到乐趣时，做母亲的就觉得她爱他远远超过其他孩子。彼嘉预定回莫斯科的时候越近，伯爵夫人就越心神不宁。她甚至觉得她再也等不到这样幸福的时刻了。不仅宋尼雅在场，就连心爱的娜塔莎和丈夫在场，伯爵夫人都会发怒。“我要他们做什么，除了彼嘉，我谁也不要！”她暗自想。

八月底，罗斯托夫家收到尼古拉的第二封信。他被派到沃罗涅日省采办马匹，信就是从那里写来的。这封信并没有使伯爵夫人安心。她知道一个儿子离开危险地带，就更为彼嘉担心。

虽然到八月二十日罗斯托夫家所有的熟人几乎都已离开莫斯科，而且人人都劝伯爵夫人尽快走，但在宝贝儿子彼嘉没回来之前，她听不进这一类劝告。八月二十八日，彼嘉回家了。这个十六岁的青年军官却并不喜欢母亲欢迎他的过分热情。虽然母亲隐瞒想把他留在身边的意图，彼嘉却明白她的用心，本能地害怕对母亲过分亲昵，撒娇取宠（他这样暗自思忖）。他待她很冷淡，回避她，在莫斯科逗留期间专门同娜塔莎接近，对她怀有一种特别亲热的手足之情。

伯爵生性无忧无虑，到八月二十八日，动身的准备工作还一点也没有做。从梁赞和莫斯科庄园来搬运财物的大车直到三十日才到。

从八月二十八日至三十一日，莫斯科全市一片忙乱。每天有几千名鲍罗金诺战役中的伤员从陶罗戈米洛夫门运进来，分散到莫斯科全城，又有几千辆大车运载居民和财物从几个门出去。不管拉斯托普庆发了告示（此事或者与告示无关，或者正是由于告示），全市流传着各种互相矛盾和荒诞离奇的消息。有人说，没有命令叫谁离城；有人正好相反，说圣像都已从教堂里抬出来，全体居民被强迫撤离；有人说，鲍罗金诺之后又发生了会战，把法国人打垮了；有人正好相反，说俄军全军覆没；有人说，莫斯科民兵在神父率领下开往三山区；有人悄悄地说，不准奥古斯丁主教离城，已经抓到了叛徒，农民暴动，抢劫出城的人，等等。但这只是传说，事实上，离城的人也好，留下的也好（尽管菲里会议还没有召开，莫斯科是否放弃还没有决定），大家嘴里虽然不说，却都感觉到，莫斯科非放弃不可，应该尽快带着财物逃难。大家都预感到，城里就要发生天翻地覆的大变化，但直到九月一日还毫无动静。就像一个临刑的罪犯，知道自己末日将临，但仍环顾四周，拉正头上的帽子，莫斯科人继续过着惯常的生活，虽然知道末日已到，整个生活秩序将被彻底破坏。

在莫斯科沦陷前三天，罗斯托夫一家仍忙于各种生活琐事。一家之主的罗斯托夫伯爵在城里到处奔走，打听各种传说；回到家里，只匆忙作些安排，准备动身。

伯爵夫人督促仆人收拾行李，对什么事都不满意，不断找寻逃避她的彼嘉，妒忌娜塔莎，因为彼嘉老是同她待在一起。只有宋尼雅一人在处理实际事务：包扎东西。不过宋尼雅近来特别忧郁和沉默。尼古拉来信提到玛丽雅公爵小姐，伯爵夫人便当着宋尼雅的面快乐地议论起来，说玛丽雅公爵小姐同尼古拉相逢是出于天意。

“安德烈做娜塔莎的未婚夫，”伯爵夫人说，“我对这事从来就没有高兴过。但我有个预感，尼古拉会娶玛丽雅公爵小姐。那该是多么好哇！”

宋尼雅觉得，这话是对的，挽救罗斯托夫家家业的唯一办法是娶位富家小姐，而玛丽雅公爵小姐就是个合适的对象。但这事使她觉得伤心。尽管她心里很悲伤，但也许正由于心里悲伤，她一心一意指挥着包扎东西和收拾行李的繁重工作，整天忙个不停。伯爵老夫妇俩有什么事要吩咐，就来找她。彼嘉和娜塔莎正好相反，不仅不帮父母的忙，而且常常妨碍别人，惹人讨厌。家里几乎整天就听见他们的奔走声、叫嚷声和无缘无故的笑声。他们欢笑，高兴，绝不是因为有什么事逗得他们发笑，而是因为他们心里快乐，因此不论发生什么事，都能成为他们欢笑的原因。彼嘉心里高兴，因为他离家的时候还是个孩子，可回来已是个小伙子了（人家都这么说他）；他心里高兴，因为他回到家里，因为他离开最近没有希望作战的白采尔科维，来到几天之内即将交战的莫斯科；他心里高兴，主要是因为娜塔莎很快乐，而他的情绪总受她影响。娜塔莎心里高兴，因为她长期闷闷不乐，而现在没有任何事能使她闷闷不乐，她的身体康复了。她心里高兴，还因为有人赞美她（别人的赞美是她这台机器运转所必需的润滑剂），因为彼嘉赞美她。他们心里高兴，主要是因为莫斯科附近发生战事，城门口将要打仗，武器就要分发，大家都在逃难，逃到什么地方去，现在正在发生非常事件，这样的事总是令人高兴的，对年轻人尤其如此。

13

八月三十一日，星期六，罗斯托夫家一切都闹了个底朝天。屋里门户洞开，全部家具都搬到屋外或者移动了位置，镜子和画都摘了下来。每个房间里都摆着箱子，干草、包装纸和绳子狼藉满地。农奴和家奴搬运东西，脚步沉重地在镶木地板上走来走去。院子里挤满农民的大车，有的车已装满扎好，有的车还是空的。

大量家奴和赶大车来的农民的说话声和脚步声在院子里和屋子里此起彼落，互相呼应。伯爵一早就出去了。伯爵夫人由于忙碌和喧闹头痛欲裂，躺在新的起居室里，头上扎着一块浸醋的包布。彼嘉不在家里。他去看一个朋友，他们两人准备由民兵转为现役。宋尼雅在客厅里照料玻璃器皿和瓷器的包装。娜塔莎坐在她那东西搬空的房间地板上，周围散布着衣服、缎带和围巾，眼神呆滞地看着地板，手里拿着一件旧舞衣，款式已经陈旧，也就是她在彼得堡第一次参加舞会时穿过的那一件。

家里人人都很忙碌，娜塔莎什么事也不做，感到惭愧。她从早晨起几次想做点事，但安不下心来。她平时做事总是全力以赴，否则就做不成。她站在宋尼雅旁边看包装瓷器，想帮助他们，但立刻改变主意，回到自己房里去收拾东西。起初，她把一部分衣服和缎带分送给使女，感到很高兴，但后来还得收拾余下的东西，她就觉得厌烦了。

“杜尼雅莎，好姑娘，你来装好不好？好吗？好吗？”

杜尼雅莎高高兴兴地答应替她办好一切，娜塔莎就坐在地板上，拿起那件旧舞衣，陷入与当前现实毫无关系的沉思中。隔壁屋里使女们的说话声和她们从下房到后台阶的匆忙脚步声把娜塔莎从沉思中惊醒。她站起来，向窗外望望。街上停着一长列伤员车。

使女、仆人、管家、保姆、厨师、车夫、马夫、厨师下手都站在大门口，瞧着伤员。

娜塔莎包上一块白头巾，两手拉住头巾梢儿走到街上。

原来的老管家玛芙拉离开大门旁的人群，走到一辆有席篷的马车旁，同一个躺在车上的脸色苍白的青年军官谈话。娜塔莎走了几步，怯生生地站住，双手仍拉着头巾，听老管家说话。

“您是说，您在莫斯科一个亲人也没有吗？”玛芙拉说，“您最好住到哪座房子里去稳当些……住到我们家去也行。老爷们都走了。”

“我不知道人家答应不答应，”那军官声音微弱地说，“哦，长官来了……您问问他吧。”他指指一个经过一排排车子从街上回来的胖少校。

娜塔莎眼神惊惶地瞧了瞧负伤军官的脸，立刻迎着少校走去。

“伤员可以留在我们家吗？”她问。

少校露出笑容，举手敬了个礼。

“您要哪一个，小姐？”他眯细眼睛含笑说。

娜塔莎镇静地又问了一遍。尽管她仍拉住头巾梢头，但她的脸色和神态是那么严肃，少校不由得停止了笑，先想了一想，仿佛在问自己，这事有多大可能，然后给了她肯定的答复。

“嗯，可以，当然可以！”他说。

娜塔莎微微点点头，快步走到玛芙拉跟前。玛芙拉站在军官旁边，满怀怜悯地同他谈话。

“可以，他说可以！”娜塔莎低声说。

军官躺着的马车驶进罗斯托夫家院子。于是几十辆运送伤员的车子就应居民们的邀请拐进各家院子，停在厨师街各户人家的门口。娜塔莎显然很愿意接待这批异乎寻常的新客人。她同玛芙拉一起竭力想在自己家里多收容一些伤员。

“不过，总得向你爸爸报告一下。”玛芙拉说。

“不要紧，不要紧，那没有关系！我们可以搬到客厅里去过一晚。我们可以把一半房子让给他们。”

“哦，小姐，亏您想得出！就是让他们住进厢房和下房，也得问一下。”

“好，我去问。”

娜塔莎跑进屋里，踮着脚尖走进房门半开的起居室。那里散发着醋和霍夫曼滴剂[1]的气味。

“您睡了吗，妈妈？”

“哦，睡得真好！”伯爵夫人刚打了个盹，醒来说。

“妈妈，好人儿！”娜塔莎说，跪在母亲面前，脸贴着母亲的脸。“对不起，我把您弄醒了，以后再也不敢了。是玛芙拉叫我来的，他们把伤员运了来，都是军官，您答应吗？他们没有地方去，我知道您会答应的……”她一口气急急地说。

“什么军官？把谁运来了？我什么也不明白。”伯爵夫人说。

娜塔莎笑起来，伯爵夫人也微微笑着。

“我知道您会答应的……那么我就这样去对他们说。”娜塔莎吻了吻母亲，站起来向门口走去。

1 霍夫曼滴剂由两份硫黄和三份酒精合制而成，当时在俄国用得很普遍。

她在客厅里遇见父亲。伯爵正带了坏消息回家。

“我们待得太久了！”伯爵不由得懊恼地说，“俱乐部也关门了，警察局也撤走了。”

“爸爸，我把伤员请到家里来，不要紧吧？”娜塔莎对他说。

“当然不要紧，”伯爵漫不经心地说，“但问题不在这里，现在我要你别再忙些无关紧要的事，应该帮助大家收拾行李，走，走，明天就走……”伯爵给了管家和仆人同样的命令。吃饭时，彼嘉回来讲着他听到的消息。

他说，今天老百姓在克里姆林宫领取武器，拉斯托普庆在告示里虽说，他会提前两天发出号召，其实他已下令全体民众明天带着武器去三山区，那里将有一场大战。

彼嘉讲这些消息时，伯爵夫人惶恐地望着儿子神采飞扬的脸。她知道，她如果要求彼嘉不参加这次战斗（她知道他正为参加这场战斗而兴高采烈），那他就会讲些男子汉、荣誉和祖国之类固执的废话，使你无法反驳，这样事情就糟了，因此她希望在开战之前走，并把彼嘉当作保护人随身带走。她对彼嘉只字不提，饭后把伯爵找来，声泪俱下地要求赶快带她走，如果可能的话，当夜就走。她一向表示无所畏惧，但如今出于狡猾的女性爱，竟说如果今晚不走，她会被吓死的。现在她什么都害怕。

14

肖斯夫人看望女儿回来，讲到她在肉铺街一家酒店看见的情景，更增加了伯爵夫人的恐惧。她在街上遇见一群醉汉闹事，走不过来，就雇了一辆马车绕路走小巷回家。车夫告诉她，老百姓奉命砸破酒店里的酒桶。

饭后，罗斯托夫全家急急忙忙收拾东西，准备动身。老伯爵突然管起事来，从院子到屋里不断来回奔走，无缘无故斥责正在忙碌的仆人，催促大家加快收拾。彼嘉在院里指挥。宋尼雅听了伯爵自相矛盾的指挥，张皇失措，不知该怎么办才好。仆人们叫嚷，争吵，喧闹，在屋里和院子里奔走忙碌。娜塔莎生性热情，忽然也行动起来。她参加包装工作，大家都不很放心。大家都认为她会闹笑话，不愿听她指挥；但她固执而激动地要大家服从，人家不听她，她气得几乎掉眼泪，最后终于使大家都信任她。她费力地获得威信的第一项功劳是包装地毯。伯爵家里有名贵的哥白林挂毯[1]和波斯地毯。娜塔莎动手干活的时候，客厅里摆着两只打开的大箱子：一只几乎装满瓷器，另一只装着地毯。瓷器有许

1 法国巴黎产的一种双面挂毯。

多放在桌上，还有不少源源不断地从贮藏室里搬来。还需要一只空箱子，仆人已去搬了。

“宋尼雅，等一下，我们要把所有的东西都装进去。”娜塔莎说。

“不行，小姐，已经试过了。”餐厅侍仆说

“不，请等一下。”娜塔莎动手把纸包着的盘子和碟子从箱子里取出来。

“盘子放到这里来，装到地毯中间。”她说。

“还有地毯呢，三只箱子装得下就算不错了！”餐厅侍仆说。

“不，请等一下。”娜塔莎开始利落地收拾起来。“这不要了。”她指着基辅盘子说。“这要的，这夹在地毯中间。”她指指萨克森碟子说。

“你歇歇吧，娜塔莎；行了，我们来装吧。”宋尼雅带着责备的口气说。

“哎，小姐！”管家说。但娜塔莎不肯罢休，她把所有的东西都取出来，敏捷地重新装箱，决定不带劣等地毯和多余的瓷器。结果，把不值钱的东西都取出来，所有贵重的东西整整装了两箱。只是装地毯的箱子满得盖不上。还可以取出几件东西，但娜塔莎坚持自己的意见。她装了又装，使劲压，叫餐厅侍仆和被她拉来帮忙的彼嘉一起压箱盖，自己也拿出所有的力气。

“算了，娜塔莎，”宋尼雅对她说，“我知道你的意见是对的，但顶上的一件还得拿掉。”

“我不要！”娜塔莎嚷道，一手拢住落到汗津津脸上的头发，一手压地毯。“使劲压，彼嘉，压！华西里奇，压！”她叫道。地毯压实，箱子盖上了。娜塔莎拍手尖叫，泪水夺眶而出。但这只是一瞬间的事。接着她立刻着手做别的事，大家已充分信任她了。有人对伯爵说，娜塔莎改变他的命令，他并不生气。仆人走来问娜塔莎：行李车要不要捆起来，东西装得够不够？在娜塔莎指挥下事情进行得很顺利：留下没有用的东西，最贵重的东西都紧凑地装起来了。

尽管大家非常卖力，到深夜还是没有把全部东西装好。伯爵夫人睡着了，伯爵把行期推迟到第二天早晨，也去睡了。

宋尼雅、娜塔莎都和衣睡在起居室里。

那天夜里，又有一名伤员被送到厨师街，玛芙拉站在大门口，把他让进罗斯托夫家。玛芙拉断定这个伤员是个很重要的人物。运载他的马车放下车篷，又用帘子遮住。驭座上，车夫旁边坐着一个彬彬有礼的老仆人。后面一辆车上坐着医生和两个士兵。

“请到我们这儿来，请！老爷们就要走了，整座房子都空着。”玛芙拉对老仆人说。

“好吧，”那仆人叹息着回答，“我们恐怕赶不到家了。我们在莫斯科自己也有房子，但远得很，也没有人住。”

“请赏光进来吧，我们老爷家东西应有尽有，”玛芙拉说。“怎么，伤得很厉害吗？”她又问。

仆人摆了摆手。

“怕赶不到家了！得问问医生。”仆人下了车，走到后面一辆马车旁边。

“好的。”医生说。

那仆人又走回主人马车旁，往里面张望了一下，摇摇头，吩咐车夫把车拐进院子里，停在玛芙拉旁边。

“主耶稣基督！”她喃喃地说。

玛芙拉提议把伤员抬到屋里。

“老爷们不会说什么的……”她说。但他们必须避免上楼，因此就把伤员抬到厢房，放在肖斯夫人的房间里。这个伤员就是安德烈公爵。

15

莫斯科的末日到了。这是一个秋高气爽的日子，星期日。就像平时星期日一样，所有的教堂都在做礼拜。谁也不知道莫斯科前途如何。

社会上只有两件事表明莫斯科的处境：一是大批平民拥到，一是物价波动。工人、家奴和农民，加上官吏、学生和贵族，那天一早就去了三山区。他们到了那里，没有等到拉斯托普庆，确信莫斯科将被放弃，就分散到莫斯科各家酒店和饭店。那天的物价也表明了形势。武器、黄金、车辆和马匹都涨了价，纸币和生活用品跌价，运送呢绒等贵重商品的车夫要收一半商品作为酬劳，农民的马每匹索价五百卢布；家具、镜子和青铜器都白白送人。

在庄重而古老的罗斯托夫邸宅里，生活秩序的破坏表现得并不明显。在大量仆役中，夜里只少了三个人，但没有东西失窃；在物品方面，乡下来了三十辆大车，这是许多人羡慕不已的巨大财富，有人愿出高价向罗斯托夫家收买。不仅有人愿出高价收买这些车子，而且从头天晚上到九月一日清晨，罗斯托夫家的院子里来了许多负伤军官的勤务兵和仆人，住在罗斯托夫家和附近几家的伤员也拖着脚走来，他们都要求搭车离开莫斯科。管家面对这些请求，虽然也很同情伤员，但是断然加以拒绝，说他甚至不敢向伯爵报告。剩下的伤员虽很可怜，但要是给一辆车，就没有理由不给第二辆，没有理由不交出所有的车，连自己的轿车也得交出去。三十辆车不能救出全部伤员，在一场浩劫中不能不顾自己，不顾自己的家庭。管家就是这样替自己的老爷着想的。

九月一日早晨，罗斯托夫伯爵悄悄走出卧室，免得惊醒到黎明才睡着的伯爵夫人。他穿着一件紫缎睡袍，走到台阶上。院子里停着扎好的大车。台阶旁停着几辆马车。管家站在大门口，同一个老勤务兵和一个脸色苍白、吊着手臂的青年军官谈话。管家一看见伯爵，就对那军官和勤务兵做了一个严厉的手势，要他们走开。

“那么，一切都妥当了吗，华西里奇？”伯爵问，擦擦秃头，和蔼可亲地瞧着军官和勤务兵，向他们点点头。伯爵喜欢见到陌生人。

“马上就套车，老爷。”

“太好了，等伯爵夫人一醒就可以动身！您怎么样，先生？”他问军官说。“您住在舍间吗？”军官走近一点，他那苍白的脸唰地涨得通红。

“伯爵，您帮个忙吧，看在上帝的份上……让我……搭您的车。我随身什么也没有……我搭行李车……也行……”没等军官把话说完，勤务兵也替主人向伯爵求情。

“哦！行，行，行！”伯爵连忙说。“我很高兴，很高兴！华西里奇，你来安排一下，腾出一二辆车子来……还需要什么……”伯爵含糊其词地吩咐说。不过，就在这一刹那，军官脸上热烈的感激表情使伯爵无法收回他的吩咐。伯爵环顾了一下，在院子里，大门口，厢房窗口，到处可以看见伤员和勤务兵。大家都望着伯爵，向台阶前拥来。

“老爷，请您到画室去一下，那边的画该怎么处理？”管家问。伯爵跟他一起走进屋里，再三嘱咐不要拒绝请求搭车的伤员。

“嗯，好吧，可以卸下一些东西。”他神秘地低声说，仿佛怕被谁偷听到。

伯爵夫人在九点钟醒来。她原来的使女玛特廖娜，现在替她担任类似宪兵司令的职务，走来向她报告说，肖斯夫人很生气，因为她认为不能把小姐们的夏装留在这里。伯爵夫人问，肖斯夫人生什么气，原来所有的车都解开，东西被卸下，装上伤员，她的箱子也从车上被卸下来。这是遵照生性厚道的伯爵的命令办的。伯爵夫人派人去把丈夫找来。

“这是怎么回事，我的朋友，我听说东西又被卸下来了，是吗？”

“是的，亲爱的，我要告诉你……亲爱的伯爵夫人……有位军官来找我，要求给他们几辆大车运送伤员。那些都是身外之物，但把伤员留下来会有什么后果呢！……不错，他们就在我们的院子里，是我们自己叫他们来的，这里有几位军官……你知道，我想，真的，亲爱的，哦，亲爱的……就把他们带走吧……忙什么呀！……”伯爵怯生生地说，就像他每次谈到金钱时那样。伯爵夫人已听惯这种语气，知道接下来他就会提出一些损害子女利益的计划，例如盖画廊啦，造温室啦，组织家庭剧团或者乐团啦。伯爵夫人已养成习惯，认为反对丈夫怯生生地说出来的计划是她的责任。

她装出顺从而伤心的模样，对丈夫说：

“听我说，伯爵，你已弄得家里无力添置东西了，如今又要把孩子们的财产都毁掉。你说过，我们家里的东西值十万卢布。我不答应，我的朋友，我不答应。你真随便！伤员有政府照管。这他们知道。你瞧，对面洛普兴家前天就把东西搬空了。瞧人家是怎么办的。只有我们是傻瓜。你不可怜我，也该可怜可怜孩子们哪。”

伯爵摆摆手，什么话也没说，就从屋里走了出去。

“爸爸！您这是怎么啦？”跟着他走进母亲屋里的娜塔莎问。

“没什么！不关你的事！”伯爵怒气冲冲地说。

“不，我听见了，”娜塔莎说，“妈妈为什么不同意？”

“关你什么事？”伯爵嚷道。娜塔莎走到窗口，沉思起来。

“爸爸，别尔格来了。”她望着窗外说。

16

罗斯托夫家的女婿别尔格已升为上校，获得了弗拉季米尔勋章和安娜勋章，仍担任着第二军参谋部第一处副处长的清闲职务。

九月一日他从军队来到莫斯科。

他在莫斯科并没有什么事要做，但他看到部队里大家都要求去莫斯科，并在那里做点什么事，他觉得他也需要休假探亲和料理家务。

别尔格乘一辆讲究的轻便马车，驾着两匹肥壮的黑鬃黄马，像个公爵那样来到岳父家。他留神看看院子里的车辆，走上台阶，取出一条干净的手帕，打了个结。

别尔格从前厅敏捷而轻盈地跑进客厅，拥抱了伯爵，吻了吻娜塔莎和宋尼雅的手，连忙问起岳母的健康情况。

“现在还顾得上健康吗？”伯爵说，“你讲讲，军队怎么样？撤退，还是再打一仗？”

“只有永恒的上帝才能决定祖国的命运，爸爸，”别尔格说。“军队斗志昂扬，上头正在开会商量。结果怎样不得而知。不过我可以告诉您，爸爸，在二十六日战役中俄军所表现的英勇气概，那种真正传统的大无畏精神，是没有适当语言可以表达的……我告诉您，爸爸（他像那个讲这话的将军那样捶捶胸膛，虽然晚了一点，因为应该在说到“俄军”两字时就捶胸的），我老实告诉您，我们做长官的不仅不需要鼓励士兵，还得劝阻他们去完成传统的英勇业绩，”他急急地说，“巴克莱·德·托里将军处处身先士卒，不惜牺牲。这是真的。我们的军队驻扎在山坡上。您倒想想！”于是别尔格就讲了这一时期他所听到的各种传闻。娜塔莎眼睛一直盯着别尔格，盯得别尔格有点尴尬，她仿佛在他脸上搜寻什么问题的答案。

“总之，俄军所表现的大无畏精神难以想象，值得赞美！”别尔格说，回头望望娜塔莎，仿佛想讨好她，用笑脸来回答她的执着目光……“‘俄国不在莫斯科，它活在儿子们的心中！’爸爸，您说是吗？”别尔格说。

这时，伯爵夫人形容憔悴，心情不佳，从起居室里出来。别尔格慌忙站起来，吻了吻伯爵夫人的手，问了问她的健康，摇摇头表示同情，站在她旁边。

“哦，妈妈，我对您说句实话，现在对每个俄国人来说都是悲伤痛苦的时候。但何必那么焦虑不安呢？你们还来得及走……”

“我不明白底下人在做些什么，”伯爵夫人对丈夫说，“我刚才听说，还什么也没有准备好。总得有个人来料理啊。叫人不由得想起了彼嘉。事情真是没个完！”

伯爵想说什么，但显然忍住了。他站起来向门口走去。

别尔格这时像要擤鼻涕，掏出手帕，看了看上面的结，沉思起来，忧伤而感慨地摇摇头。

“爸爸，我对您有个重大要求。”他说。

“嗯？……”伯爵站住说。

“我刚才经过尤苏波娃家，”别尔格笑着说，“我认识的一个总管跑出来问我，要不要买点什么。我出于好奇走进去，结果在那里看到一个小柜和一张梳妆台。您知道，薇拉一直想要这两样东西，我们还为这事吵过嘴呢。（别尔格说到小柜和梳妆台，流露出善于治家的得意语气。）真美！抽屉装有英国锁，您知道吗？薇拉早就想要一个了。我也很想送她一件礼品。我看到您院子里有那么多农民。您给我一个吧，我会多给他点钱的……”

伯爵皱起眉头，清了清嗓子。

“你去问伯爵夫人吧，这事我不管。”

“要是不方便，那就不用了，”别尔格说，“我都是为了薇拉才要的。”

“哦，你们都给我滚，滚，滚！……”老伯爵嚷道，“搞得我晕头转向。”他说着走出房间。

伯爵夫人哭起来。

“是的，是的，妈妈，这日子可不好过啊！”别尔格说。

娜塔莎跟父亲一起出去。她仿佛在苦苦思考什么事，先跟着父亲，然后跑下楼。

彼嘉站在台阶上，向离开莫斯科的仆人分发武器。装好的车子仍停在院子里。有两辆车卸下东西，那个负伤的军官由勤务兵扶着，爬上其中的一辆。

“你知道为了什么吗？”彼嘉问娜塔莎。娜塔莎明白，彼嘉是问他们的父母为什么吵架，但她没有回答。

“为了爸爸要把所有的大车都让给伤员，”彼嘉说，“华西里奇告诉我的。照我看……”

“照我看，”娜塔莎突然怒气冲冲地向彼嘉转过脸去，几乎叫起来，“照我看，这太卑鄙了、太丑恶了，太……我真说不出！我们又不是德国人！……”她的喉咙哽咽得发抖，她唯恐她的怒气减弱或白白发泄掉，就转身急急跑下楼去。别尔格坐在伯爵夫人旁边，又体贴又恭敬地安慰着她。伯爵手里拿着烟斗在屋子里来回踱步，这时娜塔莎气疯了，像一阵风暴似的冲进屋里，快步走到母亲跟前。

“这太卑鄙了！这太丑恶了！”她嚷道，“这不会是您发的命令吧！”

别尔格和伯爵夫人惊疑地望着她。伯爵在窗口站住，听她说。

“妈妈，这样不行；您瞧瞧院子！”她叫道，“他们要被丢下了！……”

“你这是怎么了？他们是谁？你要什么？”

“伤员，就是他们！这样可不行，妈妈，这太不像话了……不，妈妈，好人儿，这不对，妈妈，对不起……哦，妈妈，我们带走那些东西，那有什么要紧，您就瞧瞧院子里……妈妈！……不能这样！……”

伯爵站在窗口，没有回过脸去，只听着娜塔莎说。突然他吸了吸鼻子，把脸凑近窗子。

伯爵夫人瞧了女儿一眼，看见她为母亲而害臊的脸，看出她情绪激动，明白为什么丈夫现在不看她，就惊慌失措地向四周环顾了一下。

“哼，你们要怎么办就怎么办吧！我又没有妨碍谁！”她说，还没有立刻屈服。

“妈妈，好人儿，原谅我吧！”

但伯爵夫人推开女儿，走到伯爵面前。

“亲爱的，该怎么办，你就怎么办吧……这事我确实不知道！”她负疚地垂下眼睛，说。

“蛋……蛋在教训鸡了……”伯爵含着幸福的眼泪说，把妻子搂在怀里。她也乐于把自己害臊的脸藏在他的胸前。

“爸爸，妈妈！能让我去安排吗？行吗？……”娜塔莎问。

“我们仍可以把最需要的东西带走……”娜塔莎说。

伯爵向她点点头表示同意，娜塔莎就像玩追人游戏那样穿过客厅跑到前室，又顺着楼梯跑到院子里。

仆人们聚集在娜塔莎周围，不相信她要把全部车辆让给伤员而把箱子都搬到仓库里的奇怪命令，直到伯爵以伯爵夫人的名义证实了这件事。仆人们领会了这命令，就高高兴兴地卖力干起来。他们现在不仅不觉得奇怪，而且认为非这样做不可，就像一刻钟以前他们认为把伤员留下而搬走东西一样无可非议。

一家人仿佛要补救他们没有及早这样做的过错，都起劲地动手把伤员安置到车上。伤员们从房间里蹒跚地走出来，苍白的脸上露出喜气，围住了大车。隔壁几座房子里也听到有大车的消息。伤员们纷纷向罗斯托夫家院子里走来。许多伤员要求不要卸下车上的东西，只要让他们坐在东西上就行。但卸车的工作一开了头，就再也无法停止。全部留下或者留下一半，这已没有什么区别。夜间煞费苦心装上器皿、铜器、图画和镜子的箱子都散乱在院子里，大家还在找寻可以腾出来的车辆。

“还可以带四个人，”总管说，“我把我的车让出来，要不叫他们坐到哪里去呢？”

“把我装衣柜的车腾出来，”伯爵夫人说，“杜尼雅莎可以跟我坐轿车。”

装衣柜的车腾了出来，派到隔开两座房子的人家去运伤员。家里上上下下都很高兴。娜塔莎更是兴高采烈，劲头十足，这在她已是好久没有的事。

“这东西往哪儿搁呢？”仆人把一只箱子绑在马车后面的脚镫上，说，“至少得留下一辆大车啊！”

“这辆车上是什么？”娜塔莎问。

“是伯爵的书。”

“留下。让华西里奇卸下来。这不用带。”

四轮马车上挤满了人，大家不知道让彼嘉坐到哪儿去。

“让他坐驭座。你坐驭座好吗，彼嘉？”娜塔莎大声问。

宋尼雅也忙个不停，但她忙碌的目的同娜塔莎不同。她把留下的东西收拾起来，照伯爵夫人的愿望开一张清单，并尽可能随身多带些东西。

17

下午一点多钟，罗斯托夫家四辆装得满满的轿车停在大门口。运载伤员的大车一辆接一辆从院子里赶出去。

宋尼雅带着一名使女在门口的大轿车里替伯爵夫人安排座位。运载安德烈公爵的马车从台阶旁经过，引起宋尼雅的注意。

“这是谁的马车？”宋尼雅从车窗里探出头来，问。

“您难道不知道吗，小姐？”使女回答，“公爵负伤了，他昨天在我们家过夜，今天也跟我们一起走。”

“那是谁呀？姓什么？”

“就是我们家原来的姑爷，安德烈公爵！”使女叹着气回答，“据说，快死了。”

宋尼雅跳下马车，跑到伯爵夫人跟前。伯爵夫人已穿好旅行装，包上大围巾，戴上帽子，形容憔悴，在客厅里踱步，等待家里人到齐，以便在出发前坐一会儿，祷告一番。娜塔莎不在屋里。

“妈妈，”宋尼雅说，“安德烈公爵在这里，他负了伤，快死了。他跟我们一起走。”

伯爵夫人大吃一惊，睁大眼睛，抓住宋尼雅的手臂往四下里看了一下。

“娜塔莎呢？”她问。

最初一刹那，这消息对宋尼雅和对伯爵夫人都只有一种意义。她们了解娜塔莎，担心娜塔莎知道这个消息会怎么样。这种忧虑压倒了她们对所爱的那个人的同情。

“娜塔莎还不知道，但他跟我们一起走。”宋尼雅说。

“你说，快死了吗？”

宋尼雅点点头。

伯爵夫人抱住宋尼雅，哭起来。

“天道难测啊！”伯爵夫人想，觉得上帝万能的手在冥冥中干预着人间的一切。

“哦，妈妈，一切都准备好了。你们在谈什么呀……”娜塔莎跑进屋子，神采飞扬地问。

“不谈什么，”伯爵夫人说，“都准备好了，那就走吧。”伯爵夫人低下头看她的手提袋，以掩饰悲伤的脸色。宋尼雅抱住娜塔莎，吻了吻她。

娜塔莎疑惑地瞧了她一眼。

“你怎么？出什么事了？”

“没什么……没……”

“是对我很坏的事吧？……什么事？”机灵的娜塔莎问。

宋尼雅叹了一口气，什么也没回答。伯爵、彼嘉、肖斯夫人、玛芙拉、华西里奇走进客厅，关上门，大家坐下来，默默地坐了几秒钟，谁也不看谁。

伯爵首先站起来，大声叹了口气，对着圣像画十字。大家都学他的样。然后，伯爵拥抱将留在莫斯科的玛芙拉和华西里奇，他们则抓住伯爵的手，吻他的肩膀。伯爵拍拍他们的背，含糊不清地说些亲切的安慰话。伯爵夫人走进祈祷室。宋尼雅发现她跪在凌乱地挂在墙上的一些圣像前。（家里最贵重的圣像都随身带走。）

在台阶上和院子里，将要离开的仆人佩着彼嘉分发的短刀和马刀，裤脚塞在靴筒里，束紧裤带和腰带，同留下来的人告别。

就像人们通常出门那样，许多东西忘记带，许多东西放错位置，弄得两个跟班在敞开的车门和踏脚旁站了好半天，伺候伯爵夫人上车，同时，使女们带着靠枕和包裹从屋里跑到马车上，又从马车跑回屋里。

“她们老是忘记东西！”伯爵夫人说，“我可不能一直这样坐着。”杜尼雅莎咬咬牙，没有回答，脸上带着责备的神气，跑上马车，重新安排座位。

“唉，这些用人！”伯爵摇摇头说。

叶斐姆是伯爵夫人唯一信得过的老车夫，高高地坐在驭座上，也不看一眼背后发生的情况。他凭三十年的经验知道，离说“上帝保佑，走吧！”这句话，还得等些时候，即使说过这句话，还得再停两次，去取忘记的东西，然后还会再次叫他停下，直到伯爵夫人从车窗里探出头来，叮嘱他看在基督份上下坡时务必格外留神才能开车。他知道这一切，因此比他的马更有耐心地等待着——他的马有点不耐烦，特别是左边那匹枣红马飞鹰，跺着蹄子，不断地嚼着衔铁。最后大家都坐好了，踏梯收起来，翻到车上，车门嘭的一声关上，又派人去取一个小匣子，伯爵夫人探出身来，说了该说的话。于是，叶斐姆慢条斯理地摘下帽子，动手画十字。领头马夫和所有的仆人也都画了十字。

“上帝保佑！”叶斐姆戴上帽子，说。“驾！”领头马夫催动了马。右辕马拉起套索，高高的弹簧咯吱发响，车厢动起来。跟班等车开动后跳上驭座。轿车从院子里驶到不平的街上时跳动了一下，后面的车子一辆辆都跳动了一下，整个车队就上了大街。车里的乘客在经过住宅对面的教堂时都画了十字。留在莫斯科的仆人在两边送行。

娜塔莎坐在伯爵夫人身旁，望着从旁边慢慢后退的被遗弃的惊惶不安的莫斯科，心里感到少有的快乐。她偶尔从车窗里探出头去，向前望望一长列运载伤员的车队。她看见安德烈公爵那辆放下车篷的马车走在最前面。她不知道车里载着什么人，但当她看车队时，眼睛总是找寻那辆马车。她知道那辆车在最前面。

从库德林诺街、尼基塔街、普列斯尼亚街、波德诺文斯克街来了几列像罗斯托夫家那样的车队。到了花园街，马车和大车已分成两行。

在绕过苏哈列夫塔楼时，娜塔莎好奇地迅速打量着坐车的人和步行的人，突然又惊又喜地叫道：

“天哪！妈妈，宋尼雅，快瞧，是他！”

“谁？谁？”

“瞧呀，真的，是皮埃尔伯爵！”娜塔莎说，头伸到车窗外，望着一个又高又胖、穿着车夫长袍的男人。从步态和举止上看，这人显然是个老爷。他同一个穿粗毛呢大衣、脸色枯黄、没有胡子的小老头一起走过苏哈列夫塔楼的拱门。

“真的，皮埃尔穿着车夫长袍，带着一个古怪的小老头！真的，”娜塔莎说，“瞧，瞧！”

“不，那不是他。别胡说八道。”

“妈妈，”娜塔莎叫道，“我可以拿脑袋跟您打赌，是他！我向您担保。等一下，等一下！”她对车夫嚷道；但车夫无法停下来，因为从小市民街又来了许多大车和马车，他们对罗斯托夫家人大声叫嚷，要他们向前走，不要挡路。

真的，虽然现在已经离得更远，但罗斯托夫一家人都看见了皮埃尔，或者酷似皮埃尔的人，身穿车夫长袍，低着头，板着脸，同一个模样像跟班、没有胡子的小老头一起走着。这小老头发现车窗里有人探出头来看他们，就恭敬地碰碰皮埃尔的臂肘，指指马车夫，对他说了些什么。皮埃尔显然在想心事，好半天没听懂他说的话。最后，他终于明白了老头儿的话，朝他指的方向看了看，认出是娜塔莎，立刻感情冲动，急急地向马车走去。但走了十来步，他忽然想起什么，站住了。

娜塔莎从车窗里探出来的脸上现出亲切的嘲笑。

“皮埃尔伯爵，过来！我们认出是您！太妙啦！”她向他伸出手来，叫道，“您这是怎么了？怎么弄成这个样子？”

皮埃尔握住她伸出来的手，一面走（马车仍在前进），一面笨拙地吻了吻。

“您这是怎么了，伯爵？”伯爵夫人用惊讶而同情的语气问。

“什么？什么？为什么？您别问我。”皮埃尔说，回头望了望娜塔莎。她那喜气洋洋的目光（他不用看她就感觉到）使他神迷心醉。

“您怎么，还是留在莫斯科吗？”

皮埃尔沉默了一会儿。

“在莫斯科？”他疑惑不解地说，“是的，在莫斯科。再见。”

“唉，我若是个男人就好了，我一定跟您留下来。哦，这该有多好哇！”娜塔莎说，“妈妈，只要您答应，我一定留下。”皮埃尔漫不经心地对娜塔莎望望，想说什么，但被伯爵夫人拦住：“我们听说，您上过战场啦？”

“是的，我上过，”皮埃尔回答，“明天又要打仗了……”他刚开始说，就被娜塔莎打断了。

“您这是怎么了，伯爵？您简直不像您了……”

“哦，您别问，别问我。我自己也不知道。明天……不！再见了，再见！”他说，“这日子太可怕了！”他落在马车后面，走上人行道。

娜塔莎好一阵还把头伸到车外，对他露出亲切、嘲弄和快乐的微笑。

18

皮埃尔从家里出走后，在他的亡师巴兹杰耶夫的空房子里住了两天。经过情况是这样的。

皮埃尔回到莫斯科，见过拉斯托普庆伯爵后，第二天醒来，好久弄不懂他在什么地方，他应该做什么。他听说，在接待室里等待他的人中有一个法国人，带来海伦伯爵夫人的一封信，他突然产生了那种容易产生的紊乱和绝望的情绪。他突然觉得一切都完了，一切都搅乱了，一切都破灭了，没有人对，没有人错，前途一片渺茫，看不到任何出路。他尴尬地微笑着，嘴里嘟囔着什么，忽而束手无策地坐到沙发上，忽而站起来，走到门边，从门缝里望望接待室，忽而摆摆手，回来拿起一本书。管家又进来向皮埃尔报告，替伯爵夫人带信来的法国人很想见他，哪怕见一面也好；巴兹杰耶夫的遗孀派人来，请皮埃尔保管她丈夫的书籍，因为她自己下乡去了。

“哦，是的，我马上就来，等一下……哦，不……不，你告诉他们，我马上就来。”皮埃尔对管家说。

但等管家一走，皮埃尔就拿起桌上的帽子，从后门走出书房。走廊里没有人。皮埃尔穿过走廊，走到楼梯口，皱着眉头，双手擦擦前额，走到楼梯转弯处。门房站在大门口。从皮埃尔站着的楼梯口，另有一条楼梯通到后门。他从这座楼梯走到院子里。没有人看见他。但他一出大门，站在马车旁的车夫和看院人就看见老爷，在他面前摘下帽子。皮埃尔感觉到向他投来的目光，他低下头，就像鸵鸟把头藏到灌木丛里免得被人看见那样，加快脚步，沿着大街走去。

那天早晨，在皮埃尔所要处理的事件中，他觉得整理巴兹杰耶夫的书籍是最重要的事。

他雇了他遇到的第一辆马车，吩咐到牧首塘，巴兹杰耶夫的遗孀就住在那里。

皮埃尔不停地环顾离开莫斯科的车辆，竭力使自己肥胖的身体保持平衡，免得从颠簸的破旧马车上滑出去。他好像一个逃学的孩子，心情轻松，同车夫谈着话。

车夫告诉他，今天克里姆林宫正在分发武器，明天要把全体老百姓赶到三山门外，那里要打一场大仗。

皮埃尔来到牧首塘，找寻着巴兹杰耶夫家，因为他有好久没有来了。他走到便门前。盖拉西姆，就是皮埃尔五年前在托尔日克见过，同巴兹杰耶夫在一起的脸色枯黄、没有胡子的小老头，听到敲门声走出来。

“在家吗？”皮埃尔问。

“目前局势不太平，巴兹杰耶夫夫人带了孩子到托尔日克乡下去了，大人。”

“我还是要进来一下，我要来整理图书。”皮埃尔说。

“请，请进，故东家——愿他在天上平安！——的兄弟玛卡尔留在家里，不过您知道，他身体很弱。”老仆人说。

皮埃尔知道，玛卡尔是巴兹杰耶夫的兄弟，是个酗酒成癖的半疯子。

“是的，是的，我知道，我们进去吧，进去吧……”皮埃尔说着走进屋去。一个高个子老头，秃头，红鼻子，身穿睡袍，赤脚穿着套鞋，站在前室里。他一看见皮埃尔，就怒气冲冲地嘀咕着什么，往走廊走去。

“原来是个聪明人，如今可变得糊涂了，”盖拉西姆说，“您要去书房吗？”皮埃尔点点头。“书房门封了，一直没有开过。但女东家关照过，要是您派人来，可以拿书。”

皮埃尔走进恩师在世时他常心惊胆战地进去的那个阴森森的书房。这个书房，自从巴兹杰耶夫去世后就没有人来过，如今满室灰尘，显得越发阴森可怖。

盖拉西姆打开一扇百叶窗，踮着脚尖走出书房。皮埃尔在书房里走了一圈，走到存放抄本的书橱前，取出一度是共济会最神圣的东西。这是苏格兰共济会教律的真本，上面有恩师的批注和解释。他在满是灰尘的写字台旁坐下，把抄本放在面前，打开，然后又合上，推开，用手托着头沉思起来。

盖拉西姆几次小心翼翼地往书房里窥视，看见皮埃尔一直保持这个姿势坐着。过了两个多小时，盖拉西姆大着胆子在门上弄出一点声音，以引起皮埃尔的注意。皮埃尔却没有听见。

“您要打发车夫走吗？”

“哦，是的，”皮埃尔醒悟过来，慌忙站起身说。“你听我说，”他抓住盖拉西姆外衣的一个纽扣，用他那双湿润发亮、喜气洋洋的眼睛自上而下打量着老头儿，说，“你听我说，明天要打一场大仗，你知道吗？……”

“听说了。”盖拉西姆回答。

“请你对谁也别说我是谁。还要照我说的办……”

“是，大人，”盖拉西姆说，“您要吃点什么吗？”

“不要，但我要别的东西。我要一套农民的衣服，一支手枪。”皮埃尔突然脸红起来，说。

“是，大人。”盖拉西姆想了想，说。

那天余下的时间皮埃尔就单独在恩师书房里度过。盖拉西姆听见他不安地从这个角落走到那个角落，嘴里自言自语着。他在替他准备好的床上过了一夜。

盖拉西姆是个见多识广的老仆，怪事见得多了，因此对皮埃尔寄寓他们家并不感到惊讶，似乎还因为有人可以伺候而感到高兴。那天晚上，他甚至不问个为什么，便替皮埃尔弄来一件车夫的长袍和一顶帽子，并且答应第二天给他弄到手枪。那天晚上，玛卡尔穿着套鞋两次啪嗒啪嗒地走到门口站住，讨好似的瞧着皮埃尔。但皮埃尔一向他转过身来，他就羞怯而愤怒地拉拢睡袍，慌忙溜走。皮埃尔穿着盖拉西姆给他弄来并用蒸汽消过毒的车夫长袍，同他一起到苏哈列夫塔楼去买手枪时，他遇见了罗斯托夫一家人。

19

九月一日夜间，库图佐夫下令俄军穿过莫斯科向梁赞大道退却。

第一批部队在夜间开拔。夜间撤退的军队不慌不忙，缓慢而庄重地移动，但到黎明，撤退的军队走近陶罗戈米洛夫桥，看见前面有许多人向桥上拥去，桥那一边，大街小巷都被人潮堵满了，后面也有无数军队开过来。一种莫名其妙的焦急和不安情绪控制了军队。大家都向桥上拥去，拥过桥，拥向浅滩，拥向渡船。库图佐夫自己已绕过后街，来到莫斯科的另一头。

九月二日早晨十时以前，只有后卫队留在陶罗戈米洛夫门外的野地里。大军已在莫斯科的另一头，离开了莫斯科。

就在这同一时刻，九月二日早晨十时，拿破仑站在波克朗山自己的部队中间，眺望着眼前的景象。从八月二十六日到九月二日，从鲍罗金诺会战到法军进入莫斯科，在这惊心动魄的难忘的一周里，一直秋高气爽，太阳比春天还温暖，澄澈的空中一切都亮得耀眼，芬芳的空气吸入胸中，使人神清气爽，精神振奋。这几天连夜晚都是暖和的，而在这种温暖的黑夜里，天上不时落下金色的星星，使人又惊又喜。

九月二日早晨十时也是这样的好天气。晨光富有魅力。从波克朗山起，莫斯科连同它的河流、花园和教堂，宽敞地舒展开来，过着它惯常的生活。教堂的金顶在阳光下熠熠发亮，好像一颗颗星星。

拿破仑看到这个古怪的城市和从未见过的奇特建筑物，不禁产生嫉妒和好奇，就像人们看到陌生的异国生活那样。这个城市显然充满活力。拿破仑根据那些从远处也能辨别出有生命物和无生命物的特征，从波克朗山看到城市生活的搏动，感觉到这个美丽大都市的呼吸。

“这个具有无数教堂的亚洲城市，莫斯科，他们神圣的莫斯科！终于看到这座名城了！是时候了！”拿破仑说着下了马，吩咐摊开莫斯科地图，然后召来翻译雷劳恩·蒂特维尔。“一个被敌人占领的城市就像一个失去贞操的姑娘。”他想（他在斯摩棱斯克对杜奇科夫也这样说过）。他带着这种想法望着面前从未见过的东方美人。他自己也感到奇怪，他原以为难以实现的夙愿终于实现了。在明媚的晨光中，他时而望望城市，时而看看地图，核对着城市的每个细部，而占领这个城市的念头使他又激动又忧虑。

“难道不是这样吗？”他想。“瞧，这座京城就在我脚下，等待着自己的命运。如今亚历山大在哪里？他在想些什么？这是一个奇异、美丽而庄严的城市！这是一个奇异、庄严的时刻！我该怎样向他们露面哪！”他想到自己的军队。“哼，这就是给所有意志薄弱的人的报应！”他环顾着附近的人和开过来的队列，想。“只要我说一句话，只要我一举手，这个沙皇的古都就立即灭亡。但我对战败者总是慈悲为怀。我应该宽宏大量，使自己显得真正伟大。不，说我已在莫斯科，这不是真的，”他忽然想，“但瞧，它明明就在我脚下，它那些圆顶和十字架在阳光下金光闪闪。不过我要饶恕它。我要在野蛮和专制的古碑上刻上正义和仁慈的伟大字句……亚历山大最受不了的就是这个，我知道他的为人。（拿破仑认为当前形势的主要意义就是他同亚历山大之间的个人斗争。）我要从克里姆林宫——是的，这是克里姆林宫，是的——赐给他们公正的法律，我要让他们懂得什么是真正的文明，我要使一代一代的大贵族怀着敬爱之情记住征服者的名字。我要对贵族代表们说，我一向不要战争；我只是同他们王室的荒唐政策作战，我敬爱亚历山大，我愿在莫斯科接受无愧于我和我的人民的和平条件。我不愿利用战争的胜利来污辱可敬的皇帝。我要对大贵族们说，我不要战争，我要我的全体臣民享受和平与幸福。不过，我知道，他们在场能使我感到鼓舞，我要用我惯常的方式对他们说话：明确、庄严而伟大。但是，难道我真的在莫斯科吗？瞧，这就是莫斯科！”

“把大贵族们带到这里来。”他对随从们说。立刻有一位将军带着随从骑马去找大贵族。

过了两小时。拿破仑吃过早饭，又站在波克朗山原地等着代表团。他对大贵族们的演讲已打好腹稿。那篇演讲里充满拿破仑心目中的庄严和伟大。

拿破仑准备在莫斯科采取的宽大政策使他自己也受到感动。他在想象中指定在沙皇宫中集会的日子，届时俄国达官贵人将同法国皇帝手下的达官贵人见面。他在心里指定了一个能赢得民心的总督。他听说莫斯科有许多慈善机关，就决定对这些机关大施恩惠。他想，在非洲要身穿斗篷坐在清真寺里，而在莫斯科则要像沙皇一样大施恩惠。为了彻底打动俄国人的心，他像所有的法国人那样，认为要表示感情，就得提到我亲爱的、慈祥的、可怜的母亲，因此他决定在所有这些建筑物上都用大字刻上献给我亲爱的母亲，或者干脆用我母亲的房子——最后他这样决定。“难道我真的在莫斯科吗？是的，莫斯科就在我面前。可是本市代表们怎么迟迟不来？”他心里琢磨着。

这时候，将军们和元帅们正在皇帝随从后面紧张地低声商量局势。奉命去找代表团的使者回来报告说，莫斯科全城空了，所有的人都走了。商量的人个个脸色苍白，神色慌张。他们害怕的不是居民离开了莫斯科（不管这事有多重要），他们害怕的是怎样向皇帝禀报这件事，怎样告诉陛下城里除了酒鬼没有别的人，他长久地等待大贵族，而结果却一无所获，但又不至于使陛下感到荒唐可笑。有人主张要千方百计拼凑一个代表团，有人反对，认为应该巧妙地使皇帝有思想准备，然后向他宣布真相。

“但总得告诉他……”随从们说，“诸位……”但问题尤其严重的是，皇帝正在考虑自己宽宏大量的计划，耐心地在地图前面来回踱步，偶尔手搭凉棚顺大道望着莫斯科，露出得意的微笑。

“但这样不行……”随从们耸耸肩膀说，不敢说出荒唐可笑这几个字……

这时，皇帝等待得有点累了，又凭他演员般的敏感觉得，庄严的时刻拖得太久就会丧失它的庄严性，于是他做了个手势。接着号炮一声，包围莫斯科的军队就从四面八方向莫斯科，向特维尔门、卡卢加门和陶罗戈米洛夫门进军。军队你追我赶，越跑越快，消失在他们扬起的灰尘中，同时传出震天价响的呐喊声。

拿破仑为眼前的进军所陶醉，自己也骑马随着军队来到陶罗戈米洛夫门，但又在那里停下来，下了马，在财政部土墙旁来回踱步，等待代表团。

20

当时，莫斯科已是一座空城。城里还有一些人，还有五十分之一的居民，但它已是一座空城。这是座空城，好像一个被蜂王遗弃的废蜂窝。

一个被蜂王遗弃的蜂窝是没有生命的，但从表面上看，它仍像其他蜂窝一样具有生命。

在中午热烘烘的阳光下，蜜蜂围绕着没有蜂王的蜂窝快乐地飞舞，就像围绕着有蜂王的蜂窝飞舞一样；没有蜂王的蜂窝照样远远地散发着蜜香，蜜蜂照样飞进飞出。但只要仔细观察一下就能明白，在这个蜂窝里已没有生命。这里的蜜蜂飞进飞出已不像在有蜂王的蜂窝里那样，养蜂人闻到的香味不一样，听到的声音也不一样。养蜂人敲敲没有蜂王的蜂箱板壁，他听到的已不是原来那种几万只蜜蜂缩着肚子、迅速鼓翼发出来的整齐威严的嗡嗡声，而是被弃蜂箱发出的分散的嗡嗡声。从蜂箱口里发出来的，不是原来那种蜜和毒汁的醉人芳香，不是集体团结一致的温暖，而是一种混合着空虚和腐朽的蜜味。蜂箱口再没有翘起肚子、发出警报准备死守蜂窝的蜜蜂。蜂箱里再没有像沸水一般均匀而轻微的颤声，只有杂乱的不和谐的喧闹。盗蜜的长形黑色蜜蜂沾着蜜怯生生地从蜂箱里飞进飞出；它们不整人，却自己逃避危险。原来只有带蜜的蜂飞进来，然后空身飞出去，如今只有带着蜜的蜂飞出去。养蜂人打开蜂房下面的板壁，向里面窥视。再没有原来那些挂在底板上相互抓着腿、不断发出嗡嗡的酿蜜声、因劳动而疲劳的身子光泽的黑蜂，有的只是在蜂房底板和墙壁上随便乱爬的萎靡不振的蜜蜂。再没有被蜂翼打扫得干干净净、上面涂胶的底板，只剩下狼藉的蜂蜡、蜂粪、几乎不能动弹的半死蜜蜂和尚未扫除的死蜂。

养蜂人打开蜂箱上面的板壁，观察着蜂房顶部。他看见的不是一排排紧密排列着使幼蜂得到保暖的蜜蜂，而是精巧复杂的蜂房，但不像原来那样整齐清洁。一切都显得荒凉和肮脏。盗蜜的黑蜂敏捷地钻进蜂箱偷蜜，家蜂都瘦小憔悴，仿佛变老了，缓慢地爬动着，不干预别的蜜蜂，没有任何欲望，丧失了生的意识。雄蜂、胡蜂、熊蜂和蝴蝶都盲目地撞击着蜂箱板壁。在留有死幼蜂和蜜的蜂蜡上有时还可以听到愤怒的嗡嗡声；有些地方，两只蜜蜂凭习惯和记忆清除蜂窝，勉强拖走一只死蜂或者胡蜂，自己也不知道为什么要这样做。在另一个角落，另外两只老蜂没精打采地斗着，或者理着翅膀，或者相互喂食，自己也不知道这样做是出于敌意还是出于友谊。在第三个角落，群蜂互相挤压，进攻、殴打和闷死一个牺牲者。于是，那只衰弱或者死去的蜜蜂轻若鸿毛地慢慢落到死尸堆里。养蜂人翻开两个中部底板，察看蜂窝。他看见的不是原来密密麻麻背靠背停在那里护卫崇高而神秘的繁殖活动的几千只蜜蜂，而是几百只萎靡不振、半死不活的蜜蜂。它们几乎全都死了，但自己也没有意识到，却依旧守着其实已不再存在的圣殿。它们身上散发出死亡的腐臭。其中只有几只还能动弹，它们飞起来，落到敌人手里，还没有全死而螫着对方，其余已死的就像鱼鳞一般轻轻撒落下来。养蜂人关上蜂房，用粉笔做上记号，以后再把它拆开，焚毁。

当拿破仑身体疲劳、心神不宁、皱着眉头在财政部土墙旁来回踱步，等待着虽是表面但他认为是必要的礼仪——代表团——时，莫斯科就是这样一座空城。

在莫斯科的各个角落，只有一些无意识地活动着的人，他们只是按老习惯过日子而不明白他们在做些什么。

有人小心翼翼地向拿破仑报告莫斯科已是一座空城，他怒气冲冲地瞧了瞧报告的人，转过身去，继续默默地来回踱步。

“来马车！”他吩咐说。他带着值日副官坐上马车，向城门口驶去。

“莫斯科是一座空城，真是不可思议！”他自言自语。

他没有进城，却宿在陶罗戈米洛夫门外一家旅店里。

戏剧的结局并不圆满。

21

俄军从凌晨二时到下午二时穿过莫斯科，带走最后一批撤离的居民和伤员。

军队行军时，最拥挤的地方是石桥、莫斯科桥和亚乌扎桥。

当军队分两路围绕克里姆林宫，拥塞在莫斯科桥和石桥时，大量士兵利用阻塞和拥挤的机会，从桥头回去，一声不响地偷偷溜过圣瓦西里升天大教堂和波洛维茨门，回到小山岗，来到红场，他们凭直觉认为可以毫不费力地随便拿取别人的东西。人群像购买廉价商品那样充塞中心市场的巷道。但这里听不到商人招揽顾客的甜言蜜语，看不见小贩，也没有衣着绚丽的女顾客；这里只有穿军装的士兵，他们没有带枪，空手走进商场，又默默地带着大包小包走出来。商人和伙计（人数很少）丧魂落魄地在士兵中间走来走去，打开自己的铺子又锁上，同伙计一起把商品运走。中心市场旁边的广场上，鼓手们打着集合鼓。但鼓声并不像原先那样使抢劫的士兵集合拢来，相反，却使他们跑得更远。在士兵中间，在商店和街巷里可以看见一些穿灰衣、剃光头的人[1]。

1 从监狱里放出来的囚犯。

有两个军官，一个穿军服，围围巾，骑一匹深灰色瘦马，另一个穿外套，没有骑马，站在伊林卡街角谈话。第三个军官骑马跑到他们面前。

“将军命令立刻把所有的人赶出去。简直太不像话！倒有一半人跑散了。”

“你到哪里去？……你们到哪里去？……”他对三个步兵喝道，这三个步兵没有带枪，提着外套下摆，从他们旁边溜过，“站住，流氓！”

“是啊，得把他们集合起来！”另一个军官回答，“没办法把他们集合起来；趁最后一批还没有散开，得赶快走，就是这样！”

“怎么走法？那边堵住了，都挤在桥上，不能动。要不要设一道哨兵线，不让最后一批人跑散？”

“到那边去！把他们赶出来！”那个高级军官喊道。

围围巾的军官跳下马，叫了声鼓手，同他一起走进拱门。有几个兵拔腿就跑。一个鼻翼两旁生有红色粉刺的商人，脸上现出镇定而精明的神情，煞有介事地摆动两手，走到军官面前。

“大人！”他说，“您开恩保护我们吧。我们决不计较什么小东西，我们是心甘情愿的！您请，我马上拿呢子来，对贵人就是两段呢子也行，我们是心甘情愿的！因为我们觉得这是应该的，可是这算什么呀，简直是抢劫！请吧！最好派巡逻队来，至少也得让我们锁门……”

几个商人把军官围住。

“哼！还嚷嚷什么呀！”其中一个瘦子板着脸说，“脑袋都保不住，还哭头发干什么。喜欢什么就拿什么吧！”他使劲挥了挥手臂，侧过身去对着军官。

“伊凡·西多雷奇，你倒说得漂亮！”第一个商人怒气冲冲地说。“您请吧，大人。”

“有什么好说的！”瘦子嚷道，“我三爿铺子有十万卢布的货。军队走了，你还保得住吗！唉，弟兄们，人抗得过上帝吗！”

“请吧，大人！”第一个商人鞠躬说。军官站在那里不知所措，脸上现出犹豫不决的神色。

“这关我什么事！”他突然嚷道，快步向市场走去。从一家敞开的铺子里传出打架与咒骂声。军官向那里走去，一个穿灰外衣、剃光头的人从里面被推出来。

这人弯下腰，从商人和军官旁边跑过。军官向铺子里的士兵扑去。但这时从莫斯科桥上传来人群可怕的呐喊声，军官就往广场跑去。

“什么事？什么事？”他问，但他的同伴已骑马经过圣瓦西里升天大教堂，向叫喊的地方跑去。军官骑上马，跟着他跑去。他跑到桥堍，看见两门卸下前车的炮、在桥上行走的步兵、几辆翻倒的大车、几个惊慌失措的人和士兵的笑脸。大炮旁边停着一辆双驾马车。马车车轮后面紧跟着四条带颈圈的猎狗。车上的东西装得像山一般高，顶上在一张四脚朝天的童椅旁坐着一个农妇，绝望地尖声痛哭。同伴告诉军官，人群和女人尖叫是因为叶尔莫洛夫将军来到人群中，知道士兵闯进商店，人群把桥梁堵死，就下令解下大炮，作出要向桥上开炮的样子。人群撞翻车辆，互相拥挤，没命地叫喊，把桥梁腾出来，军队就向前移动。

22

这时城已空了。街上几乎一个人也没有。房屋大门和铺子都已关上；偶尔在酒店附近可以听到一两声叫喊或醉汉哼着小曲的声音。街上没有一辆马车，也难得听到行人的脚步声。厨师街上一片寂静和荒凉。罗斯托夫家的大院子里撒满马匹吃剩的干草和马粪，但不见一个人影。在他们那座留有全部财物的住宅里，只有两个人留在大客厅里。这就是看院子的伊格纳特和哥萨克小鬼米施卡。米施卡是华西里奇的孙子，他跟着爷爷留在莫斯科。米施卡打开古钢琴，用一只手指弹琴。看院子的两手叉腰，高兴地微笑着，站在大镜子前面。

“多好玩！对吗？伊格纳特叔叔！”米施卡说，突然用两手拍着琴键。

“哈，瞧你的！”伊格纳特回答，看到镜子里自己的脸越笑越欢，感到很惊讶。

“真不要脸！是啊，真不要脸！”玛芙拉悄悄走进来，站在他们后面说，“哼，瞧这个胖脸龇牙咧嘴的。是把你们留下来胡闹的！那里什么也没收拾，华西里奇就累坏了。你等着吧！”

伊格纳特紧了紧腰带，收起笑容，顺从地垂下眼睛，走出客厅。

“阿姨，我只是轻轻的。”米施卡说。

“好，我就给你轻轻的。小淘气！”玛芙拉对他挥挥手，吆喝道，“替爷爷烧茶炊去！”

玛芙拉拂去琴上的灰尘，盖上古钢琴，长叹一声，走出客厅，把门锁上。

玛芙拉走到院子里，考虑她下一步该做什么；到厢房里去同华西里奇一起喝茶呢，还是到储藏室去收拾没有收拾好的东西。

沉寂的街上传来急促的脚步声。脚步声在门口停住；门闩被人推得咯咯发响。

玛芙拉走到便门口。

“找谁？”

“找伯爵，罗斯托夫伯爵。”

“您是谁？”

“我是个军官。我要见伯爵。”一个有教养的俄国人愉快地说。

玛芙拉开了便门。一个十八九岁的圆脸军官走进来，他的脸型有点像罗斯托夫家人。

“他们走了，少爷。昨天傍晚走的。”玛芙拉亲切地说。

青年军官站在门口，仿佛决不定进去还是不进去，弹了一下舌头。

“唉，真倒霉！……”他说，“我昨天来就好了……唉，真倒霉！……”

玛芙拉这时同情地仔细打量她所熟识的罗斯托夫家人的脸型，看看他的破外套和旧皮靴。

“您找伯爵有什么事？”她问。

“唉……有什么办法！”军官懊恼地说，抓住便门想走，但又犹豫不决地站住。

“您知道吗？”他突然说，“我是伯爵的亲戚，他待我一向很好。您瞧（他和善而快乐地笑着瞧瞧自己的外套和皮靴），都穿破了，钱又没有，所以我想求伯爵……”

玛芙拉不让他把话说完。

“您等一会儿，少爷。等一会儿。”她说。军官的手从便门上一放下，玛芙拉就转过身子，迅速地迈着老妇人的步子，往后院自己的厢房走去。

当玛芙拉跑回卧室去的时候，军官垂下头，瞧着自己的破靴子，微微地笑着在院子里来回踱步。“我没有找到叔叔，真可惜。可她是个多好的老婆子啊！她跑到哪儿去啦？我又不知道要赶上我们的团走哪条街比较近。我们的团现在该已到达罗戈日门了吧？”青年军官这时想。玛芙拉带着惊惶而果断的神情，手里拿着一块卷起来的格子手帕，从角落里走出来。她离开军官还有几步，就解开手帕，从里面摸出一张白色的二十五卢布钞票，匆匆递给他。

“要是老爷他们在家的话，他们作为亲戚一定会表示一点意思的，也许……可是现在……”玛芙拉害臊了，窘得手足无措。但军官并没有推辞，不慌不忙地接过钞票，向玛芙拉道了谢。“要是伯爵在家就好了。”玛芙拉抱歉地说，“基督保佑您，少爷！上帝保佑您！”玛芙拉说，鞠着躬送他。军官摇摇头，仿佛在嘲笑自己，几乎像跑步一般沿着无人的街道向亚乌扎桥跑去，追赶他的团。

玛芙拉呢，眼泪汪汪地在关上的便门旁站了好半天，若有所思地摇摇头，对这个陌生的青年军官意外地产生了一种母爱和怜悯。

23

华尔华拉街上有一座未完工的房子，房子底层有一家酒店，从那里传出阵阵醉汉的叫声和歌声。在一个肮脏的小房间里，十来个工人分坐在几张桌子旁。他们个个喝得醉醺醺，汗流满面，眼睛浑浊，张大嘴，使劲唱着什么歌。他们各唱各的调，唱得很吃力。显然他们不是为唱歌而唱歌，他们唱歌只是表示他们喝醉了，心里高兴。其中有个浅色头发的高个子，穿一件干净的蓝外套，站在他们旁边。他长着挺拔的鼻子，要不是他两片紧闭的薄嘴唇不断颤动，眼睛显得忧郁呆滞，他的脸倒是很漂亮的。他站在唱歌的人旁边。显然在想什么心事，他把袖子卷到臂肘上，严肃而笨拙地挥动白净的手臂，肮脏的手指不自然地叉开着。他的衣袖不断滑下来。他便竭力用左手把它卷起，仿佛露出那只挥动的筋脉毕露的手臂很重要。在歌声中，可以听见门廊和台阶上有叫嚷和打架的喧闹声。高个子摆了摆手。

“别唱了！”他大声命令道，“打架了，弟兄们！”他依旧卷着袖子走到台阶上。

工人们跟着他走去。这天早晨，在酒店里喝酒的工人在高个子领导下，从厂里带来几张皮子送给老板，因此得到酒喝。附近铁匠铺的铁匠们听到酒店里有饮酒作乐的声音，以为酒店被人砸了，想冲进去。他们就在台阶上打起架来。

酒店老板在门里跟一个铁匠打架，工人们走出酒店时，铁匠从酒店老板手里挣脱出来，却扑倒在人行道上。

另一个铁匠冲进门来，同酒店老板撞了个满怀。

卷起衣袖的小伙子走出来的时候，朝冲进来的铁匠当头给了一拳，疯狂地叫道：

“弟兄们！他们打我们！”

这时，第一个铁匠从地上爬起来，把打伤的脸抓出血，带着哭声叫道：

“救命啊！杀人啦！……杀人啦，弟兄们！……”

“哎哟，老天爷，打死人了，打死人了！”一个女人从隔壁门里跑出来，尖声叫道。人群聚集在血迹斑斑的铁匠周围。

“你敲人家竹杠还不够，还要剥人家的衬衣吗？”有个人对酒店老板说，“你怎么打死人了？强盗！”

高个子站在台阶上，浑浊的眼睛时而望望酒店老板，时而瞧瞧铁匠，仿佛在考虑现在该同谁打架。

“杀人犯！”他突然对酒店老板骂道。“弟兄们，把他捆起来！”

“什么，你要把我这样的人捆起来！”酒店老板嚷道，推开向他扑来的人，摘下帽子，摔在地上。他这一行动仿佛具有神秘的威力，包围他的工人们都迟疑地站住。

“老弟，我可懂得规矩。我要去警察局报告。你以为我不会去吗？现在谁也不许抢劫！”酒店老板拾起帽子，叫道。

“那咱们去吧！咱们去吧！”酒店老板和高个子一唱一和，两人一起往街上走去。血迹斑斑的铁匠走在他们旁边。工人们和闲人们边说边叫，跟着他们走去。

在马罗赛伊卡街角上，二十来个衣服褴褛、形容消瘦、神情沮丧的鞋匠面对一家挂鞋匠招牌的锁着的大房子站着。

“他应该如数付钱！”一个留山羊胡子、皱眉头的瘦工人说。“哼，他吸了我们的血，就算完了。他哄我们，哄了整整一星期。到头来他自己溜了。”

说话的工人看见人群和血迹斑斑的人，不作声了。鞋匠们好奇地跟着人群走去。

“大家到哪儿去啊？”

“当然是去见长官啰。”

“难道我们真的打不过他们吗？”

“你想怎么样！听听大家怎么说吧。”

有人问话，也有人回答。酒店老板趁人越聚越多，故意落在后面，溜回自己的酒店。

高个子没发觉自己的对手酒店老板已溜掉，挥动光手臂，不断地说话，吸引大家的注意。人群大部分挤在他身边，希望从他那里得到他们所关心的问题的答案。

“让他来维持秩序，保卫法律，当官的就是要管这个！我说得对吗，正教弟兄们？”高个子说，微微地笑着。

“他以为没有长官吗？难道没有长官能行吗？要不抢劫的就不止他们几个了。”

“干吗胡说八道！”人群里有人说。“怎么能就这样放弃莫斯科！人家跟你开玩笑，你就相信了。我们的军队还少吗？就这样放他们进来了！这是长官们的事。听听老百姓怎么说吧！”有人指指高个子说。

在中国城[1]城墙边，另外有一小群人围着一个手拿文件、穿粗

1 莫斯科一个区。

呢外套的人。

“命令，在读命令！在读命令！”人群里传出声音。大家向宣读命令的人拥去。

穿粗呢外套的人在读八月三十一日公告。人群包围了他，他仿佛有点窘，但应挤到身边的高个子的要求，他用微微颤动的声音念起公告来。

“我明天一早去见公爵大人，”他念道（高个子皱着眉头，嘴角挂着微笑，煞有介事地学着他说：“公爵大人！”），“同他商量，行动起来，协助军队消灭暴徒；我们也要干掉他们……”念公告的人停住（高个子得意洋洋地叫道：“听见吗？他要替你解决问题了……”）……“把这些客人送去见鬼；我一定要回来吃饭，我们要动手，要干起来，要把暴徒消灭光。”

最后几句话是在一片肃静中宣读的。高个子忧郁地垂下头。显然，谁也听不懂最后几句话。尤其是“我一定要回来吃饭”这句话使读的人和听的人都感到不快。老百姓情绪高昂，而这些话却太简单了、太明白了；这样的话人人都会说，因此最高当局的命令就不该这么说。

大家都垂头丧气，沉默不语。高个子翕动嘴唇，摆动身子。

“得问问他！……这就是他吗？……当然，得问问他！……为什么不问……是他下的命令……”后排人群里传出这样几句话，大家的注意力都集中在广场上警察局局长的马车上，马车后面跟着两个骑马的龙骑兵。

警察局局长这天早晨奉拉斯托普庆伯爵之命烧船，因此口袋里装着刚弄到的一大笔钱。他看见人群向他走来，就命令车夫停车。

“这都是些什么人？”他看见人群三三两两怯生生地向马车走来，就大声问。“这都是些什么人？我问你们？”警察局局长没有得到回答，又问。

“他们，大人，”一个穿粗呢外套的小官吏说，“他们，大人，遵照伯爵大人的公告，不惜牺牲，愿意效劳，绝不是伯爵大人所说的暴徒……”

“伯爵没有走，他在这里，就会对你们发出指示的。”警察局局长说。“走吧！”他对车夫说。人群站住，聚集在听警察局局长说话的人们周围，目送马车离去。

警察局局长这时恐惧地回顾了一下，对车夫说了句话，他的马就跑得更快了。

“他骗人，弟兄们！让我们去见伯爵本人！”高个子嚷道。“别让他走，弟兄们！要他回话！抓住他！”有几个人叫道。于是大家就去追马车。

追赶警察局长的人群闹哄哄地向鲁比扬卡街跑去。

“哼，阔人和商人都走了，叫我们等死吗？难道我们都是狗吗！”人群七嘴八舌地说。

24

九月一日晚上，拉斯托普庆伯爵同库图佐夫见面后感到伤心和气愤，因为他没有被邀请参加军事会议，库图佐夫又不理会他要求参加保卫古都的建议，同时他感到惊讶，因为他发现，军营中不仅把古都的安全和爱国情绪看作次要的事，甚至看作无足轻重的事。拉斯托普庆伯爵带着这种伤心、气愤和惊讶的情绪回到莫斯科。他吃过晚饭，和衣躺在长沙发上。半夜十二点过后，专使送来库图佐夫的信，把他叫醒。信里说，军队将从莫斯科背后走梁赞大道撤退，伯爵能否派警官引导军队过城。这消息对拉斯托普庆来说并不是什么新闻。不仅昨天在波克朗山同库图佐夫会面后，而且从鲍罗金诺会战起，他就知道莫斯科将要被放弃，因为当时来到莫斯科的将军都异口同声地说无法再进行会战，而且伯爵亲自准许每天夜里运走公家的财物，居民也有一半撤退了。然而，这个半夜送到、把他从第一觉中惊醒的库图佐夫写在便条上的命令还是使他惊讶和恼怒。

后来，拉斯托普庆伯爵解释他当时的行动，几次在回忆录里写道，他当时有两大目的：维持莫斯科的治安和撤出城里的居民。如果承认这双重目的，那么拉斯托普庆的行动都是无可非议的。为什么不把莫斯科的圣物、武器、弹药、火药和存粮运走？为什么要欺骗千万居民说莫斯科不会被放弃和破坏？拉斯托普庆伯爵回答说，因为要维持古都的安宁。为什么要把成捆官府无用的文件和雷比赫气球等东西运走？拉斯托普庆伯爵回答说，因为要使莫斯科成为空城。只要承认什么东西威胁人民的安宁，那么任何行动都是有理由的。

对恐怖的忧虑只是出于对人民安宁的关心。

那么，一八一二年拉斯托普庆伯爵对莫斯科人民安宁的忧虑又有什么根据呢？有什么理由认为城里将发生暴动？居民正在疏散，撤退的部队充满莫斯科，为什么人民就会起来暴动呢？

不仅在莫斯科，而且在俄国其他各地，敌军入侵时并没发生什么暴动。九月一日、二日，莫斯科还留有一万多人，除了奉卫戍司令之命有人聚集在他的院子里外，什么事情也没有。如果在鲍罗金诺会战以后，放弃莫斯科势在必行，至少是很有可能，如果拉斯托普庆当时不分发武器和贴出公告来鼓动人民，而是采取措施运走圣物、火药、弹药和钱币，并向人民宣布城市将被放弃，那就更不会发生人民的暴动了。

拉斯托普庆是个性子急躁、容易冲动的人，一向周旋于上层官场，虽然怀着爱国感情，但一点也不理解受他管理的人民。自从敌军占领斯摩棱斯克起，他就把自己看作引导人民感情的“俄国之心”。他不仅认为（所有行政官都这样认为）他指挥着莫斯科市民的行动，还认为他通过宣言和公告（都是语言粗劣，被人民所蔑视，而他高高在上，不懂得这一点）引导着市民的情绪。拉斯托普庆是那么喜欢充当人民情绪引导者这一漂亮的角色，他那么惯于扮演这一角色，因此现在要停演这一角色，不说些豪言壮语而放弃莫斯科，他觉得很意外，他脚下的土地忽然塌陷下去，这使他手足无措。他虽然知道莫斯科要放弃，但直到最后一分钟还不完全相信这件事，也没有为此作好任何准备。居民违反他的意愿纷纷离城。政府机关的撤离也完全是由于官员们的要求，他才勉强同意。他只是专心扮演他为自己选定的角色。他像一般富于想象的人那样，早就知道莫斯科将被放弃，但这只是出于理智，他内心并不相信这一点，精神上也没有为这种新形势做好准备。

他全部勤奋顽强的工作（这有多大益处，对老百姓有多大影响，是另一个问题），目的就是在居民中唤起他自己身上已滋长的那种情绪：憎恨法国人的爱国心和增强自信心。

但一旦事态发展到具有真正的历史规模，单凭语言已不足以表达对法国人的仇恨，就连会战都不能表达这种仇恨，而在守卫莫斯科这一问题上自信心已丧失作用，市民不约而同地放弃财物，拥出莫斯科，用这样消极的行动表示自己强烈的民族感情——在这样的时刻，拉斯托普庆所选择的角色就顿时丧失意义。他突然感到自己孤独、软弱和可笑，脚下丧失了立足点。

拉斯托普庆在睡梦中被叫醒，接到库图佐夫冷冷的命令式条子，他越觉得自己不对，心里也越恼火。莫斯科所有的公共财物都交托给他，他应该运走，可是都留着没有动。要运走所有的东西已不可能。

“这究竟是谁的过错？是谁弄到这个地步的？”他想。“当然不是我。我一切都准备好了，我紧紧地守住莫斯科！他们却把事情弄成这个样子！浑蛋！叛徒！”他想，但并不明确浑蛋和叛徒是谁，只觉得不能不恨这些叛徒，因为他现在落到这种尴尬可笑的境地都是他们造成的。

拉斯托普庆伯爵通宵发布命令，人们从莫斯科各地前来听令。身边的人从来没有看见过伯爵这样愁闷和恼怒。

“大人，领地注册司来人要命令……宗教事务所来人，参政院来人，大学来人，孤儿院来人，副主教派人来……请示……消防队怎么处理？典狱长来……疯人院来人……”通宵不断地有人来向伯爵报告。

对所有这些问题伯爵都怒气冲冲地作了简短的回答，表示他的命令现在没有用了，他煞费苦心所作的安排全被人破坏了，这个人应对现在的局势负全部责任。

“哼，你告诉那个木头人，”他回答领地注册司来人说，“叫他留下来保管文件。你提消防队这种废话干什么？他们有马，就去弗拉基米尔。不要留给法国人。”

“大人，疯人院院长来了，您有什么吩咐吗？”

“我有什么吩咐？放他们走就是了……把疯子从城里放掉。既然我们这儿是由疯子在指挥军队，那么这些疯子也该放出去。”

问到狱中囚犯怎样处理时，伯爵怒气冲冲地对典狱长吆喝道：“怎么，要给你两队押送兵吗？没有兵，把他们放掉就是了！”

“大人，还有政治犯呢：米施科夫，魏列夏金。”

“魏列夏金！还没有把他吊死吗？”拉斯托普庆嚷道，“把他带到我这儿来。”

25

早晨九点钟之前，军队已通过莫斯科，再没有人来向拉斯托普庆伯爵请示了。凡是能走的都自己走了；那些留下来的人在考虑他们该怎么办。

伯爵吩咐备马去索科尔尼基。他脸色枯黄，眉头紧蹙，一言不发，抱着双臂，坐在书房里。

在太平无事的时候，每个行政长官都认为，他治下的人民全是靠他的力量过日子。这种非我不可的意识也就是他们勤劳工作的主要奖赏。在历史的海洋风平浪静的日子，行政长官乘着自己破旧的小船，用篙子搭在人民群众的大船上缓缓地前进，他还以为是他的力量驾驶着大船前进的。这种想法很自然，但一旦起了风暴，海洋波涛汹涌，大船本身在继续前进，那时就不会产生这样的错觉了。大船靠它自身巨大的力量行进，篙子根本搭不到它。于是行政长官就顿时由统治者和力量的泉源变成无足轻重和无所作为的弱者。

拉斯托普庆感觉到这一点，因此大为恼火。

被人群拦住的警察局局长同前来报告车已套好的副官一起来见伯爵。两人都脸色苍白。警察局局长报告任务已经完成，又禀报说，伯爵院子里有一大群人求见。

拉斯托普庆一句话也没有回答，站起身，快步走到明亮华丽的客厅，走近阳台门，抓住门把手，接着又放下，走向窗口，从那里可以更清楚地看见整个人群。高个子站在前排，板着脸，挥动一只手，嘴里说着什么。身上血迹斑斑的铁匠脸色阴沉，站在他旁边。隔着关闭的窗子也能听到人群的喧闹。

“马车准备好了吗？”拉斯托普庆离开窗口问。

“准备好了，大人！”副官说。

拉斯托普庆又走到阳台门旁。

“他们想干什么？”他问警察局局长。

“大人，他们说，他们遵照您的命令准备去打法国人，他们还在痛骂叛国行为。不过，大人，他们是一群暴徒。我好容易才脱身。大人，我斗胆恭请……”

“走开，我自己知道该怎么办！”拉斯托普庆愤怒地嚷道。他站在阳台门旁，望着人群。“哼，他们把俄国搞成了什么样子！他们把我搞成了什么样子！”拉斯托普庆想，觉得心里冒起一股对罪魁祸首难以克制的怒火。就像一般脾气暴躁的人那样，他已满腔怒火，正在找寻发火的对象。“哼，这些小民，这些人民中的败类、贱民！”他望着人群想，“他们头脑糊涂，胡作非为！他们需要一个牺牲者。”他望着挥动手臂的高个子想。他想到这一点，因为他自己也需要一个牺牲者，需要一个发火的对象。

“马车准备好了？”他又问。

“准备好了，大人。关于魏列夏金您有什么吩咐？他在台阶旁等着。”副官回答。

“哦！”拉斯托普庆叫了一声，仿佛因记起一件意外的事而大吃一惊。

他猛地推开门，毅然走到阳台上。谈话立刻停止，各种帽子都摘下来，一双双眼睛都抬起来望着伯爵。

“你们好，弟兄们！”伯爵迅速而响亮地说，“谢谢你们到这里来。我马上就来看你们，但我们首先要处理一个坏蛋。我们要惩办使莫斯科灭亡的坏蛋。你们等我一会儿！”伯爵砰地关上门，又迅速回到屋里。

人群里传出一片赞许的低语。“这么说，他要收拾一切坏蛋了！你说法国人……他要替你解决问题！”人们说，好像在相互责备缺乏信心。

几分钟后，一个军官从前门匆匆走出来，发了一道命令，龙骑兵就排起队来。人群连忙从阳台移向台阶。拉斯托普庆怒气冲冲地大踏步走到台阶上，匆匆向四周环顾了一下，仿佛在找寻什么人。

“他在哪里？”伯爵问，就在这时，他看见一个年轻人被两个龙骑兵架着走出来。这个年轻人脖子细长，剃成阴阳头的头皮上又长出短头发。他身穿原来很讲究的蓝呢面子的狐皮大衣，下穿肮脏的囚裤，裤筒塞在不干净的旧皮靴里。瘦小衰弱的腿上挂着脚镣，使他本来就迟疑的行动更加步履艰难。

“哦！”拉斯托普庆说，慌忙把视线从穿狐皮外套的青年身上移开，指指台阶的最下一级。“把他带到这里来！”年轻人哐啷哐啷地戴着脚镣走到指定的台阶上，用一个手指撑开外套的紧领子，转动两下细长的脖子，叹了一口气，顺从地把两只不劳动的瘦手叠放在肚子上。

年轻人站到台阶上后，一连几秒钟没有人吭声。只有后排的人群往一处挤，那里发出了叹息、呻吟和脚步移动的声音。

拉斯托普庆皱着眉头，用手擦擦脸，等魏列夏金在指定的地方站好。

“弟兄们！”拉斯托普庆用金属一般铿锵的声音说，“就是这个人，魏列夏金，这个坏蛋，把莫斯科给毁了。”

穿狐皮外套的年轻人顺从地站在那里，双手交叠在肚子上，微微弯下腰。他那憔悴的、由于剃阴阳头而显得很难看的脸带着绝望的神情朝着下面。他听了伯爵开头几句话，慢慢抬起头，自下而上瞧了瞧伯爵，仿佛想对他说话，至少想遇见他的目光。但拉斯托普庆并没有对他看。在年轻人细长的脖子上，一条血管像绳子般胀起来，在耳朵后面发青。他的脸唰的红了。

一双双眼睛都盯着他。他望望人群，仿佛从人们脸上的表情看到了希望，他伤心而胆怯地微微一笑，又垂下头，两脚在台阶上站好。

“他背叛了沙皇和祖国，向拿破仑投降，俄国人中只有他一个辱没了俄国人的身份，莫斯科让他给毁了。”拉斯托普庆声音平稳而尖厉地说；但突然向下望了望依旧顺从地站着的魏列夏金。这景象仿佛把他激怒了，他举起一只手，几乎叫嚷一般对人群说：“你们自己来处分他吧！我把他交给你们！”

人群不作声，只是彼此挤得越来越紧。互相拥挤，呼吸着令人窒息的空气，无力动一动身子，等待着一种不可知的可怕局面——这种情况使人感到越来越难受。站在前排的人，面对着眼前所发生的一切，恐惧地睁大眼睛，张开嘴巴，使劲挡住后面来的压力。

“揍他！……干掉叛徒，不许他玷污俄国人的身份！”拉斯托普庆叫道，“把他斩了！我命令！”人群听见的不是拉斯托普庆的话，而是他愤怒的声音。人群骚动起来，拥上去，但又停住了。

“伯爵！……”在重新出现的暂时的肃静中，魏列夏金胆怯而演戏似的说。“伯爵，上帝在我们头上……”魏列夏金昂起头说，细脖子上的粗血管又充了血，脸上一阵红，一阵白。他没有把要说的话说完。

“把他斩了！我命令！……”拉斯托普庆突然像魏列夏金一样脸色发白，嚷道。

“拔刀！”军官命令龙骑兵，自己也拔出刀来。

一个更强烈的浪潮从人群中滚过，一直滚到最前面几排，把互相拥挤的人群推到台阶旁。高个子脸上毫无表情，举起一只手站在魏列夏金旁边。

“斩！”军官简直像低语似的命令龙骑兵。于是一个士兵突然现出气疯了的脸，用刀背向魏列夏金头上斫去。

“哦！”魏列夏金短促而惊讶地叫了一声，恐惧地回顾了一下，仿佛不明白为什么要这样对待他。人群中也发出这种惊讶和恐惧的叫声。

“哦，主哇！”有人发出一声惨叫。

但魏列夏金在一声惊叫后，他又因为疼痛而惨叫了一声，而这一声惨叫就要了他的命。那控制着人群的人情的闸门本来就受到极大的压力，现在突然打开了。罪行一开始，就得进行到底。责难的埋怨被人群凶狠而愤怒的吼声淹没。那从后排掀起的不可克制的浪潮，好像能击碎船只的七级浪，冲击着前排，把他们冲倒，席卷了一切。动刀的龙骑兵还想再斩一刀。魏列夏金发出恐怖的叫声，双手抱住头向人群奔去。高个子受到魏列夏金的冲撞，双手抓住魏列夏金的细脖子，发出粗野的叫声，同他一起倒在怒吼着汹涌而来的人群的脚下。

有些人撕打魏列夏金，有些人撕打高个子。被践踏的人的惨叫和那些想拯救高个子的呐喊，只有更激怒人群。龙骑兵好久还不能把那个血迹斑斑、被打得半死的工人救出来。虽然人群急于要做完这件已开了头的事，他们把魏列夏金又打、又掐、又撕，却不能把他弄死，因为人群从四面八方挤来。把他们作为中心，拥过来，拥过去，使他们既不能把他打死，又不能把他抛下。

“用斧头砍吗？……把他踩死了……叛徒，他出卖了基督！……还活着……没死掉……贼是罪有应得。用棍子打！……他还活着吗？”

直到受害者不再挣扎，叫喊声变成均匀而细长的咽气声，人群才匆匆离开那血肉模糊的尸体。每个人都走过来看一下所做的事，又带着恐惧、责备和惊讶的神情往后挤。

“哦，主哇！人都变成野兽了，他还怎么活得成！”人群里发出这样的叹息。“这么年纪轻轻的小伙子……该是商人家的吧，人都变成什么样子了！……他们说，不是那个人……怎么不是那个人……哦，主哇！……据说，他们殴打另一个人，差一点把他打死……唉，人哪……谁不怕罪过啊……”同一些人说，怜悯地望着发青的脸上沾满血和泥、细长脖子断裂的尸体。

勤奋的警官认为司令大人院子里有具尸体不雅观，就命令龙骑兵把尸体拖到街上。两个龙骑兵抓住两条血肉模糊的腿，把尸体拖到街上。死人沾满尘土的血淋淋的阴阳头和细长脖子在地上被拖得转来转去。人群都挤在一起离开尸体。

当魏列夏金倒下去，人群狂叫着在他周围挤来挤去的时候，拉斯托普庆突然脸色发白，他不去有马车等着他的后门，却低下头快步沿着通向楼下房间的走廊走去，自己也不知道去哪儿和去做什么。伯爵脸色苍白，下巴颏像发疟疾一样抖个不停。

“大人，这儿走……您往哪儿去啊？……这儿走。”他后面有人恐惧地颤声说。拉斯托普庆伯爵没有力气回答，顺从地转过身，朝着给他指出的方向走去。后门外停着一辆马车。这里也能听到远处人群的吼叫声。拉斯托普庆伯爵匆匆坐上马车，吩咐车夫到索科尔尼基郊区别墅去。马车来到肉铺街，再也听不见人群的叫声，伯爵开始忏悔。这会儿，他闷闷不乐地记起他在下属面前流露的激动和恐惧。“群众是可怕的，群众是讨厌的，”他用法语自言自语，“他们像一群狼，除了肉什么也不能使他们满足。”“伯爵！上帝在我们头上！”他突然想起魏列夏金的话，一阵不愉快的寒战掠过他的脊背。但这样的感觉只有一刹那，拉斯托普庆伯爵轻蔑地自我嘲笑了一下。“我身负其他重任，”他想，“人民的愿望必须满足。为了大众的幸福牺牲了许多人，还有许多人也将牺牲。”于是他想到他的社会责任：对家庭，对交托给他保卫的古都，对他自己——不是拉斯托普庆伯爵这个人（他认为他是在为大众的幸福而牺牲自己），而是作为莫斯科卫戍司令，政府和沙皇的代表。“如果我只是拉斯托普庆伯爵，我的做法就会完全不同了，但我有责任保护卫戍司令的生命和尊严。”

拉斯托普庆在柔软的弹簧马车上微微摇摆着，不再听见人群可怕的声音，他的身体平静了，而随着身体的平静，他的头脑也照例为他想出了精神平静的理由。使拉斯托普庆平静的并不是什么新的思想。自从有了世界、人类开始互相残杀以来，没有一个人对同类犯罪不是用这种思想来安慰自己的：假定自己在为别人谋幸福，谋大众的幸福。

一个不受欲望支配的人永远不懂得这种幸福；但一个犯罪的人准知道这种幸福是什么。而拉斯托普庆现在就知道这一点。

他不仅没有为自己的行为感到内疚，而且还洋洋自得，因为他那么巧妙地利用机会，既惩罚罪犯，又安抚民众。

“魏列夏金被判死刑，”拉斯托普庆想（其实魏列夏金只被参政院判服苦役），“他是叛徒，是卖国贼；我非惩罚他不可，再说一箭双雕：我拿一个牺牲品给民众泄愤，同时处决了一名暴徒。”

伯爵来到郊区别墅，处理了家务，心里完全平静了。

半小时后，伯爵乘一辆快马车穿过索科尔尼基田野。他不再回想刚才发生的事，一心只考虑未来的事。他现在去亚乌扎桥，据说库图佐夫在那里。拉斯托普庆伯爵考虑着他要对库图佐夫提出的愤怒而尖刻的责备，因为库图佐夫欺骗了他。他要让这个宫廷老狐狸感觉到，旧都沦陷和俄国灭亡的全部责任都在他那颗昏庸老朽的脑袋上。拉斯托普庆在马车上愤怒地转动身子，恶狠狠地望着两边田野，考虑着他要说的话。

索科尔尼基田野一片荒凉。只有在它的尽头，在养老院和疯人院旁边有一群群穿白衣服的人。还有几个这样的单身人在田野上走着，他们挥动手臂，嘴里叫个不停。

其中有一个人拦住拉斯托普庆伯爵的马车。拉斯托普庆伯爵本人、他的车夫、龙骑兵，都怀着恐怖和好奇的复杂心理望着这些被放出来的疯子，特别是向他们跑来的那一个。

这个疯子穿着宽大的睡袍，摆动两条细长的腿，急急地跑来，眼睛盯住拉斯托普庆，哑着嗓子对他叫嚷，做着手势要他停车。疯子的脸又瘦又黄，露出忧郁和庄严的神气，留着参差不齐的大胡子。他那又黑又亮的瞳仁在发黄的眼白中惊慌地转动。

“站住！停下！我说！”他尖声叫道，又上气不接下气地狂叫，同时做着手势。

他追上马车，在马车旁跑着。

“他们杀了我三次，我复活了三次。他们用石头砸我，拿我钉十字架……我要复活……我要复活……我要复活。他们撕裂我的身体。要推翻天国……我要推翻三次，重建三次！”他叫道，声音越来越高。拉斯托普庆伯爵顿时脸色发白，就像刚才人群冲向魏列夏金那样。他转过身去。

“快……快走！”他声音发抖地对车夫喝道。

马车全速前进，但拉斯托普庆伯爵还好一阵听见逐渐远去的疯狂绝叫，而在他的眼前则浮现出那穿皮外套的叛徒惊惧的血淋淋的脸。

这个回忆虽然还很新鲜，拉斯托普庆却觉得它深深地铭刻在他的心里，刻得他的心淌血。现在他清楚地感觉到，这个回忆的血淋淋的伤痕永远不会愈合，相反，它将留在他的心里直到生命的末日，而且越久越使他痛苦，越久越使他难受。现在他仿佛听见他自己讲过的话："斩了他，你要拿脑袋向我负责！"他想："我为什么要说这样的话！说得多么不合适……我原可以不说的，这样就什么事也不会有了。"他看见动刀的龙骑兵先恐惧又突然变得残忍的脸，以及那穿狐皮外套的小伙子胆怯而无言的责备目光……"但我这样做不是为了自己。我不得不这样做。黎民百姓，暴徒……大众的幸福！"他想。

军队还挤在亚乌扎桥旁边。天气很热。库图佐夫皱着眉头，没精打采地坐在桥旁的长凳上，拿鞭子在沙地上比画着。这时有一辆马车隆隆地向他驶来。一个身穿将军服、头戴花翎帽的人，转动又像愤怒又像恐惧的眼睛，走到库图佐夫跟前，用法语对他说话。原来是拉斯托普庆伯爵。他对库图佐夫说，他到这里来，因为古都莫斯科再也不存在了，只剩下一支军队。

"要是您总座没对我说过，您不会不再打一仗就放弃莫斯科，那就是另一回事，就不会发生这一切了！"他说。

库图佐夫望着拉斯托普庆，仿佛不明白他的话，竭力想从说话人脸上看出特别的表情。拉斯托普庆尴尬地住了嘴。库图佐夫微微摇摇头，审视的目光一直盯住拉斯托普庆，低声说：

"是的，我不会不打一仗就放弃莫斯科。"

库图佐夫说这话的时候，也许他想的完全是另一回事，或者是明知它没有意思而故意这样说，但拉斯托普庆伯爵却什么也没回答，匆匆离开库图佐夫。说来也怪！莫斯科卫戍司令，傲慢的拉斯托普庆伯爵竟手拿鞭子走到桥边，大声吆喝着驱散挡路的车辆。

26

下午四点钟不到，缪拉的军队进入莫斯科，领先的是符腾堡骠骑兵，骑马走在他们后面的就是带着大批随从的这位那不勒斯王本人。

在阿尔巴特街中心，圣尼古拉显灵堂旁边，缪拉停住脚步，等待先遣部队来报告城堡“克里姆林宫”[1]的形势。

缪拉周围聚集了一小撮留在莫斯科的居民。大家都胆怯而困惑地望着这位戴花翎、佩金饰、留长发的奇怪长官。

“这就是他们的沙皇爷吗？不错！”传出了轻轻的声音。

翻译骑马来到人群跟前。

“脱帽……帽！”人群中相互交谈着。翻译招呼一个年老的看门人，问他克里姆林宫远不远。看门人困惑地听着他不熟悉的波兰腔俄语，还以为翻译说的不是俄语，不明白在对他说些什么，就躲到别人后面去。

缪拉走到翻译跟前，吩咐他打听一下俄军在什么地方。有一

1 克里姆林宫只是莫斯科的皇宫、宫廷教堂等建筑，并不是什么城堡。这里托尔斯泰有意嘲弄法国人对俄国的无知。

个俄国人懂得问的是什么，于是就有几个人同时回答翻译。法军先遣部队的一个军官骑马来到缪拉面前，报告说城堡的大门被堵住了，那里大概有埋伏。

“好！”缪拉说，接着转身命令一个随从，把四门轻炮推到前边去轰击宫门。

炮兵从缪拉后面的纵队中冲出来，沿阿尔巴特街前进。他们来到伏兹德维任卡街街尾停住，在广场上排列开来。几个法国军官指挥布置炮位，又用单筒望远镜眺望克里姆林宫。

克里姆林宫正在敲晚祷钟，钟声使法国人困惑。他们以为这钟声是作战的信号。几个步兵向库塔斐耶夫门跑去。门口摆着些圆木和木板。一个军官带着一小队兵刚跑近大门，门底下就发出两下步枪声。站在轻炮旁边的一个将军对军官发了命令，军官和士兵就跑回来。

门里又打了三枪。

一颗子弹打中一个法国兵的腿，挡板后面发出几个奇怪的叫声。法国将军、军官和士兵仿佛听到一声口令，他们的脸部表情顿时都由愉快平静变为刚毅紧张，准备战斗和受苦。对所有的人，从元帅到小兵，这里不是伏兹德维任卡街、莫霍夫街、库塔斐耶夫街和三一门，而是一个新战场，一个浴血苦战的战场。大家都在准备这场会战。门里的呐喊声静止了。大炮被推到前面。炮兵吹旺点火杆。军官喊了一声口令“放！”接着两发霰弹连续发出响声。霰弹打在宫门石头上、圆木上和挡板上；广场上升起两团硝烟。

炮声在石头建筑的克里姆林宫停了不多一会儿，法军头上响起一片古怪的声音。一大群寒鸦腾飞到城墙上空，嘎嘎地叫着，鼓动千万对翅膀在空中盘旋。随着寒鸦的啼声，宫门口响起一个人单独的呐喊声，那人身穿一件农民长外衣，没有戴帽子。他手里拿着枪，向法国人瞄准。“放！”炮兵军官又喊口令，与此同时又传出一下枪声和两下炮声。硝烟又笼罩住宫门。

挡板后面再没有什么动静了。法国步兵和军官向宫门走去。门口横着三名伤员和四名死者。两个穿农民外衣的人沿城墙向兹纳敏卡街跑去。

“把这些收拾掉！”军官说，指指圆木和尸体。于是法军把伤员都打死，把尸体扔到墙外。那些死者是谁，没有人知道。“把这些收拾掉！”——关于他们只说了这样一句话，他们就被扔到墙外，又被拖走，免得他们发臭。只有法国史学家梯也尔写了几句动听的话来纪念他们：“这些不幸的人充满了神圣的城堡，他们从兵器库里取了步枪向法国人射击。他们中间有些人被砍死，并从克里姆林宫中被清除出去。”

缪拉接到通知，说道路已清除。法军进入宫门，在参政院广场扎营，士兵把椅子从参政院窗口扔到广场上，动手在那里生火。

另外一些部队通过克里姆林宫沿马罗赛伊卡街、鲁比扬卡街和波克罗夫卡街扎营。还有一些部队沿伏兹德维任卡街、兹纳敏卡街、尼科尔街和特维尔街扎营。法军每到一处，都找不到房屋主人，他们分散居住在城里人家，就像住在城里的兵营一样。

法国兵虽然衣衫褴褛，饥肠辘辘，疲劳不堪，而且减员达三分之一，他们进入莫斯科却依旧秩序井然。这是一支筋疲力尽但仍具有战斗力的可怕军队。不过，这是士兵分散到居民家里前的情况。士兵一旦进入没有人的富裕住宅，军队就此毁灭，变成既非居民又非士兵的特种人，也就是趁火打劫犯。五个星期后，这批人离开莫斯科时再也无法组成军队。他们成了趁火打劫犯，人人带着一大包他们认为贵重和有用的东西。他们离开莫斯科时，他们的目的不像来时那样为了征服，而是为了保住所获得的东西。一只猴子把爪子伸进细颈瓶里，抓了一把核桃，却不肯松开拳头，唯恐失去抓到的东西，结果毁了自己。法军也是这样，在离开莫斯科时非毁灭不可，因为他们背着抢劫到的东西又不肯放弃，就像猴子不肯放弃核桃一样。法军每个团进入民宅十分钟后，就不再有一名士兵或军官了。从民宅窗子里可以看见穿军大衣和短靴的人，笑着在各个房间里走来走去；他们在地窖和储藏室里任意拿取食物，在院子里打开或砸破车库和马厩；在厨房里生起火来，卷起袖子揉面、烤面包、煮菜，吓唬、取笑和调戏妇女，耍弄孩子。这样的人处处都是，在商店和民宅里最多，但军队已经不存在了。

当天，法军长官发出一道又一道命令，禁止军队分散到城里去，严禁对居民施加暴行，趁火打劫，当晚要对全体官兵点一次名。但不论采取什么措施，原来的军队还是分散到这座富裕而舒适的空城。好像一群放牧在贫瘠田野上的饥饿牲口，一旦来到茂盛的草地，就无法制止它们散开，军队一进入富裕的城市，也同样无法制止他们闯进民宅。

莫斯科已没有居民，士兵像水渗进沙里一样渗进城里。他们最先进入克里姆林宫，又像星光那样无法阻挡地射向四面八方。骑兵走进堆满财物的商人家里，发现那里的马厩拴马绰绰有余，但他们还是走进隔壁房子里，认为那里更好。许多人占据了几座房子，用粉笔写上自己的名字，并因此同其他连队争吵，甚至打架。士兵们还没有安顿好，就跑到街上观光市容，听说一切财物都弃下了，就奔向可以白白拿到贵重物品的地方。长官走去制止士兵，结果自己也情不自禁地去干这种勾当。在车市街有几家马车铺，将军们聚集在那里替自己挑选各种马车。留下没走的居民邀请长官到自己家里，希望借此免遭抢劫。财富无穷无尽，无法估量；在法军已占领的地方周围都还有未被占领的房子，法国人认为那里的财富还要多。莫斯科越来越多地把他们吸引进去。水一流到干土上，水消失了，干土也不干了；同样，饥饿的军队一进入没有人的富裕城市，军队消失了，富裕城市也不富裕了，只剩下垃圾、火灾和抢劫。

法国人把莫斯科大火归罪于拉斯托普庆的野蛮爱国心；俄国人则归罪于法国人的残暴行为。事实上，莫斯科大火并不是由一个人或者几个人造成的，也不可能由少数人造成。莫斯科被焚毁，那是因为任何一座木头建筑的城市在那种条件下非焚毁不可，不管有没有一百三十条简陋的消防水管。莫斯科非焚毁不可，因为居民都已撤走，它就像一堆刨花，连续几天有火星落下，非焚毁不可。一座木头建筑的城市，当住宅主人和警察在的时候，夏天里尚且几乎天天都有火灾，而一旦居民撤走，进驻的军队不断吸烟，拿参政院椅子在参政院广场上生火，一天两次烧饭吃，那就更非焚毁不可。在平时，村里一进驻军队，那里火灾的次数立刻增加。那么，在外国军队进驻的木头建筑的空城里，火灾又会增加多少倍呢？拉斯托普庆的野蛮爱国心和法国人的残暴行为是不该负任何责任的。莫斯科被焚毁是由于烟斗、灶头、篝火，由于占有住房的敌军士兵的粗心大意。即使有人纵火（这事是很可疑的，因为谁也没有任何理由纵火，而且很麻烦，很危险），也不能把纵火作为原因，因为不纵火，莫斯科也要被焚毁。

不论法国人怎样洋洋得意地归罪于拉斯托普庆的野蛮，俄国人怎样振振有词地谴责拿破仑的残忍，或者后来把英雄的火把交到本国人民手里，我们不能不看到，火灾的直接原因是没有的，莫斯科非焚毁不可，就像任何一座村庄、工厂和住宅，主人走了，却让陌生人进去居住和做饭，非焚毁不可一样。莫斯科被居民烧毁，这是真的；但烧毁它的不是留下来的居民，而是撤走的居民。莫斯科被敌人占领，没能像柏林、维也纳和其他城市那样完好无缺，就因为莫斯科居民没有拿面包和盐来欢迎法军，并把城门钥匙交给法国人，而是从城里撤走。

27

九月二日，法军在莫斯科像星光一般放射开去，到傍晚才到达皮埃尔所在的街区。

皮埃尔过了两天离群索居的不寻常生活，精神上近乎疯狂状态，他一心只想着一件事。他自己也不知道这种思想是怎样和什么时候产生的，但它确实弄得他忘记一切往事，也不理解现实生活；他现在的所见所闻就像在做梦。

皮埃尔离家出走，只是为了摆脱生活中错综复杂的纠葛。这些纠葛在当时的情况下是无法解决的。他借口整理图书文件来到巴兹杰耶夫寓所，就是为了逃避生活的烦恼，寻求安宁，而在他心里，对巴兹杰耶夫的回忆是和一个永恒的庄严平静的精神世界联系在一起的。这种精神世界可以对抗他被卷入的使他不得安宁的纠葛。他寻求安宁的避难所，这样的地方在巴兹杰耶夫寓所里果然找到了。在一片寂静的书房里，他双臂搁在死者的积满灰尘的写字台上，头脑里平静而庄严地回忆着一件件不远的往事，特别是鲍罗金诺战役，同时拿**他们**（那些铭刻在他心里的人们）的真诚、朴实和刚强作比较，更觉得自己的卑微和虚伪。盖拉西姆把他从沉思默想中唤醒时，他刚想到他要参加预定的全民保卫莫斯科的战斗。出于这个目的，他立刻要盖拉西姆给他弄农民外衣和手枪，并告诉盖拉西姆，他将隐姓埋名留在巴兹杰耶夫寓所里。后来，在孤独和闲散地度过的第一天里（皮埃尔几次想研究共济会手抄本，但是没能办到），他又几次想到他的名字同拿破仑的名字的神秘关系；不过，他俄国人别祖霍夫命里注定要来限制这头**野兽**的权力。这念头只是在他头脑里出现的莫名其妙和不留痕迹的幻想之一。

皮埃尔买了农民外衣（目的是参加人民保卫莫斯科的战斗），遇见罗斯托夫家人。娜塔莎对他说："您要留下来吗？哦，这太好了！"这时他忽然想到，即使莫斯科沦陷，他留在城里执行命里注定的任务也是件好事。

第二天，他怀着不惜牺牲自己、决不落在**他们**后面的念头，随着人群去三山门。但他回到家里，确信莫斯科不准备保卫，这时他突然觉得，原来认为可能做的那件事，如今变得必要和无法避免了。他一定要隐姓埋名留在莫斯科，迎接拿破仑，把他杀死。这样做不是他自己灭亡，就是结束整个欧洲的灾难，因为他认为这灾难是拿破仑一人造成的。

皮埃尔知道一八〇九年在维也纳有个德国大学生暗杀拿破仑的详情，并知道这个大学生后来被枪毙了。他不惜冒生命危险来实行自己的计划，面临这种危险，他越发感到兴奋。

两种同样强烈的感情不可抗拒地吸引皮埃尔去实现他的计划。第一种感情是想到共同的灾难，自己要求牺牲和受苦。八月二十五日他到莫扎依斯克战斗最激烈的地方去，现在又离家出走，放弃过惯的奢侈舒适的生活，不脱衣服在硬沙发上睡觉，同盖拉西姆吃一样的东西，都是出于这种感情。第二种感情是说不出的纯粹俄罗斯感情，也就是蔑视一切习惯的人为的不自然的东西，也就是被多数人认作人间最大幸福的东西。皮埃尔第一次体验到这种奇怪而迷人的感情是在斯洛博达宫。当时他突然觉得，财富也罢，权力也罢，生命也罢，也就是人们努力争取和保护的一切，这一切如果有什么价值的话，也只在于有可以放弃它们的乐趣。

正是怀着这种感情，一个志愿兵喝去他最后一个子儿，一个醉汉无缘无故打碎镜子和玻璃，明知这将使他赔掉身上所有的钱；正是怀着这种感情，一个人做出疯狂的行为，仿佛要试试他个人的权柄和力量，借此证明在人类生活条件之外，还存在超越生活的最高主宰。

自从皮埃尔第一次体验到这种感情以来，他不断受它的影响，但直到现在才感到完全满足。此外，皮埃尔在这方面所做的事现在正支持着他的愿望并使他无法放弃这种愿望。如果他像别人一样离开莫斯科，他的离家出走、他买的农民外衣和手枪、他向罗斯托夫家人所作的要留在莫斯科的声明，这一切不仅将失去意义，而且将变得可耻和可笑（皮埃尔在这方面是很敏感的）。

皮埃尔的身体状况同他的精神状况一致，这是很自然的。吃不习惯的粗茶淡饭，天天喝伏特加，没有葡萄酒和雪茄，身穿肮脏的衬衣，两个晚上睡在没有被褥的短沙发上几乎没有合眼，这一切使皮埃尔恼怒，使他几乎发疯。

已经是下午一点多钟了。法军已进入莫斯科。皮埃尔知道这事，但他没有行动。他只想着自己的企图，考虑着它的每一细节。皮埃尔并没有生动地想象行刺的过程和拿破仑的死亡，而是鲜明而感伤地想象着自己的灭亡和英雄气概。

“是的，为了大家的幸福我必须单枪匹马行动，不惜牺牲自己！”他想。“是的，我要去……然后忽然……用手枪还是短剑？”皮埃尔考虑。“不过，这都一样。我要说：‘惩罚你的不是我，而是天意。’（皮埃尔考虑着行刺拿破仑时要说的话）。‘好吧，把我抓去处决吧！’”皮埃尔继续自言自语，脸上现出忧郁而刚毅的神色，垂下头。

当皮埃尔站在房间中央这样自言自语的时候，书房门被推开，门口出现了一向畏畏缩缩而此刻完全变了样的玛卡尔·阿历克赛伊奇。他的睡袍敞开，脸色通红，面貌难看。他显然喝醉了。他一看见皮埃尔，起初有点尴尬，但一看到皮埃尔脸色也有点慌张，立刻精神抖擞，迈着两条细腿，摇摇晃晃地走到房间中央。

“他们害怕了，”他哑着嗓子蛮有把握地说，“我说，我不屈服，我说……是吗，您老？”他沉思起来，接着突然看到桌上的手枪，出其不意地一把抓住，跑到走廊里。

盖拉西姆和看院人跟住玛卡尔·阿历克赛伊奇，在门厅里把他拦住，动手夺他的手枪。皮埃尔来到走廊，又怜悯又嫌恶地瞧着这个半疯的老头。玛卡尔·阿历克赛伊奇皱起眉头，使劲握住手枪不放，哑声大叫大嚷，显然想干一件壮举。

“拿起武器！立刻行动！不行，我不给！”他叫道。

“行了，对不起，行了！您行行好，放手吧！哦，老爷，您开恩……”盖拉西姆说，小心地抓住玛卡尔·阿历克赛伊奇的臂肘，把他推回门口。

“你是谁？拿破仑！……”玛卡尔·阿历克赛伊奇叫道。

“这样不好，老爷。您进屋去吧，您歇会儿。请您把手枪给我！”

“滚，你这下贱的奴隶！别碰我！看见吗？”玛卡尔·阿历克赛伊奇挥挥手枪，叫道，“立刻行动！”

“抓住他！”盖拉西姆对看院人低声说。

他们抓住玛卡尔·阿历克赛伊奇的双臂，把他拉到门口。

门厅里充满嘈杂的叫嚣和喝醉酒的沙哑的喘息。

突然从台阶上传来女人的尖叫声。接着厨娘跑进门厅。

“他们来了！老天爷！……真的，是他们。四个人，骑马的！……”她叫道。

盖拉西姆和看院人放开玛卡尔·阿历克赛伊奇的手。在寂静的走廊里清楚地听见几个人敲大门的声音。

28

皮埃尔决心在实现计划前不暴露身份，也不让人知道他懂得法语。他站在半开的走廊门口，准备等法国人一进门就躲起来。可是法国人进来，皮埃尔还是没离开门口。一种难以抗拒的好奇心使他站住不动。

他们来了两个。一个是军官，长得高大英俊，相貌堂堂；另一个是士兵，或者勤务兵，生得又矮又瘦，皮肤黝黑，双颊凹陷，神态迟钝。军官拄着一根手杖，瘸着腿走在前面。他走了几步，认定这是一个好住所，就停下来，回头对站在门口的士兵大声发号施令，要他们把马牵进去。军官吩咐完毕，洒脱地高举起手臂，抹了抹胡子，举手敬礼。

“大家好！”他快乐地说，笑眯眯地向周围环顾了一下。

没有人回答他。

“你是主人吗？”军官问盖拉西姆。

盖拉西姆又恐惧又疑惑地望着军官。

“住宅，住宅，宿舍，”军官说，带着宽厚和蔼的笑容从上到下打量着这个矮小的人。“法国人是好人。真见鬼，我们不会吵架的，老大爷。”他添加说，拍拍吓得说不出话的盖拉西姆。

“怎么！这里没有人会说法国话吗？”他又说，环顾四周，遇见皮埃尔的目光。皮埃尔从门口走开去。

军官又对盖拉西姆说话。他要盖拉西姆领他去看看房间。

“老爷没有……我不明白……我的，你的……”盖拉西姆竭力想用外国腔说话，以为这样他们就能听懂。

法国军官含笑向盖拉西姆摊开双手，表示他也听不懂他的话，瘸着腿向皮埃尔站着的门口走去。皮埃尔想走开，躲开他，但就在这时他看见玛卡尔·阿历克赛伊奇从厨房里探出头来，手里拿着手枪。玛卡尔·阿历克赛伊奇带着疯子的狡猾神情望望法国人，举起手枪瞄准。

“立刻行动！！！”醉汉按住扳机，叫道。法国人闻声转过身来，在这一刹那，皮埃尔向醉汉扑去。就在皮埃尔抓住手枪往上举的时候，玛卡尔·阿历克赛伊奇终于摸到了扳机。于是发出了一声枪响。法国人脸色发白，向门口奔去。

皮埃尔忘记他想隐瞒懂法语的打算，夺过手枪，把它扔掉，冲到军官面前，用法语同他说话。

“您没受伤吧？”他问。

“好像没有……”军官周身摸索着，回答，“可我这次是死里逃生。”他指指墙上打落的泥灰，添加说。“这个人是谁？”军官严厉地瞅了皮埃尔一眼问。

“哦，刚才的事我真感到遗憾！”皮埃尔完全忘记自己要扮演的角色。“他是一个倒霉的疯子，他不知道他在做什么。”

军官走到玛卡尔·阿历克赛伊奇跟前，一把抓住他的衣领。

玛卡尔·阿历克赛伊奇张开嘴，靠在墙上，身子摇摇晃晃，仿佛睡着了。

“强盗，你要受惩罚的！”法国人说，放开他。

“我们打了胜仗宽宏大量，但我们不能饶恕叛徒！”他脸上现出悲壮的神色，做着洒脱有力的手势，补充说。

皮埃尔继续用法语劝说军官不要处分这个喝醉酒的疯子。法国人默默地听着，脸色依旧很阴郁，接着突然露出笑容对皮埃尔说话。他默默地对皮埃尔瞧了几秒钟。他那俊美的脸上现出又悲哀又温柔的神色。他向皮埃尔伸出手。

“您救了我的命！您是法国人吧？”他说。在法国人看来，这样的推论肯定是正确的。只有法国人能做出伟大的事，而救他第十三轻骑兵团大尉仑巴尔先生的命，无疑是一件壮举。

法国军官的这个推论和由此而建立的信念虽然是没有疑问的，但皮埃尔认为必须打破他的幻想。

“我是俄国人。”皮埃尔连忙说。

“嘿，这话您对别人去说吧，”法国人含笑说，竖起一个手指在自己鼻子前摆动着。“这一切您回头告诉我吧。遇见同胞真是高兴。那么，我们怎样来处理这个人呢？”他添加说，对皮埃尔已像对自己人一般了。法国军官的脸色和语气表示，皮埃尔即使不是法国人，他也已获得世界上最崇高的称号，这一点他无法推辞。就最后一个问题，皮埃尔解释了玛卡尔·阿历克赛伊奇的身份，并说在他们来到前，这个喝醉酒的疯子刚抢走实弹手枪，他们还来不及从他手里夺下，然后皮埃尔请求军官不要因此惩罚他。

法国人挺起胸膛，做了一个威严的姿势。

“您救了我的命。您是法国人。您要我饶恕他吗？我饶恕他。把这人领走吧。”法国人迅速而果断地说，挽住因救他的命而被提升为法国人的皮埃尔的手臂，同他一起走进屋里。

院子里的士兵听见枪声，走进门厅，问出了什么事，接着准备处罚罪人，但军官严厉地制止他们。

“有事我会叫你们的。”他说。士兵们出去了。勤务兵已抽空去过厨房，这时走到军官面前。

“大尉，他们厨房里有汤和烤羊肉，”他说，“要不要给您送来？”

“好，再弄点酒来！”大尉说。

29

法国军官同皮埃尔一起走进屋里。皮埃尔觉得他有责任再次向大尉声明，他不是法国人，并想走开，但法国军官根本不愿听他说这种话。他是那么殷勤、亲切、和善，衷心感激救命之恩，使皮埃尔不忍心拒绝他，只好同他一起在第一间屋里坐下。皮埃尔再三说他不是法国人，大尉对此感到难以理解，不明白他怎么会拒绝这种光荣的称呼，就耸耸肩膀说，如果他一定要做俄国人，那也行，但他还是永远不会忘记他的救命之恩。

这个法国人要是多少能理解别人的感情，懂得皮埃尔的心情，那么皮埃尔准会离开他，但他除了自己以外，对其他一切都毫无感觉，这一层却使皮埃尔丧失戒心。

“法国人也好，隐姓埋名的俄国公爵也好，”法国人看看皮埃尔肮脏而讲究的衬衣和手上的戒指，说，“我感谢您的救命之恩，我愿同您交个朋友。法国人从不忘记屈辱，也不忘记恩惠。我愿同您交个朋友。我要对您说的就是这些。”

这个军官的语气、表情和姿态表现得那么和善与高尚（照法国人的理解），使皮埃尔不由得用笑脸来报答笑脸，并向他伸出手去。

“我是仑巴尔大尉，第十三轻骑兵团的，因九月七日的战功获得荣誉团勋章，”他自我介绍说，得意的笑容使他小胡子下的嘴唇都皱起来。“我现在没有带着这疯子的子弹躺在救护站里，而能愉快地同阁下谈话，真是幸运，那么，请问阁下是什么人？”

皮埃尔回答，他不能说出自己的姓名，接着涨红了脸，想捏造一个不能说的原因，但被法国人抢在前头。

“行了，”他说。“我明白，您是位军官……也许还是位校官。您同我们打过仗。这不关我的事。我感谢您救命之恩。这样我就满足了，我愿为您效劳。您是位贵族吧？”他问道。皮埃尔低下头。“大名？别的我不再问了。您说，您是皮埃尔先生吗？很好。我要知道的就是这个。”

法国兵送来烤羊肉、煎蛋、茶炊、从俄国人家地窖里拿来的伏特加和葡萄酒，仑巴尔就请皮埃尔一起吃饭，自己活像一个健康而饥饿的人那样狼吞虎咽起来。他用结实的牙齿拼命大嚼，不停地咂着嘴说：好极了！太好了！他脸色发红，汗流满面。皮埃尔也饿了，就高兴地同他一起吃喝。勤务兵莫列尔送来一锅热水，把一瓶红葡萄酒放在里面烫。此外，他还送来一瓶克瓦斯，那是他从厨房里拿来供他们品尝的。法国人知道这种饮料，还给它起了一个名字，叫它猪柠檬水。莫列尔称赞他从厨房里找到的这种猪柠檬水。但大尉有他在莫斯科弄到的红葡萄酒，就把克瓦斯给了莫列尔，自己拿了一瓶红葡萄酒。他用餐巾裹住瓶颈，给自己和皮埃尔都斟了酒。吃了点东西，喝了点酒，大尉更加兴奋，话说个不停。

“是啊，我亲爱的皮埃尔先生，您从那疯子手里救了我的命，我要为您点一支感恩蜡烛，您瞧，我身上的子弹已经够多的了。这一颗（他指指腰部）是在瓦格拉姆得的，另一颗是在斯摩棱斯克得的（他指指脸上的一条伤疤）。这条腿，您瞧，不大能走路。这是七日莫斯科城下大会战时弄成的。哦！那场面可真壮观哪！值得一看，简直是一片火海。你们让我们吃了不少苦，你们可以自豪。说真的，虽然得了这宝贝（他指指十字勋章），我愿意再经历一次。我真替那些没看到这场面的人感到惋惜。”

“我当时就在那里。”皮埃尔说。

“哦，真的吗？那更好，”法国人继续说，“应该承认，你们是厉害的敌人。你们守住那个大多面堡，真了不起。你们使我们付出重大代价。您瞧，那里我去过三次。我们三次逼近炮位，三次都像纸人一样给打回来。你们的掷弹兵很了不起，真的。我看见他们的队伍集中六次，他们的行动就像检阅一样整齐。出色的民族！我们的那不勒斯王在这方面是位行家，他为他们喝过彩：‘好哇！’哈，哈，原来您也同我们的兵一样！”他停了一下，又含笑说，“那更好，那更好，皮埃尔先生。打起仗来真可怕……”他挤了挤眼，“对女人很会献殷勤，皮埃尔先生，法国人就是这样。对不对？”

大尉是那么天真、开朗、单纯和得意，皮埃尔瞧着他，差点儿自己也挤了挤眼。大概是殷勤这个词使大尉又想到莫斯科的情景。

“请问，说女人都离开了莫斯科，这是真的吗？想得真怪，她们怕什么呀？”

“要是俄国人进了巴黎，法国太太小姐都不走吗？”皮埃尔反问。

“哈，哈，哈！……”法国人激动地哈哈大笑，拍拍皮埃尔的肩膀。“哈！说得真有意思。巴黎吗？但巴黎……巴黎……”

“巴黎是世界的京都……”皮埃尔替他把话说完。

大尉对皮埃尔望望。他有一种习惯：在谈话中途停下来，眼睛亲切而含笑地凝视着对方。

“要不是您对我说您是俄国人，我敢打赌您是巴黎人。您身上有一种，一种……”他说了这句恭维话，又默默地对他望了望。

“我在巴黎住过，住了好几年。”皮埃尔说。

“哦，看得出来。巴黎嘛！……一个不知道巴黎的人准是野蛮人。一个巴黎人两英里外都认得出来。巴黎有塔尔玛、裘申奴阿、波蒂埃、索邦[1]、林荫大道……”他发现这结论比原来更加无力，慌忙补充说，“全世界只有一个巴黎。您去过巴黎，但仍是个俄国人。那也没有关系，我还是照样尊敬您。”

皮埃尔过了几天离群索居的愁闷生活，这会儿又喝了点酒，觉得同这个快乐善良的人谈话自有一番乐趣。

“让我们再来谈谈你们的太太小姐吧。听说她们都很漂亮。法国军队来到莫斯科，她们却往草原上躲，真是糊涂！她们错过了好机会。你们的庄稼汉又当别论，但你们是有教养的人，应该更了解我们。我们打下维也纳、柏林、马德里、那不勒斯、罗马、华沙，世界上所有的京城。大家怕我们，但也喜欢我们。认识是没有害处的。再有皇帝……”他说到这里，话被皮埃尔打断。

“皇帝，”皮埃尔也说了一遍，他的脸色突然变得忧郁和困惑，“皇帝是？……”

“皇帝吗？宽宏、仁慈、公正、秩序、天才——这就是皇帝！这话是我仑巴尔对您说的。不瞒您说，八年前我还反对过他呢。我父亲是个流亡的伯爵。可是这个人把我征服了。我服他。我看到他为法国增添荣誉，不能无动于衷。当我明白他要的是什么，当我看到他在为我们争取桂冠时，我对自己说：他就是我们

1 塔尔玛，著名悲剧演员，为拿破仑所喜欢；裘申奴阿，女演员；波蒂埃，喜剧演员；索邦，巴黎大学。

的皇上，我愿意为他献身。就是这样！哦，朋友，他是古往今来最伟大的人物。”

“那么，他在莫斯科吗？”皮埃尔结结巴巴地问，脸上现出歉疚的神色。

法国人看看皮埃尔尴尬的脸色，冷笑了一声。

“不，他准备明天进城。”他说，继续谈下去。

他们的谈话被门口几个人的叫嚷和莫列尔的到来打断了。莫列尔进来向大尉报告说，来了几个符腾堡的骠骑兵，他们要把马寄存在大尉拴马的院子里。困难主要在于骠骑兵不懂法语。

大尉吩咐把他们的上士召来，厉声问他是什么团的，团长是谁，他凭什么要占用别人已经进驻的房子。略懂法语的德国人回答了前两个问题，但他听不懂最后一个问题，用德语夹法语回答说，他是团军需官，长官命令他占领所有的房子。皮埃尔懂得德语，就把他的话翻译给大尉听，把大尉的回答用德语翻译给符腾堡骠骑兵听。那德国人明白了对他说的话，屈服了，把他的人带走。大尉走到台阶上，大声吩咐了一些事。

大尉回到屋里，皮埃尔双手放在头上，仍坐在原来的地方。他脸上现出痛苦的神色。他此刻确实很痛苦。大尉刚才出去，剩下他一个人，他突然意识到自己的处境。现在使他痛苦的不是莫斯科的沦陷，不是幸运的胜利者在城里为所欲为并且庇护他，尽管这事很难堪，但使他痛苦的不是这事。使他痛苦的是他感觉到自己软弱无能。几杯酒落肚，又同这个和蔼可亲的人谈了话，把皮埃尔最近几天里阴郁沉重的心情一扫而空，而这种心情却是他实现自己的图谋所必需的。手枪、匕首、农民外衣都准备好了，拿破仑明天进城。皮埃尔仍认为刺杀这恶棍是有益的，值得的，但现在他觉得他不能这样做。为什么？他不知道，但预感到他的图谋不能实现。他同自己的软弱进行斗争，但隐隐约约感觉到，他无法克服这种软弱，原来那种报仇、杀人和自我牺牲的悲壮心情，一旦接触到一个人，就烟消云散了。

大尉微微瘸着腿，吹着口哨，走进屋里。

法国人的唠叨原来使皮埃尔高兴，这会儿却使他反感。他的吹口哨、他的步伐、他卷小胡子的姿势，现在都使皮埃尔讨厌。

“我马上就走，我再也不同他说话了。”皮埃尔想。他心里这样想，但人仍坐在原地没动。一种软弱无能的奇怪感觉把他钉在原地，他想走，但是站不起来。

相反，大尉却兴高采烈。他在屋里来回走了两次。他的眼睛闪闪发亮，小胡子微微抖动，仿佛想到什么有趣的事，暗自感到好笑。

“那个符腾堡上校挺可爱！”他突然说，“他是个德国人，虽然如此，是个好小子。但是个德国人。”

大尉在皮埃尔对面坐下来。

“那么，您懂德语啰？”

皮埃尔默默地瞧着他。

“避难所，德语怎么说？”

“避难所吗？”皮埃尔回答，“避难所德语叫‘恩特孔乎特’。”

“恩特孔乎特。”皮埃尔又说了一遍。

“温特科乎，”大尉说，眼睛含笑对皮埃尔望了几秒钟。“这些德国人是大傻瓜。皮埃尔先生，您说是吗？”

“好，我们再来一瓶莫斯科红酒好吗？让莫列尔再给我们烫一瓶。莫列尔？”大尉高兴地叫道。

莫列尔拿来蜡烛和一瓶红酒。大尉在烛光下瞧瞧皮埃尔，看到对方苦恼的神色，大为惊讶。仑巴尔脸上现出真诚的同情走到皮埃尔面前，向他鞠了一躬。

“什么事不高兴啊？”他说，拍拍皮埃尔的手。“是不是我使您不高兴了？没有，那么您对我有什么意见吗？”他一再问。“是不是因为局势不高兴？”

皮埃尔什么也没有回答，但亲切地望着法国人的眼睛。法国人的同情使他高兴。

“真的，先不说我对您有多么感激，我愿意同您交个朋友。我能为您效劳吗？您尽管吩咐好了。我们是生死之交。我对您说的是心里话。”他把手放在胸口上说。

“谢谢！”皮埃尔说。大尉凝视着皮埃尔，就像刚才知道避难所德语怎么讲一样。他的脸上顿时浮起笑容。

“好，这样就为我们的友谊干一杯吧！”他兴致勃勃地叫道，斟满了两杯酒。皮埃尔拿起酒杯，一饮而尽。仑巴尔干了自己的一杯，又握了握皮埃尔的手，然后忧郁地沉思着，臂肘搁在桌上。

“是的，我的朋友，这是命运的安排。谁知道我会从军，当上龙骑兵大尉，替波拿巴——我们都这样称呼他——效劳呢。如今我可跟他一起来到了莫斯科。”他像有意要讲一个长故事似的感伤而缓慢地说，“不瞒您说，我的朋友……我们是法国一个很古老的望族。”

大尉带着法国人特有的轻率和天真的坦诚态度向皮埃尔讲到他的祖先、他的童年和成年，以及他的亲戚、财产和家庭关系。在他的讲述中，“我可怜的母亲”当然占了重要地位。

“不过，这一切只是生活的开始，生活的实质是爱情。爱情！您说是不是，皮埃尔先生？”他越说越兴奋，“再来一杯。”

皮埃尔又干了一杯，然后给自己倒第三杯。

“唉！女人啊女人！”大尉眼睛闪亮地瞧着皮埃尔，讲起爱情和他的恋爱经历来。他的风流韵事很多，从他洋洋得意的俊美的脸和津津有味地谈女人的神态上可以相信，他说的都确有其事。仑巴尔讲的恋爱事件都带有法国人看作爱情魅力和诗意的淫秽性质，但他讲得那么恳切，使人相信他自己确实领略过爱情的全部魅力。他讲的时候又把女人描述得那么迷人，使皮埃尔一直好奇地留神听着。

显然，这个法国人所迷恋的爱情，既不是皮埃尔从前对妻子的那种低级庸俗的爱情，也不是他对娜塔莎的那种浪漫的爱情（这两种爱情仑巴尔同样蔑视，他把前者看作马车夫的爱情，把后者看作傻子的爱情）。这个法国人所崇拜的爱情，主要是对女人的不自然关系，再加上感官的享受。

大尉就这样娓娓动听地讲着，他怎样爱上一位迷人的三十五岁侯爵夫人，同时又爱上这位迷人的侯爵夫人的女儿，一个天真可爱的十七岁姑娘。母女相互谦让，结果是母亲牺牲自己，让女儿同自己的情人结婚。这事虽然早已成为往事，但至今仍使大尉激动。然后他又讲了一段插曲，在同一台戏里丈夫演情人一角，而情人则演丈夫一角。他又讲了些德国的滑稽故事，如避难所德语叫恩特孔孚特，在德国男人喜欢吃白菜汤，姑娘们一头金发。

最后一件事发生在波兰，大尉记忆犹新。他红着脸，迅速地做着手势，讲到他怎样救了一个波兰人的命（在大尉的讲述里不断出现救命故事），这个波兰人就把自己富有魅力的妻子（心灵上是个巴黎女人）托他照顾，自己则参加了法国军队。大尉很走运，富有魅力的波兰女人要同他私奔，但大尉秉性厚道，把妻子交还给丈夫，并且说："我保全了您的性命，现在要保全您的名誉！"大尉重复这句话，擦擦眼睛，抖动了一下身子，仿佛在回忆这件动人的事时要驱散自己的柔情。

皮埃尔听着大尉的讲述，如同平时在深夜或酒后那样，注意他所讲的话，了解他的意思，同时心里不知怎的涌起一系列个人的往事。他听着这些爱情故事，突然想起了他对娜塔莎的爱情，他回想起这次恋爱的情景，并同仑巴尔讲的事作着比较。皮埃尔一面听着恋爱和义务的冲突，一面重温着最后一次在苏哈列夫塔楼旁同恋爱对象相遇的细节。那次邂逅当时并没有给他留下什么印象，他甚至一次也没想起过。但现在他觉得这次见面意义重大，充满了诗意。

“皮埃尔伯爵，您到这儿来，我认出是您。”此刻他仿佛又听到她当时说的话，看见她的眼睛、微笑、旅行帽、一绺前刘海……他觉得这一切有说不出的亲切和动人。

大尉讲完富有魅力的波兰女人的故事，问皮埃尔有没有体验过为爱情而自我牺牲和嫉妒合法丈夫的感情。

皮埃尔听到这问题，兴奋起来，抬起头，觉得需要讲讲他的想法。他说，他对女人的爱情有一些不同的看法。他说，他这辈子只爱过、现在还爱着一个女人，而这个女人永远不可能属于他。

“瞧你！”大尉说。

接着皮埃尔说，他从少年时代起就爱上这个女人，但他不敢想到她，因为她年纪太小，而他自己又是一个没有地位的私生子。后来，他获得了名望和财产，也不敢想到她，因为他太爱她，把她看得高于世上的一切，当然更高于他自己。皮埃尔讲到这里，问大尉是不是懂得他的意思。

大尉做了个手势，表示即使他听不懂，也要请他讲下去。

“柏拉图式的爱情，虚无缥缈……”他喃喃地说。也许是由于几杯酒落肚，也许是他要推心置腹，也许是认为对方不知道他讲的事中任何一个人，也许是三者都有，皮埃尔的口就没了遮拦。他那湿润的眼睛瞧着远处，嘴巴含糊不清地讲着自己的全部经历：他的婚姻、娜塔莎同他最好朋友的恋爱、她的变心，以及他同她的并不复杂的关系。他被仑巴尔一问，就把原先隐瞒的事也讲了出来：他的社会地位和他的姓名。

皮埃尔讲的事最使大尉吃惊的是，他非常有钱，他在莫斯科有两座公馆，如今他抛弃一切，却不离开莫斯科，而隐姓埋名留在城里。

他们一起来到街上，夜已深了。夜晚温暖而明亮。房子左边，在彼得罗夫卡街升起了莫斯科第一把大火。右边空中高悬着一钩新月，月亮对面是那颗同皮埃尔心中的爱情有联系的明亮的彗星。大门口站着盖拉西姆、厨娘和两个法国人。听得见他们的笑声和两种彼此都听不懂的语言的对话。他们望着城里的火光。

在一座大城市里，远处的火灾并不使人感到可怕。

皮埃尔望着高高的星空、月亮、星和火光，心里感到欣慰。“哦，多么好哇！我还有什么要求呢？！”他想。他突然想到自己的图谋，头脑一阵晕眩，同时感到恶心。他慌忙靠住墙，免得跌倒。

皮埃尔没有跟他的新朋友告别，蹒跚走进大门，回到自己屋里，在沙发上躺下，立刻睡着了。

30

逃难的莫斯科居民和撤退的军队从不同的道路，怀着不同的心情，遥望着九月二日燃起的第一把大火的红光。

那天晚上，罗斯托夫家的车队停在离莫斯科二十俄里的梅基希村。九月一日，他们动身太晚，道路已被车辆和军队阻塞，他们又忘记这个忘记那个，几次派人去取，因此那天决定在离莫斯科五俄里处过夜。第二天早晨出发也很晚，中途又停了好多次，结果只到达大梅基希村，当晚十时，罗斯托夫一家和跟他们同行的伤员分宿在这个大村庄的几个大户和农民家里。罗斯托夫家的仆人、车夫和伤员的勤务兵伺候好主人，吃过晚饭，喂了马，走到台阶上。

隔壁农舍里躺着拉耶夫斯基负伤的副官。副官腕骨折断，疼痛难当，不断呻吟。呻吟声在黑暗的秋夜听来特别惊心动魄。第一夜，这个副官跟罗斯托夫家住在同一个院子里。伯爵夫人说，她因为呻吟声一夜没有合眼。因此到了梅基希村，她住到一户贫困的农家，以便离这个伤员远一点。

一个仆人在黑暗中看见停在门外的高轿车上方另外有一处不大的火光。有一处火光早就看得见了，大家都知道火灾在小梅基希村，是马蒙诺夫哥萨克放的火。

“弟兄们，这是另一处地方着火了。”勤务兵说。

大家都注视着火光。

“据说，小梅基希村是马蒙诺夫哥萨克放的火。”

“是他们干的！不，这不是梅基希村，还要远一点。”

“瞧，就是在莫斯科。”

有两个仆人走下台阶，来到马车另一边，坐在踏脚上。

“这要偏左一点！瞧，梅基希村在那边，这是另一个方向。”

有几个人来到他们那里。

“瞧，烧得多旺！”一个人说，“诸位，这火在莫斯科：不是在苏歇夫街，就是在罗戈日街。”

谁也没有理睬他的话。大家都默默地望着远处另一处大火的火焰，望了好半天。

伯爵的老跟班丹尼洛走到人群前，对米施卡吆喝道：

“你什么没见过，傻瓜……伯爵问起来，一个人也没有；快去把衣服收拾好。”

“我只是跑去拿点水。”米施卡说。

“您看怎么样，丹尼洛，这火是不是在莫斯科？”一个跟班问。

丹尼洛什么也没回答，大家又好一阵不作声。火光越来越大，蔓延到越来越远的地方。

“上帝保佑！……又刮风，又干燥……”又有一个人说。

“瞧吧，烧成什么样子啦！主哇！连寒鸦都看得见了。主哇，饶恕我们这些罪人吧！”

“多半能扑灭的。”

“谁来扑灭？”一直沉默着的丹尼洛问。他的声音镇定沉着，从容不迫。“是莫斯科，弟兄们，”他说，“是这位洁白的母亲……”他的声音戛然中断，接着响起一阵老年人的呜咽。大家仿佛就是在等待这个说明，以便理解这火光是怎么一回事。传出了一片叹息声、祷告声和伯爵老跟班的啜泣声。

31

跟班回到屋里，向伯爵报告说，莫斯科着火了。伯爵穿上睡袍，出去观看。跟他一起出去的还有尚未脱衣服的宋尼雅和肖斯夫人。娜塔莎和伯爵夫人留在屋里。彼嘉已离开家人，随团去圣三一修道院[1]。

伯爵夫人听到莫斯科火烧的消息哭了。娜塔莎脸色苍白，眼睛呆滞，坐在圣像下的凳子上（她一到就坐在那里），根本没注意父亲的话。她倾听着隔开三个屋子都能听到的副官的不停呻吟。

“哦，太可怕了！”宋尼雅从外面回来，身子冻僵，心里害怕，说。“我想，整个莫斯科都着火了，火光真吓人！娜塔莎，你来看看，从窗口这里看得见。”宋尼雅对表妹说，显然想转移她的注意力。但娜塔莎对她瞧瞧，仿佛没听懂她的话，眼睛又盯住炉炕的一角。今天早晨，宋尼雅不知怎的觉得应该告诉娜塔莎，安德烈公爵负伤了，现在就在他们的车队里。这事使伯爵夫人又惊讶又气愤，而娜塔莎从那时起就变得呆若木鸡。伯爵夫人生宋尼雅的气，这在她是很少有的。宋尼雅哭了，要求宽恕，现

1 圣三一修道院离莫斯科66俄里。

在为了补过，就不断安慰表妹。

“你瞧，娜塔莎，烧得多可怕！”宋尼雅说。

“烧什么？”娜塔莎问，“哦，是的，莫斯科。”

为了不让宋尼雅伤心并摆脱她，娜塔莎把头凑近窗口，茫然望了望，却什么也没看见，又坐回原处。

“你没看见吗？”

“看见了，我真的看见了！”她说，语气仿佛要求别来打扰她。

伯爵夫人和宋尼雅都明白，莫斯科也好，莫斯科大火也好，对于娜塔莎都毫不相干。

伯爵又回到里屋躺下。伯爵夫人走到娜塔莎身边，用手背摸摸她的头，就像往常女儿生病时那样，然后又用嘴唇触触她的前额，仿佛要知道她有没有发烧，接着又吻了吻她。

“你着凉了。你身子在发抖。最好还是躺下。”她对娜塔莎说。

“躺下？好的，我躺下。我这就躺下。”娜塔莎说。

那天早晨，自从娜塔莎听说安德烈公爵负重伤，现在跟他们一家同行后，她起初只是一再问。他要去什么地方？他伤得怎样？有没有生命危险？她可以见他吗？但他们对她说，她不能见他，他伤得很重，但没有生命危险，她显然不相信这些话，不过她认定，不论她问多少遍，得到的都是同样的回答，也就不再问什么，说什么。一路上娜塔莎睁着一双大眼睛（伯爵夫人知道并害怕这种眼神），一动不动地坐在马车角落里，现在又带着同样的神情坐在凳子上。她在考虑问题，她在作决定，或者已作了决定。伯爵夫人知道这一点，但究竟作了什么决定，她不知道。这一点使她害怕，也使她苦恼。

“娜塔莎，脱衣服，宝贝，躺到我床上来。”（只有伯爵夫人一人躺在床上；肖斯夫人和两个姑娘照例都躺在铺干草的地上。）

“不，妈妈，我睡这里，睡地板。”娜塔莎生气地说，走到窗前，开了窗。副官的呻吟从打开的窗口听得格外清楚。她把头伸到潮湿的夜空。伯爵夫人看见，她哭得那瘦肩膀不断抖动，不断碰到窗框。娜塔莎知道，呻吟的不是安德烈公爵。她知道安德烈公爵躺在跟他们同一个院子里，躺在过道那边的小房子里。但这可怕的不停呻吟使她哭起来。伯爵夫人同宋尼雅交换了个眼色。

“睡吧，宝贝，睡吧，我的心肝！”伯爵夫人说，一只手轻轻地拍拍娜塔莎的肩膀，“喂，睡吧。”

“哦，好的……我马上就睡，马上就睡。”娜塔莎说，连忙脱下衣服，解开裙带。她脱下连衣裙，穿上短袄，盘腿坐在地铺上，把又短又细的发辫甩到前面，重新编过。她那细长的手指熟练地把辫子迅速解开，利落地重新编好。娜塔莎的头习惯地从这边转到那边，但那双眼睛却狂热地圆睁着，直勾勾地望着前面。她穿好睡衣，在近门的草铺上轻轻躺下。

“娜塔莎，你睡中间。”宋尼雅说。

“不，我睡这儿。”娜塔莎说。“您也躺下。”她烦躁地说，接着就把脸埋在枕头里。

伯爵夫人、肖斯夫人和宋尼雅连忙脱了衣服睡下。屋子里只剩下一盏神灯。但户外被两俄里外小梅基希村的大火映得很明亮，从被马蒙诺夫哥萨克砸毁的酒店里，从大街小巷传来老百姓喝醉酒的喧嚷，同时听得见副官不断的呻吟。

娜塔莎久久地听着里里外外的声音，一动不动。她先是听见母亲的祷告声和叹息声、她身子下面床板的吱咯声、肖斯夫人熟识的鼾声、宋尼雅均匀的呼吸声。后来伯爵夫人喊了一声娜塔莎，但娜塔莎没有理她。

“她大概睡着了，妈妈。”宋尼雅低声回答。伯爵夫人沉默了一会儿，又喊了一声，但没有人答应。

不多一会儿，娜塔莎听见母亲均匀的呼吸声。娜塔莎一动不动，虽然她一只光着的小脚露在被子外面，在地板上冻僵了。

一只蟋蟀在墙缝里叫起来，仿佛在唱着战胜一切的凯歌。一只公鸡在远处啼叫，附近几只立刻响应。酒店里的喧哗已经停止，只听到副官的呻吟。娜塔莎坐了起来。

“宋尼雅！你睡了吗？妈妈！”她低声叫道。谁也没有回答她。娜塔莎小心翼翼地慢慢站起来，画了十字，她那娇小柔嫩的光脚留神地踩在肮脏的冷地板上。地板吱咯响了一声。她迅速地迈开步子，像小猫一般跑了几步，抓住冰凉的门把手。

她觉得有一个重物均匀地敲打着四面的墙壁。原来是她那颗破碎的心因为恐惧、紧张和爱情在猛烈跳动。

她打开门，跨过门槛，踏到寒冷潮湿的门廊泥地上。一股寒气使她神清气爽。她的光脚碰到一个睡着的人，她跨过那人的身子，打开安德烈公爵躺着的小房子的门。小房子里很暗。后面屋角里放着一张床，床上躺着一个人，凳子上点着一支很粗的蜡烛。

娜塔莎自从早晨得知安德烈公爵负伤并且同他们在一起，就决心要见见他。她不知道为什么要见见他，她知道见面将是痛苦的，不过她一定要见他。

整整一天她心里只存着一个希望，但愿夜里能见到他。但现在到了时候，她却又因要看见他而感到恐惧。他伤得怎么样？他还剩下什么？他是不是同那个不断呻吟的副官一样？是的，他就是这样。在她的想象中，他就是这种可怕呻吟的化身。她看见屋角有一团模糊不清的东西，并把被子下竖起的膝盖当作他的肩膀，她把他的身体想象得非常可怕，以致吓得站住了。但有一种无法克制的力量把她往前推。她小心翼翼，一步一步往前走着，走到堆满东西的小农舍中央。屋子里，在圣像下的长凳上躺着另一个人（那是基莫兴），地板上躺着另外两个人（那是医生和跟班）。

跟班坐起来，低声说着什么。基莫兴腿伤痛得厉害，没有睡着，睁大眼睛瞧着身穿白衬衣、睡袄，头戴睡帽的奇怪姑娘。跟班睡意蒙眬，恐惧地问：“您要什么？有什么事？”这就使娜塔莎更快地走近有一个人躺着的角落。不管这人的身体多么不像人，她一定要见他。她从跟班身边走过，点着的蜡烛倒下来，她清楚地看到安德烈公爵双手伸在被子外，他的模样同平时见到的一样。

他的模样同平时一样，但他那发烧的脸色、兴奋地凝视着她的亮晶晶眼睛，尤其是他那从衬衫翻领里露出来的孩子般柔嫩的脖子，使他显得特别天真无邪。这模样她在安德烈公爵身上可从没见过。她走到他跟前，敏捷而利索地跪下来。

他微微一笑，伸给她一只手。

32

自从安德烈公爵在鲍罗金诺急救站恢复知觉以来，已经过去七天。在此期间，他几乎经常处于昏迷状态。据同行的医生说，高烧和受伤肠子的炎症准会使他丧命。但在第七天，他津津有味地吃了一块面包，喝了一点茶，医生发现他的热度降下来。那天早晨，他恢复了知觉。离开莫斯科后的第一夜，天气相当暖和，安德烈公爵就留在马车里过夜；但到了梅基希村，伤员自己要求把他抬下车，给他喝点茶。抬进屋子时引起的剧痛使安德烈公爵大声呻吟，他又失去了知觉。他被抬到行军床后，闭着眼睛一动不动地躺了好久。后来他睁开眼睛，低声问："茶呢？"他记起生活中这样的小事，使医生惊讶。他按了按脉，发现脉搏好转，感到又惊奇又不满。医生发现这一点感到不满，因为他凭经验断定，安德烈公爵不可能再活下去，如果他现在不死，过一阵死就会更加痛苦。安德烈公爵团里的红鼻子少校基莫兴也在鲍罗金诺战役中腿部负伤。他们在莫斯科会合，被一起运走。跟他们同行的还有医生、公爵的跟班、他的马车夫和两名勤务兵。

他们给安德烈公爵送来了茶。他大口大口地喝着茶。用发烧的眼睛望着房门，似乎竭力要弄明白什么并想起什么来。

“不要了。基莫兴在这里吗？”他问。基莫兴从凳子上爬到他跟前。

“我在这里，大人。”

“伤得怎么样？”

“我吗？没什么。您好些吗？”

安德烈公爵又沉思起来，仿佛想起什么事。

“书弄得到吗？”他问。

“什么书？”

“《福音书》！我没有这书。”

医生答应替他找一本，并问他觉得怎么样。安德烈公爵勉强而冷静地回答医生各项问题，然后说他要在身下放一个垫子，因为他觉得难过，伤口痛得厉害。医生和跟班揭开他身上盖着的军大衣，闻到伤口腐烂的恶臭，皱起眉头，察看那可怕的地方。医生对原来的包扎很不满意，换了绷带，把伤员翻过身来，使他痛得又呻吟起来，失去了知觉，并说胡话。他不断要求把《福音书》拿来，放在他的身子底下。

“这费你们什么事呢！”他说。“我没有这书，你们去拿来，在我身边放一会儿。”他可怜巴巴地说。

医生走到门廊里洗手。

“哼，你们这些没有心肝的家伙！”医生责备给他倒水淋手的跟班说，“我只不过稍一疏忽，你们就让他压住伤口睡。这是非常痛的，我真不知道他怎么受得了。”

“耶稣基督在上，我们好像是垫过的。”跟班说。

安德烈公爵第一次明白他在什么地方，发生了什么事，并记起他负了伤，怎样负的伤，以及马车停在梅基希村时，他要求把他抬进小屋的情景。他又痛得昏迷过去，后来在小屋里喝了茶，又恢复了知觉。他又回想起他所遭遇的一切，尤其清楚地记起急救站里的情景。当时看到一个他所不喜欢的人的痛苦，他又产生了新的幸福的念头。这念头虽然模模糊糊，如今却充溢他的心灵。他记起现在他有了新的幸福，而这幸福是同《福音书》联系在一起的，所以他要一本《福音书》。但他们让他压住伤口睡的不良姿势和重新将他翻身使他又失去知觉。他第三次清醒，已是夜深人静。周围的人都睡着了。一只蟋蟀在门廊外面鸣叫，街上有人叫嚷和唱歌，蟑螂在桌上和圣像上沙沙爬动，一只秋天的大苍蝇在他床头和旁边的大蜡烛周围飞舞。

他的精神有点失常。一个健康人通常能同时思想、感觉和回忆许多事情，不过他有能力选择一路思想或现象，并把注意力集中在上面。一个健康人能从沉思默想中醒悟过来，对进来的人打个招呼，然后又回到原来的思路上。安德烈公爵的脑子在这方面有点不正常。他的思想比原来更活跃，更清醒，但不受自己意志的支配。他脑子里充满各种各样的思想和概念。有时，他的思想空前活跃、明晰和深刻，这在健康的时候是不可能的；但思维有时被一件意外的事打断，那时就再也无法回到原来的思路上来了。

“是的，在我面前展现了一种无法从人身上夺走的幸福，”他躺在宁静阴暗的小屋里想，睁大一双发热的呆滞眼睛瞪着前方，“这是一种超越物质力量、超越物质影响的幸福，一种心灵的幸福，一种爱的幸福！人人都能知道它，但认清和决定它的只有上帝。那么，上帝究竟是怎样规定这种法则的？为什么儿子……”突然思路断了，安德烈公爵听见（不知是幻觉还是真的听到）一个柔和的低语声不断反复说着“劈基—劈基—劈基”和“基—基”，接着又是“劈基—劈基—劈基”，又是“基—基”。在这片低低的乐声中，安德烈公爵觉得，在他的脸上，在脸的正中，升起一座由针和木条构成的虚无缥缈的奇怪建筑物。他觉得（虽然很难受）他必须竭力保持平衡，以免这座建筑物倒塌；但它还是倒塌了，接着又在那片匀调的音乐声中慢慢升起来。“升起来！升起来！不断升起来！”安德烈公爵自言自语着。他倾听着低语，感觉到针造的建筑物在升高，偶尔看见蜡烛周围的一圈红光，听见蟑螂的沙沙声和一只苍蝇碰撞枕头和他脸庞的嗡嗡声。每次苍蝇碰到他的脸，都给他一种烧灼的感觉；但同时他又感到惊奇，因为苍蝇撞他脸上的建筑物，却没有把它撞倒。但除此以外还有一个重要的东西。这是门口一件白色的东西，是一个狮身人面像，它也在挤压他。

“但这也许是放在桌上的我的衬衫，”安德烈公爵想，“而这是我的腿，那是门；但为什么老是升一升，老是劈基——劈基——劈基，基——基，劈基——劈基——劈基……”

“够了，停止吧，停下吧！”安德烈公爵痛苦地向谁请求道。突然他的思想和感觉又变得非常清楚和活跃。

“是的，爱，”他又十分清楚地想，“但不是那种为了什么目的、出于什么缘故而产生的爱，而是那种在我临死前第一次体验到的爱，那种面对敌人也能产生的爱。我体验到的那种爱是心灵的本质，它无须具体对象。我现在也体验到这种幸福。爱他人，爱仇敌。爱一切，爱无处不在的上帝。爱一个亲爱的人可以用人间的爱，但爱仇敌只能用上帝的爱。因此，当我觉得爱那个人的时候，我体验到了极大的欢乐。他怎么样了？他还活着吗……人间的爱可以由爱变为恨；但上帝的爱是不会变的。不论是死亡还是别的什么都不能把它消灭。它是心灵的本质。我这辈子恨过多少人。对所有的人，我都没有像对她那样爱过和恨过。”他生动地想到娜塔莎，不像以前那样只想到他所喜欢的她的娇媚可爱，而是第一次想到她的心灵。他理解她的感情、她的痛苦、羞耻和悔恨。现在他第一次懂得他拒绝她的残酷性，看到他同她决裂是多么残酷。“但愿我再有机会看到她一次。再一次看着她那双眼睛说……”

“劈基——劈基——劈基，基——基，劈基——劈基——砰！”一只苍蝇撞上来……他的注意力顿时被转到另一个现实和昏迷的世界，那里正在发生一件特别的事。在这个世界里，建筑物仍在升起而没有倒塌，仍旧有什么东西在伸展，蜡烛仍旧发出一团红晕，那个衬衫般的狮身人面像仍躺在门口；但除此以外，听到吱咯一声，有一股冷风吹进来，还有一个新的白色狮身人面像出现在门口。这个狮身人面像有他想象中的娜塔莎的苍白的脸和亮晶晶的眼睛。

“唉，这连续不断的昏迷真是痛苦！”安德烈公爵想，竭力从脑海里驱除这张脸。但这张脸却真实地出现在他面前，而且越来越近。安德烈公爵想回到原来纯属幻想的世界里去，但他无能为力，他又昏迷了。轻轻的低语匀调地继续着，有一样东西压迫着他，伸展着，一张奇怪的脸出现在他面前。安德烈公爵竭力想清醒过来；他的身子动了动，他突然耳鸣起来，眼睛发黑，他好像一个落水的人，失去知觉。当他苏醒过来时，那个有血有肉的娜塔莎，那个他最想用新近觉悟到的上帝的爱去爱的娜塔莎就跪在他面前。他明白这是活生生的真正的娜塔莎，他并不觉得惊讶，但暗暗感到高兴。娜塔莎跪在他面前，恐惧而木然（她无力活动）地望着他，克制就要爆发的恸哭。她脸色苍白，一动不动。只有下半部脸在微微颤动。

安德烈公爵轻松地舒了一口气，微微一笑，伸给她一只手。

“是您？”他说，“真是太幸福了！”

娜塔莎敏捷而小心地移动膝盖凑近他，留神地拿起他的手，弯下腰去，嘴唇轻轻地接触到他。

“原谅我！”她抬起头来低声说，眼睛盯住他，“请原谅我！”

“我爱您。”安德烈公爵说。

“原谅我……”

“原谅什么呀？”安德烈公爵问。

“原谅我所做的……事。”娜塔莎用几乎听不出的声音断断续续地说，一再轻轻地吻他的手。

“我比以前更爱你了。”安德烈公爵说，同时托起她的脸，想更清楚地看看她的眼睛。

这双眼睛，满含幸福的泪水，羞怯、同情、快乐和深情地瞧着他。娜塔莎形容憔悴苍白，嘴唇浮肿，不仅不好看，简直很可怕。但安德烈公爵没有看到这张脸，他只看到那双亮晶晶的美丽眼睛。他们后面有人在说话。

跟班彼得这时完全清醒了，便唤醒医生。基莫兴因为腿痛一直没有睡着，早就看见了眼前的情景，缩在凳子上，竭力用被单盖住自己的光身子。

“这是怎么一回事？”医生从床上坐起来，问，“请您走吧，小姐。”

这时候有人敲房门。伯爵夫人发现女儿不在，就派使女来找。

娜塔莎好像一个梦游病患者，在睡梦中被人弄醒。她离开房间，回到自己屋里，痛哭失声，倒在床上。

从那天起，在罗斯托夫一家的旅程中，每到一处休息和宿夜的地方，娜塔莎总是寸步不离负伤的安德烈。医生不得不承认，他没有想到一个姑娘能这样坚强，照顾伤员又这样熟练。

尽管伯爵夫人想到安德烈公爵可能死在女儿的怀抱里（听医生说，这是很可能的）感到不寒而栗，但她不能禁止娜塔莎这样做。虽然负伤的安德烈公爵和娜塔莎现在又很亲近，要是他恢复健康的话，两个年轻人又可能恢复婚约，但是没有人提到这一点，尤其是娜塔莎和安德烈公爵本人，因为生死未决的问题不仅存在于安德烈公爵身上，也存在于整个俄罗斯身上，在这种情况下其他问题也就顾不上了。

33

九月三日皮埃尔醒得很晚。他觉得头痛，睡觉时没有脱衣服，使他感到不舒服，心里则模糊地感到昨天做了一件可耻的事，那就是同仑巴尔大尉谈了话。

时钟指着十一点，但户外特别阴暗。皮埃尔起身擦擦眼睛，看见那支有雕花柄的手枪又被盖拉西姆放在写字台上。皮埃尔记起他在什么地方，今天他有什么事要做。

“我是不是起得太晚了？”皮埃尔想，“不，他不会在十二点前进莫斯科的。”皮埃尔没有再多考虑当前要做的事，立即行动。

他理理身上的衣服，拿起手枪，准备出去。这时他才想到他该怎样带枪上街，总不能就拿在手里。即使那件宽大的农民外衣也藏不住这支大手枪。插在腰带里或者夹在胳肢窝里，都不能藏得使人看不见。再说，手枪已去了子弹，他也来不及重装。“不要紧，用匕首也行。”皮埃尔自言自语，虽然他在考虑自己的计划时就认定，一八〇九年那个大学生的主要错误，就在于他用匕首暗杀拿破仑。不过，皮埃尔的主要目的似乎并不在于实行自己的计划，而在于加强自信：他并没有放弃自己的图谋，而是在千方百计加以实行。他连忙拿起在苏哈列夫塔楼一起买的那柄带绿鞘、有缺口的钝匕首，把它藏在背心下面。

皮埃尔在外衣上束上一条腰带，把帽子拉低，竭力不发出声音，避免遇到那个大尉，穿过走廊，来到街上。

昨天晚上他十分平静地观察过的火灾，过了一夜大大蔓延开来。莫斯科到处在燃烧。同时着火的有车市街、莫斯科河滨区、商场、厨师街、莫斯科河上的木船和陶罗戈米洛夫桥旁的木材市场。

皮埃尔穿过小巷来到厨师街，又从厨师街来到阿尔巴特街的尼古拉显灵堂。他早就决定在那里行事。大部分房子都门窗紧闭。大街小巷都不见人影。空气里充满焦味和烟气。有时可以遇到神色慌张的俄国人，也可以见到一些不像城里人并露出军人派头的法国人在大街中央走着。俄国人也好，法国人也好，他们都惊讶地瞧着皮埃尔。俄国人打量皮埃尔，除了他身体魁梧肥大，神色忧郁愁闷，还因为不明白这个人属于什么阶层。法国人惊讶地注视他，因为他不同于其他俄国人，其他俄国人都是恐惧和好奇地望着法国人，而他却根本不理睬法国人。在一座房子的大门口，有三个法国人在向不懂法语的俄国人解释什么事，他们拦住皮埃尔，问他懂不懂法语。

皮埃尔摇摇头，继续走自己的路。在一条小巷里，一个站在绿色弹药箱旁的哨兵向他吆喝。皮埃尔直到听见第二次威严的吆喝声，才明白他应该从另一边绕过去。周围的一切他没有听见，也没有看见。他怀着自己的企图，仿佛怀着什么可怕而生疏的东西，慌慌张张、提心吊胆地走去，唯恐失去这东西。但皮埃尔命里注定不能把这种心情保持到目的地。此外，即使在路上不受任何阻拦，他也不能实现他的企图，因为拿破仑四个多小时以前已从陶罗戈米洛夫门外出发，经过阿尔巴特街到达克里姆林宫，此刻正心情恶劣，坐在克里姆林宫的沙皇办公室里，发布扑灭火灾、防止抢劫和安定民心的详细的紧急命令。但皮埃尔不知道这一点；他一心考虑着当前的行动，感到痛苦，就像固执地从事力不从心的活动的人那样，他们力不从心，不是由于目标难以达到，而是由于目标同他们的个性格格不入；他怕在关键时刻下不了手，因此不相信自己。

他虽然看不见也听不见周围的一切，但凭着本能行走，在通向厨师街的众多小巷里并没有迷路。

皮埃尔越接近厨师街，烟气越浓，在那里甚至可以感觉到大火的热度。有时火舌从房子屋顶上窜出来。街上的人越来越多，人们的神色也更加紧张。不过，皮埃尔虽然觉得周围发生了什么不寻常的事，却没有意识到他正在走向火场。皮埃尔沿着一边通厨师街、另一边邻接格鲁吉亚公爵府花园的一大片空地上的小径走去，突然听见身旁发出女人绝望的哭声。他仿佛从梦中醒来，停住脚步，抬起头。

小径旁，在落满灰尘的枯草地上散乱着一堆堆生活用品：羽绒褥子、茶炊、圣像和箱子。箱子旁边，一个中年女人坐在地上，她生着龅牙，身穿黑外衣，头戴睡帽。这个女人摆动着身子，边哭边诉。两个女孩，年纪十到十二岁，身穿肮脏的短连衣裙和外衣，脸色苍白，惶惑地望着母亲。一个七八岁的男孩，身穿厚呢外衣，头戴别人的大帽子，在老保姆的怀里啼哭着。一个肮脏的赤脚使女坐在箱子上，解开浅黄色发辫，扯下烧焦的头发，拿到鼻子底下闻着。那中年女人的丈夫是个矮小的驼背，身穿文官制服，蓄着轮形的络腮胡子，帽子戴得端端正正，光滑的鬓角从帽子下露出来，脸色呆滞没有表情，正移动叠在一起的箱子，从箱子底下拉出几件衣服。

那女人一看见皮埃尔，几乎扑倒在他的脚下。

“亲人哪，正教徒呀，帮帮忙吧，救救命啊，好人哪！……哪一位帮帮忙啊！”她边哭边诉，“女儿！……小女儿！……把我的小女儿丢下了！……烧死了！……呜——呜——呜！我苦苦把你养大竟落得这样……呜——呜——呜！”

“别这样，玛丽雅！”丈夫对妻子低声说，显然是要在旁人面前替自己辩解。“一定是姐姐把她带走了，要不她会到哪儿去呢？”他添加说。

“木头！坏蛋！”女人突然停止哭泣，恶狠狠地骂起来。“你这人没有心肝，连自己的孩子都不疼。换了别人，早就从火里救出来了。他是木头，不是人，不是父亲。您是位贵人，”女人一边哭，一边急急地对皮埃尔说，“火在旁边烧起，向我们扑过来。丫头叫道：着火了！我们急忙收拾东西。我们就这样逃出来了……这就是抢出来的东西……圣像、我陪嫁的床，别的都丢了。我们拖出孩子们，可是卡嘉不见了。哦，主啊！哦——哦——哦！”她又痛哭起来。“我的孩子，我的宝贝，烧死了！烧死了！”

“那她在哪里？留在哪里？”皮埃尔问。女人从他关切的神态上看出他能帮她的忙。

“老爷！好老爷！”她抱住他的腿叫道，“恩人，您就让我放心吧……阿尼斯卡，贱货，给这位老爷领路，去！”她对使女吆喝着，怒气冲冲地张大嘴，这样就把她的长板牙暴露无遗。

“带我去，带我去……我去办。”皮埃尔连忙气喘吁吁地说。

一个肮脏的使女从箱子后面走出来，理好辫子，叹了一口气，迈开笨拙的光脚沿小径在前面领路。皮埃尔仿佛从沉重的昏睡中苏醒过来。他高高地昂起头，眼睛里焕发出生气勃勃的光彩。他快步跟着使女，走到厨师街。整条街都弥漫着浓密的黑烟。一条条火舌从黑烟中窜出来。一大群人挤在火场前面。街道当中站着一个法国将军，正对周围的人说着什么。皮埃尔在使女的伴同下向将军站着的地方走去，但被法国兵拦住。

“这里不准通行！”有人对他嚷道。

“这儿来，叔叔！”使女说，“我们可以穿小巷，通过尼古林街过去。”

皮埃尔回过身，有时跑几步才能赶上她。使女跑过一条街，向左拐进小巷，走过三座房子，向右拐进大门。

“就在这里。”使女说，接着跑过院子，打开木栅门站住，指给皮埃尔看一所熊熊燃烧的木头小厢房。木厢房的一边已经倒塌，另一边正在燃烧，火焰从窗洞里和屋顶下窜出来。

皮埃尔走进木栅门，立刻被炽热的空气包围，他不由自主地站住了。

“哪一座是你们家的房子？哪一座？”他问。

“哎哟！”使女指着厢房叫起来，“就是那一间，那一间就是我们的家。烧死了，我们的卡嘉，我们漂亮的小姐，哎哟！”阿尼斯卡一看见大火，觉得应当表示她的感情，就也哭起来。

皮埃尔冲进厢房，但热气逼人，他不由得绕着厢房兜了个圈子，来到一座大房子前面。这座房子一边屋顶已起火，旁边有一群法国兵。皮埃尔看见那些法国兵在拖着什么东西，开头不明白是怎么一回事，但后来看见前面有个法国人在用钝短刀砍一个农民，同时从农民手里抢一件狐皮大衣，皮埃尔才模糊地意识到这是抢劫，但他没有时间考虑。

爆炸声，墙壁和天花板的倒塌声，火焰的呼呼声和咝咝声，人们激动的叫嚷，时而乌黑浓密、时而光亮腾跃、夹着火星的烟云，以及有些地方像一束红色的干草、有些地方像金色鱼鳞在墙上蔓延的火焰，咄咄逼人的热气，浓烟和人们紧张的行动——这一切对皮埃尔产生火灾通常给人的影响。这一切对皮埃尔产生特别强烈的影响，因为看到这大火，皮埃尔突然觉得摆脱了沉重的思想。他觉得自己变得年轻、快乐、灵活和刚毅。他从大房子那边绕过厢房，正要跑到未倒塌的那部分屋里去，突然听到头上有几个人在呼喊，接着发出一样重东西落在身边的炸裂声。

皮埃尔抬头一看，只见房屋窗子里有几个法国兵，刚把装满金属品的五斗橱抽屉扔下来。另外几个法国兵站在下面，向抽屉走去。

“你这家伙来干什么！”一个法国兵对皮埃尔吆喝道。

“这房子里有个孩子。您没看见一个孩子吗？”皮埃尔说。

“你在说什么？滚开！”有几个人喝道。一个法国兵显然怕皮埃尔抢走他们抽屉里的银器和铜器，威胁着向他跨进一步。

“一个孩子？”有个法国兵从上面大声说，“我听见花园里有哭声。说不定就是他的孩子。我说，得讲点人道。我们大家都是人……”

“他在哪里？他在哪里？”皮埃尔问。

“这儿！这儿！”法国人从窗口对他大声说，指指房子后面的花园，“等一下，我这就来。”

过了没多久，果然有个黑眼睛、脸上有个黑痣的法国人只穿一件衬衫，从底层窗子里跳出来，拍拍皮埃尔的肩膀，同他一起跑到花园里。

“喂，你们快点儿！”他向伙伴们喊道，“火烧过来了。”

法国人跑到屋后铺沙的甬道上，拉住皮埃尔的手，指给他看一个圆形场地。长椅底下躺着一个穿粉红衣裳的三岁女孩。

“喏，那就是您的孩子。啊，是个女孩子，那就更好了。再见，胖子。我说，得讲点人道。大家都是人哪！”脸上有黑痣的法国兵向同伴那儿跑去。

皮埃尔高兴得喘不过气，跑到女孩旁边，想把她抱起来。但这个患瘰疬症、相貌像母亲的难看女孩一看见陌生人就一边叫，一边跑开去。皮埃尔将她一把抓住，抱在怀里；她却没命地狂叫，她的小手要拉开皮埃尔的手臂，她那流口水的嘴乱咬。皮埃尔感到一阵恐怖和嫌恶，就像碰到一头小动物似的。他使劲抱住她不让她挣脱，把她抱回大房子里。但原来那条路已走不通；使女阿尼斯卡已不在。皮埃尔又怜悯又嫌恶地小心抱着痛哭流涕的女孩，跑过花园，找寻别的出路。

34

皮埃尔抱着女孩绕过一些房子和小巷，跑回厨师街转角的格鲁吉亚公爵花园那里，最初他简直认不出刚才离开的地方，因为那里挤满了人，堆满了从房子里拖出来的家具杂物。除了带着东西从大火里逃出来的几家俄国人外，这里还有几个穿不同服装的法国兵。皮埃尔没去理睬他们。他匆忙找寻着那个官吏，以便把女儿交给母亲，自己再去救别人。皮埃尔觉得，他还有许多事要做，得赶快做。皮埃尔由于大火的热气和自己的奔走，这时觉得比刚才跑去救孩子时更加生气蓬勃，浑身是劲。女孩这时已安静下来，两只小手抓住皮埃尔的外衣，坐在他的手臂上，像一头小野兽似的向四周观望。皮埃尔偶尔对她望望，微微笑着。他觉得他在这张恐惧的病态小脸上看到一种天使般纯洁可爱的神情。

原来的地方已看不到那个官吏，也看不见他的妻子。皮埃尔快步在人群中间穿行，瞧着他所遇到的各种人。他不由得注意到一个格鲁吉亚或者亚美尼亚家庭，其中包括一个身穿新羊皮袄和新靴子的东方脸型的俊美老人，一个同一脸型的老妇人和一个年轻女人。皮埃尔觉得这年纪很轻的女人是个标准东方美人，她生有两条弯弯的黑眉毛，一张嫩红的美丽脸蛋，但脸上没有任何表情。她身穿阔气的缎子外套，头包鲜艳的紫色头巾，在广场上散乱的杂物和人群中间好像一棵被抛在雪地上的娇嫩的热带植物。她坐在老妇人后面的包裹上，她那双黑梅子般的眼睛覆盖着细长的睫毛，一动不动地瞧着地面。显然，她知道自己长得美，并因此提心吊胆。她的脸使皮埃尔感到惊讶。他匆匆沿着栅栏走过，几次回头看她。皮埃尔走到栅栏旁，还是没有找到他要找的人。他站住，向四周环顾。

这时皮埃尔抱着孩子的模样越来越引人注意，他的周围聚集了几个俄国男人和女人。

“先生，您是不是丢了什么人？您是位老爷，是不是？这是谁家孩子？”有人问他。

皮埃尔回答说，这是一个穿黑外套女人的孩子，她原来带着孩子坐在这地方。他问有没有人知道她是谁，她到哪儿去了。

“大概是安斐罗夫家的，”年老的助祭对一个麻脸女人说。“上帝保佑！上帝保佑！”他用习惯的低音添加说。

“怎么会是安斐罗夫家！”那个女人说，“安斐罗夫家一早就走了。她不是玛丽雅·尼古拉耶夫娜的，就是伊凡诺娃的。”

“他说是个女人，可玛丽雅·尼古拉耶夫娜是个贵夫人。”一个家奴说。

“你们认识她吗？她很瘦，牙很长。”皮埃尔说。

“那是玛丽雅·尼古拉耶夫娜。他们到花园里去了，当时那些狼窜到这里来。”她说着指指法国兵。

“哦，上帝保佑！”助祭又说。

“您往那边走，他们在那里。就是她。她伤心死了，一直在哭，”那女人又说，“就是她。往这儿走。”

但皮埃尔并没有听那女人的话。他一连几秒钟目不转睛地望着几步外发生的事。他望着亚美尼亚家庭和两个走近他们的法国兵。其中一个矮小灵活，身穿一件蓝军大衣，拦腰束着一条绳子。他头戴一顶睡帽，赤着脚。另一个使皮埃尔特别惊讶，他身体瘦长，有点驼背，头发浅黄，动作缓慢，神态像个白痴。他身穿粗呢外套、蓝裤子，脚蹬高筒皮靴。小个儿法国人光着脚，身穿蓝军大衣，走到亚美尼亚人面前，嘴里说了些什么，立刻捉住老头儿的双脚。老头儿慌忙脱下靴子。那个穿粗呢外套的法国人在亚美尼亚美人面前站住，两手插在裤袋里，一动不动，默默地瞧着她。

“抱去，把孩子抱去！”皮埃尔像命令似的对女人说，同时把女孩交给她。“你交给他们，交给他们！”他几乎对那女人吆喝道，同时把哭哭啼啼的女孩放在地上，接着又回头看看法国兵和亚美尼亚家庭。老头儿已赤脚坐在地上。小个儿法国人拉下他的另一只靴子，拿两只靴子相互拍着。老头儿一边抽噎，一边说着什么，但皮埃尔只对他瞥了一眼。他的全部注意力都集中在穿粗呢外套的法国人身上。这时，那个法国人慢慢地摇摆身子，走到年轻女人面前，两手从口袋里伸出来，抓住她的脖子。

亚美尼亚美人仍一动不动地坐在那里，垂下长长的睫毛，仿佛没看到、也没感觉到士兵对她的行为。

皮埃尔向法国人跑去的时候，那个穿粗呢外套的瘦长抢劫犯已拉下亚美尼亚年轻女人脖子上的项链，那女人双手抓住脖子尖声叫着。

“放开这女人！”皮埃尔狂怒地哑声叫着，抓住瘦长驼背法国兵的肩膀，一把将他推开。那个士兵跌下去，又爬起来跑了。但他的伙伴丢下靴子，拔出短刀，抢前一步，威胁皮埃尔。

“喂，喂，别胡来！”他嚷道。

皮埃尔气愤得忘乎所以，力气增加了十倍。他向赤脚法国兵扑去，不等那法国兵拔出短刀，已把他打倒在地，接着又用拳头打他。周围人群发出喝彩声，这时街角出现了一队法国枪骑兵。枪骑兵奔向皮埃尔和那个法国兵，把他们包围起来。皮埃尔一点也不记得后来发生的事。他只记得他打了一个人，人家打了他，最后他感到他的双手被缚住，一群法国兵站在他周围，搜他的衣服。

“中尉，他有一把刀。”这是皮埃尔听懂的第一句话。

“哦，武器！”军官说，转身对那个同皮埃尔一起被捕的赤脚法国兵说话。

“好，好，你到法庭上去招供吧！”军官说。然后他转身问皮埃尔，“你会说法语吗？”

皮埃尔用充血的眼睛朝四周看了看，没有回答。他的脸色一定很可怕，因为军官低声说了些什么，又有四名枪骑兵离开队伍，站到皮埃尔的两旁。

“你会说法语吗？”军官同他保持一定距离，又问。“叫翻译来！”行列中骑马跑出一个穿俄国便服的矮小的人。皮埃尔从他的服装和语言上立刻认出他是莫斯科一家商店的法国人。

“他不像个普通人。”翻译望望皮埃尔，说。

“哦，哦，他很像一个纵火犯，”军官说。“问问他是什么人？”他添加说。

“你是什么人？”翻译问，“你要回答长官的话。”

“我不告诉你们我是谁。我是你们的俘虏。把我带走吧！”皮埃尔忽然用法语说。

“哦，哦！”军官皱着眉头说，“开步走！”

人群围住枪骑兵。离皮埃尔最近的是那个抱着女孩的麻脸女人；等枪骑兵一走开，她就走到前面。

“他们这是要把你带到哪儿去啊，我的好人？”她说。“女孩，这女孩，叫我把她往哪儿送，如果她不是他们的孩子！”麻脸女人说。

“她想干什么？”军官问。

皮埃尔好像喝醉了酒。他一看见他救出的女孩，更加兴奋。

“她想干什么吗？”皮埃尔说。“她抱的是我的女儿，是我从大火中救出来的，”他说。“再见！”他自己也不知道怎么会脱口说出这句没有目的的谎话来，接着就雄赳赳地在法国兵中间大踏步走去。

这队法国枪骑兵是奉杜洛奈[1]命令巡逻莫斯科街道的巡逻队之一，目的是要制止抢劫，尤其是要拘捕纵火犯，因为根据法国高级官员当天发表的意见，他们是引起火灾的原因。巡逻队经过几条街，又逮捕了五名俄国嫌疑犯、一个小商人、两个神学院学生、一个农民、一个家奴和几名抢劫犯。但所有的嫌疑犯中嫌疑最大的是皮埃尔。全体人犯被带到祖波夫堡一座权充拘留所的大房子里，而皮埃尔则被严格地单独监禁。

1 杜洛奈（1771—1849），法军占领莫斯科期间的驻防军司令。

读客

读客三个圈经典文库

经典就读三个圈　导读解读样样全

战争与和平Ⅳ

[俄]列夫·托尔斯泰 著
草婴 译

读客三个圈经典文库

经典就读三个圈　导读解读样样全

江苏凤凰文艺出版社
JIANGSU PHOENIX LITERATURE AND ART PUBLISHING

目 录

第四卷

第一部

1

这时，在彼得堡最上层，鲁勉采夫派、亲法派、玛丽雅太后派、皇太子派和其他各派，正进行着更加钩心斗角的活动，而宫廷帮闲照例在旁搬弄是非。但平静奢侈、靠幻想过日子的彼得堡生活依然如故；由于过着这样的生活，要认识俄国人民面临的危险和所处的困境，就非花力气不可。皇帝照样上朝，舞会照样举行，法国剧院照样演出，朝廷的兴趣一如往日，争权夺利和耍弄阴谋依然如故。只有在最上层，有人竭力提醒当前的困境。人们窃窃私语，处境如此困难，两位皇后[1]却各行其是。玛丽雅太后只关心她所庇护的慈善机关和教养机关，传旨把这些机关迁到喀山，其中设备都已包装妥当。人们向伊丽莎白皇后请示，她出于俄国人的爱国热情回答说，她无权过问政府机关，因为那是皇上的事，至于她本人，将最后一个撤离彼得堡。

八月二十六日，就是鲍罗金诺会战那一天，安娜·舍勒家照常举行晚会，而晚会最精彩的节目则是朗诵主教大人把圣谢尔基神像献给皇上时写的那封信。这封信被看作教会爱国辞令的典

1 一位是保罗皇帝的寡妇玛丽雅皇太后，另一位是亚历山大一世的妻子伊丽莎白皇后。

范，它将由以朗诵技巧著称的华西里公爵亲自朗诵（他常在皇后面前朗诵）。他的朗诵技巧在于嗓门洪亮，声音悦耳，有时慷慨激昂，有时如泣如诉。至于什么地方慷慨激昂，什么地方如泣如诉，完全是随心所欲，没有定规。这次朗诵，也像安娜·舍勒家所有的晚会一样，具有政治意义。那天晚会将有几位重要人物参加，安娜·舍勒要他们因去法国剧院一事感到羞耻，从而激发他们的爱国热情。客人已到了不少，但安娜·舍勒还没在客厅里见到所有要见的人，因此朗诵还没有开始，人们都在随便闲聊。

彼得堡当天的新闻是海伦伯爵夫人害病。几天前她突然生病，错过几次她能增光的集会。据说她不接见任何人，并且不找那几个向来替她治病的彼得堡名医，而请教一位用新的特殊疗法替她治病的意大利医生。

大家都知道，美丽的伯爵夫人的病，起因于不便同时嫁两个男人，而意大利人的疗法就是要排除这种障碍。但当着安娜·舍勒的面，不仅没有人敢这样想，而且没有人流露出知道这事的样子。

“据说可怜的伯爵夫人病得很重。医生说是心绞痛。”

“心绞痛吗？哦，这是一种可怕的病！”

“据说两个情敌因她的病和好了。”

大家都兴致勃勃地反复说着心绞痛这个名词。

“据说老伯爵很伤心。医生宣布这病很危险，他就哭得像个孩子。”

“哦，这可是个重大损失。她实在是个迷人的女人。”

“您是说那位可怜的伯爵夫人吗……”安娜·舍勒走过来说，“我派人去打听了她的病情。回话说，她稍微好些了。她无疑是天下最迷人的女人。”安娜·舍勒为自己的热情露出微笑。“我们属于不同的阵营，但这并不妨碍我对她应有的敬意。她太不幸了！”

一个冒失的年轻人认为安娜·舍勒是用这话轻轻揭开伯爵夫人害病的内幕，就大胆地表示惊讶，为什么不延请名医治疗，而去请教一个可能采用危险疗法的江湖郎中。

“您也许比我消息灵通，”安娜·舍勒突然刻薄地攻击初出茅庐的年轻人，“但我从可靠方面得知，这位医生医道高明，学问渊博。他是西班牙皇后的御医。”安娜·舍勒就这样驳倒了年轻人，转身走向比利平所在的另一个圈子。比利平正在谈论奥国人，他皱紧眉头，显然准备再舒展开来，说出一句俏皮话。

“我觉得那挺有意思！”他说到一个外交文件，这个文件是和被彼得堡方面称为彼得堡英雄的维特根施泰因所缴获的奥国旗帜一起送往维也纳的。[1]

“什么，您说什么？”安娜·舍勒对他说，让大家静下来听她已知道的那句俏皮话。

于是比利平复述了一遍由他起草的文件原文：

“皇帝送还奥国旗帜，”比利平说，“这些友好的迷途旗帜是在正道之外找到的。”比利平说完舒展开眉头。

“妙极了，妙极了！”华西里公爵说。

“也许是那条通华沙的路吧！”伊波利特公爵突然大声说。大家都向他回过头去，不明白他说这话是什么意思。伊波利特公爵也又惊又喜地向周围扫视了一下。他也跟别人一样，不明白自己说这话的意思。在他的外交生涯中他多次注意到，有时突然插进一句话往往显得很俏皮，因此一有机会就信口开河。“说不定效果很好，”他想，“即使不好，也无伤大雅。”果然，在一片令人难堪的沉默中，安娜·舍勒所期待的那个不够爱国的人走了进来。她笑眯眯地举起一只手指警告伊波利特，同时请华西里公

1 指克利亚斯提策城下之战，在这次战斗中维特根施泰因打败了前不久建立的俄奥联军。

爵到桌子前面来，拿给他两支蜡烛和一份稿子，请他朗诵。大家都不作声。

“至圣至尊的皇帝陛下！”华西里公爵庄严地朗诵道，接着扫视了一下听众，似乎要看看有没有异议。没有人吭声。“古都莫斯科，新的耶路撒冷，接待**它的**基督吧，”他读到**它的**两字突然加重语气。“就像母亲拥抱她热情的儿子那样，并通过冉冉升起的迷雾，预见到你的国度的赫赫荣光，欢天喜地地歌颂：‘和撒纳，荣耀归于我主！’”华西里公爵如泣如诉地念了最后这句话。

比利平察看着自己的指甲，许多人显然都有点害怕，仿佛在问，他们犯了什么罪？安娜·舍勒像老太婆念祷文那样，预先说出下面的字句：“让大胆无礼的歌利亚[1]……”

华西里公爵继续念道：

“让大胆无礼的歌利亚把死亡的恐怖从法国边境带到俄罗斯土地上吧；谦逊的信仰，俄国大卫的机弦，将痛击他那嗜血的骄傲头颅。今将此圣谢尔基神像，古代热情保卫我国福利的战士，敬献给皇帝陛下。我因体力衰弱未能亲自觐见圣颜，深感遗憾。我热烈祷告上苍，愿万能的主颂扬正义之民族，以遂陛下圣愿。”

“字句多么有力！风格多么优美！”大家异口同声地赞美作者和朗诵者。安娜·舍勒的客人们受到这封信的鼓舞，长久地谈论着国家大事，对最近即将发生的战斗结果作出各种猜测。

“你们就能看到，”安娜·舍勒说，“明天是皇上圣诞，我们一定会得到好消息。我有这样的预感。”

1 迦特人歌利亚是非利士人的勇士，他头戴铜盔，身穿铠甲，勇猛无敌，后被大卫用机弦甩石打死。事见《旧约全书·撒母耳记上》第十七章。

2

安娜·舍勒的预感果然应验了。第二天，宫廷为庆祝皇帝圣诞而祈祷时，伏尔康斯基公爵被叫出教堂，接受库图佐夫公爵的文件。这是库图佐夫在塔塔利诺瓦战斗当天写来的报告。库图佐夫写道，俄军没有后退一步，法军损失远比俄军惨重，他从战场上匆匆报告，来不及收集最后情报。总之，这是一场胜利。人们还没离开教堂，就立即为造物主庇佑这次胜利作感恩礼拜。

安娜·舍勒的预感应验了。整个早晨，全城弥漫着节日的欢乐气氛。大家都认为这是一次大胜利，有人甚至说拿破仑已被俘并被废黜，法国已选出新元首。

在远离战场的宫廷环境里，要充分反映全面情况是极其困难的。一般事件往往不知不觉集中表现在一件具体的事情上。譬如，现在朝臣们的欢乐，一方面是由于我们的胜利，另一方面是由于捷报传来正逢皇帝圣诞。这真是喜上加喜。库图佐夫的报告也提到俄军的伤亡，其中包括杜契科夫、巴格拉基昂和库塔伊索夫。在彼得堡上层社会，俄军伤亡的悲痛就集中在库塔伊索夫阵亡这件事上。大家都认识他，皇帝喜欢他，他年轻，讨人喜欢。那天大家一见面就说：

“真是想不到。就在祈祷的时候。库塔伊索夫的牺牲真是一大损失！唉，真可惜！”

“库图佐夫嘛，我对你们怎么说的？”这时华西里公爵带着预言者的骄傲神气说，“我一向说，唯有他能打败拿破仑。”

但第二天没有接到前线的消息，大家都感到忐忑不安。皇帝因此心情烦闷，朝臣们也忧心忡忡。

“皇帝处境真难哪！”朝臣们说，不像前天那样称赞库图佐夫，却指责他弄得皇帝焦虑不安。那天华西里公爵不再颂扬他的偶像库图佐夫，而在谈到总司令时不吭一声。除此以外，这天傍晚仿佛事事都有意使彼得堡居民惊惶不安，包括一个可怕的消息：海伦伯爵夫人突然去世，害的是一种人们津津乐道的可怕疾病。在大庭广众中，大家都说海伦伯爵夫人死于心绞痛，但在熟人之间却流传着详细的情节：西班牙皇后的御医给海伦开了一种药，这种药只能小剂量服用；但海伦一面受老公爵猜疑，一面写信给丈夫（那个倒霉的浪子皮埃尔），却得不到丈夫的回信，她内心苦闷，就服了大量这种药，结果来不及抢救，在痛苦中死去了。据说华西里公爵和老伯爵向意大利人问罪，意大利人拿出不幸的死者写的一叠信，他们就立刻罢休。

大家谈论的无非是三件令人伤心的事：皇帝不明形势，库塔伊索夫阵亡和海伦猝死。

接到库图佐夫报告后第三天，有一个地主从莫斯科来到彼得堡。于是法军占领莫斯科的消息就传遍全城。真是骇人听闻！皇帝处境太困难了！库图佐夫是卖国贼。华西里公爵在人家前来吊唁他女儿时，谈到先前受他颂扬的库图佐夫，说对一个放荡的瞎眼老头还能指望什么呢。他忘记了自己说过的话，但这在悲痛的时刻是情有可原的。

“我真弄不懂，怎么能把俄国的命运交托给这样一个人。”

这个消息不是来自官方，还可以怀疑，但第二天拉斯托普庆伯爵送来下述报告：

“库图佐夫公爵的副官给我送来一封信，要我派警官护送军队上梁赞大道。他说，放弃莫斯科，他深感遗憾。陛下！库图佐夫的所作所为决定着京城和您的帝国的命运。莫斯科是俄罗斯精华荟萃之地，埋葬着历代先帝遗骨，一旦失守，将震惊全国。我将随军行动。我已撤出全部物资。我为祖国的命运痛哭。”

皇帝接到这份报告，就派伏尔康斯基公爵给库图佐夫送去下面的诏书：

“库图佐夫公爵！从八月二十九日起我就没有收到过您的来文。但九月一日我从雅罗斯拉夫尔方面接到莫斯科卫戍司令送来的不幸消息，说您决定撤退军队，放弃莫斯科。您可以想象这一消息对我的影响，而您的沉默更增加我的惊异。今派侍从长官伏尔康斯基公爵送去此诏书，向您了解军情，以及您作出如此可悲决定的理由。”

3

莫斯科失守后九天，库图佐夫派专使送来放弃莫斯科的正式消息。这个专使是法国人米肖，他不懂俄语，自称身为外国人，却有一颗俄国心。

皇帝立刻在石岛皇宫办公室接见专使。米肖战前从未到过莫斯科，又不懂俄语，但当他觐见至圣至尊的皇帝，报告火光照亮他道路的莫斯科大火时，还是深为感动。

虽然米肖先生悲痛的原因同俄国人民悲痛的原因不同，但当他被引进皇帝办公室时还是一副愁眉苦脸的样子，以致皇帝一见他就问：

“你给我带来什么消息？是不是坏消息，上校？”

“消息很坏，”米肖垂下眼睛，叹了口气回答，“莫斯科失守了。”

“难道我的古都不战就被放弃了？”皇帝勃然大怒，急急地问。

米肖毕恭毕敬地转达了库图佐夫要他禀报的话，就是莫斯科城下无法战斗，因此只能选择一条路：要么同时牺牲军队和莫斯科，要么放弃莫斯科，而总司令只能选择后者。

皇帝眼睛不看米肖，默默地听着。

“敌人进城了？”他问。

“是的，陛下，现在全城已变成一片火海。我走的时候烈火熊熊。”米肖断然说，接着看了皇帝一眼，不禁大吃一惊。皇帝呼吸急促，下唇哆嗦，那双好看的蓝眼睛顿时热泪盈眶。

但这只是一刹那的事。皇帝突然皱起眉头，仿佛在责备自己的软弱。他抬起头，语气坚决地对米肖说：

“上校，我从各方面看出，我们遭受重大牺牲是出于上帝的意旨……我决心顺从。但是米肖，请您告诉我，您来时，我们那不经一战就放弃古都的军队情况怎样？您有没有发现士气低落了？”

米肖看到至圣至尊的皇帝镇静下来，他也跟着镇静下来了，但对皇帝直率的重要问题必须作出明确的回答，而他却还没考虑好答案。

“陛下，您准许我像一个忠心的军人那样说实话吗？”他这样说，想赢得一点时间。

“上校，我向来这样要求……”皇帝说，“什么事也不要瞒我，我要知道全部真相。”

“陛下！”米肖已准备好一个又轻松又恭敬的俏皮回答，嘴角挂着一丝微笑说，“我离开军队的时候，上自司令，下至列兵，个个惊恐万状……”

“怎么会这样？”皇帝严厉地皱了皱眉，插嘴说，“我们俄国军队遇到失利会丧失士气吗？……绝对不会！”

米肖只等皇帝说出这句话，以便卖弄他的俏皮话。

“陛下，”他带着恭敬的戏谑神气说，“他们唯恐陛下心肠太软而缔结和约。他们急于战斗，”这位俄国人民的全权代表说，“不惜牺牲生命向陛下表忠心……”

“啊！”皇帝拍拍米肖的肩膀，眼睛里露出亲切的光芒，平静地说，“上校，您使我放心了。”

皇帝垂下头，沉默了一会儿。

“好，现在您回军队去吧！”他挺直身子，做了一个庄重而和蔼的手势对米肖说，“不论您到哪里，都要告诉我的勇士们，告诉我的全体臣民，即使不剩一兵一卒，我也将亲自率领我亲爱的贵族和善良的农民进行战斗，并不惜耗尽最后一分国力。我们的力量比我们敌人想象的要强大……”皇帝越说越激动。“但如果天意注定，”他抬起他那双满怀激情的明亮俊美的眼睛望着天空说，“我们的朝代将在我这一代结束，我也将竭尽所能，让我的胡子长到这里，”皇帝在胸口比画了一下，“同幸存的农民一起啃土豆，也决不签订丧权辱国的条约，因为我珍惜黎民百姓所作的牺牲……”皇帝声音激动地说完这话，突然转过身，仿佛不愿让米肖看到他盈眶的热泪，向办公室尽头走去。他在那里站了不多一会儿，大步回到米肖身边，用力握住他的下臂。皇帝和蔼的俊美的脸涨红了，眼睛里闪耀着坚决和愤怒的光芒。

“米肖上校，不要忘记此时此地我对您说的话，也许有朝一日我们会快乐地想起这件事……或者是拿破仑，或者是我，”皇帝拍拍胸脯说，“我们两人不共戴天。现在我可认识他了，他再也骗不了我了……”皇帝皱起眉头不再作声。米肖这个身为外国人，却有一颗俄国心的人，在这庄严的时刻，听了这些话，看见皇帝眼睛里的坚决神情，深受感动（他后来这么说），就用下面的话来表达他自己的也是俄国人民的感情，因为他自认为有权代表俄国人民。

“陛下！”他说，“陛下现在保证了民族的荣誉和欧洲的得救！”

皇帝点点头，让米肖离开。

4

当时俄国国土一半沦陷，莫斯科居民逃到边远省份，民团一批批奋起保卫祖国，我们这些后代子孙自然会认为，当时举国上下都不惜自我牺牲，一心救国，并为祖国的沦陷而失声痛哭。有关那个时代的记载，都毫无例外地谈到俄国人的自我牺牲精神、爱国热情、绝望、悲哀和勇敢。其实并非如此。我们之所以这样想，因为我们只看到历史的共同利益，而没有看到个人的具体利益。其实个人的具体利益远远超过共同利益，使人忽略共同的利益。当时多数人并不关心国家大事，而只顾眼前个人利益。他们就是当时很有影响的活动家。

至于那些试图了解局势、愿意自我牺牲、敢于参与国家大事的人，其实都是些最无用的社会成员。他们看事情总是颠三倒四，他们想做点有益的事，结果总是徒劳无功，例如皮埃尔和马蒙诺夫供养的一再抢劫俄国乡村的那几个团，又如太太小姐们撕扯的那些裹伤用棉线团永远到不了伤员那里，等等。就连那些卖弄聪明、发泄感情的人谈到当时俄国局势，也往往装腔作势，信口开河，或者对一些无辜的人横加责难和表示愤恨。在历史事件中，禁食分别善恶树果子[1]的戒律尤其明显。无意识的行动往往会产生结果，而历史事件中的著名人物决不会了解它的意义。即使他想了解，也不会有什么结果。

越是直接参与俄国当时所发生事件的人越不明白它的意义。在彼得堡和远离莫斯科的外省城市，太太小姐和穿民团制服的男子都为俄国的命运和古都的沦陷失声痛哭，作了决心自我牺牲等等表示；但撤离莫斯科的军队几乎不想也不谈莫斯科，目睹城里的大火，却没有人发誓要向法国人复仇，他们想的只是今后四个月的饷银和下一站宿营地，想到随军女商贩玛特廖什卡之类的事……

尼古拉·罗斯托夫长期参加卫国战争并非出于自我牺牲精神，而纯属偶然，因为战争发生时他正在服役。因此，他对俄国当时发生的事并不失望，也没有作出消极的论断。要是问他对俄国局势有什么想法，他会说，那不是他的事，那是库图佐夫等人的事，但他听说部队要补充人员，仗还要打很久，照这样下去，他不难在一两年内升任团长。

他有这种想法，因此当他奉命到沃罗涅日为部队补充马匹，不能参加即将发生的战斗时，他不仅不难过，而且十分高兴。这种心情他不加掩饰，同事们也知道得清清楚楚。

在鲍罗金诺会战前几天，尼古拉领到差旅费和公文。他先派出几个骠骑兵，然后自己乘驿车去沃罗涅日。

只有在战斗生活中连续度过几个月的人才能理解尼古拉离开充斥粮秣车、给养车和野战医院的地区时的快乐心情。他看不见士兵、大车和营地垃圾，只看见住着农民农妇的村庄、地主的庄园、牧放牲口的田野、驿站和酣睡的驿吏，他感到兴奋，就像第

1 耶和华吩咐亚当不可吃那分别善恶树上的果子。事见《旧约全书·创世记》第二章。

一次见到似的。特别使他感到惊喜不已的是那些又年轻又健康的女人，她们身边并没有十来个军官围着向她们献殷勤，因此一个过路的军官同她们调笑，她们就感到格外高兴和荣幸。

尼古拉夜间兴冲冲地来到沃罗涅日一家旅馆，要了他在军中好久没有吃到的东西。第二天，他把脸刮得干干净净，穿上好久没穿的讲究军装去见当地长官。

民团司令是个文职出身的将军，上了年纪，看样子对自己的军衔和军职感到踌躇满志。他怒气冲冲地（他认为这样才能显出军人本色）接待尼古拉，煞有介事地盘问他，仿佛他有权这样做，又仿佛他在评论国家大事，表明自己的态度。尼古拉心里高兴，只觉得这一切都挺好玩。

从民团司令那里出来，他坐车去见省长。省长是个矮小活泼的人，和蔼可亲，平易近人。他指点尼古拉到哪里的养马场买马，又给他介绍城里一个马贩子和离城二十俄里的一个地主，说在他们那里可以买到好马，还答应多方协助他。

“您是罗斯托夫伯爵少爷吧？我妻子同令堂很要好。我们每逢星期四招待客人，今天正好是星期四，请您务必光临。”省长送他出来时说。

尼古拉带上司务长，搭上驿车，直奔二十俄里外的地主家去买马。初到沃罗涅日，尼古拉过得轻松愉快，就像一个人心情好的时候总觉得事事称心、样样如意一样。

尼古拉访问的地主是一个老骑兵，鳏夫，养马能手，爱好打猎，拥有一间讲究的起居室，藏有百年陈酿和匈牙利名酒，养有一批骏马。

尼古拉三言两语就用六千卢布买了十七匹精选的（他这么说）种马，作为补充马匹的样品。他吃了饭，多喝了两杯匈牙利红酒，同那地主称兄道弟，然后热烈吻别。他兴高采烈，虽然道路泥泞，他还是不停地催促车夫，以便赶上省长家的晚会。

尼古拉用冷水淋了头，换了衣服，洒了香水，来到省长家。他到得晚了点，但嘴里说了句“晚到总比不到好”表示歉意。

这不是舞会，也没说要跳舞，但大家都知道卡吉琳娜·彼得罗夫娜将在古钢琴上弹华尔兹和苏格兰舞曲，这样就要跳舞。大家估计到这一点，就打扮得像赴舞会的样子。

一八一二年外省生活一如既往，只有一点差别，就是从莫斯科迁来许多有钱人家，城里热闹多了。再有，也像俄国其他地方那样，处处显得放荡不羁，天不怕地不怕，一切都无所谓，人们一见面就闲聊，以前只谈谈天气和熟人，现在却谈论莫斯科、军队和拿破仑。

聚集在省长家的是沃罗涅日的上流人物。

太太小姐很多，有几个是尼古拉在莫斯科的熟人；但男子中，能勉强同他这个圣乔治勋章获得者、采购马匹的骠骑兵军官、同时又是和蔼可亲而又很有教养的伯爵平起平坐的却一个也没有。其中有一个在法军中当军官的意大利俘虏，尼古拉觉得，这个俘虏在场更使他这位俄国英雄显得身价百倍。这个意大利人就像是一件战利品。尼古拉有这种感觉，他认为大家都这样看待这个意大利人，因此对他表示亲切，但不失身份，保持一定分寸。

尼古拉穿着骠骑兵制服，周身散发着香水和酒气，一走进来嘴里说着“迟到总比不到好”，并且几次听见别人也这样说。所有的目光都集中在他身上，他立刻感到他成了大众的宠儿，在外省占有愉快的地位。在过了长期艰苦生活后，这种地位格外使人陶醉。在驿站上，在旅店里，在地主家的会客室里，使女们都以得到他的垂青为荣；这里，在省长的晚会上，尼古拉觉得，有无数年轻的太太和美丽的姑娘都迫不及待地等待着他的青睐。太太小姐们纷纷向他献媚；上了年纪的太太们第一天起就急于给这个浪荡骠骑兵做媒。省长夫人就是其中的一个，她把尼古拉当作近亲，并且亲切地用法语叫他尼古拉。

卡吉琳娜·彼得罗夫娜果然弹起华尔兹和苏格兰舞曲。跳舞开始了。尼古拉的活跃使外省上流社会更加着迷。他那洒脱奔放的舞姿使大家赞叹不已。那天晚上，尼古拉对自己的舞姿也感到吃惊。他在莫斯科从没这样跳过舞，对这样放肆粗野的姿势甚至觉得不成体统，格调低下；但在这里，他觉得必须弄点新花样使大家惊讶，他们一定以为这在京城已是司空见惯，而在外省还没有见过。

尼古拉整晚最注意一个金头发、蓝眼睛、身体丰满、模样可爱的女人。她是省里一位文官的夫人。尼古拉怀着花花公子的天真想法，认为别人的妻子都是为他而生的，跟她寸步不离，并且像要什么阴谋似的客客气气地对待她的丈夫。尼古拉和这位夫人嘴里不说，但他们确实挺合得来。可是做丈夫的并没有这种想法，对尼古拉总是板着面孔。但尼古拉实在太天真善良，做丈夫的有时也难免受到他情绪的影响。不过，到晚会将结束的时候，妻子越来越兴奋，她的脸越来越红，丈夫的脸色则越来越阴沉，越来越苍白，仿佛两人兴奋的总量不变，妻子身上多一分，丈夫身上就少一分。

5

尼古拉脸上一直挂着笑容，坐在安乐椅上，俯身对着那个金发女人，向她天花乱坠地说着恭维话。

尼古拉肆无忌惮地移动马裤紧裹的双腿，身上散发出香水味儿，欣赏着这位夫人，也欣赏着自己，欣赏着自己那双穿皮靴的小腿的优美线条，对金发女人说，他要在这里——沃罗涅日拐走一位太太。

“什么样的太太呀？”

“一位迷人的天使。她有一双天蓝的眼睛（尼古拉望了望对方），一张像珊瑚般红红的小嘴，皮肤雪白雪白……（他看了看她的肩膀）身段苗条像月神……”

丈夫走到他们面前，板着脸问妻子在谈什么。

“哦！尼基塔·伊凡内奇！”尼古拉说着恭恭敬敬地站起来。

他仿佛要尼基塔·伊凡内奇也参与开玩笑，说他想拐走一个金发女人。

丈夫现出苦笑，妻子却笑得很开心。善良的省长夫人不以为然地走到他们面前。

“安娜·伊格纳季耶夫娜要见你，尼古拉。”她说安娜·伊格纳季耶夫娜的语气使尼古拉立即懂得，安娜·伊格纳季耶夫娜是位显要人物，“我们走吧，尼古拉。你不是要我这样称呼你吗？”

“当然可以，伯母。她是谁？”

“安娜·伊格纳季耶夫娜，她听外甥女说你救过她的命……你想得起来吗？”

“我救过的女人可不少！”尼古拉说。

“她的外甥女就是玛丽雅公爵小姐。她在这里，在沃罗涅日，跟她的姨妈在一起。嚯，看你脸红的！怎么啦？”

“没有的事，别说了，伯母。”

“好，好！哦，你这人真有意思！”

省长夫人把他带到一个又高又胖、头戴蓝帽的老妇人那里，她刚同城里几位重要人物打过牌。安娜·伊格纳季耶夫娜是玛丽雅公爵小姐的姨妈，是个没有孩子的有钱寡妇，一向住在沃罗涅日。尼古拉走到她跟前，她正站在那里算牌账。她庄重而严厉地眯起眼睛，看了他一眼，继续骂着那个赢了她钱的将军。

“你来，我很高兴，好孩子，”她伸出一只手说，“请光临寒舍。”

这位显要的老妇人谈到玛丽雅公爵小姐和她的亡父（她显然不喜欢他），又向尼古拉打听安德烈公爵（他显然也不讨她喜欢）的消息，再次邀请他去她家，这才放他走。

尼古拉答应去她家，向她告别时脸又红了。一提到玛丽雅公爵小姐，尼古拉就感到一种莫名的羞怯甚至恐惧。

尼古拉离开安娜·伊格纳季耶夫娜，想再回去跳舞，但矮小的省长夫人把她那胖鼓鼓的小手放在尼古拉的衣袖上，说她有话要跟他说，就把他带到起居室。起居室里的人都立刻走出去，以免妨碍省长夫人。

“我说，好孩子，”省长夫人和善的小脸上现出一本正经的神情，说，“她同你正好是天生的一对，你要我给你做媒吗？”

“您说的是谁啊，伯母？”尼古拉问。

“我给你说的是公爵小姐。卡吉琳娜·彼得罗夫娜叫她丽莉，可我还是叫她公爵小姐。你愿意吗？我相信你妈妈一定会感激我的。说实话，她真是个好姑娘！她一点也不丑。”

“不，不，”尼古拉仿佛生气了，说。“我啊，伯母，身为军人，既不要求什么，也不拒绝什么。”尼古拉不假思索地说。

“那么你把这事放在心上，这可不是玩笑。”

“当然不是玩笑！”

“是的，是的，”省长夫人仿佛在自言自语，“还有，好孩子，你对那个金发女人太殷勤了，弄得她丈夫很难堪，是的……”

“没有的事，我和他是朋友。”尼古拉天真地说。他根本没想到，他过得愉快会使别人不愉快。

“哦，刚才我对省长夫人说的话多蠢！”尼古拉吃晚饭时突然想。“她要是真的说起媒来，那宋尼雅怎么办……”他告别的时候，省长夫人笑眯眯地再次对他说：“那么你把这事放在心上。”尼古拉就把她拉到一旁说：

“不过，伯母，我要对您实说……”

“什么，什么，我的朋友，我们坐下来谈。”

尼古拉突然觉得必须把心里话（连对母亲、妹妹和朋友都不说的心里话）告诉这个几乎是陌生的女人。后来他想起这次莫名其妙的冲动，觉得后果太严重（人们遇到这种情形往往如此），真是一念之差。这次冲动，连同其他琐事，给他和他的家庭造成了严重的后果。

“不瞒你说，伯母，妈妈早就要我娶位有钱人家的小姐，可我一想到为金钱而结婚，心里就不是滋味。”

“噢，我明白。”省长夫人说。

“不过，玛丽雅公爵小姐又当别论。首先，不瞒您说，我很喜欢她，她很中我的意；其次，我在那种特殊环境里遇见她，这真是奇遇。我常常认为这是命。有一点特别稀奇：妈妈早就想到这件事，但以前我没有机会遇见她，不知怎的总没有机会遇见她。当初我妹妹娜塔莎成了她哥哥的未婚妻，我当然不能考虑同她结婚。巧的是我遇见她的时候，娜塔莎正好同她哥哥解除了婚约，于是……就是这样。这话我对谁也没说过，以后也不会对谁说。我只对您说说。”

省长夫人感激地捏了捏他的臂肘。

“您认识我的表妹宋尼雅吗？我爱她，我答应跟她结婚，我一定要娶她……所以您可以明白，这事是不可能的。”尼古拉红着脸，结结巴巴地说。

“好孩子，好孩子，你怎么能这样说？要知道，宋尼雅一无所有，你自己也说过，你爸爸的景况很糟。你妈妈呢？那会要她的命的，这是一；再说，宋尼雅这姑娘要是有良心，她将怎么过日子？你母亲会绝望，你家的景况会无法收拾……不行，好孩子，你和宋尼雅都应该懂得这一点。”

尼古拉不作声。他听到这话很高兴。

“不过，伯母，这是不可能的，”他沉默了一会儿，叹口气说。“公爵小姐肯嫁给我吗？再说，她现在还在服丧。她能考虑这件事吗？”

“难道你以为我要你立刻结婚？凡事都有个规矩。”省长夫人说。

“您可真是个好媒人，伯母……”尼古拉说着，吻了吻她那胖鼓鼓的小手。

6

玛丽雅公爵小姐在同尼古拉相遇后来到莫斯科，见到她的侄儿和家庭教师，还看到安德烈公爵的信，信里告诉她去沃罗涅日安娜·伊格纳季耶夫娜姨妈家该怎么走。在父亲患病期间，在父亲去世后，特别是同尼古拉见面后，玛丽雅公爵小姐由于似乎受到某种诱惑而感到苦恼。如今，张罗搬家、思念哥哥、安排新居、会见陌生人和教育侄儿，这些事就把那种心情给压下去了。她很悲伤。在安静的环境里度过一个月之后，由于丧父加莫斯科沦陷而产生的悲伤在她心里越发强烈。想到她唯一的亲人哥哥处境危险，她坐立不安，精神上更加痛苦。她为侄儿的教育操心，但是感到力不从心；不过她内心深处却感到平静，因为觉得她已克制了那因尼古拉出现而产生的幻想和希望。

晚会后第二天，省长夫人来见安娜·伊格纳季耶夫娜，同这位姨妈说了她的计划：目前虽不能考虑正式订婚，但仍可以让两个年轻人见见面，相互有个了解。省长夫人得到姨妈的同意后，就当着玛丽雅公爵小姐的面谈到尼古拉，夸奖他，并且说一提到公爵小姐他就脸红。玛丽雅公爵小姐听了并不高兴，反而感到痛苦，因为她不能再保持内心的平静，欲望、疑虑、自责和希望又一齐涌上心头。

在尼古拉来访前两天，玛丽雅公爵小姐不断考虑她对尼古拉应抱什么态度。她时而决定，他来访问姨妈时她不进客厅，因为重孝期间不宜见客；她时而想，在他帮了她那么大的忙以后，不见他是不礼貌的；她时而认为，她姨妈和省长夫人有意撮合她和尼古拉（她们的目光和语言有时可以证实这种推测）；后来她又暗自说，只有像她这种品德不纯的人才会这样想她们，她们不会忘记，她现在还没有脱孝，这样的撮合是对她和对她守孝的一种亵渎。玛丽雅公爵小姐设想她出去见他，他会对她说些什么，她该对他说些什么；有时她觉得那样的话过分冷淡，有时又觉得含义太深。她最害怕的是同他见面时她会心慌意乱，一见到他就会暴露出窘态。

不过，星期日早祷后，听差在客厅里通报尼古拉伯爵到来时，公爵小姐并没有显得慌张，只不过脸上微微泛起红晕，眼睛闪闪发亮。

“您见到他了，姨妈？”玛丽雅公爵小姐平静地问，自己也不明白她怎么会这样镇定自若。

尼古拉走进客厅，公爵小姐把头低了一下，仿佛有意先让客人向姨妈请安，然后等他向她转过身来时，她才抬起头，用明亮的眼睛迎接他的目光。她高兴地微笑着，庄重优雅地欠起身，向他伸出纤细柔嫩的手，第一次用女性的胸音同他说话。布莉恩小姐这时也在客厅，惊讶地望着玛丽雅公爵小姐。就连她这个善于卖弄风情的女人，在遇到有吸引力的男子时也不会比玛丽雅公爵小姐此刻应付得更好。

“也许是黑衣裳更配她的脸，也许是她确实变得好看了，可我没留意。特别是她举止优美，仪态万方！”布莉恩小姐想。

玛丽雅公爵小姐这时如果能思索的话，她对自己身上的变化一定比布莉恩小姐更吃惊。自从看见这张亲切可爱的脸以来，她就产生了一种新的生命力，她的一言一行都摆脱了她的意志。尼古拉一进来，她的脸顿时变了样。好像一个精雕细描的灯笼，原先显得粗糙、黑暗和没有意义，一旦点亮，就成为一件美丽动人的艺术品，玛丽雅公爵小姐的脸就突然发生了这样的变化。她内在的纯朴本性突然豁露出来。她的全部内心活动、她的自怨自艾、她的痛苦、她行善的愿望、她的温顺、她的爱、她的自我牺牲精神，这一切如今都在她那双亮晶晶的眼睛里、在她那温和的笑容里、在她和蔼可亲的脸上的每个部分闪耀着。

这一切尼古拉都清楚地看在眼里，仿佛他了解她的全部生活。他觉得他面前这个人与众不同，比他见过的任何人都好，尤其是比他好。

他们的谈话平淡无奇。他们谈到战争，也像一般人那样夸大对战局的忧虑，他们谈到上次的相遇，但尼古拉竭力改变话题，谈到善良的省长夫人、尼古拉的亲属和玛丽雅公爵小姐的亲属。

玛丽雅公爵小姐避免谈她的哥哥，只要姨妈一提到安德烈，她就把话岔开去。显然，她可以一本正经地谈俄国的灾难，但她不愿也不能无动于衷地谈到哥哥，因为哥哥同她是心连心的。尼古拉注意到这一点，他以非凡的洞察力看出玛丽雅公爵小姐性格上的种种特点，这就加强了他的信念：她是一个非同凡响的人物。尼古拉同玛丽雅公爵小姐完全一样，当人家谈到公爵小姐时，甚至在他想到她时，他就脸红，感到心慌意乱，但在她面前，他却感到毫无拘束，说的也不是事先准备好的一套，而是想到什么说什么。

在短暂的访问中，尼古拉遇到冷场的时候，也像一般有孩子在场时那样，跑到安德烈公爵小儿子旁边，抚爱他，问他愿不愿当骠骑兵？他把孩子抱在怀里，快乐地逗他玩，又回头望望玛丽雅公爵小姐。玛丽雅公爵小姐含情脉脉，羞怯而又幸福地注视着她心爱的人抱着心爱的孩子。尼古拉发现她的目光，仿佛懂得它的含义，高兴得涨红脸，喜气洋洋地吻起孩子来。

玛丽雅公爵小姐居丧不出，而尼古拉则认为再去访问她也不合适，但省长夫人仍继续她的媒妁工作，把玛丽雅公爵小姐说尼古拉的好话传给他，又把尼古拉说玛丽雅公爵小姐的好话传给她，并一定要尼古拉向玛丽雅公爵小姐表态。为了这个目的，她安排两个年轻人早祷前在主教那里见面。

尽管尼古拉对省长夫人说，他不准备向玛丽雅公爵小姐表态，但还是答应前去。

正如在蒂尔西特时那样，尼古拉不容自己怀疑公认的好事是否真好，现在，他在应凭理智安排自己的生活呢，还是听命于环境呢这两者之间作了短暂而认真的内心斗争后，选择了后者，屈服于那不可抗拒地引导着他的力量。他知道，他既已答应了宋尼雅，再向玛丽雅公爵小姐求爱是卑劣的。他相信他决不做卑劣的事。但他同时知道（与其说知道，不如说从心底里感觉到），现在他屈服于环境和引导他的人，不但不算卑劣，而且是在做一件他从未做过的极其重要的事。

自从他同玛丽雅公爵小姐会面以来，他的生活表面上一切如旧，但原来的各种乐趣都失去了魅力。他常常想到玛丽雅公爵小姐，但不像他想到交际场中那些小姐，也不像他长期如痴似醉地想到宋尼雅那样。他想到那些小姐，就像一般正派青年那样，把她们想象成未来的妻子，想象着他们的婚后生活：雪白的罩衫、茶炊旁的妻子、妻子的马车、孩子、妈妈和爸爸、她同公婆的关系，等等。这种对未来生活的遐想使他陶醉，但一想到人家正在替他撮合的玛丽雅公爵小姐，他却怎么也想象不出婚后生活的样子。即使勉强想象，那也是别扭和虚假的，他只感到害怕。

7

鲍罗金诺会战的消息，我军伤亡惨重的报道，以及莫斯科失守的噩耗，在九月中旬传到沃罗涅日。玛丽雅公爵小姐只从报上看到哥哥列入伤员名单，但详细情况毫无所知。她准备亲自去找寻安德烈公爵。尼古拉听到这件事，但还没有见到她。

尼古拉接到鲍罗金诺会战和莫斯科失守的消息，并没有产生绝望、愤怒和复仇之类的情绪，但他待在沃罗涅日觉得烦闷无聊，也有点羞愧不安。他觉得这里的谈话都装腔作势，不知道形势究竟该怎样判断，只有回到团里才能了解一切。他急于要结束买马的事，常常无缘无故对外人和司务长发脾气。

尼古拉动身前几天，教堂里举行感恩礼拜，庆祝俄军胜利，尼古拉也参加了。他站在省长后面，神态庄重，头脑里却思潮澎湃。礼拜完毕，省长夫人把他叫到跟前。

“你看见公爵小姐了？”她问，摆摆头让他看站在唱诗班后面穿黑衣裳的女人。

尼古拉立刻认出玛丽雅公爵小姐，与其说从她帽子底下的侧面轮廓，不如说是凭他感觉到的拘谨、胆怯和怜悯的情绪上认出来。玛丽雅公爵小姐显然满腹心事，在离开教堂前最后一次画了十字。

尼古拉惊讶地望着她的脸。这张脸同他以前见过的没有两样，依旧流露出内心的细微活动，但现在又增添了一种异样的光芒。脸上充满悲哀、祈求和希望的动人表情。尼古拉就像往常遇见她那样，没等省长夫人示意，也不问自己在教堂里同她招呼是否合适，是否得体，就走到她面前，说他已听到她的不幸，向她表示衷心慰问。她一听到他的声音，顿时容光焕发，照亮了她的悲伤和喜悦。

“有一点我想对您说，公爵小姐，”尼古拉说，“如果安德烈公爵去世了，那么，他作为一位团长，他的名字一定会立刻见报的。”

公爵小姐对他望望，不明白他这句话的意思，但看到他痛苦的同情神色，心里感到安慰。

“我知道许多例子，凡是中弹片伤（报上登着是榴弹伤）的，不是立刻致命，就是伤势很轻，”尼古拉说，“我们应该抱最好的希望，我相信……”

玛丽雅公爵小姐打断他的话。

“哦，那真可怕……”她说，由于激动说不下去，姿势优美（在他面前她总是这样的）地低下头，感激地看了他一眼，跟着姨妈走了。

这天晚上，尼古拉哪儿也没去，留在家里结算同马贩子的账目。等算完账，要出去已太晚，但睡觉又太早，尼古拉就独自在屋里来回踱了好久，思考着他的生活。这在他是难得的。

玛丽雅公爵小姐在斯摩棱斯克给他留下愉快的印象。当时他在特殊的环境里遇见她，同时母亲又向他指出她是一个有钱的对象，这两件事使他对她特别注意。在沃罗涅日访问期间，她给他的印象不仅愉快，而且强烈。这一次，尼古拉惊讶地发现她赋有一种特殊的心灵美。不过，最近他正忙于动身，离开沃罗涅日，他将失去同公爵小姐见面的机会，但他并不感到惋惜。今天在教堂里同玛丽雅公爵小姐相遇，在他心里留下了深刻的印象，这是没有想到的，同时也破坏了他内心的平静。她那苍白、清秀、悲伤的脸容，她那亮晶晶的眼睛，她那文雅的动作，尤其是她那满脸深沉的哀伤，打动了他，激起他满腔同情。尼古拉看不惯男人身上所表现的那种高深莫测的精神生活（因此他不喜欢安德烈公爵），轻蔑地说这是故弄玄虚，想入非非；但对于玛丽雅公爵小姐身上流露出来的极度哀伤，尼古拉虽觉得格格不入，却感到有一种无法抗拒的魅力。

“她是个奇异的姑娘！简直是个天使！”他自言自语，“我为什么失去了自由？为什么急于同宋尼雅确定关系？”他不由得拿两人做着比较：论精神禀赋，一个贫乏，一个丰富，而尼古拉自己正缺乏这种禀赋，因此特别珍重它。他暗自寻思，如果他是自由的，他会怎么办。他会向她求婚，她会不会成为他的妻子？不，这件事无法想象。他觉得可怕，想象不出具体的景象。同宋尼雅他早已构思好未来的生活，一切都简单明了，因为一切都已想好了，他了解宋尼雅的一切；但他无法想象怎样同玛丽雅公爵小姐一起生活，因为他不了解她，他只是爱她。

他想起宋尼雅总觉得轻松愉快，但一想到玛丽雅公爵小姐便觉得又沉重又有点害怕。

“她是怎样祈祷的呀！”他回想。“看得出，她整个心灵都沉浸在祈祷中。这种祈祷真可以移山倒海，我相信她的愿望一定会实现。我为什么不为我的愿望祈祷呢？”他想。“我需要什么呀？自由，断绝同宋尼雅的关系。她说得对，”他想起省长夫人的话，“我同宋尼雅结婚，除了不幸，不会有其他结果。一团糟，妈妈伤心……家事……一团糟，糟糕透顶！再说，我并不爱她。是的，并不真正爱她。天哪！让我摆脱这走投无路的困境吧！”他忽然祈祷起来。“不错，祈祷能移山倒海，但要有信心，不能像我和娜塔莎小时候祈求把雪变成糖，并且跑到院子里看看雪有没有变成糖那样。我现在祈祷可不是为了什么鸡毛蒜皮的事。”他说着把烟斗放在屋角，交叉双手，站在圣像前。他想起玛丽雅公爵小姐，就满腔热情地祈祷起来。他好久没这样祈祷了。他眼睛里充满泪水，咽喉哽住，这时拉夫鲁施卡拿着信进来。

“傻瓜！没叫你，干吗进来！”尼古拉说，连忙改变姿势。

“省长派人来，”拉夫鲁施卡用睡意未消的声音说，“有信给您。”

“那好，谢谢，你去吧！”

尼古拉拿到两封信。一封是母亲写的，一封是宋尼雅写的。他认得她们的笔迹，先拆开宋尼雅的一封。还没读上几行，他就脸色发白，眼睛又惊又喜地睁得老大。

“不，这不可能！”他大声说。他坐不住，拿着信在屋里边走边读。他浏览了一下，然后读了一遍又一遍。他耸起肩膀，摊开双臂，目瞪口呆地站在房间中央。他刚才祈祷，相信上帝会满足他，如今果然如愿以偿；但他还是很惊讶，觉得这事非同寻常，完全出乎他的意料。而且这事来得太快，证明不是出于上帝的恩典而只是一种巧合。

那束缚尼古拉自由的结子似乎无法解开，却被宋尼雅这封意外的（尼古拉有这样的感觉）信解开了。她在信中写道，最近的不幸形势，罗斯托夫家在莫斯科几乎破产，伯爵夫人多次表示要尼古拉娶玛丽雅公爵小姐，以及他近来的沉默和冷淡，这一切使她决定放弃他对她的允诺，给他充分自由。

“一想到这个对我恩重如山的家庭可能因我而烦恼和不和，我就十分难过，”她写道，“我之所以爱，就是要使我所爱的人得到幸福；因此我求您，尼古拉，把自己看成是自由的，并且要知道，不管怎样，天下没有人比您的宋尼雅更爱您的了。”

两封信都是从圣三一修道院寄来的。另一封信是伯爵夫人写的。她在信里写到莫斯科最后几天的情景：撤退、大火、财产丧失殆尽。伯爵夫人在信里还提到，安德烈公爵夹在其他伤员中跟他们同行。他伤势危险，但现在医生说，他还有希望。宋尼雅和娜塔莎像护士那样护理他。

第二天，尼古拉拿着这封信去见玛丽雅公爵小姐。尼古拉也好，玛丽雅公爵小姐也好，都绝口不提“娜塔莎护理他”一事。不过，由于这封信，尼古拉同公爵小姐突然变得像亲人了。

第二天，尼古拉把玛丽雅公爵小姐护送到雅罗斯拉夫尔，过了几天他自己也回部队去了。

8

宋尼雅从圣三一修道院写信给尼古拉，使他的祈祷得到了应验。促使她写信的原因是老伯爵夫人越来越盼望尼古拉娶一个有钱的姑娘。她知道，在这件事上宋尼雅是主要障碍。宋尼雅在伯爵夫人家的日子越来越难过，特别是在尼古拉来信说到他在保古察罗伏遇见玛丽雅公爵小姐以后。伯爵夫人一有机会就指桑骂槐，讽刺挖苦，使宋尼雅感到难堪。

但在他们离开莫斯科前几天，伯爵夫人面对当时的局势心烦意乱，把宋尼雅叫到跟前，没有责备她，也没有强迫她什么，却含泪恳求她牺牲自己，同尼古拉断绝关系，以报答他们家对她的照顾。

“你不答应我，我就不能安心。”

宋尼雅号啕大哭，边哭边诉，她什么都肯，什么都情愿，但没有正面答应，对这件事她下不了决心。为了让抚养她教育她的家庭得到幸福，她应该牺牲自己。本来，为别人幸福牺牲自己，在宋尼雅是习以为常的事。她在这个家里的地位就是：只有自我牺牲才能表现她的人品，她已习惯于自我牺牲，也乐于自我牺牲，但以前作自我牺牲，她总是快乐地意识到，这样做能提高她在自己心目中和别人心目中的价值，并因此配得上她平生最心爱的尼古拉；可是这一次却要她放弃所有牺牲所换取的奖赏和全部生活的意义。她有生以来第一次尝到那些庇护她而又残忍地折磨她的人所加给她的痛苦。她嫉妒娜塔莎，因为娜塔莎从来没有尝过这种滋味，从来不需要作自我牺牲，而总是让别人为她作出牺牲，她却仍然受到大家的宠爱。宋尼雅第一次感到，她对尼古拉悄悄的纯洁的爱突然变成一种高于礼法、道德和宗教的炽烈感情。在这种感情影响下，在寄人篱下的生活中学会掩盖真情的宋尼雅，只含糊其词地回答了伯爵夫人，从此就回避她，不再同她谈话，一心等待同尼古拉见面，不过，见面不是为了同他一刀两断，而是永不分离。

罗斯托夫一家在莫斯科最后几天的忙乱和恐慌，压下了宋尼雅心头的阴郁情绪。她因忙于事务而得到解脱，为此感到很高兴。但当她知道安德烈公爵在他们家里时，尽管她真心同情他和娜塔莎，却产生一种快乐的迷信想法，认为上帝不愿她和尼古拉分开。她知道娜塔莎只爱过安德烈公爵一人，现在仍旧爱他。她知道，在目前这种艰苦环境里重逢，他们又会相爱，一旦他们成亲，尼古拉就不能娶玛丽雅公爵小姐。尽管在莫斯科最后几天和旅途最初几天发生种种麻烦，宋尼雅却快乐地意识到，上帝在过问她的私事。

旅途中，罗斯托夫一家在圣三一修道院里第一次休息了一整天。

修道院拨给罗斯托夫家三间大客房，其中一间让安德烈公爵使用。那天，他的伤势好多了。娜塔莎陪着他。隔壁房间里，修道院院长前来看望老相识和老施主，伯爵夫人恭恭敬敬地同他谈着话。宋尼雅也坐在那里，一心想知道安德烈公爵同娜塔莎在谈什么。她隔着门只听见他们的说话声。安德烈公爵的房门开了。

娜塔莎神色激动地从里面出来，没留意向她欠身致意、拢着右手宽袖筒的修道院院长，径自走到宋尼雅跟前，拉住她的手。

“娜塔莎，你怎么了？到这儿来！”伯爵夫人说。

娜塔莎走过去接受修道院院长的祝福，修道院院长劝她向上帝和圣徒求助。

修道院院长一走，娜塔莎就拉住朋友的手，把她领到一个空房间。

“宋尼雅，你说呢？他能活下去吗？”娜塔莎说，“宋尼雅，我多幸福，我又多不幸！宋尼雅，我的宝贝，一切都可以照旧，只要他能活下去。他不会……因为，因为……”娜塔莎放声大哭。

“对！这我知道！感谢上帝，”宋尼雅说，“他会活下去的！”

宋尼雅的激动不下于她的朋友，既由于朋友的恐惧和悲伤，又由于自己无人可诉的心事。她一边哭，一边吻着娜塔莎，安慰着她。“但愿他能活下去！”她心里想。两个朋友哭了一阵子，谈了一会儿，擦干眼泪，向安德烈公爵房门口走去。娜塔莎小心翼翼地推开门。往里面望了一眼。宋尼雅同她一起站在半开半掩的门旁。

安德烈公爵高高地躺在三个靠枕上。他那苍白的脸显得很安详，双眼紧闭，呼吸平稳。

“啊，娜塔莎！”宋尼雅突然几乎叫出来，她抓住表妹的手向门外退去。

“什么？什么？”娜塔莎问。

“这就是，就是……”宋尼雅说，脸色发白，嘴唇发抖。

娜塔莎轻轻关上门，同宋尼雅一起走到窗前，还不明白她说的是什么。

“你记得吗，”宋尼雅神色惊惶而严肃地说，“那次我为你占卦，在镜子里看到……在奥特拉德诺，在圣诞节……你记得我看见了什么吗？”

“记得，记得！”娜塔莎睁大眼睛说，隐隐约约地记起宋尼雅对她说过安德烈公爵躺在那里。

“你记得吗？”宋尼雅继续说，“我当时看见了，对大家都说过，对你、对杜尼雅莎都说过。我看见他躺在床上，”她说，说到一个细节，举起一个手指比画一下，“他闭着眼睛，身上盖的也是粉红色被子，两手也交叉着。”宋尼雅说，描述着此刻见到的细节，越发相信当时**看见的**就是这些细节。其实她当时什么也没有看见，她讲的是她想象的景象，不过她的想象是那么逼真，就像回忆其他往事那样。她不但记得她当时说过：他向她瞧了一眼，微微一笑，身上盖着粉红色的东西，她确信就是一条粉红色的被子，他的眼睛紧闭着。

“对，对，就是粉红色的。”娜塔莎说，她现在似乎也记得她说过是粉红色的，并由此证明预言绝非偶然，十分灵验。

“但这究竟表示什么呢？”娜塔莎若有所思地说。

“哦，我真不知道这事有多稀奇！”宋尼雅抱住头说。

过了几分钟，安德烈公爵打铃了，娜塔莎走进去；宋尼雅非常激动和伤感，留在窗前，思索着这件异乎寻常的事。

那天有个机会可以寄信到部队里去，伯爵夫人就给儿子写了一封信。

“宋尼雅！”宋尼雅从正在写信的伯爵夫人旁边走过，伯爵夫人抬起头来唤她。“宋尼雅，你不给尼古拉写封信吗？”伯爵夫人轻轻地颤声说，宋尼雅从那双戴眼镜的疲劳眼睛里看出伯爵夫人说这句话的用意。从她的眼神里所表现出来的是恳求，是对被拒绝的惧怕，是因求人而感到的羞怯，是对万一被拒绝彼此将结下深仇大恨的准备。

宋尼雅走到伯爵夫人面前，跪下来，吻了吻她的手。

“我写，妈妈。”她说。

这天发生的一切，特别是占卦应验的神秘现象，使宋尼雅心软、激动和感伤。她知道，由于娜塔莎同安德烈公爵恢复了关系，尼古拉不可能娶玛丽雅公爵小姐，她所喜欢和习惯的自我牺牲心情又恢复了。她眼睛里含着泪水，高兴地做着那件慷慨的事。由于泪水模糊了她那双天鹅绒般的黑眼睛，她几次中断，最后才写成那封使尼古拉大为震惊的动人的信。

9

皮埃尔被关进拘留所，逮捕他的官兵对他抱着敌意，同时带有几分敬意。此外，他们对他也有疑虑，不知他是什么人（会不会是个重要人物），而对他的敌意则是由于刚才同他打过架。

但到第二天早晨，看守换班后，皮埃尔觉得，新来的官兵待他已不像昨天逮捕他的那些人。的确，第二天看守的官兵根本不知道这个身穿农民长衣的胖子曾不顾死活地同抢劫犯和押送他的士兵打过架，并且煞有介事地说要拯救孩子。他们只是奉上级命令把他看作十七个俄国犯人中的一个。如果说皮埃尔有什么地方与众不同，那就是他有一副并不胆怯和专注沉思的神态，以及一口使法国人都吃惊的漂亮法国话。虽然如此，皮埃尔那天还是同其他嫌疑犯被关在一起，因为他原住的单间被一个军官占用了。

同皮埃尔关在一起的都是最下层的俄国人。他们认出皮埃尔是贵族老爷，就同他疏远，尤其因为他会说法国话。皮埃尔听见他们嘲笑他，心里很不是滋味。

第二天晚上，皮埃尔听说所有被拘押的人（大概包括他在内）将因纵火受审。第三天，皮埃尔和同押犯被带到一个屋子，那里坐着一个白胡子法国将军、两名上校和几名佩肩带的法国人。他们审问被告的语气斩钉截铁，毫不含糊，仿佛已克服人类的弱点，此刻他们就是如此向皮埃尔等人提出一系列问题：你是什么人？到过什么地方？怀有什么目的？等等。

这些问题照例避开事情本质，并且排除弄清本质的可能，一味要被告顺着法官规定的渠道回答，也就是说达到可以对他定罪的目的。只要被告的话不合乎定罪目的，法官就移动渠道，使水白流。此外，皮埃尔也像一切被告那样，弄不懂为什么要向他提这些问题。他觉得用这种渠道来限制被告的回答，只是出于宽大或者礼貌。他知道他落到这些人手里，他们有权把他带到这里，有权要他回答问题，而审问的目的就是要定他的罪。因此，既然他们有权，又想定他的罪，那就用不着要弄审判那套把戏。显然，不论怎样回答都能构成罪状。他们问皮埃尔他被捕时在做什么，他感伤地回答说，他正把一个从火里救出的孩子送交他的父母。问他为什么同抢劫犯打架，皮埃尔回答说，他在保护一个女人，而保护受辱的女人，谁都有责任……他的话被打断了，因为这跟本案无关。问他为什么待在着火的房子里（有证人做证），他回答说，他要看看莫斯科城里的情况。他的话又被打断，他们没有问他去哪里，而是问他留在火场旁边干什么。问他是什么人。这是他们开头问过他而他不肯回答的问题。他又说他不能回答这问题。

“记下来。这样不好，很不好！”白胡子、红脸膛的将军严厉地说。

第四天，祖波夫堡起火了。

皮埃尔和另外十三个人被押送到克里木浅滩一个商人的车棚里。皮埃尔走过街道，被笼罩着全城的浓烟呛得喘不过气来。四面八方都是大火。皮埃尔当时还不懂得火烧莫斯科的意义，心惊胆战地望着漫天大火。

在克里木浅滩商人家的车棚里，皮埃尔待了四天，他同法国兵谈话，知道这里被拘留的人都在等候元帅的决定。至于是哪个元帅，皮埃尔从士兵口里打听不出来。对士兵来说，元帅就是带有几分神秘色彩的最高权力。

开头几天，就是九月八日第二次提审俘虏之前，皮埃尔觉得特别难过。

10

九月八日，一个军官走进关押俘虏的车棚，从看守对他毕恭毕敬的模样可以判断，这是个很重要的人物。这军官多半是个参谋官，手里拿着一张名单，对俄国人逐个点名，点到皮埃尔，称他为不愿报姓名的人，他懒洋洋地扫视了一下所有的俘虏，吩咐看守军官，在带他们去见元帅之前先让他们穿着得像样些，收拾得整齐些。一小时后，来了一连士兵，把皮埃尔和其他十三个人押解到圣母广场。那天雨过天晴，阳光灿烂，空气特别新鲜。烟不像他们从拘留所被押解到祖波夫堡那天那样低低地弥漫在地面上，而是像柱子一样往澄澈的空中笔直升起。城里已看不到大火。四面八方都是一根根腾空的烟柱，皮埃尔只看见整个莫斯科一片瓦砾。到处都是烧剩的炉子和烟囱，偶尔可以看见烧黑的断垣残壁。皮埃尔望望那些废墟，已认不出城里原先的房屋。偶尔可以看见完整的教堂。克里姆林宫没有被焚毁，远远地可以望见白乎乎的钟楼和伊凡大帝教堂。近处，新圣母修道院的圆顶闪闪发亮，那里传来的钟声特别响亮。钟声提醒皮埃尔，今天是礼拜日，是圣母诞辰。但没有人庆祝这个节日：到处是断垣残壁，废墟瓦砾，而难得遇见的几个俄国人也都是衣衫褴褛，神色慌张，看见法国人就东躲西藏。

俄国人的家园显然被彻底摧毁了，但皮埃尔不由得感到，俄国生活秩序被毁后，在这片劫后的家园上已经建立起一种截然不同的强硬的法国秩序。他是从押解他们的队伍整齐、精神抖擞的士兵的神态上感觉到这一点的；他又从一位坐在豪华马车上迎面而来的法国大官的神情上感觉到这一点。他还从广场左边传来的快乐的军乐声中感觉到这一点；特别是从今天早晨那个法国军官点名时感觉和体会到这一点。皮埃尔和几十个其他罪犯被士兵们带到一个地方，然后又带到另一个地方；看光景，他们很可能把他忘记，把他和其他人混在一起，其实并非如此：他在受审时又被称为不愿报姓名的人。现在，皮埃尔就带着这样一个他觉得很可怕的称号，被押送到某个地方去。押送兵脸上的神色表明，包括他在内的所有俘虏正是他们所需要的，他们将被带到该去的地方。皮埃尔觉得自己好像一小块木片，落进一架他所不了解但运转正常的机器里。

皮埃尔和其他犯人被带到圣母广场右边一座白色大房子里，房子前面有一座大花园，离修道院不远。这是谢尔巴托夫公爵的公馆，皮埃尔以前常来这里做客，他从士兵谈话中知道，现在住着法军元帅达武。

他们被带上台阶，逐个被领到房子里。皮埃尔第六个进去。穿过皮埃尔熟悉的玻璃走廊、穿堂、前厅，他被领进一间深长而低矮的办公室，门口站着一名副官。

达武坐在办公室尽头的桌旁，鼻梁上架着一副眼镜。皮埃尔走到他跟前。达武没有抬起眼睛，显然在处理文件。他没有抬起眼睛，只低声问：

“你是什么人？”

皮埃尔没吭声，因为他说不出话来。他知道，达武不只是一个法国将军，而且是一个以残酷闻名的人。皮埃尔望着达武冷冰冰的脸，觉得他好像一位严厉的教师不耐烦地等着学生的回答，因此稍一拖延就得付出生命的代价，但他不知道说什么好。像初审时那样说，他不敢；说出自己的姓名和身份，那是又危险又可耻的。皮埃尔默不作声。但没等皮埃尔拿定主意，达武就抬起头来，把眼镜推到额上，眯缝起眼睛看了看皮埃尔。

“我认识这个人。”他不慌不忙地冷冷说，显然想吓唬吓唬皮埃尔。原先在他脊梁上掠过的寒战，此刻像铁钳般夹住了他的头。

“将军，您不可能认识我，我也从来没见过您……”

“这是一个俄国间谍。”达武打断他的话，对屋里皮埃尔没注意的另一位将军说。达武转过身去。皮埃尔突然声音哆嗦地急急说：

“不，大人……”他说，突然记起达武是位公爵，“不，大人，您不可能认识我。我是个民兵军官，我没有撤离莫斯科。”

“你叫什么名字？”

“别祖霍夫。”

“谁能向我证明你没有说谎？”

“大人！”皮埃尔大声叫道，他的语气不是愤怒，而是恳求。

达武抬起眼睛，对皮埃尔仔细望望。他们对视了几秒钟，这种对视救了皮埃尔的命。这次对视排除了战争和审判等因素，两人之间建立了人与人的关系。在这一瞬间，他们思绪万千，懂得了他们都是人类的子孙，是兄弟。

达武刚从用号码标明的案件和人命的名单上抬起头来，在第一瞥中，皮埃尔只是其中的一个号码，达武满可以若无其事地枪毙他，但现在他觉得他也是一个人。他沉吟了一下。

“你怎么向我证明你说的是实话？”达武冷冷地问。

皮埃尔想起了伦巴尔，就说出他的姓名、部队和他所住的街名。

“你不是你所说的那个人。”达武又说。

皮埃尔声音发抖，结结巴巴地提出一些证据证明他说的是实话。

这时副官走进来，向达武报告什么事。

达武听了副官的报告，顿时容光焕发，扣上衣服纽扣。他显然把皮埃尔完全忘记了。

副官提醒他这里还有个俘虏，他皱起眉头，朝皮埃尔那边抬抬头，命令把他带走。至于要把他带到哪儿去，皮埃尔不知道：是回那个棚子，还是带到刑场。刚才经过圣母广场时，同伴已把刑场指给他看了。

他回过头去，看见副官在问什么。

“是的，当然！”达武说，但这“是的”究竟指什么，皮埃尔可不知道。

皮埃尔不记得他是怎样走的，走了多久，往哪儿走。他精神恍惚，头脑糊涂，对周围的一切视而不见，只跟着别人一起移动脚步，别人停下来，他也停下来。这段时间，皮埃尔头脑里只有一个念头：究竟是谁最后判了他死刑？不是委员会里那些审问他的人，因为他们中间看来没有一个人愿意这样做，也不能这样做。也不是达武，因为他望着他的眼神是那么富有人情。只要再一分钟，达武就会明白他们是在做蠢事，但副官一进来，就把这一分钟耽误了。这个副官显然也不愿做坏事，但他不进来就好了。那么，究竟是谁将处决皮埃尔，夺走他的性命，葬送他的一切回忆、志向、希望和思想？这一切都是谁干的？皮埃尔觉得找不出一个人来。

这是秩序，是形势使然。

是一种秩序杀害他皮埃尔，要了他的命，毁了他的一切。

11

俘虏们被押出谢尔巴托夫公爵公馆，经过圣母修道院左边的圣母广场，来到竖着一根柱子的菜地上。柱子后面挖了一个大坑，坑边的泥土是刚挖出来的，土坑和柱子旁边站着半圈人。这群人少数是俄国人，多数是不在值班的拿破仑军队，其中有穿着不同军服的德国人、意大利人和法国人。柱子两边站着法国兵，身穿蓝军服，佩红肩章，脚登短筒靴，头戴高筒帽。

犯人们按照名单次序排好，皮埃尔排在第六个，他们被带到柱子旁边。几只军鼓突然在两边敲起来，皮埃尔觉得他的一部分灵魂已经跟着鼓声被夺走了。他丧失了思维能力。他只能看和听。他只有一个愿望，就是让那要来的可怕的事快一点来。皮埃尔环顾他的同伴，仔细打量着他们。

头上两个是剃光头的囚犯。一个又高又瘦，另一个皮肤黧黑，鼻子扁平，毛发蓬松，肌肉发达。第三个是家奴，四十五岁光景，头发花白，肥胖的身体保养得很好。第四个是农民，相貌俊美，眼睛乌黑，蓄着一把浓密的褐色大胡子。第五个是工人，又黄又瘦，年纪十八九岁，穿着工作服。

皮埃尔听见法国人在商量怎样枪毙：一次一个还是一次两

个。“一次两个。”一个校官若无其事地冷冷回答。士兵的行列调动了一下，大家都在匆忙行动，但不是为了一件大家都能理解的事，而是为了一件难以理解却又非做不可的不愉快的事。

一个佩武装带的法国军官走到犯人行列右边，用俄语和法语宣读判决书。

然后两对法国兵走到犯人跟前，遵照军官指示带走前头的两个战战兢兢的犯人。这两个犯人走到柱子旁站住，等法国人拿口袋来，他们默默地环顾四周，好像中弹的野兽等待猎人走近。一个犯人不断地画十字，另一个搔着背，翕动嘴唇，好像在微笑。士兵慌忙蒙住他们的眼睛，拿口袋套住他们的头，把他们捆在柱子上。

十二名士兵手里拿着枪，迈着平稳整齐的步伐从队伍里出来，在离柱子八步远的地方站住。皮埃尔转过脸去，免得看见即将发生的事。突然响起一阵噼噼啪啪的响声，皮埃尔觉得比最可怕的雷声还响。他回头看了一眼。只见硝烟弥漫，那几个法国人脸色苍白，两手发抖，在坑旁干着什么。又有两个犯人被带出来。这两个也用同样的眼神望着大家，徒然用眼睛默默地乞求人家的庇护，显然不理解也不相信将要发生的事。他们不能相信，因为只有他们自己才懂得生命的价值，不理解也不相信人家可以夺走他们的生命。

皮埃尔不愿看，又转过脸去；但又响起了一阵惊心动魄的枪声，随着枪声他又看见了硝烟、人血、法国人吓得发白的脸，他们双手发抖，互相推挤，在柱子旁做着什么。皮埃尔重重地喘着气，环顾四周，仿佛在问：这是怎么一回事？皮埃尔看见所有人的目光都在这样问。

他在所有俄国人的脸上，在所有法国官兵的脸上无一例外地看到和他心里所感受的同样的惊悸、恐怖和斗争。“这事究竟是谁干的？他们都像我一样难受。究竟是谁？究竟是谁？”这问题在皮埃尔心里闪了一下。

“八十六步兵团，开步走！”有人喊道。站在皮埃尔旁边的第五个人被带出去，这次只带他一个。皮埃尔还不知道他得救了，他同其余的人被押到这里只是陪绑。他越来越恐惧，面对眼前的景象，既不感到高兴，也不觉得宽慰。这第五个是穿工作服的工人。法国兵刚碰着他，他就吓得往旁边一跳，一把抓住皮埃尔。皮埃尔浑身打了个哆嗦，挣脱他的手。工人走不动，他们架着他的膀子走。他不断叫喊。一到柱子旁边，突然不叫了。他仿佛一下子明白是怎么回事。不知是他明白喊也无用呢，还是他认为人家不可能杀他，他在柱子旁站住，等待同其他人一样被蒙上眼睛，并且也像一头中弹的野兽，闪亮着眼睛环顾四周。

皮埃尔已不能转过脸去闭眼不看了。他和其他人的好奇和激动在这第五个人被杀害时达到了顶峰。这个犯人也和其他几个犯人一样，看上去似乎很镇定：他把工作服裹裹紧，用一只光脚擦擦另一只。

他被蒙上眼睛，整了整脑后勒得太紧的结子。然后他被推到血迹斑斑的柱子上，身子往后仰。他觉得这姿势不舒服，就调整了一下，平稳地摆好两脚，靠在柱子上。皮埃尔盯着他，不放过每个细小的动作。

照规矩应该发出一声口令，然后响起八支枪的枪声。但不管皮埃尔后来怎样竭力回忆，也回忆不起哪怕一声枪响。他只看见那个被绑着的工人突然蹲下来，血从两处涌出，绳子由于身体的重量松散了，那工人不自然地垂下脑袋，屈着一条腿坐下来。皮埃尔向柱子跑去，没有人拦阻他。几个脸色吓得发白的人在工人周围忙碌着。一个留胡子的法国老兵解开绳子时下巴颏直打哆嗦。尸体倒下来。士兵们笨手笨脚地把尸体迅速拖到柱子后面，把它推到坑里。

显然，大家都深信他们犯了罪，得赶快把他们犯罪的痕迹掩埋掉。

皮埃尔往坑里看了一眼，看见那个工人躺在那儿，膝盖朝上，贴近头部，一边肩膀比另一边高，高的一边的肩膀一上一下地抽搐着。但一铲一铲的土已撒满整个尸体。一个士兵怒气冲冲地对皮埃尔狂叫了一声，要他回到原地去。但皮埃尔不懂他的意思，站在柱子旁，也没有人来赶他走。

等坑被填平后，传出了口令声。皮埃尔被带回原地，站在柱子两边的法国兵做了个半转弯，就步伐整齐地从柱子旁边走过去，二十四名拿着空枪的步兵，原来站在圈子中央，此刻当连队走过他们身边时都跑回原来的位置。

皮埃尔目光茫然地望着这一对对从圈子里跑出来的步兵。大家都归了队，只有一个例外。留下的是个年轻士兵，他脸色惨白，高筒帽歪到脑后，放下枪，仍站在坑旁开枪的地方。他好像喝醉了酒，踉踉跄跄，前进几步，后退几步，以保持平衡不至于跌倒。一个年老的军士从队伍里跑出来，抓住他的肩膀，把他拖到连队里。俄国人和法国人都走散了。大家都垂下头默默地走着。

“这是教训大家不准放火！”一个法国人说。皮埃尔回头看了一下说话的人，原来是个士兵，他想对所做的事说些聊以自慰的话，但他没把话说完，就摆摆手走开了。

12

那次行刑后，皮埃尔同其他犯人隔离，单独关在一座肮脏破旧的小教堂里。

傍晚，看守的军士带着两名士兵走进教堂，向皮埃尔宣布，他被赦免了，现在转到战俘营去。皮埃尔不懂他说的是什么，站起来跟着士兵走。广场上端有几间用烧焦的木头搭成的棚子，皮埃尔被领进其中一间。在黑暗中，大约有二十来个形形色色的人把皮埃尔团团围住。皮埃尔望着他们，不知道他们是些什么人，他们来做什么，他们要他怎么样。他听着他们对他说的话，但不明白什么意思，因此作不出结论和判断。他回答向他提出的问题，并不注意谁在听他，他们怎样理解他的回答。他望着他们的脸和身子，觉得他们都同样毫无表情。

自从皮埃尔看见士兵被迫进行可怕的屠杀以后，他心中那个支持一切的强大弹簧突然断裂，于是一切变成一堆废物。他不清楚是怎么一回事，但在他的心目中，对世界的完美、人类的良心和自己的灵魂以及对上帝的信仰，全都破灭了。这种心境皮埃尔以前有过，但从未像现在这样强烈。以前皮埃尔有过怀疑，但这种怀疑起因于自己的罪过。他在心底里感到，要排除失望和怀疑，关键在于自己，然而，现在他眼看整个世界崩溃，变成一堆废墟，但责任不在他。他觉得他无力恢复对人生的信心。

在黑暗中，他周围站着一些人，他们对他显然很感兴趣。人家同他说话，提了些问题，然后把他带到一个地方，最后来到一个棚子的角落，那里有人在他旁边说笑。

“我说，伙计们……就是**那个**亲王（说到**那个**两个字特别加重语气）……”对面角落里有人说。

皮埃尔一动不动地坐在墙边的干草上，默不作声，眼睛一会儿睁开，一会儿闭上。他一闭上眼睛，面前就出现那个工人可怕的脸，由于朴实而显得格外可怕的脸，以及那些被迫行刑的刽子手因良心不安而显得更加可怕的脸。于是他又睁开眼睛，在黑暗中茫然望着周围。

皮埃尔旁边坐着一个弯着腰的矮小的人。皮埃尔最初发现他，是因为他一动身上就发出一股强烈的汗臭。这人在黑暗中摆弄他的脚，皮埃尔虽然看不见他的脸，却觉得这人一直在打量他。皮埃尔在黑暗中习惯了一点，发现这人正在脱靴子。皮埃尔对他脱靴子的姿势很感兴趣。

他解开一只脚上的带子，把它整整齐齐地卷好，立刻又解另一只，同时端详着皮埃尔。他一只手把带子挂起来，另一只手已在解另一只脚上的带子。他就这样有条有理、麻利地脱下靴子，把靴子挂在头上的橛子上，拿出一把小刀，割掉些什么，又把小刀合拢放到枕头底下，然后身子坐得舒服一点，双手抱住膝盖，眼睛直盯着皮埃尔。从他熟练的动作上，从他在角落里有条不紊的安排上，甚至从他身上的气味上，皮埃尔体会到一种愉快、宽慰和从容的感觉，不由得目不转睛地望着他。

“您吃过不少苦吧，老爷？”矮小的人突然问。他那悦耳的声音是如此亲切诚挚，皮埃尔想回答，可是下巴颏发抖，眼泪夺眶而出。矮小的人不让皮埃尔发窘，又用他那动听的声音说起来。

“喂，好兄弟，别难过。”他用俄国乡下老太婆的口气说，声音温柔、亲切而好听。“别难过，朋友，受苦一时，活命一世！就是这样，老弟！住在这里，感谢上帝，不用受气。这里的人也有好有坏。”他说。他一面说，一面灵活地一屈膝站起来，咳嗽着走开了。

“哼，小调皮来了！”皮埃尔听见那人亲切的声音从棚子尽头传来。“小调皮来了，它还记得我！哦，好啦，好啦！”那兵推开向他扑来的小狗，回到自己位置上坐下。他手里拿着一个破布包。

“来，吃吧，老爷！”他又恢复原先恭敬的语气说，打开包，递给皮埃尔几个烤土豆。“中饭吃过稀粥了。这土豆可好吃啦！”

皮埃尔一整天没吃过东西，觉得土豆特别香。他谢过那兵，吃起来。

“怎么样，不错吧？”士兵拿起一个土豆笑着说。“你得这么办。”他又拿出折刀，在手掌上把土豆切成两半，从布里捏点盐撒上，递给皮埃尔。

“烤土豆可好吃啦！”他又说。“你就这么吃吧。”

皮埃尔觉得，他从没吃过这么好吃的东西。

“唉，我倒无所谓，”皮埃尔说，“可是他们凭什么枪毙这些可怜的人！……最后那一个才二十岁呢。”

“嘘嘘……嘘嘘……”矮小的人说。“罪过啊，罪过啊……”他连忙补上一句，仿佛这话总是挂在嘴边，随时会脱口而出，接着又说，“这是怎么搞的，老爷，您怎么留在莫斯科不走？”

“我没想到他们会来得那么快。我不是存心留下来的。”皮埃尔说。

“那他们是怎么把你抓住的，好兄弟，是在你家里抓的吗？”

“不，我去看火烧，他们就把我抓起来了，说我是纵火犯。”

“哪里有法庭，哪里就有伤天害理的事。”矮小的人插嘴说。

“你在这里待了很久啦？”皮埃尔一边问，一边嚼着最后一个土豆。

“我吗？我是上星期在莫斯科一家医院里给他们抓来的。”

“你是干什么的？是当兵的吗？”

“我们是阿普雪隆团的兵。发高烧，烧得半死。我们什么消息也没听到。我们二十来个人都病倒了。真是没想到。”

“怎么样，在这儿闷得慌吗？”皮埃尔问。

“怎么不闷，好兄弟。我叫普拉东，姓卡拉塔耶夫。”他补充说，显然要使皮埃尔容易称呼他。“在部队里大家都叫我‘小鹰’。怎么不闷，好兄弟！莫斯科是众城之母。瞧着这光景，心里怎么不闷。老人们说得好：虫子钻进圆白菜，先把自己害。”他急急地添加说。

“什么，你说什么？”皮埃尔问。

“我吗？”普拉东问。“我说：人有千算，逃不了上帝裁判。”他说，仿佛在重复说过的话。他立刻又说下去，“您过得怎么样，老爷，领地有吗？房子有吗？这么说来，您挺富有！内当家的有吗？老人都在吗？”他问。在黑暗中，皮埃尔虽看不见，但感觉到，那兵在问这些时，抿着嘴忍住亲切的微笑。他听说皮埃尔没有老人，特别是没有母亲，很为他难过。

“有老婆好商量，有丈母娘有照顾，但都不及老娘亲！”他说。“那么，有没有孩子？”他继续问。皮埃尔的否定回答显然又使他难过，他连忙添加说，“不要紧，你们还年轻，上帝会赐给你们的。只要夫妻和睦……”

“现在都无所谓了。”皮埃尔情不自禁地说。

“不，你这个好人哪！”普拉东表示不同意。“讨饭也罢，坐牢也罢，永远别嫌弃。”他坐得舒服些，清清嗓子，显然要作长篇大论。“听我说，亲爱的朋友，当年我在家的时候，”他开始说，“我们老爷的领地很富，土地很多，庄稼人日子过得挺好，也有自己的房子，感谢上帝。我们一家七口，我爹亲自下地干活。日子过得挺不错。我们是规规矩矩的正教徒。没想到出了事……”于是普拉东详细讲了他的遭遇：有一天他到人家树林里砍柴，被看林人捉住，挨了一顿毒打，受到审判，然后被送去当兵。“嗨，好兄弟，”他含笑说，声音有点异样，“没想到因祸得福！我要是不犯罪，我弟弟就得去当兵。我弟弟有五个孩子，可我呢，只有一个老婆。有过一个丫头，可是在我当兵前就被上帝召回去了。不瞒你说，我请假回去过一次。到家一看，日子过得比原先还好。满院子都是牲口，娘儿们都在家，两个弟弟出去挣钱了。只有小弟弟米哈伊洛在家。我爹说：‘孩子都一样，十指连心，咬哪个指头都一样痛。要不是普拉东那次被抓去当兵。米哈伊洛就得去。’不瞒你说，我爹把我们都叫去，要我们站在圣像前。他说：‘米哈伊洛，过来，跪在他脚前，还有你，米哈伊洛的媳妇，也跪下，孙儿们也都跪下。你们明白吗？’他说，‘就是这样，我的孩子。’人拗不过命。可我们老是发牢骚：这个不行，那个不好。老弟，幸福好比网里水：拉的时候沉甸甸，拉上来却啥也没有。就是这么一回事。”普拉东在干草堆上换了个座位。

沉默了一会儿，普拉东站起来。

“我看，你困了吧？”他说着迅速地画起十字，念着祷词：

“主哇，耶稣基督，圣尼古拉，圣福罗拉和圣拉夫勒，主耶稣基督，圣尼古拉！圣福罗拉和圣拉夫勒，主耶稣基督，饶恕我们，拯救我们吧！”他结束说，在地上叩头，然后站起来，叹了一口气，坐到原来的干草上。“就是这么一回事。主哇，但愿我睡得像石头一样沉，起来像面包一样轻。”他说着躺下来，把外套拉到身上。

“你这念的是什么祷词啊？”皮埃尔问。

“什么？”普拉东问，他刚要睡着，“念什么？祷告上帝。难道你不祷告吗？”

“不，我也祷告，”皮埃尔说，“但你说圣福罗拉和圣拉夫勒是什么意思？”

“那有什么？”普拉东迅速地回答，“他们是马神。畜生也要爱惜。”普拉东说。“瞧这贱货，缩成一团。它这样倒暖和，狗崽子。”他说着，摸摸脚边的狗，翻了个身就睡着了。

远处传来哭声和叫声，从棚子缝里看得见火光，但棚子里一片寂静和黑暗。皮埃尔好半天睡不着，他睁着眼睛躺在黑暗中，听着身边普拉东均匀的鼾声，觉得原来被破坏的世界又面目一新，重新牢固地出现在他的心中。

13

皮埃尔在棚子里蹲了四个星期。棚子里关着二十三名被俘的士兵、三名军官和两名文官。

后来，这些人在皮埃尔的记忆里都模糊了，唯有普拉东从此给他留下可贵的深刻印象，并且成了善良的圆圆的俄罗斯人的典型。进棚第二天早晨，皮埃尔看见这位邻人，最初留下的圆的印象完全得到了证实：普拉东身穿用绳子束腰的法军大衣，头戴军帽，脚穿树皮鞋，整个形象是圆的，头是滚圆的，背、胸、肩都是圆的，就连他那双随时准备拥抱什么的双手都是圆的，他那愉快的笑脸是圆的，还有他那双温和的栗色大眼睛也是圆的。

从普拉东讲到他当兵的经历来看，他该有五十出头了。他自己不知道也说不准他有几岁，但他爱笑，笑时露出一排完整的洁白坚实的牙齿，他的头发和胡子没有一根白，他的整个身体富有弹性，特别结实耐劳。

他的脸虽有细小的皱纹，但神情天真无邪。他的声音悦耳动听。他说话的特点是直率和自然。他显然从不考虑他说过什么和将要说什么，正因为如此，他那迅速而诚恳的语调具有一种不容反驳的说服力。

被俘初期，他体力过人，动作麻利，似乎根本不知道什么叫疲劳和病痛。每天早晨和晚上，他总是躺在那儿说："主哇，但愿我睡得像石头一样沉，起来像面包一样轻。"早晨起来总是耸耸肩膀说："躺下，缩成一团；起来，精神抖擞。"真的，他一躺下，就睡得像石头一样沉；他一起来，就精神抖擞，一秒钟也不耽误，立刻动手干活，就像孩子一起身就摆弄玩具那样。他什么事都会做，做得不好也不坏。也烤面包，烧菜，缝衣服，刨木头，补靴子，总是忙个不停，只有晚上才跟人说话（他喜欢说话），唱歌。他唱歌不像歌手，歌手知道人家在听才唱歌，他唱歌好像鸟儿，觉得需要发出这些声音，就像人需要伸懒腰和散步一样。他唱歌声音总是像女人一样尖细婉转，感伤动人，神情总是很严肃。

当了俘虏后，他留长胡子，抛弃了强加在他身上的当兵的规矩，恢复了原先农民的、老百姓的生活习惯。

"士兵一休假，衬衫露下摆。"[1]他常常说，他不愿谈当兵的生活，也不诉苦，但常说当兵期间他没有挨过一次打。他主要讲他所宝贵的当"基督徒"（他总是把"基督徒"和"农民"两词相混淆[2]）的往事。他的话里充满了俗语，但不是士兵下流粗鲁的俗语，而是民间格言。这种格言本身没有多大意义，但用得恰当却意义深长。

他说话常常前后矛盾，但说起来总是振振有词，煞有介事。他爱说话，也善于说话，说时常使用格言谚语。皮埃尔认为这些格言谚语都是他杜撰的，而他说话的主要魅力在于，那些皮埃尔看见但不加注意的小事，经他一说，就变得意义深长，非同寻

1 农民习惯把衬衫下摆露在外面，当兵就得塞在裤子里。

2 俄语"农民"和"基督徒"两词读音接近。

常。有个士兵天天晚上讲故事，讲的都是同样几个，但普拉东喜欢听，尤其喜欢听现实生活中的真事。他听这类故事，总是眉开眼笑，有时插几句嘴，提些问题，想把这类事理解得完美无缺。皮埃尔心目中的眷恋、友谊和爱情，普拉东是完全没有的，但他对周围的一切都充满爱心，特别是对人，不是对某一个人，而是对周围所有的人。他爱他的长毛狗，爱同伴，爱法国人，爱坐在他身旁的皮埃尔；但皮埃尔觉得，普拉东虽对他十分亲切（他这样做使皮埃尔内心感到很温暖），但一旦同他分手也丝毫不会惋惜。皮埃尔对普拉东也产生了同样的感情。

普拉东在其他俘虏的眼里只是一个普通的大兵，大家管他叫小鹰或者好普拉东，不怀恶意地取笑他，任意差遣他。但在皮埃尔的心目中，他第一夜给人的印象就是个朴实和真理的不可思议的永恒的浑圆化身，而且这个印象从此不变。

普拉东除了祈祷文外什么也背诵不出，他说话开了头，似乎就不知道怎样结束。

有时皮埃尔对普拉东的话感到惊奇，请他再重说一遍，可是普拉东已记不清刚才说过的话，同样，他也不能把他心爱的歌词说出来。譬如歌曲里唱道："亲爱的故乡，小白桦树，我心里烦恼。"但他说不出这些词的意义。他不理解，也不能理解话里单词的意义。他的一言一行都是他生活的不自觉活动的表现。而个人生活他觉得毫无意义。只有作为他经常感觉到的整体的一部分才有意义。他的言行从他身上表现出来，就像香气从花里散发出来一样均匀、必要和直接。他不能理解个别言行的价值和意义。

14

玛丽雅公爵小姐从尼古拉那里知道她哥哥和罗斯托夫一家同住在雅罗斯拉夫尔后，就不顾姨妈的劝阻，立刻准备动身，不仅自己去，而且带侄儿一起去。至于有没有困难，有没有可能，她不打听，也不想知道：她的责任是不仅亲自赶到可能生命垂危的哥哥身边，而且一定要把儿子给他带去。于是她准备动身。安德烈公爵没有直接通知她，她认为要么是他虚弱得不能写信，要么是他认为，长途跋涉对她和对他儿子来说都太艰难太危险了。

玛丽雅公爵小姐为出门做了几天准备。她的车队包括她坐到沃罗涅日的那辆公爵的大轿车、几辆篷车和行李车。随行的有布莉恩小姐、小尼古拉和他的家庭教师、老保姆、三个使女、季洪、一个年轻的男仆和姨妈派来护送她的跟班。

走平时去莫斯科的路根本不可能，因此玛丽雅公爵小姐得绕道经过利佩茨克、梁赞、弗拉基米尔和舒亚。这条路很长，也很难走，因为不是到处都能找到驿马，甚至有危险，因为据说梁赞附近已出现法国兵。

在这次艰难的旅行中，布莉恩小姐、德萨尔和仆人对玛丽雅公爵小姐的坚强意志和充沛精力都感到惊讶。她睡得最晚，起得最早，任何困难都难不住她。她的非凡意志和精力鼓舞了她的旅伴，到第二个星期末他们已抵达雅罗斯拉夫尔。

玛丽雅公爵小姐在沃罗涅日逗留的最后几天是她一生中最幸福的时刻。她对尼古拉的爱情已不再使她烦恼和不安。这爱情充满了她的整个心灵，成为她身上不可分割的一部分，她不再抗拒。近来，玛丽雅公爵小姐确信，她被人所爱，也爱上了人，尽管她从没对自己明确说过。她最后一次同尼古拉见面时，尼古拉告诉她，她哥哥同罗斯托夫一家人住在一起，那时她就确信这一点。虽然尼古拉只字未提一旦安德烈公爵康复，他和娜塔莎可能恢复关系，但玛丽雅公爵小姐从他的脸上看出，他知道这一点，并且考虑到这一点。虽然如此，他对她那种谨慎、亲切和钟爱的态度不仅没有改变，而且很高兴，因为那样他们就有了亲戚关系，他可以更自由地向她表达他的友爱——玛丽雅公爵小姐有时这样想。玛丽雅公爵小姐知道这是她生平第一次也是最后一次恋爱，她发觉有人爱她，心里感到安慰和幸福。

这种精神上的幸福并不能冲淡她对哥哥病情的深切忧虑，相反，使她更加为哥哥伤感。她从沃罗涅日动身时，这种感情是那么强烈，以致送行的人望着她那沮丧憔悴的脸，都担心她会在半路上病倒；但玛丽雅公爵小姐一路上不断操劳，忧心忡忡，倒暂时忘记了悲伤，增添了力量。

正像旅行时常有的那样，玛丽雅公爵小姐一心只想着旅行，而忘记了旅行的目的。但当他们快到雅罗斯拉夫尔时，一想到面临的事情不是再过几天，而是当天晚上就要实现，她内心的激动便达到了极点。

跟班被先派去打听罗斯托夫家住在雅罗斯拉夫尔什么地方，安德烈公爵的情况怎样。他回来时在城门口遇见公爵的大轿车，看见公爵小姐从车窗里探出来的头，脸色苍白得厉害，不觉大吃一惊。

“什么都打听到了，公爵小姐：罗斯托夫一家住在广场旁商人勃朗尼科夫家。离这儿不远，就在伏尔加河畔。”跟班说。

玛丽雅公爵小姐惊疑地望着他的脸，不明白他对她说的话，不明白他为什么不回答她的主要问题：哥哥情况怎样？布莉恩小姐又替玛丽雅公爵小姐提了这个问题。

“公爵怎么样？”她问。

“公爵老爷同他们都住在那所房子里。”

“这么说，他还活着。”玛丽雅公爵小姐想，接着又低声问：“他怎么样？”

“仆人们说，还是那个样子。”

“还是那个样子”是什么意思，公爵小姐没有问，只偷偷地瞧了一眼坐在她面前欣赏市容的七岁的小尼古拉，低下头去，直到那辆沉重的轿车辘辘地响着，颠簸着，摇摆着，停下来，她才抬起头。车梯哐啷一声放下来。

车门打开了。左边是一条大河，右边是台阶。台阶上站着几个男仆，一个女仆，还有一个面色红润、梳着乌黑大辫子的姑娘。玛丽雅公爵小姐觉得她的微笑有点勉强。这是宋尼雅。公爵小姐跑上楼梯，那个勉强微笑的姑娘说：“这边走！这边走！”公爵小姐来到前厅，看见一个东方脸型的老妇人神情激动地向她迎面快步走来。原来是伯爵夫人。她拥抱了玛丽雅公爵小姐，吻着她。

“我的孩子！”她说，“我爱你，我早就知道你了。”

玛丽雅公爵小姐虽然心里很激动，但知道这位就是伯爵夫人，得同她说说话。她学着人家对她说话的腔调，脱口用法语说了几句客套话，然后问：“他怎么样？”

“医生说他没有危险。”伯爵夫人说，但说的时候叹了一口气，眼睛向上看。这个神态表示出同她说的话相反的意思。

“他在哪里？可以看看他吗？可以吗？”公爵小姐问。

“稍等一下，公爵小姐，稍等一下，我的朋友。这是他的儿子吗？”她对着同迪萨尔一起进来的小尼古拉说，“这里房子很大，大家都住得下。哦，真是个可爱的孩子！”

伯爵夫人把公爵小姐领到客厅。宋尼雅跟布莉恩小姐谈着话。伯爵夫人亲着小尼古拉。老伯爵走进来，对公爵小姐表示欢迎。自从公爵小姐上次见到伯爵以来，伯爵的模样大变了。当时他还是一个快乐活泼、信心十足的小老头，如今可变成一个茫无所措的可怜人了。他在同公爵小姐谈话时，不断地东张西望，仿佛在问人家，他做得对不对。自从莫斯科被毁、他家破产以来，他脱离了生活常轨，显然觉得已失去生活意义，他在生活中的地位也没有了。

玛丽雅公爵小姐心情十分激动，一心想赶快看到哥哥，可是人家却同她应酬，装腔作势地称赞她的侄儿。但她注意到周围的情况，觉得暂时只能顺应这种局面。她知道这一切都是无法避免的，心里感到不痛快，但她并不生他们的气。

“这是我的外甥女，”伯爵介绍宋尼雅说，“您不认识她吧，公爵小姐？”

公爵小姐向她转过身去，竭力压下心头对这个姑娘的敌意，吻了吻她。但她发现周围人的心情离她的心情太远，感到很难受。

“他在哪里？”她又一次问大家。

“他在楼下，娜塔莎陪着他，”宋尼雅红着脸回答，“已经派人去打听情况了。我想您一定累了吧，公爵小姐？”

公爵小姐焦急得眼眶里涌出泪水。她转过身去，又想问问伯爵夫人怎样去他那儿，这时门外传来轻快急促的脚步声。公爵小姐回过头去，看见了几乎是跑进来的娜塔莎，就是好久前在莫斯科见面时她很不喜欢的那个娜塔莎。

但此刻公爵小姐一看见娜塔莎，立刻明白这是一位能与她共患难的真正伙伴，因此是她的朋友。她奔过去一把抱住她，伏在她的肩上哭起来。

娜塔莎坐在安德烈公爵床头，一听说玛丽雅公爵小姐到了，就悄悄走出他的房间，用玛丽雅公爵小姐觉得轻快的步伐向她跑来。

她跑进客厅，她那兴奋的脸上只有一种表情：爱，无限的爱，爱他，爱她，爱她心爱的人所亲近的一切，以及同情人，渴望为帮助人而献出自己的一切。此刻娜塔莎心里显然完全没有想到自己，没有想到她同安德烈公爵的关系。

玛丽雅公爵小姐很敏感，一看见娜塔莎的脸，便全明白了，她悲喜交集，立即伏在她的肩上哭起来。

“走，我们去看看他，玛丽雅。”娜塔莎说着把她领到另一个房间。

玛丽雅公爵小姐抬起头，擦干眼泪，面对着娜塔莎。她觉得可以从娜塔莎那儿了解到一切。

“那么……”她刚要问，立刻又停住。她觉得无法用语言来问答。娜塔莎的脸色和眼睛能更清楚更深刻地说明一切。

娜塔莎对她望望，似乎有顾虑：要不要把她所知道的一切全说出来。她仿佛觉得，面对着这双光芒逼人、能看透她内心深处的眼睛，她不能不把她看到的全部真相说出来。娜塔莎的嘴唇突然抖动了一下，嘴角出现难看的皱纹。她哭起来，用双手捂住脸。

玛丽雅公爵小姐全明白了。

但她仍抱着希望，就用自己也不相信的语言问道：

“他的伤势怎么样？总的情况怎么样？”

“您，您……就会看到的。”娜塔莎只说得出这样一句话。

她们在楼下他房间旁边坐了一会儿，以便止住哭泣，若无其事地进去看他。

“整个病情怎么样？恶化好久了吗？出现**这种情况**有多久了？”玛丽雅公爵小姐问。

娜塔莎说，最初因高烧和疼痛发生过危险，但到了圣三一修道院就过去了，医生只担心一件事：发生坏疽。但这种危险也过去了。来到雅罗斯拉夫尔后，伤口开始化脓（娜塔莎知道化脓是怎么一回事）。医生说，化脓可能平安过去。随后发烧了。医生说，发烧并不太危险。

“可是两天前，”娜塔莎说，“突然出现了**这种情况**……”她忍住哭泣说，“我不知道是什么缘故，但您会看到他变得怎样了。”

“他身子更弱了？更瘦了？……”公爵小姐问。

“不，不是的，情况还要糟。您会看到的。唉，玛丽雅，玛丽雅，他这人太好了，但他活不了，活不了……因为……”

15

娜塔莎熟练地打开他的房门，让玛丽雅公爵小姐走在前面，这时公爵小姐觉得喉咙已被一阵哽咽堵住。不论她怎样做好思想准备，竭力保持镇静，她知道见到他还是忍不住眼泪。

玛丽雅公爵小姐明白，娜塔莎说**“两天前出现了这种情况”**是什么意思。她明白，这是说他突然变得虚弱，而虚弱和感伤往往是死亡的征兆。她走到门口，就想象到她从小熟悉的安德烈那张温柔亲切的脸，这种神色他不常有，因此每次看见都使她感动。她知道他会悄悄地对她说些亲切的话，就像父亲临终时那样，她一定会受不了而放声大哭。但这事早晚总要发生，她只得硬着头皮走进屋去。她那双近视眼越来越看清他的身体和面貌，她越来越难以忍住即将爆发的恸哭，她终于看见他的脸，并且同他的目光相遇了。

他靠着枕头躺在沙发上，身穿一件灰鼠皮睡袍。他又瘦又白。他那瘦骨嶙峋的白蜡般的手，一只拿着手帕，另一只轻轻地摸弄着稀疏的胡子。他的眼睛望着进来的人。

玛丽雅公爵小姐一见他的脸，一遇到他的目光，立刻放慢脚步，觉得眼泪突然干了，哽咽也停止了。她看清他脸上的神态和目光，突然变得胆怯，并且感到内疚。

“我有什么事可以内疚的呢？”她问自己。“你活着，只想到活人的事，可是我！……”他那严厉冰冷的眼神这样回答。

他慢慢地抬起眼睛，瞧了瞧妹妹和娜塔莎，他那不是往外瞧而是向自己内心探视的深邃目光几乎带着敌意。

他照例同妹妹互相吻了吻手。

“你好，玛丽雅，你是怎么到这儿来的？”他说，声音同眼神一样平静而陌生。他要是绝望地尖叫，还不至于使玛丽雅公爵小姐感到这样惊心动魄。

“你把小尼古拉也带来了？”他仍旧那么平静而缓慢地说，显然在竭力回忆。

“现在你身体怎么样？”玛丽雅公爵小姐问，她这样问，连自己也感到吃惊。

“我的朋友，这事你得问医生。”他说，显然竭力想表示亲热。接着他又悄悄地说（他似乎根本没想到他在说什么）：“谢谢你来看我，亲爱的朋友。”

玛丽雅公爵小姐握了握他的手。她的握手使他微微皱起眉头。他不作声，她也不知道说什么好。她明白这两天来发生的变化。在他的话里，在他的语气里，特别是在他的眼神里，在他那冰冷的含有敌意的眼神里，有一种使活人感到害怕、同人世疏远的神色。看来，现在他很难理解活人的事，但同时使人觉得，他不理解活人的事并非因为他丧失理解力，而是因为他理解那种活人所不能理解而占据他整个身心的事。

“你看，多么奇怪，命运又把我们联在一起！”他打破沉默，指指娜塔莎说，“她一直在照顾我。”

玛丽雅公爵小姐听着，但不明白他的话。这个聪明多情的安德烈公爵怎么能在这个为他所爱并爱他的人面前说这种话呢！他如果想活下去，怎么能用这种冷得使人难受的语气说这种话呢！他如果知道自己快死了，怎么能不可怜她，怎么能当着她的面说这种话呢！只能有一种解释，他对什么都无所谓，因为他已得到一种极其重要的启示。

谈话是冷淡的，不连贯的，而且常常中断。

“玛丽是取道梁赞到这儿来的。”娜塔莎说。安德烈公爵没注意她对他的妹妹用了爱称。而娜塔莎当着他的面这样称呼她，自己也是第一次注意到。

“那又怎么样？”他问。

“她听人说莫斯科烧光了，通通烧光了，仿佛……”

娜塔莎突然停住，她说不下去。他显然在用心听，但是听不见。

“是的，据说烧光了。”他说。“真是太可惜！”他眼睛望着前面，心不在焉地用手指捋着小胡子。

“你遇到尼古拉伯爵了，玛丽？”安德烈公爵突然说，显然想说些使她们高兴的话。“他来信说他很喜欢你。”他继续若无其事地说，显然不能理解他的话对活着的人具有复杂的含义。“你如果也爱他，那就太好了……你们可以结婚。”他稍微快一点地添加说，仿佛因为找了许久终于找到这句要说的话而感到高兴。玛丽雅公爵小姐听到他的话，没有别的想法，只觉得他离开人世实在太远了。

“谈我的事做什么！”她平静地说，瞧了一眼娜塔莎。娜塔莎感到向她射来的目光，没有抬头看她。大家又不作声。

“安德烈，你要不要……”玛丽雅公爵小姐突然声音发颤地说，“你要不要见见小尼古拉？他一直在想念你。”

安德烈公爵第一次露出依稀可辨的笑容，但熟悉他表情的玛丽雅公爵小姐恐惧地看出，这微笑不是欢乐，不是表示对儿子的柔情，而是一种轻微的温和的嘲笑，嘲笑玛丽雅公爵小姐使用了自以为能激发他感情的最后一招。

“哦，小尼古拉来了，我很高兴。他身体好吗？”

小尼古拉被送到安德烈公爵跟前，他恐惧地望着父亲，但没有哭，因为没有一个人在哭。安德烈公爵吻了吻他，显然不知道同他说什么好。

小尼古拉被带走后，玛丽雅公爵小姐又走到哥哥面前，吻了吻他，再也忍不住，就哭起来。

他凝视着她。

“你这是为了小尼古拉吧？”他问。

玛丽雅公爵小姐一边哭，一边点点头。

“玛丽，你知道《福音书》……”他说到一半突然停住。

“你说什么？”

“没什么。别在这儿哭。”他说，仍旧用冷冷的目光望着她。

玛丽雅公爵小姐一哭，他明白她是哭小尼古拉要失去父亲了。他好不容易使自己回到人间，像她们一样看问题。

“是的，她们一定很伤心！”他想。“其实这事平常得很！”

“天上的飞鸟，也不种，也不收，也不积蓄在仓里，你们的天父尚且养活他。”[1]他自言自语，同时想把这句话说给公爵小姐听。“不，她们有她们的想法，她们不可能理解！这种事她们不能理解，而她们所珍重的那些感情，我们认为非常重要的那些思想，其实是多余的。我们不能相互理解。”于是他没再说什么。

1 见《新约全书·马太福音》第六章第二十六节。

安德烈公爵幼小的儿子才七岁。他刚学会认字，什么也不懂。这一天以后，他经历了许多事情，知识、观察力和经验都有了增长。但即使他当时具有后来的全部能力，也不能更深地理解他所看到的父亲、玛丽雅公爵小姐和娜塔莎三人演出的一幕。他懂得了一切，没有哭，走出房间，默默地走到随他出来的娜塔莎跟前，用他那双沉思默想的好看的眼睛害羞地瞧了她一眼。他那翘起的鲜红上唇抖动了一下，他把头靠在她身上哭起来。

从那天起，他回避德萨尔，回避抚爱他的伯爵夫人，不是独自坐着，就是胆怯地走到玛丽雅公爵小姐和娜塔莎跟前，羞怯地同她们亲近，而他喜欢娜塔莎似乎超过了姑姑。

玛丽雅公爵小姐从安德烈公爵屋里出来，完全明白了娜塔莎脸上的表情。她不再同娜塔莎谈挽救他生命的事。她和娜塔莎轮流守在他的沙发旁，不再哭泣，但用心灵不断向永恒的奇妙的上帝祷告。显然，上帝已降临到这个垂死的人身上。

16

安德烈公爵不仅知道自己要死，而且感觉到正在死去，已经死了一半。他有一种超脱尘世、轻松愉快的奇异感觉。他不慌不忙、平心静气地等待着即将降临的事。他一生时常感觉到的那种威严、永恒、遥远而不可知的东西，如今已近在咫尺，并且从那奇怪的轻松感上几乎已能理解和接触到。

他以前害怕生命结束。他有两次极其痛苦地体验过死的恐惧，如今已不再有这样的感觉了。

那一次榴弹在他面前像陀螺似的打转，他望着留茬地、灌木丛和天空，知道他正面对着死神，那时他第一次产生这样的感觉。他负伤后清醒过来，精神上仿佛顿时卸下生活的重担，那朵永恒的、自由的、不受现实生活束缚的爱之花开放了，他不再怕死，也不再想到死。

在他负伤后处于孤独和半昏迷状态时，他越深入思考那向他启示的永恒的爱，他就越摈弃尘世的生活。爱世间万物，爱一切人，永远为了爱而自我牺牲，那就是说不爱哪个具体的人，不过尘世的生活。他越领会这种爱的精神，就越摈弃尘世生活，越彻底消除那不存在爱的生死之间的鸿沟。他第一次想到死的时候，他对自己说：死就死吧，死了更好。

但在梅基希村那一夜，他在半昏迷状态看见了那个他想看见的女人，他把嘴唇贴在她的手上，悄悄流着喜悦的泪水，对一个女人的爱又不知不觉潜入他的心坎，使他对人生又产生了眷恋。他心里又产生快乐和兴奋的念头。他回想他在急救站看见阿纳托里的情景，现在他已没有那种感情了，他渴望知道一个问题：他是不是还活着？但他不敢问。

他的病情按照生理规律发展着，但娜塔莎所说的**“他身上起了变化”**，那是玛丽雅公爵小姐到来前两天的事。这是生死之间的最后一次搏斗，而死占了上风。他意外地发现他仍然珍惜生命，那是对娜塔莎的爱唤起的，也是他最后一次对未知世界的恐惧。

一天傍晚，他饭后照例有点低烧，但思绪非常清楚。宋尼雅坐在桌旁。他打着瞌睡。突然他心里涌起一阵幸福感。

“哦，是她来了！”他想。

真的，宋尼雅的座位上坐着刚悄悄进来的娜塔莎。

从她来照料他那天起，他便从生理上感觉到她就在身边。她坐在安乐椅上，侧身给他挡住烛光，打着袜子（她学会打袜子，是因为安德烈公爵有一次对她说，谁也比不上老保姆会服侍病人，她们总是悄悄坐着打袜子，而这种活动最能使人心宽）。她那纤细的手指迅速地活动着，钢针有时相互碰撞，他清楚地看见她那低头沉思的侧影。她动了一下，线团从膝盖上滚下去。她打了个哆嗦，回头看了看他，手挡住烛光。她小心而灵活地弯下身，捡起线团，又照原来的姿势坐下。

他一动不动地瞧着她，发现她这样一动后需要深深喘一口气，但她不敢这样做，只小心翼翼地把气缓缓透过来。

他们在圣三一修道院谈到过往事。他对她说，他如果能活下去，他要永远感谢上帝使他负了伤，因为这伤使他同她重逢；但从此以后他们没再谈过未来的事。

“这事会不会有结果？”此刻他望着她想，同时倾听着钢针轻轻的相碰声。“难道命运这么奇怪地使我同她重逢，就是为了让我死吗？……难道向我启示人生的真谛，就是为了让我过虚伪的生活吗？我爱她胜过世上的一切。我爱她，可是叫我怎么办呢？”他自言自语。他突然不由自主地呻吟起来，这是他在痛苦中养成的习惯。

娜塔莎听见呻吟声，放下袜子，向他折过身去。她突然发现他眼睛发亮，就轻轻走到他面前，俯下身去问：

“您没睡着？”

“没有，我瞧了您好半天，您进来时我就发觉了。没有一个人像您这样使我心里平静……给我光明。我高兴得真想哭。”

娜塔莎向他挨得更近些。她的脸焕发着兴奋的光辉。

“娜塔莎，我太爱您了。我爱您胜过世上的一切。”

“那么我呢？”她转过身去一会儿。“为什么说太爱了？”

“为什么说太爱吗？……那么，您觉得怎么样，您心里觉得我还能活下去吗？您认为怎么样？”

“我相信，我相信您能活下去！”娜塔莎热情地握住他的双手，简直在大声疾呼。

他没作声。

“那太好了！”他拉起她的手吻了吻。

娜塔莎感到幸福和激动。她立刻想到，这样不行，他需要安静。

“可是您还没睡呢，”她克制着心头的喜悦说。“您快睡吧……快睡吧。”

他紧紧地握了握她的手，把它放下。她回到蜡烛前面，又照原来的姿势坐下。她两次回头看他，遇见他闪闪发亮的眼睛。她强使自己专心打袜子，不打完就不看他。

果然，没多久他就闭上眼睛睡着了。他睡了没多久，又突然出了一身冷汗惊醒了。

他在睡梦中还是念念不忘近来一直萦回脑际的问题：生和死。但想得更多的是死。他觉得自己离死更近了。

“爱？爱是什么？”他想。“爱阻止死。爱就是生。因为我爱，我才懂得一切，一切。因为我爱，世间才存在一切，一切。只有爱才能把一切联系起来。爱就是上帝，而死就是我这个爱的因子回到万物永恒的起源。”这些思想使他得到安慰。但这只是一些思想，其中缺乏些什么，偏于个人理性的成分，不够明确。仍然是忧虑和迷惘。他睡着了。

他做了一个梦，梦见他躺在现在躺着的房间里，但身体健康，没有负伤。他面前出现形形色色冷淡而渺小的人。他同他们谈话，争论一个无关紧要的问题。他们准备去什么地方。安德烈公爵模模糊糊地记得，这一切都是无关紧要的，他有其他重要得多的事要做，可他仍在说些空洞的使大家惊讶的俏皮话。这些人一个个悄悄地消失，只剩下一个关门的问题。他站起来向门口走去，想把门闩上。**一切**都决定于他是不是来得及把门锁上。他连忙向门口走去，可是两腿不听使唤。他知道来不及把门关上了，但还是拼命使出全身力气。他感到魂飞魄散。其实这就是死的恐惧：它就在门外。当他虚弱无力地向门口爬去时，那个叫人毛骨悚然的东西正在门外使劲地推，眼看着就要破门而入。那个非人间的东西——死神正要破门而入，得挡住它。他抓住门把手，拼死命抵住门，即使来不及上锁，也得把门堵住，可是他的力气弱得可怜，那个叫人毛骨悚然的东西把门推开，接着门又关上了。

它再次在门外推，他使出最后所有的力气也没有用，两扇门被无声地打开了。**它**走进来，它就是**死神**。于是安德烈公爵死了。

但就在安德烈公爵死去的一瞬间，他记起他在睡觉；也就在他死去的一瞬间，他挣扎着醒过来。

“是的，这就是死。我死了，我也就醒了。是的，死就是觉醒！”他的心灵豁然开朗了，那张至今遮蔽着未知世界的帷幕在他心灵前面揭开了。他觉得内心被束缚的力量获得了解放，身上那种奇妙的轻松感也不再消失。

他出了一身冷汗醒过来，在沙发上动了动，娜塔莎走到他身边，问他怎么了。他没有回答，不明白她在说什么，只目光异样地对她望望。

这是玛丽雅公爵小姐到来前两天的事。据医生说，从那天起病情恶化，高烧耗尽了他的体力，但娜塔莎并没注意医生的话，她亲眼看到精神上可怕的症状，更加确信情况严重。

那天，安德烈公爵从睡梦中惊醒，也就是从人生中觉醒。他觉得，从人生中觉醒并不比从睡梦中惊醒来得慢。

不过，这种缓慢的觉醒并没有什么可怕和难受。

他的最后几天和最后时刻过得平淡而安静。玛丽雅公爵小姐和娜塔莎一直守着他，都有这样的感觉。她们没有哭，没有发抖，最后几天她们自己也觉得，她们不是在照顾他（他已不存在，他已离开她们了），而是在照顾最亲切的东西——他的躯体。她们俩的感情是那么强烈，以致死的可怕形式对她们已不起作用。她们觉得没有必要触动她们的悲伤。她们在他面前没有哭，背着他也没有哭，彼此之间也从不谈到他。她们觉得无法用语言来表达她们的感受。

她们俩都看到，他在缓慢而平静地离她们而去，越来越深地进入一个世界。她们俩明白，这是必然的结果，没有什么不好。

神父给他做了忏悔，授了圣餐；大家都来和他告别。他们把他的儿子领来，他吻了吻儿子的脸，接着就转过身去，并非因为他感到难过或者伤心（这一点玛丽雅公爵小姐和娜塔莎都明白），而是因为他认为要他做的就是这一些；但当他们要他给儿子祝福时，他也照办了。他还环顾了一下，仿佛在问，还有什么事要他做。

当灵魂离开身体，身体作最后抽搐时，玛丽雅公爵小姐和娜塔莎都在场。

“过去了吧？！”他的身体一动不动地躺了几分钟，渐渐变凉，玛丽雅公爵小姐说。娜塔莎走上前去，瞧了瞧那双死去的眼睛，连忙给他合上。她给他合上眼睛，但没有吻他，而是把身子贴近那引起她最亲切回忆的身体。

“他到哪里去了？他现在在什么地方？……”

他的遗体洗好穿上衣服躺在桌上的棺材里。这时，所有的人都来向他告别，大家都哭了。

小尼古拉哭，是因为难堪的困惑使他心碎。伯爵夫人和宋尼雅哭，是因为可怜娜塔莎，而且从此失去了他。老伯爵哭，是因为他感到不久他也将迈出这可怕的一步。

娜塔莎和玛丽雅公爵小姐也在哭，但她们不是为自己的悲伤而哭。她们哭，是因为面对这简单而庄严的死的奥秘，内心充满了虔敬的感情。

第二部

1

人的智力无法理解各种现象的全部原因，但人的心灵却往往想探索它们。人的智力不深入了解无数错综复杂的条件（其中每一个条件单独看都像是原因），只随便抓住一个首先碰到的近似条件说：这就是原因。在历史事件中（人的行动在这里是观察对象），最原始的近似条件是神的意志，然后是站在历史显要地位的人的意志，也就是历史上英雄人物的意志。但是，只要深入了解每一历史事件的实质，也就是深入了解参与其事的全体群众的活动，就会相信历史上的英雄人物不仅没有引导群众的活动，而是常常处于被引导地位。不论怎样理解历史事件的意义，情况都是这样。有人说，西方人向东方进军，是因为拿破仑要这样做；另外有人说，这件事的发生是因为非发生不可。这两种人的差别就同下列两种人的差别一样：一种人说，地球固定不动，是行星围着地球转；另一种人说，他们不知道什么东西支持着地球，但知道，地球和行星的运动都是受一定规律支配的。一个历史事件不可能有多种原因，只能有一种原因。但支配事件的规律，有些是未知的，有些已被我们摸索出来。我们只有摈弃从某一个人的意志中寻求原因的方法，才能发现这些规律，就像人们只有摈弃地球固定不动的观念，才能发现行星运动的规律一样。

史学家认为，在一八一二年战争中，除了鲍罗金诺战役、莫斯科沦陷和被焚之外，最重要的事件就是俄军从梁赞大道来到卡卢加大道，然后直入塔鲁季诺营地，也就是所谓越过红帕赫拉河的侧翼进军。史学家把这一天才功勋的荣誉归于不同的人，并且争论究竟应该归功于谁。谈到这次侧翼进军，就连外国史学家，包括法国史学家在内，也都承认俄国统帅的天才。但是，为什么军事著作家以及他们的信徒都认为，这次侧翼进军是某个人深思熟虑的结果，从而使俄国得救、拿破仑失败。这种观点是难以理解的。首先，很难理解这次行动的深思熟虑和天才决策表现在哪里，因为，一支军队在不受攻击时，它的最有利位置就是粮草充裕的地方，这个道理是无须多费思索就能懂得的。任何人，就连一个不懂事的十三岁孩子，也能毫不费事地看出，一八一二年莫斯科失守后，军队最有利的位置是在卡卢加大道。因此，第一，无法理解，史学家凭什么认为这次行动是深思熟虑的结果。第二，更难理解的是，史学家怎样看出，这次军事行动对俄军是得救而对法军是致命打击？因为这次侧翼进军，如果在进军前、进军中和进军后发生其他情况，那么，对俄军就可能是致命打击而对法军则是得救。如果说，这次军事行动后，俄军的地位开始改善，那也绝不能说是这次行动促成的。

这次侧翼进军，如果没有其他条件配合，不仅不会给俄军带来什么好处，而且可能使俄军毁灭。如果莫斯科没有被毁，如果缪拉没有从视野中失去俄军，如果拿破仑没有按兵不动，如果按照别尼生和巴克莱的建议在红帕赫拉附近打一仗，那会怎么样？如果法军在俄军渡过红帕赫拉河后大举进攻，那又会怎么样？如果拿破仑在逼近塔鲁季诺时，用进攻斯摩棱斯克十分之一的兵力进攻俄军，那又会怎么样？如果法军进攻彼得堡，那又会怎么样？……这些假定如果有一条成立，那么，这次侧翼进军就会由救星变为灾星。

第三，最难以理解的是，研究历史的人不愿看到，这次侧翼进军不能归功于任何一个人，谁也没有预见到，这次军事行动也像撤出菲里时一样，没有一个人看见它的全貌，它的全貌是从无数错综复杂的条件中，一步一步，一个事件一个事件，一个瞬间一个瞬间地不断显现，直到行动完成并成为往事后，才豁露出来。

在菲里会议上，俄军将领多数认为，沿着下城大道一直退却是理所当然的事。大多数与会者都赞成这个意见，尤其是会后总司令同主管军粮的兰斯基那场著名的谈话都足以证明这一点。兰斯基向总司令报告说，军粮主要集中在奥卡河沿岸的图拉省和卡卢加省，要是向下城撤退，存粮将被广阔的奥卡河隔断，时令已交初冬，渡河是不可能的。这是必须放弃原先认为最自然的直下下城的想法的第一点理由。军队沿右边梁赞大道行进，离给养较近。后来，由于法军甚至不知道俄军在什么地方而按兵不动，俄军则要保护图拉的兵工厂，尤其是要接近粮草存放地，就进一步向南移动，来到图拉大道。俄军神速地过了红帕赫拉河向图拉大道行进的时候，将领们想在波多尔斯克停下来，根本没考虑塔鲁季诺阵地。但是无数情况，包括原先不知俄军去向的法军的重新出现，作战计划的改变，尤其是卡卢加的粮食充裕，促使俄军更向南移，移到粮食所在的交叉路，从图拉大道转到卡卢加大道，直奔塔鲁季诺。就像无法回答莫斯科是何时放弃的那样，人们也无法回答转移到塔鲁季诺究竟是谁的主意，直到俄军由于各种不同因素的巧合来到塔鲁季诺后，人们才煞有介事地说，他们早就想这样做，早就预见到这一点了。

2

那次著名的侧翼进军其实只是俄军在法军进攻下直线后退，等到法军停止进攻，就改变原来的路线，看到后面没有追击，自然转向粮草充裕的地区。

即使俄军没有英明的统帅领导，而是一支没有军官率领的军队，那么，这支军队也不会有其他办法，只能从粮草充裕、物产丰富的地区迂回到莫斯科。

从下城大道向梁赞大道和卡卢加大道转移，这是理所当然的事，就连俄军中的不法分子也纷纷朝那个方向逃跑，而彼得堡也要求库图佐夫朝那个方向转移。库图佐夫在塔鲁季诺接到皇帝近乎申斥的谕旨，责备他把军队引到梁赞大道，责令他占领卡卢加对面的阵地，其实他在接到圣旨时已到了那个地方。

俄国军队像个球，受整个战役和鲍罗金诺会战的推动，顺着推力向前滚，一旦推力消失而新的推力还没有出现，它自然就停止不动。

库图佐夫的功绩不在于所谓天才的战略行动，而在于只有他一人明白那次事件的意义，只有他一人明白当时法军按兵不动的意义，只有他一人始终认为鲍罗金诺会战是一次胜利，只有他一人竭力阻止俄军去做无谓的战斗，而就他总司令的身份来说，他是应该率领军队进攻的。

在鲍罗金诺受伤的那头野兽躺在跑开的猎人把它留下的地方。它是不是还活着，是不是还有力量，还是只躲了起来，猎人可不知道。突然，传来那头野兽的呻吟。

法军这头受伤野兽的呻吟预告着它的灭亡，具体表现为派洛里斯东到库图佐夫营地求和。

拿破仑刚愎自用，不考虑后果，凭心血来潮行事。他写信给库图佐夫，信手写来，想到什么就写什么。他写道：

> 库图佐夫公爵！现派我的侍从长官同您谈判诸多重大问题。请阁下相信他对您说的话，**特别是向您表达我对阁下怀抱已久的敬意和景仰之情**。我在此祈求上苍给您神圣的庇护。
>
> 莫斯科 一八一二年十月三十日
>
> **拿破仑**

“如果我被看作任何和谈阴谋的主谋，我将受到诅咒。这就是我国人民的意志。”库图佐夫这样回答，仍然竭力制止他的军队进攻。

法军在莫斯科抢劫了一个月，俄军在塔鲁季诺平静地驻扎了一个月，双方力量（士气和人数）的对比发生了变化，优势已转到俄军方面。俄军虽不知法军的情况和人数，但形势一旦发生变化，进攻的要求立刻从许多迹象上表现出来。这些迹象是：洛里斯东的前来求和，塔鲁季诺的充足粮草，法军闲散无事和纪律松弛的情报，我军部队的获得增补，良好的天气，俄军士兵长期休整后求战的迫切心情，以及想知道久未接触的法军情况的好奇心，俄军哨兵敢于在塔鲁季诺法军驻地附近放哨的勇气，农民和游击队轻易战胜法军的消息，由此而激发的羡慕之情，只要法军还占领莫斯科就无法克制的人人心头的复仇情绪，主要的是，每个士兵都模模糊糊地意识到，现在力量对比起了变化，优势在我们方面。实际力量对比起了变化，进攻就势在必行。就像分针走完一圈，时钟就准确地报一次钟点那样，随着实力的变化，军队上层的活动加强了，也像时钟那样发出了响声。

3

俄军受库图佐夫及其参谋部的指挥，同时又受彼得堡皇帝的指挥。在莫斯科失守消息传来之前，彼得堡就拟订好一个详细的全面作战计划，送交库图佐夫作为指导方针。这个作战计划虽是莫斯科仍在我们手里时拟订的，参谋部还是赞成这一计划，并准备执行。库图佐夫回文只说，远方制订的行动计划往往很难实行。于是彼得堡又发出新的指示以解决可能遇到的困难，还派出一批人监视库图佐夫的行动并随时向彼得堡报告执行情况。

此外，俄军参谋部又作了全面改组。补了阵亡的巴格拉基昂和愤而辞职的巴克莱的遗缺。又认真考虑人员的调动：把甲调到乙的位置上，把乙调到丙的位置上，或者把丙调到甲的位置上，等等，仿佛除了使甲乙满意外，这种调动还能起别的作用。

在参谋部里，由于库图佐夫和参谋长别尼生之间的对立，皇帝心腹的参与和人员调动，派系斗争比平时更加复杂：在各种调动和改组中，甲暗算乙，丁暗算丙，这类现象屡见不鲜。这些钩心斗角的斗争主要是为了军事行动，也就是说大家都想夺取指挥权。但军事行动不以他们的意志为转移，而是按照它本身的规律进行着，也就是说从来不按照他们的设想而是根据群众的基本态度进行着。所有这些错综复杂的倾轧，只不过真实地反映上层无可避免的矛盾罢了。

“库图佐夫公爵！”在塔鲁季诺战役之后，总司令接到皇帝十月二日的手谕。“九月二日莫斯科落入敌手。您上次报告是二十日发出的，在此期间，您不仅没有采取任何行动抗击敌寇，光复古都，甚至，如您上次报告所说继续后退。谢尔普霍夫已被敌军占领，拥有著名大兵工厂的图拉也面临危险。据文森海罗德将军报告，敌万人兵团正沿彼得堡大道前进。另一支数千人的军队也已逼近德米特罗夫。第三支法军正沿弗拉基米尔大道前进。第四支军队人数相当庞大，现驻在鲁扎和莫扎依斯克之间。拿破仑本人截至二十五日仍在莫斯科。根据上述情报，敌人分成几路大军，拿破仑及其近卫军仍驻在莫斯科，您是否因此认为敌军力量太大而无法出击呢？其实他们用来追击您的只有几个分队，或至多一个军，力量远不如您的部队。因此，根据这些情况，您可以有利地攻击比您弱的敌人并加以消灭，或至少迫使它退却，收复现被敌人占领的各省大部分土地，从而使图拉和内地城市摆脱危险。如果敌人派出大量军队威胁这个兵力剩下不多的京城彼得堡，您就得负责，因为您拥有交托给您的军队，只要行动果断有力，您完全能消除这一新的灾难。您要记住，您还要为莫斯科失守而对蒙受奇耻大辱的祖国负责。我会及时嘉奖您，这一点您是清楚的。我这种决心决不动摇，但我和俄国有权要求您坚定不屈并取得成功，相信您的智慧、军事才能和您所统率的勇敢军队一定不会辜负我们的期望。”

但皇帝这封表明双方力量对比在彼得堡已得到反映的手谕还在路上，库图佐夫就已无法制止他的军队发动进攻，战斗已经开始了。

十月二日，一个叫沙波瓦洛夫的哥萨克在侦察时射死一只兔子，又打伤了另一只。沙波瓦洛夫追逐受伤的兔子，闯入树林，碰到没有任何警戒的缪拉左翼部队。哥萨克笑着对伙伴们说，他几乎落入法国人手里。哥萨克少尉听了这件事，就向指挥官报告。

沙波瓦洛夫被叫去询问。哥萨克指挥官想利用这个机会，从法国人手里夺回几匹马，但一个认识上级军官的指挥官把这件事报告了参谋部一位将军。最近，参谋部里情况极其紧张。前几天，叶尔莫洛夫去见别尼生，求他凭他对总司令的影响劝总司令发动进攻。

“如果我不认识您，我还会以为您并不真想实现您的要求呢。只要我提出一项建议，总司令准会作出相反的决定。”别尼生回答。

派出去的侦察兵回来证实了哥萨克的报告，表明时机已完全成熟。绷紧的发条松开来，时钟发出当当的响声。尽管库图佐夫拥有有名无实的权力、卓越的聪明才智、丰富的军事经验和识别人的本领，他不得不注意别尼生亲自呈送皇上的奏章、全体将军的一致愿望、他所估计的皇帝的愿望和哥萨克的报告，他已无法制止无可避免的行动，只得下令做他认为有害无益的事，勉强承认既成事实。

4

别尼生力陈进攻之利的奏章，以及哥萨克探明法军左翼未设防的情报，只是必须下进攻令的最后条件。于是决定于十月五日发动进攻。

十月四日早晨，库图佐夫签发了作战命令。托里向叶尔莫洛夫宣读了这个命令，并责令他作进一步部署。

“好，好，但我现在没有空。”叶尔莫洛夫说着走出小屋。结果作战命令就由托里起草。他写得很好，虽然像奥斯特里茨作战时一样，用的不完全是德语：

“第一纵队[1]向某地进发，第二纵队[2]向某地进发。”等等。所有这些纵队都在纸上按规定时间到达规定地点，把敌人消灭。就像一切作战计划一样，想得都很美妙，但结果没有一个纵队在规定时间到达规定地点。

当作战部署印成必要份数后，就派一个军官去叶尔莫洛夫那里，要他执行命令。这个年轻的近卫骑兵军官，库图佐夫的传令

1 原文是德语。

2 原文是德语。

官，接到这个重要任务很高兴，立刻动身去叶尔莫洛夫寓所。

“他出去了。”叶尔莫洛夫的勤务兵回答。近卫骑兵军官就到叶尔莫洛夫常去的一位将军那里。

“不在，将军也不在。”

近卫骑兵军官又骑马到另一个地方。

“不在，他出去了。”

“但愿不要责怪我耽误了时机！真要命！”那个军官想。他跑遍整个营地。有人说看见叶尔莫洛夫同其他几位将军走过，有人说他多半回家了。那个军官一直找到傍晚六点钟，连饭都没吃。哪儿也找不到叶尔莫洛夫，谁也不知道他在什么地方。那个军官在同事那里匆匆吃了点东西，又到前卫去找米洛拉多维奇。米洛拉多维奇也不在家，那里的人告诉他米洛拉多维奇到基金将军那里去参加舞会，叶尔莫洛夫大概也在那里。

“那在什么地方？”

“喏，就在叶奇金那里。”一个哥萨克军官指着远处一座地主的房子，说。

“怎么，在防线外面吗？”

“他们派出两个团作前哨，今晚在那里大吃大喝，寻欢作乐，简直该死！有两个乐团，三个合唱团。”

那个军官就驰往前哨叶奇金那里。他还没有走近那座房子，老远就听见快乐和谐的士兵舞曲。

“在草地上……在草地上！……”口哨声和托尔班琴[1]声不时被叫喊声淹没。那个军官听到这声音心里也高兴起来，但同时有点担心，怕这么久没把重要命令送到会受处分。时间已过八点。他下了马，走进这座处于俄法两军之间而仍保存完好的地主

1 旧时流行于波兰和乌克兰等地的弹拨乐器。

住宅的门廊。在餐室和前厅，仆人正忙着端酒送菜。歌手们站在窗外。军官被引进门里，他看见军队中所有的重要将军，其中包括身材高大引人注目的叶尔莫洛夫。将军们都敞开上装，红光满面，眉飞色舞，站成半圆形，大声说笑。大厅中央，一位面目英俊、个儿不高的将军，满面通红，英姿勃勃地跳着特列帕克舞。

“哈，哈，哈！尼古拉真了不起！哈，哈，哈！”

军官觉得，在这样的时刻带着重要命令进去，岂不是罪上加罪，他想等一会儿，但有位将军看见他，知道他的来意，就告诉了叶尔莫洛夫。叶尔莫洛夫皱着眉头走过来，听了军官的报告，一言不发，从他手里接过文件。

“你以为他走开是无意的吗？”那天晚上参谋部一个同事谈到叶尔莫洛夫，对骑兵军官说，“这是耍手腕，故意这样做的。他是要跟柯诺夫尼岑为难。等着吧，明天会有好戏看了！”

5

第二天一早，年老体衰的库图佐夫起身后做了祷告，穿好衣服，想到他得去指挥一场他不赞成的会战，心中烦闷，坐上马车，从离塔鲁季诺五俄里的列塔舍夫卡到进攻部队集合的地点去。库图佐夫坐在车里，睡睡醒醒，醒醒睡睡，听着右边有没有枪声，战斗是不是开始，但一直没听到动静。一个潮湿凄凉的秋天，曙光初露。快到塔鲁季诺的时候，库图佐夫看见一些骑兵牵着马穿过大路去饮水。库图佐夫对他们仔细瞧瞧，停住马车，问他们是哪个部队的。这些骑兵所属的纵队早该去远处埋伏了。"也许是弄错了吧。"老迈的总司令想。又走了一程，库图佐夫看见几个步兵团，他们架起枪，士兵们只穿着衬裤，有的在熬粥，有的在抱柴。他叫来一个军官。那军官报告说，他们没有接到进攻命令。

"怎么会呢？"库图佐夫刚开口，又立刻停住，下令召唤一名高级军官。他爬下马车，垂着头，喘着气，默默地踱来踱去，等候着。总参谋部军官艾兴奉命跑来，库图佐夫脸涨得通红，并非因为这个军官犯了什么错误，而是因为他是个合适的出气对象。老头子浑身发抖，上气不接下气，愤怒得简直要在地上打滚。他冲到艾兴面前，挥舞双手，大声吆喝，骂着粗话。另一个无辜的人，勃罗津上尉，正好碰上，也遭到同样的命运。

“你这浑蛋是怎么搞的？非毙了你不可！”他挥舞双手，身子摇摇晃晃，哑着嗓子叫道。他肉体上都感到非常痛苦。这位总司令大人，人人相信俄国从来没有人拥有像他这样大的权力，如今却落得成为全军的笑柄。“我白白为今天的局面祈祷，白白通宵不眠反复思考！”他想到自己，“如果我是个小小的尉官，谁也不会这样取笑我……可是现在！”他像受到体罚似的肉体上感到痛苦，忍不住发出疯狂的号叫，但很快就体力不支。他环顾四周，觉得自己已说了许多难听的话，就坐上马车，默默地回去。

怒气一发泄完就不再重来，库图佐夫虚弱地眨着眼睛，听取种种辩解和袒护的话（叶尔莫洛夫自己到第二天才来见他，以及别尼生、柯诺夫尼岑和托里坚持第二天发动进攻的要求）。库图佐夫只好又一次表示同意。

6

第二天傍晚，军队在指定地点集合，当天夜里出发。这是一个阴云密布的秋夜，但没有雨。地面潮湿而并不泥泞，军队悄悄地行进着，只偶尔隐隐听到炮车的辘辘声。命令不准高声谈话、吸烟、打火；不让马嘶鸣。行动的神秘平添了它的魅力。士兵快乐地走着。有些纵队停下来，架起枪，躺在寒冷的地上，满以为已到达指定地点；有些纵队（大多数）走了一个通宵，显然走错了地方。

只有奥尔洛夫伯爵带领一队哥萨克（一支最无足轻重的分队）准时到达指定地点。这个分队停在树林边缘，斯特罗米洛夫村和德米特罗夫村之间的小路上。

天蒙蒙亮，正在打盹的奥尔洛夫伯爵被唤醒了。一名法军逃兵被带了进来。这人是波尼亚托夫斯基军的一名波兰士官。这名士官用波兰语解释说，他因受了委屈特来投奔俄军，其实他比谁都勇敢，照理早就该提升为尉官，所以他毅然离开法军，还要对他们进行报复。他说，缪拉就在离此一俄里处过夜，只要给他一百名卫兵，他就能把他活捉过来。奥尔洛夫伯爵和同僚们商量了一下。这个建议太有吸引力了，使人无法拒绝。个个都自告奋勇，跃跃欲试。经过激烈争论，最后决定由格列科夫少将带两团哥萨克跟那名士官前去。

“你记住，”奥尔洛夫伯爵放那个士官走时说，“你要是撒谎，我就把你像一条狗那样吊死；要是说的是实话，我赏你一百金币。”

那士官神态坚决，没有回答这话，骑上马，跟着格列科夫迅速集合的人马出发。他们没入树林。奥尔洛夫伯爵在料峭的晨寒中瑟缩着身子，对这个自作主张的行动感到兴奋。他送走格列科夫，走出树林，瞭望在熹微的晨光和残余的篝火中隐约可见的敌营。在奥尔洛夫伯爵右方，我军各纵队应该出现在开阔的斜坡上。奥尔洛夫伯爵向那边望去，虽然距离远，还是可以望得见，但是不见我们的纵队。在法军营地那边，奥尔洛夫伯爵觉得，特别是根据他那个眼睛很尖的副官的话，法国人开始行动了。

“哎哟，糟了，太晚了！”奥尔洛夫伯爵望了望敌营，说。就像我们所信任的人突然不见时那样，他顿时明白，那士官是个骗子，他撒了谎，使两团人马离开阵地，从而破坏了整个进攻计划。怎么能从这样庞大的队伍中活捉到总司令呢？

“不错，他撒了谎，这个骗子！”伯爵说。

“可以把他追回来。”有个侍从说，他望望敌营，同奥尔洛夫伯爵一样，觉得这次行动靠不住。

“哦？是吗？……您看怎么样，就让他们去，还是叫他们回来？”

“您看是不是下令追回来？”

“追回来，追回来！”奥尔洛夫瞧瞧表，断然说，“恐怕晚了，天大亮了。”

于是副官就骑马到树林里去找格列科夫。等到格列科夫回来，奥尔洛夫伯爵因为计划改变，等步兵一直没有等到，敌人又近在咫尺，心里十分焦急（他队里的人都很焦急），决定立刻发动进攻。

他低声命令道："上马！"士兵们各就各位，画了十字……

"上帝保佑！"

"乌拉——拉！"喊声响彻树林。哥萨克端起长枪，一个连接着一个连，像口袋倒豆子，飞快地越过小溪，向敌营冲去。

第一个看见哥萨克的法国人吓得没命地狂叫。于是全营的人都衣冠不整，睡眼惺忪地弃下枪炮和马匹，落荒而逃。

哥萨克要是不顾周围和身后的一切，继续追击法军，他们甚至可以活捉缪拉，缴获全部物资。指挥官们也希望这样。但哥萨克获得战利品，俘虏了敌人，就无法调动了。谁也不听命令。这里共俘获了一千五百名敌军、三十八门大炮、许多旗帜，以及哥萨克最宝贵的马匹、鞍子、被子和其他物品。这一切都得处理，俘虏要安置，大炮要上缴，战利品要分配，大家你争我夺，相互斗殴，乱成一团。

法国人没有受到追击，渐渐醒悟过来，集合好队伍，射击起来。奥尔洛夫伯爵仍在等待各纵队到达，没有再进攻。

与此同时，按照"第一纵队向某地进发"[1]等部署，别尼生指挥和托里统率的几个迟到步兵纵队照规定出发，而且像战争中常有的情况那样，不是去指定的地点，而是去了别的地方。人们高高兴兴地出发，此刻又停下来，只听得怨声四起，一片混乱，部队向后退却。副官们和将军们骑马来回奔驰，生气，叫嚷，吵嘴，说走错了路，迟到了，骂着人，最后大家摆摆手，茫无目的地往前走去。"不论怎么走，总能走到！"果然走到了，但不是目的地，有几个纵队到是到了，但迟到了，到了也毫不起

1 原文是德语。

作用，只成了对方射击的靶子。托里在这次会战中扮演威罗特在奥斯特里茨会战中的角色，他竭力骑着马奔走，发现到处都是颠三倒四，杂乱无章。例如他跑到树林里巴戈乌特将军那儿，天已大亮，而这个军照规定早就应该跟奥尔洛夫的部队会合。托里因这个失误十分激动，愤怒，认为应该有人对此负责，策马找到军长，对他痛加训斥，说他应该枪毙。巴戈乌特是位久经沙场、镇定沉着的老将，由于一路停滞，队伍混乱，矛盾重重，感到精疲力竭，因此一反平时温和的脾气，暴跳如雷，对托里说了一大堆难听的话。

“我不愿听人家的教训，但我愿率领士兵和敌人决一死战，在这一点上决不比谁差！”他说着，带领一师人马前进。

勇敢的巴戈乌特情绪激动，冒着法军的炮火向田野跑去，也不考虑现在这样投入战斗是否有益，就带着一师人往前冲到炮火底下。他怒火中烧，根本不顾危险、炮弹和枪弹。敌军第一批枪弹就把他打死了，接着几排枪弹打死了许多士兵。他的一师人在炮火下坚持了一会儿，但毫无结果。

7

与此同时，另一纵队应从正面攻击法军，可是库图佐夫就在这个纵队。他深知，这场违反他心意的战斗除了混乱，不会有任何结果，因此他竭力控制军队，按兵不动。

库图佐夫默默地骑着他那匹灰马，有气无力地回答人家要他进攻的建议。

“你们口口声声要进攻，可就是没看到我们不会打复杂的运动战。”他对请求进攻的米洛拉多维奇说。

“我们没能一早活捉缪拉，及时到达指定地点，现在已经毫无办法！”他回答另一个人说。

有人向库图佐夫报告说，根据哥萨克送来的情报，法军后方空虚，现在有了两营波兰兵。库图佐夫瞟了叶尔莫洛夫一眼。他从昨天起没同他谈过一句话。

“你瞧，大家都在请求进攻，提出种种方案，可是一旦交手，却毫无准备，而敌人倒很警觉，他们及时采取了措施。”

叶尔莫洛夫听了这些话，眯细眼睛，微微一笑。他明白，对他来说一场暴风雨已经过去，库图佐夫只这样稍稍刺了他一下。

“他这是在取笑我。”叶尔莫洛夫用膝盖碰了碰站在旁边的拉耶夫斯基，悄悄说。

过了一会儿，叶尔莫洛夫走到库图佐夫面前，恭恭敬敬地报告说：

“总座，现在时间还不晚，敌人还没走。您不下令进攻吗？不然近卫军连硝烟都没有看见呢。”

库图佐夫没有回答，但当他听说缪拉军队已在撤退时，他就下令进攻，但每前进一百步就停三刻钟。

整个战斗只有奥尔洛夫的哥萨克出了点力，其余部队只白白损失了几百人。

由于这次战斗，库图佐夫得了钻石勋章，别尼生也得了钻石勋章和十万卢布，其他军人都按照级别得到许多奖赏。这次战斗后，参谋部人事再次作了调整。

“**我们办事总是**这样，颠三倒四的！”在塔鲁季诺战役后，俄国军官和将领都这样说。现在也有人这样说，仿佛是哪个蠢货把事情弄得颠三倒四，要是换了他们就不至于这样。但说这种话的人，要么不了解情况，要么是自欺欺人。其实所有的战役，包括塔鲁季诺战役、鲍罗金诺战役、奥斯特里茨战役，都不是按照部署进行的。基本情况就是这样。

无数不受约束的力（在生死搏斗中，人是最不受约束的）影响着战斗的趋势，而这种趋势永远无法事先知道，永远不会与任何一种力的趋势相一致。

如果有多种方向不同的力作用于一个物体，那么，这个物体的运动方向绝不会同其中任何一种力的运动方向一致，而总是采取折中的最短方向，也就是力学上表示的平行四边形的对角线。

如果我们从史学家的著作，特别是法国史学家的著作中看到他们叙述，战争是按事先计划进行的，那么，我们从中只能得出一个结论：他们的叙述是不真实的。

塔鲁季诺战役显然没有达到托里预期的目的：军队没有按照计划依次投入战斗；也没有达到奥尔洛夫伯爵预期的目的：活捉缪拉；也没有达到别尼生等人希望一举歼灭敌方整个军的目的；军官没有达到参加战斗、荣立战功的目的；哥萨克没有获得比他们获得的更多的战利品，等等。但如果战斗的目的就是实现俄国人的共同愿望：把法国人驱逐出俄国，歼灭他们的军队，那么，塔鲁季诺战役由于本身错综复杂，正好符合那一阶段战争的需要。很难想出比这次战役结果更美满的结果了。在极其混乱的情况下，费力最小，损失最少，而取得了整个战役中最大的成功；俄军由退却转为反攻，使法军弱点暴露无遗，并且给了拿破仑军队一次沉重的打击，迫使他们逃跑。

8

拿破仑在莫斯科河[1]获得辉煌胜利后进入莫斯科，那场胜利是不容怀疑的，因为战场已掌握在法军手里。俄军后撤，放弃古都。莫斯科粮草丰裕，弹药充足，财富不计其数，如今都落入拿破仑手里。俄军人数只有法军一半，整整一个月里一次也没有试图进攻。拿破仑处境极其优越。他有双倍的兵力可以攻击俄军残余部队并加以歼灭，可以缔结有利的和约，万一媾和遭到拒绝，可以进军威胁彼得堡，而万一进军失利，则可以回师斯摩棱斯克或维尔诺，或者留在莫斯科。总之，要保持法军的优越处境并不需要特殊的天才。要做到这一点可说轻而易举，只要禁止部队抢劫，准备过冬衣服（在莫斯科可以弄到全军过冬的衣服），用正当方法征集粮食，而据法国史学家叙述，莫斯科存粮可供全军食用半年。可是拿破仑，这个被史学家誉为天下最伟大天才的人，掌握着全部军权，在这些方面却没有任何行动。

不仅没有任何行动，而且相反，利用他的权力在可供选择的道路中挑选了一条最愚蠢最有害的道路。他可以在莫斯科过冬，

1 法军称鲍罗金诺战役为莫斯科河战役。

可以进军彼得堡，可以进军下新城，可以向北或向南后撤，也就是库图佐夫后来走的那条路，但拿破仑却在莫斯科停留到十月，纵容军队抢劫这个城市，后来对于要不要驻军，又举棋不定，接着退出莫斯科，接近库图佐夫，却没有开战而往右转移，把部队直开到马洛雅罗斯拉韦茨，又不试行突破，不走库图佐夫走的那条路，而沿着被破坏了的斯摩棱斯克大道撤退到莫扎依斯克。正如结果所表明的那样，再也想不出比这更愚蠢、对军队更有害的行动了。如果说，拿破仑的目的是要毁灭法国军队，那么，即使最富有经验的战略家也想不出比这更有效的行为，而且与俄军的行动完全无关。

天才横溢的拿破仑就做了这样的蠢事。但如果说，拿破仑毁灭他的军队是出于他的心愿，或者说他太愚蠢了，那是不公正的，正如说，拿破仑把他的军队带到莫斯科是出于他的心愿，因此说他非常聪明和富有天才，同样是不公正的。

不论在哪种情况下，拿破仑个人行动并不比一个普通士兵更有力，只不过他的行动符合客观规律罢了。

史学家荒谬绝伦地告诉我们，拿破仑的才能在莫斯科衰竭了（只因结果没有肯定他的行为）。其实他同以前一样，也同以后一八一三年一样，为自己也为他的军队的利益用尽了聪明才智。拿破仑这一时期的行为并不比他在埃及、在意大利、在奥地利和在普鲁士逊色。我们不能确切知道，拿破仑在埃及把他的天才发挥到什么程度（“那里人们注视他的丰功伟绩将达四千年”[1]），因为这些丰功伟绩都是法国人给我们描写的。我们也不能确切判断他在奥地利和普鲁士的天才行为，因为这些报道都出自法国和德国的文献资料。部队一个个不战而降，要塞一个个不攻自破，

1 暗指拿破仑在埃及向军队吹嘘他的功绩时说过的话。

德国人感到莫名其妙，不能不把他的天才看作是对德作战的唯一原因。但是，感谢上帝，我们可没有理由承认他的天才来给自己遮羞。我们为了获得正视问题的权利已付出了代价，我们可不愿放弃它。

拿破仑在莫斯科的行为，也像他在其他地方一样，天才横溢，令人叹服。从他进入莫斯科到退出莫斯科，他接二连三地制订计划，发布命令。莫斯科居民走光，没有派代表团来见他，莫斯科大火，这一切都没有使他惊慌失措。他没有忽略自己军队的利益，没有忽略敌人的行动，没有忽略俄国人民的利益，没有忽略巴黎的政务，也没有忽略有关缔结和约的外交上的考虑。

9

在军事方面，拿破仑一进莫斯科就严令塞巴斯蒂亚尼将军注视俄军的行动，各条大路都分兵把守，命令缪拉寻找库图佐夫。然后大力加强克里姆林宫防务，制订进军全俄的天才计划。在外交方面，拿破仑叫来遭到抢劫、衣衫褴褛、不知怎样才能逃出莫斯科的雅科武列夫上尉[1]，向他详细阐述自己的全部计划和宽大政策，并且写了一封信给亚历山大皇帝，说他有责任告诉他的朋友和兄弟，拉斯托普庆在莫斯科治理无方，情况很糟，因此他派雅科武列夫去彼得堡。他又向图托尔明[2]详细讲解他的计划和宽大政策，并把这个老头子也派往彼得堡谈判。

在司法方面，莫斯科大火后，立刻下令捉拿纵火犯并处以极刑。对恶棍拉斯托普庆的惩罚是下令烧掉他的公馆。

在行政方面，他恩赐莫斯科一部宪法，成立市政府，公布下列告示：

1 雅科武列夫上尉是著名作家亚历山大·赫尔岑的父亲。

2 图托尔明，退役少将，莫斯科孤儿院院长。

莫斯科居民们！

你们苦难深重，但皇帝兼国王陛下愿消除你们的苦难。他怎样惩罚抗命和违法行为，已有可怕的事例给了你们教训。为了制止动乱，恢复治安，特采取严厉措施。由你们自己选出的元老将组成市政府或市政管理局。它将照顾你们，满足你们的需要，关心你们的福利。市政府官员将肩佩红色绶带，市长则外加一条白腰带。在公余时间，他们只在左臂佩一块红袖章。

市警察局已照原样重建，因此市内秩序已有好转。市政府已任命两名总监或警察局局长，并为各区任命二十名区监或警察分局局长。他们的标志是左臂佩白袖章。已有几个不同教派的教堂重新开放，教徒可自由前往礼拜。每天都有你们的同胞回到自己住所，他们并可得到救援和庇护。政府采取这些措施，就是要恢复秩序，改善你们的境况。但为此目的，你们必须与政府通力合作，忘记你们的苦难，寄希望于较好的命运，并请相信，那些胆敢侵犯你们的人身和残余财产之徒，绝不能逃避可耻的死刑。最后，你们无须怀疑，你们的生命财产将得到保障，因为这是世界上最伟大的君主的意旨。任何国籍的士兵和居民！要使公众恢复信任，因为那是国家幸福之本。你们要像兄弟一样相亲相爱，互相帮助和庇护，联合起来挫败坏人的阴谋，服从军政当局，那时你们将不再流泪了。

在军粮方面，拿破仑指令全体官兵轮番抢劫莫斯科，以保证军队给养。

在宗教方面，拿破仑下令召回牧师，教堂恢复礼拜。

在商业和军粮供应方面，全城张贴如下布告：

布 告

安分守己的莫斯科市民、手艺人和工人，凡因战乱离城的人，以及因不必要的恐惧至今仍在田野里流浪的农民，请注意！京城已重归平静，秩序已告恢复。你们的同胞看到自己受到尊重，都勇敢地走出隐蔽场所。凡对其人身和财产行暴者，将立即受到严惩。皇帝兼国王陛下保护他们，除违抗其命令者外，均不被视为敌人。他要结束你们的灾难，让你们重返家园与家人团聚。请响应他的仁慈意愿，平安回归故里。居民们！放心返回你们的家宅吧，你们的需要不久将得到满足！手艺人和劳工们！返回你们的工作场所吧，房屋、店铺、卫兵都在等待你们，你们做工就能得到应得的报酬！此外，农民们，从你们躲藏的树林里出来吧，大胆地回到你们的住所，可以相信你们将得到保护。城里已开设许多粮店，农民可以把余粮和蔬菜运到那里出售。政府已采取下列措施以保证农民自由出售农产品：（一）自即日起，农民和莫斯科郊区居民可以平安地把各种产品运到城里两家指定粮店，其中一家在莫霍夫街，另一家在猎品市场。（二）产品由买卖双方议价交易，卖方如认为价格不合，可将产品运回乡下，任何人不得用任何借口加以留难。（三）每星期日和星期三定为大集，为此，每逢星期二和星期六将派足够数量的军队在城外各条大路上保护货车。（四）将采取同样措施，以保证农民回乡通行无阻。（五）将立即采取措施恢复正常贸易。城乡居民们，任何国籍的工人和手艺人！我们呼吁大家实现皇帝兼国王陛下的仁慈意愿，协助陛下谋求公共福利。请匍匐在他的脚下向他表示敬意和信任，尽快同我们合作！

为了鼓舞士气，激励民意，接二连三地举行检阅和发奖。皇帝亲自骑马巡街，安抚居民；他不顾政务繁忙，仍然亲临他下令建立的剧院看戏。

在表现帝王最高德政的慈善事业方面，拿破仑也做了力所能及的一切。他下令在慈善会会所题写“吾母之家”，这样就把做儿子的孝心同君主的恩德结合起来。他参观孤儿院，让他所拯救的孤儿吻他那双白净的手，和蔼地同图托尔明谈话。再有，他听从伶牙俐齿的梯也尔的主意，把他伪造的俄国钞票发给他的军队作为饷银。为了扩大这种无愧于他和法军的措施，他下令给家园焚毁者以补助。但由于食物太宝贵，不能发给大都怀有敌意的外国人，拿破仑认为最好是给他们分发现钞，让他们自己去弄食物，因此他下令发给他们纸卢布。

在军纪方面，不断发出命令，严惩玩忽职守，禁止抢劫行为。

10

奇怪的是，这些指令、关怀和计划并不比类似情况下颁布的指令、关怀和计划差，但它们并没起实质性作用，就像钟的指针脱离了机件，没咬住齿轮乱走一样。

在军事方面，梯也尔谈到天才作战计划时说：*他的天才从来没有发挥得如此淋漓尽致，令人叹服*。梯也尔就这事同芬[1]先生争论时证明，这个天才计划的制订不是针对十月四日而是针对十月十五日的，那个计划没有实行，也永远不可能实行，因为离实际太远。为克里姆林宫设防而夷平清真寺（拿破仑这样称瓦西里升天大堂），结果毫无作用。在克里姆林宫布雷，只是要满足皇帝撤离莫斯科时炸毁此宫的愿望，就像小孩子跌了一跤，要打碰痛他的地板那样。拿破仑一心想追击俄军，结果却成为闻所未闻的怪事。法军将领找不到六万俄军的踪迹。据梯也尔说，全凭缪拉的英明才像大海捞针似的找到这支队伍。

在外交方面，拿破仑竭力在图托尔明和雅科武列夫（他关心的只是弄到一件军大衣和一辆大车）面前表明自己的宽大和公

1 芬（1778—1837），拿破仑的秘书。

正，结果都毫无用处，因为亚历山大皇帝没接见这两位使者，对他们的使命置之不理。

在司法方面，处决了一批被冤枉的纵火犯后，莫斯科另一半城市也被焚毁了。

在行政方面，市政府的建立并不能制止抢劫，得利的倒是在市政府供职的人，他们借口维持秩序，不是抢劫城市，就是保护自己不受抢劫。

在宗教方面，拿破仑在埃及造访一次清真寺，就赢得了民心，但在这里却毫无结果。法军当局在莫斯科找到两三个神父，叫他们执行拿破仑的旨意，其中一个在做礼拜时被法国兵打了耳光，对另一个的情况法国军官报告如下："我找到一名神父，请他主持礼拜。他把教堂打扫干净后把门锁上。当天夜里有人砸掉门和锁，撕毁典籍，并干了其他坏事。"

在商业方面，勤劳的职工和全体农民对贴出的布告毫无反响。城里没有一个勤劳的职工；农民捉住几个拿着布告走得太远的警官，并把他们杀死。

建立剧院使军民得到娱乐一事同样失败了。设在克里姆林宫的剧院和设在波兹尼亚科夫家的剧院开幕不久就关闭了，因为男女演员都遭到抢劫。

连慈善事业也没有取得预期的结果。真钞、伪钞充斥莫斯科，钞票一文不值。收集战利品的法国人只要黄金。不仅拿破仑赐给难民的伪钞分文不值，而且白银的价值也远远低于黄金。

但最令人吃惊的是，拿破仑制止抢劫和恢复纪律的最高命令亦不起作用。

军队长官作了下述汇报：

"城内抢劫虽已明令禁止，但仍不断发生。秩序尚未恢复，无一商人进行合法贸易。只有随军小贩敢做生意，但他们卖的都是抢劫来的东西。

“我区仍遭第三军士兵抢劫，他们不仅夺走不幸居民藏于地窖的少量浮财，还用佩刀残酷地把他们砍伤，这是我亲眼目睹的。

“除士兵明抢暗盗外，别无报道。——十月九日。

“盗窃抢劫不止。我区有一盗窃团伙，必须采取有力措施予以制止。——十月十一日。

“虽经三令五申严禁抢劫，但近卫军仍三五成群抢劫后回克里姆林宫，皇帝对此极为不满。老近卫军中骚扰和抢劫事件愈演愈烈，昨今两天尤为严重。这些精选的护驾卫兵理应成为遵纪守法的模范，却目无法纪，哄抢存放军用物资的地窖和仓库，皇帝对此痛心疾首。有些士兵尤为堕落，甚至不听哨兵和卫兵劝阻，对他们进行辱骂和殴打。

“宫廷司礼长痛斥不法士兵，尽管一再发出禁令，他们仍在屋外甚至皇帝窗下大小便。”

这支军队就像一群无人看管的牲口，脚踩可以使它们免于饿死的饲料，待在莫斯科无所事事，士气低落，渐趋灭亡。

但这支军队待在原地不动。

直到斯摩棱斯克大道上辎重队被劫持，塔鲁季诺会战爆发，群情恐慌，这支军队才拔脚逃跑。据梯也尔说，拿破仑在阅兵时突然接到塔鲁季诺会战的消息，这才产生惩罚俄军的念头，于是发了同意全军要求应战的命令。

这支军队在逃出莫斯科时，随身带走劫得的财物。拿破仑也带走他的全部财宝。梯也尔还说，拿破仑看见行李车拖累军队，大吃一惊。但他凭军事经验，没下令焚毁多余车辆，像逼近莫斯科时对待元帅车辆那样，而是望了望士兵的车辆说：“很好，这些车辆可以用来运送粮食、病号和伤员。”

这支军队有点像一头负伤的野兽，感觉到自己行将灭亡，但不知该怎么办。研究拿破仑及其军队进入莫斯科到全军覆没这个时期的巧妙策略和目的，就像研究一头受了致命伤的野兽临死前的挣扎和抽搐一样。一头受伤的野兽听见沙沙声，往往向开枪的猎人扑去，忽而前进，忽而后退，结果就加速了自己的死亡。拿破仑在全军的压力下也是这样。塔鲁季诺会战就像一阵沙沙声，惊动了这头野兽，它忽而前进，忽而后退，最后又顺着最不利、最危险但是熟悉的老路往回跑。

拿破仑使人觉得，他仿佛是这次军事行动的领导者（就像古时雕在船头上的神像往往被当作驾驶船只的力量一样），其实他这个时期的行动就像一个孩子，他拉住马车上的带子，自以为在驾车。

11

十月六日清早，皮埃尔走出棚子，回来时在门口停下，逗弄一只身长、腿短而弯曲的青灰色小狗。这只小狗住在他们的棚子里，老在他身边转来转去，晚上跟普拉东睡。它有时进城去，过后又回来。它大概是只野狗，没有人领养，也没有名字，法国人叫它阿佐尔，那个爱讲故事的兵叫它费姆加尔卡，普拉东和其他人叫它阿灰，有时叫它长耳朵。它没有主人，没有名字，品种不明，连毛色也说不清，但这并没使它的日子难过。它那蓬蓬松松的粗大尾巴像帽子上的绷子那样直立着，短短的罗圈腿非常灵活，它常常姿势优美地抬起一条后腿，麻利地用三条腿跑路。它对什么都感兴趣。它时而仰卧地上，快乐地尖叫；时而若有所思地晒太阳，现出煞有介事的神气；时而欢蹦乱跳，玩弄一块木片或者一根干草。

皮埃尔现在只有一件又脏又破的衬衫（这是他剩下的唯一的一件衣服），一条士兵穿的裤子（他听从普拉东的劝告，用绳子扎住裤脚以保暖），一件农民穿的外衣和一顶农民戴的帽子。最近皮埃尔的身体有很大变化。他不像原来那样胖，但仍具有遗传的魁伟体格。他的下半部脸上长满胡子，蓬乱鬈曲的头发生满虱子，像一顶帽子似的覆在头上。他的眼神镇定刚毅，充满生气，这副神气以前从来不曾有过。萎靡不振的眼睛现在变得坚毅有神，仿佛随时准备行动和反抗。他的脚上没有穿鞋子。

皮埃尔时而望望有大车和骑马人经过的田野，时而望望河对岸的远方，时而瞧瞧装出要狠狠咬他的小狗，时而瞧瞧他那双任意摆出各种姿势、动着粗大肮脏脚趾的光脚板。他每次注视自己的光脚板，脸上总现出兴奋和得意的微笑。他一看见这双光脚，就想起他最近所体会和理解的一切。这种沉思使他愉快。

最近一连几天风和日丽，早晨有点轻霜，正是所谓秋高气爽的日子。

户外阳光下还很暖和，这种温暖天气加上早晨沁人心脾的凉意，使人感到特别舒服。

大地万物，不论远近，都焕发着只有在这初秋时节才有的明净奇异的光辉。远远可以望见麻雀山以及山上的村庄、教堂和一座白色的大房子。光秃的树木、沙地、石头、屋顶、教堂的绿色尖塔、远处白房子的墙角，这一切在清澈的空中都线条分明，勾勒得异常清晰。近处是一座被法军占领的焚烧过的贵族庄院，靠墙的院子里还长着几棵叶子墨绿的丁香。就连这个在阴天使人觉得凄凉丑恶的废墟，此刻在明净的阳光下也显得宁静而悦目。

一个法军班长，戴着便帽，随便地敞着胸，嘴里叼着烟斗，从棚子角落里走出来，友好地挤挤眼，走到皮埃尔跟前。

“太阳真好，是吗，基里尔先生（法国人都这样称呼皮埃尔）？简直像春天。”班长身子靠在门上，把烟斗递给皮埃尔，尽管他每次让烟都被皮埃尔谢绝。

“要是在这样的好天气行军……”他刚开始说，皮埃尔就向他打听有没有军队开拔的消息。班长回答说，几乎所有的军队都出发了，今天应该有处理俘虏的命令下来。皮埃尔住的棚子里有个叫索科洛夫的士兵病危，皮埃尔对班长说，应该照料一下这个病员。班长叫皮埃尔放心，这里有一所野战医院，还有一所正规医院，都会照料病人。总之，凡是可能发生的情况，长官都考虑到了。

“再说，基里尔先生，您只要对上尉说一声就行，要知道……他这人……什么事都记在心上。等上尉来巡视时，您对他说一声，他什么都会替您办到……”

班长所说的那个上尉，常常同皮埃尔长谈，处处照顾他。接着班长又说：

“不瞒您说，圣·托马，他有一次对我说：基里尔是个有教养的人，会说法语。他是个落难的俄国贵族，但是个人物。他明白道理……不论他需要什么，你都不要拒绝他。人一旦有了学问，就爱好知识，尊敬有教养的人。基里尔先生，我这是在说您呢。前几天，要是没有您，事情就糟了。”

班长聊了一会儿就走了（班长刚才讲的是前几天俘虏同法国人打架的事，皮埃尔把同伴劝住了）。有几个俘虏听皮埃尔同法军班长谈话，立刻打听他说了些什么。皮埃尔告诉同伴，班长说法军开拔了。就在这时，一个衣衫褴褛、面黄肌瘦的法国兵来到棚子门口。他敏捷而胆怯地举起几个手指表示敬礼，问皮埃尔，替他缝补衣服的士兵普拉东是不是住在这个棚子里。

一个星期前，法国人弄到一批皮料和麻布，要俘虏缝制靴子和衬衫。

“好了，好了，老弟！”普拉东拿着一件叠得整整齐齐的衬衫走出来，说。

普拉东因为天气暖和和为了干活方便，只穿一条裤子和一件黑得像泥巴的破衬衫。他的头发像工人那样用树皮扎起来，他的脸就显得越发浑圆可爱。

“一诺千金嘛。说礼拜五做好，就礼拜五做好。”普拉东打开缝好的衬衫，含笑说。

法国人不安地回头看了一下，仿佛克服了疑虑，迅速脱下军服，穿上衬衫。他在军服里没有穿衬衫，又黄又瘦的上身只穿一件油渍斑斑带花点的长绸背心。他显然怕旁观的俘虏笑话他，赶快把头套进衬衫里。俘虏中谁也没有说什么。

“瞧，挺合身！”普拉东一面说，一面替他拉正衬衫。法国人把头和手臂都伸进去，没有抬起眼睛，打量着身上的衬衫，仔细察看了线脚。

“我说，老弟，我这不是裁缝铺，又没有像样的工具。俗话说，没有工具连虱子也弄不死。”普拉东说，脸笑得更圆，显然为自己的手艺感到很得意。

“好，好，谢谢，那么，剩下的布呢？”法国人说。

“你贴身穿还要合适，”普拉东仍为自己的手艺得意洋洋，说，“还要漂亮，还要舒服呢。”

“谢谢，谢谢，朋友，那么，剩下的布呢？”法国人笑眯眯地重复说，掏出钞票交给普拉东，“把剩下的布给我……”

皮埃尔看出普拉东不想弄懂法国人的话，就冷眼旁观，不加干预。普拉东谢了谢给他的钱，继续欣赏自己的手工。法国人坚持要剩下的布，请皮埃尔把他的话翻译给普拉东听。

“他要零头布做什么？”普拉东说。“我们倒可以做一副像样的包脚布。好，算了吧。”普拉东突然沉下脸，从怀里掏出一卷碎布，眼睛没看法国人，递给他。“哼！有什么了不起！”普拉东说着就往回走，法国人看看那块碎布，沉思起来，疑问地瞧了瞧皮埃尔，皮埃尔的目光仿佛在向他表示什么。

“普拉东，普拉东！”法国人突然脸红起来，尖声叫道，“你拿去吧！”他说着把碎布递给普拉东，转身走了。

“瞧你这人真怪，”普拉东摇摇头说，“据说他不是基督徒，但他有良心。老人说得好：‘穷人慷慨大方，富人一毛不拔。’他身上一无所有，却把东西送人。”普拉东若有所思地含笑看着碎布，沉默了一会儿。“老弟，可以做一副出色的包脚布。”他说着回到棚子里。

12

皮埃尔被俘已有四个星期。虽然法国人说过要把他从士兵棚子转到军官棚子，他却一直留在第一天进的那个棚子里。

在遭到浩劫的莫斯科，皮埃尔尝到一个人可能尝到的极端困苦，但由于他一直没有意识到自己的强壮体格，更由于这种困苦是悄悄来到，说不出它是从什么时候开始的，他不但轻松地忍受过来，而且对自己的处境感到心满意足。就是在这个时期，他获得了以前追求而没有追求到的宁静和满足。长期以来他从生活各方面寻找这种精神的宁静和内心的和谐，寻找参加鲍罗金诺会战士兵身上所具有的优点，他还曾在慈善事业、在共济会、在上流社会的悠闲生活中、在酗酒、在自我牺牲的英雄事迹中、在对娜塔莎的浪漫爱情中寻找；他还曾在思想中苦苦寻找，结果都失败了。可是连他自己也没有想到，只有通过死的恐怖，通过重重苦难，通过他从普拉东身上得来的启示，才获得精神的宁静和内心的和谐。他临刑时所经历的恐怖时刻，仿佛把以前觉得很重要的一些骚乱思想和感情从他头脑里永远抹掉了。他再也没有想到俄罗斯、战争、政治和拿破仑。他显然觉得，这一切都同他无关，他不负有这个使命，因此对这一切不能作出判断。“俄国和夏天，两者不相干。”他想起普拉东的话，重复了一遍，心里感到很宽慰。现在他觉得，他原来企图谋杀拿破仑、推算神秘的数字和《启示录》中那头怪兽，都很荒诞，甚至可笑。原来他恨妻子，又担心自己名誉扫地，现在他觉得这一切都微不足道，简直是滑稽可笑。这个女人爱在什么地方过她所喜欢的生活，跟他有什么相干？他们知道或者不知道他们有一个叫皮埃尔伯爵的俘虏，这跟谁特别是跟他又有什么相干呢？

现在他常常想到同安德烈公爵的谈话，并且完全同意他的意见，只是对安德烈公爵的思想有了点不同的看法。安德烈公爵认为，幸福往往只会走向反面，但他说这话带有苦涩和嘲讽的意味。他本来想说的是，我们一心追求幸福，但得不到它，只是徒然折磨自己罢了。但皮埃尔毫无保留地认为他的话是对的。没有痛苦，各种需要都能得到满足，以及由此而来的选择职业的自由，也就是选择生活方式的自由，这一切皮埃尔现在认为就是人的最大幸福。只有在这里，皮埃尔才第一次尝到肚子饿时吃东西、口渴时喝水、要睡觉时能够入睡、寒冷时得到温暖、要谈话和听到人的声音时能谈话等快乐。山珍海味，整齐清洁，自由，这一切皮埃尔都已失去，只有这时，他才觉得这些原是极其完满的幸福。至于选择职业，也就是选择生活方式，现在完全受到限制，他觉得原是轻而易举的事。他忘记，生活条件过分优越，就会使人丧失需要得到满足时的幸福。而选择职业的最大自由，也就是教育、财富、社会地位所给予他的自由，使这种选择成为无法解决的难题，也取消了选择职业的需要和可能。

现在皮埃尔一心一意幻想着恢复自由的日子。然而后来，皮埃尔又极其兴奋地想到和谈到这一个月的俘虏生活。回味那一去不复返的强烈而快乐的感受，尤其是回味这个时期内心的完全平静和精神上的彻底自由。

俘虏生活的第一天，他清早起来，迎着曙光走出棚子，头一眼就看见新圣母修道院的阴暗圆顶和十字架，看见落满尘土的草地上的寒露，看见麻雀山的丘陵，看见隐没到紫色远方的树木丛生的曲折河岸。他还感觉到沁人心脾的新鲜空气，听见从莫斯科飞越田野的寒鸦的啼声，一会儿，东方突然迸发出金光，太阳庄严地从云层后面露出边缘，于是圆顶、十字架、露水、远方和河流都在欢乐的阳光中闪耀。这时，皮埃尔感受到一种从未体验过的生的欢乐和力量。

这种感觉在他整个被俘期间不仅没有离开过他，而且处境越困难，感受越强烈。

皮埃尔进棚子不久就受到同伴们的尊敬，他那种随遇而安和助人为乐的脾气更加突出。他通晓几种外语，法国人对他很尊敬，他朴实大方，有求必应（他每星期得到三卢布军官津贴），他力大无穷，士兵都看见他能把钉子按进棚子墙壁，他待同伴和蔼可亲，他能沉思默想地静坐半天，这都使士兵觉得他这人神秘莫测，不同凡响。他力大无穷，蔑视舒适的生活，落拓懒散，这些特点以前对他是有害的，使他感到拘束，如今在这些人中间他却几乎成了英雄。因此皮埃尔觉得，他们这种看法更增加了他助人的责任。

13

十月六日夜间，法军开始行动：拆掉厨房和棚子，装好车，部队和辎重就开拔了。

七日晨七时，法军押送队身穿行军装，头戴高筒帽，扛着枪，背着背包和大口袋，站在棚子前。队列里发出一片喧闹的法语谈话声，其中夹杂着咒骂。

棚子里所有的人都穿上衣服，束好腰带，穿上靴子，收拾停当，只等命令一到就出发。生病的士兵索科洛夫身体消瘦，脸色苍白，眼圈发青，独自坐在原地，没有穿衣着靴，两只瘦得鼓出的眼睛带着询问的神情望着不注意他的同伴，均匀地低声呻吟着。显然，他呻吟与其说是由于痛苦（他得了痢疾），不如说是害怕他一个人被留下来。

皮埃尔用绳子束腰，穿着普拉东用茶叶箱的包皮替他做的鞋（这块皮子是一个法国人拿来补靴底的），走到病人跟前蹲下来。

“我说，索科洛夫，他们并不是一去不回来！他们在这里还有一座医院。说不定你比我们谁都幸运呢！”皮埃尔说。

“哦，天哪！我要死了！哦，天哪！”那个士兵更加大声地呻吟起来。

“我这就再去求求他们。”皮埃尔说，站起来向棚子口走去。皮埃尔刚走到门口，昨天那个请皮埃尔抽烟的班长带着两个士兵从外面走来。班长和士兵都是行军装束，背着背包，戴着高筒帽，帽带闪闪发亮，扣住下巴。这使他们的相貌都显得同平时不一样。

班长是奉命前来关门的。出发以前要清点俘虏人数。

“班长，病号怎么办？……”皮埃尔说，但他刚开口就犹豫起来，不知对方是不是他所认识的班长，还是别的陌生人，因为此刻班长的模样大变了。此外，皮埃尔说话的时候，两旁突然响起咚咚的鼓声。班长听了皮埃尔的话皱起眉头，莫名其妙地骂了一句，砰的一声关上门走了。两边鼓声震天，淹没了病号的呻吟。

“来了！……又来了！”皮埃尔自言自语。脊背上不由得掠过一阵寒战。从班长变了色的脸上，从他的语气里，从震耳欲聋的紧张鼓声里，皮埃尔听出那强迫人们去残杀同类的无情的神秘力量，也就是上次行刑时他感受到的那种力量。害怕这种力量，竭力逃避它，向成为这种力量的工具的人哀求或劝告，都是没有用处的。这一点皮埃尔现在懂得了。只能等待，只能忍耐。皮埃尔没再走到病号跟前去，也没看他。他默默地站在棚子门口，皱紧眉头。

棚子门打开了，俘虏们像一群绵羊争先恐后地向门口挤去，皮埃尔抢到他们前面，走到上尉跟前。他就是班长说过愿为皮埃尔尽力的那个上尉。上尉也是一身行军装束。从他那冰冷的脸上，皮埃尔认出了班长的语气和鼓声里所表示的那种力量。

“走，走！”上尉说，板着脸，瞧着聚集在他旁边的俘虏。皮埃尔明知不会有什么结果，但还是走到上尉面前。

“哦，还有什么事？”上尉冷冷地回头瞧了瞧，仿佛不认识似的。皮埃尔提到那个病号。

“他也得走，真见鬼！”上尉说。“走，走！”他眼睛不看皮埃尔，继续说。

“不行，他快死了……”皮埃尔刚开口说。

“走开，走开！”上尉恶狠狠地皱着眉头，嚷道。

咚咚咚……咚咚咚，鼓声震天。皮埃尔明白，那种神秘的力量已完全控制了这些人，现在再说也没有用。

法军把被俘的军官从士兵中叫出来，让他们走在前面。军官有三十来人，包括皮埃尔在内，士兵有三百人左右。

从其他几个棚子里出来的被俘军官都是陌生的，穿戴都比皮埃尔好。他们望着皮埃尔，望着皮埃尔的鞋，露出怀疑和冷漠的神态。离皮埃尔不远有个胖少校，身穿喀山长袍，腰束一条手巾，脸色又肿又黄，怒气冲冲地走着。他在被俘同伴中显然得到普遍尊敬。他一手拿着烟荷包插在怀里，另一只手握着长烟管。少校气喘吁吁，鼓着腮帮，发着牢骚，生大家的气，仿佛他们都在挤他，他们没有急事，却都急急忙忙，没有怪事，却都大惊小怪。另一个瘦小的军官，老找人说话，猜测现在要把他们带到哪里去，今天能走多少路。一个穿毡靴和军需官制服的军官跑来跑去，瞭望大火后的莫斯科，大声说着他的观察结果：什么房子给烧毁了，那是莫斯科的什么区。又有一个军官，听口音是波兰人，同军需官争论着，向他说明，他把莫斯科的地区弄错了。

“还争什么呀？”少校怒气冲冲地说。“尼古拉区也好，弗拉斯区也好，还不是一样。瞧，都烧光了，全完了……挤什么呀，道路还不够宽吗？”他生气地对后面的人说，其实人家根本没有挤他。

“哎呀呀，糟蹋成什么样子了！”俘虏们望着周围的火烧场，不断地惊叹。“还有莫斯科河滨区，还有祖波夫区，还有克里姆林宫，瞧，剩下不到一半了……我不是对你们说了吗，莫斯科河滨区全完了，就是这么回事。”

“您知道烧了，还谈它做什么！”少校说。

在经过哈莫夫尼基区（莫斯科少数几个未烧毁的区之一）的教堂时，俘虏们突然闪到一旁，发出恐惧而恶心的呼叫。

“瞧，这些恶棍！这些异教徒！是个死人，是个死人……脸上还抹过什么了。”

皮埃尔听见叫声，也向教堂那里走去。他模模糊糊地看见教堂墙上靠着一个东西。他从眼力比他好的同伴嘴里知道那是一具尸体，竖着靠在墙上，脸上还抹过煤烟……

“走！走！……你们这些鬼东西……”押送队大声骂着，法国兵又凶相毕露，拔出短剑驱散围观尸体的俘虏。

14

俘虏们通过哈莫夫尼基的小街，只由押送队押送，后面跟着属于押送队的各种车辆，但一到粮店那里，他们就卷入夹杂着私人车辆的庞大而拥挤的炮兵队伍中间。

到了桥头，人马都停下来，等前面的人先过桥。俘虏们站在桥头上，可以望见前后都是没有尽头的行进的车队。右边，卡卢加大道经过聂斯库奇诺耶转弯的地方，部队和车辆伸展到望不见头的远方。这是先头部队波加尔涅军，后面河岸上和卡敏内桥上是奈伊的部队和车辆。

达武部队（俘虏归他们押送）通过克里木浅滩，部分已进入卡卢加街。但是车队拉得很长，波加尔涅军的车队还没走出莫斯科，奈伊的先头部队已走出大奥尔登卡。

俘虏们过了克里木浅滩，走几步就得停一下，然后再走，四面八方来的车辆和人马越来越拥挤。俘虏们在大桥和卡卢加街之间走了一个多小时，才走了几百步，然后来到莫斯科河滨街同卡卢加街交叉的广场上。他们在那里挤作一堆，停留了好几个小时。四面八方都是辘辘的车声，一刻不停，犹如大海的波涛，还有错杂的脚步声和不停的斥责声和咒骂声。皮埃尔靠在一座被焚毁的房子的墙上，听着那在他头脑中同咚咚的鼓声汇成一片的喧闹。

有几个被俘的军官想看得清楚些，爬到皮埃尔靠着的那座墙上。

“哦，这么多人！这么多人！……连大炮上都堆满了东西！瞧，毛皮衣服……”他们说。“瞧那些王八蛋抢了多少东西……瞧后面那辆车上的东西……那是从圣像上扯下来的饰品，错不了！……那准是德国人。还有我们的庄稼汉，可不是！……哼，王八蛋！……瞧那家伙背了多少东西，路都走不动了！瞧，把旅行马车也抢来了！……瞧那家伙竟坐在箱子上。老天爷！……他们打起来了！……”

“就是要这样打他耳光，打他耳光！照这样到天黑也走不了。瞧，你们瞧……那一定是拿破仑。瞧，多漂亮的马！瞧那皇冠，上面还有花体字母。就像一座活动房子。那家伙丢了口袋都不知道。又打起来了……一个女人抱着孩子，长得不错。可不是，这样的人准能通行……瞧，简直看不到头。有几个俄国姑娘，真的，是姑娘！坐着马车可舒服啦！”

又一阵众人好奇的浪潮，就像在哈莫夫尼基教堂旁边那样，把俘虏都冲到大路旁。皮埃尔凭着自己个儿高，越过别人的头看见引起俘虏们好奇的景象。在弹药车中间有三辆马车，车上紧挨着坐着几个女人，她们服装鲜艳，涂脂抹粉，嘴里发出尖声的叫喊。

自从皮埃尔意识到神秘的力量那一刻起，他对什么都不感到惊奇和害怕：不论是出于恶作剧而涂上煤烟的尸体，还是这些不知往哪里去的女人，或者莫斯科的瓦砾场。皮埃尔现在看到的一切，几乎没有给他留下什么印象，仿佛他的心灵正在准备一场艰苦的搏斗，不愿接受任何可能削弱他力量的印象。

载着女人的那几辆车过去了。后面又是大车、士兵、货车、士兵、弹药车、轿车、士兵、箱子、士兵，偶尔还有妇女。

皮埃尔没有看到一个单身人，只看见长长的人流。

所有这些人马仿佛被一种无形的力量驱赶着。皮埃尔观察了一个小时，只见人们从各个街道涌出来，谁都想赶快通过。他们你推我挤，怒气冲天，动手打架。他们龇牙咧嘴，皱着眉头，恶声对骂，个个脸上露出不顾死活、冷酷无情的神色，就像早晨擂鼓时皮埃尔在班长脸上看到的那样。

直到傍晚，押送队长召集他的队伍，又喊又骂地挤进辎重车队。俘虏们被团团围住，走上卡卢加大道。

大家急急地走着，也不休息，直到太阳落山才停下来。辎重车聚集在一起，准备过夜。人人怒气冲天，牢骚满腹。四面八方的咒骂声、吆喝声和打架声持续了好半天。一辆走在押送队后面的轿式马车撞在押送队的大车上，车辕把大车撞了个洞。几个押送兵从四面跑到大车前，有的把套轿车的马牵到一旁，动手打马的头，有的相互打起架来。皮埃尔看见一个德国人头部受了很重的刀伤。

在这寒冷的秋天黄昏，大家停留在田野中间，这时才懊恼地醒悟过来，他们何必这么匆匆忙忙赶路。他们一停下来才想到，他们还不知道要往哪里去，也不知道路上还将遇到多少困难。

这次休息，押送队对待俘虏的态度更坏。这一个月来，第一次给俘虏们吃马肉。

从军官到士兵，大家对每个俘虏仿佛都怀有私仇，不像原来那样亲切友好了。

在俘虏点名时，发现有个俄国兵从莫斯科出发时，假装肚子痛逃跑了。这样就使仇恨火上加油。皮埃尔看见，一个法国人殴打一名俄国兵，因为那俄国兵离开大路远了一点，又听见他认识的上尉斥责士官让一名俄国兵逃跑，并威胁说要把他送交军事法庭。士官推说那个兵生病走不动，军官说，上边有命令，掉队的都就地枪毙。皮埃尔觉得，那股在行刑时折磨他、在他被俘期间已销声匿迹的不祥力量，现在又控制了他。他感到恐惧，但他觉得，随着那股欲置他于死地的力量的不断增强，他身上不受它影响的生命力也在不断增强。

皮埃尔吃着黑麦面糊和马肉，跟同伴们聊着天。

皮埃尔也好，他的同伴们也好，大家都避而不谈莫斯科见闻，不谈法国人的粗暴态度，也不谈向他们宣布的就地枪毙的命令，大家仿佛有意对抗恶劣的环境，显得特别活泼和快乐。他们谈着各人的往事，谈着在行军途中见到的可笑场面，就是不谈当前的处境。

太阳早已落山。空中稀稀落落地亮着几颗星星；初升的满月在天边倾泻出一片红光，它像一个巨大的红球，奇妙地荡漾在灰蒙蒙的暮霭中。天还很亮。黄昏已经结束，但夜还没开始。皮埃尔站起来，离开新的同伴，穿过一堆堆篝火向道路另一边走去。他听说，被俘的士兵都在那里。他想去同他们聊聊。路上有个法国哨兵把他拦住，叫他回去。

皮埃尔只得回去，但不是回到同伴们的篝火那儿，而是走到一辆卸套的马车旁边，那里一个人也没有。他盘腿坐在车轮旁冰冷的地上，垂下头，一动不动地坐了好一阵，想着心事。他坐了一个多小时，没有人来打扰他。他突然哈哈大笑。他那低沉而善良的笑声是那么响亮，引得周围的人都惊奇地回头去看那发出单独的古怪笑声的地方。

“哈哈哈！”皮埃尔笑着。他出声地自言自语：“那个士兵不放我过去。他们把我抓起来，关起来，把我当作俘虏。我是什么人？什么人？我的灵魂是不朽的！哈哈哈！……哈哈哈！……”他笑得眼泪都流出来了。

有人站起来，走过去看看这个古怪的大胖子独自在笑什么。

皮埃尔停住笑，躲开那个好奇心很重的人，向周围环顾了一下。

篝火哔剥作响、人声喧哗嘈杂的巨大宿营地此刻安静了；火红的篝火暗淡了，熄灭了。一轮满月高挂在明亮的空中。营地外原先看不见的树林和田野，此刻在远处出现。越过树林和田野可以望见那变幻不定、富有魅力的无边无际的明亮远方。皮埃尔望望天空，望望渐渐远去的闪烁的星星。“这一切都是我的，这一切都在我心中，这一切就是我！”皮埃尔想。“可是他们抓住这一切，关到板棚里！”他微微一笑，走到同伴那儿躺下睡觉。

15

十月初，又有一名军使带着拿破仑的议和信来见库图佐夫，谎称是从莫斯科来的，其实拿破仑当时已到了旧卡卢加大道，离库图佐夫不远。库图佐夫的回答同上次答复洛里斯东送来的第一封信一样：绝无和谈可言。

这以后不久，在塔鲁季诺左边一带行动的陶洛霍夫游击队送来一份报告，说在福明斯科耶出现了法军，属布鲁西埃师，这个师同其他部队失去联系，很容易加以歼灭。这时俄军官兵又要求行动。参谋部的将军们想到塔鲁季诺郊外轻易取得的胜利，头脑发热，坚决要求库图佐夫采纳陶洛霍夫的建议。库图佐夫仍认为没有必要发动进攻。无可奈何，只得采取折中办法：派一支不大的队伍到福明斯科耶去袭击布鲁西埃。

这项任务（后来才知道，这是一项最困难最重要的任务）凑巧落在陶赫杜罗夫头上。陶赫杜罗夫个儿矮小，最不引人注目，谁也没有描写过他曾制订作战计划，在部队前面奔走忙碌，以及给炮兵连发十字勋章等事迹。大家认为他目光短浅，优柔寡断，但在整个俄法战争中，从奥斯特里茨会战到一八一三年，哪里形势吃紧，陶赫杜罗夫就在哪里指挥。在奥斯特里茨会战中，俄军逃的逃，死的死，后卫连一个将军也不剩，这时他仍集合部队，尽量挽救那些残兵败将，并在奥格斯特堤坝坚守，最后一个离开那里。他生病发烧，仍率领两万人马到斯摩棱斯克守卫城市，抗击拿破仑军队。在斯摩棱斯克，他在莫洛霍夫城门口热病发作，刚昏睡过去，就被攻城的炮声惊醒，结果斯摩棱斯克坚守了一整天。在鲍罗金诺会战中，巴格拉基昂阵亡，我军左翼伤亡达十分之九，法军炮兵集中力量向那里轰击，而派到那儿去的不是别人，正是这个目光短浅、优柔寡断的陶赫杜罗夫。库图佐夫本来派别人去，后来赶快纠正自己的错误。矮小无名的陶赫杜罗夫被派到那里，结果鲍罗金诺会战给俄军赢得了最大的荣誉。诗歌和散文描写了许多英雄，可是对陶赫杜罗夫几乎只字不提。

陶赫杜罗夫又被派到福明斯科耶，又从福明斯科耶被派到马洛雅罗斯拉韦茨，在那里同法军打了最后一仗，而法军的溃败也就是从那里开始的。在这次会战中又有许多天才和英雄受到颂扬，但对陶赫杜罗夫还是只字不提，或者一笔带过，含混其词。人们避而不谈陶赫杜罗夫，反而清楚地证明他品德高尚。

机器运转时落进一片刨花，一个不懂机器的人以为它是机器的重要部件，其实它在里面跳动，妨碍机器运转。一个不懂机器的人无法理解，机器的重要部件之一不是那片碍事的刨花，而是那无声转动的小小传动齿轮。

十月十日，陶赫杜罗夫在去福明斯科耶的途中停留在阿里斯托伏村，准备正确执行接到的命令。就在那一天，法军全军以疯狂的速度急行军到缪拉阵地，似乎准备打一仗，却突然无缘无故向左转，到达新卡卢加大道，进入原来只有布鲁西埃驻扎的福明斯科耶。当时受陶赫杜罗夫指挥的，除了陶洛霍夫以外，还有费格纳和谢斯拉文两支不大的队伍。

十月十一日傍晚，谢斯拉文带着一名俘获的法国近卫军到阿里斯托伏村见司令官。那俘虏说，今天进入福明斯科耶的部队是法国大军的先锋，拿破仑就在里面，法军离开莫斯科已是第五天。当天晚上，有个家奴从博罗夫斯克来，说看见大批军队进城。陶洛霍夫游击队的哥萨克报告说，他们看见法国近卫军沿着去博罗夫斯克的大道行军。所有这些情报都表明，他们原以为那里只有一师法军，现在才发现全部法军从莫斯科倾巢而出，而且走了一条意想不到的路线——旧卡卢加大道。陶赫杜罗夫没有采取任何行动，因为他的任务现在还不清楚。他原奉命攻击福明斯科耶，但原以为只有一个布鲁西埃师的福明斯科耶，现在却盘踞着全部法军。叶尔莫洛夫想擅自行动，但陶赫杜罗夫坚持必须等库图佐夫命令。于是决定向总司令部请示。

为此选派了精明能干的军官波尔霍维季诺夫，他除了递送书面报告，还要口头汇报全部情况。午夜近十二时，波尔霍维季诺夫接到书面报告和口头指示，带了一名哥萨克和几匹替换的马向总司令部驰去。

16

这是一个温暖而黑暗的秋夜。小雨已下了四天。波尔霍维季诺夫换了两次马，一个半小时在泥泞的道路上跑了三十俄里，凌晨一点多钟到达列塔舍夫卡。他在一所篱笆上挂有“总司令部”牌子的农舍前下了马，就丢下马走进昏暗的门廊。

“值班将军，快！我有要事！”他对门廊里一个正在气喘吁吁地起身的人说。

“大人昨晚就不舒服，已有三天没睡觉了，”勤务兵低声求情说，“您还是先叫醒上尉吧。”

“我有要事，是陶赫杜罗夫将军派我来的。”波尔霍维季诺夫说，摸索着打开的门走进去。勤务兵走在他前面，唤醒一个人：

“大人，大人，有信使。”

“什么？什么？谁派来的？”一个人睡意蒙眬地问。

“从陶赫杜罗夫和叶尔莫洛夫那里来的。拿破仑到了福明斯科耶。”波尔霍维季诺夫说，在黑暗中看不清是谁在问他，但听声音不是柯诺夫尼岑。

被叫醒的人打着呵欠，伸了伸懒腰。

“我可不愿去叫醒他，”他摸索着什么东西，说，“他病了！也许这是谣言。”

“这是报告，”波尔霍维季诺夫说，“我奉命立刻交给值班将军。”

“等一下，让我点上火。死鬼，你把蜡烛放到哪儿去了？”伸懒腰的人骂勤务兵说。原来他是柯诺夫尼岑的副官谢尔比宁。“找到了，找到了！”他添加说。

勤务兵打着了火，谢尔比宁摸到了烛台。

“哼，真脏！”他厌恶地说。

波尔霍维季诺夫凭着一星火光，看见手拿蜡烛的谢尔比宁年轻的脸，前面角落里还睡着一个人，那就是柯诺夫尼岑。

火绒点着硫黄木片，冒出青色火焰，然后变成红色火焰。谢尔比宁点着蜡烛，啃蜡烛的蟑螂纷纷从烛台上逃跑。他凭着火光瞧了瞧信使。波尔霍维季诺夫一身是泥，他用衣袖擦脸，又抹了一脸的泥。

“谁写来的报告？”谢尔比宁拿起信封，问。

“消息可靠，”波尔霍维季诺夫说，“俘虏、哥萨克、侦察兵，他们都这么说。”

“没办法，只好去把他叫醒了。”谢尔比宁说，站起来走到那个头戴睡帽、身盖军衣的人跟前。“柯诺夫尼岑将军！”他叫道。柯诺夫尼岑一动不动。“到总司令部去！”他含笑说，知道这句话一定能使他苏醒过来。果然，戴睡帽的头立刻抬起来。柯诺夫尼岑脸容英俊刚毅，双颊绯红，现出一副好梦未醒的神情，但他突然抖擞精神，脸上又恢复平时沉着坚毅的表情。

“嗯，什么事？谁派来的？”他立刻问，但语气仍从容不迫，因不习惯烛光而眨着眼睛。柯诺夫尼岑听着军官的报告，拆开公文，看了一遍。他一看完，就把穿毛袜的脚伸到地上，动手穿靴子。然后拉下睡帽，拢了拢鬓发，戴上军帽。

“你赶路了吗？我们去见总司令。”

柯诺夫尼岑立刻明白，送来的消息极其重要，不能耽搁。这消息是好是坏，他没有考虑，也没有问自己。他对这事并不关心。他看待整个战争不用头脑，也不作推理，而是用别的东西。他内心深信，一切都会顺顺当当，但不能依赖这一点，更不用说出口，而只要做好自己的一份工作就行。而对待自己的一份工作，他确实是全力以赴的。

柯诺夫尼岑也像陶赫杜罗夫一样，出于礼节被列入所谓一八一二年英雄的名单，与巴克莱、拉耶夫斯基、叶尔莫洛夫、普拉托夫、米洛拉多维奇等人并列。他也像陶赫杜罗夫一样，是个出名的知识不多、能力有限的人。他同陶赫杜罗夫一样，从来没有制订过作战计划，但总是在最困难的地方指挥战斗。自从被任命为值班将军以来，他总是开门睡觉，并吩咐不论谁来都可以叫醒他。战斗的时候，他总是冒着炮火，出生入死，为此库图佐夫常常责备他，并且不敢派遣他。其实，他也像陶赫杜罗夫一样，是个不声不响、不受人注意的齿轮，却是机器的主要部件。

柯诺夫尼岑离开农舍，走进潮湿的黑夜，皱起眉头，一半是由于头痛得更厉害，一半是由于头脑里浮起一个不愉快的想法：参谋部那帮有权有势的人物，特别是塔鲁季诺战役后同库图佐夫不共戴天的别尼生，听到这消息不知会怎样乱成一团。他们会怎样提出建议，相互争吵，发布命令，取消命令。这个预感使他不快，尽管他知道这是无可奈何的事。

果然，他顺路把这消息报告托里，托里立刻向同住的将军讲述他的想法。柯诺夫尼岑没精打采地默默听着，然后提醒他应该去见总司令。

17

库图佐夫也像一般老年人那样，晚上睡得很少。他白天常常突然打盹，但一到夜里，总是和衣躺在床上，大部分时间不睡觉而想着心事。

现在他就是这样躺在床上，一只胖鼓鼓的手托着他那受过伤的沉重的大脑袋，睁着他那只独眼凝视着黑夜，聚精会神地思索着。

自从别尼生同皇上通过信，在总司令部掌握最大的权力以后，他总是躲着库图佐夫，库图佐夫反而觉得安静些，因为再没有人逼他率领军队进行无益的进攻。库图佐夫想，塔鲁季诺战役和战役前夜的沉痛教训至今记忆犹新，对别人也一定同样起作用。

“他们应该明白，我们发动进攻，结果只会失败。忍耐和时间就是我的无敌英雄！”库图佐夫想。他懂得：苹果青，不要摘。苹果熟，自然落。采摘青苹果，糟蹋苹果又伤树，还要酸掉你的牙。他像一个经验丰富的猎人，知道野兽负伤了，是全俄国的力量使他负的伤，但伤势是不是致命，至今还不清楚。现在，根据洛里斯东和别尔捷列米的情报和游击队的报告，库图佐夫几乎可以断定，它受了致命伤。不过还需要证据，还得等待。

“他们急于要跑过去看看，野兽是怎样被杀死的。别忙，你们会看见的。老是运动战，老是进攻！”他想。“为了什么呀？就是想出风头。仿佛打仗有什么好玩似的。他们简直像孩子，什么也不懂，却老想卖弄本领。可现在不是卖弄本领的时候。

“他们向我提出过多少巧妙的运动战啊！他们只想出两三个偶然性事件（他想起彼得堡的总体计划），就以为考虑周到了。事实上，偶然性事件是多得数不胜数的！”

敌人在鲍罗金诺负的伤是不是致命，这个未解决的问题盘旋在库图佐夫的头脑里已经整整一个月了。一方面，法国人占领了莫斯科；另一方面，库图佐夫全身心感觉到，他和全体俄国人民全力以赴的沉重打击对法军应该是致命的。但无论如何需要证据，他等待证据已有一个月，而时间过得越久，他越是不耐烦。他在失眠之夜躺在床上，头脑里所想的正是年轻将军们所要求而遭到他责备的事。他想到各种各样可能发生的事，其中包括拿破仑的死。他设想的各种偶然性事件同年轻人一样，差别只在于他不拿这些偶然性事件作为依据，而他想到的这种事不是两三件，而是成千上万件。他越想，可能出现的偶然性事件越多。他设想拿破仑军队（他的全部军队或部分军队）的各种行动：进军彼得堡，向他进攻，包抄他，也设想可能发生他所最害怕的事：拿破仑以其人之道还治其人之身，在莫斯科按兵不动，以逸待劳。库图佐夫甚至设想，拿破仑军队可能退到梅登和尤赫诺夫，但他不可能预见到一件事：拿破仑军队在离开莫斯科的头十一天里疯狂地到处乱窜，这使库图佐夫当时不敢想象的事成为现实：法军彻底溃败了。陶洛霍夫关于布鲁西埃师情况的报告、游击队关于拿破仑军队遭殃的消息、法军撤出莫斯科的传闻，这一切都证明法军已被击溃，准备逃跑；但这只是推测，青年人觉得重要，但库图佐夫并不这样看。他积六十年的经验知道这些传闻有多大价值，知道有些人别有用意，他们总是收集一些消息来证实他们的愿望，这样，他们往往忽视相反的消息。库图佐夫越是希望出现这种情况，就越不轻易相信它的真实性。这个问题占据了他的整个身心。其他一切在他只是例行公事。同参谋人员谈话啦，从塔鲁季诺给斯塔尔夫人[1]写信啦，读小说啦，颁发奖章啦，同彼得堡通信啦，诸如此类都是例行公事，而只有他一人预见到的法军溃败，才是他心中唯一的愿望。

十月十一日夜里，他用手支着头躺着，想着这件事。

隔壁屋里有动静，传来托里、柯诺夫尼岑和波尔霍维季诺夫的脚步声。

“喂，谁啊？进来！进来！有什么消息？”总司令大声喊道。

跟班点上蜡烛，托里讲了这消息。

“是谁送来的消息？”库图佐夫问，在烛光下他脸色的冷峻使托里吃惊。

“这是无可怀疑的，大人。”

“叫他来，到这儿来！”

库图佐夫坐在床上，垂下一条腿，他那大肚子歪在另一条蜷起的腿上。他眯缝起那只独眼，想把信使看个清楚，仿佛要从他的脸上看出他所关心的事。

“说吧，说吧，老弟！”他用低沉苍老的声音对波尔霍维季诺夫说，把敞开在胸前的衬衫掩了掩。“过来，走近一点。你给我带来什么消息啦？啊？拿破仑从莫斯科逃走了？是真的吗？啊？”

波尔霍维季诺夫把他带来的情况从头到底详细报告了一遍。

“说吧，快说，别折磨人！”库图佐夫打断他说。

---

1 斯塔尔夫人（1766—1817），法国女作家，积极浪漫主义前驱，受启蒙主义思想影响；被拿破仑放逐，1812年居住在俄国。

波尔霍维季诺夫讲完，默默地等候指示。托里刚要说话，但被库图佐夫打断。库图佐夫想说些什么，但他突然眯起眼睛，皱起眉头，他向托里摆了摆手，转过身去，对着被神像遮暗的堂屋的正面。

“主哇，我们的造物主哇！你听到了我们的祷告……”他合拢手掌，声音发颤地说。“俄罗斯得救了。主哇，感谢你！”他哭了。

18

从得知法军撤出莫斯科到战争结束，库图佐夫的全部活动就是用权力、巧计和要求阻止军队作无益的进攻和打运动战，避免同行将灭亡的敌人发生冲突。陶赫杜罗夫去马洛雅罗斯拉韦茨，但库图佐夫却踌躇不前，下令撤出卡卢加，他认为这样做是可行的。

库图佐夫处处退却，但敌人不等他退却就往相反的方向逃跑。

拿破仑的史学家给我们描写了他向塔鲁季诺和马洛雅罗斯拉韦茨的巧妙运动战，并作了推测，如果拿破仑深入富饶的南方各省，情况将会怎样。

但是，这些史学家避而不谈没有任何困难能够阻止拿破仑进入南方各省（因为俄军处处给他让路），他们忘记拿破仑的军队是无可挽救的，它自身已具备必然灭亡的条件。这支军队既然在莫斯科获得充足的粮草，却不能保住它而把它踩在脚下，这支军队既然在斯摩棱斯克不是征集粮草而是抢劫粮草，那么，这支军队怎么能在卡卢加省（这里住着同莫斯科一样的俄国人，有着同样可以放火的东西）恢复元气呢？

这支军队在任何地方都不能恢复元气。它自从打了鲍罗金诺战役和洗劫莫斯科后自身产生了腐化因素。

这支军队的士兵和长官一起逃跑，自己也不知道往哪里去，一心只想（从拿破仑到每个士兵）尽快摆脱这种虽不明确、但人人都意识到的绝境。

就因为这个缘故，在马洛雅罗斯拉韦茨的军事会议上，将军们都装腔作势地进行讨论，提出各种意见，最后，还是憨直的士兵穆东说出了大家的心愿，就是“赶快逃跑”。结果没有一个人，甚至连拿破仑在内，能说出一句话来反对这个公认的真理。

不过，虽然大家都知道非跑不可，但仍羞于承认。这种羞耻心需要外力来加以克服。这种外力及时出现了。那就是法国人所说的“皇帝，乌拉！”[1]

会后第二天，拿破仑一早假装要视察军队，视察过去的战场和未来的战场，带着元帅和卫队，骑马从军队中间走过。那些到处找寻战利品的哥萨克遇到皇帝，差点儿把他活捉。这次哥萨克没有活捉拿破仑，救他一命的恰好是使法军毁灭的战利品，因为在塔鲁季诺也好，在这里也好，哥萨克都不去抓俘虏而扑向战利品。他们没注意拿破仑，却扑向战利品，拿破仑因此才得以脱身。

顿河的儿子们[2]既然差一点在法军中把皇帝本人捉住，那么，事情很清楚，拿破仑除了赶快沿着最近的熟路逃走之外别无他法。拿破仑到了四十岁的中年，已不像以前那样灵活和勇敢，这一层他是懂得的。他受到哥萨克的惊吓，立刻接受穆东的意见，像史学家说的那样，下令向斯摩棱斯克大道撤退。

拿破仑同意穆东的意见，军队撤退，但这并不证明他曾下令这样做，但是，促使法军全军取道莫扎依斯克大道后退的那种力量在拿破仑身上也起了作用。

1 俄军冲锋时常喊“皇帝，乌拉！”这里就是指俄军冲锋。

2 指哥萨克。

19

一个人行动的时候总会想到行动的目的。人行千里，必定想到千里之外有什么好东西。要获得行动的力量，必须设想前面有天国乐土在等待着他。

法军进攻时，天国乐土是莫斯科，撤退时，是祖国。但祖国太遥远了，一个千里之行的人必须忘记终极目的，并对自己说："今天我要走四十俄里路，然后休息，过夜。"于是第一程的休息处就掩盖了终极目的，成了他全部的心愿和希望。个别人的憧憬往往会发展成为一大群人的憧憬。

对沿着斯摩楼斯克旧道后退的法国人来说，祖国这一终极目的太遥远，最近的目的是斯摩楼斯克，因此人群去斯摩棱斯克的心愿和希望就大大加强。倒不是因为他们以为斯摩棱斯克粮草丰富，生力军强大，也不是因为有谁对他们说过这种话（相反，高级将领和拿破仑本人都知道那里粮草很少），而是因为只有这样才能给予他们行动并忍受当前苦难的力量。他们，不管是不是知情，都同样自欺欺人，把斯摩棱斯克当作天国乐土，向那里疾行。

法军上了大路，就以惊人的精力和闻所未闻的速度奔向他们假想的目的。除了万众一心因而精力充沛这个原因外，法军这样齐心行动还有另一个原因，这另一个原因就是他们人数众多。人数众多就像按照物理学的引力定律，把人一个个像原子那样吸引在一起。他们千万个人就像一个国家那样行动着。

大家只有一个愿望：当俘虏，以摆脱各种恐怖和苦难。但是，一方面，奔赴斯摩棱斯克目的地这个共同的愿望把每个人吸引到同一方向；另一方面，一个军总不能向一个连投降，虽然法国人利用一切机会脱离队伍，借各种微不足道的理由投降，但这样的理由也不容易找到。法军人数的众多和密集的迅速撤退使他们无法投降，并使俄军难以阻止法军大量人马全力以赴的撤退。物体的机械断裂不能超过限度地加速它的解体。

一团雪不可能一下子融化。存在一定的时间限度，任何气温都不能早于这个限度使雪融化。相反，气温越高，残雪就结得越牢。

在俄国将领中除了库图佐夫谁也不懂这个道理。当法军沿着斯摩棱斯克大道逃跑时，柯诺夫尼岑十月十一日夜里预料的事就开始实现。高级将领个个都想立功，个个都想切断、截击、俘虏和歼灭法军，个个都要求进攻。

只有库图佐夫一人全力反对进攻，虽然每一个总司令的力量都是有限的。

他当时不能对他们说我们现在说的这些话：何必再打仗，何必封锁道路，何必牺牲自己的人，残酷屠杀不幸的人们？既然从莫斯科到维亚兹马，敌人不战就损失了三分之一，那么何必再打仗呢？但库图佐夫还是凭他老年人的智慧说些他们能懂的话，告诉他们对敌人要网开三面，可是他们却取笑他，诽谤他，他们大发雷霆，围着敌人那只死老虎大逞威风。

在维亚兹马附近，叶尔莫洛夫、米洛拉多维奇、普拉托夫等人离法军很近，他们按捺不住要切断并歼灭法军两个军的欲望。他们把自己的企图通知库图佐夫，信封里不装报告，却装一张白纸。

不管库图佐夫怎样制止军队，俄军还是发动进攻，竭力堵截敌军。据说，几个步兵团进攻时，奏着军乐，打着军鼓，结果消灭了几千敌人，自己也损失了几千人。

至于切断，他们并没有切断任何敌人，也没有歼灭任何部队。法军在危险面前抱得更紧，沿途不断减员，继续走向那条通往斯摩棱斯克的灭亡之路。

第三部

1

鲍罗金诺战役，以及随后的莫斯科陷落和法军不战而逃，都是富有教训意义的历史事件。

史学家都同意，国家和民族在对外活动中，彼此之间发生冲突的表现形式就是战争，战争的成败直接影响到国家和民族政治力量的消长。

据史书记载，某某国王和皇帝同另一国国王或皇帝发生争执，他就召集军队同敌军厮杀，杀死了三千、五千、一万敌人，征服了一个有千百万人口的国家和民族，最后获得胜利。这是一种怪事。相当于人口百分之一的军队一旦战败，整个民族就不得不屈服。这也是一种难以理解的事。虽然如此，就我们所知，所有的历史事件都证明这样一个道理：一个民族的军队同另一个民族的军队打仗，其成败就成为民族力量消长的原因，至少也是这种消长的主要标志。军队一旦打了胜仗，战胜民族的权利顿时增加，而战败民族的权利就顿时受到损害。军队打了败仗，那个民族立刻按照失败的程度丧失权利，它的军队彻底失败，它也就彻底被征服。

据史书记载，自古至今，历来如此。拿破仑历次战争都证明了这个规律。按照奥军失败的程度，奥地利丧失了自己的权利，而法国则增加了自己的权利和力量，法国人在耶纳和奥尔施泰特的胜利使普鲁士丧失了独立。

不过，一八一二年法军在莫斯科城下打了胜仗，占领了莫斯科，以后再没有打过仗，但结果灭亡的不是俄国，而是拿破仑的六十万大军和拿破仑的法国。为了符合历史规律而编造历史，硬说鲍罗金诺战场仍在俄军手里，莫斯科沦陷后又打过几仗，从而消灭了拿破仑军队，那是行不通的。

法国人在鲍罗金诺打了胜仗后，不仅没有打过一次大仗，连一次像样的小仗都没有打过，而法军就灭亡了。这是怎么一回事？如果说这是中国历史上的一个事件，我们可以说这并非历史事实（当任何历史事件不合史学家尺度时，他们就采用这种编造的手法）。如果这只是少数军队之间的短暂冲突，我们可以说这是例外事件。但这次事件是父辈们亲眼目睹的，关系到祖国的生死存亡，而且是所有战争中最大的一次……

一八一二年从鲍罗金诺战役到法军被逐出俄国的整个战争证明，打胜仗不仅不是征服的原因，甚至不是征服的必然标志；同时证明，决定民族命运的力量不在于征服者，甚至不在于军队和战斗，而在于其他因素。

法国史学家描述法军撤出莫斯科前的情形说，那支伟大的军队完整无损，只有骑兵、炮兵和辎重兵除外，因为没有草料喂马和其他牲口。这种灾难无法克服，因为郊区农民焚毁干草，不留给法国人。

会战胜利并未带来良好结果，因为像卡尔普、弗拉斯之流的庄稼汉在法军撤走后赶着大车进莫斯科抢劫，并没有表现出任何英雄行为。这样的庄稼汉不计其数，他们没有把干草运进莫斯科卖好价钱，而是把干草烧掉。

让我们想象，有两人按照击剑规则进行决斗，决斗持续了相当久；突然交手一方发觉自己负伤，他知道这不是儿戏，而是生死攸关的大事，就丢下长剑，顺手捡起一根大棒挥舞起来。可见这人为了达到目的，明智地使用了最好最简单的武器，同时他受骑士精神影响想掩盖事实真相，硬说他是按照全部击剑规则取胜的。但我们看到，这样描写决斗是多么荒唐可笑！

要求按照击剑规则决斗的击剑者是法国人；丢下长剑、抡起大棒的是俄国人；竭力按照击剑规则来解释的是叙述这场战争的史学家。

从斯摩棱斯克大火起，展开了一场不符合传统作战方法的战争。焚毁城市和乡村，且战且退，鲍罗金诺的受挫和退却，莫斯科的失守和大火，搜捕打劫的法国兵，拦截运输车，打游击战，这一切都是不符合战争常规的。

拿破仑感到这一点。他在莫斯科摆出正确的击剑姿势，看见对方举起的不是长剑而是大棒，就一再责怪库图佐夫和亚历山大皇帝不照规则作战，仿佛杀人也有什么规则似的。尽管法国人责怪俄国人不遵守规则，尽管俄国上层人士不知怎的认为用大棒作战是可耻的，而希望按照规则站好第四或第三姿势，摆出第一姿势，来一个巧妙的冲刺，等等，人民战争的大棒还是威风凛凛地举了起来，也不问合不合人家的口味和规则，动作粗鲁，目标明确，不顾三七二十一地举起来，打下去，打击法国人，直到侵略军全军覆没。

一个民族不像一八一三年法国人那样彬彬有礼地遵守击剑规则，调转剑柄，姿势优美地把剑交给宽宏大量的胜利者，这个民族有福了。一个民族在危急关头不管别人在这种时刻按照什么规则行事，朴实而灵活地顺手拿起大棒向敌人进攻，直到发泄完胸中的屈辱和仇恨，以轻蔑和怜悯对待敌人，这个民族有福了。

2

有一种违反所谓兵法的最明显和最有利的行动，那就是用分散的人群攻打挤成一团的人群。这类行动往往在人民战争中表现出来。这类行动不是一群人打一群人，而是一群人分散开来，单独出击，遇到对方大部队进攻就跑，一有机会再出击。西班牙游击队是这样做的，高加索山民是这样做的，一八一二年俄国人也是这样做的。

这种战争叫游击战，顾名思义就知道它是怎么一回事。这种战争不仅不符合任何兵法，而且违反公认的绝对正确的战术规则。兵法规定，攻击一方应集中兵力，使自己在战斗中比敌人强大。

游击战（历史证明，游击战总能取胜）就直接违反这条兵法。

它违反兵法，因为兵法规定，军队的力量是和军队的人数一致的。兵法说，兵越多，力量越大。权力总是在人数多的一方。

兵法有点像力学，力学研究物体运动，根据的是物体的质量，说两种运动物体的力是否相等，要看两者的质量是否相等。

力（运动量）等于质量和速度的乘积。

在军事上，军队的力也是质量和某种因素的乘积，也就是质量和未知数X的乘积。

军事科学发现历史上有无数军队的质与力不符的例子，也就是小部队打败大部队，于是不得不躲躲闪闪地承认有一种未知的因子存在，并竭力在几何图形、装备、统帅的天才（最常用的）中找寻这种因子。但用这些数值来代替因子，并不能得到符合历史事实的结果。

其实只要摒弃为讨好英雄而对最高当局战时指示作虚伪的吹捧，这个未知的X就可以找到。

这个X就是士气，也就是全体军队所具备的一定的斗志和冒险精神。这种斗志和冒险精神同指挥作战的将领有没有天才无关，同排成三路还是两路无关，同使用大棒还是使用每分钟三十发的步枪无关。斗志最强的人总是具有最有利的战斗条件。

士气是因子，乘上质量就得出力的积数。确定和表明这个未知因子——士气的数值，这是科学的任务。

要解决这个任务，我们就不能用统帅命令、军事装备等显示力的条件当作因子的价值，任意用它来代替未知的X，而应该毫无保留地承认这个未知数不是别的，而是一定的斗志和冒险精神。只有用方程式来表明已知的历史事实，通过比较这个未知数的相对价值，才能确定这个未知数。

十个人，十个营或者师，同十五个人，十五个营或者师战斗，他们把十五个人战败，也就是把对方全部打死或俘虏，自己只损失了四个人。结果一方损失了四个，另一方损失了十五个。因此，四等于十五，也就4X=15Y。它的方程式就是：X：Y=15：4。这个方程式并没有表明未知数的值，但它表明了两个未知数的比例。我们可以把各种历史事件（战斗、战役、战争阶段）列成这样的方程式，从中求出各种数据，并从那种数据中发现一些规律。

军队进攻时要集体行动，退却时要分散行动，这个战术规则无形中证明一个真理：军队的力量在于士气。率领军队冒着炮火前进，比打退敌人的进攻需要更严格的纪律，而这样的纪律只有在集体行动中才能取得，但这项战术规则忽视士气，因此往往是不正确的，特别是在全民战争中，士气有时高涨，有时低落，这种规则同事实矛盾，就格外明显。

一八一二年，法军退却，按照战术，应该分散防御，但他们却挤成一团，因为士气低落，军队只有抱成一团，才能勉强维持。俄军正好相反，按照战术应该大兵团作战，但他们却把兵力分散，因为士气高涨，士兵不待命令就自发去打法国人，他们无须强迫，就不辞辛劳，甘冒危险。

3

所谓游击战是从敌人攻入斯摩棱斯克开始的。

早在游击战被俄国政府正式采用前，就有几千名敌军——掉队的抢劫兵和饲料采购员——被哥萨克和农民消灭。他们杀死这些人是不自觉的，就像群狗咬死一条疯狗那样。杰尼斯·达维多夫凭俄国人的聪明第一个懂得这种大棒的可怕作用，它不顾兵法消灭法军，因此最早使这种战争方式合法化的荣誉应该归于他。

八月二十四日，达维多夫建立第一支游击队，接着其他游击队也纷纷组成。战事向前发展，游击队的数目不断增加。

游击队分批消灭这支大军。他们收拾从枯枝上落下的叶子，有时还摇撼枯树。这棵枯树就是法军。十月份，当法军往斯摩棱斯克逃跑时，这种人数不等、性质各异的游击队有几百个，有些游击队犹如正规军，有步兵、骑兵、参谋部，还带着生活用品；有些游击队只有哥萨克骑兵；有些是小股的，有些由步兵和骑兵混合组成；有些由普通农民和地主组成。有一支游击队的队长是教堂执事，他在一个月里抓了几百名俘虏。有个村长的老婆叫瓦西里萨，她打死了几百名法军。

十月底，游击战达到高潮。游击队在最初阶段大胆杀敌，连自己都感到吃惊。他们随时都有被法军包围和俘虏的可能，常常马不卸鞍，人不下马，藏身树林，时刻担心有人追击。如今这个阶段已经过去。现在这场战争已成定局，大家都知道，对付法国人什么是可行的，什么是不可行的。现在只有那些带参谋部的大游击队长官照规矩远离法军，仍认为有许多事是办不到的。那些小股游击队则就近观察法军，早已开始行动。那些大游击队连想也不敢想的事，他们却认为是办得到的。哥萨克和农民潜入法军中间，他们认为现在什么都可以办到。

十月二十二日，杰尼索夫带领他的队伍打游击打得热火朝天。他带着队伍一早就开始行动。他整天守在大路旁的树林里，监视一支护送骑兵辎重和俄国俘虏的法军运输大队。据侦察员和俘虏说，这支运输大队远离其他部队，在强大的掩护下开往斯摩棱斯克。知道这支运输大队的不仅有杰尼索夫和带着一支不大的游击队、在杰尼索夫游击队附近活动的陶洛霍夫，还有几个设参谋部的大游击队。大家都知道有这样一支运输大队，而且像杰尼索夫所说的那样，都对它摩拳擦掌，跃跃欲试。其中有两个大队的队长，一个是波兰人，一个是德国人，几乎同时邀请杰尼索夫同他们的队伍联合起来袭击运输大队。

"不，老兄，我也不是娃娃！"杰尼索夫读完信，说。他给德国人回信说，尽管他甘愿在英勇无畏的名将麾下服务，但他不得不放弃这份荣幸，因为已接受波兰将军的领导。他又写了一封内容相同的信给波兰将军，通知他已归德国人领导。

杰尼索夫作了这样的安排，打算不向上级报告，就同陶洛霍夫一起，用他们不大的兵力袭击和拦劫这个运输大队。十月二十二日运输大队从米古林诺村转移到沙姆舍沃村。从米古林诺村到沙姆舍沃村的大路，左边是大树林，这些树林有些紧挨大路，有些离大路有一俄里或更远些。杰尼索夫骑马带着他的队伍整天在树林里转来转去，有时深入树林，有时走到林边，但眼睛一直盯住撤退的法军。一早，离米古林诺村不远，树林紧挨大路的地方，有两辆载着骑兵马鞍的大车陷进泥里，被杰尼索夫游击队截获带到林中。从那时起直到傍晚，游击队没有发动进攻，只监视着法军的行动。先不去惊动他们，让他们太太平平走到沙姆舍沃村，然后同陶洛霍夫联合起来，而陶洛霍夫傍晚要到离沙姆舍沃村一俄里的看林人小屋里来商谈，到黎明从两面夹攻，像雪崩一样压到敌人头上，把他们全部俘虏。

后面，在离米古林诺村两俄里、树林紧挨大路的地方布置六名哥萨克，要他们等新的法军纵队一出现立刻来报告。

在沙姆舍沃村前面，陶洛霍夫同样监视着大路，以便弄明白什么地方还有法军。运输大队估计有一千五百人。杰尼索夫有两百人，陶洛霍夫大约也有这么多人。敌军人数占优势并不能使杰尼索夫停止行动。他还需要弄明白一点，对方是什么兵种；为了这个目的，杰尼索夫需要抓一个舌头（就是从敌人纵队里抓一个俘虏）。早晨袭击那两辆法军大车，干得太匆忙，把跟车的法国人全部打死了，只活捉了一个掉队的小鼓手，可那孩子根本说不清他们是什么兵种。

杰尼索夫认为再次袭击有危险，会惊动整个纵队，因此派农民游击队队员季洪到前面沙姆舍沃村，尽可能抓在那里打前站的设营员，哪怕抓到一个也好。

4

这是一个温暖多雨的秋日。天空和地平线都现出黄浊的颜色。天一会儿起雾，一会儿又下起斜打的大雨。

杰尼索夫骑着一匹两肋凹陷的良种瘦马，雨水从他的毡斗篷和皮高帽上流下来。他和他的马一样，歪着脑袋，侧着耳朵，被斜雨打得皱起眉头，聚精会神地望着前方。他那长满浓密的乌黑短胡子的瘦脸怒形于色。

杰尼索夫旁边是他的助手哥萨克大尉。哥萨克大尉也披着毡斗篷，戴着皮高帽，但骑的是一匹高大肥壮的顿河马。

另一个哥萨克大尉洛华伊斯基也披毡斗篷，戴皮高帽，高个子，身子薄得像木板，脸色白净，头发淡黄，眼睛细而亮，脸部的表情和骑马的姿势都显得镇定自若。虽然说不出这匹马和骑者有什么特点，但只要对哥萨克大尉和杰尼索夫看上一眼，就可以看出，杰尼索夫浑身湿透，样子狼狈，只是个一般的骑马的人；而那个哥萨克大尉，依旧神态自若，漂亮洒脱，仿佛他不是骑在马上，而是人马一体，具有双倍力量的一种生物。

他们前面不远走着一个农民向导。他身穿灰色长袍，头戴白色尖顶帽，浑身上下都已湿透。

他们后面不远，一个身穿蓝色法军外套的年轻军官，骑着一匹吉尔吉斯瘦马，马的尾巴和鬃毛都很长，嘴唇磨得出血。

旁边是一个骑马的骠骑兵，马屁股上坐着一个身穿破烂法国军服、头戴蓝色尖顶帽的孩子。这孩子用冻得通红的双手抓住骠骑兵，不断摆动一双光脚以取暖，扬起眉毛，惊讶地环顾着四周。这就是早晨俘虏的法国小鼓手。

后面，骠骑兵三五成群，沿着林间狭窄的泥泞路走着；再后面是哥萨克，有的披着毡斗篷，有的穿着法军外套，有的头上顶着马衣。马匹，不论棕红还是枣红，一淋雨看上去都是乌黑的。鬃毛淋过雨，马脖子看上去格外细长。马匹散发着热气。衣服，马鞍，缰绳，全都是湿淋淋滑腻腻的，土地和路上的落叶也是这样。人们缩成一团一动不动，坐在马上，以便焐暖流到身上的水，同时不再让水从座位底下、从膝盖、从脖子后面流进去。哥萨克的队伍拉得很长，队伍中间有两辆套着法国马和哥萨克带鞍马的大车，在树桩和枯枝中间颠簸着，驶过路上积水的车辙，发出咕唧咕唧的声音。

杰尼索夫的马为了绕过路上的水洼，往旁边一拐，使杰尼索夫的膝盖撞在一棵树上。

“咳，活见鬼！”杰尼索夫怒骂道，他龇着牙把马抽了两三鞭，溅得自己和同伴一身泥。杰尼索夫心情不好，因为淋雨和饥饿（从早晨起谁也没有吃过东西），但主要是因为至今没有陶洛霍夫的消息，而派去抓“舌头”的人也没有回来。

“像今天这样袭击运输队的机会恐怕不会再有了。单独袭击太冒险，但要是推迟到明天，那就会让别的大游击队从我们鼻子底下抢走战利品。”杰尼索夫想，不断往前眺望，希望看见陶洛霍夫派来的人。

杰尼索夫来到林间小路，停了下来，从那里往右可以望得很远。

“有个人骑马跑来。”他说。

哥萨克大尉朝杰尼索夫指的方向望去。

“有两个：一个是军官，一个是哥萨克士兵。但不能认定是不是中校本人。”哥萨克大尉说，他喜欢用哥萨克们不懂的词儿。

两个骑马的人下了山坡消失了，几分钟后又出现。前面那个军官衣服褴褛，浑身湿透，裤脚卷到膝盖以上。他挥动鞭子，赶着那匹疲劳地大跑的马。他后面那个哥萨克站在马镫上，让马走着快步。军官是个年轻的孩子，阔脸膛，红脸颊，一双眼睛喜气洋洋。他驰到杰尼索夫面前，递给他一个湿透的信封。

“将军叫我送来的，”年轻的军官说，“对不起，有点湿了……”

杰尼索夫皱起眉头，接过信封，动手拆开来。

“大家总是说危险，危险。”杰尼索夫读信的时候，年轻的军官对哥萨克大尉说。“但我同柯马罗夫，”他指指哥萨克，“早有准备。我们都有两支手枪……这是怎么回事？”他看见法军小鼓手问。“是俘虏吗？你们已经打过仗了？可以同他谈谈吗？”

“哦，你是罗斯托夫！彼嘉！”杰尼索夫匆匆看完信，叫起来。“你怎么不说你是谁？”杰尼索夫含笑转过身去同年轻的军官握手。

这个军官就是罗斯托夫家的彼嘉。

彼嘉一路上考虑着他该怎样像一个大人，像一个军官那样对待杰尼索夫，不让人看出他们以前是相识的。但杰尼索夫对他微微一笑，彼嘉立刻容光焕发，快乐得满脸通红，忘记了事先准备好的军官架子，讲他怎样从法国人旁边走过，他接到这个任务很高兴，他在维亚兹马城下已参加过战斗，有个骠骑兵在那儿立了功。

“哦，见到你很高兴！”杰尼索夫打断他的话，脸上又露出忧心忡忡的神色。

“米哈伊尔·费奥克里迪奇，”他对哥萨克大尉说，“又是那个德国人送来的。他是他的部下。”杰尼索夫告诉哥萨克大尉信的内容，说德国将军再次要求联合袭击运输队。“如果明天我们不能拿下它，他就会从我们的鼻子底下把它抢走。”他结束说。

彼嘉因刚才杰尼索夫对他说话语气冷淡感到不快，以为杰尼索夫是看到他卷起裤脚不成体统才这样，就趁现在杰尼索夫同哥萨克大尉说话的机会，在军大衣底下把裤脚放下，竭力装出雄赳赳的样子。

“大人有没有什么命令？”他问杰尼索夫，把手举到军帽边敬礼，又摆出副官见将军的那种姿态，“我是不是应当留在大人身边？”

“命令？……”杰尼索夫若有所思地说。“你能留到明天吗？”

“哦，行……我可以留在您身边吗？”彼嘉大声问。

“那么将军是怎样吩咐你的，叫你马上回去吗？”杰尼索夫问。彼嘉脸红了。

“他什么也没有吩咐。我想可以留下吧？”他带着询问的口气说。

“那好吧。”杰尼索夫说。他对部下作了部署，派一队人到指定的看林人屋里休息，派骑吉尔吉斯马的军官（他执行副官之职）去找陶洛霍夫，打听他在什么地方，晚上来不来。杰尼索夫自己带着哥萨克大尉和彼嘉准备到靠近沙姆舍沃村的林边，侦察明天要袭击的法军驻地。

“喂，大胡子！”他对带路的农民说，“带我们到沙姆舍沃村去。”

杰尼索夫、彼嘉和哥萨克大尉在几名哥萨克和押送俘虏的骠骑兵陪同下，往左经过一个山谷，向林边走去。

5

雨停了，但天起雾了，树枝上滴着水珠。杰尼索夫、哥萨克大尉和彼嘉默默地跟着戴尖顶帽的农民。那农民迈着穿树皮鞋的八字脚，踩着树根和潮湿的落叶，悄悄地领他们向林边走去。

农民走到斜坡上站住，向周围眺望了一下，然后往树木稀疏的地方走去。他在一颗尚未落叶的大栎树下站住，神秘地招招手。

杰尼索夫和彼嘉骑马向他走去。原来从他站着的地方可以看见法国人。一走出树林，半坡上有一片春麦地。右边，经过一个陡峭的峡谷，望得见一个小村庄，那里有一座地主的房子，房顶都坍塌了。在这个小村庄里，在地主的房子里，在整个丘陵上，在花园里，在水井和池塘边，在从桥头到村庄四百米的上坡大路上，透过弥漫的雾气，到处可以看到成群结队的人，听见他们用非俄罗斯语吆喝拉车上坡的马，以及彼此的呼应声。

“把俘虏带过来。”杰尼索夫低声说，眼睛一直盯着法国人。

哥萨克跳下马，抱下孩子，带他到杰尼索夫跟前。杰尼索夫指着法国人，问他们是什么部队。那孩子把冻僵的双手插进衣袋，扬起眉毛，怯生生地望着杰尼索夫。他显然愿意把他知道的都说出来，但是回答得颠三倒四，不论杰尼索夫问他什么，他总是点头称是。杰尼索夫皱起眉头，转过身去，对哥萨克大尉讲自己的想法。

彼嘉迅速地转动脑袋，时而望望小鼓手，时而望望杰尼索夫，时而望望哥萨克大尉，时而望望村里和路上的法国人，唯恐错过什么重要的事。

“不管陶洛霍夫来不来，都要拿下！……是吗？”杰尼索夫快乐地眨眨眼，说。

“这是个合适的地方。”哥萨克大尉说。

“我们派步兵走沼泽地，”杰尼索夫继续说，“他们向花园那里爬；您带着哥萨克从那里出发，”杰尼索夫指指村庄后面的树林，“我带着骑兵从这儿走。枪一响就动手……”

“洼地走不得，那里有泥塘，”哥萨克大尉说，“马会陷下去的，得从左边绕过去……”

正当他们低声说话的时候，下面池塘旁的洼地上发出一声枪响，升起一团白烟，又响起一声枪响，山坡上几百名法国人立刻齐声欢呼。最初一刹那，杰尼索夫和哥萨克大尉后退了一步。他们离得很近，还以为枪声和喊声是由他们引起的。其实枪声和喊声同他们无关。有一个穿红衣服的人在下面沼泽地里跑过。法国人显然是对他开枪和呐喊的。

“那不是我们的季洪吗？”哥萨克大尉说。

“是他！就是他！”

“瞧这个机灵鬼！”杰尼索夫说。

“他跑了！”哥萨克大尉眯缝着眼睛说。

被他们称为季洪的人跑到小河边，扑通一声跳进河里，溅起了水花。他在水里躲了一会儿，又从水里爬出来，浑身湿透，继续向前跑。追捕他的法国人站住了。

“真机灵！”哥萨克大尉说。

“哼，这个骗子手！”杰尼索夫仍旧恨恨地说。“他到现在都在干些什么呀？”

“这是什么人？”彼嘉问。

“这是我们的探子。我派他去抓‘舌头’。”

“噢，原来如此！”彼嘉一听到杰尼索夫的话就点头，仿佛他全懂了，其实他什么也不懂。

季洪是游击队里最有用的人。他原是格沙特河畔波克罗夫斯科耶村的农民。杰尼索夫开始活动时来到波克罗夫斯科耶村，照例把村长找来，问他们知不知道法国人的情况。这个村长也像所有村长那样要撇清自己，回答说，他们一无所见，一无所闻。但杰尼索夫向他们解释说，他的目的只是要打击法国人，问他们有没有法国人流窜到这一带，村长回答说，确实来过外国佬，但村里只有季洪一人对付过他们。杰尼索夫吩咐把季洪找来，赞扬了他的行动，又当着村长的面说了几句人民应该效忠沙皇、效忠祖国、仇恨法国人的道理。

“我们对法国人没有干坏事。”季洪听了杰尼索夫的话显然有点害怕，说，“我们只是同那些家伙逗着玩。确实有二十来个外国佬被打死，但我们没有干坏事……”第二天，杰尼索夫已经把这个农民完全忘了，他离开波克罗夫斯科耶村时，有人向他报告说，季洪跟着游击队，不肯离开，要求把他留下。杰尼索夫就吩咐把他留下。

季洪起初只做些粗活，如生营火，挑水，剥马皮等，不久他对游击战表现出很大的兴趣，并显得很有才能。他常常夜里出去猎取战利品，每次都带回法军的衣服和武器。要是给他命令，他就把俘虏带回来。杰尼索夫不叫他干杂活，出去侦察总是把他带在身边，并把他编入哥萨克队伍。

季洪不爱骑马，总是步行，但从来不会落在骑兵后面。他的武器是火枪、长矛和斧子。他带着火枪主要是为了好玩，他使用斧子就像狼使用牙齿，狼用牙齿在皮毛里找跳蚤很容易，还可以啃粗大的骨头。季洪抡起斧子劈木头，握着斧背削小橛子，雕小勺子，同样感到得心应手。季洪在杰尼索夫游击队里占有一个独特的地位。遇到有特别困难和讨厌的活要干，如用肩膀把大车从泥里扛出来，抓住马尾巴把马从沼泽里拉起来，剥马皮，偷偷摸进法军营地，一天赶五十俄里路，这时大家就会笑着指指季洪。

“他才不在乎呢，强壮得像一匹骟马。”大家都这样说他。

有一次，季洪捉拿一个法国人，法国人拿手枪对他开了一枪，伤了他背部的肌肉。季洪只用伏特加治伤，又是内服，又是外擦，结果把伤治好了。这事成了全队最有趣的笑话，而季洪也高兴让人开玩笑。

“怎么样，老兄，以后不干了？给人家打成驼背了？”哥萨克取笑他。季洪就故意伛偻着腰，做了个鬼脸，装出生气的样子，用最可笑的话骂着法国人。这件事对季洪的影响只是他后来很少去抓俘虏。

季洪是游击队里最勇敢最有用的人，没有人比他找到的袭击机会更多，也没有人比他俘虏和打死的法国人更多；因为这个缘故，他成了全体哥萨克和骠骑兵逗乐的对象，他也乐意当这样的角色。这次，季洪就被杰尼索夫夜里派到沙姆舍沃村去捉“舌头”。但是，不知是他不满足于只捉一个法国人呢，还是自己在夜里睡过了头，他在白天钻进灌木丛，一直钻进法国人的心脏，结果就像杰尼索夫在山上看见的那样，被法国人发现了。

6

杰尼索夫同哥萨克大尉又谈了一下明天的袭击。他看到法国人距离这么近，似乎最后下了决心，这才拨转马头往回走。

“喂，老弟，现在我们去把衣服烘烘干。”他对彼嘉说。

到看林人小屋的途中，杰尼索夫停下来往树林里张望。树林里有个人身穿短褂，脚穿树皮鞋，头戴喀山帽，扛着抢，腰里插一把斧子，摆动两条长手臂，迈着轻盈的大步走来。这人一看见杰尼索夫，慌忙把一件东西扔到灌木丛里，摘下帽檐下垂的湿淋淋的帽子，走到长官跟前。原来是季洪。他那布满皱纹的麻脸嵌着一双小眼睛，露出得意洋洋的神气。他高高地昂起头，仿佛忍住笑，眼睛盯住杰尼索夫。

“哼，你躲到哪儿去了？”杰尼索夫问。

“躲到哪儿去了？去抓法国佬呗。”季洪大胆地急急回答，声音沙哑而悦耳。

“你怎么大白天钻到那里去？蠢货！那么，没抓到吧？”

“抓是抓到了。”季洪说。

“他在哪里？”

“天蒙蒙亮我就抓到一个，”季洪继续说，宽宽地叉开穿树皮鞋的扁平八字脚，“我就把他带到树林里。我一看，不行了。我想，我再去弄一个像样点儿的来。”

“你瞧这个骗子手！”杰尼索夫对哥萨克大尉说，接着又问季洪：“那你为什么不把那一个带来？”

“把他带来干什么？”季洪怒气冲冲地插嘴说，“他不中用。难道我不知道您要什么样的吗？”

“哼，这个滑头！……后来呢？”

“我又去抓一个，”季洪接着说，“我就这样爬到树林里躺下来。”季洪突然麻利地趴下来，把当时的动作做了一遍。“又来了一个，”他继续说，“我就这样拦腰把他抱住。”季洪轻灵地跳起来。“我说，跟我去见团长。那家伙大叫起来。他们一下子来了四个人。他们拿着短剑向我扑来。我就这样拿着斧子迎上去：哼，你们要干什么，见你们的上帝去吧！”季洪挥动双手，威严地皱起眉头，挺起胸膛，大喝一声。

“可不是，我们从山上看见你穿过洼地逃跑。”哥萨克大尉眯缝着炯炯有神的眼睛，说。

彼嘉很想笑，但看见大家都忍住笑。他的目光迅速地从季洪脸上移到哥萨克大尉和杰尼索夫脸上，不明白是怎么一回事。

“你别装疯卖傻，”杰尼索夫怒气冲冲地咳嗽着说，“为什么不把第一个带来？”

季洪一只手搔头，另一只手搔背，突然他的麻脸拉得长长的，浮起得意的傻笑，使人看到他少了一颗门牙（因此他的绰号叫“缺牙”）。杰尼索夫微微一笑，彼嘉也发出快乐的笑声，季洪也跟着笑了。

“他可是个十足的废料，”季洪说，“他身上衣服破破烂烂的，怎么好把他带来。再说，大人，他是个大老粗。他说：‘哼，我是将军的儿子，我不去。’”

“咳，蠢货！”杰尼索夫说，“应该让我来问他……”

“我问过他了，”季洪说，“他说，他不清楚。他说，他们人很多，但都是废料，只是挂个名罢了。他说，只要大喝一声，他们就会乖乖投降的。”季洪说完，快乐而果断地瞧了杰尼索夫一眼。

“我要好好抽你一百鞭子，看你还装不装糊涂！”杰尼索夫恶狠狠地说。

“你发什么火呀？”季洪说，“难道我没见过您要的法国人吗？等到天一黑，您要什么样的，我给您抓三个来都行。”

“得了，我们走吧！”杰尼索夫说，直至走到看林人小屋跟前，他都生气地皱着眉头，一言不发。

季洪走在后面。彼嘉听见哥萨克和他一起说说笑笑，还笑他把一双靴子扔到灌木丛里。

他们听了季洪的话发出一阵哄笑，彼嘉才明白是怎么一回事。原来季洪把那个人杀了，他心里感到不舒服。他回顾了一下小鼓手，他的心仿佛被什么东西刺痛了。但这种不舒服的感觉转瞬即逝。他觉得必须更高地昂起头，打起精神，一本正经地向他打听明天的计划，使人家不至于觉得他不配参加这个集体。

派去的军官在路上遇见杰尼索夫，报告说陶洛霍夫马上就到，他们那里一切都很顺利。

杰尼索夫顿时高兴起来，把彼嘉叫到跟前。

“好，现在你给我讲讲你自己的情况。”他说。

7

彼嘉在全家撤离莫斯科时同家人分手，回到自己的团里，不久就被派到一个指挥大游击队的将军那里当传令官。自从彼嘉升任军官，尤其是到作战部队参加维亚兹马战役后，常因自己长大成人而感到得意洋洋，并且兴奋地留神不放过任何冒险立功的机会。他对军队中的所见所闻感到很高兴，同时一直觉得他不在的地方此刻一定在完成英雄业绩。他总是急着赶往他没去过的地方。

十月二十一日，将军表示要派一个人到杰尼索夫部队去，彼嘉就苦苦哀求派他去，弄得将军不忍心拒绝他。不过将军派他去时，想起他上次在维亚兹马战役中的疯狂行动，那时他不走指定的路线，而擅自冒着法国人的炮火驰到散兵线上，开了两次手枪。将军想到这件事，就禁止彼嘉参加杰尼索夫部队的任何战斗。就因为这个缘故，当杰尼索夫问彼嘉能不能留下时，他涨红脸，不知所措。在到达林边之前，彼嘉认为他在严格执行任务之后，应该立刻回去。但当他看见法国人，看见季洪，听说当夜一定要进行袭击时，他那颗年轻善变的心就立刻认为，他一直很尊敬的德国将军只是一个废料，而杰尼索夫才是英雄，哥萨克大尉才是英雄，季洪才是英雄，在这紧急关头离开他们是可耻的。

杰尼索夫带着彼嘉和哥萨克大尉来到看林人小屋时，天色已经黑了。在苍茫的暮色中，可以看见备鞍的马，哥萨克和骠骑兵在林边空地上搭棚子，又在峡谷里生火，免得被法国人看见。在小屋门廊里，一个哥萨克正卷起袖子切羊肉。杰尼索夫队里的三个军官正在拿一块门板当桌子。彼嘉脱掉湿衣服交给人烘，自己动手帮军官摆饭桌。

十分钟后，铺着桌布的饭桌摆好了。桌上有伏特加、装着朗姆酒的军用水壶、白面包、烤羊肉和盐。

彼嘉同军官们一起坐在桌旁，撕着香喷喷的肥羊肉，弄得羊油从手上流下来。他一身孩子气，兴高采烈，热烈地爱着一切人，而且相信别人也同样爱他。

“您看怎么样，杰尼索夫队长，”他对杰尼索夫说，“我在您这儿待一两天，不要紧吧？”他不等回答，就自己解答说：“我是奉命来打听的，我要打听……只求您让我参加最……主要的行动。我不需要奖赏……我要……”彼嘉咬咬牙，头抬得高高的，环顾了一下，摆了摆手。

“最主要的行动……”杰尼索夫含笑重复他的话说。

“我只求您给我一个小分队，完全归我指挥，”彼嘉接着说，“这费您什么事呢？哦，您要小刀吗？”他问一个要切羊肉的军官。他把自己的折刀给了他。

军官很称赞这把折刀。

“那就请您留下吧。这样的小刀我有好几把……”彼嘉涨红脸说。“哦，老天爷！我完全给忘了！”他突然叫起来。“我有很好的葡萄干，你们知道吗，无核的。我们那儿新来了一个随军小贩，他的东西可好啦。我买了十斤。我吃惯甜东西。你们要尝尝吗？……”彼嘉说着跑到门廊里去找他的哥萨克，拿来几个口袋，里面装着五斤葡萄干。“各位，大家尝尝，大家尝尝。”

“您要不要咖啡壶？”他问哥萨克大尉，“我从我们的小贩那儿买了一把，挺不错！他有各种好东西。他人也规矩。这是主要的。我一定给您送来。还有，说不定你们的火石用光了，这是常有的事。我带来了，就在这里……”他指指口袋，“我有一百粒火石。我买得很便宜。你要多少就拿多少，全拿去也行……”彼嘉突然担心他是不是扯得太远，连忙打住，脸也红了。

他回想他有没有做过别的傻事。他逐一检查今天一天的事，想到了那个法国小鼓手。“我们过得挺不错，不知他怎么样？把他关到哪里去了？有没有给他吃过东西？有没有欺负他？”他想。他发现他扯到火石，不免有点害怕。

“这事可以问一问，”他想，“但他们会说：‘他自己也是个孩子，真是孩子怜惜孩子。’明天我可要让他们瞧瞧我是个怎样的孩子！如果我问问，是不是丢脸？”彼嘉想。“哼，管他的！”他想着立刻脸红了，怯生生地望望军官们，看他们脸上有没有嘲笑的神色，接着说：

“可不可以把那个被俘的孩子叫来？给他点什么吃的……说不定……”

“是啊，是个可怜的小家伙！”杰尼索夫说，显然并不认为彼嘉的提醒是可耻的。“把他叫来。他叫樊尚·博斯。去把他叫来。”

“我去把他叫来。”彼嘉说。

“去把他叫来，去把他叫来。可怜的小家伙！”杰尼索夫重复说。

杰尼索夫说这话的时候，彼嘉就站在门口。彼嘉从军官中间挤过去，走到杰尼索夫跟前。

“让我吻吻您，好人，”他说，“哦，您真好！真是太好了！”他吻了吻杰尼索夫，往屋外跑去。

“博斯！樊尚！”彼嘉站在门外叫道。

“您找谁，长官？”黑暗中有人问道。彼嘉回答说，今天俘虏的那个法国孩子。

“噢！找维森尼吗？”哥萨克问。

樊尚的名字已被哥萨克叫成“维森尼”，被农民和士兵叫成“维谢尼”。这两种叫法在俄语里都同“春天”近似，用在小伙子身上正合适。

“他在营火那儿烤火。喂，维森尼！维森尼！维谢尼！”黑暗中传出几个人的呼唤声和笑声。

“那孩子可机灵了，”站在彼嘉旁边的骠骑兵说，“我们刚才给他吃过东西。他都快饿死了！”

黑暗中传来脚步声。小鼓手的光脚板啪哒啪哒地踩着泥浆来到门口。

“哦，原来就是你！”彼嘉说。“您想吃东西吗？别怕，不会拿你怎么样的，”他又说，胆怯而亲热地摸摸他的手，“进来！进来！”

“谢谢，先生！”小鼓手回答，声音发抖而带点童嗓，他在门口把泥脚擦干净。彼嘉有许多话要对小鼓手说，但他不敢说。他犹豫不决地站在门廊里小鼓手旁边。然后，在黑暗中抓住他的手，握了握。

“进来！进来！”他只是温柔地低声说。

“唉，我能替他做些什么呢！”彼嘉自言自语，打开门，让孩子先进去。

小鼓手走进屋里，彼嘉离他远一点坐下，认为太照顾他是有失身份的。他一只手插在口袋里摸钱，不知道给小鼓手一些钱是不是丢脸。

8

杰尼索夫吩咐勤务兵给法国小鼓手伏特加和烤羊肉，让他穿上俄国长袍，不把他同其他俘虏一起送走而把他留在队里。这时，由于陶洛霍夫的到来，彼嘉已不再关心小鼓手。彼嘉在部队里听到过许多有关陶洛霍夫作战勇敢和对法国人很残酷的故事，因此陶洛霍夫一进屋，彼嘉就一直盯住他。他抖擞精神，高高地昂起头，表示连陶洛霍夫这样的伙伴，他也有资格结交。

陶洛霍夫外表的朴素使彼嘉感到惊讶。

杰尼索夫身穿哥萨克上衣，留着大胡子，胸前挂着圣尼古拉像，他的谈吐举止都显得与众不同。陶洛霍夫正好相反，他以前在莫斯科总是一身波斯装，现在却是一副标准的近卫军军官装束。他把脸刮得干干净净，身穿一件近卫军棉大衣，纽襻上挂一枚圣乔治勋章，头戴一顶普通军帽。他在屋角脱下潮湿的斗篷，没跟谁打招呼，走到杰尼索夫跟前，立刻询问作战情况。杰尼索夫告诉他他们两支大游击队袭击法军运输队的计划、彼嘉送来的信件，以及他怎样回答两位将军。然后杰尼索夫讲了他所知道的法国部队的情况。

“事情就是这样，但我们必须知道对方是什么部队，有多少人，”陶洛霍夫说，“得去跑一趟。不确切了解他们的人数，不能贸然行动。我做事喜欢认认真真。我说，诸位，有谁愿意跟我到他们营地去一趟。我把法军军服也带来了。”

“我去，我去……我跟您一起去！”彼嘉喊道。

“根本不用你去。”杰尼索夫说。接着他又对陶洛霍夫说，“我说什么也不放他去。”

“哼，太好了！”彼嘉喊道，“为什么我不能去？……”

“因为你没有必要去。”

“啊，对不起，我要去，因为……因为……我要去，就是这样。您带我去吗？”他问陶洛霍夫。

“那有什么……”陶洛霍夫心不在焉地回答，凝视着法国小鼓手的脸。

“这个小东西在你这儿好久了吗？”他问杰尼索夫。

“今天才抓来的，可他什么也不知道。我把他留在身边。”

“那么，你把其余的俘虏弄到哪儿去了？”陶洛霍夫问。

“怎么弄到哪儿去？我把他们送走，还要了收条！”杰尼索夫突然涨红脸，大声说。“我敢说，我没有背着良心害过一条人命。把三十个或者三百个俘虏押到城里，这事难道比——恕我直说——玷污军人的荣誉难吗？”

“哼，只有十六岁的伯爵少爷才会说出这种好心话来，”陶洛霍夫冷笑说，“你已经不是说这种话的时候了。”

“嗳，我可什么也没说，我只说我一定要跟您去。”彼嘉怯生生地说。

“老兄，我们该扔掉这种好心肠了。”陶洛霍夫继续说，仿佛他对这个激怒杰尼索夫的话题特别感兴趣，“你留着这个小东西干什么？”他摇摇头说。“是不是因为你可怜他？我们可知道你的收条是怎么一回事。你送去一百个，到达的却只有三十个。

不是饿死就是被打死。那不等于白抓吗？”

哥萨克大尉眯缝起炯炯有神的眼睛，赞同地点点头。

“反正一样，没什么可说的。我不愿做亏心事。你说他们会死。嗯，就算是这样吧，只要不死在我手里就行。”

陶洛霍夫笑了。

“可是有谁会阻止他们一再下令来俘虏我呢？一旦他们把我们俘虏，那么，你和我，连同你的骑士风度，还不是统统会被吊到白杨树上去吗？”他停了一下。“我们还是干正经的吧。叫我的哥萨克把马褡子拿来！我有两套法军军服。怎么样，跟我一起去吧？”他问彼嘉。

“我？去，去，当然去！”彼嘉脸红得几乎掉下眼泪，同时注视着杰尼索夫。

当陶洛霍夫同杰尼索夫争论怎样对待俘虏时，彼嘉觉得很尴尬和狼狈，但他还是没有弄清楚他们在争些什么。“既然岁数大的有名人物都这么想，那就是对的，就是好的，”他想，“主要是别让杰尼索夫以为我是听他的，他可以对我发号施令，我一定要跟陶洛霍夫去法军营地。他能去，我也能去。”

不论杰尼索夫怎样劝说彼嘉，彼嘉总是说，他做事一向很仔细，决不会马马虎虎，而且他从来不考虑个人安危。

“因为，您也会同意的，如果不确切知道他们的人数，就可能关系到几百人的性命，而我们只有两个人，再说，我非常想去，我一定要去，一定要去，请您别拦阻我！”彼嘉说，“这样只会更糟……”

9

彼嘉和陶洛霍夫穿上法军大衣，戴上高筒军帽，就向杰尼索夫观察敌营的林间小路驰去，他们在一片漆黑中出了树林，来到洼地。到了下面，陶洛霍夫吩咐护送的哥萨克在那里等他，自己就沿着大路快步向桥头驰去。彼嘉同他并马前进，紧张得喘不过气来。

“万一落到敌人手里，我决不会让他们抓活的，我有手枪。”彼嘉低声说。

“别说俄语。”陶洛霍夫急急地低声说。就在这时，黑暗中传出吆喝声：“什么人？”以及扳枪机的声音。

血往彼嘉脸上直涌，他连忙抓住手枪。

“六团枪骑兵。”陶洛霍夫用法语回答，既不放慢也不加快马的步子。桥上屹立着哨兵黑黝黝的身影。

“口令？”陶洛霍夫勒住马，慢慢地走着。

“喂，热拉上校是不是在这里？”他问。

“口令！”哨兵没回答，挡住他的路。

“长官巡察前线，哨兵不问口令……”陶洛霍夫喝道，突然发起火来，策马直奔哨兵，“我问你上校是不是在这里？”

哨兵让了路，陶洛霍夫不等他回答，就缓步向山上驰去。

陶洛霍夫发现一个穿过大路的黑色人影，就拦住他问司令和军官在哪里。那个士兵肩上扛着一个口袋，站住，走到陶洛霍夫的马跟前，用手摸摸马，坦率而友好地说，司令和军官在山上，在右边农场（他把地主庄园称作农场）。

陶洛霍夫顺着大路走去，大路两边的篝火旁传出法国人的说话声。他拐进地主庄园。他进了大门，下了马，走到一堆熊熊燃烧的篝火那里。篝火旁坐着几个人，正在大声谈话。火上煮着满满一锅子东西。一个头戴尖顶帽、身穿蓝大衣的士兵跪在旁边，身子被火光照亮，拿通条搅和着锅里的东西。

“哼，你拿那个小鬼真没办法！”坐在篝火对面阴影里的一个军官说。

“他把他们狠狠教训了一顿……”另一个笑着说。听见陶洛霍夫和彼嘉牵着马走近篝火的脚步声，两个法国军官住了口，向黑暗中张望。

“先生们，你们好！”陶洛霍夫清楚地大声说。

军官们在篝火旁边动了动身子，其中一个高个儿，长脖子的军官绕过篝火，走到陶洛霍夫跟前。

“是你吗，克莱芒？”他说，“从哪里来，见鬼了……”他发现认错了人，说到一半住了口，微微皱起眉头，就像对待陌生人那样同陶洛霍夫打了个招呼，问他有什么事需要帮忙。陶洛霍夫说，他和同伴在追赶自己的部队，并问在场的军官是否知道六团的消息。谁也不清楚。彼嘉觉得，军官们带着敌意和疑虑打量着他和陶洛霍夫。大家沉默了几秒钟。

“你们要是想吃晚饭，那可来晚了！”篝火后面有人忍住笑说。

陶洛霍夫说他们吃饱了，夜里还得赶路。

他把马交给那个搅和锅子的兵，挨着那个长脖子军官在篝火旁蹲下来。这个军官对陶洛霍夫瞧个不停，再次问他是哪个团的。陶洛霍夫没有回答，仿佛没听见他的话，却从口袋里掏出一只法国烟斗抽起烟来。他问军官们，前面路上碰到哥萨克的危险有多大。

“到处都是那帮强盗。”篝火后面有个军官回答。

陶洛霍夫说，只有对他们这种掉队的人哥萨克才是可怕的，但哥萨克对大部队恐怕不敢袭击吧？他带着询问的口气说，但没有人搭理他。

“啊，这会儿他该走了！”彼嘉站在篝火前，听着他们说话，不断地想。

但陶洛霍夫又开始中断的谈话，单刀直入地问他们有几个营，他们营里有多少人，多少俘虏。在问到他们队伍里的俄国俘虏时，陶洛霍夫说：

“随身拖着这些死鬼真讨厌，还不如把他们全毙了。”接着他怪声大笑，彼嘉担心法国人会马上识破他们的骗局，不由得从篝火边后退一步。没有人搭理陶洛霍夫的话和笑。一个没有露面的法国军官（他盖着一件军大衣躺在那里）支起身来，对同伴咬了个耳朵。陶洛霍夫站起来，对那个牵马的士兵吆喝了一声。

“他们肯不肯给马呀？”彼嘉想，不由得靠近陶洛霍夫。

他们给了马。

“再见，诸位！”陶洛霍夫说。

彼嘉想说晚安，但他说不出口。军官们交头接耳说着什么。陶洛霍夫好半天才骑上那匹不肯站定的马，然后一步步走出大门。彼嘉骑马走在他旁边，很想回头看看法国人有没有追上来，但他不敢。

上了大路，陶洛霍夫不从田野回去，却穿过村庄。他在一个地方停下来，留神倾听。

“你听见吗？”他问彼嘉。

彼嘉听出俄国人的说话声，看见篝火旁有俄国俘虏的黑影。彼嘉和陶洛霍夫下坡来到桥上，从哨兵身边走过。那个哨兵一言不发，板着脸在桥上来回踱步。他们来到哥萨克等着的洼地。

“好，再见了。你对杰尼索夫说，天亮第一声枪响为号。”陶洛霍夫说完要走，却被彼嘉抓住手臂。

“慢着！”他叫着，“您真是位英雄！嘿，太好了！干得真漂亮！我真喜欢您。”

“行了，行了！”陶洛霍夫说，但彼嘉不肯放掉他。陶洛霍夫在黑暗中看出彼嘉向他弯过身来。他要亲吻。陶洛霍夫吻了吻他，笑起来，拨转马头消失在黑暗中。

10

彼嘉回到看林人小屋，在门廊里遇见杰尼索夫。杰尼索夫心神不宁，后悔不该放彼嘉去，此刻正在焦虑地等待他。

“感谢上帝！”他喊道。“哦，感谢上帝！”他听着彼嘉激动的叙述，一再说。“你真该死，我为了你觉都没睡！”杰尼索夫说。“哦，感谢上帝，现在我要睡了。天亮以前还可以打个盹。”

“噢……不，”彼嘉说，“我还不想睡。我知道我这个人，一睡就醒不了。再说，我在战斗之前不睡觉已经习惯了。”

彼嘉在小屋里坐了一会儿，高兴地回味着这次出行的细节，同时生动地想象着明天的情景。后来，他发现杰尼索夫睡着了，就起身走到屋外。

天色还一片漆黑。雨停了，但树上还滴着水。在看林人小屋附近，可以看见黑魆魆的哥萨克棚子和拴在一起的马匹，屋后隐隐约约有两辆大车，旁边拴着几匹马，峡谷里有即将燃尽的篝火。哥萨克和骠骑兵没有全睡：除了滴水声和马的咀嚼声之外，有些地方还传来低低的说话声。

彼嘉走出门廊，在黑暗中张望了一下，然后向大车走去。有人在大车底下打鼾，大车旁边有几匹备鞍的马正在吃燕麦。彼嘉在黑暗中认出他的马。这马虽是乌克兰种，他却叫它卡拉巴赫[1]。他走到马跟前。

“喂，卡拉巴赫，明天我们就该出力了。”他说，闻闻它的鼻孔，又吻吻它。

“您怎么不睡，老爷子？”坐在大车底下的哥萨克说。

“不睡……你好像叫利哈乔夫吧？我刚刚回来，我们到法国人那儿去了。”于是彼嘉不仅详细讲了这次出行的经过，而且讲了为什么他要出去，为什么他认为宁可冒生命危险也不愿马马虎虎混日子的道理。

“您还是睡一会儿吧。”哥萨克说。

“不，我习惯了，”彼嘉回答，“那么，你们手枪里的火药都用完了吧？我带来了。你要不要？你拿去吧。”

哥萨克从大车底下探出身子，想把彼嘉看个清楚。

“我做什么事都是认认真真的，”彼嘉说，“有些人做事马马虎虎，事先不做准备，事后又后悔。我可不喜欢这样。”

“一点也不错。”哥萨克说。

“我还有一件事，伙计，你把我的马刀磨一磨；刀钝了……（彼嘉不喜欢撒谎，就改了口）这刀还没有开过口，你行吗？”

“那还用说，当然行。”

利哈乔夫站起来，在驮子里摸索了一阵。不多一会儿，彼嘉就听见嚓嚓的磨刀声。彼嘉爬到大车上，在车沿上坐下，哥萨克在大车底下磨刀。

“我说，弟兄们都睡了吗？”彼嘉问。

“有人在睡觉，有人像我们一样，没睡。”

“那个孩子怎么样？”

---

1 卡拉巴赫在阿塞拜疆，以产良种马著称。

“维谢尼吗？他在门廊里睡觉。他受惊后睡着了。这下子他可高兴了。”

这以后彼嘉沉默了好一阵，倾听着各种声音。黑暗中传来脚步声，出现了一个黑影。

“磨什么呀？”那人走近大车问。

“给老爷子磨刀。”

“好差事，”那人说，彼嘉觉得他是个骠骑兵，“我的茶杯是不是忘在您这儿了？”

“嗯，就在车轮旁边。”

骠骑兵拿起杯子。

“天大概快亮了。”他打着呵欠说，往别处走去。

彼嘉理应知道他是在树林里，在杰尼索夫的游击队里，离大路有一俄里，他坐在从法国人手里夺来的大车上，车旁拴着马，大车底下坐着哥萨克利哈乔夫，正在给他磨刀，右边一个大黑点是看林人小屋，左边下面一个发亮的小红点是即将燃尽的篝火，来拿杯子喝水的是个骠骑兵，但彼嘉什么也不知道，什么也不想知道。他处身在神仙世界，那里的一切同现实没有一点相同的地方。那个大黑点也许真是看林人的小屋，也许是直通地心的洞穴。那个红点也许是火，但也许是个庞然怪物的眼睛。此刻他也许真的是坐在大车上，但多半不是坐在大车上，而是坐在高得惊人的塔顶上，从那里掉下来，掉到地面需要一整天，需要整整一个月，甚至一直往下落，永远达不到地面。坐在大车下面的也许是哥萨克利哈乔夫，但也许是一个谁也不认识的天下最善良、最勇敢、最神奇、最卓越的人。也许真有一个骠骑兵来汲水，又到洼地去了，但也许他刚刚消失，消失得无影无踪，他这个人就此不复存在了。

现在彼嘉不论看到什么都不感到惊讶。他处身在神仙世界，什么都是可能的。

他望望天空。天也像地一样神奇。天色晴朗，云在树梢上飞卷，仿佛要拉开天幕，露出星星。有时他觉得天色晴朗，展现出一片黑漆漆的洁净天空。有时他觉得那些黑点是乌云。有时他觉得天空高高地浮在头上，有时又觉得天空低得伸手可及。

彼嘉闭上眼睛，身子摇摇晃晃。

水滴滴答答地落着，有人在低声耳语。马嘶鸣着，互相挤撞。有人在打鼾。

“嚓嚓，嚓嚓，嚓嚓……”马刀在磨刀石上作响。突然，彼嘉听见一阵和谐的音乐声，那是一曲陌生的庄严悦耳的赞歌。彼嘉同娜塔莎一样，比尼古拉有音乐天赋，但他从未学过音乐，也没想到音乐，因此听到这突如其来的旋律觉得格外新鲜，格外动人。音乐声越来越响。曲调逐渐扩展，从一种乐器转换到另一种乐器。奏的是赋格曲，虽然彼嘉根本不知道什么叫赋格曲。各种乐器，有时像小提琴，有时像小号，但比小提琴和小号更悦耳，更纯净。每种乐器都是各奏各的，但还没有奏完一个旋律，就同另一种乐器汇合，再同第三种、第四种乐器汇合，所有的乐器都汇合在一起，然后又分开，又合起来，时而合成庄严的教堂音乐，时而奏出雄伟的凯歌。

“哦，我这是在做梦吧！”彼嘉自言自语，身子向前一冲。“这只是在我的耳朵里响着。也许这只是我个人的音乐。又来了。我的音乐演奏吧！来吧！”

他闭上眼睛。四面八方远远地传来颤音，渐渐合成和声，分开，汇合，又合成那个庄严悦耳的赞歌。“哦，真是太美妙了！我太喜欢这音乐了！”彼嘉自言自语。他试图指挥这个庞大的乐队。

“喂，轻一点，轻一点，现在停！”音乐仿佛服从他的指挥。“喂，现在高一点，活泼一点，更欢乐一点，更欢乐一点。”于是从不可知的深处传出越来越洪亮、越来越庄严的声音。“喂，声乐跟上来！”彼嘉命令。于是先传来男声，然后是女声。声乐逐渐加强，均匀而庄重地加强。彼嘉领略着这非同凡响的音乐，心里又害怕又快乐。

歌声伴随着一支庄严的凯旋进行曲。水滴滴答答地落着，刀嚓嚓地磨着，马又嘶鸣，又相互挤撞，但这些声音并没有破坏音乐，而是同音乐合成一片。

彼嘉不知道这情景继续了有多久：他欣赏个没完，对这样的享受一直感到惊讶，而且因为无人跟他同享而感到遗憾。利哈乔夫亲切的声音把他唤醒。

“磨好了，老爷子，您准能把法国人劈成两半。”

彼嘉惊醒了。

“天都亮了，真的，天都亮了！”他叫道。

原来看不见的马，现在连尾巴都看得清楚，从光秃的树枝间还看得见水珠的光。彼嘉振作精神，霍地跳起来，从衣袋里掏出一个卢布交给利哈乔夫，挥了挥马刀，试了试刀刃，插进刀鞘。哥萨克们解开马，收紧肚带。

“瞧，司令来了！”利哈乔夫说。

杰尼索夫从看林人小屋里出来，把彼嘉叫去，下令集合。

11

在熹微的晨光中，游击队队员迅速找到自己的马匹，收紧肚带，分成几个小队。杰尼索夫站在看林人小屋旁，发出最后的命令。步兵的几百只脚踩着泥地，沿大路前进，很快消失在晨雾弥漫的树林中。哥萨克大尉也向哥萨克发出命令。彼嘉拉着马缰，急不可待地等着上马的命令。他用凉水洗过脸，尤其是他那双眼睛，像火烧一样发烫，但背上却掠过一阵阵寒战，他全身迅速而均匀地打着哆嗦。

“喂，大家都准备好了吗？”杰尼索夫说。“带马！”

马牵来了。杰尼索夫因为马肚带太松而大为恼火，把哥萨克痛骂了一顿，骑上马。彼嘉登上马镫。那匹马照例想咬咬他的脚，但彼嘉却轻若鸿毛似的跃上马背，回顾了一下在薄暗中出发的骠骑兵，跑到杰尼索夫跟前。

“杰尼索夫队长，您给我一个任务吧！求求您……看在上帝份上……”他说。杰尼索夫似乎根本不记得彼嘉在场。他回头看了彼嘉一眼。

“我只求你一件事，”他严厉地说，“听我的话，不要乱闯！”

一路上杰尼索夫再也没同彼嘉说过话，一直默默地走着。他们来到林边，田野上天已大亮。杰尼索夫同哥萨克大尉低语了一会儿，哥萨克纷纷从彼嘉和杰尼索夫身边驰过。等全体人马都过去了，杰尼索夫才策马向山下驰去。马用后腿蹲着，出溜着，驮着骑手跑到洼地。彼嘉同杰尼索夫并肩前进。他全身哆嗦得越来越厉害。天色越来越亮，只有雾霭笼罩着远方的物体。杰尼索夫跑到山下，回顾了一下，向身旁的哥萨克点了点头。

“信号！”他说。

哥萨克举起手放了一枪。就在这一刹那，四面八方响起了奔腾的马蹄声、呐喊声和射击声。

就在马蹄声和呐喊声响起的一瞬间，彼嘉抽了马一鞭子，放松缰绳，不听杰尼索夫对他的吆喝，一个劲儿向前冲去。枪声一响，彼嘉突然觉得天色像正午一样明亮。他向桥头驰去。哥萨克们在前面大路上飞跑。他在桥上和一个落后的哥萨克碰了一下，又向前驰去。前面有一批人（多半是法国人）从大路右边跑向左边。其中有一个在彼嘉的马旁跌到泥地上。

一所农舍旁边聚集着一群哥萨克，正在做着什么。人群中响起了可怕的叫声。彼嘉向人群冲去，第一眼就看见一张苍白的下颚打战的法国人的脸，那法国人手里握着一杆长矛对着他。

“乌拉！……弟兄们……我们的人……”彼嘉叫着，给狂奔的马松开缰绳，沿着街道向前驰去。

前面响起枪声。哥萨克、骠骑兵和衣衫褴褛的俄国俘虏从大路两旁跑出来，大声乱叫乱嚷。一个剽悍的法国兵皱着通红的脸，穿着蓝色大衣，没有戴帽子，同骠骑兵拼刺刀。等彼嘉跃马赶到，那法国人已经倒下。“又晚了一步！”彼嘉头脑里闪过这样的念头。于是他向枪声密集的地方驰去。枪声就是从他昨夜同陶洛霍夫待过的地主庄园里发出的。法国人躲在灌木茂盛的花园里，隔着篱笆向聚集在大门口的哥萨克射击。彼嘉跑近大门，通过硝烟看见陶洛霍夫脸色灰白，正对士兵们吆喝。“绕过去！等一等步兵！”他喊道。这时彼嘉已跑到他跟前。

“等一等吗？……乌拉……拉！”彼嘉叫道。他一刻也不停，就向发出枪声和浓烟的地方驰去。响起一阵排枪声，子弹嘘嘘地呼啸着，啪嗒啪嗒打在什么地方。哥萨克和陶洛霍夫跟着彼嘉冲进庄园大门。在浓密的硝烟中，法国人有的扔掉武器，从灌木丛里向哥萨克跑来，有的向山下池塘逃去。彼嘉骑马穿过地主庄园，但没有拉住缰绳，却古怪地迅速挥动双臂，身子越来越往一边倾倒。马跑到在晨光中行将熄灭的篝火旁站住，彼嘉就沉重地跌到潮湿的泥地上。哥萨克们看见他的手脚迅速地抽搐起来，而他的头却一动不动。一颗子弹打穿了他的头。

一名法国高级军官从屋里走出来，用刺刀挑着一块白手帕，宣布投降。陶洛霍夫同他谈了一下，跳下马，走到一动不动、摊开双臂躺在地上的彼嘉身边。

“完了！”他皱起眉头说，接着向大门走去，迎接向他驰来的杰尼索夫。

“打死了？！”杰尼索夫老远看见彼嘉显然已失去生命的身体，嚷道。

“完了！”陶洛霍夫又说了一遍，仿佛说这话使他感到满足。他快步走向被哥萨克迅速包围的俘虏。“我们不收容这些人！”他对杰尼索夫大声说。

杰尼索夫没有理他。他跑到彼嘉旁边，下了马，双手哆嗦地翻过彼嘉沾满血和泥的苍白的脸。

“我吃惯甜东西。非常出色的葡萄干，你们全拿去吧！”——他想起彼嘉的话。哥萨哥们听见类似犬吠的哭声都惊讶地回过头来：原来是杰尼索夫，他猛地转过身，走到篱笆旁边，紧紧地抓住篱笆。

杰尼索夫和陶洛霍夫救出的俘虏中间有皮埃尔伯爵。

12

皮埃尔所在的那队俘虏，自从撤离莫斯科以来没有接到法国长官的任何新命令。十月二十二日，和这队俘虏同行的已不是他们离开莫斯科时同行的那些人马和车队。走在他们后面的干粮车队，有一半遭哥萨克拦劫，另一半走到前头去了；原来走在前头失去马匹的骑兵已一个不剩；他们已影踪全无。头上几天走在前头的炮队，如今已为威斯特伐利亚人所押送的朱诺元帅的庞大车队所代替。走在俘虏后面的是骑兵车队。

从维亚兹马出发的法军三个纵队现在已乱成一团。皮埃尔在初离莫斯科时见到的混乱情景现在已达到顶点。

他们经过的大路两边到处都是死马。从各种部队掉队的衣衫褴褛的人，时而加入行进的纵队，时而又落在后面，不断地变换位置。

行军中有过几次虚惊。押送兵举枪射击，东西乱闯，相互推挤，但立刻又集合起来，为虚惊而相互咒骂。

这三股人——骑兵车队、俘虏押送队和朱诺的车队——走在一起，但多少还保持着独立性，也还算完整，虽然他们都在急剧减员。

骑兵车队原有一百二十辆大车，现在只剩下不到六十辆；其余的不是遭抢劫，就是被抛弃。朱诺的车队也有几辆被抛弃和被抢劫。有三辆大车遭到达武军掉队士兵的洗劫。皮埃尔从德国人的谈话中听到，押送车队的人比押送俘虏的人多，其中有一个德国兵被元帅下令枪毙，因为在他身上发现元帅的一把银匙。

这三股人中减员最多的要算俘虏押送队。离开莫斯科时的三百三十人，现在剩下不到一百了。押送队士兵觉得，俘虏比骑兵的马鞍子和朱诺的行李难对付。他们知道，马鞍子和朱诺的匙子多少还有点用处，但对于饥寒交迫的押送兵来说，看守同样饥寒交迫的俄国俘虏（其中有在路上死亡和掉队的，掉队的便就地枪毙），不仅难以理解，而且令人厌恶。押送队士兵处境悲惨，他们仿佛要克制对俘虏的同情，以免使自己的处境更糟，对待俘虏就格外冷酷严厉。

在多罗戈布日，押送队士兵把俘虏锁在马厩里，出去抢劫自己的仓库，有几名俘虏挖墙脚逃走，但被法国人抓住枪毙了。

在离开莫斯科时，把俘虏中的军官和士兵分别编队，但这项规定早已被打破。凡是能走的都走在一起。从第三天起，皮埃尔又同普拉东和那条雪青色矮脚狗合在一起。那条狗把普拉东认作主人，总是跟他形影不离。

在离开莫斯科的第三天，普拉东在莫斯科医院里患过的热病又发作了。由于普拉东身体虚弱，皮埃尔逐渐疏远他。皮埃尔自己也不知道为什么，但自从普拉东身体变得虚弱以来，皮埃尔要接近他，总觉得很勉强。皮埃尔每次接近他，听到他的低声呻吟（普拉东一到休息处就呻吟），闻到他身上越来越难闻的气味，就疏远他，也不去想他。

皮埃尔在俘虏棚里悟出了一个真理：人生下来是为了幸福，幸福就在自己身上，就在于满足人的自然需要，而一切不幸并不在于缺少什么，而在于过剩，不过他悟出这个道理并不是凭理智，而是用他的整个身心，用他的生命。可现在，在最近三个星期的行军中，他又悟出了一个新的令人欣慰的真理：天下没有什么可怕的东西。他认识到，世上没有哪个环境能让人过得幸福和完全自由，也没有哪个环境能让人过得不幸福和不自由。他认识到，痛苦有一个界限，自由也有个界限，而且两者非常接近。一个人睡在锦绣被褥里，因为被子有一个折角而感到难受，就像他现在睡在光秃秃的湿地上，一边身子冷一边身子热而感到难受一样。从前他曾为穿紧脚的舞鞋感到痛苦，就像他现在光着两只出血的脚（他的鞋早就穿破）感到痛苦一样。他认识到，当年他自以为出于自愿同妻子结婚，并不比现在晚上被锁在马厩里更自由。在他后来称作痛苦而当时几乎并不感觉到的事情中，最难受的是他那双磨得出血的伤痕累累的光脚。（马肉味美，富有营养，硝烟代替食盐，简直很好闻；天气不太冷，白天行军往往还有点热，晚上又有篝火；虱子咬得他浑身发热）初期唯一使他痛苦的就是那双脚。

第二天上路，皮埃尔在篝火旁察看自己出血的伤脚，心想无法走路了，但当大家都动身的时候，他还是跛着脚走起来。后来他走得身上发热，脚也就不觉得疼了，虽然到晚上那双脚看上去更可怕，但他不去瞧它，心里想点别的事。

皮埃尔现在才懂得，一个人具有强大的生命力和自救力量，足以转移他的注意力，就像气锅上的安全阀，每当蒸汽达到一定密度时，它就把过多的蒸汽放出来。

他没有看到也没有听到枪毙掉队的俘虏，虽然已有一百多人这样被杀害了。他不再去想日益衰弱的普拉东，因为他显然也逃不掉这样的厄运。皮埃尔更少想到他自己。他的处境越困难，前途越可怕，他就越容易产生超脱现实的欣慰的思想、回忆和幻想。

13

二十二日正午，皮埃尔沿着泥泞滑溜的道路上山，边走边瞧着自己的脚和崎岖不平的山路。有时他望望周围熟悉的人群，又瞧瞧自己的脚。人群也好，自己的脚也好，都是他所熟悉的。雪青色的矮脚狗阿灰快乐地在路旁跑着，偶尔提起一条后腿，用三条腿跳跃表示它的灵活和得意，然后又狂吠着，撒开四腿扑向落在死尸上的乌鸦。阿灰比在莫斯科时更活泼、皮毛更光亮了。地上到处狼藉着各种动物的肉，从人肉到马肉，大都不同程度地腐烂了。狼不敢接近有人走过的地方，因此阿灰可以吃个痛快。

天一早就下雨，此刻眼看就要雨过天晴，不料雨停了没多久，反而下得更大。道路已湿透，水再也渗不进去，就顺着车辙流泻。

皮埃尔一边走，一边向两旁张望，同时每走三步，就弯起一个手指。他在心里对雨说："下吧，下吧，下得更大些！"

他似乎觉得他什么也没有想，但他的内心深处却在回味一件重要而令人欣慰的事。这是他昨天从普拉东的谈话中所取得的最微妙的精神收获。

昨晚在宿营地，皮埃尔在熄灭的篝火旁觉得很冷，就站起来转移到附近烧得较旺的篝火旁。在那堆篝火旁，普拉东头上裹着军大衣，就像牧师裹着法衣那样，坐在那里，正用他那流畅悦耳但是虚弱有病的声音给士兵们讲皮埃尔熟悉的一个故事。时间已过午夜。这是普拉东通常退了烧精神特别好的时候。皮埃尔走到篝火旁，听见普拉东虚弱有病的声音，看见他那被火光照红的可怜的脸，心里感到一阵刺痛。他怕流露自己对这个人的怜悯，想走开，但没有别的篝火可以取暖。皮埃尔竭力不看普拉东，在篝火旁坐下。

“你身体怎么样？”他问。

“身体怎么样？如果有病就诉苦，上帝就不会赐给我们死了。”普拉东说，立刻又继续讲他的故事。

“……我说，老弟，”普拉东接下去说，苍白消瘦的脸上露出笑容，眼睛里闪耀着异样的快乐光辉，“我说，老弟……”

皮埃尔早就知道这个故事。这个故事普拉东单独对他讲过五六次，每次讲总是带着异样的快乐心情。但不管皮埃尔多么熟悉这个故事，他现在听着仍觉得新鲜，而普拉东讲故事时那种平静的欢乐显然也感染了皮埃尔。这个故事是讲一个老商人，他和一家人过着正派虔诚的生活，有一次他同一个有钱的商人一起到马卡里去。

两个商人投宿同一家客店。第二天发现有钱的商人被人谋财害命了。在老商人的枕头底下发现一把染血的刀。老商人因此受审判，挨鞭笞，撕破鼻子，一切都依法行事，最后被流放服苦役。

“对啊，老弟，”皮埃尔进来的时候，普拉东正讲到这里，“这事过去了十年，也许是十多年。那老头儿一直在服苦役。他安分守己，不做坏事。他只求上帝赐他一死。喏，有一天晚上苦役犯聚在一起，就像我们现在这样，老头儿也在那里。大家闲聊，谁为什么事受这份罪，什么地方冒犯了上帝。有人说他害了一条命，有人说他害了两条，有人说他放了火，有人说他是逃亡农奴，平白无故遭了殃。有人问老头儿：‘老大爷，你为什么吃苦啊？’他说：‘我的小兄弟们，我吃苦是为了自己的罪孽，也为了别人的罪孽。我没有害过一条命，没有拿过别人的东西，我还帮助过穷哥儿们。我的小兄弟们，我是个商人，我有很多财产。’他如此这般把事情从头到底讲了一遍。他说：‘我并不为自己伤心。这是上帝对我的惩罚。我只可怜我的老伴和孩子。’老头儿说着说着哭起来。没想到这伙人里有一个，正好是谋杀那个商人的人。他问：‘老大爷，这事发生在什么地方？什么时候？几月份？’他问得很详细。这时，他的心难受极了。他就这样走到老头儿面前，扑通一声跪在地上。他说：‘老人家，你代我受罪了，弟兄们，他说的全是事实，他被冤枉吃了苦。’他又说：‘这事是我干的，刀子是我趁你睡着的时候塞在你枕头底下的。老大爷，请你看在基督份上饶恕我吧！’”

普拉东停了停，望着篝火，快乐地微笑着。他拨了拨劈柴。

“老头儿说：‘上帝会饶恕你的，我们大家在上帝面前都是有罪的，我是为了我自己的罪孽吃苦。’说着，他自己已热泪盈眶了。老弟，您想不到吧！”普拉东越说，脸上越焕发出兴奋的笑容，仿佛他此刻所讲的事，包含着最动人最有意义的内容，“你想不到吧，老弟，这个杀人犯就去官府自首。他说：‘我害过六条人命，罪大恶极，但我很可怜这个老头儿。让他别再怨恨我了。’他去自首，人家记下他的口供，送了公文，一切都依法办理。那地方很偏僻，法官审了案件，照例向上面写了一份份公文。这案子最后送到沙皇那里。沙皇下了一道谕旨：释放商人，发还没收的财产。公文下来了，到处找老头儿。那个无辜受罪的老头儿在哪里呀？沙皇谕旨下来，大家到处寻找。”普拉东的下巴颏哆嗦起来。“原来上帝已饶恕了他——他死了。就是这样，老弟。”普拉东结束了他的故事，默默地含笑望着前方，望了好半天。

这时皮埃尔心里隐约而快乐地感受到的不是这个故事本身，而是普拉东讲故事时脸上的快乐神情和这种快乐所包含的神秘意义。

14

“各就各位！”突然有人喊道。

在俘虏和押送队中间发生了一阵高兴的骚动，大家都在期待一件幸福和庄严的事。四面八方响起了口令声，一队服饰讲究、坐骑优良的骑兵，从左边绕过俘虏出现了。人人脸上显出紧张的神色，那是每逢最高当局来临时常出现的表情。俘虏被推到路旁，大家挤作一团。押送兵排起队来。

“皇帝！皇帝！元帅！公爵！”高大强壮的卫兵刚过去，就来了一辆由几匹灰马纵列牵引的马车。皮埃尔立刻看到一个头戴三角帽的人，那人神态端庄，相貌俊美，脸庞白皙。这是一位元帅。元帅向皮埃尔魁梧的身体望了一眼，皱起眉头，转过脸去，皮埃尔发现他流露出同情的神色，并竭力加以掩饰。

率领车队的将军神色慌张，满脸通红，骑着一匹瘦马，跟在马车后面奔驰。有几个军官聚集在一起，士兵们把他们团团围住。个个脸色兴奋而紧张。

“他说什么？他说什么呀？”皮埃尔只听见一片询问声。

元帅经过的时候，俘虏们挤作一团，皮埃尔看见早晨还没见过的普拉东。普拉东穿着一件短小的军大衣，靠着一棵桦树坐在地上。他的脸上除了昨天讲无辜受罪的商人时那种快慰同情的神色，又增添了一种恬静庄重的表情。

普拉东用他那双善良含泪的大眼睛望着皮埃尔，显然在招呼他过去，他有话要对他说。但皮埃尔顾虑重重。他装作没有看见他的目光，慌忙走开。

俘虏们又上路了，皮埃尔回头望了望。普拉东坐在路边的桦树旁，有两个人俯身对着他说话。皮埃尔没再回头看他。他瘸着腿向山上走去。

后面普拉东坐着的地方发出一声枪响。皮埃尔清楚地听见了枪声，但就在听见枪声的一刹那，他记起他还没算出到斯摩棱斯克还有多少路程，他在元帅到来之前就开始计算了。于是他继续计算。那两个法国兵从皮埃尔面前跑过，其中一个提着一支冒烟的枪。两人都脸色发白，他们的脸色有点像那天那个行刑的年轻士兵的脸色，其中一个怯生生地瞧了皮埃尔一眼。皮埃尔看了看那个兵，记起前天他曾在篝火上烘衬衫，把衬衫烧掉，弄得大家都取笑他。

那条狗在后面普拉东坐过的地方哀嗥。“哭什么呀，傻东西？”皮埃尔想。

同皮埃尔一起往前走的俄国兵也像皮埃尔一样，没有回头去看那发出枪声和狗吠的地方，但人人脸上都显出严肃的神色。

15

骑兵车队、俘虏队和元帅的车队都停在沙姆舍沃村。大家都聚在篝火旁。皮埃尔走到篝火旁，吃了烤马肉，背对篝火躺下来，立刻睡着了。他又像鲍罗金诺战役后睡在莫扎依斯克村那样。

又是现实和梦幻交织在一起，又有人——不知是他自己还是别人——对他谈思想，而且就是莫扎依斯克村人家对他谈的那些思想。

“生命就是一切。生命就是上帝。一切都在变化，一切都在运动。这运动就是上帝。有生命，就有感知神圣的快乐。要爱生命，爱上帝。最困难和最幸福的事，就是在痛苦中，在无辜受苦时爱这个生命。”

“普拉东！”皮埃尔想到了他。

皮埃尔突然生动地想起了在瑞士教他地理的教师。那是个和蔼可亲的小老头，早已被他忘记了。“等一下！”那小老头说。他给皮埃尔看地球仪。这是一个没有大小比例而可以活动的球。球上密密麻麻地布满了点子。这些点子都在变动，改变位置，时而几个合成一个，时而一个分成几个。每个点子都在竭力扩张，多占点空间，而别的点子也要扩张，就排挤它，有时消灭它，有时和它合在一起。

“这就是生命。”小老头教师说。

“这事多么简单明了，”皮埃尔想，“可我以前怎么不知道呢？”

“中间就是上帝，每一个点子都在扩张，以便尽量反映上帝。它生长，汇合，收缩，从表面上消失，向深处下沉，然后又浮上来。普拉东就是这样，他扩张又消失。——你懂吗？”教师说。

“你懂吗，见鬼？”有个声音嚷道。皮埃尔就醒了。

他欠身坐起来。一个法国人刚把一个俄国兵推开，蹲在篝火旁，拿通条叉着肉在火上烤。他卷起袖子。一双青筋毕露、皮肤发红、长满茸毛、手指粗短的手利索地转动着通条。他那张双眉紧皱、神情阴郁的褐色脸庞在篝火光中清晰可见。

“他反正无所谓，”他迅速地转身对旁边的士兵嘟囔道，“……是个强盗，真的！”

那个兵转动通条，阴沉地瞧了皮埃尔一眼。皮埃尔转过身去，望着暗处。那个被法国人推开的俄国俘虏坐在篝火旁，用手拍打着什么。皮埃尔凑近一看，认出那条雪青色小狗，那狗坐在士兵旁边，摇着尾巴。

“哦，你来了！”皮埃尔说，“哦，普拉东……”他刚开口，但说不下去。突然，他的头脑里浮现出一连串往事：普拉东坐在树下望着他时的目光，从那里传来的枪声，狗的哀嗥，从他身旁跑过的两个法国人负疚的神色，那支冒烟的步枪，今天宿营的已没有普拉东，他只得相信普拉东被打死了，但就在这一刹那，不知怎的，他忽然想起夏天他在基辅庄园阳台上同一个波兰美女共度黄昏的事。皮埃尔终究没有把今天一天的事联系起来，并由此得出结论。他闭上眼睛，于是夏天的景色就同游泳、同活动的地球仪混合在一起，他的身子在往水里沉，直到没顶。

日出之前，皮埃尔被一阵响亮密集的枪声和呐喊声吵醒。好多法国人从他身旁跑过。

“哥萨克！”一个法国人喊道。一会儿，就有一批俄国人把皮埃尔围住。

皮埃尔好半天弄不懂是怎么一回事。他听见四面八方传来同伴们的欢呼声。

“弟兄们！亲人，宝贝！”老兵们一面拥抱哥萨克和骠骑兵，一面哭着喊道。骠骑兵和哥萨克围住俘虏们，连忙送东西给他们，有的送衣服，有的送靴子，有的送面包。皮埃尔坐在他们中间大哭，一句话也说不出来。他拥抱第一个走到他跟前的士兵，一面哭，一面吻他。

陶洛霍夫站在一座倒塌房子的大门旁，让缴了械的法国人进去。法国人因刚发生的事很激动，大声交谈着，但他们走过陶洛霍夫面前，看见他用马鞭轻轻抽打着靴子，他那玻璃般冰凉的眼睛没有丝毫善意，就都住了口。另一边站着陶洛霍夫的哥萨克，他在数俘虏，数满一百就在门上画一个记号。

“多少？”陶洛霍夫问数俘虏的哥萨克。

“一百多。”哥萨克回答。

“快走，快走！”陶洛霍夫不住地说，这是他从法国人那里学来的。他的目光一接触到俘虏的目光，他的眼睛就发出冷酷的光芒。

杰尼索夫摘下帽子，脸色阴沉，跟在抬彼嘉尸体的哥萨克后面，往花园里挖好的墓穴走去。

16

自从十月二十八日上冻以来，法军溃败的情况越发悲惨：许多人不是冻死就是在篝火旁烤死，而一批身穿裘皮衣服、乘坐马车的人，带着皇帝、国王和公爵劫得的财物继续赶路；不过，法军撤出莫斯科后逃跑和瓦解的局面丝毫没有改变。

从莫斯科到维亚兹马，法军原有七万三千人（近卫军不算在内，在整个战争过程中，近卫军除了抢劫什么事也不干），如今只剩下三万六千人，而在战斗中阵亡的不到五千人。这是第一项数据，其他各项就不难推算了。

从莫斯科到维亚兹马，从维亚兹马到斯摩棱斯克，从斯摩棱斯克到别列津纳，从别列津纳到维尔诺，法军按照这个比例减员和逐渐被消灭。这种变化同天气寒冷的程度、有无敌人追击、道路是否被阻等情况无关。到维亚兹马后，原先分成三路的法军混成一团，并一直维持到最后。贝帝埃向皇帝呈递了一份报告（这些官员所描述的军队状况离实际情况有多远，这是大家都知道的）。他写道：

最近三天在行军中视察各部队，我认为有责任向陛下报告。这些部队已几乎完全瓦解。只有四分之一士兵跟着军旗行进，其余恣意乱窜，寻找食物，逃避职责。大家只想到斯摩棱斯克休息。近日许多士兵抛弃枪支弹药。不论陛下如何部署今后行动，为陛下军事利益计，必须在斯摩棱斯克集结军队，剔除失去马匹的骑兵、丢失武器的士兵、多余的辎重和部分炮兵，因为这些炮兵同目前的兵力不相称。军队需要粮食，需要休整几天；士兵又饿又乏；近日有许多人死于途中和宿营地。此种情况愈益严重，使人不得不感到忧虑。如不及早采取措施加以制止，一旦发生战事，我们将无可用之兵。写于十一月九日，离斯摩棱斯克三十俄里。

法国人拥进他们认为天堂的斯摩棱斯克后，为争夺食物互相残杀，抢劫自己的仓库，把全市洗劫一空，又继续逃跑。

他们一个劲儿逃跑，自己也不知道往哪儿去，去做什么。天才拿破仑更是心中无数，因为没有人对他发号施令。但他和他周围的人仍保持根深蒂固的老习惯：拟命令，发公函，写日报表；彼此称呼“陛下”“贤弟”“埃克米尔亲王”“那不勒斯王”，等等。但命令报告只是一纸空文，完全没有照办，因为不可能照办。他们虽然以陛下、殿下、贤弟相称，其实知道彼此都是些作恶多端如今受到报应的卑劣的可怜虫。尽管他们装出关心军队的样子，其实个个只关心自己，只想尽快逃命。

17

从莫斯科退到涅曼河的战斗中，俄法两军的行动就像在捉迷藏：两个游戏的人蒙住眼睛，其中一个不时摇摇铃，告诉捉的人他在哪里。起初，那个被捉的人不怕对方，不时摇铃，后来心里一紧张，就竭力悄悄地溜走，躲避对手，但常常心里想躲开，却一头撞到对方怀里。

起初，当拿破仑军队沿卡卢加大道撤退时，他们还让人知道他们在什么地方，但后来上了斯摩棱斯克大道，他们便按住铃舌逃跑，往往自以为可以逃掉，却迎面撞上俄军。

由于法军退却和俄军的追踪如此神速，又由于骑兵的马已筋疲力尽，侦察兵要确定敌军的位置已不可能。此外，由于双方军队的位置常常迅速改变，即使弄到情报也不及时。如果二号得到消息，说敌军一号在什么地方，三号能采取什么措施，那么，敌军那个部队已走了两程路，早已转移地方了。

一支军队跑，一支军队追。从斯摩棱斯克出发，法军面前摆着许多条路；法军停留了四天，似乎可以弄清敌人在什么地方，想出什么有利的办法，采取什么新措施。但在停留四天后，这群乌合之众既不向右也不向左，毫无主见和策略，又沿着那条最不利的老路向克拉斯诺耶和奥尔沙逃跑。

法国人以为敌人在后面而不在前面，在逃跑中拉开距离，前后相距二十四小时路程。跑在最前面的是皇帝，然后是国王，再后面是公爵。俄军估计拿破仑会向右渡过第聂伯河，因为这是唯一正确的路线。于是俄军也向右转，走上通往克拉斯诺耶的大道。这时，就像捉迷藏一样，法军碰上了我们的先锋。法军没想到在这里看见敌人，慌了手脚。他们吓呆了，接着便扔下后面追随的同伴继续逃跑。这时，法军各个部队，先是总督部队，然后是达武部队，然后是奈伊部队，一个接着一个，就像穿过俄军的队伍，一口气走了三天三夜。他们各走各的，丢下一切重东西，丢下大炮和一半人员，夺路逃跑，只在夜间向右兜个半圆圈避开俄国人。

奈伊走在最后，虽然他处境不妙，但也许正因为处境不妙，他要捶打使他们跌痛的那块地板，也就是说，他要炸毁对任何人都没有妨碍的斯摩棱斯克城墙。奈伊带着他那个军的一万人走在最后，等他跑到奥尔沙见拿破仑时，只剩下一千人了。他抛弃所有的人和所有的大炮，夜间穿过树林，偷偷渡过第聂伯河。

他们从奥尔沙沿着通往维尔诺的大道继续逃跑，又同追兵捉起迷藏来。他们在别列津纳河又乱作一团，许多人落水，许多人投降，那些渡过河的人又继续前进。那位主将身穿皮衣坐上雪橇，抛下同伴，只身狂跑。凡是能逃的都逃了，不能逃的就投降或者死掉。

18

在这场逃跑中，法国人是在千方百计毁灭自己。从转到卡卢加大道到统帅丢下军队逃跑，他们没有一个行动具有丝毫意义。对这一阶段的战事，史学家总不能把群众的行动归因于一个人的意志而对这次退却任意描写吧。但事实并非如此。关于这次战争，史学家的著作汗牛充栋，一再描述拿破仑的决策和他那深谋远虑的计划，他用兵的神奇本领，以及他的元帅们的天才部署。

从马洛雅罗斯拉韦茨退却时，他面前摆着一条通往粮草充足地区的道路，同时还有一条平行的道路可走，也就是后来库图佐夫追击他的那条路，但他却毫无必要地走一条贫困难行的道路，而史学家却认为这是深谋远虑的结果。他从斯摩楼斯克撤退到奥尔沙，也被说成是深谋远虑的行为。再有，他在克拉斯诺耶的行为则被说成是英雄之举，据说他准备在那里应战，亲自指挥战役，他曾举着桦树大棒说：

“我当皇帝已经当够，如今要做做将军了。”他说是这么说，但说完又继续逃跑，撇下他的残部听凭命运摆布。

其次，史学家又给我们描述元帅们的伟大精神，特别是奈伊，而他精神的伟大就在于他夜间穿过树林绕道偷渡第聂伯河，抛下军旗、大炮以及十分之九的军队向奥尔沙逃跑。

最后，史学家还对我们说，伟大的皇帝最后抛下英雄军队也是伟大的天才行动。就连那被人们称为卑鄙之至、连小孩子都认为可耻的逃跑行为在史学家笔下也得到了辩护。

每当历史评论这条富有弹性的线拉得不能再长时，每当人的行动显然违反人类公认为善甚至正义的准则时，史学家就乞灵于“伟大”这一概念。“伟大”似乎可以排除善恶的标准。伟人无恶行。伟人无被控犯罪之忧。

一旦史学家说“这很伟大”，就不再有善恶，而只有伟大和不伟大。伟大就是善，不伟大就是恶。在史学家看来，伟大是被他们称作英雄的特殊人物的本性。拿破仑身着轻裘回家，任凭那些不仅是他的伙伴而且是（据他看来）由他带到那里的人灭亡，他还觉得“他很伟大”，因此心安理得。

“崇高（他自认为很崇高）同可笑只有一步之隔。”他说。于是五十年来全世界都一再重复说：“崇高！伟大！拿破仑伟大！崇高同可笑只有一步之隔。”

可是谁也没有想到，承认没有善恶标准的伟大，就是肯定微不足道和极端渺小。

基督既给了我们善恶的标准，我们认为不可能衡量的东西是没有的。没有纯朴、善良和真实，就谈不到伟大。

19

读到一八一二年战争最后阶段的记载，有哪个俄国人不深深地感到懊丧、愤慨和困惑？有谁不提出这样的问题：既然俄国三路大军以优势兵力包围法军，既然法军饥寒交迫，溃不成军，大批投降，既然（历史告诉我们）俄国人的目的是要阻止、切断和俘虏全部法国人，那么，怎么没把他们俘虏和消灭呢？

既然人数少于法军的俄军能打一场鲍罗金诺战役，那么，这支军队已三面包围法军，而目的又是要俘虏他们，怎么没达到这个目的呢？难道法军真有那么厉害，我们以优势兵力包围他们也不能把他们击败吗？怎么会发生这样的事？

历史，所谓历史，回答这些问题说：所以发生这样的事，是因为库图佐夫、托尔马索夫、奇察戈夫等人没有采取某些措施。

那么，为什么他们没有采取这些措施呢？如果他们应负没有达到预定目的的罪责，那么，为什么不审判他们，处决他们呢？但即使认为俄军失利的责任应由库图佐夫、奇察戈夫等人承担，仍无法理解，俄国军队在克拉斯诺耶和别列津纳拥有那些优越条件（俄军兵力在那两地都占优势），为什么没有俘虏法国军队及其元帅、国王和皇帝，既然他们的目的就在于此？

这个怪现象用库图佐夫阻止进攻（俄国军事史家就是这样说的）来解释是不能成立的，因为我们知道，库图佐夫在维亚兹马和塔鲁季诺无法阻止俄军的进攻。

既然俄军能以微弱的力量在鲍罗金诺战胜全部敌军，为什么在克拉斯诺耶和别列津纳拥有优势兵力，却败于溃不成军的法国人？

如果俄国人的目的是要切断和活捉拿破仑和他的元帅们，这个目的不仅没有达到，而且要达到这目的的企图每次都遭到最可耻的失败，那么，法国人认为战争最后阶段是他们获得一连串胜利，这种说法就是完全正确的，而俄国史学家认为那是我们的胜利，就完全错了。

尽管俄国军事史家们对俄军的勇敢和忠诚作了热情的歌颂，他们若遵守逻辑，就只能得出这样的结论，他们只得承认，法军退出莫斯科是拿破仑的一连串胜利，是库图佐夫的一连串失败。

不过，撇开民族自尊心不谈，我们也会感觉到，这个结论是自相矛盾的，因为法国人的一连串胜利却导致他们的彻底灭亡，而俄国人的一连串失败却导致他们完全消灭敌军和光复祖国。

这个矛盾的根源在于，史学家们根据两国皇帝和将军的通信，根据战报、报告、计划之类的文件研究当时的事件，从而确定一八一二年战争最后阶段的目的是要切断和活捉拿破仑及其元帅和军队，其实这样的目的是虚构的，从来不曾有过。

这样的目的从来不曾有过，也不可能有，因为它毫无意义，也完全不可能实现。

这样的目的毫无意义，因为第一，拿破仑的溃军以最快的速度逃出俄国，也就是他们做了每个俄国人所希望的事。既然法国人竭尽全力逃跑，为什么还要对他们大动干戈呢？

第二，拦住全力逃跑的人是没有意义的。

第三，法军没有外因也在迅速自行灭亡，即使没有堵截，他们也不可能在十二月间使更多的军队（全军百分之一）逃离俄国国境，因此为了消灭这样少量法军而损失自己的兵力是没有意义的。

第四，要俘虏皇帝、国王和公爵是没有意义的，因为就连当时最老练的外交家（如迈斯特尔等人）也认为，俘虏这帮人会给俄军带来极大的困难。而俘虏整个法国军队就更无意义，因为俄军到达克拉斯诺耶时自己就已减员一半，而押送这么多俘虏需要整师的人，再说当时俄军士兵也不能经常领到足够的粮食，已有的俘虏也正在饿死。

切断和俘虏拿破仑及其军队这一深思熟虑的计划，就像一个菜园主所制订的计划，他为了要驱逐践踏菜园的牲口，赶到菜园门口，迎头痛击那头牲口。唯一可以为菜园主行为辩护的理由是，他太气愤了。但这对制订计划的人来说也并不适用，因为他们不是菜园遭践踏的受害者。

但是，切断拿破仑及其军队是没有意义的，而且也是办不到的。

这事之所以办不到，因为，第一，经验证明，在一次作战中，纵队行动拉长到五俄里的距离，绝不符合计划的要求，要奇察戈夫、库图佐夫和维特根施泰因及时在指定地点会师，其可能性几乎等于零，而库图佐夫正是这样考虑的，他在接到这项计划时就说过，远距离牵制作战是不可能得到预期效果的。

第二，其所以办不到，因为要制止拿破仑军队撤退时的那股冲力，俄军必须拥有比现有力量大得多的力量。

第三，其所以办不到，还因为“切断”这个军事术语毫无意义。面包可以切断，而军队是切不断的。切断军队也就是堵截它的去路，是绝对办不到的，因为可以迂回的地方总是很多，再说，一到黑夜就什么也看不见，军事学家即使拿克拉斯诺耶和别列津纳的实例也可以证明这一点。只要对方不肯就范，你就无法俘虏，就像无法捉住一只燕子那样，除非它自愿落到你的手里。只有像德国人那样按照战略和战术投降的人才能加以俘虏。但法国人理所当然认为不值得这样做，因为逃跑和被俘结果都免不了一死，不是饿死就是冻死。

第四，也是主要的一点，其所以不可能，因为自古以来，从来没有一次战争像一八一二年战争那样艰苦卓绝，俄军追击法军已尽了全力，如越过这个限度，将自取灭亡。

俄军从塔鲁季诺到克拉斯诺耶行军途中，生病和掉队的达五万人，相当于一个大省城的人口。没有作战就减员一半。

在这一阶段的战争中，军队没有靴子和皮大衣，缺少粮食，没有伏特加，一连几个月露宿在零下十五摄氏度的雪地里；那时，白天只有七八个小时，其余时间都是黑夜，根本无法维持纪律；那时，人们不像在战斗中那样只有几小时处于不讲纪律的生死关头，那时人们一连几个月一直在同饿死和冻死搏斗；那时，一个月军队中就有一半人死掉。史学家讲到这一阶段的战争，对我们说，米洛拉多维奇应当向某地侧翼进军，托尔马索夫应当向某地进军，奇察戈夫应当向某地转移（在没膝深的雪地中转移），某某应当击溃和切断敌军，等等。

俄军死掉一半，他们为了无愧于人民的崇高目的已竭尽全力，因此，一般俄国人坐在暖和的屋子里，提出一些无法办到的建议，俄国军人对此可不能负责。

事实和历史记载之间所以发生令人难以理解的奇怪矛盾，就在于史学家写的不是历史事实，而是将军们的美好感情和豪言壮语。

他们感兴趣的是米洛拉多维奇的言辞，这个将军或那个将军所获得的奖赏和他们所作的推测。至于有五万人留在医院里和坟墓里，他们根本不关心，因为那不属于他们研究的范围。

其实，只要撇开那些报告和将军们的计划，而深入研究千百万人直接参加的行动，那么，那些原以为无法解决的难题就会迎刃而解，获得明确可靠的答案。

切断拿破仑及其军队这一目的，除了十来个将军的幻想外，从来就不曾有过。这个目的是不可能存在的，因为它毫无意义而又无法实现。

人民的目的只有一个：从侵略者手里光复自己的国土。这个目的达到了：第一，它是自然而然达到的，因为法国人逃跑了，只要不阻碍他们就行。第二，这个目的是靠消灭法军的人民战争达到的。第三，俄国大军紧跟逃走的法军，只要法军一停步，就对它施用武力。

俄国军队的行动应该像一条驱赶牲口的鞭子。有经验的赶牲口人懂得，最好是举起鞭子吓唬奔走的牲口，而不是迎头抽打它们。

第四部

1

一个人看见一只垂死的动物会感到恐怖，因为一个同样有生命的东西在他眼前渐渐死亡，就要不再存在。但如果垂死的是一个人，一个心爱的人，那么，除了恐怖之外，面对着生命的灭亡，你会感到肝肠寸断，心如刀剜。这种心灵上的创伤就像肉体上的创伤一样，有时致命，有时痊愈，但总是很疼，最怕外界的刺激。

安德烈公爵死后，娜塔莎和玛丽雅公爵小姐都有这种感觉。她们意气消沉，回避悬在头上的阴森森的死亡乌云，不敢正视人生。她们小心翼翼地保护尚未愈合的创伤，不让它受到痛苦的碰撞。不论是街上疾驰而过的马车，还是开饭的通知，或是使女准备什么衣服的请示，尤其是并无诚意的敷衍性同情，这一切都会刺痛伤口，好像一种侮辱，破坏她们谛听那严峻的无声合唱所需要的宁静，妨碍她们遥望刹那间展现在面前的虚无缥缈的远方。

只有她们两人在一起才不感到屈辱和难堪。她们难得谈话，即使谈，也只谈些无关紧要的琐事。她们避免谈未来的事。

如果承认还会有未来，她们认为就是对纪念他的亵渎。凡是可能涉及死者的事，她们谈话时尤其注意回避。她们觉得，她们所经历和感受的往事无法用语言表达。她们觉得，任何提到他生活细节的话，都会损害眼前展现的神秘现象的伟大和圣洁。

经常保持缄默，尽量避免可能使人想起他的话，处处不逾越禁忌的界限，这样，她们就觉得她们的感受更加纯洁和鲜明。

不过，天下没有十足的悲哀，就像没有十足的快乐一样。玛丽雅公爵小姐既是掌握自己命运的主人，又是侄子的监护人和教师，两星期后她首先被现实生活从悲哀中召唤出来。她收到一些家信，需要回复。小尼古拉住的屋子潮湿，使他咳嗽起来。阿尔巴端奇来雅罗斯拉夫尔报告账目，并劝她搬回莫斯科伏兹德维任卡街的住宅。这所住宅完整无损，只要稍加修缮就可居住。生活并没有停止，大家还要活下去。就玛丽雅公爵小姐来说，尽管离开那沉思默想的世界非常痛苦，撇下娜塔莎一个人感到内疚，她还是不得不去处理一系列生活琐事。她同阿尔巴端奇一起检查账目，同德萨尔讨论侄子的教育问题，并就搬回莫斯科一事作了安排和准备。

娜塔莎剩下独自一个。自从玛丽雅公爵小姐忙着准备搬家以来，娜塔莎就回避她。

玛丽雅公爵小姐向伯爵夫人提出，让娜塔莎一起去莫斯科。娜塔莎的父母眼看女儿的身体一天不如一天，认为易地疗养，再请莫斯科医生替她看病对她健康有益，就欣然同意。

“我哪儿也不去，”娜塔莎听到这个建议，回答说，“我只求你们别来管我。”她说着跑出屋子，竭力忍住眼泪。这眼泪与其说是出于悲伤，不如说是出于烦恼和气愤。

自从娜塔莎觉得她被玛丽雅公爵小姐抛弃，独自忍受悲伤以来，大部分时间就一个人待在屋里。她蜷起腿坐在沙发角上，用纤细的手指紧张地撕碎或者揉捏着什么东西，目光执拗地盯着一个地方。这种孤独使她虚弱，也使她难堪，却是她所需要的。只要一有人进来，她就立刻站起来，改变姿势和眼神，拿起一本书或者针线活，不耐烦地等待打扰她的人走开。

她总觉得，她马上就能弄懂她的心灵所注视但无力解答的可怕问题。

十二月底，娜塔莎有一天身穿黑色羊毛连衣裙，发辫随便绾一个结，苍白，消瘦，蜷起腿坐在沙发角上，紧张地把腰带末端揉皱又抚平，眼睛望着门角。

她望着他去的生命的彼岸。这个彼岸，她以前从没想到过，以前觉得那么虚无缥缈，如今却觉得比此岸更近，更亲切，更可理解，而此岸的一切不是空虚和幻灭，就是痛苦和屈辱。

她望着那个地方，她知道他就在那里，但她看到的他只能是原来的样子，她想象不出别的样子。她又看到他在梅基希村、三一修道院和雅罗斯拉夫尔时的样子。

她看见他的脸，听见他的声音，重述他的话和她对他说的话，有时还想象当时他们之间可能的交谈。

现在她看见他穿着丝绒睡袍躺在安乐椅上，瘦削苍白的手支着脑袋。他的胸脯深深凹陷，肩膀耸起，嘴唇紧闭，眼睛闪亮，苍白的额上皱纹时现时隐。他的一条腿在迅速地微微颤抖。娜塔莎知道，他正在同难以忍受的疼痛作斗争。“这疼痛是怎么回事？怎么会疼痛？他的感觉怎样？他多么疼啊！”娜塔莎想。他发现她在注意他，抬起眼睛，脸上不带笑容，说起话来。

“有一件事很可怕，”他说，“那就是把自己永远同一个受苦受难的人绑在一起。”他用试探的目光望了望她，而娜塔莎此刻就看到了这个目光。娜塔莎照例不假思索地回答说：“不会老这样下去的，不会的，您会好的，会完全好的。”

现在她又看见他，又重新体验当时的种种感受。她想起他说这话时久久凝视她的忧郁而严峻的目光，发现这目光含有责备和绝望的意味。

“我同意，”此刻娜塔莎自言自语，“如果他老是这样受苦，那太可怕了。我当时那样对他说，因为这对他是很可怕的，可是他理解错了，还以为是**对我来说**很可怕的。那时他还想活，他害怕死。可我却对他说了这样粗暴愚蠢的话。我没想到这一层，我想的是另一回事。我要是把心里话说出来，我会说：‘让他慢慢死去，在我面前慢慢死去，也比我现在这样幸福。’现在……我什么也没有，什么人也没有。他知道这一点吗？不，他不知道，永远不会知道。而这事如今可再也无法补救了。”他又对她说了同样的话，但现在娜塔莎在心里对他作了另一种回答。她拦住他说：“可怕的是对您而不是对我。您要知道，我生活中少了您就一无所有，同您分享痛苦是我最大的幸福。”他拉起她的一只手紧紧地握着，就像他临死前四天那个可怕的晚上那样。于是她又在心里说出当时可能说的一些亲热的话。“我爱你……爱你……爱……”她痉挛地握紧双手，咬紧牙关说。

她心里又充满了一种甜滋滋的伤感，她的眼泪夺眶而出，但她突然问自己：“我这是在对谁说话？他在哪里？他现在是个什么样的人？”于是一种冷冰冰、干巴巴的困惑又把一切遮掩了。她又皱紧眉头，瞧着他躺过的地方。她似乎觉得她马上就能打破那个生死之谜……但就在这一刹那，一阵响亮的门把手敲击声把她惊醒。使女杜尼雅莎神色惊惶，快步闯进来。

“请您马上到爸爸那儿去！”杜尼雅莎露出特别紧张的样子说。“真不幸啊……彼嘉少爷……有信来！”她呜咽着说。

2

娜塔莎觉得她和所有的人都有点疏远，而和自己家里的人尤其疏远。父亲、母亲、宋尼雅对她都那么亲近，和她那么融洽，一如往常，因此她觉得他们的言谈、他们的感情都是对她近来所处的那个世界的一种亵渎。她对他们不仅很冷淡，而且抱有敌意。她听杜尼雅莎谈到彼嘉，谈到不幸的消息，但不明白她说的是什么意思。

“他们有什么不幸？他们能有什么不幸？一切都是老样子，太太平平。”娜塔莎心里自言自语。

她走进客厅，只见父亲从伯爵夫人屋里急急地走出来。他满脸皱纹，老泪纵横。他从屋里跑出来，显然要发泄勉强忍住的恸哭。他一看见娜塔莎，就绝望地摆摆手，发出一阵阵呜咽，连他那松软的圆脸都变了形。

“彼……彼嘉……快去，快去……她在叫你……”他像孩子一般放声大哭，迅速地挪动衰弱的两腿，双手捂住脸，几乎倒在椅子上。

突然像有一股电流击穿娜塔莎的全身。她的心猛地受到一次强烈的冲击。她感到一阵剧痛，身上仿佛有样东西碎裂，她要死了。但疼痛过后，她顿时摆脱了禁锢的内心生活。她一看见父亲，一听到门里母亲疯狂的叫喊，立刻忘记了自己，忘记了自己的悲伤。她跑到父亲面前，父亲无力地摆摆手，指指母亲的房门。玛丽雅公爵小姐脸色苍白，下巴颏哆嗦，握住娜塔莎的手，对她说了句什么。娜塔莎却视而不见，也没听见她的话。她快步走进门里，停了一停，好像在进行自我斗争，然后向母亲跑去。

伯爵夫人躺在安乐椅上，不自然地伸着身子，头撞着墙壁。宋尼雅和女仆们按住她的双臂。

“叫娜塔莎来！叫娜塔莎来！”伯爵夫人叫道。“这不是真的，不是真的……他撒谎……叫娜塔莎来！”她叫着，把周围的人推开，“都给我走开，这不是真的！把他给打死了！哈，哈，哈！这不是真的！”

娜塔莎屈起一条腿跪在安乐椅上，俯下身来搂着母亲，用异乎寻常的力气把她抱起来，转过她的脸，紧紧地偎依着她。

“妈妈！……好妈妈！……我在这儿，妈妈！好妈妈！”她一刻不停地喃喃说。

她没有放开母亲，温柔地同她挣扎着，要人拿枕头和水来，又解开和撕开母亲的衣服。

“妈妈，好妈妈！……妈妈，我的好妈妈！”她不停地低声呼唤，吻着母亲的头、手和脸，止不住的泪水像小溪般痒痒地沿着鼻子和双颊流下来。

伯爵夫人握紧女儿的手，闭上眼睛，安静了一会儿。突然，她迅速地坐起来，茫然四顾，一看见娜塔莎，就竭尽全力搂住她的头，然后把女儿疼得起皱的脸转过来，久久地凝视着她。

“娜塔莎，你爱我吗？”她用信任的语气低声说，“娜塔莎，你不会骗我吧？你把全部真相都告诉我，好吗？”

娜塔莎用饱含泪水的眼睛望着母亲，她的脸上现出要求饶恕和怜爱的神情。

“妈妈，好妈妈！”她反复叫道，竭力想用自己的爱来分担压在母亲身上的悲哀。

母亲同现实作着无力的搏斗。她不愿相信，她的爱子年纪轻轻被打死后她还能活下去。于是她又从现实逃进精神错乱的世界。

娜塔莎不记得那一天是怎样过的，也不记得那天夜里、第二天和第二天夜里是怎样过的。她没有睡觉，也没有离开母亲。娜塔莎的爱，顽强而执拗，不是劝解，也不是安慰，而是对生的召唤，一刻不停地拥抱着伯爵夫人。第三天晚上，伯爵夫人安静了几分钟。娜塔莎一手支着头，在安乐椅上闭一会儿眼睛。床吱咯一声，娜塔莎睁开眼睛。伯爵夫人坐在床上，悄悄地说：

“你来了，我很高兴。你累了，要喝点茶吗？”娜塔莎闻声走到母亲跟前。“你长大了，像个大男人了。”伯爵夫人拉住女儿的手说。

“妈妈，你在说什么呀！”

“娜塔莎，他没有了，再也没有了！”伯爵夫人搂住女儿，第一次放声哭起来。

3

玛丽雅公爵小姐推迟了行期。宋尼雅和伯爵都想把娜塔莎替换下来，但是办不到。他们看出，只有她能使母亲不陷入疯狂的绝望。一连三星期，娜塔莎寸步不离地守在母亲身边，晚上就睡在她屋里的沙发上，给她喝水，喂饭，不停地同她说话，因为只有她那亲切温柔的声音能使伯爵夫人得到安慰。

母亲心里的创伤无法治愈。彼嘉的死夺去了她一半生命。她原是个精神饱满的五十岁女人，在彼嘉死讯传来一个月后，她走出卧室时已是个对生活冷漠、半死不活的老妇人了。但这个夺去伯爵夫人一半生命的创伤却使娜塔莎回生。

由精神崩溃引起的心灵创伤，虽然很奇怪，却完全像肉体创伤一样，很深的创伤也能愈合长好，不过心灵创伤也像肉体创伤一样，要靠自身的力量才能愈合。

娜塔莎的创伤就是这样愈合的。她以为她的生命完了，但是她对母亲的爱向她证明，生命的本质就是爱，而爱依旧活在她心里。爱复苏了，生命也复苏了。

安德烈公爵弥留的那几天使娜塔莎同玛丽雅公爵小姐结合在一起。新的不幸使她们进一步接近。玛丽雅公爵小姐推迟了行期，三星期来像照顾病孩那样照顾娜塔莎。娜塔莎在母亲房里待了几个星期，把她的体力都耗尽了。

一天中午，玛丽雅公爵小姐发现娜塔莎在打寒战，就把她领到自己屋里，让她躺在自己床上。娜塔莎躺下来，但当玛丽雅公爵小姐放下窗帘要走时，娜塔莎把她叫到跟前。

“我不想睡。好玛丽雅，你陪我坐一会儿。”

“你累了，睡一会儿吧。”

“不，不。你为什么把我带到这儿来。妈妈会找我的。”

“她好多了。她今天说话正常了。”玛丽雅公爵小姐说。

娜塔莎躺在床上，在昏暗的房间里打量着玛丽雅公爵小姐的脸。

“她像他吗？”娜塔莎想，“对，又像又不像。但她是个陌生、费解、特别的人。她爱我。她心里有些什么？只有善。但是怎样的善？她是怎么想的？她对我有什么看法？是的，她这人真好。”

“玛丽雅，”她怯生生地拉过她的手，说，“玛丽雅，你别以为我这人很傻。你不这么想吧？玛丽雅，好人儿。我真爱你。让我们做真正的好朋友吧。”

娜塔莎说着拥抱玛丽雅公爵小姐，吻她的手，吻她的脸。玛丽雅公爵小姐有点不好意思，但对娜塔莎的感情还是感到高兴。

从这天起，玛丽雅公爵小姐和娜塔莎建立了那种只有女人之间才有的热烈而温柔的友情。她们不停地亲吻，相互说着亲热的话，大部分时间都待在一起。如果一个出去，另一个就会感到不安，慌忙去找她。她们觉得两人在一起比单身独处安宁。她们之间的感情超过友谊，这是一种相依为命的感情。

有时她们一连几小时不作声；有时她们躺在床上谈话，一直谈到天亮。她们谈的多半是遥远的往事。玛丽雅公爵小姐谈她的童年，谈她的母亲，谈她的父亲，谈她的梦想。娜塔莎以前不理解那种温顺虔诚的生活，不欣赏基督徒自我牺牲的诗意，现在她十分依恋玛丽雅公爵小姐，爱她的过去，懂得了以前不懂的另一面的生活。她并不想在自己的生活中学会顺从和自我牺牲，因为她习惯于寻求其他欢乐，但现在她懂得了并且爱上了她以前所不理解的对方身上的美德。至于玛丽雅公爵小姐，她听了娜塔莎讲她童年和少女时候的事，也发现了她以前不理解的另一面的生活，发现了生活的信念，懂得了生活的乐趣。

她们仍旧不提他，以免因此破坏了心中崇高的感情，而缄口不谈他，她们竟渐渐把他淡忘了。

娜塔莎瘦了，脸色苍白，身子虚弱。大家经常谈到她的健康，这反而使她高兴。但有时她会突然害怕死亡，害怕生病，害怕衰弱，害怕丧失美貌。她情不自禁地察看自己的手臂，为它的消瘦吃惊。每天早晨还要照照镜子，瞧瞧她那瘦长得可怜的脸。她觉得她这样是理所当然的，但同时又觉得害怕和伤心。

有一次她快步上楼，累得上气不接下气。她立刻找个借口下楼，再跑上楼，试试自己的体力。

又有一次，她呼唤杜尼雅莎，她的声音发抖。尽管她听到了杜尼雅莎的脚步声，她还是用胸音再叫了一声，同时仔细听听自己的声音。

她不知道也不相信，从她那积着一层淤泥的心田里已钻出细嫩的幼芽，它会生根成长，用它那生气蓬勃的嫩叶压下她的悲伤，不久这种悲伤将会渐渐消失。创伤就会从内部痊愈。

一月底，玛丽雅公爵小姐动身去莫斯科。伯爵坚持要娜塔莎跟她一起去，以便在莫斯科就医。

4

库图佐夫已无法控制他的军队打垮和切断敌人的愿望，因此在维亚兹马打了一仗，此后逃跑的法国人和追击他们的俄军直到克拉斯诺耶便没有再打过一仗。法国人逃得那么快，俄军怎么也赶不上，骑兵和炮兵的马都走不动了，有关法军行动的情报往往是不确切的。

俄军一昼夜连续不停地走四十俄里，累得筋疲力尽，再也无法加快速度。

要了解俄军的消耗达到什么程度，只要看看以下的事实就可以明白：在塔鲁季诺战役以前，俄军伤亡总共不超过五千，被俘的不到一百人，但从塔鲁季诺出发的十万俄军，到达克拉斯诺耶就只剩下五万人。

俄军追击法军的急行军，像法军仓皇逃跑一样，损失惨重。区别只在于，俄军可以自由行动，不像法军那样面临死亡的威胁；再有，法军中掉队的病号要落在敌人手里，而掉队的俄国士兵仍留在自己国土上。拿破仑军队减员的主要原因在于行动过快，而俄军的相应减员就足以证明这一点。

库图佐夫的全部活动，不论在塔鲁季诺或在维亚兹马，就是尽量使用他的权力不阻碍法军自取灭亡的逃跑（彼得堡方面和军队中的将军们都希望这样），而且加速他们的行动，同时减慢俄军的进军。

不过，除了行动过快会招致军队过分消耗和大量减员外，库图佐夫放慢行军速度、等待时机还有另一个原因。俄军的目的是追踪法军。法军逃跑的路线难以捉摸，因此，俄军越是步步紧跟，跑的路就越多。只有保持一定距离跟踪，才能抄最近的路去切断法军的曲折路线。俄国将军们提出的各种巧妙战术只是频繁地调动军队，增加军队的行程，而减少这种行程则是唯一合理的目的。从莫斯科到维尔诺，库图佐夫的全部活动就是为了这个目的。他这样做不是偶然的，不是临时的，而是始终一贯的，从来不改变。

库图佐夫不是凭智慧或兵法，而是作为一个俄国人，同每个俄国士兵一样，知道和感觉到：法国人战败了，敌人在逃跑，必须把他们赶走，但同时他同士兵一样，感到在这种季节以空前速度行军是十分艰苦的。

然而将军们，特别是俄军中的外籍将军们，想出风头，想一鸣惊人，就希望俘虏一位公爵或者一位国王。其实，现在进行任何战斗都毫无意义，有弊无利，可是这些将军却认为现在是进行战斗、克敌制胜的大好时机。库图佐夫接二连三地接到他们的作战计划，他只耸耸肩，因为要执行这些计划，只能使用那些穿着破鞋、没有皮外衣、饿得半死的军队，这支军队在一个月里就已减员一半，而且即使能继续赶路，到达边境的路程也还超过已走过的路程。

他们这种想出风头，打一仗，打垮和切断敌人的愿望，在俄军和法军遭遇时表现得尤其明显。

在克拉斯诺耶就发生过这样的事。他们想在这里找到法军三个纵队中的一个纵队，却碰上带领一万六千士兵的拿破仑本人。虽然库图佐夫千方百计要避免毁灭性的遭遇战以保存实力，但是筋疲力尽的俄军还是连续三天在克拉斯诺耶聚歼溃不成军的法国人。

托里发了一项命令：第一纵队向某地行进[1]，等等。但结果照例不是按命令办理。符腾堡的叶夫盖尼亲王从山上枪击成群逃跑的法军并要求增援，但援军没有来。法国人在夜间避开俄国人分散逃跑，躲进树林，能逃的继续逃跑。

米洛拉多维奇说，他完全不想过问部队的给养，人家要找他也总是找不到。他自称为无所畏惧、完美无缺的骑士，一味想同法国人谈判，派出军使要法军投降，结果徒然浪费时间，他也没执行给他的命令。

“弟兄们，我把那个纵队交给你们。”他骑马来到骑兵跟前，指着法国人说。于是，骑着筋疲力尽的瘦马的骑兵就用马刺和马刀赶马，好不容易追上交给他们的那个纵队，也就是追上一群几乎冻僵、饿得半死的法国人。于是这个纵队就放下武器投降，而这正是他们巴望了好久的事。

俄军在克拉斯诺耶俘虏了两万六千名法国人，缴获了几百门大炮，弄到了一根据称是“元帅杖”的棍子，并且争论谁在哪里立了功，从而得意洋洋，但又因没有捉到拿破仑或者一个英雄、元帅而感到遗憾。他们为此互相责备，尤其责备库图佐夫。

这些感情用事的人只是盲目执行最可悲的必然规律，却自以为是英雄，还认为他们的所作所为就是最高尚最有价值的事。他们责备库图佐夫，说他从战争一开始就妨碍他们战胜拿破仑，说他总是只想满足自己的私欲，不愿离开亚麻布厂[2]一步，因为他在

---

1 原文是德语。

2 亚麻布厂地处卡卢加至维亚兹马线上，库图佐夫曾在此扎营。

那里平安无事；说他在克拉斯诺耶停止前进，因为一知道拿破仑在那里，他就惊慌失措；说他很可能同拿破仑搞阴谋，他被拿破仑收买了[1]，以及诸如此类的议论。

当时不仅感情用事的人这样说，后代和史学家也都认为拿破仑伟大，至于库图佐夫，外国人说他是个狡猾、好色、软弱无能的宫廷老臣，俄国人则说他是个难以捉摸的人，是个傀儡，全靠有个俄国姓而占据要位……

1 见威尔逊的笔记。——列夫·托尔斯泰

5

一八一二和一八一三年，人们公然指责库图佐夫犯了错误。皇帝对他不满。不久前按圣意撰写的历史，竟说库图佐夫是个老奸巨猾的宫廷骗子，他害怕拿破仑，在克拉斯诺耶和别列津纳犯了错误，致使俄军丧失全胜法军的光荣。[1]

这种命运不是那些不为俄国学者所承认的伟人的命运，而是那些领悟并服从天意的孤独而稀有人才的命运。这些人由于领悟天意而受到俗众的憎恨和蔑视。

说来奇怪，拿破仑这个渺小的历史人物，在任何时候，任何地点，甚至在放逐期间，都没有表现出人的价值，而俄国史学家却认为他是个值得赞扬的人物，说他伟大。至于库图佐夫，他在一八一二年战争期间，从鲍罗金诺到维尔诺，一言一行从未改变初衷，始终是个历史上非凡的自我牺牲和洞察事件深远意义的典范。就是这样一位库图佐夫，在有些人的心目中却是难以捉摸的可怜虫。他们一谈到库图佐夫和一八一二年，总感到有点害臊。

1 见波格丹诺夫所著1812年历史：《评库图佐夫和令人不满的克拉斯诺耶战役结果》。——列夫·托尔斯泰然而，我们很难找到一个历史人物，他的活动始终为了实现同一个目标。我们很难想象一个同全体人民意志更一致更高尚的目标。我们更难在历史上找到一个人物，能像一八一二年的库图佐夫那样全力以赴而终于达到了既定目标。

库图佐夫从未说过“站在金字塔上瞻望四十世纪”[1]之类的话，不谈他对祖国所做的牺牲，也不说他将做什么或者已做了什么。他根本不谈自己的事，从不装腔作势，永远是个最普通最平凡的人，说着最普通最平凡的话。他给他的女儿们和斯塔尔夫人写信，读小说，爱同漂亮的女人交际，跟将军、军官和士兵说笑话，人家要向他证明什么，他从不使他们难堪。拉斯托普庆伯爵那天在亚乌扎桥上见到库图佐夫，追究莫斯科沦陷的责任说：“您不是答应不经战斗决不放弃莫斯科吗？”库图佐夫回答说：“我并没有不经战斗就放弃莫斯科。”尽管当时莫斯科已经放弃。阿拉克切耶夫奉圣旨跑来对他说，应当任命叶尔莫洛夫为炮兵司令，库图佐夫回答说：“是啊，我刚才就说过这话。”尽管一分钟前他说的话完全相反。在众人糊涂他独清醒的情况下，拉斯托普庆伯爵把京城的灾难归咎于自己还是归咎于他，这对他有什么关系呢？至于任命谁当炮兵司令，这在他更是无所谓了。

这位老人不仅在这种场合这么说，而且凭生活经验确信，思想和表达思想的语言并不是人们行动的动力，因此他说话随便，总是想到什么就说什么。

但就是这个说话随便的人，在全部活动中，从没说过一句不符合他作战的唯一目标的话。显然，他因为人家不理解他而心情沉重，情不自禁地在各种场合反复阐述自己的想法。从鲍罗金诺战役起，他就同周围的人意见不合，他说：**鲍罗金诺战役是一个**

1 暗示拿破仑临战前在金字塔上对部队说的话。

胜利。他口头上这样说，在报告和呈文里也这样说，一直到死都这样说。他说：**失掉莫斯科不等于失掉俄罗斯**。他在回答洛里斯东的讲话和建议时说：**不能讲和，因为这是人民的意志**。在法军撤退时，他说：**我们所有的运动战都是不必要的，一切听其自然，结果会比我们所期望的更好，应该给敌人一条退路，塔鲁季诺战役、维亚兹马战役、克拉斯诺耶等战役都是没有必要的，到达边境时应该还保留点兵力，他不愿拿一个俄国人去换十个法国人**。

只有他一个人，这个被描写为向阿拉克切耶夫撒谎以讨好皇帝的宫廷宠臣，只有他一个人，在维尔诺说，**越过国境继续作战有害无益**，因此使皇帝不悦。

单是语言还不能证明他对当时事态的认识。他的行动始终对着一个目标，从来没有丝毫偏离，而这个目标包括以下三方面：第一，竭尽全力打击法国人；第二，把他们打败；第三，把他们赶出俄国，尽可能减轻人民和军队的苦难。

库图佐夫这个把“忍耐和时间”作为座右铭的慢性子老头，一向反对打硬仗，这次却以无比严肃的态度做好准备，发动了鲍罗金诺战役。也就是这个库图佐夫，在奥斯特里茨战役打响之前就说必败无疑，而在鲍罗金诺战役上，尽管将军们都认为这一仗打败了，而且打胜的军队后撤是史无前例的，他一个人却力排众议，至死坚持鲍罗金诺战役是一次胜利。只有他一个人，在敌军退却的整个时期坚持不进行当时已成为无益的战斗，不再挑起新的战争，不打到俄国国境之外。

只要不把十来个人头脑中的目标硬说成是群众行动的目标，要理解事件的意义现在已很容易，因为事件及其结果已摆在我们面前。

但是，这个与众不同的老头子当时怎么能清楚看出人民对事件的看法，并且在行动中始终坚持这种看法呢？

对当时事件洞若观火的非凡力量，就在于他对人民具有十分纯净和强烈的感情。

正因为人民承认他有这种感情，人民才违反沙皇的旨意，通过奇特的途径，推举这个不得宠的老头作为人民战争的代表。正是这种感情使他登上人间最高的地位，他这个总司令才能竭力避免屠杀和毁灭人而怜悯和拯救他们。

这个谦逊朴实因而真正伟大的人物，不属于历史所虚构的那种统治人民的欧洲英雄。

在奴才的心目中不可能有伟人，因为奴才对伟大这个词有奴才的理解。

6

十一月五日是所谓克拉斯诺耶战役的第一天。傍晚，在带错路的将军们互相争吵一通并派出一批带着互相矛盾的命令的副官之后，大家确定敌人已四散逃跑，不会再有战斗，库图佐夫就离开克拉斯诺耶去多勃罗耶，因为总司令部今天已转移到那里。

天气晴朗而严寒。库图佐夫骑着他那匹肥壮的小白马，带着一大群对他心怀不满、窃窃私议的将军向多勃罗耶进发。沿途都是当天俘虏的法国人（总共七千人），他们一堆堆聚在篝火旁烤火。离多勃罗耶不远，大批衣衫褴褛、胡乱拿些东西裹住身体的法国俘虏站在一长列卸下的大炮旁，喧闹地谈着话。总司令一走近他们，谈话就停下来，一双双眼睛盯住库图佐夫。库图佐夫头戴红箍白帽，身穿背部隆起的棉大衣，耸着肩，缓缓地沿大路走来。有一个将军向他报告，这些大炮和俘虏是在什么地方俘获的。

库图佐夫似乎在想心事，没听见将军的话。他不高兴地眯缝起眼睛，留神凝视着那些样子特别可怜的俘虏。大多数法国兵都冻坏了鼻子和面颊，眼睛红肿溃烂，面貌丑陋可憎。

有一堆法国人站在路边，两个士兵（其中一个满脸长着疮）

撕着一块生肉。他们向过路人瞥了一眼，眼睛里射出可怕的兽性光芒，那个长疮的士兵恶狠狠地瞧了瞧库图佐夫，立刻转过身去继续做他的事。

库图佐夫对这两个士兵留神地看了好一会儿，眉头皱得更紧。他眯起眼睛，若有所思地摇摇头。他在另一处看见一个俄国兵笑着拍拍一个法国兵的肩膀，亲切地同他说话。库图佐夫又露出同样的表情摇摇头。

“你说什么？什么？”他问那个将军，将军继续报告，同时让总司令看摆在普烈奥勃拉任斯基团前的法国军旗。

“哦，军旗！”库图佐夫说，显然很难摆脱他头脑里的思绪。他漫不经心地环顾了一下。几千双眼睛望着他，等他说话。

他在普烈奥勃拉任斯基团前站住，深深地叹了一口气，闭上眼睛。一名侍从向拿着军旗的士兵招招手，要他们把军旗拿过来放在总司令周围。库图佐夫沉默了几秒钟，显然并不高兴，但由于自己的身份不得不抬起头来讲话。军官成群地围住他。他留神地扫视了一下周围的军官，认出其中的几个。

“我感谢大家！”他先对士兵们，再转脸对军官们说。在一片肃静中，可以清楚地听见他慢吞吞的说话声：“你们忠诚地完成了艰苦的任务，我感谢你们！我们完全胜利了，俄罗斯不会忘记你们。光荣永远归于你们！”他停了停，环顾四周。

“再放低些，把旗杆头再放低些！”他对那个手执法国军旗、无意间把它低放在普烈奥勃拉任斯基团军旗前的士兵说。“再放低些，再放低些，对了，就是这样。乌拉！弟兄们！”他迅速地把下巴颏向士兵们一摆，说。

“乌拉——拉——拉！”几千个声音吼叫起来。

当士兵们欢呼的时候，库图佐夫在马鞍上俯下身，低下头，他的独眼闪出和蔼而嘲弄的光芒。

“我说，弟兄们！”等欢呼声停下来，他说。

他的声音和脸色突然变了：说话的已不是总司令而是一个普通的老人，现在他显然想对伙伴们说几句最必要的话。

军官和士兵都向前挤了挤，大家想听得清楚些。

“我说，弟兄们！我知道你们很辛苦，可是有什么办法呢！大家忍耐一下吧，不会太久了。等我们送走客人，就可以休息了。你们立了功，沙皇是不会忘记你们的。你们都很辛苦，但毕竟是在自己的国土上；可是他们，你们瞧瞧他们的模样，”他说着，指指俘虏们，“简直比最可怜的叫花子还要糟。当他们强大的时候，我们不惜狠狠打击他们，但现在我们可以可怜他们了。他们也是人哪。对不对，弟兄们？”

他向周围扫视了一下，在向他投来的执着、恭敬、困惑和专注的目光中，他看出大家同意他的话。他容光焕发，露出老年人和蔼的微笑，嘴角和眼角漾起皱纹。他停了停，惶惑地低下头。

“但话也得说回来，是谁叫他们闯到我们这儿来的，他们这是活该……畜生……”他抬起头，突然说。他把鞭子一挥，自从开战以来第一次策马疾驰，离开快活地哈哈大笑、狂呼“乌拉”的解散的士兵。

库图佐夫的话士兵们未必懂得。谁也无法复述总司令那番开头庄严、结尾朴实的老年人的话，但这番肺腑之言不仅为大家所理解，而且从这种老年人善意的咒骂中流露出来的怜悯敌人而又自信正义的崇高感情，正反映了深藏在每个士兵心里的感情，并且通过经久不息的欢呼表达出来，随后，一个将军问总司令要不要备车，库图佐夫在回答时竟抽泣起来，显然他的内心十分激动。

7

十一月八日，克拉斯诺耶战役的最后一天，部队到达宿营地，天色已经黑了。从早到晚整天都是严寒无风的天气，空中飘着稀疏的雪花。傍晚天气渐渐放晴。透过飘落的雪花，看得出深紫色的星空。寒气越发凛冽了。

一个步枪团离开塔鲁季诺时有三千人，如今只剩下九百。这个团首先到达指定的宿营地——大路旁一个村庄。打前站的军需官迎接他们说，所有的房子都被死伤的法军、骑兵和参谋官占据，只剩下一座农舍可供团长住宿。

团长来到供他住宿的农舍。这个团经过村庄，在村边路上把枪架起来。

全团好像一只巨大的多足动物，动手为自己准备洞穴和食物。一部分士兵踏着没膝深的雪，闯到村右边的桦树林里，那里立刻传出丁丁的伐木声、树枝的断裂声和快乐的笑语声；另一部分士兵在团的车马集中处忙碌，取出锅子和干粮，拿草料喂马；第三部分士兵分散到村子里，为参谋官安排住处，把农舍里的法军尸体搬走，拖来木板、干柴和屋顶上的干草，以备生篝火和编挡风篱笆。

有十五六个士兵在村头的农舍后面嘻嘻哈哈地推着棚屋的一堵高篱笆，棚屋的屋顶已被掀掉。

“来，一、二、三，推！”士兵们叫喊着。那堵积雪上冻的篱笆在黑夜中发出咯咯的响声摇晃着。下面桩子的断裂声越来越响，那堵篱笆终于连同士兵一起倒下来。传出了一阵快乐粗野的笑声。

“两个人两个人分开搬！拿撬棒来！对了，就这样。你往哪里走？”

“来，一、二、三……等一下，弟兄们！……咱们唱个号子吧！”

大家都不说话。于是有个人低声唱起来，声音像天鹅绒一般柔软悦耳。唱到第三节结尾，最后一个音符刚完，就有二十个人齐声喊起来：“喔——唷——唷！来呀！一起来呀！扛上肩呀，弟兄们哪！……”尽管大家一起用力，篱笆仍搬不动。在随着而来的沉默中，可以听见沉重的喘息。

“喂，六连！鬼东西！你们来帮一把！……也有用得着我们的时候的。”

六连二十来个人正走进村子，都来帮助搬篱笆。于是那堵五俄丈长、一俄丈宽的篱笆弯曲了，沉重地压在气喘吁吁的士兵们肩上，沿着村街往前移动。

“走啊，怎么啦……倒下了……干吗站住？哦……哦……”

快乐粗野的咒骂声一直不停。

“你们在干什么？”突然有个士兵向搬篱笆的人跑来，用长官一般的口气问。

“长官老爷都在这里，将军大人也在屋里，可你们这帮狗娘养的。我给你们点颜色瞧瞧！”司务长喝道，挥起拳头就向第一个遇到的士兵背上击去，“不能小点声吗？”

士兵们不作声。那个挨了司务长一拳的士兵撞在篱笆上，撞破了脸。他呼哧呼哧地喘着气，擦着脸上的血。

“哼，恶鬼，打得多狠！打得人家脸上都是血。”等司务长一走开，他胆怯地低声说。

“怎么，你不乐意吗？”一个人含笑说。士兵们压低嗓门说话，继续往前走。他们一出村子，又照旧大声说话，夹杂一些无聊的骂人话。

在士兵们经过的那座农舍里，聚集着高级长官。他们一面喝茶，一面热烈地谈论当天的事和明天运动战的设想。他们打算向左翼行动，切断总督[1]的路，把他活捉。

当士兵们搬来篱笆时，四面八方已燃起做饭的篝火。木柴噼啪作响，雪在融化，士兵们的身影在踩硬的雪地上来回飘动。

周围响起丁丁的斧头声和砍刀声。大家都不待命令自己行动。搬来过夜用的木柴，给长官搭帐篷，用大锅子烧饭，收拾步枪和装备。

八连搬来的篱笆在北面竖成半圆形，用枪架支住，篱笆前面生起篝火。部队打归营鼓，点名，吃晚饭，在篝火旁安顿下来过夜：有人补鞋，有人抽烟，有人脱光衣服在火上烤虱子。

1 指缪拉。

8

俄国士兵当时处境的困难简直难以想象：没有暖靴，没有皮袄，没有房屋，处身在零下十八摄氏度的雪地里，甚至没有足够的粮食（给养供应跟不上前进的部队）。在这样的境况下，士兵们想来一定很痛苦和沮丧。

事实相反，即使在最好的物质条件下，军队也不可能这样快乐、生气蓬勃。这是因为军队每天都要淘汰一批意志消沉、体力不支的人。凡是身体衰弱、精神萎靡的人早就落伍，剩下的都是身强力壮、斗志昂扬的精华。

聚集在篱笆旁八连那儿的人最多。两个司务长也坐在那里，他们的篝火烧得比别处都旺。他们提出，只有带木柴来的才能坐在篱笆旁。

“喂，马凯耶夫，你怎么啦……迷路啦，还是给狼吃啦？快去搬点柴火来！”一个红头发红脸庞的士兵被烟熏得直眨眼，但没离开篝火，嚷道。“还有你，乌鸦，也去弄点柴火来！”他对另一个兵说。这个红脸的并不是军士，也不是上等兵，因此他能对身体比他弱的人发号施令。那被唤作“乌鸦”的个子瘦小，尖鼻子，顺从地站起来，要去执行命令，但这时火光中出现了一个修长漂亮的年轻士兵，正抱着一大捆柴火走来。

“拿到这儿来！嚯，好大一抱！”

士兵们把木柴劈开，扔进火里，用嘴吹，用大衣下摆扇。于是火焰发出噝噝声，爆裂声。大家凑近篝火，抽起烟来。那个抱柴火来的年轻漂亮的士兵双手叉腰，两条冻僵的腿在原地急速地踏步。

“啊，我的亲娘，露珠冰凉，晶晶发亮，我当上火枪兵啦……”他边唱边跳，每个音节都顿一顿。

“喂，鞋底都要跳掉了！”那个红脸的士兵发现跳舞人的鞋底耷拉着，叫道，“哼，跳得太妙啦！”

跳舞人停住了，撕下摇晃的鞋底，把它扔到火里。

“好了，老兄！”他说。他坐下来，从背包里拿出一块法国蓝呢子裹在脚上。“脚都冻麻了。”他把脚伸向火堆，添加说。

“快发新鞋了。听说，等打完仗，就要给我们发双份服装了。”

“你瞧，彼得罗夫这狗崽子，还是掉队了。”司务长说。

“我早就注意到他了。”另一个司务长说。

“哼，是个十足的老爷兵……”

“听说，三连昨天一天就少了九个人。”

“你瞧，人家脚都冻坏了，你叫他怎么走？”

“咳，废话！”司务长说。

“你是不是也想那样干？”一个老兵责备那个抱怨脚冻坏的人。

“那你说怎么样？”那个被称为“乌鸦”的尖鼻子兵突然从篝火旁欠起身来，声音尖细而颤抖地说。“胖的给拖瘦，瘦的给拖死。我就是这样，一点力气都没有了。”他突然口气强硬地对司务长说，“你把我送医院吧，我浑身疼痛，要不早晚会掉队的……”

“得了，得了。”司务长平静地说。

那小个子兵不再作声，但谈话还在继续。

“今天捉到的法国人也不少，可他们穿的靴子可说没有一双像样的，只剩下一个靴子的名称罢了。”有一个兵开始了新的话题。

“靴子都被哥萨克剥掉了。哥萨克给团长腾房子，搬走尸体，叫人瞧着都难受，弟兄们，”跳舞的人说，“搬动的时候发现有一个还活着，嘴里叽里咕噜地说着法国话。”

“他们那帮人真干净，弟兄们，”第一个兵说，“皮肤雪白，就像白桦树一样，相貌堂堂，看上去挺高贵。”

“你想怎么着？他们把各色人等都招来当兵。”

“可我们说话他们一点也不懂，”跳舞的人困惑不解地含笑说，“我问他：‘你们的皇帝是谁？’他却叽里咕噜地说他们的话。这个民族真怪！”

“说来奇怪，弟兄们，”那个对他们皮肤的白净感到奇怪的兵说，“在莫扎依斯克，老乡们说，在打过仗的地方收拾尸体时，发现那些尸体躺了有个把月了。他们躺在那里，像纸一样洁白干净，一点气味也没有。”

“那怎么会，大概是冻住了吧？”有人问。

“你倒聪明！冻住了！那时天气很热。要是天冷，我们的人也不会发臭的。他们说：‘到我们的人跟前一看，全烂了，还生了蛆。我们就用手巾把他们的脸包起来，再扭过头，才动手拖，简直受不了。可他们据说长得像纸一样白，一点气味也没有。”

大家都不作声。

“那准是因为吃得好，”司务长说，“都吃老爷吃的伙食。”

没有人反驳他的话。

“那个老乡说，在莫扎依斯克，那里打过仗，从十来个村子里召来人，运了二十天都没有把尸体运完。引得那些狼啊……”

“那一仗打得可厉害了，”那个老兵说，“只有那一仗才叫人忘不了，至于以后打的仗……只不过折磨人罢了。”

“可不是，大叔。前天我们向他们进攻，没等我们靠近，他们就赶快扔下枪，跪下来叫‘饶命’！这不过是一个例子。据说，普拉托夫有两次活捉拿破仑。他不懂法国话。捉是捉住了，可是想不到，他在他手里变成一只鸟飞了，飞掉了。杀也杀不死他。”

“咳，你真会吹牛，基谢廖夫，我可认识你。”

“什么吹牛？是千真万确的事。”

“要是落在我手里，我准会把他埋到土里，再钉上杨木橛子。谁叫他害了那么多人。”

“反正这事快要收场，他不能再横行了。”那个老兵打着呵欠说。

谈话停止了，士兵们躺下来睡觉。

“瞧天上的星星多亮！就像娘们展开花布一样。”一个兵欣赏着银河说。

“弟兄们，那是丰年的兆头。”

“还要点木柴。”

“背烤暖了，可肚子冻坏了。真怪！”

“主哇！”

“你挤什么呀？火是给你一个人烤的吗？瞧他把手脚伸得多开。”

在谈话停下的时候，传出几个熟睡的人的鼾声。其余的人翻着身子烤火，偶尔交谈几句。从百步外的一堆篝火那里传来一片友好的哄笑声。

“听，五连那里好热闹！”一个兵说。“他们那里人真不少！”

一个士兵站起来，向五连走去。

“他们真开心！”他回来说。“来了两个法国人。一个冻坏了，另一个挺神气，咳！还唱歌呢。”

“噢——噢？去瞧瞧……”有几个兵向五连走去。

9

五连就在林边宿营。一堆大篝火在雪地里烧得正旺，照亮了被冰雪压弯的树枝。

半夜里，五连士兵听见树林里有踏雪的脚步声和树枝的断裂声。

“弟兄们，有狗熊！”一个士兵说。大家抬起头来倾听，只见两个衣衫古怪、互相搀扶的人从树林里向明亮的篝火走来。

原来是两个藏在树林里的法国人。他们走到篝火跟前，声音嘶哑地说着士兵们听不懂的话。一个身材高些，头戴军官帽，看上去十分虚弱。走到篝火边，他想坐下，但扑通一下倒在地上。另一个矮小结实，脸上包着手巾，身体比较强壮。他扶起同伴，指指自己的嘴，说着什么。士兵们围着法国人，给病人铺了一件军大衣，又给他们拿来粥和伏特加。

身体虚弱的军官叫仑巴尔，脸上包手巾的是他的勤务兵莫列尔。

莫列尔喝了点伏特加，吃了一罐子粥，突然亢奋起来，喋喋不休地说着士兵们听不懂的话。仑巴尔不吃东西，默默地用臂肘支着头躺在篝火旁，一双红眼睛茫然望着俄国兵。他偶尔发出一声长长的呻吟，然后又安静下来，莫列尔指指他的肩章，向士兵们表示他是个军官，应该让他暖和一下。一个俄国军官走到篝火边，派人去问上校，可不可以让一名法国军官到他那里取暖。那人回来说，上校吩咐带法国军官。他们告诉仑巴尔，团长叫他去。仑巴尔站起来想走，但身子摇晃了一下，要不是站在旁边的士兵扶住，他就倒下了。

“怎么样？再不敢来了吧？”一个兵嘲弄地挤挤眼，对仑巴尔说。

“哼，傻瓜！你胡说八道什么呀！乡巴佬，真是个乡巴佬！”四面八方响起一片叫声，斥责那个戏谑的士兵。士兵围住仑巴尔，两个兵交叉手臂把他送到屋子里。仑巴尔搂住这两个兵的脖子。当他被抬起来的时候，他可怜巴巴地说：

“哦，好人哪！哦，朋友，我的好朋友！哦，好人哪！哦，我的好朋友！”他像小孩子一般，头靠在一个兵的肩上。

这时，莫列尔坐在篝火旁最好的位置上，周围都是士兵。

莫列尔这个矮小结实的法国人，眼睛红肿流泪，军帽上像女人一样扎着一条头巾，身上穿着一件女式皮袄。他显然喝醉了，一手搂着坐在旁边的士兵，声音嘶哑而断续地唱着法国歌。士兵们望着他，捧腹大笑。

“来吧，来吧，你教教我们怎么唱，好吗？我很快就能学会。好吗？”被莫列尔搂着的那个滑稽歌手说。

亨利四世万岁，
勇敢的我王万岁！

莫列尔挤挤眼，唱道。

他是个魔鬼……

“万岁！我王万岁！他是个魔鬼……”那个兵挥挥手，果然合上调子，跟着唱起来。

“瞧，真灵活！哈——哈——哈！”四面八方响起一片粗野快乐的哄笑声。莫列尔皱起眉头也笑了。

“喂，再唱，再唱！”

他有三样本领：
喝酒，
打仗，
当情人……

“唱得蛮不错。喂，再唱，扎列塔耶夫！”

“他……”扎列塔耶夫用劲唱着。“他——他有……”他费力地撮着嘴唇，拖长声音唱，“三样本领，喝酒，打仗，当情人！”

“哦，了不起！跟法国人一个样！哦……哈——哈——哈——哈！……怎么样，你还要吃点吗？”

“再给他吃点粥。饿坏的肚子一下子吃不饱。”

士兵们又给他粥。莫列尔笑着吃了第三罐粥。年轻的士兵瞧着莫列尔，个个脸上泛起快乐的笑容。年老的士兵认为这样不严肃，躺在篝火另一边，有时用臂肘支起身子，含笑望着莫列尔。

“他们也是人哪！”一个老兵身上裹着军大衣，说。“就是苦艾也是根上长的。”

“哦，主哇！主哇！满天都是星！天要大冷了……”大家都不作声。

星星仿佛知道现在没有人在望它们，在黑暗的天空中闪得更欢了。它们忽明忽灭，忽而颤抖，快乐而神秘地互相说着悄悄话。

10

法国军队按照数学级数逐渐消亡。强渡别列津纳河一战被大肆渲染，其实它只是法军溃败的一个过渡阶段，根本不是什么决定性的一仗。别列津纳河之战之所以被大书特书，从法国人方面说，那只是因为原先只遭受一般性损失，而在别列津纳河断桥上突然集中受到攻击，造成了令人难忘的悲惨景象。从俄国人方面说，别列津纳河之战之所以谈得很多和写得很多，只因为在远离战场的彼得堡制订了一项计划（又是普法尔制订的），要在别列津纳河上设下战略陷阱，捉拿拿破仑。大家都相信一切会按计划进行，因此都说正是强渡别列津纳河毁了法国人。其实，强渡别列津纳河对法军造成的武器和人员损失远不如克拉斯诺耶一役。这是有数字可以证明的。

强渡别列津纳河战役的唯一意义就在于，这次战役清楚地证明所有切断敌军的计划都是错误的，而库图佐夫和大部分军队主张跟踪敌军是唯一可行的正确行动。人数众多的法军为达到目的，拼命加速逃跑。他们像受伤的野兽一样狂奔，谁也无法拦住他们。可以证明这一点的，与其说是渡河的安排，不如说是桥上出现的情景。当河上几座桥断裂时，没有武器的士兵、莫斯科的居民、随法军运输队的妇孺，大家受惯性的影响走下小船，落到冰冻的河里，却没有人投降。

这种拼命逃跑的愿望是合乎情理的。逃跑的人和追逐的人，两者处境一样糟糕。每个落难的人同自己人在一起，可以指望得到同伴的帮助，在自己人中间可以占有一个固定的位置。如果向俄国人投降，处境虽然一样困难，但在分配生活用品上只能敬陪末座。法国人即使没有确切情报，也知道有半数俘虏冻饿而死，俄国人即使想拯救他们也束手无策。他们凭直觉知道，事情只能如此。最富有同情心的俄国长官和对法国人有好感的人，甚至在俄军中服役的法国人，对俘虏也爱莫能助。法军遭受的灾难，其实也是俄军遭受的灾难。总不能从那些饥寒交迫、还有用处的士兵手里夺下面包和衣服，送给那些没有害处、没有罪过、并不可恨、但也毫无用处的法国人。也有些俄国人这样做，但只是少数。

后面是死路一条，前面却有希望。船已经翻了，法国人除了集体逃走，别无出路。于是他们就拼命逃跑。

法国人越往前跑，他们的残余部队处境越悲惨，特别是在按照彼得堡计划寄予厚望的别列津纳战役以后，而俄国司令官们相互责怪，尤其责怪库图佐夫，他们的情绪也更加激动。他们认为，彼得堡制订的别列津纳战役计划的错误应由他负责，因此对他的不满、蔑视和嘲弄就越来越厉害。当然，嘲弄和蔑视采取的是恭敬的方式，使库图佐夫无法质问为什么责怪他，他有什么可责怪的。他们同他说话，态度很不严肃；向他报告和请示，装出一副无可奈何的样子，背后却向他挤眉弄眼，处处欺骗他。

这些人正因为不了解他，就认为跟这个老头子没什么可谈的；他永远无法理解他们的计划的深长意义；说他要对他的“给敌人一条退路”“带领一群乌合之众不能到国境外打仗”之类的话负责。这些话他们都从他嘴里听说过。他说的一切，例如要等粮草运到，士兵们没有靴子穿等等，都很简单，而他们提出的建议都很英明奥妙。他们显然认为他又老又蠢，而他们虽没有当权，却都是天生的统帅。

在显赫的海军上将和彼得堡英雄维特根施泰因的军队会师以后，这种情绪尤其高涨，参谋部的流言蜚语也达到了无以复加的地步。库图佐夫见此情况，只是叹叹气，耸耸肩。只有一次，在别列津纳战役后，库图佐夫大发脾气，给单独向皇帝呈送奏章的别尼生写了如下一封信：

既然贵恙发作，接信后即去卡卢加，听候圣旨。

别尼生被打发走后，康斯坦丁亲王来到部队。他在战争初期参过战，后被库图佐夫调离部队。现在亲王来到部队，通知库图佐夫，说皇上对我军战绩微小、行动迟缓深为不满，日内将亲临部队。

库图佐夫，这个在朝政和军事上均富有经验的老人，这个在今年八月违反圣意被选为总司令的老人，他把皇储和亲王调离军队，并曾违反圣意放弃莫斯科，就是这个库图佐夫现在明白，他的时代结束了，他的角色演完了，连虚假的权力他也不再拥有了。这一点，他不仅从朝廷的态度上看出来，而且，他看到他在其中担任角色的军事活动结束了，他的使命完成了；再有，他那衰老的身体感到非常疲劳，他需要休息。

十一月二十九日，库图佐夫来到维尔诺，来到他所说的“我亲爱的维尔诺”。库图佐夫曾两度任维尔诺总督。在保持完好的富裕的维尔诺，库图佐夫除了享受失去已久的舒适生活外，还找到一些老朋友和足以使他忆起旧日的景物。他顿时抛开军务和政务的烦恼，尽情享受周围热情生活所能给予他的快乐，仿佛正在发生和将要发生的历史事件同他毫不相干。

奇察戈夫在库图佐夫进驻的城堡前第一个迎接他。奇察戈夫原来坚决主张切断和击溃敌人，最早提出要先在希腊、后在华沙实行佯攻，但绝不愿到派他去的地方，他又以敢于直言向皇上进谏而闻名。他认为库图佐夫还欠过他的情，因为一八一一年他背着库图佐夫同土耳其媾和，并认为和约已经缔结，但他向皇上报告说，缔结和约的功劳应归于库图佐夫。就是这个奇察戈夫，身穿海军文官制服，佩戴短剑，腋下夹着帽子，向库图佐夫递交驻军报告和城门钥匙。奇察戈夫已知道库图佐夫受到谴责，就在他面前把年轻人那种对昏庸老人惯用的表面恭敬实则轻蔑的态度表现得淋漓尽致。

在同奇察戈夫谈话时，库图佐夫顺便告诉他，他在波里索夫的几车瓷器已被夺回，即将发还给他。

“您的意思是，我没有家伙盛饭吃，事实正好相反，您就是要举行宴会，我也可以提供全套餐具。”奇察戈夫涨红了脸说。他的每句话都想证明自己是正确的，并认为库图佐夫也跟他一样。库图佐夫露出洞察一切的微妙微笑，耸耸肩膀回答说：“我的话别无他意。”

在维尔诺，库图佐夫违反圣意，仍阻止大部分军队出动。据周围的人说，库图佐夫在维尔诺精神萎靡，身体衰弱。他不大过问军务，什么事都交给将军们去办，自己则过着闲散的生活，等待皇帝驾临。

皇帝率领托尔斯泰伯爵、伏尔康斯基公爵、阿拉克切耶夫和其他随从，十二月七日离开彼得堡，十二月十一日抵达维尔诺，坐着旅行雪橇直奔城堡。尽管天气严寒，百来个穿着礼服的将军和参谋人员，以及谢苗诺夫团仪仗队，都在城堡前恭候。

信使赶着由三匹汗沫淋漓的马拉的雪橇，在皇帝之前来到城堡，高呼：“皇帝驾到！”柯诺夫尼岑就冲进门厅，向等候在门房小屋里的库图佐夫通报。

一分钟后，高大肥胖的老人穿着一身大礼服，胸前挂满勋章，腰间束一条武装带，蹒跚着走到台阶上。库图佐夫戴着帽檐两边卷起的帽子，手里拿着手套，侧着身子吃力地走下台阶。走下后，他把呈交皇上的奏章拿在手里。

人们奔忙，低语。一辆三驾雪橇飞奔而来，一双双眼睛都盯住渐渐驶近的雪橇，可以看见雪橇上坐着皇帝和伏尔康斯基。

出于五十年的习惯，这情景使老将军感到有点紧张。他匆匆摸摸身子，整整帽子，就在皇帝走下雪橇、抬起眼睛看他的一瞬间，他抖擞精神，挺直身子，呈上奏章，开始用缓慢的奉承语气说话。

皇帝迅速地把库图佐夫从头到脚打量了一下，皱了皱眉头，但立刻镇定下来，伸开双臂拥抱老将军。又由于多年的习惯和内心的激动，这拥抱照例又对库图佐夫起了作用；他抽泣起来。

皇帝向军官们和谢苗诺夫团仪仗队问好，又握了握老头子的手，同他一起走进城堡。

皇帝同元帅单独在一起的时候，他对追击敌人迟缓，对克拉斯诺耶和别列津纳战役的错误表示不满，并讲了远征国外的设想，库图佐夫既不反对，也不表态。七年前在奥斯特里茨战场上聆听圣旨时那种茫然的顺从表情此刻又出现在他的脸上。

库图佐夫离开书房，垂下头，步伐沉重地走过大厅的时候，有个声音使他停下来。

“总座！”有人叫他。

库图佐夫抬起头，好一阵望着托尔斯泰伯爵的眼睛。托尔斯泰伯爵托着一个银盘站在他面前。盘子里放着一件小东西。库图佐夫似乎不明白要他做什么。

他仿佛突然省悟过来，他的胖脸上掠过一丝隐约的微笑。他恭恭敬敬地俯下身子，拿起盘里的东西。原来是一级圣乔治勋章。

11

第二天，元帅举行宴会和舞会，皇帝亲自驾临。库图佐夫荣获一级圣乔治勋章，皇帝赐予他最高荣誉，但皇帝对元帅的不满是众所周知的。礼节必须遵守，皇帝首先作出榜样，但大家都知道，老头子犯了错误，不中用了。在舞会上，遵照叶卡德琳娜时代的传统，当皇帝走进舞厅时，库图佐夫吩咐把缴获的军旗扔到皇帝脚下，皇帝不高兴地皱了皱眉，嘴里咕噜着，有人听见他在说："老丑角。"

在维尔诺期间，皇帝对库图佐夫越发不满，主要原因是库图佐夫显然不愿或者不能理解当前战争的意义。

第二天早晨，皇帝对应召前来的军官们说："你们不仅拯救了俄国，你们还拯救了欧洲。"这时大家懂得，战争并没有结束。

只有库图佐夫一人不愿理解这一点，公然表示，再进行战争不仅不能改善俄国处境，增加俄国荣誉，而且会使俄国处境更坏，损害俄国已经取得的最高荣誉。他竭力向皇帝证明无法再征募新兵，他谈到人民的艰苦，谈到可能遭到的失败，等等。

元帅怀有这样的心情，自然只能成为未来战争的绊脚石。

为了避免同老头子发生冲突，有人想出办法，就像在奥斯特里茨战役中对付他、在战争开始时对付巴克莱那样，既不惊动他，也不向他宣布，就夺了他的军权，并把它交给皇帝本人。

为了这个目的，司令部逐渐改组，库图佐夫司令部的实权被剥夺并移交给皇帝。托里、柯诺夫尼岑、叶尔莫洛夫等人被调离。大家公然谈论，元帅身体衰弱，健康欠佳，情绪低落。

为了把他的位置转交给别人，他的健康只能欠佳。他的健康也确实很差。

当年库图佐夫从土耳其被调到彼得堡财政厅招募民兵，然后又调到军队，这是出于当时的需要，因此这种调动是自然、简单和有步骤的。现在，库图佐夫演完他的角色，就需要合适的人来代替他，这同样是自然、简单和有步骤的。

一八一二年战争，除了俄国人所珍重的民族意义外，还具有其他意义，也就是欧洲意义。

既然有西方民族的东征，自然也就有东方民族的西征，要进行这样一场新的战争，就需要新的领导人，这个领导人要具有不同于库图佐夫的气质、观点，并受不同的动力所驱使。

为了东方民族的西征和恢复各国国界需要亚历山大一世，就像为了拯救俄国和挽回俄国的荣誉需要库图佐夫一样。

库图佐夫不懂得欧洲、均势和拿破仑的意义。他无法懂得这些。在敌人被消灭、俄国得到光复、俄国的荣誉达到顶峰后，一个俄国人民的代表，一个地道的俄国人，就无事可做了。留给人民战争的代表的就只有一条死路。于是他死了。

12

被俘期间的痛苦和紧张，皮埃尔直到俘虏生活结束后才深切地感受到。这种情况是常有的。被解救出来以后，他来到奥廖尔，打算去基辅，第三天病了，结果在奥廖尔躺了三个月。医生说他得了胆囊炎。医生给他治疗，放血，服药，最后总算康复。

从获救到得病这段时间，皮埃尔几乎什么都不记得了。他只记得阴沉沉、灰蒙蒙的天气，时而落雨，时而下雪，他心情忧郁，腿上和腰部疼痛。他只保留着人们受苦受难的总印象。他记得，军官和将军审问他时的好奇心使他困惑，记得自己东奔西走寻找车辆和马匹，尤其记得当时自己无力思索和丧失感觉。在他获释那天，他看见彼嘉的尸体。那一天他还得知，安德烈公爵在鲍罗金诺战役后又活了一个多月，不久前才在雅罗斯拉夫尔罗斯托夫家死去。那一天杰尼索夫把这消息告诉皮埃尔时，顺便提到海伦的死，他以为皮埃尔早就知道这件事。这一切当时只使皮埃尔感到惊讶。他觉得，他无法理解这些消息的意义。他当时一心想赶快离开人们互相残杀的地方，去一个安静的避难所，在那里静下心来，休息休息，好好思考一下最近的新奇见闻。但他一到奥廖尔就病了。皮埃尔从病中清醒过来，看见周围有两个莫斯科来的仆人——捷连基和华西卡，还有一向住在叶利茨皮埃尔庄园里的大公爵小姐。这位大公爵小姐听说皮埃尔获救和生病，就跑来侍候他。

康复期间，皮埃尔逐渐摆脱最近几个月萦回在他头脑中的印象，知道明天再也不会有人把他往什么地方赶，再也不会有人夺走他温暖的床铺，他定能获得午餐、茶点和晚餐。但很长一段时间，他还常常梦见自己过着俘虏生活。皮埃尔也逐渐明白他获救后听到的消息的意义：安德烈公爵的死，妻子的死，以及法国人的溃败。

自由——那种完全的、不可缺少的、天赋予人的自由——的快乐，皮埃尔在离开莫斯科后的第一个休息站上领略到了，这种感情在他康复期间一直注满他的心灵。这种不受环境影响的精神上的自由，如今还伴随着无限的外界自由，这使他感到惊讶。他独自住在陌生的城市里，举目无亲。没有人向他要求什么，也没有人打发他到什么地方去。他需要的一切现在都有了。以前一直折磨他的和妻子有关的烦恼再也不存在了，因为她已不在人世。

“啊，多么好哇！多么快乐啊！”当他面前摆上香气扑鼻的肉汤时，当他夜里躺在清洁柔软的床上时，或者当他记起妻子和法国人都已不存在时，他自言自语：“啊，多么好哇！多么快乐啊！”于是他照例问自己：“那么，以后怎么办？我该怎么办？”他立刻回答自己：“没关系。我要活下去。啊，多么快乐啊！”

以前他苦苦追求的东西——人生的目的，现在对他已不存在了。这种人生目的现在对他不是暂时不存在，而是根本不存在，也不可能存在。这种没有目的的人生使他快乐地感到充分的自由，而这种感觉就是他目前的幸福。

他不能有人生的目的，因为他现在有了信仰。不是信仰某种规则、某种言论、某种思想，而是信仰可以感觉到的永存的上帝。以前他在追求中找寻上帝。他所追求的目的其实就是上帝。他在被俘期间突然认识到，不是靠语言，不是靠推理，而是靠直觉认识到保姆早就对他说过的道理：上帝就在这里，上帝无所不在。他在被俘期间认识到，普拉东心目中的上帝比共济会所遵奉的宇宙更伟大，更高深，更无边无际。一个人极目远望毫无所得，却在自己脚下发现所找寻的东西。他觉得他就是这样的人。他一生都从人们的头顶上远望出去，其实用不着这样极目眺望，只要看看前面就行了。

以前他完全看不见那个伟大、神秘、无限的存在。他只觉得它一定在什么地方，于是努力找寻。在周围明显的现象中，他只看到有限的、渺小的、世俗的、无聊的东西。他借助心灵的望远镜向远方瞭望，觉得渺小世俗的东西之所以显得伟大和无限，只因为它在远方的迷雾中难以看清楚。欧洲生活、政治、共济会、哲学、慈善事业，在他看来就是这样。但即使在他自认为身体虚弱的时候，他的心灵也曾向远方眺望，但看到的仍然是渺小、世俗、无聊的东西。现在他已学会到处看见那伟大、永恒和无限的存在，因此要看见它，欣赏它，自然无须那种从人们头顶上瞭望远方的望远镜，而可以高高兴兴地观察永远变化着的，永远伟大、神秘和无限的生活。他越是就近观察，越觉得心平气和，十分幸福。以前一直使他伤透脑筋的问题："为什么？"现在对他已不再存在。现在对"为什么"这个问题，他心里总是简单地回答："因为有上帝，若没有上帝的意旨，人连一根头发也掉不下来。"

13

皮埃尔的外表几乎没有什么改变。他看上去同以前一样。他像以前一样神不守舍，关心的不是眼前的事，而是他自己特殊的事。他现在同以前的差别在于，以前他忘记眼前的事，忘记人家对他说过的话时，总是皱紧眉头，仿佛想看清而又看不清那离他很远的东西。现在呢，他仍旧忘记人家对他说过的话，忘记眼前的事，但他注视眼前的东西，倾听人家的话，总是带着嘲弄的微笑，虽然他看见和听见的完全是两回事。以前，他虽然心地善良，却连遭不幸，因此大家疏远他。现在他的嘴角经常挂着快乐的微笑，他的眼睛闪烁着同情人的光芒，仿佛在问：人家是不是像他一样满意？有他在场，大家都感到快乐。

以前他说话滔滔不绝，情绪激动，不大倾听人家的话。现在呢，他难得高谈阔论，而善于倾听人家说话，因此人家也乐意向他推心置腹。

大公爵小姐一向不喜欢皮埃尔，自从老伯爵去世后，尽管她得到皮埃尔的恩惠，对他却更加充满敌意。她来奥廖尔是要表明，尽管皮埃尔对她没有好感，她却有责任照顾他，但使她烦恼和惊奇的是，她来后不久就觉得喜欢上他了。皮埃尔从来不想讨取公爵小姐的欢心。他只是好奇地观察着她。以前公爵小姐觉得，他总是以冷淡和嘲弄的目光瞧着她，因此她在他面前也像在别人面前那样感到拘束，并只向他显示自己性格中好斗的一面。现在正好相反，她觉得他仿佛在探索她内心的秘密，她起先对他不信任，后来却怀着感激的心情向他显露性格中善良的方面。

即使最狡猾的人也不能像皮埃尔那样巧妙地取得公爵小姐的信任，唤起她对美好青春岁月的回忆，重温当年的欢乐。然而皮埃尔的诡计，只是在这位恶毒无情、具有特殊傲气的公爵小姐身上唤醒人类的感情，使自己得到满足而已。

“是的，他是一个好人，一个十分好的好人，但他不能受坏人的影响，而只能受像我这样的人的影响。”公爵小姐想。

皮埃尔身上发生的变化，他的仆人捷连基和华西卡也从各自的角度发现了。他们发现他平易近人了。捷连基给老爷脱衣服，常常手里拿着靴子和衣服，向他道了晚安，却迟迟不走，看老爷是不是还想说说话。皮埃尔看出捷连基想聊聊，往往把他留住。

“那么，你给我讲讲……你们怎么弄到吃的东西的？”他问。于是捷连基讲到莫斯科遭破坏的情况，讲到死去的伯爵，拿着衣服站在那里谈上好一阵。有时他听着皮埃尔讲，觉得老爷待他很亲切，他也很敬爱老爷，最后才回到前厅。

给皮埃尔治病的医生每天都来看他，尽管装出他的每分钟时间都是极其宝贵的神气，在皮埃尔那里却一坐就是几小时，讲着他喜爱的故事，以及他观察病人特别是女病人的脾气得出的结论。

“是啊，同这样的人谈话才愉快，他跟我们这里的外省人不一样。”他说。

奥廖尔有几个被俘的法国军官，医生把其中一个年轻的意大利籍军官带了来。

这个军官常去看望皮埃尔。公爵小姐则取笑这个意大利人对皮埃尔的多情。

意大利人去皮埃尔那里谈谈，感到很幸福。他给皮埃尔讲他的经历，讲他的家庭生活，讲他的爱情，向他发泄他对法国人特别是对拿破仑的愤慨。

“要是所有的俄国人都有一分像您就好了，”他对皮埃尔说，“同您这样的人打仗简直是罪过。您吃了法国人那么多苦，却一点也不恨他们。”

皮埃尔能赢得这个意大利人的热爱，就因为皮埃尔在他身上唤醒了心灵中美好的东西，并加以欣赏。

皮埃尔在奥廖尔逗留的最后几天里，共济会老会友维拉尔斯基伯爵来看望他。维拉尔斯基伯爵就是一八〇七年介绍皮埃尔入会的介绍人。维拉尔斯基娶了一个在奥廖尔省拥有几座大庄园的富有的俄国女人，他在本市军粮处担任一个临时职务。

维拉尔斯基得知皮埃尔在奥廖尔，尽管他们之间的交往并不密切，也跑来看他，并且流露出那种只有人们在沙漠里相遇才会有的亲热感。维拉尔斯基在奥廖尔很寂寞，如今遇到一个同一圈子并且他认为趣味相投的人，感到很高兴。

但使维拉尔斯基惊讶的是，他很快就发现皮埃尔大大落后于形势，并且照他心里的想法，皮埃尔变得冷淡而自私了。

“您太消极了，我的朋友！”他对皮埃尔说。虽然如此，维拉尔斯基同皮埃尔在一起觉得比以前愉快，他天天都去皮埃尔那里。皮埃尔呢，现在瞧着维拉尔斯基，听他说话，想到自己原来也是这样的，感到奇怪和难以置信。

维拉尔斯基结过婚，有了家，忙于管理妻子的田产，忙于他所担任的公职和家务。他认为这一切活动都妨碍生活，都很无聊，因为都只是为了个人和家庭的幸福。军事、行政、政治、共济会的事经常吸引他的注意。而皮埃尔并不想去改变他的观点，也不指责他，却经常带着隐约的嘲笑欣赏这种奇怪而熟悉的现象。

皮埃尔对待维拉尔斯基、公爵小姐、医生和他现在遇到的一切人，有一种新的特点，博得大家对他的好感。这就是承认每个人可以按照自己的方式思想、感觉和观察，承认语言改变不了人的思想。这种人人具有的合乎情理的特点以前使皮埃尔激动和恼火，现在却成为他同情人和关心人的基础。人们的观点同现实生活的分歧，他们之间的矛盾，使皮埃尔感到有趣，引起他不怀恶意的嘲笑。

在处理实际问题上，皮埃尔忽然发现他以前所没有的宗旨。以前，他这个富人遇到金钱问题，特别是人家向他讨钱时，常常感到惶惑不安，束手无策。“给还是不给？”他问自己。“我有钱，他需要钱，但别人比他更需要。究竟谁最需要呢？他们两个会不会是骗子？”以前他遇到这种情况总是毫无办法，只要他有钱，谁要就给谁。以前遇到钱财问题，有人说应当这么办，又有人说应当那么办，他同样不知所措。

现在，他惊奇地发现，他对这些问题不再犹豫和惶惑了。现在他心里有了一个法官，这个法官根据他所不知道的法则决定什么事应该做，什么事不应该做。

对金钱问题他像以前一样漠不关心，但现在他明确知道，什么是应该做的，什么是不应该做的。他运用这个新法官处理问题，例如一个被俘的法国上校来找他，讲了自己的许多功绩，最后要求皮埃尔给他四千法郎，让他寄给老婆孩子。皮埃尔毫不费力地拒绝了，事后他感到惊奇，这种以前无法解决的难题原来这样简单。他拒绝了上校的要求，同时决定在他离开奥寥尔时，设法使那个意大利军官接受他一些钱，因为那军官显然需要钱。皮埃尔对实际问题，例如处理妻子债务、要不要修复莫斯科住宅和别墅等事都有了主见。

他的总管到奥廖尔来找他。皮埃尔同他一起算了一笔收入的总账。据总管估计，莫斯科大火使皮埃尔损失了大约两百万卢布。

总管为了安慰皮埃尔，算了一笔账。他说，只要皮埃尔拒绝偿还妻子的债务（他没有义务偿还），不修复莫斯科的住宅和郊区别墅（每年要耗费八万卢布而毫无利益），他的收入不仅不会减少，反而会增加。

“对，对，这话有理！”皮埃尔快乐地笑着说。“对，对，我根本不需要那些房子。战争使我变得更有钱了。”

但在一月间，萨维里奇从莫斯科来，讲到莫斯科的情况，讲到建筑师为修复莫斯科住宅和郊区别墅的预算，他讲话时的语气仿佛这事已作了决定。在这期间，皮埃尔还收到华西里公爵和彼得堡其他熟人的来信，信里都提到妻子的债务。于是皮埃尔认定，原来他很赞赏的总管的计划是错误的，他得去彼得堡偿还妻子的债务，去莫斯科修理房子。为什么要这样做，他说不出，但他认为非这样做不可。由于这个决定，他的收入减少了四分之三，但他觉得应该这样做。

维拉尔斯基要去莫斯科，他们约定结伴同行。

皮埃尔在奥廖尔休养期间享受着生活的自由和欢乐，而当他在旅行时置身于自由天地之间，看到成百个陌生人，这种感觉就越发强烈。他在旅行期间一直像小学生度假一样快乐。马车夫、驿站长、路上和乡下的农民，所有这些人都使他产生一种新鲜感。维拉尔斯基一路上不断抱怨俄国贫穷、愚昧，比欧洲落后，但这样只能使皮埃尔感到有趣。维拉尔斯基觉得死气沉沉，皮埃尔却在茫茫雪野中看出蓬勃的生气，这种生气支持着这个统一、完整、独特的民族。他不反对维拉尔斯基，仿佛同意他的意见（假装同意是避免争论的最简单方法），快乐地含笑听他说话。

14

蚁穴一旦遭到破坏，有些蚂蚁就拖着食物粒屑、蚁卵和蚁尸爬出洞穴，有些返回蚁穴，为什么它们这样忙碌，互相冲撞、追逐和搏斗，原因很难解释。同样，法国人撤退后，俄国人为什么又聚集到原来叫作莫斯科的地方，原因也很难解释。我们观察麇集在被毁蚁穴周围的蚂蚁，看到蚁穴虽被彻底破坏，但从蠕动的群蚁那股坚韧不拔的毅力上可以看出，除了被毁的一切之外，那构成蚁群的坚不可摧的非物质力量依旧存在。莫斯科也是这样，十月间虽然没有官府，没有教堂，没有圣物，没有财富，没有房屋，莫斯科还是同八月间一样。一切都毁掉了，但那非物质的坚不可摧的强大力量依旧存在。

莫斯科的敌人被肃清后，人们出于形形色色的个人动机（起初多半是野蛮的，兽性的）从四面八方涌向莫斯科。只有一种动机是共同的，那就是奔向以前叫作莫斯科的那个地方，开展各自的活动。

一星期后，莫斯科已有一万五千居民；两星期后，就有两万五千人了。人口不断增加，到了一八一三年秋天，数字已超过一八一二年。

首批进入莫斯科的是文森海罗德部队的哥萨克、附近村庄的农民和暂时逃出莫斯科隐藏在郊区的居民。进入被毁的莫斯科的俄国人，发现莫斯科遭到抢劫，也动手抢劫起来。他们继续干法国人干过的勾当。农民赶着大车来到莫斯科，把丢在破屋里和街上的一切东西运到乡下。哥萨克把能搬的东西都搬到他们的营地；房东从别人屋里抢走一切东西，谎称那是他们的财物。

但抢劫者不断涌来，来了一批又一批，随着抢劫人数的不断增加，抢劫越来越困难，方法也更固定不变。

法国人进入莫斯科，虽发现它是一座空城，但看到那里仍存在城市的各种组织形式，有商业和手工业，有奢侈品，有政府机关和宗教团体。这些机构虽缺乏生气，但仍然存在。这里有商场、小铺、粮店、集市，大部分都有商品；这里有工厂、作坊；这里有充满奢侈品的皇室、豪门；这里有医院、监狱、政府机关、大小教堂。法国人待得越久，城市生活的面貌就被毁得越厉害，最后变成一片被洗劫一空的死气沉沉的废墟。

法国人的抢劫继续得越久，莫斯科的财富损失就越大，抢劫者的精力消耗得也越多。而俄国人收复京城后的抢劫继续得越久，抢劫的人数越多，莫斯科的财富和正常生活却恢复得越快。

除了抢劫者之外，形形色色的人被吸引到莫斯科。有的出于好奇心，有的为了公务，有的为了个人利益。房主、神职人员、大小官吏、商人、手工业者、农民，像血液流入心脏那样从四面八方流入莫斯科。

一星期后，赶着空车来运东西的农民被官府扣留，并被迫把尸体运到城外。其他农民听说伙伴买卖失利，运了粮食、燕麦、干草进城，就相互竞争，把价格压得比战前还低。木匠希望挣大钱，每天成群结队进入莫斯科，到处盖新房，修建烧坏的房子。商人搭起棚子，开始营业。饭店和客栈在火烧过的房子里开张。

神职人员在未烧毁的教堂里恢复礼拜。信徒们给被盗的教堂送来财物。官吏在小房间里摆开铺着粗呢的桌子和文件柜。市政长官和警察分配法国人劫余的财物。那些从别人家里搬来许多东西的房主抱怨把东西集中到多棱宫不公平；另一些人则坚持说，法国人把从许多人家抢劫来的东西存放到一个地方，把这些东西发给存放的人家是不公平的。人们咒骂警察，贿赂警察，对烧掉的东西以十倍估价，要求补助。拉斯托普庆伯爵正在起草告示。

15

一月底，皮埃尔来到莫斯科，在一间没有烧毁的厢房里住下。他拜访了拉斯托普庆伯爵，拜访了几个回到莫斯科的熟人，打算第三天去彼得堡。人人欢庆胜利，劫后复苏的京城到处生气蓬勃。大家都欢迎皮埃尔，都想见见他，都想听听他的见闻。皮埃尔觉得他对所有遇见的人都特别友好，但现在他对什么人都存有戒心，唯恐受到什么牵连。人家不论问他什么，不论事情是不是重要，他总是回答得模棱两可，例如问他：他准备住在哪里？他要盖房子吗？他什么时候去彼得堡，能不能带一个箱子去？他总是回答：“是的，也许是吧，我想。”等等。

关于罗斯托夫一家，他听说他们在科斯特罗马。他偶尔想到娜塔莎。即使想到，也只是愉快地回忆起久远的往事罢了。他觉得他不仅摆脱了日常琐事，而且摆脱了自作多情的情绪。

他到莫斯科后第三天，从德鲁别茨基家得知玛丽雅公爵小姐在莫斯科。安德烈公爵的死、他的痛苦和临终的情景常常萦绕在皮埃尔的心头，如今则更生动地浮现在他的脑海里。他在午餐时得知玛丽雅公爵小姐在莫斯科，住在伏兹德维任卡她那座没有烧毁的房子里，当天晚上就登门拜访。

在去玛丽雅公爵小姐家的路上，皮埃尔不断地想念安德烈公爵，怀念他们的友谊和每次见面的情景，特别是在鲍罗金诺最后的一次见面。

“难道他真的是在恶劣心情中死去的吗？难道他临终时还没有领悟生命的真谛吗？”皮埃尔想。他想起普拉东，想起他的死，不由得拿这两个人作比较。这两个人截然不同，但他对他们同样敬爱，而且两个人都在世上生活过，而现在又都死了。

皮埃尔心情沉重地坐车去老公爵的住宅。这座住宅还算完整，虽也有破坏的痕迹，但总的面目依然如旧。一个老仆神态严肃地迎接皮埃尔，仿佛要让客人感觉到，老公爵虽已不在，家规并没有改变。他说公爵小姐已进房，她每逢星期日接待客人。

“你通报一下，也许她会接见的。”皮埃尔说。

“是，老爷，”仆人回答，“请您在画像室[1]等一下。”

几分钟后，仆人和德萨尔一起走出来。德萨尔向皮埃尔传达公爵小姐的话说，公爵小姐很高兴见他，但请他原谅，劳驾他到楼上她的房间。

在一个只点着一支蜡烛的又矮又小的房间里，玛丽雅公爵小姐同一个穿黑衣服的人坐在那里。皮埃尔记得，玛丽雅公爵小姐身边经常有女伴。但这些女伴是什么人，皮埃尔不知道，也记不清。“这准是她的女伴。”他瞧了一眼穿黑衣服的女人，想。

公爵小姐连忙站起来迎接他，伸出一只手。

“是啊，”他吻过她的手后，她审视着他那张变了样的脸，说，“我们又见面了。他临终还多次谈到您呢。”她说，同时羞怯地把目光从皮埃尔身上移到女伴身上。这种羞怯的神情使皮埃尔吃了一惊。

1 贵族人家挂祖宗画像的房间，类似外客堂。

“听说您终于平安无事，我真是高兴。这是我们好久以来得到的唯一好消息。”公爵小姐更加不安地回顾了一下女伴，想再说些什么，但被皮埃尔打断了。

“不瞒您说，他的情况我一点不知道，”他说，“我原以为他阵亡了。他的情况我是从第二手、第三手得到的。我只知道他遇见了罗斯托夫一家……这真是命！”

皮埃尔兴奋地急急说。他瞧了一下那女伴的脸，看见一道亲切、好奇、专注的目光向他投来。他不知怎的觉得（他谈话时常有这样的情况）这穿黑衣的女人是个亲切、善良、可爱的人，她不会妨碍他同公爵小姐的谈心。

但当他提到罗斯托夫一家时，玛丽雅公爵小姐脸上的窘态越发厉害。她的目光又从皮埃尔脸上移到黑衣女人的脸上，她说：

“难道您没认出来吗？”

皮埃尔又看了看女伴眼睛乌黑、嘴巴异样的苍白清瘦的脸。那双专注地瞧着他的眼睛，含有一种他久已忘记的亲切而十分可爱的神情。

“不，这不可能！”他想，“这张清瘦、苍白、严肃、见老的脸会是她吗？不，这不可能是她。这只是我心里想到她。”但这时玛丽雅公爵小姐说了一声：“娜塔莎。”于是这张眼神专注的脸就像打开一扇生锈的铁门，费力地勉强微微一笑，并从这扇门里散发出一阵幸福的气息。这种幸福皮埃尔早已淡忘，而此刻更没有想到。幸福的气息散发着，弥漫开来，包围了他的整个心灵。他微微一笑，这时已没有任何疑问：她就是娜塔莎，他爱她。

最初一瞬间，皮埃尔情不自禁地向她、向玛丽雅公爵小姐、主要是向自己泄露了连他自己都不清楚的秘密。他又快乐又痛苦地涨红了脸。他想掩饰自己的激动。但他越是想掩饰，就越是明显地——比语言更明显——向自己、向她、向玛丽雅公爵小姐泄露了他对她的爱。

“哦，真是太意外了！”皮埃尔想。但他刚要同玛丽雅公爵小姐继续刚才的谈话，他又瞧了瞧娜塔莎，他的脸涨得更红了，他的心灵越发激动地充满快乐和恐惧。他语无伦次，说到一半又停住。

皮埃尔起先没有看出娜塔莎，因为他怎么也没想到会在这里见到她，但他之所以没有认出她，那是因为自从上次见到她以来她的变化太大了。她瘦了，脸色白了。但这倒不是认不出她的原因。他刚进来时认不出她，那是因为她脸上的那双眼睛一向闪耀着生之欢乐的微笑，现在却连一丝影子也没有了，他看到的只是一双专注、善良、忧郁而疑惑的眼睛。

皮埃尔的窘态并没使娜塔莎慌乱，她的脸上焕发出一丝不易察觉的快乐。

16

“她在我这儿做客，”玛丽雅公爵小姐说，“伯爵和伯爵夫人这两天就到。伯爵夫人的情况很糟。不过娜塔莎也需要看医生。他们强迫她跟我一起来。”

“是啊，哪个家庭没有伤心事啊？”皮埃尔对自己说。“不瞒您说，那事就发生在我们得救的那一天。我见到他了。他是个多好的孩子！”

娜塔莎瞧着他，没有回答，只是眼睛睁得更大，显得更亮。

“有什么话可说？又想得出什么办法来安慰您呢？”皮埃尔说。“没有。这样一个生气蓬勃的可爱孩子为什么要死？”

“是啊，在我们这个时代没有信仰是很难活下去的……”玛丽雅公爵小姐说。

“对，对，这是千真万确的真理！”皮埃尔慌忙插嘴说。

“为什么？”娜塔莎凝视着皮埃尔的眼睛问。

“怎么说为什么？”玛丽雅公爵小姐说，“只要想到那边等着我们的……”

娜塔莎没等玛丽雅公爵小姐说完，又用询问的目光对皮埃尔瞧瞧。

“那是因为只有相信有主宰我们的上帝存在，才能经受住她那种丧失……和您那种丧失。”皮埃尔说。

娜塔莎刚张开嘴想说话，但突然停住。皮埃尔连忙转过身去，接着向玛丽雅公爵小姐打听朋友临终时的情景。皮埃尔的窘态几乎没有了，但他觉得他的自由也失去了。他觉得现在有一个法官监视着他的一言一行，这个法官的裁判现在对他来说比什么都重要。他现在说话，就考虑会留给娜塔莎什么印象。他并不故意说些使她喜欢的话，但不论说什么，他总是用她的眼光来评判自己。

玛丽雅公爵小姐照例不太愿意讲她见到安德烈公爵的情形。但皮埃尔的问题、他那焦急不安的眼神、他那激动得发抖的面颊使她越来越详细地叙述她害怕回忆的那段往事。

“对，对，是的，是的……”皮埃尔说，整个身子俯向玛丽雅公爵小姐，专心听她讲述。“是的，是的，那么他平静了？安心了？他总是一心一意追求一个目标：做一个完美无缺的人，一个不怕死的人。他身上的缺点（如果他有缺点的话）都不是由他自己造成的。那么他平静了？”皮埃尔说。“他能见到您，这是多大的幸福！”他突然向娜塔莎转过身去，热泪盈眶地望着她说。

娜塔莎的脸颤动了一下。她皱起眉头，垂下眼睛。她犹豫了一下：“说还是不说？”

“是啊，这是幸福，”她用胸音低声说，“对我来说这确实是幸福。”她停了停。“他……他……我进去的时候，他说他希望见到我……”娜塔莎说不下去。她涨红了脸，握紧双手撑住膝盖，显然在竭力克制感情。她抬起头，又急急地说：

“我们离开莫斯科时什么也不知道。我不敢打听他的情况。突然宋尼雅告诉我，他在我们这里，我没有想，也不敢想象他的情况怎样。我只想看到他，和他在一起。”她浑身哆嗦，呼吸急促地说。她不让人家打断她的话，讲了从没对谁讲过的事：他们在旅途中和在雅罗斯拉夫尔生活三个星期的情形。

皮埃尔听着她讲，张开嘴，饱含泪水的眼睛一直注视着她。他听她讲，没有想到安德烈公爵，也没有想到死，也没有想她所讲的事。他听她讲，只怜惜她讲这些事时所感受的痛苦。

公爵小姐皱紧眉头忍住眼泪坐在娜塔莎旁边，第一次听到哥哥临终前同娜塔莎相爱的情景。

这种又痛苦又快乐的讲述显然是娜塔莎所需要的。

她的讲述交织着详情细节和内心秘密，仿佛永远也讲不完。有几次她把讲过的事又讲一遍。

这时门外传来德萨尔的声音，他问小尼古拉可不可以进来道晚安。

“就是这些了，没有了……”娜塔莎说。小尼古拉一进来，她连忙站起来，急急向门口走去，头撞在挂着帘子的门上，不知是由于疼痛还是由于悲伤，她呻吟着跑了出去。

皮埃尔望着她走出去的那扇门，不明白整个世界怎么只剩下他一个人了。

玛丽雅公爵小姐叫他注意进来的侄子，他才从发愣中惊醒过来。

小尼古拉的脸很像父亲，使此刻动了感情的皮埃尔越发伤心。他吻了吻小尼古拉，慌忙站起来，掏出手帕，向窗口走去。他向玛丽雅公爵小姐告辞，但她把他留住。

“您别走，我和娜塔莎不到两三点钟是不睡的。您请坐一会儿。我吩咐他们开饭。您先下去，我们回头就来。”

皮埃尔走出房间以前，公爵小姐对他说：

“她这样讲起他，可还是第一次呢。”

17

皮埃尔被领到灯火通明的餐厅。几分钟后传来脚步声，公爵小姐和娜塔莎走进来。娜塔莎心里平静了。虽然脸上又出现没有笑容的严肃神色。在一场严肃的谈心后，玛丽雅公爵小姐、娜塔莎和皮埃尔照例都有点局促不安。继续原来的谈话已不可能，谈些琐事又不好意思，而沉默更加难受，因为大家都想说话，沉默就有点不自然。他们默默地走到饭桌旁，侍仆拉开椅子，又把它们推拢。皮埃尔打开冰凉的餐巾，决心打破沉默，对娜塔莎和玛丽雅公爵小姐瞧了一眼。她们显然也有同感：两人的眼睛都闪耀着满足的光辉，表示生活中除了悲伤，还有欢乐。

“您喝伏特加吗，伯爵？”玛丽雅公爵小姐问。她这句话顿时驱散了往事的阴影。

“讲讲您的事吧！”玛丽雅公爵小姐说。“人家都说您经历了不可思议的奇迹。”

“是啊！”皮埃尔露出现在常有的温和冷笑回答，“人家甚至对我说过我连做梦都没有见过的奇迹。玛丽雅·阿勃拉莫夫娜请我到她家里，对我说我遇到的事，或者说我应该遇到的事。斯吉邦·斯吉邦内奇也教我应该怎样讲。总之，我发觉做一个受人注意的人挺有意思（我现在就是一个受人注意的人），人家都请我，还给我讲我的事。”

娜塔莎微微一笑，想说些什么。

“我们听说，”玛丽雅公爵小姐插嘴说，“您在莫斯科损失了两百万。这是真的吗？”

“其实我的财产增加了三倍。”皮埃尔说。虽然妻子的债务和房子的修建使他增加开支，但他还是说，他的财产增加了三倍。

“不过我真正获得的是自由……”他认真地说起来，但觉得这样说太自私，就住了口。

“您在盖房子吗？”

“是的，萨维里奇要我这样做。”

“请问，您在莫斯科时还不知道伯爵夫人去世吗？”玛丽雅公爵小姐说完立刻脸红了，觉得在他说了获得自由的话之后提这样的问题，等于给他的话添上原来没有的含义。

“不知道。”皮埃尔回答，显然不觉得玛丽雅公爵小姐使他联想到自由的话会使他尴尬。“我是在奥廖尔才知道的。您准不能想象，这消息使我多么吃惊。我们不是模范夫妻。”他急急地说，瞟了娜塔莎一眼，发觉她对他谈到妻子的话感到好奇。“但她的死使我大为震惊。两个人吵嘴，总是双方都有错。但一旦有一个去世，另一个就会觉得自己的过错特别严重。何况又是那样的死……没有朋友，没有安慰。我替她难过，非常难过。”他说完，看到娜塔莎脸上赞赏的表情，感到高兴。

“是啊，您又成为单身汉，孤零零一个人。”玛丽雅公爵小姐说。

皮埃尔顿时满脸通红，好久不敢看娜塔莎。他鼓起勇气看了她一眼，觉得她的脸色冷淡、严肃，甚至有点轻蔑。

“人家说，您见到过拿破仑，还同他谈过话，这是真的吗？”玛丽雅公爵小姐问。

皮埃尔笑起来。

“没有，从来没有。大家总以为当俘虏就成了拿破仑的座上客。我不但没见过他，甚至没听人讲起过他。我周围都是些下层人物。”

晚饭结束了。皮埃尔起初不愿谈他当俘虏的经过，但慢慢谈开了。

“您留在那里是不是打算行刺拿破仑？”娜塔莎微笑着问。“我们在苏哈列夫塔楼遇见您的时候，我就猜到了。您记得吗？”

皮埃尔承认有这回事。于是从这个问题开始，在玛丽雅公爵小姐特别是娜塔莎的提问下，皮埃尔就详细讲述他的冒险经过。

起初他带着嘲笑别人尤其是嘲笑自己的温和眼神讲述，但后来，当他讲到目睹的恐怖和痛苦的情景时，不知不觉入了迷，勉强克制住人们在回忆强烈印象时常有的激动。

玛丽雅公爵小姐带着和蔼的微笑时而望望皮埃尔，时而望望娜塔莎。在整个讲述过程中，她只看见皮埃尔的为人和他的善良。娜塔莎一手支着头，脸部表情随着所讲的事而不时变化。她一刻不停地凝视着皮埃尔，显然同他一起感受着他所经历的事。不仅她的眼神，而且她的惊叹和简短的提问都向皮埃尔表示，她从他的讲述中所感受的，正是他要表达的，显然，她不仅懂得他所讲述的事，而且理解他想表达而无法用语言表达的东西。在讲到因抢救孩子和妇女而被俘这一情节时，皮埃尔是这样说的：

“那景象真是可怕，孩子被抛弃，有的留在大火里……我眼看一个孩子被拖出来……妇女的东西被抢去，耳环被扯掉……”

皮埃尔脸红了，迟疑了一下。

“这时来了巡逻队，把所有的男人、所有没有抢劫过的人都抓走。我也被抓了。”

“您一定没有全讲出来，您准是做了……”娜塔莎说到这里停了停，“做了好事。”

皮埃尔继续讲下去。当他讲到行刑时，他想跳过可怕的细节，但娜塔莎要求他什么也别遗漏。

皮埃尔讲起普拉东的事（他已从饭桌旁站起来，在屋里来回踱步，娜塔莎的目光紧随着他），但又停住。

“不，你们不能理解我从这个没有文化的粗人那里学到了多少东西。”

“能，能理解，您说说：他在哪里？”娜塔莎说。

“他简直是在我面前被打死的。”皮埃尔讲到他们撤退的最后一些日子，讲到普拉东的病（他的声音不停地哆嗦）和他的死。

皮埃尔讲他的经历，他还从来没有对人家讲过，自己也没有回忆过。他现在觉得他所经历的事有了新的意义。现在，当他把这一切讲给娜塔莎听时，他领略到女人在听男人讲话时给人的少有的快乐。这里说的不是那种所谓聪明女人，她们听讲时竭力记住人家的话以充实自己的头脑，一有机会就照搬不误，或者使听来的东西适合自己的想法，然后立刻把自己小脑袋里构思出来的俏皮话告诉别人。这里所说的快乐，只有真正的女人才能提供，她们有本领选择和吸收只有男人才有的一切美好的东西。娜塔莎不觉全神贯注地听着和看着，不漏掉皮埃尔的每一句话、他的声音的每一次颤动、他的每一道目光、脸部肌肉的每一下跳动和他的每一个手势。她揣测皮埃尔内心的秘密活动，捕捉他还没有说出口的话，立刻收进她敞开的胸怀。

玛丽雅公爵小姐领会他所讲的事，同情他，但她现在看到了另一种情况，这种情况吸引了她的全部注意力，她看到娜塔莎和皮埃尔之间可能产生爱情，获得幸福，这第一次产生的想法使她心里充满快乐。

已是深夜三点钟了。侍仆们脸色阴沉地进来换蜡烛，但谁也没注意他们。

皮埃尔结束了他的讲述。娜塔莎仍用明亮而兴奋的眼睛凝视着皮埃尔，仿佛想知道他也许没说出来的话。皮埃尔露出得意的羞怯而窘惑的神态，偶尔对她瞧瞧，考虑着再说点什么以转变话题。玛丽雅公爵小姐不作声。谁也没想到已是深夜三点钟，应该睡觉了。

“人家说，这是不幸，这是苦难，”皮埃尔说，“如果现在有人对我说：‘你愿意像被俘之前那样过呢，还是把这一切再经历一遍？’看在上帝份上，让我再当一次俘虏，再吃吃马肉吧。我们总以为一旦离开走惯的道路，一切就都完了，其实美好的新东西才刚刚开始呢。有生活，就有幸福。来日方长。这话我是对您说的。”他转身对娜塔莎说。

“对，对，”她答非所问地说，“我没有别的希望，就希望把一切重新经历一遍。”

皮埃尔留神地对她瞧瞧。

“是的，没有别的希望。”娜塔莎重复说。

“不，不，”皮埃尔叫道，“我活下来，而且还要活下去，我没有错；您也没有错。”

娜塔莎突然低下头，两手捂着脸哭起来。

“你怎么啦，娜塔莎？”玛丽雅公爵小姐问。

“没什么，没什么。”她含泪对皮埃尔微笑了一下。“再见，该睡觉了。”

皮埃尔起身告辞。

玛丽雅公爵小姐和娜塔莎像平时一样，一起走进卧室。她们谈了一会儿皮埃尔讲的事。玛丽雅公爵小姐没有说她对皮埃尔的看法。娜塔莎也没有说。

“哦，再见，玛丽雅，”娜塔莎说，“不瞒你说，我们不谈他（安德烈公爵），仿佛怕伤害我们的感情，但我常常害怕，我们会把他给忘了。”

玛丽雅公爵小姐深深地叹了口气。这声叹息表示同意娜塔莎的话，但口头上她并不这样说。

“怎么会忘呢？”她说。

“今天我把一切都说出来，觉得很痛快，应该说，心里又沉重，又难受，又痛快。很痛快，”娜塔莎说，“我相信安德烈公爵确实喜欢他。所以我都对他讲了……我对他讲了，不要紧吧？”她忽然涨红脸问。

“对皮埃尔讲吗？不要紧！他实在是个好人。”玛丽雅公爵小姐说。

“我说，玛丽雅，”娜塔莎说，脸上露出调皮的笑，这样的笑容玛丽雅公爵小姐好久没在她脸上见到了，“他变得干净、光滑和新鲜了，仿佛刚洗过澡，你懂得我的意思吗？我是指精神上洗过澡。你说是吗？”

“是的，”玛丽雅公爵小姐说，“他大有收获。”

“短短的礼服，短短的头发，真像刚从澡堂子里出来一样……爸爸有时……”

“我明白为什么他（安德烈公爵）原来最喜欢他。”玛丽雅公爵小姐说。

“是的，他们俩完全不一样。据说，不一样的男人往往很要好。他们一点也不相像，是吗？”

“是的，他真是个出色的人。”

“好了，再见吧！”娜塔莎回答。她的脸上停留着调皮的微笑，好一阵没有消失。

18

那天晚上，皮埃尔久久不能入睡；他在屋里来回踱步，时而皱紧眉头，思考什么难题，突然耸耸肩膀，浑身打战；时而露出幸福的微笑。

他想到安德烈公爵，想到娜塔莎，想到他们的爱情，时而嫉妒他们原来的关系，时而因此自责，时而又原谅自己。已是早晨六点了，他还一直在屋里踱步。

“唉，我该怎么办？这事看来已无法避免了！怎么办？看来非进行不可！”他自言自语，连忙脱衣上床。他感到幸福和激动，但没有疑虑和犹豫。

“不管这种幸福是多么奇怪，多么困难，都得去争取，一定要千方百计同她结为夫妻。”他自言自语。

皮埃尔几天前就决定星期五去彼得堡。星期四他醒来后，萨维里奇就来向他请示准备行装的事。

“怎么去彼得堡？彼得堡怎么啦？谁在彼得堡？”他不由自主地问，虽然问的是自己。“对了，那是好久好久以前的事，那事还没发生，我为什么要去彼得堡？”他竭力回忆。“究竟为了什么事？也许我得去一下。他这人真是善良、细心，什么都记在心里！”他望着萨维里奇苍老的脸，想。“他笑得多开心！”

“萨维里奇，你怎么还不想取得自由？”皮埃尔问。

“老爷，我要自由干什么？老伯爵——愿他在天上平安！——在世的时候也好，现在侍候您老爷也好，我可从来没受过委屈。”

“那么你的孩子们呢？”

“孩子们也都过得去，老爷！跟着这样的东家日子好过。”

“那么我的后代会怎么样？”皮埃尔说。“一旦我结了婚……这是有可能的。”他说着不由得笑了。

“我敢说，老爷，这是件好事。”

“他把这事想得多轻松，”皮埃尔想，“他不知道这事多么可怕，多么危险。不是太早，就是太晚……可怕！”

“您有什么吩咐？明天动身吗？”萨维里奇问。

“不，我要推迟几天走。我到时候告诉你。对不起，我给你添麻烦了。”皮埃尔说。他望着萨维里奇的笑容，想：“真怪，他还不知道，现在已顾不上彼得堡了，首先得决定那件事。不过，他多半知道那件事，只是假装不知道罢了。跟他谈谈吗？他会怎么想？不，以后再说吧。”

早餐时，皮埃尔告诉公爵小姐，他昨天在玛丽雅公爵小姐那里，“您猜我在那里遇见了谁？遇见了娜塔莎·罗斯托娃。”

公爵小姐那副神气表示，这消息同皮埃尔见到安娜·谢苗诺夫娜没什么两样。

“您认识她吗？”皮埃尔问。

“我见到过玛丽雅公爵小姐，”她回答，“我听说，有人在替她和尼古拉·罗斯托夫做媒呢。这对罗斯托夫家来说可是件大好事。听说，他们完全破产了。”

“不，我是问您认识娜塔莎·罗斯托娃吗？”

“我以前听说她出了那件事。真替她可惜。”

“噢，她不知道，或者假装不知道，”皮埃尔想，“还是别对她说好。”

公爵小姐也给皮埃尔准备了路上吃的东西。

“他们都很厚道，”皮埃尔想，“他们现在做这些事大概不会感兴趣，他们都是为了我，这真叫人惊讶。”

同一天，警察局局长来见皮埃尔，请他派人到多棱宫去领回今天要发还原主的东西。

“这个人也是这样，”皮埃尔望着警察局局长的脸想，“他是个多么漂亮可爱的警官，心地又多么好！现在还在干这种琐碎的事。还说他不规矩，假公济私。真是荒唐！不过，他为什么不会假公济私呢？他就是这样教养出来的。大家都在那样干。他的脸多么和蔼可亲，还对着我笑呢。”

皮埃尔去玛丽雅公爵小姐家吃饭。

他经过两旁都是瓦砾场的街道，欣赏着废墟的美。房屋烟囱和断垣残壁相互掩映，伸展在火灾后的街区，使人如临其境地想到莱茵河和古罗马斗兽场。他所遇见的车夫、乘客、木匠、女商贩和小店主个个容光焕发，喜气洋洋，望着皮埃尔仿佛在说：“瞧，他来了！让我们瞧瞧他会怎么样。”

皮埃尔走进玛丽雅公爵小姐家的时候，忽然不敢相信他昨天是不是真的到过这里，是不是真的见到过娜塔莎，同她说过话。“也许这只是我的幻觉。也许我现在进去一个人也看不见。”但没等他走进屋子，他立刻身不由己，整个身心都感觉到她的存在。她还是穿着那件带软褶的黑色连衣裙，头发梳得同昨天一样，但她完全换了个人。如果昨天他进来时她就是这个样子，他会一下子就认出她来的。

她还是同他认识的她小时候和后来成为安德烈公爵未婚妻时

一个模样。她的眼睛里闪耀着快乐的询问光芒；脸上现出又亲切又调皮的神气。

皮埃尔在她们那里吃了饭，他真想再坐上一个晚上，但玛丽雅公爵小姐要去做通宵礼拜，皮埃尔只得跟她们一起去。

第二天，皮埃尔一早就来了，吃了饭，在她们那里消磨了一个黄昏。尽管玛丽雅公爵小姐和娜塔莎显然都很欢迎客人，尽管皮埃尔的生活兴趣如今全部集中在这个家里，到了晚上他们话都谈完了，只得从一件琐事谈到另一件琐事，而且常常中断。这天晚上，皮埃尔坐得那么晚，玛丽雅公爵小姐和娜塔莎不断交换眼色，显然等着他快点走。皮埃尔看出这一点，但他不能走。他感到尴尬，难受，但他一直坐着，因为他不能站起来，**不能**走。

玛丽雅公爵小姐看出这样没有个完，第一个站起来，借口偏头痛，告辞回房。

“那么您明天去彼得堡吗？”她问。

“不，我不去，”皮埃尔连忙说，仿佛感到惊讶和恼火，“不，去彼得堡吗？明天吗，我还不告别。我还要来看看有什么事要我办的。”皮埃尔站在玛丽雅公爵小姐面前说，脸涨得通红，但还不想走。

娜塔莎向他伸出一只手，然后走了出去。玛丽雅公爵小姐却相反，不但没有走，反而坐到安乐椅上，用她那明亮深沉的目光严肃而专注地对皮埃尔瞧瞧。刚才出现的倦容显然已消失。她深深地叹了一口气，仿佛准备作一次长谈。

娜塔莎一走，皮埃尔的尴尬和窘态顿时消失，他变得兴奋而活泼。他敏捷地把椅子拉到玛丽雅公爵小姐跟前。

“是的，我有话要对您说。”他说，回答她的话，也回答她的目光，“公爵小姐，请您帮助我。我该怎么办？我有希望吗？公爵小姐，我的朋友，您听我说。我什么都知道。我知道我配不上她。我知道现在还不能谈这件事。但我愿意做她的哥哥，不，我不要……我不能……”

他停住，双手擦擦脸和眼睛。

“我说，”他继续说，竭力想把话说得连贯些，“我不知道我是什么时候爱上她的。但我这辈子只爱她，只爱她一个，而且是那么爱她，我无法想象没有她我将怎样生活。向她求婚我现在还不敢，但一想到她也许能成为我的……而我错过了这个机会……这个机会……这太可怕了。您说，我有希望吗？您说，我该怎么办？亲爱的公爵小姐。”他停了停，碰碰她的手说，因为她没有回答。

“我在思考您对我说的话，”玛丽雅公爵小姐回答，“我要对您说，您现在向她表白爱情，您做得对……”公爵小姐停住了。她原想说：现在不能向她表白爱情，但她停住话头，因为三天来她看出娜塔莎突然变了样，如果皮埃尔向她求爱，娜塔莎不仅不会感到屈辱，而且她正希望这样呢。

“但现在向她表白……不行。”玛丽雅公爵小姐终于说。

“那么我该怎么办？”

“这事就交给我吧，”玛丽雅公爵小姐说，“我知道……”

皮埃尔瞧着公爵小姐的眼睛。

“怎么样，怎么样……”他说。

“我知道她爱……她会爱您的。”玛丽雅公爵小姐更正说。

没等她说完这句话，皮埃尔就一跃而起，神色惊惶地抓住玛丽雅公爵小姐的手。

“您为什么这样想？您认为我有希望吗？您这样认为吗？！”

“是的，我这样认为，”玛丽雅公爵小姐含笑说，“您给她父母写封信。这事就交给我吧。等到适当机会，我对她说。我希望这件事能成功。我心里感觉到，这事会成功的。”

“不，这不可能！我真幸福！但这不可能……我真幸福！不，不可能！”皮埃尔说，吻着玛丽雅公爵小姐的双手。

“您到彼得堡去吧，这样更好些。我写信给您。”她说。

“到彼得堡？去彼得堡？好的，我去。但明天我能再来一次吗？”

第二天皮埃尔来辞行。娜塔莎不像前几天那样活跃；但这天皮埃尔有时望望她的眼睛，觉得他自己在消失，他和她都不再存在，只剩下一种幸福的感觉。“这是真的吗？不，不可能。”他自言自语，她的每道目光、每个姿势、每句话都使他心里充满欢乐。

当他握住她那瘦小的手向她告别时，他不由得把她的手握得比平时长久些。

“难道这双手、这张脸、这双眼睛，所有这一切我觉得新鲜的女性魅力的瑰宝，难道这一切将永远属于我，就像天生是我的一样？不，这不可能！”

“再见了，伯爵，”她对他大声说，“我等您，您早点回来！”她又轻声添加说。

这句普通的话，以及说这句话时的眼神和脸部表情，在以后两个月中成了他无限思念、反复琢磨和幸福幻想的内容。“我等您，您早点回来……对，对，她怎么说来着？是的，我等您，您早点回来。哦，我多么幸福！我多么幸福，这是怎么一回事！”皮埃尔自言自语。

19

皮埃尔现在的心情跟他向海伦求婚时的心情截然不同。

他绝不像当年那样羞愧难当地自怨自艾："唉，我为什么不这样说，我为什么当时要说：'我爱你'？"正好相反，现在他在心里仔细回忆娜塔莎的音容笑貌，重温他们说过的每句话，既不增，也不减，只想照原样回味。他对现在的所作所为是好是坏，没有丝毫怀疑。只有一种可怕的疑虑有时掠过他的头脑。这一切是不是在做梦？玛丽雅公爵小姐有没有弄错？我是不是过于自负自信？我这样相信，但万一玛丽雅公爵小姐对她说了，她却笑着回答："真是怪事！他准是弄错了。难道他不知道，他是一个普通人，一个平庸的人，可我呢？……我完全不同，我要崇高得多。"

只是这种疑虑常常袭上皮埃尔的心头。现在他不作任何计划。他觉得当前的幸福不可思议，只要能实现，就万事大吉。

皮埃尔简直高兴得发疯，这在他有点意外，以前他是不敢这样想望的。生活的全部意义，不仅对他个人，而且对整个世界，就在于他对她的爱情，在于她会不会爱他。有时他觉得人人都在忙着一件事：他未来的幸福。有时他觉得人人都像他一样高兴，只不过他们竭力掩饰这种心情，假装在忙别的事。他觉得，大家的一言一行都在暗示他的幸福。人家遇见他，都为他那意味深长的眼神和微笑感到惊讶，仿佛他同他们之间有什么心照不宣的秘密。但当他明白人家不可能知道他的幸福时，他就满心为他们感到惋惜，并且想对他们说，他们所忙碌的事十分荒谬，毫无意义，不值一提。

当有人建议他出来任职，或者讨论什么国家大事和战事，认为某件事的结果会影响到大家的幸福时，他总是带着同情的微笑听着，并且发表一些怪论，使同他说话的人吃惊。皮埃尔觉得，不论是那些懂得生活意义的人，也就是理解他感情的人，还是那些不明白此事的不幸者，在这个时期里，人人都被他幸福的光辉照得透亮，不论遇到谁，他都会毫不费力地立刻从他们身上看到美好和值得爱的东西。

他处理亡妻事务，查阅有关文件，但对她没有丝毫怀念之情，只是可怜她不知道他现在所体验的幸福。华西里公爵现在谋得了新的位置，获得了一枚勋章，更加自命不凡，但皮埃尔却觉得他只是一个和蔼可怜的老头子。

皮埃尔后来常常回忆起这个时期疯狂的幸福。他在当时形成的对人和对事的看法，他认为是永远正确的。他后来不仅不摈弃这种对人对事的看法，而且相反，每当他内心发生怀疑和矛盾时，他总是采用这疯狂时期的看法，认为这种看法是永远正确的。

“也许我当时的确有点古怪可笑，”他想，“其实我并不像看上去那样疯狂。相反，我当时比任何时候更聪明，更有眼光，凡是生活中有价值的东西我都了解，因为……我很幸福。”

皮埃尔的疯狂就在于，他不像过去那样要在人们身上找到个人优点才爱他们，现在他的内心充满爱，他无缘无故地爱人们，并且总能找到值得爱的理由。

20

皮埃尔走后那天晚上，娜塔莎带着快乐的嘲笑对玛丽雅公爵小姐说，他理了发，穿着礼服，简直像从澡堂子里出来一般。从此以后，一种潜在的连自己都不清楚、但又无法克制的感情在娜塔莎心里觉醒了。

面容、步态、眼神、声音，她身上的一切都突然变了样。蓬勃的生命力和对幸福的渴望，连她自己都没想到，突然冒出来，要求得到满足。从那天晚上起，娜塔莎仿佛忘记了她所遭遇的一切。从此她不再抱怨她的处境，只字不提往事，不怕制订未来的美好计划。她很少谈到皮埃尔，但当玛丽雅公爵小姐一提到他，她眼睛里久已熄灭的火焰便又燃烧起来，嘴唇也浮出古怪的微笑。

娜塔莎身上发生的变化起初使玛丽雅公爵小姐惊讶，但当她明白这种变化意味着什么时，她感到伤心。“难道她对我哥哥真的这样薄情，这么快就把他忘记了？”玛丽雅公爵小姐独自思考这种变化时，想。但当她同娜塔莎在一起时，她没生她的气，也没责怪她。娜塔莎身上复苏的生命力是那么难以遏止，那么出乎她自己的意料，以致玛丽雅公爵小姐在娜塔莎面前觉得无权责备她，哪怕是在自己心里。

娜塔莎全心全意沉浸在这种新的感情里，她也不想掩饰，她现在没有悲伤，只有快乐和欢欣。

那天晚上，玛丽雅公爵小姐同皮埃尔谈心后回到自己屋里，娜塔莎在门口等候她。

“他说了？是吗？他说了？”她反复问。娜塔莎脸上露出又快乐又可怜的神色，仿佛为自己的这种心情请求原谅。

“我本想在门外偷听，但我知道你会告诉我的。”

尽管玛丽雅公爵小姐理解娜塔莎瞧她的目光，并受到感动，尽管她很同情娜塔莎激动的心情，娜塔莎的话最初还是使玛丽雅公爵小姐感到不快。她想起了哥哥，想起了他的爱情。

“但有什么办法呢！她也是无可奈何。”玛丽雅公爵小姐想。于是她带着感伤而有几分严肃的神色把皮埃尔的话都告诉了娜塔莎。听说皮埃尔要去彼得堡，娜塔莎感到惊讶。

“去彼得堡？”她问，仿佛没有听懂。但她审视玛丽雅公爵小姐脸上的感伤神情，明白她所以感伤的原因，突然哭起来。“玛丽雅，”她说，“你教教我，我该怎么办。我怕出丑。你说怎么办，我就怎么办。你教教我……”

“你爱他吗？”

“是的。”娜塔莎低声说。

“那你哭什么呀？我为你高兴。”玛丽雅公爵小姐说，眼泪使她完全原谅了娜塔莎的快乐。

“这事不会很快，但总有那么一天的。你想想，我做了他的妻子，你嫁给尼古拉，那将多么幸福！”

“娜塔莎，我求你别谈这件事。我们只谈你的事。”

她们沉默了一会儿。

“但他究竟为什么要去彼得堡？”娜塔莎突然问，但立刻又自己回答：“对，对，他应该去……玛丽雅，你说是吗？应该去……”

尾　声

第一部

1

从一八一二年起又过了七年。欧洲汹涌澎湃的历史海洋平静了。它表面上风平浪静，但推动人类的神秘力量（其所以神秘，是因为它们的运动规律我们还不知道）还在起作用。

尽管历史海洋表面上是静止的，人类却像时间的推移一样在不断前进。各种各样的集团组成又解散，国家形成、瓦解以及民族迁移的原因正在酝酿中。

历史海洋不像以前那样从此岸猛烈冲击彼岸，而是在深处沸腾翻滚。历史人物也不像以前那样被浪潮从此岸冲到彼岸，而是仿佛在原地打转。以前，历史人物带领军队，下令作战、出征和厮杀，以此反击群众运动；现在则用政治和外交手段，用法律和条约来对付汹涌澎湃的群众运动。

历史人物的这种活动被史学家称为反动。

史学家在叙述历史人物的活动时，往往对他们严加谴责，认为他们是**反动**的根源。当时的名人，从亚历山大和拿破仑，到斯塔尔夫人、福蒂[1]、谢林[2]、费希特[3]、夏多布里昂[4]等人，都受到史学家的严正裁判，按照他们对进步和反动所起的作用而宣告无罪或进行谴责。

在俄国，按照史学家的论述，这个时期也有反动，而反动的罪魁祸首就是亚历山大一世。正是这个亚历山大一世（仍按照他们的论述）首先倡导自由主义，鼓吹拯救俄国。

在现有俄国文献中，从中学生到学识渊博的史学家，没有一人不因亚历山大一世在位时的错误行为而向他投掷石子。

“他本应如此这般行事。他在这件事上做得好，在那件事上做得糟。他在登位初期和一八一二年干得漂亮；但后来给波兰制定宪法，成立神圣同盟，把大权授予阿拉克切耶夫，鼓励高里岑，支持神秘主义，又鼓励希施科夫和福蒂，这就做得很糟。他过问前线军队，做得不对；他解散谢苗诺夫团，也是处理不当，等等，等等。”

史学家根据他们对人类利益的观点，对亚历山大一世进行谴责，如果要一一列举，就得写上整整十页纸。

这些谴责意味着什么呢？

亚历山大一世受史学家表扬的行为，如登位初期的自由主义创举、抗击拿破仑、一八一二年所表现的强硬态度、一八一三年的出征，同那些遭史学家谴责的行为，如成立神圣同盟、波兰复国、二十年代的反动行为等，不都是从形成亚历山大一世个性的血统、教育、生活等条件的同一源泉产生的吗？

---

1 福蒂（1792—1838），诺夫哥罗德修道院院长，于1820年发动对不同教派的迫害。

2 谢林（1775—1854），德国古典唯心主义哲学家，著有《自然哲学体系初探》《先验唯心主义体系》等。

3 费希特（1762—1814），德国古典哲学家，著有《知识学基础》《人的天职》等。

4 夏多布里昂（1768—1848），法国浪漫主义作家，著有《基督教真谛》、小说《阿达拉》等。

那么，这些谴责的实质究竟是什么呢？

在于：亚历山大一世是个达到人类权力顶峰、处于夺目的历史光辉焦点上的历史人物，像他这样的人物，无法避免伴随权力而来的阴谋、欺诈、阿谀、自欺等世上最强大的影响，像他这样的人物，每时每刻都感到自己应对欧洲所发生的一切负责；这个人物不是虚构的，而是有血有肉的活人，他像所有的人那样有自己的习惯、情欲、对真善美的渴望；这个五十年前的人物，并非缺乏美德（史学家也没有在这方面责备他），但他不抱有当代教授——他们从青年时代起就研究学问，读书，阅读讲义，并做笔记——对人类幸福所持的观点。

但如果说，五十年前亚历山大一世对人类幸福的观点是错误的，那么，当然也可以认为，批评亚历山大的史学家对人类幸福的观点，若干年后也将被认为是不正确的。这种假定之所以合乎情理，是因为我们只要注意一下历史的发展就会看到，对人类幸福的观点，随着时代的不同，随着作家的不同，在不断地改变，因此，本来认为是福，十年后就会变成是祸，反之亦然。不仅如此，即使在同一时间，我们可以看到历史上对于祸福的看法有时也截然相反，例如：有人认为波兰制定宪法和缔结神圣同盟是亚历山大的功绩，有人却因此谴责他。

对亚历山大和拿破仑的行为，不能简单地说有益或有害，因为我们说不出它为什么有益和为什么有害。如果有人不喜欢这种行为，那是因为它不符合他们狭隘的幸福观。不论是一八一二年我父亲在莫斯科的房子得到保存，还是俄国军队的光荣，或者彼得堡大学或其他大学的繁荣，或者波兰的自由，或者俄国的强大，或者欧洲的均势，或者欧洲的文明进步，对这些现象不论我是否认为是福，我都得承认，历史人物的行为，除了这些目的之外，还有其他我所不理解的更带有普遍性的目的。

但我们假定，所谓科学能调和一切矛盾，而对历史人物和历史事件都具有不变的善恶标准。

我们假定，亚历山大可以采取另一种行为。我们假定，他可以按照那些指责他的、自命深知人类活动终极目标的人的意志行事，同时遵循现在指责他的人所提供的自由、平等和进步的纲领（再没有其他纲领）治国。我们假定，可能有这样一个纲领，这样的纲领已经拟好，而且亚历山大也在按照它办事。那么，反对当时政府方针政策者的行为，那些被史学家认为是好的和有益的行为，又该作何解释呢？这样的行为是不会有的，也不会有这样的生活，什么都不会有。

如果说，人类的生活可以受理性支配，那就不会有生活了。

2

如果像史学家那样认为，是伟大人物引导着人类达到一定的目的，如俄国或法国的强大、欧洲的均势、革命思想的传播、普遍的进步，等等，那么，不用**机会**和**天才**这两个名词，就无法解释历史现象了。

如果十九世纪初欧洲历次战争的目的在于实现俄国的强大，那么，没有战争和侵略也能达到这个目的。如果目的是为了法国的强大，那么，不进行革命，不建立帝国，这个目的也能达到。如果目的是传播思想，那么，出版书籍就比动用武力有效得多。如果目的是为了文明进步，那么，显而易见，除了使用屠杀生命和销毁财富的手段之外，还有其他更适宜于传播文明的途径。

那么，为什么事情是这样而不是那样呢？

历史说，“**机会**创造时势，**天才**加以利用。”事情就是这样。

但什么是**机会**？什么是**天才**？

机会和**天才**并不表示什么具体的东西，因此无法下定义。这两个词只表示对现象的一定程度的理解。我不知道某种现象怎么会发生。我无法知道，因此也不想知道，我就说：这是**机会**。我看到一种力量，这种力量产生同人类本性不相称的行为。我不明白怎么会发生这样的事，只好说：这是**天才**。

羊群中有一头公羊，每天晚上牧羊人把它赶进一个单独的羊圈，结果这头羊长得比别的羊肥一倍，它似乎就成了天才。这头羊每天晚上不进普通的羊圈，而到特殊的羊圈里去吃燕麦，于是这头羊长得特别肥，被作为肉羊送去屠宰。这种情况应该说是天才与一系列机会的奇妙结合。

但羊群只要不再认为，它们所遭遇的一切不仅是为了达到它们羊的目的，它们只要认为，周围所发生的一切可能具有它们所不理解的目的，它们就会立刻明白，那头养肥的公羊的遭遇是连贯而统一的。即使它们不知道喂肥这头公羊的目的何在，它们至少知道，那头公羊的遭遇绝非偶然，因此它们也无须知道**机会**和**天才**这些名词。

只要不去探索眼前容易理解的目的，并承认终极目的是无法知道的，我们就能看出历史人物一生的连贯性和合理性；我们就能发现他们那种不合人类本性行为的原因，我们也就不需要**机会**和**天才**这些名词了。

只须承认我们不知道欧洲各国动乱的目的是什么，我们只知道以下事实：起初在法兰西，后来在意大利，在非洲，在普鲁士，在奥地利，在西班牙，在俄罗斯发生屠杀事件，西方向东进军，东方向西进军，所有这些事件决定了它们本身的性质和目的。这样我们就无法从拿破仑和亚历山大的性格中去寻求特点和**天才**，而且不能把他们看得与众不同。同时，我们也无须用**机会**来解释这些人的琐事而会明白，这些琐事都一定会发生。

放弃对终极目的的探索，我们就会清楚地看到，一种植物有一种植物的花朵和种子，我们无法想象更适合于这种植物的其他花朵和种子。同样，我们也无法想象其他两个有各自经历的人能比拿破仑和亚历山大更合适、更细致地完成他们天赋的使命。

3

十九世纪初，欧洲事件的基本内容在于欧洲各国自西向东后来又自东向西的黩武行为。这种行为是从自西向东的进军开始的。西方各国为了实行直捣莫斯科的黩武行为，必须做到下列各点：第一，建立一个足以对付东方军事集团的大军事集团；第二，摈弃一切传统和习惯；第三，要有一个首领，他既能为他们也能为自己的欺诈、抢劫和屠杀等行为进行辩护。

随着法国革命的爆发，旧的不够强大的集团逐渐崩溃，旧习惯和旧传统逐渐消亡，规模较大的新集团、新习惯和新传统逐步形成，一个领导未来运动并承担全部责任的人物应运而生。

一个没有信仰、没有习惯、没有传统、没有名望，甚至祖籍不是法国的人，凭借极其偶然的机会，在冲击法国的党派矛盾中，不依附任何党派，居然爬上显赫的地位。

同僚的浅薄无知、对手的软弱无能、本人的撒谎本领和刚愎自用使他成为军队的首脑。意大利士兵的优良素质、敌人的缺乏斗志、孩子般的鲁莽和自信使他获得军事上的声誉。他到处遇到无数的所谓**机会**。他在法国执政者面前失宠反而给他带来好处。他企图改变命运，但没有成功：他投奔俄国军队，没有被录用；

要求去土耳其参军，也没有被批准。在意大利战争期间，他几次处于死亡边缘，但每次都意外地得救。俄国军队，就是那后来使他身败名裂的俄国军队，由于外交上的种种考虑，在他离开之前一直没有进入欧洲。[1]

他从意大利回国，发现巴黎政府分崩离析，凡是参与政府的人无不遭到清洗和毁灭。他盲目远征非洲，自然就摆脱了这种危险的处境。他又碰上了所谓机会。无法攻克的马耳他岛不战而降，最轻率的计划取得了胜利。敌人的舰队事后连一条船也不放过，当时却让拿破仑军队全军通行。在非洲，他对手无寸铁的居民犯下一系列罪行。而犯下这些罪行的人，特别是他们的首领，自欺欺人，认为这样干很好，很光荣，他们的行为就像恺撒和马其顿王一样。

不仅不认为自己的行为卑劣，而且以所犯种种罪行自豪，并赋予它莫名其妙的超自然意义，就是这种**光荣**与**伟大**的理想促使这个人和他周围的人在非洲脱颖而出。他马到成功，无往不利。瘟疫没有传染给他。屠杀俘虏的暴行没有归咎于他。他像孩子一般撇下患难中的伙伴，若无其事地从非洲随便溜走，并且连这也成为他的功绩，敌人舰队又两次放他通行。他陶醉于自己侥幸取得成功的罪行，准备演出自己的角色，茫无目的地来到巴黎。这时一年前可能使他毁灭的共和国政府更加腐败，简直达到顶点，他这个超然于各党派之外的新人自然就身价百倍。

他没有任何计划，他害怕一切，但各个党派都拉拢他，要他参加。

他在意大利和埃及培养了光荣和伟大的理想，他疯狂地自我崇拜，他大胆地犯下罪行，他毫无顾忌地撒谎，只有他这样的人

1 指1799年俄将苏沃洛夫率兵远征意大利，当时拿破仑正在埃及。

才能为所发生的事辩护。

那个需要他的位置在等待他，因此，不管他意志如何，不管他犹豫不决，缺乏计划，屡犯错误，他还是被拉入以攫取权力为目的的阴谋活动，而且取得了成功。

他被拉去出席政府会议。他惊慌失措，想要逃走，认为必死无疑，他假装晕倒，胡言乱语，本来可能送掉性命。但是，原来那么精明老练、骄傲自大的法国统治者觉得他们的戏现在已经演完，显得比他更加狼狈，说话语无伦次，既不能保住政权，又不能把他消灭。

机会，成千上万个**机会**，给了他权力，而所有的人，像是商量好似的，都努力确立这个权力。**机会**造成法国统治者的性格，情愿服从他；**机会**造成保罗一世的性格，甘心承认他的权力；**机会**使反对他的阴谋不仅对他无害，反而巩固了他的权力。**机会**使当甘公爵落入他的手中，并无辜遭到杀害。这一切比任何手段都更使人信服他有权有势。**机会**使他把全力远征英国的意图（远征英国肯定会使他毁灭，而且永远无法实现）突然改为进攻麦克和他率领的不战而降的奥地利军队。**机会**和**天才**给了他奥斯特里茨战役的胜利，又是**机会**使所有的人，不仅法国人，而且全体欧洲人，除了未参与当时事件的英国人之外，不管原先对他罪行的恐惧和厌恶，现在也都承认他的权力，承认他自封的称号，以及他那伟大与光荣的理想，并认为这理想是美好和合理的。

西方列强在一八〇五、一八〇六、一八〇七、一八〇九年几次东进，不断加强和发展力量，仿佛在测试实力，做好未来大规模行动的准备。一八一一年，法国组成的队伍同中欧各国的军队会合成一个庞大的集团。随着队伍的不断壮大，替行动首领进行辩护的力量也不断增强。在准备大规模行动前的十年中，这位领袖人物纠集了欧洲所有头戴王冠的人。世界各国的统治者原形毕露，无力对抗拿破仑的**光荣**与**伟大**的理想，虽然这理想毫无意义，没有理性。他们一个个在他面前卑躬屈节，奉承拍马。普鲁士国王派自己的妻子向这个伟人阿谀谄媚；奥地利皇帝认为，这位大人物把公主请进床帏是莫大的恩宠；教皇，各国人民的神圣保护者利用宗教来抬高这位伟人的身份。与其说拿破仑自己给自己准备好扮演的角色，不如说周围的人让他承担正在发生和将要发生事件的全部责任。他所干的每件事、每个罪行和小小的诈骗行为，无不被他周围的人说成是丰功伟绩。日耳曼人为他想出的最好庆典是耶纳和奥尔施泰特的庆祝活动。不仅他是个伟人，连他的祖先、兄弟、养子和妹夫都很伟大。一切都要他丧失最后一点理性去扮演最可怕的角色。等他准备好了，兵力也准备好了。

侵略军向东方推进，到达终极目的地莫斯科。京城沦陷，俄军的损失比敌军以前从奥斯特里茨到瓦格拉姆历次战争中所受的损失更加惨重。然而，使他从一系列胜利走向既定目标的**机会**和**天才**突然消失，出现了无数相反的**机会**——从他在鲍罗金诺着凉伤风到天气严寒和焚毁莫斯科的火星；**天才**也不见了，表现出来的是史无前例的愚蠢和卑劣。

侵略军纷纷逃跑，不停地往回跑，如今一切机会都不是帮助他而是同他作对。

自东向西的行动开始了，它同原来自西向东的运动十分相似。在大规模行动发生之前，一八〇五、一八〇七、一八〇九年也发生过自东向西的行动，也组成大集团，也有中欧各国参加行动；也有中途动摇，也是越接近目的地速度越快。

巴黎这个终极目的地达到了。拿破仑政府和军队垮台了。拿破仑本人已没有什么意义，他的一切行动都显得可怜和可憎。但又出现了莫名其妙的偶然机会：盟国憎恨拿破仑，认为他是他们遭受苦难的祸根。拿破仑被剥夺了权力，他的罪恶和欺诈遭到揭露，人们理应像十年前和一年后那样，看出他是个无法无天的强盗。由于奇怪的偶然机会，谁也没有看出这一点。他的戏还没有演完。这个十年前和一年后被认为无法无天的强盗，被遣送到离法国两天航程的小岛上，并把这小岛划归他管辖，又给了他卫队，不知为什么还送给他几百万金钱。

4

各国之间军事行动的波涛平息了。大规模军事行动的浪潮退落下去，平静的海面上形成一个个漩涡，外交家们在漩涡里打转，自以为动乱是他们平息的。

但平静的海面突然又动荡起来。外交家认为这次风浪骤起的原因是他们之间发生意见分歧，他们预料他们的君王之间又要发生战争，这种局势是无法解决的。但是这次风浪并不来自他们预料的方向。这次风浪仍来自行动的出发点——巴黎。来自西方的行动遇到了最后一次逆流。这股逆流必须解决外交上似乎无法解决的难题，结束这一时期的军事行动。

这个使法国遭到浩劫的人，没有施展任何阴谋，不带一兵一卒，独自来到法国。每一个卫兵都可以逮捕他，但由于奇怪的偶然机会谁也没有抓他，大家还热烈地欢迎这个一天前还遭到咒骂、一月后仍将被咒骂的人。

这个人还要为最后一次集体行动辩护。

戏收场了，最后一个角色演完了，演员奉命卸装，洗去粉墨，他再也没有用处了。

几年过去了。在这期间，这个独处孤岛的人，还自我欣赏着他演的悲喜剧，他欺诈，说谎，徒然为自己的行为辩护，并向全世界表明，当那只无形的手指挥他的时候，所谓权力究竟是什么东西。

戏收场了，演员卸装了，舞台监督把演员指给我们看。

“大家瞧吧，你们相信的是什么！这就是他！现在你们明白了吧？感动你们的不是他，而是我！”

但人们被这些行动搞得头晕目眩，好久不明白这个道理。

亚历山大一世，这个领导自东向西的行动的人，他的一生就显得更有连贯性和必然性。

这个凌驾于众人之上、领导这自东向西的行动的人，他需要什么呢？

他需要主持正义，关心欧洲事务，不是关心琐碎微利而是长远利益；他在精神上要超越合作共事的各国君王；他要有温和而富有魅力的人品；他对拿破仑要怀有私仇。这一切亚历山大一世都具备，这一切是由他经历的许多**机会**造成的，例如教育啦，自由主义创举啦，周围的谋士啦，以及奥斯特里茨战役、蒂尔西特会谈和埃尔富特会议。

在全民战争时期，这个人没有什么作为，因为用不着他。但一旦需要进行欧洲全面战争，这个人就显露头角，得其所哉，他联合欧洲各国，领导他们奔向目的。

目的达到了。一八一五年最后一场战争结束后，亚历山大处在个人可能达到的权力顶峰。他怎样运用他的权力呢？

亚历山大一世这个平定欧洲的人，从青年时代起就立志为民族谋福利，首先在国内倡导自由主义改革，现在他似乎拥有最大的权力，因此能为民族谋福利，就在此时，拿破仑在流放中竟还痴人说梦，扬言如果他再度掌权，就能造福人类。这时，亚历山大一世在完成他的使命后，受到上帝启示，突然省悟这种虚假的权力渺不足道，就摈弃它，把它交给他所蔑视的小人。他只说：

“光荣不属于我们，不属于我们，而属于你的圣名！”[1]我也是一个人，像你们一样，让我像一个人那样生活，思考自己的灵魂和上帝吧。

太阳和太空的每个原子本身都是球体，同时又是大得人类无法理解的那个整体中的一个原子。同样，每个人都有自己的目的，而这种目的又是为那人类无法理解的总目的服务的。

一只落在花上的蜜蜂蜇了一个孩子。孩子怕蜜蜂，说蜜蜂活着就是为了蜇人。诗人欣赏采花的蜜蜂，说蜜蜂吸蜜就是为了吸取花香。养蜂人看见蜜蜂，说蜜蜂采集花粉，带回蜂房，目的是要采蜜。另一个养蜂人更仔细地研究蜂群生活，说蜜蜂采集花粉是为了养育幼蜂，供奉蜂王，目的是要传宗接代。植物学家看到，蜜蜂飞来飞去把异株花粉带到雌蕊上，使雌蕊受粉，因此就认为蜜蜂活着是为了传送花粉。另一个植物学家观察植物的迁移，看到蜜蜂有助于这种迁移，因此说蜜蜂活着的目的就在于此。但蜜蜂的终极目的并不限于人类智慧所能揭示的这个、那个或第三个目的。人类揭示这些目的的智慧越高，也就越加难以解释终极目的。

人类所能达到的，只是观察到蜜蜂生活和其他生活现象的对应关系罢了。对历史人物和各国人民的活动目的的理解，也是这样。

1 亚历山大一世下令制造一种勋章，表彰1812年卫国战争的胜利，上面刻有这句话。

5

一八一三年娜塔莎同皮埃尔结婚，这是老罗斯托夫家最后一件喜事。就在这一年，罗斯托夫伯爵去世。他一死，这个大家庭照例也就解体了。

去年发生的几件事：莫斯科大火、从莫斯科逃难、安德烈公爵的死、娜塔莎的绝望、彼嘉的死、伯爵夫人的悲伤，接二连三地给老伯爵以沉重打击。他似乎不了解也无法了解这些事件的意义，他在精神上一蹶不振，只要再来一次打击，就会一命呜呼。他时而惊惶不安，不知所措，时而精神亢奋，雄心勃勃。

他为娜塔莎的婚礼忙了一阵子。他预订酒席，竭力装出快乐的样子，但他的快乐已不像以前那样能感染人，反而使爱他的熟人觉得可怜。

皮埃尔夫妇走后，他安静下来，感到寂寞。过了几天，他病倒在床。从他生病时候开始，虽经医生一再劝慰，他自知从此一病不起。伯爵夫人和衣坐在安乐椅上，在他床头守了两个星期。她每次给他递药，他总是抽泣，默默地吻着她的手。临终那天，他痛哭失声，请求妻子和不在跟前的儿子宽恕他自己感觉到的主要罪孽：荡尽家产。领过圣餐，行过终敷礼后，他平静地死了。

第二天，在罗斯托夫家所租用的住宅里，亲戚朋友挤满了屋子，向他的遗体告别。所有这些经常在他家吃饭跳舞并且嘲笑他的人，现在都怀着悔恨的心情，仿佛在向谁作自我辩解：“是啊，不管怎么说，他是个极好的好人。如今再也找不到这样的人了……再说，为人在世，谁没有弱点？”

就在伯爵山穷水尽，无法想象怎样再熬上一年的时候，他突然死了。

尼古拉接到父亲去世的噩耗时，正随着俄国军队驻在巴黎。他立刻提出辞职，不等批准，就请假回莫斯科。伯爵去世一月后，家里经济情况就弄清楚了。虽然谁都知道伯爵负债累累，但其数额之大令人吃惊。负债总数比家产大上一倍。

亲友都劝尼古拉不要接受遗产。但尼古拉认为拒绝接受遗产是对亡父孝心的亵渎，因此没有听取劝告，毅然承担起还债的义务。

伯爵在世时，由于他生性善良、待人厚道，债主们慑于他那难以捉摸的强大影响一直没有开口，如今都上门来讨债了。债主们照例争先恐后前来讨债，像米嘉等持有赠与期票的人，现在就成了最凶的讨债人。他们不给尼古拉期限和喘息的机会，那些原来可怜老伯爵（似乎他使他们受到损失）的人，现在也毫不留情地向那个显然没欠他们账却自愿承担债务的年轻人逼债。

尼古拉所设想的周转办法没有一种获得成功，他以半价拍卖地产，但还有一半债务未还。尼古拉接受妹夫皮埃尔借给他的三万卢布，先偿还到期的债款。为了不致因余下的债务坐牢（债主们以此威胁他），他重新去官府当差。

重返部队可以首先补上团长的空缺，但他不能去，因为母亲现在把儿子看作最后的一根救命稻草，抱住他不放，因此尽管他不愿留在莫斯科熟人中间，尽管他厌恶文职，他还是在莫斯科找了一个文官职务。这样，他就脱下心爱的军服，同母亲和宋尼雅住到西夫采夫·符拉日克一所小住宅里。

娜塔莎和皮埃尔这时住在彼得堡，不太了解尼古拉的处境。尼古拉向妹夫借了钱，但竭力掩饰他的窘境。尼古拉处境之所以特别糟，因为他不仅要用一千二百卢布养活自己、宋尼雅和母亲，而且还要使母亲不感到他们十分穷困。伯爵夫人无法想象缺乏她从小过惯的奢侈条件也能生活，不知道儿子有多艰难，不断提出各种要求：时而要雇马车去接熟人（他们家已没有自备马车），时而要为自己买佳肴美食，为儿子买美酒，时而要买高级礼品送给娜塔莎、宋尼雅和尼古拉。

宋尼雅料理家务，侍奉姑妈，给她朗诵，忍受姑妈对她的专横和厌恶，并帮助尼古拉向她隐瞒他们的窘况。尼古拉因宋尼雅替他照顾母亲，对她感激不尽，又赞赏她的耐性和忠心，却竭力疏远她。

他在心里责怪她，就因为她十全十美，无懈可击。她具有一切可贵的美德，可就是无法使他爱她。他觉得，他越尊重她，就越不爱她。她曾经写信给他让他自由，他就抓住这一点竭力表示往事如烟，再也无法挽回。

尼古拉的处境每况愈下。从薪金里攒点钱，显然是不切实际的幻想。他不仅不能攒钱，而且为了满足母亲的要求，又借了几笔小债。他找不到摆脱困境的办法。亲戚们给他提一门亲，劝他娶一位有钱的姑娘，他大为反感。摆脱困境的另一种可能——母亲去世——他从没想到过。他没有任何心愿，不抱任何希望，不发牢骚，没有怨言，独自忍受着寂寞和凄凉。他竭力避免与熟人交往，避开他们的同情和令人屈辱的帮助，摆脱一切娱乐消遣，甚至在家里也不做什么，只同母亲摆摆牌阵，在屋里默默地来回踱步，一袋接一袋地吸烟。他竭力保持忧郁的心情，仿佛只有这样才能忍受他的处境。

6

初冬时节，玛丽雅公爵小姐来到莫斯科。她从城里传闻中得知罗斯托夫家的情况，“儿子为母亲作出牺牲。”——城里人都这样说。

“我知道他就是这样一个人。”玛丽雅公爵小姐说，高兴地感觉到她还是爱他的。她想到她同他们的交情简直亲如一家，觉得她应当去看看他们。但一想到在沃罗涅日她同尼古拉的关系，不禁又有点顾虑。不过在莫斯科待了几个星期后，她还是鼓足勇气去拜访罗斯托夫一家。

第一个迎接她的人是尼古拉，因为去伯爵夫人那儿必须经过他的房间。尼古拉一看见玛丽雅公爵小姐，他脸上的表情不是她所期待的高兴，而是她从未见到过的冷淡和高傲，尼古拉向她问了好，把她领到母亲屋里，自己坐了五分钟就走了。

公爵小姐从伯爵夫人屋里出来，尼古拉又遇见她，一本正经地把她送到前厅。她提到伯爵夫人的健康，他一句话也没有搭理。“这关您什么事？别来打扰我！”他的眼神似乎这样说。

“她闯到这里来干什么？她要干什么呀？我真受不了这些阔小姐和她们的客套！”等公爵小姐的马车一走，他就当着宋尼雅的面大声说，显然克制不住怒气。

“哦，尼古拉，你怎么可以这样说！”宋尼雅勉强忍住心中的快乐，说，“她是那么善良，妈妈又那么爱她。”

尼古拉没有回答，他根本不想再谈到公爵小姐。但自从公爵小姐来访后，伯爵夫人每天都要几次提到她。

伯爵夫人夸奖她，要儿子到她那儿去一次，并表示想常常看见她；但一提到她，他心里就不痛快。

做母亲的一提起公爵小姐，尼古拉总是不作声，而他的沉默总使伯爵夫人生气。

“她可是个贤惠的好姑娘，”她说，“你应该去看看她。你总得去见见人，要不老跟我们在一起会憋死的。”

“我一点也不想去见人，妈妈。”

“你原来说要见见人，现在又不要见人了。我真弄不懂你，宝贝。你一会儿闷得慌，一会儿又不要见人。”

“我又没说过我闷得慌。”

“什么，你不是说你连见都不愿见她吗？她可是个好姑娘，你一向喜欢她，可现在不知什么缘故，什么事都瞒着我。”

“一点也没有，妈妈。”

“如果我求你做什么不痛快的事，倒也罢了，可我只要你回访一次。这只是尽礼数罢了……我求过你了，既然你有事瞒着母亲，我就再不过问你的事了。”

“既然您一定要我去，我去就是了。”

“我无所谓，我都是为你着想。”

尼古拉咬咬胡子叹了口气，摆开牌阵，竭力转移母亲的注意力。

第二天，第三天，第四天，一再重复这样的谈话。

自从到罗斯托夫家访问受到尼古拉意外的冷遇后，玛丽雅公爵小姐暗自承认，原先她不想去罗斯托夫家是对的。

“我又没有什么别的用意，”她借助她的傲气安慰自己，“我同他毫无关系，我只是想去看看老太太，她一向待我很好，我欠了她不少情。”

但这些想法并不能安慰她，她一想到那次访问，就感到后悔。尽管她决定不再去罗斯托夫家，把那一切忘掉，但她总觉得自己好像没有着落似的。她问自己，什么事使她烦恼，她不得不承认是她同尼古拉的关系。他对她彬彬有礼的冷淡态度并非出于他的本意（这一点她是知道的），这种态度掩盖着什么。这一点她需要弄清楚，她的心情因此一直不能平静。

仲冬的一天，她在教室里看侄儿做功课，仆人通报尼古拉来访。她决定不动声色，竭力保持镇定，请布莉恩小姐同她一起去客厅。

她第一眼就从尼古拉的脸上看出，他只是来回拜一下，于是她就决定采取同他一样的态度。

他们谈到伯爵夫人的健康，谈到一些共同的熟人，谈到最近的战讯。这样的应酬通常需要十分钟，过后客人就可以起身，尼古拉也就站起来告辞。

公爵小姐在布莉恩小姐协助下谈得很顺利，但就在他起立的最后一分钟，她感到敷衍性交谈很疲劳，又想到她一个人生活实在枯燥乏味，她突然感到心神恍惚，她那双明亮的眼睛凝视着前方，没注意他已起立，她仍坐在那儿不动。

尼古拉对她看看，假装没发现她的心情，跟布莉恩小姐说了几句话，又看了一眼公爵小姐。她依旧坐在那儿不动，和善的脸上现出痛苦的神色。他忽然可怜起她来，并模模糊糊地意识到，可能是他伤了她的心。他想帮助她，对她说些愉快的话，但不知说什么才好。

“再见，公爵小姐！”他说。她省悟过来，脸涨得通红，深深地叹了一口气。

“哦，对不起！”她说，仿佛刚苏醒过来，“您要走了，伯爵，那么，再见！那么给伯爵夫人的枕头呢？”

“等一下，我这就去拿。”布莉恩小姐说着，走出屋去。

两人都不作声，偶尔对视一下。

“是啊，公爵小姐，”尼古拉终于露出苦笑，说，“我们在保古察罗伏初次见面仿佛还是不久前的事，可是发生了多少变化！我们都不走运，我真愿意不惜一切代价挽回这段时光……可是挽回不了。”

尼古拉说话时，公爵小姐那双明亮的眼睛凝视着他，她仿佛竭力想从他的话里听出他对她的感情。

“是的，是的！”她说，“但您不必为往事感到惋惜，伯爵。我认为，您将永远愉快地回忆现在的生活，因为您现在的生活充满自我牺牲……”

“我不能接受您的赞扬，”他慌忙打断她的话，“相反，我一直在责备自己，不过说这些太乏味、太没意思了。”

他的眼神又像原来一样冷淡。但公爵小姐又从他身上看到原来那个熟悉而心爱的人，而她现在就在同这个人谈话。

“我想我这样说您不会见怪吧！”她说，“我同您……同您一家那么亲近，我想您不会认为我的同情是不适当的，但我想错了。”她说，声音突然颤抖了一下。“我不知道为什么，”她镇定下来说，“您以前不是这样的……”

“**为什么**，理由就有上千条（他特别强调**为什么**三个字）。谢谢您，公爵小姐！”他低声说，“有时真难受。”

“原来如此！原来如此！”玛丽雅公爵小姐心里说。“对，我爱他，不光爱他那快乐、善良和开朗的眼神，不光爱他俊俏的模样，我看到他有一颗高尚、刚强和不惜自我牺牲的心。”她对自己说。“是啊，他现在很穷，可我有钱……是啊，就是因为这个……是啊，如果情况不是这样……”她想起他原来的柔情，此刻望着他那善良而忧郁的脸，顿时明白他冷淡的原因。

“这是为什么呀，伯爵，为什么呀？”她突然情不自禁地大声说，向他走近些。“您告诉我，为什么？您一定要说。”他不作声。“我不知道您的为什么，伯爵，”她继续说，“但我感到难过，我……我不瞒您说。您为什么要使我失去我们原来的友谊。这使我痛心。”她喉咙里哽咽着，眼里含着泪。“我的生活里本来就很少有幸福，因此失去任何东西都使我难过……请您原谅，再见。”她突然哭起来，走出屋去。

“公爵小姐！看在上帝份上，等一下，”他喊道，竭力拦住她，“公爵小姐！”

她回顾了一下。他们默默地对望了几秒钟，于是那遥远而不可能的事，顿时变得接近、可能、甚至无法避免了。

7

一八一四年秋天，尼古拉和玛丽雅公爵小姐结了婚。尼古拉带了妻子、母亲和宋尼雅迁居童山。

三年里，他没有变卖妻子的田产，就还清了余下的债务。一个表姐去世后，他继承了一笔不大的遗产，把欠皮埃尔的债也还清了。

又过了三年，到一八二〇年，尼古拉理好财，在童山附近买了一处不大的庄园，又在谈判买回父亲在奥特拉德诺的住宅，这可是他梦寐以求的事。

起初，他管理家务是出于需要，但不久就迷上这种事，把它当作唯一的爱好。尼古拉是个普通地主，不喜欢新办法，特别不喜欢当时流行的那套英国办法，嘲笑经济理论著作，不喜欢办工厂，不喜欢贵重产品，不喜欢种贵重作物，不搞单一农业。他心目中只有一个统一的**庄园**，而不是其中某一部门。在庄园里，主要的东西不是存在于土壤和空气中的氮和氧，不是特别的犁和粪肥，而是使氮、氧、粪肥和犁发生作用的主要手段，也就是农业劳动者。尼古拉着手管理庄园，深入了解它的各个方面，尤其注重农民。他认为农民不仅是手段，而且是目的和法官。他先是观察农民，竭力了解他们的需要，了解他们对好坏的看法，表面上他在发号施令，其实是在向农民学习他们的工作方法、语言和对是非的判断。直到他了解农民的爱好和愿望，学会用他们的语言说话，懂得他们话里潜在的意思，感到自己同他们打成了一片，直到这时他才大胆地管理他们，也就是对农民尽他应尽的责任，这样，尼古拉的农业也就取得了最辉煌的成就。

尼古拉着手管理庄园，凭他天赋的洞察力立刻指定合适的村长和工长（如果让农民自己选举，他们也会选这两个人的），而且再也不更换。他首先做的不是研究粪肥的化学成分，不是钻研**借方**和**贷方**（他爱说这种俏皮话），而是弄清农民牲口的数目，千方百计使牲口增加。他支持农民维持大家庭，不赞成分家。他对懒汉、二流子和软弱无能的人一概不姑息，竭力把他们从集体里驱逐出去。

在播种、收割干草和作物上，他对自己的田地和对农民的田地一视同仁。像尼古拉这样播种和收割得又早又好、收入又这么好的地主很少。

他不喜欢管理家奴，称他们为**吃白食**的。大家却说他姑息他们，把他们惯坏了。每当需要对某个家奴作决定，特别是作出处分的时候，他总是犹豫不决，同家里所有的人商量。只有在可以用家奴代替农民去当兵的时候，他才毫不犹豫派家奴去。在处理有关农民的问题上，他从来没有一点疑虑。他知道，他的每项决定都得到全体农民的拥护，最多只有一两个人不赞成。

他不会随便为难或处罚人，也不会凭个人好恶宽恕人和奖赏人。他说不出什么事该做和什么事不该做，但两者的标准在他心里是明确不变的。

遇到挫折或混乱，他常常生气地说：“**我们的俄国老乡**真没办法。”他总觉得他对农民无法忍受。

但他又全心全意爱**我们的俄国老乡**，爱他们的风俗习惯，正因为这样，他才能掌握和采用唯一富有成效的经营方式。

玛丽雅伯爵夫人妒忌丈夫对事业的热爱，惋惜她不能分享这种感情，但她也不能理解他在他的小天地里感受到的快乐和烦恼。她不能理解他天一亮就起身，在田野或打谷场上消磨整个早晨，在播种、割草或者收获后回家同她一起喝茶时，怎么总是那样兴高采烈，得意洋洋。他眉飞色舞地谈到精明的富裕农户马特维同家里人通宵搬运庄稼，人家还没有收割，可他已垛好禾捆了。她不能理解他讲这种事的时候怎么会这样兴致勃勃。当温暖的细雨落在干旱的燕麦苗上，他从窗口走到阳台上，眨着眼，抿着留小胡子的嘴笑。她不能理解他怎么会这样高兴。在割草或者收庄稼的时候，风吹散满天乌云，他的脸晒得又红又黑，汗水淋淋，身上满是苦艾和野菊的味儿。她不能理解他为什么高兴地搓着手说："再有一天，我们的粮食和农民的粮食都可以进仓了。"

她更不能理解，为什么这个心地善良、事事顺她意的尼古拉，一听到她替农妇或农夫求情免除他们的劳役就大为生气，坚决拒绝她，并叫她不要过问不是她的事。她觉得他有一个心爱的特殊天地，但她不懂那里的规章制度。

她有时竭力想了解他，对他说他的功劳在于为农民做好事，他却又生气地回答："根本不是，这一点我从来没想到过，我也没有为他们做过好事。什么为他人谋幸福，全都是说得好听，全都是娘儿们的胡言乱语。我不愿让我们的孩子上街去要饭；我活一天，就要理好我的家业，就是这样。为了这一点，我需要秩序，需要严格……就是这样！"他激动地握紧拳头说。"当然也要公平合理，"他添加说，"因为，如果农民缺衣少食，家里只有一匹瘦马，他既不能为自己干活，也不能为我干活。"

也许正因为尼古拉没有想到他是在为别人做事，做好事，所以他做的一切才富有成效，他的产业才迅速增加，附近的农奴才来求他把他们买去，他死后很久农奴们还念念不忘他的治理。“他是个好东家……把农民的事放在前头，自己的事放在后头。他也不姑息人。一句话，是个好东家！”

8

尼古拉在管理家务上有一个苦恼，那就是性子暴躁，再加上骠骑兵的老习惯，动不动就挥动拳头。起初他并不觉得这有什么不好，但在婚后第二年，他对这种惩罚方法的看法突然改变了。

夏天里，有一天他把顶替保古察罗伏已故村长德龙的新村长叫来，因为他被控营私舞弊和玩忽职守。尼古拉走到门口见他，村长刚回答了几句，门厅里就传出了吆喝声和拳打声。尼古拉回家吃早饭，走到低着头正在绣花的妻子跟前，照例把早晨的活动讲给她听，顺便提到保古察罗伏村长的事。玛丽雅伯爵夫人脸上一阵红，一阵白，抿紧嘴唇，一直低头坐着，对丈夫的话没有答腔。

“这个无法无天的浑蛋，”尼古拉一想到他就生气，“他要是对我说喝醉酒倒也罢了，真没见过……你怎么了，玛丽雅？”他突然问。

玛丽雅伯爵夫人抬起头来想说话，但立刻又低下头，抿紧嘴唇。

“你怎么了？你怎么了？亲爱的？”

玛丽雅伯爵夫人长得并不美，但她一哭就显得楚楚动人。她从来不为痛苦和烦恼而哭泣，却常常由于感伤和怜悯而落泪。她一哭，那双明亮的眼睛就具有令人倾倒的魅力。

尼古拉刚拉起她的手，她就忍不住哭起来。

“尼古拉，我知道……是他不是，但你，你为什么要那样！尼古拉！”她说着，双手捂住脸。

尼古拉不作声，脸涨得通红，从她身旁走开，默默地在屋里踱步。他明白她为什么哭，但要他把从小就习惯的事看作错误，一下子还办不到。

“这是她心肠软，习惯于婆婆妈妈，还是她对呢？”尼古拉在心里问自己。他不能断定这个问题，又瞟了一眼她那痛苦而可爱的脸。他顿时省悟，她是对的，而他早就错了。

“玛丽雅！”他走到她面前，轻声说，“以后再也不这样了，我向你保证。再也不会了！”他像一个讨饶的孩子，声音打战地说。

伯爵夫人的泪水流得更多了。她拉起丈夫的一只手吻了吻。

“尼古拉，你什么时候把这个头像打碎了？”为了改变话题，她望着他手上那只带拉奥孔[1]头像的戒指说。

“今天，就是那件事。唉，玛丽雅，你别提那件事了。”他的脸又红起来。“我保证，以后再不会这样了。就让这戒指经常提醒我吧！”他指指打碎的戒指说。

从此以后，每逢尼古拉同村长和管家发生争执，血往脸上直涌，双手攥起拳头的时候，他就转动手上打碎的戒指，在那使他生气的人面前垂下眼睛。不过，一年中他还是有一两次忘乎所以，这时他就走到妻子面前认错，并保证以后决不再犯。

1 据希腊神话，拉奥孔是特洛伊的祭司，因警告特洛伊人不要中木马计而触怒天神，连同其两个儿子被巨蟒缠死。

“玛丽雅，你一定瞧不起我了？”他对她说，“我这是自作自受。”

“如果你觉得自己不能克制，你就走开，赶快走开。”伯爵夫人忧愁地说，竭力安慰丈夫。

在本省贵族圈子里，尼古拉受人尊敬，却不讨人喜欢。他对贵族利益不感兴趣，因此有人认为他高傲，有人认为他愚蠢。整个夏天，从春播到秋收，他都忙于农事。秋天他带着猎人和猎犬外出打猎，像从事农业一样认真，一去就是一两个月。冬天他视察各地村庄，或者读书。他主要读历史书，每年买书花的钱不少。他收藏了不少正经书，凡是买来的书照例都要读完。他一本正经地坐在书房里读书，起初是作为一种任务，后来养成习惯，从中体验到特殊的乐趣，并觉得读书是件正经事。冬天他除了出门办事之外，大部分时间都待在家里，同母亲和孩子一起做些琐事，享受天伦之乐。他同妻子的关系越来越亲密，每天都在她身上发现新的心灵美。

尼古拉婚后，宋尼雅一直住在他们家里。结婚以前，他就把他同宋尼雅的关系告诉了未婚妻，一面责备自己，一面称赞宋尼雅。他请求玛丽雅好好对待表妹。玛丽雅伯爵夫人觉得责任都在丈夫身上，自己对宋尼雅也感到内疚。她明白，她的财产对尼古拉的选择起了作用，她不能责怪宋尼雅，而只应该爱她，但事实上她不仅不爱宋尼雅，心里还常常恨她。而且无法克服这种感情。

有一次，她同她的朋友娜塔莎谈到宋尼雅，谈到自己对她的不公正。

“你听我说，”娜塔莎说，“你熟读《福音书》，其中有一处正好是对宋尼雅说的。”

“什么？”玛丽雅伯爵夫人惊讶地问。

“‘凡有的，还要加给他；没有的，连他所有的，也要夺过来。’[1]你记得吗？她就是那个没有的，为什么，我不知道，也许因为她没有私心，我不知道，但她所有的，全被夺走了。有时我非常可怜她，以前我真希望尼古拉同她结婚，但我总有一种预感，这件事不可能实现。她是一朵谎花，不结果子，你知道吗？有时我很可怜她，有时又觉得她不会像我们那样感到这一点。”

玛丽雅伯爵夫人虽对娜塔莎说，《福音书》上那段话不该这样理解，但她一见宋尼雅，就又同意娜塔莎的解释。宋尼雅似乎真的不为自己的处境难过，而安于自己谎花的命运。看来，与其说她爱人，不如说她爱整个家庭。她像一只猫，依恋的不是人而是这个家。她伺候老伯爵夫人，抚爱和宠惯孩子们，总想为别人做些力所能及的事，别人若无其事地接受她的照顾，却不怎么感激她……

童山庄园又翻修了一番，但规模已不能与老公爵在世时相比。

在经济拮据时翻修房子，总是因陋就简。巨大的房子建在原来的石基上，全部木结构，内部抹上灰泥。房子很宽敞，地板没有油漆，家具很简单：几只硬沙发、几张桌子和几把椅子，都是家里的木匠用自己家里的桦木做的。房子很宽敞，有下房，有客房。罗斯托夫家和保尔康斯基家的亲戚，有时带着十六匹马和几十个仆人，全家来到童山，一住就是几个月。此外，逢到男女主人的命名日和生日，每年四次就有上百个客人到童山来聚上一两天。一年的其余时间，生活方式一成不变，每天准时喝茶，用庄园自产的食品准备早餐、午餐和晚餐。

---

1 见《新约全书·路加福音》第十九章第二十六节。

9

这是一八二〇年十二月五日，冬圣尼古拉节前夜。那年初秋，娜塔莎就同孩子和丈夫住在哥哥家。皮埃尔有事去彼得堡，他说要去三个星期，可现在已在那里待了六个多星期。他随时都可能回来。

十二月五日那天，除了皮埃尔一家外，还有尼古拉的老朋友退役将军杰尼索夫。

六日是圣尼古拉节，有许多客人要来。尼古拉知道他得脱下短棉袄，换上礼服，穿上尖头皮靴，到他新建的教堂里去，然后回家接受祝贺，谈谈贵族选举和收成，但节日前夜他认为可以像平时一样过。午饭前，尼古拉检查管家做的内侄名下梁赞庄园的账目，写了两封事务信，巡视了谷仓、牛栏和马厩。他对明天过节大家可能喝醉酒一事采取了预防措施，然后去吃午饭。他没有机会同妻子私下谈几句，就在长餐桌旁坐下。桌上摆着二十副餐具，一家人围坐桌旁。这里有尼古拉的母亲、陪伴母亲的别洛娃老婆子、妻子、三个孩子、男女家庭教师、内侄和他的家庭教师、宋尼雅、杰尼索夫、娜塔莎和她的三个孩子、他们的家庭教师，以及在童山养老的已故公爵的建筑师米哈伊尔·伊凡内奇老人。

玛丽雅伯爵夫人坐在餐桌另一端。丈夫一坐下来，就拿起餐巾，迅速地推开面前的玻璃杯和酒杯。玛丽雅伯爵夫人从这一举动中看出丈夫心情不佳。这种情况是常有的，特别是他从农场回来吃饭，在没有喝汤之前。玛丽雅伯爵夫人深知他的脾气，遇到她自己心情好，她就耐心等待，等他喝完汤，然后同他说话，让他自己承认发火是没有来由的，但今天她完全忘记这样观察。她心里难过，因为他无缘无故对她发脾气，她感到委屈。她问他到哪里去了。他回答了她。她又问他农场里是不是正常。他听出她的腔调有点不自然，不高兴地皱起眉头，连忙作了回答。

“我又没有错，”玛丽雅伯爵夫人想，“他为什么对我发脾气？”从他回答的腔调上，玛丽雅伯爵夫人听出他对她不满，不愿跟她谈话。她也觉得自己说话有点不自然，但还是忍不住要再问几问。

多亏杰尼索夫的引导，餐桌上的谈话才变得热闹起来。玛丽雅伯爵夫人没再同丈夫说话。当大家离开餐桌去向老伯爵夫人道谢时，玛丽雅伯爵夫人伸出一只手，吻了吻丈夫，问他为什么生她的气。

“你总是胡思乱想，我根本没有生气。”他说。

但玛丽雅伯爵夫人觉得他说**总是**两个字就表示：不错，我是生气，但我不想说。

尼古拉同妻子和睦相处，就连宋尼雅和老伯爵夫人出于妒忌希望他们不和，也找不到借口指摘他们，但他们之间也有不融洽的时候。有时，在他们过了一段非常愉快的日子后，他们之间会突然出现隔膜和敌对情绪。这种情况常常发生在玛丽雅伯爵夫人怀孕的时候，现在她正是怀孕了。

“哦，先生们，女士们！”尼古拉大声说，似乎很高兴（玛丽雅伯爵夫人觉得他这是故意要气气她），“我从六点钟起就没有歇过。明天还得忙一阵，我现在要去休息了。”他对玛丽雅伯爵夫人再没说什么，就走进小起居室，在沙发上躺下来。

“他**总是**这样，”玛丽雅伯爵夫人想，“跟大家说话，就是不跟我说话。我看得出，看得出，他讨厌我。特别是我怀了孕。”她瞧瞧自己隆起的肚子，对镜子照照她那又黄又白的瘦脸，她的眼睛显得比平时更大。

不论是杰尼索夫的叫声和笑声，还是娜塔莎的说话声，尤其是宋尼雅匆匆向她投来的目光，一切都使她感到不舒服。

宋尼雅总是玛丽雅伯爵夫人的第一个出气筒。

玛丽雅伯爵夫人跟客人坐了一会儿，一点也没听懂他们在谈什么，就悄悄地到育儿室去。

孩子们把椅子排成火车，玩旅行莫斯科的游戏，请她也一起玩。她坐下陪孩子们玩了一阵，但心里一直想着丈夫，想着丈夫无缘无故生气，她感到很难过。她站起来，费力地踮着脚尖走到小起居室。

“也许他没睡着，我去同他讲讲清楚。”她自言自语。她的大孩子安德留沙学她的样，踮着脚尖跟着她走，但玛丽雅伯爵夫人没有发觉。

“亲爱的玛丽雅，他大概睡着了，他累坏了，”宋尼雅在大起居室里说（玛丽雅伯爵夫人觉得到处都会碰上她），“安德留沙，别把他吵醒了。”

玛丽雅伯爵夫人回头看见安德留沙跟在后面，觉得宋尼雅说得对，然而正因为如此，脸涨得通红，好容易忍住，没说出难听的话来。她什么也没说，但为了表示不听宋尼雅的话，只做了个手势叫安德留沙别出声，还是让他跟在后面，宋尼雅从另一道门出去。尼古拉睡觉的房间里传出均匀的呼吸声，这声音做妻子的是很熟悉的。她听着他的呼吸声，瞧着他那光滑漂亮的前额、小胡子和整个脸庞；她常常在夜深人静，他熟睡的时候久久地凝视着这张脸。尼古拉突然动了一下，干咳了一声。这时，安德留沙就在门口嚷道：

“爸爸，妈妈在这儿呢。”

玛丽雅伯爵夫人吓得脸都白了，连忙向儿子做做手势，尼古拉没有作声，沉默了一会儿，玛丽雅伯爵夫人感到胆战心惊。她知道尼古拉最不喜欢人家把他吵醒。屋里突然又传来干咳声、翻身声。尼古拉不高兴地说：

“一分钟也不让人安静。玛丽雅，是你吗？你怎么把他带到这里来了？”

“我只是来看看，我没注意……对不起……”

尼古拉咳嗽几下，不作声了。玛丽雅伯爵夫人从门口走开，把儿子带到育儿室。过了五分钟，三岁的黑眼睛娜塔莎，爸爸的宠儿，听哥哥说爸爸睡在小起居室里，就背着母亲，悄悄地走到父亲跟前。她大胆地咯吱一声打开门，粗壮的小脚沉重地走到沙发旁边，打量着爸爸背对她睡觉的姿势，踮着脚尖吻了吻他枕着头的手。尼古拉转过身，脸上露出慈爱的微笑。

“娜塔莎，娜塔莎！”玛丽雅伯爵夫人在门外恐惧地低声叫道，“爸爸要睡觉。”

“不，妈妈，他不要睡了，”小娜塔莎蛮有把握地回答，“他在笑呢。”

尼古拉垂下腿，站起来，抱起女儿。

“进来吧，玛丽雅。”他对妻子说。玛丽雅伯爵夫人走进屋来，在丈夫旁边坐下。

“我没看见安德留沙跟着我跑来，”她怯生生地说，“我只是……”

尼古拉一手抱住女儿，望了望妻子，看见她脸上的歉意，就用另一只手搂住她，吻了吻她的头发。

“可以亲亲妈妈吗？”他问娜塔莎。

娜塔莎羞怯地微微一笑。

“再来一次！”娜塔莎指指尼古拉吻过的地方，命令似的说。

“我不明白，你为什么认为我心情不好呢？”尼古拉说，仿佛猜透妻子的心事。

“你无法想象，每次你这样，我心里有多难过，多孤单。我总觉得……”

“玛丽雅，别糊涂了。你真不害臊。”他快乐地说。

“我总觉得你不会爱我，我这么难看……总是……而现在又是这个样……”

“嗨，你这人真可笑！人不是由于美才可爱，而是由于可爱才美。只有马尔维纳之类的女人才靠姿色迷人。要是问我爱不爱妻子，我说不，可我不知道怎么对你说才好。你不在，或者我们之间有什么不高兴，我就六神无主，什么事也做不成。譬如问：我爱不爱自己的手指？我不爱，可要是把它割掉……”

“不，我不会那么做，但我心里是明白的。那么你不生我的气了？”

“气得要命！”他笑着说，站起来掠掠头发，在屋里踱步。

“玛丽雅，你知道我在想什么吗？”他们和解了，他立刻把自己的打算告诉妻子。他也不问问她愿不愿意听，他什么都不在乎。他有一个想法，自然也就是她的想法。他告诉她，他想劝皮埃尔在他们家待到开春。

玛丽雅伯爵夫人听丈夫说完，讲了自己的意见，然后讲她的打算。她想的是孩子们的事。

“她现在已经像个大人了，”她指指娜塔莎，用法语说，

“你们总是说我们女人缺乏逻辑性。她就是我们的逻辑专家。我说，爸爸要睡觉，可她说：‘不，他在笑呢！’还是她说得对。”玛丽雅伯爵夫人幸福地笑着说。

“对，对！”尼古拉用强壮的手臂抱起女儿，把她举得高高的，让她坐在肩上，抓住她的两只小腿，拥着她在屋里走来走去。父女俩脸上都现出傻乎乎的得意神气。

“要知道，你也许有点不公平。你太宠她了。”玛丽雅伯爵夫人用法语低声说。

“是的，可是有什么办法呢？……我已经竭力不表现出来……”

这时，门廊和前厅里传来门的滑轮声和脚步声，好像有人来了。

“有人来了。”

“那准是皮埃尔。我去看看。”玛丽雅伯爵夫人说着走出屋去。

她一走，尼古拉就扛着女儿急急地在屋里兜圈子。他气喘吁吁，一下子把哈哈大笑的女儿放下，紧紧地搂在怀里。他的跳跃使他想到了跳舞。他望着女儿快乐的小圆脸，不禁想，等他变成老头子了，他将像去世的父亲当年同女儿跳丹尼拉·库波尔舞那样，同娜塔莎跳玛祖卡舞，到那时她会长成什么样子呢？

“是他，是他，尼古拉，”几分钟后，玛丽雅伯爵夫人回来说，“我们的娜塔莎这下子可高兴了。你该去看看她那副开心的模样，他因为迟来挨了多少骂。喂，快去，快去！你们也该分手了。”她含笑望着偎依在爸爸身上的女儿，说。尼古拉拉着女儿的手走出去。

玛丽雅伯爵夫人留在起居室。

“我从没想到会这样幸福！”她低声自言自语，她笑逐颜开，但同时叹了一口气，她那深邃的眼神里流露出淡淡的哀愁，仿佛除了她此刻体验到的幸福之外，她不禁又想到今世不可能得到的另一种幸福。

10

娜塔莎在一八一三年早春结婚，到一八二〇年已有三个女儿和一个儿子。这个儿子她想望已久，现在由她亲自喂奶。她发胖了，身子变粗了，从现在这位强壮的母亲身上很难认出当年那个活泼苗条的娜塔莎。她的面孔定型了，神情娴静、温柔而开朗。她的脸上已没有青春的魅力。现在只能看到她的相貌和体态，完全看不出她的内心活动。她只是一位强壮、美丽和多子女的母亲，难得看到她原来热情的火焰。现在，只有当丈夫回家，孩子病愈，或者跟玛丽雅伯爵夫人一起回忆安德烈公爵（她在丈夫面前从不提安德烈公爵，认为他会吃醋），或者偶尔兴致突发唱起歌来（她婚后已不再唱歌），只有在这些时候，她才会重新燃起热情。而当原有的热情偶尔在她那美丽丰满的身体里重新燃烧时，她就显得格外富有魅力。

娜塔莎婚后同丈夫一起在莫斯科、彼得堡、莫斯科郊区和娘家，也就是尼古拉家里住过。年轻的皮埃尔伯爵夫人难得在交际场中露面，见到她的人对她也没有好感。她一点也不亲切可爱。并不是娜塔莎喜欢孤独（她自己也不知道是不是喜欢孤独，多半是不喜欢），她是因为接二连三地怀孕，生育，喂奶，时刻参与丈夫的生活，无暇参加社交活动。凡是在娜塔莎婚前就认识她的人，看到她这种变化，无不像看到什么新鲜事那样感到惊讶。只有老伯爵夫人凭着母性的本能懂得，娜塔莎的热情都出于她需要家庭，需要丈夫，就像她曾在奥特拉德诺一本正经地说过的那样。做母亲的看到人家不了解娜塔莎，感到惊奇，她总是说娜塔莎是个贤妻良母。

“她爱丈夫和孩子爱到极点，”伯爵夫人说，“简直有点傻。”

聪明人，特别是法国人，都宣扬：一个姑娘婚后不应该不修边幅，疏于打扮，而应该更注意自己的仪表，使丈夫更为她着迷。但娜塔莎却没有遵守这条金科玉律。她正好相反，立即收起自己所有的魅力，而唱歌则是她最迷人的活动。她不再唱歌，就因为唱歌最能使人入迷。她确实变得落拓不羁，既不注意自己的言谈举止，也不向丈夫献媚，更不讲究梳妆打扮，毫不顾忌地向丈夫提出种种要求，什么事都满不在乎。她的行为都违反那条金科玉律。她一开始就把整个身心无保留地奉献给丈夫，因为她认为以前向丈夫施展魅力是出于本能，现在再这样做就只会显得可笑。她觉得她同丈夫的联系，现在靠的不是以前那种充满诗意的感情，而是另一种模糊而牢固的东西，就像自己的心灵同肉体的结合那样。

她认为，梳上蓬松的鬈发，穿上时髦的连衣裙，唱唱抒情歌曲来讨丈夫的欢心，这就像自得其乐地梳妆打扮一样可笑。现在，为讨人喜欢而梳妆打扮，她也许会觉得有趣，但她实在没有工夫。她不唱歌，不打扮，说话不注意措辞，主要是因为她顾不上这些。

当然，人能把全部精力贯注于一件事，不管这件事是多么微不足道。而一旦全神贯注，不论什么微不足道的事就会变得极其重要。

娜塔莎全神贯注的就是家庭，也就是丈夫。她要使他完全属于她，属于家庭。另外，她还要生育、喂养和教育孩子。

她投身于她所从事的活动，不仅用全部智慧，而且用整个心灵。她陷得愈深，那件事就显得愈大，她就愈感到力不从心，因此，即使她全力以赴，还是来不及做完她应该做的事。

妇女权利、夫妻关系、夫妻的自由和权利，当时虽然还没有被当作**问题**，但已像现在一样存在。不过，娜塔莎对这些问题不仅不感兴趣，而且根本不能理解。

这些问题在当时也同现在一样，只对那些把夫妇关系纯粹看成某种满足的人才存在。他们只看到婚姻的开端，而没有看到家庭的全部含义。

这些议论和现在存在的一些问题就像怎样从吃饭中获得最大满足一样，但对于那些认为吃饭的目的是取得营养，结婚的目的是建立家庭的人来说，这种问题是不存在的。

如果吃饭的目的在于使身体得到营养，那么两顿饭一起吃的人也许会感到很大的满足，然而不能达到吃饭的目的，因为胃容纳不了两顿饭。

如果婚姻的目的是建立家庭，那么，希望娶许多妻子或嫁许多丈夫的人也许能得到许多满足，但决不能建立家庭。

如果吃饭的目的在于得到营养，结婚的目的在于建立家庭，那么，要达到目的，进食就不能超过胃的容量，一个家庭里的夫妻也不能超过需要，就是说只能是一夫一妻。娜塔莎需要一个丈夫，她有了一个丈夫，丈夫给了她一个家庭。另外再找一个丈夫，她不仅认为没有必要，而且由于她全心全意为丈夫和家庭操劳，她不能想象另一种情况，对此也毫无兴趣。

一般说来，娜塔莎不爱交际，但她很重视亲戚关系，珍惜同玛丽雅伯爵夫人、哥哥、母亲和宋尼雅的关系。她会穿着睡袍，披头散发，喜气洋洋，从育儿室大步跑出来，把不再沾着绿色屎斑而是沾着黄色屎斑的尿布给他们看，听他们安慰她说孩子身体好多了。

娜塔莎不修边幅，她的衣着、她的发型、她那不合时宜的谈吐、她的嫉妒心（她嫉妒宋尼雅，嫉妒家庭女教师，嫉妒任何女人，不管她是美是丑）常常成为她周围人们的笑柄。大家都认为皮埃尔被老婆管得服服帖帖，事实也真是这样。娜塔莎婚后一开始就提出她的要求。她认为他生活中的每一分钟都应该属于她和家庭。娜塔莎的这一崭新观点使皮埃尔大吃一惊。皮埃尔对妻子的要求虽然感到惊讶，但又沾沾自喜，完全听从她的话。

皮埃尔对妻子俯首帖耳，表现在他不仅不敢向别的女人献殷勤，而且不敢露出笑容同别的女人谈话，不敢去俱乐部吃饭**作为消遣**，不敢随便花钱，不敢长期出门，除非去办正经事。妻子把学术活动算作正经事，尽管她对此一窍不通，却很重视。作为交换条件，皮埃尔在家里有权处理自己的事，也可以随自己的意思安排全家的事。娜塔莎在家里甘当丈夫的奴隶。皮埃尔工作时，也就是在书房里读书写作时，全家人都踮着脚尖走路。只要皮埃尔表示喜欢什么，他的愿望总能得到满足。只要他一提出什么希望，娜塔莎就立刻跑去加以实现。

全家都遵照实际上并不存在的皮埃尔的吩咐，也就是遵照娜塔莎竭力猜测的丈夫的愿望行事。全家的生活方式、居住地点、社交活动、娜塔莎的工作、孩子的教育，无不遵照皮埃尔的心意，而且娜塔莎还竭力从皮埃尔的言谈中揣测他的意思。她总能准确地猜出皮埃尔的真实心意，一旦猜透，她就坚决去办。如果皮埃尔改变主意，娜塔莎就以他原来的想法反驳他。

他们生活中一度遇到过的困难，皮埃尔永远不会忘记。当时，娜塔莎生下第一个瘦弱的孩子后，先后换了三个奶妈。娜塔莎急坏了。有一天，皮埃尔把他信奉的卢梭思想讲给她听，说请奶妈喂奶违反自然规律，而且对母子都有害。于是娜塔莎在生第二个孩子后，不顾母亲、医生和丈夫的反对，违反当时的风俗习惯，坚持自己喂奶，而且从此以后所有的孩子都由她亲自喂奶。

常常有这样的事：两口子在气头上争吵起来，但在争吵一阵后，皮埃尔常常又惊又喜地发现，不仅是妻子的言谈，而且是她的行动，都反映出他原来的想法。他不仅发现他原来的想法，而且她避而不提他在争吵中说过的偏激话。

过了七年夫妇生活后，皮埃尔高兴地深信自己不是一个坏人，他之所以有这种想法，是因为他从妻子身上看到了自己。他觉得自己内心有善有恶，两者互相遮掩。但在妻子身上只反映出他身上真正善的一面，那些不完善的东西都被抛弃了。这种情况不是通过逻辑思维而是神秘地直接反映出来的。

11

两个月前，皮埃尔已住在罗斯托夫家，他接到费多尔公爵来信，说彼得堡有个协会将讨论重要问题，要他去参加，因为皮埃尔是这个协会的主要创办人之一。

娜塔莎一向阅读丈夫所有的信件，也读了这封信。尽管丈夫出门使她难受，她还是主动劝他去彼得堡。丈夫所从事的脑力劳动她虽然一窍不通，但她还是很重视，唯恐妨碍丈夫的工作。皮埃尔读完信，用胆怯和询问的目光瞧了娜塔莎一眼，娜塔莎答应他去，但要他定下归期。娜塔莎给了他四星期假。

皮埃尔已超假两个星期，娜塔莎一直处于提心吊胆、忧郁烦躁的状态中。

杰尼索夫现在已是一位退役将军，对现状不满，正好这时来到他们家。他看到娜塔莎，就像看到一幅一度心爱的人的不像的画像，感到惊讶和感慨。忧郁无神的目光、答非所问的言谈、关于孩子的谈话，这就是他在原来的天仙身上见到和听到的一切。

这段时间娜塔莎一直忧心忡忡，烦躁不安。母亲、哥哥、玛丽雅伯爵夫人都安慰她，竭力替皮埃尔的迟迟不归寻找原因，为他辩护，但反而使她更加烦躁。

“都是胡说，都是废话，”娜塔莎说，“他的胡思乱想不会有什么结果，那些团体都愚蠢透顶。”她说到他所从事的活动，而原来她却认为这种活动是极其重要的。她到育儿室去喂她的独子彼嘉。

她抱起三个月的小东西，感到他的小嘴在吮吸，小鼻子在呼哧，她获得的安慰超过任何人的劝解。这个小东西仿佛在说：“你生气了，你妒忌了，你要向他算账，你又怕了，可我就是他，我就是他……”她无言以对，因为他说的是实话。

在这烦躁不安的两星期里，娜塔莎常常跑到孩子那里去寻求安慰，不断摆弄他，结果奶喂多了，孩子病了。孩子一病，她惊慌失措，但又愿意这样。因为一照顾孩子，就可以分心，不再那么替丈夫担忧。

那天，娜塔莎正在给孩子喂奶，门口传来皮埃尔的雪橇声。保姆知道怎样使女主人高兴，就满面笑容，悄悄地快步走进来。

“他回来了？”娜塔莎连忙低声问，身子不敢动弹，唯恐吵醒刚睡着的孩子。

“回来了，太太。”保姆低声说。

血涌上娜塔莎的脸，她的脚不由自主地动起来，但她不能奔出去迎接，婴儿又睁开眼睛看了一下。“你在这儿。”他仿佛这么说，接着又懒洋洋地咂起嘴来。

娜塔莎轻轻地抽出奶头，把婴儿摇了摇交给保姆，快步向门口走去。但她在门口站住，仿佛由于太高兴而匆忙地放下孩子有点内疚。她又回顾了一下。保姆正抬起臂肘，把婴儿放到小床上去。

“您去吧，去吧，太太，您放心好了！”保姆含笑低声说，主仆之间的关系显然很融洽。

娜塔莎轻快地跑进前厅。

杰尼索夫衔着烟斗从书房来到大厅，这时他才第一次认出娜塔莎的本来面目。她又容光焕发，喜气洋洋。

“他回来了！”她一边跑，一边说。杰尼索夫并不怎么喜欢皮埃尔，但这时他也因皮埃尔回来而感到高兴。娜塔莎一跑进前厅，就看见一个穿皮大衣的体格魁伟的人正在解下围巾。

“是他！是他！真的，是他！”她自言自语，跑过去拥抱他，把他的头贴到自己胸前，然后又把他推开，瞧了瞧他那结着霜花的红润快乐的脸。“对，是他，真高兴，真快乐……”

娜塔莎突然想起等待他两个星期的苦恼，脸上的喜悦顿时消失。她眉头一皱，就向皮埃尔尽情发泄心中的怒气。

“哼，你倒好！你很得意，很开心……可我呢？你至少也得疼疼孩子啊。我自己喂奶，可是我的奶坏了。彼嘉差点儿死掉。你倒开心，是啊，你很开心。”

皮埃尔觉得自己没有错，因为他不可能提前回来。他知道她这样发脾气是不对的，知道过两分钟就会烟消云散，但主要是他心里觉得很高兴，很得意。他想笑，又不敢笑，就装出一副怯生生的可怜相，低下头。

“我没有办法早回来，真的！彼嘉怎么样？”

“现在没什么，我们走吧。你真不害臊！你真不知道你不在我有多难受……”

“你身体好吗？”

“走吧，走吧！”她说，没有放开他的手。他们一起走到屋里。

尼古拉夫妇来找皮埃尔，皮埃尔正在育儿室，用他巨大的右手托着刚睡醒的儿子逗着玩。孩子没有长牙的宽脸上浮起愉快的微笑。风暴已经过去，娜塔莎含情脉脉地望着丈夫和儿子，脸上焕发出快乐明朗的光辉。

“你同费多尔公爵都谈好了吗？”娜塔莎问。

“是的，谈得很好。”

“你看，他抬起头来了。哦，他可把我吓坏了！”

“你看见公爵夫人没有？她是不是真的喜欢他了？……”

“是啊，你可以想象……”

这时，尼古拉伯爵夫妇走进来。皮埃尔没有放下孩子，俯身吻了吻他们，回答他们的问题。不过，尽管有许多趣事要谈，那戴着睡帽、摇晃着脑袋的婴儿显然吸引了皮埃尔的全部注意。

“多么可爱！”玛丽雅伯爵夫人望着孩子说，同时逗着他玩。

“尼古拉，我真不懂，”她对丈夫说，“你怎么不懂得这小宝贝有多可爱。”

“我不懂，我看不出来，”尼古拉说，冷冷地瞧着婴儿，“一块肉罢了。我们走吧，皮埃尔。”

“其实他是个慈祥的父亲，”玛丽雅伯爵夫人替丈夫辩解说，“但要等孩子满一周岁……”

“皮埃尔可是很会带孩子，”娜塔莎说，“他说，他的手生来就是为了抱孩子的。你们瞧。”

“不，不就是为了抱孩子。”皮埃尔忽然笑着说，抱起孩子，把他交给保姆。

12

童山庄园也像一切正常的家庭那样有几个不同的圈子，每个圈子保留着各自的特点，但互让互谅，因而形成一个和谐的整体。家里发生的每件事，不论是悲是喜，对所有的圈子都同样重要，但每个圈子的悲喜都有自己的原因。

譬如皮埃尔的归来是一件大喜事，大家都有这样的感觉。

仆人们往往是东家最可靠的评判员，因为他们作评判不是根据东家的谈话和表情，而是根据他们的行动和生活方式。他们看见皮埃尔归来感到高兴，因为知道只要皮埃尔在家，尼古拉伯爵就不会天天去巡视田庄，他还会变得快乐些，和气些，过节时他们还可以得到好礼物。

皮埃尔回来，孩子和女教师也很高兴，因为谁也不像皮埃尔那样常常带他们去参加社交活动。只有他会在古钢琴上弹苏格兰舞曲（他只会弹这一支舞曲），他说用这支舞曲伴奏可以跳各种舞。此外，他准会给所有的人带来礼物。

小尼古拉如今已有十五岁，是个瘦弱聪明的孩子，生着一头淡褐色的鬈发和一双美丽的眼睛。他看见皮埃尔回来也很高兴，因为皮埃尔叔叔（他这样称呼他）是他所崇敬和热爱的人。其实谁也没有教他去特别喜欢皮埃尔，他也难得见到皮埃尔。抚养他的玛丽雅伯爵夫人则竭力要小尼古拉像她那样热爱她的丈夫，而小尼古拉也确实爱姑父，但对姑父多少有点蔑视。他非常喜欢皮埃尔。他不想当尼古拉姑父那样的骠骑兵，也不想得圣乔治勋章，他想做一个像皮埃尔叔叔那样聪明善良而又有学问的人。他在皮埃尔面前总是眉飞色舞，容光焕发。皮埃尔一同他说话，他就脸红，呼吸急促。他听皮埃尔说话总是一字不漏，过后就同德萨尔一起或者独自玩味皮埃尔的每句话。皮埃尔的经历、他在一八一二年以前的不幸遭遇（小尼古拉根据听到的事构思了一幅朦胧的富有诗意的图画）、他在莫斯科的历险、俘虏生活、普拉东的事（他从皮埃尔那里听到的）、他对娜塔莎的爱情（小尼古拉对娜塔莎也有一种特殊的爱），特别是他同小尼古拉记不清的父亲的友谊——这一切使皮埃尔在小尼古拉的心目中成为英雄和圣人。

从皮埃尔谈到他父亲和娜塔莎的片言只语中，从皮埃尔谈到小尼古拉亡父时的激动心情中，从娜塔莎谈到他时审慎而虔诚的态度中，这个初次意识到爱情的孩子猜想他的父亲爱过娜塔莎，临终时又把她托付给朋友。小尼古拉虽然不记得父亲，但父亲是他神秘的崇拜对象，他一想到父亲就心里发紧，又悲又喜，泪水盈眶。因此，皮埃尔回来，小尼古拉也很高兴。

客人们欢迎皮埃尔，因为他一来大家都感到热闹快乐。

家里的成年人欢迎他（更不用说他的妻子了），因为有他在，生活就显得轻松平静。

老太太们欢迎他，因为他带来礼物，还因为他使娜塔莎又变得活泼可爱。

皮埃尔发觉不同的人对他有不同的看法，他总是竭力满足每个人的愿望。

皮埃尔原是个神不守舍、十分健忘的人，如今却根据妻子开的单子，买全了所有的东西。他没有忘记岳母和内兄的委托，没有忘记送给别洛娃的衣料，也没有忘记送给侄儿们的玩具。他刚结婚时，妻子嘱咐他别忘了买这买那，他感到奇怪。而他第一次出门就把这些忘记得一干二净，使妻子十分伤心，他却不明白为什么会这样。后来他习惯了。他知道娜塔莎自己什么也不要，而给别人买礼物，只有他提出来，她才同意他买。现在他给全家人买礼物，感到像孩子一般快乐，而且再也不会忘记这种事。如果娜塔莎责怪他，那只是因为他买得太多，价钱太贵。而娜塔莎的缺点，多数人认为是不修边幅，落拓不羁（皮埃尔却认为是优点），如今又增加了一条，就是吝啬。

皮埃尔成家后，人口多，开支大，但使他惊异的是，他发现实际的开销比原来减少一半，他那陷入困境的经济状况（主要由于前妻的债务）已开始好转。

生活方式变了，钱也用得少了。皮埃尔不再挥金如土，没有随时破产的危险，他再也不愿像以前那样过日子。他觉得他的生活方式从此确立，至死不会改变，而且他也无权改变这种俭朴的生活方式。

皮埃尔满面春风地理着他买回来的东西。

"怎么样！"他像店员一样抖开一块印花布说。娜塔莎坐在对面，把大女儿抱在膝盖上，亮晶晶的目光从丈夫身上移到那块衣料上。

"这给别洛娃吗？太好了！"她摸摸衣料说。

"这大概要一卢布一尺吧？"

皮埃尔说了价钱。

"太贵了！"娜塔莎说。"哦，孩子们会高兴的，妈妈也会喜欢的。只是你何必给我买这个！"她又说，忍不住笑，欣赏着一把镶珍珠的金梳。当时这种梳子刚流行。

“是阿迪尔鼓动我买的，她说，买吧，买吧！”皮埃尔说。

“我什么时候戴啊？”娜塔莎把梳子插在发辫上，说。“等我们的玛申卡参加舞会时用吧，说不定到那时又会时兴的。好了，我们走吧！”

他们收拾起礼物，先到育儿室，然后去见老伯爵夫人。

皮埃尔和娜塔莎夹着一包包礼物走进客厅时，老伯爵夫人照例在跟别洛娃摆牌阵。

伯爵夫人已六十多了。她一头白发，戴着睡帽，荷叶帽边围住她的脸，脸上皱纹累累，上唇瘪着，双目无神。

她的儿子和丈夫接连去世，她觉得自己在这个世界上是个被遗忘的人，活着没有任何目的和意义。她吃、喝、睡，身体没病，但没有生活。生活没有给她丝毫印象。她对生活别无所求，只图平静，而平静只有死才能获得。但在死神降临前她还得活下去，也就是还得消磨时间和生命。她身上具有小孩和老人才有的特征。她活着没有任何目的，只需满足身体各种机能的自然要求。她要吃，要睡，要想，要说，要哭，要做事，要生气，等等，只因为她有胃，有脑子，有肌肉，有神经，有肝脏。她做这一切，不是由于客观条件的推动，不像人在精力旺盛时那样集中力量追求一个目的，而忽略其他目的，她说话，只是因为她生理上需要运动肺和舌头。她像婴儿那样哭，是因为她需要擤鼻涕，等等。精力旺盛的人看作目的的事，在她只是一种借口。

例如，她在早晨或头天吃了油腻的东西，要发脾气，于是她首先就把别洛娃耳背作为借口。

她在屋子另一头小声对别洛娃说话。

“今天好像暖和些，老姐妹。”她低声说。别洛娃回答说：“是啊，他们来了。”于是她气愤地咕噜说：“天哪，她又聋又笨！”

另一个借口是鼻烟，她嫌鼻烟不是太干，就是太潮，或者磨得不细。她发过脾气就脸色蜡黄。使女们一看她的脸色就知道，别洛娃又耳背了，鼻烟又潮了，因此她的脸色又发黄了。就像她需要发脾气一样，她有时也需要动动她那变得迟钝的脑筋，因此摆牌阵成了她的借口。她要哭，就借口哭去世的伯爵。她要惊慌不安，尼古拉的健康就成了借口。她要说说刻毒话，就找玛丽雅伯爵夫人的岔子。她需要动动发音器官（多半是在晚饭后六七点钟，在阴暗的屋子里），就对同一些听众重复讲同一些故事。

老太太的这种心情全家人都知道，尽管谁也不说，而且大家都竭力满足她的愿望。尼古拉、皮埃尔、娜塔莎和玛丽雅之间只偶尔变换一下眼色，相对苦笑，彼此理解，但心照不宣。

不过这些眼色还有另一层意思，就是说她已尽了人生的职责，他们看到的已不是她的全部，有朝一日大家都会像她那样，因此甘愿迁就她，并且为她这个原来很可爱、原来像我们一样充满活力、如今却变得如此可怜的人而克制自己。*她不久于人世了*[1]——他们的目光这样表示。

家里只有冷酷和愚蠢的人以及孩子不懂得这一点，他们疏远她。

1 原文是拉丁文。

13

皮埃尔夫妇来到客厅，老伯爵夫人照例正在摆牌阵以活动脑筋，因此，她虽然也像皮埃尔或儿子每次出门回来时那样说：“是该回来了，是该回来了，宝贝，大家都等急了。哦，这下可好了。”在送她礼物时，她也照例说：“可贵的不是礼物，朋友，谢谢你没有忘记我这个老太婆，还带……”皮埃尔这时进来，她显然不高兴，因为她正在摆牌阵，他使她分心。等她摆完牌阵，她才接受礼物。礼物包括：一只精致的牌盒；一只浅蓝色塞夫勒茶杯，杯上绘有几个牧羊女；一只绘有伯爵遗像的金鼻烟壶，遗像是皮埃尔请彼得堡一位微型画家绘制的（伯爵夫人早就想要一只这样的鼻烟壶了）。她此刻不想哭，因此只冷冷地瞧了瞧遗像，专心摆弄那只牌盒。

“谢谢你，我的朋友，你使我高兴！”她像往常一样说。“你总算回来了。她也太不像话，你该骂骂你的媳妇。成什么体统！你不在，简直要发疯了，什么也不顾，什么也不记得！”她说着她的那一套。“你瞧瞧，别洛娃，他给我们带来一个多好的盒子。”

别洛娃称赞礼物，也很喜欢送给她的衣料。

皮埃尔、娜塔莎、尼古拉、玛丽雅和杰尼索夫虽有许多话要说，但他们不愿当着老伯爵夫人的面说，倒不是有什么事要瞒着她，而是因为老伯爵夫人许多地方落后了，如果当着她的面谈话，就得回答她一些不合时宜的问题，重复对她说过几次的话：某人去世了，某人结婚了，但她还是记不住。她们照例在客厅里围着茶炊喝茶，皮埃尔回答老伯爵夫人的问题，例如华西里公爵有没有见老，马莉娅·阿列克谢耶夫娜伯爵夫人有没有向她问候，有没有惦记她，等等。这些问题她其实并不关心，别人也不感兴趣。

这种谁也不感兴趣但又无法避免的谈话，在喝茶时始终进行着。全家成年人都围着圆桌喝茶，桌上放着一个茶炊，宋尼雅坐在茶炊旁边。孩子们和男女家庭教师都已喝过茶，从隔壁起居室里传来他们的谈笑声。喝茶时大家都坐在固定的位子上，尼古拉坐在炉边的小桌旁，桌上放着茶。米尔卡是第一代猎犬的崽子，它那双乌黑的大眼睛睁得比平时更大，满脸白毛，此刻躺在尼古拉旁边的安乐椅上，杰尼索夫鬈曲的头发和络腮胡子都已花白，他敞开将军服，坐在玛丽雅伯爵夫人身旁。皮埃尔坐在妻子和老伯爵夫人中间。他讲着他认为老太太会感兴趣并且听得懂的事。他谈到社会上的一些事，谈到老伯爵夫人的一些同辈人，他们当年也很活跃，可如今天各一方，像她一样安度着晚年，收获着早年种下的庄稼的最后一批残谷。老伯爵夫人认为她们才是真正正经的一代。娜塔莎从皮埃尔活跃的言谈上看出，他这次旅行一定很有趣，他有许多话要说，但不敢当着老伯爵夫人的面说出来。杰尼索夫不是家庭成员，因此不明白皮埃尔为什么这样拘谨，再说他对时局不满，又很关心彼得堡的情况，就不断怂恿皮埃尔讲讲谢苗诺夫团刚发生的事，讲讲阿拉克切耶夫的情况，讲讲圣经会[1]的事。皮埃尔有时讲得津津有味，忘乎所以，尼古拉和娜塔莎就把话题拉到伊凡公爵和纳雷施金娜伯爵夫人的健康上来。

“那么，高斯涅尔和塔塔利诺娃[2]还在那么疯疯癫癫地干他们那一套吗？”

“还在干他们那一套吗？”皮埃尔嚷道。“干得比什么时候都卖力。圣经会如今就是政府。”

“这是怎么一回事，我亲爱的朋友？”伯爵夫人问，喝完茶，显然想饭后找个借口发脾气。“你说什么政府，我不明白。”

“哦，是这样的，妈妈，”尼古拉说，知道怎样把话译得让母亲听懂，“就是高里岑公爵创办了一个会，据说，他很得势。”

“阿拉克切耶夫和高里岑，”皮埃尔脱口而出，“如今大权在握，可他们啊，看到到处是阴谋，草木皆兵。”

“哼，高里岑公爵有什么过错？他这人德高望重。我当年在纳雷施金娜家见到过他。”老伯爵夫人生气地说。大家都不作声，她就越发生气，继续说：“如今对谁都说长道短。福音书的团体有什么不好？”她站起来（大家也都站起来），板着脸，向起居室里她的桌旁姗姗走去。

在难堪的沉默中，隔壁屋里传来孩子的笑语声。孩子们那里准有什么开心事。

“好了，好了！”在一片欢乐的笑声中传出小娜塔莎的叫声。皮埃尔同玛丽雅伯爵夫人和尼古拉交换了一个眼色，快乐地

1 圣经会于1812年由高里岑建立，具有浓厚的政治色彩；后因高里岑失势，于1826年被沙皇尼古拉一世封闭。

2 两人都是神秘主义者，高斯涅尔曾任圣经会会长，塔塔利诺娃是精神协会创始人，后来两人都失败了。

笑了。他一直盯住娜塔莎。

“这音乐真是美妙！”他说。

“准是安娜·玛卡罗夫娜把袜子织好了。”玛丽雅伯爵夫人说。

“哦，我去瞧瞧。”皮埃尔跳起来，说，“你知道吗，”他在门口站住说，“我为什么特别喜欢这种音乐？因为它让我知道一切平安。我今天回家，离家越近，就越是担心。我一走进前厅，听见安德留沙的笑声，我就知道家里平安……”

“我懂，我懂得这种感情，”尼古拉附和说，“但我不能去，她织的袜子是给我的一件杰作。”

皮埃尔走到孩子们那里，笑声和叫声更热闹了。“啊，安娜·玛卡罗夫娜，”皮埃尔说，“你到这儿中间来，听好口令，一，二，我说三，你就站到这里来，我来抱你。好，一，二……”传来皮埃尔的声音，接着是一片沉默。“三！”屋里传来孩子们的欢叫声。

“两只，两只！”孩子们叫道。

他们说的是两只袜子。安那·玛卡罗夫娜有一个绝招，能用一副针织出两只袜子，而且织好后总是当着孩子们的面，得意洋洋地从一只袜子里抽出另一只袜子来。

14

过了一会儿，孩子们来道晚安。他们同所有的人一一吻别，男女家庭教师行过礼也都出去了。只有德萨尔和他的学生小尼古拉留下来。他低声叫小尼古拉下楼去。

“不，德萨尔先生，我要求姑妈让我待在这儿。”小尼古拉低声回答。

“姑妈，让我待在这儿吧！”小尼古拉走到姑母面前说。他脸上露出激动、兴奋和恳求的神色。玛丽雅伯爵夫人瞧了瞧他，对皮埃尔说：

“只要您在这儿，他就不愿离开……”

“德萨尔先生，我回头把他送到您那儿去，晚安！”皮埃尔把手伸给瑞士人，接着笑眯眯地对小尼古拉说：“我们还没见过面呢。玛丽雅，他长得真像……”他转身对玛丽雅伯爵夫人说。

“像爸爸？”孩子说，脸涨得通红，用充满敬爱的亮晶晶的眼睛从脚到头打量着皮埃尔。皮埃尔向他点点头，继续他那被孩子打断的话题。玛丽雅伯爵夫人在十字布上绣花；娜塔莎目不转睛地望着丈夫。尼古拉和杰尼索夫要了烟斗抽烟，他们向没精打采地一直坐在茶炊旁的宋尼雅要茶喝，又向皮埃尔打听消息。

生着一头鬈发的病弱的小尼古拉坐在不受人注意的角落里，细长的脖子露在翻领外，生着鬈发的脑袋转向皮埃尔，他偶尔打个哆嗦，显然体验到什么强烈的感情。

谈话转到来自最高当局的一些流言蜚语，其中多数是人们很感兴趣的内政问题。杰尼索夫因官场失意而对政府不满，听到彼得堡最近一些丑闻很高兴，对皮埃尔说的事发表了一通尖刻的评论。

“过去被迫当日耳曼人，如今又得跟着塔塔利诺娃和克留德涅尔夫人[1]团团打转，还得读艾加特豪森[2]之流的著作。哼，真该把波拿巴这宝贝放出来！他会让大家头脑清醒的。把谢苗诺夫团交给施瓦茨这样的士兵指挥，像话吗？”他怒吼道。

尼古拉虽然不像杰尼索夫那样专门挑岔儿，但也认为议论政府是大事，而甲当大臣，乙任总督，皇帝说什么话，大臣说什么话都很重要。他认为这一切都应该关心，并向皮埃尔提出各种问题。不过，他们两人问到的不外乎政府高级部门的一些传闻。

娜塔莎深知丈夫的心思和脾气，看出皮埃尔早想转换话题，谈谈他的隐秘思想（他去彼得堡，就是为此要同他的新朋友费多尔公爵讨论一番），于是她问他：他跟费多尔公爵的事[3]进行得怎样了？

“什么事？”尼古拉问。

“就是那些事，”皮埃尔环顾左右说，“大家都看到，情况糟得不能再糟了，一切正派人都有责任尽力挽救局势。”

“正派人又有什么办法呢？”尼古拉微微皱起眉头说。“他们能做些什么呢？”

1 克留德涅尔夫人（1764—1825），女作家，生于里加，宣扬神秘主义，亚历山大一世曾受她影响。

2 艾加特豪森（1752—1803），德国神秘主义作家。

3 指十二月党人的革命活动。

“听我说……”

“我们到书房里去吧。”尼古拉说。

娜塔莎早就想到该喂孩子了，听见保姆呼唤，就到育儿室去。玛丽雅伯爵夫人跟着她去。男人们到书房里去，小尼古拉乘姑父不注意，也来到书房，坐在靠窗写字台旁的暗角里。

“那么，你想怎么办呀？”杰尼索夫问。

“都是些空想。”尼古拉说。

“听我说，”皮埃尔没有坐下，时而在屋子里踱步，时而停下来，一面含糊不清地说，一面迅速地打手势，“听我说。现在彼得堡的形势是，皇帝不问国事。他迷信神秘主义（任何人迷信神秘主义，皮埃尔都不能原谅）。他一味贪图安宁，而安宁只有那些伤天害理、乱砍乱杀如马格尼茨基和阿拉克切耶夫之流才能提供……如果你不亲自过问经济，只贪图安宁，那么，你的管家越厉害，你就越容易达到目的，你同意吗？”他问尼古拉。

“嗯，你说这话干什么？”尼古拉说。

“咳，国家会灭亡的。法庭里盗窃案累累，军队里只用大棒：出操，军屯，人民遭殃，教育荒废。凡是新生的正经的事物统统遭扼杀！谁都明白，再这样下去不行。弦绷得太紧准会断裂，”皮埃尔说（自有政府以来，人们观察政府行为都这么说），“我在彼得堡只对他们说了一点。”

“对谁？”杰尼索夫问。

“这您知道，”皮埃尔皱着眉头，意味深长地望着他说，“我是对费多尔公爵他们那一帮说的。热心教育和慈善事业，固然很好。动机很好，如此而已，而当前形势却需要别的东西。”

这时尼古拉发现内侄在场，就沉下脸向他走去。

“你待在这儿干什么？”

“什么？让他待在这儿吧！”皮埃尔拉住尼古拉的手臂说

下去，“这还不够。我对他们说，现在需要别的东西。现在大家都在等待绷紧的弦断裂，大家都在等待不可避免的变革，这时就更应该加强团结，手挽着手来应付普遍的灾难。凡是年富力强的都被拉了过去，腐化堕落。有的沉迷女色，有的醉心名位，有的追求权势金钱，他们都投奔那个阵营。像你我这样还能独立自主的人根本就找不到一个。我说：要扩大我们的圈子，我们的口号是：不能光谈道德，要独立和行动。”

尼古拉离开内侄，怒气冲冲地挪过一把椅子坐下，听皮埃尔说话，不以为然地干咳着，眉头越皱越紧。

“那么，行动的目的是什么呢？”他叫道，“你对政府抱什么态度？”

“抱这样的态度！助手的态度。我们的组织本来无须保密，如果政府允许的话。我们的组织不仅不同政府为敌，而且是个地道的保守派。这是一个纯粹的绅士组织。我们的目的只是不让普加乔夫杀害我们的孩子，不让阿拉克切耶夫把我送去屯垦。我们就是为了这个目的要手挽手地保卫共同的幸福和安全。”

“噢，但秘密组织总是敌对和有害的，它只会产生恶果。”尼古拉提高嗓门说。

“为什么？难道拯救欧洲（当时还不敢妄想由俄国来拯救欧洲）的道德同盟[1]有什么害处吗？道德同盟是一种美德的结合，是一种爱，是一种互助；也就是基督在十字架上所宣扬的。”

娜塔莎在谈话中途走进来，高兴地瞧着丈夫。她并不是因为听了他的话而高兴。她甚至对他的话不感兴趣，因为她觉得这一切太平凡，这一切她早就知道了（她有这样的感觉，因为她知道

1 道德同盟，1808年在普鲁士成立的秘密政治团体，宗旨是反对拿破仑法国，于1810年被法国政府下令解散。俄国十二月党人最初的组织章程曾参考“道德同盟”的政治纲领。

皮埃尔的心思）。她看到皮埃尔那副兴奋的样子，就感到高兴。

不过，更兴致勃勃地望着皮埃尔的，则是那个从翻领里露出细脖子的被人遗忘的男孩子。皮埃尔的每句话都触动他的心，他无意识地把姑父桌上的火漆和鹅毛笔都捏断了。

“完全不是像你所想的那样，德意志的道德同盟就是这样，我的建议就是这样。”

“哦，老弟，道德同盟只对德国佬有利。这个组织我可不了解，连说都说不上来，”杰尼索夫坚决地大声说，“一切都很糟，很可恶，这我同意，可是道德同盟我不了解，也不喜欢。什么道德，什么同盟！无非是要我听你的！”

皮埃尔微微一笑，娜塔莎也笑起来，但尼古拉的眉头皱得更紧，他竭力向皮埃尔说明，不会发生任何变革，他所说的危险完全是他想象出来的。皮埃尔进行反驳，他的思想更活泼，思路更敏捷，使尼古拉陷入窘境。这使尼古拉更加恼火，因为他不是凭推理，而是凭比推理更有力的直觉认为自己的看法是完全正确的。

“我要向你直说，”他说着站起来，神经质地把烟斗推到嘴角，又把它拿下，“我无法向你证明。你说一切都很糟，要发生一场变革，可我看不出来，但你说，宣誓是有条件的。关于这件事我要对你说，你我是至交，这你也知道，但你们要是组织秘密团体反对政府，不管是什么样的政府，我有责任维护政府。如果现在阿拉克切耶夫下令，要我带领一连骑兵讨伐你们，我将毫不犹豫，立刻出动。至于你要怎么说，你就怎么说好了。”

接着是一阵难堪的沉默。娜塔莎终于先开口。她替丈夫辩护，攻击哥哥。她的辩护是笨拙无力的，但她达到了目的。谈话恢复了，但已没有尼古拉刚才说话时那种敌对的气氛。

大家站起来去吃晚饭，这时小尼古拉走到皮埃尔面前。他脸色苍白，眼睛炯炯有神。

“皮埃尔叔叔……您哪……我说……要是爸爸活着，他会同意您的意见吧？”他问。

皮埃尔顿时想到，当他们谈话时，这个孩子身上一定发生过独特的感情波澜和复杂的思想活动。他想到孩子一定听到了他的话，感到懊恼。但不管怎样他得回答他。

“我想他会的。”他勉强说着，走出书房。

孩子低下头，仿佛这时才发现自己弄坏了桌上的东西，他涨红脸，走到尼古拉面前。

“姑父，原谅我，我不是有意这样做的。”他指着折断的火漆和鹅毛笔说。

尼古拉气得身子打了个哆嗦。

“好，好！”他说着把火漆和鹅毛笔扔到桌子底下。他显然勉强忍住怒气，转过身去。

“你根本就不该待在这里！”他说。

15

晚饭时，大家不再谈政治和社团问题，而转到尼古拉最感兴趣的话题：回忆一八一二年。这话题是由杰尼索夫引起的，皮埃尔一谈到这件事，就显得格外可爱和可笑。最后，这几个亲戚在友好的气氛中走散。

饭后，尼古拉在书房里宽衣，对等待已久的管家吩咐了几句，穿着睡袍走进卧室。他发现妻子还坐在写字台旁写字。

“你在写什么呀，玛丽雅？”尼古拉问。玛丽雅伯爵夫人脸红了。她担心她写的东西丈夫不会理解，也不会赞成。

她本不想让他看到她所写的东西，但现在既已看到，她也乐于如实告诉他。

“这是日记，尼古拉。”她说，把一本写满笔迹豪放的文字的淡蓝笔记本递给他。

“日记？……”尼古拉含着嘲弄的口气说，接过笔记本。日记是用法语写的。

“十二月四日。今天大儿子安德留沙醒后不肯穿衣服，路易小姐派人来叫我。这孩子任性而固执。我吓唬他，他更加发脾气。我就假装不理他，同保姆一起帮其他几个孩子穿衣服。我对他说，我不喜欢他。他似乎感到惊讶，好半天不作声；后来他穿着一件衬衣扑到我身上，哇的一声大哭起来，我好容易才把他哄好。显然，他因为使我伤心而感到难过；后来，晚上我给他单子，他吻着我又伤心地哭了起来。待他温存体贴，一切都能办到。”

“什么单子呀？”尼古拉问。

“我每天晚上给几个大孩子成绩单，看他们品行怎样。”

尼古拉瞧了瞧那双凝视着他的闪闪发亮的眼睛，继续翻阅日记。日记里记的都是做母亲的认为重要的事，反映出儿童的性格和有关儿童教育的想法。大部分都是些鸡毛蒜皮的小事，但在母亲看来并非如此，而此刻初次读到日记的父亲也有同感。

十二月五日的日记写着：

“米嘉吃饭时淘气，爸爸说不给他馅饼吃。他没有吃，眼巴巴地看着别人吃，怪可怜的！我想，罚孩子不准吃馅饼，只会使他们更贪吃。要告诉尼古拉。”

尼古拉放下日记，望望妻子。一双亮晶晶的眼睛带着询问的神情瞧着他，不知道他是不是赞成她的日记。毫无疑问，尼古拉不仅赞成，而且很钦佩妻子。

“也许不必这样苛求，也许根本不需要这样做。”尼古拉想，但她这种孜孜不倦培养孩子品德的精神使他钦佩。尼古拉若能意识到自己的感情，他准会发现，他之所以这样坚定、温柔和自豪地爱着妻子，是因为她有一个崇高的精神世界，这是他所无法达到的。

他以妻子的贤惠善良为荣，面对妻子的精神世界自惭形秽，而他尤其感到高兴的是，她不仅属于他，而且是他的一部分。

“我完全赞成，完全赞成，我的朋友。”尼古拉意味深长地说。他停了停，又说：“可我今天表现不好。刚才你不在书房里。我同皮埃尔争论发了脾气。我忍不住，他真是个孩子。要不是娜塔莎管住他，我真不知道他会怎样。你知道他去彼得堡干什么……他们在那里组织了……”

“噢，这我知道，”玛丽雅伯爵夫人说，“娜塔莎告诉我了。”

“那么，你可知道，”尼古拉一想起他们的争论就很激动，“他要我相信，凡是正直的人，其职责就是反对政府，而宣誓效忠……可惜你当时不在场。要知道他们围攻我，包括杰尼索夫和娜塔莎……娜塔莎挺可笑，她平时把他管得紧紧的，可是一遇到争论，她就没有了主见，而只会重复他的话。”尼古拉添加说，他忍不住想议论议论最亲近的人。他没有想到他说娜塔莎的那些话，完全可以用在他妻子身上。

“是的，这点我注意到了。”玛丽雅伯爵夫人说。

“我对他说宣誓效忠高于一切，可他一味胡扯。可惜你不在，不然你会怎么说呢？”

“照我看，你是完全对的。我对娜塔莎也是这么说的。皮埃尔说，大家都在受苦受难，腐化堕落，我们有责任帮助亲人。他的话当然不错。”玛丽雅伯爵夫人说，“但是他忘了上帝给我们的启示，我们还有其他更迫切的责任，我们自己可以冒险，但不能让孩子们去冒险。”

“对啊，对啊，我就是这样对他说的。”尼古拉附和说，他真的认为他这么说过。“可他还是坚持要爱他人和基督教，而且这一切都是当着小尼古拉的面说的。这孩子当时悄悄溜进书房里，把东西都弄坏了。”

“唉，尼古拉，你要知道，这孩子总是使我担忧，”玛丽雅伯爵夫人说，“他是一个非同寻常的孩子。我怕我忙着照顾我们自己的孩子而把他忽略了。我们大家都有孩子，都有亲人，可他一个亲人也没有。他总是一个人在那儿想心事。”

“但我看你也不用为他而责备自己。一个最慈爱的母亲能为自己孩子做的一切，你都为他做了，而且还在做。对此我当然感到很高兴。他是个好孩子，是个很好的孩子。今天他听皮埃尔说话听得出了神。你真不会想到，我们去吃晚饭，我一看，他把桌上的东西都弄坏了，而且马上向我坦白。我从没见他说过一句谎话。他真是个好孩子，真是个好孩子！”尼古拉一再说，他从来不喜欢小尼古拉，但总认为他是个好孩子。

“我到底不是他的亲娘，”玛丽雅伯爵夫人说，“我感觉到这一点，心里很难过。他是个好孩子，但我很替他担心。他要是有个伴就好了。”

“不要紧，时间不会久的。到夏天我就把他带到彼得堡去，”尼古拉说，“皮埃尔永远是个梦想家，”他继续说，又回到书房里的话题上来，这话题显然使他很激动。“至于阿拉克切耶夫不好，以及诸如此类的问题，那都关我什么事？我结婚时，负债累累，可能被抓去坐牢，可是母亲看不到，她也不了解。那些问题关我什么事。后来有了你，有了孩子，有了事业。我从早到晚坐在账房里，忙这忙那，难道我喜欢这样吗？不，我明白我应该工作，好奉养母亲，报答你，不让孩子们像我过去那样受穷。”

玛丽雅伯爵夫人想对他说，人活着不是单靠食物，他过分看重事业，但她知道没有必要这样说，说也没有用。她只拉起他的手吻了吻。他认为，妻子这一举动是表示赞同他的想法，想了一会儿，继续讲他的想法。

“你知道吗，玛丽雅，”他说，“今天伊里亚·米特罗方内奇（他的管家）从坦波夫乡下回来，说有人肯出八万卢布买那片树林。”尼古拉得意洋洋地说，不久他就能赎回奥特拉德诺庄园。“再过十年，我就能让孩子们过上优裕的生活了。”

玛丽雅伯爵夫人听着丈夫的话，明白他的意思。她知道，每当他说出他的想法时，他会问她，他说了些什么，如果发现她在想别的事，他就会生气。但她总是竭力勉强听着，因为对他的话一点不感兴趣。她眼睛望着他，不是想着别的事，而是感觉到别的什么。她对这个永远不理解她思想的人怀着无限柔情，百依百顺，而且就因为他不理解她的思想而越发爱他。她完全沉浸在这种感情中，因此从不考虑丈夫的计划，她的头脑里还掠过一些与他的话毫不相干的念头。她想到她的侄儿（丈夫说到他在听皮埃尔的谈话时很激动，这很使她吃惊），想到他那多愁善感的性格。她想到侄儿，也想到自己的孩子。她没有拿侄儿和自己的孩子作比较，但她拿她对他们的感情作比较，发现她对小尼古拉的感情有点欠缺。她感到内疚。

有时她认为这种差别是由于孩子们年龄不同，但她对他感到内疚。她暗暗下决心要加以纠正，做她做不到的事，也就是要像基督爱人类那样，一视同仁地爱丈夫，爱孩子，爱小尼古拉，爱一切人。玛丽雅伯爵夫人一直在追求那无限的、永恒的和完美的境界，因此心灵永远得不到安宁。她脸上总是现出一种严肃的表情，反映她那被肉体拖累的心灵崇高而隐秘的痛苦。尼古拉对她望望。

“天哪！她脸上露出这样的神色，我觉得她会死，要是她死了，叫我怎么办？”他想着，然后站在圣像前做起晚祷来。

16

娜塔莎同丈夫单独在一起，谈话也像一般夫妻那样，直率地交换想法，不按照逻辑，不发空论，不下断语，而是用与众不同的方式交谈。娜塔莎惯于用这种方式同丈夫谈话，如果皮埃尔把话说得很有逻辑，那就表明夫妻之间有点不和谐。只要他一心平气和地说理，她也学他的样，她就知道他们准要吵架了。

剩下他们两人在一起，娜塔莎就睁大一双幸福的眼睛，悄悄地走到他身边，一把搂住他的头紧按在胸前，说："现在你可属于我了，完全属于我了！你逃不掉了！"接着就开始谈话，完全不合逻辑，各谈各的话。他们同时谈论许多问题，这不仅不妨碍彼此理解，而且清楚地表明他们彼此完全理解。

就像做梦一样，梦境里的一切都是荒谬的、无聊的、矛盾的，只有感情是真实的，他们的相处也违背一切常理，语言模糊，不相连贯，只有感情在支配他们的交谈。

娜塔莎对皮埃尔讲到她哥哥的生活，讲到丈夫不在时她多么痛苦，生活多么空虚，讲到她比以前更爱玛丽雅，玛丽雅各方面都比她强。娜塔莎说这些话时，诚恳地承认玛丽雅比她强，但同时又要求皮埃尔喜欢她，而不要喜欢玛丽雅或别的女人，特别是皮埃尔在彼得堡见到许多女人之后，她又一次提醒他。

皮埃尔回答娜塔莎说，他在彼得堡参加许多晚会和宴会，见到那些太太小姐，实在受不了。

“我已经不习惯同那些太太小姐们谈话了，”他说，“简直无聊。再说，我自己的事也忙不过来。”

娜塔莎凝神对他看看，继续说：

“玛丽雅真了不起！”她说。“她真理解孩子。她仿佛把孩子的心都看透了。譬如说，米嘉昨天淘气……”

“哦，他真像他父亲！”皮埃尔插嘴说。

娜塔莎明白，皮埃尔为什么说米嘉像尼古拉，他一想到他同内兄的争吵就不痛快，他很想知道娜塔莎对这件事的看法。

“尼古拉就是有这个毛病，凡是大家不赞成的事，他决不同意。不过，我明白你很*重视开拓新局面*。”她重复皮埃尔以前说过的这句话。

“不，主要是，”皮埃尔说，“尼古拉认为思想和推理只是消遣，只是消磨时间。譬如，他收藏图书，而且定下一条规则，不把买来的书（西斯蒙第[1]、卢梭、孟德斯鸠的著作）读完，决不再买新书。”皮埃尔含笑添加说。“你知道，我怎样把他……”他想把语气放缓和些，但娜塔莎打断他，使他感到不必这样说。

“你说，思想对他只是消遣……”

“可是对我来说其他一切都是消遣。现在彼得堡看到所有的人，就像在做梦一样。当我在想一个问题时，其他一切就都只是消遣罢了。”

“唉，你刚才去看孩子，可惜我不在，”娜塔莎说，“你觉得哪一个最可爱？一定是丽莎吧？”

1 西斯蒙第（1773—1842），瑞士经济学家和历史学家。

“是的，”皮埃尔说，继续想心事，“尼古拉说，我们不该思想，但我办不到。何况我在彼得堡感觉到（我可以告诉你），没有我，事情就完了，各人坚持各人的一套。但我能把大家团结起来，再说我的想法简单明了。我并没有说，我们要反对这个，反对那个。这样我们可能做错事。我只说，凡是喜欢行善的人都联合起来，我们只有一面旗帜，就是积极行善。谢尔基公爵是个好人，也很聪明。”

娜塔莎毫不怀疑，皮埃尔的思想是伟大的，但有一点使她困惑，就是他是她的丈夫。“难道这样一个对社会有用的人就是我的丈夫吗？这是怎么一回事？”她想把她的疑问告诉他。“哪些人能够肯定他比大家都聪明呢？”她问自己，并且逐个想到皮埃尔所尊敬的人。根据他的话判断，他最尊敬的人要算普拉东了。

“你知道我现在在想什么吗？”她问，“我在想普拉东。他怎么样？要是他在，他会赞成你的行为吗？”

皮埃尔对这个问题一点也不感到惊讶。他理解妻子的思路。

“普拉东吗？”他说，沉吟了一下，显然在认真考虑普拉东对这事的看法，“他也许不能理解，不过我想他会赞成的。”

“我真爱你！”娜塔莎突然说，“非常非常爱你！”

“不，他不会赞成的，”皮埃尔想了想说，“他会赞成我们的家庭生活。他希望看到处处是一片高雅、幸福、安宁的景象，我会自豪地让他看看我们。噢，你说到离别，你真不知道我们离别后我对你怀着多么特殊的感情啊……”

“是啊，还有……”娜塔莎说。

“不，不是那个意思。我一直是爱你的，爱得不能再爱，尤其是……是啊……”他没有把话说完，因为他们目光相遇，把没有说完的话都表达了。

“说什么度蜜月开头最幸福啦，都是胡扯，”娜塔莎突然说，“相反，现在才是最幸福。只要你不出门就好。记得我们怎样吵嘴吗？每次都是我不对，都是我不对。我们吵什么，我已记不起来了。”

“都是为了一件事，”皮埃尔含笑说，“吃醋……”

“别说了，我不要听。”娜塔莎嚷道，眼睛里露出冰冷的凶光。“你见到她了？”她停了停，问。

“没有，即使见到也不认识了。”

他们沉默了一会儿。

“哦，你知道吗？你在书房里说话的时候，我一直望着你。”娜塔莎说，显然竭力驱散在他们之间升起的阴云，“那孩子跟你简直一模一样（她是指儿子）。哦，我该到孩子那儿去了……奶来了……真舍不得离开你。”

他们又沉默了一会儿。然后两人同时转过身来面对着面，同时说起话来。皮埃尔得意洋洋，娜塔莎满面春风。他们同时开口，接着又同时住口，让对方先说。

“你说什么？说吧，说吧！”

“不，你说，我只是随便说说。”娜塔莎说。

皮埃尔继续他的话题，就是得意洋洋地谈他在彼得堡取得的成功。这当儿，他觉得他负有使命，要向全俄和全世界指明新的方向。

“我只是想说，凡是具有伟大影响的思想都是很简单明了的。我的全部思想只是，如果坏人结合成一股势力，那么好人也应该这样做。这道理很简单。”

“对。”

“那么你想说什么？”

“我只是随便说说。”

“不，你究竟要说什么？”

“没什么，只是点小事，”娜塔莎说，笑得更加容光焕发，“我只想说说小彼嘉，今天保姆把他从我手里抱过去，他笑了，眯起眼睛，紧紧贴在我怀里，他准以为这样就可以躲起来了。真可爱。哦，他在哭了。好了，再见！”她说着走了出去。

这时，楼下小尼古拉的卧室里照例点着一盏小灯。这孩子怕黑，这个毛病总是改不掉。德萨尔高枕着四个枕头睡着了，他那挺拔的高鼻子发出均匀的鼾声。小尼古拉刚醒来，出了一身冷汗，睁大眼睛坐在床上，瞪着前方。他做了一个噩梦，梦见他跟皮埃尔都戴着普鲁塔克[1]著作插图中的那种头盔。他和皮埃尔叔叔率领一支大军，这支大军由白色的斜线组成。这种斜线有点像秋天里飘荡的蛛丝。德萨尔曾把它称为游丝。前面是光荣，也是飘忽不定的丝线，只不过稍微粗一点。他同皮埃尔轻松愉快地跑去，离目标越来越近。突然，牵引他们的线松弛了。纠缠在一起，停住不动。尼古拉姑父站在他们面前，神态威严可怕。

“这是你们干的吗？”他指着断裂的火漆和鹅毛笔说。“我爱过你们，但阿拉克切耶夫命令我，谁前进，就干掉谁。”小尼古拉回头看看皮埃尔，皮埃尔已不在了。皮埃尔变成他父亲安德烈公爵，父亲的形象不清楚，但他在那里。小尼古拉看见父亲，对他无限眷恋，但觉得自己软弱无力，萎靡不振。父亲亲他，疼他。但尼古拉姑父越来越逼近他。小尼古拉大吃一惊，就醒来了。

“父亲，”他想，“父亲（尽管家里有两张画得很像的安德烈公爵像，但小尼古拉并没有把他想象成一个人的形象），父亲同我在一起，他疼我。他称赞我，称赞皮埃尔叔叔。不论他说什

1 普鲁塔克是古希腊史学家，著有《希腊罗马伟人传》。

么，我一定照办。穆西乌斯·赛沃[1]烧了他的手。为什么我在生活中就不会遇到这样的事？我知道他们要我学习。我会学习的。等学习完了，我就去做事。我只求上帝一件事，让我遇到像普鲁塔克英雄们遇到的那种事，我一定像他们一样去做。我会做得比他们更好。大家都会知道我，爱我，称赞我。”小尼古拉突然感到胸口揪紧，失声痛哭起来。

“您不舒服吗？”他听见德萨尔在问。

“没有。”小尼古拉回答，又躺到枕头上。“他是个好人，那么和气，我喜欢他，”他想到德萨尔，“还有皮埃尔叔叔！他是个多好的人哪！还有父亲呢？父亲！父亲！我一定要做得连他都满意……”

1 古罗马传说中的英雄，他为拯救罗马烧手以表决心。

第二部

1

历史是研究各民族生活和人类生活的科学。要直接掌握和叙述人类的生活，即使是一个民族的生活，也是不可能的。

古代史学家都用同一种方法叙述和探索那几乎无法探索的一个民族的生活。他们叙述统治一个民族的个别人的活动，认为他们的活动反映了整个民族的活动。

至于个别人怎样使整个民族按照他们的意志行动，他们的意志又是受谁支配的，对这两个问题古人回答说：第一个问题，是神的意志使各民族服从一个特选的人的意志；第二个问题，还是神指引特选的人去达到既定的目标。

对古人来说，要解答这些问题就必须相信，是神直接干预了人类的事。

近代史在理论上否定了这两个论点。

古人认为是神支配着人类，是神指引着各个民族去追求既定的目标。近代史既然否定了这两点，那么，它就不应该研究形成政权的表面现象，而应该研究形成政权的原因。但近代史并没有这样做。它在理论上否定了古人的观点，在实践中却跟着古人走。

近代史否定前人提出的赋有神权和直接受神意引导的人物，

代之以天赋非凡的英雄，或者领导群众的各种人物，从帝王到记者。近代史否定以前符合神意的犹太、希腊、罗马等民族的目标（古人认为这就是人类活动的目标），代之以自己的目标，那就是法国人、德国人、英国人的福利，并极其抽象地提出全人类文明的福利，而所谓全人类就是指占欧洲大陆西北角一小块地方的几个民族。

近代史否定了古人的信仰，却没有提出新的观点，而现实的逻辑却迫使表面上否定帝王赋有神权和古人服从天命的观点的史学家走到老路上去，那就是：第一，承认各民族是由个别人物领导的；第二，各民族和全人类都朝着某种既定的目标行动。

从吉本[1]到巴克尔[2]的近代史学家，他们之间表面上似乎存在分歧，他们的观点似乎新颖，其实他们的全部著作仍以这两个无法避免的陈旧论点为基础。

第一，史学家描写的是个别人物的活动，而且照他看来，这些个别人物是领导着人类的（有人认为帝王将相是这样的人物，有人则认为除了帝王和演说家，学者、改革家、哲学家和诗人都是这样的人物）。第二，史学家知道人类所追求的目标（有人认为这个目标就是罗马、西班牙、法国的国力强盛，有人则认为这个目标就是世界上一小块叫作欧洲的土地的自由、平等和某种文明）。

一七八九年巴黎发生了一场骚动，它扩大，蔓延，发展成为自西向东的民族运动。这个运动几次向东推进，同自东向西的相反运动发生冲突，一八一二年达到极限——莫斯科；然后，出现了一个完全对等的自东向西的运动，并且同第一次运动一样，

1 吉本（1737—1794），英国史学家，著有《罗马帝国衰亡史》等。
2 巴克尔（1821—1862），英国社会学家，实证论者，著有《英国文明史》等。

中欧各民族都卷入了。这次相反的运动达到它的西方极限——巴黎，然后平息下来。

在这二十年间，大量田地荒芜，房屋焚毁，商业改变方针，千百万人破产，千百万人发财，千百万人流离失所，千百万宣扬爱人精神的基督徒互相残杀。

这一切表明什么呢？为什么会发生这样的事？是什么促使这些人焚烧房屋、残杀同类？这些事件的原因是什么？是什么力量促使人们这样做？人们接触到那个时期运动的遗迹和传说，不禁要提出这些天真而合理的问题。

要解决这些问题，人们向历史学求教，因为历史学是认识民族和人类的科学。

如果历史学仍保持陈旧的观点，它就会说：神要奖赏或惩罚人民，就赋予拿破仑权力，并以神的意志引导他达到神的目标。这个答案可说是明确圆满的。拿破仑赋有神意，这一点可信可不信，但对相信的人来说，那个时期的历史是可以理解的，其中不可能有任何矛盾。

但近代史不能这样回答问题。科学不承认神直接参与人类活动的陈旧观点，因此得另作解答。

近代史回答这些问题说：你们要知道这个运动的意义吗？它怎么会发生？什么力量造成这些事件？请听：

“路易十四是个狂妄自大的人，他有哪几个情妇，有哪几个大臣，他把法国治理得很糟。路易的继承人也是些软弱无能之辈，他们也不会治理法国。他们有哪几个宠臣，有哪几个情妇。有些人当时就写了书。十八世纪末，巴黎聚集了二三十人，他们宣扬人人平等和自由。从此所有的法国人相互残杀起来。这些人杀了国王和其他许多人。这时法国出了一个天才人物拿破仑。他无往而不胜，也就是说杀了许多人，因为他赋有天才。后来他找了个借口去屠杀非洲人，杀了许许多多人。他又聪明又狡猾，回到法国，就要大家听他的命令。大家都服从他。他当上皇帝，又到意大利、奥地利、普鲁士杀人。他在那里又杀了许多人。俄国当时有个亚历山大皇帝，他决心要恢复欧洲秩序，因此就同拿破仑打起来。但在一八〇七年，他突然同拿破仑交好，而到一八一一年两人又翻脸，他们又杀了许多人。后来拿破仑带领六十万人马到俄国，占领了莫斯科；后来他又突然从莫斯科逃走。于是亚历山大皇帝听取斯坦因等人的劝告，把全欧洲的力量联合起来，对抗破坏欧洲和平的人。拿破仑的盟国突然都变成他的敌人，这支大军就去攻打拿破仑新集合起来的武装力量。盟军打败了拿破仑，进入巴黎，迫使拿破仑退位，把他流放到厄尔巴岛，但没取消他的皇帝称号，各方面对他表示敬意，虽然五年以前和一年以后大家都认为他是个无法无天的强盗。后来路易十八即位，但对此人法国人和盟国人一直加以嘲笑。拿破仑则挥泪向老近卫军告别，被迫退位流放。然后，精明老练的政治家和外交家（特别是塔列兰，他抢先占据首位，从而扩大法国领土）在维也纳举行谈话，这些谈话使有些国家得益，有些国家吃亏。外交家和君王突然又差点争吵起来，他们又准备命令军队互相残杀，不料这时拿破仑又带领一营人回到法国，仇恨他的法国人立刻又向他屈服。但盟国君王们因此大为震怒，又同法国人打起来。他们把天才的拿破仑打败，又立即把他称作强盗，把他放逐到圣海伦娜岛。这个流放者离开他心爱的人们和心爱的法国，在孤岛岩石上慢慢死去，把他伟大的业绩留给后代。于是反动势力又在欧洲抬头，各国君王又继续欺凌他们的人民。”

你们别以为这是嘲弄，是对历史著作的讽刺。相反，这是对所有史学家——从回忆录的作者、国别史、通史和当时文化史的作者——所编著的矛盾百出和答非所问的答案的最温和论述。

这些答案之所以怪诞可笑，是因为近代史好像一个聋子，回答着没有人提出的问题。

历史的目的如果是论述人类和各民族的运动，那么第一个问题（不回答这个问题，其他一切就无法理解）就是：各民族的运动是由什么力量推动的？对这个问题，近代史煞费苦心地提出各种答案，不是说拿破仑天才横溢，就是说路易十四狂妄自大，哪些作家写了哪些著作。

这一切可能都是事实，人们也会同意这种说法，但答非所问。这一切也许很有意思，如果我们承认神权，而神权又凭自身力量，一贯通过拿破仑、路易之流和历史作者来统治各民族，但我们并不承认神权，因此，在谈论拿破仑、路易之流和历史作者之前应该阐明这些人物和各民族运动之间的关系。

如果不是神权而是另一种力量起作用，那就要说明这种新的力量是什么，因为历史的全部旨趣就在于这种力量。

史学家似乎认为这种力量是尽人皆知的。尽管大家都想承认这种力量是已知的，但即使饱读史书的人也不禁要问：连史学家对这种新的力量都众说纷纭，怎么能说它尽人皆知呢？

2

什么是推动各民族的力量?

传记作家和国别史家认为，这力量就是英雄和君王所赋有的权力。按照他们的说法，各种事件完全是由拿破仑、亚历山大或者他们所叙述的那些人物的意志所决定的。他们这种答案，只有当一个史学家就某一事件作答时，才差强人意。但当不同国籍、不同观点的史学家论述同一事件时，他们的答案就毫无意义，因为他们对这种力量的看法不仅各个不同，甚至完全相反。一个史学家说，某个事件是由拿破仑的权力造成的，另一个史学家说，它是由亚历山大的权力造成的，而第三个史学家却说，它是由第三者的权力造成的。除此以外，这类史学家甚至在解释某人权力所依靠的力量时其意见也是互相矛盾的。波拿巴派的梯也尔说，拿破仑的权力是建立在他的德行和天才之上的；共和派的朗弗里[1]则说，他的权力是建立在欺诈和愚弄人民之上的。因此，这类史学家互相攻讦，使人无法理解造成事件的力量，他们对重大的历史问题没有作出任何解答。

1 朗弗里（1828—1877），法国史学家，著有《拿破仑一世史》。

研究各国历史的通史家似乎认为传记作家阐述造成事件力量的观点不正确。他们不承认这种力量是英雄和君王天赋的权力，他们认为它是多种不同力量作用的结果。通史家描述一场战争或一个民族被征服时，不是从一个人的权力上寻求原因，而是从许多跟事件有关的人的相互作用中寻求原因。

根据这种观点，历史人物的权力是由许多力量形成的，因此，似乎不能把它当作造成事件的力量。然而，通史家却常常仍把权力看作一种造成事件的力量，认为它是造成事件的原因。按照他们的论述，历史人物是他们时代的产物，他的权力只是各种不同力量互相作用的结果；有时他们认为，历史人物的权力是一种造成事件的力量。例如，盖尔温努斯[1]、施洛塞尔[2]等人，时而认为拿破仑是革命和一七八九年思想的产物，时而又干脆说，一八一二年远征和他们不喜欢的一些事件只是拿破仑错误意志的产物，由于拿破仑的专横独断，一七八九年思想的发展遇到了阻碍。革命思想和群众情绪产生了拿破仑的权力，而拿破仑的权力又压制了革命思想和群众情绪。

这种奇怪的矛盾并非偶然产生的。这种情况不仅随处可见，而且通史家的论著从头到尾都充满这种矛盾。这种矛盾之所以产生，是因为通史家一开始分析，就半途而废。

要把几种分力组成一个合力，分力的总和必须等于合力。通史家从来不注意这个条件，因此，要说明合力，在找不到足够的分力的情况下，就假设还有一种决定合力的不可解释的力量。

传记作家在论述一八一三年远征或者波旁王朝的复辟时，直率地说，这些事件是亚历山大的意志造成的。但通史家盖尔温努斯反驳传记作家的这种观点，认为一八一三年远征和波旁王朝

1 盖尔温努斯（1805—1871），德国史学家，著有《十九世纪史》。
2 施洛塞尔（1776—1861），德国史学家，著有《世界通史》十九卷。

复辟，除了亚历山大的意志以外，还由于斯坦因、梅特涅、斯塔尔夫人、塔列兰、费希特、夏多勃里昂等人的行动造成的。这位传记作家显然把亚历山大的权力分为以下几种分力；塔列兰、夏多勃里昂等人的作用；但是这几种分力的总和，也就是夏多勃里昂、塔列兰、斯塔尔夫人等人的相互作用，显然不等于整个合力，也就是千百万法国人服从波旁王朝这一现象。夏多勃里昂、斯塔尔夫人等人相互说了什么话，只表明他们之间的关系，并不表明千百万人的服从。因此，要说明他们这些关系怎样使千百万人服从，也就是等于一个A的那些分力怎样得出等于一千个A的合力的，这位史家又不得不回到他所否定的权力，也就是不得不承认一种无法解释的影响合力的力量。通史家就是这样做的。结果他们不仅与传记作家矛盾，而且自相矛盾。

乡下人不懂得下雨的原因，他们说“风吹乌云散”还是说“风吹乌云来”，要看他们要雨还是要晴。通史家也是这样的：他们说事件造成权力，因为这样说符合他们的理论；当他们需要其他论点时，他们就说，权力造成事件。

第三类史学家是所谓**文化史**家，他们遵循通史家的道路，有时认为作家和女人是造成事件的力量。他们认为这种力量在于所谓文化，在于智力活动。

文化史家完全步前辈通史家的后尘，因为，如果历史事件可以用某些人的相互关系来说明，那么，历史事件为什么不可以用某些人写了某些书来说明？文化史家从每个重要现象的大量特征中选出智力活动这一特征，说这个特征就是事件的原因。但是，尽管他们竭力证明智力活动是事件的原因，我们只有作出重大让步，才能承认智力活动与民族运动有某些联系，但我们绝不能承认是智力活动指导了人们的行动，因为一面宣扬人人平等，一面发生法国革命的残酷屠杀，一面宣扬博爱，一面进行战争和施行死刑，这些现象同这种假定是格格不入的。

但即使承认充斥史书的荒诞离奇的论点是正确的，承认各民族是受一种所谓观念的模糊力量支配的，历史的主要问题仍没有得到解答，或者，除了以前君王的权力，除了通史家所提出的顾问和其他人的影响，还要加上另一种力量——**观念**，而**观念**同群众的关系则有待说明。说拿破仑拥有权力，因此发生了事件，这还可以理解；说拿破仑与别的势力结合，成为事件的原因，这退一步也可以理解；但是一本《民约论》使法国人互相残杀，如果不说明这种力量同那个事件的因果关系，那就无法理解了。

毫无疑问，同时存在的事物之间都存在着联系，因此从人们的智力活动和他们的历史运动中也可以找到某种联系，就像在人类运动和商业、手工业、园艺等任何行业之间可以找到这种联系一样。但是，为什么文化史家认为人类的智力活动是全部历史运动的原因或表现，这就令人难以理解了。史学家的这种结论只能用以下两点来说明：第一，历史是由学者写的，因此他们自然乐于认为，他们那个阶层的活动是全人类运动的基础，就像商人、农民和军人也有同样的情况（只是由于商人和军人不写历史，所以没有形诸文字）；第二，精神活动、教育、文明、文化、观念，这都是些模糊不清的概念，借这种概念就最容易使用意义更不清楚因而可以随意编成理论的文字。

且不说这类历史著作的内在价值（也许它对某个人或某件事有用），值得注意的是，文化史越来越接近通史，它们认真地详细分析各种宗教、哲学和政治学说，认为它们是事件的原因，例如把一八一二年远征这样的历史事件说成是权力的产物，说得明白些，是拿破仑意志的产物。文化史家这样说，就不由得自相矛盾，表明他们臆想出来的新力量并不能说明各种历史事件，而他们不承认的那种权力才是理解历史的唯一途径。

3

一辆火车头在行进。如果有人问，它怎么会移动？一个农民回答说：鬼在推它。另一个农民回答说：火车头行进是因为它的轮子在转。第三个农民回答说：火车头移动的原因在于风把烟往后吹。

农民是驳不倒的。要驳倒他，就得向他证明，鬼是没有的，或者让另一个农民向他解释，推动火车头的不是鬼而是德国人。直到彼此矛盾，他们才明白，他们两个都错了。但那个说原因在于轮子转动的，他会把自己驳倒，因为只要他进行分析，就得不断探索，他就得解释轮子转动的原因。在他没有找到被压缩在锅炉里的蒸汽是火车头移动的最终原因之前，他就不能停止探索。那个说，风把烟往后吹是火车头移动的原因的人，看出车轮转动不是原因，于是就把首先看到的迹象当作原因。

唯一能够解释火车头运动的概念是同所见到的运动相符的力的概念。

唯一能够解释各民族运动的概念是和各民族全部运动相符的力的概念。

不过，对这一概念，不同的史学家有截然不同的理解，他们所理解的力与所见到的运动也不相符。有人认为这是英雄们天赋的力，就像农民认为火车头里有鬼一样；有人认为力是由其他几种力形成的，就像农民认为车轮的运转产生了力一样；又有人认为力是受智力影响的，就像第三个农民认为风吹烟动产生了力一样。

只要历史所写的是个别人物，不论他们是恺撒，是亚历山大，是路德，还是伏尔泰，而不是参加事件的**全体人员**，毫无例外的**全体人员**，那么，它就不能不把别人向着一定目标活动的力归于个别人。而史学家在这方面所知道的唯一概念就是权力。

权力这个概念是处理现在所记述的历史材料的唯一手段，谁破坏这个手段，像巴克尔那样，而又不懂得研究历史的其他方法，谁就失去研究历史的唯一可能。用权力概念来解释历史，这在通史家和文化史家身上表现得最为明显，他们表面上摈弃权力这个概念，其实每一步都在运用它。

历史科学在对待人类问题上有点像流通货币：纸币和硬币。传记和国别史有点像纸币。纸币可以使用，可以流通，行使它的职能，对任何人无害，甚至有益，只要不问它拿什么作储备。英雄们的意志怎样造成事件？只要抛开这个问题，那么，梯也尔之流的历史就将是有趣的，有益的，甚至富有诗意。但是，纸币太容易印制，印得太多，或者大家都想拿它兑换黄金，纸币的实际价值就成了问题，同样，这类历史写得太多，或者有人天真地问：“拿破仑靠什么力量做到这一步？”这就是想拿纸币换成纯金，这类历史的真正价值也就成了问题。

通史家和文化史家就像那种人，他们认识到纸币的缺点，决定铸成比黄金轻的硬币以代替纸币。这种硬币确实也叮当作响，但只是叮当作响而已。纸币还能欺骗无知的人，但只能叮当作响的假金币却欺骗不了任何人。黄金之所以为黄金，是因为它不仅可以供交换，而且可以铸东西。同样，通史家只有在能够回答

“权力是什么”这个历史主要问题的时候才是真金。通史家回答这个问题时矛盾百出，而文化史家则回避这个问题，即使回答，也是牛头不对马嘴。金属筹码有点像黄金，但只能在承认它可以代表黄金的人们中间流通，或者在不识真金的人们中间流通。通史家和文化史家也是如此，他们不回答人类的主要问题，他们只是为了某种目的供大学和爱读正经书的人使用的硬币。

4

古人认为，一个民族的意志总是服从一个由神选出来的人，而那个人又服从神的意志。如果摈弃这种观点，那么，历史著作就得从以下两种观点之中选择一种，或者恢复神直接干预人类事务的旧信念，或者明确解释那造成历史事件、被称为权力的力量的意义，否则就会矛盾百出，寸步难行。

恢复第一种说法是不可能的，因为旧信念已被打破，所以必须解释权力的意义。

拿破仑召集军队，发动战争。这类事大家都不会感到奇怪，这种观点大家也都习以为常，因此，为什么拿破仑一声令下，六十万人马就投入战斗，这问题就提得毫无意义。他拥有权力，因此他的命令就得到执行。

如果我们相信权力是神赋予他的，这个答案就十分圆满。但如果我们不承认这一点，那就得弄明白，一个人可以统治许多人，这种权力是怎么一回事。

这种权力不可能是一个强者体力上压倒一个弱者的权力，也就是使用体力或以体力相威胁的那种优势，例如赫拉克勒斯[1]的权力。这种权力也不能建立在精神优势之上，像某些史学家天真地想象的那样。他们说，历史上的大人物都是英雄，就是赋有特殊精神和智慧，赋有所谓天才的人物。这种权力不可能建立在精神优势之上，因为，且不说拿破仑之流的英雄人物，对他们的道德品质众说纷纭，历史向我们表明，路易十一也好，梅特涅也好，他们虽统治着千百万人，但精神上并没有什么特殊优点，相反，他们在精神上往往远不如被他们统治的千百万人中的任何一个。

如果权力的源泉不在于掌权的人的体力和智慧，那么，这种权力的源泉一定不在于人，而在于掌权的人同群众的关系之中。

法学对权力就是这样理解的，它像兑换银行那样，要把权力这一历史理解兑换成纯金。

权力是群众意志的总和，群众明白表示或默许把权力交给他们所选出的统治者。

在法学领域讨论国家和权力怎样安排（如果可以安排的话）时，这一切都是十分清楚的，但应用到历史上时，权力这个定义就需要加以解释。

法学看待国家和权力，就像古人看待火那样，把它看作绝对存在的东西。不过，在历史上，国家和权力只是一种现象，就像现代物理学认为，火不是一种元素，而是一种现象。

由于历史学和法学观点的根本分歧，法学可以按照自己的意见详细说明权力应当怎样构成，以及永恒不变的权力是什么，但对随着时间的推移而不断变化的权力的意义这一历史问题，却完全无法回答。

如果权力是交给统治者的群众意志的总和，那么普加乔夫是

1 希腊神话中的大力士。

不是群众意志的代表？如果不是，那么为什么拿破仑一世是代表呢？为什么拿破仑三世在布伦被俘时是个罪犯，而后来那些被他逮捕的人又成了罪犯呢？[1]

宫廷政变有时参加的只有两三个人，是不是也要把群众意志移交给一个新人呢？在国际关系中，是不是也要把一个民族的群众意志移交给外来征服者呢？一八〇八年莱茵联盟的意志是不是移交给了拿破仑呢？一八〇九年，俄军联合法军去打奥地利，俄国人民的意志是不是移交给了拿破仑？

这些问题可以有三种答案。

第一，群众的意志总是无条件地交给他们选出的统治者或统治者们，因此，任何新权力的出现，任何反对既定权力的斗争，都应看作是对现存权力的破坏。

第二，群众的意志是在一定的明确条件下交给统治者的，任何限制、冲击，甚至摧毁权力的事件都是因统治者不遵守交权的条件造成的。

第三，群众的意志是有条件地交给统治者的，但这些条件是不明确的，而许多权力的出现，它们的斗争和灭亡，只是由统治者或多或少地履行这种不明确的条件造成的，而群众的意志则是根据这些条件由一部分人交给另一部分人的。

史学家解释群众和统治者的关系就有这样三种方式。

有些史学家，就是上面提到的那些传记作家和专题史家，不懂得权力的意义，天真地认为，群众意志的总和是无条件地交给历史人物的，因此在叙述某种权力时，他们就把这种权力看作绝对的真正的权力，任何反对这种权力的力量都不是权力，而是对权力的侵犯，是一种暴行。

1 拿破仑三世三次夺取帝位，前两次失败，第三次成功。

他们的理论只适用于原始的和平的历史时期，而在各民族复杂动荡的时期，各种权力同时出现，互相斗争，他们的理论就不适用了，因为保皇派史学家将会证明，国民议会、执政府和波拿巴都是权力的侵犯者，而共和派史学家将会证明国民议会是真正的权力，波拿巴派史学家将会证明帝国是真正的权力，其他一切都是权力的侵犯者。显而易见，这些史学家相互驳斥，各执一词，他们的解释只能哄哄小孩子罢了。

另一类史学家认为这种历史观是错误的。他们说，权力的基础是群众意志的总和有条件地交给统治者，历史人物只有在执行人民意志向他们默许的政纲时才有权力，至于究竟是些什么条件，史学家没有告诉我们，即使告诉我们，他们的话也总是自相矛盾的。

每个史学家按照他对民族运动目的的看法，认为这些条件就是法国或其他国家的强盛、财富、自由和公民的教育。但是，且不说史学家对这些条件看法的矛盾，就算有一个包括这些条件的共同纲领，我们也可以看到，历史事实和这种理论总是背道而驰的。如果交权的条件在于财富、自由和人民的教育，那么，为什么路易十四和伊凡四世都能享尽天年，而路易十六和查理一世却被人民送上断头台？对这个问题史学家回答说，路易十四违反政纲的行为在路易十六身上得到了报应。那么，为什么这种行为不报应在路易十四或路易十五身上？为什么偏偏报应在路易十六身上呢？报应的期限有多长呢？这些问题得不到答案，也是无法回答的。按照这种观点就很难解释，为什么群众意志的总和几世纪里一直掌握在某些统治者及其继承人手里，然后突然开始在五十年间移交给国民议会，移交给执政府，移交给拿破仑，移交给亚历山大，移交给路易十八，再次移交给拿破仑，移交给查理十世，移交给路易·菲力浦，移交给共和政府，移交给拿破仑三世。在解释人民意志迅速从一个人手里移交到另一个人手里，特别是涉及国际关系、征服和联盟等事时，这些史学家不得不承认，有些人民意志的转移不是正常转移，而是由于狡诈、错误、阴谋或外交家、帝王和政党领袖的软弱而发生的偶然事件。因此，这些史学家认为，大部分历史现象——内战、革命、征服——不是自由意志转移的结果，而是一个或几个人错误意志转移的结果，或者说，又是对权力的侵犯。因此，史学家认为这类历史事件是背离理论的。

植物学家看见一些植物从双子叶种子里长出来，就坚持认为一切植物都要长成两片叶子，而对于那些长大的棕榈、蘑菇，甚至栎树，他就认为这些植物背离了理论。这些史学家有点像这个植物学家。

第三类史学家认为，群众意志交给历史人物是有条件的，至于有哪些条件，我们不知道。他们说，历史人物之所以有权力，是因为他们执行了交给他们的群众意志。

这样说来，如果推动各民族前进的力量不在历史人物手里，而在各民族人民手里，那么历史人物还有什么意义呢？

这些史学家说，历史人物表达群众的意志，而历史人物的活动就代表群众的活动。

这就产生了一个问题：历史人物的全部活动都表达群众的意志，还是只表达一部分？如果像某些史学家所认为的那样，历史人物的全部活动都表达群众的意志，那么，拿破仑、叶卡德琳娜等人传记中所有的宫廷丑闻就都成了民族生活的表现。这样说显然是荒唐的。但如果像一些所谓哲学史家所认为的那样，历史人物的活动只有一个方面表现人民的生活，那么，要确定历史人物活动的哪一方面表现人民的生活，首先就应知道人民生活的内容是什么。

遇到这种困难时，这类史学家就想出一些适用于绝大多数事件的最模糊、最笼统、最难捉摸的抽象概念，然后说，这一抽象概念就是人类活动的目的。几乎为所有史学家普遍采用的抽象概念是：自由、平等、教育、进步、文明、文化。史学家把某个抽象概念作为人类活动的目的，同时研究留下最多纪念碑的人物——皇帝、大臣、将军、作家、改革家、教皇、新闻记者，按照他们的意见，就是研究这些人物在多大程度上促进或阻碍某个抽象概念。但是，由于无法证明人类的目的是自由、平等、教育或文明，又由于群众与统治者和人类启蒙者的关系只是建立在任意的假定之上，群众意志的总和总是交给头面人物，因此，千百万人迁徙、烧房子、抛弃农业、互相残杀的行为，永远不会反映在几十个不烧房子、不务农业、不互相残杀的人物的叙述中。

历史处处证明这一点。十八世纪末西方各民族的动荡和他们的东进，难道能用路易十四、十五和十六，他们的情妇和大臣们的行为来说明吗？难道能用拿破仑、卢梭、狄德罗、博马舍等人的生活来说明吗？

俄国人民东进到喀山和西伯利亚，难道能用伊凡四世的病态性格和他同库尔布斯基[1]的通信来说明吗？

十字军时代各民族的运动，难道能用对哥弗雷[2]、路易之流和他们的情妇的研究来说明吗？那场没有任何目的，没有领袖，只是一群游民和一个隐士彼得[3]自西向东的民族运动，在我们看来至今难以理解。当历史人物已给十字军定下一个合理的神圣目标——解救耶路撒冷时，这个运动忽然停止了，这一点尤其令人

1 库尔布斯基（1528—1583），俄国政治家，原是伊凡四世手下的宠臣，后逃亡立陶宛，写信给伊凡四世，斥责他的暴政。

2 哥弗雷（约1060—1100），十七世纪末第一次十字军远征领袖。

3 彼得是法国修道士，曾带领穷人队伍作第一次十字军远征。

难以理解。教皇、国王和骑士鼓动人们去解放圣地，但是人们不去，因为原来鼓动他们去的那个未知的原因不再存在。哥弗雷和骑士抒情诗歌手[1]的历史显然不能包容各民族的生活。哥弗雷和骑士抒情诗歌手们的历史仍是哥弗雷和骑士抒情诗歌手们的历史，而各民族的生活和他们行为动机的历史仍不可知。

作家和改革家的历史更少向我们说明各民族的生活。

文化史向我们说明作家和改革家的行为动机、生活条件和思想条件。我们知道，路德脾气暴躁，说过这样那样的话。我们知道，卢梭生性多疑，写过这样那样的书。但我们不知道，宗教改革后各民族为什么互相屠杀，为什么法国革命时期人们互相把对方送上断头台。

如果我们把这两种历史结合起来，就像现代史家们所做的那样，那么，所得到的将是君王们和作家们的历史，而不是各民族的历史。

1 骑士抒情诗歌手出现于中世纪德国，他们歌唱骑士的战斗生活和十字军远征。

5

各民族人民的生活不是少数几个人的生活包容得了的，因为这少数几个人同各民族人民之间的关系还没有找到。有一种理论说，这种关系的基础是把群众意志的总和交给历史人物，但这种理论只是未经历史经验证实的假设。

群众意志的总和交给一些历史人物的理论，在法学领域也许能说明好多事情，对法学的目的也许是必要的，但应用到历史上，一旦发生革命、征服、内战，一旦开始一个历史时期，这种理论就不能说明任何问题。

这种理论似乎是驳不倒的，因为交出人民意志这种事既然不存在，也就无法检验。

不论发生什么事件，不论这事件由谁领头，这种理论总可以说，事件由某人领头，因为群众意志的总和交给他了。

一个人看见一群牛在走动，但没注意不同地区不同性质的牧场，也没注意牧人的驱赶，就断定那群牛走什么方向是由带头的那头牛引导的。那种理论对历史问题的解答，就有点像这个人的判断。

“牛群朝那个方向走，因为带头的那头牛在引导它；所有其他牛的意志的总和就交给那群牛的首领。”这就是第一类史学家的答案，他们认为权力是无条件交出的。

“如果引导牛群的牛更换了，那是因为带头牛走的不是牛群选择的方向，全群牛的意志总和就由一个首领移交给另一个首领。”承认群众意志总和在已知条件下交给统治者的史学家，就是这样回答的。（使用这种方法观察的人往往会发生这样的情况：观察者按照选定的方向，把那些由于群众已改变了行动方向不再走在前头、而走在旁边甚至后面的人当作首领。）

“如果不断更换带头的牛，不断改变牛群行动的方向，那是因为要达到既定的方向，牛群把意志交给我们所注意的那几头牛，而要研究牛群的行动，就得观察在牛群周围走动而引人注意的那几头牛。”这是第三类史学家的说法，他们认为所有历史人物，从帝王到新闻记者，是他们时代的表现。

群众意志交给历史人物的理论，只是对这个问题的另一种说法。

历史事件的原因是什么？是权力。权力是什么？权力是交给一个人的意志的总和。群众意志在什么条件下交给一个人？在那个人表达群众意志的条件下。这是说，权力就是权力。也就是说，权力这个词的意义我们并不了解。

如果人类知识的领域仅限于抽象思维，那么，人类在批判了科学对权力的解释以后，就会得出这样的结论：权力只是一个名词，实际上是不存在的。但是，要认识现象，除了抽象思维外，人类还可以用经验这一手段来检验思维的结果。而经验告诉我们，权力不只是一个名词，而是确实存在的现象。

且不说，没有权力这一概念，人们的集体活动就无法叙述，权力的存在不仅被历史所证明，而且被对当代事件的观察所证明。

发生一件事，总会出现一个人或几个人，而那件事就是按他们的意志发生的。拿破仑三世签发了一道命令，法国人就开往墨西哥[1]。普鲁士国王和俾斯麦发布了命令，军队就开往波希米亚[2]。拿破仑发布了命令，军队就开往俄国。亚历山大一世发布了命令，法国人就服从波旁王朝。经验告诉我们，不论发生什么事，那件事总是同发布命令的一个人或几个人的意志有关。

史学家按照老习惯承认神干预人类的事，想从赋有权力的个人意志上找求事件的原因，但他们的结论既不能从推理中获得，也不能用经验来证明。

一方面，推理表明，一个人的意志——他的话——只表现在部分事件上（例如在一场战争或一次革命的部分活动中），因此不承认超自然的神秘力量——奇迹，就不能承认几句话是推动几百万人行动的直接原因；另一方面，即使我们承认几句话可以成为事件的原因，但历史表明，历史人物的意志多半不起任何作用，就是说，他们的命令常常不被执行，有时甚至出现与他们的命令相反的情况。

如果我们不承认神干预人类事务，我们就不能把权力看作事件的原因。

从经验角度来看，权力只是个人意志同另一些人执行这个意志之间的关系。

为了说清楚这种关系，我们首先应该确定，意志这一概念是属于人的而不是属于神的。

如果神发布命令，表现自己的意志，像古代历史告诉我们的那样，那么，这种意志的表现将超越时间，同时也不是由什么事

1 拿破仑三世发动的侵略战争。1862—1867年法国参加对墨西哥的干涉，以失败告终。

2 指1866年普奥战争。

物引起的，因为神同事件无关。但是，如果谈到命令，也就是在一定时间一些互相关联的人们意志的表现，我们为了说明命令和事件的关系，就得重现：第一，整个事件发生的条件，也就是事件和发命令的人当时行动的连续性；第二，发命令的人同执行命令的人之间必要联系的条件。

6

只有超越时间的神的意志，才能同若干年或若干世纪的一系列事件有关；只有不受任何因素影响的神，才能凭他的意志决定人类运动的方向。至于人，他是按一定时间行动，亲自参与各种事件的。

重新确立第一个被忽略的条件——时间的条件，我们可以看到，不执行前一道命令，就不能执行后一道命令，只有执行前一道命令才能执行后一道命令。

从来没有一道命令是自发的，没有一道命令适用于一系列事件；每一道命令都产生于另一道命令，每一道命令从来不是关系到一系列事件，而只是针对事件的某一时刻。

例如，我们说拿破仑命令军队去打仗，我们是把一系列彼此关联的命令收容在一个命令里。拿破仑不能下令远征俄国，他也从来没有下过这样的命令。他今天下令向维也纳、向柏林、向彼得堡发出这样那样的公文，明天又向陆军、海军、兵站发出这样那样的指令和命令。他发出无数命令，这许多命令又形成一连串与法国军队进入俄国一连串事件相应的命令。

拿破仑在位期间，曾下令远征英国，所花的力气和时间超过任何别的计划。虽然如此，他在位期间从没试图真正执行这项计划，却远征他屡次认为应结成同盟的俄国，所以会发生这种情况，是因为前面那些命令对一系列事件不适合，而后面一些命令则是适合的。

命令若要得到切实的执行，人就必须发出能够执行的命令。但是要知道什么命令能执行，什么命令不能执行，是办不到的，不仅对有千百万人参加的拿破仑远征俄国这样的事办不到，就是对最简单的事也办不到，因为执行这样或那样的命令都会遇到无数阻力。每执行一道命令，总有大量命令没有被执行。凡是不可能被执行的命令总是同事件没有联系，因此没有被执行。只有那些同一连串命令有联系、同一连串事件相适应的命令，才能得到执行。

我们往往认为，一件事的发生是由它之前所发的命令引起的。这种错误观念之所以产生，是因为我们只看见事件发生了，在成千上万道命令中，有几道命令与事件有关并得到了执行，而忘记那些不能执行因而未被执行的命令。此外，我们在这方面错误的主要原因是，在历史记载中，无数不同的细小事件，例如促使法国军队进攻俄国的事件，根据结果被归纳成一个事件，同时又把一连串命令，相应地归纳为一个意志的表现。

我们说：拿破仑要进攻俄国，他就进攻了。事实上，在拿破仑的全部行动中从来找不到这一类意志的表现，我们只看到五花八门目的不明的命令，或者说，他的意志的表现。拿破仑发了无数命令没有被执行，而几道有关一八一二年远征俄国的命令被执行了，并非因为这些命令有什么特点，不同于一连串未被执行的命令，而是因为一连串未被执行的命令不适合导致法国军队进入俄国的事件。这好比在镂花模板上之所以制成这样或那样的图形，并非因为在图形哪一边上了色和怎样上了色，而是因为模板上整个图形都是上色的。

因此，研究命令与事件在时间上的关系，我们发现，命令绝不能成为事件的原因，但两者之间存在着一定的关系。

要弄清楚这种关系是什么，必须重新注意命令中另一个被忽略的条件，那就是命令不是出于神意，而是出于人意，而且发命令的人亲自参加了事件。

发命令者和受命令者之间的关系就叫权力。这种关系包括以下几点：

人们为了共同行动总要结成一定的团体，虽然共同行动的目的不同，但是参加行动的人们之间的关系总是相同的。

人们结合成这样的团体，彼此之间的关系都是这样的：绝大多数人直接参加共同行动，极少数人不直接参加共同行动。

人们为了共同行动而结成的团体中军队是一个极明显的例子。

任何军队都是按军衔由低级至高级组成：人数最多的是列兵，其次是班长和军士，高级军官人数更少，直到最后权力集中到一个人身上，也就是最高军事当局。

军队组织酷似圆锥体，直径最大的底部由列兵组成，再高一点由军官组成，以此类推，直到圆锥体顶端就是最高统帅。

士兵人数最多，组成圆锥体的底部，是它的基础。士兵直接刺、杀、烧、抢，他们总是从上级接受从事这些行动的命令，自己从来不发命令。军士的人数比士兵少，他们行动比士兵少，但他们已可发号施令。军官行动更少，但命令发得更多。将军只指挥军队，指示目标，自己简直不使用武器。最高统帅从来不直接参加行动，只对全军发布总的命令。在人们从事共同行动的一切团体中——在农业、商业和一切政府机关中，人与人的关系都是如此。

因此，不必特地分解一个圆锥体的组成部分，即一支军队的军衔，或任何政府机关或公共事业中由最低级到最高级的职称，我们就可以看出一条规律，根据这条规律，联合行动的人总是结成下述关系：直接参加行动越多的人，他们的指挥权越少，他们的人数却越大；直接参加行动越少的人，他们的指挥权越大，他们的人数却越少；这样从底层上升，直到最后一个人，那个人直接参加行动最少，而发号施令的机会却最多。

发命令者和受命令者之间的这种关系，就是所谓权力的实质。

重新注意事件发生的时间这个条件，我们发现，命令只有在同一连串相应事件有关时才被执行。重新注意发命令者和执行命令者之间的关系这个必要条件，我们发现，根据这种关系，发命令者最少参加事件，他们的活动只限于发号施令。

7

一件事发生时，人们就那件事发表自己的意见和愿望。既然这件事是由许多人的共同行动产生的，那么，表示出来的意见和愿望总有一项实现，或者近乎实现。当其中一项意见实现的时候，这项意见往往作为事先发出的命令而同这件事联系起来。

许多人拖一根木头。人人发表意见，该怎么拖和往哪儿拖。他们把木头拖走，其实这事是根据一个人的话做的。他发了命令。这就是命令和权力的原始形态。

一个用手干活干得多的人，不能多想他所干的活，不能多考虑共同活动的结果，也不能发号施令。一个多发号施令的人，由于多动口就不能多动手。

在一个为同一目标而行动的大团体里，就更加明显地分离出一类人，他们越少参加共同活动，就越多从事发号施令。

一个人单独工作时，他总是在回顾过去的行动，为当前的行动辩护，并策划未来的行动。

一个团体也是这样，它让那些不参加行动的人为他们的共同行动作回顾、辩护和策划。

法国人由于我们知道和不知道的原因互相溺死，互相残杀。

为了这件事，人们替表现出来的意志辩护说，这是为了法国的利益，为了自由，为了平等。人们停止互相残杀，于是又为这事辩解说，这是为了权力统一，为了抵抗欧洲，等等。人们自西向东残杀同类，伴随这事件的是法国光荣、英国卑鄙等说法。历史表明，为这些事件所作的辩解没有任何共同标准而是自相矛盾，例如说，杀人是为了承认一个人的权力，又说，在俄国屠杀千百万人是为了使英国丢脸。不过，这些辩解在当时是必要的。

这种辩解是为那些制造事件的人开脱道德责任。这些临时目的就像装在火车头前面清扫铁路的扫帚，用来开脱人们的道德责任。没有这种辩解，在审查历史事件时就连最简单的问题也无法回答：千百万人怎么会共同犯罪、打仗、杀人，等等？

在目前错综复杂的欧洲政治生活和社会生活中，你能想象有一件事不是受君主、大臣、国会或报纸所作指示和命令的影响而发生的吗？有什么集体行动不能从国家统一、爱国情绪、欧洲均势或人类文明中找到辩解的呢？因此，一个事件总是符合某一种愿望，而且得到辩解，它是一个人或几个人意志的产物。

一只船不论朝什么方向行驶，总可以看到前面被它划开的波浪。船上的人就觉得这波浪是唯一可见的运动。

只有不断仔细观察水流，并拿波浪的运动同船的运动作比较，我们才明白，波浪的不断运动都是由船的运动引起的，我们之所以被引入迷途，是因为我们自己不觉得船在动。

我们如果不断注视历史人物的活动（就是重新注意所发生事件的必要条件——运动在时间上的连续性），不忽略历史人物同群众的必要联系，我们也会发现同样的情况。

船朝一个方向前进，船前总有同样的波浪：船不断改变方向，前面的波浪也不断改变方向。但不论它往哪个方向行驶，前面总有波浪。

不论发生什么事，人们总觉得那是早就意料到的，是合乎人的本意的。不论船往哪个方向行驶，波浪总在前面汹涌翻腾，既不引导船的行进，也不加快它的速度，但从远处看，我们会发觉波浪不仅自己在翻腾，而且在引导船行进。

史学家只研究历史人物意志的表现——它以命令方式同事件联系起来——认为事件是靠命令发生的。但如果研究事件本身，研究它同群众的联系，包括历史人物在内，我们就会发现，历史人物和他们的命令是由事件决定的。这一推论不容置辩的证据是，不论发出多少命令，如果没有其他原因，事件是不会发生的；但一旦事件发生——不论什么事件——从不同人物不断表现出的各种意志中，总可以找出在意义和时间上以命令方式同事件联系的意志表现。

一旦得出这个结论，我们就可以肯定地直接回答两个重要的历史问题：

第一，什么是权力？

第二，什么力量造成民族运动？

回答是：

第一，权力是某一个人同其他人的关系，这个人对正在进行的共同行动发表的意见、推测和辩解越多，他参加行动就越少。

第二，各国人民的运动，不是由权力引起，不是由智力活动引起，甚至不是由史学家所想象的那样由两者结合引起，而是由全体参加事件的人的活动引起，而且他们总是这样结合起来的：直接参加事件最多的人，所负的责任最少；直接参加事件最少的人，所负的责任最多。

从精神方面看，权力是事件发生的原因；从物质方面看，服从权力的人是事件发生的原因。但精神活动离不开物质活动，因此，事件发生的原因既不在前者，也不在后者，而在于两者的结合。

或者，换句话说，原因这个概念不能用在我们所研究的现象上。

在最后的分析中，我们达到无限的循环，达到人类智慧在一切思维领域中的极限，如果它不同所研究的对象开玩笑的话。电生热，热生电。原子同原子相吸，原子同原子相斥。

谈到热和电的相互作用，谈到原子同原子的相互作用，我们说不出发生这种作用的原因，我们只能说事情就是这样，这是规律，否则就不可思议。我们对待历史现象也是这样。战争或革命怎么会发生？我们不知道。我们只知道，为了进行某种行动，人们结成一定的团体，他们都参加这个团体。我们说，事情只能这样，这是规律，否则就不可思议。

8

如果历史是研究外部现象的，那么提出这样一个简单明了的规律就够了，我们的议论也就可以到此结束。但历史规律是关系到人的。一小块物质不能向我们表明：它完全不感觉到相吸和相斥规律的需要，因此这种规律是不存在的。但人是历史的现象，他直截了当地说：我是自由的，因此不服从任何规律。

在历史的每一步上，人类意志的问题虽然没有说出来，却是存在的。

凡是认真思考的史学家都不会不接触到这个问题。历史上一切矛盾和暧昧，历史学所走的错误道路，全是因为这个问题没有得到解决的缘故。

如果人人可以自由表达意志，就是说，人人可以任意行动，那么，全部历史不过是一系列互相没有联系的偶然事件的总和而已。

如果，在一千年里，千百万人中有一个人可以自由行动，也就是随心所欲地行动，那么，显而易见，这人只要有一个违反规律的行动，他就会破坏全人类的一切规律。

只要有一个支配人们行动的规律，那就不可能有自由意志，因为人们的意志必须服从这个规律。

在自由意志问题上存在着这样的矛盾，自古以来这个问题一直盘踞在最卓越的人们的头脑里，自古以来一直有人提出它的重大意义。

问题在于，如果把人当作观察的对象来看待，那么，不论从什么观点——神学的、历史的、伦理的、哲学的——出发，我们都会发现，人像世上万物一样，必须服从普遍规律。如果我们从自身出发把人看作我们所意识到的那样，我们就会觉得自己是自由的。

这种意识是完全独立的、不受理性影响的自我认识的源泉。人凭理性观察自己，但要认识自己必须通过意识。

没有意识，任何观察和理性的运用都是不可思议的。

要理解、观察和推理，人首先必须意识到自己是个活人。而人要意识到自己是个活人，必须要有愿望，也就是意识到自己的意志。而人意识到构成他生命本质的意志，他只能认为它是自由的。

如果人在观察自己的时候，看到他的意志总是按同一规律行动（不论他观察到他必须进食，或者动脑筋，还是观察任何别的事物），他就不能不把他的意志总是按一个方向活动看作对意志的限制。如果没有自由，也就无所谓限制。一个人觉得他的意志受限制，就因为他认为意志应该是自由的。

你说：我是不自由的。但我举起手，又把它放下。人人都明白，这种不合逻辑的回答是自由的无可反驳的证明。

这个回答是不合乎理性的意识的表现。

如果自由的意识不是独立的不受理性影响的自我认识的源泉，那么它就是可以论证和实验的，但事实上这种情况并不存在，而且是不可思议的。

一系列实验和论证向大家证明，人是观察的对象，服从一些规律，譬如人一旦认识万有引力规律或不可入性规律，人就服从这些规律。但同样一系列实验和论证向人表明，他内心感觉的完全自由是不可能有的，人的一举一动都取决于他的身体、他的性格和支配他的动机，但人从来不服从这些实验和论证的结论。

人通过实验和论证知道，石头向下落。这一点人是深信无疑的。在任何情况下，人都希望他知道的规律得到实现。

但当他同样确信他的意志要服从规律时，他就不相信这一点，不愿相信这一点。

不论实验和论证多少次向人表明，在同样条件下，以同样性格，他会作出跟以前同样的事情来；虽然如此，即使在同样条件下，以同样性格，做上一千次同样的事，得到同样的结果，他仍像实验以前那样认为，他可以为所欲为。每个人，不论是野蛮人还是思想家，不管论证和实验怎样向他证明，在同样条件下，不可能有两种不同的行为，他还是认为，没有这种荒谬的观念（这种观念是自由的本质），他就无法想象生活。他觉得，尽管这是不可能的，却是存在的，因为没有自由这个概念，他不仅不能理解生活，而且连一刻也活不下去。

他之所以活不下去，因为人的一切努力，一切生活的冲动，都在于力求增加自由。富裕和贫穷、声名显赫和默默无闻、权力和屈服、强和弱、健康和疾病、教养和无知、劳动和闲散、饱和饥、美德和罪恶，这一切都是程度不同的自由罢了。

一个没有自由的人只能被看作一个没有生命的人。

如果理性认为自由只是没有意义的矛盾，就像在同一时间进行两种活动，或者发生没有原因的行动，那只能证明意识不属于理性。

这种自由的意识不可动摇，不可否定，不受实验或论证影响，为所有思想家所承认，也是人人所感觉到的。没有这种意识，就无法想象人这一概念。这是问题的另一方面。

人是全能、至善和全知的上帝的造物。人类的自由意识产生罪恶这一概念，那么，什么是罪恶呢？这是一个神学问题。

人的行动属于统计学所表示的普遍的永恒规律。人类的自由意识也产生社会责任这一概念，那么，什么是社会责任呢？这是一个法学问题。

人的行动产生于他的先天性格和影响他的动机。什么是良心？自由的意识产生行为的善与恶，那么，什么是行为的善与恶？这是一个伦理学问题。

从人类全部生活来看，人服从决定这种生活的规律。但单独来看，人似乎是自由的。应该怎样看待各民族和全人类过去的生活：它是人们自由行动的产物，还是非自由行动的产物？这是一个历史学的问题。

只有在我们这个知识普及、自以为是的时代，依靠最有力的愚昧工具——书籍的传播，意志自由的问题才被提到不应有的高度。在我们这个时代，多数所谓先进人物，就是一群不学无术之徒，从事自然科学工作，只研究问题的一个方面，却想解决整个问题。

“灵魂和自由是没有的，因为人的生活是由肌肉运动表现的，而肌肉运动决定于神经活动。灵魂和自由是没有的，因为我们是在太古时代由猴子变来的。”他们就是这样说，这样写，这样印成书刊的。他们竭力用生理学和比较动物学来证明的必然规律，早在几千年前不仅被各种宗教和所有思想家所承认，而且从未被否定过。他们对此毫不怀疑。他们没有看到，在这个问题上，自然科学只能阐明问题的一个方面。因为根据观察，理性和意志只是脑子的分泌物，而根据一般规律，人可能是在太古时代从低级动物发展而来的。这个事实只是从一个新的方面阐明几千年前各种宗教和哲学理论都承认的真理：从理性观点看，人服从必然性规律，但这丝毫没有解决问题，因为这问题具有建立在自由意识上的另一个方面，也是相反的方面。

说人是在太古时代由猴子变来的，这同说人是在某个时代由一把土变来的同样可以理解（前者的X是时间，后者的X是起源），但人的自由意识怎样同他所服从的必然规律结合起来，这个问题是不能用比较生理学和动物学来解决的，因为在青蛙、兔子和猴子身上，我们只能观察到肌肉和神经的活动，但从人身上我们既能观察到肌肉和神经的活动，又能观察到意识。

自然科学家和他们的信徒自以为能解决问题。他们有点像抹灰匠，本来人家要他们粉刷教堂的一面墙壁，他们却趁总监工不在场，兴之所至把窗子、神像、脚手架和未砌好的墙壁统统抹上灰泥。他们还沾沾自喜，因为从他们抹灰匠的观点看来，一切都抹得平整而光滑。

9

要解决自由和必然这个问题，历史比其他学科有利：历史在这个问题上不涉及人的意志的实质，只涉及这种意志在过去一定条件下的表现。

在解决这个问题时，历史同其他学科的关系，就像实验科学同抽象科学的关系一样。

历史研究的不是人的意志本身，而是我们对它的认识。

因此，历史不像神学、伦理学和哲学，它没有自由和必然两者矛盾结合所无法解决的奥秘。历史观察人的生活，认为这两者矛盾的结合已经完成。

在实际生活中，每一历史事件，人的每一行动，都被了解得清清楚楚，不觉得有丝毫矛盾，虽然每一事件部分是自由的，部分是必然的。

要解决自由和必然怎样结合、这两个概念的实质是什么的问题，历史哲学可以而且应该走一条同其他学科相反的道路。历史不应该先给自由和必然本身下定义，然后把生活现象归到这两个定义，历史应该从大量历史现象中引出自由和必然这两个概念的定义，因为那些现象总是离不开自由和必然的。

不论我们观察许多人的行动还是一个人的行动，我们总是把它们看作人的自由和必然规律结合的产物。

不论我们说的是民族迁徙和野蛮人入侵，还是拿破仑三世的命令，还是某人一小时前选定散步方向的行动，我们都看不到丝毫矛盾。指导这些人行动的自由和必然的程度，我们觉得是很清楚的。

关于自由多少的问题，常因我们观察现象的观点不同而不同；但也有永远一致的一面，那就是我们觉得，人的每一行动都是自由和必然的一定结合。在我们所观察的每一行动中，都有一定程度的自由和一定程度的必然。任何行动中自由越多，必然就越少；必然越多，自由就越少。情况永远如此。

自由和必然的比例，要由观察行动的观点而定，但两者的关系总是成反比的。

一个落水的人抓住另一个人使那人淹死；一个因给婴儿哺乳而饥饿憔悴的母亲偷了一些食物；一个受过纪律训练的士兵在部队里服从长官命令，竟杀死一个手无寸铁的人——在知道他们所处条件的人看来，这些人的罪过比较小，也就是自由比较少，属于必然规律的成分比较多；而在不知道那个人自己就要淹死、那个母亲在挨饿、那个士兵在服役的人看来，他们的自由就比较多。同样，一个人在二十年前杀过人，以后一直安分守己地生活在社会中，他的罪过看来比较小；二十年后再来考虑，他的行为似乎更属于必然规律。但如有人在他犯罪后第二天来考察，他的行为就比较自由。同样，一个疯狂的、醉酒的或高度紧张的人的每一行动，在知道情况的人看来，自由比较少，必然比较多；但在不知道情况的人看来，自由就比较多，必然就比较少。在所有这些情况中，随着观察行动的观点不同，自由的概念有增有减，必然的概念也相应地有增有减。所以，必然的概念越大，自由的概念就越少。反之亦然。

宗教、常识、法学和历史也都是这样看待必然和自由之间的关系的。

我们对自由和必然观念的增减都毫无例外地取决于以下三种根据：

第一，完成行为的人同外界的关系。

第二，他同时间的关系。

第三，他同产生行为的原因的关系。

第一种根据是，我们或多或少认识了人同外界的关系，或多或少明确了每个人在与他共存的一切事物关系中的地位。按照这种根据可以看出，一个将要淹死的人比一个站在陆地上的人更少自由而更多必然；还可以看出，一个住在人烟稠密地区而同别人有密切关系的人，一个受家庭、职务、企业束缚的人，他们的行动无疑比一个在僻静地方单独生活的人更少自由而更多必然。

如果我们观察一个人不同他周围的条件联系起来，我们就觉得他的每一行动都是自由的。但如果我们看到他与周围条件的关系，如果我们看到他同人与物的联系：同他说话的人、同他所读的书、同他从事的工作，甚至同他周围的空气、同照在他周围东西上的光联系起来，我们就看到，每种条件对他都有影响，至少支配着他某一方面的行动。我们看到这种影响越多，就觉得他的自由越少，他需要服从的必然就越多。

第二种根据是，我们或多或少看出人同外界在时间上的关系，或多或少明确人的行动在时间上所占的地位。按这种根据可以看出，人类始祖的堕落显然比现代人的结婚更不自由。由此还可以看出，生活在几世纪前的人，同我隔着一定时间，他们不像现代人的生活那样自由，虽然我还不知道他们生活的后果。

在这方面，对自由和必然的比重的认识程度，决定于完成那个行为和我们判断它们之间相距时间的长短。

如果我观察我在一分钟前（当时的条件同我现在所处的条件几乎相同）所完成的行动，我认为我这一行动无疑是自由的。但如果考察我在一个月前所完成的行动，我得承认，要不是完成这个行动，我就不可能获得由此产生的许多有益、愉快，甚至必要的结果。如果我回忆更遥远的往事，回忆十年或十年以上完成的行动，那么，那次行动的后果我就觉得更明显；我也很难想象，如果没有那次行动将会怎样。我回忆得越远，或者我对同一件事思考得越深，我对我行动的自由就越怀疑。

关于自由意志在人类公共事业中的作用，我们在历史上也发现同样信念的级数。我们觉得任何现代事件无疑都是某些人行动的结果，但在一个较远的事件里，我们可以看到它的必然结果，而且我们也想象不出会有其他结果。我们观察的事件越远，我们越觉得那些事件不是任意做出的。

我们觉得奥普战争[1]无疑是俾斯麦诡诈行动的结果。

对拿破仑发动的几次战争，我们虽然也有怀疑，但仍认为它们是英雄意志的结果。不过，我们把十字军远征看作占有一定地位的事件，没有这个事件欧洲近代史就不可思议，虽然十字军远征的编年史家认为这事只是少数人意志的产物。至于民族迁徙，今天已没有人认为欧洲的复兴决定于阿提拉[2]的专横行为。我们观察的历史事件越远，造成事件的人们的自由意志越可疑，必然规律也就越明显。

第三种根据是我们对理性所要求的无穷因果关系的理解，其中我们所理解的每一现象，也就是人的每一行为（既是前面现象

1 指1866年的奥普战争，当时托尔斯泰正在写这部小说。

2 阿提拉（406—453），匈奴部族首领，曾征服东罗马帝国，蹂躏欧洲大片土地。

的结果，也是后面现象的原因）应该有它确定的地位。

按照这种根据，通过观察，我们对那些属于人类生理的、心理的、历史的规律认识得越清楚，我们对行动的、生理的、心理的、历史的原因了解得也越正确，这是一方面；另一方面，我们所观察的行动越简单，我们所研究的人物性格和头脑以及他的行动越不复杂。因此我们觉得，我们的行动和别人的行动就越自由，越不属于必然。

当我们完全不了解一种行为（不论这是一种罪行还是一种善行，或是一种无所谓善恶的行为）的原因时，我们认为这种行为的自由成分最大。如果我们看到的是罪行，我们就急于想惩罚它；如果我们看到的是善行，我们就赞赏它。如果我们看到的是无所谓善恶的行为，我们就认为它最独特、最自由。但如果我们知道无数原因中的一个，我们就会看到一定程度的必然，我们就不会那么坚持惩罚罪行，不会那么赞赏善行，对貌似独特的行为也并不觉得那么自由。一个在坏人中成长的罪犯，他的罪行就比较情有可原。父母为子女作出的自我牺牲，可能获得奖赏的自我牺牲，比无缘无故的自我牺牲更可理解，因此不那么值得同情，自由的程度也比较小。对于教派或政党的创始人或发明者，当我们知道他的活动的情况和原因时，我们就不那么感到惊讶。如果我们有丰富的经验，如果我们不断在人们的行动中寻求因果关系，那么，我们越是正确地把因果关系联系起来，我们就越觉得他们的行为是必然的，是越少自由的。如果我们观察的行为是简单的，而且我们有大量这一类行为可供观察，那么，我们就更觉得那些行为是必然的。一个不诚实父亲的儿子的不诚实行为、一个落在恶劣环境中的女人的恶劣行为、一个酒鬼的酗酒行为，我们越了解这行为的原因，就越觉得这些行为不是自由的。如果我们观察智力不发达的人的行为，例如，一个小孩、一个疯子或者一个傻子，我们知道他们行为的原因和天性与智力的贫弱，我们就会看出必然成分很大，自由成分很小，而且我们一旦知道造成行为的原因，我们就能预言它的结果。

一切法典所承认的免罪和减罪的情形，就建立在这三种根据上。罪责的大小，要看我们对受审查者所处环境认识的多少，要看那行为和审查之间相距的时间，还要看我们对行为原因了解的多少。

10

因此，我们对自由和必然的概念，按照人同外部世界联系的大小，按照时间的远近，按照同原因的关系的了解程度（我们根据这些原因来观察一个人的生活），而逐渐减少或增加。

因此，如果我们观察一个人处在这样的情况：他同外界的关系越清楚，行为完成的时间同判断它的时间相隔越久，行为的原因越为人所理解，那么，我们都会获得必然最大和自由最小的观念。如果我们观察一个人，他同外界的联系最小，他的行为最近才完成，他行为的原因是我们所不理解的，那么，我们就会得出必然最小和自由最大的观念。

但是，不论是前一种情况还是后一种情况，不论我们怎样改变我们的观点，不论我们怎样弄清楚人与外界的关系，不论我们怎样觉得它不可理解，不论怎样把时间延长或缩短，不论我们觉得那原因可以理解或不可以理解，我们都不能想象完全的自由和完全的必然。

第一，不论我们怎样想象一个人可以不受外界的影响，我们永远不能获得在空间上自由的概念。人的任何行为都不可避免受他自身和周围事物的制约。我举起一只手，又把它放下。我觉得我的行为是自由的。但我要自问：我能不能朝所有的方向举起手来呢？我看出，我是朝最不受外界事物和自身结构妨碍的方向举起手来的。我从各种不同的方向中选出一个，因为这个方向阻力最小。如果我要行动自如，必须不遇到任何阻力。如果要想象一个人是完全自由的，他必须超越空间，而这显然是不可能的。

第二，不论我们怎样使判断的时间接近行为的时间，我们仍旧不能获得在时间上自由的概念。因为，即使我观察一秒钟以前完成的行为，我还是认为那行为是不自由的，因为它是受完成的时间制约的。我能举起手来吗？我把手举起来，但我自问：我能在过去的一瞬间不举手吗？为了确信这一点，我在下一瞬间不举手。但我不举手就在提出自由问题的最初那一瞬间。时间在消逝，而我又无法留住它。我当时举起的手已不是现在举起的手，当时的空气也已不是现在我周围的空气。我第一次活动的时刻已一去不复返，当时我也只能完成一个动作，不论我做什么，只能有一个动作。我接着不再举手，并不证明我不能举手。因为在一个时间里我只能做一个动作，不可能做其他动作。要把这动作想象为自由的，就必须想象它是现在发生的，是在过去未来之间发生的，这就是说，超越时间的动作是不可能的。

第三，不论要了解原因有多么困难，我们永远无法想象完全的自由，也就是说完全没有原因。不论我们怎样难以理解在我们自己或别人任何行为中表现意志的原因，理智的第一个要求就是假设和找到原因，因为没有原因就无法想象任何现象。我举手没有任何原因，但我要做一个没有原因的动作，就是我行为的原因。

但即使我们想象一个完全不受任何影响的人，只观察他现在这一瞬间的行为，认为他这行为没有任何原因，必要的成分小得等于零，我们也不能获得人有完全自由的概念，因为一个人完全不受外界影响，超越时间，又无原因，也就不成其为人。

同样，我们也绝不能想象一个人的行为完全没有自由而仅仅服从必然规律。

第一，不论我们对人所处的空间条件的知识怎样增加，这方面的认识永远不会完全，因为这种条件的数目是无限的，就像空间是无限的一样。既然不能确定人受影响的所有条件，那就不会有完全的必然，也就是存在着一定程度的自由。

第二，不论我们怎样延长现象发生和判断之间的距离，这段距离是有限的，可是时间是无限的，因此在这方面也不可能有完全的必然。

第三，不论行为原因这条链子怎样容易知道，我们也永远不会知道整条链子，因为它是无限的，因此也就不会有完全的必然。

不过，除此以外，即使认为自由的成分小得等于零，我们认为，在某种情况下，例如一个垂死的人、一个未出世的胎儿或者一个白痴，他们完全没有自由，我们观察的人的概念也就不存在了，因为没有自由，就不成其为人。因此，一个人的行动完全服从必然规律，没有丝毫自由，也是不可能的，就像人的行为不可能完全自由一样。

因此，要把人的行动想象成完全服从必然规律，没有任何自由，我们就得知道**无限的**空间条件、**无限长的**时间和**无限多的**原因。

要把一个人想象成完全自由的，不服从必然规律，我们就得把他想象成一个**超空间、超时间和不受原因影响**的人。

在第一种情形中，如果没有自由的必然是可能的，我们就会从必然得出必然规律的定义，也就是得出一种没有内容的单纯形式。

在第二种情形中，如果没有必然的自由是可能的，我们就会达到一种超空间、超时间和无原因的绝对自由。这种自由本身是无条件的，也是不受限制的，那就是什么也没有，或者说，存在着一种没有形式的内容。

总之，我们得出形成人的世界观的两个根据：不可知的生命的实质，阐明这种实质的规律。

理性说：第一，空间和使它本身成为可见的各种形式——物质，是无限的，否则就不可思议。第二，时间是一刻不停的无限运动，否则就不可思议。第三，因果关系没有开头，也没有结束。

意识说：第一，世界上存在的只有一个我，我就是一切，因此我包括空间。第二，我在现在这一瞬间意识到我活着，我就用这静止的一瞬间来测量流动的时间，因此我是超时间的。第三，我是超原因的，因为我觉得，我自己就是每一生活现象的原因。

理性表达必然规律，意识表达自由的实质。

没有任何限制的自由是人类意识中的生活实质。没有内容的必然是人类的理性及其三种形式。

自由是被观察的对象。必然是观察者。自由是内容。必然是形式。

只要把形式和内容这两种互相关联的认识来源分开，我们就会得出自由和必然这两个互相排斥又难以理解的概念。

只有把两者结合起来，才能获得明确的人生概念。

离开这两个结合在一起的互相规定的形式和内容的概念，任何生活都是不可想象的。

我们所知道的人生的一切，都不过是自由和必然的关系，也就是意识和理性规律的关系。

我们所知道的外部自然界的一切，都不过是自然力和必然的关系，或生活的实质和理性规律的关系。

自然的生命力存在于我们之外，不为我们所认识，我们把这些力叫作引力、惯性、电力、畜力，等等；但人的生命力是知道的，我们把它叫作自由。

但是，正如万有引力，人人都感觉到而其自身却无法理解那样，我们对它所服从的必然规律知道多少（从万物都有重量这个基本知识到牛顿定律），我们对它就了解多少；同样，自由意志也是这样，人人都意识到而其自身却无法理解，我们对它所服从的必然规律了解多少（从人都要死这个事实，到最复杂的经济规律和历史规律），我们对它就了解多少。

一切知识都只是把生活实质归纳为理性规律。

人的自由意志与其他任何力不同，在于人能认识自由意志，但在理性看来，它同任何其他力并无区别。万有引力、电力或化学亲和力彼此之间的区别，在于理性对它们下了不同的定义。同样，在理性看来，人的自由意志与其他自然力的区别，也只在于理性对它所下的定义。自由离开必然，也就是离开给它下定义的理性规律，就同万有引力、热力或植物生长毫无区别。在理性看来，自由只是一瞬间无法确定的生命感觉。

正如无法说明的推动天体的力的实质，无法说明的热力、电力、化学亲和力或生命力的实质形成天文学、物理学、化学、植物学、动物学等科学的内容那样，自由意志形成历史的内容。但正如每种科学的研究对象是未知的生命实质的表现，而这种生命实质是形而上学研究的对象那样，人的自由意志在空间、时间和因果关系中的表现形成历史研究的对象，而自由意志本身就是形而上学研究的对象。

在实验科学中，我们把已知的东西叫作必然规律，把未知的东西叫作生命力。生命力只是我们对所知的生命实质之外未知部分的一种说法。

在历史中也是这样：我们把已知的东西叫作必然规律，把未知的东西叫作自由意志，从历史来说，自由意志只是对我们已知的人类生活规律中未知部分的一种说法。

11

历史从时间上和因果关系上研究人的自由意志同外界联系的表现，也就是用理性规律来解释这种自由，因此历史只有用这些规律来解释自由意志，才是一门科学。

历史承认人的自由意志是一种能影响历史事件的力量，也就是不服从规律的东西，这正如天文学承认天体是受一种自由力推动那样。

承认这一点，就否定了规律存在的可能，也就是否定了任何知识存在的可能。如果有一个自由运行的天体，那么开普勒[1]定律和牛顿定律就不存在了，任何天体运动的观念也就不再存在。如果存在着一种人的自由行为，那么就不存在任何历史规律，不存在任何历史事件的观念。

就历史来说，人类意志有几种运动路线，路线的一端是隐秘不可知的，而在另一端，在空间、时间和因果关系中活动着现在人的自由意识。

1 开普勒（1571—1630），德国天文学家，发现行星沿椭圆轨道运行，提出行星运动三定律，为牛顿发现万有引力定律打下基础。

这种活动的范围在我们眼前展开得越广，活动规律也越明显。发现和解释这种规律就是历史学的任务。

历史学遵循它的途径在人的自由意志中找寻现象的原因，从这种观点出发，历史规律是无法阐明的，因为，不论我们怎样限制人的自由意志，只要我们承认有不服从规律的力量存在，就不可能有规律。

只有我们把这种自由缩到无限小，也就是把它看得微不足道，我们才确信原因是完全无法理解的。于是历史学就不再去找寻原因，而把找寻规律作为自己的任务。

其实人类早就在找寻这种规律。历史应该采取新的思维方法，这种方法的培养应同反复分析现象原因的旧历史学的自行消亡同时进行。

人类所有的科学走的都是这条路，数学这门最精密的科学得出无穷小数时，就放弃分析过程而进入综合未知的无穷小数的新过程。数学放弃原因的概念而去找寻规律，也就是找寻一切未知的无穷小的元数所共有的性质。

其他科学也沿着同样的思路进行，虽然形式不同。当牛顿宣布万有引力规律时，他并没有说太阳或地球具有吸引的性质；他说，大大小小的物体都具有相互吸引的性质，这就是说，他撇开物体运动原因的问题，来说明从无限大到无限小的所有物体的共同性质。各种自然科学都是这样做的：它们撇开原因问题，找寻规律。历史也是这样。如果历史研究的对象是各民族和全人类的运动，而不是叙述人们的片断生活，那么，它也应该撇开原因的概念，来寻找自由意志所有相等的相互关联的无限小因素所共同具有的规律。

12

自从哥白尼学说被发现和得到证实以来，单是承认运转的不是太阳而是地球这一点，就足以破除古人的宇宙观。推翻这个学说，就可以保持天体运行的旧观念，如果不推翻这个学说，就不能再研究托勒密[1]的天动说。但即使在哥白尼学说被发现以后，托勒美的天动说还是被研究了很长时间。

自从有人提出并证实，出生率或犯罪率服从数学定律，一定的地理条件和政治经济条件决定这种或那种管理形式，人口和土地的一定关系造成民族迁徙，从此历史依据的基础就从根本上被摧毁了。

推翻这种新学说，就可以保持旧的历史观，如不推翻新学说，就不能把历史事件当作人类自由意志的产物来加以研究。因为，如果建立某种管理形式，或发动某个民族迁徙，是由于某种地理的、人种的或经济的条件，那么，建立管理形式或发动民族迁徙的那些人的自由意志就不能被看作是原因。

然而，旧的历史学仍同完全违反它的理论的统计学、地理

1 托勒密，古希腊天文学家，首创天动说。

学、政治经济学、比较语言学和地质学的规律一样被人研究着。

在物理哲学中新旧观点进行了持久而顽强的斗争。神学维护旧观点，指责新观点亵渎神的启示。然而真理即使胜利了，神学照旧牢固地建立在新的基础上。

现在，新旧历史观同样进行着持久而顽强的斗争，神学照样维护旧观点，指责新观点亵渎神的启示。

以上两种情形，斗争从两方面挑起感情，抹杀真理。一方面是唯恐几百年建立起来的大厦遭到破坏而忧心忡忡，另一方面是破坏的激情高涨。

从反对新兴的物理哲学真理的人看来，如果承认这种真理，就要破坏他们对神、对创造宇宙万物、对约书亚奇迹[1]的信仰。从捍卫哥白尼学说和牛顿定律的人看来，例如从伏尔泰看来，天文学定律摧毁了宗教，于是他们就借万有引力定律来反对宗教。

现在的情况也是这样，只要一承认必然规律，就会破坏心灵的概念、善恶的概念，以及建立在这些概念之上的国家机关和教会机关。

正如当年的伏尔泰一样，现在必然规律的自发捍卫者就用必然规律来反对宗教；但是，正如哥白尼的天文学说一样，历史的必然规律不仅没有摧毁政府机关和教会机关所依据的基础，甚至加强了那个基础。

现在的历史问题同当年的天文学问题一样，全部分歧就在于承认不承认一种测量看得见现象的绝对单位。在天文学上，这就是地球的不动性；在历史上，这就是人格的独立性，也就是自由。

---

1 见《旧约全书·约书亚记》。该卷叙述摩西的继承人约书亚率领以色列人用强力攻占巴勒斯坦并把它分给各部族的经过。

在天文学上，承认地球运行的困难，在于否定地球不动而行星运动的直接感觉。同样，在历史学上，承认个人服从空间、时间和因果关系规律的困难，在于否定个人独立性的直接感觉。但是，天文学的新观点说：“不错，我们并不觉得地球在动，但如果承认它不动，我们就会陷入困境；承认我们感觉不出的运动，我们就找到了规律。”历史学的新观点也说：“不错，我们并不觉得我们的依赖性，但是，承认我们有自由意志，我们就陷入困境；承认我们对外界、时间和因果关系的依赖性，我们就找到了规律。”

在前一种情况下，必须否定空间中不动的观念，并且承认我们感觉不出的运动。目前的情况同样必须否定并不存在的自由，并且承认我们感觉不出的依赖性。

欢迎您从《战争与和平》走进
读客三个圈经典文库

亲爱的读者，感谢您选择读客三个圈经典文库。

我们的封面统一使用“三个圈”的设计，读者可以凭借封面上形式各异的“三个圈”找到我们，走进经典的世界。

你想成为什么样的人？

对你来说什么是重要的？

这个世界应该是什么样子？

我们在生命中遇到的这些问题，或许可以在浩如烟海的文学经典中找到答案。

跟随读客三个圈经典文库，认识世界、塑造自我，成为更好的人！

《漫长的告别》

《西西弗神话》

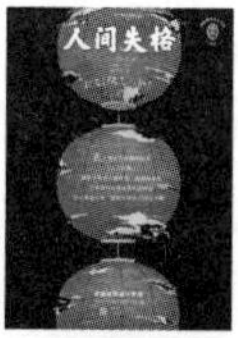
《人间失格》

《人类群星闪耀时》

《鼠疫》

《小王子三部曲》

《局外人》

《月亮与六便士》

《基督山伯爵》

《罗生门》

三个圈

读客三个圈经典文库

精神成长树

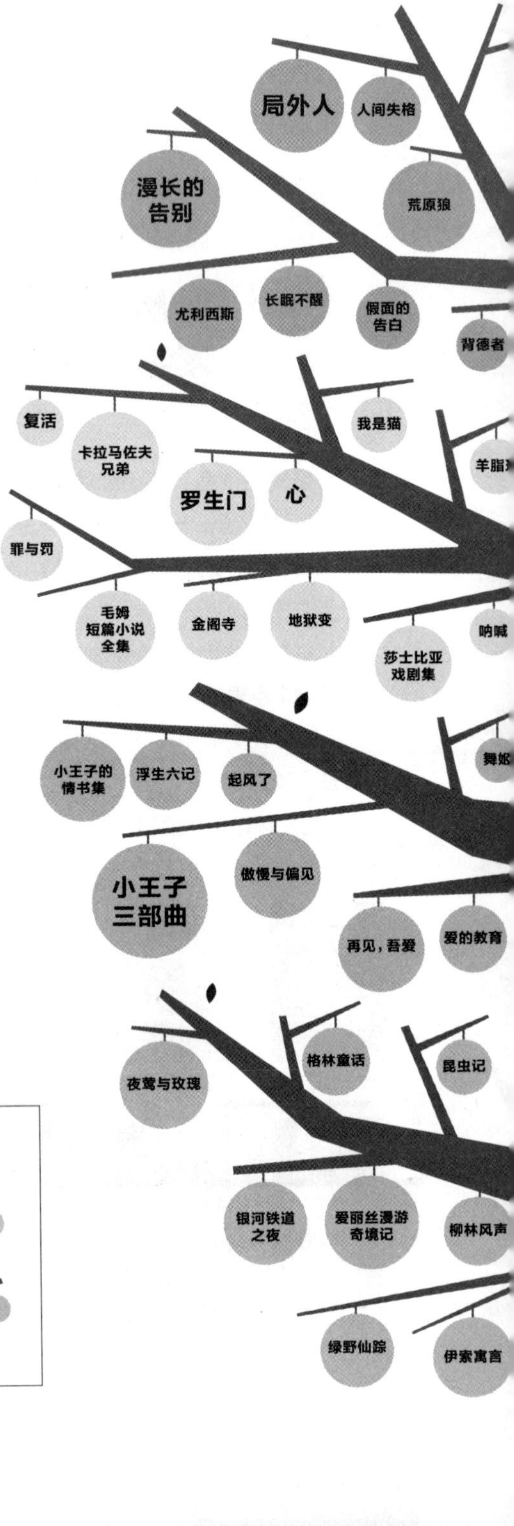

你想成为什么样的人？
对你来说什么是重要的？
这个世界应该是什么样子？

我们在生命中遇到的问题，每个时空的人都经历过，一些伟大的人留下一些伟大作品，流传下来，就成了经典。正是这些经典，共同塑造并丰富着人类的精神世界。

我们重新梳理了浩若烟海的文学经典，为您制作了精神成长树。跟随读客三个圈经典文库，汲取大师与巨匠淬炼的精神力量，完成你自己的精神成长！

树干：

不同的精神成长主题，您可以挑选任意感兴趣的主题进行深入阅读

例如：
寻找人生意义
探索自己的内心
拥有强大意志力
理解复杂的人性
…………

枝丫上的果实：

我们为您精选的经典文学作品

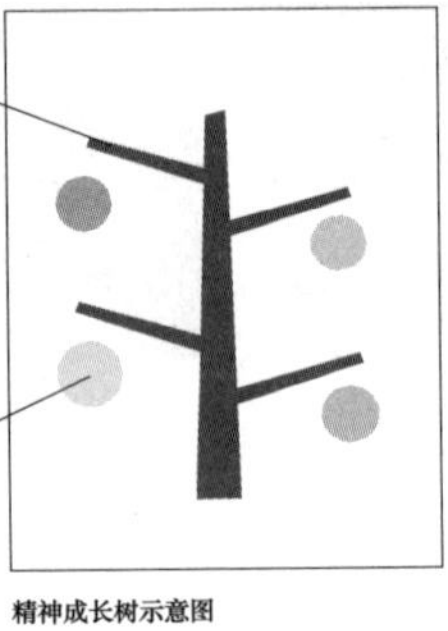

精神成长树示意图

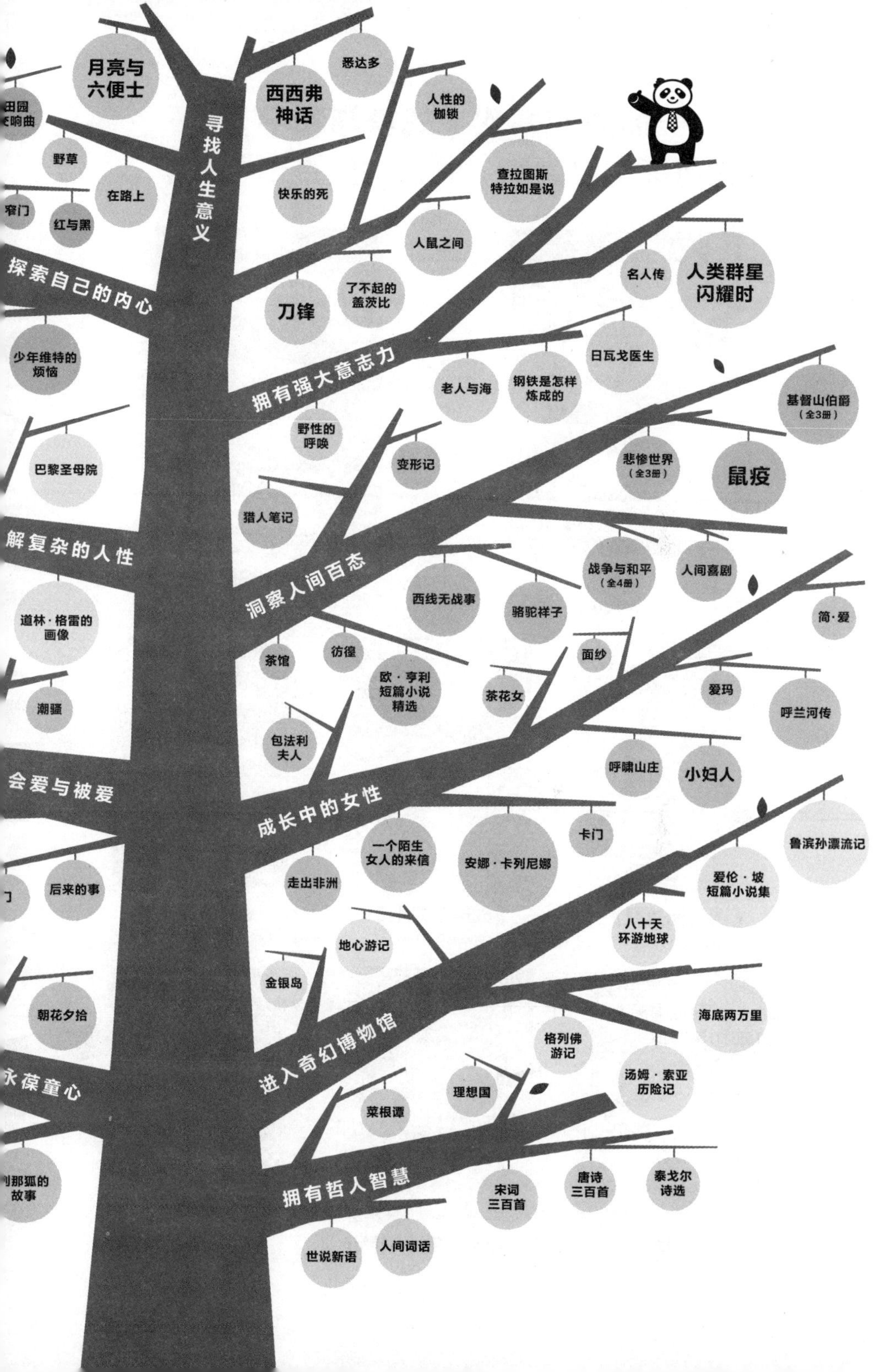
寻找人生意义
月亮与六便士
西西弗神话
悉达多
人性的枷锁
查拉图斯特拉如是说
快乐的死
人鼠之间
田园交响曲
野草
在路上
窄门
红与黑
探索自己的内心
少年维特的烦恼
刀锋
了不起的盖茨比
名人传
人类群星闪耀时
拥有强大意志力
日瓦戈医生
老人与海
钢铁是怎样炼成的
野性的呼唤
基督山伯爵（全3册）
巴黎圣母院
变形记
悲惨世界（全3册）
鼠疫
猎人笔记
解复杂的人性
洞察人间百态
战争与和平（全4册）
人间喜剧
西线无战事
骆驼祥子
简·爱
道林·格雷的画像
茶馆
彷徨
面纱
欧·亨利短篇小说精选
茶花女
爱玛
呼兰河传
潮骚
包法利夫人
呼啸山庄
小妇人
会爱与被爱
成长中的女性
一个陌生女人的来信
安娜·卡列尼娜
卡门
鲁滨孙漂流记
走出非洲
后来的事
爱伦·坡短篇小说集
八十天环游地球
地心游记
金银岛
海底两万里
朝花夕拾
进入奇幻博物馆
格列佛游记
汤姆·索亚历险记
永葆童心
理想国
菜根谭
拥有哲人智慧
宋词三百首
唐诗三百首
泰戈尔诗选
列那狐的故事
世说新语
人间词话

如果你喜欢《战争与和平》
你可能也会喜欢“洞察人间百态”书单

《鼠疫》

文库编号：080

《基督山伯爵》

文库编号：012

《西线无战事》

文库编号：162

《战争与和平》

文库编号：060

《悲惨世界》

文库编号：037

《骆驼祥子》

文库编号：159

《欧·亨利短篇小说精选》

文库编号：090

《变形记》

文库编号：102

读客®

激发个人成长

多年以来，千千万万有经验的读者，都会定期查看熊猫君家的最新书目，挑选满足自己成长需求的新书。

读客图书以“激发个人成长”为使命，在以下三个方面为您精选优质图书：

1. 精神成长

熊猫君家精彩绝伦的小说文库和人文类图书，帮助你成为永远充满梦想、勇气和爱的人！

2. 知识结构成长

熊猫君家的历史类、社科类图书，帮助你了解从宇宙诞生、文明演变直至今日世界之形成的方方面面。

3. 工作技能成长

熊猫君家的经管类、家教类图书，指引你更好地工作、更有效率地生活，减少人生中的烦恼。

每一本读客图书都轻松好读，精彩绝伦，充满无穷阅读乐趣！

认准读客熊猫

读客所有图书，在书脊、腰封、封底和前后勒口
都有“读客熊猫”标志。

两步帮你快速找到读客图书

1. 找读客熊猫

2. 找黑白格子

图书在版编目（CIP）数据

战争与和平：全4册 / (俄罗斯) 列夫·托尔斯泰著;
草婴译. -- 南京：江苏凤凰文艺出版社, 2019.4（2025.5重印）
（读客经典文库）
ISBN 978-7-5594-3360-2

Ⅰ. ①战… Ⅱ. ①列… ②草… Ⅲ. ①长篇小说 - 俄
罗斯 - 近代 Ⅳ. ①I512.44

中国版本图书馆CIP数据核字 (2019) 第034512号

战争与和平 ：全4册

[俄] 列夫·托尔斯泰 著　　草婴 译

责任编辑	丁小卉
特约编辑	徐　言　刘　娟　沈　骏　李颖荷
装帧设计	刘小梅
责任印制	刘　巍
出版发行	江苏凤凰文艺出版社
	南京市中央路165号，邮编：210009
网　　址	http://www.jswenyi.com
印　　刷	三河市中晟雅豪印务有限公司
开　　本	890 毫米 × 1270 毫米 1/32
印　　张	55.75
字　　数	1410 千字
版　　次	2019 年 4 月第 1 版
印　　次	2025 年 5 月第 11 次印刷
书　　号	ISBN 978-7-5594-3360-2
定　　价	179.90 元（全4册）